韩成武　张志民　著

# 杜诗全译精注

天津出版传媒集团
天津教育出版社

图书在版编目(CIP)数据
杜诗全译精注 / 韩成武，张志民著. ——天津：天津教育出版社，2017.8
ISBN 978-7-5309-8077-4

Ⅰ. ①杜… Ⅱ. ①韩… ②张… Ⅲ. ①杜诗-译文②杜诗-注释 Ⅳ. ①I222.742

中国版本图书馆 CIP 数据核字（2017）第 204112 号

**杜诗全译精注**

| | |
|---|---|
| 出 版 人 | 刘志刚 |
| 作　　者 | 韩成武　张志民 |
| 选题策划 | 李　军 |
| 责任编辑 | 李　军 |
| 装帧设计 | 王　烨 |
| 出版发行 | 天津出版传媒集团<br>天津教育出版社<br>天津市和平区西康路 35 号　邮政编码　300051<br>http://www.tjeph.com.cn |
| 经　　销 | 新华书店 |
| 印　　刷 | 廊坊市国彩印刷有限公司 |
| 版　　次 | 2017 年 10 月第 1 版 |
| 印　　次 | 2017 年 10 月第 1 次印刷 |
| 规　　格 | 16 开（787×1092 毫米） |
| 字　　数 | 1100 千字 |
| 印　　张 | 70.5 |
| 印　　数 | 2000 |
| 定　　价 | 280.00 元 |

# 前　言

我国唐代伟大的现实主义诗人杜甫，字子美，生于唐睿宗太极元年(712)正月，卒于唐代宗大历五年(770)冬天，享年五十九岁。其家族世代奉儒守官。先世居于杜陵(今西安市东南)，十三世祖杜预是晋代名将、著名学者，封当阳县侯。十世祖杜逊在东晋初年迁到襄阳(今湖北襄樊)，任魏兴太守。曾祖杜依艺任巩县(今属河南)县令，遂迁居巩县。祖父杜审言是初唐著名诗人，官至膳部员外郎。父亲杜闲曾任兖州(今属山东)司马、奉天(今陕西乾县)县令。杜甫外祖父的母亲是唐高祖第十八子舒王李元名的女儿。外公家姓崔，是清河大族。

公元712年正月(这年八月，玄宗即位)，杜甫诞生于黄河南岸巩县城东的瑶湾村。在他尚未记事时，母亲崔氏便因病离世，从此他被寄养在洛阳仁风里的二姑家，受到姑母精心的照护。童年的岁月烂漫而朦胧，许多珍奇的生活浪花无可挽救地泯灭于记忆的长河里，留下的最初记忆是六岁时在偃城(今属河南)见到公孙大娘舞“剑器”。杜甫晚年回忆当时公孙大娘的舞姿，说她忽而自空而落，光彩夺目，如同后羿射落的九个太阳；忽而拔地而起，凌空飞腾，如同天帝驾着蛟龙飞翔；她上场时神情端庄，如同雷霆初止，天地一片肃穆；她收舞时英姿卓立，如同江海停止翻腾，凝聚着清冷的光辉。这说明幼年的杜甫就已对艺术有了较强的感受力和丰富的想象力。七岁时，开始诗歌创作，第一首诗便是歌咏象征着王朝兴盛的祥瑞之鸟——凤凰。这说明在他幼小的心灵里，已萌生出对国家富强的期盼。这似乎是一个预兆，兆示出杜甫终生心系国家命运的那份苦恋的历程。练习作诗的同时，杜甫还学写大字，很勤奋，到九岁时已写满了一口袋的习作。十四五岁时，他已在诗坛崭露头角，经常出入于文人荟萃的场所，与当时的文坛名流交往。这期间，他得到岐王李范的赏识，中书令崔湜的弟弟崔涤任秘书监，也常邀杜甫来家中做客。

唐代知识分子不囿于书斋生活，读书之外喜好游历天下。特别是盛唐时期，“读万卷书，行万里路”已然成为时尚。杜甫从二十岁起到三十四岁止，基本上是在漫游中度过的。第一次是游吴越，开元十九年(731)，他从洛阳出发经水路抵江宁(今南京)，在秦淮河北岸的瓦官寺，他终于见到了渴望已久的晋代名画家顾恺之的壁画，兴奋异常。然后来到苏州，凭吊了吴王阖闾的坟墓，游览了虎丘山中的剑池和城西南的长洲苑及城西北的吴太伯庙。又南渡钱塘江，到了会稽(今浙江绍兴)，凭吊了勾践庙和秦始皇留在那里的古迹。会稽城南的鉴湖，以及那里的剡溪、天姥山，秀异的山光水色，使他大开眼界，徜徉不已。

开元二十三年(735)，他二十四岁，从吴越回到巩县，准备参加这年在东都洛阳举行的进士考试。他自视颇高，认为自己的文才可以匹敌屈原、贾谊，可以俯视曹植、刘祯。结果却未能考取，但也不以为意。第二年又去漫游齐赵(今山东和河北南部)。这期间，他结识了终生挚友苏源明。二人曾于春日登临邯郸赵王丛台，缅怀古人，翘首高歌。又在冬日射猎于齐景公畋猎过的青丘(今山东益都附近)，在皂枥林中、云雪冈上呼鹰逐兽。父亲杜闲此时任兖州(今属山东)司马，杜甫前往探亲时，登上兖州城楼，感慨宇宙悠悠，人生短促。初睹泰山雄姿，内心产生强烈的震动，写出名篇《望岳》，抒发了青年诗人的凌云壮志和阔大胸怀。这期间，他还游历了任城(今山东济宁)，与任城主簿交游。又与巳上人、张隐士来往，赞美他们的幽雅居处和淡泊情怀。

开元二十九年(741)，他从山东回到洛阳，在洛阳东面、偃师县西北的首阳山下，建造一座"土室"(即窑洞)，名曰"陆浑庄"。首阳山有他远祖杜预和祖父杜审言的坟墓，建造土室是为了便于祭奠祖先，在所作《祭当阳君文》中，他表示要以杜预为楷模，建功于当世。大约就在这一年，他与司农少卿杨怡的女儿成婚。夫妻恩爱，白头偕老。

从天宝元年(742)到天宝三载(744)，杜甫居洛阳。其间曾与秘书监李令问、驸马郑潜曜等人有过交往，拜访过初唐诗人宋之问遗留的山庄别业。天宝三载三月，翰林学士李白因傲岸不羁得罪了权贵，被玄宗赐金放还，路过洛阳时，与杜甫初次相逢，二人一见如故，遂相约同游梁宋(今河南开封、商丘)。在那里他们遇到了诗人高适，三人畅游梁孝王留下的梁园，登临吹台，环顾大野，思念古人，对当时玄宗崇尚武功、频动开边战争表示忧虑。不久，高适离开梁宋南游楚地，李杜二人渡过黄河去王屋山寻访道士华盖君，不料华盖君已死，只得失望而归。后于天宝四载(745)初到达齐州(今山东济南),结识了当时著名诗人、书法家李邕,深得这位文坛前辈的赏识(两年之后,李邕被奸相李林甫冤杀,杜甫深为痛愤,直到晚年仍作诗怀念这位忘年之交)。杜甫之弟杜颖当时任临邑(今属山东)主簿,临邑在济南北部百余里,杜甫前往探视,住了一段时间,复还济南,又奔任城,寻访住家在那里的李白,二人相携游览,感情亲密,"醉眠秋共被,携手日同行。"他们一同走访范居士和元逸人,还有炼丹的董先生,经过一段盘桓,道术未能学成,杜甫即准备前往长安,走入仕途,以实现"致君尧舜上"的政治抱负。李白则欲游江东,继续过其洒脱的生活。于是两位诗友分手,竟终生未能再见。彼此间无限的崇仰与深情的怀念,凝结在一首首赠答诗中。十几年的漫游生活,开阔了生活视野,祖国的名山大川,盛唐的繁荣景象,不但极大地鼓舞起他的从政愿望和爱国之心,而且奠定了他的博大、浩荡的诗歌格调。

天宝五载(746),杜甫三十五岁,怀着远大的政治理想来长安求仕。然而,此时的玄宗已非早年的那位励精图治的天子,他好大喜功,穷兵黩武,信用奸相李林甫,生活极端腐化。但杜甫对玄宗仍存幻想,以为通过忠臣的努力辅佐,迷途天子还是可以返回正轨的,国家仍可回到开元盛世的局面。于是他积极寻求从政的道路,在艰难困苦中咬紧牙关,困居长安达十年之久。这是一个重要的契机,它使杜甫始终处于理想与现实的矛盾之中,从而有可能对社会人生加深认识,走上现实主义的创作道路。

天宝六载(747),杜甫来长安的第二年,玄宗诏令天下之士通一艺以上者皆到京师就选,杜甫满怀信心地参加了这次考试。此时正值李林甫频频制造冤案之际,他害怕应试者在对策时指斥他的奸恶,便施展阴谋诡计,把考生全部落选。这使杜甫痛心而且愤慨,但入仕的志向仍未动摇。天宝七载(748),他向尚书左丞韦济投诗,请他给予援引:"老骥思千里,饥鹰待一呼。"此后,又给汝阳王李琎、京兆尹鲜于仲通、左丞相韦见素、河西节度使哥舒翰等人赠诗,表达了强烈的入仕心愿。与此同时,他还直接向玄宗献赋,以求天子赏识。天宝十载(751),投献三大礼赋,被玄宗看中,让他在集贤院等待诏命,命宰相考他的文章。集贤院的学士们都来监考,一时间声名突然显赫。但考试结果,仅获得个"参列选序"的资格,使他大失所望。此后,又献《封西岳赋》《雕赋》,仍不见有任何进展。这期间,杜甫的生活异常艰难。来长安不久,父亲便去世了,他失去了经济来源,不得已而向亲友乞求救济,有时去终南山采些草药,拿到长安市上出售以糊口,有时去买政府救济灾民而低价出售的粮食，甚至有时竟过上乞讨的生活："朝扣富儿门，暮随肥马尘。残杯与冷炙，到处潜悲辛。"是他卑屈生活的真实写照。"饥卧动即向一旬，敝衣何啻联百结!"他尝到了挨饿的滋味。生活教育了他，他开始用深邃的眼睛透视现实，思想感情逐渐转移到贫苦百姓的一边。

天宝十载(751)，他创作了名篇《兵车行》，揭示唐王朝征伐南诏给人民带来的深重苦难。这首光辉的现实主义作品，是杜诗的一座里程碑。同时期创作的《前出塞九首》也把批判的矛头指向唐玄宗的开边政策上。天宝十二载(753)，他创作《丽人行》，批判了宰相杨国忠和三位国夫人的腐化堕落的生活。天宝十三载(754)，作《秋雨叹三首》，描写六十余天的秋雨给农民带来的灾难，揭露杨国忠封锁灾情的卑鄙用心。他经常与广文馆博士、穷朋友郑虔相聚，借酒浇愁，长歌当哭，痛斥世道之不平。

直到天宝十四载(755)十月，才被授官河西县尉，杜甫拒而不受，改任右卫率府兵曹参军，管理东宫宿卫，杜甫为生活所迫，只好就任。至此终于结束了四十四年的布衣生活。小小的八品官与他的扶世济民的大志未免相距太远。十年困居生活的最大成果是杜甫从一个"裘马颇清狂"的官宦子弟改变成一个忧国忧民的诗人。得官后的这年十一月，杜甫自京都前往奉先县(今陕西蒲城)看望寄居在那里的妻儿，作《咏怀五百字》。这首五言长诗充满郁勃不平之气，忧国家之将覆，哀民生之凋敝，叹正当理想之无由实现，通篇闪烁着批判现实的思想光辉。

就在杜甫与家人团聚之际，安禄山起兵范阳。唐政府毫无防备，仅三十三天，东都洛阳便陷入叛军手中。天宝十五载(756)正月，安禄山在洛阳称帝。国难当头，杜甫告别家人，赶回长安供职。到这年夏天，叛军大举西进，逼近潼关。奉先受到威胁，杜甫遂由长安赶回奉先，带着家属向北逃至白水(今属陕西)，投靠在白水作县尉的舅舅。白水距潼关约四百里，杜甫登高远眺潼关，写诗遥嘱守将哥舒翰，切勿轻易开关迎敌。但因宰相杨国忠的逼迫，哥舒翰不得已而出战，结果全军溃败，潼关陷落，关中随即大乱，君臣百姓纷纷逃亡。杜甫带着妻儿离开白水，继续北逃，在杂乱的逃难人群中险些丧命。一家人终日在风雨泥泞中跋涉，苦不堪言。经过三川县(故址在今陕西富县南)时，又遇到山洪暴发，天灾人祸，几乎将他陷于绝境。最后来到交通闭塞的鄜州(今陕西富县)，将家属安置在鄜州西北三十里处的羌村，这里群山环耸，民风古朴，易于存身。

与此同时，玄宗亦仓皇西逃。途经马嵬驿时，护驾的龙武大将军陈玄礼发动兵谏，铲除了杨国忠、杨贵妃一伙。玄宗留下太子李亨主持抗敌。七月，李亨在灵武(今属宁夏)即位，这就是唐肃宗，年号改为“至德”。一个月后，肃宗派使者到成都见玄宗，玄宗派扈臣韦见素、房绾、崔涣、贾至等，持传国宝、玉册前往灵武传位。

八月初，杜甫在羌村得知肃宗即位的消息，想到国家正是用人之际，便离开羌村，前往灵武投奔肃宗，不料途中被叛军俘获，押回沦陷的长安。由于官小身微，没有引起敌人的重视，这使他有可能目睹叛军践踏下的长安惨像和听闻战局进展情况，写出《哀王孙》《哀江头》《悲陈陶》《悲青坂》《塞芦子》《春望》《月夜》等一批忧国思家的优秀诗篇。

至德二载(757)二月，肃宗把临时政府移到凤翔(今属陕西)，向长安逼近了一大步。杜甫得知后异常兴奋，遂准备投奔凤翔。经过周密的筹划，终于在四月的一天，从长安西城金光门潜逃而出。当时，叛军正在长安西郊屯防，他不敢走大道，也不复抱有生存的希望，怀着一颗爱国之心，冒死一试。当他侥幸到达凤翔时，已是衣衫槛楼、瘦无人形了。五月十六日，肃宗下达诰文，授杜甫左拾遗官职。上任伊隧台，便受挫折。宰相房琯本为玄宗扈臣，曾在成都为玄宗出谋以诸王分镇天下的抗敌策略。御史大夫贺兰进明将此事告知肃宗，引起肃宗对房琯的敌视，遂借口房琯门客董庭兰受贿事，将其相职罢免。杜甫自思身为谏官，于此冤案不能缄口，遂上疏为房琯辩护，陈辞颇为慷慨，结果触怒肃宗，遭到审讯。幸得新任宰相张镐等人的营救，方免刑罚。肃宗无奈，只得让杜甫官复原职。杜甫虽遭打击，却并不消沉，仍旧为收复两京而努力工作。他曾表荐岑参作了右补阙，又曾写诗送别去外地防务的长孙九侍御、从弟杜亚、郭中丞英乂、李判官等人，叮嘱他们为国家利益而效尽良才。爱国之心，溢于言表。

这年八月，杜甫欲回羌村探望家属，肃宗也正希望杜甫离开，遂准假探亲。杜甫怀着恋阙与思亲的矛盾心情，迷茫地踏上了征途，向东北进发。途经麟游(今属陕西)时，观览了城西的九成宫，由这座隋代的建筑而念及前朝因奢致衰的往事，联系当今国家动乱的时局，不禁仰天长叹。途经宜君(今属陕西)时，观览了城西北的玉华宫，此宫是为太宗养病所建，宫室俭朴，他不禁怀念起太宗之俭德。经过六七百里路的艰辛跋涉，终于在秋季的一个黄昏抵达了羌村。亲人相见，如在梦中，邻里感叹，松泉悲泣。杜甫作《羌村三首》，以朴实的笔墨记录了乱世人情。稍后，又创作了五言长诗《北征》，记述自凤翔到羌村的沿途经历和到家后的情事，战乱中田园荒废惨象和民生的苦难悉入诗中，又采用夹叙夹议的手法，对当时的政治情况和军事形势提出了个人见解，忧国忧民之情贯穿始终，思想性和艺术性都达到了空前的高度。九月，天下兵马大元帅、广平王李俶率官军及回纥援军十五万，从凤翔出发，长驱东进，直逼长安，决战之势已成。杜甫在羌村闻讯，作《喜闻官军已临贼境二十韵》，以昂扬奋发的激情预先为官军祝捷。十月，东西二京光复，肃宗回到长安。杜甫作《收京三首》，却以沉着、冷静的笔触作痛定之思。十一月，杜甫携家属离开羌村返回长安，继续任左拾遗官职。

两京收复后，君臣得以喘息。但时隔不久，肃宗便在宦官李辅国和皇后张良娣的挑唆下，开始排挤玄宗旧臣。乾元元年(758)春天，免去贾至中书舍人官职，出为汝州(今河南临汝)刺史；五月，又以结党营私的罪名，贬太子少师房琯为邠州(今陕西彬县)刺史，贬京兆尹严武为巴州(今四川巴中)刺史，贬国子祭酒刘秩为阆州(今四川阆中)刺史。杜甫因曾在凤翔疏救过房琯，被视为同党，亦被免除左拾遗官职，贬为华州(今陕西华县)司功参军，主管地方文教事务。杜甫遭此打击，心情苍凉而且郁忿，在离京赴任走出金光门时，不禁想起去年四月曾冒生命之危从此门西逃投奔肃宗，如今忠臣反遭放逐，实难求得心理平衡；想到今后朝政之不容乐观，又不禁驻马徘徊，不忍离去。杜甫此次贬官，固然是仕途上的重大挫折，但对于他的现实主义诗歌创作则是幸事。其一，从此他对肃宗朝政有了清醒的认识，从而加强了诗歌批判现实的力量；其二，他由皇帝身边走向基层，重新接触广阔的社会人生，从而能够取得现实主义诗歌创作的源泉。

乾元元年(758)六月，杜甫来到华州任上，在酷热的天气里埋头于案牍，颇觉难耐，每每发狂欲叫。华州东南六十里即是西岳华山，他作《望岳》诗，虽也表示要去"凌绝顶"，但目的已不是早年的"一览众山小"了，而是"高寻白帝问真源"，要向华山之神——"白帝"讨教人生的真谛。求仙访道，正是他遭到挫折之后的困惑表现。这年重阳节，他是在蓝田(今属陕西)崔氏庄友人处度过的，曾作诗抒发年老悲秋、人生短促的慨叹。冬末，他离开华州前往洛阳探望亲故，又去城东旧居陆浑庄，指望能见到战乱中离散的弟弟们，却未能如愿。环顾旧庐，但见满目荒凉而已。

乾元二年(759)二月，杜甫仍居洛阳。当时的军事形势堪称乐观，郭子仪等九个节度使洽兵数十万，把安庆绪据守的邺城紧紧围住，眼看即可一鼓而下。杜甫作《洗兵马》，为夺取最后胜利而击节高歌。但是，由于军中未设主帅，致使攻城不力；加上史思明降而复叛，从河北引兵来解邺城之围。邺城之战竟以官军溃败而告终。郭子仪退保洛阳，他的部队原有万匹战马，只剩三千，甲仗十万几乎丢尽。为了补充兵员，唐政府实行毫无章法的拉兵政策，不分男女老少，见到就抓。时当三月，杜甫由洛阳返归华州，途中目击种种抓丁惨事，深为震惊，经过精心构思，写出组诗“三吏”、“三别”，深刻地反映了安史之乱时期人民群众所遭兵役之苦。诗中跳动着作者的一颗痛苦而矛盾的心，一方面为人民的不幸而悲伤，另一方面又为国家的命运而不得不支持人民去做出牺牲，忧国与忧民之情并行交织于作品中。

乾元二年(759)从春到夏，关中地区旱情严重，米价暴涨，饥民流亡。杜甫一则迫于生计，二则对昏庸的肃宗失去了信心，遂决计辞掉官职，远去秦州(今甘肃天水)求食。这年七月，他带领家属走上漫长的旅途。秦州距华州一千余里，位于六盘山支脉——陇山的西侧，为西北重镇，东西交通之要冲，人事稠杂。杜甫到达秦州后，想在附近的山野找个安静的地方定居下来。他的族侄杜佐住在城东南六十里的东柯谷，听说族叔来到，便来城中拜访，并邀杜甫前往东柯谷居住。杜甫可能前往那里看过，终因没能找到合适的房宅而罢休。随后，又曾去西枝村勘察可供建宅的地基，也未能如愿，只好寄居于城中一所简陋的房屋。这期间，他虽身无官职，却没有忘怀国事。边塞上报警的烽火和悲凉的鼓角，时时写入他的诗篇。他预料吐蕃将成为唐王朝的边患，他批评肃宗一味依靠回纥援军来平息安史之乱，认为这样做会后患无穷，其后事实果如所言。这期间，他还创作了一批思弟忆友的诗歌，无论长篇短制，都相当成功，乱离之叹回荡于字里行间。

冬天的脚步越来越近，杜甫的生活也越来越艰难。十月，秦州南面的同谷县(今甘肃成县)有位“佳主人”来信相邀，杜甫遂携家离开秦州，踏上南行之路。二百多里的路程，山重水复，迂曲艰难。杜甫将沿途所历写成一组纪行诗，共十二首，真实地记录了每一步的艰辛，并每每由自己的不幸而想到战乱年代的百姓和士兵，连绵不休地唱着“穷年忧黎元”的主调。不料到了同谷以后，那位“佳主人”却未给杜甫提供生活援助。杜甫完全陷入饥寒交迫的生活深谷之中，他只得以白头乱发的暮年之躯去天寒日暮的山谷捡拾橡栗充饥，以致手脚被冻得皴裂坏死。又曾扛着大镐去白雪覆盖的山野挖掘黄独(一种可食的土芋),每每空手而归。他抵达同谷当在十一月初,却于十二月一日被迫携家离开此地,南往成都寻找安身之处。这一路山水行程,险象环生,古老的秦岭、巴山栈道上,留下了他的声声叹息、曲曲悲歌。他把所历艰险又写成一组纪行诗,也是十二首。

十二月末的一天傍晚,杜甫一家拖着疲惫的身子终于到了成都。在成都尹裴冕的关照下,暂时寓居于城西草堂寺。第二年(即上元元年,760)开春,便在西郊的浣花溪畔营建草堂,春末,草堂建成。从此,他有了安身之处,结束了半年来动荡不安的生活。定居初期,心情获得片刻的宁静,写了不少颇具安恬情味的田园诗。草堂的北邻是个退休的县令,南邻是位隐士,其余皆是普通农家,杜甫与他们亲密交往,颇得良趣。成都一带古迹甚多,先主庙、武侯祠、司马相如的琴台、武担山的石镜等等,杜甫前往观览,皆留有诗作。然而,草堂生活毕竟是寄人篱下的,生活费用全靠友人的资助,一旦周济失时,饥饿便找上门来。“厚禄故人书断绝,恒饥稚子色凄凉。”可能是在埋怨在彭州(今四川彭县)作刺史的老友高适。这年秋天,高适由彭州刺史改任蜀州(今四川崇庆)刺史,杜甫曾前往蜀州会晤高适,想来也与生计问题相关。这一时期,忧国与思乡,感时与忆弟,也时或拨动他的心弦。

上元二年(761)四月,梓州(今四川三台)刺史段子璋反叛,自称梁王。五月,高适与新任成都尹崔光远合击段子璋,斩之。崔光远的部将花敬定乘平乱之机大肆掠民,作威作福,杜甫有诗讽之。十月,崔光远受朝廷责备,忧愧而死。十二月,朝廷派严武镇蜀。严武与杜甫为世交,二人又曾同朝为官,感情亲近,他的到来为杜甫的生活带来了保障。但仅过半年,又被朝廷召回。宝应元年(762)四月,玄宗、肃宗相继去世,六月,代宗召严武还朝以委重任。杜甫为失去身边好友而惆怅不已,一直将严武送到绵州(今四川绵阳),方依依告别,叮嘱他努力为国效忠。

杜甫在绵州逗留期间,成都军阀徐知道起兵造反。杜甫不能回归,浪迹于梓州一带。冬初之际,返回成都把家属由草堂接到梓州,客中作客,其情可想。代宗广德元年(763)正月,安史叛军被彻底消灭,消息传到梓州,杜甫惊喜万状,百感交集,作《闻官军收河南河北》一诗以记情怀。他想立即出峡回归故乡洛阳,却因财力所限,未能如愿,只好在梓州、阆州一带流浪。此时,吐蕃已成唐王朝的严重边患。这年七月,吐蕃进入大震关,尽取河西、陇右之地。代替严武作西川节度使的高适奉命于雪岭(又称西山)松、维、保三州设防，军事连连失利。杜甫深感忧虑，在所作《对雨》《王命》《征夫》等诗中，记录了战局的严重和巴蜀百姓的苦难岁月。十月，吐蕃进攻长安，代宗仓皇出逃，长安陷落，百姓惨遭杀戮。消息传来，杜甫万分痛心，作《巴山》《遣忧》等诗以记时难。杜甫在阆州时，曾代阆州刺史向朝廷上表，论述巴蜀地位之重要，而目前深受吐蕃威胁，朝廷应立即选派贤明亲王前来坐镇，或派德高望重、经验丰富的大臣前来扭转战局。此时西川节度使正是杜甫的友人高适，可见杜甫论事是从国家利益上着眼的，这是他的可贵之处。

广德二年(764)正月，朝廷派严武重来镇蜀。严武寄信给杜甫，邀他返回成都。杜甫遂改变出峡的计划，携带家属回到草堂。六月，严武向朝廷表荐杜甫为检校工部员外郎，并任节度使署中参谋，朝廷准奏。杜甫遂来成都严武幕府供职，偕同操练军队，力图收复松、维、保三州。七月，严武举兵西征，杜甫作《东西两川说》一文交给严武，文中论及若干军略问题。九月，严武击败吐蕃七万兵马，攻克当狗城(四川理番县东南)，十月又克盐川城(甘肃漳县西北)，挫败了吐蕃气焰，西蜀局势得以稳定。杜甫在幕府供职期间，每与青年同僚意见不合，受到他们的嘲笑和排斥，感到实无必要周旋其间，遂决定辞去参谋官职，永泰元年(765)正月，终于获得严武的允许，重回草堂从事耕耘。

这年四月，严武突然病逝(年仅四十)，杜甫失去依靠，只得告别草堂，买舟出峡。先是沿岷江南下，经嘉州(今四川乐山)、戎州(今四川宜宾)入长江，东行经渝州(今四川重庆)、忠州(今四川忠县)，至云安(今四川云阳)时，因病不能前行，这时已近中秋。直到大历元年(766)春末，方启程东行，至夔州(今四川奉节)时，又因诸病缠身而滞留。杜甫在夔州居住近两年，而所作诗篇多达四百余首，约占今存全部诗作的三分之一。这些诗大体可分为四类，其一是写日常生活，如养鸡、种菜、经营果园、种植水稻等等。其二是写当地的风物和古迹，白盐山、赤甲山、滟滪堆以及险恶的瞿塘峡口等等，都被传神地表现出来；而武侯祠、先主庙、八阵图、白帝城等古迹之咏，每每织进国事与身世之叹。其三是写忧时与伤民，这是重要的部分，当时蜀地军阀崔旰之乱未靖，战乱给百姓带来沉重的兵役和赋税之苦，杜甫以真实而生动的笔墨记录了种种惨痛的现实。其四是忆旧篇什，内容有关于国家的、个人的和亡友的。体会作者的用意，可能是感到年老多病，前景不长，趁夔州生活比较安定，及时把一生所历形诸文字，以期对后辈有所交代、有所警示。

这部分作品是研究杜甫及其他诸人、研究安史乱后唐王朝所历厄运的绝好材料，许多方面弥补了史书的不足，值得珍视。这些作品主要有《夔府书怀四十韵》《往在》《遣怀》《昔游》《壮游》《八哀诗》及《秋兴八首》等。

大历三年(768)正月，杜甫收到弟弟杜观从江陵(今属湖北)寄来的书信，说已在当阳县(今属湖北)找好了住处，催他出峡。正月中旬，杜甫携家离开夔州，乘船东下，三月初，抵达江陵，把家属安置在当阳县。此时他仍任检校工部员外郎的官职，故思北上归京，却因种种原因未能如愿。在江陵留滞数月，深感人情淡薄，故携家继续东下，途经公安(今属湖北)居留数月，于冬末抵达岳阳，沿途所见皆萧条的冬景和凋敝的民生，作《蚕谷行》和《岁晏行》以记楚地百姓在苛税下的悲惨遭遇。又于岳阳楼上登临眺望，写出忧时伤世、悲天怜己的五律哀歌。

大历四年(769)正月，杜甫离开岳阳，乘船南下，经由洞庭入湘水上溯。三月，抵达潭州(今湖南长沙)，停留数日，继续南行，欲往衡州(今湖南衡阳)投奔少年旧交今任衡州刺史的韦之晋，沿途但见农村荒废，民室空虚，不禁痛声疾呼："谁能叩君门，下令减征赋！"抵达衡州后，方知韦之晋已在三月间改任潭州刺史，遂返回潭州，与韦相见。不料，四月间韦氏即病死，杜甫生活无依，曾向崔涣、卢十四两侍御求援，又在潭州渔市上摆设药摊，卖草药以糊口。

大历五年(770)四月，湖南兵马使臧玠在潭州造反，杜甫再次随百姓一起逃难。逃到衡州，收到舅氏崔伟(时任郴州录事参军)的邀请信，遂溯耒水前往郴州(今属湖南)。船至耒阳(今属湖南)县境的方田驿，遇江水暴涨，不得行进，停泊五天，断粮绝食。耒阳县令聂某得知消息，派人送信问候，赠给食物。杜甫十分感激，作诗答谢。因水势不退，只得返程。此时臧玠之乱已平，杜甫欲由汉水北归京都，向湖南亲友请求资助，未能如愿，终因贫病交集，死在湘江船上。时为大历五年冬。他的最后一首诗是在船上伏枕写成的，在生命的最后时刻，仍在叹息"战血流依旧，军声动至今"。杜甫死后，家人无力将其灵柩运回故乡，只好停放在岳阳。四十三年之后，他的孙子杜嗣业才将灵柩迁葬于偃师西北的首阳山下。诗人生前念念不忘的归乡之愿，死后多年才得以实现。

中唐诗人元稹受杜嗣业之托，曾为杜甫写作墓志铭，说道："诗人以来，未有如子美者。"(《唐故检校工部员外郎杜君墓系铭并序》)此论曾于后世引起一场“李杜优劣”之争。有人扬杜抑李，有人扬李抑杜，也有人主张李杜二人不宜分优劣。我们认为，诚如有人所言李杜二人所持创作方法不同、艺术风格不同，故不宜分出高下；然而，若论作品反映社会生活的深度与广度，若论作者对国家和人民感情之深挚、对友谊的执着与珍视、对弱小之同情以及宁苦己以利人的思想境界等诸多方面，杜甫则是当之无愧的千古诗坛第一人。而这些宝贵的思想、感情和品德，无疑是东方文化的集中体现，这是杜甫何以能够赢得后代如此众多的追随者和崇拜者的重要原因，也是他作为中国中世纪诗坛的唯一代表加入世界文化名人之列的重要原因。杜甫继承的是儒家思想传统，同时对儒家思想又有所批判。这种继承与批判的结果，是把个人与国家、人民的命运更紧密地连在了一起。儒家说“穷则独善其身，达则兼善天下。”杜甫则无论个人穷达，都要兼善天下。儒家说“不在其位，不谋其政。”杜甫则不管有无官职，总是在为国家的政局、民族的命运而思虑不已。儒家认为“上智下愚”，轻视劳动人民；杜甫则乐于同他们交往，对于人民群众的真诚、率直的品德给予热情的歌颂。儒家蔑视妇女，认为“女子难养”；杜甫则对战乱中的劳动妇女的不幸命运给予深切的同情，并为她们进行辩护。儒家严“华夷之辨”，表现了十足的民族狭隘性；杜甫则主张民族间和睦相处，不以杀伐相抗，珍视民族间的友好关系。这些宝贵的思想是对儒家学说的纠偏，在维系中华民族大一统的局面上，在促成知识分子与国家命运密切结合上，不仅对当时而且对后世、乃至对当今都具有深刻的意义，它也必将照耀于中华民族的未来。

杜诗的思想是博大而精深的，这与作者所处的特殊时代相关。杜甫生活在大唐帝国由盛而衰的历史转折时期，民族矛盾、阶级矛盾和政治斗争，都达到尖锐的程度，这在客观上为其诗歌创作提供了典型的生活素材；加上他在特定年代所经历的艰难困苦的生活以及这种经历给予他的日趋清醒的头脑；加上他个人对儒家入世思想和“仁政”“民本”思想的执着信奉，以及百折不回的倔强性格，这些主客观条件，使他创作出一部思想恢宏的“诗史”。

杜诗思想之伟大，首先表现在贯穿于全部诗篇的高度的人民性上。“穷年忧黎元，叹息肠内热”是杜诗的一条思想主线。把人民的痛苦作为主要的表现对象，而且投入了自己的血泪深沉的情感，这在中国诗史上是罕见的。以唐代诗坛而论，有的人也写出了一些反映民瘼的作品，惜其感情深度不够;有的人确实也写出了不少悲愤的悯人之作,惜其未能坚持始终,一旦政治上遭受挫折,便去“独善其身”了。而杜甫从天宝十一载(752)创作《兵车行》开始,直到大历五年(770)的绝笔诗《风疾舟中伏枕书怀》,二十年间始终把诗思引向苦难的人民,他以饱含泪水的笔墨,描写了人民群众遭受的兵役之苦,描写了在繁重的赋税压迫下农村的荒废、农民的逃亡,描写了秦蜀路上流民的大批死亡,描写了楚地百姓家徒四壁、卖儿鬻女。穿过历史的烟云,我们至今犹能见到骊山脚下寒冬路旁那饿死者的惨白的尸骨,听到白帝城外荒村野谷那被剥削得一无所有的哀哀寡妇的哭声。诚然,杜甫有一部分诗作表现的是个人的不幸遭遇,但他能够由个人的不幸而想到人民的不幸,并且他是把个人的不幸放在社会人生的大不幸中加以表现的。也休说杜甫仅以空文悯人,贫穷的他能拿出多少财物给人呢?他种有草药,“药许邻人斲”(《正月三日归溪上有作》),他有棵枣树,“堂前打枣任西邻”(《又呈吴郎》),他在夔州东屯种了水稻,还要分一些稻米给穷苦的农民,“西成聚必散,不独陵我仓。岂要仁里誉?感此乱世忙!”(《秋行官张望督促东渚耗稻》)这些微薄之赠当然不足以济民之困,但对杜甫来说亦足以表明他的爱民之心。唯其有此爱民之心,方能创作出忧民之作。那些对杜甫说三道四的高明的大师们,未必都肯拿出这点东西给别人!关心人民疾苦,这绝非仅具道德上的意义,从中国的历史和国情上看,民生安定乃是维护国家统一、促进社会发展的重要条件之一。杜甫正是为了这个目的而对民生凋敝的现实发出感叹并大声疾呼的。这种思想对中国人具有永恒的醒示意义。

杜诗思想之伟大,还表现在强烈而深沉的爱国血诚上。如果说热爱祖国是中国知识分子的传统思想品质,那么一部杜诗则是这种思想品质的集中表现。杜甫对国家的命运是无比关心的,国家时局的每一次变动,军事上的每一次行动及后果,都在他的诗中留下了印记,他的笔简直就是一架地震纪录仪,日夜不停地摆动着忠实的毫尖。大到安史之乱、吐蕃陷京,小至陈陶、青坂之役,地方军阀作乱,无不反映于诗中,一些作品还能弥补史书之缺漏。杜甫反映时局并非被动地记录,他常常在诗中提出自己的建议,比如固守51关、增防芦子关、限制回纥兵力、对朝政的改革措施,等等。无不表现他对国事的深思苦虑。他对国运的艰难

每每发出回肠荡气的叹息:“不眠忧战伐,无力正乾坤!”(《宿江边阁》)“戎马关山北,凭轩涕泗流。”(《登岳阳楼》)“万国皆戎马,酣歌泪欲垂。”

(《云安九日郑十八携酒陪诸公宴》)“向来忧国泪,寂寞洒衣巾。”(《渴先主庙》)在封建社会里,王室、天子代表着国家,尤其是处于民族战争的特殊年代,朝廷的存亡更是意味着国家民族的存亡。所以,杜甫的爱国又常常与“忠君”联在一起。他切盼“北极朝廷终不改”,他忧叹“风尘澒洞昏王室”,实质上就是爱国之情的表达。在当时的历史条件下,杜甫不能抛开朝廷去谋求国家的兴旺,他只能通过匡辅君王的方式去解脱民族的苦难。他的“忠君”是从爱国出发的,所以当他看到君王的所为有悖于国家民族的利益时,便写诗批评、讽刺。他批评过唐玄宗的开边政策:“君已富土境,开边一何多!”(《前出塞》)“边庭流血成海水,武皇开边意未已!”(《兵车行》)并用“千村万落生荆杞”的诗句指斥开边战争给农业生产造成的巨大破坏。他批评过玄宗的奢侈腐化生活:“君臣留欢娱,乐动殷胶葛”(《咏怀五百字》),“朝野欢娱后,乾坤震荡中”(《赠贺兰铦》),指出正是由于玄宗君臣的腐化堕落,导致了安史之乱的发生。对于昏庸无能的肃宗,他也给予了不少的讽刺。“唐尧真自圣,野老复何知?”(《秦州杂诗》)这是讽刺肃宗不纳忠谏,自以为是。“关中小儿坏纪纲,张后不乐上为忙。”(《忆昔二首》)这是讽刺肃宗宠信宦官李辅国、害怕皇后张良娣,听任他们相互勾结,打击忠臣,败坏朝纲。对于代宗信任宦官程元振,剥夺郭子仪兵权,致使吐蕃攻入长安,君臣落荒而逃,长安百姓陷入灭顶之灾,这一败国行径,他也给予辛辣的讽刺:“犬戎直来坐御床,百官跣足随天王。”(《忆昔二首》)“天子亦应厌奔走,群公固合思升平。”(《释闷》)这些批评和讽刺皆对君主失道误国而发,足以看出杜甫“忠君”思想的实质。对于那些祸国殃民的群小,对于那些不修边备总吃败仗而习以为常的将军,对于那些削刻百姓骨肉的地方官吏、恃险作乱的地方军阀,杜甫总能站在国家利益的高度投之以讽刺、规劝或讨伐。反之,对于那些在战乱中为国捐躯的英雄义士,在政治斗争中为邪恶势力所残害的国士,杜甫从未忘记,一一作诗深情悼念,为国失良材而老泪纵横。杜甫这种伟大的爱国思想,曾经感染了一代代的后来者,这是维系中华民族统一和促进其发展的强大的精神力量。

杜诗的艺术成就也是巨大的。杜甫继承并发展了《诗经》以来的现实主义文学传统,使现实主义诗歌创作达到前所未有的高度。他的笔触客观严谨,忠实地反映了唐王朝由盛而衰的历史时期的社会面貌,极富生活气息。风格以沉郁顿挫独帜于诗坛,具有鲜明的抒情性格。叙事诗善于选材,寓主观于客观,是其最大特色。精于细节描写和人物语言的个性化。抒情诗则善于解剖内心世界,寄情于景,创造出深邃感人的意境。而语言之精炼,“语不惊人死不休”的创作态度与实践,更为后人所折服。他所开创的“即事名篇”的乐府诗的命题方法,彻底结束了前人用旧题写新事的文不对题的局面,为后来白居易等人倡导的新乐府运动奠定了基石。杜甫对各种诗歌体式都是擅长的,尤其是律诗,一直被后人奉为创作上的典范。他无愧于“集大成”的诗人的美誉,无愧于“诗圣”的定评。正如元稹在《唐故检校工部员外郎杜君墓系铭并序》中所论:杜诗“上薄风骚,下该沈宋,古傍苏李,气夺曹刘,掩颜谢之孤高,杂徐庾之流丽,尽得古今之体势,而兼人人之所独专”。

杜诗虽因其深刻的人民性而被当时的统治者及其士林所冷落,但到中唐终于被人们认识了它的价值。元稹之外,韩愈、白居易、张籍都积极推扬杜诗。自北宋王洙辑集、王琪重编《杜工部集》之后,历代辑集增补本、注释本,种类颇多。较有影响的注本有郭知达《九家集注》、胡震亨《杜诗通》、黄生《杜诗说》、浦起龙《读杜心解》、杨伦《杜诗镜铨》、钱谦益《杜诗笺注》、仇兆鳌《杜诗详注》等。但上述诸本多在词语、典故的出处上下功夫,至于章句的疏通则很少有人问津,这是一个大缺陷。清人仇兆鳌《杜诗详注》之所以流传较广,原因之一是仇氏在疏通诗句上作了一番努力,有助于读者理解诗意。但仇氏于此项工作未能尽如人意,许多难解之句被弃置不顾。新中国成立以来,仅出版过几种选注本,选篇也仅在二百至三百首之内,远未能反映杜诗全貌,这是令人十分遗憾的。值得赞誉的是,今人陈贻焮先生在杜诗的串译上付出了巨大的努力,所著《杜甫评传》的一大特色即是对杜诗的代表作品及众多精粹篇章做出详细的翻译。当然,作为一部评传著作,不可能也无必要将全部杜诗译出。陈先生的工作给了我们深刻的启迪,全注全译杜诗的构想由此而生。我们认为,既然杜甫是一位人民诗人,则他的全部作品就应该为广大的人民群众所通晓,他的伟大的思想应该被人民群众所认识,他的精湛的艺术应该由人民群众去享受。杜诗不是精神贵族的产物,不应被专家学者所独有。杜诗的研究工作应该面向广大的社会阶层。出于上述动意,从1990年起,我与同窗好友张志民便开始撰写此书,伏案至今。值此书稿完成之际,我们由衷地感到杜诗的厚重和注译工作的意义。虽说眼已极度昏花,但对杜甫的认识却较为清晰了。他那坎坷人生中所留下的每个足迹,为国事民生而频发的沉重叹息,如在目前,如在耳边。杜甫的伟大形象高山般地耸立在历史烟云中,其思想和人格的光辉永照东方大地!

此书以仇兆鳌《杜诗详注》所收诗歌为依据(唯《哭长孙侍御》一首作杜诵诗,不录),每首诗有“题解”、“原诗”、“注释”和“译文”。题解包括编年和内容提要,编年基本采用古今学者的研究成果,某些诗的写作年代则有新见,限于篇幅,未作辩析。注释部分以精要为特点,一般只注释典故和生僻的词语,某些罕见的字则标明了读音。译文部分是本书的核心所在,也是撰写中的难点。我们参阅了大量的资料,细览百家之说,择其善者而从之,虽说如此,仍有众多诗句的翻译属于拓荒型的劳动。忠于作品的原意,是译文的关键所在,我们采取慎重的态度,不敢随意落笔。诗句的跳跃性是人所共知的,有时为了贯通上下文意而增补了一些内容。人们常说诗不可译,这是说“诗味”难译,说得有道理。但是,当诗意尚且不明之时,所谓“诗味”又从何去品?总先知其意,然后品其味。我们所作译文就是想解决诗意理解的问题,读者借此而得知其意,然后再结合原作去品其味吧。

韩成武

# 杜甫年谱*

712 年　睿宗太极元年 改元先天 壬子 一岁

生于河南巩县(今河南巩义)。五月改元延和

八月,玄宗即位

714 年　玄宗开元二年 甲寅 三岁

寄养于洛阳二姑母家。

717 年　开元五年 丁巳 六岁

尝至郾城(今属河南),观公孙大娘舞剑器浑脱。

718 年　开元六年 戊午 七岁

始学作诗。《壮游》诗云:"七龄思即壮,开口咏凤凰。"《进雕赋表》亦云:"臣幸赖先臣绪业,自七岁所缀诗笔,向四十载矣,约千有余篇。"

720 年　开元八年 庚申 九岁

始习大字。《壮游》诗云:"九龄书大字,有作成一囊。"

725 年　开元十三年 乙丑 十四岁

在洛阳。与郑州刺史崔尚、豫州刺史魏启心等交游。曾于岐王李范、殿中监崔涤宅听李龟年歌。

726 年　开元十四年 丙寅 十五岁

在洛阳。《百忧集行》云:"忆年十五心尚孩,健如黄犊走复来。庭前八月梨枣熟,一日上树能千回。"

730 年　开元十八年 庚午 十九岁

游晋,至郇瑕(今山西临猗),结识韦之晋、寇锡。大历四年(769)夏,杜甫在衡州(今湖南衡阳)作《哭韦大夫之晋》诗云:"凄怆郇瑕邑,差池弱冠年。"

731 年　开元十九年 辛未 二十岁

---

* 本《杜甫年谱》,由山东大学孙微教授整理并参考了张忠纲先生《杜甫大辞典》之《杜甫年表》。

开始漫游吴越，历时数年，足迹遍及今江苏南京、苏州、浙江杭州、绍兴、萧山、嵊州、新昌等地。

在江宁（今江苏南京），结识许登、旻上人。曾去瓦官寺观看东晋著名画家顾恺之所画的维摩诘像。《壮游》诗云："东下姑苏台，已具浮海航。到今有遗恨，不得穷扶桑。王谢风流远，阖闾丘墓荒。剑池石壁仄，长洲荷芰香。嵯峨阊门北，清庙映回塘。每趋吴太伯，抚事泪浪浪。蒸鱼闻匕首，除道哂要章。枕戈忆勾践，渡浙想秦皇。越女天下白，鉴湖五月凉。剡溪蕴秀异，欲罢不能忘。"《解闷十二首》之二："商胡离别下扬州，忆上西陵故驿楼。"西陵，即今浙江萧山市西兴镇。

732 年　开元二十年 壬申 二十一岁

游吴越。

733 年　开元二十一年 癸酉 二十二岁

游吴越。

734 年　开元二十二年 甲戌 二十三岁

游吴越。

735 年　开元二十三年 乙亥 二十四岁

自吴越返洛阳。赴乡贡。《壮游》诗云："归帆拂天姥，中岁贡旧乡。"

736 年　开元二十四年 丙子 二十五岁

在洛阳。参加进士考试，不第。始游齐赵。《壮游》诗云："忤下考功第，独辞京尹堂。放荡齐赵间，裘马颇轻狂。"其父杜闲时任兖州（今属山东）司马，遂至兖州省父。《登兖州城楼》云："东郡趋庭日，南楼纵目初。"又作《望岳》诗云："岱宗夫如何？齐鲁青未了。造化钟神秀，阴阳割昏晓。荡胸生层云，决眦入归鸟。会当凌绝顶，一览众山小。"后在夔州作《又上后园山脚》诗回忆当年登泰山云："昔我游山东，忆戏东岳阳。穷秋立日观，矫首望八荒。朱崖著毫发，碧海吹衣裳。"到任城（今山东济宁），有《与任城许主簿游南池》等诗。与苏源明结交。

737 年　开元二十五年 丁丑 二十六岁

游齐赵。

738 年　开元二十六年 戊寅 二十七岁

游齐赵。

739 年　开元二十七年 己卯 二十八岁

游齐赵。秋，于汶上结识高适。《奉寄高常侍》云："汶上相逢年颇多，飞腾无那故人何。"

740 年　开元二十八年 庚辰 二十九岁

游齐赵。有《题张氏隐居二首》。张氏，疑即张玠，张建封之父。

741 年　开元二十九年 辛巳 三十岁

自齐赵归洛阳，筑室首阳山下，作《祭远祖当阳君文》。舍弟杜颖，时任齐州临邑县（今属山东）主簿。

742 年　天宝元年 壬午 三十一岁

在洛阳。或谓其父杜闲卒于是年。二姑母万年县君卒于东都洛阳仁风里。六月二十九日，迁殡于河南县（今河南洛阳）平乐乡，作《唐故万年县君京兆杜氏墓志》。

743 年　天宝二年 癸未 三十二岁

在洛阳。

744 年　天宝三载 甲申 三十三岁

四月，与被玄宗"赐金放还"的李白在洛阳初识，一见之下，互为倾倒，结为莫逆之交。两人相约为梁宋（今河南开封、商丘一带）之游，追至宋中，又遇高适。三人相善，登高怀古，射猎游宴，赋诗论文，甚是惬意。在此期间，李、杜还曾同渡黄河，入王屋山访道士华盖君，因其已死，遂怅然而归。约在此时，在宋中结识陈兼、韩十四等。

五月五日，继祖母范阳太君卢氏卒于陈留之私第。八月，归葬于偃师（今属河南），作《唐故范阳太君卢氏墓志》。

745 年　天宝四载 乙酉 三十四岁

临晋公主托杜甫为其母皇甫淑妃撰《唐故德仪赠淑妃皇甫氏神道碑》。

再游齐赵。夏，与北海太守李邕、齐州司马李之芳相会于济南历下亭，作《陪李北海宴历下亭》诗云："东藩驻皂盖，北渚凌青荷。海右此亭古，济南名士多。"

秋，与李白重逢于鲁郡（今山东兖州）。二人曾同上东蒙山，访道于董炼师和元逸人，又同访鲁城北范十居士。

秋末，二人在石门作别，杜甫《赠李白》云："秋来相顾尚飘蓬，未就丹砂愧葛洪。痛饮狂歌空度日，飞扬跋扈为谁雄？”李白亦作《鲁郡东石门送杜二甫》诗：“醉别复几日，登临遍池台。何时石门路，重有金樽开？”此后，两人再也没有见面，但彼此都很想念。李白有《沙丘城下寄杜甫》云：“我来竟何事？高卧沙丘城。城边有古树，日夕连秋声。鲁酒不可醉，齐歌空复情。思君若汶水，浩荡寄南征。”沙丘城，即今兖州。

归洛阳，作《冬日有怀李白》。

746年　天宝五载　丙戌　三十五岁

西归长安。春，作《春日忆李白》。与岑参、郑虔等结交。从汝阳王李琎、驸马郑潜曜游。有《郑驸马宅宴洞中》诗。《壮游》诗云：“快意八九年，西归到咸阳。许与必词伯，赏游实贤王。曳裾置醴地，奏赋入明光。”此后，作《饮中八仙歌》，分咏贺知章、李琎、李适之、崔宗之、苏晋、李白、张旭、焦遂等八人。约在此年前后，与任华在长安相识。

除夕，作《今夕行》，题下原注：“自齐赵西归至咸阳作。”

747年　天宝六载　丁亥　三十六岁

在长安。正月，诏征天下士人通一艺者，诣京师就选，杜甫与元结等皆应试，而权相李林甫从中作梗，以为“野无遗贤”，结果全部落选。

春，孔巢父以病归游江东，杜甫作《送孔巢父谢病归游江东兼呈李白》。

748年　天宝七载　戊子　三十七岁

曾归偃师故庐，河南尹韦济屡访问之。后在京都近畿寄诗韦济，有《奉寄河南韦尹丈人》，题下原注：“甫故庐在偃师，承韦公频有访问，故有下句。”与书法家顾诫奢结交。

749年　天宝八载　己丑　三十八岁

在长安。四镇节度使高仙芝入朝，杜甫有《高都护骢马行》，高曾任安西副都护。

冬，归洛阳，作《冬日洛城北谒玄元皇帝庙》。

750年　天宝九载　庚寅　三十九岁

在长安。

张说次子、驸马张垍迁太常卿，仍充翰林学士，杜甫有《赠翰林张四学士垍》诗，希望汲引。韦济迁尚书左丞，作《赠韦左丞丈》诗。

冬，预献《三大礼赋》。

751 年　天宝十载 辛卯 四十岁

在长安。杜甫献《三大礼赋》后，玄宗奇之。命待制集贤院，召试文章，送隶有司，参列选序。

秋，病疟。作《病后过王倚饮赠歌》、《秋述》。

是年冬，作《兵车行》，揭露玄宗穷兵黩武政策给人民带来的深重苦难。是年前后，作《前出塞九首》。

除夕，在从弟杜位家，作《杜位宅守岁》。

752 年　天宝十一载 壬辰 四十一岁

在长安。暮春，暂归东都。与尚书左丞韦济告别，有《奉赠韦左丞丈二十二韵》。又与集贤院直学士崔国辅、于休烈告别，旋返长安。

郑虔侄郑审为谏议大夫，杜甫有《敬赠郑谏议十韵》，自叙沦落，希冀汲引。

秋，与高适、薛据、岑参、储光羲等同登长安慈恩寺塔，作《同诸公登慈恩寺塔》诗。

753 年　天宝十二载 癸巳 四十二岁

在长安。向京兆尹鲜于仲通献诗，希冀汲引。

三月三日，作《丽人行》，揭露杨氏兄妹的骄奢淫逸。

夏，同广文博士郑虔游何将军山林，作《陪郑广文游何将军山林十首》。

754 年　天宝十三载 甲午 四十三岁

在长安。春，重游何将军山林，作《重过何氏五首》。又作《醉时歌》。

夏，与岑参兄弟游渼陂，作《渼陂行》。九月九日，杜甫有《九日寄岑参》诗。

三月，张垍贬为卢溪郡司马。岁中召还，再迁为太常卿。杜甫有《奉赠太常张卿垍二十韵》，仍望其提携。

自洛阳移家长安，居城南之下杜城。秋后，淫雨害稼，物价暴贵，生计益艰，遂携家往奉先（今陕西蒲城），馆于姻亲奉先县令杨蕙廨舍。

约是年秋，次子宗武生。

陇右河西节度使哥舒翰幕判官田梁丘，因事入奏朝廷，杜甫作《赠田九判官梁丘》诗，希望他能推荐自己入哥舒翰幕府。冬，又作《投赠哥舒开府翰二十韵》，冀翰援引。

献《封西岳赋》，又献《雕赋》。

755年　天宝十四载 乙未 四十四岁

在长安。初春，作《上韦左相二十韵》呈韦见素，望其汲引。

秋，往奉先省亲。十月返长安，授河西尉，不就。旋改任右卫率府兵曹参军。《官定后戏赠》云："不作河西尉，凄凉为折腰。老夫怕趋走，率府且逍遥。耽酒须微禄，狂歌托圣朝"。

十一月，复往奉先省亲，作《自京赴奉先县咏怀五百字》。

安史之乱爆发。作《后出塞五首》。

756年　天宝十五载 丙申 四十五岁

七月，肃宗即位，改元至德

在长安，元日作《苏端薛复筵简薛华醉歌》。

弟杜颖避乱济州，杜甫在长安，有《得舍弟消息二首》。

五月，奉先县受到叛军威胁，杜甫从长安奔往奉先，携家向北转移，至白水县（今属陕西）依时任白水县尉的舅父崔顼。六月，叛军攻破潼关，白水受敌，杜甫又携家北逃，经华原县，七月中，抵三川县，最后安家在鄜州（今陕西富县）羌村。

八月，闻肃宗即位于灵武（今属宁夏），即从羌村出发北上，取道延州（今陕西延安），经石门，过涂寨，上万花山，到达延安七里铺，欲出芦子关转道灵武，只身奔赴行在。不幸途中为叛军俘获，押赴长安。作《月夜》诗怀念妻子。

十月，宰相房琯率军先后败于陈陶斜和青坂，杜甫闻之而作《悲陈陶》《悲青坂》。

757年　肃宗至德二载 丁酉 四十六岁

杜甫仍陷贼长安。作《忆幼子》《遣兴》思念次子宗武。

正月，叛军史思明、高秀岩合兵攻太原，意欲西进，威胁肃宗驻地彭原、凤翔一带的安全。杜甫时身陷长安，闻之焦急万分，遂作《塞芦子》诗，主张迅速塞断芦子关，阻止叛军西进。

从赞公（亦称赞上人）、苏端游。作《哀王孙》《哀江头》《春望》诸诗。

二月，肃宗将行在所迁至凤翔（今属陕西）。四月，杜甫冒险出长安金光门，间道逃归凤翔，谒肃宗。作《喜达行在所三首》。

五月十六日，授左拾遗。是月房琯罢相，杜甫疏救，忤怒肃宗，诏三司推问，幸宰相张镐救免。六月一日，进《奉谢口敕放三司推问状》。

侍御史吴郁因为民辩诬，取忤朝贵，被谪长沙。时杜甫因疏救房琯获罪而不能自保，无力营救吴郁，深以为憾。

六月十二日，与裴荐、韦少游、魏齐聃、孟昌浩等举荐岑参为右补阙。

闰八月，墨制放往鄜州省亲。经邠州，向李嗣业借马，有《徒步归行》。经白水县，忆及去年避安史之乱，挈家北走，至同家洼蒙孙宰热诚接待情事，遂作《彭衙行》，备志孙宰周恤之谊。至家后，作《羌村三首》《北征》。

十一月，携家返长安。十二月，郑虔被贬台州（今浙江临海）司户参军，杜甫因故未能送行话别，遂赋《送郑十八虔贬台州司户，伤其临老陷贼之故，阙为面别，情见于诗》以寄意，对郑虔遭遇深表同情。

758 年　至德三载　戊戌　四十七岁

二月，改元乾元

春，在长安，任左拾遗。

贾至时为中书舍人，作有《早朝大明宫呈两省僚友》诗，杜甫作《奉和贾至舍人早朝大明宫》，王维、岑参皆作诗奉和，一时传为佳话。

春，又有《曲江二首》《曲江对酒》《曲江对雨》《春宿左省》等诗。

四月，肃宗亲享九庙，陪祀。

六月，房琯贬邠州刺史，严武贬巴州刺史。同时，杜甫贬为华州司功参军。作《至德二载，甫自京金光门出，间道归凤翔。乾元初，从左拾遗移华州掾，与亲故别，因出此门，有悲往事》："此道昔归顺，西郊胡正繁。至今犹破胆，应有未招魂。近侍归京邑，移官岂至尊。无才日衰老，驻马望千门。"

七月，为华州刺史郭某作《为华州郭使君进灭残寇形势图状》，又代拟《乾元元年华州试进士策问五首》。

冬末，以事归东都洛阳，复遇孟云卿于湖城县（今河南灵宝）城东。归偃师陆浑庄，作《忆弟二首》《得舍弟消息》。

759 年　乾元二年　己亥　四十八岁

乾元元年冬至是年春，郭子仪、李光弼、王思礼等九节度使以六十万大军围攻相州（今河南安阳）安史叛军，形势大好，杜甫喜而作长诗

《洗兵马》。三月，九节度使兵溃相州，洛阳一带形势危急，朝廷到处征兵抓丁。杜甫时由洛阳回华州，就沿途所见所闻，怀着矛盾的心情写下《新安吏》《石壕吏》《潼关吏》《新婚别》《垂老别》《无家别》这组传诵千载的史诗，即所谓"三吏"、"三别"。

回华州途中，遇老友卫八处士，久别重逢，抚今追昔，感慨万千，遂赋《赠卫八处士》诗。

关辅大旱，百姓饥馑，杜甫作《夏日叹》《夏夜叹》。七月，弃官携家流寓秦州（今甘肃天水）。《立秋后题》云："日月不相饶，节序昨夜隔。……罢官亦由人，何事拘形役？"遂由华州西行度陇而至今甘肃张家川，再经清水沿牛头河而下至社棠，再由社棠渡渭河西上而至秦州城。先居城内，后居侄杜佐草堂。

作《佳人》诗。怀念李白，作《梦李白二首》《天末怀李白》《寄李十二白二十韵》。

在秦州，与坐房琯党谪秦州安置的长安大云寺僧赞上人交往甚密。十月，杜甫赴同谷，有《别赞上人》。

十月，离秦州赴同谷（今甘肃成县），作《发秦州》，诗云："我衰更懒拙，生事不自谋。无食问乐土，无衣思南州。汉源十月交，天气如凉秋。"十二首纪行诗，依次为《发秦州》《赤谷》《铁堂峡》《盐井》《寒峡》《法镜寺》《青阳峡》《龙门镇》《石龛》《积草岭》《泥功山》《凤凰台》。

访两当县吴郁故宅，睹物思人，作《两当县吴十侍御江上宅》诗，回顾当年被谪经过，并深自痛责："余时忝诤臣，丹陛实咫尺。相看受狼狈，至死难塞责。行迈心多违，出门无与适。于公负明义，惆怅头更白。"

十一月，作《乾元中寓居同谷县作歌七首》。

十二月一日，自同谷赴成都。《发同谷县》诗云："始来兹山中，休驾喜地僻。奈何迫物累，一岁四行役。忡忡去绝境，杳杳更远适。停骖龙潭云，回首虎崖石。临岐别数子，握手泪再滴。交情无旧深，穷老多惨戚。平生懒拙意，偶值栖遁迹。去住与愿违，仰惭林间翮。"有十二首纪行诗，依次为《发同谷县》《木皮岭》《白沙渡》《水会渡》《飞仙阁》《五盘》《龙门阁》《石柜阁》《桔柏渡》《剑门》《鹿头山》《成都府》。

岁末，至成都。初寓居西郊浣花溪畔草堂寺。彭州刺史高适有《赠杜二拾遗》诗，杜甫作《酬高使君相赠》诗。

760年 乾元三年 闰四月，改元上元 庚子 四十九岁

在成都。春，得成都尹、剑南西川节度使裴冕帮助，在浣花溪畔营建草堂。

春，初谒诸葛亮庙，作《蜀相》诗。

秋，杜甫有《因崔五侍御寄高彭州》诗向高适求助："百年已过半，秋至转饥寒。为问彭州牧，何时救急难？"往蜀州新津（今属四川）会裴迪，时王缙为蜀州刺史，杜甫有《和裴迪登新津寺寄王侍郎》。又往彭州（今属四川）会高适。九月，高适转蜀州刺史。杜甫前往探视，有《奉简高三十五使君》。

初冬，返成都。岁暮，作《和裴迪登蜀州东亭送客逢早梅相忆见寄》。

761年 上元二年 辛丑 五十岁

在成都。正月七日，高适有《人日寄杜二拾遗》诗。

复往新津，有《暮登四安寺钟楼寄裴十迪》《题新津北桥楼得郊字》《游修觉寺》《后游》等诗。

二月，归成都。有《春夜喜雨》《江畔独步寻花七绝句》《绝句漫兴九首》等诗。

作《不见》诗，怀念李白。诗云："不见李生久，佯狂真可哀。世人皆欲杀，吾意独怜才。敏捷诗千首，飘零酒一杯。匡山读书处，头白好归来。"

四月，梓州副使段子璋反，自称梁王。五月，成都尹、西川节度使崔光远率牙将花惊定平息叛乱，斩段子璋。花惊定恃功大掠东蜀。杜甫作《戏作花卿歌》《赠花卿》。

八月，作《茅屋为秋风所破歌》。

秋，至蜀州青城县（今四川都江堰市）。秋分后至蜀州唐兴县（治今四川崇州市东南江源镇），为县令王潜作《唐兴县客馆记》；后又作《敬简王明府》《重简王明府》二诗寄之，以生计艰难，冀其接济。

从弟杜位先以右补阙配流岭南新州，九月，大赦，北还。杜甫闻知消息，作《寄杜位》诗云："近闻宽法离新州，想见怀归尚百忧。逐客虽皆万里去，悲君已是十年流。"又云："玉垒题书心绪乱，何时更得曲江游。"旋归成都。

吴郡放还，经成都，与范邈往访杜甫，未遇。杜甫有《范二员外邈吴十侍御郁特枉驾阙展待聊寄此作》。

高适率州兵从崔光远攻段子璋。冬，与王抡同至杜甫草堂。

应蜀州李七司马之邀，又到蜀州，旋又归成都。

十二月，朝廷命东川节度使严武任成都尹兼剑南节度使。二人过从甚密，严武在经济上经常接济杜甫。

762 年　上元三年 壬寅 五十一岁

四月，代宗即位，改元宝应

春，在成都。何邕回朝，杜甫送之，作《赠别何邕》诗。

二月，上严武《说旱》。春社时，田父邀饮，作《遭田父泥饮美严中丞》。

四月，玄宗、肃宗相继去世，代宗即位，召严武还朝。七月，严武入朝，杜甫一直送他到绵州（今四川绵阳）奉济驿。剑南兵马使徐知道造反作乱，并扼守剑阁，阻塞严武归路。武在巴山受阻，直到九月尚未出川。时流寓梓州（今四川三台）的杜甫作《九日奉寄严大夫》以致慰问。武读到甫诗，很是感动，即写《巴岭答杜二见忆》诗回赠。

高适代严武为成都尹、剑南西川节度使。秋，杜甫在梓州有《寄高适》。

在梓州，有《戏题寄上汉中王三首》《玩月呈汉中王》诗。汉中王，即李瑀，时贬蓬州长史。

秋末，回成都迎家至梓州。十一月，往射洪县（今属四川），到金华山玉京观，寻陈子昂读书堂遗迹。又访县北东武山子昂故宅，旋复南之通泉县（今四川射洪县东南），访郭元振故居。

是年，作《戏为六绝句》，开以绝句论诗之先河。

763 年　宝应二年 癸卯 五十二岁

七月，改元广德

春，在梓州。是年正月，史朝义败亡，河南、河北诸州郡尽为唐军收复，延续八年之久的安史之乱宣告平息。时流寓梓州的杜甫闻知这个大快人心的消息，欣喜若狂，遂走笔写下"生平第一首快诗"《闻官军收河南河北》。

春到涪城县（治今四川三台县西北花园镇），游牛头寺、兜率寺、惠义寺等名寺，间至盐亭，又往汉州（今四川广汉）。

夏，返梓州。与梓州刺史、东川节度使留后章彝交游频繁。

复自梓州赴阆州。八月四日，房琯卒于阆州僧舍。九月，杜甫作《祭故相国清河房公文》。

杜甫在阆州受到王刺史的款待，代王刺史向代宗上《为阆州王使君进论巴蜀安危表》，提出了一系列治理巴蜀的建议。

初冬，杜甫在阆州接到夫人来信，得知女儿患病，便匆匆离开阆州回归梓州。

在梓州，有《冬狩行》《山寺》《桃竹杖引赠章留后》《将适吴楚留别章使君留后兼幕府诸公得柳字》。

十一月，杜甫欲离梓赴阆下吴楚，行前派弟弟杜占回成都草堂料理家务。十二月，由梓州迁家阆州。

764 年　广德二年 甲辰 五十三岁

朝廷召补京兆功曹参军，不赴。

章彝将入觐，杜甫有《奉寄章十侍御》。未行，二月，严武将其召赴成都而杖杀之。

正月，严武以黄门侍郎拜成都尹充剑南节度使，几次写信希望杜甫回到成都。三月，杜甫在阆州闻知消息，挥笔写下了《奉待严大夫》等诗。又作《别房太尉墓》诗。

高适召为刑部侍郎，转散骑常侍。杜甫有《奉寄高常侍》诗。

杜甫在成都，有《丹青引赠曹将军霸》。又在韦讽成都住宅观赏曹霸所画马，作《韦讽录事宅观曹将军画马图歌》。

六月，严武表荐杜甫为节度参谋、检校尚书工部员外郎，赐绯鱼袋。入幕后，杜甫就协助严武训练士卒，并陪武检阅骑兵，有《扬旗》诗。当时吐蕃对成都威胁很大，为安定巴蜀，必须加强西山防务，为此杜甫特作《东西两川说》向严武提出建议。七月，严武来到西山前沿军城，作《军城早秋》诗，杜甫作《奉和严郑公军城早秋》诗，盛赞严武为国靖边的雄心壮志。

时任华隐居绵州涪城，来成都，有《上严大夫笺》。与杜甫重逢，作《寄杜拾遗》。

秋，弟杜颖来成都探望兄长，临归，杜甫作《送舍弟颖赴齐州三首》相送。

冬，秘书少监苏源明亦卒。杜甫有《怀旧》诗云："地下苏司业，情亲独有君……自从失词伯，不复更论文。"乾元二年九月台州司户参军郑虔卒，因道路阻隔，至此时方才得知，作《哭台州郑司户苏少监》诗："故旧谁怜我，平生郑与苏。存亡不重见，丧乱独前途。豪俊何人在，文章扫地无。羁游万里阔，凶问一年俱。"

765年 永泰元年 乙巳 五十四岁

正月三日，辞严武幕职，归居草堂，《正月三日归溪上有作简院内诸公》诗云："白头趋幕府，深觉负平生。"甫退幕后，仍和严武保持着来往，还不时寄诗，频致缱绻之情。四月，严武病逝，杜甫失去依靠，遂于五月匆匆离开成都，携家乘舟南下，从而结束了他"五载客蜀郡，一年居梓州"（《去蜀》）的生活。

离成都后，沿岷江乘舟经嘉州（今四川乐山），从兄杜某来嘉州探望，杜甫有《狂歌行赠四兄》诗，又有《宿青溪驿奉怀张员外十五兄之绪》诗，时张由金部员外郎被贬黔中道。

六月经戎州（今四川宜宾），受到戎州刺史杨某的接待，有《宴戎州杨使君东楼》诗。又经泸州（今属四川）、渝州（今重庆）。初秋，至忠州（今重庆忠县），居龙兴寺院，有《题忠州龙兴寺所居院壁》《禹庙》。

严武老母护送严武灵柩归葬故里，船过忠州，杜甫登舟慰问，作《哭严仆射归榇》诗，深致悲悼。

正月，高适卒，杜甫在忠州，有《闻高常侍亡》诗云："归朝不相见，蜀使忽传亡。虚历金华省，何殊地下郎。致君丹槛折，哭友白云长。独步诗名在，只令故旧伤。"

九月，至云安县（今重庆云阳）。因病，遂留居云安，馆于县令严明府之水阁。

闻房琯旅榇归葬故里，作《承闻故房相公灵榇自阆州启殡归葬东都有作二首》。

766年 永泰二年 丙午 五十五岁

十一月，改元大历

春，在云安，杜甫闻岑参出为嘉州刺史，作《寄岑嘉州》诗。

暮春，移居夔州（今重庆奉节）。初寓山中客堂，秋，移寓西阁。

秋，作《八哀诗》，分别悼念王思礼、李光弼、严武、汝阳王李琎、李邕、苏源明、郑虔、张九龄。作《诸将五首》《秋兴八首》《咏怀古迹五首》。

秋，柏贞节被授予都督夔州诸军事兼夔州刺史、兼御史中丞充夔忠万归涪等州都防御使，杜甫为作《为夔府柏都督谢上表》。柏都督对杜甫多有资助和照顾，诗中屡屡提及。

作《存殁口号二首》，忆及席谦、毕曜、郑虔、曹霸，尤对毕曜、郑虔之殁表示悲悼。

767年　大历二年 丁未 五十六岁

在夔州。春，移居赤甲。

暮春，杜观将赴夔州探望杜甫。夏，观归蓝田迎取新妇。冬，有《舍弟观赴蓝田取妻子到江陵喜寄三首》。

暮春，迁居瀼西。秋，移居东屯。适吴郎司法自忠州来，因以瀼西草堂借吴居之，有《又呈吴郎》等诗。或谓吴郎乃杜甫女婿。

九月九日，作《登高》《九日五首》（缺一首，或以《登高》补之）。

秋，秘书少监郑审在江陵，太子宾客李之芳在峡州，杜甫有《秋日夔府咏怀奉寄郑监李宾客一百韵》。

秋，作《同元使君舂陵行》。时常往来于东屯、瀼西间。

十月十九日，于夔州别驾元持宅观李十二娘“剑器”舞，作《观公孙大娘弟子舞剑器行》。

韦之晋为检校秘书监、兼衡州刺史、御史中丞、湖南都团练观察使，赴任经夔州，杜甫作《奉送韦中丞之晋赴湖南》诗。

768年　大历三年 戊申 五十七岁

有《续得观书迎就当阳居止正月中旬定出三峡》诗云：“自汝到荆府，书来数唤吾。颂椒添讽咏，禁火卜欢娱。”

李昌巙时任剑州刺史，杜甫将离夔州，有《将赴荆南寄别李剑州》诗云：“使君高义驱今古，寥落三年坐剑州。但见文翁能化俗，焉知李广未封侯。”

将离夔州出峡，遂将去年在瀼西置买的四十亩果园送给一位称之为“南卿兄”的友人。

正月中旬，离夔州出峡东下，经巫山县（今属重庆），遇配流施州的汾州刺史唐旻。

三月，至江陵（今湖北荆州）。与郑审、李之芳盘桓多日，屡有唱酬。

时从弟杜位在江陵任行军司马，杜甫有《乘雨入行军六弟宅》诗。

秋，离江陵赴公安（今属湖北）。

秋，李之芳卒于江陵，杜甫在公安作《哭李尚书》《重题》悼之。

冬，杜甫舅表兄弟、李贺之父李晋肃入蜀，经公安，杜甫有《公安送李二十九弟晋肃入蜀余下沔鄂》诗。

移居公安，贫病交加。与卫钧、诗僧太易交往。

暮冬，离公安南下岳州（今湖南岳阳），作《晓发公安》诗云："舟楫眇然自此去，江湖远适无前期。出门转眄已陈迹，药饵扶吾随所之。"题下原注："数月憩息此县"。

冬末，经刘郎浦（在今湖北石首市绣林山北），至岳州，泊舟岳阳楼下。作《登岳阳楼》《岁晏行》等诗。

769 年　大历四年 己酉 五十八岁

正月，陪岳州刺史裴某登岳阳楼。自岳州去潭州（今湖南长沙），作《南征》诗云："春岸桃花水，云帆枫树林。……老病南征日，君恩北望心。百年歌自苦，未见有知音。"入洞庭湖，经青草湖入湘江，经白沙驿（今湖南省湘阴县三塘乡北营田镇附近）、乔口（今湖南省望城县乔口镇）溯江而南，至铜官渚（今湖南省望城县铜官镇）暂避风浪。又南行至双枫浦（今湖南长沙岳麓山东南）。

二月中下旬，在潭州。作《岳麓山道林二寺行》《清明二首》。旋即离潭州南赴衡州（今湖南衡阳）投奔老友湖南观察使韦之晋，作《发潭州》诗。月底，经凿石浦（今湖南株洲市天元区马家河乡花园村），沿湘江而上，经津口（株洲市株洲县渌口镇湘江东岸）、空灵岸（今湖南株洲县南湘江西岸的雷打石镇磐石村）。三月初，经花石戍（湖南株洲县王十万乡）、晚洲（今湖南株洲县王十万乡挽洲村南）。

经南岳衡山，未及登，作《望岳》诗。春暮至衡州，与湖南观察使韦之晋判官郭受交游唱酬，受有《杜员外兄垂示诗因作此寄上》云："新诗海内流传久，旧德朝中属望劳。……春兴不知凡几首，衡阳纸价顿能高。"杜甫《酬郭十五判官受》诗云："才微岁晚尚虚名，卧病江湖春复生。药裹关心诗总废，花枝照眼句还成。"

杜甫赴衡州原是投靠韦之晋。时韦已移镇潭州，夏，以疾卒于任所。杜甫在衡州，闻而作《哭韦大夫之晋》诗。

初秋，韦迢（元稹岳父韦夏卿之父）以尚书员外郎为韶州刺史，时与杜甫均在潭州，有《潭州留别杜员外院长》诗云："江畔长沙驿，相逢缆客船。大名诗独步，小郡海西偏。"杜甫送之，有《潭州送韦员外迢牧韶州》诗。韦迢答之，作《早发湘潭寄杜员外院长》诗云："故人湖外客，白首尚为郎。相忆无南雁，何时有报章。"杜甫又作《酬韦韶州见寄》云："养拙江湖外，朝廷记忆疏。深惭长者辙，重得故人书。白发丝难理，新诗锦不如。虽无南去雁，看取北来鱼。"

770 年　大历五年 庚戌 五十九岁

正月，有《追酬故高蜀州人日见寄》诗，序曰："开文书帙中，检所遗忘……今海内忘形故人，独汉中王瑀与昭州敬使君超先在，爱而不见，情见乎辞。大历五年正月二十一日却追酬高公此作，因寄王及敬弟。"诗云："自蒙蜀州人日作，不意清诗久零落。今晨散帙眼忽开，迸泪幽吟事如昨。"

春，泊舟潭州。寇锡以监察御史巡按岭南，经潭州，杜甫有《奉酬寇十侍御锡见寄四韵复寄寇》诗云："往别郇瑕地，于今四十年。来簪御府笔，故泊洞庭船。"追忆往昔游晋之郇瑕事。

暮春，与李龟年重逢，作《江南逢李龟年》。

四月，湖南兵马使臧玠杀观察使崔瓘，据潭为乱。杜甫携家出潭州避乱，于是又入衡州，有《入衡州》诗。又《逃难》诗云："五十白头翁，南北逃世难。疏布缠枯骨，奔走苦不暖。已衰病方入，四海一涂炭。乾坤万里内，莫见容身畔。妻孥复随我，回首共悲叹。故国莽丘墟，邻里各分散。归路从此迷，涕尽湘江岸。"并打算由衡州往赴郴州（今属湖南）依舅氏崔伟。

经衡山县（今属湖南），参观孔庙新学堂，作《题衡山县文宣王庙新学堂呈陆宰》诗。

过衡州，阻水耒阳（今属湖南）方田驿。耒阳县令聂某闻讯致书，并馈遗酒肉，杜甫有《聂耒阳以仆阻水书致酒肉疗饥荒江诗得代怀兴尽本韵至县呈聂令陆路去方田驿四十里舟行一日时属江涨泊于方田》诗。回舟北归，有《回棹》诗。

复返潭州，居于湘江江阁。

秋，与李衔复相逢于潭州，有《长沙送李十一衔》诗云："李杜齐名真忝窃，朔云寒菊倍离忧。"

暮秋，有《暮秋将归秦留别湖南幕府亲友》诗云："水阔苍梧野，天高白帝秋。途穷那免哭，身老不禁愁。大府才能会，诸公德业优。北归冲雨雪，谁悯敝貂裘。"

秋冬之际，自潭州赴岳州，途中，作绝笔诗《风疾舟中伏枕书怀三十六韵奉呈湖南亲友》云："公孙仍恃险，侯景未生擒。书信中原阔，干戈北斗深。畏人千里井，问俗九州箴。战血流依旧，军声动至今。葛洪尸定解，许靖力还任。家事丹砂诀，无成涕作霖。"不久即卒于潭岳间舟中。

# 目　录

# 一　读书与漫游时期的作品

## 游龙门奉先寺

【题解】此诗当作于玄宗开元二十三年（735），时杜甫24岁，居洛阳。龙门，山名，即伊阙山，在洛阳南，奉先寺建其上。诗中描绘了夜宿奉先寺的所见所闻，表现了诗人青年时期敏锐的感受能力和对佛教的初步认识。编年杜诗多把此篇作为第一首。

【原诗】已从招提游①，更宿招提境。阴壑生虚籁②，月林散清影。天阙象纬逼③，云卧衣裳冷。欲觉闻晨钟，令人发深省。

【注释】①招提：寺院的别称。此指奉先寺。　②虚籁：天籁，指风声。《庄子·齐物论》有天籁地籁人籁之说。师氏曰："风声为天籁，水声为地籁，笙竽为人籁。"　③天阙：窥视天宇。阙，同窥。象纬：日月五星。

【译文】有幸游览了奉先寺，晚间又住在这里。阴暗的山谷响起阵阵风声，月下的树林闪烁着斑斑清影。窥视天宇，星辰低垂；榻卧云里，寒气透衣。将醒之时听到佛寺晨钟敲响，一声声叩击心弦，令人生发深刻的警悟。

## 望　岳

【题解】此诗当于开元二十四年（736）杜甫游齐赵时作。望岳的"岳"，指东岳泰山。诗中热情赞美了泰山的雄伟气象，表现了作者的凌云壮志。

【原诗】岱宗夫如何[1]？齐鲁青未了[2]。造化钟神秀[3]，阴阳割昏晓。荡胸生层云，决眦入归鸟[4]。会当凌绝顶，一览众山小！

【注释】①岱宗：泰山。五岳以泰山为首，故称。 ②齐鲁：春秋时二国名。齐国在泰山之北，鲁国在泰山之南。 ③钟：聚集。 ④决眦（zì）：裂开眼角。形容张目极视的样子。

【译文】泰山的高大究竟如何？走遍齐鲁大地都能看到它的青色。天地把神奇和秀美聚集在它身上，那高大的山峰阴面是黄昏、阳面却是清晓。山间云气生腾，层层叠叠，令我心胸激荡；我极尽目力，追羡那飞入山间的归鸟。啊，定会有一天登上绝顶，俯看脚下群山的渺小！

## 登兖州城楼

【题解】此诗当作于开元二十四年（736），时杜甫东游齐赵。杜甫之父杜闲当时任兖州（今属山东）司马。诗人探亲之际，初登兖州城楼。凭高骋目，收千里之遥；触物感怀，思千年之古。抒发了物是人非的惆怅之情。

【原诗】东郡趋庭日[1]，南楼纵目初。浮云连海岱[2]，平野入青徐[3]。孤嶂秦碑在[4]，荒城鲁殿余[5]。从来多古意，临眺独踌躇。

【注释】①东郡：指兖州。趋庭：《论语·季氏》："鲤趋而过庭"，讲的是孔子教育其子鲤的故事。后因以指子承父教。这里指作者前来兖州探看父亲。 ②岱：指泰山。 ③青徐：二州名，均与兖州邻境。 ④孤嶂：指峄山，在山东邹县东南，秦始皇曾登此山刻石颂秦德，相传为李斯所书。⑤荒城：指曲阜故城。鲁殿：指鲁灵光殿，汉景帝儿子鲁共王所建，在曲阜故城内。

【译文】来兖州探望父亲的日子里，我初次登上城南楼。纵目远望，浮云连绵于大海、泰山的上空，平野一直伸展到青徐二州。孤高的峄山上依旧矗立着秦皇的石碑，荒凉的曲阜城内还存留着鲁共王的宫殿。我素来多有怀古之意，当此登临之际独自生出万千感慨。

## 题张氏隐居二首

**【题解】**这组诗当作于开元二十四年（736），时杜甫游齐赵间。张氏，可能指张玠，杜甫晚年有《别张十三建封》诗。张建封，兖州人，父张玠。诗中描绘了张氏隐居的幽美环境，赞美了他的良好品德，讴歌了二人的亲密友谊。

### 其　一

**【原诗】**春山无伴独相求，伐木丁丁山更幽。涧道余寒历冰雪，石门斜日到林丘。不贪夜识金银气①，远害朝看麋鹿游。乘兴杳然迷出处②，对君疑是泛虚舟。

**【注释】**①《地镜图》上说，埋在地下的金玉，都有气生于地表，可在半夜观得，黄金之气赤黄。　②出处：出仕与隐居。

**【译文】**漫游春山却无伴侣，因而特意把您访求，丁丁的伐木声，更显出山谷的清幽。走过涧道上残留的冰雪，穿过斜阳辉映的石门，终于来到您的林中茅屋。您不贪恋财物，夜间不去观察金银之气；只愿躲避灾祸，每天欣赏麋鹿闲游。我乘兴而来，被您的淡泊情怀所感，以致迷失了出处。同您在一起漫游，仿佛是坐上一只随意飘浮的小舟。

### 其　二

**【原诗】**之子时相见，邀人晚兴留。霁潭鳣发发①，春草鹿呦呦。杜酒偏劳劝②，张梨不外求③。前村山路险，归醉每无愁。

**【注释】**①鳣（zhān）：鱼名。　②杜酒：史传杜康为酿酒的发明者，故称。　③张梨：晋人潘岳《闲居赋》有“张公大谷之梨”的句子，可知张公梨是当时的名产。此处借指张氏所产的梨。

**【译文】**这位张先生经常与我相见，眼下天色已晚，却仍然邀我留下，以尽晚间之兴。晴明的潭水上，鳣鱼游跃，弄出“发发”的声响。春天的草野间，传来“呦呦”的鹿鸣。这酒啊，说来本是我们杜家酿造的，现在却要劳您相劝；晋代的张公之梨当是美味，恰好您也姓张，所以也就不必到大谷求购。前村的山路虽然艰险，却已在醉中走熟；让我们尽情地畅饮，一醉方休，忘掉所有的烦忧。

## 刘九法曹郑瑕丘石门宴集

**【题解】**此诗当作于开元二十四年（736）之后，时杜甫游齐赵间。刘九法曹、郑瑕丘，是作者友人。石门，山名，在今曲阜城东北约60里。诗中描写与友人石门宴会的胜景，赞美了友人的盛情。

**【原诗】**秋水清无底，萧然净客心。掾曹乘逸兴①，鞍马到荒林。能吏逢联璧②，华筵直一金③。晚来横吹好④，泓下亦龙吟。

**【注释】**①掾曹：古代属官的通称。此指刘、郑二人。 ②联璧：并列在一起的两块玉。此喻刘、郑二人。 ③直：通“值”。一金：古代钱币数量名称。二十两或一斤为“一金”。 ④横吹：《古今乐录》：“横吹，羌乐也。”即横笛。

**【译文】**秋水清清深不见底，清净冷落得令人心无杂念。刘、郑二位属官乘着雅兴，骑马来到郊野山林。二位贤能有如一双美玉，今日得以欣逢；举办如此盛大的筵席，所费可值钱币一金。晚来横笛吹起美好的乐曲，深水里的蛟龙也随之长吟。

## 与任城许主簿游南池

**【题解】**此诗当作于开元二十五年（737）之后，时杜甫游齐赵间。任城，旧县名，今入济宁。许主簿，名不详；主簿，官名，主管文书，办理事务。南池，据《一统志》载，南池在济宁城东南隅，今淤塞。诗中描绘了白露节前南池的秋色，并抒发了思乡之情。

**【原诗】**秋水通沟洫①，城隅进小船。晚凉看洗马，森木乱鸣蝉。菱熟经时雨，蒲荒八月天。晨朝降白露，遥忆旧青毡[2]。

**【注释】**①洫（xù）：田间的水道。 ②青毡：据《晋书·王献之传》载，王献之夜卧书斋，有小偷入室行窃。献之发觉后说：别的东西尽可拿走，只有青毡是我家旧物，应该留下。群偷吓跑。后常以“青毡”指代儒者故家旧物。白露节后，天气变凉，故有青毡之忆。

**【译文】**秋水通连起沟沟渠渠，在城的一角我们放船游览。时当傍晚，天气凉爽，百姓们在水边洗马；茂密的树林中蝉声响成一片。秋雨过后，水下的菱角已经成熟；时当八月，水边的野草也已荒残。明天早晨就是白露节了，我不禁忆起遥远故乡的旧青毡。

## 对雨书怀走邀许主簿

**【题解】**此诗当与前诗作于同时同地。走邀，意谓派人携此诗前往邀请。许主簿，见前诗介绍。诗中描绘了云雷雨景，表达了邀客饮酒的诚挚心意。作者敦厚的品性在年轻时已见形成。

**【原诗】**东岳云峰起，溶溶满太虚[1]。震雷翻幕燕，骤雨落河鱼。座对贤人酒[2]，门听长者车。相邀愧泥泞，骑马到阶除[3]。

**【注释】**①太虚：天空。 ②贤人酒：浊酒。古人称清酒为圣人，浊酒为贤人。 ③阶除：台阶。

**【译文】**泰山上涌起山峰一样的云层，无边无际，遮满天空。震雷惊翻了帷幕上的燕子，骤雨使河鱼沉入水底。此时我面对着座席前摆好的浊酒，侧耳倾听您的车马来到门前的声音。唉，在雨天泥泞的时候邀您来作客，实感愧疚，不过还是希望您能骑马来到我的阶前。

## 巳上人茅斋

**【题解】**此诗当作于开元二十九年（741）之后，时杜甫游齐赵间。巳上人，事迹不详，上人，指隐士。诗中描绘了巳上人居处的僻静，环境的幽美，对其品格和才学予以赞叹。

【原诗】巳公茅屋下，可以赋新诗。枕簟入林僻①，茶瓜留客迟。江莲摇白羽，天棘蔓青丝②。空忝许询辈③，难酬支遁词。

【注释】①簟（diàn）：供坐卧用的竹席。 ②天棘：即天门冬，一种藤蔓植物。 ③忝（tiǎn）：有愧于，谦词。许询：东晋人，好游山水，通佛学，曾与东晋佛教学者支遁交游。

【译文】在巳公的茅屋下面，可以写出新的诗篇。枕席铺设在树林间，多么僻静；用茶果待客，长时间地把我挽留。江面上的莲花像摇动着白色的羽毛，天门冬伸延着青翠的丝蔓。我徒然忝列于许询那样的名人中，巳公则如高人支遁，精深的议论令我难以酬答。

## 房兵曹胡马

【题解】此诗当作于开元二十九年（741）前后。诗中咏赞房兵曹（兵曹，官名）的骏马，实为借物言志，表达了诗人刚毅、勇决的性格和驰骋风云的远大理想。

【原诗】胡马大宛名①，锋棱瘦骨成。竹批双耳峻，风入四蹄轻。所向无空阔，真堪托死生。骁腾有如此②，万里可横行。

【注释】①胡：泛称少数民族。大宛：汉时西域国名，产良马。 ②骁：良马。

【译文】房兵曹的马是著名的大宛马，骨骼突出，带角带棱。双耳尖峭，像斜削的竹筒；四蹄轻快，似卷动的劲风。所向之地，不存在漫长的里程，可谓千里一步，真可托之以生命。有如此善于奔腾的良马，足可横行万里，建立军功。

## 画　鹰

【题解】此诗当作于诗人青年时期，是一首咏画鹰之作。诗中赞美了画技的高超，对画鹰的形与神作了精妙的刻画，末尾借鹰言志，抒写搏击凡鸟、威震长空的壮怀。

【原诗】素练风霜起，苍鹰画作殊。㧐身思狡兔①，侧目似愁胡②。绦镟光堪摘③，轩楹势可呼。何当击凡鸟，毛血洒平芜。

【注释】①㧐（sǒng）：竦。　②胡：同“猢”，猴子。　③绦镟（tāo xuàn）：绦，是系鹰脚的丝绳；镟，是金属制成的转轴，把丝绳系在上面，可防鹰飞走。

【译文】白色的画绢上仿佛卷起一片肃杀的风霜，哦，这幅苍鹰图真是超凡绝俗。看那苍鹰挺着身子，似乎是想搜寻狡兔；斜着眼珠，活像一只发愁的猴子。绦镟闪着亮光，简直可以摘下；它像真鹰一样立在轩楹之间，完全可以呼之去打猎呢！啊，应当让它去出击凡鸟，它定会把凡鸟的毛血洒弃在平远的草地上！

## 过宋员外之问旧庄

【题解】此诗当作于开元二十九年（741），时杜甫在河南偃师县，于首阳山下筑室，祭远祖当阳君。宋员外之问，即宋之问，唐初诗人，曾任考功员外郎，在首阳山建有别墅。此诗写凭吊宋之问别墅山庄的感怀，一代诗人已去，空留旧庄一处，物是人非，满目悲凉，抒发了浓重的伤悼之情。

【原诗】宋公旧池馆，零落首阳阿①。枉道祇从入②，吟诗许更过③？淹留问耆老，寂寞向山河。更识将军树④，悲风日暮多。

【注释】①首阳：山名，在河南偃师县西北二十五里处。阿：山脚。　②祇（zhī）：适，恰。　③过：访问。　④将军树：当指宋之悌所栽的树木。宋之悌，宋之问弟，曾任右羽林将军。

【译文】宋之问先生当年的别墅，如今零落在首阳山下。我绕道赶路恰好经过这里，前辈啊，允许我来相访吟诗吗？我停留下来，访问他的子孙；怀着寂寞的心情，怅望眼前的山河。我还见到了宋之悌将军栽种的树木，悲凉的晚风吹过树间，留下了众多的诉说。

## 夜宴左氏庄

【题解】此诗当是作者青年时期游齐赵时作。诗中描绘了夜宴左氏庄时的美好景色，抒发了建功立业的豪壮情感，并表示要像范蠡那样大功告成之后便退隐江湖。

【原诗】林风纤月落，衣露静琴张。暗水流花径，春星带草堂。检书烧烛短，看剑引杯长。诗罢闻吴咏①，扁舟意不忘②。

【注释】①吴咏：用吴音吟诗。吴，春秋时吴国，辖今江浙一带。 ②扁舟意：春秋时，吴越相争，范蠡助越王勾践扫平吴国后，驾扁舟游五湖以归隐。

【译文】林中微风吹起，一钩纤月坠落西方。夜露打湿了衣裳，我把宁静的琴儿弹响。暗水流过花径，水声萦绕耳旁；夜空星儿历历，迤逦带过草堂。作诗查检书籍，已将蜡烛烧短；看剑寄托壮志，频频满饮酒浆。新诗写罢，忽听有人用吴音吟诵，我的心不禁穿过浩渺的时空，飞落到当年范蠡的小船上。

## 临邑舍弟书至，苦雨，黄河泛滥，堤防之患，簿领所忧，因寄此诗，用宽其意

【题解】此诗当作于开元二十九年（741）秋，这年黄河泛滥，河南河北二十四郡遭受水害。杜甫之弟杜颖为临邑县（今属山东）主簿（掌管文书、办理事务的官职），适遭洪水之害，便去信给杜甫陈述灾情。杜甫写了这

首诗，以宽解其愁怀。诗中铺写灾情的严重，表达了治服水患的理想。

**【原诗】**二仪积风雨①，百谷漏波涛。闻道洪河坼，遥连沧海高。职司忧悄悄②，郡国诉嗷嗷。舍弟卑栖邑，防川领簿曹。尺书前日至③，版筑不时操④。难假鼋鼍力⑤，空瞻乌鹊毛⑥。燕南吹畎亩，济上没蓬蒿。螺蚌满近郭，蛟螭乘九皋⑦。徐关深水府，碣石小秋毫⑧。白屋留孤树，青天失万艘。吾衰同泛梗，利涉想蟠桃。却倚天涯钓，犹能掣巨鳌⑨。

**【注释】**①二仪：天和地。 ②悄悄：忧愁的样子。 ③尺书：书信。古时写信用一尺见方的绢，故称尺书。 ④版筑：用两块板夹土，捣实。此指筑堤。 ⑤鼋鼍（yuán tuó）力：《竹书纪年》称，周穆王起兵，行至九江受阻，呼鼋鼍来作桥梁。鼋，元鱼；鼍，鳄鱼。 ⑥乌鹊毛：《尔雅·翼》称，每年七月七日，乌鹊到天河上为织女架桥，头上的毛皆被踩落。 ⑦九皋：深泽。 ⑧碣石：山名，在今河北昌黎县。 ⑨掣巨鳌（áo）：钓起巨鳌。传说巨鳌能致河水泛滥。巨鳌，传说中的大龟。

**【译文】**天地间风雨不止，条条山谷倾泄着波涛。听说黄河已经决口，高高的水浪与远处的大海连成一片。治水的官吏忧心忡忡，灾区的百姓哭诉哀号。弟弟屈身在临邑县供职，官为主簿负责防治河水。前天收到你寄来的信，信中说你们正在紧张地加固堤防。难以借助鼋鼍之力抵御洪水，徒然仰望乌鹊前来搭桥。燕南地区庄稼全毁，济南兖州蓬蒿皆没。螺蚌无数，生满城外；蛟螭肆虐，在深泽中横行。徐关沦为深深的水府，碣石山变成小小的秋毫。百姓的茅屋被水冲走，只留下孤零零的树木。青天之下竟有许多船只失事沉没。我身体衰弱形同漂浮的桃梗，却仍想涉过大水去摘蟠桃；摘来蟠桃当作钓饵，倚在天边钓起那酿造水患的巨鳌。

## 假　山并序

**【题解】**此诗当作于天宝元年（742），时杜甫当在陈留郡。诗前序文说，天宝初年，身为南曹小司寇的舅舅在作者祖母的堂前垒土作假山，一篑土能垒起一尺高，用来代替朽木放置焚香瓷瓯，瓷瓯十分安稳。又在假山旁边栽种慈竹（慈竹又称“子母竹”，因竹节多分枝，如子母相依，故称），用竹林遮盖几座假山，小山幽雅，有世外的情致。于是作者诗兴油然而来，写了这首诗。诗中描写了假山的美好意态，读来令人神往。

**【原序】** 天宝初，南曹小司寇舅于我太夫人堂下垒土为山，一匮盈尺，以代彼朽木，承诸焚香瓷瓯，瓯甚安矣。旁植慈竹，盖兹数峰，嵚岑婵娟，宛有尘外致。乃不知兴之所至，而作是诗。

**【原诗】** 一匮功盈尺①，三峰意出群。望中疑在野，幽处欲生云。慈竹春阴覆，香炉晓势分。惟南将献寿②，佳气日氤氲③。

**【注释】** ①匮：通“蒉”，土筐。　②《诗·小雅》：“如南山之寿。”后用为人祝寿之词。南朝陈张正见《御幸乐游苑侍宴》：“愿荐南山寿，明明奉万年。”　③氤氲（yīn yūn）：烟气盛貌。

**【译文】** 一筐土就能使山长高一尺，三座小山意态超群。望过去仿佛是野外的真山，幽深之处几乎要生出云雾。慈竹的春阴覆盖着它们，香炉的晓烟分布其间。由于它们要像南山一样为祖母献寿，所以佳气一天比一天显得郁勃。

## 龙　门

**【题解】** 此诗当是天宝元年（742），作者再游龙门山时所作。龙门山，在洛阳市南，与香山隔伊河夹峙如门，山中多建寺庙。诗中描写龙门山的宏大气象，抒发了宇宙永恒、人生短促的感叹。

**【原诗】** 龙门横野断，驿树出城来①。气色皇居近②，金银佛寺开。往来时屡改，川陆日悠哉。相阅征途上，生涯尽几回？

**【注释】** ①驿树：驿道两旁的树木。驿，驿站，古时传递公文、书信者换马处。　②皇居：皇城，指洛阳，洛阳唐时为东都。

**【译文】** 横距大野的龙门山陡然中断，驿道两旁的树木自洛阳城门排列而来。这里靠近皇城气象雄阔；众多寺庙列于眼前，流金溢彩。在我来往于此地的当儿，时光频频更移；那山川大地却长存久留，面貌不改。唉，征途上欣赏龙门盛景，这样的事在我一生中还能有几回？

## 李监宅二首

**【题解】**这组诗当作于天宝初年。李监，指李令问，唐宗室子弟，曾任秘书监，故称李监，其人喜好华服美食。诗中写诗人在李监宅中作客，所见的阔气府第，精美酒食，对李监的怀高才而居下位表示惋惜。

### 其　一

**【原诗】**尚觉王孙贵①，豪家意颇浓。屏开金孔雀②，褥隐绣芙蓉。且食双鱼美，谁看异味重？门阑多喜色，女婿近乘龙。

**【注释】**①王孙：李令问是宗室子弟，故称。　②“屏开”句：《旧唐书》载，高祖皇后窦氏的父亲，在门屏上画两只孔雀，给前来求婚者两支箭，私下约定能射中眼睛的可招为婿。高祖发箭正中双目，遂娶窦氏。此用其事，言李令问择婿之雅。

**【译文】**还是让人感到王孙尊贵，豪门的气派颇为盛大。为了择婿，门屏上画出金孔雀，床褥间掩隐着美艳的芙蓉。我来赴宴，只晓得品尝双鱼之美，谁还顾及那么多的奇珍异味？门庭内外喜气盈盈，李公即将得到乘龙佳婿。

### 其　二

**【原诗】**华馆春风起，高城烟雾开。杂花分户映，娇燕入帘回。一见能倾座，虚怀只爱才。盐车虽绊骥①，名是汉庭来。

**【注释】**①“盐车”句：《战国策》云：骐骥驾盐车，上吴坂，迁延负辕而不能进。此用其意，以比李令问官职闲冷。

**【译文】**华丽的馆舍里春风吹起，高高的城楼上晨雾消散。杂花掩映着一扇扇窗户，娇燕飞入门帘在梁间盘旋。李公谈吐不凡，令满座一见倾倒；虚怀若谷，十分爱惜人才。他虽像骐骥被沉重的盐车所羁绊，但终当会有大任，因为他毕竟是来自汉庭的天马。

## 赠 李 白

**【题解】** 此诗当作于天宝三载（744），时杜甫在洛阳。这年，李白被玄宗放还，离开长安东游洛阳，与杜甫相会。诗中揭露了人世间贫富不均，表达了对上层社会的憎恶，透露出归隐的心愿。

**【原诗】** 二年客东都①，所历厌机巧。野人对腥膻②，蔬食常不饱。岂无青精饭③，使我颜色好？苦乏大药资④，山林迹如扫。李侯金闺彦⑤，脱身事幽讨⑥。亦有梁宋游⑦，方期拾瑶草。

**【注释】** ①东都：洛阳。 ②腥：指鱼类。膻：牛羊肉类。 ③青精饭：陶隐居《登真隐诀》称，用南烛草木的叶子，杂茎皮煮后取汁，浸米蒸饭，饭呈青色，食之可以长寿。 ④大药：金丹。 ⑤李侯：李白。侯，尊称。金闺：金马门。金马门是学士待诏之处。李白曾任翰林学士。彦：有才华的人。 ⑥脱身：指李白离开朝廷，过自由的生活。 ⑦梁宋：今开封一带。

**【译文】** 我在洛阳居住的两年间，对所遇到的投机取巧之徒十分讨厌。眼瞅富贵人家大鱼大肉地吃着，我这个在野之人却连粗饭都经常吃不饱。难道就没有使我容颜美好的青精饭吗？只是苦于缺乏炼丹的资财，所以终究没能走入山林。李侯是金马门的才子，如今也离开宫廷要到山林去采药和访道。我也想去梁宋一游，正好与你同行，希望能拾到仙境中的瑶草。

## 重题郑氏东亭

**【题解】** 此诗当作于天宝三载（744），时杜甫在洛阳。郑氏东亭，作者题下原注：“在新安界。”新安县，属河南。郑氏，一说即驸马郑潜曜。诗中描写郑氏东亭周围美好的秋色，虽是秋图，却一片生机。

【原诗】华亭入翠微①，秋日乱清晖。崩石欹山树，清涟曳水衣②。紫鳞冲岸跃，苍隼护巢归。向晚寻征路③，残云傍马飞。

【注释】①翠微：青绿的山色。 ②水衣：水面上苔藻类植物。 ③向晚：傍晚。寻：循着。

【译文】华美的亭台立于青翠的山色里，秋阳泼下散乱的清晖。崩裂的巨石斜倚着山树，清清的涟漪曳着水衣。霞光下鱼儿冲岸跳跃，暮色里苍鹰护巢而归。游罢山亭天已傍晚，我继续赶路，残云傍着马一齐奔飞。

## 陪李北海宴历下亭

【题解】此诗当作于天宝四载（745），时杜甫在济南。李北海，李邕，任北海（北海，郡名，即青州）太守，著名文学家、书法家。历下亭，在济南大名湖畔，因历山而得名。这是一首陪宴之作，诗中歌颂济南地灵人杰及宴会盛况，表达对李邕的眷恋之情。

【原诗】东藩驻皂盖①，北渚凌清河②。海右此亭古③，济南名士多④。云山已发兴，玉珮仍当歌。修竹不受暑，交流空涌波。蕴真惬所遇，落日将如何？贵贱俱物役，从公难重过⑤。

【注释】①东藩：即北海郡，因其在京都东部，故称。皂盖：青色车盖，为太守官级所用。 ②清河：荷泽、汶水合流，亦称济河。 ③海右：指齐地，因在大海之西，故称。 ④此处作者原注：时邑人蹇处士辈在坐。 ⑤过：访。

【译文】李公在历下亭驻下太守的车，我由北渚经过清河前来拜访。历下亭是齐地最古老的亭台，济南是名士辈出的地方。云山磅礴已令人生发诗兴，美人陪饮更令人对酒高歌。修长的竹林清爽无比，致使交流的河水徒然涌波送凉。这里的景物蕴含真趣，令人心怡；可惜红日西沉，宴会将散，无可奈何。贵者如公、贱者如我同是被事物役使，恐怕今后难以把您重访。

## 同李太守登历下古城员外新亭

【题解】此诗当与前诗作于同时同地。题下原注："时李之芳自尚书郎出齐州，制此亭。"李之芳，李邕从孙，曾任驾部员外郎，此时出任齐州司马。题中的"同"，即和诗。李太守，指李邕。诗中描绘了新亭的胜景及宴席的高雅，表达了用世之志。

【原诗】新亭结构罢，隐见清湖阴①。迹籍台观旧，气冥海岳深。圆荷想自昔，遗堞感至今②。芳宴此时具，哀丝千古心。主称寿尊客③，筵秩宴北林。不阻蓬荜兴④，得兼《梁甫吟》⑤。

【注释】①作者原注："亭对鹊山湖。"鹊山湖，据今人张忠纲考，鹊山在今济南市北，鹊山与历下古城之间有莲子湖（今淤），即鹊山湖。员外新亭当位于历下古城北城墙外，北望可见此湖。 ②堞：城上的矮墙。 ③称：举杯。尊客：指李邕。 ④蓬荜："蓬门荜户"的略语，比喻穷人住的房子。此作者自称。 ⑤《梁甫吟》：挽歌。梁甫，山名，在泰山下，死人聚葬之处。今所传《梁甫吟》，相传为诸葛孔明作，诗中写齐相晏婴以二桃杀三士，表达以谋略用世之志。

【译文】新亭已经落成，掩映在鹊山湖的南面。坐落于台观的旧址，气象高远，连接着大海和泰山。湖中圆荷田田，城上古堞历历，令人感到此处自古至今景观的胜绝。此时，华美的宴席已经备好，哀切的弦声奏出千古遐思。主人举杯为尊客祝寿，座席井然有序，开宴于城北林边。主人不阻我这贫士的兴致，使我有机会再唱一支《梁甫吟》。

## 暂如临邑至嵖山湖亭奉怀李员外率而成兴

【题解】此诗当作于天宝四载（745），时杜甫欲离济南前往临邑探望弟弟杜颖，行前先到嵖山湖（即鹊山湖）亭告别李之芳，适逢李之芳已往青州，因而感怀。此亭在鹊山湖南岸。诗中描写鹊山湖的雄奇景象，表达了对李之芳的思念之情。

【原诗】野亭逼湖水，歇马高林间。鼍吼风奔浪①，鱼跳日映山。暂游阻词伯②，却望怀青关③。霭霭生云雾，惟应促驾还。

【注释】①鼍（tuó）：鳄鱼，俗称猪婆龙。　②词伯：文学词章为众所仰慕的人。此指李之芳。　③青关：青州。

【译文】野亭紧靠着鹊山湖水，我在高大的林间停下马来。湖中鳄鱼吼叫，大风掀动巨浪。鱼儿跃出水面，斜阳映着青山。暂时出游，前来告别词伯，却未能如愿；回身遥望他所去往的青州，久久将他怀想。天色已晚，山水间云雾密布，正如我迷茫的心情；只盼先生尽快归还。

## 赠　李　白

【题解】此诗当作于天宝四载（745）秋天，时杜甫游齐赵间。诗中叹息诗友李白失意浪游，并对其任性行为进行规劝。

【原诗】秋来相顾尚飘蓬，未就丹砂愧葛洪①。痛饮狂歌空度日，飞扬跋扈为谁雄②？

【注释】①葛洪：东晋道教理论家、炼丹术家，曾在罗浮山炼丹，积年而卒。　②唐史称李白喜击剑，好任侠，曾手刃数人。

【译文】秋来相遇，看你仍像蓬草一样随风飘零。你喜好炼丹，却没炼成，实在感愧于先师葛洪。你尽情地饮酒，狂放地歌唱，一天天虚度时光；飞扬跋扈，笑傲王侯，到底为什么如此逞雄？

## 与李十二白同寻范十隐居

【题解】此诗当作于天宝四载（745），时杜甫在兖州。李十二白，李白，十二是他的排行号数。天宝三载，李白由京都归野。四载，来兖州，与杜甫同游。范十，隐士，事迹不详。诗中叙述与李白的亲密情谊，描绘了范隐士居处的清幽，表达了遁迹沧海的志趣。

【原诗】李侯有佳句[①]，往往似阴铿[②]。余亦东蒙客[③]，怜君如弟兄。醉眠秋共被，携手日同行。更想幽期处，还寻北郭生[④]。入门高兴发，侍立小童清。落景闻寒杵[⑤]，屯云对古城。向来吟《橘颂》[⑥]，谁与讨莼羹[⑦]？不愿论簪笏[⑧]，悠悠沧海情。

【注释】①李侯：李白。侯，尊称。 ②阴铿：南朝陈文学家，诗多写景咏物，善于炼字造句。 ③东蒙：蒙山。在山东省中部。 ④还（xuán）：同“旋”，立即。北郭生：《后汉书》载，汝南人廖扶，超然世外，不应辟召，时号北郭先生。此借指范隐士。 ⑤景：同“影”，日光。杵：捣衣棒。 ⑥《橘颂》：屈原作品名。托橘以言坚贞报国之志。 ⑦讨莼羹：《晋书》载，张翰在洛阳作官，忽思吴中故乡的菰菜、莼羹、鲈鱼脍，遂罢官归隐。 ⑧簪笏（hù）：为官者的服饰。簪，冠簪；笏，手笏，大臣朝见时手中所执的狭长板子，以为指画及记事用。

【译文】李白诗中多有佳句，每每像阴铿一样造语精工。我也是客居蒙山的人，爱他如同亲弟兄。秋夜醉眠，我俩同盖一条被子；白天散步，彼此携手而行。又想起幽期之处，于是立即去寻找范十先生。走进他的房门，生发出高尚的兴致，侍立左右的是清俊的小童。落日的余晖中传来秋杵的音响，屯集的白云与古城遥相对峙。人们向来喜吟《橘颂》，以表达入世之志，有几人能与张翰同步，归隐故土以求莼羹？不愿谈论那些为官的事，我们怀着一腔隐居沧海的深情。

# 二　困居长安时期的作品

## 郑驸马宅宴洞中

**【题解】**此诗当作于天宝五载（746），杜甫来长安后。郑驸马，指郑潜曜，所居之处有莲花洞。此诗记宴饮莲花洞之情事。

**【原诗】**主家阴洞细烟雾，留客夏簟青琅玕①。春酒杯浓琥珀薄，冰浆碗碧玛瑙寒。误疑茅堂过江底，已入风磴霾云端。自是秦楼压郑谷②，时闻杂佩声珊珊。

**【注释】**①簟（diàn）：供坐卧用的竹席。琅玕：美石。此处喻竹。　②秦楼：《列仙传》载，秦穆公将女儿弄玉嫁给萧史，每日于楼上吹箫作凤声。一日，有凤落于其屋，夫妇骑凤而去。此用其事以比郑潜曜。郑谷：《扬子法言》载，谷口人郑子真，耕于岩石之下，名动京城。郑子真，汉成帝时人。

**【译文】**主家的莲花洞口幽阴清雅，飘着细细的烟雾。当此盛夏季节留我宴饮，坐在琅玕一样青翠的竹席上。薄薄的琥珀杯中斟满浓浓的春酒，碧绿的玛瑙碗里盛上寒冷的冰水。草堂清凉无比，使人误以为正从江底通过，又好像沿着石磴凌风而上埋入云端。自然这秦氏仙楼要压过郑氏山谷，何况还时时听到珊珊的杂佩声响。

## 冬日有怀李白

**【题解】** 此诗当作于天宝五载（746）冬，时杜甫在长安。诗中对浪迹江东的李白表达了深深的怀念。

**【原诗】** 寂寞书斋里，终朝独尔思。更寻嘉树传，不忘《角弓》诗①。短褐风霜入②，还丹日月迟③。未因乘兴去，空有鹿门期④。

**【注释】** ①“更寻”二句：据《左传·昭公二年》载，晋大夫韩宣子聘问鲁国，宴席间赋《角弓》诗，表达晋鲁兄弟之国宜相亲之意。又宴于鲁大夫季武子家，其家有嘉树，韩宣子加以赞美，季武子表示要培植好这棵树，以纪念《角弓》之咏。此处的“嘉树传”与“《角弓》诗”，均借指李白赠给杜甫的诗文。 ②褐：粗麻制成的短衣，贫苦人所服。 ③还丹：道家合九转丹与朱砂再次提炼而成的仙丹，据称服后可以即刻成仙。④鹿门期：《后汉书》载，庞德公携妻子登鹿门山，采药不还。后遂以鹿门泛指隐居之所。鹿门山，在今湖北襄阳市东南。

**【译文】** 坐在寂寞的书斋里，一天到晚地思念着你。翻箱倒柜寻找你的文章，时时把你的诗篇吟诵。寒冷的风霜侵入我的短袄，还丹仙药迟迟不能炼成。不能乘兴离开长安，隐居鹿门的期许已然落空。

## 春日忆李白

**【题解】** 此诗当作于天宝六载（747）春，时杜甫在长安。诗中盛称李白诗歌的高深造诣，表达了真挚的诗友情谊。

**【原诗】** 白也诗无敌，飘然思不群①。清新庾开府②，俊逸鲍参军③。渭北春天树④，江东日暮云⑤。何时一樽酒，重与细论文？

**【注释】** ①思（sì）：名词，此指诗思。 ②庾开府：庾信，六朝诗人，曾任北周骠骑大将军，开府仪同三司。 ③鲍参军：鲍照，六朝诗人，曾任宋前军参军。 ④渭北：渭水北岸。指作者所在之处。 ⑤江东：李白所在之处。

【译文】李白的诗篇真是举世无双啊，他那飘然的诗思不同寻常。诗句的清新比得上庾信，风格的俊逸能与鲍照相抗。渭北春天来临，树木已经返青，李白啊你的事业是否也有了新的生机？我猜想身在江东的你啊，此刻正西望日暮的云层把我怀想。啊，何时才能再摆上一杯酒，你我相对而坐，详细讨论诗歌文章？

## 送孔巢父谢病归游江东兼呈李白

【题解】此诗当作于天宝六载（747），时杜甫在长安。孔巢父，诗人，曾与李白等人隐居山东徂徕山，后一度为官，又托病辞职，临行前，蔡侯为他饯行，杜甫在座，写此诗为他送行。诗中对孔巢父的退隐表示赞叹，以洒脱的笔墨描绘了他此后的居处，同时也表达了诗友之间的依依不舍之情。

【原诗】巢父掉头不肯住，东将入海随烟雾。诗卷长留天地间，钓竿欲拂珊瑚树。深山大泽龙蛇远，春寒野阴风景暮。蓬莱织女回云车①，指点虚无是归路。自是君身有仙骨，世人那得知其故！惜君只欲苦死留，富贵何如草头露！蔡侯静者意有余，清夜置酒临前除②。罢琴惆怅月照席，几岁寄我空中书③？南寻禹穴见李白④，道甫问讯今何如。

【注释】①蓬莱：古代传说东海有三座仙山，蓬莱是其一。回：转动。②除：台阶。 ③空中书：指仙人寄来的信。此指巢父的来信。 ④禹穴：地名，旧注地点有三处，一在蜀地石纽，一在陕西洵阳，一在绍兴会稽。此指后者，时李白寓居会稽。

【译文】巢父频频摇头，决计不在长安居留，将要东隐沧海，与烟雾共同飘流。您把诗卷永留人间，要去珊瑚丛生的东海垂钓竿。您就像龙蛇远处深山大泽一样遁世而去，此时正值春风料峭，四野阴沉，风景凄残。蓬莱仙子驾着云车而来，手指一片虚无之处，说那儿就是您的归宿。自然是由于您的身上生有仙骨，世俗之人哪能知道您归隐的缘故！出于对您的爱惜只想拼命留住您，您却说：那人间富贵转瞬即逝，还不如草尖的露水历时长久！蔡侯是个心怀淡泊不热衷功名的人，对您的此行表示赞许，在清静的夜晚，自家的阶前摆上酒宴。琴儿停，宴会终，月光照残席，引我惆怅生。巢父啊，您走后，何时才能把仙书寄给我？当您南寻禹穴见到李白时，就说我问讯他的近况如何。

## 今夕行

**【题解】**此诗当是天宝五载（746）以后在长安作。行，诗体的一种。诗中描写除夕境况，表现了作者年轻时的豪放气概。

**【原诗】**今夕何夕岁云徂①，更长烛明不可孤②。咸阳客舍一事无，相与博塞为欢娱③。冯陵大叫呼五白④，袒跣不肯成枭卢⑤。英雄有时亦如此，邂逅岂即非良图？君莫笑，刘毅从来布衣愿，家无儋石输百万⑥。

**【注释】**①岁云徂（cú）：一年即将过去。云，语助词。徂，逝。 ②孤：负，孤负。 ③博塞：古时赌输赢的游戏。 ④冯（píng）陵：意气昂扬貌。五白：五子皆白，樗蒱（赌具）的贵采。 ⑤枭卢：樗蒱的两种胜采。幺为枭，最胜；六为卢，次之。 ⑥《南史》载："刘毅家无儋石储，樗蒱一掷百万。"儋石，两石，十斗为一石。刘毅，东晋人，家贫，后与刘裕起兵反抗桓玄之乱，建功。

**【译文】**今夜是怎样的夜晚啊，今夜是除夕；点亮高大的蜡烛，不可将此夜辜负。我在咸阳客馆里什么事情都没得做，与朋友一起赌博聊取欢乐。意气昂扬地大声喊"五白"，露着胳膊光着脚，拿出全身的劲头可就是中不了胜彩。英雄有时也是如此，偶然下一笔大赌注怎能就说不是个好主意！请您别笑，当年刘毅只想当个普通百姓，成为英雄之前家中穷得存不了两石米，却敢用百万铜钱下赌注。

## 赠特进汝阳王二十二韵

**【题解】** 此诗当是天宝五载（746）以后作，时杜甫在长安。汝阳王，李琎，其父宁王死后，朝廷加封他为“特进”。特进，爵位名，仅在三公之下。这首赠诗高度赞美了李琎的才德，对李琎给予的款待表示由衷的感谢，并希望得到他的援引以步入仕途。

**【原诗】** 特进群公表，天人夙德升①。霜蹄千里骏，风翮九霄鹏。服礼求毫发，惟忠忘寝兴②。圣情常有眷，朝退若无凭。仙醴来浮蚁③，奇毛或赐鹰。清关尘不杂，中使日相乘④。晚节嬉游简，平居孝义称。自多亲棣萼⑤，谁敢问山陵⑥？学业醇儒富，辞华哲匠能。笔飞鸾耸立，章罢凤骞腾。精理通谈笑，忘形向友朋。寸长堪缱绻，一诺岂骄矜！已忝归曹植⑦，何如对李膺⑧？招要恩屡至，崇重力难胜。披雾初欢夕，高秋爽气澄。樽罍临极浦⑨，凫雁宿张灯。花月穷游宴，炎天避郁蒸。砚寒金井水，檐动玉壶冰。瓢饮惟三径⑩，岩栖在百层。谬持蠡测海，况挹酒如渑。鸿宝宁全秘⑪？丹梯庶可凌。淮王门下客，终不愧孙登⑫。

**【注释】** ①夙德：旧有的美德。 ②寝兴：夜寝昼兴。 ③浮蚁：酒液上的泡沫。 ④中使：宫中派出的使者。多指宦官。 ⑤棣萼：《诗·小雅》：“常棣之华，萼不韡韡。”后因以“棣萼”为兄弟的代称。 ⑥《旧唐书》载，宁王死后，谥曰让皇帝，葬桥陵，号惠陵。李琎上表恳辞。 ⑦曹植：三国时魏诗人，曹操次子，以文才为建安诸子所归附。此处以曹植比李琎。 ⑧李膺：东汉人，与杜密的人品、名望相当，时人称为“李杜”。此处巧借姓氏比李琎和自己。 ⑨罍（léi）：古时盛酒的容器。 ⑩瓢饮：隐士许由用手捧水喝，有人送他一只瓢，饮罢挂在树上，因瓢摇作响，心烦而扔掉。三径：王莽执政时，蒋诩辞官归乡，用荆棘塞门，舍中有三径，终日不出。后以指归隐后所住的田园。 ⑪鸿宝：淮南王刘安著有《内书》二十二篇，言神仙之事，名为鸿宝。 ⑫孙登：晋朝隐士，好读《易经》，曾劝嵇康警惕世祸，嵇康不听，果遭非命，死前作诗表示愧对孙登的教诲。

【译文】特进是群公的表率，杰出的人以夙德而登上高位。您就像蹄踏霜雪的千里马，您就像羽搏飙风的九霄鹏。遵从礼节能做到丝毫无错，敬献忠心忘记了夜寝昼兴。皇上时常对您留心关照，而退朝后您却谦恭待人像无官势可凭。皇上派人送来刚刚酿好的御酒，或者赐给您羽毛奇绝的雄鹰。您的门户清洁没有杂宾，中使每天相互追逐送来赐品。晚年时您不以嬉游为务，日常生活以孝义称著。您十分友爱自己的兄弟，谁敢过问您百年之后的陵墓！您是一位学识精深的儒者，您是一位辞章华美的作家。您的书法飞动，有回鸾之势；文章写罢，有如彩凤飞腾。一言一笑皆通精理，朋友面前不拘形迹。别人有一点长处，您就与他亲切交往；对别人的所求一诺千金，哪有半点骄矜！我的才能不及建安诸子，却幸运地归依到曹植的门下；我的人品、名望比不上杜密，怎能与李膺并称？您屡次邀请我，恩重如山啊，我的才力实在不堪这种殊荣。披着雾气，我们在秋夜初次欢聚，深秋时节气爽天清，在遥远的水边上设置丰盛的酒宴，野鸭和大雁栖宿在灯火丛中。而后又在春天的花月下尽情游宴，又在炎热的夏天避暑乘凉，砚台里装着金井的寒水，玉壶里的冰块光映屋檐。我是一个贫贱僻陋的隐士，住在远离尘世的高山之巅。我对您的赞评实在是以蠡测海，何况还享受了渑水一样多的酒浆。您的鸿宝奇书岂能隐秘不露？我希望能登此丹梯进入仙境。我作为您的门下之客，终究不会像嵇康那样有愧于孙登。

## 赠比部萧郎中十兄

【题解】此诗当作于天宝六载（747），杜甫在长安参加进士考试失意之后。比部萧郎中，作者原注："从姑之子。"比部郎中，刑部官职名。诗中叙述萧氏表兄出身名门，德才兼备；感叹个人年老心拙，壮志落空。盖因考试失意，入仕无门，意欲归隐，亦牢骚之语。

【原诗】有美生人杰，由来积德门。汉朝丞相系，梁日帝王孙。蕴藉为郎久，魁梧秉哲尊。词华倾后辈，风雅蔼孤骞。宅相荣姻戚①，儿童惠讨论。见知真自幼，谋拙愧诸昆。漂荡云天阔，沉埋日月奔。致君时已晚，怀古意空存。中散山阳锻②，愚公野谷村。宁纡长者辙，归老任乾坤。

【注释】①宅相：《晋·魏舒传》载，魏舒幼年失父，住在外婆家。外婆建造房屋，请来相宅的人看风水，其人说："当出贵甥。"魏舒听后说："当为外氏成此宅相。"后来魏舒果然作了高官。此处用魏比萧。 ②中散：指嵇康，三国魏文学家，曾任中散大夫；居山阳时，家贫，锻铁为生。

【译文】美人生出杰出的人，凭的是积德的门户。您属于汉朝丞相萧何的世系，您是梁武帝的后代子孙。宽厚持重，居官郎中，历时已久；身材壮大，秉性聪明，颇具尊严。词章华美，令后辈倾倒；风流儒雅，如鸟飞翔云端。您为姻亲增添了荣耀，我在孩童时代就受惠于您的言论。您自幼年就已被世人所知，而我至今老大心拙，实在愧对于你们。我身无官职，在广阔的云天下四处飘荡，默默无闻，眼看着岁月急速奔驰。致君尧舜，为时已晚；怀想古人，壮志空存。只好学嵇康在山阳打铁，学愚公隐居野谷山村。任凭天高地远，我将归老田园，不烦兄长枉驾光临。

## 奉寄河南韦尹丈人

【题解】此诗当作于天宝七载（748），时杜甫在京都近畿。题下原注："甫故庐在偃师，承韦公频有访问，故有下句。"河南韦尹，指韦济，天宝七载，韦济为河南尹，迁尚书左丞。诗中对韦济的才德和尊荣给予盛称，并陈述了自己潦倒困顿的生活，寄希望于对方的援引。

【原诗】有客传河尹①，逢人问孔融②：青囊仍隐逸③？章甫尚西东④？鼎食分门户⑤，词场继国风。尊荣瞻地绝，疏放忆途穷。浊酒寻陶令⑥，丹砂访葛洪⑦。江湖漂短褐⑧，霜雪满飞蓬。牢落乾坤大，周流道术空。谬惭知蓟子⑨，真怯笑扬雄⑩。盘错神明惧，讴歌德义丰。尸乡余土室⑪，谁话祝鸡翁⑫？

【注释】①河尹：即河南尹韦济。 ②《后汉书·孔融传》：李膺为河南尹，不轻易与人交往，而十岁的孔融却成了他的上宾。孔融，字文举，能诗文，为"建安七子"之一。此处作者以孔融自比，以李膺比韦济。 ③青囊：古代方术家盛书和工具的囊袋。 ④章甫：古代儒生的一种帽子。 ⑤鼎食：列鼎而食，借指富贵生活。鼎，古代炊具。分门户：韦济有大小两处逍遥房，故云。 ⑥陶令：东晋诗人陶潜，曾为彭泽县令，喜饮酒。 ⑦葛洪：东晋道教学者，医学家，炼丹术士。 ⑧褐：用粗麻制成的短衣，贫苦人所穿。 ⑨蓟子：蓟子训，东汉方术家，有神异之术，曾受朝廷公卿的礼遇。 ⑩扬雄：西汉文学家、哲学家，曾闭门著《太玄》，为后辈所笑。 ⑪尸乡：地名，在河南偃师西二十里处。杜甫祖茔在偃师西北二十五里处的首阳山下，他在祖茔附近筑陆浑庄，与尸乡邻近。 ⑫祝鸡翁：《列仙传》载，祝鸡翁，洛阳人，居尸乡北山下，养鸡百余年，鸡千只，每只鸡皆有名，呼之即来。他卖鸡蛋得钱千余万，却把钱放在屋里，空身远去。

**【译文】**有人转告我说，河南尹逢人便打听我的境况：是背着青囊隐逸学道？还是头戴章甫四处漫游？韦丈您列鼎而食，分门宴饮，生活富贵；韦丈您诗坛名盛，作品淳厚，继承《国风》。您尊贵荣耀，无与伦比；我却疏放困顿，令人想起途穷恸哭的阮籍。我现在仍在跟陶潜那样的隐士一块饮浊酒，寻访葛洪那样的方术家学习炼丹。身穿短褐，漂泊江湖，满头白发，如雪似蓬。乾坤之大，却无寄身之地；周游万里，竟然一事无成。我像蓟子训那样蒙您见知，实在感到惭愧；我像扬雄那样被人嘲笑，实在感到慌恐。您精于政务，处理盘根错节的事情明断果决，连鬼神都会畏惧。您的诗篇雅正，使世人的道德和仪表归于淳正。尸乡那里留有我的窑洞，除了您，还有谁来访问我这当代的祝鸡翁？

## 赠韦左丞丈济

**【题解】**此诗当作于天宝七载（748），时杜甫在长安。韦济，天宝七载迁尚书左丞。诗中赞誉韦济出身相门，为相最宜。自叹穷老不遇，渴望得到韦济的提拔。

**【原诗】**左辖频虚位①，今年得旧儒。相门韦氏在②，经术汉臣须③。时议归前烈，天伦恨莫俱④。鸰原荒宿草⑤，凤沼接亭衢⑥。有客虽安命，衰容岂壮夫？家人忧几杖⑦，甲子混泥涂⑧。不谓矜余力，还来谒大巫⑨。岁寒仍顾遇，日暮且踟蹰。老骥思千里，饥鹰待一呼。君能微感激，亦足慰榛芜。

【注释】①左辖：《唐六典》：左右丞，掌管辖省事，纠察宪章。左辖即左丞。 ②相门韦氏：韦济的父亲韦嗣立、伯父韦承庆都曾为宰相。 ③经术汉臣：汉朝韦贤和儿子韦元成都以经术为相。 ④天伦：此指兄弟。韦济有兄名韦恒，先亡。 ⑤鸰原：鹡鸰本为水鸟，现在原野，失去常处。喻韦济之兄已死。宿草：指坟上隔年之草。 ⑥凤沼：即凤凰池，本为禁苑中的池沼，魏晋以来，将掌管机要的中书省设在禁苑，唐人因以凤凰池代指中书省或宰相。韦济父祖皆官至宰相，故以“凤沼”期之。亨衢：四通八达的大道。 ⑦《礼记·月令》：“仲秋之月，养衰老，授几杖。”几，老者所凭；杖，老者所扶。 ⑧甲子：此处泛指岁月。 ⑨大巫：比喻所仰慕的韦济。

【译文】左丞的职位频频空着，以期待贤能，今年得到了您这位年老而有名望的学者。您出自宰相门第，像精通经术的汉代韦贤父子那样为朝廷所需。当时的舆论称许您的父辈，遗憾的是您的兄长早离人世。他的坟上长着隔年的荒草，您通往凤池的道路畅通无阻。我虽是个安于命运安排的人，却也深虑自己不再年轻。家里人也在为我的晚年生活而忧心，唯恐岁月就这样地在泥泞中度过。我不是因为自夸余力而来干谒您，只是由于当此岁寒之际仍得到您的顾遇，所以虽值暮年还是企盼您的举荐。我是一匹老马而犹存千里之志，我是一只饥鹰只待您的一呼。倘若您对我的处境稍为动心，也就足可宽慰我这草野之人。

## 奉赠韦左丞丈二十二韵

【题解】此诗当与前诗作于同时同地。作者在诗中向韦济陈述自己出众的才能和远大的政治抱负，然而入仕无门，过着旅食京华的屈辱生活；对当时的社会作出猛烈的抨击；对于韦济的赏识表达了感激之意，字里行间仍希望他予以汲引。

【原诗】纨袴不饿死，儒冠多误身。丈人试静听，贱子请具陈。甫昔少年日，早充观国宾①。读书破万卷，下笔如有神。赋料扬雄敌②，诗看子建亲[3]。李邕求识面[4]，王翰愿为邻[5]。自谓颇挺出，立登要路津。致君尧舜上，再使风俗淳。此意竟萧条，行歌非隐沦[6]。骑驴十三载，旅食京华春。朝扣富儿门，暮随肥马尘。残杯与冷炙，到处潜悲辛。主上顷见征[7]，欻然欲求伸[8]。青冥却垂翅，蹭蹬无纵鳞[9]。甚愧丈人厚，甚知丈人真。每于百僚上，猥诵佳句新[10]。窃效贡公喜[11]，难甘原宪贫[12]。焉能心怏怏，只是走踆踆[13]。今欲东入海，即将西去秦。尚怜终南山[14]，回首清渭滨[15]。常拟报一饭，况怀辞大臣！白鸥没浩荡，万里谁能驯？

**【注释】**①观国宾：视察国情的人，引申为从政者。开元二十三年，杜甫二十四岁由乡贡参加进士考试，落第。 ②扬雄：西汉著名辞赋家。 ③子建：三国时魏国诗人曹植，字子建。 ④李邕：当时文坛著名人物，十分器重杜甫诗才，曾率先访问之。 ⑤王翰：当时著名老诗人。 ⑥隐沦：隐士。 ⑦天宝六载（747），玄宗下诏征求在野的贤才。 ⑧欻（xū）然：忽然。 ⑨此次征求人才，由李林甫任主考官，李忌贤妒能，把包括杜甫在内的应考者全部落选。蹭蹬：失势貌。 ⑩猥：谦词，承蒙之意。 ⑪贡公：贡禹，汉朝人，听说朋友王吉显贵，高兴得弹冠相庆，认为自己有了出头之日。此处用以比自己寄希望于韦济。 ⑫原宪：孔子学生，以家贫出名。 ⑬踆踆（cūn cūn）：行步迟重貌。 ⑭终南山：在长安城南。 ⑮清渭：清清的渭水。渭水，流经长安城北。

**【译文】**纨绔子弟不会饿死，读书人却大多误了自身。老前辈啊，请您静心听取，我要把个人的经历说个详尽。我在年轻的时候，便充当观国之宾，由乡贡入京考试。读书超过万卷，下笔如有神助。我的辞赋可与扬雄匹敌，我的诗篇水平接近曹植。文豪李邕希望与我相识，诗人王翰愿意与我为邻。我认为自己十分突出，很快就能登上要位。辅佐君王使之超过尧舜，教化百姓使风俗归于淳朴。未曾想到，这美好的心意竟然落空；我是因困顿而处处行歌啊，并非像隐士那样逍遥自得。十三年间骑的是一头驴子，在寄居乞食中送走了长安城的几度阳春。早晨去敲那些富贵人家的大门，晚上追随于达官肥马的后尘，讨了些人家吃剩的酒、晾凉的菜，所到之处，心中暗含着说不尽的悲酸。皇上不久前下诏选拔人才，我忽然又感到济世安邦的理想可以实现；不料有人暗中作梗，我就像飞上青天的鸟儿又垂下翅膀，就像鱼儿失势无法跃过龙门。我十分感愧您对我的厚意，十分理解您对我的真情。为了举荐我，您常常在同僚面前吟诵我的清新的诗句。有您在朝，我的内心怀着贡公那样的喜悦，难于像原宪那样甘心受贫。我怎能总是如此心情郁愤、步履迟重地走在人生道路上！如今我想向东而去，在大海上漂泊，即将离开长安城。望着雄伟的终南山而心怀恋恋，望着清清的渭水河而别意重重。我常想，应像古人那样报答“一饭之恩”，何况我辞别的是您这样一位对我有过深恩的大臣！我就要走了，像一只白鸥消失在浩渺的烟波上，一飞万里，有谁能把我拘禁?

## 饮中八仙歌

**【题解】**此诗当是作者于天宝年间追忆旧事而作。诗中描绘了八位酒仙各自的风神面貌，极富浪漫色彩，表现了盛唐时期的人们旷达、豪放、乐观的精神品格，具有鲜明的时代感。

**【原诗】**知章骑马似乘船①，眼花落井水底眠。汝阳三斗始朝天②，道逢麹车口流涎，恨不移封向酒泉③。左相日兴费万钱④，饮如长鲸吸百川，衔杯乐圣称避贤⑤。宗之潇洒美少年⑥，举觞白眼望青天，皎如玉树临风前。苏晋长斋绣佛前⑦，醉中往往爱逃禅。李白一斗诗百篇，长安市上酒家眠。天子呼来不上船，自称臣是酒中仙。张旭三杯草圣传⑧，脱帽露顶王公前，挥毫落纸如云烟。焦遂五斗方卓然⑨，高谈雄辩惊四筵。

**【注释】**①知章：贺知章，自号四明狂客，盛唐著名诗人。 ②汝阳：汝阳王李琎。 ③酒泉：郡名，即今甘肃省酒泉市，相传城下有泉，味如酒，故名。 ④左相：左丞相李适之。 ⑤李适之遭李林甫暗算，被罢职，作诗道：“避贤初罢相，乐圣且衔杯。”贤，讽称李林甫；圣，指清酒。 ⑥宗之：崔宗之，李白的朋友。 ⑦苏晋：曾为户部、吏部侍郎，信佛教却又贪杯。 ⑧张旭：唐代草书家，常醉后奔跑狂叫再下笔，时人称他张颠。 ⑨焦遂：事迹不详，杜甫在长安时，可能与他有过交往。

**【译文】**知章酒醉骑马摇摇晃晃，像是坐上颠簸的船；醉眼昏花掉进井，索性睡在水里边。汝阳王喝了三斗才去见天子，路上遇到酒车，仍是馋口流涎，抱憾未能移封到酒泉。左丞相每天花费万钱尽酒兴，俯首痛饮如同长鲸吸百川，作诗言道：叨着酒杯，乐饮清酒，罢去相位，为贤人让路！崔宗之是个潇洒壮美的少年，他鄙弃尘俗，性情傲岸，每当举杯，便翻出白眼望青天，皎洁的身躯如玉树，摇摇摆摆立风前。苏晋持斋念经长在佛祖绣像前，却敌不住美酒的诱惑，酒醉之后常把佛家戒律丢到脑后边。李白一斗酒下肚，百首诗篇上笔端，酒醉之后便在长安街市酒馆里安眠，天子呼他上船赋诗他不情愿，自称是酒中的活神仙。张旭流传着"三杯草圣"的美名，写字时把帽子一脱，光头露顶，哪管你王公大人在眼前！挥动大笔书狂草，纸上顿时起云烟。焦遂喝上五斗酒，谈话的兴致才高涨，那雄辩的才能致使满座皆惊叹。

## 高都护骢马行

**【题解】**此诗当作于天宝八载（749），时杜甫在长安。高都护，高仙芝，时任安西都护。都护，官职名。高仙芝于天宝八载从安西回朝。诗中借咏骢马的骨相才气、刚毅性格及远大志向，寄托个人报效国家的心愿。

**【原诗】**安西都护胡青骢①，声价欻然来向东。此马临阵久无敌，与人一心成大功。功成惠养随所致，飘飘远自流沙至②。雄姿未受伏枥恩，猛气犹思战场利。腕促蹄高如踣铁③，交河几蹴曾冰裂④。五花散作云满身⑤，万里方看汗流血。长安壮儿不敢骑，走过掣电倾城知。青丝络头为君老，何由却出横门道⑥！

**【注释】**①安西：唐代方镇名，治所在今新疆维吾尔自治区库车县。青骢：毛色青白相杂的骏马。 ②流沙：泛指西北沙漠地带。 ③踣（bó）铁：踩踏铁器。形容马蹄坚硬有力。 ④曾：同"层"。 ⑤五花：斑驳的马毛。 ⑥横门：长安城北西头的第一门，通向西域大道。

**【译文】**安西都护高仙芝有一匹西域产的青骢马，此马东来以后声价忽然大增。它在两军阵前驰骋跨跃从未遇敌手，一心一意助人成大功。功成之后任凭主人如何豢养，从遥远的西北沙漠一路飘飘来到长安城。它身躯雄健，似乎不甘接受伏槽静养的恩惠；胸怀猛气，依旧想去战场立殊功。它腕短蹄高，蹄坚如铁，在交河的厚冰上踏了几下，厚冰就被踏裂。它那斑驳的毛色散作满身云锦，奔驰万里之后才见流汗如血。长安城的壮士不敢骑，它奔驰的速度超过闪电，让全城人震惊！戴着青丝络，老死在槽枥间，这并非它的愿望；它在思考，怎样才能走出城门，奔向那通达西域的大道！

## 冬日洛城北谒玄元皇帝庙

**【题解】**此诗当作于天宝八载（749）冬，时杜甫在洛阳。玄元皇帝庙，即老君庙。唐高宗曾追尊老子为太上玄元皇帝，称他为自己的祖先，并令两京诸州，各置玄元皇帝庙。洛阳之庙在城北北邙山上，台殿高敞，下瞰伊洛。这首诗写作者谒见洛阳老君庙，铺陈庙宇的尊严，绘画的精工，风景的壮丽。措辞极为典雅。

**【原诗】**配极玄都閟①，凭高禁籞长②。守祧严具礼③，掌节镇非常④。碧瓦初寒外，金茎一气旁⑤。山河扶绣户，日月近雕梁。仙李蟠根大⑥，猗兰奕叶光⑦。世家遗旧史，道德付今王⑧。画手看前辈，吴生远擅场⑨。森罗移地轴⑩，妙绝动宫墙。五圣联龙衮⑪，千官列雁行。冕旒俱秀发⑫，旌旆尽飞扬。翠柏深留景⑬，红梨迥得霜。风筝吹玉柱⑭，露井冻银床⑮。身退卑周室⑯，经传拱汉皇⑰。谷神如不死⑱，养拙更何乡⑲！

**【注释】**①配极：与北极星相合。洛阳老君庙在城的正北。玄都：神仙所居之处，指老君庙。閟（bì）：清静，幽深。　②禁籞（yù）：禁苑周围的藩篱。　③祧（tiāo），远祖之庙，指老君庙。《唐书》：老君庙置令、丞各一员。　④掌节：掌守符验。符验，出入庙宇所持的证件。⑤金茎：用以擎承露盘的铜柱，高达十几丈。　⑥仙李：《神仙传》载，老子生而能言，指李树曰："以此为我姓。"蟠根大：喻道教根基壮大。　⑦猗兰：汉殿名，汉武帝出生之处。奕叶光：喻道教发扬光大。奕，茂盛。　⑧"道德"句：《闻见记》载，开元二十一年，玄宗亲注《道德经》，令学者习之。　⑨作者原注："庙有吴道子画《五圣图》。"吴道子，唐画家，善画人物、佛像、神鬼、禽兽、山水、草木，冠绝一时。玄宗知其名，召入内供奉。　⑩地轴：古代传说中大地的轴。此处指大地。 ⑪“五圣”句：指吴道子所画《五圣图》。天宝八载，玄宗谥高祖为神尧大圣皇帝，谥太宗为文武大圣皇帝，谥高宗为天皇大圣皇帝，谥中宗为孝和大圣皇帝，谥睿宗为玄贞大圣皇帝。龙衮：天子之服。 ⑫冕旒(liú)：皇冠。旒，冕冠前后垂悬的玉串。 ⑬景：同“影”。 ⑭风筝：古时在殿阁檐棱间，置有琴、筝，因风动而成音。 ⑮床：井上的栏圈。⑯《列仙传》载，老子曾作周朝的柱下史，又转作守藏史，后因周朝德衰，乃乘青牛车而离去。 ⑰拱：端拱，正身拱手，恭敬有礼。《老氏圣纪图》载，河上公授汉文帝道德二经旨奥，文帝斋戒受之。 ⑱“谷神”句：《老子》：“谷神不死，是谓玄牝。”谷神，老子形容“道”的称呼。“谷”即山谷，象征空虚，“神”有变化莫测之意。“谷神不死”，即是说“道”乃空虚无形而变化莫测、永恒不灭的东西。它像微妙的母体（玄牝）一样，生殖万物。此处谷神，指创立道教的老子。 ⑲养拙：指官吏退隐不仕。

**【译文】**老君庙与北极同位，清静而幽深，高踞山顶，禁籞漫长。朝廷以庄严的礼节掌守庙宇，严查出入的证件，以镇制非常之事的发生。庙宇上的琉璃瓦闪着初冬的寒意，庙门旁的高大铜柱通连着天地之气。雄伟的山河护持着华美的门户，太阳和月亮临近彩绘的屋梁。仙李的道教根基可谓壮大，汉武帝将其光大发扬。《史记》上没有把他列入世家，玄宗皇帝却亲自为《道德经》作了注释。画家吴道子超过了前辈的画艺，他的绘画真是技压群芳。他把大地的万象逼真地移上墙壁，绝妙的形象使殿宇生光：五位圣帝龙袍联属，千官旁列有如雁行，顶顶皇冠秀美挺拔，面面旌旗飘卷飞扬。庙内的翠柏经冬而颜色依旧，梨树的叶子遇霜而变得鲜红。玉柱间风吹筝鸣发出动听的音响，井栏上清冰凝结闪着耀眼的银光。当年周室衰微，老君身退归隐，真经传到汉代，受到汉皇的尊崇。如果至今老君未死，不知他隐居又在何方。

## 故武卫将军挽词三首

**【题解】**这组诗当是作者困居长安时作。武卫将军，名不详，其职掌宫禁警卫。组诗是为武卫将军写的挽歌。第一首惜其身亡而未能封侯；第二首忆其生前忠勇，武艺超群；第三首写天人同悼，死后余威犹在。

其　一

【原诗】严警当寒夜，前军落大星。壮夫思敢决，哀诏惜精灵。王者今无战①，书生已勒铭②。封侯意疏阔，编简为谁青？

【注释】①“王者”句：当时罢府兵，停征战，禁止民间挟兵器。　②铭：此指墓碑。

【译文】在警戒森严的寒夜，前军陨落了将星。壮士们思念你果决的精神，皇上下达哀诏悼惜你的英灵。当今天下没有战争，你像个书生一样终结生命。封侯的心愿久未实现，史书将为谁写下芳名？

其　二

【原诗】舞剑过人绝，鸣弓射兽能。铦锋行惬顺①，猛噬失骄腾②。赤羽千夫膳，黄河十月冰。横行沙漠外，神速至今称。

【注释】①铦（xiān）锋：刚锐的锋芒。铦，锋利。　②猛噬（shì）：猛兽。噬，咬。

【译文】舞剑之术远超他人，鸣弓放箭擅射猛兽。手执利剑，所向如意；弓弦响处，猛兽仆倒。赤羽旗下，率领士兵风餐露宿；不避严寒，踏过黄河十月的冰凌。纵横驰骋于沙漠之外，用兵神速至今为人称颂。

其　三

【原诗】哀挽青门去①，新阡绛水遥②。路人纷雨泣，天意飒风飙。部曲精仍锐，匈奴气不骄。无由睹雄略，大树日萧萧③。

【注释】①青门：长安城东南门，因其门青色，故称。　②绛水：又名白水，源出山西绛县北，西北流入侯马市南，注入浍水。绛州距长安约六百里。　③庾信《哀江南赋》：“将军一去，大树飘零。”此用其意。

【译文】悲哀地挽着灵车走出青门，新坟在遥远的绛水之滨。过路的人纷纷泪如雨下，上天也降下飒飒的飙风。你的部队化悲痛为力量仍旧精锐，匈奴人不敢意气骄横。只是再也不能见到你的雄才大略，连大树都发出悲声，日渐飘零。

## 赠翰林张四学士垍

**【题解】**此诗当作于天宝九载（750），时杜甫在长安。张垍（jì），故宰相张说之子，宁亲公主驸马，能诗文，官居翰林学士。杜甫与他有旧交，写此诗赞其春风得意，青云高举，并自叹贫苦漂泊，希望能得到他的汲引。

**【原诗】**翰林逼华盖①，鲸力破沧溟。天上张公子，宫中汉客星②。赋诗拾翠殿，佐酒望云亭③。紫诰仍兼绾④，黄麻似六经⑤。内颁金带赤，恩与荔枝青。无复随高凤，空余泣聚萤。此生任春草，垂老独漂萍。傥忆山阳会⑥，悲歌在一听。

**【注释】**①华盖：帝王的车盖。 ②“天上”二句：张垍身为驸马，特许在宫中置内宅。客星喻张垍。《后汉书·严光传》载，严光曾与光武帝同游，光武即位后，召之叙旧，同榻而卧，严光睡梦中把脚压在光武腹上。第二天，太史官禀奏：“客星犯御座甚急。”光武帝笑曰：“朕故人严子陵共卧耳。” ③拾翠殿、望云亭：皆宫禁中建筑。 ④“紫诰”句：紫诰，以紫泥密封的文诰。制诰本由集贤院学士掌管，今由翰林学士分掌，故称“兼绾”。绾，控制。 ⑤六经：六部儒家经典，指《诗》《书》《礼》《易》《春秋》《乐经》。 ⑥山阳会：晋诗人嵇康寓居山阳，与诗人向秀同游交好。此处比喻作者与张垍的交游。

**【译文】**翰林的地位密近帝座，势力之大有如鲸鱼劈破大海。你是宰相张公之子，高居天上；你是皇上的佳婿，住在宫中。你在拾翠殿里奉旨作诗，你在望云亭上陪君饮酒。兼领制诰的重任，在黄麻纸上书写诰词，措辞谨严如同六经。内侍奉旨给你颁发了赤金带，赏给你皮青肉熟的鲜荔枝。你是高梧上的凤凰，我不能追随攀附，只能像晋代车胤囊萤读书，自泣贫苦。此生勤奋苦读，任凭池塘春草风光诱人；却不料年纪将老一事无成，竟如水上浮萍漂泊西东。倘若你还记得我们之间的亲密交往，就应该听一听我这悲哀的歌声。

## 乐游园歌

【题解】此诗当作于天宝十载（751），时杜甫在长安。诗题又作《晦日贺兰杨长史筵醉歌》。唐时曾以正月晦日为中和节。杨长史，名不详，长史为官名。乐游园，又名乐游原，汉宣帝时建，在长安南郊，地势高出，四望宽敞，为游赏之地。诗写陪宴所见，抒发仕途失意之慨。

【原诗】乐游古园崒森爽，烟绵碧草萋萋长。公子华筵势最高，秦川对酒平如掌①。长生木瓢示真率，更调鞍马狂欢赏。青春波浪芙蓉园②，白日雷霆夹城仗③。阊阖晴开詄荡荡，曲江翠幕排银牓④。拂水低徊舞袖翻，缘云清切歌声上。却忆年年人醉时，只今未醉已先悲。数茎白发那抛得？百罚深杯亦不辞。圣朝已知贱士丑，一物自荷皇天慈。此身饮罢无归处，独立苍茫自咏诗。

【注释】①秦川：水名。此处指长安周围的平原。 ②芙蓉园：在乐游园西南，园中有芙蓉池。 ③夹城：玄宗开元二十年，自大明宫筑夹城通往芙蓉园。仗：指天子的仪仗。 ④曲江：在乐游园南，江边建有宏伟的宫殿，为游乐之地。银牓：宫殿门上所悬的匾额。

【译文】古老的乐游园地势高出，林森气爽，连绵的碧草茂盛地生长。公子的华筵设在园中最高处，对着美酒俯看秦川，秦川平如手掌。用长生木瓢舀酒劝客显示出主人的真率，饮酒之后又让客人骑上鞍马狂欢游赏。春季的芙蓉园内碧波荡漾，晴日当空雷霆骤响原来是夹城里走来天子的仪仗。曲江岸边宫殿巍峨门户大开何其壮阔，游宴的帐幕如绚丽的烟霞势排银牓。画船上的美人舞袖低回轻拂水面，歌女们嘹亮的清音婉转随云飘到青天上。回想以往年年此日我都喝得酣醉，今日未醉而心已先悲。年岁渐老，稀疏的白发哪肯放过我？即便罚我百杯满酒也不推辞！身居圣朝却长期贫贱，我已自知丑陋，请看眼前一草一木尚且蒙受皇天的恩慈。酒宴已散，众人皆去，只有我无处可归，独自站在苍茫的暮色中吟出了这首诗。

## 杜位宅守岁

**【题解】**此诗当作于天宝十载（751）除夕，杜甫在其堂弟杜位家守岁时作。杜位宅在长安，靠近曲江。杜位是李林甫的女婿，李林甫当时尚任宰相。诗写年夜景象和自己的潦倒心情。

**【原诗】**守岁阿戎家①，椒盘已颂花②。盍簪喧枥马③，列炬散林鸦。四十明朝过，飞腾暮景斜。谁能更拘束④？烂醉是生涯。

**【注释】**①阿戎：古时对堂弟的称呼。②椒盘：盛椒的盘子。古代习俗，年节之时，以盘盛椒，将椒撮点于宴席的酒杯中。颂花：《晋书·列女传》载，刘臻之妻陈氏能文，年节时献《椒花颂》，其中言道："圣容映之，永寿于万。"后世用为典实，指新年祝词。③盍簪：意谓朋友聚合。④拘束：指前来为杜位贺年的人，拘谨俯仰之态。

**【译文】**除夕守岁于堂弟之家，椒酒飘香祝词献雅。槽间喧闹着来宾们的骏马，庭炬惊散了林中的乌鸦。四十人生明朝又过，飞腾的夕阳已经西斜。我怎能再去拘束身心？烂醉如泥便是我的生涯。

## 敬赠郑谏议十韵

**【题解】**此诗当作于天宝十一载（752），时杜甫在长安。郑谏议，名不详，谏议即谏议大夫。诗赞郑谏议诗才，并叙自己仕途难入，希望对方给予援引。

**【原诗】**谏官非不达，诗义早知名。破的由来事，先锋孰敢争？思飘云物外，律中鬼神惊。毫发无遗憾，波澜独老成。野人宁得所？天意薄浮生。多病休儒服，冥搜信客旌。筑居仙缥缈，旅食岁峥嵘。使者求颜阖①，诸公厌祢衡②。将期一诺重，欻使寸心倾。君见途穷哭，宜忧阮步兵③。

**【注释】**①"使者"句：《庄子》：鲁国君听说颜阖贤达，派使者前去征召，颜阖不得已而从之。天宝十载，杜甫献《三大礼赋》，玄宗奇之，命宰相考其文章，不遇而退。 ②祢衡：汉末文学家，性刚傲物，不为世俗所容。 ③阮步兵：阮籍。三国魏文学家，曾任步兵校尉，故称。时逢政治黑暗，常坐车率意出游，途穷恸哭而返。

**【译文】**谏官的职位并非不显贵，而您的名声却早就以诗而传颂。切中诗道，对您来说本属自然之事；您是诗坛先锋，谁敢与您争雄？您的诗思高扬于云物之外，格律严谨连鬼神都要震惊。遣词精确，无丝毫之遗憾；行文老成，波澜层出不穷。我这在野之人哪能得到好的境遇，命运对我实在刻薄。我身体多病已经脱掉儒者之服，只得在萍踪浪迹中暗自求索。建筑居室的希望像登仙一样渺茫，寄食他乡岁月悠悠年齿日长。虽然皇上下诏想让我出仕，怎奈群公忌才多有阻挡。我期望您一诺千金及时汲引，尽快使我能对朝廷竭尽诚心。我正如当年的阮籍途穷恸哭，迫切盼望您的怜悯。

## 兵　车　行

**【题解】**此诗当作于天宝十一载（752），时杜甫在长安。《通鉴》载，天宝十载四月，鲜于仲通讨南诏，大败，死六万人。为补充兵源，再击南诏，杨国忠遣御史分道抓丁。于是行者愁怨，父母妻子送行，哭声遍野。此诗即为此事而作，表达了诗人对非正义战争的强烈谴责。

**【原诗】**车辚辚，马萧萧，行人弓箭各在腰。爷娘妻子走相送，尘埃不见咸阳桥①。牵衣顿足拦道哭，哭声直上干云霄。道旁过者问行人，行人但云："点行频！或从十五北防河②，便至四十西营田。去时里正与裹头，归来头白还戍边。边庭流血成海水，武皇开边意未已。君不闻汉家山东二百州，千村万落生荆杞。纵有健妇把锄犁，禾生陇亩无东西。况复秦兵耐苦战，被驱不异犬与鸡。长者虽有问，役夫敢申恨？且如今年冬，未休关西卒。县官急索租，租税从何出？信知生男恶，反是生女好；生女犹得嫁比邻，生男埋没随百草。君不见青海头，古来白骨无人收。新鬼烦冤旧鬼哭，天阴雨湿声啾啾。"

**【注释】**①咸阳桥：在咸阳西南渭水河上。 ②防河：《旧唐书》载，开元十五年，唐政府以为吐蕃害边，调兵去河西防守。其实无事。

【译文】众多的战车隆隆地响着，战马在不停地鸣叫，出征的人都把弓箭挂上了腰。爹娘妻子跑着给他们送行，踏起来的尘土遮住了咸阳桥。家属们有的扯住亲人衣裳，有的悲痛地跺着脚，他们拦堵着京郊大道放声哭嚎，那哭声一直冲上了九重云霄。道旁有个过路的人，向征夫询问这情景的起因。征夫们众口一词地说："朝廷点派我们出征太频繁。有的人从十五岁起就被北调守河右，直到四十岁又被西征去屯田。去的时候年纪小，须由村长裹头巾；回来时已是满头白发，却还得应征去守边。边疆上战士鲜血汇成了大海，而皇上扩充领土的心意还不满足。您没听说吗，华山以东二百州，千村万落都已荒芜。即便有健壮的妇女耕田地，那庄稼也是长得横七竖八一塌糊涂。何况我们关中士兵最能忍苦作战，更像被驱赶的鸡狗一般。唉，尽管您老人家关切地询问，可我们这些征夫怎敢申述怨恨？就说今年吧，已经到了冬天，朝廷仍不把我们这些关西兵放还。县官逼命催交租，租税又从哪儿出？我们深切感受到，生男不如生女好，生女还能嫁近邻，生男难免战死埋荒草。您没看到吗，自古以来那青海边，遍地白骨没人掩。旧鬼在啼哭，新鬼在诉冤，每当天阴雨湿夜，鬼声啾啾真凄惨！"

## 前出塞九首

【题解】这组诗当于天宝末年，为哥舒翰用兵于吐蕃而作。诗用第一人称手法，记一位士兵的诉说，讽刺唐王朝的穷兵黩武。

### 其　一

【原诗】戚戚去故里，悠悠赴交河①。公家有程期，亡命婴祸罗。君已富土境，开边一何多！弃绝父母恩，吞声行负戈。

【注释】①交河：地名，在今新疆吐鲁番县，唐时为防吐蕃之前线。

【译文】悲悲戚戚地离开了家乡，踏上漫长的征路奔赴交河。官家限定了到达前线的日期，如果逃亡又难免灾祸。我们君王的疆土已够辽阔，而开边的战争还是如此繁多！只好弃绝父母的养育之恩，忍气吞声地扛着武器向前跋涉。

### 其　二

【原诗】出门日已远，不受徒旅欺。骨肉恩岂断？男儿死无时。走马脱辔头，手中挑青丝。捷下万仞冈，俯身试搴旗[1]。

【注释】①搴（qiān）：拔。

【译文】出了家门，一天比一天地走远了；见识已多，不再受同行人的气。骨肉之恩岂能不顾？无奈身为男儿死活没有定期。摘掉络头让马疾驰，解下缰绳提在手里。从万仞高山飞驰而下，俯下身来练习拔取军旗。

### 其　三

【原诗】磨刀呜咽水[1]，水赤刃伤手。欲轻断肠声，心绪乱已久。丈夫誓许国，愤惋复何有？功名图麒麟[2]，战骨当速朽。

【注释】①呜咽水：指陇头水。《三秦记》："陇山顶有泉，清水四注。俗歌：陇头流水，鸣声呜咽。遥望秦川，肝肠断绝。"　②图麒麟：西汉宣帝曾为霍光、苏武等功臣画像，置于麒麟阁。

【译文】蘸着呜咽的陇头水磨砺战刀，水色变红才觉察刀刃割破了手。我想不理睬这令人断肠的流水声，怎奈心绪已乱了许久。大丈夫立誓以身许国，又何必再心生怨怒？只要能把自己的画像放在麒麟阁，即便立即战死也是值得。

### 其　四

【原诗】送徒既有长，远戍亦有身。生死向前去，不劳吏怒嗔！路逢相识人，附书与六亲[1]。哀哉两决绝，不复同苦辛。

【注释】①六亲：指父母兄弟妻子。

【译文】押送征夫的是你们这些官长，而远戍边疆的我们也都算个人。不管是生是死我们向前去，用不着你们吹胡子瞪眼睛！路上遇到一个相识的人，托他捎封信给家中六亲。伤心啊！我们双方已是永别了，再也不能相聚一处同受苦辛。

### 其　五

**【原诗】**迢迢万里余，领我赴三军。军中异苦乐，主将宁尽闻？隔河见胡骑，倏忽数百群。我始为奴仆，几时树功勋？

**【译文】**走了迢迢万里路，终于被领着来到三军。军中的苦乐多么悬殊，主将对此哪能了解详尽？隔着河水望见了敌人的骑兵，眨眼间就驰过了几百群。我现在仅仅是个小卒，何时才能建立功勋？

### 其　六

**【原诗】**挽弓当挽强，用箭当用长。射人先射马，擒贼先擒王。杀人亦有限，立国自有疆。苟能制侵陵，岂在多杀伤！

**【译文】**拉弓应当拉强弓，用箭应当用长箭。射人先射他骑的马，擒贼先擒贼的首领。杀人也要有个限度，立国总归得有个疆界。只要能制止敌人的侵略，又何须过多地杀伤他们。

### 其　七

**【原诗】**驱马天雨雪①，军行入高山。径危抱寒石，指落曾冰间。已去汉月远，何时筑城还？浮云暮南征，可望不可攀。

**【注释】**①雨（yù）：降。

**【译文】**驱马奔驰正逢天降大雪，行军进入一座高山。沿着危险的山路抱运寒石修筑城垒，冻掉的手指落在厚厚的冰凌间。此处距国门已十分遥远，何时才能筑好城垒得以归还？头上的暮云悠悠南去，我们眼巴巴地望着却不能攀上它飞回故园。

### 其　八

**【原诗】**单于寇我垒①，百里风尘昏。雄剑四五动，彼军为我奔。虏其名王归，系颈授辕门[2]。潜身备行列，一胜何足论？

【注释】①单于：汉时匈奴人对其君长的称呼。这里借指吐蕃兵。 ②辕门：领兵将帅的营门。

【译文】敌人前来攻打我们的城垒，百里沙场风尘昏暗。我们挥动宝剑几次出击，就把敌军打得东逃西散。我活捉了敌人的一个酋长归来，系上他的脖子交给主将。然后悄悄地站到队列里，初次得胜又何必为自己张扬？

### 其　九

【原诗】从军十年余，能无分寸功？众人贵苟得，欲语羞雷同。中原有斗争，况在狄与戎[1]！丈夫四方志，安可辞固穷[2]！

【注释】①狄、戎：古代对北方和西方少数民族的称呼。 ②“安可”句：《论语》：“君子固穷。”

【译文】当了十几年的兵，哪能不立一点战功？众人争相冒功求赏，我想报功却羞于与他们混同。争功夺利的事中原也有，何况在这与异族邻壤的边境！大丈夫应当心怀天下，岂可为个人的困穷而动容！

## 送高三十五书记十五韵

【题解】此诗当作于天宝十一载（752），时杜甫在长安。高三十五书记，即高适，当时为河西节度使哥舒翰幕府掌书记，已五十六岁。哥舒翰于天宝十一载入朝，高适同至长安。诗写高适履历，二人情谊，而以劝其休兵为主旨。

【原诗】崆峒小麦熟[1]，且愿休王师。请公问主将：焉用穷荒为？饥鹰未饱肉，侧翅随人飞。高生跨鞍马，有似幽并儿[2]。脱身簿尉中[3]，始与捶楚辞。借问今何官，触热向武威[4]？答云一书记，所愧国士知。人实不易知，更须慎其仪。十年出幕府，自可持旌麾。此行既特达，足以慰所思。

男儿功名遂，亦在老大时。常恨结欢浅，各在天一涯。又如参与商⑤，惨惨中肠悲。惊风吹鸿鹄，不得相追随。黄尘翳沙漠，念子何当归。边城有余力，早寄从军诗。

**【注释】**①崆峒：山名，在今甘肃平凉县西，属六盘山。 ②幽并：幽州、并州，两地多出健儿。③脱身簿尉：高适初为封丘县尉，曾写诗表示不忍鞭挞百姓。今为书记，故曰“脱身”。 ④武威：郡名。 ⑤参、商：二星名，出没互不相见。

**【译文】**崆峒山一带小麦已经成熟，我希望暂且休兵以保护收成。请您询问主将哥舒翰：当此之时何必要到荒远之地去用兵？您像一只没吃饱肉的雄鹰，侧着翅膀随人飞腾。您身跨鞍马纵横驰骋，像幽并健儿一样勇猛。您从县尉的苦差中脱出身来，才告别了鞭挞黎民的营生。请问如今作了什么官？为什么冒着炎热向武威开进？您回答说“是军中一名书记，感愧被勇敢的将军所任用。”人确实是不易了解的，希望您对行止多加慎重。在军府中好好干上十年八载，自然可以拿到主将的旗旌。这次出任定然前途远大，足以慰藉您的平生之志。男儿得以成就功名，也常常是在年老之时。总是遗憾与您交欢日短，海角天涯相隔遥远。又像参商二星难能相见，我的心中无限伤感。狂风吹送着远征的鸿鹄，我却不能随您前去。沙漠边地黄尘蔽日，不知您何时才能回归。戍守边城时如有余力，请把从军诗篇尽快回寄。

## 奉留赠集贤院崔国辅于休烈二学士

**【题解】**此诗当作于天宝十一载（752），时杜甫在长安。上一年，杜甫献《三大礼赋》，玄宗奇之，使待制集贤院，命宰相考他的文章，集贤院崔国辅、于休烈二学士对杜甫也给予提携，但因李林甫从中作梗，杜甫只落个“参列选序”的资格。“候补”了一年，见没有什么希望，便写此诗赠崔、于二人，发了一通牢骚，暂回洛阳。

**【原诗】**昭代将垂白，途穷乃叫阍①。气冲星象表，词感帝王尊。天老书题目，春官验讨论。倚风遗鹢路②，随水到龙门。竟与蛟螭杂③，空闻燕雀喧④。青冥犹契阔，凌厉不飞翻。儒术诚难起，家声庶已存。故山多药物，胜概忆桃源。欲整还乡旆，长怀禁掖垣。谬称三赋在，难述二公恩⑤。

【注释】①叫阍：指向玄宗献《三大礼赋》事。阍，天子之门。 ②《春秋·僖公十六年》："六鹢退飞过宋都。"杜预注："鹢，水鸟，高飞遇风而退，宋人以为灾，故书。"鹢，同"鶂"。鶂鸟遇风而退飞，后因借鶂路喻指遇挫而退。 ③蛟螭：喻集贤院里的贤士。 ④燕雀：喻指评判考卷的礼部官署中的小人。 ⑤原注："甫献《三大礼赋》出身，二公尝谬称述。"

【译文】生在清平的时代却垂老无成，无路可走只好来敲天子之门。赋中的气势高冲星汉，生动的词彩感动了帝王。宰相为我书写考试的题目，礼部评判我写出的文章。我希望这次考试一帆风顺而不蹈鶂路，能像那鲤鱼顺水跳过龙门一样。考试时得与集贤院的贤士们共处一堂，考完后徒然听到几声燕雀的噪嚷。青云之志竟是这般的难以实现，空有雄健的翅膀却不能高翔。靠儒家之术确实难以奋起，所幸我的诗名还能将家声传扬。我的故乡盛产药物，环境优美令人作桃源之想。我想打点行装回归故里，行前深深眷恋集贤院的二位兄长。您们对我的《三大礼赋》谬加称赞，我实在难以答谢二公的恩赏。

## 贫 交 行

【题解】此诗当作于天宝十一载（752），时杜甫在长安。贫交，贫贱时的交友。诗讽交道之薄。

【原诗】翻手作云覆手雨，纷纷轻薄何须数？君不见管鲍贫时交①，此道今人弃如土。

【注释】①管鲍：管仲、鲍叔牙。《史记》载，管仲早年与鲍叔牙交游，鲍知其贤。管仲贫困，曾欺鲍叔牙，鲍终善待之。后鲍事齐公子小白，举荐管仲，管仲得以辅佐齐桓公成就霸业，他感叹道："生我者父母，知我者鲍叔也。"

【译文】翻手为云覆手为雨，众多的轻薄交游何须一提？君不见当年管鲍之交不因贫富而异，这种交道已被今人像土块一样抛弃！

## 送韦书记赴安西

【题解】此诗当作于天宝十一载（752），这一年封常清为安西副大都护，韦氏当为其掌书记，同赴安西。书记，为关预军中机密之职。诗贺韦氏高就，叹自己仕途失意。

【原诗】夫子欻通贵，云泥相望悬①。白头无藉在，朱绂有哀怜②。书记赴三捷，公车留二年③。欲浮江海去，此别意茫然。

【注释】①云泥：云在天，泥在地，因用以比喻地位相差悬殊。 ②朱绂：红色官服。唐时四、五品官着朱绂。唐制：御史赐金印朱绂。可知韦书记必兼官御史。 ③公车：汉代官署名，因系公车（官车）所在地而得名。公车为上书言事者及待诏者所居之处。杜甫于天宝十载献《三大礼赋》，被玄宗召试，其后待制集贤院，“候补”两年，仍无结果。

【译文】夫子您忽然间官位显贵，与我如同云泥相望地位殊悬。头发斑白的我至今无所倚藉，幸为身穿朱绂的您所哀怜。您即将奔赴捷报频传的边地建立军功，我却在集贤院寂寞地候补了两年。我已作好了隐居江湖的打算，当此分别之际不禁心意茫然。

## 玄都坛歌寄元逸人

【题解】此诗当作于天宝十一载（752），时杜甫在长安。玄都坛，汉武帝所筑，在长安南山子午谷中。元逸人，隐道士，一说即李白之友元丹丘。诗写玄都坛景，赞逸人高栖绝尘。

【原诗】故人昔隐东蒙峰①，已佩含景苍精龙②。故人今居子午谷③，独并阴崖结茅屋。屋前太古玄都坛，青石漠漠常风寒。子规夜啼山竹裂，王母昼下云旗翻④。知君此计成长往，芝草琅玕日应长。铁锁高垂不可攀，致身福地何萧爽[5]！

【注释】①东蒙峰：又称东明峰，在终南山豹林谷内。 ②含景（yǐng）：剑名。苍精龙：道家的青龙符。 ③子午谷：在今陕西秦岭山中，谷长六百六十里，为川陕交通要道。 ④王母：鸟名，其尾五色而甚长，飞时展开如旗。 ⑤萧爽：清静闲适。

【译文】故人当年隐居东蒙峰，已然佩带含景宝剑和道符苍精龙。故人如今移居子午谷，独自在背阴山崖建茅屋。屋前是古代留下的玄都坛，青石寂寂常有寒风起坛面。夜间子规鸟的啼声能使山竹裂，白天王母鸟的尾羽有如云旗翻。知道您的隐居之计不会改变，那供您食用的芝草琅玕每天都在生长。您的洞府铁锁高垂，俗人无法攀登，生活在这种福地是多么萧爽！

## 曲江三章章五句

【题解】这组诗当作于天宝十一载（752）秋，时杜甫在长安。曲江，即曲江池，在长安城东南角，为游赏之处。诗写献赋不遇的苦闷。这是一种每首五句的诗体，在第三句上作顿，为杜甫自创。

### 其　一

【原诗】曲江萧条秋气高，菱荷枯折随波涛，游子空嗟垂二毛[1]！白石素沙亦相荡，哀鸿独叫求其曹。

【注释】①二毛：斑白的头发。

【译文】曲江秋气肃杀景物萧条，枯折的菱荷随着波涛漂摇，飘泊他乡的我啊空叹岁月已老！江边的素沙冲刷着白石，哀鸣的孤雁将同伴寻找。

### 其　二

【原诗】即事非今亦非古，长歌激越捎林莽[1]，比屋豪华固难数。吾人甘作心似灰，弟侄何伤泪如雨！

【注释】①林莽（mǔ）：丛生的草木。

【译文】即事吟诗既非今体又非古体，激越的歌声摇动着丛生的草木，江边的华屋比比相连难以计数。我能甘心忍受贫苦，弟侄们何必为我泪落如雨！

其　三

【原诗】自断此生休问天，杜曲幸有桑麻田①，故将移住南山边。短衣匹马随李广②，看射猛虎终残年。

【注释】①杜曲：地名，在长安城南。　②李广：汉代名将。李广屏居蓝田，曾在南山射虎，故有下句所云。

【译文】我已断定此生艰难而不去问天，幸好杜曲那边还有几亩桑麻田，所以我将移居终南山边。短衣匹马追随李广的足迹，射杀猛虎以度过余年。

## 同诸公登慈恩寺塔

【题解】此诗当作于天宝十一载（752），时杜甫在长安。题下原注："时高适、薛据先有作。"此次登临慈恩寺塔（即今西安大雁塔）而赋诗者，还有岑参、储光羲。杜甫此诗采用比兴手法对当时的社会现实进行讽刺，对动乱的危机表示了深深的忧虑。

【原诗】高标跨苍穹，烈风无时休。自非旷士怀，登兹翻百忧。方知象教力①，足可追冥搜②。仰穿龙蛇窟，始出枝撑幽。七星在北户，河汉声西流。羲和鞭白日③，少昊行清秋④。秦山忽破碎⑤，泾渭不可求⑥。俯视但一气，焉能辨皇州？回首叫虞舜，苍梧云正愁⑦。惜哉瑶池饮⑧，日晏昆仑丘。黄鹄去不息，哀鸣何所投？君看随阳雁，各有稻粱谋。

【注释】①象教：佛教。佛教借形象以教人，故称。　②冥搜：搜寻幽胜。③羲和：传说是太阳神的赶车人。　④少昊：掌秋天的神。　⑤秦山：指终南山，在长安城南。　⑥泾渭：二水名，流经长安北部。泾水浊，渭水清。　⑦苍梧：山名，在湖南。传说舜死后葬于苍梧之野。此处以苍梧代指太宗昭陵。⑧瑶池：在昆仑山上。相传周穆王与西王母在瑶池宴饮。此处喻指玄宗与杨贵妃在骊山行宫作乐。

**【译文】** 高塔超出天外，猛烈的风吹个不停。我没有出世者的胸怀，登上此塔百种忧思在翻腾。方知佛教的功力，足可穷高极远地搜寻胜境。仰面穿过龙蛇窟穴般的蹬道，终于走出支木交错的暗处到达顶层。眼前仿佛看到北斗七星在窗外闪烁，耳边似乎传来银河西流的涛声。羲和二神鞭赶着太阳车迅速西进，秋神少昊正在布置清秋之景。俯看秦岭诸山忽然破成了碎块，泾水和渭水也已难分浊清。眼下是一片沉沉的暮霭，怎能辨得出哪里是京城？回过头呼唤一代英主太宗皇帝，太宗的陵墓上生起一片愁云。可惜啊，当年周穆王和西王母在昆仑瑶池饮酒作乐，竟然喝到红日西沉——这种荒淫之事却也后继有人！暮色里胸怀大志的黄鹄哀鸣远去，无处投身；那追阳逐暖的群雁，各自怀着谋取稻粱的私心。

## 奉赠鲜于京兆二十韵

**【题解】** 此诗当作于天宝十二载（753），时杜甫在长安。天宝十一载十一月，宰相李林甫病死，杨国忠为相，引鲜于仲通为京兆尹。十二载二月，杨国忠指使安禄山诬告李林甫曾谋反，李林甫被开棺剥除金紫。此诗当作于其事之后。杜甫两次诏试，皆受阻于李林甫，实痛恨之。故投诗给鲜于仲通，希望得到汲引。

**【原诗】** 王国称多士，贤良复几人？异才应间出，爽气必殊伦。始见张京兆①，宜居汉近臣。骅骝开道路，雕鹗离风尘。侯伯知何算，文章实致身。奋飞超等级，容易失沉沦。脱略磻溪钓②，操持郢匠斤③。云霄今已逼，台衮更谁亲？凤穴雏皆好，龙门客又新④。义声纷感激，败绩自逡巡。途远欲何向？天高难重陈。学诗犹孺子，乡赋忝嘉宾⑤。不得同晁错⑥，吁嗟后郄诜⑦。计疏疑翰墨，时过忆松筠。献纳纡皇眷，中间谒紫宸⑧。且随诸彦集，方觊薄才伸。破胆遭前政⑨，阴谋独秉钧。微生沾忌刻，万事益酸辛。交合丹青地⑩，恩倾雨露辰。有儒愁饿死，早晚报平津⑪。

**【注释】** ①张京兆：《汉书·张敞传》载，张敞，河东平阳人，汉宣帝时任京兆尹达九年，被视为能吏。此处借指鲜于仲通。 ②磻溪：相传为姜太公钓鱼并得遇周文王处。此处以姜太公事喻鲜于仲通获重用。 ③郢匠斤：《庄子·徐无鬼》载，楚国郢都的石匠，能用斧子砍掉人鼻上薄粉而不伤皮肉。后借喻超凡的才技。 ④凤穴、龙门：鲜于仲通有子六人，皆有美名。又轻财尚义，好结宾客。 ⑤"乡赋"句：开元二十三年，杜甫由乡贡入洛阳参加进士考试，落第。 ⑥晁错：《汉书·晁错传》载，文帝时，诏有司举贤良文学士，唯晁错名次最高，迁中大夫。 ⑦郄诜：《晋书·郄诜传》载，晋人郄诜以贤良对策中上第。 ⑧紫宸：宫殿名，即内朝正殿。 ⑨前政：指李林甫为相。 ⑩丹青地：指朝廷庙堂。 ⑪平津：古地名。汉武帝封丞相公孙弘为平津侯。后用以泛指丞相。此处指新任宰相杨国忠。

**【译文】**大唐王朝素称贤士众多，真正贤良的又有几人？奇异之才应须隔代而出，其英爽之气必定拔萃出群。今日始见当代的张京兆，卓异的才干宜为朝廷近臣。您像骅骝开通了道路，您像雕鹗超离了风尘。当今的侯伯多得无法计算，而您确是以文章而进身。奋起而飞超越官职等级，轻易地摆脱了沉沦之困。您像吕尚那样脱离磻溪为王所用，治国的才能有如郢匠操运斧斤。如今已然得近天子，宰相也特别地与您亲近。您的子嗣都如凤雏般美好，雅客新宾喜登您的龙门。您的德义名声虽广博众人的感激，而频遭挫折的我仍不好意思求您汲引。漫长的人生道路我该向何处走？天公高远难以向他求问。我学习写诗的时候还是个小孩子，后来蒙得乡贡进京应试以求仕进。未能像晁错、郄诜那样获得知遇，榜上无名使我感慨万分。心计粗疏使我怀疑文章的进身功用，时机已过我想归隐山林。后来献赋承蒙皇帝的眷顾，曾去紫宸宫应试诗文。姑且在集贤院等候委任，希望我这微薄之才得以展伸。遭逢前政令人心寒胆破，他暗中谋策大权独运。我本微贱却又遭遇他的忌贤妒能，万事只能更加令人酸辛。您如今能与朝廷公卿相交合，正是布施雨露之恩的时辰。我这个儒生正为饿死而忧愁，望您迟早向宰相报知我的困境。

## 白 丝 行

**【题解】**此诗当作于天宝十二载（753）前后，时杜甫在长安。诗借白丝被染、始荣终弃的经历，寄托清洁自守的心愿。

【原诗】缫丝须长不须白①，越罗蜀锦金粟尺②。象床玉手乱殷红③，万草千花动凝碧。已悲素质随时染，裂下鸣机色相射。美人细意熨贴平，裁缝灭尽针线迹。春天衣著为君舞，蛱蝶飞来黄鹂语。落絮游丝亦有情，随风照日宜轻举。香汗清尘污颜色，开新合故置何许。君不见才士汲引难，恐惧弃捐忍羁旅。

【注释】①缫丝：制丝工程中将几根茧丝抽出、合并而成生丝的过程。②金粟尺：钿尺。尺上的星点用金粟嵌成。 ③象床：织机。

【译文】缫丝时不求丝白而只求其长，染后织成越罗蜀锦要用金粟尺子度量。织女操机织成红绿锦缎，中有万草千花闪闪发光。洁白的蚕丝随着时尚被染出各种颜色已觉可悲，织成了罗锦被扯下织机还要相互把颜色较量。美人细心地把它们熨平，裁缝之后做成不见针脚的衣裳。春天里穿上它为君王起舞，招来群蝶环飞黄莺歌唱。落絮游丝也多情多意，随风映日与舞衣一同飘扬。美人的香汗和飞扬的尘土玷污了它的颜色，便被新衣取代而不知被扔到什么地方。君不见才士汲引是何等艰难，因为担心用而复弃所以甘心忍受羁旅风霜。

## 丽　人　行

【题解】此诗当作于天宝十二载（753）三月，时杜甫在长安。天宝十一载十一月，杨国忠作右丞相，势倾朝野。诗写杨国忠兄妹春游时骄奢淫逸的丑行，极富讽刺与批判力。

【原诗】三月三日天气新①，长安水边多丽人②。态浓意远淑且真，肌理细腻骨肉匀。绣罗衣裳照暮春，蹙金孔雀银麒麟③。头上何所有？翠为㔩叶垂鬓唇④。背后何所见？珠压腰衱稳称身⑤。就中云幕椒房亲⑥，赐名大国虢与秦⑦。紫驼之峰出翠釜，水精之盘行素鳞。犀筯厌饫久未下，鸾刀缕切空纷纶。黄门飞鞚不动尘⑧，御厨络绎送八珍。箫鼓哀吟感鬼神，宾从杂遝实要津⑨。后来鞍马何逡巡，当轩下马入锦茵。杨花雪落覆白蘋⑩，青鸟飞去衔红巾⑪。炙手可热势绝伦，慎莫近前丞相嗔！

【注释】①三月三日：古时上巳节。唐时此日多有士女赏游于曲江。 ②水边：指曲江池边。曲江池，在长安城东南角。 ③蹙金：用拈紧的金线刺绣，使刺绣品的纹路绉缩起来。 ④㔩（è）叶：㔩彩上的花叶。㔩彩，古代妇女发髻上的花饰。 ⑤腰衱（jié）：裙带。 ⑥椒房：汉代皇后居室，以椒和泥涂壁，使有香气，后世因称皇后为椒房。 ⑦《旧唐书·杨贵妃传》载，贵妃有姐三人，皆有才貌，并封为国夫人。大姐封韩国，三姐封虢国，八姐封秦国，并承恩泽，出入宫掖，势倾天下。 ⑧黄门：太监。因东汉黄门令、中黄门诸官，皆为宦官充任，故称。 ⑨杂遝（tà）：众多杂乱貌。 ⑩《埤雅》："杨花入水化为浮萍。"《尔雅翼》："萍之大者曰蘋，五月有花，白色谓之白蘋。"据此，可知杨花、白蘋实为一体，作者用以喻讽杨国忠和其妹的通奸丑行。据《杨太真外传》载，虢国夫人与杨国忠淫乱。⑪青鸟：西王母的使者。此喻指为杨氏传递消息的人。红巾：妇人的手帕。

【译文】三月三日天气晴新，曲江池边丽人如云。她们姿态浓艳神气高远，模样端庄又天真，一个个肌肤细腻骨肉匀称。绣罗衣裳辉映暮春美景，上面有金线绣的孔雀银线绣的麒麟。头上戴着什么？翡翠首饰垂双鬓。背后见到什么？缀满珍珠的裙带稳称腰身。江边有几座云雾似的帐幕，里面是杨贵妃的姐姐们——就是那被皇上封的什么"虢"呀"秦"呀的国夫人。她们在云帐里面摆设酒宴，用嵌翠的锅子烹炸驼峰肉，用水晶盘子盛来清蒸鱼，手捏犀牛角做的筷子却迟迟不夹菜，因为肚子里油水太多，这些早就吃腻了，倒让手拿鸾刀精切细作的厨师白忙了一大阵。太监们飞马回宫去报信，不一会儿就有天子的厨师络绎不绝地送来海味和山珍。宴席上箫鼓奏清音，美妙的乐曲动鬼神。宾从们众多而杂乱，都是当朝的大员们。最后骑马到来的是杨丞相，大模大样旁若无人，来到窗前才下马，走进锦毯铺地的帐篷去会国夫人。嘿嘿，你看那曲江岸边飘落的杨花压在白蘋上，杨花、白蘋可是同源同种一条根！你看那传情的青鸟飞走了，它叼走了国夫人的红手巾。丞相权势正绝伦，炙手可热好怕人。游人啊请小心，那座帐篷千万别靠近，惹怒了丞相可要命归阴！

## 虢国夫人

【题解】此诗当与前诗同时作。虢国夫人，杨贵妃姐，嫁裴氏，天宝七载（748）封虢国夫人，深受玄宗宠幸。马嵬事变中被杀。诗中讽刺虢国夫人的狐媚相。

【原诗】虢国夫人承主恩，平明上马入金门①。却嫌脂粉涴颜色，淡扫蛾眉朝至尊。

【注释】①金门：又名金马门，汉代宫门名。此代指玄宗禁宫。

【译文】虢国夫人仰承君主之恩，黎明时就骑马进入宫门。却嫌脂粉污染天生的美貌，轻淡地描描蛾眉便去朝见至尊。

## 醉 歌 行

【题解】此诗当作于天宝十二载（753）春，时杜甫在长安。题下原注：“别从侄勤落第归。”杜勤，杜甫侄，应试落第回乡，杜甫写此诗以送别。诗赞杜勤文章、书法，对其落第进行安慰。

【原诗】陆机二十作《文赋》①，汝更少年能缀文。总角草书又神速②，世上儿子徒纷纷。骅骝作驹已汗血，鸷鸟举翮连青云。词源倒流三峡水，笔阵独扫千人军。只今年才十六七，射策君门期第一③。旧穿杨叶真自知，暂蹶霜蹄未为失。偶然擢秀非难取，会是排风有毛质。汝身已见唾成珠，汝伯何由发如漆。春光潭沱秦东亭，渚蒲牙白水荇青。风吹客衣日杲杲，树搅离思花冥冥。酒尽沙头双玉瓶，众宾皆醉我独醒。乃知贫贱别更苦，吞声踯躅涕泪零。

【注释】①陆机：西晋文学家，文才倾动一时，所作《文赋》为古代重要文学论著。 ②总角：古时儿童束发为两结，向上分开，形状如角。 ③射策：汉代考试法之一。主试者提出问题，书之于策。应试者随意解答，按其难易而分优劣。

【译文】陆机二十岁写成《文赋》，你比他年龄还小就能作诗文。儿童时期已能写出一笔而成的草书，令人感叹世上徒然存有那么多的少年人。骅骝在为驹时就已现出汗血的本性，猛禽奋举翅膀飞入青云。你的文词滔滔不绝有如倾泻的三峡水，你的书法运笔如同行阵可以独扫千人军。到如今你年仅十六七，就来到京都应试期求获第一。你自恃百步穿杨的才能预料能够考取，骏马一时跌倒也没有什么了不起。考中进士虽靠机遇但决非艰难之事，你定会长出排击风云的健羽。你如今已是吐唾成珠才华横溢，伯父我年纪已老白发无法变黑。今天在春光旖旎的秦东亭上为你饯行，渚上的香蒲生出白芽，水中的荇菜一片青绿。春风吹动着我们的衣裳，阳光多么明亮；春树搅动着离情，鲜花过于繁盛。酒已喝尽，沙滩上只剩下一对空酒瓶；众宾皆醉，只有我的神思尚清醒。由此方知贫贱者的离别更是凄苦，此刻的我喉咙哽咽，徘徊不定，涕泪交零。

## 陪李金吾花下饮

【题解】此诗当作于天宝十二载（753）春，时杜甫在长安。李金吾，即李嗣业，时为左金吾大将军，负责皇帝大臣警卫、仪仗等事务。诗写陪宴闲情。

【原诗】胜地初相引，徐行得自娱。见轻吹鸟毳①，随意数花须。细草偏称坐，香醪懒再沽。醉归应犯夜，可怕执金吾②。

【注释】①毳（cuì）：鸟的细毛。②执金吾：官名。金吾是两端涂金的铜棒，此官执之以示权威。韦述《西京记》：京城街衢，有金吾晓暝传呼，以禁夜行。

【译文】蒙您相引，我初次游此胜地；徐步而行，以便自寻乐趣。吹起鸟儿的细毛，看它们轻轻飘起；任随自己的心意，点数花蕊的嫩须。野草细软，特别适合人坐；香酒已醉，懒得再去沽取。酒醉夜归大概要触犯夜行禁令吧，面对您这查夜官儿还真有点儿心虚呢！

## 陪郑广文游何将军山林十首

【题解】这组诗当作于天宝十二载（753）春，时杜甫在长安。郑广文，郑虔，玄宗时广文馆博士，多才而贫，与杜甫有深交。何将军山林，在长安城南，韦曲之西。何将军，名不详。诗写山林胜景，赞何将军之为人，表示愿卜居于此。

### 其　一

【原诗】不识南塘路，今知第五桥①。名园依绿水，野竹上青霄。谷口旧相得②，濠梁同见招。平生为幽兴，未惜马蹄遥。

【注释】①第五桥：在韦曲之西，桥以姓（第五为复姓）得名。　②谷口：扬雄《法言》："谷口郑子真耕于岩石之下，名震京师。"郑子真，汉成帝时人。此借比郑虔。

【译文】以前不识通往南塘的道路，今日登上了第五桥。何将军的名园依傍着绿水，茂盛的野竹长入青霄。当代的郑子真与何将军是旧交，今日有幸与您一同被这位濠梁主人盛情相邀。我平生怀有寻幽探胜的情致，因此不惜马蹄涉远前来走一遭。

### 其　二

【原诗】百顷风潭上，千章夏木清①。卑枝低结子，接叶暗巢莺。鲜鲫银丝鲙，香芹碧涧羹。翻疑舵楼底，晚饭越中行②。

【注释】①章：指称大树。　②越中行：杜甫早年曾游吴越。

【译文】百顷潭水凉风习习，岸上成千棵大树垂下清荫。低垂的枝头上结着果子，浓密的树叶间巢居着黄莺。把鲜活的鲫鱼切成细丝味道佳美，用澄澈的涧水煮制芹羹香味袭人。反倒觉得身在大船的舵楼里，一如当年在越中水面上进行晚餐。

### 其　三

【原诗】万里戎王子①，何年别月支？异花来绝域，滋蔓匝清池。汉使徒空到②，神农竟不知③。露翻兼雨打，开拆渐离披。

【注释】①戎王子：一种奇异花卉，产自月支国。 ②汉使：指张骞，曾奉汉武帝之命出使月支。 ③神农：传说中农业和医药的发明者，曾尝百草。

【译文】万里而来的戎王子啊，你是哪年离开了故土月支？奇异的花儿来自极远的地域，滋生的枝蔓匝绕着清池。当年汉使张骞算是白走一趟，他并没有把你带回；而我们的祖先神农氏虽尝遍百草，也不曾记下你的名字。只可惜在露浸雨打之下，你的花瓣已渐渐凋敝。

## 其　　四

【原诗】旁舍连高竹，疏篱带晚花。碾涡深没马，藤蔓曲藏蛇。词赋工无益，山林迹未赊。尽捻书籍卖，来问尔东家。

【译文】旁屋的高竹连成一片，稀疏的篱笆上披着晚花。碾辙的涡陷处深可没马，藤蔓曲曲折折似有藏蛇。词赋写得好并没有什么益处，隐居山林的生涯已为期不久。我打算把书籍通通卖掉，来买何将军山林中的几间茅屋。

## 其　　五

【原诗】剩水沧江破，残山碣石开。绿垂风折笋，红绽雨肥梅。银甲弹筝用，金鱼换酒来。兴移无洒扫，随意坐莓苔。

【译文】这里的水是沧江分截出的一段，这里的山是碣石山分出的几重。绿色低垂，那是风中折断的竹笋；红色绽开，那是雨中熟透的梅子。将军套上银制的指甲弹起玉筝，又解下所佩的金鱼换来美酒。兴来移席就地而坐，无须打扫那青青的莓苔。

## 其　　六

【原诗】风磴吹阴雪①，云门吼瀑泉②。酒醒思卧簟，衣冷欲装绵。野老来看客，河鱼不取钱。只疑淳朴处，自有一山川。

【注释】①磴：此指石桥。 ②云门：闸门。闸门水涌如云，故称。

【译文】多风的石桥下似有阴雪吹来，屯云般的闸门口倾泻着轰鸣的瀑泉。酒醒之后周身凉爽，想是睡在了竹席上面；单衣难挡山中寒气，真想换上一身绵。老农走来看望我们，送了些河鱼却不收钱。此处风俗如此淳朴，使人疑是身在桃花源。

## 其　七

【原诗】楝树寒云色①，茵蔯春藕香②。脆添生菜美③，阴益食单凉④。野鹤清晨出，山精白日藏。石林蟠水府，百里独苍苍。

【注释】①楝（sù）：树木名。　②茵蔯：蒿类植物，经冬不死。　③生菜：白苣的别称。《本草纲目》："白苣、苦苣、莴苣，俱不可煮烹，皆宜生挼去汁，盐醋拌食，通可曰生菜。而白苣稍美，故独得专称也。"　④食单：展布于地以代几案者。

【译文】楝树呈现出寒云的颜色，茵蔯如同春藕般甜香。茵蔯的清脆增添了生菜的美味，楝树的浓阴加重了食单的清凉。野栖的白鹤于清晨中飞出，山中的怪兽在白天里躲藏。蟠曲在深水处的石林耸出水面，百里之内独见其颜色青苍。

## 其　八

【原诗】忆过杨柳渚①，走马定昆池②。醉把青荷叶，狂遗白接䍦③。刺船思郢客，解水乞吴儿。坐对秦山晚，江湖兴颇随。

【注释】①杨柳渚：地名，在定昆池附近。　②定昆池：唐安乐公主所凿的池沼，在韦曲之北。　③白接䍦（lí）：白色头巾。晋代人山简镇守襄阳时，放荡不羁，童谣唱他道："日暮倒载归，酩酊无所知。复乘骢马去，倒著白接䍦。"

【译文】回想我的足迹曾经到过杨柳渚，也曾走马于定昆池边。酣醉时手举青青荷叶，颠狂中遗落了白色头巾。撑船时想起善于操舟的楚地百姓，能识水性还须请教吴地男儿。面对夕阳中的秦山席地而坐，心中萌动了隐逸江湖的兴趣。

### 其　九

【原诗】床上书连屋，阶前树拂云。将军不好武，稚子总能文。醒酒微风入，听诗静夜分。絺衣挂萝薜①，凉月白纷纷。

【注释】①絺（chī）：细葛布。

【译文】何将军床上的书籍堆到屋顶，台阶前的大树高可摩云。身为将军却不好武功，小儿们受其教诲都能写作诗文。微风吹入屋里使我醒了酒意，宁静的午夜里倾听小儿读诗的声音。白纷纷的月光映着窗前的女萝薜荔，在我的细葛衣上印出斑斑的清影。

### 其　十

【原诗】幽意忽不惬，归期无奈何。出门流水住，回首白云多。自笑灯前舞，谁怜醉后歌？祗②应与朋好①，风雨亦来过③。

【注释】①朋好：指郑虔。　②祗（zhī）：正。　③过（guō）：访问。

【译文】幽雅的心情忽然变得不畅，因为归期已至无可奈何。走出园门看那流水也依恋似的停住脚步，回望山林但见重重白云在谱写着隐逸之歌。从此灯前起舞只能自作笑颜，醉后放歌又有谁击掌唱和？应该偕同好友重来游访，刮风下雨也阻挡不得。

## 九日曲江

【题解】此诗当作于天宝十二载（753）重阳日，时杜甫在长安。九日，指农历九月九日，为重阳节。诗写年老悲秋之感。

【原诗】缀席茱萸好①，浮舟菡萏衰。百年秋已半②，九日意兼悲。江水清源曲，荆门此路疑③。晚来高兴尽，摇荡菊花期。

【注释】①茱萸：植物名。有浓烈香气，可入药。旧俗，重阳节佩带茱萸囊以辟邪恶。 ②此年杜甫四十二岁，故有半百之感。 ③《世说新语》载，晋代桓温曾于重阳节与僚属宴饮于龙山，兴致酣畅，为后世重阳聚会所崇仰。龙山在荆州门外。

【译文】香美的茱萸点缀在酒席上，枯萎的荷花摇荡于船旁。百岁人生今已过半，值此重阳我心倍加感伤。曲江清源弯弯曲曲，沿着此江能否到达荆门？人到晚年雅兴已尽，动荡中度过了菊花良辰。

## 奉陪郑驸马韦曲二首

【题解】这组诗当作于天宝之末、安史乱前，时杜甫在长安。郑驸马，或即郑潜曜。韦曲，地名，在长安城南。诗记韦曲胜景，抒发超世归隐之怀，亦求职不得之慨。

### 其　一

【原诗】韦曲花无赖，家家恼杀人。绿樽须尽日，白发好禁春。石角钩衣破，藤梢刺眼新。何时占丛竹，头戴小乌巾①？

【注释】①乌巾：黑色头巾，为隐士所戴。

【译文】韦曲的春花开得太放肆，家家户户嫣红姹紫真是恼死人。满杯绿酒宜须痛饮终日，一头白发正好禁得住春色勾引。石角钩破了衣裳似要留我住下，藤梢绿得刺眼使我目光一新。何时才能占居这片竹林，戴上隐士的黑头巾？

### 其　二

【原诗】野寺垂杨里，春畦乱水间。美花多映竹，好鸟不归山。城郭终何事？风尘岂驻颜？谁能与公子①，薄暮欲俱还？

【注释】①公子：指所陪的郑驸马。

【译文】野寺座落在垂杨丛里，春畦分布于纵横的渠水间。娇美的花儿大多映衬着翠竹，俊秀的鸟儿留连光景不愿回山。住在城里到底有什么意思？奔波于风尘怎能留驻容颜？眼下天色已经傍晚，谁愿与公子一同归还？

## 重过何氏五首

【题解】这组诗当作于天宝十三载（754）春，时杜甫在长安。何氏，即前诗所及何将军。诗写重访何将军山林的观感。

### 其　一

【原诗】问讯东桥竹[①]，将军有报书。倒衣还命驾，高枕乃吾庐。花妥莺捎蝶[②]，溪喧獭趁鱼。重来休沐地，真作野人居。

【注释】①东桥：即前诗所记第五桥。　②妥：掉下。

【译文】我给何将军去信询问东桥边竹林情况，将军复信邀我前往。心情激动把衣服都穿颠倒了，急忙命驾启程，就像回归我的故乡一样。园中的黄莺追掠蝴蝶以致撞落了花朵，水獭追赶游鱼弄得溪水喧响。再次来到您这休假之处，真使人觉得这是乡野百姓居住的地方。

### 其　二

【原诗】山雨樽仍在，沙沉榻未移。犬迎曾宿客，鸦护落巢儿。云薄翠微寺[①]，天清皇子陂[②]。向来幽兴极，步屧向东篱[③]。

【注释】①翠微寺：即翠微宫，在万年县外终南山上，后改称翠微寺。此为作者遥望所及，非何氏园中景物。　②皇子陂：在韦曲西南。亦为作者遥望所见。　③屧（xiè）：草鞋。

【译文】上次我们在林泉间饮酒的杯子和休息的床榻，虽经山雨冲击风沙沉积却依然放在那里。您的家犬还认识我，亲热地出门迎接。树上的老鸦见了人来，急忙用翅膀护住巢中的新生儿。远望翠微寺淡云缭绕，皇子陂头天清日丽。我的寻幽之兴素来浓郁，不由得穿着草鞋走向东篱。

## 其　　三

**【原诗】**落日平台上，春风啜茗时[①]。石栏斜点笔，桐叶坐题诗。翡翠鸣衣桁[②]，蜻蜓立钓丝。自今幽兴熟，来往亦无期。

**【注释】**①啜（chuò）茗：喝茶。　②桁（hàng）：晒衣竿。

**【译文】**坐在平台欣赏落日的光景，迎着春风品味茶香。斜倚石栏以笔蘸墨，拾取桐叶题写诗章。翡翠在晒衣竿上快乐地鸣叫，蜻蜓悠闲地立在钓丝上。从此我的幽兴更加深浓，希望能经常与您来往。

## 其　　四

**【原诗】**颇怪朝参懒[①]，应耽野趣长。雨抛金锁甲[②]，苔卧绿沉枪[③]。手自移蒲柳，家才足稻粱。看君用幽意，白日到羲皇[④]。

**【注释】**①朝参：古时指臣子朝见皇上。　②金锁甲：用金线缝缀的盔甲。③绿沉枪：以深绿色漆涂柄的枪。　④“白日”句：陶潜《与子俨等疏》中说：“五六月中，北窗下卧，遇凉风暂至，自谓是羲皇上人。”羲皇上人，太古伏羲氏时期的人，无忧无虑，生活闲适。

**【译文】**十分奇怪您如此地懒于朝参，大概是因为山野之趣过于深长。您的金锁甲抛在风雨里，您的绿沉枪躺在青苔上。您亲手移栽蒲柳以美化园林，家境不富仅能吃饱稻粱。看您如此专注于幽闲的情趣，青天白日中已经见到了羲皇。

## 其　　五

**【原诗】**到此应常宿，相留可判年。蹉跎暮容色，怅望好林泉。何日沾微禄？归山买薄田。斯游恐不遂，把酒意茫然。

**【译文】**来到这里就该长期住下，最好是能住上半年。岁月蹉跎我的容颜已老，临别之际惆怅地望着美好的林泉。何时才能得个小官领取微薄的俸禄？有了钱好买几亩薄地归隐山川。这种行动恐怕不能实施，举杯之际不禁心绪茫然。

## 陪诸贵公子丈八沟携妓纳凉晚际遇雨二首

**【题解】**这组诗当作于天宝末期、安史乱前，时杜甫在长安。丈八沟，在下杜城西，宽八尺，深一丈。诗写傍晚放船纳凉情事。

### 其　一

**【原诗】**落日放船好，轻风生浪迟。竹深留客处，荷净纳凉时。公子调冰水，佳人雪藕丝①。片云头上黑，应是雨催诗。

**【注释】**①佳人：指陪游的歌妓。

**【译文】**傍晚放船真是好时光，轻轻的晚风吹不起波浪。竹丛深密是逗留的佳处，荷花洁净正适合纳凉。公子调制出清凉的冰水，佳人洗出洁白的藕丝。一片黑云压上头顶，大概是急雨要来催我快快成诗。

### 其　二

**【原诗】**雨来沾席上，风急打船头。越女红裙湿，燕姬翠黛愁①。缆侵堤柳系，幔卷浪花浮。归路翻萧飒，陂塘五月秋。

**【注释】**①越女、燕姬：泛称陪游的歌妓。

**【译文】**雨水浇湿了坐席，急风吹打着船头。陪游的越女与燕姬，红裙湿透眉眼含愁。把船儿靠近堤柳系紧缆绳，遮阳的帘子随风翻卷浪花也在起伏。归途的景色反倒变得凄凉，陂塘的五月已成深秋。

## 醉　时　歌

**【题解】**此诗当作于天宝十三载（754）春，此时，杜甫已将其家眷由洛阳移至长安，居南城之下杜城。题下原注："赠广文馆博士郑虔。"郑虔，玄宗时广文馆博士，多才而贫，与杜交深。诗写怀才不遇的愤慨。

**【原诗】**诸公衮衮登台省①，广文先生官独冷。甲第纷纷厌粱肉，广文先生饭不足。先生有道出羲皇②，先生有才过屈宋③。德尊一代常坎坷，名垂万古知何用！杜陵野客人更嗤，被褐短窄鬓如丝。日籴太仓五升米④，时赴郑老同襟期。得钱即相觅，沽酒不复疑。忘形到尔汝，痛饮真吾师。清夜沉沉动春酌，灯前细雨檐花落。但觉高歌有鬼神，焉知饿死填沟壑！相如逸才亲涤器⑤，子云识字终投阁⑥。先生早赋《归去来》⑦，石田茅屋荒苍苔⑧。儒术于我何有哉？孔丘盗跖俱尘埃⑨。不须闻此意惨怆，生前相遇且衔杯。

**【注释】**①台省：台，御史台。省，中书省、门下省、尚书省。台省为当时中央机构。　②羲皇：即伏羲氏，神话传说中人类的始祖。传说他教民结网，从事渔猎畜牧。　③屈宋：屈原、宋玉，战国时文学家。　④太仓：京都的御仓。　⑤相如：司马相如，汉代文学家。因家贫，曾与妻卓文君开酒店，文君当垆卖酒，相如洗涮餐具。　⑥子云：扬雄字子云。王莽执政时，他因事被牵连，捕差捉他，他从天禄阁跳下，几乎摔死。　⑦《归去来》：即《归去来辞》，晋代陶潜辞官归乡后作。　⑧石田：多沙而贫瘠的田地。　⑨盗跖：姓柳下，名跖，春秋末年奴隶起义领袖。

**【译文】**那些精明的先生们，一个接一个地进了中央机关，只有广文先生官职低贱。那些高门大户把粱肉吃腻了，广文先生却连粗饭都吃不饱。先生的品德超过羲皇，先生的才能超过屈宋，德尊一代却遭遇坎坷，还要那个名垂万古又有何用！至于我这杜陵野客更是遭人嗤笑，穿着又短又窄的粗布衣，两鬓白如丝。为了活命，每天去太仓排队买上五升米；闲着无聊，经常跑到先生这里叙心曲。偶尔弄到几个钱就相互寻觅，买酒买菜决不迟疑。酒酣之际得意忘形，称兄道弟我我你你。老郑啊你饮酒真是海量，真可做我的老师呢！清冷的春夜夜色沉沉，我们凑到一块把酒斟。屋檐下的细雨在灯光中飘落，好像细碎的落花乱纷纷。我们边饮边高歌，妙语频出啊似有鬼神来相助；哪曾想过有朝一日被饿死，葬身无地只得填沟壑！司马相如才华横溢，却不得不在酒店洗酒具。扬雄识尽古书奇字，终究从天禄阁上跳下去。先生还是早点写篇《归去来》，免得那石田茅屋长青苔。儒家之术对我们来说又有什么用？孔丘和盗跖还不是一样死去化尘埃！先生您不必听到此言心凄惨，趁着有生之年知己相聚，暂且举杯莫徘徊！

## 城西陂泛舟

**【题解】**此诗当作于天宝十三载（754），时杜甫居长安下杜城。诗写泛舟之事，记声妓之盛。陂，湖塘。

**【原诗】**青蛾皓齿在楼船，横笛短箫悲远天。春风自信牙樯动①，迟日徐看锦缆牵②。鱼吹细浪摇歌扇③，燕蹴飞花落舞筵。不有小舟能荡桨，百壶那送酒如泉？

**【注释】**①牙樯：用象牙做的桅杆。此言舟楫之华美。　②锦缆：用锦彩做的缆绳。　③歌扇：歌妓用以遮面的扇子。

**【译文】**青青的蛾眉，白净的牙齿，美妙的歌妓站在楼船。她们吹着横笛短箫，声音嘹亮，传到远天。春风徐徐，任牙樯白帆缓缓移动；春日迟迟，看华丽的缆绳徐徐牵挽。鱼儿吹起的细浪摇动着彩扇的倒影，燕子踏落的飞花飘坠在筵席上面。要是没有荡桨的小舟，哪能送来这百壶美酒涌如泉？

## 渼　陂　行

**【题解】**此诗当作于天宝十三载（754），时杜甫居长安下杜城。渼陂（pí），湖名，在长安京兆府鄠县（今陕西户县）西五里（在长安西约百里），为游览胜地。诗写陪同岑参游历渼陂的见闻，抒发人生哀乐无常的感慨。

**【原诗】**岑参兄弟皆好奇①，携我远来游渼陂。天地黤惨忽异色，波涛万顷堆琉璃。琉璃汗漫泛舟入，事殊兴极忧思集。鼍作鲸吞不复知，恶风白浪何嗟及。主人锦帆相为开，舟子喜甚无氛埃。凫鹥散乱棹讴发，丝管啁啾空翠来。沉竿续缦深莫测，菱叶荷花净如拭。宛在中流渤澥清，下归无极终南黑。半陂以南纯浸山，动影袅窕冲融间。船舷暝戛云际寺②，水面月出蓝田关③。此时骊龙亦吐珠④，冯夷击鼓群龙趋⑤。湘妃汉女出歌舞⑥，金支翠旗光有无⑦。咫尺但愁雷雨至，苍茫不晓神灵意。少壮几时奈老何，向来哀乐何其多！

**【注释】**①岑参：唐诗人，曾两次从军出塞，以边塞诗著称，语意奇峭。与杜甫有交往。其兄弟共五人，依次为谓、况、参、秉、亚。 ②云际寺：云际山大定寺。在鄠县东南六十里。 ③蓝田关：在蓝田县东南六十八里，位于渼陂东南。 ④骊龙：古时称黑色的龙。 ⑤冯夷：《搜神记》载，冯夷，潼乡隄首人，以八月上庚日渡河溺死，上帝署为河伯。 ⑥湘妃：《列女传》载，舜崩于苍梧之野，二妃娥皇、女英赶至南方，死于江湘之间。汉女：《列女传》载，郑交甫游汉江，见二女解佩以赠。 ⑦金支：乐器上的黄金饰品。翠旗：用翠羽装饰的旗子。

**【译文】**岑参兄弟们都喜好寻幽探奇，这一天带我来游渼陂。忽然间阴云密布天地黯淡，万顷波涛如同堆积的琉璃。面对着无边的琉璃却偏要放舟而入，此事非同小可而他们兴致极高，真叫我忧思凝集。说不定那恶风白浪会打翻游船，被那鳄鱼鲸吞，怕连悔叹都来不及。主人命令张开锦帆，船工也十分欣喜空气的新鲜。棹歌声起惊散了水鸟，丝管齐鸣唤来了晴天。用竹竿和丝绳测量湖深却不能到底，雨后的菱叶荷花净得如同擦过一般。船到湖心好像到了清旷的渤海，终南山的黑影映入无尽的水中之天。南半湖浸满了终南山的倒影，山影轻轻摇动于平静的水波间。黄昏时船舷擦过云际山的大定寺，蓝田关上月轮升起光照水面。此时灯火遥映犹如骊龙吐珠，音乐传来犹如冯夷击鼓，游船竞渡犹如群龙趋逐。船上的美人如同湘妃汉女载歌载舞，金支和翠旗光芒闪烁时有时无。片刻之后又见云气迷茫，令人担心雷雨将至，如此阴晴变幻反复无常，真不知神灵是何心思。由此想到人的青春能有几时，眼睁睁地看着年华老去。人生的哀乐交替向来如此，就像这反复无常的鬼天气！

# 渼陂西南台

【题解】此诗当作于前诗之后。诗写登台所望之景，及栖身隐世之意。

【原诗】高台面苍陂，六月风日冷。蒹葭离披去，天水相与永。怀新目似击，接要心已领。仿像识鲛人①，空濛辨鱼艇。错磨终南翠，颠倒白阁影②。崷崒增光辉③，乘陵惜俄倾。劳生愧严郑④，外物慕张邴⑤。世复轻骅骝，吾甘杂蛙黾⑥。知归俗可忽，取适事莫并。身退岂待官？老来苦便静。况资菱芡足，庶结茅茨迥。从此具扁舟，弥年逐清景。

【注释】①鲛人：传说中的人鱼，每日流泪成丝，以丝纺织成绡。 ②白阁：白阁峰，终年积雪。与紫阁、黄阁诸峰皆在终南山中。 ③崷崒（qiú zú）：高峻貌。 ④严郑：严君平、郑子真。严君平，名遵，西汉隐士，汉成帝时，在成都卖卜为生，日得百钱即闭门读书，著书十余万言，终生不愿做官。郑子真，名朴，西汉隐士，在谷口躬耕自食。 ⑤张邴：张仲蔚、邴曼容，皆汉时人。张仲蔚隐居草野，邴曼容辞官养性，洁身自好。 ⑥黾（měng）：蛙类动物。

【译文】站在高台面对一碧无际的湖水，虽值六月却仍觉风日阴凉。芦苇一丛丛铺向远处，水天一色空阔悠长。瞻望新景我的目光迅如击物，搜览要景心已领悟它们的特征。透过清澈的水面隐约见到了鲛人，烟雾空濛之处可以辨出渔艇。湖水荡漾着终南山的翠影，白阁峰的影子也倒映其中。水色增添了高山的光辉，只可惜登临片刻就要启程。想到我为生计而奔劳，真愧对那隐居草野的郑子真和严君平，更羡慕那超然物外的张仲蔚和邴曼容。既然世人都轻看良马，那我就甘心与蛙儿们作伴。欲求归隐则世俗就可置于脑后，只要能求得心情舒适则其他皆可不论。干嘛一定要做了官才去退隐？人老了最适于生活得恬静。何况这湖中菱角和鸡头米很充足，在这偏远之处建座茅屋幸许能行。从此备上一只小小船儿，整年去追逐湖上的清景。

## 与鄠县源大少府宴渼陂

【题解】此诗当与前诗同时作。鄠县，今陕西户县。源大，姓源，名不详。少府，县尉。诗记宴餐之事，兼致谢意。

【原诗】应为西陂好，金钱罄一餐。饭抄云子白①，瓜嚼水精寒。无计回船下，空愁避酒难。主人情烂熳，持答翠琅玕②。

【注释】①抄：用匙取物。云子：碎云母。 ②琅玕：美玉。喻主人之盛情。

【译文】大概是因为渼陂风光美好，主人不惜罄囊摆上一席酒筵。吃的饭像碎云母一样晶莹洁白，嚼的瓜像水晶一样脆爽清寒。主人的盛情使我不能考虑回船离去，想躲避劝酒也是空愁其难。主人的性情多么豪爽，我谨持此诗以答谢这珍贵的情感。

## 夏日李公见访

【题解】此诗当作于天宝十三载（754）夏，时杜甫居长安下杜城。诗写贫居状况及待客之情。

【原诗】远林暑气薄，公子过我游。贫居类村坞①，僻近城南楼。傍舍颇淳朴，所须亦易求。隔屋唤西家，借问有酒不？墙头过浊醪，展席俯长流。清风左右至，客意已惊秋。巢多众鸟斗，叶密鸣蝉稠。苦遭此物聒，孰谓吾庐幽？水花晚色静，庶足充淹留。预恐樽中尽，更起为君谋。

【注释】①村坞：村庄。坞，地势周围高而中间低的地方。

【译文】我住的地方在郊野林间暑气轻微，于是公子前来与我交游。贫寒的居室像农家房舍，僻静地靠近在城南楼。我的邻居十分淳朴，所缺之物也容易向他们求助。隔着墙壁呼唤西邻：“请问你家有没有酒?”邻居从墙头递过一坛浊酒，于是开席，俯身畅饮不休。清风从左右吹进屋里，客人惊讶不已以为到了初秋。抱歉的是檐下鸟儿太多争斗不止，院中林叶太密蝉鸣太稠。这繁杂的吵噪声一定使您苦恼，唉，谁说我的茅屋寂爽清幽？幸而池中的莲花晚来清丽，希望凭着这点景致足以把您挽留。唯恐坛中酒尽您还不能尽兴，请允许我起身另为您寻求。

## 赠田九判官梁丘

**【题解】**此诗当作于天宝十三载（754），时杜甫居长安下杜城。田梁丘，京兆茂陵人，当时任河西节度使哥舒翰幕中判官，因事被派遣入朝。诗赞田氏的荐贤之功，希望他能推荐自己入哥舒翰幕府。

**【原诗】**崆峒使节上青霄①，河陇降王款圣朝②。宛马总肥秦苜蓿③，将军只数汉嫖姚④。陈留阮瑀谁争长⑤？京兆田郎早见招⑥。麾下赖君才并美，独能无意向渔樵？

**【注释】**①崆峒使节：指哥舒翰。《唐书·哥舒翰传》载，天宝十二载，哥舒翰领河西节度使，击吐蕃，悉收九曲部落。崆峒，山名，在甘肃平凉县西，当时属哥舒翰辖区。 ②史载，天宝十三载，吐谷浑苏毗王来关塞请求和好，皇帝命哥舒翰到磨环川应接。河陇，河西、陇右。 ③宛马：大宛国所产良马，喜食苜蓿。 ④汉嫖姚：汉朝将军霍去病，曾任嫖姚校尉。此借指哥舒翰。 ⑤阮瑀：字元瑜，汉末文学家，曹操辟为军谋祭酒。此借指高适。高适因田梁丘举荐而入哥舒翰幕府。又高适曾作封丘县尉，封丘与阮瑀故乡陈留相近。 ⑥京兆田郎：田凤，字秀宗，仪容端正，灵帝曾赞扬他："堂堂乎张，京兆田郎。"此借指田梁丘。

**【译文】**崆峒使节西上青天般的高地，河西陇右的君王便来请降于圣朝。进贡的大宛国良马膘肥体壮吃着秦地苜蓿，勇猛的将军只能首推当代的霍嫖姚。那位与陈留人阮楢相邻的高适才干出众，他有幸获取您的举荐而得志身早。幕府中靠了您方能人材济济，难道您不想顾及我的身困渔樵？

# 投赠哥舒开府翰二十韵

**【题解】**此诗当作于天宝十三载（754），时杜甫居长安下杜城。哥舒翰，唐大将，突厥族哥舒部人。天宝六载，任陇右节度使；十一载，加开府仪同三司；十三载，加河西节度使，封西平郡王。诗赞哥舒翰战功显赫，希望能投其幕府。此诗当是托田梁丘转交身在陇右的哥舒翰。

**【原诗】**今代麒麟阁①，何人第一功？君王自神武，驾驭必英雄。开府当朝杰，论兵迈古风。先锋百战在，略地两隅空。青海无传箭②，天山早挂弓③。廉颇仍走敌④，魏绛已和戎⑤。每惜河湟弃⑥，新兼节制通。智谋垂睿想，出入冠诸公。日月低秦树，乾坤绕汉宫。胡人愁逐北，宛马又从东。受命边沙远，归来御席同⑦。轩墀曾宠鹤⑧，畋猎旧非熊⑨。茅土加名数，山河誓始终。策行遗战伐，契合动昭融。勋业青冥上，交亲气概中⑩。未为珠履客⑪，已是白头翁。壮节初题柱⑫，生涯独转蓬。几年春草歇，今日暮途穷。军事留孙楚⑬，行间识吕蒙⑭。防身一长剑，将欲倚崆峒⑮。

**【注释】**①麒麟阁：《汉书》载，宣帝为表彰功臣，曾将霍光、苏武等十一人画像置于麒麟阁。 ②《旧唐书》载，天宝六载，哥舒翰为陇右节度使，筑神威军于青海上，击退吐蕃，又筑城于青海中龙驹岛，吐蕃屏迹。 ③《环宇记》：天山，在交河县北，一名祁连山、白山。《旧唐书·哥舒翰传》载，哥舒翰率兵十万，攻克石堡城，吐蕃败退。 ④廉颇：战国时赵国名将。 ⑤魏绛：春秋时晋国大夫，曾力主与戎族和好。 ⑥河湟：指河西地区。 ⑦《旧唐书》载，天宝十一载冬，哥舒翰、安禄山、安思顺应诏还京，玄宗赐宴，命三人结为兄弟。 ⑧《左传》载，春秋时卫懿公喜养鹤，外出时鹤亦乘轩。后以“宠鹤”比喻受帝王宠爱滥居禄位者。此指安禄山、安思顺。轩墀，指宫禁。 ⑨《史记》载，文王将去打猎，卜师说：“所获非龙、非彨、非虎、非罴，乃霸王之辅。”果然在渭水边遇姜太公。此处“非熊”指哥舒翰。 ⑩《旧唐书·哥舒翰传》载，翰疏财重气，士多归之。 ⑪《史记》载，春申君有食客三千余人，有才干的都穿珠履。 ⑫《成都记》载，司马相如外出谋官，过升仙桥时，在桥柱上题字："不乘驷马车，不复过此桥。" ⑬《晋书》载，孙楚为石苞参军。此借指哥舒翰引严武、吕諲、高适等人入幕府，委以军事之职。 ⑭吕蒙：三国吴将。《吴志》：吴使都督赵咨使魏，对曰："纳鲁肃于凡品，是其聪也；拔吕蒙于行阵，是其明也。"此借指哥舒翰能识拔人才。 ⑮崆峒：山名，在今甘肃平凉县西，当时为哥舒翰辖地。此以地代指哥舒翰。

**【译文】**在当代的麒麟阁上，谁可列为头等功臣？君王自是聪明威武的圣主，所驾驭的必定是英雄。哥舒翰将军是当朝的英杰，论兵超过古人的风习。曾作先锋身经百战，后为主将荡平边隅：青海一带再无战事，祁连山区一片宁寂。您像廉颇追敌败走，又像魏绛善与西戎亲和。每为河西陷落而惋惜，新兼节度使之后便一举收取。您的智谋能贴近皇上的思虑，出入朝廷名冠群公。太阳月亮因您而垂照秦川树木，长空大地因您而环绕京城。胡人愁于您的无情追杀，大宛国良马复又东来进贡。您受命远征边塞沙场，归来与禄山、思顺同受皇上的赐宴。禄山、思顺不过是受宠的仙鹤，您则是姜太公一样的霸业辅臣。您的封地又增加了户籍，山川土地将永世留存。您的谋策施行以后天下再无战争，君臣契合将使帝业光大发扬。您的功勋业绩高入青天之上，交朋结友又颇义气深重。我至今尚未遇到赏识自己的人，岁月匆匆已成了白头老翁。初入世事也曾壮志满怀，如今却像一根蓬草独自飘零。伴随着几年的草生草衰，今日已是日暮途穷。得知您把孙楚一类的人材留在幕府，又在行伍中提拔了吕蒙一类的将领。我的身边也佩着一柄长剑，想去投到您的帐前一展雄风。

## 寄高三十五书记

**【题解】**此诗当作于天宝十三载（754），时杜甫居长安下杜城。高适此时在哥舒翰幕府掌书记。诗赞高适诗才，羡其垂老高升。

**【原诗】**叹息高生老，新诗日又多。美名人不及，佳句法如何？主将收才子，崆峒足凯歌①。闻君已朱绂②，且得慰蹉跎。③

**【注释】**①崆峒：山名，在甘肃平凉县西，当时属哥舒翰辖区。 ②朱绂：红色官服。唐时四五品官服为红色。

【译文】叹息高适先生年纪已老，而新诗创作却日益繁多。美好的诗名人所不及，佳句的法度幽深难测。主将哥舒翰收下你这位才子，崆峒一带定会频奏凯歌。听说你已穿上红色官服，这姑且能宽慰几十年失意的生活。

## 送张十二参军赴蜀州因呈杨五侍御

【题解】此诗当作于天宝十三载（754），时杜甫居长安下杜城。参军，官职名。蜀州，今四川崇庆县。侍御，即侍御史。诗写别情，兼嘱友人。

【原诗】好去张公子，通家别恨添①。两行秦树直，万点蜀山尖。御史新骢马②，参军旧紫髯③。皇华吾善处④，于汝定无嫌。

【注释】①通家：世交。 ②《后汉书》载，桓典为侍御史，时宦官专权，桓典不畏，常骑骢马，时人有“避骢马御史”之语。后因以“骢马”称美御史。 ③《晋书》载，郗超为桓温参军，超有髯，府中称之为“髯参军”。 ④皇华：《诗·小雅·皇皇者华》，郑玄注：“言臣出使能扬君之美，延其誉于四方，则为不辱命也。”后因用“皇华”称美使臣。此处指杨五侍御史。

【译文】一路顺风吧张公子，作为世交你的离去使我倍添忧愁。你将行经排有两行直树的秦川大道，投身到万山尖耸的蜀州。杨侍御正如汉代的桓侍御，你也如同晋代的郗参军。杨侍御是我的好朋友，对你一定能善待相亲。

## 赠陈二补阙

【题解】此诗当作于天宝十三载（754），时杜甫居长安下杜城。补阙，官职名，掌讽谏和荐贤。诗赞陈补阙名声独具，述自身虽老犹存壮心。

【原诗】世儒多汩没，夫子独声名。献纳开东观①，君王问长卿②。皂雕寒始急，天马老能行③。自到青冥里，休看白发生。

【注释】①献纳：献忠言以供采纳者。指陈二补阙。东观：宫中藏书之所。

《后汉书》：永光十三年，帝幸东观，览书林，阅篇籍，博选艺术之士，以充其官。 ②长卿：司马相如，字长卿，曾因博才学而被皇帝召问。③天马：对来自西域的马的称呼。

【译文】当代的学者多已沉沦，而您却能独具名声。您作为献纳官常入东观研读群书，君王每将国家大事向您询问。我如皂雕，天寒时才感到生计急迫；我如天马，年虽老而犹能纵横驰骋。自可致身于青霄之上，别看我的白发已经生成。

## 病后过王倚饮赠歌

【题解】此诗当作于天宝十三载（754），时杜甫居长安下杜城，生计艰难，又患疟疾，病后走访王倚，受到款待，写诗以致谢忱。诗句平易，可知王倚非诗流。

【原诗】麟角凤嘴世莫辨，煎胶续弦奇自见[①]。尚看王生抱此怀，在于甫也何由羡？且过王生慰畴昔，素知贱子甘贫贱。酷见冻馁不足耻，多病沉年苦无健。王生怪我颜色恶，答云伏枕艰难遍。疟疠三秋孰可忍？寒热百日相交战。头白眼暗坐有胝，肉黄皮皱命如线。惟生哀我未平复，为我力致美肴膳。遣人向市赊香粳，唤妇出房亲自馔。长安冬菹酸且绿[②]，金城土酥净如练[③]。兼求畜豪且割鲜，密沽斗酒谐终宴。故人情义晚谁似？令我手足轻欲旋。老马为驹信不虚，当时得意况深眷。但使残年饱吃饭，只愿无事长相见。

【注释】①《十洲记》：凤麟洲，在西海中央洲，专生凤、麟，数百成群。仙家煮凤嘴、麟角，作成胶，此胶能连接断弦和折剑。 ②菹（zū）：亦作“葅”，腌菜。 ③金城：旧县名，属京兆府。至德二载，改名兴平。土酥：本地产的酥酪。

【译文】世人不知麟角和凤嘴的妙用，把它们煎成胶接上弦后奇特的功效才被发现。王倚先生注重联络友情正像这麟角和凤嘴，这种高尚的心境我如何能追攀？今日且去拜访他以了却夙愿，他也一向了解贫贱的我甘心于贫贱。惨遭冻饿这并不值得羞耻，只苦于终年病魔缠身不能康健。王先生见我容颜枯槁大吃一惊，我回答说长期卧床受尽艰难。害了一秋的疟疾此苦谁能忍受？百日之中忽冷忽热像是进行拉锯战。头发白了眼睛昏了臀部生了老茧，面黄肌瘦皮肤起皱性命像根线。王先生怜我病体未康复，竭尽全力为我做顿好吃的饭。派人到集市赊来香粳，呼唤妻子出房下厨亲手干。长安的冬天腌菜酸又绿，金城的土产酥酪白如练。又割来鲜猪肉，买来斗斗酒，亲切地陪我吃完饭。到老来故人谁能如此重情义？真让我感动得手脚欲轻旋。老马可以变成幼驹此言的确不假，此时的我已得意忘老何况蒙受着深眷！假如我的余年能够吃饱饭，只愿无事得与先生常相见。

## 送裴二虬尉永嘉

**【题解】**此诗当作于天宝十三载（754），时杜甫居长安下杜城。裴虬，字深原，初为永嘉县尉，升道州刺史，官至谏议大夫。永嘉，县名，属温州。诗写别情及归隐之意。

**【原诗】**孤屿亭何处①？天涯水气中。故人官就此，绝境兴谁同？隐吏逢梅福②，游山忆谢公③。扁舟吾已僦④，把钓待秋风。

**【注释】**①孤屿：在温州南四里永嘉江中，屿有二峰，上有亭。 ②隐吏：退隐的官吏。梅福：汉朝人，曾任南昌县尉，正直敢言，因不满王莽专权，弃家隐于会稽。后用作咏县尉的典故。 ③谢公：谢灵运，曾为永嘉太守，遍游郡中山水。 ④僦（jiù）：租赁。

**【译文】**孤屿亭立在何处？在天边的水气之中。老朋友你到那里去任职，绝境中谁与你共尽游兴？那里有你这位梅福一样的东道，还有山水诗人谢灵运的游踪；我已把扁舟租好找你去垂钓，只待秋风吹起即可启程。

## 赠献纳使起居田舍人澄

**【题解】**此诗当作于天宝十三载（754），时杜甫居长安下杜城。田澄，当时任起居舍人兼献纳使。起居舍人，属中书省，负责纪录皇帝言行。献纳使，原称匦使，掌臣民书奏之事。机构称献纳司，又称献纳院。这年冬天，杜甫投献《封西岳赋》给玄宗，此前写诗先向田澄打招呼，希望他给予关照。

**【原诗】** 献纳司存雨露边，地分清切任才贤。舍人退食收封事，宫女开函捧御筵。晓漏追趋青琐闼①，晴窗点检白云篇②。扬雄更有《河东赋》③，唯待吹嘘送上天。

**【注释】** ①青琐闼：有青琐图饰的宫门。青琐，以青色涂饰的连环文。②白云篇：指在野之士向皇帝献的诗文。③扬雄：西汉文学家，字子云，曾写《河东赋》献给皇帝。此处以扬雄自比，以《河东赋》借指《封西岳赋》。

**【译文】** 献纳司靠近皇帝身边，地位清贵而切近，任用的都是英贤。舍人您减膳奉公收检臣民的章奏，宫女打开封函捧送到皇帝的座前。在拂晓的铜壶滴漏声中您急赴宫门去上班，在晴明的窗前您把野士的诗文细心来点检。我手中还有一篇类于扬雄的《河东赋》，只待您给予揄扬送到天子面前。

## 崔驸马山亭宴集

**【题解】** 此诗当作于天宝十三载（754）秋，时杜甫居长安下杜城。崔驸马，崔惠童，玄宗女晋国公主夫。惠童在长安城东有山池。诗写山亭宴会情事。

**【原诗】** 萧史幽栖地①，林间踏凤毛。洑流何处入？乱石闭门高。客醉挥金碗，诗成得绣袍。清秋多宴会，终日困香醪。

**【注释】** ①萧史：相传为春秋秦国人，善吹箫。秦穆公把女儿弄玉嫁给他，萧史教弄玉吹箫作凤鸣，于是凤凰来集其屋。穆公筑凤台，使二人居其上。数年后，皆随凤凰飞去。此处以萧史比崔驸马。

**【译文】** 这里就是当代萧史栖居的凤台啊，树林间还依稀能踏见凤毛。流泉到处回旋，山亭从何处而入？岩石纵横恣肆，在门前耸得高高。我已酣醉，仍频频挥动金碗；诗已写成，获得了嘉奖的绣袍。清秋时节多次参加宴会，终日在美酒中醉倒。

## 示从孙济

**【题解】**此诗当作于天宝十三载（754）秋，时杜甫居长安下杜城。杜济是杜甫的堂孙，家境亦贫，见杜甫上门来，不得不硬着头皮招待。杜甫作此诗对他进行训示。

**【原诗】**平明跨驴出，未知适谁门。权门多噂沓，且复寻诸孙。诸孙贫无事，宅舍如荒村。堂前自生竹，堂后自生萱。萱草秋已死，竹枝霜不蕃。淘米少汲水，汲多井水浑。刈葵莫放手，放手伤葵根①。阿翁懒惰久，觉儿行步奔。所来为宗族，亦不为盘飧②。小人利口实，薄俗难具论。勿受外嫌猜，同姓古所敦。

**【注释】**①葵：冬葵，我国古代重要蔬菜之一。以上四句委婉批评了杜济的待客态度。　②飧（sūn）：饭食。

**【译文】**天亮后骑驴出门遛遛弯儿，没定准要上谁家的门。想到权贵人家礼数太多费口舌，还是来找我的孙儿们。孙儿贫困又无事可做，房屋简陋得像荒村。堂前长着野生的竹子，屋后长着野生的萱。萱草经秋已经枯死，竹枝遇霜也已凋残。杜济哟，你淘米时要少打水，水打多了井会浑；你割葵时不要放手砍，放手乱砍会伤葵根。阿翁我已懒散惯了，今日弄得你手忙脚乱。我这次来是为密切宗族情谊，也不是为了吃你一顿饭。小人好生口舌长于挑拨离间，这种薄俗难于详细去论谈。你不要听信外人的闲言而猜忌我，古人对同姓家族一向亲密和善。

## 九日寄岑参

**【题解】**此诗当作于天宝十三载（754）重阳节，时杜甫居长安下杜城。史载，这年秋天，长安一带淫雨不止。诗记灾情，深忧苍生，也写出国危将至的预感。

【原诗】出门复入门，雨脚但如旧。所向泥活活，思君令人瘦。沉吟坐西轩，饮食错昏昼。寸步曲江头，难为一相就。吁嗟乎苍生，稼穑不可救！安得诛云师①？畴能补天漏？大明韬日月②，旷野号禽兽。君子强逶迤，小人困驰骤。维南有崇山，恐与川浸溜。是节东篱菊，纷披为谁秀？岑生多新诗，性亦嗜醇酎。采采黄金花，何由满衣袖？

【注释】①云师：神话传说中的云神。 ②大明：太阳、月亮。

【译文】三番五次地出门又进门，大雨只是淋漓如旧。通向你家的道路满是泥泞，想你想得神销体瘦。坐在西轩下沉吟不止，连吃饭也辨不清是昏是昼。你的住处就在曲江头，寸步之路却难得聚首。唉，可怜那些受灾的苍生，庄稼已是无法挽救！如何才能杀掉那作恶的云神？谁能把破漏的天空弥补？太阳和月亮隐去了光亮，凄凉的旷野里哀号着禽兽。上朝的官员们勉强乘车迂行，徒步的小人物难以急速奔走。城南的那座高山啊，真怕它也被大水冲走！今日这个重阳节，东篱的菊花你在为谁而吐秀？岑参先生多有新奇诗作，生性也嗜好香醇的美酒，眼看着雨中众多的黄菊花，却无心将它采满衣袖。

## 叹庭前甘菊花

【题解】此诗当与前诗同时作。诗借庭前菊花开晚，慨叹自身晚犹不遇，而以野外众芳喻小人得宠。

【原诗】庭前甘菊移时晚①，青蕊重阳不堪摘。明日萧条醉尽醒，残花烂熳开何益？篱边野外多众芳，采撷细琐升中堂。念兹空长大枝叶，结根失所缠风霜。

【注释】①甘菊：菊花有甘苦二种，甘菊可入药。

【译文】庭前的甘菊移栽时晚，到重阳才初绽青蕊不值得摘来赏观。等到明天秋景萧条醉人皆醒，再散乱地开出几朵残花又有什么用？篱笆外野地里杂花开了不少，人们把这些琐屑的花儿摘来摆上中堂。可惜你这甘菊白长了一身大枝叶，只因扎根错位方才遭受风霜。

## 秋雨叹三首

**【题解】**这组诗当作于天宝十三载（754）秋，时杜甫居下杜城。史载，天宝十三载秋，霖雨六十余日。诗写雨中感慨，忧己忧民，叹惋至深。

### 其　一

**【原诗】**雨中百草秋烂死，阶下决明颜色鲜①。著叶满枝翠羽盖，开花无数黄金钱。凉风萧萧吹汝急，恐汝后时难独立。堂上书生空白头，临风三嗅馨香泣。

**【注释】**①决明：一年生草本植物，夏秋开花，花黄色。果实称“决明子”，可入药，能清肝明目。

**【译文】**秋雨连绵百草烂死，台阶下的决明却颜色正鲜。满枝的叶子像翠羽伞盖，无数的花朵像黄金钱。萧萧的凉风急迫地吹着你，恐怕你日后难以自立。堂上一介书生的我徒然满头白发，风前频嗅你的馨香为你伤心落泪。

### 其　二

**【原诗】**阑风伏雨秋纷纷，四海八荒同一云。去马来牛不复辨，浊泾清渭何当分？禾头生耳黍穗黑，农夫田父无消息①。城中斗米换衾裯，相许宁论两相值？

**【注释】**①“农夫”句：《资治通鉴》载：“天宝十三载八月，上（指玄宗）忧雨伤稼，杨国忠取禾之善者献之，曰：‘雨虽多，不害稼也。’上以为然。扶风太守房琯，言所部灾情，国忠使御史推之。是岁，天下无敢言灾者。”权臣当道，无人敢言灾情，故杜甫作此感叹。

【译文】凉风过后雨又下起，秋风秋雨乱纷纷，四海八荒笼罩着一色的阴云。雨幕茫茫辨不出来牛和去马，浑浊的泾水与清澈的渭水也混淆难分。谷穗生了芽子黍穗霉烂变黑，农民的灾情却传不到朝廷。城中斗米可换得一床被褥，只要双方认可就不计二者价值是否相同。

其　三

【原诗】长安布衣谁比数？反锁衡门守环堵[①]。老夫不出长蓬蒿，稚子无忧走风雨。雨声飕飕催早寒，胡雁翅湿高飞难。秋来未曾见白日，泥污后土何时干？

【注释】①衡门：横木以为门，言居处简陋。

【译文】我这困居长安的书生有谁关心过死活？反锁着柴门孤零零地守着四面墙。久雨不能出门，致使院里长满蓬蒿；小儿不知忧愁，在风雨中戏耍奔跑。飕飕的雨声催促寒季到来早，北来的大雁翅膀沾湿难飞高。入秋以来未曾见过出太阳，泥污的大地何时才能干透了？

## 承沈八丈东美除膳部员外郎阻雨未遂驰贺奉寄此诗

【题解】此诗当作于天宝十三载（754）秋，时杜甫居长安下杜城。承，谦词。沈东美，唐初诗人沈佺期之子。除，拜官授职。沈东美新任膳部员外郎，杜甫因被雨阻，未能驰往祝贺，遂寄此诗以致意。

【原诗】今日西京掾[①]，多除南省郎[②]。通家惟沈氏[③]，谒帝似冯唐[④]。诗律群公问[⑤]，儒门旧史长[⑥]。清秋便寓直，列宿顿辉光[⑦]。未暇申安慰，含情空激扬。司存何所比，膳部默凄伤[⑧]。贫贱人事略，经过霖潦妨。礼同诸父长[⑨]，恩岂布衣忘？天路牵骐骥，云台引栋梁[⑩]。徒怀贡公喜[⑪]，飒飒鬓毛苍。

【注释】①西京掾：京兆府掾。掾，古代的属官，如司录、功曹、户曹等，属七品。升为郎官，则为六品。　②原注："府掾四人，同日拜郎。"南省，唐时尚书省称南省，门下、中书称北省。膳部，属礼部，归尚书省。

③通家：世交。杜甫祖父杜审言与沈东美父亲沈佺期，同在武则天朝供职，故称。 ④冯唐：西汉人，年九十才拜中郎署长。 ⑤“诗律”句：律诗定型于初唐，沈佺期起到重要作用。 ⑥旧史：沈佺期以起居郎兼修文馆直学士，故称。 ⑦“列宿”句：古人以郎官上应星宿，故云。 ⑧原注：“甫大父昔任此官。”大父，即祖父。杜审言曾任膳部员外郎。 ⑨诸父：伯父、叔父的统称。此指沈东美。 ⑩云台：汉宫中的高台名，光武帝时用作召集群臣议事之所。后用以指朝廷。 ⑪贡公：名禹，汉朝人，与王吉为友，闻吉显贵，异常喜悦，知道自己也将出头。

**【译文】**今日京兆府的属官，多拜为尚书省的郎官。这些人中只有沈老丈与我有通家之好，拜郎谒帝年事已高就像汉代的冯唐。您的父亲沈公精于律体，是当时群公的师长；您的家门世代为儒，父子皆为史官可谓源远流长。清秋季节您在官署值夜，天上的星辰顿增光芒。我无暇前往向您祝贺，怀着欣喜之情徒然激动一场。膳部员外郎的官职谁可比及呢？想起我的祖父曾任此职而其人已逝不禁暗自悲伤。我身居贫贱而简略于人事交往，这次想去拜访您却被霖雨阻挡。我对您的敬意如同对伯父叔父一样，世交的亲情岂敢因为身贱而遗忘？您是被牵上通天大道的骐骥，您是被选去支撑朝廷的栋梁。我徒然怀着贡公那样的喜悦，听秋风飒飒叹两鬓苍苍。

## 苦雨奉寄陇西公兼呈王征士

**【题解】**此诗当作于天宝十三载（754）秋，时杜甫居长安下杜城。题下原注：“陇西公即汉中王瑀。征士，琊琊王彻。”李瑀，让皇帝李宪第六子，有才望，伟仪表，初封陇西郡公，天宝十五载（756），随玄宗幸蜀，至汉中，封汉中王。原注当为作者后补。诗写雨中思念之情，并约同居下杜的王彻一同垂钓。

**【原诗】**今秋乃淫雨，仲月来寒风。群木水光下，万家云气中。所思碍行潦，九里信不通。悄悄素浐路①，迢迢天汉东。愿腾六尺马②，背若孤征鸿。划见公子面，超然欢笑同。奋飞既胡越，局促伤樊笼。一饭四五起，凭轩心力穷。嘉蔬没溷浊，时菊碎榛丛。鹰隼亦屈猛，乌鸢何所蒙？式瞻北邻居③，取适南巷翁。挂席钓川涨，焉知清兴终？

【注释】①浐：浐水，发源于陕西蓝田西南秦岭山中，至西安市西入灞水。②六尺马：《周礼》：马八尺以上为龙，七尺以上为騋，六尺为马。 ③北邻居：当指王彻。

【译文】今年秋天竟然雨水不断，八月里就吹来了寒风。林木全都泡在了水里，千家万户笼罩在云气中。我思念的人被路上的积水所阻隔，相距九里竟然音信不通。白色的浐水泛滥路无人影，如同迢迢的天河阻隔西东。我愿驰骋六尺骏马，骑在马背上如孤鸿急征。迅速见到公子，脱出苦闷欢笑与共。这种奋飞之想既然如同跨越北胡南越那样难以实现，就只好困在斗室里如同鸟儿困在笼中。一顿饭中就起身四五次，倚着轩廊眺望阴云积水感到心力已穷。嘉美的蔬菜淹没在泥水里，应时的菊花散碎在榛丛中。连老鹰都收敛了搏击的猛志，小小的乌鸢又能靠什么去飞腾？只好用瞻望北邻的方式，来宽缓我这南巷翁的满腹愁情。挂起帆席到涨川上去垂钓吧，怎知我已经没了那种雅兴？

## 投简咸华两县诸子

【题解】此诗当作于天宝十三载（754）深秋，时杜甫居长安下杜城。咸华两县，指咸阳和华原二县。投简，这里指以诗代简而投寄。诗写困居的苦况和不平之心。

【原诗】赤县官曹拥材杰①，软裘快马当冰雪。长安苦寒谁独悲？杜陵野老骨欲折②。南山豆苗早荒秽③，青门瓜地新冻裂④。乡里儿童项领成⑤，朝廷故旧礼数绝。自然弃掷与时异，况乃疏顽临事拙。饥卧动即向一旬，敝衣何啻联百结？君不见空墙日色晚，此老无声泪垂血。

【注释】①赤县：此指长安。 ②杜陵野老：作者自谓。杜陵，在长安城南，秦时为杜县地，汉宣帝陵墓在此，故称。杜甫祖籍杜陵。 ③陶潜《归田园居》："种豆南山下，草盛豆苗稀。"此用其意，写耕耘生活。④青门瓜地：秦东陵侯邵平曾种瓜于青门外。青门，汉长安城东南门。此处用以写耕耘生活。 ⑤乡里儿童：指下杜城一带同族的青少年。

【译文】长安的官府里真是人材济济，一个个穿轻裘骑快马在冰雪中行乐。长安城里唯独谁在为苦寒而悲？我这杜陵野老的骨头将被冻折。南山下的豆苗早已荒芜，青门外的瓜地刚被冻裂。乡里儿童们见了我脖子挺硬，朝廷中的亲友也与我关系断绝。我的格调不合时宜自然会被朝廷遗弃，何况我倔强固执遇事不擅心机！饥饿卧床动不动就是一旬，破烂的衣裳何止联了百结！君不见夕阳照在我的空墙上，欲哭无声，泪中带着血。

## 奉赠太常张卿垍二十韵

【题解】此诗当作于天宝十三载（754）。张垍，名相张说的次子，玄宗女儿宁亲公主驸马。天宝十三载，任太常卿，掌宗庙礼仪、选试博士。诗赞张垍文章品望，出入荣宠，叙个人生涯沦落，望其汲引。

【原诗】方丈三韩外①，昆仑万国西。建标天地阔，诣绝古今迷。气得神仙迥②，恩承雨露低。相门清议众，儒术大名齐。轩冕罗天阙，琳瑯识介珪③。伶官诗必诵，夔乐典犹稽④。健笔凌鹦鹉⑤，铦锋莹鹭鹈⑥。友于皆挺拔，公望各端倪。通籍逾青琐⑦，亨衢照紫泥⑧。灵虬传夕箭⑨，归马散霜蹄。能事闻重译⑩，嘉谟及远黎。弼谐方一展，班序更何跻。适越空颠踬，游梁竟惨凄。谬知终画虎⑪，微分是醯鸡⑫。萍泛无休日，桃阴想旧蹊⑬。吹嘘人所羡⑭，腾跃事仍睽。碧海真难涉，青云不可梯。顾深惭锻炼，才小辱提携。槛束哀猿叫，枝惊夜鹊栖。几时陪羽猎⑮，应指钓璜溪⑯。

【注释】①方丈：古代传说东海三座仙山之一。三韩：汉时朝鲜南部有马韩、辰韩、弁韩，合称三韩。 ②《通鉴》载，天宝九载十月，太白山人王元翼，说自己见到了老子，老子告诉他宝仙洞有妙宝真符。玄宗命刑部尚书张均（张垍兄）等前往求寻，果得。张垍必同此行。 ③琳瑯：美玉。介珪：大珪。珪，上尖下方的美玉。 ④夔：人名，尧舜时的乐官。⑤鹦鹉：指汉代祢衡所作《鹦鹉赋》，作此赋时，笔不停缀，文不加点。

⑥鸊鹈（pì tī）：水鸟名，俗称油鸭。古人用其脂膏涂刀剑以防锈。 ⑦通籍：古时官员入宫的凭证。于二尺竹牒上，记其年纪、名字、长相，悬于宫门，应验之后方可进入。青琐：装饰宫门的青色连环花纹。借指宫廷。⑧紫泥：古人以泥封书信，泥上盖章，皇帝诏书则用紫泥。后以“紫泥”称诏书。此言张垍可为皇上制作诏书。 ⑨灵虬：刻漏（古代计时器）上的龙状装饰物。此借指刻漏。箭：古代计时器漏壶中用以指示时间的浮标。 ⑩重译：辗转翻译。 ⑪画虎：“画虎类狗”的缩语。此喻指自己应召赴试而不遇。 ⑫醯（xī）鸡：小虫名，即蠛蠓。《庄子》载，孔子听到老子的一番道理之后，认为自己犹如瓮中的醯鸡。 ⑬《史记·李广传赞》：“桃李不言，下自成蹊。” ⑭吹嘘：揄扬。可知张垍曾为杜甫的仕进作过努力。 ⑮陪羽猎：扬雄以辞赋见称，侍从汉成帝祭祀游猎，作《羽猎》赋。此以扬雄比张垍。 ⑯钓璜溪：即磻溪。《宋书》载，姜太公于磻溪钓得玉璜，并得遇文王。后用以指君臣遇合。此以姜太公自况。望张垍援引，使自己得展辅国之志。

**【译文】**方丈山位于三韩之外，昆仑山处在万国之西。仙人在辽阔的天地间树起这两个标识，从古至今人们难以将它们寻觅。而您却能于宝仙洞中求得真符，从而蒙承到天子的恩遇。您作为相门之子颇多公正的议论，儒术之大名与父亲相齐。如今朝廷里高官济济，您则是价值昂贵的介珪。您作为掌乐之官必诵所采之诗以谏君主，对于古代的乐典也能详加考稽。雄健的文笔超过祢衡的《鹦鹉赋》，锐利的词锋有如明光闪烁的兵器。几位兄弟皆出类拔萃，公卿的地位已然可期。如今您已能出入宫禁，日后前途更为远大，自当文映紫泥。每当铜壶滴漏天色傍晚，您骑马退朝何其得意！您以翻译的才能为人所知，使朝廷的嘉谋达到边远地区。辅佐之才正得一展，您会按班序而晋升无人能够越居。而我远游吴越却徒然颠簸了一场，游历梁宋竟也心情惨凄。谬误的知识使我画虎不成，卑微的名分使我形同醯鸡。四处飘泊无止无休，我不禁想起昔日的知己。您对我的揄扬为世人所羡，然而进身之事仍与愿违。宦海浪急真难涉越，高官显爵不可攀及。面对您的深情眷顾我惭愧自己缺乏锻炼，才能疏浅辱没了您的提携。我如同笼中之猿在悲哀地鸣叫，如同惊悸的乌鹊无枝可依。您几时陪同皇上出去游猎，届时应为皇上指点前往钓璜溪。

## 沙苑行

**【题解】** 此诗当作于天宝十三载（754）。沙苑，唐政府的牧马场，在唐代同州冯翊县南，东西八十里，南北三十里。诗写沙苑马场的壮观景象而已，不必深求寓意。

**【原诗】** 君不见左辅白沙如白水①，缭以周墙百余里。龙媒昔是渥洼生②，汗血今称献于此。苑中骒牝三千匹③，丰草青青寒不死。食之豪健西域无，每岁攻驹冠边鄙④。王有虎臣司苑门，入门天厩皆云屯。骕骦一骨独当御⑤，春秋二时归至尊。内外马数将盈亿，伏枥在坰空大存。逸群绝足信殊杰，倜傥权奇难具论。累累塠阜藏奔突，往往坡陀纵超越。角壮翻腾麋鹿游，浮深簸荡鼋鼍窟。泉出巨鱼长比人，丹砂作尾黄金鳞。岂知异物同精气，虽未成龙亦有神⑥。

**【注释】** ①左辅：《汉书》：京兆尹、左冯翊、右扶风，谓之三辅。左辅，指冯翊县。冯翊县，古县名，治所在今陕西大荔县。白水：县名。今陕西白水县，在大荔县北。 ②龙媒：古时对骏马的称呼。《武帝纪》载，汉武帝元鼎四年秋，有骏马生渥洼水中，乃作《天马》歌。 ③骒牝：马七尺者称骒，牝，母马。骒牝，泛称马。 ④攻驹：调驯幼马。 ⑤骕骦：良马名。 ⑥成龙：古时认为龙或为鱼所化，或为马所化。

**【译文】** 君不见从左辅的白沙到白水县，方圆百里环绕着墙垣。当年汉武帝的骏马生于渥洼中，如今的汗血马就是从这里贡献。苑中的良马三千匹，四季都有青草来饲养。膘肥体壮胜过西域马，每年都有驯成的战马威震边疆。君主派遣虎臣管苑门，门内天子的马厩如云屯。其中只有骕骦一种独为御用，每年春秋两季献给至尊。宫廷内外的马匹将近一亿，它们都伏枥在野寂寞无闻。骕骦健足超群的确特别杰出，倜傥洒脱奇谲非凡难以详论。沙苑中山丘累累可供良马奔驰，沙汀处处可任良马腾越。它们角雄斗壮翻腾跨跃能与麋鹿同游，浮于深渊摇摇荡荡搅动鼋鼍窟穴。泉水中生有一种大鱼体长如人，赤红色的尾巴金黄色的鳞。岂知不同的物类却有相同的精气，大鱼虽未成龙也已具有龙的精神。

## 天育骠图歌

【题解】此诗当作于天宝十三载（754）。天育，马厩名。骠图，骏马的图像。诗写画马之生动传神，叹今无识马的伯乐，实自叹不遇。

【原诗】吾闻天子之马走千里，今之画图无乃是？是何意态雄且杰，骏尾萧梢朔风起。毛为绿缥两耳黄，眼有紫焰双瞳方。矫矫龙性含变化，卓立天骨森开张。伊昔太仆张景顺①，监牧攻驹阅清峻。遂令大奴字天育，别养骥子怜神骏。当时四十万匹马，张公叹其材尽下。故独写真传世人，见之座右久更新。年多物化空形影，呜呼健步无由骋。如今岂无騕袅与骅骝？时无王良、伯乐死即休②！

【注释】①太仆：官名，掌皇帝的舆马和马政。 ②王良、伯乐：都是春秋时人。王良善御马，伯乐善相马。

【译文】我曾听说天子有匹千里马，如今这幅图上画的莫非就是它？这是何等雄杰的神态啊！骏尾一甩朔风便呼啸而起。它毛色淡青两耳微黄，双瞳带棱带角眼睛闪着紫光。像龙一样的桀骜不驯神态千变万化，卓然而立伸张着伟岸的骨架。当年身任太仆的张景顺，在监牧驯练时发现了这匹清峻的马，便命令马奴头目牵它入天育，专人饲养特殊照顾它。当时国家养马四十万，张公叹息它们都是下等马。因此唯独给它画像以传给世人，张挂在座右去欣赏，久赏更觉形象新。年深日久良马死，空留个图像到如今。唉，画马再好又有何用？已不能健步追风云！如今难道真的再无騕袅、骅骝这种千里马？只因现实没有王良、伯乐这类相马师，良马被埋没，死了也就白白地死去啦！

## 骢马行

【题解】此诗当作于天宝十三载（754）。骢马，青白色的马。题下原注："太常梁卿敕赐马也，李邓公爱而有之，命甫制诗。"诗赞骢马才力不凡，言奇材当得大用，乃借马以颂李邓公。

**【原诗】** 邓公马癖人共知，初得花骢大宛种①。夙昔传闻思一见，牵来左右神皆竦。雄姿逸态何崷崒！顾影骄嘶自矜宠。隅目青荧夹镜悬，肉鬃碨礧连钱动②。朝来少试华轩下，未觉千金满高价。赤汗微生白雪毛，银鞍却覆香罗帕。卿家旧赐公取之，天厩真龙此其亚。昼洗须腾泾渭深，夕趋可刷幽并夜。吾闻良骥老始成，此马数年人更惊。岂有四蹄疾于鸟，不与八骏俱先鸣③？时俗造次那得致？云雾晦冥方降精④。近闻下诏喧都邑，肯使骐驎地上行？

**【注释】** ①大宛种：大宛国出产的良马。 ②碨礧（wěi lěi）：突起貌。连钱：斑驳如钱状的马毛。 ③八骏：《穆天子传》：穆天子有八骏，曰赤骥、盗骊、白义、逾轮、山子、渠黄、骅骝、騄耳。 ④云雾晦冥：指国家危难之时。

**【译文】** 邓公爱马成癖人所共知，至今才得到一匹大宛马种玉花骢。过去我曾听到这种马的传闻总想一见，今日牵来果然使周围的人竦然起敬。它身姿威武仪态超迈何等的出类拔萃！它顾盼姿影骄傲嘶鸣自矜地位的贵重。它眼睛带角目光青荧如同一双明镜镶嵌高悬，肉鬃突起毛如连钱在不停地抖动。退朝归来试一试它驾车的本领，使人觉得它并不止于千金价。雪白的毛根上微微渗出红色汗珠，背上的银鞍覆盖着香罗帕。它本是皇上赐给梁卿的旧物如今为您所有，它与天子马棚的龙马品格不相上下。白天它在深深的泾渭冲洗尘土，夜晚即可驰到幽并二州去洗刷。我听说良马都是大器晚成，此马数年之后会令人更为惊讶。岂有四蹄快过飞鸟的骏马，不与八骏一同先露本相？只因时俗鲁莽难以辨识，待到云雾晦冥才会发现精灵已降。近闻皇上下诏寻求都邑良马，怎肯让神骏埋没世上？

## 魏将军歌

**【题解】** 此诗当作于天宝十三载（754）。诗叙魏将军立功边陲，其后统领禁军宿卫，赞其英气超人，才可大用。

【原诗】将军昔著从事衫[1]，铁马驰突重两衔。被坚执锐略西极，昆仑月窟东崭岩[2]。君门羽林万猛士，恶若哮虎子所监。五年起家列霜戟[3]，一日过海收风帆。平生流辈徒蠢蠢，长安少年气欲尽。魏侯骨耸精爽紧，华岳峰尖见秋隼。星缠宝铰金盘陀[4]，夜骑天驷超天河[5]。欃枪荧惑不敢动[6]，翠蕤云旓相荡摩[7]。吾为子起歌都护[8]，酒阑插剑肝胆露，钩陈苍苍玄武暮[9]。万岁千秋奉明主，临江节士安足数[10]！

【注释】①从事衫：指军服。汉代以后州郡长官皆自辟僚属，多以“从事”称之。 ②月窟：传说为月亮的归宿处。泛指西极之地。 ③列戟：唐时宫庙、官府及显贵门前列戟，作为仪仗。 ④铰：金属装饰。金盘陀：金属制的马鞍。 ⑤天驷：指御厩之马。 ⑥欃（chán）枪：彗星的别称。荧惑：火星。二者皆喻妖邪。 ⑦翠蕤：皇帝仪仗中用翠鸟羽作装饰的旗。云旓（shāo）：云旗。旓，旌旗的飘带。 ⑧都护：武官名。宋武帝《丁都护歌》：“都护北征去，前锋无不平。” ⑨钩陈：星名，在紫微垣内，靠近北极。古人常以比况后宫。玄武：玄武门，唐长安大明宫北面正门。门外设两廊，有禁军宿卫。 ⑩临江节士：南朝陆厥曾作《临江王节士歌》曰：“节士慷慨发冲冠，弯弓挂若木，长剑竦云端。”后因以“临江节士”称君王的勇敢卫士。

【译文】将军当年加入幕府身着军装，骑着勒有双衔的战马驰突沙场。被坚执锐攻占西极之地，回望昆仑反倒耸立在东方。如今您作了禁军统帅守卫君门，上万名威猛的虎士由您监管。仅仅五年便成名发迹门列霜戟，仿佛一日间便渡过大海收起风帆。您的同辈徒然苦苦挣扎却没有长进，长安少年只好眼巴巴地看着您取得功名。魏侯您筋骨高大精神旺盛，身如华山矗立神似秋隼逼人。您的坐骑配有金鞍、马具上金星缠点，夜间骑着天马巡视于御河两岸。妖邪逆类不敢妄动，禁军的仪仗何其威严！我为您起身唱起都护歌，夜深酒阑之际您披挂宝剑露肝胆，您要去守卫夜色沉沉的后宫和玄武门，千秋万载侍奉君主心不变，那临江节士何足一谈！

## 桥陵诗三十韵因呈县内诸官

**【题解】**此诗当作于天宝十三载（754）秋冬之际。因为生计艰难，杜甫不得不将其家属迁离长安下杜城，移居到长安东北二百四十余里的奉先县（今陕西蒲城县），县令杨某是杜甫夫人杨氏的宗亲。桥陵，为睿宗墓地，在奉先城西北三十里之丰山。杜甫携家道出桥陵，作此诗以呈县内诸官。诗记桥陵景象，山川形胜，赞美县内诸公，叙述客况凄凉。

**【原诗】**先帝昔晏驾①，兹山朝百灵。崇冈拥象设，沃野开天庭。即事壮重险，论功超五丁②。坡陀因厚地③，却略罗峻屏④。云阙虚冉冉，松风肃泠泠。石门霜露白，玉殿莓苔青。宫女晚知曙，祠官朝见星。空梁簇画戟，阴井敲铜瓶。中使日相继，惟王心不宁。岂徒郦备享？尚谓求无形。孝理敦国政，神凝推道经⑤。瑞芝产庙柱，好鸟鸣岩扃。高岳前嵂崒⑥，洪河左滢潆⑦。金城蓄峻趾⑧，沙苑交回汀⑨。永与奥区固⑩，川原纷眇冥。居然赤县立⑪，台榭争岧亭。官属果称是，声华真可听。王刘美竹润⑫，裴李春兰馨⑬。郑氏才振古，啖侯笔不停⑭。遣词必中律，利物常发硎⑮。绮绣相展转，琳琅愈青荧。侧闻鲁恭化⑯，秉德崔瑗铭⑰。太史候凫影⑱，王乔随鹤翎⑲。朝仪限霄汉，客思回林坰。辘轲辞下杜，飘飖凌浊泾⑳。诸生旧短褐，旅泛一浮萍。荒岁儿女瘦，暮途涕泗零。主人念老马㉑，廨署容秋萤㉒。流寓理岂惬？穷愁醉不醒。何当摆俗累，浩荡乘沧溟？

**【注释】**①先帝：指睿宗，开元四年十月葬于桥陵。晏驾：古时称帝王死亡的讳辞。　②五丁：《华阳国志》载："蜀有五丁力士，能移山，举万钧。每王薨，辄立大石，长三丈，重千钧，为墓志。"　③坡陀：山势起伏貌。　④却略：山背隆起貌。　⑤推道经：史载，玄宗曾为老子《道德经》作注。　⑥高岳：指华山。华山在桥陵东南约二百里。　⑦洪河：指黄河。黄河在桥陵东一百余里。　⑧金城：《三秦记》载，在蒲城东五十里，秦筑长城。　⑨沙苑：在冯翊县（今陕西大荔县）南，为唐时牧马场。沙苑在桥陵东南。　⑩奥区：腹地。　⑪赤县：指奉先县。

奉先原称蒲城县，属同州，后因建桥陵，改属京兆府，故称赤县。《通典》："大唐县有赤、畿、望、紧、上、中、下七等之差，京都所治为赤县，京之旁邑为畿县，其余则以户口多少、资地美恶为差。" ⑫《三国志·吴书·虞翻传》载，虞翻以所著《易注》示孔融，孔融以东南美竹赞评之。后用以称美人才。 ⑬阮籍诗："二子赠嘉诗，馥如幽兰馨。" ⑭啖侯：疑即啖助。《唐书》：啖助，字叔佐，赵州人，淹该经术，善为《春秋》之三家短长。 ⑮发硎：谓刀刚从磨刀石上磨出来。⑯鲁恭化：《东观汉记·鲁恭传》载，东汉人鲁恭任中牟令，以德化治县，不任刑罚。后因用作称美县令有善政。 ⑰崔瑗铭：《后汉书·崔瑗传》载，崔瑗任汲县令，居官清正，精文辞，善写《座右铭》。此借称县内诸官持政以德。 ⑱《后汉书·王乔传》载，王乔任叶县令，有道术，每上朝，则点履成凫，骑乘而往，帝不见其车马，奇之，乃密令太史伺望，终获其密。后因用以咏县令。 ⑲王乔：王子乔。《列仙传》载，王子乔为上古时代的仙人，尝于七月七日，乘白鹤于缑氏山头，举手辞别时人而去。 ⑳浊泾：泾水浑浊，故称。泾水流经长安北部，杜甫北去奉先，须渡此水。 ㉑主人：指奉先县令。老马：杜甫自喻。㉒廨（xiè）署：官署，即县衙。

**【译文】**先帝当年晏驾归葬此处，诸位神灵便来拱护这座山陵。高大的陵墓被石兽所拥簇，肥沃的原野上立起了天庭。建造此陵以壮力突破重重险阻，论起功劳可以超过神奇的五丁。起伏的山峦依凭着厚重的大地，隆起的山背罗列着峻峭的翠屏。云中的宫殿迷离恍忽，松间的来风阴森清冷。墓门上面霜露洁白，玉殿里面莓苔青青。宫女在晚上便料理晨奉之事，祠官清晨入殿而天犹带星。祠官在高高的门楣前插满画戟，宫女从深井中汲水而撞触铜瓶。虽然有中使每日前往关照，而君王之心仍然不宁。岂只是挂念祭品是否丰盛？还在为见不到先帝而悲痛。遵从孝道敦厚了国家政事，聚精会神推敲老子的《道德经》。庙堂柱上长出了祥瑞的灵芝，墓门之上有好鸟欢鸣。高大的华山在南面耸峙，壮阔的黄河在东面旋腾。长城存留着陡峭的城基，沙苑连接着曲折的洲汀。这里永与腹地京都同固，众水卑伏难以数清。这里安然立为赤县，亭台楼榭争相高耸。县内诸公果都称职，声誉荣耀真可一听。王刘二公的文才如同美竹般的润秀，裴李二公的诗作如同春兰般的香馨。郑氏才情朴厚承自远古，啖侯文思敏捷运笔不停。遣词必定合乎格律，锋利的笔触常如刀子刚刚磨成。锦绣般的诗文被人传阅，华丽的文彩比美玉还要青荧。听说杨县令像鲁恭那样施行善政，保持美德能以崔瑗为座右铭。朝廷的太史正在等候您骑凫的身影，您将如王子乔那样驾鹤远行。朝廷的礼仪于我远隔霄汉，我的心思只好转向山林之中。灰心丧气地辞别了下杜，飘飘摇摇地渡过了浊泾。作为普通儒生的我依旧穿着平民的短衣，到处飘泊像一株无根的浮萍。遭逢荒年儿女们面黄肌瘦，日暮途穷使我泪洒涕零。主人顾念我这饱经风尘的老马，在官署里收容了我这为时不久的秋萤。旅居生活哪有开心之理？穷愁所迫每每沉醉不醒。何时才能摆脱世俗的牵累，乘风驾浪在海上驰骋？

## 奉先刘少府新画山水障歌

**【题解】**此诗当作于天宝十三载（754）秋冬之际，时杜甫在奉先县寓居。奉先县尉刘单新画一幅山水屏障，杜甫写此诗以赞画艺精绝，并由此生发归隐之兴。

**【原诗】**堂上不合生枫树，怪底江山起烟雾。闻君扫却赤县图①，乘兴遣画沧洲趣。画师亦无数，好手不可遇。对此融心神，知君重毫素。岂但祁岳与郑虔②，笔迹远过杨契丹③。得非玄圃裂④？无乃潇湘翻？悄然坐我天姥下⑤，耳边已似听清猿。反思前夜风雨急，乃是蒲城鬼神入⑥。元气淋漓障犹湿，真宰上诉天应泣。野亭春还杂花远，渔翁暝踏孤舟立。沧浪水深青溟阔，欹岸侧岛秋毫末。不见湘妃鼓瑟时⑦，至今斑竹临江活。刘侯天机精，爱画入骨髓。自有两儿郎，挥洒亦莫比。大儿聪明到，能添老树巅崖里。小儿心孔开，貌得山僧及童子。若耶溪⑧，云门寺⑨，吾独胡为在泥滓？青鞋布袜从此始⑩。

**【注释】**①赤县：唐时京都所辖的县称赤县。此指奉先县。 ②祁岳：唐代名画家。郑虔：唐代名画家。 ③杨契丹：隋代名画家。 ④玄圃：在昆仑之巅，传说为仙人所居之处。 ⑤天姥：山名，在浙江省新昌县东。

杜甫青年时曾游。 ⑥蒲城：奉先县的原名。 ⑦湘妃：舜的二妃娥皇、女英，善鼓瑟。舜死于苍梧之野，二妃赶至，泪水染竹成斑。 ⑧若耶溪：在浙江省绍兴县南若耶山下。杜甫青年时曾游。 ⑨云门寺：故址在绍兴县南。 ⑩青鞋布袜：出家人的服饰。

**【译文】**厅堂上不该长出枫树啊，更可怪的是竟然出现了一片江山，其中缭绕着云和雾。噢，听说你画了一幅奉先县图，又乘兴画出了隐士们的留连处。画师数不胜数，却难遇见高手。我的心神已融入这幅画，深深感到你重视绘画艺术。岂只是高于祁岳和郑虔，你的笔迹已远远超过了杨契丹。瞧这画面上，这儿莫不是玄圃山开裂？这儿莫不是潇湘水翻卷？啊，我好像静悄悄地坐在天姥山下，那清越的猿啼也已传到耳边。回想前天夜里雨骤风急，那该是你的画惊动了鬼神来奉先；你的画元气淋漓至今仍湿润，天神将此情上诉给天帝，那天帝自会感动得泪洒漫天雨。画面上，春天的绿色脚步回到野亭旁，丛杂的野花铺向远方；渔翁站在孤舟上，在暮色中遐想；清清的江水像碧海一样浩渺，远处歪歪斜斜的岸和岛，像秋兽毫尖一样细小；当年湘妃鼓瑟时，那泪染的斑竹如今长在这江边上。刘侯你是绝顶天才，爱画爱到骨髓里。你的两个小儿郎，挥笔作画也没人能比。大儿聪明劲儿一来，能添棵老树在巅崖里；小儿心眼儿开了窍，能画出山僧和童子。你的画使我想起清幽的若耶溪，想起远离红尘的云门寺，我为啥还独独挣扎在尘世？从此我要穿上青鞋布袜去隐居。

## 上韦左相二十韵

**【题解】**此诗当作于天宝十四载（755）初春，时杜甫在长安。韦左相，指韦见素。天宝十三载八月，因秋涝而罢免了陈希烈的相职，由韦见素为左相。韦见素于天宝五载任吏部侍郎，典选累年，铨叙平允，颇得好评。杜甫萌生仕进希望，便写此诗以赠。诗赞其入相及时，品望之高，写自己穷困潦倒，望其汲引。

**【原诗】**风历轩辕纪①，龙飞四十春②。八荒开寿域，一气转洪钧。霖雨思贤佐③，丹青忆旧臣④。应图求骏马，惊代得骐骥⑤。沙汰江河浊⑥，调和鼎鼐新。韦贤初相汉⑦，范叔已归秦⑧。盛业今如此，传经固绝伦⑨。豫樟深出地⑩，沧海阔无津。北斗司喉舌⑪，东方领搢绅⑫。持衡留藻鉴⑬，听履上星辰⑭。独步才超古，余波德照邻。聪明过管辂⑮，尺牍倒陈遵⑯。岂是池中物⑰？由来席上珍⑱。庙堂知至理，风俗尽还淳。才杰俱登用，愚蒙但隐沦。长卿多病久⑲，子夏索居频⑳。回首驱流俗，生涯似众人。巫咸不可问㉑，邹鲁莫容身㉒。感激时将晚，苍茫兴有神。为公歌此曲，涕泪在衣巾。

**【注释】**①凤历：岁历，记载年月日的历本。《左传·昭公十七年》：“我高祖少皞挚之立也，凤鸟适至，故纪于鸟，为鸟师而鸟名，凤鸟氏，历正也。”杜预注：“凤鸟知天时。故以名历正之官。”历正，主治历数、正天时之官。少皞，黄帝（轩辕）之子，名挚，传说为古代东夷集团的首领，以鸟为图腾，以鸟名为官名。 ②龙飞：指玄宗即位。玄宗即位始于公元712年，至此时（755年）已历43年，诗云“四十春”是举其整数。 ③霖雨：指头一年秋雨连绵六十余日。古人认为旱涝之灾是宰相之过。 ④丹青：此指史籍。旧臣：指韦见素。韦见素曾在相王（睿宗即位前封此）府任职，故称。 ⑤骐骥：日行千里的良马。喻韦见素。 ⑥沙汰：淘汰。指罢李希烈。 ⑦韦贤：《汉书·韦贤传》载，本始三年，韦贤代蔡义为丞相，封扶阳侯。此借同姓比韦见素。 ⑧范叔：《史记·范雎传》载，范雎，字叔，战国魏人，游说秦昭王，昭王听其谋，取得军事上的胜利，以功拜相，封应侯。此借称韦见素将为朝廷建功。 ⑨“传经”句：史载，韦贤兼通经书，少子玄成又以明经仕至丞相。此借称韦见素。 ⑩豫樟：樟树，常绿乔木，木质优良，具有香气。 ⑪“北斗”句：《后汉书·李固传》：“今陛下之有尚书，犹天之有北斗也。斗为天喉舌，尚书亦为陛下喉舌。”韦见素入相前曾任吏部侍郎。侍郎为尚书之副。 ⑫“东方”句：《书·康王之诰》：“毕公率东方诸侯，入应门右。”时韦见素为丞相，率百官，故称。 ⑬藻鉴：品藻和鉴别人才。引申为担任品评鉴别人才的职务。韦见素以前任吏部侍郎，即负此责。 ⑭“听履”句：《汉书·郑崇传》载，尚书仆射郑崇屡次上朝直谏，以致汉哀帝都能识别他的履声。此借比韦见素。 ⑮管辂：三国时魏人，聪明过人，幼时号为神童，精通天文。《唐书》亦有韦见素善观天象的记载。 ⑯陈遵：西汉人，精于文辞、书法，给人写信，收信人皆藏为珍品。 ⑰池中物：《三国志·吴书·周瑜传》载，周瑜称刘备有枭雄之姿，有关、张二位虎将，恐其如蛟龙得云雨，终非池中物。 ⑱席上珍：《礼记·儒行》载，孔子曾说儒士身怀才德，有如席（草垫）上的宝玉，以待聘问。 ⑲长卿：司马相如，素有糖尿之疾。 ⑳子夏：孔子弟子，因丧子而失明，曾子批评他过于伤心，他感叹道："吾离群而索居，亦已久矣。" ㉑巫咸：传说为古代神巫，名季咸，能知人生死、祸福。 ㉒邹鲁：孟子为战国邹（今山东邹县东南）人，孔子为春秋鲁人。邹鲁为儒家大师的诞生地，后因以指文化兴盛之地。此指长安。

**【译文】**依照黄历现在已是正月，玄宗即位已有四十余春。普天之下皆为太平盛世，乾坤之内又是日暖风熏。遭逢霖雨，皇上思得贤明的丞相；查阅史籍，追忆建有功勋的旧臣。按照图谱去寻求骏马，终于获得了您这惊世的骐骥。江河之水淘汰了污秽，您治理天下会政令一新。您像汉代的韦贤初任丞相，又像魏人范叔已然归秦。您会像范叔那样建树当今的伟业，传述经书必像韦贤那样举世绝伦。您的学识像豫樟树那样根基深固，您的襟怀像沧海一样广阔无垠。您曾身居吏部作过天子的喉舌，如今身为丞相统领朝廷的众臣。由于选才公允而久居吏部，今后会因直言屡谏而被皇上熟悉足音。您的才干可谓千古独步，留下的德泽可以广施四邻。心性之聪明超过管辂，文翰之隽美压倒陈遵。您并非池中之物终于乘时而起，您由来是儒席宝玉自然会被朝廷所聘。君王因您而明白至深的道理，民风因您而得以恢复淳真。如今世间的才杰都被征用，只有愚昧的我还在沉沦。像司马相如那样久缠诸病，像子夏那样孤苦日深。多年来一直随波逐流，平庸的生活有如众人。远古的巫咸已不可问卜，兴盛的京都难以容身。我感慨自己年华已老，而诗兴勃发却依然有神。我为丞相您唱出此曲，凄苦的眼泪洒满衣巾。

## 送蔡希鲁都尉还陇右因寄高三十五书记

**【题解】**此诗当作于天宝十四载（755）春，时杜甫已由奉先只身回到长安。题下原注："时哥舒入奏，勒蔡子先归。"据《通鉴》载，天宝十四载春，哥舒翰入朝，因患风疾，留住长安。都尉蔡希鲁先归陇右，杜甫写此诗为其壮行，并向高适致意。

**【原诗】**蔡子勇成癖，弯弓西射胡。健儿宁斗死，壮士耻为儒。官是先锋得，才缘挑战须。身轻一鸟过，枪急万人呼。云幕随开府①，春城赴上都。马头金匼匝②，驼背锦模糊。咫尺雪山路，归飞青海隅。上公犹宠锡，突将且前驱。汉使黄河远，凉州白麦枯③。因君问消息，好在阮元瑜④。

**【注释】**①开府："开府仪同三司"的简称，从一品官。史载，天宝十一载，陇右节度使哥舒翰加授此职。 ②匼（qià）匝：周匝环绕。 ③凉州：今甘肃武威县。白麦：麦的一种。陈藏器《本草》："河渭以西，白麦面凉，以其春种，关二时之气也。" ④阮元瑜：阮瑀，字元瑜，汉末文学家，为曹操司空军谋祭酒。此借称高适。此时高适在陇右节度幕府掌书记。

**【译文】**蔡都尉你勇武成癖，弯弓西向射杀敌兵。健儿宁可格斗而死，壮士耻于作个书生。你的官职是凭着冲杀在先得到的，你的才干是缘于对敌挑战的磨练。腾身轻捷如同一鸟飞过，枪法急骤杀得万人惊呼。你随同哥舒翰将军，在春季回到京都。马头上环匝着黄金宝络，驼背上蒙盖着错杂的锦绣。而今要飞归青海驻地，遥远的雪山路在你脚下也仅是咫尺之途。哥舒将军蒙受恩宠尚留京都，你身为猛将将独自前往。你如张骞寻找黄河源头那样远涉边地，抵达时凉州的白麦已经枯黄。我想托你询问高适的近况，祝他在军中身体安康。

## 夜闻许十一诵诗爱而有作

**【题解】**此诗当作于天宝十四载（755），时杜甫在长安。诗赞许氏佛心诗道的高妙。

**【原诗】**许生五台宾①，业白出石壁②。余亦师粲可③，身犹缚禅寂。何阶子方便，谬引为匹敌。离索晚相逢，包蒙欣有击。诵诗浑游衍，四座皆辟易。应手看捶钩④，清心听鸣镝⑤。精微穿溟涬，飞动摧霹雳。陶谢不枝梧[6]，风骚共推激[7]。紫燕自超诣[8]，翠驳谁剪剔[9]？君意人莫知，人间夜寥阒。

【注释】①五台：山名，为佛教胜地。 ②业白：谓学佛，做善事。白，白业，佛教以善业为白业。 ③粲可：佛教两位祖师，僧粲、慧可。 ④捶钩：《庄子·知北游》言，大司马家有捶钩工人，少年即善锻钩，年八十而技艺愈精。钩，腰带。 ⑤鸣镝：响箭。发射时有声。 ⑥陶谢：陶渊明、谢灵运。 ⑦风骚：《国风》与《离骚》。 ⑧紫燕：骏马名。《西京杂记》载，文帝有良马九匹，其一曰紫燕骝。 ⑨翠驳：古代传说中的神兽，喜食虎豹。

【译文】许先生曾在五台山上修身，学成善业而走出山门。我也从师学习佛法，却仍未解开禅理的疑云。今日何缘能登上您的方便之门，被您谬引为彼此相当的人。我离群索居与您相逢恨晚，十分庆幸您能启开我的蒙昧之心。夜间您吟诵诗作从容不迫，满座宾客都惊愧闪躲。您诗艺纯熟宛如巧匠捶钩，文心清正似闻鸣镝飞过。立意精微可揭造化之理，气势磅礴足能压倒霹雳。陶谢二公不可与您对垒，风骚的传统被您承继。您的诗像紫燕骝独超凡俗，像雄健的翠驳无须剪剔。您的诗意世人莫知，人间的夜晚是这般的沉寂！

## 戏简郑广文兼呈苏司业

【题解】此诗当作于天宝十四载（755），时杜甫在长安。郑虔，广文馆博士，诗书画兼擅，玄宗赞之“郑虔三绝”。苏司业，苏源明，任国子司业。二人皆为杜甫至交。诗以戏语作悲歌。

【原诗】广文到官舍，系马堂阶下。醉则骑马归，颇遭官长骂。才名三十年，坐客寒无毡。赖有苏司业，时时乞酒钱[1]。

【注释】①乞（qì）：给与。苏源明曾作过东平太守，后又任国子司业，较富裕。

【译文】广文先生到官署去上班，随手把马系在堂阶下。酒醉之后便骑马回归寓所，总是遭到官长的臭骂。独擅才名已有三十年，家里穷得没有一块待客的坐毡。仰赖有位朋友苏司业，时时周济些打酒的钱。

## 白水明府舅宅喜雨得过字

【题解】此诗当作于天宝十四载（755）夏，时杜甫在白水县（今陕西白水县）。舅父崔顼为白水县令。杜甫家属寓居奉先县，白水在奉先北面。诗赞舅父政绩，且抒喜雨之情。

【原诗】吾舅政如此，古人谁复过？碧山晴又湿，白水雨偏多。精祷既不昧，欢娱将谓何？汤年旱颇甚[①]，今日醉弦歌。

【注释】①“汤年”句：史载，汤时有七年之旱，祷于桑林而久不雨。

【译文】我的舅父有这么好的政绩，试问哪位古人能够超过？碧绿的山野晴而又雨，白水县这个湿润的名字果然雨水偏多。舅父精诚的祈祷既然感动了天公，欢乐的心情又将如何诉说？想起那商汤尚有七年大旱，今日我们却能沉醉于弦歌。

## 九日杨奉先会白水崔明府

【题解】此诗当作于天宝十四载（755）重阳，时杜甫在奉先县。奉先县令杨某是杜甫夫人杨氏的宗亲，重阳节时，与白水县令崔顼举行宴会，杜甫坐陪，写此诗以助兴。

【原诗】今日潘怀县[①]，同时陆浚仪[②]。坐开桑落酒[③]，来把菊花枝。天宇清霜净，公堂宿雾披。晚酣留客舞，凫舄共差池[④]。

【注释】①潘怀县：西晋文学家潘岳，曾任怀县县令。此借比杨奉先。②陆浚仪：西晋文学家陆云，曾任浚仪县令。此借比崔明府。　③桑落酒：古代美酒名。　④凫舄：鞋子。传说东汉时叶县县令王乔，点化双鞋成双凫，骑之而至京都。后因用为咏地方官的故实。

【译文】当代的潘岳县令举办宴会，宴请当代的陆云县令。宾主畅饮桑落美酒，采来菊花以助雅兴。此时清霜万里天宇洁净，夜雾消散公堂澄明。天晚酒酣主人留客共舞，参差的舞步书写着豪情。

## 官定后戏赠

【题解】此诗当作于天宝十四载（755）十月，时杜甫在长安。题下原注："时免河西尉，为右卫率府兵曹。"天宝十四载十月，困居多年的杜甫得到了授河西县尉的任命，他没有接受，不久，改任"右卫率府兵曹参军"，掌太子的卫戍、仪仗事务。杜甫素怀辅国大志，今得此小官（从八品下）未免心寒，然而迫于生活，只好屈就。此诗即表达授官后的这种心情。戏赠，以戏语自赠。

【原诗】不作河西尉，凄凉为折腰①。老夫怕趋走，率府且逍遥②。耽酒须微禄，狂歌托圣朝。故山归兴尽，回首向风飙。

【注释】①折腰：指拜迎官长。县尉是风尘小吏，官阶九品。 ②率府：全称为"太子左右卫率府"，置有仓、兵、胄三曹参军。公事不多。

【译文】不去作那河西县尉，那种拜迎官长的凄凉生涯我可受不了。再说身体欠佳害怕奔走劳碌，率府清闲权且落个自在逍遥。喜欢饮酒总须要有一点俸禄，纵情高歌也须托庇于圣朝。归乡的兴致已不复存在，面迎狂风不禁频把头摇。

## 去矣行

【题解】此诗当作于天宝十四载（755）得官之后，时杜甫在长安。诗写对官场生活的不适，有弃官之想。

【原诗】君不见鞲上鹰①，一饱即飞掣。焉能作堂上燕，衔泥附炎热。野人旷荡无靦颜，岂可久在王侯间？未试囊中餐玉法[②]，明朝且入蓝田山[③]。

【注释】①鞲（gòu）：放鹰人所戴的臂套。 ②餐玉法：《魏书》载："李预居长安，每羡古人餐玉之法，乃采访蓝田，躬往攻掘，得玉石大小百余，磨为玉屑，每日服食。" ③蓝田山：在长安东南三十里，产玉，又名玉山。

【译文】君不见那鞲上的鹰，一旦吃饱就飞走。怎能作那堂上的燕，衔泥筑巢依附于人。鄙人生性旷荡缺少一副厚脸皮，岂可长久俯仰于王侯间？未及一试囊中装的食玉法，明天将进入那盛产玉石的蓝田山。

## 奉同郭给事汤东灵湫作

【题解】此诗当作于天宝十四载（755）十月，时杜甫在长安。郭给事，名不详，给事，官职名。汤东，即骊山（在长安东六十里）温泉之东，其地有灵湫池，传说龙居其中。杜甫与郭给事游于此处，郭氏有诗，杜甫作此诗以唱和。诗写骊山华清宫地形，及玄宗冬季临幸之盛况，又写灵湫神异，天子祭龙典礼，影射玄宗宠信安禄山，致使禄山势不可制。全诗为忧乱之作。

【原诗】东山气濛鸿[①]，宫殿居上头。君来必十月，树羽临九州。阴火煮玉泉，喷薄涨岩幽。有时浴赤日，光抱空中楼。阆风入辙迹[②]，旷原延冥搜[③]。沸天万乘动，观水百丈湫。幽灵斯可怪，王命官属休。初闻龙用壮，擘石摧林丘。中夜窟宅改，移因风雨秋。倒悬瑶池影[④]，屈注沧江流。味如甘露浆，挥弄滑且柔。翠旗淡偃蹇，云车纷少留。箫鼓荡四溟，异香泱漭浮。鲛人献微绡[⑤]，曾祝沉豪牛。百祥奔盛明，古先莫能俦。坡陀金虾蟆[⑥]，出见盖有由。至尊顾之笑，王母不遣收[⑦]。复归虚无底，化作长黄虬[⑧]。飘飘青琐郎[⑨]，文采珊瑚钩。浩歌渌水曲[⑩]，清绝听者愁。

【注释】①东山：指骊山，在长安东，上建有华清宫，有温泉池，玄宗每年十月必来此避寒。 ②阆风：《十洲记》载，昆仑山有三角，其一角正北曰阆风巅。这里借喻骊山。 ③旷原：《穆天子传》载，穆天子从西王母处，北行一千九百里，至于旷原之野去射猎。此借喻玄宗祭祀灵湫之荒游。 ④瑶池：传说为神仙居住之地，西王母曾于此处宴请周穆王。此借指骊山行宫。 ⑤鲛人：传说为居住水中的异人，善织绡，价百金。 ⑥金虾蟆：金背蛤蟆。古时以为它的出现是一种征兆。此隐指安禄山。史载，安禄山勾通贵妃，誓为母子，出入宫掖。杨国忠曾言禄山必反，玄宗不听，且于骊山华清宫召见之。 ⑦王母：唐人多以王母比杨贵妃。收：拘禁。 ⑧虬：无角之龙。暗喻安禄山将叛逆称帝。 ⑨青琐郎：指郭给事。 ⑩渌水：古曲名。渌水曲，借指郭给事所作灵湫之诗。

**【译文】**骊山一带云气混沌，天子的行宫高居上头。每年十月君王必来临幸，耸立的仪仗下临九州。地中之火煮热了玉泉，泉水喷涌涨满了山岩的幽深之处。有时天子在池中洗浴，光辉映照着山上的高楼。宛如昆仑阆风巅似的骊山印上了天子的辙迹，像周穆王远猎旷原一样尽力寻幽。皇上一动连天地都随之沸腾，前去观水来到百丈深的灵湫。这里的幽灵是很可怪的，君王命令百官休沐以祭祀。以前曾听说有龙逞其强力，劈开巨石把林丘摧毁，半夜里更改所居的窟穴，搅动起漫天的秋风秋雨。如今湫水平静倒映着行宫的姿影，沧江之水向湫中流注。水味甜美如同甘露，以手拨弄觉得又滑又柔。天子的翠旗在池边高高飘扬，嫔嫱们的云车也稍作停留。箫声鼓乐震荡四海，浓郁的香烟在天地间飘浮。鲛人向灵湫献上精美的绡纱，主祭的重臣往水中沉入牦牛。众神都来朝向盛明之世，古代帝王没人能够相比。山坡上有一只金背蛤蟆，它的出现大概有其原由。天子看看它开心一笑，贵妃娘娘不肯把它拘留。它又跳入无底的深渊，恐怕会化作巨大的黄虬。俊逸潇洒的郭给事啊，你的文采华贵有如珊瑚钩。你高声歌唱渌水曲，清绝的声韵令听者忧愁。

## 自京赴奉先县咏怀五百字

**【题解】**此诗当作于天宝十四载（755）十一月，安史之乱前夕。杜甫得官后，去奉先探看家属，为沿途所见的荣枯之异和到家后得知幼子饿死等诸事所激发，创作了这首名诗。诗叙自己素怀济世之志却不得伸展，虽艰难困苦却又不愿改其初衷；深刻地揭露了当时君臣的腐化堕落，对社会上严重的贫富分化以及动乱的苗头表示了沉重的忧虑。全诗以“穷年忧黎元”

为主线，标志着诗人忧国忧民的现实主义创作思想已经形成，具有划时代的意义。它是杜甫困居长安十年的生活与思想的总结，在艺术上也已达到纯熟境地。

**【原诗】**杜陵有布衣①，老大意转拙。许身一何愚，窃比稷与契②。居然成濩落，白首甘契阔。盖棺事则已，此志常觊豁。穷年忧黎元，叹息肠内热。取笑同学翁，浩歌弥激烈。非无江海志，萧洒送日月。生逢尧舜君，不忍便永诀。当今廊庙具，构厦岂云缺？葵藿倾太阳，物性固难夺。顾惟蝼蚁辈，但自求其穴。胡为慕大鲸，辄拟偃溟渤？以兹悟生理，独耻事干谒。兀兀遂至今，忍为尘埃没？终愧巢与由③，未能易其节。沉饮聊自遣，放歌破愁绝。岁暮百草零，疾风高冈裂。天衢阴峥嵘，客子中夜发。霜严衣带断，指直不能结。凌晨过骊山④，御榻在嵽嵲。蚩尤塞寒空⑤，蹴踏崖谷滑。瑶池气郁律，羽林相摩戛。君臣留欢娱，乐动殷胶葛。赐浴皆长缨，与宴非短褐。彤庭所分帛，本自寒女出。鞭挞其夫家，聚敛贡城阙。圣人筐篚恩，实愿邦国活。臣如忽至理，君岂弃此物？多士盈朝廷，仁者宜战栗。况闻内金盘，尽在卫霍室⑥。中堂舞神仙，烟雾蒙玉质。煖客貂鼠裘，悲管逐清瑟。劝客驼蹄羹，霜橙压香橘。朱门酒肉臭，路有冻死骨。荣枯咫尺异，惆怅难再述。北辕就泾渭，官渡又改辙⑦。群冰从西下，极目高崒兀。疑是崆峒来⑧，恐触天柱折。河梁幸未坼，枝撑声窸窣。行旅相攀援，川广不可越。老妻寄异县，十口隔风雪。谁能久不顾？庶往共饥渴。入门闻号咷，幼子饿已卒。吾宁舍一哀，里巷犹呜咽。所愧为人父，无食致夭折。岂知秋禾登，贫窭有仓卒。生常免租税，名不隶征伐。抚迹犹酸辛，平人固骚屑。默思失业徒，因念远戍卒。忧端齐终南⑨，澒洞不可掇⑩。

**【注释】**①杜陵：在长安城南，杜甫曾在此居住。 ②稷与契：稷是周代的祖先，教民播种五谷；契是商代的祖先，推行文化教育。二人都是古代贤臣。 ③巢与由：巢父和许由，是古代两位避世隐居的高士。 ④骊山：在长安东六十里处，山中有温泉，建有华清宫，为皇帝避寒之所。 ⑤蚩尤：传说中能造雾的人，此以人代物。 ⑥卫霍：卫青、霍去病，是汉代的外戚。此指杨氏贵族。 ⑦“官渡”句：官府在泾渭二水的汇合处昭应（今临潼）设渡口，因水势不定，渡口常移。 ⑧崆峒：山名，在今甘肃省平凉县，是泾水发源地。 ⑨终南：山名，在长安城南。 ⑩澒(hòng)洞：相连无际貌。

**【译文】**我这个住在杜陵的布衣之士，年纪越大心思反而越拙笨。我对自己的期许是多么愚蠢啊，竟然暗自比为稷契二贤臣。果然是大而无当，失败了，但我甘愿这样艰难困苦地活到老。如果死了，那就罢了；倘若还有一口气，我总还是希望实现自己济世爱民的理想。一年到头为百姓而忧伤，叹息之中，内心火辣辣地难过。自己的志向常被同学翁们所取笑，但理想之歌却迎着嘲笑更加激昂高亢。我不是没有隐逸江湖的志趣，不是不愿过那种潇洒的生活；只是因为生逢尧舜一样圣明的君主，不忍心掉头而去，永远离开。当今撑住朝廷巨厦的栋梁之材，难道说缺乏吗？葵藿之叶始终朝向太阳，它的本性当然是难以改变的。回过头看一看，想一想，那些蝼蚁之辈只知道经营自己的安乐窝；我为什么就羡慕那大鲸，总想实现云水之志？从蝼蚁辈那里我懂得了谋生之道，然而我却以屈身拜谒权贵为耻辱。艰难困苦的生活就这样延续到现在，但我决不忍心被世俗的尘埃所埋没。终究愧对于巢父和许由这两位高士，我实在不能改变积极入世的大节。只好沉饮聊以自我排遣，放声歌唱以宽解愁怀。时当年末，百草凋零，猛烈的北风冻裂了高山岩石。天空阴云密布，寒气阴森。半夜时分，我从长安启程。严酷的霜雪冻断了衣带，冻僵的手指难以把它系上。凌晨时路过骊山下，皇上的卧榻设在高山的行宫里。大雾弥天，崖谷路滑，每走一步都提心吊胆。而行宫里的温泉池却蒸腾着暖气，宫外的禁卫军密密层层，兵器如林相互碰撞。骊山上的音乐声震天动地，君臣留在行宫里通宵达旦地欢娱。被皇帝赐浴温泉的都是达官显贵，赐与宴餐的没有一个是平头百姓。想那朝廷里分给臣子的素帛，本是贫寒的女子织成的；官吏们横征暴敛，鞭挞其夫，把这些素帛进贡给宫廷。皇上把一筐一筐的素帛恩赐给群臣，本意是想奖励他们努力工作以使国家兴盛。作臣子的如果忽视这一至高道理，那么皇上岂不是把这些东西白白扔掉了？众多的官吏站满了朝廷，那些有良心的见到这种单纯追求赏赐而不为国家分忧的现象，是应该感到后果可怕的。何况听说宫廷里的珍宝器物，都已流落到皇亲国戚的家里。想那中堂之上，杨氏姐妹在翩跹起舞，透过轻烟一样的舞衣，洁白的肌肤依约可见。给宾客穿轻暖的貂皮大衣，奏起激昂的管乐和清细的弦乐；劝宾客品味驼蹄羹，饭后又端上一盘盘霜橙和香橘。宫廷内酒肉堆积变了味，宫外路上横陈着冻死者的尸骨。咫尺之间就有如此的荣枯之异，我惆怅的心已被泪水涨满，还能再说些什么！向北行进来到泾渭二水会合处，渡口移动了位置，只好改道寻找。找到新的渡口却又无船可渡，只见层层冰块从西面漂流而下，放眼望去，上游的冰凌像山一样高，仿佛是崆峒山顺水漂来，真担心会撞断天柱啊！幸好桥梁没有断裂，但是支柱已然窸窣作响。旅行的人相互搀扶着走在上面，真担心不能平安通过这么宽的河面。老妻寄居在异地他乡，严冬的风雪隔断了一家十口。身为妻夫子父，谁能长期不顾及她们？我希望前往与她们共受饥寒。刚一进门就听到号啕痛哭，原来我的小儿已被活活饿死。即便我能忍住哀痛，街坊邻居也要为此而呜咽流泪。所感愧的是我作为孩子的父亲，能生不能养，致使这小小生命竟因无食而夭折。哪里料到眼下大秋刚过，我们贫苦人家仍然不免于意外的悲伤！我们这样的人家是免交租税的，也是不用去当兵的，然而思量自身的经历还是这样的辛酸，至于一般的平民百姓，他们的日子当然是更为动荡不安。我于是默默地思虑那些失去产业的人，还有那些扔下一家老小远戍边塞的士兵。我的忧思啊与高耸入云的终南山齐巅，像汹涌无边的大海无法收敛。

## 后出塞五首

**【题解】**这组诗当作于天宝十四载（755）冬，安禄山反唐之初。安禄山本是胡人，以战功屡晋官职，深受玄宗宠信，掌握了重兵，遂萌反叛之心，原想玄宗死后发难，因杨国忠与他作对，便于天宝十四载十一月起兵范阳。依时间推算，杜甫此时当在奉先。这组诗通过一个从范阳叛军中逃回来的士卒的自述，揭露安禄山的反唐真相，并揭示酿成灾难的原因在于天子的好大喜功，养虎贻患。表现手法与《前出塞九首》相同，但情调气氛却有很大的差别。

### 其　一

**【原诗】**男儿生世间，及壮当封侯。战伐有功业，焉能守旧丘？召募赴蓟门①，军动不可留。千金装马鞭，百金装刀头。闾里送我行，亲戚拥道周。斑白居上列，酒酣进庶羞。少年别有赠，含笑看吴钩②。

【注释】①蓟门：旧址在今北京一带，属渔阳节度使安禄山管辖。 ②吴钩：春秋时吴国制造的一种弯形刀，甚锋利。后因以作宝刀的代称，兼有建功之意。

【译文】身为男儿活在世上，长大以后就该求取封侯。战争中自有功业可期，怎能死守着一丘故土？我应召募开赴蓟门，即将走上行军的旅途。我用千金购置了马鞭，用百金装备了刀头。乡亲们为我送行，亲朋好友拥簇在道边。头发斑白的长者坐在筵席上座，酒酣之后又摆上美味菜肴。一位少年朋友别有所赠，我带着笑意看他为我佩上吴钩。

## 其 二

【原诗】朝进东门营①，暮上河阳桥②。落日照大旗③，马鸣风萧萧。平沙列万幕，部伍各见招。中天悬明月，令严夜寂寥。悲笳数声动，壮士惨不骄。借问大将谁？恐是霍嫖姚④。

【注释】①东门：指洛阳东门。 ②河阳桥：在河南省孟津县，是以船为脚的浮桥。 ③大旗：指大将所用的红旗。《通典》："阵将门旗，各任所色，不得以红，恐乱大将。" ④霍嫖姚：汉武帝时霍去病为嫖姚校尉。此以比召募统军之将安禄山。

【译文】清早走进洛阳东门的军营，傍晚踏上河阳浮桥。西沉的太阳照着大将的红旗，战马嘶鸣，劲风呼啸。平坦的沙地上整齐地排列着上万座帐幕，各队的士兵分别被召集到所住的营号。当空悬挂着一轮明月，军令森严，夜晚显得十分寂寥。悲凉的笳声响了几遍，战士们心情凄惨，骄气全消。请问统军的大将是谁？恐怕是安禄山吧，他是当今的霍嫖姚。

## 其 三

【原诗】古人重守边，今人重高勋。岂知英雄主，出师亘长云。六合已一家，四夷且孤军。遂使貔虎士，奋身勇所闻。拔剑击大荒，日收胡马群。誓开玄冥北①，持以奉吾君。

【注释】①玄冥：传说中的北方水神。此指极北之地。

【译文】古代的边将重视的是守卫边疆，今天的边将重视的是获取高勋。哪里料到皇上又是位喜好战功的英雄之主，派出去开边打仗的军队像连绵不断的长云。本来天下已成为一家，却仍然向四方邻国挺进孤军。于是使得猛兽一样的战士，奋不顾身地冲向指令的地方。他们拔出宝剑去攻击荒远之地，每天俘获成群的胡马。主将发誓还要开拓那极北之地，把它拿过来奉献给我们的国君。

## 其　　四

【原诗】献凯日继踵①，两蕃静无虞②。渔阳豪侠地③，击鼓吹笙竽。云帆转辽海，粳稻来东吴。越罗与楚练，照耀舆台躯④。主将位益崇⑤，气骄凌上都。边人不敢议，议者死路衢⑥。

【注释】①“献凯”句：《通鉴》载：“天宝十三载四月禄山奏击奚破之，虏其王。十四载四月奏破奚、契丹。”　②两蕃：奚和契丹。　③渔阳：今河北蓟县一带。　④舆台：周代把人分成十等：王、公、大夫、士、皂、舆、隶、僚、仆、台。此指安禄山的爪牙和家僮。　⑤“主将”句：《唐书》载，天宝七载，禄山赐铁券，封柳城郡公。九载，进爵东平郡王。⑥“议者”句：《禄山事迹》载，当时有人言安禄山有反意，玄宗将言者缚送禄山处置。

【译文】献捷的使者接连不断地开赴京都，奚和契丹已然平静不生事端。渔阳古来是豪侠会聚之地，如今处处笙歌一片欢娱。云帆转过渤海，运来东吴出产的粳米；越地的绫罗和楚地的白练，照耀着主将的爪牙仆从们的身躯。主将的官位日益尊崇，骄横之气凌犯京城。边地的人不敢议论此事，谁若议论就会被处死，挂在路边示众。

## 其　　五

【原诗】我本良家子，出师亦多门。将骄益愁思，身贵不足论。跃马二十年，恐孤明主恩。坐见幽州骑，长驱河洛昏。中夜间道归，故里但空村。恶名幸脱免，穷老无儿孙。

【译文】我本是清白人家的子弟，说起来也有过多次从军的经历。主将的骄横使我心增忧愁，自身的贵贱又何足挂齿！我跃马沙场已有二十年，唯恐辜负了明主的深恩。眼巴巴地看着幽州骑兵长驱南下，把黄河、洛阳践踏得一片昏暗。半夜时分我抄小路逃回来，故乡已成为一座空村。所幸的是脱免了叛逆的名声，却落了个穷困身老无儿无孙。

# 三、身陷叛军中及为官时期的作品

## （一）从奉先到鄜州

### 晦日寻崔戢李封

**【题解】**此诗当作于天宝十五载（756）正月晦日，时杜甫在奉先。此时安禄山调兵攻潼关。诗写国难之忧。

**【原诗】**朝光入瓮牖，尸寝惊敝裘①。起行视天宇，春气渐和柔。兴来不暇懒，今晨梳我头。出门无所待，徒步觉自由。杖藜复恣意，免值公与侯。晚定崔李交，会心真罕俦。每过得酒倾，二宅可淹留。喜结仁里欢，况因令节求②。李生园欲荒，旧竹颇修修。引客看扫除，随时成献酬。崔侯初筵色，已畏空樽愁。未知天下士，至性有此不？草芽既青出，蜂声亦暖游。思见农器陈，何当甲兵休？上古葛天民③，不贻黄屋忧④。至今阮籍等，熟醉为身谋⑤。威凤高其翔⑥，长鲸吞九州⑦。地轴为之翻，百川皆乱流。当歌欲一放，泪下恐莫收。浊醪有妙理，庶用慰沉浮。

**【注释】**①尸寝：像尸体一样躺直而睡。 ②令节：佳节。指正月晦日（正月的最后一天）。唐代以正月晦日、三月初三、九月初九为三个令节。③葛天民：葛天氏时候的百姓。葛天氏，上古帝王，传说其世风俗淳朴。④黄屋：古代帝王的车上以黄缯为里的车盖。 ⑤阮籍：魏晋诗人，时天下动乱，常以醉酒避祸。 ⑥威凤：有威仪的凤凰。指被罢相的张九龄等人。 ⑦长鲸：喻指安禄山。

【译文】早晨的阳光照进简陋的窗子，盖着破裘尸寝的我从梦中惊醒。起身出来仰视天空，春风渐渐变得和柔。游兴一来就不能闲懒了，今天早晨我才梳理蓬乱的头。出门不待车辆随从，徒步行走觉得自由。拄着藜杖任凭心意而行，且喜遇不到那些公侯。晚年与崔李二人定下交谊，彼此知心真是罕见的朋友。每次过访都能得到酒饮，二人的宅院可供我留步。欣喜与仁里结下欢情，何况因为佳节而被邀留。李先生的庭园几近荒芜，而陈年的竹树却十分修长清秀。领我进屋又去催人打扫庭院，应随节令为我摆设一席美酒。崔先生在酒宴开始的时候，脸色就已显出担心备酒不足的忧愁。我不知道普天下的人士，还有没有这种真情至性的人物。青青的草芽已经破土而出，暖暖的蜂声也开始浮游。总想能见到农具陈列在田野，如何才能使战争结束？上古时期葛天氏的百姓，从来不给帝王招致忧愁。如今我们这些人却像阮籍一样，用醉酒的办法谋全自身而未能为国分忧。有威仪的凤凰高高地飞走了，以致长鲸吞噬了九州。地轴因之而倾斜，百川都在乱流。面对歌舞我想放声一哭，又恐怕泪水滚下不能收住。浊酒里含有奇妙的功用，希望用它来宽慰无力回天的忧愁。

## 送率府程录事还乡

【题解】此诗当作于天宝十五载（756）二月，时杜甫由奉先回到长安，在右卫率府兵曹任上。率府录事，官职名。题下原注：“程携酒馔相就取别。”程氏自携酒食，登门向杜甫作别。诗叙二人交谊，及惜别之情。

【原诗】鄙夫行衰谢，抱病昏忘集。常时往还人，记一不识十。程侯晚相遇①，与语才杰立。薰然耳目开②，颇觉聪明入。千载得鲍叔③，末契有所及④。意钟老柏青，义动修蛇蛰。若人可数见，慰我垂白泣。告别无淹晷，百忧复相袭。内愧突不黔⑤，庶羞以周给。素丝挈长鱼，碧酒随玉粒。途穷见交态，世梗悲路涩。东风吹春冰，泱莽后土湿。念君惜羽翮，既饱更思戢。莫作翻云鹘，闻呼向禽急。

【注释】①程侯：指程录事。侯，古时对人的尊称。 ②薰然：和顺貌。

③鲍叔：鲍叔牙，春秋时人，与管仲交往，对其许多表现都能谅解，后来荐之为齐国相。鲍叔牙以善于知人而受世人称颂。 ④末契：谦称别人对自己的交谊。 ⑤突不黔：烟囱尚未熏黑。形容忙于世事，饮食无暇。语出《淮南子·修务训》："孔子无黔突。"

**【译文】**我行将衰老身体有病，头脑又昏乱又健忘。对于平常来往的人，十有八九已记不得。程先生是我晚年相遇的人，交谈中显示出卓立的才气。精辟的言论使我耳目油然而开，觉得增加了许多聪明智慧。您是千年之后再世的鲍叔牙，把宝贵的交谊及于我身。我们的情意持久，如同那青青的老柏；我们的义气厚重，可使蛰伏的长蛇惊动。如果您经常能与我相见，足可宽慰我这白发之人一颗痛苦的心。想到分别就在眼前，各种忧愁一齐袭上心头。我感愧事务繁忙，来不及为您饯行，您却拿来许多佳肴替我设宴。用洁白的丝绳提来长鱼，还带来碧酒和晶莹的白米。途穷之际才能看清世态人情，世事梗塞啊感慨生路的艰难。眼下东风吹化了早春的残冰，江河宽广大地湿润。感念您如此珍惜自己的羽翼，温饱之后就要把它敛起；不作那翻动云烟的猛鹘，一听到鸟鸣便急速地扑击。

## 白水崔少府十九翁高斋三十韵

**【题解】**此诗当作于天宝十五载（756）夏，当时战乱频急，奉先县受到威胁，杜甫从长安奔往奉先，携寓居在那里的家属向北转移，落脚在白水县。白水县尉崔十九是杜甫的舅父，把杜甫一家安置在高斋住下来。诗写行旅艰难，高斋景物，叙述舅父的款待之情，以及作者对战局的关切，希望朝廷将相协谋，以尽快平息叛逆。

**【原诗】**客从南县来，浩荡无与适。旅食白日长，况当朱炎赫！高斋坐林杪，信宿游衍阒。清晨陪跻攀，傲睨俯峭壁。崇冈相枕带，旷野迥咫尺。始知贤主人，赠此遣愁寂。危阶根青冥，曾冰生淅沥。上有无心云，下有欲落石。泉声闻复息，动静随所激。鸟呼藏其身，有似惧弹射。吏隐适情性①，兹焉其窟宅？白水见舅氏，诸翁乃仙伯。杖藜长松下，作尉穷谷僻。为我炊雕胡②，逍遥展良觌。坐久风颇怒，晚来山更碧。相对十丈蛟，欻翻盘涡坼。何得空里雷，殷殷寻地脉。烟氛蔼崷崒，魍魉森惨戚。昆仑崆峒巅③，回首如不隔。前轩颓反照，巉绝华岳赤。兵气涨林峦，川光杂锋镝。知是相公军④，铁马云雾积。玉觞淡无味，胡羯岂强敌！长歌激屋梁，泪下流衽席。人生半哀乐，天地有顺逆。慨彼万国夫，休明备征狄。猛将纷填委，庙谋蓄长策。东郊何时开⑤？带甲且未释。欲告清宴罢，难拒幽明迫。三叹酒食傍，何由似平昔？

**【注释】**①吏隐：虽居官位而与隐者相似，谓官职低微。 ②雕胡：茭白的子实，即菰米，煮熟为雕胡饭。 ③崆峒：山名，在今甘肃平凉县西。④相公：指哥舒翰。时哥舒翰以尚书左仆射、同中书门下平章事之职，领兵守潼关抗叛军。潼关属华州，故作者望华山而作潼关之想。 ⑤东郊：指潼关，因其在京都之东，故称。此时潼关闭以拒敌，开关迎敌应在取得决胜把握之后。

**【译文】**我从南边奉先县而来，一路奔波不定心情不畅。旅居生活使我觉得白天格外长，何况正当炎酷的盛夏！高斋坐落在林梢之际十分宁静，连住了两夜得以宽心地游乐。清晨起来陪同舅父登山，傲然睨视脚下的峭壁。高耸的群山相互枕带，辽远的旷野收在咫尺之内。方才知道贤惠的主人，赠此住处是让我排遣愁寂。高高的台阶铺砌在青山上，阴壑里层冰消融水声淅沥。头上有无心无欲的浮云，脚下有欲落未落的危石。泉水的声音时响时停，山间的动静随着溅激的有无而更替。鸟儿在树间藏身而鸣，似乎是担心弹丸射击。虽吏如隐的生活适合我的性情，这里莫非就是我的藏身之地？在白水县有幸见到舅父，各位舅翁都是仙伯。拄着藜杖站在高大的松树下，在偏僻的深谷作县尉是多么悠闲！舅父为我蒸熟菰米饭，逍遥自得地引我与各位舅翁见了面。久坐之后山风变得十分急剧，傍晚时的山色更加青碧。对面山涧里突然腾起十丈蛟龙，巨大的形体搅碎了旋涡。雷声骤响而不知起于何处，轰隆隆如在地底连续碾动。烟云笼罩的高山像精怪一样森然而立，令人心情凄惨。回首眺望西面的昆仑和崆峒，都像近在眼前。前轩落下夕阳的余晖，高险的华山呈现赤色。那里的山林间涨满战争气氛，水光中杂着兵器的光芒。料知那是哥舒翰的部队在驻防潼关，战马之多如同云雾屯集。想到战争便觉得玉杯的美酒索然无味，那安禄山逆贼岂能说是强敌？一曲长歌激荡于屋梁之间，凄泪点点滴落于座席。人生一世哀乐参半，天地之间有顺有逆。感慨那些来自全国各地的士兵，修成美好的品德准备征讨顽敌。勇猛的将军纷纷汇集，朝廷制定出万全不败之计。潼关的大门何时敞开迎敌？眼下应暂且枕戈披甲闭关防御。我想请求结束这场美好的酒宴，因为难以抗拒夜色的进逼。在筵席旁边我连叹三声，怎样才能回复以往的太平年景？

## 三川观水涨二十韵

**【题解】**此诗当作于天宝十五载（756）夏，当时叛军攻破潼关，白水受敌，杜甫携家北逃，经华原县、三川县，直奔鄜州。经三川县时，遇山洪泛滥，诗写全家人艰难跋涉的情事。三川县（治所在今陕西富县南）属于鄜州（今陕西富县），因华池水、黑水、洛水三水会同而得名。

**【原诗】**我经华原来，不复见平陆。北上唯土山，连天走穷谷。火云出无时，飞电常在目。自多穷岫雨，行潦相豗蹙①。蓊匒川气黄②，群流会空曲③。清晨望高浪，忽谓阴崖踣。恐泥窜蛟龙，登危聚麇鹿。枯查卷拔树④，礌磈共充塞⑤。声吹鬼神下，势阅人代速。不有万穴归，何以尊四渎⑥？及观泉源涨，反惧江海覆。漂沙圻岸去，漱壑松柏秃。乘陵破山门⑦，回斡裂地轴⑧。交洛赴洪河⑨，及关岂信宿？应沉数州没，如听万室哭。秽浊殊未清，风涛怒犹蓄。何时通舟车，阴气不黪黩⑩？浮生有荡汩，吾道正羁束。人寰难容身，石壁滑侧足。云雷屯不已，艰险路更跼。普天无川梁，欲济愿水缩。因悲中林士，未脱众鱼腹。举头向苍天，安得骑鸿鹄？

**【注释】**①豗（huī）蹙：撞击。 ②蓊匒（kē）：弥漫，充塞。 ③空曲：广阔回环。 ④查："楂"的本字，水中的浮木。 ⑤礌磈（lěi kuài）：石块。 ⑥四渎：指长江、黄河、淮河、济水。 ⑦乘陵：水势上升。山门：当指寺庙。 ⑧地轴：古代传说中大地的轴。 ⑨洪河：黄河。 ⑩黪黩（cǎn dú）：混浊不清貌。

**【译文】**我经过华原县来到三川县，眼前连一块平坦的陆地也看不见。北行唯见连绵的土山，在这荒僻的山谷里一连走了好几天。盛夏的火云不时涌现，闪电常常飞在眼前。荒凉的山中不停地下雨，山沟里的流水浊浪相击。昏黄的水气弥漫山谷，众水汇合奔腾回环汪洋无际。清晨眺望涨高的水浪，忽觉一夜之间阴崖变低。蛟龙担心被泥水淤住而窜出水面，麋鹿登上高坡聚集在一起。干枯的木头和拔起的树木一同在水中翻滚，巨大的石块堆在一处堵住了水口。洪水憋得发出鬼哭神号的咆哮声，水势的变迁令人产生隔世之感。由此我才懂得如果没有千万条泄洪的孔道，那江、河、淮、济绝不会被历代人们所尊崇。看到上游涨了这么大的水，我真担心是江海发生了倒涌。洪水冲刷着岸边的沙石，直到把曲岸冲崩。洪水涤荡着山壑，直到把松柏枝叶扫净。高涨的浪头冲毁了山寺，回旋的暗流摧折了地轴。洪水汇合洛水奔赴黄河，用不了两夜就会流到潼关。它会把几个州一同淹没啊，我的耳旁依稀传来万家哭声。满眼的浊流还远未清除，而风涛依然继续怒吼。何时才能恢复正常的交通？何时才能使阴气消除？人生都有动荡不安的时候，如今我正在走着艰难的道路。侧着脚走在光滑的石壁上，人间之大却无容身之处。云雷仍在屯聚不止，前面的路会更加难走。四野八荒既然没有桥梁，想渡过这茫茫大水就只好盼望洪水退落。我不禁为山林中的难民而悲伤，他们难以逃脱葬身鱼腹的恶果。我仰头面向苍天祈祷，如何让人们骑上鸿鹄以躲过这场灾祸？

## 避　地

**【题解】**此诗当作于肃宗至德元载（756）秋，时杜甫携家眷避难于鄜州附近的羌村。诗写生计艰难和复国希望。

**【原诗】**避地岁时晚，窜身筋骨劳。诗书遂墙壁，奴仆且旌旄。行在仅闻信①，此生随所遭。神尧旧天下②，会见出腥臊。

**【注释】**①行在：天子所至之处。玄宗入蜀，留下太子李亨主持抗敌。七月十三日，李亨即位于灵武（今宁夏灵武），是为肃宗，改年号为“至德”。　②神尧：指唐高祖李渊。

**【译文】**年纪老了，却还要为躲避灾难而迁居异地；到处藏身，筋骨已疲惫至极。诗书经典竟然用于贴糊墙壁，叛徒贼党竟然各拥旌旗。肃宗即位于灵武仅是传闻，我这一生只能任随遭逢。高祖开创的大唐天下，定会光复于胡兵的腥臊之中。

## 得舍弟消息二首

【题解】这组诗当作于至德元载（756）秋，时杜甫在羌村。舍弟，亲弟，杜甫有亲弟四人，名颖、观、丰、占，皆在战乱中失散。此处当指杜颖。诗写忆弟之情和忧国之思。

### 其　一

【原诗】近有平阴信①，遥怜舍弟存。侧身千里道，寄食一家村。烽举新酣战，啼垂旧血痕。不知临老日，招得几人魂？

【注释】①平阴：县名，今属山东。杜颖曾任齐州临邑（今山东临邑）主簿，当于战乱中流落平阴。

【译文】最近收到从平阴寄来的书信，可怜我弟还活在遥远的他乡。在这兵荒马乱的年代，你侧身行走在漫长的路上，寄食于荒远孤寂的村庄。眼下烽火高举激战又起，我那带血的眼泪重又下垂。不知我在垂暮之年，还能招得几人魂归。

### 其　二

【原诗】汝懦归无计，吾衰往未期。浪传乌鹊喜①，深负鹡鸰诗②。生理何颜面？忧端且岁时③。两京三十口，虽在命如丝。

【注释】①乌鹊喜：《西京杂记》载："乾鹊噪而行人至。"俗谓乌鹊报喜。②鹡鸰诗：《诗经》："鹡鸰在原，兄弟急难。"鹡鸰，水鸟名。诗言鹡鸰困于原野，相互呼救，以比喻兄弟间患难相救。　③岁时：一年。安史之乱爆发于755年11月，到此诗写作时将近一年。　④两京：长安、洛阳。代指杜甫与其弟杜颖的居地。鄜州属西京。杜颖家口在东京陆浑庄。

【译文】你由于胆怯不想归来，我由于衰老也没有前往的打算。空传了乌鹊报喜的俗谚，深负于鹡鸰相救的诗篇。生计艰难啊我还有何脸面活在世上？忧国的思绪已纠缠了将近一年。两京之地分居着你我两家三十口，虽说都还活着而性命却如细丝一般。

## （二）身禁长安

### 月　夜

**【题解】**此诗当作于至德元载（756）八月，杜甫在羌村得知肃宗在灵武（今属宁夏）即位的确切消息，便只身前往投奔，不料途中被叛军俘获，押回沦陷的长安。时当中秋，望月思亲，写此诗以记愁怀。

**【原诗】**今夜鄜州月①，闺中只独看。遥怜小儿女，未解忆长安。香雾云鬟湿，清辉玉臂寒。何时倚虚幌②，双照泪痕干？

**【注释】**①鄜州：今陕西富县，杜甫家属寄居鄜州西北三十里之羌村。此以鄜州代称之。　②虚幌：细薄的窗纱。

**【译文】**今夜鄜州上空的月亮，闺房中该是你独自在观望啦。可怜我那远方的小儿女，还不懂得思念陷身长安的父亲。你的膏脂染香的雾气浸湿了云鬟，清冷的月光该会使你玉臂生寒。何时才能相倚在细薄的窗纱前，让月光照耀着我们夫妻二人无泪的双脸？

### 哀王孙

**【题解】**此诗当作于至德元载（756）九月，时杜甫身禁长安。诗中通过描写未及随玄宗逃走的王孙的悲惨遭遇，概括沦陷后长安的苦难现实，同时也表达了光复京都的信念。

**【原诗】**长安城头头白乌，夜飞延秋门上呼①。又向人家啄大屋，屋底达官走避胡。金鞭折断九马死，骨肉不得同驰驱。腰下宝玦青珊瑚，可怜王孙泣路隅。问之不敢道姓名，但道困苦乞为奴。已经百日窜荆棘，身上无有完肌肤。高帝子孙皆隆准[②]，龙种自与常人殊。豺狼在邑龙在野，王孙善保千金躯。不敢长语临交衢，且为王孙立斯须。昨夜东风吹血腥，东来骆驼满旧都[③]。朔方健儿好身手，昔何勇锐今何愚[④]！窃闻天子已传位[⑤]，圣德北服南单于[⑥]。花门剺面请雪耻[⑦]，慎勿出口他人狙。哀哉王孙慎勿疏，五陵佳气无时无[⑧]！

**【注释】**①延秋门：长安城西门。天宝十五载六月九日，潼关失守。十二日凌晨，玄宗等从此门西逃。 ②高帝：指汉高祖刘邦。隆准：高鼻梁。《汉书·高祖记》："帝隆准龙颜。"《后汉书》："光武皇帝，高祖九世之孙也，隆准日角。" ③东来：指从洛阳而来。安禄山称帝，定都洛阳。 ④时哥舒翰率河陇朔方兵及蕃兵20万，拒守潼关，大败。 ⑤史载，七月十三日，李亨即位于灵武。一个月后，玄宗传位给李亨。 ⑥南单于：《光武纪》载，匈奴薁鞬日逐王比自立为南单于。又，玄宗曾告诉太子李亨："西北诸胡，我抚之素厚，汝必得其用。" ⑦花门：回纥。 ⑧五陵：汉代的五个陵墓，即长陵、安陵、阳陵、茂陵、平陵，在长安城北，唐时为贵族的居住区。

**【译文】**长安城头的白头乌鸦，夜间飞到延秋门上呼叫，皇上带着臣子从此门逃走了。乌鸦又飞到高宅敲啄屋顶，屋里的达官贵人也仓皇逃走以躲避胡兵。逃亡的君臣打断了马鞭累死了众多的马匹，甩下了亲生骨肉来不及一起逃生。有个王孙腰间挂着玉佩、青珊瑚，可怜巴巴地在长安街边上哭。问他的姓名他不敢说，只是说日子艰难请求收作奴仆。他已在荆棘丛中藏了上百天，身上没有一块完整的皮肤。汉高祖的子孙都生有高鼻梁，帝王的后代自然与平常人有不同长相。如今是豺狼占据京都，真龙退居荒野，王孙啊你可要善于保护千金之体。我不敢在交通路口与你长谈，只能小立片刻宽慰几句。昨夜东风吹来阵阵血腥，叛军从东边拉来满城骆驼要把京都洗劫一空。哥舒翰部下的朔方健儿都是好身手，只可惜当年的智勇如今不复存在。我私下里听说天子已经传位，肃宗的圣德已使北方的南单于钦服。回纥人割面血誓要为大唐雪耻，这个好消息可不能乱讲以防遭人暗算。你的处境实在可悲啊，切莫疏忽大意落入敌手。须知五陵的佳气永远不灭，国家的复兴已为时不久！

## 悲陈陶

**【题解】**此诗当作于至德元载（756）冬，时杜甫身禁长安。这年十月，肃宗命宰相房琯率军出击叛军，二十一日，与叛军战于咸阳县之陈陶斜（又名陈陶泽），官军大败。杜甫得知后，作此诗以记悲痛之怀。

**【原诗】**孟冬十郡良家子，血作陈陶泽中水。野旷天清无战声，四万义军同日死①。群胡归来血洗箭，仍唱胡歌饮都市。都人回面向北啼②，日夜更望官军至。

**【注释】**①《房琯传》载，房琯在与叛军交战中用古代车战法，而不顾天时地利，士卒伤亡四万余人。　②至德元载九月，肃宗政府由灵武南迁到彭原（今甘肃宁县），彭原在长安北面，故长安百姓“向北啼”。

**【译文】**孟冬十月，陕西十郡的良家子弟，鲜血流满了陈陶泽。野旷天清杀声已息，四万正义之师同日战死。叛军战罢归来，兵器上沾满了鲜血，如同用血洗过。他们唱着胡歌，在长安市上饮酒作乐。长安百姓背过脸去向北啼哭，日日夜夜更加盼望官军前来收复国都。

## 悲青坂

**【题解】**此诗当作于前诗稍后。房琯首战失利，于十月二十三日又与叛军交战于青坂，复败。诗写哀痛及焦虑。青坂，当在陈陶附近。

**【原诗】**我军青坂在东门，天寒饮马太白窟①。黄头奚儿日向西②，数骑弯弓敢驰突。山雪河冰野萧瑟，青是烽烟白人骨。焉得附书与我军？忍待明年莫仓卒③。

**【注释】**①太白：山名，在陕西武功县。此泛指山地。　②黄头：契丹别种。奚儿：胡人。《安禄山事迹》载：“禄山反，发同罗、奚、契丹、室韦、曳落河之众，号父子军。”　③卒：同“猝”。

【译文】我军驻在青坂东门，天寒地冻，饮马于荒山野谷。叛军的势力每日向西推进，他们无比骄横，即便是小股部队也敢弯弓驰突。山河覆盖着冰雪，大野萧瑟凄凉，青色的是烽烟，白色的是人骨。如何才能托人捎信给我军？请他们忍待明年形势好转，切不可再如此仓猝。

## 对　雪

【题解】此诗当作于至德元载（756）冬，时杜甫身禁长安。诗写战乱之忧和陷身之苦。

【原诗】战哭多新鬼，愁吟独老翁。乱云低薄暮，急雪舞回风。瓢弃樽无绿①，炉存火似红。数州消息断，愁坐正书空②。

【注释】①绿：指绿色的酒浆。　②《世说新语》载，晋人殷浩因治军无力被解职，终日以手在空中画“咄咄怪事”四个字。后用以表示愤懑不解的心情。

【译文】哭诉战争的是新近阵亡的众多冤鬼，愁苦吟诗的是我这孤苦无依的老头。乱云低压着黄昏的都城，急雪在回旋的寒风中飞舞。酒瓢扔在一边，因为樽中已无酒可饮；炉子还需保存，因为看见它就觉得似有火苗在跳跃。连日来听不到各州的消息，独自闷坐，用手在空中写着“咄咄怪事”。

## 苏端薛复筵简薛华醉歌

【题解】此诗当作于至德二载（757）正月初一，时杜甫身禁长安，孤独寂寞，幸有新结交的朋友苏端、薛复请他喝酒，在座的另一友人薛华即兴吟出一首新作，杜甫遂作此诗以抒郁闷之怀。苏端，当时尚为布衣，后官比部郎中。薛复，不详。薛华，当时亦为布衣，后官左金吾仓曹。

【原诗】文章有神交有道，端复得之名誉早。爱客满堂尽豪杰，开筵上日思芳草①。安得健步移远梅？乱插繁花向晴昊。千里犹残旧冰雪，百壶且试开怀抱。垂老恶闻战鼓悲，急觞为缓忧心捣。少年努力纵谈笑，看我形容已枯槁。座中薛华善醉歌，歌辞自作风格老。近来海内为长句，汝与山东李白好②。何刘沈谢力未工③，才兼鲍照愁绝倒④。诸生颇尽新知乐，万事终伤不自保。气酣日落西风来，愿吹野水添金杯。如渑之酒常快意⑤，不知穷愁安在哉！忽忆雨时秋井塌⑥，古人白骨生青苔，如何不饮令心哀！

**【注释】**①上日：正月初一。《初学记》载："正月为端月，其一日为元日，亦曰上日。" ②山东李白：李白曾寓居山东济宁，故称。 ③何刘沈谢：指何逊、刘孝绰、沈约、谢朓。何、刘、沈皆南朝梁文学家，谢为南朝齐文学家。 ④鲍照：南朝宋文学家。 ⑤《左传·昭公十二年》："有酒如渑。"渑，古水名。 ⑥井：指古代王侯的墓穴。

**【译文】**文章贵在有神，交友贵在有道，苏端、薛复二人得此妙谛，早早地获得了名誉。可爱的宾客坐满厅堂，都是些豪杰人物，在大年初一摆开筵席，以表达对贤德君子的思慕。如何才能迈开健步移来远处的梅花？好使我们插上满头花朵面向晴朗的天空。千里原野还残留着去冬的冰雪，且试以百壶美酒一敞我们的胸怀。垂老的我厌听战鼓的悲音，一杯接一杯地急饮是为了缓解如捣的忧心。宾客中的少年们打起精神纵情谈笑，而我的容颜已经枯槁。座中的薛华善于醉中歌唱，歌辞的风格显得十分老道。近年来海内出现不少七言歌行，你与寓居山东的李白写得最好。六朝诗人何逊、刘孝绰、沈约和谢朓，在歌行诗上未能尽善，你的诗才能与鲍照并称，足令诗家愁苦绝倒。各位先生极尽新交之乐，只是伤心世间万事终究不能自保。正当精神饱满之际太阳沉落西风吹来，我愿西风吹来野水以添满我们的酒杯。如渑的美酒能使人永远心情欢快，不复知道还有穷愁存在。我忽然想起曾看到秋雨中塌陷的古墓，王侯的白骨上长着青苔，我们还有什么理由不畅饮美酒而让心情悲哀！

## 元日寄韦氏妹

**【题解】**此诗当作于至德二载（757）正月初一，时杜甫身禁长安。杜甫有妹一人，嫁与韦氏。诗写思妹之情，乱离之忧。

【原诗】近闻韦氏妹，迎在汉钟离①。郎伯殊方镇②，京华旧国移。秦城回北斗，郢树发南枝③。不见朝正使④，啼痕满面垂。

【注释】①钟离：古县名，治所在今安徽凤阳县东北。 ②郎伯：古时妇人对丈夫的一种称谓。 ③郢：楚国都。此指钟离，因钟离在春秋时属楚地。 ④朝正使：元日上殿朝贺之官。此指其妹丈。妹丈任方镇要职，官阶三品以上，往昔必曾为朝正使入京朝贺。

【译文】近日听说嫁给韦氏的妹妹，被迎娶在古县钟离。丈夫在他乡作方镇长官，京华旧都却已面目全非。春天来临，长安夜空的北斗转动了方位，钟离县的树木也该滋生阳面的新枝。今日是正月初一却不见朝正使者，禁不住满脸垂着凄惶的泪水。

## 春 望

【题解】此诗当作于至德二载（757）三月，时杜甫身禁长安。诗写忧国思家之痛。

【原诗】国破山河在，城春草木深。感时花溅泪，恨别鸟惊心。烽火连三月，家书抵万金①。白头搔更短，浑欲不胜簪。

【注释】①此时杜甫家属远在鄜州羌村，兵火隔绝，故家书难得。

【译文】国都已然沦陷而昔日的山河依旧在眼，长安城春天来临却到处是草木荒深。感慨动乱的时局我看到花开不禁溅出眼泪，怨恨与家人离别以致听到鸟鸣也感到阵阵心惊。战争的烽火烧了整整一个春季，一封家书真抵得上万两黄金。稀疏的白发越搔越短啦，简直就要别不住银簪。

## 忆 幼 子

【题解】此诗当作于至德二载（757）春，时杜甫身禁长安。诗写怀念幼子，语朴情真。

【原诗】骥子春犹隔[①]，莺歌暖正繁。别离惊节换，聪慧与谁论？涧水空山道，柴门老树村。忆渠愁只睡，炙背俯晴轩。

【注释】①骥子：杜甫小儿宗武，乳名骥子。春犹隔：杜甫于去年八月被叛军俘获，拘押长安，至今未能与家人见面。

【译文】秋去冬来，冬去春来，骥子啊还是不能与你相见，听着暖风中莺歌欢唱，不禁想起你那稚嫩的说笑声。离别使我对季节的更换感到心惊，你的聪明可爱我又向谁去夸赞？此刻我的心越过涧水和空寂的山路，来到那长满老树的羌村，走进那熟悉的柴门。想你想得忧愁难解只好去睡，或是在晴轩下无聊地弯着脊背晒太阳。

## 一百五日夜对月

【题解】此诗当作于至德二载（757）寒食节，时杜甫身禁长安。一百五日，即寒食日。洪迈《容斋四笔·一百五日》："今人谓寒食为一百五日，以其自冬至后至清明，历节气六，凡为一百七日，而先两日为寒食。故云。"诗写思念羌村家属。

【原诗】无家对寒食，有泪如金波。斫却月中桂[①]，清光应更多。仳离放红蕊[②]，想像颦青蛾。牛女漫愁思，秋期犹渡河。

【注释】①《酉阳杂俎》载：月中有桂树高五百丈，吴刚学仙有失，贬到月宫砍桂树，树随砍随合。斫（zhuó），用刀斧砍。　②仳（pǐ）离：离别。

【译文】独自一人过寒食节倍感凄冷，泪水像凄清的月光一样流泄。假如砍掉了月中的桂树，那么清光和清泪该会更多。人生苦遭离别而春花却放出了红蕊，我想象你此刻也该皱起蛾眉。天上的牛女二星休要满怀愁绪吧，因为你们毕竟还有渡河相会的七夕。

## 遣　兴

【题解】此诗当作于至德二载（757）春，时杜甫身禁长安。诗忆幼子的聪明可爱，为其年幼即遭乱离而悲伤。

【原诗】骥子好男儿①，前年学语时。问知人客姓，诵得老夫诗。世乱怜渠小②，家贫仰母慈。鹿门携不遂③，雁足系难期。天地军麾满，山河战角悲。傥归免相失，见日敢辞迟。

【注释】①骥子：杜甫有二子，长子名宗文，次子名宗武，宗武乳名骥子。②渠：你。　③《后汉书》载，庞德公召而不赴，携妻子儿女入鹿门山隐居，采药不返。

【译文】骥子是个好男儿，前年开始牙牙学语。能够记下来客的姓名，还能朗诵我的诗。可怜你这么小就遭逢乱世，生于贫家赖有母亲的恩慈。我未能像庞德公那样带你远离尘世，如今连封书信也难投寄。天地间已被军旗塞满，山河中充斥着战角的悲凄。倘能回归与你团聚，哪怕这一天来得很迟。

## 塞　芦　子

【题解】此诗当作于至德二载（757）春，时杜甫身禁长安。塞，堵塞，设兵断守。芦子，指芦子关，故址在今陕西志丹县北与靖边县交界处，因其地有两崖峙立形如葫芦而得名，唐时属延州。诗写筹边之策，表现了作者的战略思想和爱国精神。

【原诗】五城何迢迢①，迢迢隔河水。边兵尽东征，城内空荆杞。思明割怀卫②，秀岩西未已③。回略大荒来，崤函盖虚尔④。延州秦北户⑤，关防犹可倚。焉得一万人，疾驱塞芦子！岐有薛大夫⑥，旁制山贼起。近闻昆戎徒⑦，为退三百里。芦关扼两寇，深意实在此。谁能叫帝阍⑧？胡行速如鬼！

【注释】①五城：指定远、丰安和三个受降城，都在黄河以北。 ②史载，至德二载正月，叛将史思明舍弃怀卫二州而兵进太原。 ③秀岩：高秀岩，本为哥舒翰部将，后来投降安禄山。至德二载正月，率兵西进，与史思明合击太原。 ④崤函：指函谷关，为险要关塞。时已为叛军占有。⑤延州：今延安。 ⑥岐：即扶风郡，至德元载七月改为凤翔郡（今陕西凤翔）。薛大夫：薛景仙，曾任陈仓县令，马嵬事变中，杀杨国忠妻裴柔、幼子杨晞、虢国夫人及其子裴徽。后任扶风太守，兼防御史。扶风失陷后，又率兵收复之。 ⑦昆戎：古代西域国名。此指吐蕃。 ⑧帝阍：天子之门。

【译文】定远、丰安等五城是多么遥远啊！远远地分散在黄河以北。守卫边城的士兵都去东征叛军了，城内空虚只剩下一片荆杞。史思明舍弃怀卫二州，向西北进攻太原；高秀岩也率兵西进，与史思明合兵进击。他们是要迂回包抄大西北，把唐王朝的抵抗力量彻底摧毁，而并不想以函谷关作为主战场。延州是秦地的北大门，那里的关防还是可以倚仗的。如果能够调遣一万士兵急速奔驰去堵塞芦子关，就可使敌人的阴谋破产。凤翔城有薛景仙大夫守卫，能够从旁抑制吐蕃；最近听说前来侵犯的吐蕃，被他击退了三百里。芦子关可以扼制史思明和高秀岩的西进，堵塞此关的深远意义就在这里。谁能去把这个建议奏知天子呢？时间紧迫啊，须知叛军行速如鬼！

## 哀江头

【题解】此诗当作于至德二载（757）春，时杜甫身禁长安，尚有在城中行动的自由。曾于春日行于曲江池边，抚今追昔，触物伤怀，为王室的衰落唱此哀歌。

【原诗】少陵野老吞声哭①，春日潜行曲江曲。江头宫殿锁千门，细柳新蒲为谁绿？忆昔霓旌下南苑②，苑中万物生颜色。昭阳殿里第一人③，同辇随君侍君侧。辇前才人带弓箭④，白马嚼啮黄金勒。翻身向天仰射云，一笑正坠双飞翼。明眸皓齿今何在？血污游魂归不得⑤。清渭东流剑阁深⑥，去住彼此无消息。人生有情泪沾臆，江草江花岂终极？黄昏胡骑尘满城，欲往城南望城北⑦。

【注释】①少陵：汉宣帝许皇后陵墓，在杜陵附近。杜甫曾在此地居住，故自称少陵野老。 ②南苑：芙蓉苑，在曲江东南。 ③昭阳殿：汉宫殿名。史载为汉成帝皇后赵飞燕的妹妹赵昭仪所居之处。这里用以指玄宗后宫。第一人：指最受宠爱的杨贵妃。 ④才人：宫中女官名。 ⑤史载，天宝十五载六月，叛军逼近长安，玄宗携杨贵妃等人西逃，至马嵬驿，护驾将军陈玄礼杀杨国忠，并请诛贵妃，玄宗无奈，遂缢杀之。 ⑥剑阁：大小剑山之间有阁道（栈道）相连，故称剑阁，在今四川北部，是由秦入蜀的必经之地。马嵬事变后，玄宗携众臣入蜀。 ⑦当时杜甫住在城南。“望城北”，是盼望官军到来。肃宗政府所在地彭原（今甘肃宁县）在长安北面。

【译文】少陵野老不敢放声哭，春日里偷偷行走在曲江的隐秘之处。江边的宫殿千门万户都上了锁，细柳和新蒲啊你们在为谁而吐绿？回想当年天子的仪仗来到芙蓉苑，苑中的万物都增添了光彩。那个住在昭阳殿里最受宠的人，与君王同辇而坐，侍奉在君王身边。辇车前射生的女官突然扭过身，仰面向云天射出一箭，只见贵妃娘娘粲然一笑，原来是一双大雁坠落在眼前。如今那明眸丽齿的美人在何处？她那血污的游魂再也不能归还。清清的渭水向东流去，渭水河边是她的墓地；深深的剑阁山高路险，皇上西行已走得很远。走的走了，埋的埋了，彼此间再无音讯可传。人生有情，想到这些不禁凄泪沾胸；花草无情，不管人间悲苦自顾长个不停！此时天色已黄昏，胡人的骑兵踏起满城尘。我想回到城南住处，却仍频望城北是否来了官军。

## 雨过苏端

【题解】此诗当作于至德二载（757）春，时杜甫身禁长安。苏端是杜甫的新交，曾于此年初一宴请杜甫。诗写雨中去苏端家中求食，感谢主人盛情款待。可见杜甫当时的生活状况。

【原诗】鸡鸣风雨交，久旱雨亦好。杖藜入春泥，无食起我早。诸家忆所历，一饭迹便扫。苏侯得数过[1]，欢喜每倾倒。也复可怜人，呼儿具梨枣。浊醪必在眼，尽醉摅怀抱[2]。红稠屋角花，碧秀墙隅草。亲宾纵谈谑，喧闹慰衰老。况蒙霈泽垂，粮粒或自保。妻孥隔军垒[3]，拨弃不拟道。

【注释】①苏侯：苏端。侯，古时对人的尊称。当时苏端尚为布衣。 ②摅（shū）：舒散。 ③隔军垒：当时杜甫家属远在鄜州羌村，故称。

【译文】鸡鸣时节风雨交加，久旱下雨也是好事。早饭没有着落只好早早起身，拄着藜杖踏入泥途去寻口饭吃。回想以前去过的几户人家，叨扰一顿也就不便再去；只有苏侯家中能够经常过访，他的热情款待每每令人倾倒。在这艰难的岁月他也十分可怜，可是见我一到总是招呼孩子端上梨枣。而且还一定要摆上浊酒，喝个大醉以舒散怀抱。此时，他那屋角的春花开得又稠又红，墙边的春草长得又绿又盛。亲朋们聚在一起纵情地交谈逗乐，欢声笑语安慰了我这衰老的心。况且老天又降下甘霖，粮食或许能有保障。只是妻儿们还被军垒远远隔开——唉，这事儿暂且抛开不想谈论。

## 喜　晴

【题解】此诗当作于至德二载（757）春，在前诗之后。诗写雨后郊外春色，叹战争频仍，有归隐之意。

【原诗】皇天久不雨，既雨晴亦佳。出郭眺西郊，肃肃春增华。青荧陵陂麦，窈窕桃李花。春夏各有实，我饥岂无涯？干戈虽横放，惨淡斗龙蛇。甘泽不犹愈，且耕今未赊。丈夫则带甲，妇女终在家。力难及黍稷，得种菜与麻。千载商山芝[1]，往者东门瓜[2]。其人骨已朽，此道谁疵瑕？英贤遇坎坷，远引蟠泥沙。顾惭昧所适，回首白日斜。汉阴有鹿门[3]，沧海有灵查[4]。焉能学众口，咄咄空咨嗟！

【注释】①商山芝：秦末，东园公、角里先生、绮里季、夏黄公隐于商山（今陕西商县东南），作歌曰："晔晔紫芝，可以疗饥。" ②东门瓜：秦亡，原东陵侯邵平为布衣，种瓜于长安城东。 ③鹿门：山名，在汉水之阴。汉时庞德公携家隐居鹿门山。 ④查：同“楂”，水中木筏。《博物志》载：近世有人居海渚者，年年八月有浮槎（木筏）去来不失期，人赍粮乘槎而去，十余日，至天河。

【译文】皇天久不降雨，降雨自然可喜；降雨之后天气放晴，也是很可人意。走出外城眺望西郊，春色陡然增添了几多华美。山坡上的麦苗青光闪映，桃花李花开得妖冶。它们在春季夏季都能结出果实，我挨饿的日子怎能说没有尽头？虽说战争凶暴恣纵，龙蛇斗得天愁地惨；虽说春雨未透，没有胜过旱情，但今年的春耕还能进行。男人们都已披甲出征，毕竟还有妇女在家。她们的力气不够难以种植黍稷，却还能种植些菜和麻。千年以前商山四皓以紫芝为食，秦末的邵平在长安东门外种瓜度日。至今这些人虽说连骨头都没了，可是这条避世之道有谁说过些微的不是？英杰贤士一旦遭遇坎坷，就要远去隐居江湖。想来惭愧，自己一直不明归宿；回头望去，太阳已经西斜。汉水之阴有庞德公隐居的鹿门山，沧海上也有神异的木筏。怎能效法众人的口舌，作那种空泛的失意之叹！

## 郑驸马池台喜遇郑广文同饮

【题解】此诗当作于至德二载（757）春，时杜甫身禁长安。郑驸马，郑潜曜，玄宗女临晋公主夫婿，此时当已随玄宗入蜀。郑广文，郑虔，与郑潜曜为叔侄。长安陷落后，郑虔被叛军虏入洛阳，安禄山逼授他水部郎中官职，他称病得缓，后从洛阳逃归长安。杜甫素与郑虔交好，今见其得以生还，惊喜异常，作诗赞其忠贞之节。

【原诗】不谓生戎马，何知共酒杯？燃脐郿坞败①，握节汉臣回②。白发千茎雪，丹心一寸灰。别离经死地，披写忽登台③。重对秦箫发④，俱过阮宅来⑤。留连春夜舞，泪落强徘徊。

【注释】①《后汉书》载，董卓筑坞于郿，高厚各七丈，号万岁城。后吕布杀死董卓，将尸体放在街市。天气酷热，董卓肥胖，油脂流了满地，守吏在他肚脐上点火燃烧，光明达旦。《唐书》载，至德二载正月，安庆绪与严庄合谋，杀死其父安禄山。安禄山体肥如卓，故以董卓比之。 ②《新唐书·郑虔传》载，郑虔被虏至洛阳，伪称患病以缓授职之逼，又偷写敌情密件，请人送到灵武（肃宗政府所在地）。安禄山死后，叛军对在洛阳的唐朝官员监管松弛，郑虔乘间逃离，归到长安。杜甫认为他能持节，故以汉代苏武比之。 ③台：指郑驸马池台。 ④秦箫：用箫史典故，以切驸马池台。 ⑤《晋书》载，阮籍与其侄阮咸居道南，诸阮居道北。此以比郑虔和郑潜曜的叔侄关系。

**【译文】**没有料到我们会生逢战乱，更没料到我们还能共举酒杯。安禄山像董卓那样被杀身死，您则如汉臣苏武持节而归。您那千茎白发如同白雪，一寸丹心已为国事忧煎成灰。离别之后我们各自经历了死亡之地，谁曾想到今日忽又登台倾吐情怀？重新欣赏秦箫的演奏，兼访您叔侄二人的旧宅。我们因留连这春夜而起舞，想到国事维艰又不禁潸然泪下惆怅徘徊。

## 大云寺赞公房四首

**【题解】**这组诗当作于至德二载（757）春，时杜甫身禁长安。大云寺，即大云经寺，在长安朱雀街南，怀远坊东南角。由于城内风声紧张，杜甫为避风险，来大云寺暂住几日，受到寺僧赞公的款待。诗写寺中情事，对赞公的照顾表示感谢。

### 其　一

**【原诗】**心在水精域，衣沾春雨时。洞门尽徐步，深院果幽期。到扉开复闭，撞钟斋及兹。醍醐长发性①，饮食过扶衰。把臂有多日，开怀无愧辞。黄鹂度结构，紫鸽下罘罳②。愚意会所适，花边行自迟。汤休起我病③，微笑索题诗。

**【注释】**①醍醐：从酥酪中提出的油。佛教用以比喻能引导教化众生成佛的一乘教义。 ②罘罳（fúsī）：古代设在屋檐或窗上以防鸟雀的金属网或丝网。 ③汤休：南朝刘宋时沙门惠休（汤姓），善属文。此以比赞公。

**【译文】**在春雨沾衣的时候，我来到大云经寺，一颗心沉浸在水晶般清净之地。迈着徐缓的脚步走遍重重相对的门户，在这幽深的寺院里实现那幽雅的约会。所到之门开而复闭，唉，这动乱岁月连僧人也高度戒备。钟声撞响，此时僧人正在用斋。噢，原来就是从醍醐这种食品中长久地生发出佛性来的啊，赞公给我的饮食已超过了滋补身体的需要。亲密的会晤已有多日，心情畅快，不说那些感愧的话。黄鹂在殿宇间自在地飞翔，紫鸽祥和地落在罘罳上。我的心意与这种闲适的气氛相合，在花丛旁边悠闲地行走。赞公使我的病苦消除，微笑着向我索取诗篇。

## 其　二

**【原诗】**细软青丝履，光明白氎巾。深藏供老宿，取用及吾身。自顾转无趣，交情何尚新。道林才不世①，惠远德过人②。雨泻暮檐竹，风吹春井芹。天阴对图画③，最觉润龙鳞。

**【注释】**①道林：东晋高僧支遁，字道林，陈留人，聪明秀彻。　②惠远：东晋高僧，雁门楼烦人，性度弘伟，风鉴朗拔。　③“天阴”句：张彦远《名画记》载：大云寺东浮图有三宝塔。东壁郑法轮画，西壁田僧亮画，外边四壁杨契丹画。

**【译文】**又细又软的青丝鞋，光亮洁净的白氎巾。这些深藏的物品本供高僧使用，如今赞公把它们赠给了我。自惭形秽啊，倒觉得受之有愧，赞公在交情上多么器重新知！您像道林那样具有不世之才，您像惠远那样道德超人。暮雨浇着屋檐下的竹子，春风吹着天井里的芹菜。在阴雨中欣赏寺壁上的图画，尤其觉得那龙鳞湿润。

## 其　三

**【原诗】**灯影照无睡，心清闻妙香。夜深殿突兀，风动金琅珰。天黑闭春院，地清栖暗芳。玉绳迥断绝，铁凤森翱翔①。梵放时出寺，钟残仍殷床。明朝在沃野，苦见尘沙黄。

**【注释】**①铁凤：古代房脊上的一种装饰物，形似凤，张两翼，下部有枢轴，可以随风转动。

【译文】灯光映照着不眠的我，内心清净，殊妙的烟香阵阵飘来。夜深之时，佛殿显得更加突兀；风儿吹起，檐角的铃铛发出幽美的音响。天宇漆黑，春院紧闭；地表宁静，暗芳已睡。玉绳星座断绝于远天，屋脊上的铁凤在肃穆地翱翔。朗诵佛经的声音不时飘出寺外，稀疏的钟声仍然震动着睡床。明天一早就要告别寺院走向沃野，又将苦恼地面对那昏黄的尘沙。

## 其　四

【原诗】童儿汲井华①，惯捷瓶上手。沾洒不濡地，扫除似无帚。明霞烂复阁，霁雾搴高牖。侧塞被径花，飘飖委墀柳。艰难世事迫，隐遁佳期后。晤语契深心，那能总钳口？奉辞还杖策，暂别终回首。泱泱泥污人，狺狺国多狗②。既未免羁绊，时来憩奔走。近公如白雪，执热烦何有？

【注释】①井华：《本草》：平旦第一汲为井华水。　②“泱泱”二句：赋中有比。雨后泥途，凌晨犬吠，为赋实景。又，此时贼将张通儒，搜罗唐朝官员，逼受伪职，官员多有被污者，“泥污人”喻此。狺狺（yín yín）：同狺狺。犬吠声。“国狗”，喻叛逆者。《左传》：“国狗之瘈，无不噬也。”瘈，疯狂。噬，咬。

【译文】童儿汲取井华水，动作麻利地把水瓶抄在手上。撣水均匀不弄湿地面，扫地无声似乎手中没有苕帚。明丽的霞光把重阁照得一片灿烂，高窗上的雾气正在消散。覆径之花开得拥拥簇簇，拂阶之柳随风摇曳弄姿。艰难的世事逼迫着我，隐居的佳期已经错过。与您对面交谈，我感到心气相投，哪能总是钳口结舌？向您告辞，重又拄起手杖；暂时离别，终究还要回首与您会晤。啊，泥路泱泱，行走着被泥污染的人；犬声狺狺，京都里竟有这么多的狗！我既然还未能免除羁绊，会时常来您这里稍作喘息。靠近您就像靠近白雪一样，使我内心火辣辣的烦躁情绪化为乌有。

## （三）从长安到凤翔

### 自京窜至凤翔喜达行在所三首

**【题解】**这组诗当作于至德二载（757）四月，时杜甫冒生命危险从长安逃出，抵达肃宗政府所在地凤翔（今陕西凤翔）。诗写逃亡情事及抵达行在的喜悦心情。

其　一

**【原诗】**西忆岐阳信①，无人遂却回。眼穿当落日，心死著寒灰。雾树行相引，连山望忽开。所亲惊老瘦，辛苦贼中来。

**【注释】**①岐阳：岐山南面，指凤翔，在长安西部。这年二月，肃宗政府由彭原移到凤翔。

**【译文】**终日盼望凤翔的消息，却无人来传报，于是决心逃过去。向西走，对着落日的方向望眼欲穿；一路上提心吊胆，不复存有生还的希望。远远地凭借驿道的树木以引导方向，望着连绵的山岭正愁着无法越过，忽见有路铺开。到达凤翔后亲友们惊讶我如此老瘦，说道：多不容易啊，辛辛苦苦从贼营中逃出来。

其　二

**【原诗】**愁思胡笳夕，凄凉汉苑春①。生还今日事，间道暂时人。司隶章初睹②，南阳气已新③。喜心翻倒极，呜咽泪沾巾。

**【注释】**①汉苑：指京都曲江、南苑等地。唐人每以汉称唐。　②“司隶”句：《后汉书·光武纪》载：刘玄任光武（刘秀）为司隶校尉。于是置僚属，作文移，一如旧章。三辅吏士见司隶僚属，皆欢喜异常，有位老吏垂泪道：“不图今日复见汉官威仪！”此处以光武比肃宗。光武把汉王朝从王莽手中恢复过来，与肃宗讨伐逆贼重整山河相似。　③“南阳”句：《后汉书·光武纪》载：望气者苏伯阿至南阳，遥望舂陵郭，叹道：“气佳哉！

郁郁葱葱然。”光武是南阳人。此处以光武比肃宗。

【译文】回想在长安时，夜晚听着胡笳而愁苦不已，春游曲江而心中凄凉。活着回来，这只是今天的事；昨天还在小道上逃奔，随时都可能作鬼。啊，大唐的典章制度又开始出现在眼前，凤翔城一片中兴气象。我这颗心啊喜到极点反倒转为悲伤，不禁呜呜咽咽地哭起来，老泪沾满手巾。

### 其　三

【原诗】死去凭谁报？归来始自怜。犹瞻太白雪，喜遇武功天①。影静千官里，心苏七校前②。今朝汉社稷，新数中兴年。

【注释】①太白、武功：二山名，均在凤翔附近。《三秦记》：“武功太白，去天三百。”　②七校：汉武帝曾置七校尉。此指肃宗御前武卫。

【译文】如果在逃亡的路上死去，凭谁去给家人报个信？如今侥幸生还，才得以自怜性命的微浅。啊，我还能瞻望到太白的雪峰，欣然顶戴武功的天空。我那奔劳的身影如今静立在朝班的群官中，绝望的心复苏于皇上的侍卫前。从此以后的大唐社稷，可以用崭新的笔来记数中兴之年。

## 述　怀

【题解】此诗当作于至德二载（757）夏，时杜甫在凤翔供职。诗述一年来的经历以及对家属的思念。

【原诗】去年潼关破①，妻子隔绝久。今夏草木长，脱身得西走②。麻鞋见天子，衣袖露两肘。朝廷愍生还，亲故伤老丑。涕泪受拾遗③，流离主恩厚。柴门虽得去，未忍即开口。寄书问三川④，不知家在否。比闻同罹祸，杀戮到鸡狗。山中漏茅屋，谁复依户牖？摧颓苍松根，地冷骨未朽。几人全性命？尽室岂相偶？嵚岑猛虎场，郁结回我首。自寄一封书，今已十月后。反畏消息来，寸心亦何有？汉运初中兴，生平老耽酒。沉思欢会处，恐作穷独叟。

【注释】①史载，天宝十五载六月，叛军攻破潼关。七月，肃宗即位于灵武，改年号为至德。八月，杜甫在投奔灵武途中被俘，从此与家人隔绝。②至德二载四月，杜甫逃出长安，西奔肃宗行在所凤翔。 ③至德二载五月十六日，肃宗授杜甫左拾遗官职。诰文写道：“襄阳杜甫，尔之才德，朕深知之。今特命为宣议郎行在左拾遗。授职之后，宜勤是职，毋怠！”左拾遗，属门下省，官阶从八品上。掌供奉讽谏。 ④三川：县名，属鄜州。时杜甫家属寄居鄜州附近之羌村。

【译文】去年潼关被攻破以后，便与妻儿隔绝，一直音信不通。今年夏季趁着草木茂盛，我才从长安逃出来，西奔到达凤翔。穿着麻鞋拜见天子，衣服褴褛，两肘露在外边。朝廷对我的生还表示怜悯，亲故们为我的老丑而伤心。流着热泪拜受了左拾遗的官职，经过了离流动荡的生活，倍感主上恩德之厚。如今虽说可以告假探望羌村的家小，但当此国事维艰之际却不忍心立即开口。向三川寄封信，又不知道家属是否还在那里。最近听说那里同样遭了灾祸，叛军把那里杀得鸡犬不留。我那山沟里的几间漏风漏雨的茅屋，不知此刻谁还在其间活着。如果是死了，骨头撑拄在松树根间，也不会朽烂，因为那里山地寒冷。这年月能有几个人保全得了性命？天下所有的人家岂能都夫妻双全？鄜州一带山高岭峻，如今已变成猛虎横行的场所，想到这些我就愁肠百结，摇头叹息。自从去年寄去一封家书，到现在已经过了十个月仍不见回音。现在我反倒害怕传来书信，方寸之心真不知该如何是好。大唐的国运已出现一派中兴气象，我的平生之好也就是能喝上酒。我在沉思着今后一家人欢聚的情境，又一想，恐怕实际上我现在已经成了孤独的老头。

## 得家书

【题解】此诗当作于至德二载（757）秋，时杜甫在凤翔供职。焦急不安之际得到来自羌村的家书，作诗以记情怀。

【原诗】去凭游客寄，来为附家书。今日知消息，他乡且旧居。熊儿幸无恙，骥子最怜渠①。临老羁孤极，伤时会合疏。二毛趋帐殿②，一命侍鸾舆③。北阙妖氛满④，西郊白露初。凉风新过雁，秋雨欲生鱼。农事空山里，眷言终荷锄。

【注释】①熊儿、骥子：杜甫儿宗文、宗武的乳名。 ②二毛：斑白的头发，常用以指老年人。帐殿：《唐六典》载：凡大驾行幸，预设三部帐幕，皆以乌毡为表，朱绫为覆，下有紫帷方座，金铜行床，覆以帘，其外置排城以为蔽捍。 ③一命：周时官阶从一命到九命，一命为最低的官阶。后用以泛指低微的官职。 ④“北阙”句：时安庆绪气焰仍盛，官军多被挫败。

【译文】曾托游客捎去家书，他归来时为我带来家中的回信。今天终于得知家人的消息，他们还住在鄜州羌村老地方。庆幸熊儿没灾没病，骥子的表现最堪爱怜。临到老年羁旅孤单，感伤时局动乱，一家人难以团圆。我以衰老之身每日趋奔帐殿，以微小官职尽心侍奉皇上。长安北面妖气弥漫，叛军的气焰仍很嚣张；长安的西郊——凤翔，已是天地清爽，白露初降。凉风习习，第一行大雁飞过长空；秋雨绵绵，似乎在催促鱼儿生长。我由此羡慕那荷锄躬耕的生活，愿意在寂静的山中从事农业劳动。

## 送樊二十三侍御赴汉中判官

【题解】此诗当作于至德二载（757）夏，杜甫初至凤翔时。樊侍御出任汉中判官，杜甫作此诗以壮其行。汉中，郡名，今陕西汉中。

【原诗】威弧不能弦，自尔无宁岁①。川谷血横流，豺狼沸相噬。天子从北来，长驱振凋敝。顿兵岐梁下②，却跨沙漠裔③。二京陷未收，四极我得制。萧索汉水清④，缅通淮湖税⑤。使者纷星散，王纲尚旒缀⑥。南伯从事贤⑦，君行立谈际。坐知七曜历⑧，手画三军势。冰雪净聪明，雷霆走精锐。幕府辍谏官，朝廷无此例。至尊方旰食，仗尔布嘉惠。补阙暮征入⑨，柱史晨征憩⑩。正当艰难时，实藉长久计。回风吹独树，白日照执袂。恸哭苍烟根，山门万重闭。居人莽牢落，游子方迢递。徘徊悲生离，局促老一世。陶唐歌遗民⑪，后汉更列帝。我无匡复资，聊欲从此逝。

【注释】①《天官书》：狼星南面有弧矢星座（形如弓箭），常时弧矢直指狼星。若不直指，则有盗贼起。此暗称玄宗未能警惕安禄山，招致兵乱。

②岐梁：岐山、梁山，均在凤翔境内。 ③沙漠裔：沙漠地区的民族。此指回纥。 ④汉水：水名，从汉中郡内流过。 ⑤《资治通鉴》载：至德元载十月，第五琦见肃宗于彭原，请将江淮租庸变卖成贵重物品，溯江汉而上，至洋州，令汉中王李瑀陆运至凤翔以助军。肃宗从之。此句言汉中郡为南北运输之枢纽，军国之重地。 ⑥旒缀：旌旗的垂饰物。比喻王纲之垂危。 ⑦南伯：指汉中王李瑀。《资治通鉴》载：至德元载七月，玄宗以陇西公李瑀为汉中王、梁州都督、山南西道采访防御使。 ⑧七曜历：以日、月和火、水、木、金、土五星纪日的历法。 ⑨补阙：谏官。⑩柱史：《通典》：侍御史于周为柱下史，一名柱后史。 ⑪陶唐：即唐尧，古代传说中的圣主，曾实现了没有暴政、没有王税的理想社会。有个老人击壤作歌："日出而作，日入而息，凿井而饮，耕田而食，帝力于我何有哉！"遗民，泛指老百姓。

**【译文】**威严的弧矢星不能拉弦对准狼星，天下自然没有安宁的日子。川谷中鲜血横流，豺狼滚滚到处咬人。天子从彭原来到凤翔，长驱而入以振兴凋敝的国势。把兵马屯驻在岐梁山下，回纥也答应遣兵入援。虽说沦陷的长安和洛阳尚未收复，而四方边远之地我们还能控制。萧索的汉水尚无战尘，它可以把远在江淮的租赋输通过来。眼下朝廷派出的使臣多如星辰似的分散到各地，以挽救尚处于垂危中的王朝纲纪。汉中王的幕僚都是贤才，您此行将到立谈而决断的人群中。他们深晓七曜历法，可以手画三军的行阵。心地聪明如纯净的冰雪，精锐的军队迅如雷霆。朝廷把谏官改任为幕府的判官，如此破格用人并无先例。皇上正在勤于政事，要靠您去布施恩惠。您昨晚被征召任命，今晨便急切上路。国家正处在艰难时期，这么做实在是出于长远的考虑。回旋的风吹着孤独的树木，太阳照着牵袖送别的人。在苍烟升起的山脚我们恸哭告别，此时万重山门都已关闭。我陷入无边的孤寂之中，您正面临着漫长的征途。徘徊不舍啊为离别而伤心，我将在局促不安的心绪中了此一生。唐尧时代百姓们曾唱起安乐的歌，后汉在平定王莽之乱以后仍然延续了十二代皇帝。可惜我没有匡复天下的才质，愿意从此隐居江湖。

## 送韦十六评事充同谷防御判官

**【题解】**此诗当作于至德二载（757），时杜甫在凤翔。评事，官职名。同谷，郡名，今甘肃成县。防御判官，官职名。诗写韦十六勇赴国难，勉励其为国建功，兼叙别情。

【原诗】昔没贼中时，潜与子同游。今归行在所，王事有去留。偪侧兵马间，主忧急良筹。子虽躯干小，老气横九州。挺身艰难际，张目视寇雠。朝廷壮其节，特诏令参谋。銮舆驻凤翔，同谷为咽喉。西扼弱水道①，南镇枹罕陬②。此邦承平日，剽劫吏所羞。况乃胡未灭，控带莽悠悠。府中韦使君③，道足示怀柔。令侄才俊茂，二美又何求？受词太白脚，走马仇池头④。古色沙土裂，积阴云雪稠。羌父豪猪靴，羌儿青兕裘。吹角向月窟，苍山旌旆愁。鸟惊出死树，龙怒拔老湫。古来无人境，今代横戈矛。伤哉文儒士，愤激驰林丘。中原正格斗，后会何缘由？百年赋命定，岂料沉与浮？且复恋良友，握手步道周。论兵远壑静，亦可纵冥搜。题诗得秀句，札翰时相投。

【注释】①弱水：古水名。古籍所载弱水甚多。此当指今甘肃山丹河。②枹罕：郡名，辖境相当于今甘肃临夏县附近地区。为古时军事重地。③韦使君：指韦十六之叔父，时任同谷郡防御使。 ④仇池：山名，在唐同谷郡西。

【译文】当年我陷身长安的时候，曾偷偷地与您交游。如今我们归到行在，却又因国事而分手。临时政府夹在兵马缝隙里，形势十分危急。君主忧心忡忡，急于作出可行的措施。您虽然身材短小，但老练的气概充溢九州。在国事危难之际您挺身而出，瞪着眼睛怒视敌寇。朝廷盛赞您的豪壮气节，特意下诏命您去同谷参谋军事。皇帝驻在凤翔，同谷是它的咽喉。那个地方西面控制着弱水河，南面镇压着枹罕郡，地势十分险要。在以往承平的年代，遭到外族抢劫是守吏们感到羞耻的事，何况眼下胡兵未灭，更须严加控制长期固守。幕府中有您的叔父韦使君，他是善用怀柔之策的。您作为他的侄儿才干超卓，有了叔侄两位贤才防守同谷也就足够。您接受圣命于太白山下，纵马奔驰于仇池山头。同谷一带到处是断裂的古色沙冈，天空上阴云堆积大雪频飞。羌族老人穿着豪猪皮做的靴子，羌族少年披着野牛皮做的皮袄。士兵们向西极之地吹起战角，悲凉的声音使苍山上的旌旗都带上愁容；鸟儿受惊，从死树洞里飞起；蛟龙发怒，从古老的深潭里跃出。那本是自古以来无人居住的地方，如今也成了戍守之处。伤心啊，您作为一个文儒之士，也要怀着愤激之情驰骋于林丘。眼下中原地区正在拼死厮杀，我们能否重逢真说不准。百岁人生一切都是命中注定，哪能预料升沉荣辱？暂且再与您依恋片刻，握着手在道边上走一走。您到任后在布置军防之余，身处幽静的山谷中也能进行诗意探求。一旦您题诗时得到秀美的诗句，请及时来信向我寄投。

## 送长孙九侍御赴武威判官

**【题解】**此诗当作于至德二载（757），时杜甫在凤翔。长孙九侍御赴武威（凉州）任判官，防御吐蕃侵扰。诗叙同僚缱绻之情，望其为国尽力。

**【原诗】**骢马新凿蹄，银鞍被来好。绣衣黄白郎，骑向交河道①。问君适万里，取别何草草？天子忧凉州②，严程到须早。去秋群胡反，不得无电扫。此行收遗甿，风俗方再造。族父领元戎③，名声国中老。夺我同官良，飘飖按城堡。使我不能餐，令我恶怀抱。若人才思阔④，溟涨浸绝岛。樽前失诗流，塞上得国宝。皇天悲送远，云雨白浩浩。东郊尚烽火，朝野色枯槁。西极柱亦倾，如何正穹昊？

**【注释】**①交河：古县名。治所在今新疆吐鲁番西北约五公里处交河城故址。　②凉州：即武威郡。今甘肃省武威县。　③族父：古时称同族的伯父或叔父。《唐书》：至德二载五月，以武部侍郎杜鸿渐为河西节度使。去年秋季，前节度使被武威乱胡所杀。　④若人：这个人。含赞叹意。语出《论语·宪问》：“君子哉若人！尚德哉若人！”

**【译文】**青骢马新钉了马掌，装配上银鞍好神耀！身穿绣衣怀有金印和银印的男儿，骑马奔向通往交河的大道。请问您此行去往万里的远处，为什么就这样地匆匆告别了？啊，天子正在忧虑凉州的防务，严令期限，必须早日赶到。去年秋天群胡叛乱，不能不用电火去摧扫。此行是去收复遗民，那里的风俗也正该重新建造。我的族父在那里担任元帅，他享有国家重臣的名声。如今夺走了我的好同僚，飘飖万里去控制城堡。使我饮食无心，令我心情不好。您的才思浩渺，像大海的涨潮淹没绝岛。从此酒杯前失去了一位诗友，而边塞上却得到了一块国宝。连皇天也为送远而悲伤，看这白茫茫的雨下得真不小！东郊的战火还在燃烧，朝野上下容颜枯槁。西极的擎天柱也倒了，怎样才能把塌陷的青天托正扶好？

## 送从弟亚赴河西判官

**【题解】**此诗当作于至德二载（757），时杜甫在凤翔。杜亚，杜甫的堂弟，肃宗在灵武时，曾上书论时政，擢校书郎。此年杜鸿渐任河西节度使，辟为从事。诗赞杜亚才干，望其靖边建功。

**【原诗】**南风作秋声，杀气薄炎炽。盛夏鹰隼击，时危异人至。令弟草中来，苍然请论事。诏书引上殿，奋舌动天意。兵法五十家，尔腹为箧笥。应对如转丸，疏通略文字。经纶皆新语，足以正神器。宗庙尚为灰①，君臣俱下泪。崆峒地无轴②，青海天轩轾。西极最疮痍，连山暗烽燧。帝曰大布衣，藉卿佐元帅③。坐看清流沙④，所以子奉使。归当再前席，适远非历试。须存武威郡，为画长久利。孤峰石戴驿，快马金缠辔。黄羊饫不膻，芦酒多还醉。踊跃常人情，惨淡苦士志。安边敌何有？反正计始遂。吾闻驾鼓车，不合用骐骥。龙吟回其头，夹辅待所致。

**【注释】**①《唐书》：安禄山陷长安，九庙皆为所焚。 ②崆峒：山名，在今甘肃省平凉县西。唐时，崆峒与青海皆属河西节度管辖。至德元载秋，其境群胡反叛，杀节度使。 ③元帅：指杜鸿渐。至德二载五月，杜鸿渐任河西节度使。 ④流沙：古代指我国西北沙漠地区。

**【译文】**夏风发出秋风的声音，肃杀之气逼近酷暑。盛夏季节有鹰隼搏击，时局危难有异人出现。贤弟从草野间赶来，急切请求议论国事。一纸诏书把你引入帐殿，滔滔的议论打动了皇帝的心。五十家的兵法巨著，统统装在你的心里，你流转自如地回答皇上的询问。疏通事理时不去咬文嚼字，申述治国策略完全使用新鲜的辞语，你的大志奇才足以匡正政令。现在大唐的宗庙仍是一片灰烬，君臣都流着伤心的眼泪。崆峒和青海一带，也被群胡搞得地覆天倾。西极之地创伤最重，一座座山岭都被烽烟遮暗。皇上穿着粗布衣服以示忍苦恢复的决心，要借你的才智去辅佐元帅。行将看到沙漠烟尘得以肃清，因为有你奉使前往。你胜利归来，皇上会再次倾心听你谈论国事，须知赴远的考验不会有几次。一定要让武威郡保存下来啊，这么做是为国家谋划长久利益。你骑着快马，抖动着缠有金丝的缰绳，行进在蜿蜒于险峰危崖的驿路上。黄羊肉是膻的，但吃多了也就不觉得膻了；芦酒度数虽小，但喝多了也会醉人的。耀武争雄是一般人的心情，深思至虑是苦修者的意志。只有使西部边疆安定下来，把敌人化为乌有，平息安史、拨乱反正的大计才能完成。我听说载鼓的车子，是不该用千里马去拉的；拉鼓车的千里马回首长鸣，期待着给它以重任，成就辅佐之功。

## 奉送郭中丞兼太仆卿充陇右节度使三十韵

**【题解】** 此诗当作于至德二载（757），时杜甫在凤翔。郭中丞，即郭英乂，曾任御史中丞、太仆卿、秦州都督、陇右采访史，至德二载，加任陇右节度使。诗赞郭公忠勇，为时所需而西御羌戎，望其能迅速靖边而归，扫除安史叛军。

**【原诗】** 诏发山西将①，秋屯陇右兵②。凄凉余部曲③，烜赫旧家声④。鹏鹗乘时去，骅骝顾主鸣。艰难须上策，容易即前程。斜日当轩盖，高风卷旆旌。松悲天水冷，沙乱雪山清。和虏犹怀惠，防边讵敢惊？古来于异域，镇静示专征。燕蓟奔封豕，周秦触骇鲸⑤。中原何惨黩，遗孽尚纵横。箭入昭阳殿⑥，笳吹细柳营⑦。内人红袖泣，王子白衣行。宸极妖星动⑧，园陵杀气平。空余金碗出⑨，无复繐帷轻。毁庙天飞雨，焚宫火彻明。罘罳朝共落，榆桷夜同倾。三月师逾整，群胡势就烹。疮痍亲接战，勇决冠垂成。妙誉期元宰，殊恩且列卿。几时回节钺⑩，戮力扫欃枪⑪。圭窦三千士⑫，云梯七十城⑬。耻非齐说客⑭，只似鲁诸生⑮。通籍微班忝，周行独坐荣。随肩趋漏刻，短发寄簪缨。径欲依刘表⑯，还疑厌祢衡⑰。渐衰那此别，忍泪独含情。废邑狐狸语，空村虎豹争。人频坠涂炭，公岂忘精诚？元帅调新律⑱，前军压旧京⑲。安边仍扈从，莫作后功名。

**【注释】** ①山西将：指郭英乂。郭为瓜州长乐人。瓜州，今甘肃敦煌。古时称崤山或华山以西地区为山西。　②陇右：《唐六典》：陇右道，古雍、梁二州之境，东接秦川，西逾流沙，南连蜀及吐蕃，北界沙漠。　③部曲：指秦州部曲，英乂曾为秦州都督。 ④英乂之父郭知运，曾任鄯州都督、陇右诸军节度大使，自居西陲，甚为蛮夷所惮。开元九年卒于军中。 ⑤封豕、骇鲸：皆指安禄山。 ⑥昭阳殿：汉朝宫殿名，汉成帝女宠赵飞燕所居。此借指玄宗的后宫。 ⑦细柳营：汉代名将周亚夫的兵营。此借指唐朝的兵营。 ⑧宸极：北极星。借指君位。 ⑨金碗：陪葬之物。 ⑩节钺：符节和斧钺。朝廷授予将帅，用以加重权力的标志。 ⑪欃枪：彗星。 ⑫圭窦：形状如圭的墙洞。亦借指微贱之家的门户。《左传》：秦伯送卫于晋三千人，实纪纲之仆。 ⑬史载，燕国大将乐毅曾攻取齐国七十馀城。 ⑭《汉书》：郦食其劝说齐王田广罢历下守备，与刘邦和好。使刘邦得齐国城多座。 ⑮《前汉书》：叔孙通曰：“臣愿征鲁诸生与臣弟子，共起朝仪。” ⑯《魏志》载，王粲，字仲宣，山阳人。汉末文学家。因西京扰乱，乃往荆州依刘表，未被重用。 ⑰《后汉书》：祢衡，字正平，平原郡人。汉末文学家。性刚傲物，曾当众辱曹操。曹怒，遣送荆州刘表处。未受器重。复转送江夏太守黄祖，被杀。 ⑱元帅：指广平王李俶，时为天下兵马大元帅。 ⑲前军：指李嗣业。《唐书》：李嗣业至凤翔，肃宗大喜，曰：“卿至，贤于数万众。”以之为前军，收长安。

**【译文】**诏书启动了山西的将军，时当秋天您去陇右屯兵。您的秦州部下因为您的离去而久感凄凉，您家的将门宿望由此得以显赫。您像勇猛的雕鹗乘时而去，又像忠诚的骅骝顾恋主人而悲鸣。国事艰难必须行此上策，您毫不犹豫地登上前程。斜阳照着车盖，高风卷动着旌旗。松树悲哀于天水的寒冷，风沙搅乱了雪山的肃静。与吐蕃和好，让他们感怀恩德；防边之法，岂在于用武力惊吓他们？自古以来对于异族，都是以镇静来显示受命自主征伐之意。河北境内大猪奔突，东西二都陷于狂鲸。中原地区何等混沌啊，安禄山的遗孽仍在肆意横行。敌箭射入皇朝的后宫，胡笳在官军营内吹响。宫女举起红袖掩面而泣，王子穿着微服怯怯而行。北极星在妖星的冲击下移动了位置，园陵在昏昏杀气中被踏平。陵墓旁散乱着被挖出的金碗，再也见不到轻软的灵帐。太庙被毁，上天也倾下了泪雨；宫殿被焚，烈火烧到黎明。宫内的屏风和樟木椽子，在旦夕之间化为乌有。今年三月官军的军容更加整肃，叛军面临着被歼的命运。您挥戈上阵，带伤作战，英勇果决，几近成功。凭您的美好声誉可望作到宰相，您获得皇上的殊恩现已位在列卿。用不了多久，您就会携带符钺返回，竭尽全力扫荡叛军余孽。我想，即便有三千名贫苦的纪纲之士，即便架起云梯攻下七十座城，也不如一个郦食其的功劳为大。可惜我没有他那种舌辩的才能，我只能像一个东鲁儒生为国家制定朝仪而已。我初入仕途，忝居下位；您已官居御史中丞，何等尊荣！我尾随众官赶着钟点去上朝，以老迈之躯寄于显贵行中。想如王粲依附刘表那样投靠显贵，又担心作成第二个祢衡。垂老之人如何禁受这种离别？强忍住泪水，独自怀着依依不舍的离情。荒废的城镇里狐狸在低语，空虚的村落里虎豹在争斗。国人相继陷入水深火热之中，您岂能忘怀为国效忠？如今元帅调理出新的法令，前军已经逼近旧京。希望您安定边疆之后仍随天子出征，切莫让他人先取了功名。

## 送杨六判官使西蕃

**【题解】**此诗当作于至德二载（757）秋，时杜甫在凤翔。《唐书》载：至德元载，吐蕃遣使和亲，愿助唐讨贼。二载三月，遣给事中南巨川报命。杨六判官当是此次随同巨川前往吐蕃。诗嘱杨六慎重此行，完成使命。

**【原诗】**送远秋风落，西征海气寒。帝京氛祲满，人世别离难。绝域遥怀怒，和亲愿结欢。敕书怜赞普①，兵甲望长安。宣命前程急，惟良待士宽。子云清自守②，今日起为官。垂泪方投笔，伤时即据鞍。儒衣山鸟怪，汉节野童看。边酒排金碗，夷歌捧玉盘。草肥蕃马健，雪重拂庐干③。慎尔参筹画，从兹正羽翰。归来权可取，九万一朝抟④。

**【注释】**①赞普：吐蕃君长的称号。　②子云：扬雄，字子云，西汉文学家。《扬雄传》：雄三世不徙官，有以自守。　③拂庐：上层吐蕃人所住的毡帐。　④《庄子》："抟扶摇而上者九万里。"

**【译文】**送你远行正当秋风降临，你西征要经过寒气森严的青海边。长安城里充满了邪恶之气，人间事要属离别最难。吐蕃人遥怀对叛军的愤怒，希望与我们和亲结欢。皇上下诏书对赞普表示了爱意，希望他派遣援兵收复长安。宣达王命需要派人立即上路，贤良的官吏选荐士子用心宽厚。你像扬雄那样一直清心自守，今日才起身为官急赴王命。你垂着眼泪扔下手中的笔，感伤国家的时局立即跨上马鞍。一路上，山鸟会惊怪你的儒衣，乡野儿童会好奇于你手中的符节。边地的酒斟满了成排的金碗，异族的歌声簇拥着玉盘珍馐。吐蕃那里牧草丰茂，战马健壮，积雪厚重，毡帐干燥。你要谨慎地参与谋划，从此摆正你奋飞的翅膀。回来之后可取得大权，九万里长空一朝扶摇而上。

## 送灵州李判官

**【题解】**此诗当作于至德二载（757），时杜甫在凤翔。李判官去灵州（灵武郡）赴任，杜甫写诗送行。诗叹战乱酷烈，勉励李氏为国效力。

**【原诗】**羯胡腥四海，回首一茫茫。血战乾坤赤，氛迷日月黄。将军专策略，幕府盛才良。近贺中兴主[①]，神兵动朔方[②]。

**【注释】**①中兴主：指肃宗李亨。 ②《唐书》：禄山反，以郭子仪为灵武太守，充朔方军节度使。朔方，唐方镇名，又称灵盐、灵武、灵州。

**【译文】**羯胡叛军搅得四海腥膻，回首往事心绪乱成一团。浴血战斗，天地都被染红；烽烟迷漫，日月变得昏黄。郭子仪将军专精策略，他的幕府广集良才。近日喜贺中兴之主，神兵已从朔方开拔。

## 奉赠严八阁老

**【题解】**此诗当作于至德二载（757），时杜甫在凤翔。严八阁老，严武，史载，严武迁给事中，在收复长安之前。唐人称给事中为阁老。杜甫与严武为世交。诗赞严武青年得志，诗才俊逸。

**【原诗】**扈圣登黄阁[①]，明公独妙年[②]。蛟龙得云雨，雕鹗在秋天。客礼容疏放，官曹可接联[③]。新诗句句好，应任老夫传。

**【注释】**①黄阁：门下省的通称。给事中属门下省。 ②《旧唐书》：严武任给事中，年三十一。 ③时杜甫任左拾遗，亦属门下省。

【译文】由皇帝的扈从而登上黄阁的高位，只有明公身值少壮之年。你像蛟龙得到了可供飞腾的云雨，你像雕鹗遇到了施展身手的秋天。你待客的礼节不拘，容许我粗疏放纵；我的官职虽低，却能与你上下相联。你的新诗句句都好，应该任由老夫我去扬传。

## 月

【题解】此诗当作于至德二载（757）七月，时杜甫在凤翔。诗写望月思亲，盖怀念羌村妻儿，不可以深意求之。

【原诗】天上秋期近①，人间月影清。入河蟾不没②，捣药兔长生③。只益丹心苦，能添白发明。干戈知满地，休照国西营④。

【注释】①秋期：七夕。 ②蟾：传说月中有蟾蜍，故用以为月的代称。③兔：传说月中有白兔捣药，故称月为玉兔。 ④国西营：应指凤翔，即作者身在之地。国，指长安。凤翔在长安西北。

【译文】天上牛女相会的七夕快要到了，人间的夫妻分居者更感到月光清冷。仰望夜空，看明月漫渡银河却不沉没；它那清光永在，永远撩动着人间孤独者的心。它加重了我心中的痛苦，又使我头上的白发增生。此时国难深重，干戈满地，月亮啊，请不要把清光照到凤翔，这里的军营中有无数远离家乡的士兵。

## 留别贾严二阁老两院补阙得云字

【题解】此诗当作于至德二载（757）八月，时杜甫在凤翔，欲往羌村探亲，临行前与诸公酒筵上作。贾，指贾至，时任中书舍人；严，严武，时任给事中。两院，指中书、门下二省。补阙，官职名。

【原诗】田园须暂往①，戎马惜离群。去远留诗别，愁多任酒醺。一秋常苦雨，今日始无云。山路时吹角，那堪处处闻？

【注释】①田园：指鄜州附近的羌村，杜甫家属寄居之处。

【译文】田园须我暂且前往探视，戎马之际实不忍离开你们。此行遥远，留诗与诸公告别；愁苦繁多，只好凭借酒气来醺。整个秋季常被雨水所苦，今日方才云散天清。回归的山路上会时时有战角吹响，愁苦的我哪堪一路听闻这种声音？

## （四）从凤翔到鄜州

### 晚行口号

【题解】此诗当作于至德二载（757）八月，时杜甫离开凤翔前往羌村途中。口号，随口吟诵。诗记途中之景，发身世之慨。

【原诗】三川不可到①，归路晚山稠。落雁浮寒水，饥乌集戍楼。市朝今日异，丧乱几时休？远愧梁江总，还家尚黑头②。

【注释】①三川：县名，在鄜州附近，此借指鄜州。 ②江总：南朝文学家，在梁、陈、隋三朝为官。据本传载，梁朝太清三年，台城（今南京）陷落，江总自此流离在外十几年，至陈朝天嘉四年还朝，年四十五。此处借江总的遭际自况。

【译文】步行缓慢，鄜州迟迟不能到达；天色已晚，归途上连绵着暗淡的山峦。落雁浮在寒冷的水面上，饥乌栖集在驻军的戍楼间。往昔商贾会合的集市如今冷冷清清，变乱的局面何时才能结束？深深感愧于梁朝的江总，他在回家时头发尚且黑着。

### 独酌成诗

【题解】此诗亦为归途中作。作者自叹身遭乱离，官职低微，不如农夫逍遥自在。

【原诗】灯花何太喜①？酒绿正相亲。醉里从为客，诗成觉有神。兵戈犹在眼，儒术岂谋身？苦被微官缚②，低头愧野人。

**【注释】**①灯花：灯心余烬结成的花状物。俗以灯花为吉兆。 ②微官：当时杜甫任左拾遗，官阶从八品。

**【译文】**灯花开了，请问为什么这样高兴啊？噢，原来是有了我所喜爱的酒。能够进入醉乡，那就任凭在外作客吧；诗歌挥笔而成，觉得似有神灵相助。眼下战争仍在进行，儒家的学说岂能把身家性命谋求？苦于被微职约束，在悠闲的村民面前不禁惭愧地低下了头。

## 徒步归行

**【题解】**此诗当为返鄜途中经邠州时作。题下原注："赠李特进。自凤翔赴鄜州，途经邠州作。"李特进，即李嗣业，京兆长陵人，从军多立战功，曾任金吾大将军。杜甫在长安时，与他有交往。安史乱中，肃宗召他，与郭子仪共同平息叛乱。此诗为向李嗣业借马而作。

**【原诗】**明公壮年值时危，经济实藉英雄姿。国之社稷今若是，武定祸乱非公谁？凤翔千官且饱饭①，衣马不复能轻肥②。青袍朝士最困者③，白头拾遗徒步归。人生交契无老少，论心何必先同调？妻子山中哭向天，须公枥上追风骠。

**【注释】**①凤翔：当时为肃宗政府所在地。 ②"衣马"句：当时为了供应军需，公私马匹都集中到军队里，官员无马可骑。 ③青袍：青色官服。唐时，八、九品官员着青色官服。

**【译文】**明公您身当壮年正赶上国家时局艰危，治国安民的大业确实要借助于您的英雄之材。国家如今弄到这种地步，能以武力平定祸乱的非您又能是谁？凤翔的众官仅止凑合着吃饱饭，再也不能像当年那样轻裘肥马地享乐太平。我这个身穿青袍的朝官恐怕是最苦的，满头白发的左拾遗徒步走在归途中。人生交结友好原不分年龄之大小，交好只须论心何必要以志趣相同为前提？此时我那山野中的妻儿正在仰天哭，需骑您槽上的追风快马前去安慰。

# 九成宫

【题解】此诗当作于赴鄜途中经九成宫时。九成宫，在麟游县（今属陕西）城西五里，本隋朝仁寿宫。唐太宗贞观年间复修以避暑，改名九成宫，设置禁苑和府库官寺。太宗、高宗都曾临幸。诗记宫中景物，追思动乱之因。

【原诗】苍山入百里，崖断如杵臼。曾宫凭风迴①，岌嶪土囊口②。立神扶栋梁，凿翠开户牖。其阳产灵芝，其阴宿牛斗。纷披长松倒，揭巕怪石走③。哀猿啼一声，客泪迸林薮。荒哉隋家帝④，制此今颓朽。向使国不亡，焉为巨唐有？虽无新增修，尚置官居守。巡非瑶水远，迹是雕墙后。我行属时危，仰望嗟叹久。天王守太白⑤，驻马更搔首。

【注释】①曾：同"层"，重叠。 ②岌嶪（jí yè）：高峻貌。 ③揭巕（niè）：高峻的山崖。 ④《资治通鉴》载：隋文帝开皇十三年二月，下令在岐山之北修建仁寿宫。夷山填谷，工程浩大，民工死者数万。 ⑤太白：山名，在凤翔附近。天王，指肃宗。

【译文】进入苍山百里深处，有座山脉中断宛如捣米之臼。九成宫就座落在那里，重叠的宫殿凭风迴立，高高地耸立在山谷之口。塑立神像以护持栋梁，凿开翠壁以扩展户牖。它的阳面出产灵芝，阴面宿着二星牛斗。巨大的松树纷披侧倒，崖巅上的怪石似要坠落。悲哀的猿鸣一声啼来，我的泪水不禁迸溅于山林水泽。荒唐的隋文帝啊，你建造的宫殿如今已经颓朽。假使当初隋朝没有灭亡，九成宫怎会为大唐所有？唐朝虽然没有对它进行新的增修，但还是设置了官署在此居守。皇上来此行幸虽然不像周穆王西巡瑶池那么遥远，但终究还是踩着前代帝王的足迹到这雕墙画阁之处来乐游啊！我行经此处正逢国事艰危的时候，仰望这座宫殿而叹息良久。想到当今天子驻守于太白之野，不禁停下马来频频搔首。

## 玉 华 宫

**【题解】** 此诗亦当为返鄜途中作。玉华宫，在宜君县（今属陕西）西北，唐贞观二十一年建，是太宗死前三年为养病而造的离宫。太宗诏令，此宫务须俭约，只在所居之殿上加瓦，其余皆苫茅草。此诗慨叹宫殿荒废，英主作古，讽刺太宗子孙未能仰其祖先之俭德。

**【原诗】** 溪回松风长，苍鼠窜古瓦。不知何王殿①，遗构绝壁下。阴房鬼火青，坏道哀湍泻。万籁真笙竽，秋色正萧洒。美人为黄土②，况乃粉黛假！当时侍金舆，故物独石马。忧来藉草坐，浩歌泪盈把。冉冉征途间，谁是长年者？

**【注释】** ①此为感慨之辞。慨叹太宗子孙未能护持玉华宫，致使宫殿荒废，面目全非，几令世人不识。　②美人：古时常用以指心目中理想之人，此指太宗。

**【译文】** 溪水迂回而流，松间的风不停地吹着，宫殿的古瓦上苍鼠在窜跳。荒凉啊这绝壁下遗留的建筑，看来人们早已忘记它是哪个帝王的宫殿了。阴暗的房间里闪烁着青青的鬼火，毁坏的道路上呜呜咽咽地流泻着急水。从孔穴里发出的各种声音真如笙竽齐鸣，秋色满眼，冷落萧条。我所尊仰的一代英主已化为黄土，何况那些凭借脂粉乔装打扮的人！当年这里曾有銮舆侍奉，而今只剩下几匹石马。忧愁袭上心头，我颓然坐在草地上，高声唱起悲凉的歌，流下满把辛酸的泪。在这匆忙的人生旅途上，谁人能够长生永存？

## 行次昭陵

**【题解】** 此诗亦当作于返鄜途中。昭陵，唐太宗陵墓，在醴泉县（今陕西礼泉）东北六十里九嵕山。诗忆太宗勘乱之功及贞观之治，叹今日国势衰微，抒发沉重的今昔之感。

**【原诗】**旧俗疲庸主[①]，群雄问独夫[②]。谶归龙凤质[③]，威定虎狼都[④]。天属尊尧典[⑤]，神功协禹谟[⑥]。风云随绝足[⑦]，日月继高衢。文物多师古，朝廷半老儒。直词宁戮辱，贤路不崎岖。往者灾犹降[⑧]，苍生喘未苏。指麾安率土，荡涤抚洪炉[⑨]。壮士悲陵邑，幽人拜鼎湖[⑩]。玉衣晨自举[⑪]，铁马汗常趋[⑫]。松柏瞻虚殿，尘沙立暝途。寂寥开国日，流恨满山隅。

**【注释】**①庸主：指六朝诸君主。　②群雄：指隋末各路英雄如李密、窦建德等。独夫：指隋炀帝。　③谶（chèn）：谶语。事后应验的预言。《旧唐书》载：太宗方四岁，有书生见之曰："龙凤之姿，天日之表，年将二十，必能济世安民。"　④虎狼都：隋朝建都关中，即秦都旧地。《苏秦传》："秦，虎狼之国也。"太宗得天下，关键在于首先占据关中地区。⑤天属：指太宗与高祖的血缘关系。尧：指高祖李渊。高祖谥"神尧皇帝"。　⑥禹谟：大禹的治国方略。　⑦绝足：千里马。　⑧往者：指太宗贞观初年。史载，自隋末大水灾后，天下连遭水旱，至贞观初年犹是。⑨洪炉：大火炉。此喻天下。　⑩鼎湖：传说为黄帝乘龙升天之处。此代指昭陵。　⑪《汉武故事》载：高皇庙中，御衣自箧中出，舞于殿上。⑫《唐会要》载：高宗欲阐扬先帝徽烈，乃刻石为常所乘破敌马六匹于昭陵阙下。《安禄山事迹》载：潼关之战，官军既败，忽见黄旗军数百队，与贼将交战。黄旗军不胜，退而又战者数次，俄而消失。后昭陵守吏报告，此日灵宫前石人石马大汗淋漓。以上二句，言太宗灵气犹存。

**【译文】**前朝的百姓被庸主搞得疲惫不堪，各路英雄向独夫兴师问罪。太宗皇帝果然应了龙凤姿质的谶语，以武力平定了关中地区。他作为高祖的后代尊从神尧皇帝制定的典章制度，表现出神一样的功力是因为决策符合大禹的治国方略。风云际会，群英追随；日月光明，巡行天宇。礼乐典章多效法古代，朝中的官吏多半是年老的学者。直言进谏者没有受刑遭辱的，纳贤的道路平坦宽阔。那时候天灾还在继续，民生凋敝尚未复苏。太宗皇帝颁布政令以安定四海，涤荡污浊以平抚天下。到如今一代英主已去，留下一座陵墓供壮士悲慨供幽人拜谒。然而他的阴灵犹在，玉衣在清晨仍然扬举，陵前的石马时常洒汗驰驱。我在松柏林中瞻仰这寂静的宫殿，在漠漠尘沙中立身于昏暗的征途。想起那开国盛日如今已归于寂寞，心中的遗恨不禁充满山隅。

## 彭衙行

**【题解】** 此诗当作于返鄜途中。彭衙，古邑名，春秋时秦地，晋时已废，故城在陕西白水县东北六十里，即今之彭衙堡。杜甫此行道经彭衙之西，想起一年前携家逃难时路过彭衙附近的同家洼，受到孙宰热情招待的往事，作诗以记感，赞美乱世中难得的朋友亲情。

**【原诗】** 忆昔避贼初，北走经险艰。夜深彭衙道，月照白水山。尽室久徒步，逢人多厚颜。参差谷鸟鸣，不见游子还。痴女饥咬我，啼畏虎狼闻。怀中掩其口，反侧声愈嗔。小儿强解事，故索苦李餐。一旬半雷雨，泥泞相牵攀。既无御雨备，径滑衣又寒。有时经契阔，竟日数里间。野果充糇粮，卑枝成屋椽。早行石上水，暮宿天边烟。小留同家洼，欲出芦子关①。故人有孙宰②，高义薄层云。延客已曛黑，张灯启重门。暖汤濯我足，剪纸招我魂③。从此出妻孥，相视涕阑干。众雏烂熳睡，唤起沾盘飧。誓将与夫子，永结为弟昆！遂空所坐堂，安居奉我欢。谁肯艰难际，豁达露心肝？别来岁月周，胡羯仍构患。何当有翅翎，飞去坠尔前！

**【注释】** ①芦子关：又名芦关。在今陕西志丹县北与靖边县交界处。 ②宰：唐人对县令的尊称。孙氏大概曾作过县令。 ③古时风俗，剪纸作旐，以招人魂。杜甫沿途受了许多惊吓，故孙宰有此举。

**【译文】** 回想去年为躲避叛军而开始逃亡，向北逃奔经历了许多艰难险阻。夜深之时走在彭衙的道路上，凄凉的月色照着白水县的山岭。全家人长久地徒步跋涉，遇到熟人真觉得难以为情。布谷鸟高一声低一声地叫着“不如归”“不如归”，却不见有游子返回家园。娇痴的小女儿饿得咬我的肉，真担心她的哭声会招来虎狼。把她抱在怀中捂住她的嘴，她挣扎着，哭声反倒更大了。小儿们为表现自己懂事，故意索取路边的苦李子吃。一旬之中有一半是雷雨天气，一家人相互拉着拽着在泥泞里挣扎。既没有遮雨的器具，道路又滑，衣服又不能御寒。有时遇到特别难走的地方，走了一天也不过是几里路。野果充作干粮，低矮的树枝当作夜宿的房屋。一早起来就踩着石头趟着水赶路，傍晚就住在烟雾弥漫的山野间。在同家洼小住几日，打算北出芦子关。在同家洼遇到了老朋友孙宰，他对我的情义可说是高近云天。他把我们请进家里，当时天已昏黑，举起灯笼为我们打开一道道的门。烧了盆热水让我们洗脚，剪成纸旐为我们招魂。一切做完，又为我们引见了他的妻室儿女，两家人对看着，泪水都流了满脸。孩子们东倒西歪地睡在炕上，我把他们叫醒，来蒙惠这难得的晚餐。你对我说："老夫子啊，我发誓与你永远结作好弟兄！"于是腾出所坐的那间房，让我们安心居住得到欢欣。唉，在这样艰难的岁月，谁肯如此豁达、赤诚相助呢？自从那次分别到现在已满一年，叛军仍在制造祸乱。怎样才能长出一双翅膀啊？好一下飞落到你的面前。

## 羌村三首

**【题解】**这组诗当作于至德二载（757）八月，时杜甫经过艰难跋涉，终于回到羌村。诗写与家人相见之悲喜，与邻里交往之情事，以及心忧国事等，充满乱世之慨叹。

### 其一

**【原诗】**峥嵘赤云西，日脚下平地①。柴门鸟雀噪，归客千里至。妻孥怪我在，惊定还拭泪。世乱遭飘荡，生还偶然遂。邻人满墙头，感叹亦歔欷。夜阑更秉烛，相对如梦寐。

**【注释】**①日脚：夕阳穿过云隙射下来的光柱。

**【译文】**火烧云像山一样耸立在西天，日脚踏穿云层落到地面。柴门上的鸟雀欢快地鸣叫，千里投归的我终于到家了！妻儿们惊疑地望着我，没料到我还活在人世；直到惊魂已定，仍不住地擦着眼泪。生逢乱世我经受了飘泊流离的苦难，能够活着回来实在是很偶然的事。邻居们趴满了墙头，在声声感叹默默哭泣。夜深之际又把蜡烛点亮，一家人面面相对觉得如同作梦一样。

### 其二

**【原诗】**晚岁迫偷生，还家少欢趣。娇儿不离膝，畏我复却去。忆昔好追凉[1]，故绕池边树。萧萧北风劲，抚事煎百虑。赖知禾黍收，已觉糟床注[2]。如今足斟酌，且用慰迟暮。

【注释】①昔：指一年前初来羌村时。追凉：乘凉。初来羌村时，正值夏季，故天热而思乘凉。此次回羌村，已值秋天，仍欲乘凉，则为忧心煎熬所致。 ②糟床：榨酒的器具。

【译文】晚年的我可算是被迫苟且偷生，回到家中也没有多少乐趣。娇儿们在我膝前绕来绕去，看到我的脸色不好便害怕地走开了。回想去年夏天初到羌村，我爱在房屋附近的池边树下乘凉，颇感快意，现在何不再去转转以遣愁怀，于是就去那里走了几圈。可是如今已是秋季，萧萧的北风吹得正紧，对景生情，抚事伤怀，又增添了难以忍受的众多忧思。幸而得知禾黍已经收获，似乎听到糟床上酒液下流的声音。如今有了够喝的酒，姑且用它来安慰我的迟暮之年吧。

## 其　三

【原诗】群鸡正乱叫，客至鸡斗争。驱鸡上树木[1]，始闻叩柴荆。父老四五人，问我久远行。手中各有携，倾榼浊复清[2]。莫辞酒味薄，黍地无人耕。兵戈既未息，儿童尽东征。请为父老歌，艰难愧深情。歌罢仰天叹，四座泪纵横。

【注释】①“驱鸡”句：据石声汉《齐民要术今释》，知黄河流域养鸡，到唐代还一直有让鸡栖息在树上的。“驱鸡上树木”，就是把鸡赶回窝，让它们安静下来。 ②榼（kè）：古时盛酒的器具。

【译文】客人来到的时候，群鸡正在乱叫、争斗，把鸡轰到树上安静下来，才听到有人在敲柴门。进门的是四五位父老乡亲，来慰问我这长年远行的人。他们各自提着一些酒食，倾榼倒酒，那酒有的浑浊有的清。父老们说：“请不要嫌弃酒味淡薄，因为黍地没有正经劳力耕种啊。战争还没有停下来，孩子们都去东征打仗了。”父老们，请让我为你们唱支歌吧，在这艰难的时代里，你们这样款待我，真叫我愧对你们的一片深情。唱完歌不禁仰天长叹，满座的父老个个哭得苦泪纵横。

# 北　征

【题解】此诗当作于至德二载（757）八月。时杜甫回到羌村，稍事休息，命笔创作了这首名诗。诗以真实的笔墨记录了临行前的恋阙之情，上路后目睹战争所造成的农村凋敝惨象，到家后所见家境的困苦之状，对安史之乱这场空前浩劫作了真实的艺术的概括，堪称“诗史”。贯穿于全诗的思想是忧国忧民，作者用谏臣的笔墨对当时的国政提出了弥足珍贵的建议，诸如向回纥借兵应予节制等等，皆具有先见之明。此诗与前作《咏怀五百字》俱为杜甫五古长篇的代表作，它们不仅全面地表达了作者的思想、感情和个性，也充分地显示出杜诗“沉郁顿挫”的风格。

【原诗】皇帝二载秋，闰八月初吉。杜子将北征，苍茫问家室。维时遭艰虞，朝野少暇日。顾惭恩私被，诏许归蓬荜。拜辞诣阙下，怵惕久未出。虽乏谏诤姿①，恐君有遗失。君诚中兴主，经纬固密勿。东胡反未已，臣甫愤所切。挥涕恋行在，道途犹恍惚。乾坤含疮痍，忧虞何时毕？靡靡逾阡陌，人烟眇萧瑟。所遇多被伤，呻吟更流血。回首凤翔县，旌旗晚明灭。前登寒山重，屡得饮马窟。邠郊入地底②，泾水中荡潏③。猛虎立我前，苍崖吼时裂。菊垂今秋花，石戴古车辙。青云动高兴④，幽事亦可悦。山果多琐细，罗生杂橡栗。或红如丹砂，或黑如点漆。雨露之所濡，甘苦齐结实。缅思桃源内⑤，益叹身世拙。坡陀望鄜畤⑥，岩谷互出没。我行已水滨，我仆犹木末。鸱鸟鸣黄桑，野鼠拱乱穴。夜深经战场，寒月照白骨。潼关百万师，往者散何卒⑦！遂令半秦民，残害为异物。况我堕胡尘，及归尽华发。经年至茅屋，妻子衣百结。恸哭松声回，悲泉共幽咽。平生所娇儿，颜色白胜雪。见耶背面啼，垢腻脚不袜。床前两小女，补绽才过膝。海图坼波涛⑧，旧绣移曲折。天吴及紫凤⑨，颠倒在短褐。老夫情怀恶，呕泄卧数日。那无囊中帛，救汝寒凛栗？粉黛亦解包，衾裯稍罗列。瘦妻面复光，痴女头自栉。学母无不为，晓妆随手抹。移时施朱铅，狼籍画眉阔。生还对童稚，似欲忘饥渴。问事竞挽须，谁能即瞋喝？翻思在贼愁，甘受杂乱聒。新归且慰意，生理焉得说？至尊尚蒙尘，几日休练卒？仰观天色改，坐觉妖氛豁。阴风西北来，惨淡随回纥⑩。其王愿助顺，其俗善驰突。送兵五千人，驱马一万匹。此辈少为贵，四方服勇决。所用皆鹰腾，破敌过箭疾。圣心颇虚伫，时议气欲夺⑪。伊洛指掌收⑫，西京不足拔。官军请深入，蓄锐可俱发。此举开青徐⑬，旋瞻略恒碣⑭。昊天积霜露，正气有肃杀。祸转亡胡岁，势成擒胡月。胡命其能久？皇纲未宜绝。忆昨狼狈初⑮，事与古先别。奸臣竟菹醢，同恶随荡析。不闻夏殷衰，中自诛妹妲⑯。周汉获再兴，宣光果明哲⑰。桓桓陈将军，仗钺奋忠烈⑱。微尔人尽非，于今国犹活。凄凉大同殿⑲，寂寞白兽闼。都人望翠华，佳气向金阙。园陵固有神，扫洒数不缺。煌煌太宗业，树立甚宏达。

**【注释】**①杜甫时任左拾遗，为谏官，曾因疏救房琯而触怒肃宗，险遭不测。 ②邠：邠州，今陕西彬县。杜甫当时在山上，故望邠郊低陷。 ③泾水：水名，渭河支流。 ④青云：高空上的云，此处借指高空。此时杜甫在山头上。 ⑤桃源：晋陶潜作《桃花源记》，描绘了一个无忧无虑的理想社会。 ⑥鄜畤：秦文公所筑祭天的坛场。此指鄜州。 ⑦天宝十五载六月，哥舒翰以二十万兵守潼关，拒贼西进。杨国忠逼迫哥舒翰出关迎敌，导致全军覆没。 ⑧海图：绣着海景的图障。 ⑨天吴：传说中的水神，虎身人面，八手八足八尾。 ⑩史载，至德二载九月，郭子仪劝肃宗向回纥（即今维吾尔族）借兵以助平叛，肃宗允应。怀仁可汗派其子叶护率精兵四千至凤翔。 ⑪时议：指当时不同意向回纥借兵的主张。 ⑫伊洛：伊水、洛水。此借指洛阳。 ⑬青徐：青州、徐州，指今山东、苏北一带。 ⑭恒碣：恒山和碣石山，指河北一带。 ⑮史载，天宝十五载六月，叛军越过潼关逼近长安，玄宗弃城西逃，行至马嵬驿，六军不进。担任护驾重任的龙武将军陈玄礼除灭奸臣杨国忠及其亲属，并请玄宗赐死杨贵妃。 ⑯妹妲：妺喜、妲己。妺喜是夏桀的女宠，妲己是殷纣王的女宠。 ⑰宣光：周宣王和光武帝。皆中兴之主。 ⑱陈将军：指陈玄礼。钺：古代兵器，形似斧而较大，为兵权的象征。 ⑲大同殿：在长安南内兴庆宫中，勤政楼北。史载，天宝七载，大同殿柱上长出灵芝，有神光照殿。

**【译文】**肃宗皇帝至德二载闰八月初一日，我即将向北远行，怀着迷茫的心情去探望久别的家室。此时国家正处在艰难危困之中，朝野上下都很少有闲暇的日子。想来惭愧，我却独自蒙受了恩典，皇帝下诏允许我回到蓬门荜户的家里去探亲。为辞别天子我来到宫殿前，心情惶恐地久久站在那里。自己虽然不能算是称职的谏官，还是担心君主在执政上有所遗漏。君主的确是中兴之主，计划国家大事费尽了心力。但是安史叛军还在作乱，这是臣子我切齿痛恨和放心不下的。挥着眼泪依依不舍地离开宫殿，上了路依然心情恍惚。天地间到处都是战乱的创伤，忧患何时才能结束？我没精打采地在田间道路上走着，四野里人烟稀少，萧瑟凄凉。遇到的人大多带着伤，呻吟着，流着血。回过头望望天子所驻的凤翔县，那里的旌旗在晚烟中若隐若现。继续前行，翻越重叠的寒山，时时遇见军人掘出的饮马窟穴。邠州郊野地势低陷，混浊的泾水从中间流过。苍崖怪石裂开大口，像吼叫的老虎蹲在我的面前。一年一度的野菊照例绽开了今秋的花瓣，坎坷的石路上印着古时的车辙。站在高山顶上萌生出高雅的兴致，山间的幽景也还可以悦人心怀。山果树大多结出细碎的果实，与栎树的果实相杂在一起。有的山果红如颗颗朱砂，有的黑如点点乌漆。它们受到雨露的滋润，不管甜的苦的都一齐结了出来。于是我缅怀那和平安乐的桃源世界，由此更加感叹现实世界难以生存。远望前面山冈起伏、崖谷交错的地方，那就是鄜州了，不禁加快了脚步。我已经走到山坡下面的水边，我的仆人还在山腰上走着，仰望过去，就像走在树梢上。深夜里路过一片战场，寒冷的月光照在白骨上，鸱鸟在枯黄的桑树上悲鸣，野鼠在乱坟间向人拱手而立。当年守卫潼关的百万唐军，因战略错误而迅速瓦解，致使秦地百姓多半被叛军杀害，沦为异物。何况我也遭到叛军的囚禁，归来时已然头发尽白。经过一年的离别，今日回到家里，只见妻子儿女都穿着褴褛的衣裳。亲人相逢，抱头痛哭，松涛声回应着哭声，悲凉的泉水也一同呜咽着。一向娇惯的小儿，饿得面色惨白如雪。见到爹来就背过脸去啼哭，他浑身泥垢，脚上连双袜子都没有。床前站着两个小女儿，穿着补丁叠补丁的衣裳，衣裳短得刚刚过了膝盖。那些补丁是从旧绣上剪下来的碎布，东一块西一块地错乱了原有的图案：海图的波涛被拆碎了，天吴和紫凤也是东倒西歪。我的心情不好，又吐又泻，躺了几天才爬起来。身为妻夫子父，哪能不取出行囊中的财帛，去拯救她们的饥寒呢？胭脂粉黛从包裹中拿了出来，被褥床帐也稍微添置了一些。瘦弱的妻子重现了脸上的光彩，娇痴的小女自己动手梳理头发。她们事事都学着母亲去做，早晨梳妆时也跟着信手涂抹，好半天才打扮完了，哈！两道眉毛画得又乱又粗。能够活着回来面对天真的儿女，还有什么比这更快乐的？我似乎把饥渴都完全忘了。孩子们向我问这问那，还争着捋我的胡子，虽说不成体统，可是谁能立即拉下脸来喝斥他们呢？回想被囚禁在长安时的愁苦寂寞的生活，则此时领受孩子们的吵闹与纠缠倒觉得很甜。刚刚回到家里，姑且过几天舒心的日子吧，以后的生活问题哪里顾得上去说？天子还在蒙受风尘，什么时候才能停止战争？仰头观望天空，气象已有改变，我顿时觉得妖氛已经散开，叛军的凶焰即将熄灭了吧。惨淡的阴风从西北吹来，追随着回纥的兵马。回纥的首领愿意帮助我们平定叛乱，那里的民众擅长骑射和冲锋陷阵。回纥送来五千精兵，赶来一万匹战马。这些回纥兵还是少用为好，他们的勇敢和果决镇服四方。派来的战士都像鹰一样地冲腾无畏，能以超过飞箭的速度击破敌人。皇上正在虚心期待回纥的援助，那些不同意借兵的议论也不敢再坚持。东京洛阳可以轻易地收复，西京长安更不值得一攻。官军士气高涨，请求深入敌阵，蓄足锐气一同出动。一举攻下青州和徐州，接着就可看到恒山和碣石被收复。眼下秋天来临，霜露渐重，天地正气呈现肃杀之象。涤荡污秽的时候来到了，厄运转到叛军的日子来到了！捉拿、消灭叛军的大势已经形成。叛军的小命岂能长久？大唐王朝的纲纪是不应断绝的！回忆当年玄宗皇帝弃城出走时，他采取的应变措施就与古代帝王不同。他果决地把奸臣杨国忠处死，随后对杨国忠的家族和党羽也予以清除，包括他所宠幸的杨贵妃。我们没听说过夏桀和殷纣王行将倒台的时候，在宫中自己下手剪除妹喜和妲己。肃宗皇帝果然是明哲君主，就像周宣王、汉光武使周、汉获得中兴一样。威武的陈玄礼将军呵，你手握护驾的斧钺，奋起忠烈的气概，清除了杨氏奸臣。如果没有你，人民将沦为异族的奴隶；由于有了你，至今国家还存在着。眼下长安还没收复，大同殿、白虎门一片寂寞凄凉。京城的人们盼望皇帝的翠华仪仗早日归来，兴旺之气朝向金碧辉煌的宫阙走来。陵园里列祖列宗的神灵当然在护佑着我们，收复长安后要去洒扫、祭祀，不能缺了礼数。光辉盛大的太宗基业，将会重振雄风，必定前途远大！

## 喜闻官军已临贼境二十韵

**【题解】** 此诗当作于至德二载（757）秋，时杜甫在羌村。这年九月，广平王李俶率朔方等官军及回纥援军十五万，从凤翔出发东进，直逼长安，列阵于香积寺北，沣水之东，准备与叛军决战。消息传到羌村，杜甫心情异常振奋，写此诗为官军呐喊助威。此诗一改以往的沉闷情调，以激扬的笔调、铿锵的音律，预先为官军祝捷，与其后所作的《闻官军收河南河北》在感情上同调，是杜甫一生中仅有的两首快诗。

**【原诗】**胡骑潜京县，官军拥贼壕。鼎鱼犹假息，穴蚁欲何逃！帐殿罗玄冕①，辕门照白袍②。秦山当警跸③，汉苑入旌旄。路失羊肠险，云横雉尾高。五原空壁垒④，八水散风涛⑤。今日看天意，游魂贷尔曹。乞降那更得？尚诈莫徒劳！元帅归龙种⑥，司空握豹韬⑦。前军苏武节⑧，左将吕虔刀⑨。兵气回飞鸟，威声没巨鳌。戈鋋开雪色，弓矢向秋毫。天步艰方尽，时和运更遭。谁云遗毒螫？已是沃腥臊。睿想丹墀近，神行羽卫牢。花门腾绝漠⑩，拓羯渡临洮⑪。此辈感恩至，羸俘何足操？锋先衣染血，骑突剑吹毛。喜觉都城动，悲怜子女号。家家卖钗钏，只待献香醪。

**【注释】**①帐殿：《唐六典》载：凡大驾行幸，预设三部帐幕，皆以乌毡为表，朱绫为覆，下有紫帷方座，金铜行床，覆以帘，其外置排城以为蔽捍。 ②白袍：《梁书·陈庆之传》载：陈庆之所率之兵，皆着白袍，所向披靡。 ③警跸：古代帝王出入时，在所经路途设警清道，谓之警跸。④五原：《长安志》：长安、万年二县之外，有毕原、白鹿原、少陵原、高阳原、细柳原，谓之五原。 ⑤八水：《关中记》：泾、渭、浐、灞、涝、滈、沣、潏为关内八水。 ⑥元帅：指广平王李俶。至德元载九月为天下兵马元帅。 ⑦司空：指郭子仪。至德二载四月，郭子仪为司空。八月，兼天下兵马副元帅。豹韬：古代兵书《六韬》篇名之一，相传为吕尚所撰。亦借指用兵的韬略。 ⑧前军：指李嗣业。时李嗣业统前军，列阵于香积寺北。李嗣业统领的都是蕃夷四镇士兵，故以苏武之典属国（官职名，掌管少数民族事务）作比。 ⑨左将：指朔方左厢兵马使仆固怀恩。吕虔：据《晋书·王祥传》附王览传载，吕虔有佩刀，工相之，以为必登三公可佩此刀。 ⑩花门：山名，在居延海北三百里。唐初在该处设立堡垒。天宝时为回纥占领，后因以“花门”为回纥的代称。 ⑪拓羯：唐代西北地区对战士的称呼。来自伊朗语。临洮：郡名，唐属陇右道。

**【译文】**叛军在京郊一带隐蔽，官军包围了敌人的壕垒。鼎中之鱼犹在苟延残喘，穴中之蚁想往何处逃！肃宗的帐殿里百官齐列，辕门外站满了所向披靡的士兵。岿然耸立的秦山一路为君主警戒，大唐的旌旗即将飘进久违的宫苑。大路平坦，无复羊肠险阻；雉扇高举，仪仗如云横亘。五原地区，敌人徒然设置那么多的壁垒；关中八水，也平复了昔时险恶的风涛。今日察看老天的心意，是要将灭亡的命运给予你们这些叛贼。乞求投降，再也办不到；施展诡计，更是徒劳之举。如今元帅的重任归于太子，司空郭子仪精于用兵的韬略。前军将军李嗣业怀着苏武一样的操守，左将仆固怀恩身挂吕虔的佩刀。兵气威严，使飞鸟为之退避；杀声如雷，令巨鳌为之隐匿。锋利的戈鋋寒光似雪，精湛的射技可中秋毫。艰难的时运将告终结，天气和顺，又遇上好运来临。谁说会遗留下一些毒虫？官军将像热水涤荡腥臊那样彻底消灭叛军！皇上正在向龙庭靠近，六军是牢靠的卫队。回纥的援军从大漠飞腾而来，西北地区的战士也已渡过了临洮。这些人为感戴我皇恩典而来，那疲惫软弱的叛贼哪里值得他们摆布？他们冲锋在先，敢于战袍染血；骑马突击，其势如同吹毛可断的利剑。我欣喜地感觉到整个京都都在跃动，又伤心地听到叛军溃逃前疯狂屠城、百姓子女可怜的哭嚎声。然而胜利的曙光总算望见了，家家户户都在变卖首饰换取美酒，只待京都光复向将士们敬献！

## 收　京　三　首

**【题解】**这组诗当作于至德二载（757）十一月，时杜甫在羌村。这年九月，官军收复长安，十月收复洛阳，十月二十八日肃宗入长安。两京收复，杜甫并未完全沉入喜悦之中，而是追思痛心的往事，展望来日国事之艰难，表现了冷静的头脑。

### 其　一

**【原诗】**仙仗离丹极①，妖星照玉除②。须为下殿走③，不可好楼居。暂屈汾阳驾④，聊飞燕将书⑤。依然七庙略⑥，更与万方初。

**【注释】**①仙仗：天子的仪仗。丹极：宫廷。此句指天宝十五载六月，玄宗仓皇离京西逃事。　②妖星：指安禄山。《安禄山事迹》载：禄山出生之夜，有一颗明亮的妖星落入其母房中。　③《资治通鉴》载：梁武帝大通六年，武帝听到谚语“荧惑（指火星）入南斗，天子下殿走。”于是光着脚下殿以祈祷消灾。　④《庄子·逍遥游》中说，尧在汾水之阳藐姑射之山遇见神人后，其心乃远游于世外，忘了他的天下。此借指玄宗西游蜀地，放弃国事。 ⑤《史记·鲁仲连邹阳列传》载：战国时，燕将攻占齐国的聊城，齐兵反攻，久未攻下。鲁仲连写信用箭射入聊城，燕将见信后自杀。唐朝官军自香积寺大捷之后，声威大振，叛贼胆落，贼将严庄投降，史思明纳款，彻底平息叛乱已属轻易，故用仲连射书取城事。 ⑥七庙略：即庙略，安邦定国的重大谋略。七庙，指四亲庙（父、祖、曾祖、高祖）、二祧（远祖）和始祖庙。

**【译文】**玄宗的仪仗离开了龙庭，因为妖星的光芒照在了宫殿的台阶上。天子应须下殿奔走，不可以再居住好楼。屈驾西蜀只是暂时之举，彻底平息叛乱已然易如反掌。安邦定国的大略依然如旧，重新给天下一个美好的开端。

## 其 二

**【原诗】**生意甘衰白，天涯正寂寥。忽闻哀痛诏，又下圣明朝①。羽翼怀商老②，文思忆帝尧③。叨逢罪己日，洒涕望青霄。

**【注释】**①“忽闻”二句：史载，肃宗还京后，于十一月壬申，御丹凤楼，下诏曰：“早承圣训，尝读《礼经》，义切奉先，恐不克荷。” ②商老：指秦末东园公、角里先生、绮里季、夏黄公四位老人，隐居于商山，汉高祖敦聘而不出仕。吕后用张良策，令太子招此四人与游。使高祖认为太子羽翼已成。杜甫以商老借指李泌。李泌，幼以才智闻名，长大后，好神仙道术，常游嵩华终南。天宝年间，侍奉太子李亨，即后来的肃宗皇帝。后因杨国忠排挤而归隐。肃宗即位后派人把他找来，在平叛期间参谋策划军国大事，功绩卓著。当东西两京收复之后，归衡山隐居。 ③文思：指才智与道德。古代专用以称颂帝王，《书·尧典》称尧“钦明文思”。尧曾让位于舜，玄宗亦让位于肃宗。

**【译文】**对于生命我能自甘衰老，只是因为远离朝廷而感到寂寞无聊。忽闻肃宗皇帝的哀痛诏书，又从圣明的王朝传下了。作为肃宗羽翼的李泌归隐了，令人无限怀念，一如怀念那商山四皓；说起才智和道德，怎能忘记玄宗皇帝，一如永忆那禅位于舜的帝尧。幸逢皇帝引咎自责的庄重时日，我不禁热泪滚滚，久久仰望青霄。

### 其　三

【原诗】汗马收宫阙，春城铲贼壕。赏应歌《杕杜》[1]，归及荐樱桃[2]。杂虏横戈数，功臣甲第高。万方频送喜，无乃圣躬劳[3]？

【注释】①《杕杜》：《诗·小雅》篇名。诗意为慰劳戍役归还者。　②荐樱桃：《月令》载：仲夏之月，天子向祖先寝庙进献樱桃。　③二句申述忧虑，唯恐万方送喜，致使天子飘飘然，不能致力于彻底平叛。

【译文】经过劳苦征战，终于收复了宫阙。充满生机的长安城里，人们正忙着铲平叛军留下的壕垒。犒赏士兵，此时大概正在唱《杕杜》之歌吧；回归京都，能赶上来春向祖庙敬献樱桃。杂虏们多次兴兵作战，致使功臣们都住上了头等府第。天下各地频频向朝廷报喜，这不是让天子过于劳神了吗？

## （五）从鄜州到长安

### 重经昭陵

【题解】此诗当作于至德二载（757）十一月，时杜甫携家属从羌村返长安，途中复经昭陵。诗以高度精炼的语言概括了太宗的创业与守业的丰功，表达了对一代英主的怀念之情。

【原诗】草昧英雄起，讴歌历数归[1]。风尘三尺剑，社稷一戎衣。翼亮贞文德[2]，丕承戢武威[3]。圣图天广大，宗祀日光辉。陵寝盘空曲，熊罴守翠微[4]。再窥松柏路，还见五云飞。

【注释】①历数：指古代帝王代天理民的顺序。即朝代的更替。　②翼亮：辅佐。　③丕承：很好地继承。戢（jí）：收敛。　④翠微：翠绿的山色。此指太宗陵墓。昭陵凿九嵕山而建，玄宫在山腰，悬绝百仞，岩间设有栈道。

【译文】隋末时局混乱黑暗，英雄揭竿而起，上天把治民的重任归于大唐。太宗手持三尺利剑出没于战斗的风尘里，一身戎装开创了国家的基业。他坚持以礼乐教化来辅佐朝廷，很好地继承着儒家的道统，竭力止息武力。他的宏图像天空一样广大，垂统之远像太阳一样永放光辉。陵寝盘绕在高险的山峰上，有熊罴一样威猛的武士在守卫。我再次来到这条松柏路上，见到有五色祥云在眼前飘飞。

## 送郑十八虔贬台州司户，伤其临老陷贼之故，阙为面别，情见于诗

【题解】此诗当作于至德二载（757）冬，时杜甫在长安，继续任左拾遗。郑虔与杜甫可谓患难之交。叛军攻陷长安后，郑虔被押入洛阳，安禄山逼他接受伪职，他托病没有就任，还暗中向肃宗临时政府投递叛军机密情报，其后，又冒险逃出洛阳。长安收复后，他被定为三等罪，贬为台州（今属浙江）司户参军。杜甫返回长安不久，郑已上路，未及给他饯行，深以为憾，作此诗为其所受的“严谴”抱不平。

【原诗】郑公樗散鬓成丝①，酒后常称老画师。万里伤心严谴日，百年垂死中兴时。苍惶已就长途往，邂逅无端出饯迟。便与先生应永诀，九重泉路尽交期。

【注释】①樗散：樗木散材，比喻不为世用。樗，臭椿。旧时重读书仕进而轻技艺，郑虔虽书画技艺精绝，但官职微贱，故有此比。下句自称“老画师”亦属此意。

【译文】郑公被人看作樗木散材，官职微小年纪又老，酒酣之后常称自己不过是个老画师。我为你遭到严谴、远贬万里而伤心不已，人生即便百年，你也快到了生命尽头，却又偏偏赶上国家中兴的时候。你已匆忙走上漫长的旅途前往任所，我却偶然因事来迟未能为你饯行。纵然此生你我已成永别，然而在那九重黄泉路上我们还会长久交往。

## 腊　日

【题解】此诗当作于至德二载（757）十二月，时杜甫在长安任左拾遗。腊

日，农历腊月初八。诗写春光早至，寓升平之赞，及朝官蒙恩之事。

**【原诗】**腊日常年暖尚遥，今年腊日冻全消。侵陵雪色还萱草①，漏泄春光有柳条。纵酒欲谋良夜醉，归家初散紫宸朝②。口脂面药随恩泽③，翠管银罂下九霄④。

**【注释】**①萱草：多年生宿根草本，俗称金针菜、黄花菜，可作蔬菜，亦可观赏。古人认为种植萱草可以忘忧，故又称其为忘忧草。 ②紫宸：宫殿名，皇帝接见群臣的内朝正殿，在大明宫内。 ③《景龙文馆记》：皇帝于腊日召见近臣，晚自北门入于内殿，赐食，并赠口脂腊脂。“口脂面药”，实即防冻膏之类。 ④翠管银罂（yīng）：用以盛“口脂面药”的容器。

**【译文】**往年的腊日距离春暖还很遥远，今年的腊日竟然冰冻全消。侵凌雪色的还是要属那先绿的萱草，泄漏春光的是那嫩黄的柳条。在这美好的夜晚，我和同僚尽情饮酒谋求一醉；黎明时在紫宸殿朝罢天子，兴冲冲地回往家中。口脂面药伴随皇帝的恩泽，手持翠管银罂走出龙庭。

## 奉和贾至舍人早朝大明宫

**【题解】**此诗当作于肃宗乾元元年（758）春，时杜甫在左拾遗任上。中书舍人贾至作了一首《早朝大明宫》，杜甫、王维、岑参等僚友相继唱和。杜甫此诗咏宫廷春色，兼赞贾至文才之美。

**【原诗】**五夜漏声催晓箭①，九重春色醉仙桃。旌旆日暖龙蛇动②，宫殿风微燕雀高。朝罢香烟携满袖，诗成珠玉在挥毫。欲知世掌丝纶美③，池上于今有凤毛④。

**【注释】**①漏：古时用以计时的漏壶。箭：指壶中刻有时辰的浮标。 ②旂（qí）：古代画有两龙并在竿头悬铃的旗。 ③世掌丝纶：贾至父亲贾曾也作过中书舍人，故称。中书舍人之职是为皇帝写诏书，即所谓“掌丝纶”。丝，细缕；纶，粗绦。《礼记》：“王言如丝，其出如纶。”是说帝王的一句微言也会产生巨大作用。后因以“丝纶”称皇帝的诏书。 ④池：凤凰池，即中书省。凤毛：比喻文辞优美。

**【译文】**五更时分，漏壶的滴水声催动着计时的箭牌冉冉上升。大明宫内，春色似锦，桃花如醉，一片鲜红。在微风暖日下，旌旗上的龙蛇图形缓缓舞动；燕雀声声欢鸣，盘旋于宫殿的上空。退朝归来，您的衣袖里携满了金殿的香烟；挥毫作诗，诗篇如同珍珠美玉光彩晶莹。要想得知世代执掌诏书的美好情事，请看如今中书省内又来了一位才华出众的精英。

## 宣政殿退朝晚出左掖

**【题解】**此诗当作于乾元元年（758）春，时杜甫在左拾遗任上。宣政殿，即正衙殿，在大明宫后面。殿东为门下省所在，殿西为中书省所在。左拾遗属门下省，故下朝后出左掖（左便门）。诗写殿中春景及侍臣生活。

**【原诗】**天门日射黄金榜，春殿晴曛赤羽旗。宫草霏霏承委佩，炉烟细细驻游丝。云近蓬莱常五色①，雪残鳷鹊亦多时②。侍臣缓步归青琐③，退食从容出每迟。

**【注释】**①蓬莱：大明宫的别称。 ②鳷鹊：道观名。 ③青琐：装饰在宫门上的青色连环花纹。此代指门下省门。

**【译文】**阳光照耀着宣政殿，殿门上的黄金匾金光闪闪，赤羽旗被映得红光艳艳。茂盛的宫草承托着垂地的佩带，细细的炉烟挽住了空中的游丝。蓬莱宫上常有五色祥云临近，鳷鹊观的阴脊上还覆有经久未消的残雪。身为侍臣的我缓步回到青琐门，下班回家吃饭每每错过了时间却能从容自得。

## 紫宸殿退朝口号

**【题解】**此诗当作于乾元元年（758）春，是杜甫退朝时随口吟成的。诗写侍臣生活。紫宸殿，在宣政殿北。

**【原诗】** 户外昭容紫袖垂①，双瞻御座引朝仪。香飘合殿春风转，花覆千官淑景移。昼漏稀闻高阁报②，天颜有喜近臣知。宫中每出归东省③，会送夔龙集凤池④。

**【注释】** ①昭容：宫中女官，正三品。唐制，三品官以上服紫。 ②高阁：《长安志》载，含元殿东南有翔鸾阁，西南有栖凤阁。 ③东省：指门下省。左拾遗属门下省。 ④夔、龙：皆舜之名臣。此借指宰相。凤池：称中书省。晋人以中书比天上凤凰，故称。

**【译文】** 紫宸殿外昭容垂着紫袖侍立，引导百官分成双行入殿朝拜皇帝。香气随着春风在宽敞的殿堂中飘转，花树荫覆着待召的群官将其淑影轻移。白天的铜壶滴漏声难以传到殿内，要靠翔鸾、栖凤两座高阁的宫女前来报时。天子有了喜色，我这做近臣的能够得知。每次退朝后回归门下省之前，都要与群僚把宰相送到凤凰池。

## 春宿左省

**【题解】** 此诗当是乾元元年（758）春，杜甫在门下省值夜时作。诗写宫中暮色夜景，及勤于政事的尽责精神。左省，即门下省。

**【原诗】** 花隐掖垣暮①，啾啾栖鸟过。星临万户动，月傍九霄多。不寝听金钥，因风想玉珂②。明朝有封事③，数问夜如何。

**【注释】** ①掖垣：唐代称中书、门下两省为掖垣。此指门下省。 ②玉珂：马络头上贝制的装饰物。 ③封事：密封的奏疏。杜甫当时为左拾遗，是谏官，掌讽谏，大事廷诤，小则上封事。

**【译文】** 花丛隐没，左省暮色降落，投宿的鸟儿啾啾地鸣叫着飞过。繁星低垂于千门万户，在轻轻地闪动。月亮依傍着耸入九霄的宫殿，殿顶上的月光显得很多。睡不着觉啊，总像听到了打开宫锁的金钥声；轻风吹动檐间的铃铎，疑是百官骑马上朝鸣响的玉珂。明天早朝有封事上奏，频频询问夜时几何。

## 晚出左掖

**【题解】**此诗亦为乾元元年（758）春天作。诗写晚回的原因，在于避人焚烧上疏的草稿，可见当时朝廷派别斗争已趋激烈。

**【原诗】**昼刻传呼浅，春旗簇仗齐。退朝花底散，归院柳边迷①。楼雪融城湿，宫云去殿低。避人焚谏草，骑马欲鸡栖。

**【注释】**①院：指门下省，即左省。

**【译文】**宫人轻声传报着时刻，旗仗在春光中簇列整齐。退朝之后百官在花树下散去，回到左省心儿又在柳边迟迷。白雪消融润湿了城楼，春云低垂接近了殿宇。避开他人烧掉了奏疏的草稿，骑马出宫已是鸡要上窝之时。

## 题省中壁

**【题解】**此诗当作于乾元元年（758）春。诗写身为谏官却无补朝政，暗含遭到冷落之意。当时宦官李辅国正唆使肃宗排挤玄宗旧臣。

**【原诗】**掖垣竹埤梧十寻①，洞门对雷常阴阴②。落花游丝白日静，鸣鸠乳燕青春深。腐儒衰晚谬通籍③，退食迟回违寸心。衮职曾无一字补④，许身愧比双南金⑤。

**【注释】**①埤：同“卑”，低矮。寻：古时以八尺为一寻。 ②雷（liù）：屋檐下接雨的长槽。 ③通籍：指初作官。意谓在朝中已有了名籍。 ④衮：天子之服。衮职，即天子。 ⑤南金：南方出产的铜。后亦借指贵重之物。张载《拟四愁诗》：“美人赠我绿绮琴，何以报之双南金。”

【译文】左省院中竹丛低矮，梧桐高可十寻，重重相对的院门对着接雨长槽，一派阴森气象。落花和游丝闲静在融和的日光里，雏燕展翅鸣鸠欢唱，不知不觉已是暮春时光。我这迂腐书生到晚年才谬受官职，每次退朝回家总是动意迟迟，深愧无所事事，违背了报国的初衷。对于天子的政事我还未曾有过一字之补，想起我曾以珍贵的“双南金”自比，实在感愧万分。

## 送贾阁老出汝州

【题解】此诗当作于乾元元年（758）暮春，时杜甫在左拾遗任上。贾阁老，即贾至，时任中书舍人，因属玄宗旧臣，而被肃宗排挤，贬为汝州（今河南临汝）刺史。诗写惜别之情，兼致安慰之意。

【原诗】西掖梧桐树①，空留一院阴。艰难归故里②，去住损春心。宫殿青门隔③，云山紫逻深④。人生五马贵⑤，莫受二毛侵⑥。

【注释】①西掖：指中书省。 ②故里：贾至故居洛阳，汝州与之邻近。 ③青门：汉朝长安城东南门，其门青色，故称。后泛指京都东门。贾至往汝州，须出东门。 ④紫逻：山名，在汝州梁县境内。 ⑤五马：古代诸侯乘车用五匹马。太守为一地之长官，乘车亦用五马，故时人呼太守为“五马”，以显其贵。唐时刺史与太守官职相当。 ⑥二毛：鬓发斑白。

【译文】中书省里的梧桐树，徒然垂下满院的绿荫！您即将艰难跋涉回归故里，我们彼此都为这春日离别而伤心。从此青门将隔断您的视线，难以见到西省；深深的紫逻山将隔绝我的视线，难以望见您所居的地方。人生能作个刺史也算身贵了，千万不可为此而愁白了两鬓。

## 送翰林张司马南海勒碑

【题解】此诗当作于乾元元年（758）春，时杜甫在左拾遗任上。翰林张司马，事迹不详，可能是个精于镌刻的人。南海，郡名，属岭南道。诗祝张司马一帆风顺，并盼其早日回归。

【原诗】冠冕通南极，文章落上台①。诏从三殿去②，碑到百蛮开。野馆浓花发，春帆细雨来。不知沧海使，天遣几时回。

【注释】①上台：泛指三公、宰辅。作者原注："相国制文。"文，指碑文。 ②三殿：唐大明宫之麒麟殿，因殿有三面，故称。翰林院在此殿西厢重廊之后。

【译文】张翰林将要前往南方极远之处，宰相已将碑文写就。您手持诏书经从三殿而出行，到了百蛮聚居的南方即可将碑文勒成。一路上乡野驿站群芳吐艳，春风细雨将伴您扬帆。不知您这远达沧海的使者，上天让您几时回还。

## 曲江陪郑八丈南史饮

【题解】此诗当作于乾元元年（758）春，时杜甫在左拾遗任上。郑八丈，当为朝廷史官。南史，是春秋时齐国史官，以不畏强权、直书史实著称。这里用以美称郑八丈。诗写个人为官失意，欲引退还乡，可知杜甫此时正遭排挤。

【原诗】雀啄江头黄柳花，䴔䴖鸂鶒满晴沙①。自知白发非春事，且尽芳樽恋物华。近侍即今难浪迹，此身那得更无家？丈人才力犹强健，岂傍青门学种瓜②？

【注释】①䴔䴖（jiāo jīng）：即池鹭，一种水鸟。鸂鶒（xī chì）：俗称紫鸳鸯。 ②《三辅黄图》载，汉朝初年，故秦东陵侯邵平种瓜于长安城东门外。其门涂青色，故称青门。

【译文】雀儿啄着江边上嫩黄的柳花，䴔䴖、鸂鶒布满了晴阳下的沙滩。我自知满头白发与春色极不相称，姑且陪您饮酒聊表我对物华的留恋。我这皇上的近侍如今看来也难再浪迹下去，人活一辈子哪能总是客居他乡而没有个家？您的才力还很强健可以再干些年，岂可学那邵平归隐青门去种瓜？

# 曲江二首

【题解】这组诗当作于乾元元年（758）春，时肃宗排挤玄宗旧臣，杜甫颇受压抑，写诗抒发苦闷。

## 其　一

【原诗】一片花飞减却春，风飘万点正愁人。且看欲尽花经眼，莫厌伤多酒入唇。江上小堂巢翡翠①，苑边高冢卧麒麟②。细推物理须行乐，何用浮名绊此身③！

【注释】①江上：曲江池边。下文“江头”亦是。　②苑：指芙蓉苑，在曲江池西南。　③浮名：虚名。身为谏官，而所议不被皇上采纳，故称。

【译文】一瓣花落就能使春色顿减，何况眼前是风飘万点，真让人愁闷。暂且观赏一下眼前这即将飘尽的春花吧，也不必拒绝那过多的美酒吸入唇。江边上的小堂冷落无人，住满了翡翠；苑边的高坟前，石雕的麒麟倒在一旁，看来已是祭扫无人。仔细推想，盛衰的变化乃是万物的规律，人生一世应及时行乐，用不着让浮名束缚自己的身心。

## 其　二

【原诗】朝回日日典春衣，每日江头尽醉归。酒债寻常行处有，人生七十古来稀。穿花蛱蝶深深见，点水蜻蜓款款飞。传语风光共流转，暂时相赏莫相违。

【译文】每天散朝回来都要典当春衣，得了钱就到江边酒家痛饮，直到沉醉方归。酒债对我来说已是寻常之事，走到哪儿，哪儿就有；须知人生苦短，自古以来，曾有几人活到七十岁。看那些蝴蝶，在花丛深处穿来穿去，时隐时现；蜻蜓点水，忽起忽落，在徐徐缓缓地飞。可爱的春光啊，请你与我共同流转，让我暂时欣赏你，这点心愿请你不要违背。

## 曲江对酒

【题解】此诗当作于乾元元年（758）春，时杜甫在左拾遗任上。诗写仕途失意，厌于为官，有归隐之念。

【原诗】苑外江头坐不归①，水精宫殿转霏微②。桃花细逐梨花落，黄鸟时兼白鸟飞。纵饮久判人共弃③，懒朝真与世相违。吏情更觉沧洲远④，老大徒伤未拂衣⑤。

【注释】①苑：指芙蓉苑。　②水精宫殿：指曲江边上宫殿，因其近水而称。　③判：甘愿。　④沧洲：滨水之处。古时指称隐士的居处。　⑤拂衣：振衣而去。谓归隐。

【译文】久久坐在芙蓉苑外的曲江池边不愿回去，傍晚时的江边宫殿变得迷离。桃花轻盈地追逐梨花而飘落，黄鸟时或与白鸟联翩而飞。我整日醉酒，早已不怕被众人嫌弃；懒于上朝，这真个是与世情相违。苦于微官缚身，更觉得沧洲遥远；年岁已老，徒然为不能归隐而伤悲。

## 曲江对雨

【题解】此诗当与前诗作于同期，亦属心绪无聊之作。

【原诗】城上春云覆苑墙，江亭晚色静年芳。林花著雨燕支湿，水荇牵风翠带长①。龙武新军深驻辇②，芙蓉别殿漫焚香③。何时诏此金钱会④，暂醉佳人锦瑟傍⑤。

【注释】①荇：多年水生草本植物，叶子略呈圆形，根生水底，花黄色。②龙武军：皇家宿卫队，由功臣子弟组成。　③芙蓉别殿：即芙蓉苑，昔为皇上游幸之处。　④金钱会：《旧唐书》载，玄宗开元元年九月，宴王公百寮于承天门，令左右于楼下撒金钱，许中书以上五品官及诸司三品以上官员争拾之。　⑤《剧谈录》载，开元中，上巳节赐宴臣僚，会于曲江山亭，恩赐教坊声乐。

【译文】城上的春云覆盖着芙蓉苑，时当傍晚，我坐在曲江边的亭子上，看春天的芳华沉寂于暮色中。林间的花儿着雨之后宛如湿润的胭脂，水中的荇菜被风牵挽，展现出长长的翠带。龙武新军守护着皇上，皇上的车驾久驻不动，芙蓉苑的宫殿里徒然焚香等候帝王。寂寞啊，何时皇上下诏再行金钱盛会？好使我暂且沉醉于佳人锦瑟的美妙音响。

## 奉答岑参补阙见赠

【题解】此诗当作于乾元元年（758）春，时杜甫在左拾遗任上。岑参，杜甫诗友，在凤翔时由杜甫推荐任右补阙。补阙，皇帝近臣，掌讽谏。左补阙属门下省，右补阙属中书省。岑参有诗赠杜甫，杜甫写此诗以答。诗写同朝诗友之谊。

【原诗】窈窕清禁闼，罢朝归不同①。君随丞相后，我往日华东。冉冉柳枝碧，娟娟花蕊红。故人得佳句，独赠白头翁。

【注释】①《唐六典》载，宣政殿前有两庑，两庑各有门。其东曰日华，日华之东是门下省，居殿庑之左，故曰左省。其西曰月华，月华之西是中书省，居殿庑之右，故曰右省。散朝之后，两省群僚各归其省。

【译文】走出幽深而闲静的宣政殿，散朝之后我俩的归向各不相同。你随在丞相身后去往中书省，我则去往日华东边的门下省。碧绿的柳枝柔弱地下垂着，鲜红的花蕊令人眼明。故人写出佳美的诗句，独独赠给我这白头老翁。

## 奉赠王中允维

【题解】此诗当作于乾元元年（758），时杜甫在左拾遗任上。王中允维，即王维，安史乱前，曾任给事中，叛军攻陷长安，他被俘押往洛阳，安禄山给他官职，他服食泻药，又装聋作哑。两京收复后，降职为太子中允。

此诗主旨，赞王维能守节操。

【原诗】中允声名久，如今契阔深。共传收庾信①，不比得陈琳②。一病缘明主，三年独此心。穷愁应有作，试诵《白头吟》③。

【注释】①庾信：南北朝时文学家。少年时曾在梁朝宫廷供职，侯景乱起，他受命率兵驻守朱雀航（即今南京朱雀桥），望敌而逃，直奔江陵。梁元帝继位于江陵后，任他为右卫将军。王维被叛军所俘，后又为肃宗使用，情况与庾信略同。 ②陈琳：汉末文学家，建安七子之一。初为袁绍掌书记，后归曹操。王维被叛军俘虏，能不忘故国，作《凝碧》诗云："万户伤心生野烟，百僚何日更朝天？秋槐落尽深宫里，凝碧池头咽管弦。"情况与陈琳先事袁绍、后事魏武者不同。 ③《西京杂记》载：司马相如将聘茂陵女子为妾，卓文君作《白头吟》以自绝，相如乃罢。《白头吟》云："愿得一心人，白头不相离。"文君愿一心不二，故借以比王维。

【译文】中允的诗名久为人知，如今遭受了深重的困苦。众口齐传：你被肃宗收用如同梁元帝收用的庾信，而不同于魏武帝得到的那个陈琳。你在叛军中佯装患病是为了不叛明主，三年间怀的是一颗忠于国家的心。人在穷愁时应有诗作，我希望能诵读你新赋的《白头吟》。

## 送许八拾遗归江宁觐省，甫昔时尝客游此县，于许生处乞瓦棺寺维摩图样，志诸篇末

【题解】此诗当作于乾元元年（758）春，时杜甫在左拾遗任上。许八拾遗，名不详。觐省，探望双亲。瓦棺寺，应为"瓦官寺"，寺本晋武帝时建，因寺在秦淮河北岸，其地为陶（瓦）官故地而得名。杜甫青年时游吴越，曾去瓦官寺观看东晋著名画家顾恺之所画的维摩诘（佛教经典人物）像，又从许生那里求得一幅。今见许八拾遗欲返江宁（今南京）探亲，不禁勾起对这段往事的回忆。

【原诗】诏许辞中禁，慈颜赴北堂①。圣朝新孝理②，祖席倍辉光③。内帛

擎偏重，宫衣著更香。淮阴清夜驿，京口渡江航。竹引趋庭曙，山添扇枕凉。十年过父老，几日赛城隍④。看画曾饥渴，追踪恨淼茫。虎头金粟影⑤，神妙独难忘。

【注释】①北堂：士大夫家主妇常居之处，后用以代称母亲。 ②史载，头年十二月，肃宗迎玄宗归京。此年正月，肃宗加封玄宗为“太上至道圣皇天帝”。 ③祖席：饯行的宴席。 ④赛：祭祀酬神。 ⑤虎头金粟影：指顾恺之所绘维摩诘画像。金粟，即“金粟如来”的省称。金粟如来即维摩诘大士。虎头，顾恺之的小字。

【译文】皇上下诏允许你离开朝廷，你将回乡探望老娘。时当圣朝新行孝道，饯行的酒宴也加倍生光。朝廷赏赐你厚重的内帛，还有一些宫衣散发着浓香。你将在淮阴驿站度过清静的夜晚，将乘坐江船抵达镇江。黎明时你即穿过竹丛趋庭拜见慈母，夜晚时山风也会助你为母亲扇枕取凉。你将走访阔别十年的父老乡亲，接连几天祭祀城隍。我当年曾游历江宁县，曾如饥似渴地欣赏维摩诘的画像。回想当时的游踪多已模糊不清，但顾恺之的这幅神妙之作却独独难忘。

## 因许八奉寄江宁旻上人

【题解】此诗与前诗同时作。旻上人，不详，上人，是对和尚的尊称。旻上人是杜甫年轻时游吴越所结识的人，故乘此次许八回江宁之便寄诗给他。诗叙当年交往情事及思念之情，足见杜甫不忘故交的品德。

【原诗】不见旻公三十年，封书寄与泪潺湲。旧来好事今能否？老去新诗谁与传？棋局动随幽涧竹，袈裟忆上泛湖船。问君话我为官在①，头白昏昏只醉眠。

【注释】①君：指许八拾遗。

【译文】不见旻公已有三十年，如今封寄一书——寄去满纸的泪斑。旧时的好事如今还做得来吗？晚年的新诗靠谁相传？回想当年我去幽涧寻您下棋，棋盘随着竹影而移动；您也曾披着袈裟来找我，一同走上泛湖的游船。许先生，如果旻上人问起我的情况，就告诉他我在当着一名小官——满头白发、醉眼昏花、只想瞌睡的芝麻官。

## 题李尊师松树障子歌

**【题解】**此诗当作于乾元元年（758）。李尊师，名不详，当时画家。松树障子，即绘有松树的画轴。诗赞其画艺高古，而结以时危之叹。

**【原诗】**老夫清晨梳白头，玄都道士来相访①。握发呼儿延入户，手提新画青松障。障子松林静杳冥，凭轩忽若无丹青。阴崖却承霜雪干，偃盖反走虬龙形②。老夫平生好奇古，对此兴与精灵聚。已知仙客意相亲③，更觉良工心独苦。松下丈人巾履同，偶坐似是商山翁④。怅望聊歌紫芝曲⑤，时危惨淡来悲风。

**【注释】**①玄都道士：即李尊师。《唐会要》：京城朱雀街，有玄都观。②偃盖：形容松树枝叶横垂，张大如伞盖之状。 ③仙客：指李尊师。④商山翁：商山四皓。秦末世乱，东园公、甪里先生、绮里季、夏黄公四人隐居商山，年皆八十余，称“商山四皓”。 ⑤紫芝曲：相传商山四皓作歌唱道：“晔晔紫芝，可以疗饥。”后泛指隐逸之歌。

**【译文】**老夫清晨正在梳理白发，玄都观的道士前来相访。手握着头发招呼儿子把客人请进屋，只见尊师手里提着新画的松树画轴。画障上的松林幽静而深远，挂在窗前就像真的松林一样。背阴的山崖上矗立着傲霜的树干，枝叶横垂像一张巨伞，枝干逆盘像矫健的虬龙。老夫生平喜好奇古之物，对此松障不禁兴致淋漓似与精灵聚首。由此得知仙客李尊师与我情趣相投，更觉察出优秀画家的构思良苦。松树下的老人戴着同样的头巾，穿着一式的鞋子，相并而坐，看上去像是商山老翁。我心情惆怅地望着他们，聊且唱出一支《紫芝曲》。如今时局之艰危与秦末多么相似！想到这里，似觉从画上吹来惨淡的悲风。

## 得舍弟消息

【题解】此诗当作于乾元元年（758）暮春，时杜甫在左拾遗任上。杜甫有弟四人，皆在战乱中离散，思念中忽得来信，喜而复悲，作诗遣怀。

【原诗】风吹紫荆树[①]，色与春庭暮。花落辞故枝，风回返无处。骨肉恩书重，漂泊难相遇。犹有泪成河，经天复东注。

【注释】①紫荆树：古人常用以作弟兄的象征。《续齐谐记》：田广、田真、田庆三人，欲分家财。其夜，庭前三棵紫荆枯干，兄弟叹之，重归于好，荆树复活。

【译文】风吹紫荆落花纷纷，把残败的春色给了暮春时节的庭院。紫荆花离开故枝随风飘走，飘走的落花啊再也难以回返。我那亲如骨肉的弟弟们在战乱中离散，漂泊四方难以相会。今日盼来了远方来信，这信是何等珍贵！年老的我只有如河的泪水，这泪河越过漫漫长空向弟弟所在的东方流去。

## 送李校书二十六韵

【题解】此诗当作于乾元元年（758）春。李校书，李舟，有文学才辩，志气颇高，几次安抚反叛，不辱君命。时李舟回乡接母亲来京，杜甫作诗送之。诗中表达杜甫对年轻人的爱护和勉励。

【原诗】代北有豪鹰[①]，生子毛尽赤。渥洼骐骥儿[②]，尤异是虎脊[③]。李舟名父子，清峻流辈伯。人间好少年，不必须白皙。十五富文史，十八足宾客。十九授校书[④]，二十声辉赫。众中每一见，使我潜动魄。自恐二男儿[⑤]，辛勤养无益。乾元元年春，万姓始安宅[⑥]。舟也衣彩衣[⑦]，告我欲远适。倚门固有望，敛衽就行役。南登吟《白华》[⑧]，已见楚山碧。蔼蔼咸阳都[⑨]，冠盖日云积。何时太夫人，堂上会亲戚？汝翁草明光[⑩]，天子正前席[⑪]。归期岂烂漫？别意终感激。顾我蓬屋资，谬通金闺籍[⑫]。小来习性懒，晚节慵转剧。每愁悔吝作，如觉天地窄。羡君齿发新，行己能夕惕[13]。临歧意颇切，对酒不能吃。回身视绿野，惨淡如荒泽。老雁春忍饥，哀号待枯麦。时哉高飞燕，绚练新羽翮[14]。长云湿褒斜[15]，汉水饶巨石。无令轩车迟，衰疾悲宿昔。

【注释】①代：代州，今山西省代县，在山西北部，县北有雁门关，为长城要隘。 ②渥洼：水名，在今甘肃省安西县境内，传说产神马处。 ③尤异：珍异之物。虎脊：本谓骏马毛色如虎，后用作骏马的代称。 ④校(jiào)书：校书郎，官名。掌校勘书籍，订正讹误。 ⑤二男儿：杜甫有二男，宗文和宗武。 ⑥乾元元年（758），安史之乱虽未彻底平息，而东西二京已收复。 ⑦衣彩衣：《烈士传》载，老莱子年将七十，穿五彩衣，作婴儿状，以娱双亲。 ⑧《白华》：《诗·小雅》篇名，诗已佚，据说内容为咏孝子。后因用以为咏孝亲的典故。 ⑨咸阳：指长安。 ⑩明光：汉代宫殿名。此借指唐宫。 ⑪前席：把坐位向前移动。形容听得入神。⑫通籍：旧时称初作官为通籍，意谓朝中已有了名籍。金闺：金马门的别称，这里指朝廷。 ⑬夕惕：即“朝乾夕惕”。《易·乾》：“君子终日乾乾，夕惕若厉。”乾乾，自强不息貌；惕，戒慎。后人以“朝乾”和“夕惕”连用，形容终日勤勉谨慎，不敢懈怠。 ⑭绚练：迅疾貌。 ⑮褒斜：汉中山谷名。南谷曰褒，北谷曰斜，首尾七百里。汉水亦在汉中。

【译文】代州北部有一种豪鹰，生的雏鹰羽毛尽赤。渥洼中的神马后代，都是珍奇的骏马。李舟是名父之子，廉洁高尚可为同辈人的表率。人世间的好少年，不一定要生得肉细皮白。李舟十五岁就已博览文史，十八岁就已宾客满门，十九岁时官拜校书郎，二十岁时名声显赫。我每次在人群中见到你，都不禁暗自惊心。常恐自己的两个儿子，辛勤养大而徒劳无益。眼下是乾元元年春天，百姓们刚刚得以安居。李舟为了接回住在外地的母亲以尽孝道，告诉我将要远行。想到母亲正在倚门望儿来接，你敛好衣襟就要上路。南行途中你吟诵着《白华》诗篇，眼前似已出现碧绿的楚山——那是母亲居住的地方。繁荣盛大的长安都城，仕宦的冠服和车盖如云屯积。何时你的母亲才能到来，与亲人们团聚在一起？你的父亲身居要职，正在明光殿上起草诏书，优美的文字使天子听得十分入神。你的归期岂能拖延很久？虽说是暂别父亲，却终究依依不舍。想我本是低贱之材，竟然在朝中获得官职。从小就养成懒散的习性，到老年更是懒得厉害。每每愁于灾祸发生，觉得天地似乎也已变窄。羡慕你正当青春年华，立身行事能勤勉谨慎。临别之际我颇为惆怅，面对酒菜无心下咽。回身踮望绿色的大野，阴暗惨淡如同荒泽。老雁在这青黄不接的春季忍着饥饿，哀声号叫着等候麦熟；燕子却能逢时高飞，迅疾地拍展新的羽翼。你将穿过长云湿覆的褒斜山谷，你将涉过巨石嶙峋的汉水。请不要回归得太晚啊，好使我这衰病之人早日结束伤悲。

## 偪侧行赠毕四曜

**【题解】**此诗当作于乾元元年（758）春，时杜甫在左拾遗任上。偪侧，是说居住密近。毕四曜，即毕曜，乾元二年后任监察御史，此前情况不详。此诗以诙谐的笔调，写居官窘状和思友之情。

**【原诗】**偪侧何偪侧！我居巷南子巷北。可怜邻里间，十日不一见颜色。自从官马送还官①，行路难行涩如棘。我贫无乘非无足，昔者相过今不得。不是爱微躯，非关足无力。徒步翻愁官长怒，此心炯炯君应识。晓来急雨春风颠，睡美不闻钟鼓传。东家蹇驴许借我，泥滑不敢骑朝天。已令请急会通籍②，男儿性命绝可怜！焉能终日心拳拳？忆君诵诗神凛然。辛夷始花亦已落③，况我与子非壮年。街头酒价常苦贵，方外酒徒稀醉眠。速宜相就饮一斗，恰有三百青铜钱④。

**【注释】**①史载，至德二载（757）二月，肃宗在凤翔，议收复两京，尽取公私马匹以助军。此时两京虽复，而叛军仍炽，故官员仍无马骑。 ②请急：请假。通籍：谓记名于门籍，注册。籍，是二尺长的竹片，上写官员姓名、年龄、身份等，挂在官门外，以备出入时查对。 ③辛夷：又称木兰，落叶乔木，花大，外紫内白。 ④三百青铜钱：当为当时长安斗酒之价。

**【译文】**要说住得邻近，你我住得多么近！我住巷南你就在巷北。可惜邻里间，十天也见不到一次面。自从官马交还了官家，道路就像布满荆棘一样艰难。我家贫穷没有车马，我却并非没有脚，以前能够拜访你，如今不行了！不是珍惜微贱之躯，也不关腿脚无力；只因徒步行路会有损官家体面，担心官长发怒，所以只好躲在家中不能去看你。这种耿耿不安的心，你是应该理解的。今天黎明下了一阵急雨，春风撤了欢，我睡得很甜没有听到钟鼓传。东家答应把一头瘦驴借给我，可是道路太滑，还是没敢骑着去上班。我已派人去请假，登记注了册，唉，男儿的性命真可怜！岂能整天闷在家中空想你？想你朗诵诗篇那种严肃的神情就愈发希望见一面。辛夷花刚开又谢了，何况你我皆非壮年。街头的酒价苦于太昂贵，连那些阔气的域外酒徒也很少能醉眠。请你快来跟我饮一斗，我手头恰好还有三百青铜钱。

## 赠毕四曜

**【题解】** 此诗当作于乾元元年（758）春，与前诗同时。诗叹毕曜才大官微，被人轻贱，亦为杜甫自叹。

**【原诗】** 才大今诗伯，家贫苦宦卑。饥寒奴仆贱，颜状老翁为。同调嗟谁惜？论文笑自知。流传江鲍体①，相顾免无儿。

**【注释】** ①江鲍：江淹、鲍照。江淹，南朝梁文学家，诗多拟古，诗体总杂。鲍照，南朝宋文学家，长于乐府，风格俊逸。二人皆出身寒微。

**【译文】** 你诗才宏大，堪称当今大诗人；家境贫穷，苦于官职卑微。饥寒交迫，竟被奴仆轻贱；形貌衰老，简直像个老头。我和你才调相同，可有谁爱惜我们呢？我们共同讨论诗文，苦笑没有知己。江淹、鲍照的诗风，凭借我们而得以流传；相顾庆幸，我俩都有儿子。

## 题郑十八著作丈故居

**【题解】** 此诗当作于乾元元年（758）春，时杜甫在左拾遗任上。郑十八著作丈，即郑虔。头年冬季，郑虔远贬台州。郑虔故居在长安城南之郑庄。此诗为杜甫经郑虔故居而作。诗忆二人往昔亲密交谊，哀其年老遭贬。

**【原诗】**台州地阔海冥冥，云水长和岛屿青。乱后故人双别泪，春深逐客一浮萍。酒酣懒舞谁相拽？诗罢能吟不复听。第五桥东流恨水①，皇陂岸北结愁亭②。贾生对鹏伤王傅③，苏武看羊陷贼庭④。可怜此翁怀直道，也沾新国用轻刑⑤。祢衡实恐遭江夏⑥，方朔虚传是岁星⑦。穷巷悄然车马绝，案头干死读书萤。

**【注释】**①第五桥：据张礼《游城南记》载，第五桥在韦曲西。“第五”为复姓。当年，杜甫曾与郑虔同过此桥，游何将军山林，而今郑虔远贬，故云“流恨水”。 ②皇陂：皇子陂。据《十道志》载，秦皇葬子，起冢陂北原之上，故名皇子陂，地在韦曲之西。 ③《史记·屈原贾生列传》载，贾谊被贬为长沙王太傅，三年后，有鹏鸟飞入其室。鹏状似猫头鹰，世俗以为不祥之鸟。乃自伤身世，作《鹏鸟赋》以自慰。 ④苏武：西汉人，奉命出使匈奴被扣，坚贞不屈，在北海（今贝加尔湖）边牧羊达十九年。后匈奴与汉和好，回朝。此以苏武比况郑虔。 ⑤怀直道：指郑虔一心向往朝廷。用轻刑：指被贬为台州司户事。 ⑥祢衡：汉末文学家，性刚傲物。曾当众折辱曹操，曹怒，遣送给刘表，刘表又将其送给江夏太守黄祖，终被黄祖杀害。 ⑦方朔：东方朔。西汉文学家，性诙谐，武帝时，为太中大夫。《汉武帝内传》载，西王母使者至，适逢东方朔死，使者说方朔是岁星，非陛下之臣。武帝叹道：方朔在我身边十八年，我竟不知他是岁星。岁星即木星，因其环日运行一周约十二年，故称。郑虔性亦诙谐，有如方朔。此处用以喻指郑虔不为皇上所知。

**【译文】**台州地处荒远临近冥冥大海，苍茫的云水与青色的岛屿连成一片。战乱发生后，我们曾经对洒离别之泪；当此暮春时节，你像一点浮萍漂在远方。酒酣之后懒得起舞，有谁能像你那样过来拽我？诗篇写罢虽能吟咏，你却再也不能倾听。第五桥下向东流去的是我的怨恨，皇子陂北的亭子上凝结着我的愁情。你就像当年的贾谊，对着入室的鹏鸟而自伤被贬；你曾如陷身贼庭的苏武，忍苦牧羊不改操行。可叹你这老翁虽怀忠直之心，竟也被肃宗新朝用了“轻刑”。你性情耿介，真担心你会像祢衡被酷吏杀掉；你幽默诙谐，一如东方朔那样不为皇上知情。你的故居冷落简陋，巷内车马断绝；案头上残留着干死的萤火虫，当年你曾用它们为读书照明。

# 义鹘行

**【题解】** 此诗当作于乾元元年（758）春，时杜甫在左拾遗任上。诗写一只仗义行侠的鹘鸟杀死巨蛇、为鹰报仇的故事，以歌颂人间义士，表达出诗人疾恶如仇的性格。

**【原诗】** 阴崖有苍鹰，养子黑柏颠。白蛇登其巢，吞噬恣朝餐。雄飞远求食，雌者鸣辛酸。力强不可制，黄口无半存。其父从西归，翻身入长烟。斯须领健鹘①，痛愤寄所宣。斗上捩孤影，嗷哮来九天②。修鳞脱远枝，巨颡拆老拳③。高空得蹭蹬，短草辞蜿蜒④。折尾能一掉，饱肠皆已穿。生虽灭众雏，死亦垂千年。物情有报复，快意贵目前。兹实鸷鸟最，急难心炯然。功成失所往，用舍何其贤！近经潏水湄⑤，此事樵夫传。飘萧觉素发，凛欲冲儒冠。人生许与分，只在顾盼间。聊为《义鹘行》，用激壮士肝。

**【注释】** ①鹘：一种猛禽。 ②嗷哮：号呼声。 ③颡：脑门。 ④蜿蜒：蛇行屈曲之状。 ⑤潏水：亦称沉水，关中八川之一。发源于陕西长安县南秦岭。

**【译文】** 背阴的崖壁上长着一棵黑柏树，柏树顶端有个苍鹰的窝巢。一条白蛇爬进巢里，恣意地吞食着鹰雏，当作一顿早餐。雄鹰飞到远处找食物去了，雌鹰无力抵抗，只是辛酸地鸣叫着，眼睁睁地看着黄口小雏全被吃光。鹰雏的父亲从西方飞来，目睹惨状，翻身飞入长长的烟云里。眨眼之间领来一只矫健的大鹘，那大鹘似乎听到了雄鹰的讲述，满腔愤怒地来行侠复仇。只见它陡然向上钻入云天变成一点黑影，接着发出一声长号从九天俯冲而下。它用凌厉的羽骨拍裂了长蛇的大脑门，长蛇从高高的树枝上滑落下来，它在高空中还挣扎了几下，落到草地上就不再能蜿蜒爬行，折断的尾巴还能动一动，鼓鼓的肚肠已经摔裂。白蛇呵，你活着的时候虽说灭了众雏，死了也足以垂训千秋——恶有恶报。报复本是世间的情理，使人快意的是现世现报。这只健鹘实在是鸷鸟中的最佳义士，它急人之难，心地光明。功成之后便悠然而去，不知所往，正如孔夫子所说的“用之则行，舍之则藏”，多么优秀的品行！前几天我经过潏水河畔，是一个樵夫把这个动人的故事讲给我听。听着讲述，我对义鹘肃然起敬，只觉得白发飘萧欲冲儒冠。人生获取的善恶名分，只在转瞬之间就可决定。姑且写了这首《义鹘行》，用以鼓励壮士的肝胆。

## 画　鹘　行

**【题解】**此诗写作年代不详，暂编于《义鹘行》之后。诗写画鹘精绝，直似真鹘，又赞真鹘之凌厉，由此而自叹屈身尘下。

**【原诗】**高堂见生鹘，飒爽动秋骨。初惊无拘挛①，何得立突兀？乃知画师妙，巧刮造化窟。写此神俊姿，充君眼中物。乌鹊满樛枝②，轩然恐其出。侧脑看青霄，宁为众禽没？长翮如刀剑，人寰可超越。乾坤空峥嵘，粉墨且萧瑟。缅思云沙际，自有烟雾质。吾今意何伤，顾步独纡郁③。

**【注释】**①拘挛：束缚。此指锁链之类的缚鹘器具。　②樛：缠结。　③纡郁：愁苦郁结胸中。

**【译文】**厅堂上出现一只活鹘，英姿飒爽，遒劲的身骨似在抖动。乍一看时令人惊讶，它的爪上没系绳索，怎么竟兀然站立而不飞腾？由此我才晓得画家的妙笔，真可巧夺天工。画出这副神俊的姿影，来供您时时观赏。厅堂外面盘结的树枝上落满了喜鹊，一个个翘首警视，担心它出来进攻。它侧着脑瓜探看青天似欲冲腾而去，哪能甘心屈身于众禽之中？它的长羽如刀剑般劲厉，足可超越人寰。乾坤徒然如此高旷，画鹘不能搏击其间神态未免凄然。想那遥远的云沙之际，自有烟雾一样的真鹘。如今我是何等的忧伤啊，像画鹘那样不能奋飞，只能满怀愁苦地徘徊自顾。

## 端午日赐衣

**【题解】**此诗当作于乾元元年（758）五月，时杜甫尚在左拾遗任上，而即将遭贬。端午，节名，农历五月初五。旧例，每年此日，皇上赏赐臣子宫衣。诗写受赐之喜，暗吐不平之声。

【原诗】宫衣亦有名[①]，端午被恩荣。细葛含风软[②]，香罗叠雪轻。自天题处湿，当暑著来清。意内称长短，终身荷圣情。

【注释】①宫衣：宫人所制的衣裳。 ②葛：丝织物。

【译文】没料到赐宫衣的名单上还有我，端午佳节蒙受了皇上的恩宠。细葛像和风一样的软，香罗像雪花一样的轻。来自天子的题封墨迹仍然湿润，当此暑季穿上它会感到格外清凉。皇上还考虑到臣子身材长短而颁赐，使我终生感戴他的恩情。

## 酬孟云卿

【题解】此诗当作于乾元元年（758）六月。自贾至被贬谪外放之后，肃宗又将房琯、严武等玄宗旧臣相继贬谪。杜甫在凤翔任左拾遗时，曾上疏救过房琯，被肃宗视为同党，此次一同遭贬。这年六月，杜甫由左拾遗降为华州（今陕西华县）司功参军，主管该州文教事务。临行前夜，与孟云卿作别，写此诗以抒伤怀。孟云卿，天宝时进士不第，官校书郎，与杜甫相友善。

【原诗】乐极伤头白，更长爱烛红。相逢难衮衮，告别莫匆匆。但恐天河落，宁辞酒盏空？明朝牵世务，挥泪各西东。

【译文】饮酒乐到极点又转为满头白发而伤情，夜已至深这烛光依旧很可人意地泛红。今后你我相逢之日难有很多，当此告别之际让我们好好叙叙友情。怕只怕天河沉落朝霞升起，怎能不把杯中之酒喝净？明天一早我们便要牵于世务，挥泪作别各自西东。

## （六）从长安到华州

### 至德二载，甫自京金光门出，间道归凤翔。乾元初，从左拾遗移华州掾，与亲故别，因出此门，有悲往事

**【题解】** 此诗当作于乾元元年（758）六月，时杜甫由左拾遗降为华州司功参军，离京时因与住在城西的亲故告别，故从长安城西门——金光门出城上路。经金光门时，想起去年四月正是经由此门冒死逃向凤翔投奔肃宗的，不禁悲慨万端。诗写忠臣遭逐之愤。

**【原诗】** 此道昔归顺①，西郊胡正繁。至今犹破胆，应有未招魂。近侍归京邑②，移官岂至尊③？无才日衰老，驻马望千门④。

**【注释】** ①归顺：至德二载（757）四月，杜甫由叛军控制下的长安城逃出，西奔凤翔肃宗政府。　②近侍：皇上身边的侍臣。指任左拾遗官职。京邑：指华州。因华州在长安近东，故称。　③古时常把遭贬说成小人进谗所致。杜甫被外放，固然是宦官李辅国挑唆肃宗打击玄宗旧臣的结果，但肃宗为了确保皇位也是乐行此道的。这一点，杜甫心中有数；说“岂至尊”，不过是门面话。　④千门：指长安。

**【译文】** 去年我正是从这条路上逃出长安投奔凤翔的，当时京都西郊布满了胡兵。至今想起来仍然心惊胆战，我那时被惊散的魂魄大概有一部分还未招还。如今我由皇上的近臣外放为华州小吏，这样的“移官”难道是皇上的意见？我虽无才而且日益衰老，临行之际仍不免勒马回头久望长安。

### 题郑县亭子

**【题解】** 此诗当于乾元元年（758）六月，杜甫离京赴华州，途经郑县亭子时作。据陆游《老学庵笔记》载：郑县有西溪，澄清可爱，有亭曰“西溪亭”，盖杜工部诗所谓“郑县亭子涧之滨”者。诗写亭周景观和遭逐的

心情。

【原诗】郑县亭子涧之滨，户牖凭高发兴新。云断岳莲临大路[1]，天晴宫柳暗长春[2]。巢边野雀群欺燕，花底山蜂远趁人[3]。更欲题诗满青竹，晚来幽独恐伤神。

【注释】①岳莲：指华山的莲花峰。 ②长春：宫名。《新唐书·地理志》载，长春宫在朝邑县（今并入陕西大荔县），北周宇文护所建。 ③野雀、山蜂：喻指朝廷群小。

【译文】郑县亭子位于涧水滨，登亭凭高临窗远望，令人兴味一新。云消雾散，华山的莲花峰如临大路；天晴气爽，郁郁的柳树荫覆着长春宫。燕巢旁边，成群的野雀欺凌燕子；花丛下面，潜伏的山峰远追行人。我想把诗句题满竹林，又怕拖到天黑孤独一人寂寞伤神。

## 望　岳

【题解】此诗当作于赴华州途中，写瞩望华山的观感，突出山势的险阻，寓仕途坎坷之叹，已无早年望岳（泰山）的气概。

【原诗】西岳崚嶒竦处尊，诸峰罗立似儿孙。安得仙人九节杖[1]，拄到玉女洗头盆[2]？车箱入谷无归路，箭栝通天有一门[3]。稍待秋风凉冷后，高寻白帝问真源[4]。

【注释】①九节杖：《列仙传》载，王烈授赤城老人九节苍藤竹杖，拄此杖而行，马不能追。 ②洗头盆：《集仙录》载，明星玉女居华山祠，祠前有五个石臼，称玉女洗头盆，盆中水色澄碧，不溢不耗。 ③箭栝：箭的末端，发射时搭在弓弦上的缺口处。此处代指箭杆，用以形容峡谷的窄直。华山上有南天门，“一门”应指此。 ④白帝：古代传说少昊为白帝，白帝是主管西方的天帝。道家认为华山属白帝管辖。

【译文】华山群峰耸峙，其最高峰像一位长者，其他诸峰宛如儿孙罗立在身边。如何才能得到那根仙人九节杖，拄着它一路飞行到达明星玉女的洗头盆前？峡谷何其险窄啊，车箱进入便无归路，就像一支箭杆直通南天门。待到秋风送爽之后，我要登上山巅探访白帝的仙居，询问仙道的本源。

## 早秋苦热堆案相仍

**【题解】**此诗当作于乾元元年（758）秋，时杜甫在华州司功参军任上。“堆案相仍”，意谓案牍成堆，连绵不断，处理不完。诗写早秋苦热、公务缠身的烦躁心情。

**【原诗】**七月六日苦炎蒸①，对食暂餐还不能。常愁夜来皆是蝎，况乃秋后转多蝇。束带发狂欲大叫，簿书何急来相仍。南望青松架短壑，安得赤脚踏层冰！

**【注释】**①七月六日：此年立秋为六月二十四日。标明月日，盖强调立秋已过天仍酷热。

**【译文】**七月六日这天热得真要命，对着饭食小吃几口都不能。常常发愁夜间蝎子爬满地，何况秋后反倒增添这么多苍蝇！天气虽热上班也要束紧衣带，心情狂躁真想大叫它几声。公文一件接一件，手忙脚乱难消停。望着南山沟里横卧的青松，心想那儿一定有凉风，唉，如何才能赤脚踏厚冰！

## 寄高三十五詹事

**【题解】**此诗当作于乾元元年（758），时杜甫任华州司功参军。据《高适传》，至德二载（757），高适从淮南节度使降为太子少詹事。詹事，官名，掌皇太子宫事，为闲散官职。诗写对朋友的思念之情。

**【原诗】**安稳高詹事？兵戈久索居①。时来知宦达，岁晚莫情疏。天上多鸿雁，池中足鲤鱼。相看过半百，不寄一行书。

【注释】①索居：即“离群索居”，离开同伴过孤独的生活。

【译文】高詹事你一向可好啊？由于战乱我俩分别已久，各自过着孤独的生活。时来运转，我预料你还会显达的；人到晚年，切莫疏远了诗友的情份。天上有众多的鸿雁可供传信，水中有足够的鲤鱼可供递书。看我们都已年过半百啦，你还未曾给我寄过一封书信呢。

## 观安西兵过赴关中待命二首

【题解】这组诗当作于乾元元年（758）秋，时杜甫在华州任上。乾元元年六月，李嗣业为怀州刺史，充镇西（原称安西）、北庭行营节度使。九月，会同郭子仪等节度使合兵讨伐安庆绪。此前，李嗣业率所部，从怀州（今河南沁阳）赴京待命，途经华州。杜甫观看军容，陪宴李嗣业，作此诗以壮其威。

### 其　一

【原诗】四镇富精锐[①]，摧锋皆绝伦[②]。还闻献士卒，足以静风尘。老马夜知道[③]，苍鹰饥著人[④]。临危经久战，用急始如神[⑤]。

【注释】①四镇：龟兹、畋沙、疏勒、焉耆四镇都护府，皆属安西都护府所统。　②摧锋：挫败敌人的锐气。　③《韩非子·说林》载：“管仲、隰朋从于桓公伐孤竹，春往冬返，迷惑失道。管仲曰：‘老马之智可用也。’乃放老马而随之，遂得道。”　④《晋载记》：“慕容垂犹鹰也，饥则附人，饱则高飞。”　⑤《旧唐书·李嗣业传》载，李嗣业在收复长安的战役中，在战局不利的紧急关头，赤膊上阵，手执长刀，斩敌数十人，稳住阵脚，转败为胜。

【译文】安西四镇富有精锐部队，冲锋陷阵无与伦比。今又听说向关中派遣士兵，这足以能将叛乱平息。李将军久经沙场，像夜识道路的老马；将士个个骁勇无敌，像饥饿的苍鹰待命出击。面对强敌能经久作战，用于急难方能显出神奇。

## 其　二

**【原诗】**奇兵不在众，万马救中原①。谈笑无河北②，心肝奉至尊。孤云随杀气，飞鸟避辕门。竟日留欢乐，城池未觉喧。

**【注释】**①中原：时叛贼安庆绪拒守河南邺城（今安阳）。　②河北：指河北道，领孟、怀、博、相、卫、贝、澶等二十九州。当时河北道多数地区仍在叛军手中。

**【译文】**兵贵用奇而不必在众，精兵一万立誓解放中原。李将军谈笑风生视河北叛军为无物，甘愿剖出心肝向皇上敬献。军威振肃，孤云追随着腾腾杀气；号令森严，连飞鸟也不敢靠近辕门。欢乐的酒宴持续了整整一天，而城中却不闻喧哗——将军的部下果真纪律井然。

## 九日蓝田崔氏庄

**【题解】**此诗当作于乾元元年（758）中秋节，时杜甫在蓝田。蓝田，县名，在华州西南百里处，秦岭北麓。崔氏庄，据今人陈贻焮先生考证，即"崔氏东山草堂"，崔氏，即崔季重，是王维的内兄（舅父之子）。崔氏庄与王维辋川庄东西相邻（见《杜甫评传》）。这年中秋节，杜甫是在崔氏庄过的。诗写登高饮酒、强作欢颜之状，总为仕途坎坷而生。

**【原诗】**老去悲秋强自宽，兴来今日尽君欢。羞将短发还吹帽①，笑倩旁人为正冠②。蓝水远从千涧落③，玉山高并两峰寒④。明年此会知谁健？醉把茱萸仔细看⑤。

**【注释】**①《晋书·孟嘉传》载，孟嘉作桓温参军时，桓温很器重他。九月九日，桓温在龙山举行宴会，一阵秋风把孟嘉的帽子吹落，孟嘉没有发觉，依旧谈笑不已。桓温遂让孙盛作文嘲之。此处反用典故。　②倩（qìng）：请。　③蓝水：《三秦记》载，蓝田有川，方三十里，其水北流，出玉石，合溪谷之水，为蓝水。　④《华山志》载，岳东北有云台山，两峰峥嵘，四面悬绝。　⑤茱萸：植物名。有浓烈香味，可入药。古代风俗，重阳节佩带茱萸囊以去邪辟恶。

【译文】人老之后面对秋景易生悲情，只能勉强自我宽解。今日重阳兴致忽来，要与诸君尽情欢乐。看我这稀疏的头发，要是像孟嘉那样被风吹落了帽子，该是多么难以为情啊，所以只好笑请旁人帮我正一正帽子，戴得结实一些。登高远望，秋天的景物多么壮美！蓝水远来，伴随千涧奔泻而下；玉山双并，带着寒意耸入天宇。唉，山水永恒，人生难料，明年此际还有几人健在呢？我不禁用朦胧的醉眼端详起手中的茱萸。

## 崔氏东山草堂

【题解】此诗当与前诗作于同时。崔氏东山草堂，即前诗所云“崔氏庄”。诗写草堂环境之幽及主人的盛情款待。

【原诗】爱汝玉山草堂静①，高秋爽气相鲜新。有时自发钟磬响，落日更见渔樵人。盘剥白鸦谷口栗②，饭煮青泥坊底芹③。何为西庄王给事④，柴门空闭锁松筠？

【注释】①玉山：即蓝田山，又名东山，在蓝田县东南。 ②白鸦谷：地名，在蓝田县东南二十里，其地产栗。 ③青泥坊：地名，在蓝田县南七里。 ④西庄王给事：王给事，即王维，曾任给事中，故称。西庄，指王维蓝田辋川别业，因在崔氏庄西面，故称西庄。杜甫去西庄寻访王维，未遇，故作叹语。

【译文】十分喜爱您的玉山草堂，静谧的环境与高秋的爽气两相新美。时或从山野寺庙传来钟磬的声音，傍晚还能见到收工回来的渔父和樵夫。盘中是剥好的白鸦谷口的栗子，饭中掺煮青泥坊出产的美芹。为什么西庄的王给事把柴门闭锁，空留下满院的松竹翠荫？

## 遣兴三首

【题解】这组诗当于乾元元年（758）秋，作于华州任上。诗忆战乱中久别的诸弟和故土，充满乱离的伤感情绪。

其　一

**【原诗】**我今日夜忧，诸弟各异方。不知死与生，何况道路长！避寇一分散，饥寒永相望。岂无柴门归？欲出畏虎狼。仰看云中雁，禽鸟亦有行①。

**【注释】**①“仰看”二句：古人每以雁行比兄弟，故杜甫望雁行而生兄弟离散之叹。

**【译文】**我如今日夜忧伤，弟弟们天各一方。不知他们是生是死，何况道路是这样的漫长！自从躲避叛军兄弟分散，便在饥寒中永相思念。哪里是因为无家可归，只因叛军如狼似虎，出门恐为其伤。抬头仰望云中的征雁啊，可知连禽鸟也愿结队成行。

其　二

**【原诗】**蓬生非无根，漂荡随高风。天寒落万里，不复归本丛。客子念故宅，三年门巷空。怅望但烽火，戎车满关东①。生涯能几何？常在羁旅中。

**【注释】**①关：指潼关。

**【译文】**蓬草并非没有本根，怎奈秋风一来便随之飘荡。天寒之际飘落到万里远处，不能再回到生长的地方。客居的我思念洛阳故宅，三年啦，故宅的门巷空空荡荡。怅望东方但见烽火燃烧，队队军车挤满了关东大道。想人生能有几何岁月，却常在羁旅的忧愁中消磨掉。

其　三

**【原诗】**昔在洛阳时，亲友相追攀。送客东郊道，遨游宿南山①。烟尘阻长河，树羽成皋间②。回首载酒地，岂无一日还？丈夫贵壮健，惨戚非朱颜。

**【注释】**①南山：指洛阳城南的伊阙山。　②成皋：关名，在洛阳东，汜水县东南二里。当时官军正在围攻邺城，故有“树羽”之辞。

【译文】回想当年居住在洛阳，亲友们相互追随寻访。曾在东郊大道送别客人，曾在南山夜宿纵情游赏。自从战乱发生道路便如黄河般险阻，成皋一带军旗如林而立。回忆那载酒游乐的故地，岂能说重归无日？只是身为男人当以健壮为贵，而我在漂泊中已失去了青春的容颜，纵然重归也难再有昔日的欢愉。

## 独 立

【题解】此诗亦作于乾元元年（758）秋季华州任上。诗写独自默立，对物感怀，主旨在于咏叹个人的危困处境。

【原诗】空外一鸷鸟[①]，河间双白鸥。飘飖搏击便，容易往来游？草露亦多湿，蛛丝仍未收。天机近人事，独立万端忧。

【注释】①鸷鸟：凶猛的鸟，如鹰、鹯之类。

【译文】高空中有一只鸷鸟，河面上有一对白鸥。鸷鸟飞扬凌厉搏击迅猛，白鸥岂可轻易往来浮游？草叶上的露水打湿了昆虫的翅膀，蛛丝仍然张着罗网将飞虫捉捕。自然界的机心有同于人事，独立沉思的我心中汇集万种忧愁。

## 至日遣兴，奉寄北省旧阁老、两院故人二首

【题解】这组诗当作于乾元元年（758）冬至。北省，即门下省，杜甫任左拾遗时，官属门下省。两院，指门下省和中书省。诗忆往昔故人同朝乐事，叹今日自己之穷愁。

### 其 一

【原诗】去岁兹晨捧御床，五更三点入鹓行[①]。欲知趋走伤心地[②]，正想氤氲满眼香。无路从容陪语笑，有时颠倒著衣裳。何人却忆穷愁日？日日愁随一线长[③]。

**【注释】**①三点：旧时以更计时，一夜分五更，每更分三点。鹓行：喻朝官的行列。 ②趋走伤心：指作华州司功参军，风尘小吏，伤心趋走。③一线长：《唐杂录》载，唐宫中以女工度量白昼长短。冬至以后，白昼增长，日增一线的活计。

**【译文】**去年今晨我参加冬至大典，时当五更三点便步入朝官的行列朝拜君王。诸公想知我此刻作风尘小吏的心情么？我现在正回忆当时朝堂里浓郁的烟香。如今再不能从容地陪伴你们说笑，由于心绪烦乱有时竟穿倒了衣裳。有谁能想到我穷愁岁月的境况呢？冬至以后白昼变长，我的愁情正在与日俱长。

### 其　二

**【原诗】**忆昨逍遥供奉班，去年今日侍龙颜。麒麟不动炉烟上①，孔雀徐开扇影还②。玉几由来天北极，朱衣只在殿中间③。孤城此日肠堪断，愁对寒云雪满山。

**【注释】**①麒麟：指香炉。 ②孔雀：指羽扇。皇上初登御座则合扇，既登则羽扇两相分开。 ③《唐会要》载，开元二十五年，李适之奏：冬至大礼，朝参并六品清官，服朱衣。

**【译文】**回忆从前我作拾遗时多么逍遥，去年今日举行大典曾荣幸地侍奉君王。殿堂里麒麟形的香炉静立，香烟袅袅升起；孔雀形的羽扇徐徐分开，扇影环列两旁。想象今日大典，天子的玉几仍处在北极的位置，身穿朱衣的朝官仍旧站在殿堂中间；而贬居孤城的我却愁肠堪断，呆呆地望着寒云下积雪的荒山。

## 路逢襄阳杨少府入城，戏呈杨四员外绾

**【题解】**此诗当作于乾元元年（758）冬，时杜甫在华州任上。杨绾，字公权，华阴人，肃宗即位后，自贼中冒死奔赴行在，任起居舍人、知制诰，历任司勋员外郎、职方郎中。题下原注："甫赴华州日，许寄员外茯苓。"茯苓，寄生在松根上的菌类植物，形状如甘薯，质地坚硬，外皮黑褐色，

里面白色或粉红色。可入药。杜甫去年离京时，曾答应为杨绾挖掘茯苓，未果，今逢杨少府回京，便写诗代简，解释原因，并表示一定兑现。可见杜甫心肠朴厚。

**【原诗】**寄语杨员外，山寒少茯苓。归来稍暄暖，当为斸青冥①。翻动龙蛇窟，封题鸟兽形②。兼将老藤杖，扶汝醉初醒。

**【注释】**①斸（zhú）：掘。青冥：松林郁茂貌。　②封题：把物品封装妥善后，在封口处题签。鸟兽形：陶隐居《本草》载：茯苓，形如鸟兽龟鳖者良。

**【译文】**传语杨员外得知，现在山中寒冷茯苓稀少。待到春来天气稍暖，我自当为你去青松林中奋力挖掘。翻动幽深的龙蛇窟穴，选择形如鸟兽的良品，封好、题签后给你寄去。还要赠你一根老藤杖，供你酒后初醒拄着散步。

## 瘦　马　行

**【题解】**此诗当作于乾元元年（758）冬，时杜甫在华州任上。诗写一匹被遗弃的伤老战马，赋中有比，盖作者自伤年老贬官的遭遇。

**【原诗】**东郊瘦马使我伤，骨骼硉兀如堵墙①。绊之欲动转欹侧，此岂有意仍腾骧②？细看六印带官字，众道三军遗路旁。皮干剥落杂泥滓，毛暗萧条连雪霜。去岁奔波逐余寇③，骅骝不惯不得将④。士卒多骑内厩马⑤，惆怅恐是病乘黄⑥。当时历块误一蹶⑦，委弃非汝能周防。见人惨淡若哀诉，失主错莫无晶光。天寒远放雁为伴，日暮不收乌啄疮。谁家且养愿终惠，更试明年春草长。

**【注释】**①硉（lù）兀：骨骼突出貌。　②腾骧（xiāng）：奔腾。　③去岁：指至德二载，九月收复长安，十月收复洛阳。　④骅骝：良马名。将：与。　⑤内厩：天子的马棚。　⑥乘黄：传说中的神马，背有角，日行千里。　⑦历块：形容疾速。《汉书・王褒传》：“过都越国，蹶如历块。”

【译文】东郊有一匹瘦马使我心伤，它骨骼突出瘦得像一堵墙。四足无力可用绳子绊倒，哪里还有疾走奔腾的意向？细看它身上所烙六印带着官字，人们说是官军把它弃在路旁。它皮肤干裂脱落沾着污泥，毛鬃暗淡稀疏缀着雪霜。去年官军奔波千里扫荡余寇，若非惯战的良马便不得参与征战。士兵大多骑着内厩的良马，如此看来这匹弃马恐怕是病乘黄，多么令人惆怅！猜想它当时急速奔驰失足跌倒，从此一蹶不振，疾病缠身遭到抛弃，此事在它实难提防。它见了人便神情惨淡像在诉说悲哀，失去主人心情落寞双瞳无光。天寒野旷只有大雁为伴，日暮无归忍受乌鸦啄食疮伤。请问谁家愿意把它收养？等到明年吃到春草，它自会病体痊愈重现辉光。

## 冬末以事之东都，湖城东遇孟云卿，复归刘颢宅宿，宴饮散，因作醉歌

【题解】此诗当作于乾元元年（758）冬，时杜甫离开华州前往洛阳探亲，途中宿于刘颢家，清晨上路，于湖城（古县名）东遇好友孟云卿，于是相携复归刘颢家宴饮。

【原诗】疾风吹尘暗河县①，行子隔手不相见。湖城城东一开眼，驻马偶识云卿面。向非刘颢为地主②，懒回鞭辔成高宴。刘侯欢我携客来，置酒张灯促华馔。且将款曲终今夕，休语艰难尚酣战。照室红炉簇曙花，萦窗素月垂秋练。天开地裂长安陌，寒尽春生洛阳殿③。岂知驱车复同轨④？可惜刻漏随更箭⑤。人生会合不可常，庭树鸡鸣泪如霰⑥。

【注释】①河县：湖城县北有黄河流过，故称。 ②向：刚才。地主：所在地的主人。指刘颢。 ③“天开”二句互文，言东西二京今昔变化。 ④车同轨：车辆轨道相同，形容国家统一。《礼记·中庸》：“今天下车同轨，书同文，行同伦。” ⑤刻漏：古时计时器。此指时光。更箭：浮在漏壶上指示时间的木牌。 ⑥霰：小雪粒。

【译文】狂风卷起漫天尘土遮暗了河县，旅行的人一手之隔就互不见影。

走到湖城东郊才能睁开眼睛，睁眼之际忽见迎面走来了孟云卿。出乎意料的相逢啊，我立即勒住马缰绳。刚才若非刘颢尽地主之谊盛情款待了我，我也不好意思返回贵府叨扰盛筵。刘侯见我携客重来十分高兴，立刻安排酒宴挂起灯笼催办美馔。今夜我们姑且曲尽衷情痛饮通宵，不要再谈国事艰难战斗正酣。红红的炉火照亮了屋子有如霞光聚集，洁白的月光环绕窗前有如低垂的白练。曾经天崩地裂的长安和洛阳，如今终于寒尽春生阳光满宫殿。谁曾料到山河还能一统？可惜时光飞驰良宵太短。人生相聚总不常有啊，庭树鸡啼离别在即，止不住清泪纷纷落如霰。

## 阌乡姜七少府设鲙戏赠长歌

**【题解】**此诗当于乾元元年（758）冬，杜甫由华州赴洛阳途经阌乡时作。阌乡，旧县名。在河南省西部，今入灵宝县。姜七少府，事迹不详，少府即县尉。鲙，是把鲜活鱼切成薄片，洗净血腥，加蒜、姜、醋等佐料而成。诗写姜七的盛情款待，赞其尊老的品德。

**【原诗】**姜侯设鲙当严冬，昨日今日皆天风。河冻味鱼不易得①，凿冰恐侵河伯宫②。饔人受鱼鲛人手③，洗鱼磨刀鱼眼红。无声细下飞碎雪，有骨已剁觜春葱④。落砧何曾白纸湿⑤？放箸未觉金盘空。偏劝腹腴愧年少，软炊香饭缘老翁。新欢便饱姜侯德，清觞异味情屡极。东归贪路自觉难，欲别上马身无力。可怜为人好心事，于我见子真颜色。不恨我衰子贵时，怅望且为今相忆。

**【注释】**①《潘淳诗话》：“河中府三面是黄河，惟有味鱼，似鲫而肥短，味亦美，杜诗‘味鱼’谓此。” ②河泊：古代神话中的黄河水神。 ③饔人：厨师。鲛人：传说中的人鱼。此指渔民。 ④觜：啄。 ⑤砧：切物用的木板。

**【译文】**姜侯在严冬季节为我设鲙，昨天和今天连续吹着大风。黄河冰冻味鱼不易捕到，凿冰捞鱼也怕惊动河伯之宫。厨师从渔民手中买来红眼鲜鱼，洗鱼磨刀忙个不停。刮鳞无声，细鳞纷飞如碎雪；剔除鱼骨，响声清脆如啄春葱。鱼片干洁，真正是着纸不湿；纵情品尝，金盘内不见鱼片空。难为你这年轻人特意拣那肥美的鱼肚肉片来敬我，还煮了一锅香软的米饭照顾我这牙口不济的老翁。才一结识就饱受了你的恩德，这清酒美味表现出你的深情。我东归赶路虽急而此刻却难舍离去，以致于临别上马都感到浑身无力。你敬老尊贤的美好心意，从款待之中显露无遗。他时我衰你贵并不足憾，但想到今日的交欢难再终让人怅望不已。

## 戏赠阌乡秦少府短歌

**【题解】**此诗当与前诗作于同时，写旧友重逢，感情依旧。赞美友情持久，是杜诗的一贯主题，见其为人忠厚。

**【原诗】**去年行宫当太白①，朝回君是同舍客。同心不灭骨肉亲，每语见许文章伯②。今日时清两京道，相逢苦觉人情好。昨夜邀欢乐更无，多才依旧能潦倒③。

**【注释】**①行官：指肃宗凤翔行在。太白：山名，在凤翔南。 ②文章伯：对文章大家的尊称。 ③潦倒：此指举止散漫，不自检束。

**【译文】**去年我俩同在太白山北的行宫供职，散朝回来又同住一个宿舍。彼此心志相同亲似骨肉，常被你尊称为文章之伯。如今我们相逢于时局清平的两京大道，特别感到人情的美好。昨夜蒙你邀饮获得了无上的欢乐，多才的你啊依旧是行为浪漫令人倾倒。

## 李鄠县丈人胡马行

**【题解】**此诗当作于乾元元年（758）冬，时杜甫由华州赴洛阳。李鄠县，鄠县李县令。鄠县，旧县名，在陕西中部，今改名户县。丈人，对老人的尊称。诗中盛赞李县令胡马的神骏之姿和济难之功。

**【原诗】**丈人骏马名胡骝，前年避贼过金牛①。回鞭却走见天子，朝饮汉水暮灵州②。自矜胡骝奇绝代，乘出千人万人爱。一闻说尽急难才，转益愁向驽骀辈③。头上锐耳批秋竹，脚下高蹄削寒玉。始知神龙别有种，不比俗马空多肉。洛阳大道时再清，累日喜得俱东行。凤臆龙鬐未易识④，侧身注目长风生。

【注释】①金牛：旧县名，在蜀地。过金牛，扈从玄宗入蜀。 ②灵州：即灵武。至德元年（756）七月，肃宗即位于此。 ③驽骀：能力低下的马。 ④凤臆龙鬐：凤凰的胸脯，龙的颈毛。形容骏马的雄奇健美。

【译文】丈人的骏马名叫胡骝，前年避贼曾驰过金牛。回鞭返行来朝见肃宗，晨饮汉水暮至灵州。您夸胡骝为绝代奇材，每次骑乘都招来众人的爱。我一听说它曾帮主人脱过险，就更对所骑的劣马愁满怀。看它头上双耳锐如秋竹削，脚下高蹄坚可切寒玉。由此方知神龙别有种，不像俗马空长一身肉。如今洛阳大道又清平，连日来喜与骏马同东行。古来良马不易识别，你看它侧身远望脚下生长风！

## 观 兵

【题解】此诗当作于乾元元年（758）冬末，时杜甫在洛阳。当时，唐军九个节度使合兵东击邺城（今河南安阳），李嗣业的部队从洛阳经过，作者观军容而作此诗。诗中欢呼官军东进，对朝廷未设攻城主帅而感到忧虑。其后官军果败。

【原诗】北庭送壮士①，貔虎数尤多②。精锐旧无敌，边隅今若何③？妖氛拥白马④，元帅待雕戈⑤。莫守邺城下⑥，斩鲸辽海波⑦！

【注释】①北庭：唐方镇名，指李嗣业部，李嗣业是镇西北庭行营节度使。②貔虎：古书中的猛兽名。此指勇猛的军士。 ③边隅：指邺城。 ④白马：《隋书》载，南朝梁时，侯景叛乱，乘白马，以青丝为马缰。事前，有童谣曰："青丝白马寿阳来。"后因以白马代指叛逆的侯景。此处指安庆绪。 ⑤"元帅"句：郭子仪曾为副元帅，收复东京。此句意谓当以元帅之职授子仪，统领邺城之战。 ⑥"莫守"句：公元758年10月，九节度兵围邺城，因肃宗未设主帅于军中，致使攻城不力，围而不打。 ⑦辽海：指辽东，因其南临渤海，故称。此指叛军巢穴。

**【译文】**北庭送来了解放邺城的壮士，貔虎之士为数颇多。精锐的部队曾经无敌于天下，如今攻打邺城战绩又将如何？妖气笼罩着叛贼的城垒，朝廷应授郭子仪统军的职责。不能只是屯兵于邺城之下啊，应该迅速破城并斩鲸于辽海之波！

## 忆弟二首

**【题解】**这组诗当作于乾元二年（759）春，题下原注：“时归在河南陆浑庄。”陆浑庄，在洛阳东、偃师县西北二十五里。杜甫青年时建。诗中所忆为杜颖，杜颖曾在济州临邑（今山东临邑）任主簿。因战乱不得归乡，故思念之。

### 其　一

**【原诗】**丧乱闻吾弟，饥寒傍济州①。人稀书不到，兵在见何由？忆昨狂催走，无时病去忧。即今千种恨，惟共水东流。

**【注释】**①济州：治所在碻磝城（今山东茌平西南），天宝十三载，城为黄河淤没，遂废，其地并入郓州（今山东东平西北）。

**【译文】**丧乱中得知我弟的消息，他尚在济州附近饥寒交迫地生活。那里人烟稀少，书信投寄不到；眼下兵戈阻绝，哪有可能相逢？自从当初仓皇出逃避难，忧弟的心病始终未能解缓。如今只能把这千愁万恨寄诸河水，滚滚东去流到你的身边。

### 其　二

**【原诗】**且喜河南定，不问邺城围①。百战今谁在？三年望汝归。故园花自发，春日鸟还飞。断绝人烟久，东西消息稀。

**【注释】**①邺城围：此时官军数十万正在围攻邺城（今河南安阳）。

**【译文】**姑且为河南初定而欣喜吧，不必去询问邺城之围。百战之后如今能有几人存在？三年之间总在盼你回归。眼下春天已到故园，花自开，鸟还飞，美景令人心碎。你我东西远隔，千里人烟久绝，多想知道你的消息！

## 得舍弟消息

**【题解】**此诗当作于乾元二年（759）春，时杜甫在河南陆浑庄。诗写得弟消息后的凄凉之感。

**【原诗】**乱后谁归得？他乡胜故乡①。直为心厄苦②，久念与存亡③。汝书犹在壁，汝妾已辞房。旧犬知愁恨，垂头傍我床。

**【注释】**①“他乡”句：中原是战乱酷烈地区，作者家乡被毁，故有此说。②厄苦：困苦。　③与：亲。指杜颖。

**【译文】**战乱过后能有几人回归？未遭战乱的他乡胜过故乡。我一直在为你担心而深感痛苦，久久惦念你的生死存亡。你的书法还挂在墙上，你的妾已改嫁他方。咱家的老犬知道我的愁恨，耷拉着脑瓜依傍着我的床。

## 不　归

**【题解】**此诗当作于乾元二年（759）春，时杜甫在洛阳。诗为悼念战乱中死在河间的堂弟而作。

**【原诗】**河间尚战伐①，汝骨在空城。从弟人皆有②，终身恨不平。数金怜俊迈③，总角爱聪明④。面上三年土，春风草又生。

**【注释】**①河间：今河北河间市。天宝十四载（755）冬，安史叛军攻陷河北诸郡，河间陷落。至写此诗之乾元二年（759）春，官军与叛军仍交战于此。　②从弟：堂弟。　③数金：点数金钱。汉时童谣：“河间姹女工数钱。”姹女，少女。作者偶忆堂弟幼时之事，与河间童谣相合，故用此典。　④总角：《诗·齐风》：“总角丱兮。”角，小髻。丱（guàn），儿童的发髻向上分开的样子。后因称儿童时代。

**【译文】**河间一带仍在征战，你的尸骨埋在空城。看到别人都有堂弟，我的怨恨终生难平。记得你儿时就聪明异常，点数金钱丝毫不爽。如今你已死去三年，坟上的野草又在春风中萌生。

## 赠卫八处士

**【题解】**此诗当作于乾元二年（759）春，时杜甫在洛阳。卫八处士，姓卫，八是他的排行，处士，隐居不仕的人。诗中抒发了人生离多聚少和世事沧桑的共同感叹。

**【原诗】**人生不相见，动如参与商①。今夕复何夕？共此灯烛光。少壮能几时？鬓发各已苍。访旧半为鬼，惊呼热中肠。焉知二十载，重上君子堂！昔别君未婚，儿女忽成行。怡然敬父执②，问我来何方。问答未及已，儿女罗酒浆。夜雨剪春韭，新炊间黄粱③。主称会面难，一举累十觞。十觞亦不醉，感子故意长。明日隔山岳，世事两茫茫。

**【注释】**①动：每每。参与商：二星名，一出一没，永不相见。 ②父执：父亲的朋友。 ③间：糅，混杂。黄粱：黄小米。

**【译文】**人生在世不能相见，每每就像参商二星一样。今日的夜晚又是怎样的夜晚呢？我和您竟能共守这一支烛光。人的少壮年华能有几时？看我们的鬓发都已如霜。打听旧友多半已经去世，禁不住一再惊呼痛满心肠。岂料离别了二十年后，又能重登您的厅堂！回想当初分手时您还没有结婚，到如今儿女忽已成行。他们高兴地接待父亲的朋友，恭敬地问我来自何方。问答交谈尚未结束，他们已把酒浆摆到桌上。您冒着夜雨割来鲜嫩的春韭，为我蒸了一锅黄白米饭又热又香。您说人生难得相见，一连对饮了十杯酒浆。饮了十杯我也没醉啊，是因为感激老朋友您的情意深长。到明天我们又要被山岳隔断，无复了解对方的生活状况。

## 洗 兵 马

**【题解】**《洗兵马》，又作《洗兵行》。题下原注：“收京后作。”当作于乾元二年（759）仲春，时杜甫在洛阳。诗中对国家走向复兴表示了喜悦之情，同时对朝廷的弊政也给予指斥，提出警告。全诗共四层，每层各押一韵。

**【原诗】**中兴诸将收山东①，捷书夜报清昼同。河广传闻一苇过②，胡危命在破竹中。只残邺城不日得③，独任朔方无限功④。京师皆骑汗血马⑤，回纥馁肉葡萄宫⑥。已喜皇威清海岱⑦，常思仙仗过崆峒⑧。三年笛里关山月，万国兵前草木风。成王功大心转小⑨，郭相谋深古来少⑩。司徒清鉴悬明镜⑪，尚书气与秋天杳⑫。二三豪俊为时出，整顿乾坤济时了。东走无复忆鲈鱼⑬，南飞觉有安巢鸟⑭。青春复随冠冕入，紫禁正耐烟花绕。鹤驾通宵凤辇备⑮，鸡鸣问寝龙楼晓⑯。攀龙附凤势莫当⑰，天下尽化为侯王⑱。汝等岂知蒙帝力，时来不得夸身强！关中既留萧丞相⑲，幕下复用张子房⑳。张公一生江海客，身长九尺须眉苍；征起适遇风云会，扶颠始知筹策良。青袍白马更何有㉑？后汉今周喜再昌㉒。寸地尺天皆入贡，奇祥异瑞争来送㉓。不知何国致白环㉔，复道诸山得银瓮㉕。隐士休歌紫芝曲㉖，词人解撰河清颂㉗。田家望望惜雨干，布谷处处催春种㉘。淇上健儿归莫懒㉙，城南思妇愁多梦。安得壮士挽天河，净洗甲兵长不用！

**【注释】**①中兴诸将：指下文提到的成王、郭子仪、李光弼等。山东：指华山以东。 ②《诗经·卫风》："谁谓河广？一苇航之。"一苇，喻小船。 ③邺城：今河南安阳市。当时郭子仪等九节度使兵围邺城。 ④朔方：指郭子仪及其部队。郭子仪任朔方节度使。 ⑤汗血马：汉代大宛国所产的良马，汗出似血，故称。这里指回纥所援助的骏马。 ⑥回纥：指回纥援军。馁（wèi）：喂养。葡萄宫：汉宫名。汉元帝曾在此宫宴单于。后指外族人在长安的住处。 ⑦海岱：海，渤海；岱，泰山。指今山东。 ⑧仙仗：天子的仪仗。崆峒：山名，在甘肃平凉。肃宗在灵武、凤翔时，往来常过此山。这句是说不可忘记当年狼狈处境。 ⑨成王：唐肃宗之子李俶，即后来的唐代宗。乾元元年（758）三月，李俶自楚王徙封成王。收复两京时，李俶为天下兵马元帅。 ⑩郭相：郭子仪。乾元元年八月，子仪为中书令，故称。 ⑪司徒：指李光弼。至德二载（757）四月，光弼为司徒。他治军严明，故以"明镜"美喻之。 ⑫尚书：指王思礼，当时为兵部尚书。 ⑬《晋书·张翰传》载，吴郡人张翰在齐王司马冏手下做官，料知冏必败，有归乡之念，适逢秋风迎面，念及故乡鲈鱼美味，遂弃官东归。 ⑭曹操《短歌行》:“月明星稀，乌鹊南飞。绕树三匝，何枝可依?”此反用诗意，言人民有家可归。 ⑮鹤驾：太子的车驾。此代指太子李俶。凤辇：天子的车驾。此代指肃宗。 ⑯龙楼：玄宗所居之处。⑰攀龙附凤：指李辅国、王玙之流。乾元元年（758）二月，宦官李辅国兼太仆卿，依附肃宗妻张淑妃，判元帅府行军司马，势倾朝野。 ⑱“天下”句：当时朝廷封官爵过滥，甚至以官赏功。 ⑲萧丞相：萧何，曾为刘邦丞相。此代指房琯。房琯于至德元载（756）八月为肃宗宰相，至德二载四月罢相，贬为太子少师，乾元元年（758）六月出为邠州（今陕西彬县）刺史。 ⑳张子房：张良字子房，颇得刘邦赏识。此代指张镐。张镐于至德二载（757）四月代房琯为相，乾元元年（758）五月罢相，出为荆州大都督府长史兼本州防御史。杜甫在以上二句中有希望肃宗再用他们的意思。 ㉑青袍白马：《梁书·侯景传》载，胡人侯景乱梁，骑白马，兵士穿青衣。此前，有童谣唱道：“青丝白马寿阳来。”后因以青袍白马喻叛乱。这里指安庆绪等叛贼。 ㉒后汉今周：以汉光武和周宣王比肃宗，谓国家将中兴。 ㉓奇祥异瑞：古人每以出现珍异之物视为国兴之吉兆。㉔白环：传说虞舜时西王母来朝，献白环玉玦。 ㉕银瓮：古代传说王者刑罚恰当，则银瓮出。 ㉖紫芝曲：秦末商山四皓所唱之曲，其中有“晔晔紫芝，可以疗饥”等句。后因以指隐逸之歌。 ㉗河清颂：南朝宋文帝元嘉年间，河济俱清，当时以为祥瑞，鲍照作《河清颂》。 ㉘这年春天，关中一带出现严重旱情。 ㉙淇：水名，在邺城附近。淇上健儿，指围攻邺城的士兵。此句是劝士兵努力攻城，早日得胜回归。

**【译文】**中兴诸将奋力收复华山以东，报捷的喜讯日夜频传。宽广的黄河听说已一举渡过，叛军的覆灭就在眼前。邺城的残敌指日可破，朔方军的将士功勋无限。国家的军队都骑上骏马，回纥的援军也饱餐了肉饭。已喜皇威肃清了海岱，常思天子曾远涉崆峒。三年间战士笛中吹着悲凉的《关山月》，普天下的百姓风声鹤唳草木皆兵。成王功大心思变得细小，郭相的深谋古来稀少。司徒的明察如明镜高悬，尚书的气概似秋天般高远。二三英杰应时而出，整顿了乾坤拯救了时难。官吏们不再为了避难而隐居，百姓们也都有家可归。妩媚的春光又随百官进入宫廷，天子的禁宫正宜烟花来簇拥。太子、天子的车驾通宵整备，为去龙楼问寝而等待鸡鸣。攀龙附凤的群小权势无敌，天下的官员都封了侯王。你们岂知这仅是蒙受了帝力，是时运所至啊夸不得自身有多强！当年既留房琯、张镐为宰相，如今就该复用当代的萧何、张子房。张公平生旷达情怀疏放，身高九尺须眉苍苍；征召恰逢风云际会，救危方知筹策精良。安庆绪叛贼何足一击？周、汉的中兴重现于大唐。普天之下都来纳贡，奇祥异瑞争来献送：不知何方献来白环，又说诸山都发现银瓮。隐士们不再吟唱《紫芝曲》，文人们知道如何写好《河清颂》。田家眼巴巴盼望下场透雨，布谷鸟处处催人耕种。淇水的健儿尽快取胜回归吧，故乡的妻子正思亲多梦。唉，如何能有个壮士挽落天河，洗净兵器永不使用！

## 新安吏

**【题解】**这首诗和下面五首通称“三吏”“三别”，当作于乾元二年（759）春邺城战役之后。郭子仪等九个节度使合兵围攻邺城，因肃宗没在军中设主帅，致使攻城不力。这年三月初，史思明从河北调兵来解邺城之围，唐军大败，向西溃退，为补充兵力，实行毫无章法的抓丁政策。此时杜甫正从洛阳返向华州，一路上亲眼看到了种种抓丁惨象，遂写成这组诗篇。诗中表现了战乱时期人民群众所受的兵役之苦。作者的心情是痛苦的、矛盾的，一方面同情民众的悲苦，一方面又不得不含泪安慰人民投入这场战争。这组诗是杜甫现实主义诗篇的代表作品。《新安吏》这首诗描写十几岁的“中男”被征入伍的惨情。

**【原诗】**客行新安道①，喧呼闻点兵。借问新安吏：“县小更无丁②？”“府帖昨夜下，次选中男行③。”“中男绝短小，何以守王城？”肥男有母送，瘦男独伶俜。白水暮东流，青山犹哭声！莫自使眼枯，收汝泪纵横。眼枯即见骨，天地终无情。我军取相州④，日夕望其平。岂意贼难料，归军星散营。就粮近故垒，练卒依旧京⑤。掘壕不到水，牧马役亦轻。况乃王师顺，抚养甚分明。送行勿泣血，仆射如父兄⑥。

**【注释】**①新安：今河南新安县，在洛阳西。②丁：唐制，男二十一岁为丁，天宝三载（744）改作二十二岁。③中男：唐制，男十六岁为中男，天宝三载改作十八岁。④相州：即邺城，今河南安阳。⑤旧京：洛阳。⑥仆射（yè）：官名，称郭子仪。子仪至德二载（757）五月曾任左仆射。

【译文】我走在新安道上忽听一片喧声，原来是县吏在征点士兵。走上前去我问县吏："难道是由于县小再也征不出壮丁?"县吏说："是的，昨夜上司发下来军帖，让依次选调中男去当兵。""中男身材如此矮小，如何能够守卫王城?"看那队伍中的孩子们，稍胖的还有母亲来送行，瘦弱的孤孤零零好凄冷。暮色中白茫茫的河水向东流去，征夫的脚步不稍停。送行的人哭成一片，连沉默的青山也放出悲声！唉，苦难的人们啊，别把眼睛哭瞎了呀，且把满脸的泪水擦净；即便你们哭瞎双眼露出骨头，苍天大地终是无情。我军这次围攻邺城，本来可望迅速取胜。哪里料到敌情如此难测，撤退的军队零零星星散回本营。这次征兵屯营故垒以就粮草，操练士卒就在洛阳附近。挖掘战壕也是浅不见水，牧放战马差事亦轻。何况官军名正言顺，抚养士兵条例分明。送行的人啊不必过于悲伤，郭将军待士兵亲如父兄。

## 石壕吏

【题解】石壕，村名，在今河南陕县城东。杜甫离开新安县继续西行，投宿此村。诗中描写本无从军义务的老妇也被差吏抓去服役。

【原诗】暮投石壕村，有吏夜捉人。老翁逾墙走，老妇出看门。吏呼一何怒，妇啼一何苦。听妇前致词①：三男邺城戍②。一男附书至，二男新战死。存者且偷生，死者长已矣！室中更无人，惟有乳下孙。有孙母未去，出入无完裙。老妪力虽衰，请从吏夜归。急应河阳役③，犹得备晨炊。夜久语声绝，如闻泣幽咽。天明登前途，独与老翁别④。

【注释】①"致词"以下十三句，并非老妇一连说出。依韵脚变化分为三层，每一层诉说都针对着差吏的一次逼问。作者使用以答代问的手法，删去了差吏的问话。 ②邺城：今河南安阳市。九节度使兵败于此。 戍：非"守卫"意。当时叛军守卫邺城。 ③河阳：今河南孟县西。时郭子仪守河阳。 ④此句暗示老妇已被抓走。

【译文】傍晚时分我投宿于石壕村，夜里听到差吏前来捉人。老翁闻声翻墙逃走，老妇慢移脚步去应门。差吏狂呼暴跳多么凶横，老妇哭哭啼啼多么凄苦。就听老妇上前对差吏说道：我的三个儿子都已当兵去打邺城，一个儿子托人捎来信，另外两个儿子最近阵亡了。活着的这个不过是苟且偷生，死了的也就永远地完啦。屋里再无可去当兵的人，只有个吃奶的小孙孙。孩儿的娘虽说没改嫁，可出门却无一件完整的衣裙。老妇我虽然年老无力，就让我连夜跟了你们去：急步赶到河阳兵营，也许还误不了给部队做早饭。夜深人静语声断绝，依稀听到低声哽咽。天亮后我要赶前面的路，只与老翁一人告别。

## 潼关吏

【题解】潼关，在今陕西潼关县，古为桃林塞，为军事要冲，西入长安的咽喉。杜甫离开陕县石壕村继续西行，抵达潼关。诗中表达坚守潼关的军事思想，与其他五首内容不同。

【原诗】士卒何草草，筑城潼关道。大城铁不如，小城万丈余①。借问潼关吏：“修关还备胡?”要我下马行②，为我指山隅③：“连云列战格④，飞鸟不能逾。胡来但自守，岂复忧西都！丈人视要处，窄狭容单车。艰难奋长戟，万古用一夫。哀哉桃林战，百万化为鱼⑤。请嘱防关将，慎勿学哥舒!”

【注释】①此二句为互文。城建山上，故称万丈。 ②要（yāo）：同“邀”。 ③山隅：山角。这里指山势。 ④战格：战栅。阻敌的障碍物。⑤“哀哉”二句：桃林，桃林塞，指潼关以东至灵宝一带山谷。天宝十五载（756）六月，哥舒翰率二十万兵守潼关，以拒叛军。由于杨国忠促战，哥舒翰被迫出关与敌交战，致使全军覆没，数万士卒坠入河中，潼关陷落，叛军攻入长安。

【译文】士卒们多么忙碌啊，他们正在潼关道上建筑城堡。大城小城坚固胜过钢铁，大城小城都有万丈高。请问潼关的守吏：“修城仍防胡兵进击?”守吏请我下马步行，为我指点那些险要的山势：“看那山巅的战栅连云而列，连高飞的鸟儿都不能飞越。胡兵若来只消在此守关，何必再忧虑京都的安全？老人家请看那险要之处，仅有一条可行单车的窄路。想在那里挥动长戟都很艰难，自古以来就是‘一夫当关，万夫莫入。’可悲啊，三年前那次桃林之战，坠河的官军竟达百万。请您叮嘱守关的将领，务必小心谨慎莫学那个哥舒翰！”

## 新 婚 别

**【题解】**此诗描写一对新婚夫妻的离别，头天结婚，第二天新郎就被抓去当兵。诗以新娘的口吻写成，凄婉动人。

**【原诗】**兔丝附蓬麻①，引蔓故不长。嫁女与征夫，不如弃路旁！结发为妻子②，席不暖君床。暮婚晨告别，无乃太匆忙！君行虽不远，守边赴河阳③。妾身未分明④，何以拜姑嫜⑤？父母养我时，日夜令我藏⑥。生女有所归⑦，鸡狗亦得将⑧。君今往死地，沉痛迫中肠。誓欲随君去，形势反苍黄⑨。勿为新婚念，努力事戎行。妇人在军中，兵气恐不扬。自嗟贫家女，久致罗襦裳。罗襦不复施，对君洗红妆。仰视百鸟飞，大小必双翔；人事多错迕，与君永相望。

**【注释】**①兔丝：一种蔓生植物，多依附在别的植物上生长。这里是新娘用以自比。蓬麻：两种低矮植物。用以比征夫。 ②结发：古时婚礼，成婚之夕，男左女右共髻束发。因以指成婚。妻子：妻。唐代民间俗语。 ③河阳：今河南孟县西。当时为郭子仪的驻防地。 ④古时礼制，女子出嫁三天，要告庙上坟，才算成婚，人妻的身分才确定。 ⑤姑嫜：公婆。 ⑥藏：意谓不轻易见人。 ⑦归：女子出嫁。 ⑧将：跟随。 ⑨苍黄：变化。指事与愿违。从军本为灭敌，但因妇人在军中，会影响士气，于军事反而不利。

**【译文】**兔丝附在蓬麻身上，引蔓一定不会长。把女儿嫁给出征打仗的人，还不如把她扔在路旁！自从结发作了你的妻子，至现在还没坐暖你的床。昨晚成婚今晨你就告别，这岂不是过于匆忙？你此行虽说不甚遥远，但奔赴河阳也是去守卫边防。我的身分尚未明确，叫我如何去拜见公公和婆娘？回想父母抚养我的时候，日夜都叫我深居闺房。女儿一旦嫁了出去，无论丈夫是鸡是狗也得把他跟上。你如今前往九死一生的战场，怎不让人痛断心肠！真想下决心随你前去，又怕落个事与愿违的下场。请你不要以新婚为念，努力去当兵打仗。有女人在军队中，士气怕要受到影响。可叹自己是贫家女儿，积攒多年才制成这身嫁衣裳。这漂亮的衣裳今后不能再穿，当着你的面儿洗掉红妆。仰望天空飞着的百鸟，无论大小都成双飞翔。人间之事却多不如意，但愿我们的情意地久天长。

## 垂 老 别

**【题解】**垂老，将近老年。诗中描写一个被征去当兵的老人与他老伴告别时的情事。全篇以这位老人的口吻写成。

**【原诗】**四郊未宁静，垂老不得安。子孙阵亡尽，焉用身独完？投杖出门去，同行为辛酸。幸有牙齿存，所悲骨髓干。男儿既介胄，长揖别上官①。老妻卧路啼，岁暮衣裳单。孰知是死别②，且复伤其寒。此去必不归，还闻劝加餐。土门壁甚坚③，杏园度亦难④。势异邺城下，纵死时犹宽。人生有离合，岂择衰盛端！忆昔少壮日⑤，迟回竟长叹。万国尽征戍，烽火被冈峦。积尸草木腥，流血川原丹。何乡为乐土？安敢尚盘桓？弃绝蓬室居，塌然摧肺肝！

**【注释】**①介胄：铠甲和头盔。《汉书·周亚夫传》载，文帝入细柳营，亚夫说："介胄之士不拜。"拜，指跪拜。长揖，拱手高举自上而下行礼。不跪而长揖，含怒怨意。 ②孰知：熟知。 ③土门：地名，所指未详。 ④杏园：杏园渡，黄河渡口之一，在今河南汲县。 ⑤少壮日：依此老人年龄推算，当为玄宗开元时代，时国泰民安。

**【译文】**洛阳四郊尚未平静，临近老年也得不到安宁。子孙们都已死在战场，我又何必保存这条老命？撇了拐杖出门从军，同行的人都为此感到酸辛。所幸的是牙齿还没掉，所悲的是骨髓已经枯干。男儿既有铠甲在身上，只行揖礼辞别上官。老伴趴在路上放声哭，身上穿着去冬的单衣裳。明知与她是死别，仍为她的寒冷而心伤。她也知我此去必不回，还在劝我多加餐。听说土门的壁垒很坚固，杏园水急敌军渡也难。军事形势已不同于围邺城，即便终是战死时间也宽泛。人生总有离合聚散，哪管你是盛年与衰年！想到年轻时的太平岁月，不禁徘徊流连仰天长叹。如今天下各地都在征战，烽火燃遍了每一座山峦。尸骨堆积污腥了草木，鲜血流淌染红了川原。哪有一块安乐的土地？怎敢再把故乡留恋？永别了我这几间茅草屋，忧伤摧毁了我的肺肝！

## 无 家 别

**【题解】**此诗写邺城战败后一个逃回家来的老兵，又被县吏抓去服役的事。全诗以老兵的口吻写成。

**【原诗】**寂寞天宝后①，园庐但蒿藜。我里百余家，世乱各东西。存者无消息，死者为尘泥。贱子因阵败，归来寻旧蹊②。久行见空巷，日瘦气惨凄。但对狐与狸，竖毛怒我啼。四邻何所有？一二老寡妻。宿鸟恋本枝，安辞且穷栖。方春独荷锄，日暮还灌畦。县吏知我至，召令习鼓鞞。虽从本州役，内顾无所携③。近行止一身，远去终转迷。家乡既荡尽，远近理亦齐。永痛长病母，五年委沟溪④。生我不得力，终身两酸嘶⑤。人生无家别，何以为蒸黎⑥！

**【注释】**①天宝：唐玄宗年号。天宝十四载（755）十一月，安禄山起兵造反，中原迅速沦陷，人口锐减，田园萧条。 ②旧蹊：旧路。代指故居。③携：离别。 ④五年：安史之乱爆发至此时为五年。委沟溪：指死去。⑤酸嘶：辛酸地哭嚎。 ⑥蒸黎：百姓。蒸，众。黎，黎民。

**【译文】**萧条寂寞的天宝之后，田园村舍唯余一片蒿藜。我的故乡原有一百多户人家，都已在乱世中各奔东西。活着的人没有消息，死了的已化为尘泥。我趁着败阵的混乱，逃回来寻找我的故居。在村里转了很久所见只有空巷，连太阳都暗淡无光气氛惨惨凄凄。面对的只是一只只狐狸，竖起毛儿来向我怒啼。街坊四邻哪里还有？只剩下一两个寡妇老妻。归栖的鸟儿依恋它住过的旧枝，我也是穷窝难舍故土难离。时当春季我独自扛锄下地，太阳落山还在灌畦。谁成想县吏得知我回来，又征调我去营中学敲鼓鼙。这次虽说是在本州服役，可是内顾家中却无一人可与告别。在本州服役只派上我一个，如果像他人那样远戍终究会神思昏迷。其实家乡既已荡尽，远行近行都是一样。令我永远心痛的是常年害病的母亲，她在五年前的战乱中凄然离世。她生了我却没有得到我的救助，母子二人终生抱憾悲酸至极。唉，一个人活在世上却无家可别，这还怎么称得起是天子的百姓呢？

## 夏日叹

**【题解】**此诗当作于乾元二年（759）夏，时杜甫在华州司功参军任上。入春以来，关中大旱，百姓饥馑。诗中描写了旱情的严重，表现了对苦难人民和动乱时局的关切。

**【原诗】**夏日出东北，陵天经中街①。朱光彻厚地，郁蒸何由开？上苍久无雷，无乃号令乖？雨降不濡物，良田起黄埃。飞鸟苦热死，池鱼涸其泥。万人尚流冗②，举目惟蒿莱。至今大河北，化作虎与豺。浩荡想幽蓟③，王师安在哉？对食不能餐，我心殊未谐。眇然贞观初④，难与数子偕⑤。

**【注释】**①中街：星名。借指黄道。　②流冗：流离失所。　③浩荡：旷远貌。幽蓟：幽州和蓟州。均在河北北部。　④贞观：唐太宗年号，为我国古代三大治世之一。　⑤数子：指太宗贞观时任用的几个贤相，如房玄龄、杜如晦、王珪、魏征等。

**【译文】**夏天的太阳从东北升起，高入天宇，行经黄道。红光照透了厚厚的大地，闷热如何才能消散？苍天长久不响雷声，是不是雷公违背了号令？有时稀稀落落下了几点雨，连泥土都湿不了，良田干旱，卷起了滚滚的黄尘。飞鸟因酷热而死去，池鱼被干在泥里。成千上万的百姓还在流亡，远望田野唯见蒿莱遍地。至今广阔的河北，已变成虎狼的巢穴。怀想那旷远的幽蓟二州，国家的军队又在何处？对着饭食我吃不下，心情十分杂乱。贞观时代已成了多么遥远的过去，可惜我难与那些贤相同在一时。

## 夏夜叹

**【题解】**此诗当与前诗作于同时。诗中先写作者夏夜乘凉，进而想到戍边的士兵此刻正在挥汗戒备，连洗濯的条件都没有，不禁发出深沉的叹息，缅怀过去那种国泰民安的太平时代。

**【原诗】**永日不可暮，炎蒸毒我肠。安得万里风，飘飖吹我裳？昊天出华月，茂林延疏光。仲夏苦夜短，开轩纳微凉。虚明见纤毫，羽虫亦飞扬。物情无巨细，自适固其常。念彼荷戈士，穷年守边疆①。何由一洗濯？执热互相望②！竟夕击刁斗，喧声连万方。青紫虽被体③，不如早还乡。北城悲笳发，鹳鹤号且翔。况复烦促倦，激烈思时康。

**【注释】**①穷年：终年，一年到头。 ②执热：苦热，苦于炎热。 ③青紫：本为古时公卿服饰，因借指高官显爵。《通鉴》载：至德二载，郭子仪败于清渠，复以官爵收散卒。由是应募入军者，一切衣金紫。

**【译文】**漫长的白昼难以日暮，暑热熏蒸得我心如汤煮。如何才能唤来万里长风，飘飘然吹起我的衣裳？天空升起皎洁的月亮，茂林上承映着稀疏的月光。仲夏之夜苦于太短，打开窗子享受一下微凉。夜色空明能见到细微之物，昆虫也在振翅飞翔。生命之体无论大小，当然都以自得其乐为常情。于是我想到那些执戈的士兵，一年到头守卫边疆。怎样才能使他们能够洗洗澡呢？他们苦于炎热却无可奈何地互相观望！整夜在敲击刁斗忙于警戒，喧呼声响遍四面八方。青紫官服虽然加在他们身上，也不如早日回到故乡。华州城北吹响了悲凉的胡笳，鹳鹤哀号着四处飞翔。唉，这乱世已令人忧伤，再加上天热烦躁身体疲惫，我不禁热切地将太平时世盼想。

## 立秋后题

**【题解】**此诗当作于乾元二年（759）立秋次日，时杜甫在华州司功参军任上。因关中饥荒，民不聊生，更因对肃宗的时政失去信心，杜甫决定弃官，携家前往秦州（今甘肃天水）。诗中表达了归隐的愿望。

【原诗】日月不相饶，节序昨夜隔。玄蝉无停号，秋燕已如客。平生独往愿①，惆怅年半百②。罢官亦由人，何事拘形役③？

【注释】①独往：指特立独行的人，摆脱万物的挂碍，自由来往于天地间。《庄子·在宥》："出入六合，游乎九州，独往独来，是谓独有。" ②年半百：时杜甫已经48岁。 ③陶潜《归去来辞》："既自以心为形役，奚惆怅而独悲？"心为形役，是说心灵为形体所役使，为了生存而做本心不愿做的事。

【译文】日月不饶人啊！昨夜分开了两个节气。蝉儿不停地哀号，秋燕已像我一样准备迁徙。平生怀有独往独来的志愿，惆怅的是年近半百没能实施。罢官也是由人来决定的啊，何必让此心为形体所拘役？

# 四、飘泊时期的作品

## （一）从华州到秦州

### 贻阮隐居名昉

**【题解】**此诗当作于乾元二年（759）秋，时杜甫已弃官从华州来到秦州。秦州，唐时属陇右道，今甘肃天水。这首诗是赠给阮昉的，阮昉是秦州人，而祖籍是陈留（今河南开封市东南）。诗中赞美他安贫的美德和清美的诗才，叙述了二人的友情和共同的隐逸之志。

**【原诗】**陈留风俗衰①，人物世不数。塞上得阮生②，迥继先父祖。贫知静者性，白益毛发古。车马入邻家，蓬蒿翳环堵。清诗近道要③，识子用心苦。寻我草径微，褰裳踏寒雨。更议居远村，避喧甘猛虎。足明箕颍客④，荣贵如粪土。

**【注释】**①“陈留”句：《世说新语》载，王平子曾路过陈留郡界，对太守说：“旧名此邦有风俗。”盖因“建安七子”之一的阮瑀及其子阮籍等皆陈留人，陈留可谓清高诗人之乡。　②塞上：指秦州。因秦界羌夷，故称。　③道要：某种学说的精义。　④箕颍客：指尧时隐士许由、巢父。箕山、颍水是其隐居之地。晋人皇甫谧《高士传》载：“尧让天下于许由。……由于是遁耕于中岳颍水之阳、箕山之下，终身无经天下色。”

【译文】陈留的古老风俗虽说衰落了，可是您府上依旧人才辈出。在这地处边塞的秦州有幸与您结识，得知您还继承着远祖的清德。贫困能表现出隐士的品性，斑白增添了毛发的古风。富贵者的车马都驰进您的邻家去了，您的房屋却只有蓬蒿遮蔽着围墙。您的优美诗篇贴近诗学的精义，可知您在作诗上用心良苦。您沿着野草丛生的小路来找我，撩起衣裳踏着寒雨。跟我商量一同搬到偏远的村子去居住，为了避开闹市甘冒遭遇虎狼的危险。您的行为足以证明，远古时期许由、巢父这班人，能将荣华富贵看作粪土确属实情。

## 遣兴三首

【题解】这组诗当作于乾元二年（759）秋，时杜甫客居秦州。第一首写行经战场所见，讽刺边将邀功滋事。第二首写马邑州中归附的夷民被调出东征安史叛军，由于将领的无能而丧生，讽刺诸将无功而封王。第三首写晚秋庄稼丰熟并由此联及到贤士的晚遇，用以鼓励士人。

### 其　一

【原诗】下马古战场，四顾但茫然。风悲浮云去，黄叶坠我前。朽骨穴蝼蚁，又为蔓草缠。故老行叹息，今人尚开边①。汉虏互胜负，封疆不常全②。安得廉颇将③，三军同晏眠④？

【注释】①开边：用武力开拓疆土。　②封疆：疆土。　③廉颇：战国时赵国名将，屡立战功，能安边而又不滋事端。　④晏眠：安眠。

【译文】下马凭吊古战场，放眼四望，一片茫然。风声悲凉，浮云飘向远天，黄叶纷纷，坠落在眼前。朽骨成了蚂蚁的巢穴，上面还有蔓草纠缠。这凄惨的景象使我叹息，如今的人们是如此的崇尚开边！战争的结果是双方互有胜负，扩充的疆土不能长期保全。如何才能得到廉颇那样的将领，让三军将士得以安眠？

### 其　二

【原诗】高秋登寒山，南望马邑州①。降虏东击胡②，壮健尽不留。穹庐莽牢落③，上有行云愁。老弱哭道路，愿闻甲兵休。邺中事反覆④，死人积如丘。诸将已茅土⑤，载驱谁与谋⑥？

**【注释】**①马邑州：《新唐书·地理志》载，马邑州，开元十七年置，在秦、成二州山谷间。隶属秦州。 ②降虏：指马邑州内归附的少数民族。胡：指安史叛军。 ③穹庐：少数民族居住的毡帐。莽：荒凉。牢落：萧条。 ④“邺中”句：指这年春天，邺城战役中唐军失败。 ⑤茅土：指王、侯的封爵。古时天子分封王、侯时，用代表方位的五色土筑坛，按封地所在方向取一色土，包以白茅而授之，作为受封者得以有国建社的表征。 ⑥载驱：《诗经·鄘风》：“载驰载驱”，谓车马疾行。载，发语词。

**【译文】**深秋时节登上寒山，向南遥望马邑州。那里居住着归顺的夷人，健壮的男子都被征调东击叛军。毡帐荒凉啊人烟稀少，惨淡的愁云掠过马邑的上空。老老小小哭于道路，盼望听到战争结束。邺城战役唐军失败，死人堆积如同山丘。将领们却已封王封侯，有谁为疾行的军队苦心参谋？

## 其　三

**【原诗】**丰年孰云迟？甘泽不在早。耕田秋雨足，禾黍已映道。春苗九月交①，颜色同日老。劝汝衡门士②，勿悲尚枯槁。时来展才力，先后无丑好。但讶鹿皮翁，忘机对芝草③。

**【注释】**①九月交：九月到来。 ②衡门士：贫士。衡门，横木为门，贫者的居处。 ③鹿皮翁：《列仙传》载，鹿皮翁，淄州人，原为官府小吏，后辞归隐，因预料将发洪水，故于山巅建屋，食芝草，饮神泉，穿鹿皮。后洪水果至，其家族得以保全，而一郡皆被淹没，死者上万。杜甫认为，以鹿皮翁的精于预测，是应该为世所用、造福百姓的，但他却隐居起来，仅保一身及其家族性命，故讶之。讶，惊诧。

**【译文】**谁说丰年来迟了？甘雨的恩泽并不在早晚。自从耕田中下足了秋雨，禾黍茂盛得遮住了道路。春苗长到了九月，齐刷刷地黄熟了。奉劝你们这些贫士，不要悲伤自己的依然枯槁。时运一来自可施展才力，先达与后进并无优劣之分。只是惊诧那位鹿皮翁，身怀绝技却遁世隐居了。

# 留花门

**【题解】**此诗当作于乾元二年（759）秋，时杜甫在秦州。花门，回纥的别称。因回纥西南有花门山堡，故称。唐肃宗请回纥兵协助收复两京以后，其少主叶护请求留兵沙苑，再为肃宗收取范阳。杜甫对肃宗一味依赖回纥，表示了深深地忧虑。

**【原诗】**花门天骄子①，饱肉气勇决。高秋马肥健，挟矢射汉月②。自古以为患，诗人厌薄伐③。修德使其来，羁縻固不绝④。胡为倾国至⑤？出入暗金阙⑥。中原有驱除，隐忍用此物。公主歌黄鹄⑦，君王指白日⑧。连云屯左辅⑨，百里见积雪⑩。长戟鸟休飞，哀笳晓幽咽。田家最恐惧，麦倒桑枝折。沙苑临清渭，泉香草丰洁。渡河不用船，千骑常撇烈⑪。胡尘逾太行，杂种抵京室⑫。花门既须留，原野转萧瑟。

**【注释】**①天骄子：天之骄子。《汉书·匈奴传》："胡者，天之骄子也。"《新唐书·回纥传》载，回纥的祖先是匈奴，民性骁强，善骑射。 ②射汉月：是入侵汉地的形象说法。 ③"诗人"句：《诗经·小雅·六月》："薄伐猃狁。"猃狁，周朝时北方异族，时来入侵。薄伐，征伐。薄，发语词。诗人，指《六月》的作者。 ④羁縻：笼络，怀柔。 ⑤倾国至：言回纥派来援军之多。 ⑥《新唐书·回纥传》载，回纥协助唐军攻克东都洛阳，大掠三日，出入宫殿无禁。 ⑦"公主"句：《旧唐书》载，肃宗为求得回纥援兵，于乾元元年（758）七月，嫁幼女宁国公主给回纥可汗，送至咸阳磁门驿，公主说："国家事重，死且无恨。""歌黄鹄"是借用汉代江都王刘建的女儿刘细君的故事，汉武帝时，细君被作为公主嫁给西域乌孙国（今新疆温宿县北）国王昆莫，昆莫年老，语言不通，公主悲秋作歌云："愿为黄鹄兮归故乡"。 ⑧指白日：发誓结盟之状。肃宗为了求得回纥的援兵，与回纥结盟。《诗经·王风·大车》："谓予不信，有如皎日。" ⑨左辅：指沙苑。在冯翊县南十二里，东西八十里，南北三十里。地多沙草，宜放牧，为国家牧马场所。 ⑩积雪：回纥将士皆白衣白冠，旗亦白色，故以积雪喻之。 ⑪撇烈：迅疾的样子。 ⑫胡尘、杂种：皆指史思明。乾元二年九月史思明由范阳引兵渡河南下，攻占汴州、郑州，及东都洛阳。

**【译文】**回纥是天之骄子，饱餐肉食刚勇好斗。深秋时节战马肥壮，携带弓箭来射汉月。自古以来就是汉人的祸患，早在周朝，诗人就已厌闻征伐。修德睦邻使其归顺，怀柔政策当然不能断绝。为什么要让他们倾国而来？他们随便出入宫廷，已令金阙暗然失色。中原地区需要驱除叛军，出于不得已而使用这些东西。可怜宁国公主唱起了“黄鹄”的悲歌，天子为取信回纥而指天发誓。回纥的兵马连云般地屯驻在左辅，百里之外望去有如一片积雪。长戟如林连鸟儿也休想飞过，凄厉的胡笳一大早就开始呜咽。农民们最为惧怕他们，踩倒了麦苗还把桑枝折断。沙苑临近清清的渭水，泉水香甜青草丰洁。回纥骑兵渡河从来不用船，千骑奔腾有如风驰电掣。如今叛军的烟尘越过了太行山，杂种们又一次攻占了洛阳。回纥的兵马看来必须留下了，只是那田园会因此而变得萧条不堪。

## 佳　人

**【题解】**此诗当作于乾元二年（759）秋，时杜甫在秦州。诗中写一个乱世佳人被丈夫遗弃，幽居空谷，艰难度日。作者在她的身上寄寓了个人的身世之感。

**【原诗】**绝代有佳人，幽居在空谷。自云良家子，零落依草木。关中昔丧乱①，兄弟遭杀戮。官高何足论？不得收骨肉。世情恶衰歇，万事随转烛。夫婿轻薄儿，新人美如玉。合昏尚知时②，鸳鸯不独宿③。但见新人笑，那闻旧人哭！在山泉水清，出山泉水浊④。侍婢卖珠回，牵萝补茅屋。摘花不插发，采柏动盈掬⑤。天寒翠袖薄，日暮倚修竹。

**【注释】**①“关中”句：关中，指函谷关以西地区，这里指长安。天宝十五载（756）六月，安史叛军攻陷长安。　②合昏：即夜合花，其花朝开夜合。　③鸳鸯：鸟名，多雌雄成对生活在水边。　④“在山”二句：泉水，佳人自喻。山，喻夫婿之家。妇人为夫所爱，世人便认为她是清的；为夫所弃，世人便认为她是浊的。　⑤动：每每。掬：两手捧取。

【译文】有一位绝代佳人，幽居在空寂的山谷。她说："自己本是世宦人家的女儿，如今却沦落山野，与草木一道生活。当年长安沦陷，兄弟们惨遭杀戮。官位高又有什么用呢？他们死后连尸骨都不能去收敛。世态人情总是厌恶衰落，万事都如风中的烛火飘忽不定。娘家中落之后，轻薄的夫婿也看不起我了，新娶了一个美貌如玉的妇人。夜合花还知道朝开夜合，鸳鸯总是同飞同宿，薄情的夫婿连花鸟都还不如。他只看见新人的笑脸，哪里听得到旧人的哭声？泉水在山间时是清的，出山以后就浑浊了——唉，世人该如何看待被遗弃的我？丫鬟替我变卖了首饰回来了，同我一起牵引藤萝修补茅屋。我信手摘了一枝花，却没心思插上鬓发；只是常常把那落地的柏枝拣个满把——苦涩而坚贞的柏枝啊，你和我这苦命而倔强的人儿有些相像呢。"天气冷了，太阳落了，这位佳人穿着单薄的翠衣，倚着修长的竹树默立良久。苍茫的暮色中，她的形影渐渐与坚挺的绿竹融为一体。

## 梦李白二首

【题解】这组诗当作于乾元二年（759），时杜甫在秦州。乾元元年（758），李白因罪流放夜郎，第二年行至白帝城时，遇赦放还。此事杜甫尚不知，故作此记梦诗以怀念之。诗中表达了对李白不幸遭遇的深切同情和关切，表现了一种生死不渝的兄弟般的友谊。

### 其　一

【原诗】死别已吞声，生别常恻恻①。江南瘴疠地②，逐客无消息③。故人入我梦，明我长相忆。恐非平生魂，路远不可测。魂来枫林青，魂返关塞黑。君今在罗网，何以有羽翼？落月满屋梁，犹疑照颜色。水深波浪阔，无使蛟龙得④。

【注释】①恻恻：悲痛貌。　②瘴疠：感受瘴气而生的疾病。瘴气，是指南方地区山林间湿热蒸发能致病的气。　③逐客：被放逐的人。指李白。④"水深"二句：李白被放逐江南，江南多湖泊，传说有蛟龙生在其间，能食人。此处兼有喻意，"水深""蛟龙"喻指政治环境的险恶。

**【译文】**如果是死别，那还可以绝望地吞声一哭而了之；唯独生别，则令人悲痛不止。江南是滋生瘴疠的地方，被放逐的人至今没有消息。今夜老朋友走进我的梦中，对我讲述思念之苦。真担心这是你的鬼魂来到啊，因为路途遥远生魂是不容易到来的。你的魂灵前来的时候，江南枫林是一片伤心的青色；你的魂灵返回的时候，秦州关塞是一片惆怅的昏黑。你目前身陷罗网之中，哪能生出羽翼飞到我的身边来呢？醒来后西斜的月光洒在屋梁间，朦胧中似乎还能见到你的容颜。江南水深浪阔，你可要加倍小心啊别让蛟龙捉获。

### 其　二

**【原诗】**浮云终日行，游子久不至。三夜频梦君，情亲见君意。告归常局促，苦道来不易。江湖多风波，舟楫恐失坠。出门搔白首，若负平生志。冠盖满京华①，斯人独憔悴。孰云网恢恢②？将老身反累③。千秋万岁名，寂寞身后事④！

**【注释】**①冠盖：士大夫的服饰和车驾。代指官僚。　②“孰云”句：《老子》：“天网恢恢，疏而不失。”意谓天理如大网，虽稀疏却无漏失，善恶总有归结。这里反其意，言李白虽善而得恶报。　③“将老”句：李白获罪时，年已五十九。　④寂寞：指死去。与下文“身后”同义。

**【译文】**浮云一天到晚地在空中悠荡，游子李白也与我相别日久。接连三夜频频梦见你，足以看出你对我的情意是多么深厚。你向我辞行时常常心情不展，苦苦地诉说前来不易：“江湖之上常起风波，唯恐船只遭险沉没。”你走出门去还在搔着满头白发，好像在惋惜辜负了平生壮志。达官显贵挤满了京都，只有你一个沦落憔悴。谁说天网恢恢善恶终有报应？你身将老却反遭牵累。你虽说将获得流芳万古的美名，不过那只是你的身后之事！

## 有怀台州郑十八司户

**【题解】**这首诗当作于乾元二年（759），时杜甫在秦州。台州郑十八司户，指郑虔。至德二载（757），郑虔因罪被贬为台州（今浙江临海）司户参军，杜甫曾写诗追送。次年又写诗怀念。在这首诗中，想象郑虔处身孤危，难以生还，字字泪珠，情出肺腑。

**【原诗】**天台隔三江①，风浪无晨暮。郑公纵得归，老病不识路。昔如水上鸥，今为罝中兔②。性命由他人，悲辛但狂顾③。山鬼独一脚④，蝮蛇长如树。呼号傍孤城，岁月谁与度？从来御魑魅，多为才名误。夫子嵇阮流，更被时俗恶⑤。海隅微小吏，眼暗发垂素。鸠杖近青袍⑥，非供折腰具。平生一杯酒，见我故人遇。相望无所成，乾坤莽回互⑦。

**【注释】**①天台：山名，在浙江省东部，郑虔任职的台州在其附近。三江：言江水之众。　②罝（jū）：捕兽的网。　③狂顾：惶急盼顾，惊惧的样子。　④山鬼：《述异记》载，山鬼生在岭南山中，仅有一足。　⑤嵇阮：嵇康、阮籍，三国时魏文学家，均在“竹林七贤”之列，蔑视礼教，与当权者不合，被流俗所忌。　⑥鸠杖：杖头刻有鸠形的拐杖。《太平御览》引《风俗通》云，刘邦与项羽交战，败，藏草丛中，项羽搜寻，见草丛上有鸠鸣叫，以为草丛中无人，刘邦得以逃脱。刘邦以为祥鸟，即位后，以鸠杖赐70岁以上的老年人。此处以鸠杖指郑虔年事已高。青袍：青色的官服。唐代八、九品下级官吏服青袍。郑虔为台州司户参军，服青。　⑦回互：山水回环交错。

**【译文】**天台与关中隔着条条江河，朝朝暮暮不息风波。郑公啊，纵然你被允许回来，只怕是又老又病连归路也不再认得。从前的你是水上鸥，如今的你是网中兔。性命由他人摆布，悲辛中只有惶急盼顾。那里有一只脚的山鬼，蝮蛇长得像一棵树。它们傍着孤城呼号，这岁月有谁与你共度？从来被远放荒蛮以御魑魅的人，多是被才名所误。你是嵇康、阮籍一流的人物，就更要被时俗厌恶。你是个身处海边的卑微小吏，两眼昏花头发垂白雪。一根鸠杖贴近青色的官服，你不是向上司折腰的人物。以往相遇，杯酒见真情，今已不可复得。我俩相望均无所成就，唉，在这莽莽的乾坤里，山水正回互！

## 遣兴五首

**【题解】**这组诗当作于乾元二年（759），时杜甫在秦州。第一首写孔明和嵇康俱怀异才，然而下场迥异，借古喻今，慨叹得遇知音的重要性。第二首咏庞德公，说明世乱则须归隐。第三首借陶潜的未能达观以自我解嘲。第四首赞叹前辈诗人贺知章的高风逸韵，兼寓斥今之意。第五首伤悼孟浩然贫而早逝，语极凄凉。

## 其　一

**【原诗】**蛰龙三冬卧①，老鹤万里心②。昔时贤俊人，未遇犹视今。嵇康不得死③，孔明有知音。又如陇坻松④，用舍在所寻。大哉霜雪干，岁久为枯林。

**【注释】**①蛰龙：蛰伏的龙。比喻隐匿的志士。此指诸葛孔明。《三国志·诸葛亮传》载，徐庶曾说："诸葛孔明者，卧龙也。"　②老鹤：喻指嵇康。《世说新语·容止》："有人语王戎曰：'嵇延祖卓卓如野鹤之在鸡群。'答曰：'君未见其父耳。'"嵇延祖之父即嵇康。　③不得死：不得善终。《晋书·嵇康传》载，嵇康被钟会忌恨，遭谗，被司马昭所杀。　④陇坻：陇山。

**【译文】**蛰龙能够隐卧多年，老鹤怀着奋飞万里的雄心。当年一些贤俊的人才，终生不遇有似如今。嵇康不得善终，是由于当政者相仇；孔明建立功勋，是由于遇到了知音。这就像陇山的松树，用与舍在于是否有人来访寻。如果没人发现，就是那高大的经霜历雪的树干，年深日久也会变成枯林。

## 其　二

**【原诗】**昔者庞德公①，未曾入州府。襄阳耆旧间②，处士节独苦。岂无济时策？终竟畏罗罟③。林茂鸟有归，水深鱼知聚。举家隐鹿门，刘表焉得取？

**【注释】**①庞德公：《后汉书·庞公传》载，襄阳人庞德公居岘山南，未尝入州府。荆州刺史刘表请他出山，他未应许。后携妻子儿女，登鹿门山，采药不返。　②耆旧：年高望重者。　③罗罟（gǔ）：罗网。

**【译文】** 当年的庞德公，一生都没进过州府。在襄阳的年高望重者当中，他是独苦其节的处士。哪里是由于胸无济时良策？到底还是害怕缚身的网罗。鸟儿归入茂林中，鱼儿聚在深水里。庞公举家隐入鹿门，刘表怎能把他获取！

## 其　三

**【原诗】** 陶潜避俗翁①，未必能达道。观其著诗集，颇亦恨枯槁②。达生岂是足？默识盖不早。有子贤与愚，何其挂怀抱③！

**【注释】** ①陶潜：字渊明，浔阳柴桑（今江西九江西南）人。不慕名利，厌恶官场，曾为彭泽县令，因不愿为五斗米向上司折腰而辞职。被后人称为“古今隐逸诗人之宗”。　②“观其”二句：陶潜《饮酒》诗云：“颜生称为仁……长饥至于老。虽留身后名，一生亦枯槁。”借颜渊以自况。③“有子”二句：陶潜于《责子》诗中对其五个儿子的愚懒予以责备。

**【译文】** 陶潜虽是位避俗的老翁，却未必能做到达观。读他所作的诗集，也有颇恨生涯枯槁的诗篇。参透人生、不受世事牵累的处世态度，哪里仅止于此？他大概是由于没有早早地默识此道。否则，对儿子们的贤愚，何必如此牵肠挂肚！

## 其　四

**【原诗】** 贺公雅吴语①，在位常清狂。上疏乞骸骨②，黄冠归故乡③。爽气不可致，斯人今则亡。山阴一茅宇④，江海日清凉。

**【注释】** ①贺公：指贺知章，越州永兴（今浙江萧山）人。唐著名诗人，性旷达，善谈笑。晚年更加纵诞，自号“四明狂客”。　②乞骸骨：古时官吏因年高自请退休，称此。天宝三载（744），贺知章上疏请求度为道士，回归故乡，玄宗诏许。　③黄冠：道士所戴之冠。　④山阴：越州，在会稽山北，故名。

**【译文】** 贺知章先生操着吴地雅语，任职时经常放逸不羁。上疏请求辞去官职，头戴黄冠回到故里。这豪迈的气概已不可再有，这种倜傥的人物如今不复存在。遥想贺公在山阴留下的一所茅屋，日日沐浴着江海的清凉之气。

### 其　五

**【原诗】**吾怜孟浩然①，裋褐即长夜②。赋诗何必多③，往往凌鲍谢④。清江空旧鱼⑤，春雨余甘蔗⑥。每望东南云，令人几悲吒。

**【注释】**①孟浩然：唐著名诗人，襄阳（今属湖北）人，一生清淡寡居，不爱交结官府。 ②裋（shù）褐：粗陋布衣。古时贫者所穿。 ③“赋诗”句：王士源《孟浩然集序》中说：“浩然凡所属缀，就辄毁弃，无复编录，常自叹为文不逮意也。流落既多，篇章散逸，乡里购采，不有其半。敷求四方，往往而获。……今集其诗二百一十八首。” ④鲍谢：指南朝宋诗人鲍照和谢灵运。 ⑤“清江”句：孟浩然隐居中常到岘山附近的汉水边钓鳊鱼（即“武昌鱼”），曾有诗记钓鱼事。 ⑥“春雨”句：孟浩然隐居时，在乡间“灌蔬艺竹，以全高尚。”（王士源《孟浩然集序》）亦应有种蔗之事。

**【译文】**我怜惜孟浩然先生，他在清贫中死去。写诗何必要看数量多呢？他的诗篇虽少但质量上往往超过鲍谢。如今清江里空游着他生前喜钓的鱼，春雨中甘蔗又匆匆长起，而种蔗的诗人已无踪迹。我每每遥望东南——诗人故乡之云，禁不住发出一声声悲慨的叹息。

## 遣兴二首

**【题解】**这组诗当作于乾元二年（759）秋，时杜甫在秦州。第一首意在警告安史之徒，第二首意在劝告肃宗宜专任贤者。

### 其　一

**【原诗】**天用莫如龙①，有时系扶桑②。顿辔海徒涌，神人身更长③。性命苟不存，英雄徒自强。吞声勿复道，真宰意茫茫④。

【注释】①古代传说，太阳神的车由六条龙拉着。故云“天用”。此处“龙”喻指安史叛将，因安禄山、史思明均为唐王朝的大臣。 ②扶桑：古代传说为太阳升起之处。此指太阳。 ③神人：古代传说西北海外有神人，高二千里，两脚间相距千里。此指唐朝名将。 ④真宰：宇宙的主宰。

【译文】天上所用莫过于龙了，然而龙有时也能困住太阳——它停下来不再拉车了。它停车不再前行，徒然使海波翻涌，却敌不过神人的力量。连性命都还保不住，所谓“英雄”也是徒自逞强。事后饮泣，还能有什么可讲？天意难测，岂可跋扈强梁！

其　二

【原诗】地用莫如马，无良复谁记？此日千里鸣，追风可君意。君看渥洼种①，态与驽骀异②。不杂蹄啮间③，逍遥有能事。

【注释】①渥洼种：神马。渥洼，水名，在今甘肃安西境内，传说产神马之处。此喻指郭子仪、李光弼等良将。 ②驽骀（nú tái）：驽和骀，均为劣马。 ③蹄啮（niè）：马用蹄踢及用嘴咬。引申指劣马。

【译文】地上所用莫过于马了，然而世无王良，还有谁能记得良马的用场？这种马能日行千里，长鸣追风，最可君意。你看这生自渥洼的神马，意态与劣马完全两样。它不在劣马中踢踢咬咬，优游自得地成就君王的大事。

## 遣兴五首

【题解】这组诗当作于乾元二年（759）秋，时杜甫在秦州。五首诗立意都在警世讽世。第一首写作者旅居悲秋，抒发贫富悬殊的浩叹。第二首忆长安旧事，慨叹权贵子弟的放纵习气。第三首借物托兴，言盛衰易变，以警趋炎附势之徒。第四首以猛虎被缚身死为喻，警告人间恶徒好自为之。第五首言富贵与贫贱，最后同归于尽，富贵不足羡，贫贱不足悲。

其　一

【原诗】朔风飘胡雁，惨淡带沙砾。长林何萧萧，秋草萋更碧。北里富熏天，高楼夜吹笛。焉知南邻客①，九月犹絺绤②！

【注释】①南邻客：作者自指。 ②絺绤（chī xì）：葛布的通称。此指用葛布做的夏衣。

【译文】北风中飘来塞外的雁群，昏暗的天地间沙砾弥漫。高大的树林落叶萧萧，深秋的野草不再茂盛碧绿。北面的里巷富气熏天，高楼上夜间仍在吹笛作乐。怎知南邻客居的我，九月里还穿着夏天的葛衣！

## 其　二

【原诗】长陵锐头儿①，出猎待明发。骍弓金爪镝②，白马蹴微雪。未知所驰逐，但见暮光灭。归来悬两狼，门户有旌节③。

【注释】①长陵：汉高祖陵墓，在今陕西咸阳东北。唐时为富豪、权贵居住之地。锐头儿：尖脑瓜的少年。《春秋后语》："平原君对赵王曰：'沔池之会，臣察武安君之为人也，小头而锐，瞳子白黑分明。'" ②骍（xīng）弓：调和后呈弯状的弓。金爪镝（dí）：状如金爪的箭。 ③旌节：旌与节。唐制，节度使赐双旌双节。

【译文】住在长陵的尖头少年，为了出猎而坐待黎明。手持弯弓和金爪利箭，胯下的白马踏着微雪。不知他驰逐到了何处，只见晚霞已经沉没。归来时马背上悬着两只狼，走进了挂有旌节的门户。

## 其　三

【原诗】漆有用而割，膏以明自煎。兰摧白露下，桂折秋风前①。府中罗旧尹②，沙道尚依然③。赫赫萧京兆，今为时所怜④。

【注释】①《庄子·人间世》："山木自寇也，膏火自煎也。桂可食，故伐之。漆可用，故割之。"此用其意。 ②府：指丞相府。李林甫为相，京兆尹多用私人。萧炅、鲜于仲通皆其党羽。 ③沙道：《大唐传》载，天宝三载，京兆尹萧炅奏：于要路筑甬道，载沙实之，属于朝堂。 ④史载，天宝八载，京兆尹萧炅坐赃，贬汝阴太守。杨国忠诬奏遣逐，林甫不能救。

【译文】漆树的树汁可作涂料，因而遭到割剥；油脂因为可以照明，才自受煎熬。白露下，秋风前，兰花、桂花都因香美而遭人摧折。丞相网罗旧交作京兆尹，萧炅奏建的沙道还存在；可是那威名赫赫的萧京兆啊，如今已经成了可怜虫！

## 其　四

【原诗】猛虎凭其威①，往往遭急缚②。雷吼徒咆哮，枝撑已在脚。忽看皮寝处，无复睛闪烁。人有甚于斯，足以劝元恶。

【注释】①凭：大，盛。　②《后汉书·吕布传》载，曹操缚吕布，吕布说："缚太急。"曹操说："缚虎不得不急。"

【译文】猛虎大逞其威，却往往被更紧地捆住。它徒然咆哮如雷吼，四肢已被拴于木柱。转眼间它的皮已制成褥，再也见不到那闪烁的双目。人啊，有比这个畜牲更凶残的，虎的下场足以警告这类首恶。

## 其　五

【原诗】朝逢富家葬，前后皆辉光。共指亲戚大，缌麻百夫行①。送者各有死，不须羡其强。君看束缚去，亦得归山冈②。

【注释】①缌（sī）麻：古代丧服名。五服中最轻者，孝服用细麻布制成，关系较远的亲族所穿。　②山冈：指墓地。

【译文】早晨遇见一户富家送葬，嗬，真够排场，前前后后一片辉光。路人都赞这户人家亲戚众多，连穿缌麻孝服的也有上百人。其实送葬者也是各有一死，不必羡慕场面盛大。君看那种草席裹尸者，也照样能得到一个墓穴。

# 秦州杂诗二十首

【题解】这组诗当作于乾元二年（759）秋，时杜甫在秦州。组诗或记秦州风物，或叙游踪观感，或写边塞警事，或描客居苦情，或发忧国议论，多侧面地反映了作为边关重镇的秦州的景物与人物的特征和当时动荡不安的生活氛围，富有鲜明的时代色彩和地域色彩。第一首和最后一首遥相呼应，写出客居秦州的两大原因，一是“满目悲生事”，华州实在生活不下去了；二是“唐尧真自圣”，肃宗实在无须辅佐了。而后者当为杜甫罢职的主要原因，他已对肃宗心灰意冷。这组诗是研究杜甫在秦州时的生活和思想的重要资料，在艺术上也有很高的价值。

## 其　一

【原诗】满目悲生事①，因人作远游。迟回度陇怯②，浩荡及关愁③。水落鱼龙夜④，山空鸟鼠秋⑤。西征问烽火⑥，心折此淹留。

【注释】①史载，此年关中大旱，斗米七千钱，人相食。　②陇：陇山，又名陇坂。《三秦记》：“陇坂九回，不知高几里，欲上者七日乃得越。”③关：陇关，又名大震关，形势险峻。　④鱼龙：川名，在秦州附近。⑤鸟鼠：山名，在秦州附近。　⑥“西征”句：时秦州一带受吐蕃威胁。

【译文】满眼饥荒令人悲伤，依附他人远游异乡。怀着畏惧的心情翻越盘屈的陇坂，携着浩荡的愁思抵达陇关。夜晚的鱼龙川河水浅落，秋天的鸟鼠山一片空寂。西行途中不断询问秦州有无战事，留居此处内心伤痛已极。

## 其　二

【原诗】秦州城北寺，胜迹隗嚣宫①。苔藓山门古，丹青野殿空。月明垂叶露，云逐度溪风。清渭无情极②，愁时独向东。

【注释】①隗嚣宫：在秦州东北山上。隗嚣，东汉初天水成纪（今甘肃秦安）人。新莽末，为当地豪强拥立，据有天水、武都、金城等郡，自称西州上将军。后与汉军交战屡败，忧愤而死。 ②清渭：指渭水，因水清而称。渭水发源于甘肃渭源县鸟鼠山，东流横贯渭河平原，经长安城北。

**【译文】**秦州城北的寺院，是当年隗嚣的宫殿。古老的山门上长满了苔藓，空寂的野殿中还留着当年的壁画。月光照亮了叶尖上的垂露，云彩追逐着度溪的夜风。无情最属清清的渭水，在我忧愁时它独自流向东方——东方啊，那里有我的故乡。

## 其 三

**【原诗】**州图领同谷①，驿道出流沙②。降虏兼千帐③，居人有万家。马骄朱汗落，胡舞白题斜④。年少临洮子⑤，西来亦自夸。

**【注释】**①“州图”句：《唐书》：“秦州都督府，督领天水、陇西、同谷三郡。”同谷，在秦州南，今甘肃成县。 ②流沙：沙漠。《唐六典》：“陇右道，东接秦州，西逾流沙。” ③降虏：指归附的少数民族。 ④白题：古代匈奴部族所戴的毡笠。 ⑤临洮：地名，在秦州西。其地民风勇劲。

**【译文】**秦州督领着南面的同谷，驿道伸向西部沙漠。归附的异族帐篷绵连千座，土居的汉人计以万家。骏马矫健，驰骋时满身赤汗飞溅；胡俗奇异，舞蹈时斜戴着毡笠。来自西部的临洮少年，也在自夸身手不凡。

## 其 四

**【原诗】**鼓角缘边郡①，川原欲夜时。秋听殷地发②，风散入云悲。抱叶寒蝉静，归山独鸟迟。万方声一概，吾道竟何之？

**【注释】**①边郡：指秦州。 ②殷：震动。

**【译文】**鼓角声从边郡周围传来，川原即将入夜。深秋季节听此声音，感到大地都在震动；秋风把它散入云层，一声声何等悲凉！寒蝉悲戚地静抱着树叶，孤鸟迟迟未能飞回山间。普天之下到处都是鼓角声震，我究竟该去何处安身？

## 其　五

【原诗】南使宜天马①，由来万匹强。浮云连阵没，秋草遍山长。闻说真龙种②，仍残老骕骦③。哀鸣思战斗，迥立向苍苍。

【注释】①南使：唐代掌管陇右养牧马匹工作的官职名。《旧唐书》："凡诸牧监分南、北、东、西四使以统之。"南使的辖区在秦州北部。《读杜心解》说此诗是杜甫"见秦州牧马，而动殄寇之思。"　②龙种：指骏马。古传骏马为龙所生。《开山图》云：陇西神马山有渊池，龙马所生。　③骕骦：骏马名。

【译文】南使的统辖之地适宜牧养良马，牧养的数量总在万匹以上。然而邺城一仗那浮云般的骏马与阵同没，空留下秋草遍山高长。听说此处的骏马群中，仍然剩有老骕骦。它悲鸣着渴望去战斗，向苍天挺起坚强的脊梁。

## 其　六

【原诗】城上胡笳奏，山边汉节归①。防河赴沧海，奉诏发金微②。士苦形骸黑，林疏鸟兽稀。那堪往来戍？恨解邺城围③。

【注释】①汉节归：当时战乱未平，需调集西域兵马东征，故常有使节从秦州经过。　②金微：古山名，即今阿尔泰山。唐时于此置金微都护府。③史载，乾元二年（759）春，唐军九节度使围邺城已数月，因军中无帅，攻城不力，致使史思明调兵解邺城之围得逞。

【译文】秦州城上胡笳奏起乐曲，山脚下归来远行的使节。奉皇上之命从金微调来士兵，为防御河北的叛军而远赴沧海。士兵辛苦啊形骸黎黑，林木稀疏啊鸟兽无几。哪能经受这种往来征戍之苦？所恨的是叛军解除了邺城之围。

## 其　七

【原诗】莽莽万重山，孤城石谷间①。无风云出塞②，不夜月临关③。属国归何晚④？楼兰斩未还⑤。烟尘一长望，衰飒正摧颜。

【注释】①“孤城”句：秦州处于南北两山之谷。②“无风”句：秦州位于低谷，故城中人不觉有风，而天风实有之。③“不夜”句：秦州东西皆为谷口，故无山以遮日月。④属国：即“典属国”，秦汉时官名，掌少数民族事务。此处指赴吐蕃之使臣。⑤楼兰：汉时西域国名。汉昭帝时，楼兰与匈奴通好，不亲汉朝。傅介子至楼兰，斩其王首而归。此以楼兰代指与唐为敌的吐蕃。

【译文】浑浑莽莽万山重叠，孤独的秦州城处于石谷之间。地面无风，天云却飘出塞外；尚未入夜，月亮即已照临关隘。外出的使臣迟迟未能归来，效法傅介子之壮举可能是遇到了障碍。久久地伫望烟尘弥漫的天边，衰飒的秋景正在摧残我的容颜。

## 其八

【原诗】闻道寻源使①，从天此路回。牵牛去几许②？宛马至今来。一望幽燕隔，何时郡国开？东征健儿尽，羌笛暮吹哀。

【注释】①寻源使：指张骞。汉武帝令张骞寻黄河之源，张骞乘槎而去，找到源头。②《荆楚岁时记》载，张骞乘槎西行经月，至一处，见一女在织布，一丈夫牵牛在河边饮水。

【译文】听说汉代的寻源使者张骞，正是从秦州之路自天上归来。他见到的那个牵牛人与我们相距有多远？他开通了中西道路使大宛国马至今还能输送过来。远望幽燕之地仍为叛军阻隔，郡国的道路何时才能打开？东征平叛的健儿已经调尽，傍晚的羌笛吹出曲曲悲哀。

## 其九

【原诗】今日明人眼，临池好驿亭①。丛篁低地碧，高柳半天青。稠叠多幽事，喧呼阅使星。老夫如有此，不异在郊坰②。

【注释】①驿亭：驿站所设的供行旅休息的处所。 ②坰（jiōng）：遥远的郊野。

【译文】今日我的昏眼忽然明亮，是因为见到了一处临池的好驿亭。成片的竹林低附地面，凝着碧色；高大的柳树伸向半空，摇着青光。众多的幽景令人目不暇接，喧哗的人群围观暂住的使臣。老夫我如能有此作为栖身之处，虽说住在城里也无异于乡间。

## 其　十

【原诗】云气接昆仑，涔涔塞雨繁。羌童看渭水，使客向河源。烟火军中幕，牛羊岭上村。所居秋草静，正闭小蓬门。

【译文】郁郁的云气远接昆仑，涔涔的塞雨下个不停。羌族儿童观看暴涨的渭水，西行使者取向黄河的源头。烟火起处是军中的营幕，牛羊游处是岭上的荒村。我的门前长满了宁静的秋草，正好闭阻小小的蓬门。

## 其十一

【原诗】萧萧古塞冷，漠漠秋云低。黄鹄翅垂雨，苍鹰饥啄泥。蓟门谁自北？汉将独征西。不意书生耳，临衰厌鼓鞞[①]。

【注释】①厌：足，饱。鼓鞞（pí）：战鼓。鼓，指大鼓；鞞，指小鼓。

【译文】古塞萧萧风冷，秋云密布低垂。黄鹄雨中垂翅，苍鹰啄泥充饥。河北叛军未灭，谁去征讨蓟门？西部吐蕃发难，汉将奉命迎击。不料我这书生双耳，临近暮年却饱听了鼓鞞。

## 其十二

【原诗】山头南郭寺[①]，水号北流泉[②]。老树空庭得[③]，清渠一邑传。秋花危石底，晚景卧钟边。俯仰悲身世，溪风为飒然。

【注释】①南郭寺：位于秦州城东南约三华里的慧音山北坡。今尚存。②北流泉：在南郭寺内，因泉水北流而得名。今存泉井一眼，水味甘甜。

③老树：南郭寺庭院有古柏两株。今尚存活。

【译文】南郭寺座落在山头上，寺中有一眼泉水名叫“北流泉”。古老的柏树为空庭添色，清澄的渠水流遍全县。秋花开在危石下面，夕照映在废钟旁边。俯仰之间触发了身世的悲慨，溪风飒飒为我发出凄凉的感叹。

## 其十三

【原诗】传道东柯谷①，深藏数十家。对门藤盖瓦，映竹水穿沙。瘦地翻宜粟，阳坡可种瓜。船人近相报，但恐失桃花②。

【注释】①东柯谷：《通志》载，东柯谷在秦州东南五十里。据今人李济阻考察，东柯谷“即今天水市北道区街子乡柳家河村，此地位于天水市东南七十里。”杜甫之侄杜佐住在东柯谷。 ②“船人”二句：可知杜甫曾乘船前往东柯谷，途中，意将其地视为陶潜所记之桃源胜地，盖欲卜居其处。

【译文】听说东柯谷那个地方，深居着几十户人家。繁茂的藤条攀上门户，盖着屋瓦；清湛的溪水映着竹林，穿过白沙。贫瘠的土地反倒适宜种粟，向阳的坡田可以种瓜。一路上叮嘱船夫近则相告，唯恐错过了那世外桃花。

## 其十四

【原诗】万古仇池穴①，潜通小有天②。神鱼今不见③，福地语真传。近接西南境，长怀十九泉。何时一茅屋，送老白云边？

【注释】①仇池：山名，在唐成州同谷县（今甘肃成县）西，因山上有仇池而得名。在秦州西南二百余里。《宋书·氐胡传》：“仇池地方百顷，因以百顷为号，四面斗绝，高平地二十余里，羊肠蟠道，三十六回。”
②小有天：道家所传洞府之名。在河南省济源县西王屋山。《太平御览》引《太素真人王君内传》：“王屋山有小天，号曰小有天，周回一万里，三十六洞天之第一焉。” ③神鱼：世传仇池穴出神鱼，食可成仙。

【译文】万古留传的仇池穴，暗中通连着小有天。池中的神鱼今虽不见，但其为一方福地则是真实的传言。仇池在秦州西南，两地相近，我总在怀念那里的十九孔名泉。何时才能建座茅屋，在那白云之上度过余年？

## 其　十　五

【原诗】未暇泛沧海，悠悠兵马间。塞门风落木，客舍雨连山。阮籍行多兴①，庞公隐不还②。东柯遂疏懒③，休镊鬓毛斑④。

【注释】①阮籍：三国时魏文学家，“竹林七贤”之一。纵情物外，时常率意独驾，不由径路，车迹所穷，便恸哭而返。　②庞公：庞德公，东汉襄阳人，躬耕垅亩，不慕官位，曾拒刘表邀请，后携妻儿隐居鹿门山，采药以终。　③“东柯”句：可知此诗是杜甫暂居东柯侄宅时作。　④镊鬓：拔掉鬓角上的白发。古人为出仕而常有此举。

【译文】未及泛游沧海，却久奔于兵马之间。秋天的关塞到处是风吹叶落，身居寂寞的客舍呆望秋雨连山。阮籍一生颇多行兴，庞公归隐一去不还。东柯谷正适合我的疏懒之性，既然不想出仕也就不必修整鬓斑。

## 其　十　六

【原诗】东柯好崖谷，不与众峰群。落日邀双鸟，晴天卷片云。野人矜绝险，水竹会平分。采药吾将老，儿童不遣闻。

【译文】东柯崖谷十分幽美，远远超过了其他山峰。落日之际它邀双鸟投宿，晴天之时卷动着片片白云。野居之士矜夸此处与世隔绝，当会允许我平分水竹的胜景。我将在此采药送老，这种打算无须让儿女知闻。

## 其　十　七

【原诗】边秋阴易夕，不复辨晨光。檐雨乱淋幔，山云低度墙。鸬鹚窥浅井①，蚯蚓上深堂。车马何萧索，门前百草长。

【注释】①鸬鹚：又名鱼鹰，善捕鱼。农家饲养之以帮助捕鱼。此时因雨多井满，鸬鹚以为井水中有鱼，故窥视。

【译文】边地的秋天阴雨连绵，天黑得早而亮得晚。檐雨纷乱淋湿了帷幔，山云低浮度过矮墙。鸬鹚为了捕鱼而窥视浅井，蚯蚓为了避湿而爬进厅堂。门前没有车踪马迹，百草长得茂盛异常。

## 其十八

【原诗】地僻秋将尽，山高客未归。塞云多断续，边日少光辉。警急烽常报，传闻檄屡飞。西戎外甥国①，何得迕天威！

【注释】①“西戎”句：西戎，指吐蕃。《唐书》载，贞观十五年（641），太宗嫁文成公主给吐蕃王松赞干布。此后，唐与吐蕃关系日益密切。中宗时，又嫁金城公主给吐蕃王赞普尺带珠丹。开元十年（722），赞普尺带珠丹上表给玄宗，说：“外甥是先皇帝旧宿亲，千岁万岁，外甥终不敢先违盟誓。”

【译文】秦州处地偏僻山高路险，眼下秋季将尽而我尚未回归。塞上的阴云断断续续，边地的太阳缺少光辉。报警的烽火时常燃起，紧急的羽檄屡屡飞驰。吐蕃是大唐的外甥国，怎能如此迕逆天威！

## 其十九

【原诗】凤林戈未息①，鱼海路常难②。候火云峰峻③，悬军幕井干④。风连西极动，月过北庭寒⑤。故老思飞将⑥，何时议筑坛⑦？

【注释】①凤林：《旧唐书·地理志》载，凤林县，属河州（治所在今甘肃临夏东北）。时此地正遭吐蕃进犯。 ②鱼海：吐蕃境内地名，所在之处不详。 ③候火：烽火。 ④悬军：深入敌方的孤军。幕井：军营的水井。 ⑤北庭：方镇名，属陇右道。李嗣业曾破吐蕃建功，后为北庭节度使，在邺城战役中牺牲。此句谓北庭无将。 ⑥故老：作者自称。飞将：汉将李广镇守右北平郡，匈奴人称之为“飞将军”。 ⑦《汉书·高帝纪》载，刘邦为汉王时曾斋戒设坛场，拜韩信为大将军。

【译文】凤林一带干戈未息，通向鱼海的道路总是艰难。云峰之上常有烽火报警，孤军深入难免幕井枯干。狂风摇撼着西域，寒月映照着北庭。老夫思念李广那样的勇将，朝廷何时才能考虑拜将筑坛？

### 其　二　十

**【原诗】**唐尧真自圣[①]，野老复何知！晒药能无妇？应门亦有儿[②]。藏书闻禹穴[③]，读记忆仇池[④]。为报鸳行旧[⑤]，鷦鷯在一枝[⑥]。

**【注释】**①唐尧：指肃宗。古人云："从谏则圣"，肃宗拒绝杜甫等人的忠谏，并冷落他，故讽其为"自圣"。　②"晒药"二句：意在以自得之乐回答肃宗的冷遇。　③禹穴：旧注地点有三：一在浙江绍兴会稽山上，相传为禹藏书处，一在陕西洵阳县东，一在蜀地石纽。此三说皆不切秦州地理。近人冯国瑞认为禹穴即在今甘肃永靖县炳灵寺石窟中（见《炳灵寺石窟考察记》）。李济阻赞同此说并详加考证（见《杜甫陇右行踪三题》），可作定论。　④仇池：见本组诗其十四注①。　⑤鸳行（háng）：比喻朝官的行列。　⑥鷦鷯（jiāo liáo）：一种以昆虫为食的小鸟。《庄子·逍遥游》："鷦鷯巢于深林，不过一枝。"

**【译文】**当今皇上真个是天生圣明，我这村夫野老又懂得什么！晾晒药材岂无老伴的帮助？应答门户亦有五尺之童。听说秦州附近有藏书的禹穴，阅读传记十分向往那胜地仇池。以上诸篇是为告知同朝旧友，我像只鷦鷯栖身于一枝。

## 月夜忆舍弟

**【题解】**此诗当是乾元二年（759）秋白露节在秦州作。诗中描写边城秋晚的凄凉景象，抒发思乡忆弟的感叹。杜甫有四个弟弟，名为颖、观、丰、占。此时唯杜占相随，其他分散在山东、河南。

**【原诗】**戍鼓断人行[①]，边秋一雁声[②]。露从今夜白[③]，月是故乡明。有弟皆分散，无家问死生[④]。寄书长不达，况乃未休兵[⑤]。

**【注释】**①戍鼓：戍楼上所敲的禁鼓。　②一雁：孤雁。古人以雁行喻兄弟，孤雁哀鸣，寓兄弟离散之意。　③此句点明时当白露节。　④无家：

杜甫家在洛阳附近，安史乱中被毁掉。 ⑤这年九月，史思明攻陷洛阳及齐、汝、郑、滑四州。

**【译文】**戍楼上的禁鼓敲断了行人的踪影，边地的秋空上传来孤雁的哀鸣。露水，从今夜变得白净；月亮，还是故乡的光明。弟弟虽有，却都在战乱中离散了；家乡被毁，无处打听他们的死生。平日里寄信还常常不能寄到，何况眼下战乱未平。

## 天末怀李白

**【题解】**此诗当是乾元二年（759）秋在秦州时作。天末，天边，指秦州，秦州地处边塞，故称。至德二载（757），李白因参加永王李璘的幕府，被投入浔阳监狱。乾元元年（758）被判流放夜郎。乾元二年行至白帝城时遇赦而还，此事杜甫尚不得知，故写此诗怀念之，与《梦李白二首》内容相同。

**【原诗】**凉风起天末，君子意如何？鸿雁几时到？江湖秋水多！文章憎命达①，魑魅喜人过②。应共冤魂语，投诗赠汨罗③。

**【注释】**①命达：命运通达，命运好。 ②魑魅：古代传说山泽中的鬼怪，喜食人。 ③“应共”二句：冤魂，指屈原，屈原无罪而遭放逐，投汨罗江而死。李白亦无罪而被流放，情况相同，故有“共语”之想。

**【译文】**天的尽头凉风吹起，李白啊你的心情如何？仰问南飞的鸿雁，几时才能把我的书信捎到？想你行经的江湖，此时秋水正多风波。文章总是憎恨人的好命运，那吃人的山泽鬼怪喜闻有人路过。我料想你经过汨罗江时，该会投诗赠给屈原，与那千古的冤魂共把冤情诉说。

## 宿赞公房

**【题解】**此诗当是乾元二年（759）深秋在秦州时作。题下原注：“赞，京师大云寺主，谪此安置。”赞公是杜甫的旧友，在长安大云寺作住持时，曾留杜甫在寺内小住，并赠送丝履氎。不期今日在流寓中相逢。诗中描写夜宿赞公土室的所见所感，对赞公的守禅本性给予赞美，抒发了他乡遇故知的欣喜之情。

【原诗】杖锡何来此①？秋风已飒然。雨荒深院菊，霜倒半池莲。放逐宁违性？虚空不离禅②。相逢成夜宿，陇月向人圆。

【注释】①杖锡：僧人的代称。僧人所持之杖，头有锡环，乞食时振环作响，以代叩门。　②虚空：荒野无人之处。赞公土室在山野。

【译文】高僧怎么也会来到这里？在这秋风飒飒的季节我与您相逢。阴雨撂荒了您深院的菊花，严霜欺倒了半池莲影。遭到放逐又岂能违背心性？身居荒野也未能放弃禅宗。今夜与您相逢共宿，陇上的明月也向我们现出圆圆的光影。

## 赤谷西崦人家

【题解】此诗当作于乾元二年（759）秋，时杜甫在秦州。赤谷，地名，在秦州西南七里。崦，山。诗中写出城游览经过赤谷西山农舍的所见所感，赞美了农家恬静的生活。

【原诗】跻险不自安①，出郊已清目。溪回日气暖，径转山田熟。鸟雀依茅茨②，藩篱带松菊。如行武陵暮，欲问桃源宿③。

【注释】①跻（jī）：登。　②茅茨：茅屋。　③“如行”二句：用陶潜《桃花源记》典故。陶潜所记桃花源在武陵（今湖南常德）。

【译文】出城登山历险，令人提心吊胆；而今来到郊外，便觉目爽神清。沿着回环的溪水，沐浴和暖的风日；走过弯曲的小路，看山田作物已经成熟。鸟雀依附着茅屋，篱落映带着松菊。我仿佛在武陵的暮色里行走，打算在这桃源般的农舍投宿。

## 西枝村寻置草堂地夜宿赞公土室二首

【题解】此诗当作于乾元二年（759）秋冬之际，时杜甫在秦州。西枝村在东柯谷的西面，杜甫欲在其地卜居，故出城找到赞公，又偕同赞公前往探察。第一首写探察未果，第二首写夜宿赞公窑洞的感想。

### 其　一

【原诗】出郭眄细岑[1]，披榛得微路。溪行一流水，曲折方屡渡。赞公汤休徒[2]，好静心迹素。昨枉霞上作[3]，盛论岩中趣。怡然共携手，恣意同远步。扪萝涩先登，陟巘眩反顾。要求阳冈暖，苦涉阴岭沍[4]。惆怅老大藤，沉吟屈蟠树。卜居意未展，杖策回且暮。层巅余落日，草蔓已多露。

【注释】①眄（miǎn）：望。　②汤休：南朝宋时高僧汤惠休。　③霞上作：谓身伴云霞而作书相寄。　④沍（hù）：冻结。

【译文】走出城外遥望细小的远山，披开荆榛寻得一条小路。路旁溪水弯弯曲曲，几次渡水才来到赞公的住处。赞公是汤惠休一类的高僧，喜好宁静心迹十分朴素。昨日蒙他惠寄仙书一札，信中盛谈栖居山岩的乐趣。所以今天我就来邀他陪同探察隐居之地，他愉快地与我携手同行，任凭心意，走了很远的路。我攀着藤萝艰难地先登上山顶，回头俯看来路不禁头晕目眩。为了找到一处朝阳的暖地，艰苦地爬过了背阴的冻坡。每当遇到老藤和蟠屈的古树，我们都沉吟徘徊不忍离开。可惜最终也没找到理想的处所，只得杖策而返，此时天色将暮。山顶上辉映着最后一抹夕照，蔓草上已凝结了许多冷露。

### 其　二

【原诗】天寒鸟已归，月出山更静。土室延白光，松门耿疏影。跻攀倦日短，语乐寄夜永。明燃林中薪，暗汲石底井。大师京国旧[1]，德业天机秉。从来支许游[2]，兴趣江湖迥。数奇谪关塞[3]，道广存箕颍[4]。何知戎马间，复接尘事屏！幽寻岂一路？远色有诸岭。晨光稍朦胧，更越西南顶。

【注释】①“大师”句：赞公曾是京都大云寺僧人，与杜甫有旧交。②支许：指东晋高僧支道林和喜游山水的许询，二人为僧俗之友。 ③数奇（jī）：命运不好。 ④箕颍：箕山和颍水。相传尧时，贤者许由曾隐居箕山之下，颍水之阳。后因以指隐居者或隐居之地。

【译文】天气寒冷鸟已归巢，明月出升山野更静。白晃晃的月光照进窑洞，当门的松树投下疏影。白昼短促，爬了一天的山十分疲倦；秋夜漫长，正好可以快乐地聊天。为了照明，点燃了从林中砍来的薪柴；为了烹茶，汲来了石底下的井泉。赞公大师是我在长安结识的旧友，德业精深天赋很高。我俩的交游就像东晋高僧支道林与喜游山水的许询一样，从来的僧俗好友都喜欢浪迹江湖。赞公命运不好，从京都贬到秦州，但是道行深广，心存隐逸之志。怎会料到在这戎马征伐之际，我还有幸遇到这位摒弃尘世的高人！寻找幽居之处岂能只有一条路？那远处还有诸多山岭可寻。等到明天晨光初露，再去翻越西南的山顶。

## 寄赞上人

【题解】此诗当作于乾元二年（759）秋冬之际，时杜甫在秦州。赞上人，即赞公。上人，是古时对僧人的尊称。诗中对几天前赞公陪同去西枝村寻找栖居之地表示感谢，并邀请赞公稍后几日再陪同去西枝村西边的山谷探察栖所。

【原诗】一昨陪锡杖，卜邻南山幽。年侵腰脚衰，未便阴崖秋。重冈北面起，竟日阳光留。茅屋买兼土，斯焉心所求。近闻西枝西，有谷杉桼稠[①]。亭午颇和暖，石田又足收。当期塞雨干，宿昔齿疾瘳。徘徊虎穴上，面势龙泓头[②]。柴荆具茶茗，径路通林丘。与子成二老，来往亦风流。

【注释】①桼：同“漆”，指漆树。 ②虎穴、龙泓：均指西谷山水之胜，非实有其地。

【译文】前几天蒙您陪同前往南山，去寻找一处栖身之地与您为邻。我年纪渐老腰脚乏力，在阴崖下居住实属不便。我想找的是一块重冈北护、终日得阳的地方，买所茅屋置点田地以终天年。最近听说西枝村的西边有个山谷，那里长满了杉树和漆树，正午时阳光颇为和暖，石田土质良好作物能够丰收。所以我想等到雨停路干，牙疼的老病好了以后，再邀您同去西谷，徘徊于虎穴之上，观览于龙潭之侧。要是能在那里定居下来，我会在茅舍里备下清茶相待；也将踏着小路，拜访您的林丘。让我们结成“二老”，相互来往，那也是很风流的呢！

## 太平寺泉眼

**【题解】**此诗当作于乾元二年（759）年秋冬之际，时杜甫在秦州。太平寺，在秦州附近。诗中赞叹太平寺里泉眼的神异、泉水的明净，以及环境的幽美，表示要在此卜居，服食修炼，以成正果。

**【原诗】**招提凭高冈①，疏散连草莽。出泉枯柳根，汲引岁月古。石间见海眼②，天畔萦水府③。广深丈尺间，宴息敢轻侮④？青白二小蛇，幽姿可时睹。如丝气或上，烂熳为云雨⑤。山头到山下，凿井不尽土。取供十方僧⑥，香美胜牛乳。北风起寒文，弱藻舒翠缕。明涵客衣净，细荡林影趣。何当宅下流，余润通药圃？三春湿黄精⑦，一食生毛羽⑧。

**【注释】**①招提：寺院的别称，此指太平寺。　②海眼：泉眼。古人认为井泉的水，潜流地中，通江海，故称。　③天畔：形容山寺地处之高。　④宴息：安闲貌。　⑤古人认为龙能兴云致雨。杜甫将此中二蛇想象为龙的化身，故有此说。　⑥十方：佛家谓东、西、南、北、东南、西南、东北、西北、上、下为“十方”。　⑦黄精：多年生草本，可入药。《博物志》说，黄精为太阳之草，食之可长生。　⑧生毛羽：道家认为成仙之后可以生羽飞升。

**【译文】**太平寺位于高高的山冈，周围是山林草莽。清泉从枯柳根下涌出，已被世人汲引了很久。岩石间的泉眼清晰可见，这云天之处竟有水府环流。泉池的深广虽在丈尺之间，而且寂静安闲，但是人们怎敢对它轻慢？池中生有青白两条小蛇，那幽隐之姿可以时时看见。它们时而吐出一串如丝的气泡，令人想象一旦成龙便可兴云作雨。此山从上到下岩石遍布，凿井实属不易。这眼泉水可以取供十方众僧，水味香美超过了牛奶。北风吹起了寒冷的波纹，纤细的水藻舒开了翠缕。明亮的泉水倒映着游客的净衣，细碎的涟漪摇荡着秋林的妙影。如何才能筑宅于其下，让它的余泽流进我的药圃？三春佳季滋润黄精生长发育，一经服食便可羽化成仙呢！

## 东　楼

**【题解】**此诗当作于乾元二年（759）秋冬之际，时杜甫在秦州。诗中写登秦州城上东楼的所见所感，抒发战乱不息之慨。

**【原诗】**万里流沙道①，西行过此门。但添新战骨，不返旧征魂。楼角凌风迥，城阴带水昏。传声看驿使②，送节向河源③。

**【注释】**①流沙：沙漠。指吐蕃所居之地。　②驿使：信使，出往外域的使节。　③“送节”句：用汉代张骞西寻河源事，指当时使者前往吐蕃谈和。

**【译文】**走上那万里迢迢的沙漠之路，西行的人们都要经过这座城门。一次次的出征啊，只是增添着新死者的尸骨，却不见旧死者返回灵魂。楼的檐角凌风翘起，多么高寒；城的阴面靠近渭水，一片昏暗。城门下又有驿使喧呼而过，该是西行远途与吐蕃和谈。

## 雨　晴

**【题解】**此诗当作于乾元二年（759）秋，时杜甫在秦州。诗中描绘了秦州边塞久雨初晴的美好景象，令人耳目清明。

**【原诗】**天外秋云薄，从西万里风。今朝好晴景，久雨不妨农。塞柳行疏翠①，山梨结小红。胡笳楼上发，一雁入高空。

**【注释】**①塞：边塞，指秦州。行（háng）：成行地列出。

**【译文】**天边的秋云已经稀薄，西面又吹来万里长风。今朝雨过天晴景色美好，农民来到田野开始秋耕。塞上的柳树成行地列出疏疏翠绿，山间的梨树果实成熟闪烁着点点微红。城楼上胡笳奏出脆响，一只大雁欣然飞入高空。

## 寓　目

**【题解】**此诗当作于乾元二年（759）秋，时杜甫在秦州。寓目，即触目所见。诗中描写秦州一带物产之异，地气之殊，人性之悍，表达了对边地动乱的隐忧。

**【原诗】**一县葡萄熟①，秋山苜蓿多②。关云常带雨，塞水不成河。羌女轻烽燧，胡儿掣骆驼③。自伤迟暮眼，丧乱饱经过。

**【注释】**①《永徽图经》载：陇西、五原、敦煌山谷多产葡萄。　②苜蓿：一年或多年生草本植物，马喜食。汉代张骞出使西域，从大宛国带回紫苜蓿种子。　③“羌女”二句：言当地异族民性之强悍。羌、胡，皆指少数民族。烽燧，古时用以报警的烟火。

**【译文】**成熟的葡萄盖满全县，成片的苜蓿长满秋山。边关的云彩常常带雨，塞上的流水遍地奔窜。羌女轻视烽烟，一身是胆；胡儿掣动骆驼，体力强悍。可怜我这双老眼，还要目睹几多战乱？

## 山　寺

**【题解】**此诗当作于乾元二年（759）秋，时杜甫在秦州。诗中描写登临麦积山瑞应寺所见的恬静景象。麦积山，位于天水市东南四十五公里处，形如农家麦垛。上有僧寺。

**【原诗】**野寺残僧少，山园细路高。麝香眠石竹①，鹦鹉啄金桃②。乱水通人过，悬崖置屋牢。上方重阁晚③，百里见秋毫④。

**【注释】**①麝香：即麝。石竹：多年生草本植物，全株粉绿色，可入药。

②金桃：桃的一种。南朝梁任昉《述异记》：“日本国有金桃，其实重一斤。”《广群芳谱》载：“金桃，长形，色黄如金。” ③上方：住持僧所住的内室。亦指佛寺。 ④秋毫：鸟兽在秋天新生出的细毛。

【译文】野寺的余僧寥寥无几，通向寺院的小路迤逦升高。麝香在石竹丛里安然入睡，鹦鹉悠闲地啄着金桃。纷流的溪水清浅可涉，悬崖上的屋宇建造坚牢。傍晚时登上佛寺的重阁，可以望见百里远处的秋毫。

## 即　　事

【题解】此诗当作于乾元二年（759）秋，时杜甫在秦州。乾元元年（758）七月，肃宗把幼女宁国公主嫁给回纥可汗，以换取回纥援兵。乾元二年四月，可汗死。八月，宁国公主归还。此诗以凄凉的笔调描绘了宁国公主的形神，批判了肃宗的和亲策略，表现了可贵的民族意识。

【原诗】闻道花门破①，和亲事却非。人怜汉公主，生得渡河归。秋思抛云髻，腰支剩宝衣。群凶犹索战②，回首意多违。

【注释】①花门破：花门，即回纥。《旧唐书·回纥传》载，乾元二年，回纥骨啜特勒率兵与唐九节度使合围邺城，战败。 ②乾元二年九月，史思明分兵四道渡河围洛阳，李光弼不敌，弃洛阳，守河阳。

【译文】听说回纥援军也被叛军打败，如此看来和亲之策是完全错了。人们怜惜宁国公主的命运，庆幸她还能活着回来。她神情凄凉，云髻不整；腰肢消瘦，体不胜衣。凶恶的叛军仍旧索战，回想当初的打算通通落空了。

## 遣　　怀

【题解】此诗当作于乾元二年（759）秋，时杜甫在秦州。诗中描写凄凉秋景，抒发卜居无地的感叹。

【原诗】愁眼看霜露，寒城菊自花。天风随断柳，客泪坠清笳①。水静楼阴直，山昏塞日斜。夜来归鸟尽，啼杀后来鸦②。

【注释】①清笳：凄清的胡笳声。胡笳，古时管乐器，常用作军中号角。②此句借后来鸦的苦啼，喻自己无寓身之所。

【译文】忧愁地看着满眼霜露，无心欣赏寒城里的菊花。折断的柳枝随急风飘转，我的眼泪在凄清的笳声中坠落。水面寂静，倒映着城楼的僵直阴影；山野昏暗，边塞的太阳已经西斜。夜幕降临，归鸟都已入巢；迟来的乌鸦无处可栖，发出凄惨的叫声。

## 天　河

【题解】此诗当作于乾元二年（759）秋，时杜甫在秦州。诗中描写秋至后银河明丽景象。一说篇中“微云掩”“风浪生”寓指小人谗妒。恐非。

【原诗】常时任显晦，秋至转分明。纵被微云掩，终能永夜清。含星动双阙①，伴月落边城②。牛女年年渡③，何曾风浪生？

【注释】①双阙：古时宫殿前两边高台上的楼观，可眺望城外远景。古诗“双阙百余尺”。　②边城：指秦州。　③“牛女”句：古代传说，牛郎、织女被隔于银河两岸，每年农历七月初七之夜，渡河相会。

【译文】银河在平常的日子里随意隐显，一到秋至便特别清晰明亮。纵然有时被微云遮掩，却终究能够长夜清明。它含着星光耀动双阙，伴着斜月落在边城。年年牛女渡河相会，何曾有过风浪发生？

## 初　月

【题解】此诗当作于乾元二年（759）秋，时杜甫在秦州。全诗描写初月的形态与光色，笔墨十分集中。一说以初月影射肃宗不明。恐非。

【原诗】光细弦初上①，影斜轮未安。微升古塞外，已隐暮云端。河汉不改色②，关山空自寒③。庭前有白露，暗满菊花团。

【注释】①弦初上：农历每月初七、初八为上弦月。弦，半圆形的月亮。②河汉：银河。不改色：言亮度未减，以见月光不明。　③“关山”句：言关山之寒本为呼应月光而生，今月光被遮，故云“空自寒”。

【译文】上弦月初升，光色微弱；形影偏斜，月轮未安。在古塞之外刚刚升起，就已被暮云遮掩。银河没有减弱亮度，关山徒然生起寒意。夜幕降临，秋露浓重，沾湿了庭前的菊花团团。

## 捣　衣

【题解】此诗当作于乾元二年（759）秋，时杜甫在秦州。是诗人闻捣衣之声而代为戍妇言情之作。古时妇人为征夫作寒衣，先将衣料放在石砧上用杵捣平，使之柔软便于缝纫。

【原诗】亦知戍不返，秋至拭清砧①。已近苦寒月，况经长别心！宁辞捣衣倦，一寄塞垣深②？用尽闺中力，君听空外音。

【注释】①砧：捣衣石。　②塞垣：指北方边境地带。即征夫所在之处。

【译文】我也知道你戍守边关不会回来了，秋天来临仍要为你一擦清砧。眼下已经接近酷寒季节，何况是经过了长久的离分。我怎能辞却捣衣的劳倦，而不把寒衣寄向遥远的边关？捣啊捣啊，用尽了我的柔弱之力，但愿你能听到这来自天外的声音。

## 归　燕

【题解】此诗当作于乾元二年（759）秋，时杜甫在秦州。诗借归燕以述欲辞秦州而南行之意，并述他年复返此地，以酬当地主人。

【原诗】不独避霜雪，其如俦侣稀①。四时无失序，八月自知归。春色岂相误？众雏还识机。故巢倘未毁②，会傍主人飞③。

【注释】①其如：无奈。俦侣：朋辈。　②故巢：暗喻在秦州的寓所。③主人：指房东。

【译文】燕子南飞不只是为了躲避霜雪，还因无奈于此处朋辈稀少。春夏秋冬依次更替，时当八月自知回归。来年春季自当飞回这里，众雏们也能掌握时机。倘若旧巢依然完好，当会重新依傍主人而飞。

## 促　织

【题解】此诗当作于乾元二年（759）秋，时杜甫在秦州。促织，即蟋蟀。诗写闻蟋蟀而感秋至而动客思，抒发羁旅愁怀。

【原诗】促织甚微细，哀音何动人！草根吟不稳①，床下意相亲。久客得无泪？故妻难及晨。悲丝与急管②，感激异天真。

【注释】①“草根”句：蟋蟀在野外草根间鸣叫，因霜露寒冷，故鸣声不畅。　②悲丝、急管：哀婉的丝乐与激昂的管乐。

【译文】蟋蟀的叫声十分微细，那哀婉的声音多么动人！它在寒冷的野外草根间叫得不畅，移到床下来叫似与我心相亲。唉，久客他乡的我怎能不闻声而泪下？结伴多年的妻子也难以稳睡到天明。想那哀切的丝乐和激昂的管乐，也不如这天真的声音如此感人。

## 萤　火

【题解】此诗当作于乾元二年（759）秋，时杜甫在秦州。萤火，即萤火虫。诗中逼真地描摹萤火虫的光影形状。一说借咏萤火虫而讽刺宦官。肃宗朝政曾一度由宦官李辅国把持，十分昏暗，后经李岘陈述其罪状，权势得以削减。

【原诗】幸因腐草出①，敢近太阳飞②。未足临书卷③，时能点客衣。随风隔幔小，带雨傍林微。十月清霜重，飘零何处归？

【注释】①《月令》云：“腐草化为萤。”古人误以为腐草得暑湿之气而化为萤。 ②太阳：一说喻指君王。 ③《晋书·车胤传》载，车胤家贫，不常得灯油，夏季囊萤火以照书。此处反用其事。

【译文】侥幸由腐草而化出，却胆敢靠近太阳飞舞。你的光亮不足以照亮书卷，却时时在扑点着我的衣服。你隔着帷幔随风晃动着小影，带着雨气在树林旁边闪着微光。十月到来清霜凝重，请问你飘泊流落归向何处？

## 蒹　葭

【题解】此诗当作于乾元二年（759）秋，时杜甫在秦州。蒹葭（jiān jiā），芦苇。诗中借芦苇以自况，抒发贤者失志的苦情。

【原诗】摧折不自守，秋风吹若何。暂时花戴雪①，几处叶沉波。体弱春苗早，丛长夜露多。江湖后摇落，亦恐岁蹉跎②。

【注释】①花戴雪：芦花白色，故以雪来形容。 ②蹉跎：光阴虚度。

【译文】身遭摧折而不能自保，面对秋风而无可奈何。暂时顶戴着如雪的花絮，几处枯叶已沉入秋波。春天一到，你就早早地生出瘦弱的幼苗；秋夜降临，你修长的茎叶上负载的冷露未免太多。你虽心性刚强在江湖上最后摇落，也仍在担心岁月蹉跎而唱着悲歌。

## 苦　竹

【题解】此诗当作于乾元二年（759）秋，时杜甫在秦州。苦竹，竹的一种，又称“伞柄竹”，味苦。诗中借咏苦竹以赞美君子的避世情操。

【原诗】青冥亦自守①，软弱强扶持。味苦夏虫避，丛卑春鸟疑。轩墀曾不重[2]，剪伐欲无辞。幸近幽人屋，霜根结在兹[3]。

【注释】①青冥：指山岭。 ②轩墀：富贵人家的厅堂。 ③霜根：终冬不凋的竹根。

【译文】身居山野也能自守情操，躯体软弱勉强自我扶持。味道苦涩能令夏虫回避，丛林低矮招致春鸟生疑。富贵者的庭前见不到你的身影，你遭到剪伐也不想有所抗辞。幸能靠近隐士的茅屋，你把霜根扎在这里。

## 除　　架

【题解】此诗当作于乾元二年（759）深秋，时杜甫在秦州。除架，拆除瓜架。诗写见拆除瓜架而生的感慨，有叹息人生始盛终衰之意。

【原诗】束薪已零落[1]，瓠叶转萧疏[2]。幸结白花了，宁辞青蔓除？秋虫声不去，暮雀意何如？寒事今牢落[3]，人生亦有初。

【注释】①束薪：瓜架。薪，搭瓜架用的干树枝。 ②瓠（hù）：葫芦。③寒事：秋冬的物候。牢落：零落萧疏。

【译文】瓜架的树枝已经散落，葫芦叶子变得稀稀疏疏。幸而白花结成了果实，怎能拒绝青蔓被拆除？秋虫仍在瓜架间嗡嗡飞舞，暮鸟失去窝巢心意何如？看着眼前零落萧疏的深秋景象，想到人生也有始盛终衰的时候。

## 废　　畦

【题解】此诗当作于乾元二年（759）深秋，时杜甫在秦州。诗中借咏秋畦残蔬而抒写人生盛衰之慨。

【原诗】秋蔬拥霜露，岂敢惜凋残？暮景数枝叶[1]，天风吹汝寒。绿沾泥滓尽，香与岁时阑。生意春如昨，悲君白玉盘[2]。

【注释】①数（shǔ）：点数。 ②唐制：立春，以白玉盘盛细生菜（莴苣等），颁赐群臣。

【译文】秋天的蔬菜上沾满了霜露，季节致此啊我怎敢惋惜你的凋残？在苍茫的暮色中我点数着你的枝叶，秋风飒飒吹得你如此凄寒！你的绿色被泥滓污染殆尽，你的香味与岁时同到终点。回想你那盎然的春意如在昨天，如今堪悲啊，不能再登上君王的白玉盘。

## 夕　烽

【题解】此诗当作于乾元二年（759）秋，时杜甫在秦州。夕烽，傍晚时的烽烟。唐时方镇戍卫，每隔三十里设烽火台一处，敌来则燃烽烟以报警，根据敌军多少而决定所燃烽烟的炬数。每天傍晚则燃烽烟一炬，是报平安，谓之平安火。若不燃，则生变故。此诗所写，是作者望见平安火而生的感想。前半喜边方无事，后半忧边警猝来。

【原诗】夕烽来不近，每日报平安。塞上传光小，云边落点残①。照秦通警急，过陇自艰难②。闻道蓬莱殿③，千门立马看。

【注释】①光小、点残：描写平安火状。因平安火只有一炬，故光影较细暗。 ②照秦、过陇：是写报警烽烟状。因报警烽烟盛大，故能照到秦州而且传过陇山。 ③蓬莱殿：指京都长安。

【译文】夕烽的光影从远方传来，每日向人们报告着平安。它在塞上显示出小小的光亮，在云边留下残影一点。报警的烽火则能光照秦州，光越陇山的烽火则兆示国步维艰。听说长安城所有官署的门前，下班的官员都要驻马遥望烽烟。

## 秋　笛

【题解】此诗当作于乾元二年（759）秋，时杜甫在秦州。诗中极写笛声凄切，其因在于征人不得生还，表达了对战乱的哀怨。

【原诗】清商欲尽奏[①]，奏苦血沾衣。他日伤心极，征人白骨归。相逢恐恨过，故作发声微。不见秋云动，悲风稍稍飞[②]？

【注释】①清商：商声，古代五音之一。其调凄清悲凉，故称。　②稍稍：微微。

【译文】秋笛吹出凄清的商声一曲将尽，奏出的苦情令人泪血沾衣。想是因为那日见到了运回征人尸骨，吹奏者才这样的伤心至极。我走到他跟前那笛声变弱，可能是他担心所吐的怨恨过激。天上的秋云啊也为之而抖动，悲凉的风在微微地吹……

## 日　暮

【题解】此诗当作于乾元二年（759）秋，时杜甫在秦州。诗中描写边城日暮景象，忧乱之情隐然其间。

【原诗】日暮风亦起，城头乌尾讹[①]。黄云高未动，白水已扬波[②]。羌妇语还笑，胡儿行且歌[③]。将军别换马[④]，夜出拥雕戈[⑤]。

【注释】①讹：摆动。　②“黄云”二句，写云水，寓乱象。　③羌妇、胡儿：指归附的少数民族。虽归附而常欲蠢动。　④《淮南子》：“将军不敢骑白马。”注云：“恐为见者所识也。”用此典故言军情紧急。　⑤雕戈：雕绘花纹的兵器。

【译文】太阳沉落寒风吹起，城头上的乌鸦摆动着黑尾。高天的黄云凝聚不动，地面的白水波翻浪涌。羌妇们又说又笑，胡儿们边走边歌。守城的将军更换了坐骑，夜出巡行也要雕戈簇拥。

## 野　望

【题解】此诗当作于乾元二年（759）秋，时杜甫在秦州。诗中写边秋野望所见之景，尾联写日暮鸟归，寄寓客居未还之叹。

【原诗】清秋望不极，迢递起层阴[1]。远水兼天净，孤城隐雾深。叶稀风更落，山迥日初沉。独鹤归何晚，昏鸦已满林。

【注释】①迢递：遥远貌。

【译文】清秋的景象不能望得很远，天边上升起密布的阴云。处远的河水与天相连，一片明净；孤独的城堡隐在雾里，多么幽深。秋风摘下了最后几片树叶，远山的夕阳已经沉沦。孤单的白鹤回归太晚，黄昏中的乌鸦已栖满树林。

## 空　　囊

【题解】此诗当作于乾元二年（759）秋，时杜甫在秦州。空囊，即钱袋已空。诗中反映了作者客居秦州时艰难的生活状况，表现了其幽默诙谐的性格。

【原诗】翠柏苦犹食[1]，明霞高可餐[2]。世人共卤莽，吾道属艰难。不爨井晨冻[3]，无衣床夜寒。囊空恐羞涩，留得一钱看。

【注释】①《列仙传》载：“赤松子好食柏实。”　②司马相如《大人赋》：“呼吸沆瀣餐朝霞。”　③爨（cuàn）：烧火煮饭。

【译文】翠柏虽苦也还是可以吃的，明霞虽高也同样可以当饭。世人贵乎苟得，卤莽而获；我奉守清廉，自然要步入艰难。晨起无米可炊，井水依然冻结；夜来衣被缺乏，更觉床板之寒。钱袋空了恐怕不好意思，留下一个铜子让它把家看！

## 病　　马

【题解】此诗当作于乾元二年（759）秋，时杜甫在秦州。诗中描写一匹骑乘已久的驯良老马，表达了作者的爱物之心。

【原诗】乘尔亦已久，天寒关塞深。尘中老尽力，岁晚病伤心。毛骨岂殊众？驯良犹至今。物微意不浅，感动一沉吟。

【译文】我骑乘你也有很久了，何况天气是这样寒冷、关塞是这样艰险！风尘之中你已衰老，却仍在为我尽力；岁末之际你又患病，这真使我感到伤心。你的毛骨筋力并未超过一般的马，只因本性驯良才一直随我至今。你虽是个微物却对我情义非浅，使我感动得发出这番沉吟。

## 蕃　剑

【题解】此诗当作于乾元二年（759）秋，时杜甫在秦州。诗中写一柄质朴无华而又具龙虎之气的蕃剑，作者由此想到天下战乱未平，应持送君王以靖国难，表达对国事的关切。一说蕃剑为作者自况，表达用世之志。

【原诗】致此自僻远，又非珠玉装。如何有奇怪，每夜吐光芒？虎气必腾上①，龙身宁久藏②？风尘苦未息③，持汝奉明王。

【注释】①《吴越春秋》载，吴王阖闾死后，以扁诸（剑名）之剑三千陪葬，剑之金精化为白虎，卧于墓上，因称虎丘。此借称蕃剑之精良神异。②《豫章记》载："吴未亡，恒有紫气见牛斗间。张华问雷孔章，孔章言宝物之精，在豫章丰城。遂以孔章为丰城令。至县，掘狱得二剑，其夕牛斗气不复见。孔章乃留其一，匣而进之。后，华遇害，此剑飞入襄城水中。孔章临亡，戒其子恒以剑自随。后，其子为建安从事。经浅濑，剑忽于腰间跃出，见二龙相随逝焉。"　③风尘：指战争。此时安史之乱尚未平息。

【译文】从僻远之处得到这柄蕃剑，又没有珠玉作为装饰。为什么会有这种奇怪的现象——每夜它都喷射光芒？它是虎的精气，必然飞腾而上；它是龙的化身，岂能长久隐藏？眼下战争尚未停息，应该把你奉献君王。

## 铜　瓶

【题解】此诗当作于乾元二年（759）秋，时杜甫在秦州。诗中写宫中汲水的铜瓶流落民间，发世事沧桑之叹。

**【原诗】**乱后碧井废①，时清瑶殿深②。铜瓶未失水，百丈有哀音。侧想美人意③，应悲寒甃沉④。蛟龙半缺落⑤，犹得折黄金。

**【注释】**①碧井：深井。 ②时清：时世清平。瑶殿：玉殿。 ③美人：指汲水宫女。 ④甃（zhòu）：井壁。 ⑤蛟龙：指铜瓶上刻铸的龙形花纹。

**【译文】**战乱之后宫井荒废，回想太平岁月玉殿是何等宏深！那时这个铜瓶未曾失水，系以百丈的井绳，辘轳发出清细的声音。推想那汲水宫女的心情，她该愁于手腕无力抱怨寒井太深。如今铜瓶上的蛟龙半已脱落，但其价值仍能抵当黄金。

## 送 远

**【题解】**此诗当作于乾元二年（759）秋冬之际，时杜甫在秦州。诗中写送人远行，交织着国乱亲离的沉痛情感。一说此诗为作者“自送”，恐非。

**【原诗】**带甲满天地①，胡为君远行？亲朋尽一哭，鞍马去孤城②。草木岁月晚，关河霜雪清。别离已昨日③，因见古人情。

**【注释】**①带甲：披甲的士兵。 ②孤城：指秦州。 ③此句说昨日离别，今日写诗追寄。

**【译文】**如今天下到处皆兵，为什么您还要出门远行？亲朋相送，同声一哭，望着您骑马离开了孤城。岁末的草木与您相伴，关河的霜雪一路凄清。与您离别已成昨日，今日仍心怀恋恋，由此方知古人伤于离别的心情。

## 送人从军

**【题解】**此诗当作于乾元二年（759）秋，时杜甫在秦州。作者原注：“时有吐蕃之役。”诗中表现了征人远行之苦及其建功立业的抱负，表达了殷切的关怀之情。

**【原诗】**弱水应无地①，阳关已近天②。今君度沙碛③，累月断人烟。好武宁论命？封侯不计年④。马寒防失道，雪没锦鞍鞯⑤。

**【注释】**①弱水：指西部地区水道极浅的河流，因其不能载舟，故称。无地：谓地尽之处。言弱水之远。 ②阳关：古关名。故址在今甘肃敦煌西南古董滩附近。与其北的玉门关同为通往西域的门户。 ③沙碛（qì）：沙漠。 ④封侯：封拜侯爵。《后汉书·班超传》载，班超家贫，抄书为生，有立功封侯之志。 ⑤鞯（jiān）：衬托马鞍的垫子。

**【译文】**弱水大概到了地的尽头，阳关已靠近了天边。如今您西行沙漠地区，累月也见不到人烟。既然好武就不去顾及生死，获取封侯又何必计较年岁的早晚！请您当心天寒战马会迷失道路，边塞大雪会埋没锦绣鞍鞯。

## 示侄佐

**【题解】**此诗当作于乾元二年（759）秋，时杜甫在秦州。作者原注："佐草堂在东柯谷。"杜佐是杜甫的族侄，殿中侍御史杜昕之子，官终大理正。安史乱中，避难来到秦州，寓居秦州东南70里之东柯谷。诗中对他乡得遇族侄表示莫大欣慰，并表示愿随族侄一起高卧竹林。

**【原诗】**多病秋风落，君来慰眼前。自闻茅屋趣，只想竹林眠①。满谷山云起，侵篱涧水悬。嗣宗诸子侄，早觉仲容贤②。

**【注释】**①《晋书·嵇康传》载，嵇康与阮籍、阮咸、山涛、向秀、王戎、刘伶，特相友善，为竹林之游，世称"竹林七贤"。句中暗用此典。
②"嗣宗"二句：阮籍，字嗣宗，三国魏文学家、思想家。其侄阮咸最贤，个性旷达，诗文称著，与阮籍并称为"大小阮"。此以阮籍自比，以阮咸比杜佐。

**【译文】**在秋风劲吹我身多病之际，你的到来使我感到慰安。自从听你讲述结茅东柯谷的乐趣，我就只想随你高卧竹林间。那里有满谷的云气生起，瀑布溅落在篱边。在几个侄子当中我早就觉得属你最好，正如阮籍之于阮咸。

## 佐还山后寄三首

**【题解】**这组诗写于前首之后。还山，即回到东柯谷。第一首念其归途，表示欲随其隐居。第二首是向杜佐索米，行文委婉。第三首写杜佐菜圃景色，并向其索要薤头（一种蔬菜）。

### 其　一

**【原诗】**山晚黄云合，归时恐路迷。涧寒人欲到，林黑鸟应栖。野客茅茨小①，田家树木低。旧谙疏懒叔②，须汝故相携。

**【注释】**①野客：当指杜佐。茅茨：茅屋。　②谙（ān）：了解。

**【译文】**你回归时山色已晚黄云四合，真担心你会迷失道路。猜想你快到家时涧水已寒，树林漆黑，鸟儿也该回窝。你的茅屋虽说陋小，田家的树木虽说低矮，可是那里仍然对我有吸引力。你早就了解叔叔生性疏懒，还需靠你协助去那里隐居呢。

### 其　二

**【原诗】**白露黄粱熟，分张素有期①。已应舂得细②，颇觉寄来迟。味岂同金菊？香宜配绿葵③。老人他日爱，正想滑流匙。

**【注释】**①分张：分施，施与。　②舂（chōng）：用杵臼捣去谷物的皮壳。　③绿葵：蔬菜名。王祯《农书》称其为“百菜之主”。

**【译文】**白露已过谷子成熟，想起你曾答应分给我一些小米。到如今迟迟未能寄来，可能是由于你要把小米舂得很细。新米的味道岂是金菊可比？以它的香味应该配上佳肴绿葵。老夫我平日就爱吃小米饭，现在正盼想那精美的饭食在匙间流漓。

## 其　三

**【原诗】** 几道泉浇圃，交横落幔坡。葳蕤秋叶少①，隐映野云多。隔沼连香芰②，通林带女萝③。甚闻霜薤白④，重惠意如何？

**【注释】** ①葳蕤（wēi ruí）：茂盛貌。　②芰（jì）：菱角。　③女萝：松萝，一种地衣类植物，体呈树枝状。　④薤（xiè）：俗称藠（jiào）头，多年生草本，鳞茎可作蔬菜。薤有赤、白二种，白者有滋补之功效且味美。

**【译文】** 几道泉水浇灌着你的菜圃，纵横交织于青翠如幔的山坡。蔬菜茂盛枯叶稀少，野云隐映其间为之增色。清香的菱角连起几处小池，整个林间长满了女萝。听说那负霜的白薤十分佳美，更惠此物不知意下如何。

## 秋日阮隐居致薤三十束

**【题解】** 此诗当作于乾元二年（759）秋，时杜甫在秦州。题下原注：“隐居，名昉，秦州人。”诗中答谢阮昉赠送藠头（即“薤”），感激之情，溢于言表。阮昉事迹，见前《贻阮隐居》诗。题中“阮”一作“陈”。

**【原诗】** 隐者柴门内，畦蔬绕舍秋。盈筐承露薤①，不待致书求。束比青刍色②，圆齐玉箸头③。衰年关鬲冷④，味暖并无忧⑤。

**【注释】** ①薤（xiè）：见前诗注④。　②青刍：新鲜的草料。　③玉箸：玉制的筷子。　④关鬲：指胸腹之间。　⑤《本草》引陶宏景言：“薤性温补，仙方及服食家皆须之。”

**【译文】** 阮隐居的柴门里面，成畦的秋蔬绕舍而栽。您不等我写信求索，就把带露的藠头整筐地送来。一束束的藠秧绿得像刚割的青草，圆滚滚的藠头齐刷刷有如玉箸头那样晶莹洁白。我年老体衰胸腹寒弱，吃这种温性蔬菜二者皆可通泰。

## 秦州见敕目，薛三据授司议郎，毕四曜除监察，与二子有故，远喜迁官，兼述索居，凡三十韵

**【题解】**此诗当作于乾元二年（759）秋，时杜甫在秦州。敕目，是任用官吏的名单。薛三据，即薛据。毕四曜，即毕曜。作者困居长安时，曾与薛、毕二人有交游，今得知他们皆已升迁，故写诗祝贺。诗中盛称二人诗文之美，任职之当，并回忆旧交，自念寂寞，对坎坷的身世、动乱的时局发出深沉的慨叹，对薛、毕二人尽心国事亦作出殷切叮嘱。

**【原诗】**大雅何寥阔①！斯人尚典型。交期余潦倒，材力尔精灵。二子声同日，诸生困一经。文章开突奥②，迁擢润朝廷。旧好何由展？新诗更忆听。别来头并白，相见眼终青③。伊昔贫皆甚，同忧岁不宁。栖遑分半菽④，浩荡逐流萍。俗态犹猜忌⑤，妖氛忽杳冥⑥。独惭投汉阁⑦，俱议哭秦庭⑧。还蜀祇无补，囚梁亦固扃⑨。华夷相混合⑩，宇宙一膻腥。帝力收三统⑪，天威总四溟。旧都俄望幸⑫，清庙肃惟馨⑬。杂种虽高垒，长驱甚建瓴。焚香淑景殿⑭，涨水望云亭⑮。法驾初还日⑯，群公若会星。宫臣仍点染⑰，柱史正零丁⑱。官忝趋栖凤⑲，朝回叹聚萤⑳。唤人看騕褭，不嫁惜娉婷㉑。掘狱知埋剑㉒，提刀见发硎㉓。侏儒应共饱，渔父忌偏醒㉔。旅泊穷清渭㉕，长吟望浊泾㉖。羽书还似急，烽火未全停。师老资残寇，戎生及近坰。忠臣词愤激，烈士涕飘零。上将盈边鄙，元勋溢鼎铭。仰思调玉烛㉗，谁定握青萍㉘？陇俗轻鹦鹉㉙，原情类鹡鸰㉚。秋风动关塞，高卧想仪形。

**【注释】**①大雅：《诗经》的组成部分之一。旧训雅为正，谓诗歌之正声。后用以称闳雅淳正的诗篇。　②突（yào）奥：原指室中东南和西南两角，此喻深邃的境界。　③眼终青：晋人阮籍能为青白眼，常以青眼对所契重的人。此用其事以表相互看重之意。　④半菽：谓半菜半粮，指粗劣的饭食。《汉书·项籍传》："今岁饥民贫，卒食半菽。"菽，豆。　⑤"俗态"句：指天宝六载，李林甫操纵进士考试，出于对文士的猜忌，把包括杜甫在内的考生全部落选。　⑥"妖氛"句：指安禄山起兵反叛朝廷。　⑦"独

惭”句：意谓未如扬雄投阁，深感惭愧。《扬雄传》载，王莽治罪刘棻，扬雄被连及，使者来捕，扬雄从天禄阁上跳下，几乎摔死。安史乱中，杜甫被叛军捉获，禁于长安。 ⑧哭秦庭：《左传》载，吴军入郢，申包胥到秦国求援军，立依庭墙而哭，日夜不绝声，勺水不入口，秦国于是出兵援救。此用其事写当时朝臣极力主张向回纥求兵。 ⑨“还蜀”二句：指天宝十五载六月，玄宗弃城前往成都避难。长安沦陷，朝官被叛贼拘系洛阳，遭到严处。“囚梁”反用《汉书》典故：梁孝王把邹阳投入监狱，邹阳从狱中上书，孝王立即把他释放。 ⑩华夷：指汉人与胡人。 ⑪三统：指夏、商、周三代帝王新颁的历法。夏以正月为岁首，称为人统；商以十二月为岁首，称为地统；周以十一月为岁首，称为天统。更改历法，标志着获得统治权力。 ⑫指至德二载（757）十月，肃宗入长安。⑬指乾元元年（758）四月，肃宗亲祭九庙。 ⑭淑景殿：《长安志》载，西内安仁殿后，有彩丝院，院西有淑景殿。 ⑮望云亭：《长安志》载，西内有景福台，台西有望云亭。 ⑯法驾：天子车驾的一种。 ⑰宫臣：太子的属官。薛据官司议郎，属东宫（太子所居之宫）官职，掌侍从规谏、驳正启奏等事。 ⑱柱史：柱下史的省称，指御史。因其常侍立殿柱之下，故称。毕曜官监察御史，掌分察百僚、巡按州县事。 ⑲栖凤：《剧谈录》载，含元殿左右，立栖凤、翔鸾两阁。 ⑳聚萤：萤火虫聚集之处。称邸舍荒凉。 ㉑騕褭（yǎo niǎo）、娉婷：均为自比。騕褭，骏马，喻才能杰出。娉婷，美女，喻个性耿介。 ㉒“掘狱”句：喻沉沦已久。用典见前《蕃剑》诗注③。 ㉓“提刀”句：喻新蒙任用。发硎，谓刀新从磨刀石上磨出来。硎，磨刀石。 ㉔《楚辞·渔父篇》：“屈原曰：‘……众人皆醉我独醒，是以见放。’渔父曰：‘……众人皆醉，何不餔其糟而啜其醨？’”此用其事，以“独醒”的屈原自喻，自伤遭遇。 ㉕清渭：渭水发源于甘肃省渭源县鸟鼠山，从秦州北部流过。 ㉖浊泾：泾水发源于宁夏六盘山东麓，流至西安北部与渭水汇合。这里以泾水指长安。 ㉗玉烛：谓四时之气和畅。形容太平盛世。 ㉘青萍：古宝剑名。此喻军权。 ㉙轻鹦鹉：意谓轻视文才。鹦鹉，即指祢衡所作《鹦鹉赋》，后常用它指称华美的文才。 ㉚鹡鸰（jí líng）：水鸟。又作脊令。《诗经·常棣》：“脊令在原，兄弟急难。”鹡鸰本水鸟，今困于原野，相互呼救。比喻兄弟间患难救急。

**【译文】**如今宏雅淳正的诗篇多么稀少！薛、毕二公的作品却仍是这种诗歌的典型。回想结交的期许我是十分失意，若论才力当推二公为精英。二公的名声同日显赫，我却仍是困于一经的普通儒生。你们的文章开出深邃的境界，提升官职正可补益朝廷。旧日的好友如何才能相见？你们的新诗我更想倾听。分别后我们虽都白了头发，而友谊之树却百年长青。从前我们都十分贫穷，共同忧虑岁月不宁。忙忙碌碌却食不果腹，四处漂荡有如浮萍。无端遭受世俗的猜忌，忽然间妖氛又起天地一片昏冥。我身陷贼中惭愧未能投阁而死，也曾同朋辈议论向回纥求兵。上皇幸蜀我竟未能扈从，群臣入狱惨遭叛贼欺凌。汉人与胡兵混成一处，宇宙间充斥着逆胡的膻腥。帝王的伟力收回了统治的权柄，朝廷的声威使海内令行。时隔不久皇帝回归京都，宗庙也恢复了清肃香淳。叛军杂种们虽然高筑营垒，官军长驱直入有如高屋建瓴。淑景殿中香烟缭绕，望云亭上待帝游宴。皇帝初还国都的时候，朝臣聚集如同会星。今日之宫臣当时仍被污辱，今日之柱史当时孤苦零丁。当时我忝居朝臣之列，散朝回来每每叹息官职微贱。虽想让人了解自己的卓异之才，却又因自惜耿介之性而未忍屈就。我是一柄沉埋已久的宝剑有待出土，我是一把刚刚磨好的利刃渴望持用。侏儒皆得以饱食终日，渔父忌讳清醒的屈原。只好漂泊西行旅居秦州，却每每东望长安发出浩叹。如今羽书仍然急驰，烽火未能完全停息。我军疲惫助长了残敌的气焰，战火又烧到了京都的郊野。忠正之臣言词愤激，勇烈之士涕泪飘零。上将之官驻满了边塞，元勋之名雕满了铜鼎。仰思恢复太平盛世，由谁来掌握军队的权柄？秦州的风俗轻贱文才，处在此地的我渴望二公救援。秋风摇撼着身边的关塞，静卧中想念着你们的仪容。

## 寄彭州高三十五使君适、虢州岑二十七长史参三十韵

**【题解】**此诗当作于乾元二年（759）秋，时杜甫在秦州。高三十五使君适，即高适，乾元元年五月，高适由太子詹事出任彭州（今四川彭县）刺史。岑二十七长史参，即岑参，乾元二年四月，岑参由起居舍人出任虢州（今河南灵宝）长史。高、岑皆杜甫好友。据作者原注“时患疟病”，可知是病中怀友之作。诗中对高适、岑参的外放进行安慰，并羡慕二人的诗才与官运同昌。向友人倾诉寓居秦州、身患疾病的苦情，并申述不愿轻易依附于人的志向。叮嘱友人发挥济世之才，克尽职守；盼望早日平定叛乱，

诗友重聚共论诗章。

**【原诗】**故人何寂寞？今我独凄凉。老去才虽尽[1]，秋来兴甚长。物情尤可见，词客未能忘。海内知名士，云端各异方。高岑殊缓步，沈鲍得同行[2]。意惬关飞动，篇终接混茫。举天悲富骆[3]，近代惜卢王[4]。似尔官仍贵，前贤命可伤。诸侯非弃掷[5]，半刺已翱翔[6]。诗好几时见？书成无信将[7]。男儿行处是，客子斗身强。羁旅推贤圣[8]，沉绵抵咎殃。三年犹疟疾，一鬼不销亡[9]。隔日搜脂髓[10]，增寒抱雪霜。徒然潜隙地，有靦屡鲜妆[11]。何太龙钟极，于今出处妨。无钱居帝里，尽室在边疆[12]。刘表虽遗恨，庞公至死藏[13]。心微傍鱼鸟，肉瘦怯豺狼。陇草萧萧白，洮云片片黄[14]。彭门剑阁外[15]，虢略鼎湖旁[16]。荆玉簪头冷[17]，巴笺染翰光[18]。乌麻蒸续晒[19]，丹橘露应尝。岂异神仙宅？俱兼山水乡。竹斋烧药灶[20]，花屿读书床。更得清新否？遥知对属忙[21]。旧官宁改汉[22]？淳俗本归唐。济世宜公等，安贫亦士常。蚩尤终戮辱[23]，胡羯漫猖狂！会待妖氛静，论文暂裹粮。

**【注释】**①“老去”句：用“江郎才尽”典故。南朝江淹，年轻时有文名，晚年诗文无佳句，时人谓之才尽。 ②沈鲍：指南朝梁文学家沈约和南朝宋文学家鲍照。沈约诗注重声律，对五言古诗向律诗的转变有一定影响。鲍照善七言歌行，风格俊逸，对李白、岑参等颇有影响。 ③富骆：指唐代文学家富嘉谟和骆宾王。富嘉谟文章以经典为本，颇受时人钦慕，而仕途坎坷，仅作到监察御史（正八品上）而卒。骆宾王为初唐四杰之一，官阶亦低，后随徐敬业讨伐武则天，兵败遇害（一说遁入空门）。此处借富、骆以比高、岑的文才，并衬托高、岑的青云得路。 ④卢王：指卢照邻、王勃。二人皆初唐杰出诗人。卢照邻身患疾病，痛苦不堪，投河而死，年仅四十。王勃去南方省父，不慎落水，惊悸而卒，年二十八。此借卢、王比高、岑之文才，又以其不幸衬托高、岑的身体康健。 ⑤诸侯：指高适，高适为彭州刺史，其职权相当于古代诸侯。故时人每以诸侯指称掌握军政大权的地方长官。 ⑥半刺：指岑参，岑参为虢州长史，长史是州郡长官下属的官吏，其任居刺史之半，故称。 ⑦信：指传递书信的使者。将：持。指传递。 ⑧贤圣：指孔子。孔子一生旅居不定，颇受苦辛。 ⑨一鬼：指疟鬼。古人以为疟疾是鬼作祟。干宝《搜神记》载，颛顼氏有三子，死而为疫鬼，其一居江水，为疟鬼。 ⑩“隔日”句：疟疾发作有周期性，或隔一日，或隔二日。症状是发冷发热，头痛口渴，全身无力。 ⑪“徒然”二句：古人迷信，以为患疟疾者化妆潜伏于幽隙之地可避疟鬼纠缠，病可愈。 ⑫边疆：指秦州。 ⑬“刘表”二句：《后汉书·庞公传》载，荆州刺史刘表，几次邀请庞公出仕，庞公不从，后携带妻儿隐居鹿门山，采药不返。刘表深为遗憾。此借用其事，自谓不肯轻易依附于人。 ⑭陇草、洮云：皆指秦州一带风物。洮，水名，在甘肃天水西部。 ⑮剑阁：地名，在四川剑阁县北，其地有大剑山、小剑山以栈相连。 ⑯鼎湖：古代传说黄帝铸鼎乘龙升天之处。《唐书》载，虢州，初名鼎州，以鼎湖得名。 ⑰荆玉：《寰宇记》载，荆山，在鼎湖南，出美玉。 ⑱巴笺：蜀地产的一种优质纸。染翰：写作诗文。 ⑲乌麻：黑芝麻，含油脂的谷物，可入药。《本草》载，胡麻生中原山谷。陶隐居云：胡麻当九蒸九晒，熬捣充饵。 ⑳烧药：炼制丹药。 ㉑对属：即属对，指诗文对仗。 ㉒《汉书·百官表》：武帝元封五年，置部刺史十三人，掌察诸州。 ㉓蚩（chī）尤：神话中东方九黎族首领，能呼云唤雨，后与黄帝战于涿鹿，失败被杀。

**【译文】**故人何曾仕途寂寞？如今只有我独受凄凉。虽说年纪老迈已如江郎才尽，然而秋天一到兴致依旧很长。对于世情看得尤其清楚，对于诗友却始终未能遗忘。只可惜海内的知名人士，散落云外天各一方。高、岑二公十分从容地漫步于诗坛，可与沈约、鲍照齐肩并膀。立意惬切，则机神飞动；篇势将终，而元气混茫。整个天下都在惋惜近代的富、骆、卢、王，为他们的不幸人生而悲伤。像你们二位虽被外放而依旧官职尊贵，更令人叹息前贤命运乖张。刺史相当于诸侯，外出作刺史并非被朝廷弃掷；长史相当于半刺，能作到长史已是青云翱翔。你们的佳作我何时才能拜读？书信写成却无使者递往。男儿虽可浪迹四方，身为客子却要身体强壮。羁旅之苦虽说首推孔子，而我却疾病绵延至于祸殃。三年之中疟疾未愈，疟鬼作祟不肯消亡。每隔一日便搜刮一次脂髓，五内增寒如同怀抱雪霜。徒然躲入幽隙之处以避疟鬼，屡次扮成浓艳妆饰真觉羞愧难当。身体啊怎么变得如此老态龙钟了呢，如今出仕与归隐均不便当。无钱居住长安，举家流落边疆。刘表虽有遗恨，庞公却终身隐藏。小心谨慎地伴随鱼鸟而生活，担心这身瘦肉会喂了豺狼。陇地的白草在秋风中萧萧作响，洮河的黄云在秋空中片片浮荡。彭州位于剑阁的南面，虢州位于鼎湖的近旁。荆山出产的美玉簪在头上令人清爽，巴蜀生产的纸笺写出诗文格外生光。虢州山野的黑芝麻蒸了又晒，味道很美；彭州之地的丹橘果实累累，应已品尝。二位的所居之地何异于神仙宅府？共同兼有山乡和水乡的特长。竹斋中设有炼丹的炉灶，花屿间摆着读书的坐床。你们一定有了更为清新的诗思了吧，遥知你们此刻正在忙于属对、润色诗章。如今官沿旧制，胡人岂可改变汉人的旧典？民俗恢复淳朴，人心自然归向大唐。济世安民要靠你们各位，我自安贫困也是读书人的常情。呼云唤雨的蚩尤终遭戮辱，胡羯逆贼且莫猖狂！等到叛军被彻底扫平，我将背着干粮与你们小聚共同研讨文章。

## 寄岳州贾司马六丈、巴州严八使君两阁老五十韵

**【题解】** 此诗当于乾元二年（759）秋在秦州作。岳州贾司马六丈，指贾至。乾元元年春，贾至由中书舍人贬为汝州刺史；乾元二年春，再贬为岳州司马。巴州严八使君，指严武。乾元元年五月，严武贬巴州刺史。阁老，唐代对中书舍人中年资深久者或对中书、门下两省属官的敬称。诗中对贾、严二人的被贬表示愤懑和不平，对其生活处境表示深切的关注。作者以平实的笔墨回顾了与二人的密切交往，字里行间灌注着人事无常的慨叹。诗中还记录了作者自趋奔凤翔到投迹陇外这一段坎坷的履历，揭示了对肃宗由信任到疏远的感情变易之原因。

**【原诗】** 衡岳啼猿里①，巴州鸟道边②。故人俱不利，谪宦两悠然。开辟乾坤正，荣枯雨露偏。长沙才子远③，钓濑客星悬④。忆昨趋行殿⑤，殷忧捧御筵。讨胡愁李广⑥，奉使待张骞⑦。无复云台仗⑧，虚修水战船⑨。苍茫城七十⑩，流落剑三千⑪。画角吹秦晋，旄头俯涧瀍⑫。小儒轻董卓⑬，有识笑苻坚⑭。浪作禽填海⑮，那将血射天⑯。万方思助顺，一鼓气无前。阴散陈仓北⑰，晴曛太白巅⑱。乱麻尸积卫，破竹势临燕。法驾还双阙⑲，王师下八川⑳。此时沾奉引㉑，佳气拂周旋。貔虎开金甲㉒，麒麟受玉鞭㉓。侍臣谙入仗㉔，厩马解登仙㉕。花动朱楼雪，城凝碧树烟。衣冠心惨怆，故老泪潺湲。哭庙悲风急㉖，朝正霁景鲜㉗。月分梁汉米，春给水衡钱㉘。内蕊繁于缬㉙，宫莎软胜绵㉚。恩荣同拜手，出入最随肩。晚著

华堂醉，寒重绣被眠。辔齐兼秉烛，书枉满怀笺。每觉升元辅，深期列大贤㉛。秉钧方咫尺，铩翮再联翩㉜。禁掖朋从改，微班性命全。青蒲甘受戮㉝，白发竟谁怜？弟子贫原宪㉞，诸生老伏虔㉟。师资谦未达，乡党敬何先！旧好肠堪断，新愁眼欲穿。翠干危栈竹㊱，红腻小湖莲。贾笔论孤愤，严诗赋几篇？定知深意苦，莫使众人传。贝锦无停织㊲，朱丝有断弦㊳。浦鸥防碎首㊴，霜鹘不空拳㊵。地僻昏炎瘴，山稠隘石泉。且将棋度日，应用酒为年。典郡终微眇㊶，治中实弃捐㊷。安排求傲吏㊸，比兴展归田。去去才难得，苍苍理又玄。古人称逝矣㊹，吾道卜终焉㊺。陇外翻投迹㊻，渔阳复控弦㊼。笑为妻子累，甘与岁时迁。亲故行稀少，兵戈动接连。他乡饶梦寐，失侣自迍邅㊽。多病加淹泊，长吟阻静便㊾。如公尽雄俊，志在必腾骞㊿。

【注释】①衡岳：此指岳州。贾至所贬之地。岳州，唐属江南西道。 ②巴州：唐属山南西道。严武所贬之地。鸟道：险峻狭窄的山路。 ③长沙才子：指汉代贾谊。洛阳人，曾任大中大夫，因得罪权臣而远贬长沙。此以贾谊比贾至。 ④钓濑客星：指汉代严光。耕于富春山中，常于江边垂钓，后人称其钓处为严陵濑。又，严光被光武帝召入京，夜间二人共卧。天明，太史奏曰：夜观天象，有客星犯帝座甚急。此以严光比严武。 ⑤行殿：天子行幸所止。此指凤翔。曾为肃宗临时政府所在地。 ⑥李广：汉代名将，曾多次击败匈奴。 ⑦张骞：汉代名使，曾出使西域，加强了蕃汉联系。 ⑧云台仗：天子的殿中宿卫。 ⑨水战船：玄宗效法汉武帝，在昆明池置战船演习水军。昆明池，故址在今西安市西南。 ⑩“苍茫”句：借用燕破齐七十余城事，言河北被叛军所陷。 ⑪剑三千：《越绝书》载，吴王阖闾葬于虎丘，有扁诸之剑三千。此借指唐军将士。 ⑫旄头：星名，即昴宿。古人以为旄头星特别明亮时，将有战争发生。此借指安史叛军。涧瀍：二水名，在洛阳附近。 ⑬董卓：汉末逆臣，专横残暴，后为王允、吕布所杀。此借指安禄山。 ⑭苻坚：十六国时期前秦皇帝。初为东海王，后杀苻生自立。淝水之战被击败。此借指安禄山。 ⑮禽填海：《山海经》载，赤帝女儿淹死于东海，灵魂化为鸟，名精卫，每日取西山木石以填海。此处反用其意，言安禄山叛唐如精卫填海，终归徒劳。 ⑯血射天：史传某些暴君常用革囊盛血，悬而仰射，以示威武，与天争衡。此借指安禄山犯上作乱。 ⑰陈仓：古县名。治所在今陕西宝鸡市东，历代为争战之地。在肃宗临时政府所在的凤翔附近。⑱太白：山名，在凤翔南面。⑲法驾：天子的车驾。双阙：古代宫殿前两边高台上的望楼。此借指京都长安。⑳八川：古代关中地区八条河水（灞、浐、泾、渭、沣、滈、潦、泬）的总称。此代指关中地区。㉑奉引：为皇帝前导引车。指在肃宗朝任左拾遗。㉒貔虎：古代的一种猛兽。此指勇猛的武将。㉓麒麟：古代传说中的一种动物，为祥瑞的象征。此指天子的坐骑。㉔入仗：进入仪卫队。㉕"厩马"句：据钱谦益笺注，玄宗教舞马百匹，衔杯上寿。禄山克长安，皆运载诣洛阳。收京后，当复旧也。㉖《旧唐书》载，太庙为贼所焚。子仪复京师，权移神主于大内长安殿。玄宗还京，谒庙请罪。肃宗素服，向庙哭三日。㉗朝正：古代诸侯和臣属在正月朝见天子。汉代以来通常在岁首元旦进行。《新唐书》载，乾元元年（758）正月戊寅朔，玄宗御宣政殿，授肃宗受命传国宝。㉘水衡钱：汉代皇室私藏的钱。后泛指国库所藏的金帛。㉙缬（xié）：彩结。㉚莎（suō）：莎草，即香附子，多年生草本。㉛大贤：指贾至、严武。㉜铩翮：剪除羽毛。喻遭贬谪。㉝《汉书》载，元帝欲易太子，史丹直入卧内，伏青蒲上泣谏。此用其事言自己曾冒死疏救房琯。㉞原宪：字子思，孔子门生，以安于贫困为人称道。㉟伏虔：伏，应作"服"。服虔，字子慎，汉代学者，著有《春秋左氏传解》。㊱栈竹：用竹竿搭成的盘山栈道。㊲贝锦：指像贝的文采一样美丽的织锦。此喻诬陷他人、罗织成罪的谗言。㊳"朱丝"句：喻遭伤毁。朱丝：用熟丝制成的琴弦。㊴浦鸥：喻贾、严二公。㊵霜鹘：喻肆毒小人。㊶典郡：掌管一郡政事，即郡守。此指巴州刺史严武。㊷治中：治理州府簿书。此指岳州司马贾至。㊸安排：安受造物之推排。傲吏：傲视权位的官吏。《史记》载，庄子为漆园吏，曾拒绝楚威王拜他为相的聘请。㊹"古人"句：《汉书》载，楚元王敬礼穆生，常为之设甜酒。王戊即位，忘设甜酒，穆生曰："可以逝矣。"遂谢病离去。此借其事言自己弃华州司功参军之职。㊺《史记》载，鲁哀公西狩获麟，孔子哀叹道："我道穷矣！"㊻陇外：指作者寓居的秦州。㊼"渔阳"句：渔阳即范阳。时史思明降唐复反。㊽迍邅（zhūn zhān）：行路艰难。㊾静便：清静、安适。㊿骞（xiān）：鸟高飞。

**【译文】** 岳州处在凄清的猿鸣声里，巴州位于险阻的群山旁边。两位朋友皆不顺利，同遭贬谪寄身遥远。经过艰难开辟而乾坤方始归正，那令人荣华的皇恩雨露却未能蒙沾。这使人想到汉代才子贾谊远贬长沙，想到汉代贤人严光垂钓江边。回想前年趋奔凤翔行殿，怀着忧心侍奉在御前。讨伐胡兵愁于没有李广那样的良将，出使回纥急待张骞那样的贤臣。天子的云台仪仗不复存在，明皇的水战船舰也陷于敌顽。河北城池完全落入敌手，唐军将士节节溃败狼狈不堪。秦晋大地战角频传，旄头凶星俯照洛川。小儒我从未把董卓之流看在眼，其下场必遭惨败就像那可笑的苻坚！逆贼不自量力妄效精卫填海，斗胆犯上作乱竟敢以血溅天。天下民众皆思助国讨逆，一鼓作气勇猛无前。陈仓之北阴云尽散，太白山巅晴阳曛暖。叛军的死尸如同乱麻堆积在卫州城下，唐军已具破竹之势即将直取幽燕。天子的车驾回到京都，国家的军队夺取八川。此时我身为近侍扈从天子，京都佳气郁郁周旋不散。貔虎般的武将身披金甲，麒麟御马配上玉鞭。侍臣们熟练地进入仪卫仗里，懂得为天子祝寿的舞马重又归还。花光消融了朱楼的残雪，城中凝聚着碧树的云烟。官员们抚今追昔心情惨怆，长安父老热泪纵横难抑悲酸。天子祭庙痛哭引动悲风呼啸，百官朝正庆贺维新晴阳何其灿烂！朝廷按月分给群臣粱汉米，当春之际还发给水衡钱。宫禁的花蕊繁于彩结，莎草之细软超过丝绵。沾受恩荣我们同向天子跪拜，出入宫廷我们亲如形影。夜晚在华堂中醉饮，严冬盖几层绣被同眠。我们并辔而行秉烛而游，书信往来写满了怀藏的彩笺。我每每觉得以二公之才可升相位，深深期望朝廷重用大贤。岂料正当相位近在咫尺，二公却如鸟剪羽接连被贬！禁掖中的友朋从此改换，官职低微的我性命得以保全。只因我曾冒死疏救房琯也遭冷落，垂着满头白发有谁相怜？弟子们嫌我贫穷衰老，把我看成原宪和服虔。他人之师我自不敢妄居，乡下人却敬我在他人之先。旧好难再已令人心肠寸断，新愁复来又使我望眼欲穿。遥想巴州的栈道竹排干翠，岳州的湖莲红腻多妍。贾公的文章论说孤愤，严公的诗歌作了几篇？定知二公的诗文深藏不平之意，多加小心啊不要让众人抄传。如今谗言仍在不停地制造，坚固的朱丝也会被拨断。水边的沙鸥要时刻提防头颅被击碎，须知秋天的凶鹘从不空拳。江南地僻炎瘴昏湿，群山密集泉石阻险。姑且以围棋消磨日月吧，还应以美酒打发流年。刺史终究是卑微的官职，司马实际是被朝廷所弃捐。你们安于命运，追求作个傲视权位的官吏；诗多比兴，舒展归隐田园的心愿。你们远去了，才能是多么难得；苍苍的上天啊，你的理义又是多么深玄！古人也有不受器重而远行的，算起来我的用世之道也到了终点。陇外秦州竟成了我投身之处，范阳史贼再次弯弓反叛。可笑自己被妻子儿女所累，甘心随着时间推移把功名丢到一边。亲朋故旧日益稀少，烽烟战火却每每接连。身居他乡常作故人之梦，失去朋侣自然行路艰难。身体多病增加了滞留的时日，长篇吟诗妨碍了生活的安恬。像二公如此的英俊杰出，一定会仕途得志职位升迁。

## 寄张十二山人彪三十韵

**【题解】**此诗当是乾元二年（759）秋在秦州作。张彪，盖颍洛间隐士，天宝末，携母避乱而至关内。诗中叙述了与张彪交往的始末，对其孝亲之心、精湛的诗歌及书法艺术给予热情的赞誉。篇末抒发了乱离之苦，具有浓重的时代气氛。

**【原诗】**独卧嵩阳客①，三违颍水春②。艰难随老母，惨淡向时人。谢氏寻山屐③，陶公漉酒巾④。群凶弥宇宙，此物在风尘。历下辞姜被⑤，关西得孟邻⑥。早通交契密，晚接道流新。静者心多妙，先生艺绝伦。草书何太古，诗兴不无神。曹植休前辈⑦，张芝更后身⑧。数篇吟可老，一字卖堪贫。将恐曾防寇，深潜托所亲。宁闻倚门夕⑨？尽力洁餐晨⑩。疏懒为名误，驱驰丧我真。索居尤寂寞，相遇益愁辛。流转依边徼⑪，逢迎念席珍⑫。时来故旧少，乱后别离频。世祖修高庙⑬，文公赏从臣⑭。商山犹入楚，渭水不离秦⑮。存想青龙秘⑯，骑行白鹿驯⑰。耕岩非谷口⑱，结草即河滨⑲。肘后符应验⑳，囊中药未陈㉑。旅怀殊不惬，良觌眇无因㉒。自古皆悲恨，浮生有屈伸。此邦今尚武，何处且依仁？鼓角凌天籁，关山倚月轮。官壕罗镇碛㉓，贼火近洮岷㉔。萧瑟论兵地，苍茫斗将辰。大军多处所，余孽尚纷纶。高兴知笼鸟，斯文起获麟㉕。穷秋正摇落，回首望松筠㉖。

**【注释】**①嵩阳：嵩山之南。嵩山，五岳之一，在今河南省登封县北。②颍水：水名。发源于嵩山西南，流入淮河。 ③“谢氏”句：谢灵运的登山木鞋。此鞋前后各有活动的齿，以便行走。 ④“陶公”句：陶渊明每以头巾滤酒，滤罢复戴头上。 ⑤历下：古邑名。在今山东济南市西，因南对历山而得名。姜被：《后汉书·姜肱传》载，姜肱与二弟仲海、季江皆孝，兄弟共被同寝，以慰继母之心。此以称许张彪。 ⑥关西：潼关之西，当指华州。孟邻：汉朝刘向《列女传》载，孟子幼时，其母为使他接受良好的环境影响，几次迁居，最后选择学宫为邻。后因以孟邻喻指识书达礼的人家。此指与张彪为邻。 ⑦曹植：三国魏诗人。曹操第三子，诗名居建安七子之首。《诗品》称其诗作“骨气奇高，辞采华茂，粲溢今古，卓尔不群。譬人伦之有周孔，鳞羽之有龙凤”。 ⑧张芝：东汉书法家，善草书，曾被后人称为“草圣”。 ⑨倚门：《战国策·齐策》载，王孙贾的母亲自谓曾于傍晚倚门望子归来。此反用其事，以称张彪出入必有时，从不使母亲惦念。 ⑩洁餐晨：用束皙《补亡诗》“馨尔夕膳，洁尔晨餐”之意。 ⑪边徼（jiào）：边境。指秦州。 ⑫席珍：座席上的珍宝。比喻儒者善美的才学。 ⑬“世祖”句：《后汉书》载，光武帝建武二年正月，立高庙于洛阳，四时祫祀。此借汉指唐。唐肃宗乾元元年四月，重修九庙，自长安迎神主入新庙。 ⑭“文公”句：《左传》载，晋侯赏从亡者。此借晋喻唐。两京收复后，对随从玄宗入蜀和为肃宗保驾的臣子，皆加封赏。 ⑮“商山”二句：言山河依旧，天下复归于唐。商山，又名楚山，在陕西商县东南，属古楚地。渭水，黄河最大支流，在陕西省中部。陕西古属秦地。 ⑯“存想”句：《老子存思图》云：“凡行道时所存清旦思，青云之气匝满斋室，青龙狮子备守前后。” ⑰“骑行”句：《神仙传》载，卫叔卿曾骑白鹿见汉武帝，武帝欲召之为臣，叔卿不言而去。 ⑱谷口：《扬子·法言》载，谷口郑子真，不受征聘，耕于岩石之下。 ⑲结草：《神仙传》载，河上公，不知其姓氏。汉文帝时，公结草为庵于河滨。文帝读《老子》不解，曾前往求教。施教后忽失踪影。⑳肘后符：《晋书·葛洪传》载，葛洪学道术，传说尸解成仙。著有《肘后要急方》传世。后以“肘后符”喻指仙方。 ㉑囊中药：《后汉书·王和平传》载，东汉方士王和平，性好道术，死后留下仙药数囊。后以“囊中药”喻指仙药。 ㉒良觌（dí）：良晤，欢聚。 ㉓镇碛：《唐书》载，陇右道北庭都护府，有神仙镇，又有大漠、小碛。 ㉔洮岷：《唐书》载，洮岷二州，皆属陇右道。 ㉕“斯文”句：言文思产生于困境中。据《左传》及《孔子世家》载，鲁哀公十四年春，在西部的大野打猎，有人捕获一只麒麟，孔子闻而泣曰：“吾道穷矣!” ㉖筠：竹。

**【译文】**您曾独卧于嵩山之阳、颍水之滨，其后他乡作客，至今已有三春。

生计艰难啊，都是为了护佑老母的安全；容颜惨淡啊，面对着感情浇薄的时人。您脚上穿着谢灵运的登山木鞋，头上戴着陶渊明的滤酒头巾。真想不到啊，在这群凶充斥宇宙的时候，风尘中您还有这份高雅之心！当年在历下城告别了您这孝子，而后又在关西与您为邻。早年就与您结成亲密的朋友，晚年重逢您已成了全新的道人。大凡静者心多妙悟，先生的技艺可谓绝伦。您的草书多么古朴，您的诗兴来之有神。就像那曹植力压前辈，真可称作是张芝的后身。数篇佳作吟可到老，一字千金卖可除贫。您怀着极大的恐慌深防敌寇，远潜他乡安置母亲。何曾听说您出入无时忧劳母亲惦念？您总是尽力把饭菜做得又香又洁奉献孝心。我生性疏懒为浮名所误，四方奔波丧失了心的纯真。孤独地居处一方尤感寂寞，关西与您相逢更加愁苦酸辛。如今我已飘流到秦州边地，人事逢迎中总是忆念德才兼备的您。时光流逝亲故日益稀少，战乱之后别离总是频频。如今高庙复修乾坤反正，朝廷封赏在艰难中扈从的群臣。商山依旧归入楚地，渭水仍然流于三秦。您存想着青龙秘术，骑乘着白鹿将仙迹追寻。躬耕之地虽非郑氏谷口，结草为庵即是河上奇人。您的肘后仙符想来已经取验，囊中仙药效力正新。我旅居他乡心情颇不舒畅，我们的欢聚看来已渺茫无因。自古至今悲恨相继，虚浮的人生聚散如云。此邦如今崇尚武力，我去何处暂且依仁？鼓角之声压倒了美妙的天籁，关山之上倚着冷月一轮。官军的壕垒列满了城镇和碛野，吐蕃把战火推近了洮岷。萧索的山河处处都是论兵之地，苍茫的天宇闪动着斗将的星辰。唐军占领了众多的土地，叛军余孽仍旧鼓噪纷纷。我困如笼鸟，仍怀江湖山薮之想；穷如获麟，正可写出美妙诗文。深秋的边地草木正在摇落，回头遥望您庐旁青青的松筠。

## 寄李十二白二十韵

**【题解】**此诗当是乾元二年（759）秋在秦州作。诗中回顾了李白一生的荣辱和二人的亲密交谊，对李白的诗才给予高度的评价，对其蒙冤流放表示深切的同情。

**【原诗】**昔年有狂客，号尔谪仙人。笔落惊风雨，诗成泣鬼神①。声名从此大，汩没一朝伸。文彩承殊渥②，流传必绝伦。龙舟移棹晚③，兽锦夺袍新④。白日来深殿，青云满后尘。乞归优诏许⑤，遇我宿心亲⑥。未负幽栖志，兼全宠辱身。剧谈怜野逸，嗜酒见天真。醉舞梁园夜⑦，行歌泗水春⑧。才高心不展，道屈善无邻。处士祢衡俊⑨，诸生原宪贫⑩。稻粱求未足，薏苡谤何频⑪！五岭炎蒸地⑫，三危放逐臣⑬。几年遭鹏鸟⑭，独泣向麒麟⑮。苏武元还汉⑯，黄公岂事秦⑰？楚筵辞醴日⑱，梁狱上书辰⑲。已用当时法，谁将此义陈？老吟秋月下，病起暮江滨。莫怪恩波隔，乘槎与问津⑳。

**【注释】**①“昔年”四句：狂客，指盛唐诗人贺知章，贺自号“四明狂客”。《本事诗》载：“李太白初自蜀至京师，舍于逆旅。贺监知章闻其名，首访之。既奇其姿，复请所为文。出《蜀道难》以示之。读未竟，称叹者数四，号为‘谪仙’，解金龟换酒，与倾尽醉，期不间日，由是称誉光赫。贺又见其《乌栖曲》，叹赏苦吟曰：‘此诗可以泣鬼神矣。’” ②承殊渥：蒙受特别的恩惠。《唐书》载：玄宗曾连下三道诏书，宣李白入京，金殿召见，御手调羹，赐供奉翰林。 ③范传正《墓碑》：玄宗泛舟白莲池，召李白作序。时李白醉酒，由高力士扶以登舟。 ④《旧唐书》载：“武后令从臣赋诗，东方虬先成，赐以锦袍。宋之问继进诗，尤工，于是夺袍赐之。”李白亦应有夺袍之荣，故云。兽锦，印有兽形图案的锦绣。 ⑤《唐书》载：李白为高力士所谗，自知不能被朝廷所容，恳求还山，玄宗赐金放还。 ⑥宿心：夙心。平素的心愿。 ⑦梁园：即兔园。故址在今河南商丘东。 ⑧泗水：水名，源于今山东省泗水县东。 ⑨祢衡：字正平，汉末文学家，才能英卓。 ⑩原宪：字子思，孔子弟子，有德才，生活清贫。 ⑪薏苡谤：《后汉书·马援传》载，伏波将军马援，自交阯载回一车薏苡（又称“药玉米”，一种药材），死后被人诬告载回的是南方明珠，以致不得安葬。这里指李白因李璘事而受谤蒙冤，被长流夜郎。 ⑫五岭：越城、都庞、萌渚、骑田、大庾五岭的总称，在湘、赣、粤、桂等省边境。这里借指李白的流放之地。 ⑬三危：山名，位置说法不一，这里指云南境内。 ⑭遭鹏鸟：西汉人贾谊贬为长沙王太傅，有鹏鸟入宅。鹏鸟形类猫头鹰，认为是不祥之鸟，遂作《鹏鸟赋》以自伤。后因用遭鹏鸟比喻遭贬。 ⑮泣麟：《公羊传·哀公十四年》载，孔子闻麒麟被猎获而哭泣，感伤它出非其时。此处喻指李白为陷入困境而伤怀。 ⑯苏武还汉：苏武被匈奴拘禁十九年，心向朝廷，而得归还。此借称李白于朝廷并无二心。 ⑰黄公：夏黄公，商山四皓之一，秦末隐士。此借称李白入李璘幕府是由于不详其用心。⑱楚筵辞醴：《汉书》载，楚元王招待宾客时，专门为不饮酒的穆生设醴（甜酒）。此处反用其事，说李白不曾接受李璘的伪职。⑲梁狱上书：《史记·邹阳列传》载，西汉邹阳遭诬下狱，在狱中上书给梁孝王，陈述冤情，从而获释。此处借指李白在浔阳狱中的自我辩白。⑳乘槎：古代传说乘槎可达天河。

**【译文】**当年有位“四明狂客”，曾把你称为“谪仙人”。你大笔挥洒，如同风卷雨泻；诗篇写成，鬼神也要感动。名声从此显赫，沉埋一朝得伸。你凭着文彩仰承特别的恩遇，绝伦的诗文天下流传。龙舟为你而迟迟移棹，兽锦夺袍的佳话被你翻新。你像一轮白日进入深殿，身后的追随者盛如青云。乞求归山，荣获皇上的恩准；与我相遇，一展同游的宿心。你没有辜负隐逸之志，而且保全了宠辱之身。我们倾心畅谈，喜爱这纯朴闲适的生活；我们都爱饮酒，酒中有我们的童真。梁园夜美，我们共同醉舞；泗水春浓，我们漫步歌吟。才能卓越，心志却难舒展；世道弯曲，善者总是无邻。处士之中你有祢衡那样的俊才，诸生之中你像原宪那样清贫。碗中的饭尚且未能吃饱，无端的诽谤却接踵而来！五岭是炎气蒸烤之地，三危山竟是你的流放之所。几年间经受贾谊的困厄，独自里洒下孔子的泪痕。苏武本来就心朝汉室，黄公岂能效忠暴秦？你并未接受李璘的伪职啊，却落得个身陷囹圄苦辩冤情。朝廷依据当时的法律将你定罪，有谁肯把这奇冤诉陈？如今你以垂老之身沉吟于秋月之下，久病初起徘徊于暮江之滨。且莫慨叹皇恩阻隔吧，天意难知，我将乘槎前去为你打问。

## 所　思

**【题解】**此诗当是乾元二年（759）冬在秦州作。作者原注：“得台州司户虔消息。”台州（今浙江临海县）司户郑虔，于至德二载（757）十二月被贬往，乾元二年九月廿日死于台州。杜甫此时尚未闻其死讯。诗中对其利剑尘埋的身世遥致喟叹。

**【原诗】**郑老身仍窜，台州信所传。为农山涧曲，卧病海云边。世已疏儒素①，人犹乞酒钱②。徒劳望牛斗③，无计斸龙泉④！

**【注释】**①儒素：儒士。 ②乞（qì）：给与。 ③望牛斗：《晋书·张华传》载，张华请雷焕观察天象，雷焕于斗牛二星间观到宝剑的精气，并测出此气从丰城（今属江西）射出。张华补焕为丰城令，让他搜寻。雷焕从监狱的地基中掘出两把宝剑，一曰龙泉，一曰太阿。郑虔所在的台州亦属牛斗的分野，这里以宝剑尘埋喻郑虔被贬。 ④斸（zhú）：掘。龙泉：宝剑名。

**【译文】**郑老仍在台州贬所。信中寄来叹声一串：开荒种地在山涧的曲处，卧养病体在海角云边。尽管世道早已冷落了儒士，却时常有人周济些酒钱。我徒然遥望牛斗间的异气，却无计掘出那沉埋的龙泉。

## 别赞上人

**【题解】**此诗当是乾元二年（759），杜甫离秦州前所作。诗写与赞上人的告别之情。

**【原诗】**百川日东流，客去亦不息。我生苦飘荡，何时有终极？赞公释门老，放逐来上国。还为世尘婴①，颇带憔悴色。杨枝晨在手②，豆子雨已熟。是身如浮云，安可限南北？异县逢旧友③，初欣写胸臆。天长关塞寒，岁暮饥冻逼。野风吹征衣，欲别向曛黑。马嘶思故枥，归鸟尽敛翼。古来聚散地，宿昔长荆棘。相看俱衰年，出处各努力④。

**【注释】**①婴：纠缠。 ②“杨枝”句：《华严·净行品》：“手执杨枝，当愿众生皆得妙法，究竟清净。” ③异县：指秦州。旧友：杜甫与赞上人在长安时有旧交。 ④出处：行进与静止。指双方。

**【译文】**百川日夜东流，游子不会安居。我的一生苦苦飘荡，何时才能有个终极？赞公是佛门长老，从京都放逐于此地。终不免于世尘的纠缠啊，面容是多么憔悴！您每天早晨手执杨枝清净众生，还要收获雨中成熟的豆子。此身如同浮云飘荡，怎能限定在南北东西？他乡巧遇您这位旧友，刚刚得以喜抒胸怀，无奈天日渐长关塞寒冷，临近年末饥寒交迫，只得与您分手远去。山野的寒风吹着我的征衣，天色渐晚即将与您告别。我的马嘶鸣着想来它也饿了，归巢的鸟儿都已收紧了寒翼。古来人间便是聚散之场，繁华闹市旦夕间就会生满荆棘。对面相视我俩都入衰年，愿我们双方各自努力。

## （二）从秦州到同谷

### 发　秦　州

**【题解】**此诗当作于乾元二年（759）十月。作者原注："乾元二年，自秦州赴同谷县纪行。"同谷县，今甘肃成县。同谷在秦州西南二百六十五里。途中共写纪行诗十二首，这是第一首，讲述南行的目的，离秦州的原因，临发的情景。

**【原诗】**我衰更懒拙，生事不自谋。无食问乐土，无衣思南州。汉源十月交①，天气凉如秋。草木未黄落，况闻山水幽。栗亭名更嘉②，下有良田畴。充肠多薯蓣③，崖蜜亦易求④。密竹复冬笋，清池可方舟⑤。虽伤旅寓远，庶遂平生游。此邦俯要冲⑥，实恐人事稠。应接非本性，登临未销忧。溪谷无异石，塞田始微收。岂复慰老夫？惘然难久留。日色隐孤戍，乌啼满城头。中宵驱车去，饮马寒塘流。磊落星月高，苍茫云雾浮。大哉乾坤内，吾道长悠悠。

**【注释】**①汉源：同谷邻县。　②栗亭：地名，属同谷县，在同谷东五十里，离秦州一百九十五里。　③薯蓣：亦称"山药"，地下块茎可食，又具药用。　④崖蜜：山崖间野蜂所酿之蜜。　⑤方舟：两船相并。这里泛指船。　⑥此邦：指秦州。

**【译文】**我年纪衰老心性更加懒拙，连生活也不能自谋。没有饭吃，只好去打听安乐之处；没有衣穿，便思念温暖的南州。汉源地区进了十月，天气依旧凉爽如秋。草木没有变黄凋落，何况听说山水也很清幽。栗亭一带更富美名，山下有肥沃的田畴。那里的山药十分丰富，山崖间的野蜜也容易搜求。茂密的竹林里还生有冬笋，清澈的池塘上可以泛舟。虽说此行路远颇多辛苦，却几乎可以满足平生之游。秦州这里俯临要道，繁杂的人事实在让我发愁。应接来往官员打心眼里生腻，又没有幽美的山水可供登临销忧。溪谷间没有奇异的岩石，山地贫瘠收成也不富足。这儿怎能宽慰一颗老人的心？终日惆怅再难久留。太阳沉入孤城的西面，乌鸦的噪声集满城头。半夜时分驱车离去，在寒冷的塘边把马儿饮足。明亮的星月高垂天宇，苍茫的云雾四野飘浮。在这广大的乾坤里，我的艰难道路长悠悠。

## 赤　谷

**【题解】**这是纪行诗第二首。赤谷，在秦州西南七里。诗中记道路险峻，叹生命危浅。

**【原诗】**天寒霜雪繁，游子有所之。岂但岁月暮，重来未有期。晨发赤谷亭，险艰方自兹。乱石无改辙，我车已载脂①。山深苦多风，落日童稚饥。悄然村墟迥，烟火何由追？贫病转零落，故乡不可思。常恐死道路，永为高人嗤②。

**【注释】**①载脂：在车轴上抹油。　②高人：隐士，如庞德公等辈。

**【译文】**天气寒冷霜雪厚重，游子驱车奔赴前程。岂只因为岁末赶路令人悲哀，想我年纪已老此地将不会重来。清晨出发于赤谷亭下，艰险的道路从此开始。杂乱的石头中只通一辙，我的车轴已多次抹进油脂。荒山深谷寒风不息，太阳沉落幼儿叫饥。沉寂的村落多么遥远，依稀的烟火似不可及。贫病之躯反而颠沛流离，我的故乡啊看来永无归期。常恐死在这荒山野道，永被高人们当作笑料。

## 铁　堂　峡

**【题解】**这是纪行诗第三首。铁堂峡，在今天水市西南七十里的天水镇东五里。

**【原诗】**山风吹游子，缥缈乘险绝。峡形藏堂隍①，壁色立精铁。径摩穹苍蟠，石与厚地裂。修纤无垠竹，嵌空太始雪。威迟哀壑底②，徒旅惨不悦③。水寒长冰横，我马骨正折。生涯抵弧矢④，盗贼殊未灭。飘蓬逾三年，回首肝肺热。

【注释】①堂隍：广大的厅堂。 ②威迟：曲折绵延的样子。 ③徒旅：旅行的人。 ④弧矢：弓和箭。指战争。

【译文】山风吹拂着游子，登上缥缈而险绝的山脊。峡谷的形状有如深藏的大厅，黑色的石壁有如精铁凝聚。山径摩天蜿蜒蟠曲，岩石与厚地被深深地分裂。细长的竹子一望无垠，古老的积雪嵌入天宇。曲折地行走在悲凉的谷底，旅行的人们面色惨凄。涧水寒酷长冰纵横，马的骨头简直就要冻折。生逢这个战乱的年代，拥兵的逆寇远未灭绝。飘泊的日子已过了三载，回首往事肝肠欲裂。

## 盐　井

【题解】这是纪行诗第四首。《元和郡县志》载，盐井在成州长道县（今甘肃西和县）东三十里。诗中描写盐民的辛劳和公私竞相卖盐争利之事。

【原诗】卤中草木白，青者官盐烟。官作既有程，煮盐烟在川。汲井岁搰搰①，出车日连连。自公斗三百，转致斛六千②。君子慎止足，小人苦喧阗③。我何良叹嗟，物理固自然。

【注释】①汲井：从井中汲取盐水。搰搰（kūkū）：用力的样子。 ②斛：古代容量单位，十斗为一斛。 ③喧阗：喧哗。指争价吵闹。

【译文】产盐之地草木枯白，青色的是官家煮盐的柴烟。官家煮盐定期定量，浓重的青烟弥漫山川。盐民们年年辛劳汲井，运盐的车辆日日不断。官家的盐价每斗三百，盐商们转手每斛六千。君子慎行知止知足，小人贪利吵闹喧天。唉，我又何苦如此悲叹，人情趋利本属自然。

## 寒　峡

【题解】这是纪行诗第五首。寒峡，地址不详。诗中描写旅程的艰辛，对劳动人民寄予关注。

**【原诗】**行迈日悄悄，山谷势多端。云门转绝岸①，积阻霾天寒②。寒峡不可度，我实衣裳单。况当仲冬交，泝沿增波澜③。野人寻烟语，行子傍水餐。此生免荷殳④，未敢辞路难。

**【注释】**①云门：指峡口。②积阻：重叠的险峰。③泝：逆水而上。沿：顺水而下。④免荷殳：免于当兵。唐代官宦家庭出身的人免于征戍。

**【译文】**远行途中每天默默地走，山谷的地势变化多端。转出峡口又逢绝岸，叠嶂的云气掩埋了寒天。寒峡真是难以渡过，我的衣裳实在单薄。何况正当仲冬来临，北风急剧河水增波。偶尔寻见野人的烟火，水边支灶风前架锅。唉，我这辈子幸免当兵持戈，走点难路又算得了什么！

## 法镜寺

**【题解】**这是纪行诗第六首。法镜寺，在西和县北三十里石堡城西山上。诗中描写法镜寺的美景，言其可销旅行之愁。

**【原诗】**身危适他州，勉强终劳苦。神伤山行深，愁破崖寺古。婵娟碧藓净，萧摵寒箨聚①。回回山根水，冉冉松上雨。泄云蒙清晨，初日翳复吐。朱甍半光炯②，户牖粲可数。拄策忘前期，出萝已亭午。冥冥子规叫③，微径不敢取。

**【注释】**①萧摵（shè）：凋零。箨（tuò）：笋壳。②朱甍（méng）：红色的栋梁。③子规叫：子规，候鸟，春夏时飞鸣，因此地温暖，故仲冬能闻其声。又，其声似“不如归”音，故有下句。

**【译文】**身家危难前往他州，勉强行路难免劳苦。正当伤心于深山之行，崖间古寺破我忧愁。碧净的苔藓多么明润，凋零的冬箨密集丛生。山根的泉水迂曲回绕，松间的宿雨珠光闪动。生腾的云气蒙盖清晨，初起的太阳隐而复出。红色的寺梁半映霞光，明艳的门窗历历可数。拄杖留连忘了赶路，走出藤萝已到正午。幽深的山间子规啼鸣，山径细危使我不敢攀登。

## 青阳峡

【题解】这是纪行诗第七首。青阳峡，在西和县东南五十里。诗中描写青阳峡险恶的地形。

【原诗】塞外苦厌山，南行道弥恶。冈峦相经亘①，云水气参错。林迥峡角来②，天窄壁面削。溪西五里石，奋怒向我落。仰看日车侧③，俯恐坤轴弱④。魑魅啸有风，霜霰浩漠漠。昨忆逾陇坂⑤，高秋视吴岳⑥。东笑莲华卑⑦，北知崆峒薄⑧。超然侔壮观，已谓殷寥廓。突兀犹趁人，及兹叹冥漠。

【注释】①经亘：绵亘，连绵不断。 ②峡角：从峡谷壁间横出的巨石。 ③日车：神话中太阳所乘六龙驾的车。 ④坤轴：传说中大地的轴。 ⑤“昨忆”句：杜甫于此年七月离华州往秦州经过陇坂。陇坂，又称陇山，高约两千多公尺，极为险峻。 ⑥吴岳：山名，在今陕西陇县西南。 ⑦莲华：即莲花峰，华山西峰。 ⑧崆峒：山名，在今甘肃平凉县西。

【译文】在秦州时就十分厌恶山了，此番前行山路更加险恶。冈峦纵横连绵无际，云气水气混杂交错。林木远去，峡角峥嵘而出；天空狭窄，峭壁迎面而起。溪西的五里崩石，发怒似的向我滚落。仰望山巅，真担心它会撞翻日车；俯看山脚，只怕它会把地轴压折。山魈呼啸引来凄凄寒风，霜雪弥漫峡谷一片沉寞。回想数月前我曾翻越陇坂，高爽的秋空里望见了吴岳。我曾嘲笑东边的莲花峰太矮小，也曾感到北边的崆峒山太单薄。以为吴岳超然出世的壮观景象，宇宙之大再也无可比说。岂知青阳险峰如此突兀如同逐人而来，到此我不禁感叹天地的玄妙莫测。

## 龙门镇

【题解】这是纪行诗第八首。龙门镇，在甘肃成县西七十里。诗中描写龙门镇的地势和戍卒的辛苦。

**【原诗】** 细泉兼轻冰，沮洳栈道湿①。不辞辛苦行，迫此短景急②。石门云雪隘③，古镇峰峦集。旌竿暮惨淡，风水白刃涩。胡马屯成皋④，防虞此何及？嗟尔远戍人，山寒夜中泣。

**【注释】** ①沮洳：低湿之地。 ②短景：短促的日光。指冬日白昼。 ③石门：即龙门镇。 ④成皋：地名，在洛阳附近。这年九月，史思明陷洛阳及齐、汝、郑、滑四州。

**【译文】** 细弱的泉水结着一层薄冰，山谷低湿栈道满是泥泞。不辞辛苦匆匆赶路，冬天的太阳催人急行。龙门古镇云屯雪积，道路险阻群峰簇拥。暮色中的军旗暗淡无色，寒风与湿气钝涩了刀锋。叛军屯集在遥远的成皋，在此地设防又有什么用？唉，可怜你们这远离家乡的戍卒，默默哭泣于寒夜山中。

## 石　龛

**【题解】** 这是纪行诗第九首。石龛，即石室，在西和县南八十里山腰上。诗中描写经过石龛时的困境和所见的人民徭役之苦。

**【原诗】** 熊罴咆我东，虎豹号我西。我后鬼长啸，我前狨又啼①。天寒昏无日，山远道路迷。驱车石龛下，仲冬见虹霓。伐竹者谁子？悲歌上云梯。为官采美箭，五岁供梁齐②。苦云直簳尽③，无以充提携。奈何渔阳骑④，飒飒惊蒸黎！

**【注释】** ①狨（róng）：猿类动物。 ②五岁：五年，指安史之乱爆发（755）以来。梁齐：指河南山东一带，当时为双方交战的主要地区。 ③簳（gǎn）：可作箭杆的小竹。 ④渔阳骑：指安史叛军。叛军起于范阳，以渔阳代称之。

**【译文】** 熊罴在我东边咆哮，虎豹在我西边怒号。我的身后鬼在长啸，我的身前狨在啼叫。天气严寒日色暗淡，山地僻远道路迷失。驱车来到石龛下面，仲冬之际出现虹霓。那位采竹人是谁呀？唱着悲歌攀登陡壁。他为官府采伐箭杆，五年来一直供应齐梁战区。他苦道：小竹已经采尽，再也无法提供军需。唉，为什么会发生这场叛乱，致使百姓不得休养生息！

## 积 草 岭

【题解】这是纪行诗第十首。积草岭，作者原注：在“同谷界”。诗中描写积草岭的景色，想到同谷将至，此身有所依托。

【原诗】连峰积长阴，白日递隐见。飕飕林响交，惨惨石状变。山分积草岭，路异鸣水县①。旅泊吾道穷，衰年岁时倦。卜居尚百里，休驾投诸彦②。邑有佳主人，情如已会面。来书语绝妙，远客惊深眷。食蕨不愿余③，茅茨眼中见。

【注释】①鸣水县：今陕西略阳县。在积草岭东南。 ②诸彦：众贤才。③蕨（jué）：蕨菜，幼叶及根状茎可食。此代指粗劣饭食。

【译文】连绵的山峰屯积着阴云，太阳时隐时现。飕飕的林风响成一片，阴森的山石形状多变。从积草岭这里分开道路，往东南去的那一条通向鸣水县。飘泊他乡生活困顿，年老岁暮身心疲倦。这里距离占卜之地还有百里，我将在那里停车投靠众贤。县里有位好客的主人，情意深厚如同我们已经见过面。他给我来信讲得很动情，亲切的关怀使我受宠若惊。只要能有口饭吃就已满足，恍忽间那茅屋已出现在眼前。

## 泥 功 山

【题解】这是纪行诗第十一首。泥功山，在成县西北三十里，山多泥泞。诗中描写翻越此山的艰难。

【原诗】朝行青泥上，暮在青泥中。泥泞非一时，版筑劳人功①。不畏道途远，乃将汩没同。白马为铁骊，小儿成老翁。哀猿透却坠②，死鹿力所穷。寄语北来人，后来莫匆匆。

【注释】①版筑：用土木营造路面。 ②透：跳跃。

【译文】早晨在青泥里行进，傍晚仍在青泥之中。满山的泥泞自始至终，需用木板垫路才能通行。不怕泥途漫长，怕的是泥淖没顶。白马被青泥污成了黑马，小儿满脸泥巴俨然是个老翁。善于跳跃的猿猴陷入泥里发出哀鸣，野鹿挣扎不出丧了性命。北面来的人们你们听着：小心迈步啊切莫匆匆！

## 凤凰台

【题解】这是纪行诗第十二首。凤凰台，在成县东南七里凤凰山上。题下原注：“山峻，人不能至其顶。”诗中借地名而生发想象，纯写个人心愿。作者愿献心血以养台上孤凤雏，以期由此实现国家中兴。

【原诗】亭亭凤凰台，北对西康州①。西伯今寂寞②，凤声亦悠悠。山峻路绝踪，石林气高浮。安得万丈梯，为君上上头？恐有无母雏，饥寒日啾啾。我能剖心血，饮啄慰孤愁。心以当竹实③，炯然无外求。血以当醴泉④，岂徒比清流？所重王者瑞⑤，敢辞微命休？坐看彩翮长⑥，纵意八极周。自天衔瑞图⑦，飞下十二楼⑧。图以奉至尊，凤以垂鸿猷。再光中兴业，一洗苍生忧。深衷正为此，群盗何淹留！

【注释】①西康州：即同谷县（今成县）。 ②西伯：周文王。传说文王时，有凤鸣于岐山。 ③竹实：竹子结出的子实，形如麦粒。传说凤凰非竹实不食。 ④醴泉：甘泉。传说凤凰非醴泉不饮。 ⑤王者瑞：古人把凤凰视为王者的祥瑞。 ⑥坐看：行将看到。 ⑦《春秋元命苞》：“黄帝游洛水，凤凰衔图置帝前。” ⑧十二楼：传说昆仑山有玉楼十二，仙人所居。

【译文】凤凰台亭亭耸立，面对着北面的西康州。西伯侯已经死去，凤声也已渺远难求。凤凰山高道路断绝，石林间的云气高高飘浮。怎能找到万丈云梯，为我君主登到上头？——只怕那台上有无母的凤雏，饥寒交迫日夜啾啾呼救。我能剖开自己的心血，让它啄饮慰它忧愁。用我的心肉当作竹实，红灿灿一颗不必外求。用我的鲜血当作醴泉，味道甜美胜过清流。我所崇重的是王者的祥瑞，怎敢舍不得微命告休？即将看到它彩羽丰满，纵情地把天下周游。从天帝那里衔来瑞图，飞下昆仑十二仙楼。把瑞图献给至尊，让凤凰在伟业中长留。再次光大中兴之业，一下子洗净黎民之忧。剖心的深意正为此愿，叛军余孽何可久留！

## 两当县吴十侍御江上宅

**【题解】**此诗是这次长途行进经过两当县（今属甘肃）时所作。吴侍御，吴郁。杜甫任左拾遗时，吴郁任侍御，同在凤翔行在供职。当时为肃清间谍，抓捕了一些人，吴郁为其中的良民理冤，得罪了上司，被贬谪。杜甫因疏救房琯忤旨，正遭困境，对于吴郁的遭贬，未能仗义执言。如今经过吴郁的故宅，想起几年前的这件事，深感愧疚，作成此诗。此时吴郁尚在长沙贬所。

**【原诗】**寒城朝烟淡，山谷落叶赤。阴风千里来，吹汝江上宅。鹍鸡号枉渚①，日色傍阡陌。借问持斧翁②：几年长沙客？哀哀失木狖，矫矫避弓翮。亦知故乡乐，未敢思宿昔。昔在凤翔都③，共通金闺籍④。天子犹蒙尘，东郊暗长戟。兵家忌间谍，此辈常接迹。台中领举劾，君必慎剖析。不忍杀无辜，所以分白黑。上官权许与⑤，失意见迁斥。朝廷非不知，闭口休叹息。仲尼甘旅人⑥，向子识损益⑦。余时忝诤臣⑧，丹陛实咫尺⑨。相看受狼狈，至死难塞责。行迈心多违，出门无与适。于公负明义，惆怅头更白。

**【注释】**①鹍鸡：鸟名，似鹤，黄白色。枉渚：又名琵琶洲，在两当县南，因洲渚迂回而得名。 ②持斧翁：指吴郁。吴为侍御史，掌刑法，故称。③凤翔：今属陕西。唐肃宗曾在此设临时政府，号西京。 ④金闺籍：金马门前所悬的名谍，谍上有名者才能进入。这里指在朝为官。 ⑤上官：上司。权：重，重于。许与：称许。 ⑥“仲尼”句：孔子周游列国，宣传其政治主张。故称。 ⑦向子：汉朝人向长，字子平，读《易》至《损》、《益》卦，喟然叹曰：“吾已知富不知贫，贵不如贱，但未知死何如生耳。” ⑧“余时”句：杜甫当时为左拾遗，掌讽谏，故称“诤臣”。

忝，谦词。 ⑨丹陛：宫廷的台阶。借指皇帝。

**【译文】**冬天的县城晨雾轻淡，山谷间的落叶赤红一片。阴冷的北风千里而来，吹着你江边上空寂的宅院。鹍鸡在枉渚上啼号，初升的太阳依傍着田园。请问持斧执法的吴郁先生，你贬到长沙已有几年？失掉林木的猿猴神色凄凄，躲避弓箭的鸿雁飞入高天。你也在思念故乡的乐事啊，却不敢把那当年的憾事回想。当年我俩都在西京凤翔，在朝为官辅佐皇上。天子还在蒙受风尘，东郊便是昏昏战场。兵家所忌在于间谍，此种歹人层出不穷。御史台掌管举报之事，您审理案件总是谨慎而行。不忍枉杀无辜的百姓，所以要把黑白分清。上司是个喜听恭维的人，您违背了他的意见而被远迁。朝廷并非不知您的冤情，百官闭口不问作哑装聋。想那孔夫子也曾甘心于四方为旅，汉朝的向长把损益之理看得最清。我当时枉在谏臣之列，与皇上确实是咫尺之近。眼睁睁看着你遭受困窘，这件事我至死也难逃责任。这次远行心意多违，出门以来忧心忡忡。对于您我有负于圣明的道义，惆怅使我白发增生。

## 乾元中寓居同谷县作歌七首

**【题解】**这组诗当作于乾元二年（759）十一月，杜甫经过长途跋涉，终于抵达同谷（今甘肃成县）。居住期间，并未得到所谓“佳主人”和“诸彦”的援助，生活困顿，饥寒交迫，遂将此种处境、心情唱之以诗。

### 其　一

**【原诗】**有客有客字子美，白头乱发垂过耳。岁拾橡栗随狙公①，天寒日暮山谷里。中原无书归不得，手脚冻皴皮肉死。呜呼一歌兮歌已哀，悲风为我从天来！

**【注释】**①橡栗：橡树的果实，可充饥。狙（jū）公：养猴的人。

**【译文】**有客姓杜字子美，乱蓬蓬的白发垂过耳。岁末追随狙公拾橡栗，在这天寒日暮的山谷里。中原无信有家难归，手脚冻皴皮肉坏死。唉，第一支歌子就已如此之哀，悲凉的风啊为我从天上落下来！

## 其　二

【原诗】长镵长镵白木柄①，我生托子以为命！黄独无苗山雪盛②，短衣数挽不掩胫。此时与子空归来③，男呻女吟四壁静。呜呼二歌兮歌始放，闾里为我色惆怅。

【注释】①镵（chǎn）：古时一种掘土工具。　②黄独：一种野生的土芋，可食。　③子：对长镵的称呼，有尊重意。

【译文】长镵长镵啊白白的木柄，你身上系着我一家人的命。大雪封山啊，盖住了黄独的苗；衣服短窄啊，频频下拉还是遮不住胫。此时与你空空归来，饥饿的儿女在呻吟，四个墙角死一般的静。唉，第二支歌子刚刚唱出口，邻里们就已为我面带忧愁。

## 其　三

【原诗】有弟有弟在远方，三人各瘦何人强①？生别展转不相见，胡尘暗天道路长。东飞驾鹅后鹙鸧②，安得送我置汝旁？呜呼三歌兮歌三发，汝归何处收兄骨？

【注释】①三人：杜甫有弟四人，名颖、观、丰、占，此时只有杜占跟在身边，其他三人远在河南、山东。　②驾（gē）鹅：一种野鹅。鹙鸧（qiū cāng）：秃鹙，似鹤而大。

【译文】我有四个弟弟三个在远方，身体都很瘦弱啊，没有一人强壮。兄弟一别流离辗转难得相见，战乱的烟尘遮暗了天空道路何其漫长！东飞的驾鹅啊后继的鹙鸧，如何才能把我驮到弟弟身旁？唉，第三支歌子啊歌声三发，你们即便回乡又去何处为我收葬？

## 其　四

【原诗】有妹有妹在钟离①，良人早殁诸孤痴。长淮浪高蛟龙怒②，十年不见来何时？扁舟欲往箭满眼，杳杳南国多旌旗。呜呼四歌兮歌四奏，林猿为我啼清昼。

【注释】①钟离：古县名，今安徽凤阳县东北。 ②长淮：即淮河。钟离在淮河南岸。蛟龙：古代传说一种能发洪水的动物。

【译文】我有个妹妹远嫁到钟离，丈夫过早死去儿女们年幼无知。长淮阻隔啊蛟龙逞威，一别十年啊相见何时？本想乘船往探怎奈箭头满眼，幽远的南国啊如今也插满了军旗。唉，第四支歌子啊歌声四奏，悲戚的猿声响在清昼。

其　　五

【原诗】四山多风溪水急，寒雨飒飒枯树湿。黄蒿古城云不开①，白狐跳梁黄狐立。我生何为在穷谷？中夜起坐万感集。呜呼五歌兮歌正长，魂招不来归故乡。

【注释】①古城：指同谷。

【译文】四面群山多风溪水湍急，飒飒寒雨打湿了枯树。古城黄蒿遍地阴云不开，白狐跳跃黄狐如人站立。我怎么流落到如此深僻的山谷？半夜里起身独坐万感交集。唉，第五支歌子啊歌声正长，魂儿招不回来啦，它已飞到了故乡。

其　　六

【原诗】南有龙兮在山湫①，古木巃嵸枝相樛②。木叶黄落龙正蛰，蝮蛇东来水上游③。我行怪此安敢出，拔剑欲斩且复休。呜呼六歌兮歌思迟，溪壑为我回春姿。

【注释】①山湫：山中的深潭，即万丈潭，在县城东南七里，相传有龙自潭中飞出。 ②巃嵸（lóng zōng）：错杂不齐貌。樛（jiū）：盘绕，绞结。③蝮蛇：一种毒蛇。时当仲冬，蛇应蛰伏，但因同谷气暖（即末句所写“回春姿”），故得出游。此句宜看作写实记奇，不必深求喻义。

【译文】城南有个巨龙居住的山湫，周围古木错杂树枝相缠纠。时当仲冬树叶黄落龙伏水底，一条蝮蛇自东而来在水上浮游。我奇怪这个东西怎敢冬季出来，拔剑欲斩又复罢休。唉，第六支歌子啊心思迟迟，环望溪壑啊已为我这寒苦之人回生春姿。

其　七

【原诗】男儿生不成名身已老，三年饥走荒山道①。长安卿相多少年，富贵应须致身早。山中儒生旧相识②，但话宿昔伤怀抱。呜呼七歌兮悄终曲，仰视皇天白日速！

【注释】①“三年”句：指从至德二载（757）四月由长安逃出投奔凤翔，至此时寓居同谷，近三年的流离生活。　②山中：指同谷山中。旧相识：当指李衔。杜甫晚年所作《长沙送李十一衔》中有“与子避地西康州”句，西康州即同谷。

【译文】男儿生不成名身已老，三年间饥肠辘辘走在荒山道。长安卿相多是少年人，当然喽，欲求富贵就应早早戴官帽。同谷山中遇见旧时读书友，谈起往昔志向难免伤怀抱。唉，第七支歌子啊悄然终止，仰看青天啊太阳在飞驰！

## 万　丈　潭

【题解】此诗当作于乾元二年（759）冬。题下原注：“同谷县作。”万丈潭，在同谷县东南七里，传说有龙自潭中飞出。诗中描写万丈潭的神异之象。

【原诗】青溪含冥寞，神物有显晦。龙依积水蟠，窟压万丈内。跼步凌垠堮①，侧身下烟霭。前临洪涛宽，却立苍石大。山危一径尽，岸绝两壁对。削成根虚无，倒影垂澹淡②。黑知湾澴底，清见光炯碎。孤云到来深，飞鸟不在外。高萝成帷幄，寒木垒旌旆。远川曲通流，嵌窦潜泄濑③。造幽无人境，发兴自我辈。告归遗恨多，将老斯游最。闭藏修鳞蛰，出入巨石碍。何当炎天过④，快意风云会。

【注释】①垠堮（è）：悬崖。 ②澹㴋（duì）：荡漾。 ③嵌窦：山洞。④过：来访。

【译文】青青溪涧幽深莫测，神异之物能隐能显。蛟龙依凭积水而蟠伏，洞穴压在万丈深渊。迈着局促的脚步登上悬崖，侧着身子从烟霭中走下。向前临近宽广的洪涛，后退立于巨大的苍石。山势孤危，一条小路已然走尽；崖岸陡峭，两边石壁巍然相对。石壁如削，根入虚无之中；山影倒映，在水中轻轻荡漾。那深黑之处，一定是潭水的底部；那清浅之处，闪动着破碎的天光。一朵孤云飘来，更显出境地的幽深；鸟儿往来徘徊，仿佛飞不出潭外。藤萝高挂，结成一座座帐幕；霜树绚烂，排成一面面旌旗。远处的河水曲曲折折地流进这里，这里的岩穴又暗暗把潭水急泄出去。来此无人之境访幽发兴，大约是从我辈开始。告归时生出众多的遗憾，恐怕此生再难遇到如此奇境。唉，那闭藏在深穴的长龙，出入不便啊，有巨石阻碍；应当在炎天盛暑重来此处，快意地观看那蛟龙出峡与风云际会！

## （三）从同谷到成都

### 发同谷县

【题解】题下原注："乾元二年十二月一日，自陇右赴成都纪行。"杜甫在同谷（今甘肃成县）居住不满一个月，因生活困难，只好南赴成都。这次途中又写了十二首纪行诗，这是第一首，写告别同谷的原因和场面。

【原诗】贤有不黔突，圣有不暖席①。况我饥愚人，焉能尚安宅？始来兹山中②，休驾喜地僻。奈何迫物累，一岁四行役③。忡忡去绝境，杳杳更远适。停骖龙潭云④，回首虎崖石⑤。临歧别数子，握手泪再滴。交情无旧深，穷老多惨戚。平生懒拙意，偶值栖遁迹。去住与愿违，仰惭林间翮。

【注释】①班固《答宾戏》："是以圣哲之治，栖栖遑遑，孔席不暖，墨突不黔。"是说孔子墨子忙于四处奔走，以致席子都坐不暖，烟突都熏不黑。

杜甫此处用以对飘泊生活作自我宽解。②兹山中：指同谷县。③四行役：指这年春天从洛阳回华州，秋天由华州奔秦州，冬天由秦州下同谷，此时又由同谷赴成都。④龙潭：即万丈潭，在同谷东南。⑤虎崖：在同谷城西。

**【译文】**墨子忙得连饭都做不成，孔子忙得连炕席都坐不暖。何况我这又饿又笨的人，哪里还能安居宅中？刚来时很喜欢这里的僻静，停车卜居本想住上一程。无奈人情思饱暖，一年中竟有四次远行！怀着忧愁离开这风景佳绝之地，心情渺茫地走向更远的地方。在龙潭的云霭中停车留连，回首把那虎崖胜景瞻望。面临歧路与几位朋友告辞，依依握手重洒凄惶的泪。论交情虽说非旧非深，穷苦的老人们仍多悲戚。我平生心性懒拙，偶逢栖隐之地便想留居。如今离去与留居都与心愿相违，仰看林中的宿鸟啊，内心十分惭愧。

## 木　皮　岭

**【题解】**这是此组纪行诗的第二首。木皮岭，在成县南百里，为入蜀要路。诗中叙述冬行的劳苦及木皮岭的险峻和奇秀。

**【原诗】**首路栗亭西①，尚想凤凰村②。季冬携童稚，辛苦赴蜀门③。南登木皮岭，艰险不易论。汗流被我体，祁寒为之暄④。远岫争辅佐，千岩自崩奔。始知五岳外，别有他山尊。仰干塞大明，俯入裂厚坤。再闻虎豹斗，屡踞风水昏。高有废阁道，摧折如断辕。下有冬青林，石上走长根。西崖特秀发，焕若紫芝繁。润聚金碧气，清无沙土痕。忆观昆仑图，目击玄圃存⑤。对此欲何适？默伤垂老魂。

**【注释】**①栗亭：地名，在成县东五十里。杜甫初来成县时曾在此小住。②凤凰村：当在万丈潭北凤凰台附近。是杜甫在成县时的寓居之地。③蜀门：即剑门，为入蜀的门户。④祁寒：严寒。祁，大。⑤玄圃：传说中昆仑山顶神仙居处，中有奇花异石。

**【译文】**上路出发走到栗亭西边，还在想念着凤凰村。深冬季节携儿带女，辛辛苦苦奔赴蜀门。攀登南边的木皮岭，艰险的情况难以诉陈。热汗流遍了我的全身，严寒的天气也因此感到温暖。远山争着来辅佐它，千峰一齐向它奔来。至此方知五岳之外，另有奇险的高山。仰望峰巅横亘，塞满了整个天空；俯看深渊万丈，切开了厚厚的地层。总是听到虎豹在争斗，屡次困于昏暗的风寒水气中。高高的山壁间留有废弃的栈道，早已七零八落如同折断的车辕。山谷下长有冬青树林，巨石上爬着长长的树根。西崖的景色特别秀美，其光彩炳焕如同灵芝一片。其润泽如聚金碧之气，其清雅似无沙土之痕。回想当年我曾看过昆仑山图，如今亲眼看到了玄圃仙境。面对此景我还想往哪里去呢？垂老奔波使我默默伤神。

## 白　沙　渡

**【题解】**这是纪行诗的第三首。白沙渡，渡口名，地址不详，与下首“水会渡”均当为嘉陵江渡口。诗中描写登船渡江情事。

**【原诗】**畏途随长江①，渡口下绝岸。差池上舟楫②，杳窕入云汉③。天寒荒野外，日暮中流半。我马向北嘶，山猿饮相唤。水清石礧礧④，沙白滩漫漫。翛然洗愁辛，多病一疏散。高壁抵嶔崟⑤，洪涛越凌乱。临风独回首，揽辔复三叹。

**【注释】**①长江：指嘉陵江。　②差池：缓进貌。　③云汉：天河。　④礧礧（lěi lěi）：众石堆积。　⑤嶔崟（qīn yín）：高大，险峻。

**【译文】**艰险的陆路接着水路，走下绝岸来到渡口。一家人慢慢地上了渡船，船入江中仿佛游入渺远的云汉。天气严寒，山野荒凉，暮色沉沉，船在江心。我的马儿向北嘶鸣，山猿饮水相互呼唤。江水清澈，底石累累；沙色洁白，滩水漫漫。愁苦疲劳忽如一洗而光，诸多的病痛一齐消散。抵达了高险的石岸，终于涉尽凌乱的洪涛。临风回望宽广的江面，抓着马缰频频感叹。

## 水　会　渡

**【题解】**这是纪行诗的第四首。水会渡，地址不详。诗中描写夜间渡江的感受。

【原诗】山行有常程，中夜尚未安。微月没已久，崖倾路何难！大江动我前，汹若溟渤宽。篙师暗理楫，歌笑轻波澜。霜浓木石滑，风急手足寒。入舟已千忧，陟巘仍万盘①。回眺积水外，始知众星干②。远游令人瘦，衰疾惭加餐。

【注释】①陟巘（yǎn）：登上山顶。一说，“巘”指上大而下小的山。 ②“回眺”两句：是说在刚才渡江时，因水气很重，仰望天星，光线不明，以为众星都受了潮。现在登上山顶，脱离了水气的干扰，仰望众星，才发现它们仍是干的。“干”字，写出星光的明亮。

【译文】山野间行路有固定的里程，直到半夜仍在行进之中。一钩微月早已沉没，山路倾斜多么难行！一条大江在我面前闪动，波涛汹涌像大海那么宽。艄公在黑暗中摇动船桨，边唱边笑如走平川。白霜浓重木石皆滑，夜风急剧手冷脚寒。上船渡水已怀千忧，登到山顶仍需万盘。回首眺望水外的天空，方知众星仍旧为干。长途远行令人消瘦，衰老多病惭于加餐。

## 飞 仙 阁

【题解】这是纪行诗的第五首。飞仙阁，当是飞仙岭（今陕西略阳东三十里）上的阁道（栈道）名。古时川陕甘境内的崇山峻岭间，靠栈道以交通。栈道，即在悬崖绝壁间凿孔架桥连阁而成的一种道路。杜甫入蜀必由栈道。这首诗是初登栈道时所作，诗中描写栈道形势、所见景物及行进的辛苦。

【原诗】土门山行窄，微径缘秋毫①。栈云阑干峻②，梯石结构牢③。万壑欹疏林，积阴带奔涛。寒日外淡泊，长风中怒号。歇鞍在地底，始觉所历高。往来杂坐卧，人马同疲劳。浮生有定分，饥饱岂可逃？叹息谓妻子：“我何随汝曹？”

【注释】①秋毫：秋天野兽新生出来的细毛。此处形容山径细微。 ②阑干：栈道外侧的护险栏杆。 ③梯石结构：用石块砌成梯子一样的垛垒，以支撑栈道。

**【译文】**走出土门登上狭窄的山路，细微的山路有如秋毫。栈道连云，栏杆高峻；垒石为垛，结构坚牢。山谷里斜生着稀疏的林木，阴沟里奔流着如带的波涛。寒日在山谷外悬着淡影，长风在山谷中猛烈号叫。歇鞍休息下到低洼之处，才发觉所走的栈道实在是高。来往的行客混杂坐卧，无论人马都很疲劳。人的一生遭遇都是命中注定，注定挨饿又岂能脱逃？望着妻子儿女我不禁叹道：“我为什么要跟着你们同受煎熬？”

## 五　盘

**【题解】**这是纪行诗的第六首。五盘，是指五盘岭上的栈道，盘曲五重，故称。五盘岭，在今四川广元北一百七十里，一名七盘岭。诗中描写五盘岭淳朴的风物人情，兼记归乡之念。

**【原诗】**五盘虽云险，山色佳有余。仰凌栈道细，俯映江木疏。地僻无网罟①，水清反多鱼②。好鸟不妄飞，野人半巢居③。喜见淳朴俗，坦然心神舒。东郊尚格斗④，巨猾何时除？故乡有弟妹，流落随丘墟。成都万事好，岂若归吾庐！

**【注释】**①罟（gǔ）：渔网。 ②东方朔《答客难》：“水至清则无鱼。”此反用之。 ③巢居：在树上筑巢而居。 ④东郊：指洛阳。此时史思明仍据洛阳，战乱未平。

**【译文】**五盘岭虽说险阻难行，但山色却佳美有余。仰看上方，细细的栈道盘入山顶；俯视脚下，稀疏的江树映入眼帘。此地偏僻，见不到有人撒网捕鱼；江水虽清，鱼儿却十分稠密。美丽的鸟儿不惧行客，山野百姓多半巢居。很高兴能见到淳朴的风俗，心神坦然无比舒适。洛阳一带仍在战斗，巨猾史思明何时能除？故乡的弟妹流落四方，寄身荒丘形同野草。所去的成都即便万事皆好，又哪里比得上我的家园？

## 龙 门 阁

**【题解】**这是纪行诗的第七首。龙门阁，当是龙门山栈道名。龙门山，在今四川广元东北八十二里。山壁如削，栈道极险。诗中对此作了描绘。

**【原诗】**清江下龙门①，绝壁无尺土。长风驾高浪，浩浩自太古。危途中萦盘，仰望垂线缕。滑石欹谁凿？浮梁袅相拄②。目眩陨杂花，头风吹过雨③。百年不敢料，一坠那得取！饱闻经瞿塘④，足见度大庾⑤。终身历艰险，恐惧从此数。

**【注释】**①清江：指嘉陵江。　②浮梁：指栈道的横梁，一头插入山壁，另一头浮悬空中。　③头风：中医学病名，头疼经久不愈。杜甫患有此病。　④瞿塘：长江三峡之一，以奇险著称。　⑤大庾：五岭之一，山极险峻。

**【译文】**清江从龙门栈道下面流过，石壁陡绝竟无尺土。长风驾着高浪呼啸奔腾，浩浩茫茫来自太古。高险的栈道在空中萦绕盘旋，仰首远望如垂线缕。又滑又斜的石壁是谁凿的孔？悬浮的梁木摇曳着相互撑拄。杂花纷纷陨落令人眼眩，冷雨吹来使我头风发作。人生何处终结难以预测，一旦失足坠落便无法救得。多次听说经瞿塘过大庾的艰险，今日之行足以印证那些吓人的传说。回想平生所历艰险都无法相比，真正值得恐惧的行程应从这里算起。

## 石 柜 阁

**【题解】**这是纪行诗的第八首。石柜阁，当在今四川广元县北部。诗中描写江天暮景，发羁旅愁思。

**【原诗】**季冬日已长，山晚半天赤。蜀道多早花，江间饶奇石①。石柜曾波上②，临虚荡高壁。清晖回群鸥，暝色带远客。羁栖负幽意，感叹向绝迹。信甘孱懦婴，不独冻馁迫。优游谢康乐③，放浪陶彭泽④。吾衰未自由，谢尔性所适[5]。

【注释】①江：指嘉陵江。 ②曾：通“层”。 ③谢康乐：谢灵运，晋时袭封康乐公，故称。为我国山水诗人的鼻祖。 ④陶彭泽：陶渊明，曾作彭泽县令，故称。为我国田园诗人的鼻祖。 ⑤谢：让。

【译文】腊月的白天已经变长，山间的晚霞红了半边天。蜀道上春花多已开放，江中的奇石频频入眼。石柜栈道架在层波之上，高临空中在石壁间摇荡。清晖中飞回成群的鸥鸟，暮色带领远客到来了。飘泊旅居辜负了我寻幽的心意，向那人迹罕至的佳处频频叹息。论原因实在是由于体弱多病，不只是由于饥寒交迫。谢灵运一生优游山水，陶渊明归田放浪形骸；我因衰老身不由己，且让你们去驰性骋怀。

## 桔柏渡

【题解】这是纪行诗的第九首。桔柏渡，在今四川广元县境内，渡口架有竹索长桥。诗中描写渡桥之景，且由嘉陵江引动东游之想。

【原诗】青冥寒江渡，架竹为长桥。竿湿烟漠漠，江永风萧萧。连笮动袅娜[1]，征衣飒飘飖。急流鸨鹢散[2]，绝岸鼋鼍骄[3]。西辕自兹异，东逝不可要[4]。高通荆门路[5]，阔会沧海潮。孤光隐顾盼，游子怅寂寥。无以洗心胸，前登但山椒[6]。

【注释】①笮（zuó）：用竹篾拧成的缆绳。 ②鸨（bǎo）：鸟名，比雁略大。鹢（yì）：古籍中的鸟名，类似鹭鹚。 ③鼋（yuán）：甲鱼。鼍（tuó）：鳄鱼。 ④要（yāo）：通“邀”，中途拦住。 ⑤荆门：指荆门山，在湖北宜都县西北长江南岸，与北岸虎牙山隔江对峙，为入楚的门户。 ⑥山椒：山顶。

【译文】辽远幽深的寒江渡口，架起竹木作为长桥。雾气蒙蒙，竹竿湿滑；江水悠悠，江风呼啸。竹桥摇摇荡荡，征衣随风而飘。江流湍急，鸨鹢惊飞散去；岩岸险绝，鼋鼍纵游逞骄。渡过此桥便要西行，与留不住的东流江水分道扬镳。江水将一路高浪通过荆门，波澜壮阔地会合海潮。想到这些我不禁独自临流顾盼，离别了相伴多日的江水啊此后多么寂寥！今后将无法用江水洗涤心胸，前面的路程唯有一座座险峻的山峰。

## 剑　门

**【题解】** 这是纪行诗的第十首。剑门，关名。在今四川剑阁县东北二十五里，地势极为险要。诗中表达对军阀割据的忧虑，提醒朝廷谨慎镇蜀人选。

**【原诗】** 惟天有设险，剑门天下壮。连山抱西南，石角皆北向①。两崖崇墉倚，刻画城郭状。一夫怒临关，百万未可傍。珠玉走中原，岷峨气凄怆②。三皇五帝前③，鸡犬各相放。后王尚柔远，职贡道已丧④。至今英雄人⑤，高视见霸王。并吞与割据，极力不相让。吾将罪真宰，意欲铲叠嶂。恐此复偶然，临风默惆怅。

**【注释】** ①“连山”二句，写剑门山势对拥兵自重者有利。是作者忧怀的起因。　②“珠玉”二句，提醒朝廷减轻对蜀地的剥削，以使蜀民归心。岷，岷山；峨，峨眉山，都在四川。　③三皇五帝：指上古时代。三皇，一般指燧人氏、伏羲氏、神农氏。五帝，指黄帝、颛顼、帝喾、尧、舜。④“后王”二句，后王，指夏商周三代君王及后代各朝君主。职贡，是说在蜀地设官吏，令蜀民纳贡。道，指蜀民淳朴的生活之道。　⑤英雄人：指汉代公孙述、刘备一批据蜀称王者。

**【译文】** 天帝在人间设下一些险阻，剑门之险雄居天下。连绵的群山抱护着西南，山壁的石角指向北方。两崖如同相并的两堵高墙，岩石的纹理刻画出城郭的形状。这里确乎是一人奋勇当关，百万人马无法靠前。蜀地的珠玉财宝流向中原，连岷山、峨眉也为之气色惨淡。想那三皇五帝的时代，蜀地百姓安居乐业亲密无间。后代君王务以柔远，设官纳贡致使淳朴的风俗中断。直到今天一些英雄豪杰，仍想据蜀称霸分裂江山。王者要并吞，霸者要割据，你争我夺拼力相残。我要向天帝问罪，我要铲除这致乱的重山！想到这种据险作乱的事情还会间或发生，我不禁临风惆怅、惶恐无言。

## 鹿头山

**【题解】** 这是纪行诗的第十一首。鹿头山，在四川德阳县北三十余里，南距成都一百五十里。诗中表达走出险境、将到成都的喜悦心情，兼向成都尹裴冕致以敬意。

**【原诗】** 鹿头何亭亭，是日慰饥渴。连山西南断，俯见千里豁。游子出京华，剑门不可越。及兹险阻尽，始喜原野阔。殊方昔三分①，霸气曾间发。天下今一家，云端失双阙。悠然想扬马②，继起名硉兀③。有文令人伤，何处埋尔骨！纡余脂膏地，惨淡豪侠窟。仗钺非老臣④，宣风岂专达⑤？冀公柱石姿⑥，论道邦国活。斯人亦何幸，公镇逾岁月⑦。

**【注释】** ①殊方：远方，指蜀地。三分：指蜀主刘备成为鼎足之一。 ②扬马：扬雄、司马相如，汉代文学家，皆成都人。 ③硉（lù）兀：突出。 ④仗钺：手执黄钺，表示将帅的权威。这里指剑南西川节度使。 ⑤专达：不经禀报自行上达。 ⑥冀公：指成都尹、剑南西川节度使裴冕。曾于至德二载十二月，封冀国公，故称。 ⑦逾岁月：《旧唐书》载，裴冕镇蜀始于乾元二年六月。

**【译文】** 鹿头山亭亭而立多么秀美！这一天啊饥渴的我得到安慰。连绵的山峰终于消失在西南，俯看千里沃野令人眼界顿宽。我自从离开京都便走入险途，最是那剑门关几乎没能越过。到此终于历尽险阻，方得喜爱原野的平阔。当年刘备曾据此处三分天下，王霸之气一度焕发。如今天下归于一统，见不到成都宫阙辉映云霞。我神思悠然地想起扬雄和司马相如，两位文豪相继而起名声显达。他们留下的文章令人读罢伤怀，却不知尸骨埋葬在哪儿！这里是广袤肥沃的地区，是豪侠们苦心思虑的场所。镇蜀者若非忠正老臣，岂能播宣风教、下情上达？冀公堪称朝廷的柱石，经纶满腹足可振兴国家。冀公镇蜀历时已久，这里的百姓是何等幸运啊！

## 成　都　府

【题解】此诗当作于乾元二年（759）十二月，杜甫刚到成都时。诗中描写抵达成都的新鲜感受，表达对遥远故乡的思念之情。

【原诗】翳翳桑榆日①，照我征衣裳。我行山川异，忽在天一方。但逢新人民，未卜见故乡。大江东流去②，游子日月长。曾城填华屋③，季冬树木苍。喧然名都会④，吹箫间笙簧⑤。信美无与适，侧身望川梁⑥。鸟雀夜各归，中原杳茫茫。初月出不高，众星尚争光。自古有羁旅，我何苦哀伤！

【注释】①桑榆日：夕阳。《淮南子》："日西垂，景在树端，谓之桑榆。"景，日影。　②大江：指锦江。　③曾（céng）城：高大的城墙。曾，通"层"，高大的意思。　④名都会：著名的都市。成都曾是三国蜀汉的国都，唐时此地经济十分繁荣。　⑤吹（chuì）：管乐器。此处指笛。　⑥川梁：桥梁。当指锦江上的万里桥，在成都市南。眼望万里桥，有思远行之意。

【译文】朦朦胧胧的夕阳之光，照着我积满征尘的衣裳。我走着走着感到山川变了样，忽然间置身于天的一方。所遇的都是新的人众，难料此生能否见到故乡。锦江一刻不停地向东流去，游子的岁月何其漫长。高大的城墙中填满了华丽的房屋，时当岁末树木依旧青苍。著名的都市人声喧阗，笛箫与笙簧错杂奏响。成都诚然美好而我却无所适从，心绪不安地把万里桥张望。看那些鸟雀夜各有归，我的家乡却在迷茫的远方。一钩新月尚未高起，群星灿烂尚在争光。自古以来就有羁旅，我又何必如此哀伤！

## 酬高使君相赠

【题解】此诗当作于初到成都时，时杜甫寓居成都西七里之草堂寺。高使君，即高适，时高适任彭州（今四川彭县）刺史，得知杜甫到了成都，写了一首《赠杜二拾遗》向他问候。杜甫写此诗以相酬。

【原诗】古寺僧牢落[1]，空房客寓居。故人供禄米[2]，邻舍与园蔬。双树容听法[3]，三车肯载书[4]。草《玄》吾岂敢[5]？赋或似相如[6]。

【注释】①古寺：即草堂寺，在成都西郊浣花溪畔，建筑宏丽。 ②故人：很可能是指剑南节度使裴冕。 ③双树：《翻译名义集》云，娑罗树，东西南北四方各双，故曰双树。《涅槃经》：世尊在双树间演法。古诗文中因以“双树”称高僧讲说佛法处。 ④三车：宋赞宁《唐京兆大慈恩寺窥基传》载，窥基博通释典，尝至太原传法，以三车自随，前车载释典，中车自乘，后车载妓仆食馔。路遇一老父点化，顿悔前非，只身前往，后成为法相宗大师。此处活用窥基事，言以三车载书。 ⑤《玄》：即《太玄经》，汉代扬雄所著。高适赠诗中有“草《玄》今已毕”句，是说杜甫已像扬雄作《太玄》那样草就了哲学著作。扬雄，成都人。 ⑥相如：汉代辞赋家司马相如。成都人。

【译文】古寺僧人稀少，空房许我寓居。故人供我禄米，邻居送我园蔬。高僧允许我在双树下听讲佛法，又答应我用三车运载诗书。草拟《太玄》我岂敢当？作赋也许能比相如。

## 卜　居

【题解】此诗当作于上元元年（760）春，杜甫在草堂寺住了一段时间，在朋友的帮助下筹划建造草堂。卜居，择地居住。诗中表达避俗野居的乐趣。

【原诗】浣花溪水水西头[1]，主人为卜林塘幽[2]。已知出郭少尘事，更有澄江销客愁。无数蜻蜓齐上下，一双鸂鶒对沉浮[3]。东行万里堪乘兴，须向山阴上小舟[4]。

【注释】①浣花溪：在成都西郭外，又名百花潭，杜甫草堂即准备建在此处。 ②主人：当指裴冕。 ③鸂鶒（xī chì）：水鸟名，形大于鸳鸯而色多紫，故亦称紫鸳鸯。 ④山阴：今浙江绍兴，历史文化名城。杜甫年轻时曾游此地。

【译文】浣花溪的西岸林塘清幽，主人为我在此筹建茅屋。已知出城便少尘俗之事，何况还有澄江销我忧愁。无数只蜻蜓一齐飞上飞下，一对鸂鶒共同沉沉浮浮。此处水路方便可以乘兴东行万里，欲游山阴即可登上小舟。

## 王十五司马弟出郭相访遗营草堂赀

【题解】此诗当作于上元元年（760）春初营草堂时。王十五弟，杜甫的表弟，在成都府作司马，听说杜甫在西郊建草堂，便来送钱以资助。赀，同“资”。

【原诗】客里何迁次①，江边正寂寥②。肯来寻一老，愁破是今朝。忧我营茅栋，携钱过野桥。他乡唯表弟，还往莫辞遥。

【注释】①迁次：窘迫，尴尬。 ②江：指浣花溪。

【译文】客居的处境多么窘迫，独处江边正感到寂寥。你肯来访我这老头，我的愁绪今朝全销。你担心我盖房缺少资金，亲自把钱送过野桥。我在异乡只有你这位表弟，希望你经常来往莫辞路遥。

## 萧八明府实处觅桃栽

【题解】此诗当作于上元元年（760）春初营草堂时。萧八明府实，萧实，明府，即县令。桃栽，桃树秧子。作者以诗代札，向萧实县令索要桃秧，以美化草堂环境。

【原诗】奉乞桃栽一百根①，春前为送浣花村②。河阳县里虽无数③，濯锦江边未满园④。

【注释】①奉乞：乞求。奉，敬词。 ②《齐民要术》：“凡种树，正月为上时，二月为下时。”故求对方春前把桃秧送到。浣花村：草堂所在之处。③《白帖》：潘岳（晋人）为河阳（今河南孟县）县令，遍树桃李。这里代指萧实所在的县。 ④濯锦江边：草堂所在之地。濯锦江，即锦江。

**【译文】**向您索求桃秧一百根，春前送到浣花村。贵县的桃树多得数不尽，我的园子里却尚未成荫。

## 从韦二明府续处觅绵竹

**【题解】**此诗与前诗作于同时。也是以诗代札，向绵竹县令韦续索求绵竹。绵竹，绵竹县所产的一种绣皮竹子。

**【原诗】**华轩蔼蔼他年到①，绵竹亭亭出县高。江上舍前无此物，幸分苍翠拂波涛②。

**【注释】**①华轩：华美的厅堂，指韦县令官署。蔼蔼：深邃貌。 ②苍翠：指绵竹。波涛：指浣花溪。

**【译文】**您那华美深邃的官署容我以后去拜访，听说贵县的绵竹亭亭玉立为一县之高。我的江边屋前却无此物，幸能分取几丛苍翠以拂波涛。

## 凭何十一少府邕觅桤木数百栽

**【题解】**此诗与前诗作于同时。以诗代札，向绵谷县尉何邕索求桤树秧苗。少府，县尉。桤（qī）木，落叶乔木，成材较快。

**【原诗】**草堂堑西无树林①，非子谁复见幽心②？饱闻桤木三年大，与致溪边十亩阴。

**【注释】**①堑：沟壕。 ②子：指何邕。

**【译文】**草堂的水沟西边尚无树林，除了您又有谁能了解我的幽雅之心？

常听说桤木三年即可长大，请您协助我于溪边造就十亩绿荫。

## 凭韦少府班觅松树子栽

**【题解】** 此诗作于前诗同时。韦班，当是指涪江县尉。子栽，幼小的树苗。

**【原诗】** 落落出群非榉柳①，青青不朽岂杨梅②？欲存老盖千年意③，为觅霜根数寸栽④。

**【注释】** ①落落：孤高貌。榉柳：落叶乔木，高可达二十五米。以比松树之高标。 ②杨梅：常绿乔木。以比松树之不凋。 ③《酉阳杂俎》：松千岁方顶平偃盖。偃盖，形容松树枝叶横垂，张大如伞盖之状。 ④霜根：指经冬不凋的松树苗。

**【译文】** 落落出群并非榉柳，青青不凋岂是杨梅？我想栽成垂荫千载的松树，因而求您把数寸长的松苗送来。

## 又于韦处乞大邑瓷碗

**【题解】** 此诗与前诗作于同时。大邑，县名，今属四川。韦处，指韦班家中。韦班家中收藏大邑所产的瓷碗，杜甫写此诗讨求。

**【原诗】** 大邑烧瓷轻且坚，扣如哀玉锦城传①。君家白碗胜霜雪，急送茅斋也可怜②。

**【注释】** ①哀玉：如玉声凄清的音响。锦城：成都的别称。 ②茅斋：指草堂。可怜：可喜。

**【译文】** 大邑烧的瓷器又坚又轻，敲起来声如哀玉誉满锦城。听说您家中收藏的白碗赛过霜雪，如能尽快赠送一些可使茅斋生光。

## 诣徐卿觅果栽

【题解】此诗亦与前诗同时而作。作者为求得果木秧苗，亲自去果园坊徐家登门拜访。

【原诗】草堂少花今欲栽，不问绿李与黄梅①。石笋街中却归去，果园坊里为求来②。

【注释】①绿李：果皮为绿色的李树。黄梅：果木名，落叶乔木，梅果成熟后呈黄色，故称。 ②石笋街、果园坊：均在成都西门外。二句是说于石笋街中未能寻得，只好空归，复又来到果园坊。

【译文】草堂缺少花木今想栽培，不管是绿李还是黄梅。石笋街中空手而归，为求树苗又到果园坊里来。

## 堂　　成

【题解】此诗当作于上元元年（760）暮春，经过一番经营，草堂终于落成，杜甫一家有了安身之处，写此诗以抒喜悦之情。

【原诗】背郭堂成荫白茅①，缘江路熟俯青郊②。桤林碍日吟风叶，笼竹和烟滴露梢③。暂止飞乌将数子，频来语燕定新巢。旁人错比扬雄宅，懒惰无心作《解嘲》④。

【注释】①背郭：背靠着城郭。郭，成都的外城。草堂在成都西南三里处。荫（yìn）：遮盖。 ②路熟：踩成一条小道。俯青郊：俯视青青的郊野，写草堂处于较高地势。 ③笼竹：又名笼葱竹，南方所产的一种长节竹。④扬雄：西汉赋家，其宅在成都少城西南角。他曾作《太玄经》，被人嘲笑，便写了一篇《解嘲》文。扬雄是成都人，而杜甫是寓居成都，故云“错比”。

【译文】苫盖着白茅的草堂背靠城郭，沿江踩出来的小路上可以俯视青郊。桤林的叶子遮住阳光在风中低声吟唱，笼竹的梢尖裹着烟雾滴着露珠。乌鸦带着几只小鸦飞到林间来小憩，燕子语声频传是在商量建个新巢。旁人错把我这草堂比作扬雄的宅第，我生性懒惰无心作文以解嘲。

## 蜀　　相

【题解】此诗当作于上元元年（760）春，杜甫居成都草堂。蜀相，指诸葛亮。公元221年刘备即帝位，以诸葛亮为丞相。诗中写游武侯祠的感受，对诸葛亮一生的功绩和“鞠躬尽瘁，死而后已”的精神表达了至高无上的崇敬。

【原诗】丞相祠堂何处寻①？锦官城外柏森森②。映阶碧草自春色，隔叶黄鹂空好音③。三顾频烦天下计④，两朝开济老臣心⑤。出师未捷身先死⑥，长使英雄泪满襟。

【注释】①丞相祠堂：即武侯祠，在成都南郊。西晋末年李雄为纪念蜀汉丞相武乡侯诸葛亮而建。　②锦官城：成都。　③二句是说自己无心欣赏景色。　④天下计：诸葛亮曾为刘备制定东连孙权、北抗曹操、西取刘璋的天下大计。　⑤开济：开创基业、匡济时危。　⑥诸葛亮为了伐魏，曾六出祁山。公元234年，率兵据武功五丈原，与司马懿对抗于渭南，相持百余日，病死军中。

【译文】诸葛丞相的祠堂去何处瞻仰？在那锦官城外柏树森森的地方。遮覆台阶的碧草徒自弄着春色，树叶深处的黄鹂白白发出美好的声音。当年先主三顾茅庐频频咨以天下大计，您为先主开创基业又为后主匡济时危献出一颗老臣的忠心。可惜啊出师未捷却身先死去，永远让后代英雄们涕泪满襟。

## 梅　　雨

【题解】此诗当作于上元元年（760）初夏，草堂初成后。梅雨，又称黄梅雨，江淮流域初夏时有较长的连阴雨天气，因时值梅子黄熟，故称。诗中描绘梅雨季节的景象。

【原诗】南京犀浦道①，四月熟黄梅。湛湛长江去②，冥冥细雨来。茅茨疏易湿，云雾密难开。竟日蛟龙喜③，盘涡与岸回。

【注释】①南京：成都。至德二载（757）十二月，玄宗自成都回长安，成都号称南京。犀浦：旧县名，属成都府，垂拱二年（686）析成都县置。②长江：当指锦江。 ③蛟龙：古代传说能发洪水的龙。

【译文】南京城外犀浦道上，四月里梅子已经黄熟。湛湛的锦江长流而去，昏昏的细雨自天而来。稀疏的茅屋顶很快被雨浸透，密集的云雾难以散开。能发洪水的蛟龙整日乐得发狂，江岸的曲折处漩涡连成排。

## 为　农

【题解】此诗当作于上元元年（760）初夏，杜甫居草堂。为农，务农。诗中写田园风光的美好，和长期定居乡野的愿望。

【原诗】锦里烟尘外①，江村八九家。圆荷浮小叶，细麦落轻花。卜宅从兹老，为农去国赊②。远惭勾漏令③，不得问丹砂。

【注释】①锦里：指成都。烟尘：人烟稠密处。 ②国：京都长安。赊：远。 ③勾漏令：指晋代炼丹家葛洪。葛洪得知交趾（故址在越南北部）出丹砂，便向皇帝请求出任勾漏（故址在广西境内）令。

【译文】居住在成都闹市之外，小小的江村仅有八九户人家。水塘上的圆荷浮出小叶，田间的细麦落下轻花。定居乡野从此到老，终身为农远离京华。深深感愧于勾漏县令，未能像他那样酷爱丹砂。

## 有　客

【题解】此诗当作于上元元年（760）草堂建成之后。诗中书写待客的亲情。

【原诗】患气经时久①，临江卜宅新。喧卑方避俗②，疏快颇宜人③。有客过茅宇，呼儿正葛巾④。自锄稀菜甲⑤，小摘为情亲。

【注释】①患气：患有呼吸道疾病。杜甫患有肺病。 ②“喧卑方避俗”即“方避喧卑之世俗”。喧卑，喧闹低下，指闹市中的送往迎来。杜甫卜居郊野，避开都市，故云。 ③“疏快颇宜人”即“颇宜疏快之人”。疏快，粗放直爽。作者自谓。 ④葛巾：用葛布制成的头巾。 ⑤甲：初生的菜叶。

【译文】患有肺病经时已久，临江建宅茅屋正新。喧卑的世俗理当远避，粗放的我颇宜在此安身。难得有客人来访茅舍，呼唤孩子帮我理好葛巾。自己种出的蔬菜刚长出几片小叶，摘取一点以招待亲情的客人。

## 宾　至

【题解】此诗当作于上元元年（760）草堂落成后。诗中所写的这位来宾，大概是个地位较高、又非文章知己者，所以言辞较为客气，感情亦平淡。

【原诗】幽栖地僻经过少，老病人扶再拜难①。岂有文章惊海内？漫劳车马驻江干。竟日淹留佳客坐，百年粗粝腐儒餐②。不嫌野外无供给，乘兴还来看药栏③。

【注释】①再拜：古时的一种礼节，先后拜两次，表示礼节隆重。 ②粗粝（lì）：糙米。腐儒：迂腐的儒生。作者自谓。 ③药栏：指药圃。杜甫因多病，所居之处，每种草药以自疗。

【译文】隐居之地偏僻一向少人来访，年老多病行须人扶再拜也难。我哪有什么文章能惊海内？空劳您的车马停在江边。终日挽留您对坐闲谈，招待您的只有我这腐儒一生常吃的粗饭。如果您不嫌这野外无啥供给，还愿您乘兴再来看我的药栏。

## 狂　夫

【题解】此诗当作于上元元年（760）夏，杜甫居草堂。狂夫，放荡不羁的人，作者自称。诗中描写草堂之美景和生活之艰苦，对自己的狂放性格进行审视。

【原诗】万里桥西一草堂①，百花潭水即沧浪②。风含翠筱娟娟净③，雨浥红蕖冉冉香④。厚禄故人书断绝，恒饥稚子色凄凉。欲填沟壑惟疏放⑤，自笑狂夫老更狂！

【注释】①万里桥：在成都市南门外，跨锦江上，是三国时诸葛亮送费祎出使东吴的宴别之处。费祎临行前曾叹息："万里之行，始于此矣。"故以名桥。　②百花潭：即浣花溪。杜甫草堂建在溪旁。沧浪（láng）：古人常用以称归隐之地。　③翠筱（xiǎo）：绿竹。　④浥（yì）：沾湿。红蕖（qú）：红色荷花。　⑤填沟壑：填尸于沟壑。指死。

【译文】万里桥西盖起了一座草堂，百花潭水就是我归隐的地方。风中的翠竹多么光洁美好，雨里的红荷传来阵阵清香。享受厚禄的朋友已与我断了书信，经常挨饿的孩子面色是如此凄凉。眼看一家人将被饿死，却还是一味地疏放，自笑我这狂夫可真是越老越颠狂！

## 田　舍

【题解】此诗当作于上元元年（760）夏，杜甫居草堂。诗中描写农村之荒僻和景物之清幽。

【原诗】田舍清江曲，柴门古道旁。草深迷市井①，地僻懒衣裳。杨柳枝枝弱，枇杷对对香②。鸬鹚西日照③，晒翅满渔梁④。

【注释】①市井：指集市。　②枇杷：常绿小乔木，果实香甜。　③鸬鹚：鱼鹰，经驯化可使捕鱼。　④渔梁：筑堰拦水捕鱼的一种设施。

【译文】农家茅舍建在清江的弯曲之处，柴门立于古道的一旁。野草荒深，迷失了集市的方向；地方偏僻，农夫们光着脊梁。一枝枝柳条摇着倩影，一对对枇杷泛着清香。成群的鱼鹰站满了渔梁，在西斜的阳光里晒着翅膀。

## 江　村

【题解】此诗当作于上元元年（760）夏，杜甫居草堂。诗中描写村居的悠闲。

【原诗】清江一曲抱村流，长夏江村事事幽①。自去自来梁上燕，相亲相近水中鸥。老妻画纸为棋局，稚子敲针作钓钩。但有故人供禄米②，微躯此外更何求？

【注释】①长夏：农历六月。　②禄米：用作俸给的粟米。

【译文】清清的江水抱村而流，六月的江村事事清幽。自去自来的是那梁上的燕子，相亲相近的是那水中的白鸥。老伴用纸画出棋盘，幼子敲针作成钓钩。只要有朋友能周济些禄米，我这微贱之人也就别无所求。

## 江　涨

【题解】此诗当作于上元元年（760）夏。夏天雨频，江水上涨，诗中描写江涨之急和江上景物。

【原诗】江涨柴门外，儿童报急流。下床高数尺，倚杖没中洲①。细动迎风燕，轻摇逐浪鸥。渔人萦小楫，容易捩船头②。

【注释】①中洲：江中的陆地。　②“渔人”二句：写水面宽阔，渔人拨船自如。捩（liè），扭转。

【译文】柴门外面江水猛涨，孩子们向我报告急流。下床的工夫就涨高了数尺，倚杖出门之际又淹没了江中之洲。迎风的燕子贴着江面缓缓飞动，逐浪的鸥鸟随着波涛轻轻漂浮。渔民摇动着一双小桨，轻松自如地掉转船头。

## 野　老

**【题解】**此诗当作于上元元年（760）秋，杜甫居草堂。野老，乡野老人，作者自谓。诗中表达思乡与忧时之情。

**【原诗】**野老篱边江岸回，柴门不正逐江开。渔人网集澄潭下①，估客船随返照来。长路关心悲剑阁②，片云何意傍琴台③？王师未报收东郡④，城阙秋生画角哀⑤。

**【注释】**①集：坠落。　②悲剑阁：愁于剑阁的难行。剑阁，指四川北部剑门关一带。　③片云：作者自喻。琴台：相传为司马相如与卓文君贳酒处，在浣花溪北。此句意为不愿留居成都。　④东郡：指京东诸郡。公元759年3月，邺城失利，9月，叛军复陷东都洛阳。　⑤城阙：指成都。当时成都称南京。画角：饰有彩绘的号角，声音哀厉高亢，军中用以警昏晓。

**【译文】**我家的篱笆外边就是弯曲的江岸，柴门不正依随江岸而开。渔民的网撒在澄澈的潭里，商贩的船顺随返照而来。归乡之路绕在心头却愁于剑阁的难行，身如孤云的我哪有心情依傍相如的琴台？至今尚未听到官军收复东郡的消息，秋风中传来城楼画角的声声悲哀。

## 云　山

**【题解】**此诗当作于上元元年（760），杜甫居草堂。诗为怀念洛阳故乡而作，故乡望而不见，所见的只是茫茫云山，故以作为题目。

**【原诗】**京洛云山外①，音书静不来。神交作赋客②，力尽望乡台③。衰疾江边卧，亲朋日暮回。白鸥元水宿，何事有余哀？

【注释】①京洛：东京洛阳。此时叛军仍据洛阳。 ②作赋客：指汉代大辞赋家司马相如，成都人。 ③望乡台：古人流落在外，往往登高或筑台以眺望故乡之处。《益州记》载，成都升仙亭夹路有二台，一名望乡台。

【译文】洛阳远在云山之外，音书寂寥久久不来。我的心意只与亡故的司马相如相投，我的筋力已然耗尽在望乡台。衰病之身卧于江边草堂，亲朋故友又于日暮各自回归。白鸥本是水宿之鸟，为什么也有这么多的悲哀？

## 遣　兴

【题解】此诗当作于寓居成都草堂时。遣兴，借诗聊以自遣。诗中表达怀念弟妹之情。

【原诗】干戈犹未定，弟妹各何之①？拭泪沾襟血，梳头满面丝。地卑荒野大，天远暮江迟②。衰疾那能久？应无见汝期。

【注释】①弟妹：杜甫有四弟一妹，除杜占跟在身边，余皆流落四方。②二句写远望弟妹时所见景象，极荒旷迷茫之至。

【译文】战争仍然没有停止，弟弟妹妹各自流落何方？擦泪时鲜血沾上衣襟，梳头时白发落了满脸。大地低洼荒野辽阔，天际遥远暮江迟缓。衰病之身哪能久于人世？也许再无见到你们的那一天。

## 遣　愁

【题解】此诗当作于寓居成都草堂时。诗中书写欲沿江取路回归故乡而不能的愁怀。

【原诗】养拙蓬为户①，茫茫何所开？江通神女馆②，地隔望乡台③。渐惜容颜老，无由弟妹来。兵戈与人事，回首一悲哀。

【注释】①养拙：谓才能低下而闲居度日。常用为退隐不仕的自谦之辞。

蓬为户：编蓬为门。指简陋的居舍。②神女馆：《方舆胜览》载，神女庙，在巫山县治西北二百五十步。③望乡台：《益州记》载，成都升仙亭夹路有二台，一名望乡台。

**【译文】**编个柴门以养拙心，心意茫然向何处敞开？江水虽通神女之馆，人却阻于望乡之台。渐渐自怜容颜衰老，弟弟妹妹无法前来。战乱不止人事寂寥，凄然回首哀从衷来。

## 杜 鹃 行

**【题解】**此诗当作于寓居成都草堂时。杜鹃，又名子规，相传为战国时蜀王望帝杜宇的魂魄化成。诗中借此传说，通过描写杜鹃的渺小、憔悴之形，悲啼求食之状，表达世事沧桑之叹。

**【原诗】**古时杜宇称望帝，魂作杜鹃何微细！跳枝窜叶树木中，抢佯瞥捩雌随雄①。毛衣惨黑貌憔悴，众鸟安肯相尊崇？隳形不敢栖华屋②，短翮惟愿巢深丛。穿皮啄朽觜欲秃③，苦饥始得食一虫。谁言养雏不自哺④？此语亦足为愚蒙。声音咽咽如有谓，号啼略与婴儿同。口干垂血转迫促，似欲上诉于苍穹。蜀人闻之皆起立，至今相效传微风⑤，乃知变化不可穷。岂思昔日居深宫，嫔嫱左右如花红！

**【注释】**①抢（qiāng）佯：飞掠。瞥捩（liè）：倏忽回折疾旋貌。②隳（huī）形：毁伤身体。③觜（zuǐ）：鸟嘴。④《博物志》：杜鹃生子，寄之他巢，群鸟为饲之。按，杜鹃科某些种类如此。⑤微风：日趋衰微的风俗。指杜鹃为杜宇灵魂所化的传说，使蜀人产生的敬畏。

**【译文】**古代杜宇号称望帝，死后灵魂化为杜鹃多么微小！在枝叶间跳来窜去离不开树林子，忽而疾飞忽而急旋雌鸟追随雄鸟。羽毛惨黑容貌憔悴，众鸟怎肯把你尊崇？形体毁伤不敢栖居华屋，羽毛短小只愿巢于深丛。用嘴啄穿树皮几乎把嘴啄秃，饥饿难忍才得吃到一只小虫。谁说杜鹃不去哺养雏鸟？这话足以表现出世传的愚蒙。它发出咽咽之声像是有所倾诉，悲号啼叫差不多与婴儿相同。口干滴血声音越发急促，像是对苍天诉说心中的不平。蜀地之人闻听此声都肃然起立，至今还在继承着日趋衰微的遗风。由此方知世事的变化不可彻底推明。杜鹃声声悲啼难道是在追思自己的前世？那时候啊自己处于深宫，嫔妃环侍左右个个艳如花红。

## 题壁上韦偃画马歌

**【题解】**此诗当作于上元元年（760）寓居草堂时。韦偃，京兆人，寓居蜀地，为当时名画家，工于鞍马、松石、山水。他在杜甫草堂的东壁上画了两匹马，杜甫写此诗以赞其画艺之精绝。

**【原诗】**韦侯别我有所适①，知我怜君画无敌。戏拈秃笔扫骅骝②，欻见骐驎出东壁③。一匹龁草一匹嘶④，坐看千里当霜蹄⑤。时危安得真致此？与人同生亦同死。

**【注释】**①韦侯：即韦偃。侯，古时对人的尊称。 ②骅骝：良马名。 ③欻（xū）：忽然。骐驎：同“麒麟”，古时传说的一种瑞兽，常用以比喻良马。 ④龁（hé）：啃。 ⑤坐看：形容时间短促。当：对。霜蹄：因马蹄可以踏霜雪，故称。

**【译文】**韦侯向我告别要到远处去，知我爱他举世无双的画艺。随便拿起一支秃笔去画骅骝，顷刻之间便见骐驎出于东壁。一匹低头啃草一匹引颈长鸣，千里遥程眼看即可消失于它的霜蹄。当今时局艰危如何得到这样的真马？它能身担大任与人同生同死。

## 戏为韦偃双松图歌

**【题解】**此诗当作于上元元年（760）。韦偃，见前诗题解。韦偃画了一幅《双松图》，杜甫写此诗以赞其妙。

**【原诗】**天下几人画古松？毕宏已老韦偃少①。绝笔长风起纤末，满堂动色嗟神妙。两株惨裂苔藓皮，屈铁交错回高枝②。白摧朽骨龙虎死，黑入太阴雷雨垂。松根胡僧憩寂寞，庞眉皓首无住著③。偏袒右肩露双脚④，叶里松子僧前落。韦侯韦侯数相见⑤，我有一匹好素绢，重之不减锦绣段。已令拂拭光凌乱，请公放笔为直干⑥。

**【注释】**①毕宏：当时画家，善古松奇石，天宝年间官为御史，后拜给事中。 ②屈铁：比喻弯曲而色黑的松枝。 ③庞眉：眉毛黑白杂色。住著：佛教语。犹“执著”。 ④偏袒：佛教徒穿袈裟，袒露右肩，以表示恭敬。 ⑤数（shuò）：速，快。 ⑥直干：主干挺拔的松树。

**【译文】**天下有几人精于画古松？毕宏已老韦偃还年轻。画成停笔便觉松梢长风起，满堂观者无不动容叹神奇。两株古松暴裂着长满苔藓的皮，盘绕的高枝有如青铁交错而屈曲。剥蚀的树干好像龙虎的白骨，阴森的树叶好像低垂的雷雨。松根处一位西域僧人在静息，眉发斑白神情超脱无拘羁。袒露右肩光着双脚，身前松子落满地。韦侯啊韦侯尽快来相见，我有一匹好素绢，其价不亚于锦绣缎。我已让人把它修饰得平展展，请您挥笔画直干。

## 戏题王宰画山水图歌

**【题解】**此诗当作于上元元年（760）寓居成都草堂时。王宰，蜀中人，当时画家，多画蜀山。诗中赞美了王宰的山水画，所提出的创作不能受“促迫”的观点，颇给后人以启迪。

**【原诗】**十日画一水，五日画一石。能事不受相促迫①，王宰始肯留真迹。壮哉昆仑方壶图②，挂君高堂之素壁。巴陵洞庭日本东③，赤岸水与银河通④，中有云气随飞龙。舟人渔子入浦溆⑤，山木尽亚洪涛风⑥。尤工远势古莫比，咫尺应须论万里。焉得并州快剪刀⑦，剪取吴淞半江水⑧？

**【注释】**①能事：所擅长之事，指绘画。 ②方壶：古代传说东海上有三座仙山，方壶是其一，方壶即方丈。 ③巴陵：旧县名，传说后羿斩巴蛇于洞庭，尸骨积如丘陵，故名，治所在今岳阳。 ④赤岸：泛指土石呈赤色的崖岸。 ⑤浦溆：水边。 ⑥亚：偃俯。 ⑦并州：今山西太原，当时以产剪刀著称。 ⑧吴淞：水名，又称苏州河，黄浦江支流。

【译文】十天画出一条水，五天画成一块石。绘画不受人事的催逼，王宰才肯挥笔留真迹。好一幅壮伟的昆仑方壶图，挂在您厅堂的粉墙壁！从巴陵的洞庭到日本以东，赤岸的水与银河相通，水天之间的云气追随飞龙。大风劲吹洪涛起，船工和渔夫将船靠岸以回避，山中林木被风吹得梢俯地。先生尤工远势古人莫能比，咫尺的画面就能展现江山达万里。不知从何处弄来一把并州快剪刀，剪来半江吴淞水！

## 从人觅小胡孙许寄

【题解】此诗当作于上元元年（760），时杜甫居草堂，生活较为安定。胡孙，猴的别名。杜甫向人索求一种拳头大小的猴子，以供童稚玩耍，得到应许，而作此诗，虽无深意，亦能反映诗人日常生活的一个侧面。

【原诗】人说南州路①，山猿树树悬。举家闻若咳②，为寄小如拳。预哂愁胡面③，初调见马鞭。许求聪慧者，童稚捧应癫。

【注释】①南州：《新唐书·地理志》："南州，南川郡下，武德二年，开南蛮置"。今重庆南川区。　②若咳：谓猴子口中发出嗝嗝之声，如人之咳。　③愁胡：胡人眼睛凹陷，状似悲愁。

【译文】听人说道南州地区，山间树树都吊挂着猴子。又听说它的声音如同咳嗽，这引起全家人的兴趣，故求人选一只拳头大小的猴子为寄。想到它那愁胡般的面孔不禁先自一乐，又仿佛看到它被马鞭初调时的恐惧。友人答应选一只聪明伶俐的寄来，到那时孩子们捧着玩耍定会欢乐无比。

## 北　邻

【题解】此诗当作于上元元年（760），杜甫寓居成都草堂。据诗中所写，北邻是一位退隐的县令，为人旷达、风雅，常与杜甫交游。

【原诗】明府岂辞满①？藏身方告劳。青钱买野竹，白帻岸江皋②。爱酒晋山简③，能诗何水曹④。时来访老疾，步屧到蓬蒿⑤。

【注释】①明府：即县令。辞满：官吏任期届满，自求退免。 ②白帻：白色的裹发巾，古时为平民所戴。 ③山简：晋朝人，镇守襄阳时，常在外面喝酒，必大醉而归。 ④何水曹：何逊，梁朝人，八岁能诗，为名流称许。曾任水曹、尚书水部郎等职。 ⑤屧（xiè）：草鞋。蓬蒿：指作者草堂。

【译文】明府您官未满任便自求退免，隐居之后才向人讲述为官的劳辛。不惜破费铜钱买来野竹栽种，常常顶着白色头巾傲立于江滨。喜好饮酒就像晋代的山简，也能赋诗一如梁朝的何逊。时常来访我这贫病的老头，穿着草鞋抵达柴门。

## 南　　邻

【题解】此诗当作于上元元年（760），时杜甫居草堂。诗中所写的南邻是一位隐士，虽家贫而好客，人品极高。

【原诗】锦里先生乌角巾①，园收芋栗未全贫。惯看宾客儿童喜，得食阶除鸟雀驯②。秋水才深四五尺，野航恰受两三人③。白沙翠竹江村暮，相送柴门月色新。

【注释】①锦里：成都的别名。乌角巾：古时隐士所戴的一种黑色头巾。②食：饲养。 ③野航：农家小船。

【译文】锦里先生戴着黑头巾，园中能收些芋栗还没穷到根。儿童们高高兴兴迎接我这常来客，鸟雀们正在台阶啄食见人来了也不惊。趁着秋水初涨主人邀我去野游，农家的小船刚好能容纳两三人。白色的沙滩青翠的竹林江村的暮景多美好，直到明月东升才依依送我出柴门。

## 过南邻朱山人水亭

【题解】朱山人，可能就是前诗所写的那位南邻。山人，隐者之称。诗中描写在朱山人家水亭宴游之事。

【原诗】相近竹参差，相过人不知。幽花欹满树①，细水曲通池。归客村非远②，残樽席更移。看君多道气③，从此数追随。

【注释】①欹（qī）：斜。 ②归客：作者自谓。 ③道气：超凡脱俗的气质。

【译文】走近您的住宅但见一片参差的竹树，这次走访事先也没跟您打个招呼。幽雅的花儿拥拥挤挤地开满树枝，纤细的泉水弯弯曲曲地向池塘流注。您说我的草堂离此不远不必急于回归，喝完了一瓶酒又换了个幽雅的去处。您一身道气不同流俗，从此以后我要经常与您交游。

## 因崔五侍御寄高彭州一绝

【题解】此诗当作于上元元年（760）秋。因生计艰难，杜甫趁崔侍御（不详）前往彭州（今四川彭县）之便，把求救之诗捎给彭州刺史高适。高适任彭州刺史在乾元元年（758）五月。

【原诗】百年已过半，秋至转饥寒。为问彭州牧①，何时救急难？

【注释】①彭州牧：指彭州刺史高适。牧，治民的人，古时称州郡长官为牧。

【译文】人生百年今已过半，秋至时节生活反而饥寒。请问彭州刺史高适老友，何时能够救我急难？

## 奉简高三十五使君

【题解】此诗当作于上元元年（760）秋末，时高适已由彭州刺史转任蜀州刺史。蜀州，即今四川崇庆县，在成都西百里。杜甫欲前往蜀州与高适会晤，行前以诗代简，向高适打招呼。

**【原诗】** 当代论才子，如公复几人？骅骝开道路[1]，鹰隼出风尘[2]。行色秋将晚[3]，交情老更亲。天涯喜相见[4]，披豁对吾真。

**【注释】** ①骅骝：骏马名，比喻高适。②风尘：指战争。高适在平息叛乱中为唐王朝立下功勋。③行色：旅行出发前的情状。④天涯：指蜀州。对京都来说，已很遥远。

**【译文】** 若论当代才子，像您这样的俊杰又能有几人？您是骅骝开辟出人生的道路，您是雄鹰搏击于漫天的风尘。当此晚秋之际我匆匆准备行装，人生的交情应是老来更亲。喜的是远在天涯能与故人相见，您定会开心见诚地迎对我的淳真。

## 送韩十四江东省觐

**【题解】** 此诗当作于上元元年（760）秋末，时杜甫在蜀州。韩十四，名不详，从诗中看，他是杜甫的同乡，要赴江东探望避乱的双亲，行前，杜甫写此诗为他送行。诗中抒发动乱岁月亲故离散的哀愁。

**【原诗】** 兵戈不见老莱衣[1]，叹息人间万事非。我已无家寻弟妹，君今何处访庭闱[2]？黄牛峡静滩声转[3]，白马江寒树影稀[4]。此别应须各努力，故乡犹恐未同归。

**【注释】** ①老莱衣：传说春秋时楚国隐士老莱子，十分孝敬父母，七十岁时还经常在父母面前穿上彩衣摹仿儿童动作，给双亲取乐。②庭闱：父母所居之处，此指父母。③黄牛峡：在湖北宜昌西部。为韩十四出峡东下所经之地。④白马江：在蜀州（今四川崇庆）东北十里。韩十四从此江乘船而下，即送别之地。

**【译文】** 战乱年月再也见不到老莱子彩衣娱亲那样的事啦，可叹这人间万事皆已面目全非。我已无家去寻找弟妹，如今您将去何处省视庭闱？您将经过滩声回荡的黄牛峡谷艰难东进，我将站在树影稀疏的白马江边送您远去。此别之后应须各自努力，我仍在担心不能一同把故乡回归。

## 和裴迪登新津寺寄王侍郎

【题解】此诗当作于上元元年（760）秋末，杜甫在新津县。新津属蜀州，在蜀州东南七十里。杜甫与裴迪同游新津寺，裴迪作《登新津寺》，杜甫写此诗相唱和。王侍郎，王缙，王维之弟。王缙曾任蜀州刺史，是高适的前任。据陈贻焮先生考证，他在任蜀州刺史前曾为宪部侍郎，故称。

【原诗】何恨倚山木，吟诗秋叶黄。蝉声集古寺，鸟影度寒塘。风物悲游子①，登临忆侍郎②。老夫贪佛日③，随意宿僧房。

【注释】①游子：指杜、裴二人。　②侍郎：指王缙，缙曾任宪部侍郎。③佛日：佛教认为佛法可普济众生，如日之普照大地，故以日为喻。

【译文】我有何愁恨而倚树吟诗呢？看满山的秋叶正在变黄。悲切的蝉声集于古寺，凄凉的鸟影飞度寒塘。秋天风物令游子生悲，登临之际怀念王缙侍郎。老夫我因贪恋普照万物的佛日，随便栖宿在寂寞的僧房。

## 赠蜀僧闾丘师兄

【题解】此诗当作于上元元年（760）秋冬之际，杜甫游蜀州、新津回成都草堂之后。据作者原注：闾丘（复姓）师兄乃“太常博士均之孙。”《旧唐书》载，闾丘均成都人，是陈子昂之后的文章大家。中宗景龙年间，因安乐公主的推荐，拜太常博士。安乐公主被诛，他也被贬为循州司仓。他与杜甫的祖父杜审言同在武后朝为官，两家可谓有通家之好。诗中追叙其祖父生前身后的名望，叙述旅次相逢的欢洽，并表达人生艰难、欲向佛门寻求精神安慰的一时之想。

【原诗】大师铜梁秀①，籍籍名家孙②。呜呼先博士，炳灵精气奔。惟昔武皇后，临轩御乾坤。多士尽儒冠，墨客蔼云屯。当时上紫殿③，不独卿相尊。世传闾丘笔④，峻极逾昆仑。凤藏丹霄暮，龙去白水浑⑤。青荧雪岭东，碑碣旧制存⑥。斯文散都邑，高价越玙璠⑦。晚看作者意，妙绝与谁论？吾祖诗冠古[8]，同年蒙主恩。豫章夹日月[9]，岁久空深根。小子思疏阔[10]，岂能达词门？穷秋一挥泪，相遇即诸昆。我住锦官城，兄居祇树园[11]。地近慰旅愁，往来当丘樊[12]。天涯歇滞雨，粳稻卧不翻。漂然薄游倦[13]，始与道侣敦。景晏步修廊，而无车马喧。夜阑接软语[14]，落月如金盆。漠漠世界黑，驱驱争夺繁。惟有摩尼珠[15]，可照浊水源。

**【注释】**①大师：称闾丘师兄。铜梁：山名，在四川省合川县。山有石梁横亘，其色如铜。 ②籍籍：名声盛大貌。 ③临轩：皇帝不坐正殿，而御前殿。 ④闾丘笔：闾丘均的文章。六朝时以有韵者为诗，无韵者为笔。 ⑤凤藏龙去：指闾丘均死。 ⑥《高僧传》载，弘忍没于高宗上元二年十月。开元中，太子文学闾丘均为写塔碑。 ⑦玙璠：美玉。 ⑧吾祖：指祖父杜审言，初唐著名诗人，武后朝授著作郎，迁膳部员外郎。 ⑨豫章：樟树，常绿乔木。 ⑩小子：自称，谦词。 ⑪祇树园："祇树给孤独园"的简称。印度佛教圣地之一。相传释迦牟尼成道后，憍萨罗国的给孤独长者用大量黄金购置舍卫城南祇陀太子园地，建筑精舍，请释迦说法。祇陀太子也奉献了园内的树木，故以二人名字命名。后用为佛寺的代称。 ⑫丘樊：乡村。 ⑬薄游：漫游。指不久前去蜀州、新津的游览。 ⑭软语：《华严经》上说，菩萨摩诃萨有十种语，一者柔软语，能使一切众生得安稳。 ⑮摩尼珠：宝珠。晋法显《佛国记》："（师子国）多出珍宝珠玑，有出摩尼珠地，方可十里。"后亦泛指佛珠。

**【译文】**闾丘大师身集铜梁山的秀气，是声名盛大的名家之孙。先人太常博士虽已作古，但精灵之气仍在闪烁、驰奔。当年则天皇后执掌朝政，亲临前殿总领乾坤。朝中百官都是儒士，文人墨客密如云屯。当时登上紫殿的人物，不只是卿相地位为尊。世上流传闾丘均的文章，享誉之高超过昆仑。凤凰隐去青天变得暗淡，蛟龙远逝白水变得泥浑。在青光闪映的雪岭之东，他所拟制的雅正碑文至今犹存。这些文章散播于京城，售价之高超过美玉金精。试看作者晚年的造诣，文辞之绝妙同谁去评论？我的祖父诗歌取冠古人，与你的祖父同时蒙受皇恩。他的诗才像高大的豫章树遮蔽日月，后代却无人承花继叶空留一条深根。我的才思粗疏迂阔，怎能抵达诗人之门？正于深秋之际挥洒凄泪，却幸运地与师兄相逢。我住在锦官城郊，兄居于祇园佛门。两地邻近可以慰我旅居之愁，彼此往来经过的只是纯朴的乡村。成都一带久雨方停，田间的稻子倒成一片。这景象使我想到自己漂泊苦难的生活，厌倦之后才与佛门伴侣感情亲敦。我俩一同在夕阳照耀下的长廊里散步，佛门恬静没有车马喧临。夜深之时倾听你讲述佛法，西天的落月亮如金盆。外面的世界黑暗无边，人们为争夺利益而忘身驱奔。只有这颗晶莹的佛珠，才可以照彻昏浊的凡尘。

## 泛　　溪

**【题解】** 此诗当作于上元元年（760）秋，杜甫居成都草堂。诗中描写泛舟浣花溪西行游览的所见所感。

**【原诗】** 落景下高堂①，进舟泛回溪。谁谓筑居小？未尽乔木西。远郊信荒僻，秋色有余凄。练练峰上雪，纤纤云表霓。童戏左右岸，罟弋毕提携②。翻倒荷芰乱，指挥径路迷。得鱼已割鳞，采藕不洗泥。人情逐鲜美，物贱事已暌③。吾村霭暝姿，异舍鸡亦栖。萧条欲何适？出处庶可齐④。衣上见新月，霜中登故畦。浊醪自初熟，东城多鼓鼙⑤。

**【注释】** ①景：影，日光。　②罟（gǔ）：渔网。弋：带有绳子的箭，用来射鸟。　③暌：同“睽”，违背。　④出处：出仕与退隐。儒家主张“用之则行，舍之则藏。”　⑤东城：指成都，因在草堂之东，故称。鼓鼙：军鼓。

**【译文】** 夕阳的光影退下厅堂，我划着小船在迂回的溪水上泛游。谁说我建宅的地方狭小呢？只是还未曾游览这乔木的西头。远郊之处的确荒僻，满目秋色过于悲凄。西岭上有白皑皑的积雪，云层上有纤纤的虹霓。儿童们戏耍在溪水两岸，有的拿着渔网有的带着弓箭。他们把溪上的荷芰搞得一塌糊涂，还故意把我们的航向往错处指点。他们逮到鱼就把鳞打了，采到藕条连泥也不洗。虽说追求鲜美是人的本性，可是如此作践东西已是事与愿违。我们的村子已沉入苍茫的暮色，别人家的鸡也已进了窝里。在这萧条的秋野我还要往哪里去呢？该行则行该归则归，这与读书人的出仕、归隐是一个道理。衣服上现出新月的光辉，回到草堂时已是夜霜初飞。饮一杯刚刚酿成的浊酒，东边的城里又传来声声鼓鼙。

## 出郭

**【题解】** 此诗当作于上元元年（760）。杜甫居草堂时，每因事去成都。此诗便是一次由成都返回草堂时写的，诗中抒写战乱岁月的悲哀心情。

**【原诗】** 霜露晚凄凄，高天逐望低。远烟盐井上①，斜景雪峰西。故国犹兵马②，他乡亦鼓鼙③。江城今夜客④，还与旧乌啼。

**【注释】** ①盐井：产盐的井。从井中汲取盐汁，蒸煮后即得粗盐。 ②故国：故乡。指洛阳。当时东京尚在叛军控制下。 ③他乡：指成都。鼓鼙：军鼓。 ④江城：指成都，因锦江流过，故称。客：作者自谓。

**【译文】** 深秋的傍晚霜露凄凄，远望高天渐远渐低。远处的盐井上空烟气缭绕，惨淡的斜阳挂在雪山之西。故乡至今仍然战乱不息，成都一带也在频敲鼓鼙。今夜我这流寓江城的客子，只好回到啼鸦相伴的草堂旧居。

## 恨别

**【题解】** 此诗当作于上元元年（760），诗中抒写思乡忆弟的浓重愁思。

**【原诗】** 洛城一别四千里，胡骑长驱五六年。草木变衰行剑外①，兵戈阻绝老江边。思家步月清宵立，忆弟看云白日眠。闻道河阳近乘胜②，司徒急为破幽燕③。

**【注释】** ①剑外：剑门以南，指蜀地。杜甫于乾元二年（759）十二月到达成都，正是“草木变衰”之际。 ②本年四月，李光弼在河阳（今河南孟县）大破史思明叛军。 ③司徒：官名，当时李光弼为司徒。幽燕：河北北部，为叛军老巢。

**【译文】** 洛阳一别辗转奔波已达四千里，叛军铁骑长驱中原已有五六年。正当草木凋零的季节我流亡到剑门关外，战争阻绝了归乡之路我将老死在锦江岸边。因为思念家乡，我常常踏着月色站在清冷的夜里；苦苦怀念弟弟，望着远天的浮云而白日里愁眠。最近听说我军在河阳乘胜歼敌，李光弼将军正加快步伐直取幽燕。

## 散愁二首

【题解】这组诗当作于上元元年（760），诗中盼望李光弼和王思礼早日平息叛乱建立功勋。

### 其　一

【原诗】久客宜旋旆①，兴王未息戈。蜀星阴见少，江雨夜闻多。百万传深入，寰区望匪他②：司徒下燕赵③，收取旧山河。

【注释】①旋旆：回师。此指回归故乡。　②匪：非。　③司徒：指李光弼。

【译文】久客他乡理应回归故土，却因复兴王室至今战争未停。蜀天常阴星辰少见，江城之夜雨声频仍。传闻百万官军已深入敌区，整个天下都怀有同一个希望：司徒李光弼挥兵直下燕赵，把沦陷的山河收归大唐。

### 其　二

【原诗】闻道并州镇①，尚书训士齐②。几时通蓟北③，当日报关西④。恋阙丹心破，沾衣皓首啼。老魂招不得，归路恐长迷。

【注释】①并州：今山西太原。　②尚书：指王思礼。时王思礼任兵部尚书、潞泌节度使兼太原尹。　③蓟北：河北北部。为叛军老巢。　④关西：指京都长安，因其在潼关之西，故称。

【译文】听说兵部尚书镇守太原，训练士卒法纪颇严。几时能够打通蓟北，当日即应报捷长安。挂念国君啊我的丹心已碎，白发老人啊啼泪沾衣。我的魂魄已难招回，归乡之路啊恐要失迷。

# 建都十二韵

**【题解】**此诗当作于上元元年（760）九月以后，杜甫居成都草堂。至德二载（757）十二月，朝廷以成都为南京，凤翔为西京，长安为中京。上元元年（760）九月，罢成都为南京之号，依节度使吕禋之请，置南都于荆州。杜甫闻知，写此诗指斥朝廷决策之失误。

**【原诗】**苍生未苏息，胡马半乾坤。议在云台上①，谁扶黄屋尊②？建都分魏阙③，下诏阙荆门④。恐失东人望，其如西极存⑤？时危当雪耻，计大岂轻论？虽倚三阶正⑥，终愁万国翻。牵裾恨不死⑦，漏网辱殊恩⑧。永负汉庭哭⑨，遥怜湘水魂⑩。穷冬客剑外，随事有田园。风断青蒲节，霜埋翠竹根。衣冠空穰穰⑪，关辅久昏昏⑫。愿枉长安日，光辉照北原⑬。

**【注释】**①云台：汉朝宫中高台名，光武帝时，用作召集群臣议事之所，后用以借指朝廷。 ②黄屋：天子的车驾。代指天子。 ③魏阙：古时宫门两旁的高大楼观。魏，高大。 ④荆门：指荆州。 ⑤其如：怎奈，无奈。 西极：指成都。 ⑥三阶：星名，即三台星。共有六颗星，每两个为一组，呈三层，如台阶。古人认为，上阶为天子，中阶为诸侯、公卿、大夫，下阶为士庶人。三阶平，则阴阳和，天下大安。 ⑦牵裾：《魏志》载，文帝欲徙十万户百姓至河南，辛毗进谏，文帝不答，起身入内，辛毗随而牵其裾（衣袖）。杜甫任左拾遗时，亦曾为救房琯而冒死进谏肃宗。⑧漏网：指被贬为华州司功参军事。 ⑨《汉书·贾谊传》载，贾谊上疏文帝，陈述治安之策，文中有“可为痛哭者一，可为流涕者二”语。此处用贾谊事，自叹效法贾谊苦谏而未有成果。 ⑩《楚辞·渔父》云，屈原向楚王进谏，遭到放逐，游于江潭。曾对渔父说，宁赴湘流葬于江鱼之腹中。终于投江自杀。此处用屈原事，表示引屈原为同调。 ⑪穰穰：同“攘攘”。纷乱。 ⑫关辅：关中及三辅地区。三辅，指扶风、冯翊、京兆。 ⑬北原：指叛军占据的河北。

**【译文】**天下苍生尚未得到复苏，胡马还在践踏大半国土。不知在朝廷上议事的诸公，有谁真诚地把皇帝扶助。朝廷已经分设了几个京城，如今又下诏开辟荆州为南都。据说这么做是为满足东边人的愿望，怎奈这西极成都的京号却不能存留！当前时局艰危应以雪耻为重，改都事关大计岂可行事仓促？如今虽说那三台星平正可倚，我却总担心天下会因此发生翻覆。想当年我连旨疏救房琯只恨不能一死，被贬华州实在是辱没了主上当初提拔我的殊恩。我永远感愧效法贾谊苦谏而未有所成，我遥遥怜惜那忧国而死的屈子的英魂。深冬季节我来到剑外客居成都，随之也就有了田园。江风吹断了青蒲的节，严霜埋住了翠竹的根，正如我这饱经风霜贫病衰老的人。朝廷上徒然有那么多官员，关辅地区至今战尘昏昏。我愿天子回转他那太阳般的光辉，去照耀那沦陷已久的河北。

## 村　　夜

【题解】此诗当作于上元元年（760）秋末，时杜甫居草堂。诗中描写村夜之景与旅居思亲之情。

【原诗】风色萧萧暮，江头人不行。村舂雨外急①，邻火夜深明。胡羯何多难②！樵渔寄此生。中原有兄弟，万里正含情。

【注释】①舂：捣谷去壳成米。　②胡羯：指安史叛军。

【译文】风色凄清天已傍晚，江边路上看不见一个人影。雨外传来农家急促的捣米声，直到深夜邻家的灯火依旧通明。胡羯叛贼制造了多少灾难啊，我只好在渔樵中度过此生。中原故乡有我的兄弟，万里之外正在对我默默含情。

## 寄杨五桂州谭

【题解】此诗当作于上元元年（760）冬，杜甫居草堂。题下原注：“因州参军段子之任。”趁桂州（今广西桂林）参军段子前往赴任之便，将此诗捎给杨谭。杨谭，生平不详，从题中看，他为桂州刺史。诗中表达对杨谭的思念之情。

【原诗】五岭皆炎热[1]，宜人独桂林[2]。梅花万里外，雪片一冬深。闻此宽相慰，为邦复好音。江边送孙楚[3]，远附《白头吟》[4]。

【注释】①五岭：始安、越城、临贺、大庾、腊岭的总称。 ②桂林：今广西桂林市。虽地处岭南，但无瘴气，冬季有雪，气候宜人。 ③孙楚：西晋人，才思卓绝，性格爽直，曾任石苞参军。此处借指段参军。 ④《白头吟》：《西京杂记》载，司马相如欲聘茂陵女为妾，其妻卓文君作《白头吟》以自绝，相如乃罢。《白头吟》中有“愿得一心人，白头不相离”等句。此处借指杜甫所寄的这首诗。

【译文】五岭以南都是炎热之地，唯独桂林气候宜人。万里之南尚有梅花开放，一冬的雪片也积得深深。听到这种佳况我的忧心得到宽慰，何况还得知你的政绩颇传好音。我在江边送别孙楚赴任，托他带去一首《白头吟》。

## 西　郊

【题解】此诗当作于上元元年（760）冬。西郊，杜甫草堂所在之地。诗中描写从西郊回草堂沿途景物，以及草堂的幽寂生活。

【原诗】时出碧鸡坊[1]，西郊向草堂。市桥官柳细[2]，江路野梅香。傍架齐书帙[3]，看题检药囊。无人与来往，疏懒意何长。

【注释】①碧鸡坊：《梁益记》载，成都有一百二十坊，第四为碧鸡坊。此坊在城之西南。 ②市桥：《华阳国志》载，成都西南石牛门外有市桥。李膺《益州记》载，冲星桥即市桥，在成都县西南四里。 ③帙（zhì）：包书的套子，用布帛制成。

【译文】时常走出碧鸡坊，进入西郊步向草堂。市桥的官柳摇着细枝，江路的野梅散着芳香。靠近书架理齐书套，依据标题检点药囊。所幸无人与我来往，疏懒的心意何其悠长。

## 和裴迪登蜀州东亭送客逢早梅相忆见寄

【题解】此诗当作于上元元年（760）冬。这年秋天，杜甫曾去蜀州、新津，与裴迪游新津寺并有诗作。岁暮，裴迪写了一首《登蜀州东亭送客逢早梅相忆》寄给杜甫，杜甫遂写此诗以唱和。诗中抒发暮年的伤感和乡愁。

【原诗】东阁官梅动诗兴①，还如何逊在扬州②。此时对雪遥相忆，送客逢春可自由？幸不折来伤岁暮，若为看去乱乡愁。江边一树垂垂发③，朝夕催人自白头。

【注释】①东阁：即裴迪送客时所在的蜀州东亭。　官梅：官家所种的梅。②何逊：南朝梁诗人，多酬赠纪行之作，长于写景及炼字，杜甫诗艺曾受其影响。在扬州任职时，写有《咏早梅》诗，故杜甫用以比裴迪。　③江边：指杜甫草堂所在的浣花溪畔。　垂垂：渐渐。

【译文】东亭梅花牵动了你的诗兴，正如同当年何逊在扬州对梅吟咏。此时单是面对白雪就会遥忆故人，何况你当春送客哪能不动忆友之情？幸亏你没有折梅相寄免我忧伤暮年，假若我见到你寄的梅花一定会乡愁潮涌。我所在的江边一树腊梅渐渐开绽，朝朝夕夕都在催我白发增生。

## 暮登四安寺钟楼寄裴十迪

【题解】此诗当作于上元二年（761）春，时杜甫重游新津县。四安寺，在新津县南二里，为神秀禅师所建。杜甫独自登此钟楼，深感寂寞，写诗寄给裴迪以诉心曲，并责之太疏于友情。当时裴迪可能在蜀州。

【原诗】暮倚高楼对雪峰，僧来不语自鸣钟。孤城返照红将敛①，近市浮烟翠且重。多病独愁常阒寂②，故人相见未从容。知君苦思缘诗瘦，太向交游万事慵。

【注释】①孤城：指新津县城。　②阒（qù）寂：静寂，孤寂。

【译文】傍晚时我登上高楼眺望雪峰，一位僧人沉默不语自顾敲钟。孤城中晚霞的红光即将消失，靠近市镇的浮烟又翠又浓。多病的我常为寂寞而愁苦，亲朋故友总难从容地相逢。知道您因苦思诗篇而身体欠佳，不过您如此懒于交游则未免令人扫兴。

## 题新津北桥楼得郊字

【题解】这是一首酒宴即兴之作，当作于上元二年（761）春。新津县令宴于北桥楼，杜甫在座，拈得郊字，作成此诗。通篇写眼前春景，并暗赞县令为政清廉。

【原诗】望极春城上，开筵近鸟巢。白花檐外朵，青柳槛前梢。池水观为政①，厨烟觉远庖②。西川供客眼，惟有此江郊。

【注释】①《世说新语》载，汉阳人任棠，隐居教书，太守来访，棠不交谈，只以一碗水放在门屏前，太守沉思其意，良久乃悟曰："水者，欲吾清也。"在职期间以惠政深得民心。　②《孟子·梁惠王上》："君子之于禽兽也，见其生，不忍见其死；闻其声，不忍食其肉。是以君子远庖厨也。"此处是说县令有君子仁德。

【译文】春城之上望可至远，鸟雀巢边摆开酒宴。屋檐外面白花朵朵，栏干前头青柳纤纤。池水清清可察为政，厨烟淡淡知君仁贤。西川之地景物平平，惟此江郊可供客眼。

## 游修觉寺

【题解】此诗当作于上元二年（761）春，杜甫在新津。修觉寺，在新津县治东南五里修觉山上。诗中描写寺前景物，自伤漂泊身世。

【原诗】野寺江天豁，山扉花竹幽。诗应有神助，吾得及春游。径石相萦带，川云自去留。禅枝宿众鸟[1]，漂转暮归愁[2]。

【注释】①禅枝：寺庙禅堂周围的树木。 ②归：指回归新津县城。

【译文】野寺位于江天敞豁之处，山门被幽雅的花竹拥簇。诗篇应是有神来助，我得良机趁春而游。山路与岩石相互环绕，江水与烟云任自去留。禅枝上聚集着投宿的众鸟，漂泊的我不禁又生起暮归的忧愁。

## 后　　游

【题解】此诗当作于前诗之后。这年春天，杜甫再次游修觉寺，写出这首物我亲融的诗。

【原诗】寺忆曾游处，桥怜再渡时。江山如有待，花柳更无私[1]。野润烟光薄，沙暄日色迟。客愁全为减，舍此复何之[2]？

【注释】①无私：没有偏私，让人尽情欣赏。 ②此：指修觉寺。

【译文】对于游过的修觉寺总是怀念不已，第二次过桥时对桥也产生了情意。这里的江山像是在等待我的重来，鲜花嫩柳更是没有一点偏私。山野润秀云雾轻淡，沙滩暄暖日色迟迟。我的愁怀完全消散，除了此处还有哪里可去?

## 寄赠王十将军承俊

【题解】此诗当作于上元二年（761）。王承俊，生平不详。诗中赞叹王将军的勇武，对其怀才不遇表示惋惜。

【原诗】将军胆气雄，臂悬两角弓[1]。缠结青骢马，出入锦城中。时危未授钺[2]，势屈难为功。宾客满堂上，何人高义同?

【注释】①角弓：两头装有兽角的硬弓。 ②授钺：古代大将出征，君主授以斧钺，表示授以军权。

【译文】将军胆气何其豪雄，臂上悬挂两张硬弓。用丝绸装饰起青骢宝马，驰骋出入于锦官城中。时局艰危却未拜大将，才力受屈难建殊功。宾客洋洋坐满堂上，深情厚谊谁人能同?

## 奉酬李都督表丈早春作

【题解】这是一首酬答诗，李都督写了一首《早春》，杜甫奉酬。表丈，即表伯叔。诗中表达春归人未归的思乡之情。

【原诗】力疾坐清晓①，来诗悲早春②。转添愁伴客，更觉老随人。红入桃花嫩，青归柳叶新。望乡应未已，四海尚风尘。

【注释】①力疾：勉强支撑病体。 ②来诗：指李都督所寄的《早春》诗。

【译文】黎明之际勉强挣扎坐起，拜读您寄赠的伤悲早春的诗篇。读罢便增添无限忧愁与我相伴，更觉得衰飒的暮年与我纠缠。看眼下春回大地，桃花红嫩柳叶青鲜。而我们望乡的岁月大概不能结束，四海仍在征战处处都是风烟。

## 江畔独步寻花七绝句

【题解】这组诗当作于上元二年（761）春，时杜甫居成都草堂。本拟寻伴同游赏花，未能寻到，故只好独步。诗中描写草堂周围美好的春花，表达了适意之怀。

### 其　一

【原诗】江上被花恼不彻，无处告诉只颠狂。走觅南邻爱酒伴①，经旬出饮独空床。

【注释】①作者原注：“斛斯融，吾酒徒。”这位斛斯融，是杜甫的南邻和酒友。

【译文】我被江边上的春花弄得烦恼不堪，无处讲述这种心情只好到处乱走。来到南邻寻找爱酒的伙伴，不料他床间已空，十天前便外出饮酒。

其　二

【原诗】稠花乱蕊裹江滨，行步欹危实怕春①。诗酒尚堪驱使在，未须料理白头人。

【注释】①欹（qī）危：歪斜不平貌。

【译文】繁花乱蕊像锦绣一样裹住江边，拖着歪斜的脚步走入其间心里着实害怕春天。不过眼下诗和酒还能听我驱遣，不必为我这白头之人把心担。

其　三

【原诗】江深竹静两三家，多事红花映白花。报答春光知有处，应须美酒送生涯。

【译文】深江岸边静竹林中住着两三户人家，撩人的红花映衬着白花。我有去处来报答春光的盛意，酒店的琼浆可以送走我的年华。

其　四

【原诗】东望少城花满烟①，百花高楼更可怜。谁能载酒开金盏，唤取佳人舞绣筵②？

【注释】①少城：小城，在大城西面。《元和郡县志》载，少城在成都县西南一里。　②佳人：指官妓。

【译文】东望少城那里鲜花如烟，高高的百花酒楼更是令人眼馋。谁能携酒召我前往畅饮，唤来美人舞于绣筵？

### 其　五

【原诗】黄师塔前江水东[1]，春光懒困倚微风。桃花一簇开无主，可爱深红爱浅红？

【注释】①黄师塔：僧人所葬之处。

【译文】来到黄师塔前江水东岸，沐浴着和煦的春风感到又困又懒。一株无主的桃花开得正盛，我该爱那深红还是爱浅红？

### 其　六

【原诗】黄四娘家花满蹊，千朵万朵压枝低。留连戏蝶时时舞，自在娇莺恰恰啼[1]。

【注释】①恰恰啼：刚好叫起来。

【译文】黄四娘家的鲜花遮住了庭前小蹊，千万朵芳英把枝条压低。留连不舍的蝴蝶时时起舞，安闲自得的黄莺似为我的来到而传出一串娇啼。

### 其　七

【原诗】不是爱花即欲死，只恐花尽老相催。繁枝容易纷纷落，嫩蕊商量细细开。

【译文】不是说爱花爱得就要死，只因害怕花尽时迁老境逼来。花到盛时就容易纷纷飘落，嫩蕊啊请你们商量着慢慢地开。

## 绝句漫兴九首

【题解】这组绝句当作于上元二年（761）春，在上组诗之后。诗写村居感受，以“客愁”为纲。

### 其　一

【原诗】眼见客愁愁不醒[1]，无赖春色到江亭。即遣花开深造次，便教莺语太丁宁。

【注释】①眼：春的眼。诗中将春色拟人化，故有此说。

【译文】眼看客居他乡的我正愁得难以排解，你这无赖的春色竟来到江亭。你让花儿开放就已十分鲁莽，还让黄莺对我喋喋不休地乱鸣。

其　二

【原诗】手种桃李非无主，野老墙低还是家。恰似春风相欺得，夜来吹折数枝花。

【译文】这是我亲手栽的桃李啊并非没有主，我这乡野老人的院墙虽低却也是个家。春风像是有意欺负我，昨夜越过墙来吹折了几枝花。

其　三

【原诗】熟知茅斋绝低小[①]，江上燕子故来频。衔泥点污琴书内，更接飞虫打著人。

【注释】①茅斋：指草堂。

【译文】明知我的草堂十分低小，江上的燕子却故意频频飞进飞出。嘴中的春泥掉下来玷污了琴和书，还常常为捕飞虫撞着了老夫。

其　四

【原诗】二月已破三月来，渐老逢春能几回？莫思身外无穷事，且尽生前有限杯[①]。

【注释】①此为无可奈何而自宽之词。

【译文】二月已过三月到来，渐老逢春能有几回？莫去想那无穷无尽的身外事，姑且喝干这一生中有限的酒几杯。

## 其　五

**【原诗】** 肠断江春欲尽头，杖藜徐步立芳洲。颠狂柳絮随风舞，轻薄桃花逐水流[1]。

**【注释】** ①此因惜春而憎怪桃花柳絮之无情，别无它意。

**【译文】** 站在春光欲尽的江边上心肠似断，拄着藜杖踯躅于长满青草的小洲。颠狂的柳絮随风乱舞，轻薄的桃花逐水漂流。

## 其　六

**【原诗】** 懒慢无堪不出村[1]，呼儿日在掩柴门。苍苔浊酒林中静，碧水春风野外昏。

**【注释】** ①无堪：无可人意的景致。

**【译文】** 没有可赏的景致也就不愿出村，吩咐孩子每日关上柴门。在苍苔盖地的静林中自饮浊酒，任它野外碧水春风折腾得地暗天昏。

## 其　七

**【原诗】** 糁径杨花铺白毡[1]，点溪荷叶叠青钱。笋根雉子无人见[2]，沙上凫雏傍母眠[3]。

**【注释】** ①糁（sǎn）：散。　②雉子：雉的幼雏。雉，通称野鸡，性好伏，善走。　③凫：野鸭。

**【译文】** 散落在路上的杨花像铺了一层白毡，点贴于溪面的荷叶像堆叠着的青钱。笋根间的幼雉难以发现，沙滩上的凫雏傍母而眠。

## 其　八

**【原诗】** 舍西柔桑叶可拈，江畔细麦复纤纤。人生几何春已夏，不放香醪如蜜甜。

【译文】舍西的桑叶已柔嫩可摘，江边的麦苗又已长得细长。人生能有几何，岁月春已入夏，可不能把甜蜜的香酒丢在一旁。

其　九

【原诗】隔户杨柳弱袅袅，恰似十五女儿腰。谁谓朝来不作意，狂风挽断最长条。

【译文】门外的柳条细弱袅袅，恰似十五岁女儿柔软的纤腰。哪知道早晨一不留心，竟被狂风扯断了最长的枝条。

## 客　至

【题解】此诗当作于上元二年（761）春，时杜甫居成都草堂。题下原注："喜崔明府相过。"明府即县令，这位姓崔的县令大概是杜甫的舅父。诗中表达村居的寂寞和待客的亲情。

【原诗】舍南舍北皆春水，但见群鸥日日来。花径不曾缘客扫，蓬门今始为君开。盘飧市远无兼味①，樽酒家贫只旧醅②。肯与邻翁相对饮，隔篱呼取尽余杯③。

【注释】①盘飧（sūn）：盘中的菜肴。　②旧醅（pēi）：陈酒。古时以新酒为贵。　③杜甫身体多病，不宜多饮酒，故征求对方意见。

【译文】我的草堂南北都是春水，每天只见成群的白鸥飞来。花间小径还未曾为客扫过，今日有幸为您清扫；一扇柴门也未曾为客开过，今日欣喜地为您敞开。因为远离城市，盘中没几样可口的菜；由于家中清贫，只好用陈酒把您招待。如果您肯与邻家老翁相对饮酒，我就隔着篱笆把他招呼来。

## 遣意二首

【题解】这组诗亦为上元二年（761）春天作。两首分别描绘草堂春日与春夜的美好景致。

### 其　一

【原诗】啭枝黄鸟近①，泛渚白鸥轻。一径野花落，孤村春水生。衰年催酿黍②，细雨更移橙③。渐喜交游绝，幽居不用名。

【注释】①啭：鸟鸣声曲折多变。黄鸟：黄莺。 ②“衰年”句：《语林》载，王无功有田六十顷在河渚间，自课种黍，春秋酿酒。 ③橙：果木名，常绿小乔木，果实名广柑，蜀地名产。

【译文】树枝间黄莺啭唱，听声音就在我的近旁。洲渚间白鸥泛水，那姿影在轻轻浮荡。一条小路落满了野花，一湾春水绕过村旁。身当衰年更急于催酿黍酒，时值细雨还要移栽橙秧。令人心喜的是交游渐渐断绝，既然隐居就不用把名声宣扬。

### 其　二

【原诗】檐影微微落，津流脉脉斜。野船明细火，宿鹭起圆沙。云掩初弦月，香传小树花。邻人有美酒，稚子夜能赊。

【译文】屋檐的阴影渐渐垂下，溪水脉脉含情地从村旁斜流过去。野外渔船亮起细碎的渔火，夜宿的白鹭从圆圆的沙洲上飞起。云彩掩映着一钩新月，小树花枝传来阵阵香气。邻家的美酒令我心醉，打发孩子连夜赊取。

## 漫成二首

【题解】这组诗当作于上元二年（761）春，时杜甫居草堂。诗写村居情趣，有超然自得之意。

### 其　一

【原诗】野日荒荒白①，春流泯泯清②。渚蒲随地有，村径逐门成。只作披衣惯③，常从漉酒生④。眼边无俗物，多病也身轻。

【注释】①荒荒：暗淡迷茫貌。 ②泯泯：水清貌。 ③“只作”句：陶潜《移居二首》："相思则披衣，言笑无厌时。"此借用其意。 ④"常从"句：萧统《陶渊明传》："郡将尝候之，值其酿熟，取头上葛巾漉酒，漉毕，还复著之。"此借用其意。

【译文】野外的阳光暗淡迷蒙，春天的江水十分澄清。水边蒲草随处可见，村舍小路依门走成。披衣串门已成习惯，经常去有酒的人家一足酒兴。眼前没有世俗之辈，尽管多病也觉轻松。

其　二

【原诗】江皋已仲春，花下复清晨。仰面贪看鸟，回头错应人①。读书难字过，对酒满壶频。近识峨嵋老②，知余懒是真③。

【注释】①错应人：写年老耳背。 ②峨嵋老：作者原注："东山隐者。" ③懒：指不愿交结权门。

【译文】江边上已是二月仲春，花树下又是一个美丽的清晨。仰面贪看枝上的啼鸟，应声回头方知答错了人。读书时遇到难字便一带而过，饮酒时可就满壶满盏地喝个兴尽。最近结识了一位峨嵋隐士，他说我的懒散乃是心性的真纯。

## 春夜喜雨

【题解】此诗当作于上元二年（761）春，诗中歌颂了春雨之功，抒发了喜雨之情。

【原诗】好雨知时节，当春乃发生。随风潜入夜，润物细无声。野径云俱黑①，江船火独明。晓看红湿处，花重锦官城②。

【注释】①野径：村野小路。这里泛指四方郊野。 ②重：指色泽浓艳。锦官城：即成都。

【译文】多好的雨水啊，它似乎知道季节的来临，正当春季万物萌芽之际便应时而生。它随着微风悄悄地在夜间飘落，柔情地滋润万物不发出一点响声。看那四方郊野黑云密布，只有江船上的渔火闪烁着一点光明。等到天亮后去看那被雨水滋润的花丛，浓艳的鲜花定会开满锦官城。

## 春水生二绝

**【题解】** 这组诗当作于上元二年（761）二月，诗中分别写出见春水上涨而产生的喜与忧。

### 其　一

**【原诗】** 二月六夜春水生，门前小滩浑欲平。鸬鹚鸂鶒莫漫喜[①]，吾与汝曹俱眼明。

**【注释】** ①鸬鹚：又称鱼鹰，善潜水捕食鱼类。鸂鶒（xī chì）：水鸟名，形似鸳鸯而稍大，又称紫鸳鸯。

**【译文】** 二月初六的夜里春水涨起，门前的小滩几乎淹平。鸬鹚鸂鶒你们不要以为在独享其乐，我和你们同样心喜眼明！

### 其　二

**【原诗】** 一夜水高二尺强，数日不可更禁当。南市津头有船卖，无钱即买系篱旁[①]。

**【注释】** ①“无钱”句：是说担心草堂被水淹没，故想买船以作准备。

**【译文】** 一夜之间江水就涨了二尺多高，照此涨势几天之后那还得了！南市码头倒是有人在卖船，可惜没钱买来系在篱边。

## 春　水

**【题解】** 此诗当作于上元二年（761）三月，诗中描写春江水涨的景致，赞叹春水生机无限。

【原诗】三月桃花浪①，江流复旧痕。朝来没沙尾②，碧色动柴门。接缕垂芳饵③，连筒灌小园④。又添无数鸟，争浴故相喧。

【注释】①桃花浪：即桃花汛、春汛。仲春时冰泮雨积，江河潮水暴涨，又值桃花盛开，故称之桃花汛。 ②沙尾：沙滩的边缘。 ③接缕：因水位变深，故须把钓丝接长。 ④连筒：因水高与岸将齐，故可连接竹筒引水灌园。

【译文】三月的江中来了桃花汛，水位又回升到以往达到的涨痕。黎明以来淹没了沙滩的边缘，碧绿的水光晃映着柴门。接长了钓丝在江边垂钓，连起竹筒灌溉小园。江面上又增添了无数飞鸟，争相沐浴引起喧声一片。

## 江上值水如海势聊短述

【题解】此诗亦当作于上元二年（761）春江水涨之时。面对江如海势的奇景，欲写长诗却苦于无佳句，姑且作此短诗。

【原诗】为人性僻耽佳句，语不惊人死不休。老去诗篇浑漫与，春来花鸟莫深愁①。新添水槛供垂钓，故著浮槎替入舟。焉得思如陶谢手②？令渠述作与同游。

【注释】①此是对花鸟的宽慰与调笑，语颇诙谐。作者自信对事物极貌穷形的刻画，能使事物惊心动魄。 ②陶谢：陶渊明、谢灵运。前代著名田园、山水诗人。渠：他们。

【译文】我的性格怪僻最迷恋创造佳句，语句若不惊人至死不肯罢休。如今年纪已老写诗简直是率意脱手，春天的花鸟啊你们大可不必过于忧愁。新添的水边栏杆可供垂钓，特意编个木筏子用以代替乘游的小舟。如何能找到才思如同陶、谢那样的高手？让他们前来对水作诗而且一同交游。

## 江　涨

【题解】此诗亦当作于上元二年（761）春江涨水之时。诗中描写江水涨势之凶险，表达归隐沧洲的志趣。

【原诗】江发蛮夷涨[①]，山添雨雪流。大声吹地转，高浪蹴天浮[②]。鱼鳖为人得，蛟龙不自谋。轻帆好去便，吾道付沧洲[③]。

【注释】①蛮夷：指西部少数民族。 ②蹴：靠近。 ③沧洲：指神仙境地。

【译文】江水发源于蛮夷地区，那里的高山雨降雪融造成了江涨。巨大的声音吹得大地旋转，高高的浪头靠近天宇而浮荡。鱼鳖被冲到岸上为人捉获，蛟龙被搞得无穴可居难以躲藏。趁此便利的水路我正好轻帆逐远，归向那神仙居住的美好地方。

## 江　亭

【题解】此诗当作于上元二年（761）春，时杜甫居成都草堂。诗中描写在江边小亭独坐时的感受。

【原诗】坦腹江亭暖，长吟野望时。水流心不竞，云在意俱迟。寂寂春将晚，欣欣物自私。故林归未得，排闷强裁诗。

【译文】坦露胸腹坐在温暖的江亭，远望四野长吟诗篇。江水相竞奔流，我的心却很宁静；云在天空缓移，我的心与它同样悠闲。春天即将悄悄地过去，草木欣欣向荣各逞芳颜。故乡却仍旧不能归去，为排遣愁闷而勉强作此诗篇。

## 早　起

【题解】此诗当作于上元二年（761）春，诗中描写春晨早起从事田园劳动的情事。

【原诗】春来常早起，幽事颇相关[①]。帖石防隤岸，开林出远山。一丘藏曲折[2]，缓步有跻攀。童仆来城市[3]，瓶中得酒还。

【注释】①幽事：雅事。指下文所及的农事。 ②一丘：指草堂。 曲折：指景物相互掩映。 ③城市：指成都。

【译文】入春以来常常早起，因为有些雅事总是挂在心间。在江岸贴上石块以防塌陷，砍掉一些林木以便露出远山。草堂的景物应该相互掩映，使我迈着缓步有所登攀。童仆从城中为我买回一瓶酒，开怀畅饮面对这幽雅的田园。

## 落 日

【题解】此诗亦当作于上元二年（761）春，诗中描写草堂附近的傍晚景致。

【原诗】落日在帘钩，溪边春事幽[1]。芳菲缘岸圃，樵爨倚滩舟[2]。啅雀争枝坠[3]，飞虫满院游。浊醪谁造汝？一酌散千愁。

【注释】①春事：春色。 ②樵爨（cuàn）：劈柴烧饭。 ③啅：通“啄”。

【译文】一轮落日挂在帘钩，浣花溪边春色清幽。沿岸的园圃群芳正盛，倚滩的船上炊烟悠悠。争枝的鸟雀相啄坠落，满院的飞虫正在遨游。浑浊的酒啊是谁造出了你？果真是一饮能散千愁。

## 可 惜

【题解】此诗亦当作于上元二年（761）春，诗中表达惜春伤老之情。

【原诗】花飞有底急[1]？老去愿春迟。可惜欢娱地，都非少壮时。宽心应是酒，遣兴莫过诗。此意陶潜解[2]，吾生后汝期。

【注释】①底：何，什么。　②陶潜：晋代诗人，因不满黑暗政治，退居田园，能以酒自娱，曾言“酒能祛百虑。”（《九日闲居》）

【译文】落花啊你有什么急事如此匆匆而飞？人老了总希望春天迟些归去。可惜我来到这欢乐之地，却已过了少壮时期。宽心之物应该是酒，遣怀之举莫过于作诗。此意只有陶潜理解，遗憾的是我与你生不同时。

## 独　酌

【题解】此诗当作于上元二年（761）春，诗中描写春暮独酌、忘情荣禄的自娱之事。

【原诗】步屧深林晚[①]，开樽独酌迟[②]。仰蜂粘落絮，行蚁上枯梨。薄劣惭真隐，幽偏得自怡。本无轩冕意，不是傲当时。

【注释】①屧（xiè）：草鞋。　②迟：从容貌。

【译文】穿着草鞋漫步于傍晚的深林，打开酒樽从容地自斟自饮。翻仰在地上的蜜蜂依然抱着落絮，成行的蚂蚁爬上枯干的梨树。我因才能薄劣而被弃乡野，本不同于真隐；寓居在幽静偏僻之处，正好得以自娱。我本就没有居官显要的志趣，隐居草野并非是笑傲权贵。

## 徐　步

【题解】此诗当作于上元二年（761）春，诗中写庭内徐步所见所思。

【原诗】整履步青芜，荒庭日欲晡[①]。芹泥随燕觜[②]，蕊粉上蜂须。把酒从衣湿，吟诗信杖扶。敢论才见忌？实有醉如愚。

【注释】①晡（bū）：黄昏时。　②芹泥：燕子筑巢所用的草泥。觜：鸟嘴。

【译文】穿上鞋子漫步于杂草丛生的地上，荒芜的庭院已近黄昏。燕嘴叼着草泥飞回窝里，蜜蜂的须毛上沾满花粉。持杯行饮任凭酒湿衣服，漫步吟诗任由藜杖相扶。哪敢去说才能遭到忌恨？心性愚笨糊涂正如这醉酒之后。

## 寒　食

【题解】此诗当作于上元二年（761）寒食节。寒食节，在清明节前二日，为纪念介之推而禁火，故称寒食。诗中描写寒食节时江村丽景及和睦的邻里往来。

【原诗】寒食江村路，风花高下飞。汀烟轻冉冉，竹日净晖晖。田父要皆去①，邻家问不违②。地偏相识尽，鸡犬亦忘归。

【注释】①要（yāo）：邀。　②问：馈问，以食品相赠。

【译文】寒食节的江村路上，风中的落花上下纷飞。汀洲上的雾气缓缓升起，竹叶上的阳光闪着明晖。田家父老邀我饮酒我从不拒绝，邻居馈赠一些吃食也一律收下不能把盛情违背。此地偏僻住户都已相识，连鸡犬都相互串门忘了回归。

## 石　镜

【题解】据《华阳国志》载，蜀都有一丈夫，化成美丽的女子，其实是个山精。蜀王纳她为妃，不久她死去。蜀王派遣五丁去武都，担土作冢，在其墓门前立有一面石镜。这个坟冢就是武担山，在成都西北，现已夷平。又据《寰宇记》载，冢上有一石，厚五寸，径五尺，莹彻，号曰石镜。诗写见镜感怀，以缠绵的笔触咏叹了这个哀艳故事，而对“山精”云云则未予顾及。诸家所说“讥古人之好色”的主旨未能见于诗中。

【原诗】蜀王将此镜，送死置空山。冥寞怜香骨，提携近玉颜①。众妃无复叹，千骑亦虚还。独有伤心石，埋轮月宇间②。

【注释】①香骨、玉颜：皆指墓中妃。 ②轮：指石镜。月宇：月光。

【译文】蜀王当年把这块石镜，赠送给死者置于空寂的山间。想是因为怜惜那阴间的香骨，才提携此镜贴近玉颜。安葬归来，众妃则不再哀泣，护送灵柩的骑队也空自回还。只留有这块伤心的石镜，在月光下独守凄寒。

## 琴 台

【题解】琴台，在浣花溪北，相传为汉代大辞赋家司马相如和其妻卓文君贳酒处。诗中写登台吊古，追慕风流韵事。

【原诗】茂陵多病后[①]，尚爱卓文君[②]。酒肆人间世[③]，琴台日暮云。野花留宝靥，蔓草见罗裙。归凤求凰意[④]，寥寥不复闻。

【注释】①茂陵：相如晚年退居茂陵，故以称之。史传相如患有糖尿病。②卓文君：卓王孙的女儿，善奏琴，丧夫后与相如相恋，结为夫妇。③酒肆：酒店。卓王孙反对文君婚事，不给嫁妆，而相如又很穷，二人便在市面上开设酒店，文君站柜台，相如洗酒具。 ④归凤求凰：指相如向文君求爱时弹奏的《凤求凰》琴曲。

【译文】司马相如多病之后，仍在爱恋着卓文君。当年他们开设的酒店至今还传留世上，昔日的琴台今已空对暮云。台旁的野花留念着文君美丽的酒涡，碧绿的芳草令人想见文君的罗裙。只是那一曲《凤求凰》的琴声，已绝响多年不可复闻。

## 水槛遣心二首

【题解】这组诗当作于上元二年（761）春。水槛，水边的栏杆。诗咏雨中及雨后景象（首章咏晚，次章咏朝），表达村居感受。

### 其 一

【原诗】去郭轩楹敞[①]，无村眺望赊。澄江平少岸，幽树晚多花。细雨鱼儿出，微风燕子斜。城中十万户，此地两三家。

【注释】①轩楹：指草堂廊间。

【译文】我的草堂远离城郭轩楹宽敞，前面无村直可望到天涯。澄江平满堤岸微显，傍晚时幽树绽开众多的鲜花。细雨中的鱼儿跃出水面，微风中的燕子斜着翅膀飞翔。成都市内聚集着十万住户，此地只有两三户人家。

### 其　二

【原诗】蜀天常夜雨，江槛已朝晴。叶润林塘密，衣干枕席清。不堪祇老病[①]，何得尚浮名？浅把涓涓酒[②]，深凭送此生。

【注释】①祇（zhī）：只，但。　②涓涓：水流纤细貌。

【译文】蜀天经常夜间下雨，天亮以后江槛一带已经放晴。雨后树叶润泽林塘更加稠密，衣物晾干枕席间变得爽清。我所不堪忍受的只是衰老多病，怎会去追求那官场浮名？且把这浅浅的杯中之酒，作为深厚的凭借以送走我这一生。

## 恶　树

【题解】此诗当作于上元二年（761），诗中写剪伐恶树，慨叹恶物难除。

【原诗】独绕虚斋径，常持小斧柯。幽阴成颇杂，恶木剪还多。枸杞因吾有[①]，鸡栖奈汝何[②]？方知不材者，生长漫婆娑[③]。

【注释】①枸杞：落叶灌木，果实叫枸杞子，可入药，有滋补作用。　②鸡栖：皂荚树的别名，是贱劣的树木。奈汝何：是说皂荚树长得很快，砍伐不迭。　③漫：遍。婆娑：纷披貌。

【译文】独自环绕草堂周围的小路，手中常持一柄小斧头。幽阴虽已形成但林木混杂，贱劣的树木虽经剪伐却仍很多。枸杞由于我的护持而成长起来，讨厌的鸡栖我对你真是无可奈何。由此方知那些不成材的东西，反倒具有顽强的生命力。

## 进　　艇

【题解】此诗当作于上元二年（761）夏，诗中写客居思乡，故携家眷泛舟遣怀。

【原诗】南京久客耕南亩①，北望伤神坐北窗。昼引老妻乘小艇，晴看稚子浴清江。俱飞蛱蝶元相逐，并蒂芙蓉本自双。茗饮蔗浆携所有，瓷罂无谢玉为缸②。

【注释】①南京：指成都。南亩：指草堂南面的田园。　②瓷罂（yīng）：盛茶、浆的瓷器。无谢：不亚于。

【译文】在南京久久作客躬耕着房前的田亩，坐在北窗遥望北面的故乡感到阵阵的心伤。为了排遣愁闷，在晴朗的白天带着老妻去荡小船，看着孩子们兴高采烈地戏耍在清江。那相互追逐的蝴蝶多像水中的孩子们，那并蒂成双的荷花似在与我们老夫老妻比量。船上放着茶水、糖浆这些家常饮料，虽说只是些平常的瓷制器皿却不亚于权贵们的玉缸。

## 高　　楠

【题解】此诗当作于上元二年（761）夏。楠，常绿乔木，有香气。杜甫草堂前有一棵高大的楠树。诗写楠树的美好景致及给作者带来的怡悦感受。

【原诗】楠树色冥冥，江边一盖青。近根开药圃，接叶制茅亭。落景阴犹合①，微风韵可听。寻常绝醉困②，卧此片时醒。

【注释】①景：同“影”，日光。　②醉困：酒后困乏。

【译文】楠树的颜色十分幽深，青青的树盖挺立在江边。靠近树根开出一块药圃，挨着树叶建起一座草亭。夕阳中它浓阴四垂，微风里它声音动听。往常酒后十分困乏，如今躺在树下片刻就可清醒。

## 朝　雨

【题解】此诗当作于上元二年（761）秋，杜甫居成都草堂。诗写秋晨雨景及对雨感怀。

【原诗】凉气晓萧萧，江云乱眼飘。风鸢藏近渚，雨燕集深条。黄绮终辞汉①，巢由不见尧②。草堂樽酒在，幸得过清朝。

【注释】①黄绮：夏黄公、绮里季，“商山四皓”中的二人。西汉初，高祖召聘不至，隐入商山。作者引以自况。　②巢由：巢父、许由。尧想把君位让给他们，二人辞而归隐。作者引以自况。

【译文】早上凉风萧萧，江上的云雾在眼前乱飘。风中的老鹰藏入附近的洲渚，雨中的燕子聚在密集的枝条。商山四皓终究拒绝了高祖的召聘，巢父许由不肯再见帝尧。草堂中幸好有瓶浊酒，使我能度过这清冷的秋朝。

## 晚　晴

【题解】此诗当与前诗作于同日。诗中描写傍晚之景，表达与世俗相安之意。

【原诗】村晚惊风度，庭幽过雨沾。夕阳熏细草，江色映疏帘。书乱谁能帙①？杯干自可添。时闻有余论②，未怪老夫潜③。

【注释】①帙：包书的套子。此处意为整理。　②余论：宏论。对他人议论的客气说法。　③老夫潜：即老潜夫。潜夫，隐士。作者自谓。

【译文】乡村的傍晚刮起了狂风，幽静的庭院雨后变得湿润。夕阳薰烤着院中的细草，江色辉映着稀疏的竹帘。书籍混乱谁能替我整理？杯酒已干自己动手来添。时常听到蜀人的宏论，还未见有责怪老夫的言谈。

## 一　室

**【题解】**此诗当作于上元二年（761）。一室，指草堂。诗写在蜀而怀楚，欲沿江东下。

**【原诗】**一室他乡远，空林暮景悬①。正愁闻塞笛，独立见江船。巴蜀来多病，荆蛮去几年？应同王粲宅，留井岘山前②。

**【注释】**①暮景：夕阳。景，日光。　②王粲：汉末文学家，字仲宣，山东邹县人。“建安七子”之一。曾往荆州依刘表，未被重用。《襄沔记》：王粲宅在襄阳县西二十里岘山坡下，宅前有井，人呼为仲宣井。

**【译文】**孤零零的一座草堂远在他乡，空寂的树林后面夕阳低悬。耳闻塞笛我正在忧愁，独立江边见到东去的客船。自从来到巴蜀便身体多病，何时才能前往荆蛮？应该与王粲建宅于一处，像他那样留井于岘山之前。

## 所　思

**【题解】**此诗当作于上元二年（761），诗中表达对荆州司马崔漪的思念之情。

**【原诗】**苦忆荆州醉司马①，谪官樽酒定常开。九江日落醒何处②？一柱观头眠几回③？可怜怀抱向人尽，欲问平安无使来。故凭锦水将双泪④，好过瞿唐滟滪堆⑤。

**【注释】**①荆州醉司马：作者原注：“崔吏部漪。”崔漪由吏部贬为荆州司马。　②九江：即荆州。《尚书·禹贡》：“过九江至于东陵。”注云：“江分为九道，在荆州。”　③一柱观：观名，在荆州。南宋刘义庆镇江陵时所建。④锦水：锦江，流经成都城南门外。　⑤瞿唐：即瞿塘峡，长江三峡之一，西起四川奉节县白帝城，东至巫山县大宁河口。西口有滟滪堆，兀立江中，极险要。为下荆州所必经。

【译文】想你想得好苦啊荆州的醉司马！你贬官以来定会经常以酒浇愁。九江的太阳沉落之后，你在哪家酒店醒过来？一柱观是你常去之处，在那里你曾闷恹恹地睡过多少回？可怜你把心事向人说尽，却无人理解；我总想打听你的消息，却无信使往来。因此只好拜托锦水携带我的两行泪，一路慎重东行顺利通过滟滪堆。

## 闻斛斯六官未归

【题解】斛斯六官，即斛斯融，杜甫居草堂时的南邻，好饮酒。诗中对其卖文外出索钱、饮而不归进行规劝。

【原诗】故人南郡去①，去索作碑钱。本卖文为活，翻令室倒悬。荆扉深蔓草，土锉冷疏烟②。老罢休无赖，归来省醉眠。

【注释】①南郡：江陵府（今湖北江陵）。 ②土锉：炊具，今之砂锅。

【译文】老朋友去了南郡，去讨要作碑文的钱。卖文的本意是求生存，而久久不归却反而把家境搞得十分危难。你的柴门前长满了蔓草，灶间也断了炊烟。人老了行为要有所检点，早日归来吧反省那过久的醉眠。

## 赴青城县出成都寄陶王二少尹

【题解】此诗当作于上元二年（761）秋。青城县，今四川灌县，唐时属蜀州。少尹，官职名。此诗是杜甫为生活事而前往青城求助，走出成都时寄给成都少尹陶、王二人的。

【原诗】老被樊笼役①，贫嗟出入劳。客情投异县，诗态忆吾曹。东郭沧江合②，西山白雪高③。文章差底病④？回首兴滔滔。

【注释】①樊笼：关鸟兽的笼子。比喻客居他乡受束缚不自由的境地。

②东郭：当指青城东郭。 ③西山：又名雪岭，在成都西面，上有终年积雪。“白雪”、“沧江”，言生路艰难。 ④差（chài）：病除。底：何，什么。

**【译文】**老了倒被羁旅生活所役使，家贫难免要感叹奔波的辛劳。我已匆忙地奔赴青城县，却仍在忆念二公吟诗的风标。青城东郭沧江环合，西山的白雪耸入云霄。文章能救得什么疾苦？回望故人却仍觉诗兴滔滔。

## 野望因过常少仙

**【题解】**此诗当是上元二年（761）秋作者在青城（四川灌县）时作。常少仙，当是青城山隐者。青城山在灌县西南三十里，奇峰古木，风景清幽，传说黄帝遍游五岳，封青城山为五岳丈人。杜甫出青城而野望，见此佳处，便前往寻访常氏。诗中写一路景致及受款待之事。

**【原诗】**野桥齐渡马①，秋望转悠哉。竹覆青城合，江从灌口来②。入村樵径引，尝果栗皱开③。落尽高天日，幽人未遣回④。

**【注释】**①野桥：当指青城城郊岷江上的绳桥，因桥面较宽，故可并马而行。 ②灌口：灌口山，在灌县西北。 ③宋祁《益部方物赞》载，青城山中特产天师栗，味美，久食可疗风挛。 ④幽人：隐者，指常少仙。

**【译文】**郊野的绳桥宽可并马而行，遥望秋原兴致悠哉。青翠的竹林遮绕着青城，滔滔的岷江从灌口山奔泻而来。一条砍柴小径把我引入山村，主人敲开栗壳将我热情款待。太阳自高天落入地下，隐者仍不肯放我回归。

## 丈人山

**【题解】**此诗当与前首作于同时。丈人山，即青城山。传说黄帝封此山为五岳丈人，故称。另据《青城山记》载，宁封先生栖于北岩之上，黄帝筑坛，拜为五岳丈人，晋代置观。诗中表达对仙道的向往。

【原诗】自为青城客，不唾青城地①。为爱丈人山，丹梯近幽意。丈人祠西佳气浓，缘云拟住最高峰。扫除白发黄精在②，君看他时冰雪容③。

【注释】①不唾：不吐唾沫，意为不鄙弃。 ②黄精：多年生草本，中医学上以根状茎入药，道家以为食之可令人长寿。 ③冰雪容：指仙人纯净洁白的肌肤。

【译文】自从作了青城之客，就特别尊重青城之地。因为喜爱丈人山，便攀上陡峭的山路以贴近幽意。丈人祠的西边佳气颇浓，我想沿着云路攀登而上住在最高峰。这里的黄精可令人返老还童，请您试看几年之后我的冰雪姿容。

## 寄杜位

【题解】杜位，杜甫的族弟，李林甫女婿。天宝十一载（752）十一月，李林甫死，党羽被清洗，杜位长流岭南新州新昌郡。上元二年（761），杜甫在青城得知杜位被减罪移置江陵，写此诗寄往，以示怀念之情。

【原诗】近闻宽法离新州，想见怀归尚百忧。逐客虽皆万里去，悲君已是十年流。干戈况复尘随眼，鬓发还应雪满头。玉垒题书心绪乱①，何时更得曲江游②？

【注释】①玉垒：山名，在灌县西北二十九里，此代指作者所在的青城。②曲江：“位京中宅，近西曲江。作者原注”曲江，即曲江池，在长安城东南角，为游览胜地。

【译文】最近听说你被从宽处理离开了新州，想见你思归故里仍有众多的忧愁。虽说被放逐的人都是远去万里，可悲的是你一去十年方才回头。十年间战乱堪悲何况风尘随眼，你那黑黑的鬓发大概已如霜雪压满头。我在玉垒山下给你写信心绪已乱，你我弟兄何时再有曲江之游?

## 送裴五赴东川

**【题解】**此诗当作于上元二年（761），杜甫由青城返回草堂后。裴五，生平不详，从诗中看是有志于匡扶者。诗中表达渴望平息叛乱早日归乡的心情。

**【原诗】**故人亦流落，高义动乾坤。何日通燕塞①？相看老蜀门②。东行应暂别，北望苦销魂。凛凛悲秋意，非君谁与论？

**【注释】**①燕塞：河北省北部一带。时仍为叛军占据。　②蜀门：泛指蜀地。

**【译文】**老朋友你也流落他乡了，须知你的经天纬地之才足可震动乾坤！何时才能打通燕塞？别让我们默默相对老死于蜀门。此次东行应是暂时分手，北望故乡则使我们痛苦万分。这份凛凛的悲秋心意，除了您还能和谁细论？

## 楠树为风雨所拔叹

**【题解】**此诗当作于上元二年（761）秋。诗中写草堂前一棵有益于人的老楠树被风雨拔倒，表达了深沉的悼意。

**【原诗】**倚江楠树草堂前，故老相传二百年。诛茅卜居总为此，五月仿佛闻寒蝉。东南飘风动地至①，江翻石走流云气。干排雷雨犹力争，根断泉源岂天意？沧波老树性所爱，浦上童童一青盖②。野客频留惧雪霜，行人不过听竽籁③。虎倒龙颠委榛棘，泪痕血点垂胸臆。我有新诗何处吟？草堂自此无颜色。

**【注释】**①飘风：暴风。　②浦：水边。童童：枝叶茂盛貌。　③竽籁：两种乐器。竽，似笙而大。籁，箫。这里以“竽籁”比喻楠树在风中发出的动听音响。

【译文】草堂前的江边上有一棵楠树，老人们相传它已活了二百年。我来此处除草定居就是为了它啊，炎天五月树梢间仿佛就响起了寒蝉。从东南刮来的暴风动地而至，江水翻腾石头滚动乌云在飞涌。楠树排击着雷雨奋力抗争，却终于被连根拔出莫非竟是天意？这棵沧波老树是我本性所爱，它茂立于江边举起一张青青的伞盖。野客频留树下以避霜雪，行人不忍即过以听竽籁。如今它那龙虎般的形体倒在荆棘丛中，令我带血的泪痕沾满前胸。我有新诗将去何处吟诵？从此以后草堂无复往日的风容。

## 茅屋为秋风所破歌

【题解】此诗当作于上元二年（761）秋。诗中表现了草堂生活的困苦，表达了作者宁苦己以利人的精神境界。

【原诗】八月秋高风怒号，卷我屋上三重茅。茅飞渡江洒江郊，高者挂罥长林梢①，下者飘转沉塘坳②。南村群童欺我老无力，忍能对面为盗贼③，公然抱茅入竹去。唇焦口燥呼不得，归来倚杖自叹息。俄顷风定云墨色，秋天漠漠向昏黑。布衾多年冷似铁，娇儿恶卧踏里裂。床头屋漏无干处，雨脚如麻未断绝。自经丧乱少睡眠④，长夜沾湿何由彻？安得广厦千万间，大庇天下寒士俱欢颜⑤，风雨不动安如山！呜呼！何时眼前突兀见此屋？吾庐独破受冻死亦足！

【注释】①罥（juàn）：缠绕。　②坳：低洼之处。　③忍能：忍心如此。④丧乱：指安史之乱。　⑤寒士：贫寒的书生。也兼指所有贫寒的人。即如作者所说“穷年忧黎元”的黎元。

【译文】高秋八月狂风怒号，卷走我屋上的三重茅草。茅草飞过江水散落在对岸，有的高挂在林梢，有的沉落在塘坳。南村的一群顽童欺我年老无力，竟忍心这样地当面作贼，公然抱起茅草躲入竹林里。喊得口干舌燥也没能止住他们，回家来扶着拐杖徒自叹息。过了一会儿狂风停息黑云如墨，秋空阴沉迷濛将近黄昏。盖了多年的布被冷硬如铁，由于娇儿的蹬踹被里也已破裂。茅屋漏雨，床间都被淋湿；雨脚如麻，仍旧不肯停歇。自经丧乱我的睡眠很少，长夜沾湿如何能捱到天晓？怎样才能得到广厦千万间，让天下的穷人都得到庇护个个笑开颜，风雨不动安稳得像座山！唉，何时眼前能耸立起这样的房屋？到那时，即便唯独我房破漏受冻而死心也足！

## 石 笋 行

**【题解】**此诗当作于上元二年（761）。石笋，指成都西门外的两棵石柱，当地人传说它们是海眼的镇物。杜甫在诗中破此迷信观念，由此而联想到小臣迷惑天子造成朝政的混乱。

**【原诗】**君不见益州城西门①，陌上石笋双高蹲。古来相传是海眼②，苔藓蚀尽波涛痕。雨多往往得瑟瑟③，此事恍惚难明论。恐是昔时卿相冢，立石为表今仍存。惜哉俗态好蒙蔽，亦如小臣媚至尊。政化错迕失大体，坐看倾危受厚恩。嗟尔石笋擅虚名，后来未识犹骏奔④。安得壮士掷天外，使人不疑见本根！

**【注释】**①益州：即成都。 ②《风俗记》："蜀人曰：我州之西，有石笋焉，天地之堆，以镇海眼，动则洪涛大滥。" ③瑟瑟：碧珠。《成都记》："石笋之地，雨过必有小珠，或青黄如粟，亦有细孔，可以贯丝。" ④骏奔：急速奔驰。

**【译文】**君不见成都城西门，门外街旁立着一对高高的石笋。古来相传石笋下面是海眼，年深日久苔藓封盖了波涛痕。又说多雨之际这里常常生碧珠，此事恍惚难说清。我想恐怕这里曾是前朝哪位卿相的坟墓，这对石笋是当时立的墓表一直存到今。可惜啊世俗好以神奇之说蒙人耳，犹如小臣好以巧言惑君心。致使政治教化错乱失掉大体，国家旋即倾危而小臣却蒙受厚恩。可叹你这石笋享有虚名，后世之人认不清真相仍然朝着你趋奔。如何找个壮士把你远掷到天外，使人见到你的本根从而扫清万古之疑云！

## 石 犀 行

**【题解】**此诗当作于上元二年（761）秋。石犀，即战国时秦人李冰作蜀郡太守时在成都南三十五里刻立的五头石犀，用以镇压水精，防止洪溢。蜀人以为无忧。但上元二年秋季，洪水泛溢，灌口（灌县西北）一带民遭灭顶。杜甫作此诗以破除人们对石犀的迷信，号召以人力治水患，又将水患与乱政联系起来，呼唤良相出现。

**【原诗】**君不见秦时蜀太守，刻石立作五犀牛。自古虽有厌胜法①，天生江水向东流。蜀人矜夸一千载，泛滥不近张仪楼②。今日灌口损户口，此事或恐为神羞③。修筑堤防出众力，高拥木石当清秋。先王作法皆正道，诡怪何得参人谋？嗟尔五犀不经济，缺讹只与长川逝④。但见元气常调和⑤，自免洪涛恣凋瘵⑥。安得壮士提天纲，再平水土犀奔茫！

**【注释】**①厌（yā）胜：古代一种巫术，谓能以诅咒制胜，压服人或物。②张仪楼：《华阳国志》载，张仪筑成都城，城西南有楼高百余尺，名张仪楼，临山瞰江。③神：指镇压水精的五犀。④缺讹：李冰原刻石犀五头，后来只存二头，故云。缺，损其数；讹，易其处。⑤元气：宇宙自然之气。古人认为朝有良相，可调和元气。⑥凋瘵：衰败。

**【译文】**君不见秦时蜀郡李太守，用石头刻成五头犀牛。江水本自向东而流，又何关那自古以来压胜的法咒！蜀人把石犀的法力矜夸了一千载，说洪水泛滥也不能逼近张仪楼。如今灌口一带损失人口，此事恐怕要让神灵害羞。防范洪水本应依靠群力修堤防，清秋汛期应在堤岸高护石木。先王的这种作法都是正道，邪魔歪道怎能用来参与人谋？可叹这五犀不能经世济民，那减少和易位的三犀已经付诸东流。只要朝有良相调和元气，自然会避免洪涛恣意为害。如何能求得持国之士重振朝纲，重新平息水土，把那惑民的石犀抛掷远方！

## 杜 鹃 行

**【题解】**此诗当作于上元二年（761）初夏，因杜鹃哀啼而联想到玄宗的失位，抒发伤怀。去年七月，肃宗的亲信宦官李辅国为隔绝玄宗与臣民的往来，劫迁玄宗于西内，并调离高力士等旧宫人，玄宗心忧成疾。玄宗禅位后的凄凉处境，与古代传说蜀王杜宇禅位后化作泣血杜鹃的境况相同。

【原诗】君不见昔日蜀天子，化为杜鹃似老乌①。寄巢生子不自啄②，群鸟至今为哺雏。虽同君臣有旧礼③，骨肉满眼身羁孤④。业工窜伏深树里，四月五月偏号呼。其声哀痛口流血，所诉何事常区区？尔岂摧残始发愤，羞带羽翮伤形愚⑤？苍天变化谁料得？万事反覆何所无？万事反覆何所无？岂忆当殿群臣趋？

【注释】①晋人阚骃《十三州志》载，周朝末年，杜宇在蜀称帝，号望帝，后让位给治水有功的宰相，遂自归隐，化为杜鹃。《华阳风俗录》载："杜鹃大如鹊而羽乌。"是为大杜鹃，又称布谷。农历四、五月间啼鸣。 ②《博物志》载：杜鹃生子，寄之他巢，群鸟为饲之。按，杜鹃科有一些种类如此。 ③同君臣：指群鸟为杜鹃养雏而言。中有蕴意。李辅国劫迁玄宗时，亲自执鞚，将士拜呼，表面上亦存君臣礼数。 ④身羁孤：暗指玄宗迫居西内后，不复能与骨肉往来之事。 ⑤"摧残""羽翮"：玄宗迫居西内后，亲信高力士被流放巫州，王承恩被流放播州，陈玄礼被勒令致仕，如仙媛被安置到归州，玉真公主被迫出宫到玉真观居住。卫兵和宫人均被撤换。

【译文】君不见当年蜀天子，化作杜鹃形似老乌。寄巢生子不自喂养，至今群鸟还在为它育雏。这虽说还保持着君臣的礼数，怎奈满眼骨肉俱散一身危孤！已然习惯于深树间窜伏，四五月间遍野号呼。啼声哀痛啊口角流血，你要说些什么呢竟如此的情意专注？你难道是身遭摧残方始愤怨，为羽翮的平庸而自伤自羞？苍天变化谁能料得？万事反覆概无例外！万事反覆概无例外啊，你是否还在追念那当殿群趋的时代！

## 逢唐兴刘主簿弟

【题解】此诗当作于上元二年（761）。唐兴，唐时县名，今四川蓬溪。刘主簿，生平不详。主簿，官名，掌管文书，办理事务。诗中叙离合之情，叹飘零身世。

【原诗】分手开元末，连年绝尺书。江山且相见，戎马未安居。剑外官人冷①，关中驿骑疏。轻舟下吴会②，主簿意何如？

【注释】①官人冷：言刘主簿官职低微。官人，隋唐时对州县令佐之称。②吴会（guì）：指吴门、会稽。杜甫年轻时曾游此地。

【译文】开元末年我俩分手，二十余年不通音书。在永恒的江山中我们暂且一见，却又值战乱的岁月未得安居。你在剑外做得一职微官，我那关中故人也已交情疏远。欲买轻舟东下吴会，不知主簿意下如何。

## 敬简王明府

【题解】此诗当作于上元二年（761）秋。王明府，当是唐兴（今四川蓬溪）县令王潜，杜甫曾于上元二年为唐兴县宰王潜作《客馆记》。此为以诗代简，望对方给予援助。

【原诗】叶县郎官宰[①]，周南太史公[②]。神仙才有数，流落意无穷。骥病思偏秣，鹰秋怕苦笼。看君用高义，耻与万人同。

【注释】①《后汉书》载，王乔任叶县令，有道术，进京上朝乘坐尚书官属之履所化之凫，后入玉棺仙去。此处借以咏王明府。　②《史记·太史公自序》载，汉武帝元封元年首封泰山，太史公司马谈滞留周南（古地名），未能参与此事，深以为憾。此处借以比自己。

【译文】您好比叶县的郎官宰，我则是滞留周南的太史公。您的仙才世间少有，我的流落之意汗漫无穷。患病的千里马思食优厚的草料，临秋的雄鹰害怕坚固的牢笼。盼望您施行高义对我一助，耻于附同无情的众生。

## 重简王明府

【题解】此诗当作于前诗之后，当是上元二年（761）冬天所写。作意如前诗。

【原诗】甲子西南异[①]，冬来只薄寒。江云何夜尽？蜀雨几时干？行李须相问[②]，穷愁岂有宽？君听鸿雁响，恐致稻粱难。

【注释】①甲子：此指季节，岁序。西南：指成都一带。因成都冬季尚有雨水，故称季节异常。 ②行李：行旅。客居他乡。王明府当问过杜甫客居生活，故有此句。

【译文】西南地区节气异常，入冬以来只是微寒。江上的浓云何夜才能消尽？蜀地的雨水几时方可停止？客居生活须蒙您殷切相问，对于我的穷愁您是否有意宽解？您听那鸿雁正在凄凉地鸣叫，恐怕是由于难得啄食稻粱。

## 百忧集行

【题解】此诗当作于上元二年（761），时杜甫居成都草堂。诗中叙述少年时的康健体魄和老年时的贫病潦倒，抒发客居他乡的苦情。

【原诗】忆年十五心尚孩，健如黄犊走复来。庭前八月梨枣熟，一日上树能千回。即今倏忽已五十，坐卧只多少行立。强将笑语供主人①，悲见生涯百忧集。入门依旧四壁空，老妻睹我颜色同。痴儿不知父子礼，叫怒索饭啼门东。

【注释】①主人：当指成都尹崔光远，上元二年三月，崔光远代李若幽为成都尹。崔氏无学任气，与杜甫非文章知己。

【译文】回想我十五岁时还是孩子心，壮如黄犊整日奔走不停。金秋八月庭前梨枣成熟，一日上树不下千回。到如今忽然已是半百之人，只想坐卧而很少行走和站立。为了活命只好勉强作出笑脸应酬主人，面对悲凉的生涯不禁百忧交集。每次进入家门都是四壁空空，老伴儿看着我却脸色和平。无知的幼子不懂得父子间的礼节，竟在门外哭闹索饭让我无地自容。

## 徐卿二子歌

【题解】此诗当作于上元二年（761），时杜甫居成都草堂。此时徐知道为西川兵马使，题中徐卿或许即指此人。诗中对徐卿的两小儿作了一番赞叹，实为应酬之作。

【原诗】君不见徐卿二子生绝奇，感应吉梦相追随①：孔子释氏亲抱送，并是天上麒麟儿②。大儿九龄色清彻，秋水为神玉为骨。小儿五岁气食牛，满堂宾客皆回头。吾知徐公百不忧，积善衮衮生公侯。丈夫生儿有如此二雏者，异时名位岂肯卑微休！

【注释】①吉梦相追随：即下文所说生二子前分别梦见孔子和释氏亲自抱送之事。 ②麒麟儿：指颖异的小孩子。《陈书》："徐陵母臧氏，常梦五色云，化为凤，集左肩上，已而诞陵焉。年数岁，家人携候宝志上人，宝志摩其顶曰：'天上石麒麟也。'"

【译文】君不见徐卿二子生得奇无比，神明感应啊吉梦相追随：孔子和释氏先后亲手来送子，两个孩子都是天上麒麟儿。大儿九岁容颜清秀而明朗，神如秋水骨如美玉。小儿五岁气概可食牛，致使满堂宾客转过脸来看稀奇。我知徐公百不忧，积善众多生子定能成公侯。大丈夫能生出这样的好后代，名位岂可久在人下头！

## 戏作花卿歌

【题解】此诗当作于上元二年（761），时杜甫居成都草堂。花卿，花敬定。上元二年四月，梓州刺史段子璋造反，自称梁王。五月，成都尹崔光远率牙将花敬定平息叛乱，斩段子璋。花敬定恃功大掠东蜀。诗中既叙述了花敬定的骁勇，又指出宜将其调出蜀地，以免滋乱。

【原诗】成都猛将有花卿，学语小儿知姓名①。用如快鹘风火生②，见贼惟多身始轻。绵州副使著柘黄③，我卿扫除即日平。子璋髑髅血模糊，手提掷还崔大夫④。李侯重有此节度⑤，人道我卿绝世无。既称绝世无，天子何不唤取守东都⑥？

【注释】①《南史·桓康传》载，齐桓康随武帝起兵，摧坚陷阵，骁勇过人，而所过村邑，恣行暴害，江南人畏之，以其名怖小儿。花敬定平乱期间，抢掠烧杀平民，崔光远不能禁止。 ②鹘：一种猛禽。风火生：《世说》载，曹景宗对所亲说起当年骑马打猎事言道："觉耳后风生，鼻头火出，此乐使人忘死。" ③绵州副使：指段子璋。绵州为东川节度驻地，时李奂为东川节度使，子璋应为副使兼领梓州刺史。子璋叛乱袭绵州，李奂逃至成都，子璋据绵州称王，将绵州作黄龙府，置百官。柘黄：用柘木汁染的赤黄色。隋唐以来为帝王的服色。此指龙袍。 ④崔大夫：崔光远。 ⑤李侯：李奂。叛乱平息后，李奂复东川节度使之职。 ⑥东都：洛阳。此时洛阳仍为史思明占据。

**【译文】**成都有个猛将花敬定，连学语的小儿都知这个姓名。冲杀迅猛如快鹘，真个是鼻头出火耳后生风，见贼越多越发手快而身轻。绵州副使反叛称王，我们的花卿近日把他扫平。手提子璋血肉模糊的人头，扔给主将崔大夫。李侯重作东川节度使，人称我们花卿绝世无双。既称绝世无双，天子何不唤他守洛阳？

## 赠 花 卿

**【题解】**此诗当与前诗作于同时，诗中描写花敬定宴乐之盛，讽刺其恃功骄恣。

**【原诗】**锦城丝管日纷纷①，半入江风半入云。此曲只应天上有，人间能得几回闻？

**【注释】**①丝管：弦乐和管乐。

**【译文】**锦官城里管弦交奏，一天到晚响个不停。音乐声一半散入江风，一半散入云层。这样的妙曲只在天宫才有啊，人世间能得几回赏听？

## 少年行二首

**【题解】**此诗当作于上元二年（761），时杜甫居成都草堂。诗中以达观齐物之意开导少年。

其　一

【原诗】莫笑田家老瓦盆[①]，自从盛酒长儿孙。倾银注玉惊人眼[②]，共醉终同卧竹根。

【注释】①瓦盆：指盛酒的陶器。　②银：指银制的酒壶。玉：指玉制的酒杯。

【译文】莫笑农家的老瓦盆吧，自从用它盛酒照样养育出儿孙。那银壶玉盏固然令人惊羡，一旦醉倒终究还似同卧于竹根。

其　二

【原诗】巢燕引雏浑去尽，江花结子也无多。黄衫年少来宜数[①]，不见堂前东逝波！

【注释】①黄衫：隋唐时少年穿的黄色华贵的衣服。

【译文】巢中的老燕带领雏燕几乎离尽，江畔上群芳结子鲜花已不多。身穿黄衫的少年们理应频来游赏，君不见堂前流水东去无回波！

## 赠虞十五司马

【题解】此诗当作于上元二年（761），时杜甫居成都草堂。虞司马，唐初诗人虞世南之玄孙。诗中叙虞氏渊源、彼此交情。

【原诗】远师虞秘监[①]，今喜识玄孙。形象丹青逼[②]，家声器宇存。凄凉怜笔势，浩荡问词源。爽气金天豁，清谈玉露繁。伫鸣南岳凤[③]，欲化北溟鲲[④]。交态知浮俗，儒流不异门。过逢连客位，日夜倒芳樽。沙岸风吹叶，云江月上轩。百年嗟已半，四座敢辞喧？书籍终相与，青山隔故园。

【注释】①虞秘监：虞世南，曾官秘书监，故称。世南为唐初四大书法家之一，继承二王的书法传统。　②丹青：世南死后，太宗敕图其像于凌烟阁。 ③刘桢诗：“凤凰集南岳，徘徊孤竹根。”此以南岳凤喻虞司马人才出众。 ④北溟鲲：《庄子·逍遥游》：“北冥有鱼，其名为鲲，鲲之大，不知其几千里也。化而为鸟，其名为鹏，鹏之背，不知其几千里也。”此以北溟鲲喻虞司马才干不凡。

【译文】我曾向先贤虞秘监学习书法，今日欣喜得识他的玄孙。虞司马你的长相多似先祖的画像啊，先祖的书家声望则在你挥毫气概中得以留存。你的笔势一如先祖，令我爱怜，又令我产生追怀的凄凉；你的词源来于先祖，打问之间，我的神思飞过旷远的时空。你豪爽的气概像秋空一样朗豁，你清雅的谈论像玉露一样繁多。你是伫立而鸣的南岳之凤，你是将化大鹏的北溟之鲲。世态人情使我深知流俗的浅薄，而你却因与我同属儒流而乐于亲近。或访或逢都与我连位而饮，从日到夜不停地倾倒芳樽。沙岸上秋风吹落树叶，云江的月亮升上轩窗。唉，百岁人生我已过半，怎敢不耐四座的喧嚷？眼前的青山隔绝了故园，同归之后终将家中书籍尽皆赠送。

## 病　柏

【题解】此诗当作于上元二年（761）秋，时杜甫居成都草堂。诗咏病柏，似为由盛变衰的国家塑影。

【原诗】有柏生崇冈，童童状车盖①。偃蹇龙虎姿②，主当风云会③。神明依正直，故老多再拜。岂知千年根，中路颜色坏。出非不得地，蟠据亦高大。岁寒忽无凭，日夜柯叶改。丹凤领九雏④，哀鸣翔其外。鸱鸮志意满，养子穿穴内。客从何乡来，伫立久吁怪。静求元精理⑤，浩荡难倚赖。

【注释】①童童：茂盛的样子。 ②偃蹇：枝干屈曲。 ③主当：主持。 ④《乐府》：“凤凰鸣啾啾，一母将九雏。” ⑤元精：天地的精气。古人认为它是化成万物的原本。

【译文】有棵柏树生在高冈，茂盛的树冠有如车盖。枝干屈曲形似龙虎，伟岸的身姿主持风云聚会。神明依附正直之物，故老们常向此树礼拜。岂知它活了上千年，中途竟然颜色败坏。它生长的地方并非不好，根须盘结得也很壮大。到了严冬忽然没了依仗，日日夜夜枝叶变衰。丹凤领着它的众雏，在病柏周围哀鸣徘徊。猫头鹰则是志得意满，在树干凿洞生养后代。有位客人不知来自何乡，久立于病柏跟前连连叹怪。静心求索那元精化物之理，深感天道渺茫难以倚赖。

## 病　　橘

**【题解】**此诗当与前诗作于同时。诗中讽刺当权者为满足口腹之欲而残害百姓。

**【原诗】**群橘少生意，虽多亦奚为？惜哉结实小，酸涩如棠梨①。剖之尽蠹虫，采掇爽所宜②。纷然不适口，岂止存其皮③？萧萧半死叶，未忍别故枝。玄冬霜雪积，况乃回风吹！尝闻蓬莱殿，罗列潇湘姿④。此物岁不稔，玉食失光辉。寇盗尚凭陵，当君减膳时⑤。汝病是天意，吾愁罪有司⑥。忆昔南海使，奔腾献荔枝⑦。百马死山谷，到今耆旧悲。

**【注释】**①棠梨：又称杜梨，小而味酸。　②爽：失。　③存其皮：橘皮可以入药，故称。　④蓬莱殿：唐长安宫殿名，本名大明宫。潇湘姿：指潇湘一带出产的美橘。　⑤减膳：封建时代，遇到灾乱之年，皇帝降低膳食标准以示忧虑。　⑥罪有司：降罪于地方官吏。地方官吏受责，则要加重对人民的盘剥，故作者生愁。　⑦《唐国史补》载，贵妃生于蜀，好食荔枝。南海所生，尤胜于蜀。每岁飞驰以进。

**【译文】**橘林缺少生机，虽多又有何益？可惜啊只结出那么小的果，又酸又涩味如棠梨。剥开之后里面尽是蠹虫，采摘算是白费力气。乱糟糟地一点也不中吃，难道只是要它的皮？半死的树叶在风中萧萧悲泣，不忍心与故枝别离。冬天霜雪积在叶上，何况还有旋风劲吹！我曾听说在蓬莱殿上，罗列着潇湘出产的美橘。此物如果一年不获丰收，天子的饮食就会失去光辉。眼下叛贼仍在肆行侵扰，正是天子忧思减膳之时。橘林遭病虽是天意，我却担心有司被责而祸及黎民。回想当年的南海使者，为进献荔枝而纵马奔驰，致使众多的人马累死在山谷，至今那些过来的老人们仍旧忆而生悲。

## 枯 棕

【题解】此诗当与前诗作于同时。诗中写棕榈被剥而枯，情同黎民之苦。实为替民请命。

【原诗】蜀门多棕榈①，高者十八九。其皮割剥甚，虽众亦易朽。徒布如云叶，青青岁寒后。交横集斧斤，凋丧先蒲柳。伤时苦军乏，一物官尽取。嗟尔江汉人②，生成复何有？有同枯棕木，使我沉叹久。死者即已休，生者何自守？啾啾黄雀啅③，侧见寒蓬走。念尔形影干④，摧残没藜莠。

【注释】①棕榈：常绿乔木，叶大，集生树干顶端，树干为棕衣所包，棕衣可制绳索、毛刷等。 ②江汉：指巴蜀。 ③啾啾：鸟鸣声。啅(zhào)：鸟鸣。 ④尔：兼指棕榈和百姓。

【译文】巴蜀之地多生棕榈，高大的树木十有八九。它们的树皮被剥得太苦，虽说树木众多也很容易衰朽。棕榈无枝只有如云的叶子，寒冬之际仍然青青郁郁；可是一旦刀斧交集于树干，它的凋丧就会先于蒲柳。时局动乱苦于军用缺乏，无论什么都被官家取走。可叹你们这些巴蜀百姓，辛辛苦苦地劳作却一无所有！你们就像这被割剥而枯的棕树啊，让我久久地沉痛叹息。死了的就算罢休了，活着的又能靠什么把性命保住？黄鸟在啾啾地哀鸣，寒蓬从身边飞过。料想你们干枯的形影，终究会被野草埋没。

## 枯 楠

【题解】此诗当与前诗作于同时。诗中借咏楠树枯干，伤大材之见弃。

【原诗】楩楠枯峥嵘①，乡党皆莫记。不知几百岁，惨惨无生意。上枝摩苍天，下根蟠厚地。巨围雷霆坼，万孔虫蚁萃。涷雨落流胶②，冲风夺佳气③。白鹄遂不来，天鸡为愁思④。犹含栋梁具，无复霄汉志。良工古昔少，识者出涕泪。种榆水中央，成长何容易。截承金露盘⑤，袅袅不自畏？

【注释】①梗楠：黄梗木与楠木，皆高大良木。此指楠木。 ②涷（dōng）雨：暴雨。 ③冲风：狂风。 ④天鸡：鸟名，即锦鸡。 ⑤金露盘：用黄铜制成的盘状器皿，用以取露，和玉屑食之，以求长生，汉武帝时制造。后以之作为宫殿的标志。

【译文】有棵楠树枯瘦而高大，乡里人都已把它忘记。不知它已活了几百岁，至今惨惨毫无生机。高高的树枝摩苍天，深深的树根蟠厚地。雷霆击裂了粗大的树干，千疮万孔为虫蚁聚居。暴雨冲掉了它体中的胶液，狂风夺走了它的葱翠之气。白鹄因此而不再飞来，锦鸡为此而愁思不已。它虽说仍具栋梁之材，却不再怀有凌云之志。古来卓绝的木工为数稀少，有见识的人为它的屈才而伤感落泪。在水中陆地种植榆树，成长起来多么容易。截取这种劣木来支撑金露盘，颤颤悠悠难道不自生畏？

## 不　见

【题解】此诗当作于上元二年（761）。作者于题下原注："近无李白消息。"这是杜甫怀念李白的最后一首诗。次年，李白死于当涂。

【原诗】不见李生久①，佯狂真可哀②。世人皆欲杀③，吾意独怜才。敏捷诗千首，飘零酒一杯。匡山读书处④，头白好归来。

【注释】①杜甫与李白从745年在山东分别后一直未见面。 ②佯狂：假作狂人。李白怀才不遇，报国之心又不为朝廷所察，只得狂放纵酒。 ③李白一生傲岸不羁，得罪了一些权贵。757年因被永王李璘牵连，下浔阳狱，肃宗及其爪牙以为李白助永王夺取皇位，执意要杀他，后经援救，方得免死，被判流放罪。 ④匡山：在四川彰明附近，李白年轻时曾在此山读书。

【译文】好久没能见到李白啦，他诈作狂人情实可哀。庸俗之辈都想把他除掉，我则独独喜爱他的奇才。他才思敏捷有佳诗千首，却身世飘零以杯酒遣怀。匡山是他年轻时读书之处，如今既已白头宜须好自归来。

## 草堂即事

**【题解】** 此诗当作于上元二年（761）十一月，时杜甫居成都草堂。即事，谓以当前事物为题材的诗。诗中描写草堂附近冬天的萧索景象和困居生活。

**【原诗】** 荒村建子月①，独树老夫家。雪里江船渡，风前竹径斜。寒鱼依密藻，宿雁聚圆沙②。蜀酒禁愁得，无钱何处赊？

**【注释】** ①建子月：肃宗上元二年九月，诏去上元号，以十一月为岁首。建子月即十一月。　②圆沙：圆形沙洲。

**【译文】** 荒凉的村庄进入了十一月，孤独的树木伴着老夫的家。江船在雪中行进，竹径在风中倾斜。寒冬的鱼群依附于密藻，夜宿的大雁聚集在圆沙。蜀酒虽然能够禁愁，手里没钱又向何处去赊？

## 徐九少尹见过

**【题解】** 此诗当作于上元二年（761）冬，时杜甫居成都草堂。成都少尹徐某携礼品前来拜访，作者写诗致谢。

**【原诗】** 晚景孤村僻，行军数骑来①。交新徒有喜，礼厚愧无才。赏静怜云竹，忘归步月台②。何当看花蕊？欲发照江梅。

**【注释】** ①行军：指来访的徐某。徐某当是成都少尹兼节制兵马，故称。②月台：赏月的露天平台。

**【译文】** 傍晚时的孤村尤其僻静，少尹携带几名骑从到来。交结新知空有偌大的欣喜，面对如此厚礼深愧自己的无才。您喜爱清幽欣赏那入云的竹树，留连忘返漫步于赏月的平台。何时再来观赏花蕊呢？那照江的梅花就要绽开。

## 范二员外邈吴十侍御郁特枉驾，阙展待，聊寄此作

【题解】此诗当作于上元二年（761），时杜甫居成都草堂。范邈，生平不详。吴郁，当年曾与杜甫同在凤翔行在供职，后贬谪楚中。杜甫自秦州南下同谷途经两当县吴郁故宅时，曾作诗追叙友情。此时吴郁当从楚中放还来游成都。范、吴二人相伴来草堂访杜甫，适逢杜甫不在家。诗中表达未能招待故人的遗憾心情。

【原诗】暂往比邻去，空闻二妙归①。幽栖诚简略，衰白已光辉②。野外贫家远，村中好客稀。论文或不愧，重肯款柴扉？

【注释】①二妙：称自己推重的二人。这里指范邈和吴郁。　②衰白：谓年老体衰头发已白。

【译文】我暂时离家去邻居闲坐，回来后空闻二妙已然回归。寒堂草舍确实没能好好招待你们，而我这衰白之人却得以脸面生辉。清贫的家室远在荒野之外，很少有佳宾来此聚会。也许能与你们共论诗文，不知是否肯于重敲柴扉。

## 王十七侍御抡许携酒至草堂，奉寄此诗，便请邀高三十五使君同到

【题解】此诗当作于上元二年（761）冬，时杜甫居成都草堂。王抡侍御曾应许携酒来草堂同饮，杜甫写此诗催他践约，又请他邀高适同来。成都尹崔光远因不能节制花敬定，受朝廷责备，忧愧而死。朝廷命高适（时任蜀州刺史）来成都暂理尹事。此时高适已在成都。

【原诗】老夫卧稳朝慵起，白屋寒多暖始开。江鹳巧当幽径浴，邻鸡还过短墙来。绣衣屡许携家醖①，皂盖能忘折野梅②？戏借霜威促山简③，须成一醉习池回④。

【注释】①绣衣：御史之服。此代指王抡。　②皂盖：青色车盖，为刺史

官职所用。此指高适。 ③山简：晋代征南将军。此借称高适。 ④习池：晋代习氏园池，有佳景。山简常在习池赏游饮宴。

【译文】老夫睡得安稳，早晨懒得起身。茅屋寒气浓重，天暖才开房门。江上的鹳鸟对着堂前幽径洗刷羽毛，邻家的鸡群照例飞过低矮的墙头。您这位绣衣侍御多次应许携酒前来，那位乘服皂盖的高使君难道也忘记来折野梅？戏借侍御的霜威督促这位征南将军命驾，我这草堂权当习池，博得一醉方将你们放回。

## 王竟携酒高亦同过共用寒字

【题解】此诗当作于前诗之后。在杜甫邀请下，王抡终于携酒来到，高适也一同来访。诗友们同用“寒”韵赋诗。

【原诗】卧病荒郊远，通行小径难。故人能领客①，携酒重相看。自愧无鲑菜②，空烦卸马鞍。移樽劝山简③，头白恐风寒④。

【注释】①故人：指王抡，此前王抡已到草堂来访。客：指高适。高适初至，故须人领。 ②鲑菜：古时鱼类菜肴的总称。 ③山简：晋代征南将军。此借称高适。 ④此句后作者原注：“高每云：‘汝年几小，且不必小于我。’故此句戏之。”

【译文】我卧病在荒远的郊外，难于通行小径去拜访你们。幸而故人能够领来贵客，还带了美酒重来看问。自愧不能设置美味的鲑菜，徒然劳烦二位驻马卸鞍。移动酒杯奉劝我们的征南将军：多喝几杯吧，你也是白头之人啦，该怕风寒！

## 陪李七司马皂江上观造竹桥，即日成，往来之人免冬寒入水，聊题短作简李公

【题解】此诗当作于上元二年（761）冬，时杜甫在蜀州（今四川崇庆）。李七司马，当为蜀州司马，他在皂江上建造竹桥，解除民困，杜甫写此诗

歌其功德。皂江，即今四川金马河。

【原诗】伐竹为桥结构同，褰裳不涉往来通。天寒白鹤归华表①，日落青龙见水中②。顾我老非题柱客③，知君才是济川功。合欢却笑千年事，驱石何时到海东④？

【注释】①《异苑》载，晋太康二年冬大雪，南州人见二白鹤语于桥下曰："今兹寒，不减尧崩年也。"《搜神后记》载，丁令威，辽东人，后化鹤集城门华表柱。此句合用二典。 ②《后汉书·费长房传》载，费长房从仙人学道，辞行时，仙人给他一根竹杖骑着回家，须臾而至，竹杖化龙而去。 ③《华阳国志》载，蜀城北八十里，有升仙桥、送客观，司马相如初往长安，经此地，题其柱曰："大丈夫不乘赤车驷马，不过汝下。"谓不得功名誓不归还。 ④《齐地记》载，秦始皇作石桥，欲过海观日出处，有神人能驱石下海，石去不速，神辄鞭之，石皆流血。

【译文】这座竹桥与木桥结构相同，人们不必撩衣涉水从此往来畅通。寒雪之际野禽栖息桥柱，疑是丁令威化鹤归来；日落之时桥影映入江中，犹如偃卧的青龙。自念身老，已不能像司马相如那样题辞桥柱；仰慕君才，成就了济川的大功。欢庆之中想起了千年往事，可笑那秦皇驱石筑桥终成泡影。

## 观作桥成，月夜舟中有述还呈李司马

【题解】此诗作于前诗之后，诗中描写月下观桥，兼叙衰年多病的悲情。

【原诗】把烛桥成夜，回舟客坐时。天高云去尽，江迥月来迟。衰谢多扶病，招邀屡有期。异方成此兴，乐罢不无悲。

【译文】桥成之后擎烛夜庆，坐着船儿在江上回游。天空高旷暮云散尽，江面悠远明月来迟。身体衰老常作扶病而行，对于邀请每能如期而至。远在他乡成此佳兴，欢乐之后便是悲生之时。

## 李司马桥成，高使君自成都回

【题解】此诗当作于上元二年（761）十二月，时杜甫在蜀州。这年十二月，严武任成都尹。高适代理成都尹事已毕，仍回蜀州任刺史。诗中表达对高适的欢迎。

【原诗】向来江上手纷纷①，三日功成事出群。已传童子骑青竹，总拟桥东待使君②。

【注释】①向来：近来。手纷纷：形容民工众手造桥之状。　②《后汉书·郭伋传》载，郭伋为并州牧，始至行部，到河西美稷，有童儿数百，骑竹马迎之曰："闻使君到，喜，故来迎。"高适时为蜀州刺史，官职相合。

【译文】近来江上众手纷纭，三日功成事绩出群。传说童儿们已骑青竹迎佳主，我也总想站在桥东待使君。

## 入奏行赠西山检察使窦侍御

【题解】此诗当作于宝应元年（762），时杜甫居成都草堂。窦某以侍御史出任西山检察使，任满还京入奏，杜甫作此诗为他送行。

【原诗】窦侍御，骥之子①，凤之雏②。年未三十忠义俱，骨鲠绝代无③。炯如一段清冰出万壑，置在迎风露寒之玉壶④。蔗浆归厨金碗冻，洗涤烦热足以宁君躯。政用疏通合典则，戚联豪贵耽文儒。兵革未息人未苏，天子亦念西南隅。吐蕃凭陵气颇粗，窦氏检察应时须。运粮绳桥壮士喜⑤，斩木火井穷猿呼⑥。八州刺史思一战⑦，三城守边却可图⑧。此行入奏计未小，密奉圣旨恩宜殊。绣衣春当霄汉立⑨，彩服日向庭闱趋⑩。省郎京尹必俯拾，江花未落还成都。江花未落还成都，肯访浣花老翁无？为君酤酒满眼酤，与奴白饭马青刍⑪。

【注释】①骥之子：指良马。北魏裴景鸾，年轻有才，时人称之为“骥子”。此处用以美称窦侍御。 ②凤之雏：指幼凤。三国时襄阳人庞统才识过人，从父庞德公称之为“凤雏”。此处用以美称窦侍御。 ③骨鲠：比喻刚直。 ④迎风、露寒：皆宫殿名。 ⑤绳桥：《舆地纪胜》载，绳桥，在维州保宁县东十五里，辫竹为绳，其上施木板，长三十丈，通蕃汉路。 ⑥火井：产可燃性天然气的井。因易起火，故须将周围树木砍尽，以利部队通行。 ⑦八州：《旧唐书·地理志》载，剑南节度使，西抗吐蕃，南抚蛮獠，统团结营及松、维、恭、蓬、雅、黎、姚、悉八州兵马。⑧三城：《唐书》载，彭州有羊灌、田朋、笮绳桥三个守捉城。“三城”当指此。 ⑨绣衣：御史之服。此代指窦侍御。 ⑩彩服：相传老莱子娱双亲，年七十穿五彩衣，作婴儿戏。此用以称窦氏能行孝道。 ⑪青刍：新鲜的草料。

【译文】窦侍御啊，你是骥子是凤雏！年未三十就具有忠心义胆，刚直之气绝代无。你心地光明就像一段清冰来自深谷，放置在迎风、露寒宫中之玉壶。又像是厨中金碗内的冷糖浆啊，洗涤烦热足可宁静君王之身躯。你政事通达行为合乎典则，亲联豪贵崇尚文儒。眼下战乱未止黎民未得复苏，天子也在挂念西南地区。吐蕃侵扰气焰十分嚣张，你出任检察可谓应时所须。运送军粮通过绳桥，战士们欢欣鼓舞；砍尽火井周围的树木，逼得穷猿惊呼。八州刺史都想与吐蕃决一死战，三城守边之务可以图谋。此行回京入奏必定合乎圣心，密奉圣旨自然恩赏丰厚。你身穿绣衣迎着春日站在朝廷上，身穿彩服急急忙忙去孝敬父母。省郎、京尹这些要职定会轻易得到，荷花未谢的季节即可回到成都。荷花未谢回到成都后，肯不肯来访浣花溪边的老头？我会为你买来满眼的酒，给你的奴仆备好米饭、马儿备好青刍。

## 得广州张判官叔卿书，使还，以诗代意

【题解】此诗当为在成都草堂时作。张叔卿，山东人，此时为广州判官，托使者给杜甫寄来信，杜甫写此诗请回归的使者交给张氏。诗中表达乱离相思之情。

【原诗】乡关胡骑满，宇宙蜀城偏①。忽得炎州信，遥从月峡传②。云深骠骑幕③，夜隔孝廉船④。却寄双愁眼，相思泪点悬。

【注释】①蜀城：指成都。 ②月峡：明月峡的省称。在四川省巴县境内长江上。峡首南岸壁高四十丈，壁上有圆孔，形如圆月。张氏信经长江水道寄递，故以月峡代称。 ③骠骑：古代将军的名号。骠骑幕，判官所居。 ④孝廉船：《世说新语》载，张凭举孝廉，曾拜谒丹阳尹刘惔。次日，刘惔遣人寻张孝廉船，邀张凭同访抚军大将军司马昱，被任命为太常博士，官至御史中丞。这里以张凭喻指张叔卿，赞其贤才。

【译文】家乡一带胡兵集满，宇宙之间我寄身的成都地处偏远。忽然收到南方来信，是从遥远的月峡艰难递传。天边的白云深藏着骠骑幕府，无边的夜色隔开了孝廉之船。谨将我这两眼的相思愁泪，回寄到你的案前。

## 魏十四侍御就敝庐相别

【题解】此诗当作于宝应元年（762），时杜甫居成都草堂。魏侍御回归幕府前来草堂向杜甫告别，杜甫写此诗相送。

【原诗】有客骑骢马，江边问草堂。远寻留药价①，惜别倒文场。入幕旌旗动，归轩锦绣香。时应念衰疾，书疏及沧浪②。

【注释】①留药价：留下买药之资。杜甫多病，故作此说。 ②书疏：书信。沧浪：古时称隐者所居之地。此指草堂。

【译文】有位客人骑着骢马，来到江边访问草堂。涉远来寻是为了给我留下买药之资，惜别之意可以倾倒整个文场。你入幕府连旌旗也要兴奋地摆动，回归的轩车一路锦绣飘香。希望能时时挂记我这衰病之人，不断把书信寄到草堂。

## 绝　　句

【题解】此诗当作于宝应元年（762）春，时杜甫居成都草堂。诗写春日伤乱。

【原诗】江边踏青罢①，回首见旌旗。风起春城暮②，高楼鼓角悲③。

【注释】①踏青：蜀中旧俗，以二月二日为踏青节。 ②春城：指成都。③鼓角悲：此时西山有吐蕃入寇之警。

【译文】我在江边踏青结束，回过头却见旌旗抖动。日暮的成都大风吹起，高高的城楼上传来鼓角的悲声。

## 赠别郑炼赴襄阳

【题解】此诗当作于宝应元年（762）春，时杜甫居成都草堂。诗写惜别之情。

【原诗】戎马交驰际①，柴门老病身。把君诗过日，念此别惊神。地阔峨眉晚②，天高岘首春③。为于耆旧内，试觅姓庞人④。

【注释】①戎马交驰：这年三月，羌、浑、奴刺陷梁州，吐蕃陷秦、成、渭等州。 ②峨眉：山名，在成都西南方。此处用以指代作者所居的蜀地。 ③岘首：即岘山，在襄阳（今湖北襄樊）东南。此处用以指代郑炼所赴之襄阳。 ④姓庞人：指东汉襄阳人庞德公。庞公躬耕于岘山，与诸葛亮、徐庶等相友善，后隐于鹿门山，采药而终。杜甫祖籍亦在襄阳。

【译文】当此戎马交驰的年代，还苟活着我这困居柴门的多病老人。平日里捧着你的诗篇打发时光，如今你又远去啦想来让我惊魂。我俩一在峨眉，一在岘首，天高地远啊何日能够重逢？请你为我在襄阳故老中寻觅庞公那样的隐士，我将与他共隐襄阳的山林。

## 重赠郑炼绝句

【题解】此诗作于前诗之后，诗中怜惜郑炼清贫罢归的苦况。

【原诗】郑子将行罢使臣，囊无一物献尊亲。江山路远羁离日[①]，裘马谁为感激人[②]？

【注释】①羁离：飘泊他乡。 ②裘马：“轻裘肥马”的略语。指乘肥衣轻的贵者。

【译文】郑子罢掉使臣官职即将上路回乡，囊中空空竟无一物可献尊亲！在今后飘泊他乡的万里归途上，哪一位贵者能对你表示怜悯心？

## 江头五咏

【题解】这组诗当作于宝应元年（762）春。江头，即草堂附近的浣花溪边。五首咏物诗皆为自咏。顾宸说：“《丁香》，立晚节也。《丽春》，守坚操也。《栀子》，适幽性也。《鸂鶒》，遣留滞也。《花鸭》，戒多言也。此虽咏物，实自咏耳。”

### 丁　香

【原诗】丁香体柔弱[①]，乱结枝犹垫[②]。细叶带浮毛，疏花披素艳。深栽小斋后，庶使幽人占。晚堕兰麝中[③]，休怀粉身念。

【注释】①丁香：常绿乔木，夏季开花，花淡紫色，有香气。 ②垫：下垂。 ③兰麝：兰与麝香，皆名贵的香料。

【译文】丁香树体态柔弱，枝条纷乱交缠犹自下垂。细小的叶子上带着浮毛，稀疏的花朵素净而美丽。它僻静地栽于小斋之后，希望能让幽人占有。假如晚节堕入兰麝一类的香料中，也休怀粉身求荣的念头。

### 丽　春

【原诗】百草竞春华，丽春应最胜[①]。少须颜色好，多漫枝条剩。纷纷桃李姿，处处总能移。如何此贵重？却怕有人知。

【注释】①丽春：花名，罂粟的一种，丛生柔干，多叶有刺，为花中妙品。

【译文】百草竞相在春天开花，大概要属丽春最美。它开花少的时候能以美色取胜，开花多的时候枝条都显得不够用。看那众多的桃花李花，移栽到哪里都能含笑弄姿，为什么你却移则枯槁？啊，如此自贵是因为害怕人知。

## 栀　　子

【原诗】栀子比众木[①]，人间诚未多。于身色有用，与道气相和[②]。红取风霜实，青看雨露柯。无情移得汝，贵在映江波。

【注释】①栀子：常绿灌木或小乔木，花大，白色，有香气，果实可以作黄色染料，也可入药。　②《本草》云，栀子治五内邪气、胃中热气。

【译文】栀子树比起众多的花木，它的佳处实为人间罕有。它的花色可用作染料，它的果实可用作医药。果实经霜变红，任人摘取；枝柯雨中翠青，供人欣赏。我无心把你移入庭院，因为你的花枝映照江波，乃是人间最美的景色。

## 鸂　　鶒

【原诗】故使笼宽织，须知动损毛。看云犹怅望，失水任呼号[①]。六翮曾经剪[②]，孤飞卒未高。且无鹰隼虑，留滞莫辞劳。

【注释】①“看云”二句：鸂鶒本水鸟（形小如鸭，毛有五彩），如今禁于笼中，故有“看云”、“失水”之情状。　②六翮：鸟类双翅中的正羽。用以指鸟的双翼。

【译文】之所以把笼子编得如此宽大，是因为担心你飞动会损害羽毛。你眼望青云仍在惆怅，为失去水泽而放声呼号。你的劲羽曾被剪过，即便出笼也终难飞高。姑且没有鹰击之患，就留在笼中吧，莫辞辛劳。

## 花　　鸭

【原诗】花鸭无泥滓，阶前每缓行。羽毛知独立，黑白太分明[①]。不觉群心妒，休牵众眼惊。稻粱沾汝在，作意莫先鸣②。

【注释】①此句借羽毛黑白分明，寓作者是非分明的品德。 ②稻粱：喻禄位。先鸣：喻直言。杜甫以直言遭贬，故此句有揭露当局堵塞言路的意思。

【译文】花鸭身上清净无泥，常在阶前缓步而行。它让羽毛不同于群鸭，黑白二色非常分明。花鸭啊你没觉到群心在忌妒么？不要惹得众眼受惊吧。主人用稻粱喂养你，留心啊千万不要先出声。

## 野　望

【题解】此诗当作于宝应元年（762），诗中书写城郊野望时产生的思家忧国之感。

【原诗】西山白雪三城戍①，南浦清江万里桥②。海内风尘诸弟隔，天涯涕泪一身遥。惟将迟暮供多病，未有涓埃答圣朝③。跨马出郊时极目，不堪人事日萧条！

【注释】①西山：一名雪岭，在成都西部，终年积雪。三城戍：指松、维、保三城，为防御吐蕃入侵而设戍。戍，指边防驻军的城堡。 ②清江：指锦江。万里桥：在成都市南，跨锦江上。三国时蜀臣费祎出使吴国，诸葛亮于野外桥边为其饯行，费祎叹道：“万里之行，始于此矣。”此桥因以得名。故万里桥引人作离别之想，杜甫用之以引下文忆弟之思。 ③涓埃：涓，细流。埃，微尘。比喻微小的贡献。

【译文】白雪皑皑的西山有戒备森严的三座城堡，清波悠悠的南浦有令人伤别的万里桥。海内战尘弥漫啊诸弟彼此相隔，孤身流落天涯的我啊不禁涕泪沾袍。我仅把晚年岁月供给众多的疾病去缠绕，却未能有些微的贡献去报答圣朝。骑马出郊之际时时极目而望，难以禁受这国事、家事的日益萧条！

## 畏人

【题解】此诗当作于宝应元年（762），时杜甫居成都草堂。诗中写避人幽栖的生活。

【原诗】早花随处发，春鸟异方啼。万里清江上，三年落日低。畏人成小筑①，褊性合幽栖②。门径从榛草，无心待马蹄。

【注释】①小筑：指简陋的草堂。 ②褊性：性情急躁。指自己心不容事、见恶必言的性格。

【译文】春鸟春花随处啼笑，这异乡的花鸟引起了我的乡思。三年来我常在万里桥上注视东去的江水，一直看到落日低垂。因畏人事我盖了一座小小的茅屋，急躁的性子也只宜退隐幽居。任凭门前的小路长满草木，无心等待那来访者的马蹄。

## 屏迹三首

【题解】这组诗当作于宝应元年（762）春夏之际。诗中描述屏迹江村的生活和感受。屏迹，隐居。

### 其一

【原诗】衰年甘屏迹，幽事供高卧。鸟下竹根行，龟开萍叶过。年荒酒价乏①，日并园蔬课②。独酌甘泉歌，歌长击樽破。

【注释】①价：钱款。 ②日并：并日而食。因缺粮，两日只安排三餐。课：索求。

【译文】衰老之年甘心收敛足迹，幽雅之事可供隐居生活。鸟儿落到竹根悠闲地散步，乌龟划开萍叶从容地渡河。年成不好缺乏沽酒之资，两日三餐只得向园蔬求索。园蔬不继便以甘泉当酒，长歌一曲竟把酒杯敲破。

### 其　二

【原诗】用拙存吾道，幽居近物情。桑麻深雨露，燕雀半生成。村鼓时时急，渔舟个个轻。杖藜从白首，心迹喜双清。

【译文】用拙弃巧以维护我的人生之道，隐居绝交才能了解物情。桑麻因雨露滋润而长得深茂，燕雀们新生的已经长大，长大的又有所生。江村的鼓乐时时奏响，打鱼的船儿个个轻盈。拄着藜杖任凭头发变白，可喜的是心灵和行迹两皆清净。

### 其　三

【原诗】晚起家何事，无营地转幽。竹光团野色，舍影漾江流。失学从儿懒，长贫任妇愁。百年浑得醉，一月不梳头。

【译文】早上晚起是因为家中无事可做，无所营求因而住地也就显得清幽。青翠的竹光聚集了田野的绿色，草舍的倒影荡漾于缓缓的江流。听凭儿子偷懒，失学就失学吧；长年贫困，也只好任由老伴去发愁。人生百年只求浑然一醉，一个月也不去梳一次头。

## 少　年　行

【题解】此诗当作于宝应元年（762），诗中记述一个粗豪无礼的贵家子弟，可能是作者所历之事。

【原诗】马上谁家白面郎？临阶下马坐人床①。不通姓氏粗豪甚，指点银瓶索酒尝。

【注释】①床：胡床，一种可以折叠的坐具。

【译文】马背上是谁家的白脸哥儿？临阶下马直入人家的座儿。不知通报姓氏粗豪到极点，指点厨中的银瓶要酒喝。

## 即　事

【题解】此诗当作于宝应元年（762），大约是作者在成都参加酒宴时为舞妓写的即兴之作。

【原诗】百宝装腰带，真珠络臂鞲①。笑时花近眼，舞罢锦缠头②。

【注释】①臂鞲（gōu）：臂衣，舞妓用以套于臂上，以便于舞蹈。②缠头：古时歌舞艺人表演完毕，客人以罗锦为赠，置之头上，称“缠头”。

【译文】百宝装饰腰带，真珠缠绕臂鞲。笑时像花一样开在眼前，一曲舞罢罗锦缠满头。

## 奉酬严公寄题野亭之作

【题解】此诗当作于宝应元年（762）春。头年十二月，严武来成都为尹。开春后，写《寄题杜二锦江野亭》，邀请杜甫到成都游玩。杜甫作此诗相酬。

【原诗】拾遗曾奏数行书①，懒性从来水竹居②。奉引滥骑沙苑马③，幽栖真钓锦江鱼。谢安不倦登临费④，阮籍焉知礼法疏⑤？枉沐旌麾出城府⑥，草茅无径欲教锄。

【注释】①奏书：指作者任左拾遗时，上书救房琯事。这是他此后被贬终至弃官的主要原因。②水竹居：居于草野之间。指寓居草堂。③奉引：为皇帝前导引车。沙苑：地名。在陕西大荔县南，临渭水，唐时于此置沙苑监，牧养马匹。④《晋书·谢安传》载，谢安于土山建别墅，常携子侄来此宴游，肴膳屡费百金。⑤阮籍：三国魏文学家、思想家，蔑视礼教，尝以“白眼”看待“礼俗之士”。⑥枉沐：白白地蒙受。对人来访的敬辞。

【译文】我任左拾遗时写过几行奏书，生性疏懒啊只能住在乡野茅屋。当年曾滥骑沙苑良马为皇上引路，如今隐居锦江之侧真的钓开了鱼。你像谢安那样喜欢登山临水舍得破费，我则像阮籍那样轻视礼法而且不以为误。如能蒙你走出城府前来草堂，我会让人在茅草丛生的门前开出一条道路。

## 严中丞枉驾见过

【题解】此诗当作于前诗稍后，前诗邀严武来访，严武应邀前来。严武此时兼任御史中丞，故以“中丞”称之。

【原诗】元戎小队出郊坰①，问柳寻花到野亭。川合东西瞻使节②，地分南北任流萍。扁舟不独如张翰③，皂帽还应似管宁④。寂寞江天云雾里，何人道有少微星⑤？

【注释】①元戎：主将。指严武。严武任东、西两川节度使，掌兵权。郊坰：郊野。毛传：“坰，远野也。邑外曰郊，郊外曰野，野外曰林，林外曰坰。” ②杜甫自注：“严自东川除西川，敕令都节制。”宝应元年，严武为东川节度，更除西川，权摄东川，至广德二年（764）正月，东、西两川始合为一道。 ③张翰：晋人，曾在洛阳作官，后弃官归隐。④管宁：三国魏人，避世隐居，朝廷征召而不就。常着皂帽、布襦裤。⑤少微星：星名。古人称少微星为处士星，因以喻指处士。此处为作者自喻。

【译文】元戎带着小队随从走出郊野，一路上玩赏着春景来到我的草亭。你是人所共仰的东、西两川的使节，我则如从北到南随意飘泊的浮萍。我不只像那扁舟归隐的张翰，还应像那头带皂帽的管宁。在这寂寞的江天云雾里，有谁知道隐着少微星？

## 遭田父泥饮，美严中丞

【题解】此诗当作于宝应元年（762）春，时杜甫居成都草堂。诗中记述被老农缠住长饮的情事，歌颂农民纯朴品德，且通过老农之口对严武的怜恤民生加以赞评。

【原诗】步屟随春风[1]，村村自花柳。田翁逼社日[2]，邀我尝春酒。酒酣夸新尹[3]："畜眼未见有[4]。"回头指大男："渠是弓弩手。名在飞骑籍，长番岁时久[5]。前日放营农，辛苦救衰朽。差科死则已，誓不举家走。今年大作社，拾遗能住否?"叫妇开大瓶，盆中为我取。感此气扬扬，须知风化首。语多虽杂乱，说尹终在口。朝来偶然出，自卯将及酉[6]。久客惜人情，如何拒邻叟！高声索果栗，欲起时被肘。指挥过无礼，未觉村野丑。月出遮我留，仍嗔问升斗。

【注释】①屟（xiè）：草鞋。 ②社日：古代农村祭祀土地神的节日。一年有二次，一在春天，一在秋天。 ③新尹：指严武。严武于头年十二月方接任成都尹。 ④畜眼：即"蓄眼"。积多年之所见的意思。 ⑤长番：长久当兵，不得轮番更替。当为飞骑军制。 ⑥卯：上午从五点到七点为卯时。酉：下午从五点到七点为酉时。

【译文】穿上草鞋追随春风的脚步，村村落落都是红的花绿的柳。田家老农遇到我，说是已临近社日啦，请我去家中尝春酒。酒酣之际他夸起新上任的成都尹："这样的好官儿我可从来没见有!"回过头指着大儿说："他是部队中的弓弩手。名字落在长久当兵的飞骑军册，服役时间已经很久。前几天被新尹放回务农，来搭救我这辛辛苦苦的衰老头。我只要还有一口气就一定承担徭役赋税，决不带着全家逃走。今年我要大办春社，拾遗您能多住几天不?"说罢就叫老伴打开大酒瓶，又从盆中为我夹菜来下酒。我不禁为老农的扬扬意气所感动，深知以仁政教育感化人民实在为执政之首。老农虽然语多杂乱，夸奖新尹却始终不离口。我早晨偶然出门散步，谁知这顿酒竟从卯时喝到酉。久居他乡深惜人情的可贵，如何能拒绝邻叟的挽留！他高声大嗓地向老伴索要果栗，我几次想起身告辞都被他用肘按住。他指手画脚似乎过于失礼，可我一点也不觉得这村野老头粗丑。直到月亮升起仍然拦我留下，还责怪我询问喝了几升几斗。

## 奉和严中丞西城晚眺十韵

【题解】此诗当作于宝应元年（762）春。严武作《西城晚眺》，杜甫写此诗相和。诗赞严武雄才武略，希望他能安边立功。

**【原诗】**汲黯匡君切[①]，廉颇出将频[②]。直词才不世，雄略动如神。政简移风速，诗清立意新。层城临暇景，绝域望余春。旂尾蛟龙会[③]，楼头燕雀驯。地平江动蜀，天阔树浮秦。帝念深分阃[④]，军须远算缗[⑤]。花罗封蛱蝶，瑞锦送麒麟。辞第输高义，观图忆古人[⑥]。征南多兴绪[⑦]，事业暗相亲。

**【注释】**①汲黯：字长孺，汉朝人，汉武帝召为大中大夫，多次直言切谏。此借比严武，严武昔为谏官。 ②廉颇：战国时赵国名将，屡立战功。此借比严武，严武今为节度，掌重兵。 ③旂（qí）：古代画有两龙并在竿头悬铃的旗。 ④分阃：指出任将帅或封疆大吏。 ⑤算缗：古时税收的一种。 ⑥晋裴秀《禹贡九州地域图序》：文皇帝乃命有司，撰吴蜀地图。蜀土既定，六军所经地域远近、山川险易、征路迂直，校验图记，罔有或差。 ⑦征南：杜甫先祖杜预，晋代名将，曾任镇南大将军，多谋略，时号“杜武库”。

**【译文】**你像汲黯一样忠直地匡扶君主，又像廉颇那样频频外出为将统军。你言辞直切，才干非一世能有；你谋略雄奇，用兵简直如神。你执政简明，迅速扭转了风气；诗句清雅，立意颇能出新。闲暇之际你登临高大的城楼，向极远之处眺望暮春风景。旌旂上的蛟龙随风交舞，城楼上的燕雀见人不惊。大地平坦，江流摇动着蜀地；天空阔远，树影飘浮于三秦。天子挂念着你这远任的将帅，为了保障军需而把地方税收免征。还把绣有蝴蝶、麒麟的罗锦，恩赐给你这保卫西南的将军。你不顾身家性命而向国家敬献忠心义胆，观看蜀中地图想如古人那样留心边地的安宁。我的先祖曾任镇南大将军，你在兴致和事业上都与他暗相接近。

## 中丞严公雨中垂寄见忆一绝，奉答二绝

**【题解】**这组诗当作于宝应元年（762）四月，为答严武赠诗而作，盼望严武再次造访草堂。

### 其　一

【原诗】雨映行宫辱赠诗[①]，元戎肯赴野人期？江边老病虽无力，强拟晴天理钓丝。

【注释】①行宫：指安史乱后玄宗退居成都所居的房舍，后改为军营。此时当为严武幕府。映：遮盖。

【译文】在雨幕遮盖行宫的时候劳你赠诗给我，你这位主将肯否来赴野老的期约？江边隐者虽然年老多病体无力，仍想打起精神陪你来钓鱼。

### 其　二

【原诗】何日雨晴云出溪，白沙青石洗无泥。只须伐竹开荒径，倚仗穿花听马嘶。

【译文】何时才能雨晴白云出溪，雨洗沙石清净无泥。只须砍伐竹林开辟荒径，扶着藜杖静听穿花而来的你的马嘶。

## 谢严中丞送青城山道士乳酒一瓶

【题解】此诗当作于宝应元年（762），时杜甫居成都草堂。严武送来青城山道士乳酒一瓶，杜甫写此诗申谢。乳酒，酒名，用马乳葡萄制成。

【原诗】山瓶乳酒下青云[①]，气味浓香幸见分。鸣鞭走送怜渔父[②]，洗盏开尝对马军[③]。

【注释】①山瓶：山野人家所用的瓶酒。　②渔父：古诗文常用以称隐者。此为作者自称。　③马军：作者自注："军州谓驱使骑为马军。"驱使骑，供差遣的骑兵。

【译文】山瓶乳酒下自青云，浓香的气味幸能蒙分。你怜恤渔父派人飞马送到，当着马军的面我便急忙洗盏开樽。

# 三 绝 句

**【题解】**这组诗当作于宝应元年（762）春，写草堂周围景物，皆为咏物抒怀。

## 其 一

**【原诗】**楸树馨香倚钓矶①，斩新花蕊未应飞。不如醉里风吹尽，何忍醒时雨打稀！

**【注释】**①楸树：落叶乔木，花冠白色。

**【译文】**钓矶边的楸树飘散着香气，花朵崭新啊还不到凋谢时期。不如在我酒醉中让风把它们吹尽，怎忍心清醒时看着它们被雨打稀！

## 其 二

**【原诗】**门外鸬鹚去不来①，沙头忽见眼相猜。自今已后知人意，一日须来一百回。

**【注释】**①鸬鹚：鱼鹰。

**【译文】**柴门外的鸬鹚飞走之后再也没来，今日在沙滩上偶然相遇，那眼神似乎对我有所疑猜。鸬鹚啊你该了解我的善良心性，从今以后每日须来一百回。

## 其 三

**【原诗】**无数春笋满林生，柴门密掩断人行。会须上番看成竹①，客至从嗔不出迎。

**【注释】**①上番：初番，头回。指第一批长出的竹笋。这种竹笋壮大，可养成竹。

【译文】无数的春笋生满林间，柴门被密密遮住行人也被隔断。这些初生的笋苗定会长成大竹，到那时可以不必出门迎客，任凭他们怪怨。

## 戏为六绝句

【题解】这组诗当作于宝应元年（762）。作者对当时诗坛存在的错误倾向和个人的创作体会作了评述，开创了以诗论诗的先河。题中曰“戏”，是谦虚说法。但以诗说理，甚觉艰难。

### 其　一

【原诗】庾信文章老更成①，凌云健笔意纵横。今人嗤点流传赋②，不觉前贤畏后生。

【注释】①庾信：北周著名文学家。起初作品多为宫体诗，后来由于遭际坎坷，创作风格发生重大变化，如《咏怀二十七首》、《哀江南赋》等作品，反映了动乱的现实，抒发了浓重的故国之思。　②流传赋：指庾信留传下来的诗赋。

【译文】庾信晚年文章更为老成，笔势凌云文意纵横。今人对他的作品妄加嘲笑指摘，这不禁让前贤怕起了后生。

### 其　二

【原诗】王杨卢骆当时体①，轻薄为文哂未休。尔曹身与名俱灭，不废江河万古流。

【注释】①王杨卢骆：指初唐“四杰”王勃、杨炯、卢照邻、骆宾王。初唐时期，诗坛承袭六朝浮靡风气，“四杰”的部分作品冲破了宫廷文学的藩篱，也有部分作品属于浮艳之作。“当时体”，是说“四杰”的作品是那个特定历史时代的产物，后人不可超越时代去妄加批评。

【译文】王杨卢骆的诗歌格局是那个时代的产物，后世轻薄之徒写文嘲笑噪闹不休。你们这么做只能弄得身败名裂，而四杰的声望则如江河万古不废其流。

## 其　三

**【原诗】**纵使卢王操翰墨，劣于汉魏近风骚①。龙文虎脊皆君驭②，历块过都见尔曹③。

**【注释】**①风骚："国风"和"楚骚"。　②龙文、虎脊：皆为良马名。此喻"四杰"。　③王褒《圣主得贤臣颂》："过都越国，蹶如历块。"蹶，奔腾。

**【译文】**即使"四杰"的作品不如汉魏诗歌那样接近"国风"和"楚骚"，然而他们无疑是龙文、虎脊一类君王之所驭，越过国都就像越过一个土块那么轻易，相形之下可以见出你们是何等的乏力。

## 其　四

**【原诗】**才力应难跨数公①，凡今谁是出群雄？或看翡翠兰苕上，未掣鲸鱼碧海中。

**【注释】**①数公：指前面所述的庾信和"四杰"。

**【译文】**论才力难以超过庾信、"四杰"诸公，当今文坛有谁堪称出众的雄才？有时也能看到像翠鸟集于兰花那样小巧玲珑之作，却终未见谁写出掣鲸碧海的磅礴巨制来。

## 其　五

**【原诗】**不薄今人爱古人，清词丽句必为邻。窃攀屈宋宜方驾①，恐与齐梁作后尘②。

**【注释】**①方驾：并驾齐驱。方，并。　②齐梁：南朝的两个朝代。用以指六朝。

【译文】我敬爱古人也不轻视今人，凡有清词丽句者我必与他亲近。我努力追攀屈原宋玉以为应该与之并驾齐驱，倘若仅醉心于字句则可能要步齐梁的后尘。

### 其　六

【原诗】未及前贤更勿疑，递相祖述复先谁？别裁伪体亲风雅①，转益多师是汝师。

【注释】①别裁：区别、淘汰。伪体：指形式主义作品。

【译文】我们不及前贤这无须置疑，前贤们各有师承各有贡献又何劳分个高低？倘若能识别并淘汰文学遗产中那些形式主义的东西而亲近“风雅”，那么从古至今一切有成就的作家都值得学习，都是你们的老师。

## 野人送朱樱

【题解】此诗当为上元、宝应年间作，诗写见樱桃而忆朝赐，抒发今昔之感。

【原诗】西蜀樱桃也自红，野人相赠满筠笼。数回细写愁仍破①，万颗匀圆讶许同。忆昨赐沾门下省②，退朝擎出大明宫③。金盘玉箸无消息④，此日尝新任转蓬。

【注释】①写：移置。从一个竹笼倒入另一个竹笼。　②唐李绰《岁时记》：“四月一日，内园荐樱桃寝庙。荐讫，颁赐各有差。”门下省：在宣政殿东，杜甫当年任左拾遗，属门下省。　③大明宫：在禁苑之东，会朝所经之地。　④金盘玉箸：荐庙时所用的器具。

【译文】西蜀的樱桃原来也是这般鲜红啊，乡野之人送我满满一竹笼。熟得很透啊，几番细心地移放却还是把它弄破了，令人惊讶的是上万颗樱桃竟然如此匀圆相同。回想当年在门下省供职曾蒙赐此物，退朝时双手把它擎出大明宫。唉，金盘玉箸早已相隔遥远，今日尝新我已飘泊天涯如同转蓬。

## 严公仲夏枉驾草堂兼携酒馔得寒字

【题解】此诗当作于宝应元年（762）五月，时杜甫居成都草堂。严武携酒食来草堂，席间二人抽韵赋诗，杜甫抽得“寒”韵。

【原诗】竹里行厨洗玉盏，花边立马簇金鞍。非关使者征求急①，自识将军礼数宽。百年地僻柴门迥，五月江深草阁寒。看弄渔舟移白日，老农何有罄交欢②？

【注释】①使者：使君。指严武。征求：征聘。严武此时有征聘杜甫之意。 ②老农：杜甫自谓。

【译文】竹林里洗盏行厨，准备酒宴；花丛边立着众多马匹，金鞍簇集成片。你一再枉驾，与急于征聘我无关；不过是由于你宽于礼数，总想给我以慰安。衰老的我住在偏远之地，五月里江水幽深草堂尚寒。幸好你看弄渔舟消磨了时日，要不然老农我又能拿出什么来尽情交欢？

## 严公厅宴同咏蜀道画图得空字

【题解】此诗当作于宝应元年（762），时杜甫在成都严武厅堂饮宴，席间宾主同咏厅壁上的蜀道地图，杜甫抽得“空”韵。

【原诗】日临公馆静，画满地图雄。剑阁星桥北①，松州雪岭东②。华夷山不断，吴蜀水相通。兴与烟霞会，清樽幸不空。

【注释】①剑阁：四川北部剑门关一带。星桥：即七星桥，在成都，相传秦时李冰沿水造桥，上应七星，故称。 ②松州：治所在嘉诚（今四川松潘），贞观二年置都督府。雪岭：即西山，在松州嘉诚县东八十里。 ③华夷：指汉族与西南地区少数民族。

【译文】太阳映照着静静的公馆，厅壁上挂满壮阔的地图。剑阁雄踞于星桥之北，雪岭矗立于松州之东。华夷山脉连绵不断，吴蜀江流万里相通。我的豪兴与图上的烟霞连成一片，一杯接着一杯地喝个不停。

## 戏赠友二首

**【题解】**这组诗当作于宝应元年（762）四月，分别赠给在成都为官的焦、王二位青年朋友。

### 其　一

**【原诗】**元年建巳月①，郎有焦校书②。自夸足臂力，能骑生马驹。一朝被马踏，唇裂板齿无。壮心不肯已，欲得东擒胡。

**【注释】**①建巳月：上元二年（761），以十一月建子为岁首月，则建巳月为宝应元年（762）四月。　②校书：校书郎，官名，掌校勘书籍。唐代秘书省及弘文馆均置此官。这里当指焦氏的曾任官职。

**【译文】**宝应元年四月里，有位焦校书颇神气，自夸臂力很足实，能骑没经驯练的儿马驹。一次从马背上跌下来，被马踏裂了嘴唇踩掉了大门牙。然而壮心不肯止，还想东征叛军去拼杀。

### 其　二

**【原诗】**元年建巳月，官有王司直①。马惊折左臂，骨折面如墨。驽骀漫深泥，何不避雨色？劝君休叹恨，未必不为福②。

**【注释】**①司直：司法官名，属廷尉或大理寺，掌出使推按。　②《淮南子·人间训》："近塞上之人有善术者，马无故亡而入胡，人皆吊之。其父曰：'此何遽不为福乎？'居数月，其马将胡骏马而归，人皆贺之。其父曰：'此何遽不能为祸乎？'家富良马，其子好骑，堕而折其髀，人皆吊之。其父曰：'此何遽不为福乎？'居一年，胡人大入塞，丁壮皆引弦而战，近塞之人，死者十九，此独以跛之故，父子相保。"

**【译文】**宝应元年四月间，有位姓王的司法官，被受惊的劣马摔在地，左臂折断满脸黑泥如墨染。劣马陷入深泥潭，王郎啊练骑何不等雨干？劝君不必生怨恨，断臂难说不是福之端。

## 大　雨

**【题解】** 此诗当作于宝应元年（762）四月，时杜甫居成都草堂。自头年入冬以来，成都一带持续干旱，农家叹苦不堪，杜甫亦忧心忡忡。四月里一场大雨突降，缓解了旱情，杜甫作此诗以记事抒怀。

**【原诗】** 西蜀冬不雪，春农尚嗷嗷①。上天回哀眷，朱夏云郁陶。执热乃沸鼎，纤絺成缊袍②。风雷飒万里，霈泽施蓬蒿。敢辞茅苇漏？已喜黍豆高！三日无行人，二江声怒号③。流恶邑里清，矧兹远江皋④！荒庭步鹳鹤，隐几望波涛。沉疴聚药饵，顿忘所进劳。则知润物功，可以贷不毛。阴色静垅亩，劝耕自官曹。四邻耒耜出，何必吾家操？

**【注释】** ①嗷嗷：哀号声。　②纤絺（chī）：细葛。此处指用细葛制成的衣服。　③二江：《宋史》载，初李冰开二渠，一由永康过新繁入成都，谓之外江；一由永康过郫入成都，谓之内江。　④江皋：江边。　⑤耒耜（sì）：古代耕地的工具，形似犁。

**【译文】** 西蜀一冬没有下雪，直到春天农民仍为干旱而哀号。难得老天垂怜眷顾，夏季的天空终于浓云凝聚。天气酷热啊像泡在滚开的锅里，身穿细葛单衣竟像穿着棉袍。风雷从万里之外飒然而至，滂沱的大雨泽及蓬蒿。我哪敢抱怨自家的茅屋被浇漏？喜看那黍豆小苗正在雨中长高！一连三天路无行人，二江奔涌涛声怒号。雨水涤荡污秽境内为之一清，何况我这里是远离闹市的江皋！荒芜的庭前鹳鹤在悠闲散步，我靠着几案望着汹涌的波涛。我久患肺病聚集了不少药饵，今日雨凉病减也就不烦进饮之劳。可知造化的润物之功，真可深施于不毛。雨后的田野阴湿而寂静，官吏们下乡来勉励耕种。四邻的农民都扛着农具下田了，我虽没有田地却同样感到庆幸。

## 溪　涨

**【题解】**此诗当作于宝应元年（762）四月大雨之后，诗中描写溪涨遇阻不得回归草堂的情事。

**【原诗】**当时浣花桥[①]，溪水才尺余。白石明可把，水中有行车。秋夏忽泛滥，岂惟入吾庐？蛟龙亦狼狈，况是鳖与鱼！兹晨已半落，归路跬步疏[②]。马嘶未敢动，前有深填淤。青青屋东麻，散乱床上书。不知远山雨，夜来复何如。我游都市间，晚憩必村墟。乃知久行客，终日思其居。

**【注释】**①浣花桥：指浣花溪上的桥。杜甫草堂在浣花溪边。　②跬步：人迹。

**【译文】**往时的浣花溪，桥下水深仅有一尺多。水底的白石清晰可捧，水中也有车辆通过。到了夏天忽然洪水泛滥，何止是淹了我的茅屋。蛟龙也被洪水冲得仓皇失措，何况是那些小小的鱼鳖。今天早上水位落了一半，归路上仍旧人迹稀少。马儿嘶鸣着不敢前进，前面有深深的淤泥。隔着溪水眺望屋东青麻，惦念着床上散乱的书籍。不知道那屯在远山的云雨，入夜后是否又来侵袭。我平日去城中游玩，到晚上总要回村休息。由此方知久行之客，何以终日盼望有个定居。

## 大　麦　行

**【题解】**此诗当作于宝应元年（762）初夏。史载，宝应元年三月，党项、奴剌攻占梁州。此诗代士兵立言，写入侵者去其家乡抢粮，而自己却不能救护的恳切心情。

**【原诗】**大麦干枯小麦黄，妇女行泣夫走藏。东至集壁西梁洋[①]，问谁腰镰胡与羌[②]。岂无蜀兵三千人？部领辛苦江山长。安得如鸟有羽翅，托身白云归故乡！

【注释】①集壁梁洋：唐时四州名。集州，今四川南江县。壁州，今四川通江县。梁州，今陕西褒城镇。洋州，今陕西洋县。 ②胡与羌：指党项、奴剌异族入侵者。

【译文】大麦干枯小麦已黄，妇女边走边哭男人逃避躲藏。东至集、壁，西至梁、洋，腰中别镰前来割麦的是谁呀？是奴剌与党项！难道竟没有三千蜀兵前去救护？不！是带兵的怕苦，愁于江山路长！如何能像鸟儿那样有一双翅膀啊，好托身于白云飞归我那苦难的家乡！

## 奉送严公入朝十韵

【题解】此诗当作于宝应元年（762）七月。头年十二月，严武为成都尹，这年四月，玄宗肃宗相继去世，代宗即位，六月，代宗召严武还朝。杜甫写此诗为其送行。

【原诗】鼎湖瞻望远①，象阙宪章新②。四海犹多难，中原忆旧臣。与时安反侧③，自昔有经纶。感激张天步④，从容静塞尘。南图回羽翮⑤，北极捧星辰。漏鼓还思昼，宫莺罢啭春。空留玉帐术⑥，愁杀锦城人。阁道通丹地，江潭隐白蘋。此生那老蜀？不死会归秦。公若登台辅⑦，临危莫爱身。

【注释】①鼎湖：传说为黄帝升天处。代指玄宗肃宗去世。 ②象阙：指朝廷。宪章新：指代宗即位。宪章，法度。 ③安反侧：指严武在灵武作肃宗的扈从。 ④张天步：指收复京都。 ⑤南图：指四川。 ⑥玉帐术：用兵之术。 ⑦台辅：三公宰辅之位。

【译文】瞻望鼎湖江山渺远，代宗即位法度更新。四海之内仍然多难，朝廷思念你这位旧臣。你应时而起安抚君王的忧心，从早就具有治国的才能。你慷慨奋发壮大国运，从容地平定了西蜀的边争。如今要从蜀地返回京都，去朝廷辅佐新君。夜闻漏鼓盼望天明启程，计算着入朝应在宫莺罢啭的时辰。这里空留你的用兵之术，成都人民都愁苦万分。你将行经栈道进入朝廷，我仍在江边隐居有如白蘋。这辈子哪能老于蜀地？如果不死一定要回到关中。你若能登上台辅之位，危机关头切莫顾惜自身！

## （四）从成都到绵州、梓州、阆州等地

### 送严侍郎到绵州同登杜使君江楼得心字

【题解】此诗当作于前诗之后。《通鉴》载，宝应元年（762）六月，以兵部侍郎严武为西川节度使。此诗称严武为侍郎，盖严武以兵部侍郎见召。严武北赴，杜甫一路送行至绵州（今四川绵阳）。绵州刺史杜某于江楼设宴款待，杜甫于席间赋得此诗。

【原诗】野兴每难尽，江楼延赏心。归朝送使节，落景惜登临①。稍稍烟集渚，微微风动襟。重船依浅濑，轻鸟度曾阴。槛峻背幽谷，窗虚交茂林。灯光散远近，月彩静高深。城拥朝来客，天横醉后参②。穷途衰谢意，苦调短长吟。此会共能几？诸孙贤至今③。不劳朱户闭，自待白河沉。

【注释】①景：日光。 ②参：星名，据古代天文家所说，秦地属于参宿的分野。作者醉观参宿，有念严武所往之意。 ③诸孙：指绵州刺史杜某。于杜氏家族中二人当是祖孙关系。

【译文】野游的兴趣每每难尽，今日江楼景物引动赏心。当此送别使节归朝之际，面对落日更加使人珍惜此番登临。薄薄的雾气集于沙渚，微微的晚风吹动衣襟。沉甸甸的大船靠在滩边，轻盈的鸟儿飞过浓云。高峻的栏杆背靠着幽深的山谷，空明的窗子连接着茂盛的树林。灯光散落于远远近近，月华静沐着整个乾坤。城池簇拥着早上到达的过客，天空横列着醉眼中闪烁的参星。我怀着日暮途穷凄惶落寞的心情，无论长歌短调都是痛苦的声音。这种聚会人生能有几次？可喜的是至今尚有贤达的诸孙。无须关闭江楼的朱门，离别之宴自可进行到银河消沉。

### 奉济驿重送严公四韵

【题解】此诗当作于前诗之后。奉济驿，在绵州附近三十里。杜甫送严武离开绵州行至奉济驿，方最后告别，作此诗以抒别情。

【原诗】远送从此别，青山空复情[1]。几时杯重把？昨夜月同行[2]。列郡讴歌惜[3]，三朝出入荣[4]。江村独归处，寂寞养残生。

【注释】①“青山”句，写北面的群山重叠，似欲阻留严武，然君命难违，终不得留。 ②“昨夜”句，手法同“青山”句，亦为“移情于物”。盖言杜、严二友素于月下饮酒，故月亦有情，一路同行，以备二人不时之需。 ③列郡：指东西两川各郡，严武赴京前为两川节度。 ④三朝：指玄宗、肃宗、代宗三朝。

【译文】远送到此，即将与你分别，青山啊，你们也空有挽留之情。何时我们才能重举酒杯？昨夜的月亮也在依依不舍地与我们同行。两川各郡都为你的离去唱起惋惜之歌，你辅佐三朝，出将入相，官位尊荣。我将独自回到江村草舍，在寂寞中度过残生。

## 送梓州李使君之任

【题解】此诗当作于宝应元年（762）夏。严武走后，成都徐知道作乱，杜甫不得归，滞留绵州（今四川绵阳）。梓州，今四川三台县。李氏将往梓州任刺史，杜甫写此诗为其送行。

【原诗】籍甚黄丞相[1]，能名自颍川。近看除刺史，还喜得吾贤。五马何时到[2]？双鱼会早传。老思筇竹杖[3]，冬要锦衾眠。不作临歧恨，惟听举最先。火云挥汗日，山驿醒心泉。遇害陈公殒[4]，于今蜀道怜。君行射洪县，为我一潸然。

【注释】①籍甚：盛大。黄丞相：《汉书》载，黄霸拜颍川太守，咸称神明，后征入为丞相。此以黄氏功业寄望于李刺史。 ②五马：汉代太守乘坐的车用五匹马驾辕，后因以代称太守。刺史相当于太守，这里指称李刺史。 ③筇竹：一种节高中实的竹子，可作手杖。 ④陈公：指陈子昂。梓州射洪县（今属四川）人。武则天时在朝为官，任麟台正字，转右拾遗，敢于直述时弊，与武氏集团有矛盾。后解职回乡，为县令段简所诬，入狱，忧愤而死。是唐代诗歌革新的先驱。

【译文】想那功业显赫的黄丞相，就是从颍川太守任上获得的能名。近来看到朝廷任命刺史，欣喜能用到我们的贤臣。你乘坐五马车驾何时到任？相信一定能早早传来书信。年老的我想得到一根筇竹作杖，冬季里需要有一床锦被入眠。临别之际不作惆怅之辞，只愿听到你首先晋升的消息。在这火云满天汗流浃背的时候，山驿的清泉把我们的心洗得十分清爽。陈子昂遭到陷害已然死去，至今蜀人仍为他的不幸而痛惋。你此行路过射洪县时，请为我在他的墓前洒下一把吊念之泪。

## 赠别何邕

【题解】此诗当作于宝应元年（762），时杜甫滞留绵州。何邕，绵谷县尉，杜甫经营草堂时曾向他索要榿树苗。何邕将赴长安，杜甫作诗赠别。诗中表现不能回归故乡的惆怅心情。

【原诗】生死论交地，何由见一人？悲君随燕雀，薄宦走风尘。绵谷元通汉①，沱江不向秦②。五陵花满眼③，传语故乡亲。

【注释】①绵谷：今四川广元县，地处嘉陵江上游，在嘉陵江边。嘉陵江北源陕西。　②沱江：发源于四川境内九顶山，南流时经成都东部，在泸州流入长江。　③五陵：汉代长安北面的五个陵墓，有长陵、安陵、阳陵、茂陵、平陵，附近为豪侠、富贵者居住。这里代指长安。

【译文】世上之人的生死之交，由来十分稀少。悲伤你身居小官，像燕雀一样转展于风尘之中。绵谷本自通向汉地，沱江却不能通向秦川。长安此时鲜花正艳，请你把我的思归之情传给故乡。

## 观打鱼歌

【题解】此诗当作于宝应元年（762），时杜甫在绵州。诗中记叙渔人捕鱼，对鱼遭屠戮生恻隐之心。

【原诗】绵州江水之东津①，鲂鱼鱍鱍色胜银②。渔人漾舟沉大网，截江一拥数百鳞。众鱼常才尽却弃，赤鲤腾出如有神[3]。潜龙无声老蛟怒，回风飒飒吹沙尘。饔子左右挥霜刀[4]，鲙飞金盘白雪高[5]。徐州秃尾不足忆[6]，汉阴槎头远遁逃[7]。鲂鱼肥美知第一，既饱欢娱亦萧瑟。君不见朝来割素鬐，咫尺波涛永相失。

**【注释】**①江水：指涪江，从绵州城东流过。 ②鲂鱼：淡水鱼类，鲤科，银灰色，长达五十厘米，味美。鲅鲅：鱼跳水声。 ③陶弘景《本草》：鲤为鱼中之主，形可爱，又能神变，乃至飞越山湖。 ④饔（yōng）子：厨工。 ⑤鲙：把鱼切成细片。 ⑥徐州秃尾：徐州人对鲢、鳙等鱼的俗称。 ⑦槎头：槎头鳊。缩头，弓背，味美，汉水所产最为著名。人常用槎（树枝）拦截，禁止擅自捕捞，故亦称槎头缩颈鳊。

**【译文】**绵州城东的涪江渡口，水中鲂鱼哗哗作响，鳞色胜过白银。渔民荡起船儿沉下大网，拦江一网便拉上数百条。一般的杂鱼尽行扔掉，赤鲤跃出鱼网如有神助。潜龙默默无声，老蛟兴浪发怒，水面卷起旋风，江岸沙尘弥漫。厨工们挥舞利刀，飞快地切出鱼片，装入金盘似雪堆。那徐州的秃尾不值一忆，汉水的槎头鳊也会自惭味劣远远逃避。鲂鱼的美味果然天下第一，饱餐之后欢乐的心情转为凄迷。君不见早晨割下鲂鱼的素鬐，咫尺波涛永远失去。

## 又观打鱼

**【题解】**此诗作于前诗之后。作者由渔人大规模地杀生而联及战乱中黎民广遭杀戮，深致喟叹。

**【原诗】**苍江渔子清晨集，设网提纲取鱼急。能者操舟疾若风，撑突波涛挺叉入。小鱼脱漏不可记，半死半生犹戢戢[1]。大鱼伤损皆垂头，屈强泥沙有时立。东津观鱼已再来，主人罢鲙还倾杯[2]。日暮蛟龙改窟穴，山根鳣鲔随云雷[3]。干戈格斗尚未已[4]，凤凰麒麟安在哉[5]？吾徒胡为纵此乐？暴殄天物圣所哀。

**【注释】**①戢戢：鱼张口的样子。 ②主人：当指杜刺史。 ③山根：山脚。鳣：大鱼，无鳞，肉黄，大者长二三丈，江东呼为黄鱼。鲔：形似鳣而青黑，肉白。鲔和鳣穴居于山脚水中石洞。 ④干戈未已：此时安史之乱尚未平息，吐蕃又来入侵。 ⑤“凤凰”句：《援神契》：德至鸟兽，则凤凰翔。又《春秋繁露》：恩及虫鱼，则麒麟至。

**【译文】**渔民们一大早就聚集在苍江上，撒网提纲忙于捕鱼。能者驾船快如风，撑破波涛投叉入水。小鱼漏网不计其数，被呛得半死不活可怜巴巴地张着嘴。大鱼受伤都垂着头，困在泥中有时挣扎着蹦起。我这是第二次来到东津看捕鱼，主人吃罢鲙鱼仍在饮酒。日暮时蛟龙不耐其扰改换了窟穴，山脚下穴居的鳣鲔也追随云雷躲到远处。眼下战乱尚未平息，凤凰、麒麟怎能出现？我们为什么要如此纵乐？灭绝天物乃是圣人之所哀。

## 越王楼歌

**【题解】**此诗当作于宝应元年（762），时杜甫因成都兵乱而滞留绵州。越王楼，在绵州城外西北，台高百尺，上有楼，下瞰州城。唐高宗时太宗之子越王李贞为绵州刺史时建。诗写登楼所见及吊古之情。

**【原诗】**绵州州府何磊落，显庆年中越王作①。孤城西北起高楼，碧瓦朱甍照城郭②。楼下长江百丈清，山头落日半轮红。君王旧迹今人赏，转见千秋万古情。

**【注释】**①显庆：唐高宗年号。 ②甍（méng）：屋脊。

**【译文】**绵州州府何其壮伟，它是显庆年间越王建造的。孤城西北耸起高楼，碧瓦朱脊辉映着城郭。楼下的江水悠长而深清，山头的落日半轮赤红。君王的旧迹今人玩赏，人事更替乃是万古之常情。

## 海棕行

**【题解】**此诗当作于宝应元年（762），时杜甫在绵州。海棕，树名，椰木的一种，果实甘甜，别名“椰枣”“波斯枣”。诗借咏海棕而自叹怀才不遇。

【原诗】左绵公馆清江渍①，海棕一株高入云。龙鳞犀甲相错落②，苍棱白皮十抱文。自是众木乱纷纷，海棕焉知身出群？移栽北辰不可得③，时有西域胡僧识。

【注释】①左绵：即绵州，因其在涪水之左，故称。渍（fén）：沿河的高地。 ②龙鳞犀甲：喻海棕树皮。 ③北辰：指朝廷。

【译文】我所寓居的绵州公馆座落在江边高地上，庭前有一棵海棕高入云天。树皮像龙鳞犀甲相互错落，苍青的棱角白色的树皮环护着粗大的树干。它居身于乱纷纷的杂树之中，无从显露出群的才干。倘若把它移植于禁苑那自是不可多得，但也需西域的僧人才能赏鉴。

## 姜楚公画角鹰歌

【题解】此诗当作于宝应元年（762），时杜甫在绵州。姜楚公，即姜皎，上邽人，善画鹰鸟，玄宗时，累官至太常卿，封楚国公。角鹰，一种头顶羽毛竖立似角的鹰。诗中赞美画鹰的超凡风骨。

【原诗】楚公画鹰鹰戴角，杀气森森到幽朔①。观者贪愁掣壁飞，画师不是无心学。此鹰写真在左绵②，却嗟真骨遂虚传。梁间燕雀休惊怕，亦未抟空上九天③。

【注释】①幽朔：阴森的北方。鹰生漠北，故云。 ②左绵：见前诗注。 ③抟：盘旋。

【译文】楚公画鹰鹰头戴角，杀气森森如同来到阴沉的漠北。观者欲其能飞又怕它离壁而去，后代画师并非无心来学而是难学到手。这幅鹰画于绵州，人们反叹真鹰徒有虚名。梁间燕雀休要惊怕，它并不能盘旋飞上高空。

## 东津送韦讽摄阆州录事

【题解】此诗当作于宝应元年（762），时杜甫在绵州。东津，指绵州城东涪江渡口。阆州，今四川阆中。录事参军，官职名，掌管文书，纠查府事。

【原诗】闻说江山好，怜君吏隐兼。宠行舟远泛①，惜别酒频添。推荐非承乏②，操持必去嫌。他时如按县，不得慢陶潜③。

【注释】①宠行：赠诗送别，以壮行色。　②承乏：填补空缺的职位。③陶潜：东晋诗人，曾任彭泽县令，郡守派督邮至县，左右告知陶潜应束带见之，陶潜乃解印离县。

【译文】听说阆州的江山颇为壮丽，真羡慕你为官和归隐一身得兼。写此诗篇送你轻舟远泛，不忍离别彼此杯酒频添。你受此任是因贤获举而非一般的补缺，操持纲纪廉洁奉公一定会博得称赞。他日如代替使君巡视各县，可别轻慢了陶潜那样的好官。

## 戏题寄上汉中王三首

【题解】此诗当作于宝应元年（762），时杜甫在绵州。题下原注："时王在梓州，断酒不饮，篇中戏述。"汉中王，玄宗兄、让皇帝李宪第六子李瑀，早有才望，伟仪表，封陇西郡公。安史乱中，随玄宗赴蜀，至汉中（今陕西汉中），封汉中王。杜甫与之有旧交，时欲往梓州，作此诗以联络情感，求其援助。

### 其　一

【原诗】西汉亲王子①，成都老客星②。百年双白鬓，一别五秋萤。忍断杯中物，祇看座右铭。不能随皂盖③，自醉逐流萍。

【注释】①西汉：汉中西北有西汉水，此借指李瑀的封地。　②客星：《后汉书·严光传》载，严光与光武帝共卧，史官占客星犯帝座。后用为隐士受知于帝王的典故。 ③皂盖：州郡长官所用的车盖。李瑀当时任汉中郡太守，故用皂盖。

**【译文】**您汉中王是让皇帝的嫡亲王子，我是寓居成都的老客星。百岁人生我俩都已白了鬓发，一经分手忽忽便是五年。得知您忍心断了杯中物，总是看着戒酒的座右铭。可惜我不能追随于您，只好自醉于浮萍似的余生。

### 其　二

**【原诗】**策杖时能出，王门异昔游。已知嗟不起，未许醉相留。蜀酒浓无敌，江鱼美可求。终思一酩酊，净扫雁池头①。

**【注释】**①雁池：《西京杂记》载，梁孝王好营宫室苑囿之乐，筑兔园，中有雁池，池间有鹤洲凫渚。后因用作贵胄园池的典故。此称汉中王的宴宾之地。

**【译文】**我如今拄杖还时常能出门走走，只是您的门庭已不如往日那样轻易去游。我已得知您在患病叹息不能起身，不便将醉客加以挽留。可惜的是蜀酒浓香无比，江鱼味美也可购求。我终究还是想与您喝个痛快，何不扫净您那宴宾的雁池头?

### 其　三

**【原诗】**群盗无归路①，衰颜会远方。尚怜诗警策，犹记酒颠狂。鲁卫弥尊重②，徐陈略丧亡③。空余枚叟在④，应念早升堂。

**【注释】**①群盗：指安史叛军和成都徐知道等作乱者。 ②“鲁卫”句：鲁是周朝周公的封国，卫是周公之弟康叔的封国，两国政治情况也如兄弟一样相似。《论语·子路》中说：“鲁卫之政，兄弟也。”后以“鲁卫”代称兄弟。开元十四年十一月，玄宗幸宁王李宪宅，作诗《过大哥宅探得歌字韵》，其中二句云：“鲁卫情先重，亲贤爱转多。” ③“徐陈”句：徐陈，指徐干、陈琳。魏文帝《与吴质书》：“昔年疾疫，亲故多罹其灾，徐、陈、应、刘，一时俱逝。”此处以“徐陈”代指李瑀的宾客。 ④枚叟：指枚乘。西汉辞赋家，梁孝王的宾客。杜甫用以自比。

**【译文】**群盗猖獗我已没有归路，不料衰老之年将与您相会在这偏远的地方。您尚能喜爱我的一些精彩诗句，一定还能记得我那酒后的颠狂。您的地位极为尊贵，可惜旧时的宾客多已丧亡。如今仅剩下我这个枚叟，您应该念及早年我们的亲密交往。

## 光禄坂行

**【题解】**此诗当作于前诗之后。大概获得了李瑀的许诺，杜甫离开绵州前往梓州。光禄坂，地名，在梓州铜山县（故治在今四川中江县南）。诗写途经此地的观感，表达乱世行路的忧虑。

**【原诗】**山行落日下绝壁，南望千山万山赤。树枝有鸟乱鸣时，暝色无人独归客。马惊不忧深谷坠，草动只怕长弓射。安得更似开元中①，道路即今多拥隔。

**【注释】**①开元：玄宗年号。开元时期社会秩序安定，物富民殷，为古代三大治世之一。杜甫青少年时逢此盛世，故多抚今追昔之思。

**【译文】**我在山间赶路，眼看着太阳沉下了绝壁。纵目南望，但见千山万山都被落霞染成红色。树枝上鸟儿杂乱地鸣叫，暮色中的山野不见人影，只有我这孤独的行客。马儿受惊我倒不愁掉入深谷，怕只怕草窝晃动会有草寇的长弓来射。哪能再像开元年间的太平世道啊，如今的道路多被阻隔！

## 苦战行

**【题解】**此诗当作于宝应元年（762），诗中悼念去年平段子璋乱而阵亡的马将军。

【原诗】苦战身死马将军，自云伏波之子孙[①]。干戈未定失壮士，使我叹恨伤精魂。去年江南讨狂贼[②]，临江把臂难再得[③]。别时孤云今不飞，时独看云泪横臆。

【注释】①伏波：指伏波将军马援。马援，东汉时人，曾任陇西太守，率军击破先零羌，后任伏波将军，封新息侯。 ②狂贼：指段子璋。上元二年（761）四月，梓州刺史段子璋造反，攻占绵州（东川节度驻地）、遂州（今四川遂宁）自称梁王。绵州、梓州、遂州均在涪江之南，故云“江南讨狂贼”。 ③临江把臂：指杜甫曾为马将军送行。这里的“江”当指成都附近的江河。

【译文】苦战捐躯的马将军，自称是伏波将军的子孙。战乱未定国家却丧失了壮士，使我叹息怨恨损伤了精神。去年你去涪江之南讨伐狂贼，我俩在江边握手告别，此事此情难再有。告别时的那朵孤云消失在何处，仰望云天啊独自泪洒前襟。

## 去 秋 行

【题解】此诗当与前诗作于同时，诗中对平息段子璋叛乱而牺牲的战士深致哀悼。

【原诗】去秋涪江木落时[①]，臂枪走马谁家儿？到今不知白骨处，部曲有去皆无归。遂州城中汉节在[②]，遂州城外巴人稀。战场冤魂每夜哭，空令野营猛士悲。

【注释】①史载，段子璋上元二年（761）四月造反，五月兵败伏诛。此诗说秋天仍在血战，可证史书之误。 ②遂州：今四川遂宁。段子璋攻遂州，遂州刺史嗣虢王巨身死。故云“汉节在”。

【译文】去年秋天涪江一带落叶纷飞之际，那些挺枪跃马浴血杀敌的战士不知都是谁家的儿男。到如今他们的白骨不知埋在何处，前去平叛的军队无一士兵得生还。遂州城中挺立着天子的符节，遂州城外的百姓纷纷逃散。战场上的冤魂每每夜哭，那哭声让野营中的猛士空自伤感。

## 广州段功曹到，得杨五长史谭书，功曹却归，聊寄此诗

**【题解】** 此诗当作于宝应元年（762），时杜甫在梓州。在广州任功曹参军的段某来到梓州，捎来广州长史杨谭给杜甫的信，当段某回归之时，杜甫写此诗请段某交给杨谭。诗中期望杨谭居要职而思为国立功，兼告自己苦况。

**【原诗】** 卫青开幕府①，杨仆将楼船②。汉节梅花外③，春城海水边。铜梁书远及④，珠浦使将旋⑤。贫病他乡老，烦君万里传。

**【注释】** ①《东观汉记》载，卫青大克匈奴，武帝拜大将军于幕中，因号幕府。此以卫青比杨谭。杨谭为长史，长史辅佐刺史掌军要。 ②《汉书·南越传》载，汉征南越，以杨仆为楼船将军，出豫章，下横浦。此以杨仆比杨谭。 ③汉节：汉天子所授予的符节。梅花外：即梅岭以南。梅岭，即大庾岭，在江西、广东两省边境，因多梅花，故称。 ④铜梁：山名，在梓州。 ⑤珠浦：当指珠江。

**【译文】** 你就像那身居幕府的大将军卫青，你就像那征伐南越的楼船将军杨仆。你手持汉节就任于梅岭之外，所辖的春城位于南海之边。你的远方来信已经到了铜梁，返回珠浦的使者即将启程。我如今贫病交加或许会老死他乡，烦劳段君将此窘况万里遥传。

## 送段功曹归广州

**【题解】** 此诗当与前诗作于同时。

**【原诗】** 南海青天外，功曹几月程。峡云笼树小，湖日荡船明。交趾丹砂重①，韶州白葛轻②。幸君因旅客，时寄锦官城。

**【注释】** ①交趾：古县名。治所在今越南河内西北。其地出产丹砂。晋人

葛洪得知交趾出丹砂，曾求为勾漏令，被刺史留于广州，炼丹于罗浮山。②韶州：治所在曲江，今广东韶关市西南。白葛：白夏布。

**【译文】** 南海远在青天之外，功曹需有几个月的行程。三峡的云气笼罩着依稀的树影，洞庭的波光摇荡着明皙的船踪。交趾出产的丹砂质地纯重，韶州织造的白葛质地柔轻。望你凭借来往的旅客，及时把这些东西捎到锦官城。

## 题玄武禅师屋壁

**【题解】** 此诗当作于宝应元年（762），时杜甫游梓州所辖的玄武县（今四川中江）。城东玄武山上有玄武庙，作者写此诗题于庙壁。

**【原诗】** 何年顾虎头，满壁画沧洲①？赤日石林气，青天江海流。锡飞常近鹤②，杯渡不惊鸥③。似得庐山路，真随惠远游④。

**【注释】** ①顾虎头：东晋著名画家顾恺之的小字。杜甫年轻时游吴越，曾在瓦官寺看过顾恺之所画的维摩诘图像，对其画艺极为赞赏。这两句是说玄武屋壁的画图亦出自高手。 ②《高僧传》载，舒州潜山最奇绝，山麓尤胜。志公与白鹤道人欲得之，同白武帝。帝使各以物识其地，得者居之。道人以鹤，志公以锡杖。已而鹤先飞去，至麓将止，忽闻空中锡飞声，志公之锡即插于山麓。道人不悦，但以前言不可食，遂各于所识处筑室以居。此句盖因壁画上有鹤，故用此典以赞玄武禅师的法术。 ③《高僧传》载，南朝宋有奇僧，常乘木杯渡水，人称杯渡。“不惊鸥”用《列子》海鸥典，盖因壁画上有鸥，故用此典以赞玄武禅师超世的情趣。 ④《高僧传》载，惠远住庐山，彭城刘遗民、豫章雷次宗等，并弃世遗荣，依惠远游止。

**【译文】** 顾虎头何年来到此处，在屋壁上画满沧洲图？看那一轮赤日高悬，石林紫气飘浮，万里长空青碧，江涛海浪奔流。禅师持锡杖飞腾，常常邻近仙鹤；禅师乘木杯渡水，不曾惊扰海鸥。我似乎走在庐山的路上，随着法师惠远遨游。

## 悲　秋

**【题解】**此诗当作于宝应元年（762）秋，时杜甫在梓州。诗写思家伤时之情，及出峡还京之意。

**【原诗】**凉风动万里，群盗尚纵横①。家远传书日②，秋来为客情。愁窥高鸟过，老逐众人行。始欲投三峡，何由见两京？

**【注释】**①群盗纵横：指安史叛军未灭、吐蕃入侵、成都徐知道作乱。②家远：杜甫家属尚在成都草堂。传书：指寄信给草堂亲人。

**【译文】**凉风骚动着万里河山，群盗仍在到处发难。在这向远方家人寄信的日子，我的心中充满悲秋的情感。愁眼偷看自由的鸟儿飞过空中，衰老之身追随众人颠簸而行。我不禁萌生携家出峡的念头，却又愁于没有盘缠无由抵达两京。

## 客　夜

**【题解】**此诗当与前诗作于同时，写秋夜失眠，叙述客居梓州的艰难处境及思亲之情。

**【原诗】**客睡何曾著？秋天不肯明。入帘残月影，高枕远江声①。计拙无衣食，途穷仗友生②。老妻书数纸③，应悉未归情。

**【注释】**①江：指涪江。涪江从梓州城东流过。　②友生：朋友。　③书：指寄给老妻的信。

**【译文】**客居他乡何曾得以入睡？漫长的秋夜啊天总是不肯明。映入门帘的是残月的光影，高翻枕畔的是远江的涛声。生计笨拙弄得衣食皆无，处境艰难只得依赖友朋。给老伴儿写了几纸书信，应该让她知道我未归的苦情。

## 客　亭

**【题解】** 此诗与前诗作于同时，写年老飘泊之苦。

**【原诗】** 秋窗犹曙色①，落木更高风。日出寒山外，江流宿雾中②。圣朝无弃物③，衰病已成翁。多少残生事，飘零任转蓬。

**【注释】** ①犹：已。　②宿雾：一夜未散的雾。　③“圣朝”句：谓圣明的朝代没有遗弃人才的事情发生。自己已被遗弃，则此时即非圣朝。语含讽意。　④残生事：指晚年为衣食而奔波之事。

**【译文】** 秋窗上已经露出曙色，零落的林中又吹起了大风。太阳出自寒山之外，江水流于宿雾之中。圣明的朝代没有被遗弃的人才，衰病的我已沦为老翁。晚年却遇到了众多的辛酸之事，像根随风的蓬草到处飘零。

## 九日登梓州城

**【题解】** 此诗当作于宝应元年（762）重阳节，时杜甫在梓州（今四川三台）。诗中表达思亲伤时之情。

**【原诗】** 伊昔黄花酒①，如今白发翁。追欢筋力异，望远岁时同。弟妹悲歌里，乾坤醉眼中。兵戈与关塞②，此日意无穷。

**【注释】** ①伊昔：从前。黄花酒：菊花酒的别名。此酒用菊花杂黍米酿制，古时重阳节以饮菊花酒为习俗，据说可以长寿。　②兵戈：指安史、吐蕃、徐知道作乱事。关塞：指关塞阻隔，不得回归故乡。

**【译文】** 酒还是从前的黄花酒，人如今已是白发翁。追逐欢趣，腿脚已不如从前有力；眺望远方，时景却与过去完全相同。弟妹远隔，只能以悲歌寄托思念；国事维艰，只能对之以昏花的醉眼。战乱未止啊关塞阻绝，今日的心绪何其纷繁！

## 九日奉寄严大夫

**【题解】**此诗当作于宝应元年（762）重阳。严武归朝，以御史中丞进为大夫，故称。因徐知道反叛，严武被阻，此时尚未走出巴山。诗中设想严武遇阻滞留的苦况，表达了知己的关切之情。

**【原诗】**九日应愁思，经时冒险艰。不眠持汉节，何路出巴山①？小驿香醪嫩，重岩细菊斑。遥知簇鞍马，回首白云间。

**【注释】**①巴山：大巴山的简称，位于四川、陕西的边界，山势奇险。

**【译文】**重九这天你大概会满怀愁绪，算来你已久经风波艰险。睡不着啊心忧艰难的国事，思虑着从什么道路走出巴山。困居小驿独饮着微香的浊酒，漫步重岩观赏着细小的菊斑。遥知此时你正拥着马鞍，在白云间向我回首顾盼。

## 秋　尽

**【题解】**此诗当作于宝应元年（762）秋末，时杜甫在梓州。诗写思念草堂家人。

**【原诗】**秋尽东行且未回①，茅斋寄在少城隈②。篱边老却陶潜菊③，江上徒逢袁绍杯④。雪岭独看西日落⑤，剑门犹阻北人来⑥。不辞万里长为客，怀抱何时好一开？

**【注释】**①东行：梓州在成都东稍北。　②少城：在成都大城之西。　③陶潜菊：晋诗人陶潜爱菊，种于篱边。后每以“陶潜菊”指隐士家园。　④江上：江边，指梓州，梓州在涪江南岸。袁绍杯：《后汉书·袁绍传》载，袁绍总兵冀州，派使者邀请郑玄，大会宾客。郑玄后至，延升上座，身长八尺，饮酒一斛。后用作宴宾的典故。这里借指作者参加梓州官府的宴会。　⑤雪岭：又名西岭、西山，在成都西部，为国家的西部边陲，吐蕃时来侵犯。 ⑥剑门犹阻：指徐知道等叛将据险作乱。

【译文】秋天已尽，我东行梓州仍旧不得回归，颇为思念我那寄于少城边上的茅斋。篱边的菊花想来已经干枯，梓州官府的酒宴我已无心坐陪。每每独自远眺雪岭的夕阳沉落，此时剑门依然阻隔着北人的到来。如果不结束这种离乡万里、长期作客的境况，何时我才能一展快乐的心怀?

## 玩月呈汉中王

【题解】此诗当作于宝应元年（762）秋，时杜甫在梓州。汉中王，李瑀，时李在梓州，将归任所蓬州（治所在今四川仪陇县南），杜甫作此诗为其送行。

【原诗】夜深露气清，江月满江城①。浮客转危坐，归舟应独行。关山同一照，乌鹊自多惊②。欲得淮王术③，风吹晕已生。

【注释】①江城：梓州靠临涪江，故称。 ②曹操《短歌行》：“月明星稀，乌鹊南飞。绕树三匝，何枝可依?”此用其意以喻自己不得安栖。③淮王术：西汉淮南王刘安等著《淮南子》中称，用芦灰作环，缺其一面，可使月晕出现缺口。许慎注：“有军士相围守则月晕。”杜甫见月晕而联及徐知道等作乱，因思淮王之术以破之。

【译文】夜深之后露气清冷，江上的明月光满江城。客中作客的我不禁正襟危坐，因为您即将独自乘舟启程。尽管离别后我俩仍可玩赏同一轮明月，只是如乌鹊失依的我未免暗自惊恐。夜风吹起，月晕已生，我想求得淮王画灰解晕之术，早日将兵乱平定。

## 从事行赠严二别驾

【题解】此诗当作于宝应元年（762）秋，时杜甫在梓州。严二别驾，梓州人，别驾，官名，为州刺史的佐吏，职权甚重，严二当为梓州别驾。别驾全称为别驾从事。诗写受严二热情招待及感激之情。

【原诗】我行入东川[①]，十步一回首。成都乱罢气萧索，浣花草堂亦何有[②]？梓中豪俊大者谁？本州从事知名久！把臂开樽饮我酒，酒酣击剑蛟龙吼[③]。乌帽拂尘青骡粟，紫衣将炙绯衣走。铜盘烧蜡光吐日[④]，夜如何其初促膝[⑤]。黄昏始扣主人门，谁谓俄顷胶在漆。万事尽付形骸外，百年未见欢娱毕。神倾意豁真佳士，久客多忧今愈疾。高视乾坤又可愁，一体交态同悠悠。垂老遇君未恨晚，似君须向古人求。

【注释】①东川：此指梓州。梓州属东川。　②陈贻焮认为以上四句写作者从成都草堂回到梓州。其家属当于此次被接出。　③《晋书·张华传》载，张华见北斗、牵牛二星间常有紫气，听说这是宝剑精气上冲于天，遂派人到丰城狱中挖出干将、莫邪二剑，其后二剑跃入水中化为龙。　④铜盘：烛台。　⑤《诗经》："夜如何其？夜未央。"

【译文】我从成都重入梓州，恋恋不舍啊十步一回头。兵乱后的成都气象萧索，浣花溪边的草堂也不能再居住。梓州的豪俊谁为首？是本州的严二从事啊，我已知名久！您按着我的胳膊来敬酒，酒酣之际舞动宝剑，剑如蛟龙吼。侍从们为我掸净乌帽上的尘土，又用小米喂我的骡子，穿红着紫的仆人们有的端菜有的奔走伺候。铜制的烛台上烛光明如昼，夜未央时我们开始促膝密语。我在黄昏时才敲主人门，谁料到这么短的时间双方感情就已如胶似漆。此时人间万事皆抛在身外，一生中也没遇见过如此尽兴的欢娱。主人心诚意豁真是位佳士，久客多忧的我此刻感到病情已愈。仰望乾坤又令人生愁，像这种亲如一体的交情实在是绝无仅有。垂暮之年能遇到您我不恨晚，像您这样的佳士只能向古人中去寻求。

## 赠韦赞善别

【题解】此诗当作于宝应元年（762），时杜甫在梓州。韦赞善，不详，赞善，官名，"赞善大夫"的简称，在太子宫中掌侍从、讲授。诗写与韦氏的别情，织进了客居的伤感。

【原诗】扶病送君发，自怜犹不归。只应尽客泪，复作掩荆扉。江汉故人少[①]，音书从此稀。往还二十载，岁晚寸心违。

【注释】①江汉：指巴蜀。

【译文】我带着病送你启程，可怜自己依旧不能回归。看来是命中注定要流尽作客之泪，只好重又关掩柴扉。巴蜀之地我的故人本来就少，从此以后朋友的音书将会更稀。我俩交游已有二十载，不料晚年却要违心分离。

## 寄高适

【题解】此诗当作于宝应元年（762）秋，时杜甫在梓州。严武奉召还京，朝廷命蜀州刺史高适为成都尹，随即徐知道反于成都。今叛乱渐平，杜甫遂生回归草堂之念，写诗向高适询问是否可行。

【原诗】楚隔乾坤远，难招病客魂①。诗名惟我共，世事与谁论？北阙更新主，南星落故园②。定知相见日，烂漫倒芳樽。

【注释】①宋玉作《招魂赋》，宋玉乃楚人。 ②南星：南箕星。此喻高适。故园：指成都。

【译文】楚地与蜀地相隔遥远，想那宋玉也难招回我这病客之魂。你的诗名只有我能与相齐，眼下却无人与我共将世事讨论。如今朝廷更换了新主，你作为新尹已就任于成都。等到我俩相见的那天，定要无拘无束地畅饮美酒。

## 野望

【题解】此诗当作于宝应元年（762）十一月，时杜甫在射洪县，射洪县在梓州东南。诗写城外野望之景，抒发羁旅愁怀。

【原诗】金华山南涪水西①，仲冬风日始凄凄。山连越嶲蟠三蜀②，水散巴渝下五溪③。独鹤不知何事舞，饥乌似欲向人啼。射洪春酒寒仍绿，极目伤神谁为携？

【注释】①金华山：在射洪县城北二里。涪水：涪江，流经射洪城东。②越嶲（xī）：今四川越西县，凉山彝族自治州北部、大渡河支流越西河上游。三蜀：汉初分蜀郡置广汉郡，武帝时又分置犍为郡，合称三蜀。③巴渝：巴县、渝州（今重庆市）。五溪：雄溪、横溪、酉溪、沅溪、辰溪，在今湖南西部。

【译文】金华山的南麓涪水的西岸，仲冬的风日开始变得惨凄。山连越嶲蟠曲三蜀，水散巴渝又流入五溪。孤独的白鹤啊不知你为什么还在跳舞，饥饿的乌鸦鸣叫着似乎想向人行乞。射洪县的春酒到天寒时仍然碧绿，当此极目伤心之际却无人送来一滴。

## 冬到金华山观，因得故拾遗陈公学堂遗迹

【题解】此诗当作于宝应元年（762）冬，杜甫在射洪县。城北金华山的道士庙后，有已故右拾遗陈子昂年轻时读书的学堂遗迹。杜甫临堂观览，对一代英才的不幸结局致以深深叹惋。

【原诗】涪右众山内，金华紫崔嵬。上有蔚蓝天，垂光抱琼台①。系舟接绝壑，杖策穷萦回。四顾俯层巅，淡然川谷开。雪岭日色死②，霜鸿有余哀。焚香玉女跪，雾里仙人来。陈公读书堂，石柱仄青苔。悲风为我起，激烈伤雄才。

【注释】①琼台：指金华山道观。相传东晋人陈勋在此山学道而成，白日飞升。梁朝天监年间在此建道观。唐明皇又铸老君像。陈子昂《春日登金华观》写道："白玉仙台古，丹丘别望遥。山川乱云石，楼榭入烟霄。鹤舞千年树，虹飞百尺桥。还疑赤松子，天路坐相邀。"足见楼台之盛。②雪岭：又称西山，在西部边陲。

【译文】涪水西岸的群山之中，金华山峰耸峙紫光飞彩。蔚蓝的天空遥衬其上，下泄的阳光拥抱着琼台。我把船系靠在绝壑下面，拄着手杖在迂曲的山路上攀迈。登上山顶四面俯望，川流谷壑隐隐约约地在眼前展开。西

边的雪岭日色苍白如死，霜天里的鸿雁鸣诉着不尽的悲哀。焚香的信女在神像前下跪，访道的信男从迷雾中隐隐走来。而陈公的读书堂却荒芜颓败，石柱已经倾斜遍地都是青苔。悲凉的山风为我而起，我在满怀激愤地痛悼一代雄才。

## 陈拾遗故宅

**【题解】**此诗当作于前诗之后。陈子昂故宅在射洪县北武东山下。诗写其故宅景观，赞其超卓的才能和不朽的业绩。

**【原诗】**拾遗平昔居①，大屋尚修椽。悠扬荒山日，惨淡故园烟。位下曷足伤？所贵者圣贤。有才继骚雅②，哲匠不比肩。公生扬马后，名与日月悬。同游英俊人，多秉辅佐权。彦昭超玉价③，郭震起通泉④。到今素壁滑，洒翰银钩连⑤。盛事会一时，此堂岂千年？终古立忠义⑥，感遇有遗篇⑦。

**【注释】**①拾遗：陈子昂二十四岁举进士，上书论政，得到武则天重视，任麟台正字，再迁为右拾遗。 ②继骚雅：陈子昂在诗坛上高举革新的大旗，提倡“风雅兴寄”和“汉魏风骨”，在理论上和创作上彻底廓清了初唐以来的浮靡诗风。 ③彦昭：赵彦昭，与郭元振、薛稷、萧至忠相友善。中宗景龙中，累迁中书侍郎，同中书门下平章事。萧至忠、薛稷等依附太平公主反对玄宗，企图谋反，他曾参与郭元振等人的平乱密谋，以功迁刑部尚书，封耿国公。 ④郭震：字元振，十八岁举进士，任通泉县尉。武后时以诗受重，任右武卫铠曹参军。神龙中迁安西大都护。睿宗立，召为太仆卿。景云二年，进同中书门下三品，迁吏部尚书。玄宗时，在平息太平公主叛乱中立大功，进封代国公。 ⑤《碑目》载，陈子昂故宅有赵彦昭、郭震题壁。据此句可知题壁字为草书。 ⑥忠义：指陈子昂任职期间敢于上疏言事、革除弊政的忠肝义胆。 ⑦感遇：指陈子昂所作《感遇》诗三十八首，这些诗或讽刺现实，或批评时政，或感伤身世，具有强烈的现实性和倾向性，对唐诗的开创建有卓勋。

**【译文】**这就是陈拾遗往昔居住的地方啊，大屋修椽一如当年。荒山上的夕阳正在西沉，故园里弥漫着惨淡的晚烟。官位低下又有什么损害？只要为人所贵便是圣贤。陈公的诗才堪继骚雅，高明的作家亦不能与他比肩。他与扬雄、司马相如接踵，名声如同日月高悬。当时与他同游的英俊人物，大多是执掌权柄的要员。彦昭的身价超过美玉，郭震起身于偏远的通泉。到如今这光洁的宅屋素壁上，还保留着二人的草书墨翰。一时盛事已成过去，这座堂屋又岂可保存千年？然而陈公的忠肝义胆则可永世彪炳，他所写的《感遇》诗将会万古流传。

## 谒文公上方

**【题解】**此诗当作于宝应元年（762），时杜甫在射洪县。文公，僧人，事迹不详。上方，住持僧居住的内室。此借指佛寺。诗写佛寺胜景及文公道法，末叙欲皈依佛门之意。

**【原诗】**野寺隐乔木，山僧高下居。石门日色异，绛气横扶疏。窈窕入风磴①，长萝纷卷舒。庭前猛虎卧②，遂得文公庐。俯视万家邑，烟尘对阶除。吾师雨花外③，不下十年余。长者自布金，禅龛只晏如④。大珠脱玷翳，白月当空虚⑤。甫也南北人，芜蔓少耘锄。久遭诗酒污，何事忝簪裾⑥？王侯与蝼蚁，同尽随丘墟。愿闻第一义⑦，回向心地初⑧。金篦刮眼膜⑨，价重百车渠⑩。无生有汲引⑪，兹理傥吹嘘。

**【注释】**①风磴：山岩上的石阶。因岩高多风，故称。 ②《高僧传》载，惠永住庐山西林寺，屋中常有一虎，人或畏之，辄驱出令上山。人去后，还复驯伏。又潭州善觉禅师，以二虎为侍者。此处用以称文公道术。 ③雨(yù)花：佛教故事。佛祖说法，诸天降众花，满空而下。 ④禅龛：佛堂。这里指禅心。 ⑤白月：《楞严经》：白月则光，黑月则暗。《法苑珠林》：西方，一月分为黑白，初月一日至十五日名为白月，十六日已去至于月尽，名为黑月。 ⑥簪裾：古代显贵者的服饰。借指显贵。 ⑦第一义：佛教语。指至上最深的妙理。 ⑧心地初：即“初心”，佛教语。指初发心愿学习佛法。 ⑨《涅槃经》：如盲目人为治目，造诣良医，是时良医即以金篦决其眼膜。 ⑩车渠：玉石之类。 ⑪无生：指“无生之学”，即佛学。佛学认为世界没有生灭，无生无灭。

【译文】野寺隐在乔木丛中，山僧的房舍上下层叠。山门的阳光异常明亮，红色的云霞缭绕如带。走入深远的山岩石阶，长长的藤萝纷披舒卷。庭前有只猛虎闲卧，终于找到了文公的庐舍。俯看山下的万家城邑，人间的烟尘对着佛寺的台阶。我师文公说法之外，不下凡尘已有十几年。长者自来施舍金钱，文公的禅心亦不为所动。就像一颗光洁无尘的明珠，就像一轮当空而照的白月。杜甫我是个飘泊南北的人，心灵芜杂缺少耘锄。久遭诗酒的污染，每为官职不高而羞愧。想那尊者王侯贱者蝼蚁，到头来都要同归于黄土。我愿闻知至上最深的妙理，回心转意重新学习佛法。让佛法的金篦刮掉我眼中的翳障，这个价值重于百颗玉石。佛学具有开导人心的功力，此理或许需要扬揄。

## 奉赠射洪李四丈

【题解】此诗当作于宝应元年（762），时杜甫在射洪县。李四丈，作者于题下自注：字“明甫”。诗中叙述与李四丈的交谊及自己走投无路的苦况。

【原诗】丈人屋上乌，人好乌亦好。人生意气豁，不在相逢早。南京乱初定①，所向色枯槁。游子无根株，茅斋付秋草。东征下月峡②，挂席穷海岛。万里须十金，妻孥未相保。苍茫风尘际，蹭蹬骐驎老。志士怀感伤，心胸已倾倒。

【注释】①南京：指成都。乱初定：指徐知道叛乱刚刚平息。 ②月峡：即明月峡，在四川巴县境内长江边，峡首南岸壁高四十丈，其壁有圆孔，形若满月，故名。

【译文】老人家您人好，所以连房上的乌鸦也让人觉得好。人生意气豁达便能一见如故，不在于是否相逢早。南京的叛乱刚刚平定，眼中的景象一片枯槁。我这游子没了根基，几间草屋交给了秋草。打算东行走出月峡，挂起帆席抵达海岛。可是万里征程需要十金盘缠，而我现在穷得连妻儿的性命都不能保。处在这苍茫的风尘中，像失意的骐驎逐渐衰老。您为我的处境而伤感，这种心胸已使我折服倾倒。

## 早发射洪县南途中作

【题解】此诗当作于宝应元年（762）十一月，杜甫由射洪县往通泉县时作。通泉，故治在梓州东南一百三十里，东临涪江，风景幽美。诗中记叙旅途情况。

【原诗】将老忧贫窭，筋力岂能及？征途乃侵星，得使诸病入。鄙人寡道气，在困无独立。俶装逐徒旅①，达曙凌险涩。寒日出雾迟，清江转山急。仆夫行不进，驽马若维絷。汀洲稍疏散，风景开快悒。空慰所尚怀，终非曩游集。衰颜偶一破，胜事难屡挹。茫然阮籍途②，更洒杨朱泣③。

【注释】①俶（chù）装：整理行装。 ②阮籍途：三国魏人阮籍感时郁闷，驾车独行逢绝路则痛哭而返。此处作者用以自况。 ③杨朱泣：战国时魏人杨朱身临歧路，为方向迷乱而伤怀。此处用以悲叹前途。

【译文】年纪将老才为穷困而忧急，却哪里还有那份筋力？顶着星星踏上征途，难免诸病侵入身体。鄙俗的我缺少超凡的气质，处于困境中难以自立。整理行装追随着上路的旅客，到天亮已经走了一段艰险的路程。冬天的太阳迟迟方从雾中出来，清冷的江水绕山奔腾。仆夫累得迈不开脚步，驽马像被绳索绊住。汀洲这边山水稍为疏散，风景开豁了我郁悒的心胸。此处虽勉强可以宽慰心怀，可惜终无往昔的游兴。何况只是偶然一破衰颜，前面的途中恐怕难有如此胜境。我走的是茫然的阮籍穷途，还要再洒下杨朱的歧路之泪。

## 通泉驿南去通泉县十五里山水作

【题解】此诗亦作于前往通泉县途中，写溪行所见景色兼抒忧怀。

【原诗】溪行衣自湿，亭午气始散。冬温蚊蚋集①，人远凫鸭乱。登顿生曾阴②，欹倾出高岸。驿楼衰柳侧，县郭轻烟畔。一川何绮丽，尽日穷壮观。山色远寂寞，江光夕滋漫。伤时愧孔父③，去国同王粲④。我生苦飘零，所历有嗟叹。

【注释】①蚋（ruì）：一种形似蝇的吸血昆虫。 ②曾：同“层”。 ③孔父：孔子。孔子叹凤、泣麟，皆伤时之意。 ④王粲：汉末文学家，汉献帝西迁，他前往荆州依刘表，作《七哀》诗叹曰：“西京乱无象，豺虎方构患。复弃中国去，远身适荆蛮。”

【译文】沿溪而行衣服自是湿漉漉的，直到中午雾气方始消散。这里冬季温暖，依旧蚊蚋成团；这里远离人烟，遍地野鸭缭乱。忽上忽下行走于浓云密布的山坡，斜着身子爬上高高的河岸。驿楼立在老柳的旁边，通泉县城在轻烟中依稀可见。一川的景色多么绮丽，终日把壮美的风光——观览。远处的山色显得寂寞，夕阳下的江水波光闪闪。感伤时局，我愧不能与孔父同论；去国离乡，却一如不幸的王粲。我的一生苦苦飘零，凡所经历每有嗟叹。

## 过郭代公故宅

【题解】此诗当作于宝应元年（762），时杜甫在通泉县。郭代公，即郭震，字元振，曾作通泉县尉，不拘小节，后在辅佐玄宗除灭太平公主中立大功，封代国公。郭震魏州贵乡（今河北大名东南）人，此云“故宅”是指他在通泉县的居处。

【原诗】豪俊初未遇，其迹或脱略。代公尉通泉，放意何自若。及夫登衮冕[①]，直气森喷薄。磊落见异人，岂伊常情度？定策神龙后[②]，宫中翕清廓。俄顷辩尊亲，指挥存顾托。群公有惭色，王室无削弱。迥出名臣上，丹青照台阁。我行得遗迹，池馆皆疏凿。壮公临事断，顾步涕横落。精魄凛如在，所历终萧索。高咏《宝剑篇》[③]，神交付冥漠。

【注释】①衮冕：古代帝王和上公的礼服和礼冠。据《唐书》载，玄宗先天二年，元振以兵部尚书同中书门下三品。 ②神龙：中宗的第一个年号。太平公主祸胎盖自此始，故云“定策神龙后”。 ③《宝剑篇》：郭震作。郭震任通泉县尉时，不拘小节，曾盗铸并掠卖部中口千余，百姓厌苦。武后召之诘问，见他谈吐不凡，大为惊奇，索其文章，上《宝剑篇》，深得武后赏识，即授右武卫铠曹参军。

**【译文】**豪杰在未受到重用时，他的行为或许会显得轻率些。代公作通泉县尉时，就曾放纵情怀而不以为意。等到登上要职以后，则正气凛然，激荡喷涌。他仪态俊伟，像是换了另一个人，这岂是常情所能料到的？他在神龙之后制定了策略，一举清除了太平公主谋废皇帝的祸乱。迅速地使玄宗归于皇位，指挥之间完全禀承睿宗的托付之意。那些屈附于太平公主的臣子面带愧色，王室的力量没有削弱。他的声望远远超过了名臣，他的光辉画像照耀着台阁。我这次旅行找到了他的故居，只见水池和房舍都已被疏凿。我为他的临事果决所激动，边看边走，热泪纵横。高声朗诵他所作的《宝剑篇》，我的心神似乎飞到了阴间，与他亲密交融。

## 观薛稷少保书画壁

**【题解】**此诗当作于宝应元年（762），时杜甫在通泉县。薛稷，字嗣通，官至太子少保、礼部尚书，因依附太平公主反对玄宗，赐死于万年狱。精于书法、绘画，与欧阳询、虞世南、褚遂良并称为初唐四大书家。杜甫在通泉县慧普寺见到他题写的一块匾额和画的一面壁画，不胜喜悦，作此诗以记感怀。

**【原诗】**少保有古风，得之《陕郊篇》①。惜哉功名忤，但见书画传。我游梓州东，遗迹涪江边。画藏青莲界，书入金榜悬。仰看垂露姿，不崩亦不骞。郁郁三大字②，蛟龙岌相缠。又挥西方变，发地扶屋椽。惨淡壁飞动，到今色未填。此行叠壮观，郭薛俱才贤。不知百载后，谁复来通泉。

**【注释】**①《陕郊篇》：《全唐诗》收薛稷十四首，其中《秋日还京陕西十里作》当为杜甫所称的《陕郊篇》。 ②《舆地纪胜》载，薛稷书“慧普寺”三字，径三尺许，在通泉县庆善寺聚古堂。

**【译文】**薛稷的诗有古风的韵味，从他所作的《陕郊篇》中显露出来。可惜他的功名未能如意，只有书画传于后代。我去梓州东边游览时，在涪江边上发现他留下的墨迹。他的绘画收藏在佛寺，他的书法写入金漆的匾额，高高悬挂在寺门上。仰看那垂露般圆润的笔画，一点儿都没有毁坏。三个大字文采郁郁，周围有蛟龙盘绕。他还在寺墙上画出西方诸佛的变相，那高大的佛像起自地面直达屋椽。阴暗的墙壁间那些画像似乎要飞动起来，直到今天色彩仍很鲜明。这次旅行真是壮观叠出，郭代公和薛稷都是一代贤才。我不知道百年以后，谁还有幸到通泉县来。

## 通泉县署壁后薛少保画鹤

**【题解】**此诗与前诗作于同时。《历代名画记》载，薛稷尤善花鸟人物杂画，画鹤知名。杜甫在通泉县署屋壁上看到薛稷画的鹤，惜其画面剥落，作诗以记慨。

**【原诗】**薛公十一鹤，皆写青田真①。画色久欲尽，苍然犹出尘。低昂各有意，磊落如长人。佳此志气远，岂惟粉墨新？万里不以力，群游森会神。威迟白凤态，非是仓鹒邻②。高堂未倾覆，常得慰嘉宾。曝露墙壁外，终嗟风雨频。赤霄有真骨，耻饮洿池津③。冥冥任所往，脱略谁能驯？

**【注释】**①《晋永嘉郡记》载，沐溪野，去青田九里，此中有双白鹤，年年生子，长大便去，只余父母一双在耳，精白可爱，多云神仙所养。 ②仓鹒：鸟名，即黄莺。 ③洿池：水塘。《宋书·符瑞志中》："麒麟者，仁兽也……不食不义，不饮洿池。"

**【译文】**薛公所画的十一只鹤，都是青田白鹤的写真。年深日久色彩虽剥脱殆尽，但那雄健的形态仍然迥出俗尘。俯首的与仰首的各具神态，一个个如同仪表俊伟身材修长的人。我赞美这些画鹤具有远大的志气，佳绘岂仅在于粉墨之新？它们不用费力就可飞腾万里，结群而游森然会神。它们曲折连绵状如白凤，那俗鸟黄莺岂可为邻？县署高堂幸未倾覆，应该常将此画快慰嘉宾。可是这幅画鹤曝露于墙壁之外，总令人感叹风雨太频。倘若有一日它们破壁飞向高天，便羞于再饮这里的塘水。在幽远的天空任意飞腾，又有谁能把无羁的它们驯顺？

## 陪王侍御宴通泉东山野亭

【题解】此诗当与前诗同时作。王侍御，生平不详，当是由京都来通泉的贵客。县令姚某设宴，邀杜甫坐陪。杜甫于席上赋此诗，表达思归京华而不得的怅怀。

【原诗】江水东流去[①]，清樽日复斜。异方同宴赏，何处是京华？亭景临山水，村烟对浦沙。狂歌遇形胜，得醉即为家。

【注释】①江水：指涪江。

【译文】江水不停地向东流去，宴饮之中太阳又复西斜。身在他乡与君一同宴赏，不知何处是我挂念的京华。野亭周围是山水美景，村庄夕烟对着浦沙。遇此形胜即当放声高歌，取醉之地即当为家。

## 陪王侍御同登东山最高顶宴姚通泉晚携酒泛江

【题解】此诗与前诗同为陪宴之作。姚通泉，通泉县令姚某。诗写江上夜游之乐。

【原诗】姚公美政谁与俦？不减昔时陈太丘[①]。邑中上客有柱史[②]，多暇日陪骢马游。东山高顶罗珍羞，下顾城郭销我忧。清江白日落欲尽，复携美人登彩舟。笛声愤怨哀中流，妙舞逶迤夜未休。灯前往往大鱼出，听曲低昂如有求。三更风起寒浪涌，取乐喧呼觉船重。满空星河光破碎，四座宾客色不动。请公临深莫相违[③]，回船罢酒上马归。人生欢会岂有极？无使霜露沾人衣。

【注释】①陈太丘：《后汉书》载，陈寔任太丘长，修德清静，百姓安乐。②柱史：即“柱下史”，周秦官名，侍立于殿柱下记四方文书，相当于唐代的御史。此指王侍御。③《礼记》：孝子不登高，不临深。

【译文】姚公的德政谁能相比？不次于当年的陈太丘！城中来了上宾王侍御，多暇之际每日陪其赏游。东山顶上设置精美的酒宴，俯视城景可以消我忧。清江上的太阳即将落尽，又携着官妓登上彩舟。哀怨的笛声在江心奏响，连绵的妙舞至夜未休。灯前常有大鱼跳出，听着乐曲忽沉忽跃如有所求。三更风起寒波汹涌，喧呼取乐之中忽觉船儿变重。星河的光影已经破碎，四座的宾客收敛了笑容。请求诸公莫要违背孝子不临深的古训，停止酒宴转回船头上马回归。人生欢会岂有极限？不要让霜露沾湿衣服。

## 渔　　阳

【题解】此诗当作于宝应元年（762）冬末，杜甫回到梓州后，得知雍王授钺，为兵马元帅，喜而作此诗。

【原诗】渔阳突骑犹精锐，赫赫雍王都节制①。猛将翻然恐后时②，本朝不入非高计。禄山北筑雄武城③，旧防败走归其营。系书请问燕耆旧④，今日何须十万兵！

【注释】①《唐书》载，宝应元年九月，鲁王李遘改封雍王，十月，以雍王为天下兵马元帅，统河北、朔方及诸道行营、回纥等兵十余万，进讨史朝义，会军陕州。　②猛将：指河北降将。时叛将薛嵩以四州来降，张忠志以五州来降。　③雄武城：安禄山造反时，筑垒于范阳北，号称雄武城。　④系书：战国时，齐人鲁仲连以箭射书信劝谕守聊城的燕将，果使燕将弃城。

【译文】渔阳的骑队仍然精锐，赫赫的雍王亲自挂帅出击！贼营中的猛将翻然来降唯恐落后，深知不降本朝决非良计。当年安禄山曾在范阳筑起雄武城，以备败退时作垂死抗争。我想以箭射书宣慰燕地父老，今日大局已定，收复失地何须十万强兵！

## 花　　底

【题解】此诗当作于广德元年（763）春，杜甫在梓州。诗为咏花，写花开之盛，抒妍华易谢之慨。

【原诗】紫萼扶千蕊①，黄须照万花②。忽疑行暮雨，何事入朝霞？恐是潘安县③，堪留卫玠车④。深知好颜色，莫作委泥沙。

【注释】①萼：花萼。花的组成部分，由若干萼片组成，包在花瓣外面，花开时托着花冠。 ②须：花须，花蕊。 ③潘安：潘岳，字安仁，西晋文学家。任河阳县令时，在境内遍栽桃李。 ④卫玠：晋人，曾乘羊车入市，以貌美被人号为“玉人”。这里作者想象卫玠必然爱花。

【译文】紫色的花萼托着千蕊，嫩黄的花须光照万花。花儿润泽啊，我忽疑走在暮雨里；花色鲜妍啊，仿佛身入朝霞。莫非来到了潘安县？足可让卫玠把车子停下。深知如此美色世间少有，切莫零落委于泥沙。

## 柳　边

【题解】此诗当与前诗作于同时。诗为咏柳，写时光迅速之感和京华之念。

【原诗】只道梅花发，那知柳亦新？枝枝总到地，叶叶自开春。紫燕时翻翼，黄鹂不露身。汉南应老尽①，霸上远愁人②。

【注释】①庾信《枯树赋》：“桓大司马闻而叹曰：‘昔年种柳，依依汉南；今看摇落，凄怆江潭；树犹如此，人何以堪！’”杜甫用此典以感时光，叹滞留。 ②《三辅黄图》载，霸桥在长安东，汉人送客至此，折柳送别，名曰销魂桥。作者用此典以写长安之忆。

【译文】只道是梅花已经开放，哪知柳色也同时更新？枝枝柳条都垂到地上，片片柳叶各自进入了新春。紫燕时时在枝叶间翻剪翅膀，黄鹂婉转其间却不露身。滞留南方的我大概要与汉南的柳树一同衰老，遥想霸桥的柳树不禁黯然伤神。

## 远　游

【题解】此诗作于广德元年（763）初，杜甫在梓州，闻史朝义战败北走而作。

【原诗】贱子何人记？迷方着处家。竹风连野色，江沫拥春沙。种药扶衰病，吟诗解叹嗟。似闻胡骑走，失喜问京华①。

【注释】①失喜：喜极不能自制。

【译文】贫贱的我还能有谁记得？迷失了方向只好到处为家。那摇摆不定的风中之竹连着苍茫的野色，流荡不止的江上泡沫携着春天的泥沙。种些药材以维持衰老多病的身体，吟诵诗篇以排遣难以言尽的愁苦。依稀传来了胡兵败退的消息，难抑喜悦之情向人询问京都的情况。

## 闻官军收河南河北

【题解】此诗作于广德元年（763）春，时杜甫在梓州。这年正月，官军彻底消灭了安史叛军，河南河北广大地区获得解放。消息传来，杜甫惊喜欲狂，写此诗以记怀。

【原诗】剑外忽传收蓟北①，初闻涕泪满衣裳。却看妻子愁何在？漫卷诗书喜欲狂。白日放歌须纵酒，青春作伴好还乡。即从巴峡穿巫峡②，便下襄阳向洛阳③。

【注释】①剑外：剑门关以南地区。此指梓州。蓟北：河北北部，为安史叛军老巢。　②巴峡：《太平御览》引《三巴记》云："阆、白二水合流，自汉中至始宁城下，入涪陵，曲折三曲，有如巴字，亦曰巴江，经峻峡中，谓之巴峡。"阆、白二水，即嘉陵江上游。杜甫当时往来于梓州、阆州，欲水路归乡当由嘉陵江南下，再入长江。故诗中"巴峡"应指嘉陵江上游峡谷，非巴东三峡。巫峡：长江三峡之一。西起四川巫山县大宁河口，东至湖北巴东县官渡口，长约 40 公里。　③襄阳：今湖北襄樊市。

杜甫祖籍在此。洛阳：今河南洛阳。杜甫籍贯河南巩县，三岁时移居洛阳，故每以洛阳为故乡。句后作者原注："余田园在东京。"东京即洛阳。

**【译文】**剑南一带忽然传开了官军收复河北的喜讯，初闻此讯止不住热泪滚滚洒满了衣裳。回过头看看妻子儿女，她们脸上的愁云哪里去了？胡乱地收卷起诗书，我喜得简直要发狂！头顶着青天丽日，我要放声高歌还要纵情饮酒；有妩媚的春光作伴，正好可以回归故乡。立即乘船从巴峡启程再穿过巫峡，随即北上襄阳、直奔洛阳！

## 春日梓州登楼二首

**【题解】**这组诗当作于广德元年（763）春。诗写羁旅之感和离蜀之思。

### 其　一

**【原诗】**行路难如此，登楼望欲迷。身无却少壮，迹有但羁栖。江水流城郭[①]，春风入鼓鼙。双双新燕子，依旧已衔泥。

**【注释】**①江：指涪江。涪江从梓州城东流过。

**【译文】**行路之难竟至于此！登上楼来望眼欲迷。此身无复少壮之日，行迹只有飘泊旅居。涪江之水流过城郭，春风中传来声声鼓鼙。双双对对的新春燕子，依旧又在筑巢衔泥。

### 其　二

**【原诗】**天畔登楼眼，随春入故园。战场今始定[①]，移柳更能存？厌蜀交游冷，思吴胜事繁。应须理舟楫，长啸下荆门[②]。

**【注释】**①战场始定：指安史之乱初平。　②荆门：山名，在湖北宜都县西北、长江南岸，隔江和虎牙山对峙。江水湍急。战国时为楚国西方门户。

**【译文】**天畔登楼之际，我这双望眼已随春光进入故园。如今战场方始平定，当年移入故园的柳树是否还在生存？我讨厌蜀人的交游冷漠，思念吴地的胜事繁多。应该去准备远行的船只，长啸一声直下荆门。

## 春日戏题恼郝使君兄

【题解】此诗当作于广德元年（763）春，时杜甫在梓州。去年冬，杜甫游通泉县时，曾受郝使君的招待。今日无聊，故写此戏诗相赠。

【原诗】使君意气凌青霄，忆昨欢娱常见招。细马时鸣金騕褭①，佳人屡出董娇饶②。东流江水西飞燕，可惜春光不相见。愿携王赵两红颜，再骋肌肤如素练。通泉百里近梓州，请公一来开我愁。舞处重看花满面，樽前还有锦缠头③。

【注释】①细马：骏马。金騕（yǎo）褭（niǎo）：骏马名。《文选·司马相如〈上林赋〉》："羂騕褭，射封豕。"李善注引张揖曰："騕褭，马金喙赤色，一日行万里者。" ②董娇饶：东汉宋子侯诗中所咏的女子。后常用以称美青年女子。 ③锦缠头：赐给歌舞艺人的锦帛。

【译文】使君的意气可谓高凌青霄，回忆从前每逢乐事总蒙相招。你屡次派出董娇饶那样的美貌家妓，让她们骑着欢鸣的骏马在野外奔跑。江水东流燕子西飞，可惜当此大好春光我们却不得相见。愿你携带王、赵两位红颜前来，让她们再来一番骑马驰骋的表演。通泉靠近梓州不过百里之途，请你一来宽解我的忧愁。使我重新欣赏那花容玉貌的舞姿，我已准备好了樽前的锦缠头。

## 郪城西原送李判官兄武判官弟赴成都府

【题解】此诗当作于广德元年（763）春。梓州治郪县。诗中叙离别之伤感。

【原诗】凭高送所亲，久坐惜芳辰。远水非无浪①，他山自有春。野花随处发，官柳著行新②。天际伤愁别，离筵何太频！

**【注释】**①“远水”句：李、武二人赴成都当有水程，故忧其风浪颠簸。②官柳：大道旁边的柳树。著：排列。

**【译文】**登上高处送别我亲近的人，久久地陪坐是由于珍惜这美好的时辰。远水看似平静却并非没有风浪，所幸的是远方的山也自有一番春色美景。一路上野花随处开放，官柳列队展示新容。身在天涯本来就容易伤别，而离别之筵却又如此频繁！

## 惠义寺送王少尹赴成都得峰字

**【题解】**此诗当作于广德元年（763）春，时杜甫在梓州。诗写惠义寺的幽蔚和惜别之情。

**【原诗】**苒苒谷中寺，娟娟林表峰。阑干上处远，结构坐来重①。骑马行春径，衣冠起暮钟。云门青寂寂②，此别惜相从。

**【注释】**①结构：指外设栏干，中砌石级的山路。 ②云门：山门。借指寺庙。

**【译文】**幽深而庞大的谷中寺庙，高耸而秀丽的林外山峰。扶着栏干拾级而上，但见栏影蜿蜒无尽；坐下来小憩一番，发现山路的结构完全相同。你骑着马走在春天的山路上，僧人们见有客至便穿衣戴帽敲响暮钟。你走后寺庙唯留一片清寂，我遗憾未能与你同行。

## 泛舟送魏十八仓曹还京，因寄岑中允参、范郎中季明

**【题解】**此诗当作于广德元年（763），时杜甫在梓州。去年春岑参自虢州长史归京，任太子中允。范季明，生平不详。仓曹，即仓曹参军。《唐书》：“诸卫府各有仓曹参军。”

**【原诗】**迟日深江水，轻舟送别筵。帝乡愁绪外①，春色泪痕边。见酒须相忆，将诗莫浪传。若逢岑与范，为报各衰年②。

【注释】①帝乡：指京都。 ②报衰年：杜甫与岑参为故交，杜甫任左拾遗时，曾与他人联名推荐岑参为右补阙。如今岑参在朝得意，杜甫向其报衰年，颇具感慨。

【译文】和暖的春日，深深的江水，轻巧的小船载一席送别的酒筵。遥望京都不禁愁绪满怀，面对春色难抑盈盈泪眼。离别之后若再遇到酒筵，千万别忘了我啊；至于我的诗，却不可随便传给他人。若能见到岑、范二位好友，请告诉他们我已进入衰年。

## 涪江泛舟送韦班归京得山字

【题解】此诗当作于广德元年（763）春，时杜甫在梓州。韦班，杜甫友人，经营草堂时曾向他索要松苗。

【原诗】追饯同舟日①，伤春一水间。飘零为客久，衰老羡君还。花杂重重树，云轻处处山。天涯故人少，更益鬓毛斑。

【注释】①追饯：追送饯行。

【译文】我赶来为你舟上饯行之际，面对涪江的春色倍加伤感。飘零为客的岁月太久了，衰老的我多么羡慕你的归还！此去的路上，繁花开满重重树木，轻云萦绕处处青山。浪迹天涯的故人是越来越少了，这更让我白发增添。

## 送路六侍御入朝

【题解】此诗当作于广德元年（763）春，时杜甫在梓州。路侍御，是杜甫童年老友。诗写阔别而逢、逢而即别的伤情。

【原诗】童稚情亲四十年，中间消息两茫然。更为后会知何地，忽漫相逢是别筵。不分桃花红似锦①，生憎柳絮白于绵②。剑南春色还无赖，触忤愁人到酒边。

【注释】①不分（fèn）：不料。 ②绵：丝绵。剥取蚕茧表面的乱丝整理而成的像棉花似的东西。

【译文】想起孩提时代我们的手足亲情于今已过了四十年，这中间音讯不通彼此空怀思念。此后重逢不知将在何处，偶然相逢的喜酒却又是一场离别的伤心筵。不料这桃花竟开得红如锦缎，憎恨那柳絮白得超过丝绵——剑南的春色如此使人生厌啊，它冒犯愁人竟然到了酒席边！

## 送何侍御归朝

【题解】此诗当作于广德元年（763）春，时杜甫在梓州。题下原注："李梓州泛舟筵上作。"诗写别情。

【原诗】舟楫诸侯饯①，车舆使者归②。山花相映发，水鸟自孤飞。春日垂霜鬓，天隅把绣衣③。故人从此去，寥落寸心违。

【注释】①诸侯：指梓州刺史李某。刺史为掌握军政大权的地方长官，故以诸侯称之。 ②使者：指何侍御。 ③绣衣：侍御史的代称。汉代侍御史穿绣衣，持节发兵，称为绣衣使者。

【译文】李使君在船上设置送行的酒宴，你即将乘坐车舆返回京都。缤纷的山花映衬着你的绣衣，孤飞的水鸟点染着我的孤独。在这美好的春日里我垂着霜鬓，在这偏远的天涯与你把臂依依。眼看着老朋友从此离去，寂寞的生活违背了我的心意。

## 奉送崔都水翁下峡

【题解】此诗当作于广德元年（763）春，时杜甫在梓州。崔都水，名不详。都水，官名。《新唐书·百官志》："都水监，使者二人，正五品上。掌川泽、津梁、渠堰、陂池之政，总河渠、诸津监署。"杜甫与崔氏当为甥舅，故称其"翁"。崔氏将出峡归京，杜甫写此诗送行。

【原诗】无数涪江筏①，鸣桡总发时②。别离终不久，宗族忍相遗？白狗黄牛峡③，朝云暮雨祠④。所过凭问讯，到日自题诗。

【注释】①涪江：水名，流经梓州城东，南流与嘉陵江汇合，入长江。古时出峡之舟，多以竹木之筏附于两旁。 ②桡：短棹。 ③《十道志》载，白狗峡，在归州（今湖北秭归），两崖如削，白石隐起，其状如狗。黄牛峡，在夷陵州（今湖北宜昌），石色如人牵牛之状，人黑牛黄。 ④宋玉《高唐赋序》："旦为朝云，暮为行雨。"此指巫山神女祠。

【译文】涪江上无数的竹筏簇拥着您的船，一声号令，桨棹齐鸣，航船启程。我与您的离别毕竟不会太久，因为故乡亲族时刻挂在我心中。您一路上将经过白狗峡黄牛峡，还有那引人神往的巫山神女祠。请您路过这些地方时代我向女神问好，等我日后到达时自会一一去题诗。

## 送韦郎司直归成都

【题解】此诗当作于广德元年（763）春，时杜甫在梓州。韦郎司直，名不详。司直，官名，掌司法。当为韦氏曾任官职。诗中表达对草堂的思念。

【原诗】窜身来蜀地，同病得韦郎①。天下兵戈满，江边岁月长。别筵花欲暮，春日鬓俱苍。为问南溪竹②，抽梢合过墙③。

【注释】①同病：可知韦氏也是避难来蜀的。 ②南溪：指浣花溪。杜甫草堂建于溪畔。 ③此句下作者原注："余草堂在成都西郭。"

【译文】都为躲避战乱而流窜到蜀地，我俩真可谓同病相怜。天下到处是烽烟战火，只好长久地寓居在偏僻的江边。离别的筵席对着欲谢的残花，明媚的春光映着你我灰白的鬓发。请你替我看问浣花溪边的竹树，那新抽的嫩梢该是高过墙头了吧。

## 泛江送客

【题解】此诗当作于广德元年（763）春，时杜甫在梓州。诗写频频送客引起的归思之苦。

【原诗】二月频送客，东津江欲平[1]。烟花山际重，舟楫浪前轻。泪逐劝杯下，愁连吹笛生。离筵不隔日，那得易为情？

【注释】①东津：指梓州城东的涪江渡口。

【译文】二月里频频送别客人，东津的江面几乎与岸相平。山边的烟花抹出重重的色彩，浪前的舟楫则显得过于轻盈。举杯劝酒，我的泪水亦随之而下；吹笛娱情，我的愁绪却连音而生。送别的酒筵天天不断，我哪里还能打得起精神叙述离情？

## 上牛头寺

【题解】此诗当作于广德元年（763）春。《太平寰宇记》载，牛头山，在梓州郪县西南二里，高一里，形似牛头，四面孤绝，俯临州郭。下有长乐寺，楼阁烟花，为一方胜概。诗写登临之乐。

【原诗】青山意不尽[1]，衮衮上牛头[2]。无复能拘碍，真成浪出游。花浓春寺静，竹细野池幽。何处啼莺切？移时独未休。

【注释】①意：指作者登山览胜之意。 ②衮衮：连步而登貌。

【译文】我对青山的爱意素来浓厚，今日又兴冲冲登上了牛头。山野佳景尽收眼底，这才真叫做纵情漫游。春花浓艳，寺院十分静谧；竹枝纤细，野池显得清幽。何处传来清脆的莺啼？好长时辰仍未罢休。

## 登牛头山亭子

【题解】此诗与前诗作于同时。诗写登临感怀。

【原诗】路出双林外[1]，亭窥万井中[2]。江城孤照日，山谷远含风。兵革身将老，关河信不通[3]。犹残数行泪，忍对百花丛？

【注释】①双林：指释迦牟尼涅槃处。此借指牛头山长乐寺。 ②万井：古代以地方一里为一井。此指千家万户。 ③时吐蕃侵扰，故关河阻塞。

【译文】走出寺庙沿着山路攀登，站在亭前可以俯视万家烟景。孤单的江城映照在日光之下，幽长的山谷里回荡着风声。战乱绵延我身将老，关河阻绝书信不通。我所拥有的只剩下几行眼泪，怎忍心面对这百花丛？

## 望牛头寺

【题解】此诗与前二首作于同时。诗写傍晚出牛头寺而回望之感受。

【原诗】牛头见鹤林[1]，梯径绕幽深。春色浮山外，天河宿殿阴。传灯无白日[2]，布地有黄金。休作狂歌老，回看不住心[3]。

【注释】①鹤林：原指佛入灭之处。佛于婆罗双树间入灭时，林色变白，如白鹤之群栖。此指牛头寺周围的树林。 ②传灯：指佛像前的长明灯。佛家以灯喻法，谓佛法能破暗。 ③不住心：谓内心虚静，没有执着。

【译文】回望牛头寺院但见一片鹤林，如梯的石径盘入幽深。迷茫的春色浮于牛头山外，灿烂的天河宿于殿寺的背阴。回忆寺中所见，白天的佛堂里依旧灯火明亮，殿宇清华，铺地竟至使用黄金。我又何必作那狂歌叹苦的老叟？在返回尘寰的路上，我久久回望寺院，回视佛家那虚静的禅心。

## 上兜率寺

【题解】此诗当与前诗作于同期。兜率寺，在牛头寺附近。侯圭《东山观音寺记》云：梓州浮图大小十二，惠义居其北，兜率当其南，牛头据其西，观音距其东。《方舆胜览》载：兜率寺在南山，一名长寿寺，隋开皇中建，即苏轼诗所谓“牛头与兜率，云木郁堆垄”者。

**【原诗】**兜率知名寺，真如会法堂①。江山有巴蜀，栋宇自齐梁②。庾信哀虽久③，周颙好不忘④。白牛车远近⑤，且欲上慈航⑥。

**【注释】**①真如：佛教语。谓永恒存在的实体、实性，亦即宇宙万有的本体。 ②王勃《梓州郪县兜率寺浮图碑》：“兜率寺者，隋开皇中之所建也。”杜云“自齐梁”，当是依据当时僧人所言。 ③庾信：北周文学家，初仕梁，历任西魏、北周。常有乡关之思，《哀江南赋》等为其代表作。④周颙：南齐人，音词辩丽，长于佛理，于钟山西立精舍，休沐则归之。清贫寡欲，终日长蔬。 ⑤《法华经》载：有大白牛，肥重多力，形体殊好，以驾宝车。盖喻大乘。 ⑥慈航：佛教语。谓佛、菩萨以慈悲之心度人，如航船之济众，使脱离生死苦海。

**【译文】**兜率寺是知名的寺庙，是真如会法的殿堂。巴蜀的江山增其胜概，栋宇起自遥远的齐梁。我虽像庾信那样久存乡关之思，却也不是没有周颙那种奉佛之想。我欲借助佛法的伟力，永远脱离苦难的海洋。

## 望兜率寺

**【题解】**此诗作于前诗同时。诗写寺前所望和超世之想。

**【原诗】**树密当山径，江深隔寺门。霏霏云气动，闪闪浪花翻。不复知天大，空余见佛尊①。时应清盥罢，随喜给孤园②。

**【注释】**①《五灯会元·七佛·释迦牟尼佛》：“天上天下，唯吾独尊。”为佛教推崇释迦牟尼之语。 ②随喜：佛教语。谓欢喜之意随瞻拜佛像而生。因用以称游谒寺院。给孤园：“给孤独园”的省称。给孤独长者在王舍城听释迦佛说法，遂皈依之，因请佛至王舍城，出巨金购祇陀太子之园林，为佛说法之地，故称。后用作佛寺的代称。

【译文】茂密的树林遮住了山路，深深的江水隔断了寺门。云气霏霏在树间浮动，浪花闪闪在眼底翻滚。站在寺前不复感到天地之大，眼前心中唯余我佛之尊。此时应该用清水洗净手脸，而后在寺院中畅心游览。

## 甘　园

【题解】此诗当作于广德元年（763）春。甘园，即柑园，在梓州附近。诗写大器晚成之意。

【原诗】春日清江岸，千甘二顷园。青云羞叶密，白雪避花繁。结子随边使①，开笼近至尊。后于桃李熟，终得献金门②。

【注释】①边使：来自边地的使者。蜀地为远方，故称边地。唐时从蜀地入贡柑果。　②金门：即“金马门”。汉代宫门名。汉代文人于此处待诏，为朝廷所用。后世多用以代指朝廷，又用作咏士人入仕的典故。

【译文】春天的清江岸边，有一处面积二顷的千株柑园。茂密的叶子可让青云含羞，繁盛的花朵足令白雪避闪。待到秋来果实将随边使入京，在皇帝面前出笼奉献。它们虽成熟得比桃李为晚，却终能贡入金殿。

## 陪李梓州王阆州苏遂州李果州四使君登惠义寺

【题解】此诗当作于广德元年（763）春，时杜甫在梓州。惠义寺，在梓州北。诗写惠义寺景物及身处穷途时皈依佛门之想。

【原诗】春日无人境，虚空不住天①。莺花随世界，楼阁倚山巅。迟暮身何得？登临意惘然。谁能解金印，潇洒共安禅②？

【注释】①不住：不断，无尽。　②安禅：佛教语。指静坐入定。

【译文】时当春日我们来到这无人之境，头上是虚空无尽的青天。大千世界处处花开莺啼，寺中楼阁倚傍在山巅。回顾我这一生究竟得到了什么？

登临之际未免心情惘然。请问诸君谁能解下金印，同我在此潇洒安禅?

## 数陪李梓州泛江，有女乐在诸舫，戏为艳曲二首赠李

**【题解】**这组诗当作于广德元年（763）春。女乐，指歌妓。诗写李梓州女乐之盛，含规劝意。

### 其　一

**【原诗】**上客回空骑，佳人满近船。江清歌扇底，野旷舞衣前。玉袖凌风并，金壶引浪偏。竞将明媚色，偷眼艳阳天。

**【译文】**延客上船而遣回空骑，粉黛佳人站满了近旁的游船。团团歌扇底下是清清的江水，款款舞衣之前是辽阔的野原。白衣玉女长袖飘飘迎风并立，提壶取水的侍女站在船的一边。她们一个个自炫美色，偷眼春光以竞娇妍。

### 其　二

**【原诗】**白日移歌袖，青霄近笛床①。翠眉萦度曲②，云鬓俨成行。立马千山暮，回舟一水香。使君自有妇，莫学野鸳鸯③。

**【注释】**①笛床：盛笛的盒子。　②度曲：按曲谱演唱。　③野鸳鸯：喻非正式的配偶。

**【译文】**一天的时光在歌舞中流逝了，夜幕降临到笛床上。翠眉女子的歌声仍在萦回飘荡，众多云鬓早已列队准备上场。迎候的马匹立在千山暮色里，回行的船只留下一路水香。李使君你可是个有妇之夫啊，千万别学那野鸳鸯。

## 题郪原郭三十二明府茅屋壁

**【题解】**此诗当作于广德元年（763）春，时杜甫自梓州往阆州（今四川阆中县），行前与郪县郭明府（即县令）话别，作此题壁诗。诗叙郭令的

德政和不遇。

**【原诗】** 江头且系船，为尔独相怜。云散灌坛雨[1]，春青彭泽田[2]。频惊适小国，一拟问高天。别后巴东路，逢人问几贤。

**【注释】** ①晋张华《博物志》载："太公为灌坛令，武王梦妇人当道夜哭，问之，曰：'吾是东海神女，嫁于西海神童。今灌坛令当道，废我行。我行必有大风雨，而太公有德，吾不敢以暴风雨过，是毁其德。'武王明日召太公，三日三夜，果有疾风暴雨从太公邑外过。" ②《陶潜传》载，陶潜为彭泽令，公田悉令种秫，曰："令吾尝醉于酒足矣。"妻子因请种秔，乃使二顷五十亩种秫，五十亩种秔。此引灌坛、彭泽，均借比郭令。

**【译文】** 暂且在江边系住我的行船，只为了对你那份深情的爱怜。郪县有你，风调雨顺，一如当年姜太公治下的灌坛县；郪县有你，春意盎然，一如当年陶令公的彭泽田原。可这世上为什么有才有德的人总是屈赴小国？我要问一问苍天！分别之后我在巴东路上逢人便问：世上能有几个像你这样的好官？

## 行次盐亭县，聊题四韵，奉简严遂州蓬州两使君、咨议诸昆季

**【题解】** 此诗当为广德元年春赴阆途中经盐亭（今属四川）县时作。严遂州和严蓬州，当是当地两位退休的刺史。咨议诸昆季，当指严震及其族弟严砺。严震，盐亭人，世为田家，家财巨富，至德、乾元年间，屡出家财资助军事，授州长史、王府咨议参军。杜甫以诗代简，寄给诸严。

**【原诗】** 马首见盐亭，高山拥县青。云溪花淡淡，春郭水泠泠[1]。全蜀多名士，严家聚德星[2]。长歌意无极，好为老夫听。

**【注释】** ①泠（líng）泠：清澄貌。 ②《续晋阳秋》载，东汉名士陈寔率子孙造访荀淑父子，此时出现"德星聚"的天象。后用作咏贤士聚会的

典故。

【译文】顺着马头的方向我望到了盐亭，高耸的山峰把县城簇拥得一片翠青。云雾缭绕的溪边野花淡淡，春日的城郭泉水清冷。蜀地自古多出名士，严氏家族更是荟萃德星。长歌一曲情意不尽，敬请诸位为老夫倾听。

## 倚　杖

【题解】题下作者原注："盐亭县作。"可知此诗是广德元年（763）春赴阆州途中在盐亭逗留时所作。诗写县中情事。

【原诗】看花虽郭内，倚杖即溪边。山县早休市，江桥春聚船。狎鸥轻白浪，归雁喜青天。物色兼生意，凄凉忆去年①。

【注释】①忆去年：指头年因成都徐知道兵乱而避居梓州。

【译文】虽是在城内游春赏花，而拄杖行处却就是在溪边。山中小县集市早散，春水桥边船只聚攒。嬉戏的鸥鸟不畏白浪，北归的大雁欣喜青天。满眼景色生机盎然，使我不禁回忆起凄凉的去年。

## 双　燕

【题解】此诗当作于广德元年（763）春，时杜甫行至阆州（今四川阆中）。诗中托燕自喻，末联露出峡之意。

【原诗】旅食惊双燕①，衔泥入北堂。应同避燥湿，且复过炎凉。养子风尘际，来时道路长。今秋天地在，吾亦离殊方②。

【注释】①旅食：旅居。　②殊方：远方。指蜀地。

【译文】旅居中见到双燕而不禁心惊，它们啊正辛勤叼泥筑巢于北堂。想来我们同是聊避燥湿而随处飘泊吧，而且还要一起度过夏热和秋凉。在风尘之中生儿养女，在长途中往来奔忙。今秋若还有飞翔的天地，我也要离开这偏远的地方。

## 百　舌

**【题解】** 此诗与前诗为同时作。百舌，鸟名，又称“反舌”，善鸣，声音多变化，故称。《汲冢周书》云：“反舌有声，佞人在侧。”诗借百舌以讽刺皇帝身边的奸佞。

**【原诗】** 百舌来何处？重重只报春①。知音兼众语②，整翮岂多身？花密藏难见，枝高听转新。过时如发口，君侧有谗人③。

**【注释】** ①只报春：喻佞臣报喜不报忧。　②兼众语：百舌能学各种鸟鸣声。喻佞臣巧言令色，以媚君王。　③谗人：进谗言的人。即佞臣。

**【译文】** 从哪里来的这种怪鸟？喋喋不休地报说着春天的喜讯。它善于发出各种鸟儿的声音，得以保全自己岂是因为一命多身？它藏在密花丛中不露形体，它鸣于高树枝头耸人听闻。诚如古书所述：如果百舌过时仍在鸣叫，定知君王身边有进谗的小人。

## 江亭送眉州辛别驾升之得芜字

**【题解】** 此诗当作于广德元年（763）春，时杜甫在阆州（今四川阆中县）。诗为眉州别驾辛升之送行而作。辛升之，不详。别驾，官名。

**【原诗】** 柳影含云幕①，江波近酒壶。异方惊会面，终宴惜征途。沙晚低风蝶，天晴喜浴凫。别离伤老大，意绪日荒芜。

**【注释】** ①云幕：帐幕。为饯行而设置于野外的篷帐。

**【译文】** 柳阴中支起饯行的帐幕，江波翻涌在酒壶跟前。在这遥远的异乡我们偶然相会，酒宴之后你就要长足涉远。沙滩日暮，蝴蝶在风中低飞；天气晴好，野鸭在江上嬉玩。垂老之身对离别尤为伤感，我的心绪日益纷乱不堪。

## 惠义寺园送辛员外

**【题解】**此诗当作于广德元年（763）春，时杜甫从阆州返回梓州，在梓州城北的惠义寺送别辛员外。辛与杜为知交。

**【原诗】**朱樱此日垂朱实[①]，郭外谁家负郭田？万里相逢贪握手，高才仰望足离筵[②]。

**【注释】**①朱樱：深红色的樱桃。此句与下句点明送别的时间与地点。②高才：指辛员外。

**【译文】**今日樱桃树上挂满了深红的果实，靠近城边的是谁家耕种的青翠农田？万里之外偶然相逢久久握手，久仰高才的心愿却在离筵上得到满足。

## 又　送

**【题解】**此诗作于前诗之后。盖因久别重逢，不忍宴罢分手，遂并马相送，直至绵州。此为绵州宴别之作。

**【原诗】**双峰寂寂对春台，万竹青青照客杯。细草留连侵坐软，残花怅望近人开。同舟昨日何由得？并马今朝未拟回[①]。直到绵州始分手[②]，江边树里共谁来？

**【注释】**①“同舟”二句：可知辛员外是先由水路至梓州，后改由旱路由梓州至绵州。　②绵州：今四川绵阳。

**【译文】**沉寂的双峰对着置酒的春台，万竿青竹映绿了我们的酒杯。细软的春草令人留连久坐，身边的残花令人惆怅满怀。你昨日从水路到梓州，我未能与你同舟；今日与你并马而行，简直不想回归。一直送到绵州方才分手，此后在江边树林里回去的路上又有谁伴我归来?

## 巴西驿亭观江涨呈窦十五使君二首

**【题解】**这组诗当作于广德元年（763）春末，时杜甫在绵州。绵州属巴西郡，涪江流经城下。窦使君，不详，从诗中看，他也是寄迹于绵州的。诗写孤亭观涛对饮之情事。

### 其　一

**【原诗】**宿雨南江涨①，波涛乱远峰。孤亭凌喷薄，万井逼舂容②。霄汉愁高鸟，泥沙困老龙。天边同客舍，携我豁心胸。

**【注释】**①江：指涪江。　②舂容：用力撞击。

**【译文】**连夜大雨使南江洪水暴涨，巨大的浪涛摇乱了远处的山峰。孤亭凌驾于汹涌激荡的江流之上，万户摇晃于洪涛撞击之中。青天上高飞的鸟儿也在发愁，泥沙翻腾使老龙也陷入困境。在这偏远的天涯幸亏有你与我同居一舍，携我饮酒开阔我的心胸。

### 其　二

**【原诗】**转惊波作恶，即恐岸随流。赖有杯中物，还同海上鸥。关心小剡县①，傍眼见扬州②。为接情人饮③，朝来减片愁。

**【注释】**①剡县：今浙江嵊县。杜甫早年游吴越时，曾到此地，乘船游剡溪。　②傍眼：眼前。扬州靠近长江，故由眼前水势而想及。　③情人：感情亲密的人。此指窦使君。

**【译文】**看到洪涛如此险恶我不免心中惊恐，真怕江岸会被洪水冲走。赖有杯中美酒宽解愁怀，终于心转轻松如同海鸥。我的心随着流水飘到了小小的剡县，眼前又似乎见到了扬州。因为与你这样一位有情的人在一起饮酒，我已经消减了一些晨起以来的忧愁。

## 又呈窦使君

**【题解】** 此诗当作于前诗之后。诗写与窦使君同病相怜之慨。

**【原诗】** 向晚波微绿，连空岸却青。日兼春有暮，愁与醉无醒。漂泊犹杯酒，踟蹰此驿亭。相看万里外，同是一浮萍。

**【译文】** 傍晚时洪峰已退，江间流动着微绿的细波，高大的堤岸重新露出青色。日有朝暮，春有孟季，唯独我的愁与醉却没有醒来的时刻。漂泊的生活总需杯酒慰藉，离此驿亭时未免踟蹰难舍。你我相逢在万里之外，同是那水中的浮萍一朵。

## 陪王汉州留杜绵州泛房公西湖

**【题解】** 此诗当作于广德元年（763）春末，时杜甫从绵州至汉州（今四川广汉县）。汉州在成都与绵州之间。《旧唐书·房琯传》载，上元元年（760）四月，房琯以礼部尚书出为晋州刺史；八月，改为汉州刺史；宝应二年（即广德元年）四月，拜特进刑部尚书。据杜甫此诗，房琯当于此年春末即已赴召。房公西湖，房琯初至汉州作刺史时所凿。诗写游湖感受。

**【原诗】** 旧相恩追后①，春池赏不稀。阙庭分未到②，舟楫有光辉。豉化莼丝熟③，刀鸣鲙缕飞。使君双皂盖，滩浅正相依。

**【注释】** ①旧相：指房琯。房琯曾在肃宗朝为相。恩追：恩命召赴。此次房琯被朝廷召回，拜特进刑部尚书，故云。 ②分：料想。 ③豉：豆豉。用煮熟的大豆发酵后制成，有咸淡两种，供调味用。莼（chún）：莼菜。水生植物，春夏季嫩叶可作蔬菜。

**【译文】** 旧相房琯已被朝廷恩命召回，我仍陪同使君频来游赏春池。虽说此刻旧相尚未到达朝廷，但这里的画船已有夺目的光辉。豆豉调制的莼丝味道很美，快刀切出的鱼片轻薄欲飞。回望两位使君的黑色伞盖，正在浅滩上惜惜相依。

## 得房公池鹅

**【题解】** 此诗亦当作于广德元年（763）游汉州时。汉州刺史把房公湖上养的一群鹅送给杜甫。诗写乐情。

**【原诗】** 房相西池鹅一群，眠沙泛浦白于云。凤凰池上应回首①，为报笼随王右军②。

**【注释】** ①凤凰池：中书省的代称。房琯为相时在中书省。杜甫预想房琯此次奉召回京，当复相职。 ②《法书要录》载，王羲之性好鹅，山阴昙禳村有道士养好鹅十余，王往求市易。道士曰：“府君若能自屈书《道德经》各两章，便合群以奉。”羲之住半日，为写毕，笼鹅而归。杜甫亦善书法，此处以王羲之自比。

**【译文】** 房公在西湖上养着鹅一群，它们时眠沙岸时泛水边胜似一片白云。我想房公于凤凰池边该会怀念这群白鹅的，请为我报告他：如今这鹅已跟随了王右军。

## 舟前小鹅儿

**【题解】** 此诗与前诗作于同时。诗借咏鹅以达爱房相之意。题下原注：“汉州城西北角官池作。”官池，即房公湖。

**【原诗】** 鹅儿黄似酒①，对酒爱新鹅。引颈嗔船逼，无行乱眼多。翅开遭宿雨，力小困沧波。客散层城暮②，狐狸奈若何？

**【注释】** ①《方舆胜览》载，鹅黄乃汉州酒名，蜀中无能及者。 ②层城：高大的城。

【译文】湖中的小鹅儿黄得像杯中的鹅黄酒，对着杯中的黄酒更加喜爱湖中的新鹅。它们伸着脖子嗔怒游船靠得太近，散漫成片令人眼花缭乱。一个个张开翅膀晾晒夜雨的湿气，单薄的身子困于洪波之中。当层城日暮游客散去之后，该如何对付狐狸的侵袭呢？

## 答杨梓州

【题解】此诗亦当作于广德元年（763）在汉州时。杨梓州赴任经此地，寻杜甫同游。因作此诗以答。

【原诗】闷到房公池水头，坐逢杨子镇东州①。却向青溪不相见②，回船应载阿戎游③。

【注释】①东州：指梓州。梓州在汉州东。 ②青溪：据房琯《题汉州西湖》诗句“决渠信浩荡，潭岛成江湖。”可知此湖有溪渠流入。 ③阿戎：今人陈贻焮案：“晋宋间人多谓从弟为阿戎，至唐犹然。……此杨梓州或为杨氏夫人的从弟。”杜甫夫人杨氏。

【译文】我因烦闷而来汉州房公湖上游，适逢杨子路过此地镇东州。你来找我，我恰好划船到青溪；经人传报，立即转回船头载你去游湖。

## 官池春雁二首

【题解】这组诗亦当作于广德元年（763）汉州时。官池，即房公湖。诗借咏春雁以写羁旅之思。

### 其　一

【原诗】自古稻粱多不足，至今鸂鶒乱为群①。且休怅望看春水，更恐归飞隔暮云。

【注释】①鸂鶒：水鸟名。

【译文】自古以来稻粱常不足，何况如今还有成群的鸂鶒乱争粮！你们且不要怅望春水而伤怀留滞，看那暮云阻隔只怕想飞也飞不到故乡。

### 其　二

【原诗】青春易尽急还乡，紫塞宁论尚有霜①？翅在云天终不远，力微矰缴绝须防②。

【注释】①紫塞：《古今注》："秦所筑长城，土色皆紫，汉亦然，故云紫塞焉。"　②矰缴：古时射鸟用的一种拴着丝绳的箭。

【译文】春天易逝啊急于返回故乡，哪里还管紫塞尚有冰霜？只要有翅在，云天再远也终可到达；你们气力微弱，千万要把矰缴来提防。

## 汉川王大录事宅作

【题解】此诗当作于游汉州时。旧注认为"汉川"为"汉州"之讹。王录事，不详。录事，官名。诗中赞美王录事的好客和高雅。

【原诗】南溪老病客①，相见下肩舆②。近发看乌帽，催莼煮白鱼。宅中平岸水，身外满床书。忆尔才名叔，含凄意有余。

【注释】①南溪：指浣花溪。杜甫草堂所在之处。　②肩舆：轿子。

【译文】我这浣花溪边的病老之客，下了轿子来到你的门外。你戴着乌帽出来迎接我，催促仆人烧莼煮鱼将我款待。从宅中可以望见平岸的江水，身外之物唯有书卷堆满床头。想起你那颇有才名的叔父已经过世，凄然之意不禁填满我的胸怀。

## 投简梓州幕府兼简韦十郎官

【题解】此诗亦为在汉州时作。以诗代简，致意梓州幕府诸公及韦十郎官，勿忘朋友亲情。

【原诗】幕下郎官安隐无①？从来不奉一行书。固知贫病人须弃，能使韦郎迹也疏。

【注释】①幕下郎官：唐时多以朝士入州幕，故称幕下郎官。隐：通“稳”。

【译文】幕府中诸位郎官一向可好啊？自从分别以来还没接到你们一行书信呢。我本来知道贫病之身是人所共弃的，能使韦十郎官也对我生疏起来。

## 涪城县香积寺官阁

【题解】此诗当为广德元年（763）春末，杜甫从汉州返梓州途经涪城县作。涪城县，唐属绵州，治所在今四川三台（即唐梓州）西北五十五里。香积寺在香积山上，在涪城县东南三里，北枕涪江。诗写站在山腰官阁所望到的景色。

【原诗】寺下春江深不流，山腰官阁迥添愁。含风翠壁孤云细，背日丹枫万木稠。小院回廊春寂寂，浴凫飞鹭晚悠悠。诸天合在藤萝外①，昏黑应须到上头。

【注释】①诸天：指神界的众神位。此处指山顶寺殿中佛像。

【译文】寺下的春江因水深而不觉其流，山腰的官阁下临深渊令人添愁。翠壁间一缕孤云在风中轻轻浮动，夕阳下万棵丹枫显得更稠。小院回廊春光寂寂，浴凫飞鹭晚色悠悠。山顶寺中的佛像该是在藤萝之外吧？天黑时我应须爬到那上头。

## 短歌行送祁录事归合州，因寄苏使君

【题解】此诗当是广德元年（763）春末由汉州返回梓州后作。合州（今四川合川县）祁录事要回合州去，杜甫写此诗向苏刺史问候，告诉他将欲出峡过境的打算。

【原诗】前者途中一相见，人事经年记君面。后生相劝何寂寥？君有长才不贫贱。君今起舵春江流，余亦沙边具小舟。幸为达书贤府主①，江花未尽会江楼②。

【注释】①贤府主：指合州刺史苏氏。　②江楼：合州为涪江和嘉陵江的会合之处。

【译文】以前在路上与你见了一次面，人事繁杂几经岁月却仍记得你的容颜。有你这样的年轻人劝慰，我还有什么寂寞可言？你具有如此的高才，一定不会长久贫贱。如今你舵起春江回归合州，我也在沙岸上准备了一只小船。希望你能捎信给贤明的府主，于江花未尽之际我们将在合州江楼上会面。

## 寄题江外草堂

【题解】此诗当于广德元年（763），杜甫在梓州思念草堂而作。

【原诗】我生性放诞，雅欲逃自然①。嗜酒爱风竹，卜居必林泉。遭乱到蜀江，卧疴遣所便②。诛茅初一亩，广地方连延。经营上元始③，断手宝应年④。敢谋土木丽？自觉面势坚。台亭随高下，敞豁当清川。惟有会心侣，数能同钓船。干戈未偃息，安得酣歌眠？蛟龙无定窟，黄鹄摩苍天。古来贤达士，宁受外物牵？顾惟鲁钝姿，岂识悔吝先⑤？偶携老妻去，惨淡凌风烟。事迹无固必，幽贞愧双全⑥。尚念四小松，蔓草易拘缠。霜骨不堪长，永为邻里怜。

【注释】①雅：常。　②便（pián）：安适。　③上元：唐肃宗年号。上元元年（760）春天，杜甫开始在浣花溪边营建草堂。　④断手：住手。中止营建。宝应：唐代宗年号。宝应元年（762）七月，杜甫送严武离开成都。　⑤悔吝：灾祸。指徐知道兵乱成都。　⑥幽贞：隐士。

【译文】我的天性放浪不羁，常想逃出红尘归入自然。嗜好饮酒喜爱风声竹韵，选择宅地必定靠近林泉。遭逢乱世来到蜀江，卧病需要个安适的地方。锄茅辟地开始仅只一亩，后来又扩展地亩方使之得以绵延。从上元元年开始营建，中止经营是在宝应年间。岂敢谋求土木的华丽？自我感觉这草堂外观朴实、结构牢坚。亭台随着地势或高或低，门楹敞豁对着清川。只有知心的朋友，才屡次到此同上钓船。无奈战乱不得平息，岂能醉酒酣歌高枕而眠？我就像没有固定窟穴的蛟龙到处游荡，就像播迁的黄鹄高飞苍天。想到古来的贤达之士，他们岂受外物的挂牵？而我心性愚鲁迟钝，哪能对灾祸有所预见？只好带着老伴儿离开草堂，心情惨淡地迎受风烟。隐居之事未能坚持到底，作为隐士的我深愧未能身名两全。我仍挂念着草堂院中的四棵小松，担心它们被蔓草拘缠。它们的枝干不得生长，永为邻居所忧怜。

## 陪章留后侍御宴南楼得风字

【题解】此诗当作于广德元年（763）六月，时杜甫在梓州。诗为陪宴梓州刺史章彝而作。上元二年（761）年底，严武权令两川都节度。宝应元年（762）六月，严武被召还，西川节度由高适代理，东川节度虚悬，以章彝为留后。东川节度驻梓州。

【原诗】绝域长夏晚①，兹楼清宴同。朝廷烧栈北②，鼓角漏天东③。屡食将军第，仍骑御史骢。本无丹灶术，那免白头翁？寇盗狂歌外，形骸痛饮中。野云低度水，檐雨细随风。出号江城黑④，题诗蜡炬红。此身醒复醉，不拟哭途穷。

【注释】①长夏：农历六月。 ②烧栈：烧毁的栈道。烧毁栈道以绝通行，可见当时战乱不止。《资治通鉴》载，上元二年二月，奴刺、党项寇宝鸡，烧大散关。 ③漏天：地名。在今四川雅安县境。其地多雨，故称。《梁益记》："雅州西北有大、小漏天，以其西北阴盛常雨，如天之漏也。"雅州即今雅安县，属西川。梓州属东川，故称"漏天东"。栈烧天漏，地名中含动乱之象。 ④江城：指梓州。涪江经此。

【译文】在这边地六月的傍晚，我陪同章留后在此楼饮宴。战火未息，朝廷远在烧栈的北面；梓州备战，鼓角响在漏天的东边。生计艰难，屡次到您的府上就食；来来往往，骑的还是您的青骢。我本无炼丹的奇术，哪能免做白头老翁？且将寇盗付诸狂歌之外，任凭形骸寄于痛饮之中。旷野的乌云低低度过江水，檐间的雨线随着微风飘动。军营中发出号令，江城已经入夜；宾主即兴题诗，蜡光燃得正红。托身于醉乡醒了又醉，不想效法阮籍痛哭途穷。

## 台　上得凉字

【题解】此诗作于前诗之后。雨止月出，主人移席至城楼外面的踢望台上，继续饮酒作诗。诗写风月之佳和衰老之感。

【原诗】改席台能迥，留门月复光①。云霄遗暑湿②，山谷进风凉。老去一杯足，谁怜屡舞长？何须把官烛，似恼鬓毛苍。

【注释】①门：指方才饮酒之处的南楼之门。　②云霄：形容城头踢望台之高。

【译文】把酒席移到台上能使人望得更远，敞着楼门放出灯光，又有月亮照明，台上十分亮堂。置身于云霄不觉得暑气潮湿，何况从山谷那边又吹来凉爽的夜风。我已年老，一杯酒就已足够，谁还有兴欣赏那接连不断的舞蹈？何须再把官烛点亮？我恼恨照见这两鬓苍苍。

## 陪章留后惠义寺饯嘉州崔都督赴州

【题解】此诗当作于广德元年（763）夏，时杜甫在梓州。惠义寺，在梓州城北。嘉州，今四川乐山县。诗写望中之景和惜别之情。

【原诗】中军待上客①，令肃事有恒。前驱入宝地，祖帐飘金绳②。南陌既留欢，兹山亦深登。清闻树杪磬，远谒云端僧。回策匪新岸，所攀仍旧藤③。耳激洞门飙，目存寒谷冰。出尘閟轨躅④，毕景遗炎蒸⑤。永愿坐长夏，将衰栖大乘[6]。羁旅惜宴会，艰难怀友朋。劳生共几何？离恨兼相仍。

【注释】①中军：古时行军作战分上、中、下三军，由主将所在的中军发号施令。后亦以称谓主将。此指章彝。上客：指崔都督。 ②祖帐：古代送人远行，在野外路边为饯别而设的帷帐。金绳：佛经谓离垢国用以分别界限的金制绳索。此用以切佛寺。 ③匪新岸、仍旧藤：此前杜甫曾登临此处，故称。 ④罔：断绝。轨躅：车轮碾过之痕迹。 ⑤毕景（yǐng）：日影已尽。指入暮。 ⑥大乘：佛教的一个派别。强调利他，普渡一切众生。

【译文】主将款待上宾，号令严肃行事皆有定程。先派前导进入佛门宝地，搭起饯行的帷帐而且系以金绳。在南陌设帐欢宴之后，又将高山攀登。听着树梢间回荡的清雅的钟磬，去参见远居云端的寺僧。拄杖迂回之处皆非生疏的崖岸，所攀援的都是旧时熟悉的绿藤。山门的飙风呼啸耳边，寒谷的清冰映入眼中。此地高出尘世断绝车迹，时当日暮天气不再炎蒸。我愿坐在这里度过盛夏，垂老之身皈依佛门。飘泊岁月特别珍惜宴会，艰难之际尤为怀念友朋。忧劳的一生总共才有多少时光？却还要经受离恨重重。

## 章梓州水亭

【题解】此诗当作于广德元年（763）秋，时杜甫在梓州。题下原注："时汉中王兼道士席谦在会，同用荷字韵。"汉中王，李瑀。《吴郡志》载：席谦，郡人，梓州肃明观道士，善棋。诗写水亭饮宴之乐。

【原诗】城晚通云雾，亭深到芰荷。吏人桥外少，秋水席边多。近属淮王至[1]，高门蓟子过[2]。荆州爱山简[3]，吾醉亦长歌。

【注释】①《淮南王安传》载，淮南王刘安辩博善为文辞，武帝甚尊重之。此借比汉中王李瑀，李瑀是玄宗兄让皇帝李宪之子，早有才望，安禄山叛乱后，随玄宗入蜀，至汉中，封汉中王。故称为"近属"。 ②《后汉书》载，蓟子训，东汉人，有仙术，能长生。此借比道士席谦。 ③山简：晋人，永嘉三年任征南将军，都督荆、湘、交、广四州诸军事，镇襄阳。喜饮好游，醉态每为人歌笑。此借比章彝。

**【译文】**傍晚时分穿过城外的暮霭，走到芰荷深处的水亭。三五个随从站在桥外，浩渺的秋水涌在席边。皇帝的近属淮南王大驾光临，出身高门的蓟子训也来赴宴。将军您就是那为荆州人所爱的山简啊，酣醉的我也能像荆人那样作歌礼赞。

## 章梓州橘亭饯成都窦少尹得凉字

**【题解】**此诗亦当作于广德元年（763）秋，时杜甫在梓州。窦少尹，不详。少尹，官名，府州的副职。诗写宴会之盛兼祝少尹新政。

**【原诗】**秋日野亭千橘香，玉杯锦席高云凉。主人送客何所作？行酒赋诗殊未央①。衰老应为难离别，贤声此去有辉光。预传籍籍新京兆②，青史无劳数赵张③。

**【注释】**①行酒：监酒，在席间执行酒政。 ②《唐书》：至德二载，改成都府，置尹，视二京，故以京兆比之。 ③《汉书》：赵广汉、张敞相继为京兆尹，吏民语曰："前有赵张，后有三王。"

**【译文】**秋日的野亭千橘飘香，玉杯锦席高云送凉。主人送客搞了些什么活动？执行酒政分韵赋诗意兴颇长。衰老的我自是难舍你的离去，享有贤名的你此行必定政绩辉煌。我预先传扬你这位新尹的鼎鼎大名，青史上无须只推崇赵广汉和张敞。

## 随章留后新亭会送诸君

**【题解】**此诗亦当作于广德元年（763），时杜甫在梓州。诗写惜别之情。

**【原诗】**新亭有高会，行子得良时。日动映江幕，风鸣排槛旗。绝荤终不改①，劝酒欲无辞。已堕岘山泪②，因题零雨诗③。

【注释】①绝荤：不食荤腥。座客中必有这种人。 ②岘山泪：《晋书·羊祜传》载，征南大将军羊祜镇襄阳时，曾登临附近的岘山，感叹宇宙永恒而人生短促。死后，当地百姓为他在岘山立碑以示怀念，望其碑者莫不流泪，杜预因名之为堕泪碑。后因用作怀念地方长官的典故。此时座中必有离任梓州者。 ③零雨诗：《文选》载晋人孙楚《征西官属送于陟阳侯作》诗，诗中有"零雨被秋草"之句，后因用作赠别的典故。

【译文】新亭举办盛大宴会，出行的人适逢吉日良辰。临江的帐幕阴影移动，排槛的旗帜在风中作响。你绝荤的食性终究不改，劝酒的我几乎把话说尽。送行的人们不禁落下岘山之泪，我亦因此而写下这首零雨之诗。

## 送王十五判官扶侍还黔中得开字

【题解】此诗当作于广德元年（763），时杜甫在梓州。王判官在蜀地作官，此时奉母归养，回故乡黔中。黔中，郡名。

【原诗】大家东征逐子回①，风生洲渚锦帆开。青青竹笋迎船出②，日日江鱼入馔来③。离别不堪无限意，艰危深仗济时才。黔阳信使应稀少，莫怪频频劝酒杯。

【注释】①大家（gū）东征：《后汉书·曹大家传》："扶风曹世叔妻者，同郡班彪之女也，名昭，字惠班，一名姬。博学高才。世叔早卒，有节行法度。……帝数召入宫，令皇后诸贵人师事焉，号曰大家。"家，通"姑"。《文选》载曹大家《东征赋》："惟永初之有七兮，余随子乎东征。"此用其事以喻指王判官奉母归养。 ②《楚国先贤传》载，孟宗最孝，母好食笋，冬月无之，宗入林中哀号，笋为之生。后用作孝亲的典故。③《晋书·王祥传》载，王祥以孝著称，曾于冬季脱衣卧冰得鱼，以奉后母。后用作称美孝子的典故。

【译文】大家东征随子回乡，风生洲渚锦帆高张。此行路上，青青竹笋将迎船而生，日日菜肴都有江鱼飘香。当此离别难忍无限的惆怅，国事艰危深将君才仰仗。黔阳的信使料应稀少，莫怪我此刻频频劝饮酒浆。

## 送窦九归成都

【题解】此诗亦当作于广德元年（763），时杜甫在梓州。前有送窦少尹赴成都诗，此窦九可能是其子，故诗中用“问绢”典故。

【原诗】文章亦不尽，窦子才纵横。非尔更苦节，何人符大名？读书云阁观，问绢锦官城①。我有浣花竹，题诗须一行。

【注释】①问绢：《晋阳秋》载，胡威少有志尚，厉操清白，其父为荆州刺史，胡威前往探望，告归时，父赐绢一匹，作为盘缠，胡威问明此绢来路清白才接受。后用作为人清慎的典故，也用以咏觐亲。

【译文】窦子的才略深广，文章亦如泉涌。若非你如此矢志不渝，何人能够符此大名？你一直在云阁观刻苦读书，如今要去成都探望父亲。我在浣花溪边有片翠竹，你若题诗须到此处一行。

## 述 古 三 首

【题解】这组诗当作于广德元年（763）代宗即位之后，时杜甫在梓州。诗借述古事以讽今，第一首伤贤士不遇，讽肃宗之罢斥张镐、房琯等贤才；第二首喻当时的理财者宜以农艺谷为本、市争利为末；第三首盖欲朝廷信用功臣以复太宗之业。

### 其　一

【原诗】赤骥顿长缨①，非无万里姿。悲鸣泪至地，为问驭者谁②。凤凰从东来③，何意复高飞？竹花不结实，念子忍朝饥。古来君臣合，可以物理推。贤人识定分，进退固其宜。

【注释】①赤骥：传说中的骏马名，为周穆王八骏之一。后泛指骏马。长缨：指驾车时套在马颈上的长革带。　②《战国策》：骥服盐车上太行，漉汗洒地，中阪迁延，负辕而不能上。伯乐遭之，下车攀而哭之，解纻衣以幂之，骥于是俯而喷、仰而鸣者，何也？彼见伯乐之知己也。 ③《韩诗外传》：黄帝即位，凤凰蔽日而至，止帝东园，集帝梧桐，食帝竹实。

【译文】赤骥挣扎于长缨之下，并非没有驰骋万里的才干。它仰天悲鸣苦泪洒地，询问世间善驭者是谁。凤凰从东方飞来，为什么又高高飞去？原来这里的竹花不结果实，它不忍心孩子一早就饿肚皮。自古以来君臣之难以遇合，可以用上述物理来推知。贤达的人懂得命运前定的道理，进身与退隐皆其所宜。

## 其　二

【原诗】市人日中集，于利竞锥刀。置膏烈火上，哀哀自煎熬。农人望岁稔，相率除蓬蒿。所务谷为本，邪赢无乃劳！舜举十六相①，身尊道何高！秦时任商鞅②，法令如牛毛。

【注释】①十六相：《史记·五帝本纪》载：昔高阳氏有才子八人，世得其利，谓之“八恺”。高辛氏有才子八人，世谓之“八元”。……舜举八恺，使主后土，以揆百事，莫不时序。举八元，使布五教于四方，父义，母慈，兄友，弟恭，子孝，内平外成。 ②商鞅：战国时卫人，后入秦，实行变法，废除井田制，允许土地买卖，创立按丁男征赋办法。唐肃宗时，第五琦、刘晏皆以宰相领度支盐铁使，榷税四出，利悉锥刀。

【译文】商人们正午时集于街市，对于微薄小利也竞争不已。这就像把膏脂放在烈火上，悲悲切切地煎熬自己。农民则盼望年成丰熟，相继去田中铲锄杂草。持国之务当以粮谷为本，那种以欺诈的手段牟取财利实在令人忧愁！当年舜推举十六位才子为相而致治，他那以农为本的思路多么高妙！秦孝公任用商鞅变法，那些聚敛民财的法令多如牛毛。

## 其　三

【原诗】汉光得天下，祚永固有开。岂惟高祖圣，功自萧曹来①？经纶中兴业，何代无长才？吾慕寇邓勋②，济时信良哉！耿贾亦宗臣③，羽翼共徘徊。休运终四百，图画在云台④。

【注释】①萧曹：萧何、曹参。汉高祖以萧何为相，得以养民致贤，以曹参为将，得获武功。 ②寇邓：寇恂、邓禹。皆汉光武帝臣子，建有功勋。 ③耿贾：耿弇、贾复。亦为光武帝功臣。 ④《资治通鉴》载：东汉明帝永平三年（60），帝思中兴功臣，乃图画二十八将于南宫云台，以邓禹为首，寇、耿、贾皆在其内。

【译文】光武帝中兴汉室，其福运久长固然开自高祖。然而又岂仅是借助高祖的圣明和萧曹的遗德以成大功呢？运筹国家中兴的伟业，哪个时代没有杰出的人才？我钦慕寇、邓的勋绩，他们辅佐光武成就大业的确可称为良才！还有耿、贾二人也是一代宗臣，他们作为光武的羽翼可谓竭心尽力。汉朝盛世长达四百年全靠倚重当世之才，无怪乎汉明帝要把良臣的画像摆上云台。

## 喜　雨

【题解】此诗当作于广德元年（763），时杜甫在梓州。诗人因喜雨而兴岁旱民疲之叹，但对浙东的农民起义则抱敌视态度，表现出作者的同情人民所不能超越的极限。

【原诗】春旱天地昏，日色赤如血。农事都已休，兵戎况骚屑。巴人困军须，恸哭厚土热。沧江夜来雨，真宰罪一雪。谷根小苏息，沴气终不灭①。何由见岁宁，解我忧思结？峥嵘群山云，交会未断绝。安得鞭雷公，滂沱洗吴越②！

【注释】①沴（lì）气：灾害不祥之气。 ②作者原注："时闻浙右多盗贼。"《旧唐书》载，宝应元年八月，台州（今浙江临海）人袁晁反，陷浙东州郡。广德元年四月，李光弼讨之。这次大规模的农民起义实由唐王朝为解决军需问题而对浙东人民残酷压榨引发。起义军攻占台州，建立政权，占据浙东。朝廷命李光弼分兵遣将，竭尽全力镇压了起义军。杜甫通过这两句诗表示希望平定浙东起义，反映出他的阶级局限性。

【译文】春旱搞得天昏地暗，赤日犹如一团红血。农事都已没了指望，战局依旧动荡不止。巴地百姓为军需所困，在焦热的大地上放声痛哭。沧江两岸夜间降下雨水，苍天的罪孽得以洗刷。谷物的枯根稍得复苏，虽说灾气未能根除。如何才能重见太平岁月，以解除我郁结的忧思？远望群山上空云层犹盛，阴阳交会风雨未绝。如何去督促那雷公，用滂沱大雨洗净吴越！

## 棕拂子

**【题解】**此诗当作于广德元年（763）夏秋间，时杜甫在梓州。棕拂子，用棕毛制成的拂尘。诗咏物寄意，言君子不弃旧交。

**【原诗】**棕拂且薄陋，岂知身效能。不堪代白羽，有足除苍蝇。荧荧金错刀，濯濯朱丝绳。非独颜色好，亦由顾盼称。吾老抱疾病，家贫卧炎蒸。咂肤倦扑灭，赖尔甘服膺。物微世竞弃，义在谁肯征？三岁清秋至，未敢阙缄縢。

**【译文】**棕拂是近乎粗陋之物，岂知它对于人却有功用。它虽不能代替白羽扇，却足可驱除苍蝇。想那光芒闪烁的金错刀，以及那明净鲜艳的朱丝绳，它们的美名不仅是因为颜色好，也是由于有用而被人看重。我已年老而且抱病，穷困潦倒地躺在蒸笼般的屋中。苍蝇咂肤也无力去扑打，依赖棕拂的驱蝇功能而把它置于前胸。世人对于微贱之物竞相抛弃，虽说它的情义犹在却又有谁肯把它收藏？而我多年来于清秋之季，总是把它牢固地封存。

## 戏作寄上汉中王二首

**【题解】**这组诗当作于广德元年（763）秋，时杜甫在梓州。题下原注："王新诞明珠。"诗人因汉中王李瑀新得贵子而起兴，意在叹王流寓。时李瑀在贬所蓬州（今四川仪陇县南）。

### 其　一

**【原诗】**云里不闻双雁过，掌中贪看一珠新①。秋风袅袅吹江汉②，只在他乡何处人？

【注释】①珠：喻汉中王的新生儿。 ②江汉：指嘉陵江。嘉陵江上游为西汉水，故称。汉中王所在的蓬州在嘉陵江东。

【译文】多时不见飞雁传书，想是因您贪看掌上新珠。秋风袅袅吹拂着江汉，久居他乡的您大概已忘了家在何处。

其　二

【原诗】谢安舟楫风还起①，梁苑池台雪欲飞②。杳杳东山携妓去③，泠泠修竹待王归④。

【注释】①《谢安传》载，谢安尝与孙绰等泛海，风起浪涌，诸人并惧，谢安吟啸自若，众人皆服其雅量。此处以谢安比汉中王。 ②《汉书》载，梁孝王筑东苑，方三百里，大治宫室池台。谢惠连《雪赋》："岁将暮，时既昏，寒风积，愁云繁，梁王不悦，游于兔园（即梁苑），俄而微霰零，雪密下。"此处以梁苑比汉中王京中旧第。 ③《谢安传》载，谢安居东山，每游赏，必以妓女相从。 ④《汉书》载，梁孝王兔园多植竹。

【译文】您像谢安那样纵舟遨游不管风吹浪起，不知京都旧园即将大雪纷飞。您携带歌妓进入幽远的山林，而故园那清凉的修竹正待您归。

## 送陵州路使君之任

【题解】此诗当作于广德元年（763）秋，时杜甫在梓州。陵州，今四川仁寿县。路使君，不详。诗中对前往赴任的陵州刺史寄予勤政爱民之托。

【原诗】王室比多难，高官皆武臣①。幽燕通使者②，岳牧用词人③。国待贤良急，君当拔擢新。佩刀成气象，行盖出风尘。战伐乾坤破，疮痍府库贫。众寮宜洁白，万役但平均。霄汉瞻佳士，泥涂任此身。秋天正摇落，回首大江滨④。

【注释】①《旧唐书·房琯传》："时多以武将兼领刺史，法度堕废，州县廨宇并为军营。"因为战乱，朝廷急于赏功，故高官多用武将。 ②当时安史之乱已平，故幽燕可通使者。 ③岳牧：相传尧舜时有四岳十二牧的地方行政长官，后因用以泛称州郡长官。 ④大江：指涪江。涪江流经梓州东。

【译文】国家近年来战乱频仍，高官都由武将担任。如今幽燕通了使者，州郡长官开始起用文人。国家急需贤良之士，您恰逢新的用人制度。您腰悬佩刀颇具威仪，一顶皂盖驰出风尘。连年战争天地破裂，民生凋敝府库积贫。州中群寮应该清廉自洁，各种赋税只能平均负担。只要您能作个顶天立地的好官，则我一生可以任凭穷途潦倒。当此秋天草木凋零之际，我站在江边频频回望你的征帆而不忍离去。

## 送元二适江左

【题解】此诗当作于广德元年（763），时杜甫在梓州。诗写离别伤感，嘱元二途中谨慎。

【原诗】乱后今相见，秋深复远行。风尘为客日，江海送君情。晋室丹阳尹①，公孙白帝城②。经过自爱惜，取次莫论兵③。

【注释】①"晋室"句：晋室南渡初年，温峤、刘隗为丹阳尹，多在王敦作乱之际。此处用以指地方军阀跋扈。 ②"公孙"句：东汉初年，公孙述据白帝城之险而称帝。此处用以指地方军阀跋扈。上述二地皆元二东行所经，故劝其自爱，莫与论兵。 ③取次：随意。

【译文】乱离之后今日得以相逢，却在深秋之季你又将远行。在这风尘中作客的日子里，我的心中翻涌着如江似海的别情。一路上你将经过公孙述据险称王的白帝城，以及晋代王敦作乱的丹阳京。经过这些地方时应自我珍惜，不要随便谈论兵戎。

## 九　　日

【题解】此诗当作于广德元年（763）重阳节，时杜甫在梓州。诗写节日感怀。

【原诗】去年登高郪县北①，今日重在涪江滨②。苦遭白发不相放，羞见黄花无数新。世乱郁郁久为客，路难悠悠常傍人。酒阑却忆十年事：肠断骊山清路尘③。

【注释】①郪（cī）县：古县名，治所在今四川三台，亦即梓州治所。②涪江:水名，流经梓州城东。　③二句写世乱之由。十年事：指十年以前，即天宝十四载冬，杜甫由长安赴奉先县探望家属，途经骊山脚下，听到骊山行宫里君臣通宵享乐的鼓乐声，深感国难在即，为之沉痛不已。

【译文】去年重阳节我在郪县城北登高，今日重阳我仍在梓州的涪江之滨。苦于白发与日俱增，羞于面对满眼的新菊。世道混乱，心情悒郁地久在他乡作客；生路艰难，长期依靠他人使我忧思不尽。酒后回忆起十年前的往事：在骊山脚下的凄清路上我曾为国事而痛断心肠。

## 对　　雨

【题解】此诗当作于广德元年（763）秋，时杜甫欲往阆州（今四川阆中），适逢秋雨连绵，对雨感怀，倾吐忧国之思。

【原诗】莽莽天涯雨，江边独立时。不愁巴道路，恐湿汉旌旗。雪岭防秋急①，绳桥战胜迟②。西戎甥舅礼③，未敢背恩私。

【注释】①雪岭：又称西岭、西山，在四川西部，唐政府在此设置松、维、保三城，以防御吐蕃。防秋：秋天马肥，是敌人入侵之时。这年七月，吐蕃尽取河陇之地，边备颇急。　②绳桥：用绳索连结两岸，铺以竹木而成的桥。一说为城镇名称。　③西戎：指吐蕃。甥舅礼：唐太宗时曾嫁文成公主给吐蕃王，中宗时又嫁金城公主。吐蕃王曾上表给玄宗，自称“外甥”。

【译文】我在涪江岸边独自站立，面对着无边无际的天涯之雨。不愁雨中巴山道路的难行，只恐雨湿官军军旗而影响士气。时值秋季雪岭边防紧急，绳桥之战捷报迟迟不至。吐蕃应持甥舅的礼数，也许不敢将恩私背弃。

## 薄　暮

【题解】此诗当作于广德元年（763）秋，时杜甫在阆州。诗写羁旅之愁。

【原诗】江水长流地①，山云薄暮时。寒花隐乱草，宿鸟探深枝②。故国见何日？高秋心苦悲。人生不再好，鬓发自成丝。

【注释】①江：指嘉陵江。嘉陵江从阆州城西流过。　②寒花、宿鸟：皆赋中有比，咏自身飘泊。

【译文】站在江边看江水滚滚流去，云归山间已近薄暮之时。凄寒的秋花隐于乱草丛里，投宿的鸟儿寻找幽密的树枝。啊，何日才能见到我的故乡？当此深秋心中异常苦悲。自料人生不会再好，两鬓苍苍已成白丝。

## 阆州奉送二十四舅使自京赴任青城

【题解】此诗当作于广德元年（763）秋，时杜甫在阆州。杜甫舅崔二十四自京赴青城（今四川灌县）任县令，途经阆州。诗中对舅氏由京官降为县官的际遇表示惋惜。

【原诗】闻道王乔舄①，名因太史传。如何碧鸡使②，把诏紫微天③？秦岭愁回首④，涪江醉泛船⑤。青城漫污杂，吾舅意凄然。

【注释】①王乔舄（xì）：《后汉书·王乔传》载，东汉王乔任叶县令，有神术，上朝时不用车骑，乘坐鞋子化成的野鸭而来。帝令太史窥得其密。②碧鸡使：《汉书》载：“或言益州有金马碧鸡之神，可醮祭而致。于是遣谏大夫王褒使持节而求之。”后因以碧鸡使称谓赴蜀使臣。杜甫此舅氏必曾奉使赴蜀。 ③紫微天：指青城。青城为第五大洞宝仙九室之天，故云紫微天。 ④秦岭：为舅氏入蜀所经。 ⑤涪江：为舅氏赴青城所经。溯涪江而上，可直达青城。

**【译文】**我曾听说汉代县令王乔能点履为鸭以作乘具，他的神奇之名是因太史而得以扬传。为什么如今您这堂堂的入蜀使臣，反被派往青城去作县官？秦岭的难行不堪回首，涪江迢迢将伴您醉中行船。青城那里民杂俗污，我舅的心情未免凄然。

## 王阆州筵奉酬十一舅惜别之作

**【题解】**此诗当作于广德元年（763）秋，时杜甫在阆州。杜甫十一舅前往青城看望二十四舅，途经阆州，阆州王刺史设筵，席间十一舅赋诗惜别，杜甫作此诗相酬。

**【原诗】**万壑树声满，千崖秋气高。浮舟出郡郭，别酒寄江涛。良会不复久，此生何太劳！穷愁但有骨，群盗尚如毛①。吾舅惜分手，使君寒赠袍②。沙头暮黄鹤，失侣亦哀号。

**【注释】**①《唐书》载，广德元年七月，吐蕃入侵大震关，攻陷兰、廓、河、鄯、洮、岷、秦、成、渭等州，尽取河西、陇右之地。仆固怀恩亦勾结回纥，阴谋反叛。 ②使君：指阆州刺史王某。

**【译文】**万壑填满了林涛的声响，千崖被肃杀的秋气所笼罩。走出城郭在江上泛舟，饯别的酒筵设在江涛上。美好的聚会不复能久，人生为什么如此奔劳？穷愁的我只剩有一把骨头，而群盗仍旧多如牛毛。我舅赋诗惋惜别离，使君念其风寒赠以绵袍。日暮的沙岸上有只孤鹤，它也为失去侣伴而哀号。

## 阆州东楼筵奉送十一舅往青城得昏字

【题解】此诗与前诗作于同时。诗写临别情景。

【原诗】曾城有高楼，制古丹雘存①。迢迢百余尺，豁达开四门。虽有车马客，而无人世喧。游目俯大江②，列筵慰别魂。是时秋冬交，节往颜色昏。天寒鸟兽伏，霜露在草根。今我送舅氏，万感集清樽。岂伊山川间？回首盗贼繁③。高贤意不暇④，王命久崩奔⑤。临风欲恸哭，声出已复吞。

【注释】①丹雘（huò）：红色的涂漆。 ②大江：指嘉陵江。 ③盗贼：指吐蕃等入侵者。 ④高贤：指已赴青城为县令的二十四舅。 ⑤崩奔：行役匆遽貌。

【译文】高大的城上建有高楼，体制古老红漆犹存。其高可达一百余尺，宽敞豁亮地大开四门。此间虽有车马来客，却无人世的喧声纷纭。纵目俯看大江的景象，列筵宽慰怅别的心魂。此时正值秋冬之交，季节变换景色昏昏。天气寒冷鸟兽藏伏，严霜冷露凝集草根。今日我来送别舅氏，万千愁绪汇于酒樽。岂只是愁于隔山隔水，回首天下盗贼如林。高尚贤明的人没有闲情，为了王命而长久崩奔。面对秋风我想大哭一场，声才出口又强行咽吞。

## 放　　船

【题解】此诗当作于广德元年（763）秋，时杜甫在阆州。诗写江中行船之乐。

【原诗】送客苍溪县①，山寒雨不开。直愁骑马滑，故作放舟回。青惜峰峦过，黄知橘柚来。江流大自在，坐稳兴悠哉。

【注释】①苍溪县：在今四川省北部、嘉陵江中游。地处阆州之北，因县界苍溪谷而得名，顺嘉陵江可达阆州。

**【译文】** 送客来到苍溪县境，寒冷的山中阴雨不休。只愁骑马会滑下深谷，所以便放船回归阆州。青色的是峰峦，可惜一闪而过；黄色的是橘柚，迎面而来也没看清楚。顺流而下十分自在，稳坐船头兴致悠悠。

## 薄　　游

**【题解】** 此诗当作于广德元年（763）秋末，时杜甫在阆州。薄游，漫游，随意游览。诗写漫游所见所感，发身世之叹。

**【原诗】** 淅淅风生砌，团团日隐墙。遥空秋雁灭，半岭暮云长。病叶多先坠，寒花只暂香。巴城添泪眼①，今夕复清光。

**【注释】** ①巴城：指阆州。阆州属巴郡地，故称。

**【译文】** 淅淅的晚风起于台阶，圆圆的夕阳被墙遮挡。遥远的天空雁影消失，半山腰处暮云悠长。病残的树叶大多先期坠落，秋末的菊花只有片刻清香。寓居巴城使我老眼添泪，何况今夜又有清冷的月光。

## 严氏溪放歌

**【题解】** 此诗亦当广德元年（763）秋在阆州作。严氏是阆州大姓，此溪盖以其族得名。诗写旅居苦情。

**【原诗】** 天下兵马未尽销，岂免沟壑常漂漂？剑南岁月不可度，边头公卿仍独骄。费心姑息是一役①，肥肉大酒徒相要②。呜呼古人已粪土，独觉志士甘渔樵。况我飘蓬无定所，终日戚戚忍羁旅。秋宿霜溪素月高，喜得与子长夜语③。东游西还力实倦，从此将身更何许？知子松根长茯苓④，迟暮有意来同煮。

**【注释】** ①姑息：苟且得安。指以酒肉招待杜甫。　②要（yāo）：邀。③子：当指严氏家族某隐者。杜甫此诗即为之而作。　④茯苓：寄生在松树根上的菌类植物，形类甘薯，中医入药。旧说食之可以断谷不饥。

【译文】天下战乱未全止息，哪能免于到处飘泊、死填沟壑？剑南的日子实在难过，边地的公卿特别骄矜！他们花费心思使你得到苟安不过是要把你当作可供役使的人，摆上肥肉大酒邀你吃喝一番把事了。可叹那些重视人才的古人已经化为粪土，能够自悟的志士甘心归隐渔樵。何况我像飘蓬一样居无定所，整天郁郁不乐地忍受羁旅的煎熬。今夜秋月高悬我住在您的霜溪居室，欣喜得以和您长夜对语。我来东游又将西还已是精疲力竭，今后此身又将置于何地？得知您这儿的松根生长茯苓，我很想和您同煮此物以度过余生。

## 警　急

【题解】此诗当作于广德元年（763）十月，时杜甫在阆州。题下原注："高公适领西川节度。"史载，这年十月，吐蕃进犯奉天、武功，渐逼京都。西川节度使高适练兵于蜀，临吐蕃南境以牵制之。诗写边患之忧，对高适寄于希望。

【原诗】才名旧楚将①，妙略拥兵机。玉垒虽传檄②，松州会解围③。和亲知计拙④，公主漫无归。青海今谁得？西戎实饱飞。

【注释】①旧楚将：指高适。至德二载，永王李璘反，高适以扬州大都督府长史、淮南节度使讨璘有功。扬州、淮南古为楚地，故称。　②玉垒：山名，在四川理县，唐时为蜀中通往吐蕃的要道。　③松州：今四川松潘县，为唐政府设防吐蕃的三城之一，时吐蕃兵围松州。　④和亲：唐王朝曾先后嫁文成、金城二公主给吐蕃王，以求和好。

【译文】高公旧为楚将博得才名，高妙的谋略足以控制边疆。虽说玉垒山军情紧急檄书频传，可是松州之围一定能解。和亲之计已见拙劣，公主徒然远嫁不得回归。青海如今已落入谁手？吐蕃实如饱鹰难控其飞。

## 愁　坐

【题解】此诗当作于广德元年（763）十月，时杜甫在阆州。诗写边患之忧。

【原诗】高斋常见野，愁坐更临门。十月山寒重，孤城水气昏。葭萌氐种迥①，左担犬戎屯②。终日忧奔走，归期未敢论。

【注释】①葭萌：古县名。治所在今四川广元县西南。氐种：羌人。 ②左担：《益州记》载，阴平县（今甘肃文县）有左担道，其路至险，自北来者担在左肩，不得换右肩。犬戎：吐蕃。以上二句，忧羌人与吐蕃勾结作乱。葭萌、左担，皆在嘉陵江上游，阆州即在嘉陵江边。

【译文】虽说坐在书斋里面也能望见旷野，可是因为忧愁烦闷还是要坐在门前来散心。十月的群山寒意浓重，江边的孤城水气昏昏。葭萌的高山上居住着羌人，左担的险路上驻扎着吐蕃兵。我终日愁于往来奔走，回归梓州的时间总不敢确定。

## 王　命

【题解】此诗当作于广德元年（763）秋末，时杜甫在阆州。此时松州被吐蕃围攻，军情危急，杜甫作此诗切盼朝廷命将以镇蜀抗敌。王命，指王朝的命官。

【原诗】汉北豺狼满①，巴西道路难②。血埋诸将甲，骨断使臣鞍。牢落新烧栈③，苍茫旧筑坛④。深怀喻蜀意⑤，恸哭望王官⑥。

【注释】①汉北：汉水的上游。这年七月，吐蕃进犯河陇，秦、成、渭等州陷落。 ②巴西：郡名。阆州属巴西郡。 ③新烧栈：为阻止吐蕃深入，唐军烧毁栈道。 ④旧筑坛：指郭子仪。郭子仪闲废日久，部曲离散，这年十月代宗命其为副元帅，出镇咸阳以御吐蕃，始召募士卒，仓皇而行。古时筑坛拜将，郭子仪曾拜主将，故称“旧筑坛”。 ⑤喻蜀意：汉武帝时，唐蒙奉命通夜郎，征发巴蜀吏卒，残杀当地官民，民多逃亡。武帝得知，派司马相如谴责唐蒙，并告喻巴蜀人民，唐蒙的扰民行为非朝廷本意。 ⑥王官：朝廷的命官。当指严武。

【译文】汉水北部豺狼聚满，巴西一带道路艰难。诸将的铠甲浸满了鲜血，使臣的骨头磨断了马鞍。新近烧毁的栈道零落残破，旧时的主将仓皇出战。我深深怀念汉武帝的喻蜀之举，泪眼切盼王朝能派来安蜀的命官。

## 征　　夫

【题解】此诗当与前诗同时而作。诗写吐蕃围攻松州，人民蒙受兵役之苦。

【原诗】十室几人在？千山空自多。路衢唯见哭，城市不闻歌。漂梗无安地①，衔枚有荷戈②。官军未通蜀，吾道竟如何？

【注释】①漂梗：《说苑》："土偶谓桃梗曰：子东园之桃也，刻子以为梗，遇天大雨，必浮子，泛泛乎不知所止。"此处作者用以自比。　②衔枚：古代士兵行军时在嘴里叼着筷子一样的木棍，以止喧哗。

【译文】十户人家能有几人还在？千座山峰徒然有这么多！大路上只见哭泣着的行人，城市里听不到欢乐的歌。我就像那漂梗没有安身之地，到处都见有征夫衔枚又荷戈。官军尚未通达蜀地，走投无路的我不知前景如何。

## 西 山 三 首

【题解】这组诗亦当作于广德元年（763），时杜甫在阆州。西山，泛指岷山，为蜀地屏障。诗叙松州被围和作者的忧虑。

### 其　　一

【原诗】夷界荒山顶，蕃州积雪边①。筑城依白帝②，转粟上青天。蜀将分旗鼓，羌兵助铠铤③。西南背和好，杀气日相缠。

【注释】①蕃州：边界之州，指松、维、保三州。　②白帝：古代传说中的五个天帝之一，白帝为西方之神。　③铠铤：铠，头盔；铤，小矛。

【译文】华夷的分界在荒山顶上，边界的州城在长年积雪的山边。依傍白帝所辖的西方筑起军城，运送粮草之难真如上青天。蜀地将领分兵去那里增防，羌族的士兵也前往助战。吐蕃背弃了和好盟约，昏昏杀气每日在西山一带纠缠。

## 其　二

**【原诗】** 辛苦三城戍①，长防万里秋。烟尘侵火井②，雨雪闭松州。风动将军幕，天寒使者裘。漫山贼营垒，回首得无忧！

**【注释】** ①三城：指西山一带的松、维、保三州军城。　②火井：古县名，治所在今四川邛崃县西南八十里。

**【译文】** 将士们辛辛苦苦据守着西山三城，在万里边防线上抵御吐蕃秋季的进攻。战争的烟尘已蔓延到火井，敌人如雨雪般地把松州密封。狂风掣动着将军的帐幕，寒气穿透了使臣的衣裘。漫山遍野都是敌人的营垒，这艰危的形势怎叫人不担忧！

## 其　三

**【原诗】** 子弟犹深入①，关城未解围。蚕崖铁马瘦②，灌口米船稀③。辩士安边策，元戎决胜威。今朝乌鹊喜，欲报凯歌归。

**【注释】** ①杜甫《东西两川说》：“兼差堪战子弟向二万人，足以备边守险。”　②蚕崖：关名，在导江县（故治在今四川灌县东二十里）西北四十七里。　③灌口：镇名，在导江县西六十里。

**【译文】** 充兵的子弟向西山挺进，而关城之围仍不得解除。蚕崖关的战马已在苦战中消瘦，灌口镇运送给养的船只日渐稀疏。谋士自当拿出安边之策，主将会有决胜之威。今朝乌鹊欢快地叫噪，或许是报告官军凯歌而归。

## 与严二郎奉礼别

**【题解】** 此诗当作于广德元年（763），时杜甫在阆州。奉礼，官名，掌君臣班位，以奉朝会祭祀之礼。严二郎赴京供职，杜甫写诗送别。

【原诗】别君谁暖眼？将老病缠身。出涕同斜日，临风看去尘。商歌还入夜①，巴俗自为邻。尚愧微躯在，遥闻盛礼新。山东群盗散②，阙下受降频③。诸将归应尽，题书报旅人。

【注释】①“商歌”句：春秋时卫国人宁戚失意为商，夜宿齐国东门外，喂牛时敲牛角作歌。 ②山东：指华山以东地区。群盗：指安史叛军。③受降频：广德元年春，叛军大溃，叛将薛嵩、田承嗣、李怀仙等皆投降。

【译文】别君之后还有谁能暖眼待我？将入老年诸病缠身。斜阳里我们同洒离别之泪，秋风中我目送你远去的征尘。入夜后我唱起宁戚的寂寥之歌，巴人的风俗不与外乡人为邻。感愧微贱之身尚能活在世间，得以遥闻朝廷盛礼更新。华山以东的叛军已经溃散，朝廷正在接纳频来投降的叛臣。东征诸将大约已全部凯旋，请你来信把佳音报给我这羁旅之人。

## 赠裴南部

【题解】此诗当作于广德元年（763），时杜甫在阆州。南部，县名，《唐书》：南部县属阆州。裴南部，即南部县令裴氏。题下作者原注：“闻袁判官自来，欲有按问。”当是裴氏有案，袁判官前往推问。诗为裴氏辩诬，希望袁氏能以直道伸冤。

【原诗】尘满莱芜甑①，堂横单父琴②。人皆知饮水③，公辈不偷金④。梁狱书应上⑤，秦台镜欲临⑥。独醒时所嫉，群小谤能深。即出黄沙在⑦，何须白发侵？使君传旧德⑧，已见直绳心⑨。

【注释】①莱芜甑：《后汉书·范冉传》载，范冉任莱芜长，生活清苦，炊具因不常使用而积灰尘。此处借比裴令清贫。 ②单父琴：孔子弟子宓子贱，任单父县宰，善于任人，终日弹琴，身不下堂而县治。此处借比裴令政绩。 ③饮水：《晋书·邓攸传》载，晋时吴郡太守邓攸赴任，自带粮食，只饮当地的水，其他一概不取。此处借比裴令廉洁。 ④偷金：《汉书》载，直不疑为郎，同舍有人告归时拿走了另一个同舍人的黄金，金主以为是不疑所偷，不疑买了黄金还给他。后来那位告归者回来，把黄金归还金主，金主大惭。此处借比裴令有德。 ⑤梁狱书：《史记·邹阳列传》载，西汉人邹阳被诬下狱，从狱中上书给梁孝王刘武，自陈冤情，获释。⑥秦台镜：《西京杂记》载，汉高祖入咸阳宫，见到一面宝镜，可以照彻人的肺腑。此处借喻袁判官能秉公断案。 ⑦黄沙：晋朝监狱名。后用以泛指监狱。 ⑧使君：指阆州刺史。 ⑨直绳：心地正直如木工画直线用的绳墨。

**【译文】**裴公家如莱芜县令范冉那样清贫，又像单父县令子贱那样善于理政。世人皆知您像邓攸那样廉洁自守，又像直不疑那样道德高尚。我料想您在狱中已上书陈述冤情，如今心如秦镜的袁判官将前往断案。独自清醒的人会遭到时俗的嫉恨，小人们的诽谤才干可谓高深。您出狱的日子即在眼前，何须为此而愁白了发根？传闻阆州使君是德高望重的老臣，能派袁判官前往审案则已见有直绳之心。

## 巴　山

**【题解】**此诗当作于广德元年（763）十一月，时杜甫在阆州，遇到从陕州来的中使，得知长安被吐蕃攻陷，代宗逃奔陕州，作此诗以表震惊。

**【原诗】**巴山遇中使，云自陕州来①。盗贼还奔突，乘舆恐未回。天寒邵伯树②，地阔望仙台③。狼狈风尘里，群臣安在哉？

**【注释】**①陕州：治所在今河南陕县。这年十月，吐蕃进逼长安，代宗仓皇出逃陕州，官吏藏窜，继而长安沦陷。 ②邵伯树：邵伯，周朝邵公。《史记》载，邵公巡行乡邑，听讼断案于棠梨树下，吏民各得其所。邵公死后，人民怀念他，不敢伐此树。《九域志》载，邵伯甘棠树在陕州府署西南隅。杜甫因代宗逃至陕州而想及之。 ③望仙台：《三辅黄图》载，望仙台，汉武帝所建，在华州华阴县。华阴县邻近陕县。

【译文】我在巴山遇到宫廷使者，他说是来自皇上所在的陕州；又说吐蕃军仍在横冲直撞，恐怕至今皇上还没回归京都。严冬里的邵伯树啊伴我寒苦的君主，遥远的望仙台啊君主行经了漫长的路途！让君主在风尘中狼狈奔走，请问文武大臣你们都躲到了何处？

## 遣　忧

【题解】此诗当作于广德元年（763）十一月，杜甫得知长安沦陷消息之后。

【原诗】乱离知又甚，消息苦难真。受谏无今日①，临危忆古人。纷纷乘白马②，攘攘著黄巾③。隋氏留宫室，焚烧何太频④！

【注释】①“受谏”句：这年四月，郭子仪屡次上奏代宗：“吐蕃、党项不可忽，宜早为之备。”代宗不纳。　②《梁书·侯景传》载，侯景作乱，乘白马，兵皆戴青巾。后以“白马”代称反叛者。这年十月，吐蕃攻泾州，刺史高晖开城降敌，且作敌人向导。射生将王献忠率四百骑兵反叛，胁迫李珙等十王西迎吐蕃。十一月，宦官广州市舶使吕太一发兵作乱。③黄巾：东汉末年张角领导农民起义，义军皆以黄巾裹头，称“黄巾军”。此以代称上述反叛者。　④《资治通鉴》载，吐蕃入长安，掠府库，焚闾舍。又柳伉疏奏称“劫宫闱，焚陵寝。”均无焚烧宫室记载。杜甫所写，当为传闻。

【译文】闻知长安再度沦陷君臣乱离，这消息啊让人听了心苦难以信真。倘若皇上能够纳谏就不会有今日之灾，面对国家的危难我不禁忆起古代的明主贤臣。又听说有不少人乘机反叛，纷纷攘攘，令人愤慨令人痛心。隋朝留下来的皇家宫室，竟然在大唐时期多次被焚！

## 江陵望幸

【题解】此诗当与前诗作于同时，杜甫在阆州听传代宗欲巡幸江陵，故作此诗。江陵望幸，意谓江陵人望代宗车驾之临幸。其实代宗未巡行江陵。

诗写江陵形胜，能控东西南北四方。

**【原诗】**雄都元壮丽①，望幸欻威神。地利西通蜀，天文北照秦②。风烟含越鸟，舟楫控吴人。未枉周王驾③，终期汉武巡④。甲兵分圣旨⑤，居守付宗臣⑥。早发云台仗⑦，恩波起涸鳞。

**【注释】**①雄都：指江陵。《唐书》载，上元初，吕諲建请荆州置南都，于是更号江陵府，以吕諲为尹。 ②“天文”句：仇兆鳌注：“秦分野占狼弧。狼弧与南极老人星相近，是天星在南，而北照秦野也。” ③周王：指周穆王，穆王曾巡行天下。 ④汉武：这里借指代宗。 ⑤《唐书》载，广德元年冬，代宗幸陕州，以卫伯玉有干略，可当重寄，乃拜江陵尹，充荆南节度观察等使。 ⑥宗臣：指郭子仪，时郭子仪留守西京。 ⑦云台仗：三国魏宫内有高台，名陵云台，高贵乡公曹髦曾率内臣下陵云台，铠仗授兵，拟亲自讨司马昭。后因以指皇帝的亲兵甲仗。

**【译文】**雄都江陵本就十分壮丽，如今天子将巡又忽然增加了尊严。那里地利优越可以西通巴蜀，天星璀灿照耀着北面的秦川，风烟中飞翔着南方的来鸟，舟楫通畅可以控驭东方的吴人。它未枉当年周穆王的大驾，终于盼到了大唐帝王的光临。代宗圣旨分兵前往镇守，又把留守西京的重任交给宗臣。希望圣驾早日启程，那里的百姓正期待着皇恩。

## 早　花

**【题解】**此诗亦当作于广德元年（763）十二月，时杜甫在阆州。诗写京都沦陷之忧。

**【原诗】**西京安稳未？不见一人来。腊日巴江曲①，山花已自开。盈盈当雪杏，艳艳待春梅。直苦风尘暗，谁忧客鬓催？

**【注释】**①腊日：农历腊月初八。巴江：指嘉陵江。曲：江水转弯处。指阆州。

【译文】长安现在安稳了没有？最近见不到有人从内地来。腊日里巴江的转弯之处，山花不理人愁已自顾绽开。对雪的杏花仪态美好，待春的梅花流光溢彩。我只是苦于战乱不息，并不忧愁鬓发变白。

## 发阆中

【题解】此诗当作于广德元年（763）十二月，杜甫在阆州接到夫人来信，得知女儿患病，便匆匆离开阆州回归梓州。诗写途中凄景和焦急心情。

【原诗】前有毒蛇后猛虎，溪行尽日无村坞。江风萧萧云拂地，山木惨惨天欲雨。女病妻忧归意急，秋花锦石谁能数？别家三月一书来①，避地何时免愁苦②？

【注释】①别家三月：杜甫于这年九月初由梓州来阆州，到十二月初返回，时计三个月。　②避地：迁地以避灾祸。指入蜀前后的飘泊生活。

【译文】前有毒蛇后有猛虎，沿溪赶路终日见不到村坞。江风萧萧乌云拂地，山林惨淡天将下雨。女儿患病老伴忧愁使我归心急迫，哪还有心把寒花锦石看个仔细？离家仅仅三个月就来了一封告急的信，飘泊避难的生活啊何时才能免于苦凄？

## 客旧馆

【题解】此诗编年待考。诗写一次出游后归来的心情。旧馆，当指杜甫一家在梓州的寓所。

【原诗】陈迹随人事，初秋别此亭。重来梨叶赤，依旧竹林青。风幔何时卷？寒砧昨夜听。无由出江汉①，愁绪日冥冥。

【注释】①江汉：指巴蜀地区。

【译文】人的活动俯仰之间就成了陈迹，回想那是初秋时我告别此亭。今日重来梨叶已经变红，而竹林的颜色依旧青青。不知遮阳的风幔何时已被卷起，昨夜听到了凄寒的捣衣声。无法离开这巴蜀之地，愁绪日益迷乱不清。

## 冬狩行

**【题解】**此诗当作于广德元年（763）冬末，时杜甫在梓州。题下原注："时梓州刺史章彝兼侍御史留后东川。"诗写身兼数重职的章彝在国家危难、天子蒙尘的时局下，纵情打猎取乐，责其行径不妥，劝其当以国事为怀。

**【原诗】**君不见东川节度兵马雄①，校猎亦似观成功。夜发猛士三千人，清晨合围步骤同。禽兽已毙十七八，杀声落日回苍穹。幕前生致九青兕②，馲驼礨峞垂玄熊③。东西南北百里间，仿佛蹴踏寒山空。有鸟名鸲鹆④，力不能高飞逐走蓬，肉味不足登鼎俎，胡为见羁虞罗中？春蒐冬狩侯得用，使君五马一马骢⑤。况今摄行大将权⑥，号令颇有前贤风。飘然时危一老翁，十年厌见旌旗红⑦。喜君士卒甚整肃，为我回辔擒西戎⑧。草中狐兔尽何益？天子不在咸阳宫⑨。朝廷虽无幽王祸⑩，得不哀痛尘再蒙！呜呼，得不哀痛尘再蒙！

**【注释】**①东川节度：《会要》载，上元二年（761）二月，分设东、西两川节度使。东川节度驻梓州，此时东川节度使虚空，章彝为东川留后，代理节度使行使职权。　②青兕：犀牛，青色，重千斤。　③馲（tuō）驼：骆驼。礨峞（lěi wěi）：高大貌。　④鸲鹆（qú yù）：鸟名，即八哥。　⑤春蒐冬狩：帝王于春冬两季打猎。侯：诸侯。唐代刺史掌一方军政大权，相当于古时诸侯，这里指梓州刺史章彝。又，刺史出行，五马拉车，故用五马为刺史标志。骢，古时指御史所乘的马，或借指御史。章彝身兼侍御史。　⑥大将：指节度使。　⑦十年：指安史之乱以来。　⑧西戎：指吐蕃。这年十月，吐蕃攻陷长安，且一直为西部边患。　⑨《唐书》载，吐蕃十月陷长安，代宗逃到陕州，至十二月方回京都。杜甫作此诗为冬末，代宗已回，因不知此讯而云"不在咸阳宫"。咸阳，代指长安。⑩幽王祸：周幽王因宠褒姒，而亡国身死。玄宗因宠杨妃而致禄山之乱。代宗之难却非因女宠而生，当时太常博士柳伉在上疏中明确指出，是因为代宗“疏元功，委近习”（疏远功臣，听信宦官）所致。杜甫观点与此相同。

**【译文】**君不见东川节度的兵马是何等骁雄，围猎也像是在检阅军功。率领三千猛士连夜出发，到清晨收拢包围圈步调真齐整。禽兽十有七八被杀死，直到日落那杀声依然回荡于苍穹。众多的犀牛生擒至幕前，高大的骆驼背上驮挂着黑熊。东西南北百里之内踏遍搜尽，仿佛要把寒山中的禽兽一扫空。其中有鸟叫八哥，弱小无力肉味不美，竟也被捕于罗网中。春蒐冬狩本为天子之事诸侯也可做，您是五马刺史又兼御史职位与诸侯相同。何况如今又代掌着大将的职权，号令严明颇有前贤之遗风。我是一个飘泊于国难中的老翁，十年间厌见烽火燃烧军旗刺眼红。今日喜见您的士卒如此整肃，请您为我率队出征擒拿吐蕃兵。杀尽草中狐兔又有何益？须知此时天子不在咸阳宫。当今朝廷虽无女宠之弊却仍然遭难，天子再度蒙尘这岂不令人哀痛？唉唉，天子再度蒙尘这岂不令人哀痛！

## 山　寺

**【题解】**此诗当作于广德元年（763）冬，时杜甫在梓州。题下原注：“章留后同游，得开字。”诗写山寺游宴，章彝布施，劝章抚恤士卒，以壮军威，不要只求佛佑。

**【原诗】**野寺根石壁，诸龛遍崔嵬。前佛不复辨，百身一莓苔。虽有古殿存，世尊亦尘埃①。如闻龙象泣②，足令信者哀。使君骑紫马，捧拥从西来。树羽静千里③，临江久徘徊。山僧衣蓝缕，告诉栋梁摧。公为顾宾从，咄嗟檀施开④。吾知多罗树⑤，却倚莲华台⑥。诸天必欢喜⑦，鬼物无嫌猜。以兹抚士卒，孰曰非周才？穷子失净处，高人忧祸胎。岁晏风破肉，荒林寒可回。思量入道苦，自哂同婴孩。

**【注释】**①世尊：如来佛的尊称。　②龙象：指寺中罗汉。　③羽：旌旗。　④檀施：布施，以财物赠僧人。　⑤多罗树：即贝多树，形如棕榈，叶长稠密，久雨无漏，其叶可供书写，称贝叶。　⑥莲华台：亦作“莲花台”，佛座。 ⑦诸天：佛教语。指护法众天神。

【译文】野寺建在悬崖峭壁上，石壁间遍布着许多佛龛。露天的龛中之佛已辨不清面目，所有的佛像上都长满了苔藓。古老的佛殿虽还存在，殿中的如来佛像也是满身尘埃。我好像听见那些罗汉在低声哭泣，这光景足令善男信女们深感悲哀。章使君骑着紫骝马，由宾从们簇拥着从西而来。旌旗肃静林立千里，使君在江边久久徘徊。山寺中的僧人衣着褴褛，向使君陈诉殿朽梁摧。章公听罢回头顾视宾从，感叹一声便率先施舍钱财。我料知山寺会因此得以修复，多罗宝树将重倚佛祖莲台。诸位护法天神必定欢喜，鬼物也不再嫌猜责怪。如果用这种办法去抚恤士卒，谁会说您没有济世之才？穷困的士卒会脱离净土铤而走险，高明的使君自会忧心这种祸胎。眼下正当岁末寒风吹裂皮肉，荒凉的山林严冬去后春天将会到来。思量进入佛门生活艰苦自己怕难承受，可笑自己如此怯懦无知如同婴孩。

## 桃竹杖引赠章留后

【题解】此诗当作于广德元年（763）冬，时杜甫在梓州。桃竹，又称棕榈竹，常绿丛生灌木，干细而坚韧，可做手杖。东川留后章彝送给杜甫两根桃竹手杖，杜甫作此诗以赠。

【原诗】江心磻石生桃竹①，苍波喷浸尺度足。斩根削皮如紫玉，江妃水仙惜不得②。梓潼使君开一束③，满堂宾客皆叹息。怜我老病赠两茎，出入爪甲铿有声。老夫复欲东南征，乘涛鼓枻白帝城④。路幽必为鬼神夺，拔剑或与蛟龙争。重为告曰：杖兮杖兮，尔之生也甚正直，慎勿见水踊跃学变化为龙⑤，使我不得尔之扶持，灭迹于君山湖上之青峰⑥。噫！风尘澒洞兮豺虎咬人⑦，忽失双杖兮吾将曷从？

【注释】①磻石：磐石，厚重的石头。 ②江妃：传说中的女神名。水仙：传说中的水神冯夷。 ③梓潼使君：指梓州刺史章彝。天宝元年改梓州为梓潼郡，乾元元年复为梓州。 ④枻（yì）：桨。白帝城：在今四川奉节县东，南临瞿塘峡，为水路东行所经之处。 ⑤《晋书·张华传》载，晋人张华、雷焕得双剑，二人死后，剑化双龙飞入水中。 ⑥君山湖：洞庭湖，因湖上有君山，故称。 ⑦风尘：指战乱。

**【译文】**桃竹生长在江心磐石上，在苍波的喷浸下长足了尺度。齐根砍来削去表皮美如紫玉，尽管江妃和水仙十分爱惜。梓州使君打开一捆桃竹手杖，满堂宾客赞叹不已。使君怜我年老多病赠我两根，拄着它走路脚步坚实铿锵有声。老夫我想去东南远行，击桨乘波路过白帝城。路途幽远料想必有鬼神夺此杖，也许还将拔剑护杖与蛟龙斗争。为此我再次祝告说：竹杖啊竹杖，你生来就很正直，千万别学那丰城之剑见了水就蹦下去化为龙，致使我得不到你的扶持，不能登上洞庭君山之青峰。唉！如今风尘无际豺虎咬人，倘或失去双杖我将何所适从？

## 将适吴楚，留别章使君留后兼幕府诸公得柳字

**【题解】**此诗当作于广德元年（763）冬，时杜甫在梓州。时欲出峡东游，准备就绪，即将启程，章彝举办酒宴为其饯行。诗为席间之作，回顾在蜀处境，展望离蜀前景，及写别后缱绻之怀。

**【原诗】**我来入蜀门，岁月亦已久。岂惟长儿童，自觉成老丑。常恐性坦率，失身为杯酒。近辞痛饮徒，折节万夫后。昔如纵壑鱼，今如丧家狗。既无游方恋①，行止复何有？相逢半新故，取别随薄厚。不意青草湖②，扁舟落吾手。眷眷章梓州，开筵俯高柳。楼前出骑马，帐下罗宾友。健儿簸红旗，此乐几难朽。日车隐昆仑③，鸟雀噪户牖。波涛未足畏，三峡徒雷吼。所忧盗贼多，重见衣冠走④。中原消息断，黄屋今安否⑤？终作适荆蛮，安排用庄叟⑥。随云拜东皇⑦，挂席上南斗⑧。有使即寄书，无使长回首。

**【注释】**①《论语》："游必有方。"方，方向、处所。此反其意而用之。②青草湖：《元和郡县志》载，巴丘湖，又名青草湖，在巴陵县（今湖南岳阳）南，唐宋时湖周二百六十里。地处洞庭湖东南部，有沙洲与洞庭湖相隔。 ③日车：《庄子》寓言以日车比喻太阳。 ④"重见"句：长安曾先后被禄山、吐蕃所陷，君臣奔逃。 ⑤黄屋：天子的车驾，因用黄缯

为盖，故称。此指代宗，长安陷落，代宗逃到陕州。 ⑥《庄子·大宗师》："安排而去化"，意谓听任自然的安排而随之变化。 ⑦东皇：指天神东皇太一。《文选·屈原〈九歌·东皇太一〉》唐吕向题注："太一，星名，天之尊神，祠在楚东，以配东帝，故云东皇。" ⑧南斗：《旧书·天文志》载，南斗在云汉之流，当淮海之间，为吴地分野。

**【译文】**我自从进入蜀地，至今已有好几年。岂只是孩子们长高了，自己也变得老丑不堪。我经常担心自己性子直率，酒后失言招来祸端。近来疏远了那班痛饮的酒徒，不管见了谁都弯腰退到后边。从前的我就像深渊里纵游的鱼，如今的我竟如同丧家之犬。我此行远游既无固定的地方可恋，走到哪里也都是一身贫贱。相逢的人既有新知也有故交，告别时的赠物或薄或厚各随其便。没有想到那远在湖南的青草湖，凭一只小船就能抵达观览。依恋不舍的章梓州啊，在高柳仰簇的楼上摆开酒筵。楼前排列出骑马的侍从，众多的宾朋在帐下坐满。健儿们摇动红旗表演武艺，这种快乐将是难以磨灭消散。直到太阳沉入昆仑，归鸟噪于户牖，仍未结束酒宴。此行一路波涛不足畏惧，三峡的激流也徒然如雷震天。我所忧虑的是盗贼太多，京都长安竟然两度沦陷。中原的消息已经断绝，不知皇上现在是否平安。我只好决定前往荆楚，采用庄子的说教——听任自然。我将追随云迹拜谒楚东的太一神祠，挂上帆席前去南斗分野的吴地游览。如果遇有使者我就给你们寄来书信，没有使者便经常回望西天将你们思念。

## 舍弟占归草堂检校聊示此诗

**【题解】**此诗当作于广德元年（763）冬，时杜甫欲下吴楚，行前派弟弟杜占回成都草堂料理家务。诗写家常之语，足见对草堂的依恋。

**【原诗】**久客应吾道，相随独尔来①。熟知江路近，频为草堂回。鹅鸭宜长数，柴荆莫浪开。东林竹影薄，腊月更须栽。

**【注释】**①尔：指杜占。杜甫自秦入蜀，唯杜占相随，其余三弟皆分散他乡。

【译文】久客他乡大概就是我的人生之路吧，兄弟中只有你随我到蜀地来。你熟知沿江之路哪条去草堂最近，为了照看草堂你已去了好多回。家中的鹅鸭得要经常点数，那道柴门切莫随便敞开。东边的那片竹林若是稀疏了，你要趁着腊月认真补栽。

## 岁　暮

【题解】此诗当作于广德元年（763）年底，时杜甫欲下江东。拟由阆州乘船沿嘉陵江南下。此诗或作于离梓之前，或作于抵阆之后。诗写忧乱之情。

【原诗】岁暮远为客，边隅还用兵。烟尘犯雪岭①，鼓角动江城。天地日流血，朝廷谁请缨②？济时敢爱死？寂寞壮心惊③！

【注释】①雪岭：又名西山，在松州嘉城县东。这年十二月，吐蕃攻陷雪岭附近的松、维、保三州，西川节度使高适御敌不力。　②请缨：《汉书·终军传》载，汉武帝时，终军请求皇帝给他一根长缨，立誓擒回南越王。后以“请缨”指自告奋勇，杀敌建功。　③曹操《龟虽寿》：“老骥伏枥，志在千里；烈士暮年，壮心不已。”此处用其意。

【译文】时当岁末远在天涯作客，边境上还在苦战用兵。吐蕃的烟尘侵入雪岭，备战的鼓角震动着江城。人世间时时处处都在流血，朝廷上有谁敢于请缨？为救时危我怎敢惜于一死？仕途寂寞的我亦难免壮心勃动！

## 送李卿晔

【题解】此诗当作于广德二年（764）初春，杜甫已于去年底抵达阆州。李晔为宗室子弟，官至刑部侍郎，曾因忤旨贬岭南。诗写送李归京及恋阙之情。

【原诗】王子思归日，长安已乱兵。沾衣问行在①，走马向承明②。暮景巴蜀僻，春风江汉清③。晋山虽自弃④，魏阙尚含情⑤。

【注释】①行在：古时指皇帝行幸所至的地方。去年十月，代宗奔陕州，十二月长安光复，代宗还京，但消息尚未传到阆州。 ②承明：未央宫有承明殿。此代指长安。 ③江汉：指嘉陵江。嘉陵江上游为西汉水，故称。阆州在嘉陵江畔。 ④晋山自弃：晋文公时，介之推有功不愿受禄，隐入绵上山（山在今山西介休）。阆州有晋安县，杜甫借以切晋山，喻自己隐居。 ⑤魏阙：古代宫门前的楼观，常用以指代朝廷。春秋时魏国中山公子牟曾说："身在江海之上，心在魏阙之下。"后世因用以表示思念朝廷。

【译文】王子思归之日，恰逢长安兵乱之时。洒泪询问皇上的流离之处，扬鞭催马向京都奔驰。垂暮之年的我客居偏僻的巴蜀，面对江汉的春风期盼着国家的清平。我虽像介之推那样自弃于晋山之野，一颗心却仍然关注着朝廷。

## 城　上

【题解】此诗当作于广德二年（764）初春，时杜甫在阆州。诗写登城感怀，伤代宗出奔。

【原诗】草满巴西绿[①]，城空白日长[②]。风吹花片片，春动水茫茫。八骏随天子[③]，群臣从武皇[④]。遥闻出巡狩[⑤]，早晚遍遐荒。

【注释】①巴西：阆州属巴西郡。 ②城空：当时川西松、维、保三州陷落，人皆避乱远去，故城内空虚。 ③《拾遗记》载，周穆王巡行天下，驭八龙之骏。 ④武皇：指汉武帝。以上两句以"八骏"、"群臣"写昔日天子巡行之盛，借以比衬下文代宗出逃之狼狈。 ⑤巡狩：本指天子出行，视察邦国州郡。此处实指代宗为吐蕃所逼，逃出京都至陕州避难。

【译文】野草遍地，巴西一片碧绿；城内人稀，白天长得出奇。暖风吹拂，花儿片片开放；春气萌动，江水茫茫迷迷。想那周穆王巡行天下，驾驭八骏是何等的威仪！还有那周游四方的汉武帝，也是群臣相随神气无比。遥闻当今皇上也有巡狩之事，却是早晚疲奔，行遍荒远之地。

# 伤春五首

【题解】这组诗当作于广德二年（764）初春，时杜甫在阆州。题下原注："巴阆僻远，伤春罢，始知春前已收宫阙。"由此可知，组诗作于闻收京消息之前。第一首，记吐蕃攻陷京都。第二首，写家国之忧。第三首，以天变儆君心。第四首，伤代宗之远出。第五首，伤军士之散亡。

## 其　一

【原诗】天下兵虽满，春光日自浓。西京疲百战，北阙任群凶①。关塞三千里，烟花一万重。蒙尘清露急，御宿且谁供？殷复前王道②，周迁旧国容③。蓬莱足云气，应合总从龙④。

【注释】①群凶：《通鉴》载，广德元年十月，吐蕃进逼京都，泾州刺史高晖、射生将王献忠降敌，迎吐蕃入长安，立李承宏为帝。　②"殷复"句：殷，指商王盘庚。盘庚为商朝第十代君王，为摆脱天灾人祸的困境，他把国都由奄（今山东曲阜）迁到殷（今河南安阳西北），使国家得中兴。商由此也称为殷。杜甫借用此典以比代宗奔陕之事。　③《史记》载，周平王为避戎寇，东迁于洛邑。　④蓬莱：指长安大明宫，为臣子朝君之处。《易》："云从龙。"

【译文】虽说天下烽烟四起，春色却在日益增加。长安在百战中力竭失守，宫殿被群凶肆意践踏。这里与京都相距遥远，中间隔着万重烟花。皇上蒙尘受尽风露之苦，由谁来提供车驾的止宿之处？想那殷王盘庚迁都后恢复了先王之治，周平王东迁后也重振了国容。大明宫的充足云气应会从龙而去，满朝官员皆当为皇上护行。

## 其　二

【原诗】莺入新年语，花开满故枝。天清风卷幔，草碧水连池。牢落官军远，萧条万事危。鬓毛元自白，泪点向来垂。不是无兄弟，其如有别离？巴山暮色静，北望转逶迤。

【译文】巴地的黄莺唱起新春之歌，一年一度的鲜花又开满旧的枝头。天气清和，微风轻卷着帘幕；草色碧绿，溪水潺潺流入池湖。然而沦陷的京都却是冷落寂寥，官军远居不赴；万事萧条，国家处于危机关头。我这本已花白的鬓发如今又白了许多，一向垂洒的眼泪啊，此刻如泉水涌流。我不是没有兄弟啊，怎奈战乱频仍难得聚首。巴山的暮色是如此宁静，宁静中我不安地向北遥望，心绪杂乱地来回转走。

## 其　三

【原诗】日月还相斗①，星辰屡合围②。不成诛执法③，焉得变危机？大角缠兵气④，钩陈出帝畿⑤。烟尘昏御道，耆旧把天衣。行在诸军阙，来朝大将稀⑥。贤多隐屠钓，王肯载同归？

【注释】①日月相斗：古有观天象以测灾变之说，认为数日并出若相斗，预兆天下将兴兵。后因用以指战乱。　②星辰合围：汉高祖被匈奴围困时，天上参、毕二星被月晕所围。后因用以代指帝王遭受战乱困扰。　③执法：星名。《星经》云："执法四星，主刑狱之人，又为刑政之官，助宣王命，内常侍官。"此借指宦官程元振。程任骠骑大将军、判元帅行军司马。去年十月，吐蕃逼近京都，郭子仪派人入奏，请求增兵，被程元振阻止，未得召见。　④大角：星名。古代星象家认为大角星象征君王。　⑤钩陈：星名，靠近北极。古代星象学家认为钩陈星象征皇帝后宫。此指后宫嫔妃随帝出奔。　⑥史载，长安告急，朝廷发诏征诸道兵前来解围，因程元振专权自恣，谋害功臣，诸道皆不敢前来护驾。代宗奔陕，唯郭子仪相随。

【译文】日月仍在相斗，星辰屡被月晕所围。若不灭除执法星，怎能扭转形势危机？大角星周围缠着兵气，钩陈星离开了帝畿。烟尘遮盖了车驾之路，父老们牵拽天子的征衣。行在缺少诸军的保护，奉诏来朝的大将寥寥无几。当今的贤士大多归隐，君主肯否将他们车载同归？

## 其　四

【原诗】再有朝廷乱，难知消息真。近传王在洛，复道使归秦。夺马悲公主，登车泣贵嫔。萧关迷北上①，沧海欲东巡②。敢料安危体？犹多老大臣。岂无嵇绍血③？沾洒属车尘。

**【注释】**①《汉书》载，汉武帝于元封四年曾北出萧关。 ②《史记》载，秦始皇曾巡视东方，亲临滨海之地。 ③《晋书》载，西晋人嵇绍于天子蒙尘、百官溃散之际，以身体掩护君主，中箭身死，血溅御服。

**【译文】**朝廷再次发生乱离，传来的消息难知是假是真。近传皇上已经回到洛阳，又说已有使者西归入秦。还说出奔时公主为坐骑被夺而悲伤，登车上路时贵嫔泣泪洒满衣襟。该不会像汉武帝北出萧关而迷路吧？莫不是要像秦皇东巡到海滨？安危大事我怎敢预料？皇上身边还有众多的老大臣。紧要关头定会有嵇绍那样的烈士，舍身护驾血染征尘。

### 其　五

**【原诗】**闻说初东幸，孤儿却走多[①]。难分太仓粟，竞弃鲁阳戈[②]。胡虏登前殿，王公出御河。得无中夜舞[③]？谁忆《大风歌》[④]？春色生烽燧，幽人泣薜萝。君臣重修德，犹足见时和。

**【注释】**①孤儿：《汉纪注》载，西汉武帝时选战死军士的子孙，养于羽林，教习武艺，称羽林孤儿。此借指宫廷侍卫。 ②鲁阳戈：《淮南子》载，春秋时楚之鲁阳公与敌酣战，日暮，鲁阳公挥戈，使太阳返回三舍之地。 ③《晋书》载，祖逖与刘琨共被而寝，半夜闻鸡鸣，于是起身而舞。后用以喻志士及时奋发。 ④《大风歌》：汉高祖刘邦作，歌曰："大风起兮云飞扬，威加海内兮归故乡，安得猛士兮守四方！"此句借以感叹朝廷不倚重猛士。

**【译文】**听说皇上起驾东行的时候，宫廷侍卫就已逃散了许多。仓促中难以分携太仓的粮米，护行中又有不少将士竞相弃戈。吐蕃人登上前殿另立皇帝，王公们纷纷出逃渡过御河。难道就没有闻鸡起舞的志士？可惜无人记得汉高祖那倚重猛士的《大风歌》！这大好的春光里竟燃起战火，我这幽栖之人面对薜萝泣泪滂沱。倘若此后君臣能够注重修德，太平岁月还是完全可以见到的！

## 收　京

**【题解】**此诗当作于广德二年（764）春，时杜甫在阆州，得知收复长安的确切消息，欣喜之中心情依然沉重。

【原诗】复道收京邑①，兼闻杀犬戎。衣冠却扈从②，车驾已还宫。克复诚如此，安危在数公③。莫令回首地，恸哭起悲风。

【注释】①“复道”句：长安曾被安史叛军攻陷，此次又被吐蕃攻陷，七年内两次收京，故曰“复道”。 ②衣冠：此处指京都沦陷时逃散的官员。③数公：指临危不惧的郭子仪、白孝德、长孙全绪、殷仲卿、马璘等将领。

【译文】七年之中两次传道收复京都，这一次杀的不是叛军而是犬戎。那些在乱中逃散的官员如今也来扈从，皇上的车驾已经回到皇宫。收复京都的确需靠武力，决定安危在于郭子仪诸公。千万别让我所回望的京华之地，乱离的哭声再次引动悲风。

## 巴西闻收京阙，送班司马入京二首

【题解】这组诗当作于前诗之后。阆州属巴西郡。班司马当是朝廷派来告谕复京的使臣。诗写恋阙之意。

### 其　一

【原诗】闻道收宗庙，鸣銮自陕归。倾都看黄屋①，正殿引朱衣②。剑外春天远，巴西敕使稀。念君经世乱，匹马向王畿。

【注释】①黄屋：天子的车驾。因用黄缯为盖，故称。 ②朱衣：侍从之臣。唐时四、五品官着朱服。

【译文】听说已经收复了宗庙，天子的车驾自陕州归还。倾城百姓都来观看天子，朱衣侍从引导皇上走进正殿。远离京都的剑南到春天才得此讯，皇上的使者很少来到此间。念君饱经人世变乱，单身匹马奔向长安。

### 其　二

【原诗】群盗至今日，先朝忝从臣①。叹君能恋主，久客羡归秦。黄阁长司谏②，丹墀有故人③。向来论社稷，为话涕沾巾。

【注释】①从臣：杜甫在肃宗朝曾任左拾遗。 ②黄阁：称门下省，左拾遗属门下省，为谏官。 ③丹墀：古时宫殿台阶以红漆涂饰。此借指朝廷。

【译文】群盗纷纭使我流离至今，而我曾在先朝做过从臣。赞叹您能如此依恋君主，久客的我羡慕您的归秦。我曾在门下省做过较长的谏官，朝廷里如今还有我的故人。我一向为国事而忧心洒泪，请您把我的心情转告他们。

## 释　闷

【题解】此诗当为广德二年（764）春得知收京后作。诗写痛定思痛，忧弊政难改，预料国无宁日。

【原诗】四海十年不解兵①，犬戎也复临咸京。失道非关出襄野②，扬鞭忽是过湖城③。豺狼塞路人断绝，烽火照夜尸纵横。天子亦应厌奔走，群公固合思升平。但恐诛求不改辙，闻道嬖孽能全生④。江边老翁错料事，眼暗不见风尘清⑤。

【注释】①十年：安史之乱爆发于755年，至764年为十年。 ②《庄子》寓言，黄帝访大隗，迷路于襄城之野。杜甫借此暗指代宗逃奔陕州。但黄帝的出襄野是为了访道，代宗出逃是为了躲避吐蕃，二者目的不同，故云“非关”。 ③《晋书》载，晋明帝得知王敦谋乱，便微服乘马去湖城察看其军营。杜甫借此暗指代宗逃奔之事。但晋明帝的扬鞭催马是为了侦察敌营，代宗的扬鞭则是为了奔命，所以用“忽是”二字加以区别。以上用典皆含讽意。 ④嬖（bì）孽：受君王宠信的小人。此指宦官程元振。程专权无忌，谋害功臣。去年十月，吐蕃进逼长安，他未及时报给代宗，且阻止郭子仪的求兵使者面君。朝廷下诏命诸道兵来长安救驾，诸道大将因怕元振构谗加害，竟无人敢来。在郭子仪等将领的通力苦战下长安得以收复。十一月，太常博士柳伉上疏，严厉批评了代宗宠信小人而误国的行为，要求将元振斩首。代宗仅削元振官爵，放归田里。 ⑤江：指嘉陵江。阆州在嘉陵江畔。

【译文】十年间天下兵祸不止，连吐蕃也敢来侵占西京。这次皇上仓皇出逃不同于黄帝访道迷路于襄野，也不同于晋明帝扬鞭走马侦探湖城。豺狼塞路行人断绝，烽火照夜尸骨纵横。做天子的也应厌倦终日东奔西跑吧，衮衮诸公理应考虑如何实现天下太平。怕只怕强征暴敛的作法不会改变，听说程元振这类奸佞却保全了性命。我这江边老头错误地估计了政事，或许是由于老眼昏花吧，我并没有见到战尘已经平静。

## 有感五首

【题解】这组诗当作于广德二年（764）春，时杜甫在阆州。当时吐蕃虽退，而诸藩镇多跋扈不臣，杜甫忧其致乱，作诗达意，皆为政论。第一首，叹藩镇不能御寇；第二首，叹镇将拥兵自重，朝廷不能自强；第三首，言迁都洛阳非兴国之计；第四首，建议朝廷分封宗藩以抑制不臣藩镇；第五首，慨叹当时朝廷礼重镇将而轻视郡守。

### 其一

【原诗】将帅蒙恩泽，兵戈有岁年。至今劳圣主[①]，何以报皇天？白骨新交战，云台旧拓边[②]。乘槎断消息，无处觅张骞[③]。

【注释】①劳圣主：指代宗出奔陕州事。 ②云台：东汉南宫中之高台，汉明帝曾画功臣名将于云台。此借称凌烟阁，唐太宗贞观十七年命阎立本画开国拓疆功臣二十四人于凌烟阁。 ③张骞：西汉使臣，曾出使西域各国，途中曾被匈奴扣留。又《荆楚岁时记》载，张骞曾受命寻黄河之源，乘槎（木筏）而去。此处借指唐使臣李之芳。广德元年（763）四月，御使大夫李之芳出使吐蕃，被扣留。

【译文】将帅们深蒙君主的恩泽，而国家却连年兵火不断。至今仍然令圣主忧劳，不知他们如何来报答皇天。这白骨遍地的新战场，正是旧时功臣们开拓出的国土。出使吐蕃的使臣也断了消息，不知当代的张骞身在何处。

## 其　二

【原诗】幽蓟余蛇豕，乾坤尚虎狼①。诸侯春不贡②，使者日相望。慎勿吞青海③，无劳问越裳④。大君先息战，归马华山阳。

【注释】①蛇豕、虎狼：指安史余孽。史载，史朝义死后，河北叛将皆降。仆固怀恩奏请用降将分帅河北。藩镇之祸，自此而始。　②诸侯：指已被任用的河北降将。　③青海：时已被吐蕃占领。　④越裳：古国名，借指南诏。天宝以后，南诏叛唐依附吐蕃。

【译文】河北诸镇节度使是蛇豕之类的叛军余孽，人间仍然存在着为祸作乱的虎狼。他们于春季不向国家纳贡，致使朝廷连续不绝地派遣使臣前往。朝廷万分谨慎不想收复吐蕃侵占的青海，也不向叛唐的南诏派出问罪的兵将。大唐的君主已率先停息了战争，在虎狼窥伺的局面下放马于华山之阳。

## 其　三

【原诗】洛下舟车入，天中贡赋均①。日闻红粟腐，寒待翠华春。莫取金汤固，长令宇宙新。不过行俭德，盗贼本王臣。

【注释】①“洛下”二句：《唐书》载，郭子仪收复长安后，程元振劝代宗建都洛阳以避吐蕃，代宗应允。郭子仪上疏，备言迁都之弊，并议兴国之策。

【译文】有人说道洛阳乃舟车汇集之地，位于国家的中部便于四方贡赋。还喋喋不休地说那里粮食充足以致腐烂，百姓们正在盼望皇上前去建都。我以为国都的安危不在于地势的险要，而在于调整政策以壮国力使天下焕然一新。其实不过就是实行俭德关心百姓疾苦罢了，倘能如此则吐蕃自会归顺称臣。

## 其　四

【原诗】丹桂风霜急①，青梧日夜凋②。由来强干地，未有不臣朝。授钺亲贤往③，卑宫制诏遥④。终依古封建，岂独听箫韶⑤？

【注释】①丹桂：《汉书・五行志》载成帝时童谣："桂树华不实，黄雀巢其颠。"注：桂，赤色，汉家象。此喻王室。　②青梧：上官仪《册殷王文》："庆表栽梧，德成观梓。"此喻宗藩（天子分封的宗室诸侯）。　③授钺：古时大将出征，君主授以斧钺，表示授以兵权。亲贤：宗室贤才。乾元二年，史思明僭号于河北，李光弼请以亲贤统军，以赵王李係为兵马元帅。次年四月，以亲王遥统兵柄。代宗即位后，以雍王李适为兵马元帅。　④卑宫：指玄宗入蜀后在成都草建的行宫。制诏：玄宗在成都时，房琯制诏，令太子李亨北略朔方，其他诸王分守重镇。禄山闻之而惊叹。　⑤箫韶：《尚书・虞书・益稷》："《箫韶》九成，凤皇来仪。"传说舜作乐曲《箫韶》，体现施行教化之治的完成。

【译文】丹桂遭受风霜的威胁，青梧日夜都在凋落，这正如王室之不得安宁，宗藩之日趋削弱。自古以来作为王室骨干的宗藩得以强大，就不会出现藩镇作乱的王朝。当年玄宗皇帝远在成都卑宫中制诏，就曾授钺亲王让他们分守重镇。只要当今君王终能依循古制建立宗藩，则教化之治的完成又岂只虞舜才能做到？

## 其　五

【原诗】胡灭人还乱，兵残将自疑。登坛名绝假①，报主尔何迟？领郡辄无色②，之官皆有词③。愿闻哀痛诏④，端拱问疮痍。

【注释】①"登坛"句：广德元年，诸道节度使皆加实封。　②领郡：指郡守。因节度使权重，征敛日繁，郡守不得自主，故常无气色。　③之官：前往赴任。言受命去作郡守者。　④哀痛诏：封建帝王下的罪己诏书。头年十一月，太常博士柳伉上疏，认为吐蕃攻陷京都皆因代宗疏远功臣、宠信小人所致，要求代宗下诏引咎。

【译文】安史叛军虽被消灭而人心仍然不定，士卒稀少致使镇将对朝廷生疑。朝廷对镇将实封爵土并非仅给虚名，你们为何迟迟不来报答君主的恩义？郡守们迫于镇将的牵制而常无喜色，领命赴任之际都有怨词。我希望听到皇上下达罪己的诏书，庄重不苟地过问世间的疮痍。

## 赠别贺兰铦

【题解】此诗当作于广德二年（764）春，杜甫在阆州得知收京消息后。贺兰铦欲赴湘吴，杜甫写此诗送别，对其怀才不遇表示伤感。

【原诗】黄雀饱野粟①，群飞动荆榛。今君抱何恨？寂寞向时人。老骥倦骧首，苍鹰愁易驯。高贤世未识，固合婴饥贫②。国步初反正，乾坤尚风尘。悲歌鬓发白，远赴湘吴春。我恋岷下芋③，君思千里莼④。生离与死别，自古鼻酸辛。

【注释】①黄雀：喻趋势附利的小人。 ②婴：萦绕。 ③芋：多年生草本植物，块茎，可食用。 ④千里莼：《一统志》载，千里湖在溧阳县东南一十五里，产美莼，俗呼千里莼。莼，多年生水草，嫩叶可做汤。

【译文】黄雀们吃饱了野粟，成群飞跃搅动着荆榛。如今您心存什么怨恨？沉寞不语地面对时人。您像匹困倦的老骥不愿抬头，您像只忧愁的苍鹰变得驯顺。高尚贤良的人不为世人所识，您也就该当饥贫缠身。眼下国运刚刚开始转顺，天地间仍有战争风尘。您悲哀地唱着白发之歌，长途奔赴湘吴之春。我尚留恋岷山脚下的芋头，您则思念故乡的千里湖莼。无论是生离还是死别，自古以来都令人酸鼻伤心。

## 陪王使君晦日泛江就黄家亭子二首

【题解】这组诗当作于广德二年（764）正月晦日，时杜甫在阆州。诗写泛江情事及黄家亭子景物。

### 其　一

【原诗】山豁何时断？江平不肯流。稍知花改岸，始验鸟随舟。结束多红粉[1]，欢娱恨白头。非君爱人客，晦日更添愁[2]。

【注释】①结束：衣裳装束。　②晦日：古时以正月晦日（最后一天）为中和节。

【译文】连绵的山脉何时在此断开了缺口？江水平静似乎不肯前流。船行缓慢，因见花岸更移才稍知船在移动；鸥鸟随舟，过去曾闻此话今日方得验证。船上坐着许多浓妆艳抹的歌妓，当此欢娱之际不禁为自己的衰老惆怅不已。若非使君您能如此好客，在这中和之节我的愁绪更会增添许多。

### 其　二

【原诗】有径金沙软，无人碧草芳。野畦连蛱蝶，江槛俯鸳鸯。日晚烟花乱，风生锦绣香。不须吹急管，衰老易悲伤。

【译文】小径通亭，路面金沙细软；四望无人，碧草散着芳香。畦田上飞舞着连绵的蝴蝶，江槛上俯看戏水的鸳鸯。日色已晚，烟花缭乱，江风吹起，舞衣生香。不须吹奏激昂的乐曲，衰老之人容易悲伤。

## 泛　江

【题解】此诗当作于前诗前后。诗写方舟设宴和故国之思。

【原诗】方舟不用楫[1]，极目总无波。长日容杯酒，深江净绮罗。乱离还奏乐，飘泊且听歌。故国流清渭[2]，如今花正多。

【注释】①方舟：两船相并。　②清渭：渭水澄澈，故称。渭水流经长安北部。

【译文】乘坐方舟不用摇桨，极目江天千里无波。漫长的白天适宜杯酒相伴，深澄的江水倒映着歌妓的绮罗。身遭乱离反而奏乐，飘泊之际暂且听歌。清清的渭水流过故国，如今那里鲜花正多。

## 江亭王阆州筵饯萧遂州

【题解】此诗当作于广德二年（764）春，杜甫在阆州。阆州王刺史于江亭设宴，为遂州（今四川遂宁）萧刺史饯行，杜甫陪宴而作此诗。

【原诗】离亭非旧国①，春色是他乡。老畏歌声继，愁随舞曲长。二天开宠饯②，五马烂生光③。川路风烟接，俱宜下凤凰④。

【注释】①离亭：古时建于离城稍远的道旁供人歇息的亭子，常为送别之所。又长安东门外有祖道离亭，今于阆州城外离亭饯别，故曰“非旧国”。②二天：《后汉书·苏章传》载，苏章任冀州刺史，有故人为清河太守，犯案，太守认为苏章是故交，能庇护他，说道：“人皆有一天，我独有二天。”后世每以“二天”作为对自己有恩的州郡长官的敬称。此指王阆州。③五马：汉时太守乘坐的车用五匹马驾辕。此处代指遂州萧刺史的车驾。④《汉书·黄霸传》载，黄霸任颍川太守时有德政，凤凰飞集郡中。后世以“下凤凰”称颂地方长官建有政绩。

【译文】离亭虽有却终非长安故国，春色虽好毕竟身在他乡。衰老的我害怕歌声不止，心中之愁随着舞曲伸长。恩公王阆州举办饯行的酒筵，萧刺史的车驾灿烂生光。水路风烟连接着遂、阆二州、遂、阆二州都应落下凤凰。

## 暮　寒

【题解】此诗当作于广德二年（764）春，时杜甫在阆州。诗写寒暮中的观感。

【原诗】雾隐平郊树，风含广岸波。沉沉春色静，惨惨暮寒多。戍鼓犹长击，林莺遂不歌。忽思高宴会，朱袖拂云和①。

【注释】①云和：地名，出产可制琴瑟的良材。此代指琴瑟。

【译文】雾气隐没了平郊的树影，晚风扬簸起远岸的浪波。春色沉沉一片静寂，暮景昏昏寒气增多。戍楼的军鼓仍在长敲，林中的黄莺便不再唱歌。我忽然追想那高雅的宴会，红袖歌妓弹奏着琴瑟。

## 游　子

【题解】此诗当作于广德二年（764）春，时杜甫在阆州。诗写出峡之想。

【原诗】巴蜀愁谁语？吴门兴杳然。九江春草外，三峡暮帆前。厌就成都卜①，休为吏部眠②。蓬莱如可到③，衰白问群仙。

【注释】①成都卜：《高士传》载，汉代严君平，以占卜闻名于时，卖卜于成都市中。此句用严君平事，以切蜀地，表明离蜀之意已定。　②吏部眠：《晋书·毕卓传》载，吏部郎毕卓，放达嗜酒，曾入邻舍郎瓮间偷饮被缚，被释后又与主人酣饮于瓮侧。　③蓬莱：古代传说海上三座仙山之一。

【译文】客居巴蜀的愁怀对谁去诉？东赴吴门的兴致深长久远。九江招手于春草之外，三峡迎候于暮帆之前。去意已定无须再向明师问卜，愁怀难解不想效法吏部醉眠。蓬莱仙岛如果真能抵达，我这白发老翁也要去访问群仙。

## 滕王亭子二首

【题解】这组诗当作于广德二年（764）春，时杜甫在阆州。滕王亭子，是唐高祖第二十二子滕王李元婴在阆州作刺史时所建。在玉台观内。玉台观，在阆州城北七里。诗写亭阁景物及吊古之情。

### 其　一

【原诗】君王台榭枕巴山，万丈丹梯尚可攀①。春日莺啼修竹里，仙家犬吠白云间②。清江锦石伤心丽，嫩蕊浓花满目斑。人到于今歌出牧③，来游此地不知还。

【注释】①丹梯：指高耸入云的山峰。 ②《神仙传》载，淮南王刘安学得道术，鸡犬食所余仙药，跟他一起升天。这里暗用此典，以“犬吠白云”形容亭所在山峰之高耸。又，阆州附近多仙圣游集之所。 ③歌出牧：出牧，指出任阆州刺史的李元婴。新旧《唐书》指摘李元婴任金州刺史时骄佚失度，迁洪州都督后复以贪闻。但未提及任阆州刺史时是否有劣迹。

【译文】滕王的台榭枕倚着巴山，高峰万丈我尚能登攀。春日的黄莺在修竹里啼叫，仙家的灵犬吠于白云中间。清江锦石呈现出一片伤心的丽色，嫩蕊浓花斑斑点点地开满眼前。人们至今仍在歌唱这位前来出牧的王子，来此游览遗迹而忘了归还。

### 其　二

【原诗】寂寞春山路，君王不复行。古墙犹竹色，虚阁自松声。鸟雀荒村暮，云霞过客情。尚思歌吹入，千骑拥霓旌。

【译文】春山之路寂寞无声，滕王的脚步不复来行。古墙上依旧辉映着当年的竹色，空阁里徒自回荡着松涛的轰鸣。鸟雀噪叫，荒村已临傍晚；云霞不留，一如过客的心情。而我却由鸟雀之声想到当年歌声乐声伴随滕王驾临，由云霞之影恍见上千个骑从抱举着上千面霓旌。

## 玉台观二首

【题解】这组诗当与前诗同时作。题下原注：“滕王造。”玉台观在阆州城北七里玉台山上。诗写玉台观的神异景物，及吊古之情。

### 其　一

【原诗】中天积翠玉台遥①，上帝高居绛节朝②。遂有冯夷来击鼓③，始知嬴女善吹箫④。江光隐见鼋鼍窟，石势参差乌鹊桥⑤。更肯红颜生羽翼，便应黄发老渔樵。

【注释】①中天积翠：玉台观在高处，故云。积翠，谓松柏重叠。 ②上帝：指观中帝像。绛节：传说中上帝的一种仪仗。 ③冯夷：《抱朴子·释鬼篇》载，冯夷，华阴人，以八月上庚日渡河溺水死，上帝署为河伯。此处当指观中冯夷画像。 ④嬴女：《列仙传》载，春秋时萧史娶秦穆公之女弄玉，教她吹箫引凤，后二人成仙而去。此处亦指观中画像。 ⑤乌鹊桥：古代传说每年七月七日，有乌鹊填河成桥，使牛郎、织女相会。

**【译文】**半空中松柏叠翠，玉台观何其高渺！上帝高居此处，殿外绛节来朝。河伯冯夷前来击鼓，仙女弄玉献艺吹箫。江光闪烁，鼋鼍的窟穴时隐时现；石势参差，如同架起乌鹊之桥。我怎肯于盛年之际弃世羽化飞升，命运注定我到老也要身在渔樵。

### 其　二

**【原诗】**浩劫因王造①，平台访古游。彩云萧史驻②，文字鲁恭留③。宫阙通群帝，乾坤到十洲④。人传有笙鹤，时过北山头⑤。

**【注释】**①浩劫：高大的台阶。《广韵》："浩劫，宫殿大阶级也。" ②萧史：见前诗注④。此处指其画像。 ③鲁恭：汉景帝之子鲁共王刘余，曾从孔宅墙壁中得古文经传。此处借指滕王。 ④《十洲记》：四方巨海之中，有祖洲、瀛洲、玄洲、炎洲、长洲、元洲、凤麟洲、聚窟洲、流洲、生洲。 ⑤《神仙传》载：王子乔，周灵王太子晋也。好吹笙，作凤鸣，游伊洛间，道士浮丘公接上嵩山，三十余年后，乘白鹤驻缑氏山顶，举手谢时人而去。

**【译文】**高大的台阶是滕王建造，我来平台作吊古之游。萧史乘着彩云停在壁间，滕王的题咏至今存留。殿宇高敞可通五方之帝，江天辽阔可以远达十洲。人们传说有位吹笙骑鹤的仙人，时时飞过这城北山头。

## 南　池

**【题解】**此诗当作于广德二年（764）春，时杜甫在阆州。南池，在城南十里，东西二里，南北约五里。诗写南池形势景观，慨叹淫祀陋俗。

【原诗】峥嵘巴阆间，所向尽山谷。安知有苍池，万顷浸坤轴[①]。呀然阆城南[②]，枕带巴江腹[③]。菱荷入异县，秔稻共比屋。皇天不无意，美利戒止足。高田失西成，此物颇丰熟。清源多众鱼，远岸富乔木。独叹枫香林[④]，春时好颜色。南有汉王祠[⑤]，终朝走巫祝。歌舞散灵衣，荒哉旧风俗！高皇亦明主，魂魄犹正直。不应空陂上，缥渺亲酒肉。淫祀自古昔[⑥]，非惟一川渎。干戈浩茫茫，地僻伤极目。平生江海兴，遭乱身局促。驻马问渔舟，踌躇慰羁束。

【注释】①坤轴：古人想象的大地之轴。 ②呀然：深广貌。 ③巴江：指嘉陵江。 ④枫香：树名，落叶大乔木，通称枫树，因有脂含香，故称。 ⑤汉王祠：汉高祖刘邦的祠庙。项羽曾立高祖为汉中王。祠在池南。 ⑥淫祀：不合礼制的祭祀。

【译文】巴阆一带群山峥嵘，到处都是高山深谷。哪知还有这样一片青池，万顷波涛浸润着地轴。它深广地泛动于阆州城南，紧紧依傍在巴江的腹部。绵延的菱荷远入异县，秔稻拥簇着家家户户。看来皇天并非无意，警戒着人们对于大利的贪求：高处的田地没有收成，此处的谷物就颇为丰熟。清清的池水中有众多的鱼虾，长长的池岸上有丰富的乔木。最可赞叹的是那枫香树林，当春之时颜色就已令人赏心悦目。池南建有汉王祠庙，那里一天到晚都有巫师在奔走。他们披散着神灵的衣服又歌又舞，荒唐啊，这种祭鬼的旧风俗。想那汉高祖也是一代明主，他的魂魄还应是正直不污。他不会从缥缈的冥界来到这个空坡，享用人们祭祀的酒肉。淫祀之风自古传到当今，而且决非仅此一处。眼下正当战乱频仍，身在僻地的我放眼天下痛伤肺腑。我平生怀有放游江海的兴致，因遭战乱而身被局促。今日在池边驻马面向渔舟，从容地观赏景物以宽慰我旅居的困苦。

## 阆山歌

【题解】此诗当作于广德二年（764）春，时杜甫在阆州。诗写阆州群山胜景。

【原诗】阆州城东灵山白[①]，阆州城北玉台碧[②]。松浮欲尽不尽云，江动将崩未崩石。那知根无鬼神会[3]？已觉气与嵩华敌。中原格斗且未归，应结茅斋著青壁。

【注释】①灵山：一名仙穴山，在阆州城东北十里。古时灵山峰多杂树，传说蜀王鳖灵曾登此山，故名。山东南隅有玉女捣练石。 ②玉台：山名，在阆州城北七里。 ③鬼神会：阆州群山多仙圣游踪，故有此想。

【译文】阆州城东的灵山白云缭绕，阆州城北的玉台青松凝碧。松间浮动着欲尽未尽的云气，江流撼动着将崩未崩的巨石。我哪能断定这山根没有鬼神聚会守护？已然感到它们的气概可与嵩华二山匹敌。中原尚在战斗暂且不能回归，应该建座茅斋倚在这青青的山壁。

## 阆 水 歌

【题解】此诗当与前诗作于同时。阆水，指嘉陵江流经阆州的一段。诗写阆水之胜。

【原诗】嘉陵江色何所似？石黛碧玉相因依[1]。正怜日破浪花出，更复春从沙际归[2]。巴童荡桨欹侧过，水鸡衔鱼来去飞。阆中胜事可肠断[3]，阆州城南天下稀[4]。

【注释】①石黛：石墨，青黑色，古时女子用以画眉。 ②春从沙际归：沙际，水边沙滩。春天来临，岸草先绿，故云。 ③阆中：《唐书·地理志》："阆水迂曲经郡三面，故曰阆中。"可肠断：极言山水之可爱。 ④城南：指阆州城南三里之锦屏山，错绣如锦屏，号称天下第一。

【译文】用什么来比喻嘉陵江的颜色？它像石墨与碧玉的相互融和。正该怜爱那日出江花红胜火，何况还有春归沙岸踩出的串串绿色脚窝。巴地儿童荡桨斜舟掠过江面，水鸡叼鱼在水上来往穿梭。阆中胜景真可乐煞人也，而城南的风光更为人间之绝色。

## 奉寄别马巴州

**【题解】**此诗当作于广德二年（764）春，时杜甫在阆州。题下原注："时甫除京兆功曹，在东川。"功曹参军，为正七品下。杜甫自视颇高，年轻时曾以贤相自期，所以未去赴任。马巴州，巴州（今四川巴中县）马刺史，将赴京都，杜甫写此诗寄往，以表出处殊途之意。

**【原诗】**勋业终归马伏波①，功曹非复汉萧何②。扁舟系缆沙边久，南国浮云水上多③。独把渔竿终远去，难随鸟翼一相过。知君未爱春湖色，兴在骊驹白玉珂④。

**【注释】**①《后汉书·马援传》载，东汉马援曾任伏波将军，出征交趾。此因同姓而比马巴州。 ②萧何：汉初大臣。曾为沛县吏，秦末佐刘邦起义，后为丞相。杜甫以萧何始末自衡，故对功曹之职不屑一顾。 ③南国：指荆楚。时杜甫欲出峡东游荆楚。 ④骊驹玉珂：指骑马早朝。唐时百官上朝皆骑马。玉珂，马络头上的贝制装饰物。

**【译文】**勋业终当归于您这位当今的伏波将军，而功曹这样的官职却不是萧何的最终受任。我的小船已在沙滩边系了很久，准备东游荆楚一如水上的浮云。我终当持竿独钓远去归隐，难以追随鸟翼前去给你送行。我知道你不喜爱春湖的美景，你的兴趣在于骑马上朝参见国君。

## 将赴荆南寄别李剑州

**【题解】**此诗当作于广德二年（764）春，时杜甫在阆州，即将乘船东游荆南，写诗向剑州（今四川剑阁县）刺史李某告别。

**【原诗】**使君高义驱今古，寥落三年坐剑州。但见文翁能化俗①，焉知李广未封侯②？路经滟滪双蓬鬓③，天入沧浪一钓舟④。戎马相逢更何日？春风回首仲宣楼⑤。

【注释】①《汉书·文翁传》载，文翁为蜀郡太守时，兴办学堂，注重教化，改变了蜀郡的风俗。此处借比李剑州有善政。 ②《史记·李将军列传》载，西汉名将李广，骁勇善战，被匈奴称为“飞将军”，却终生未能封侯。此处借比李剑州遭冷遇。 ③滟滪：滟滪堆，处于瞿塘峡口的江心突起的礁石，为长江三峡著名险滩。 ④沧浪：古水名，在今湖北境内。⑤仲宣楼：三国魏人王粲字仲宣，在荆州时曾作《登楼赋》，相传所登之楼即荆州当阳县城楼。此处用以表示自己将赴荆州。

【译文】李使君您行为高尚合乎正义，可与古今的义士并驾齐驱；然而仕途寂寞，三年中只在剑州刺史职上留居。世人只见您像文翁那样以德教改变了风俗，却不知您像李广那样身遭冷遇。我此行东去将携一双蓬鬓历经滟滪之险，随我进入沧浪之天的仅是一只小小渔舟。天下战乱不止相逢又在何日？我将在春风浩荡的仲宣楼上向您回首。

## 奉待严大夫

【题解】此诗当作于广德二年（764）春，时杜甫在阆州，正欲买船东下，忽闻严武重来镇蜀的消息，遂取消东行计划，等待严武到来。诗写对严武的倚重之情。

【原诗】殊方又喜故人来，重镇还须济世才。常怪偏裨终日待①，不知旌节隔年回②。欲辞巴徼啼莺合③，远下荆门去鹢催④。身老时危思会面，一生襟抱向谁开？

【注释】①偏裨：偏将、裨将，将佐的通称。 ②旌节：唐制，节度使赐以双旌双节。旌以专赏，节以专杀。此处代指节度使。时严武以黄门侍郎拜成都尹充剑南节度使。 隔年回：严武于宝应元年（762）秋入朝，于广德二年（764）春回蜀。 ③徼（jiào）：边界。 ④鹢：古籍中的鸟名。此指头上画着鹢鸟的船。用以惊吓水怪。

【译文】身在远方的我又为故人的到来而喜悦满怀，军事重镇还得仰仗严公这样的济世之才。我常不解巴地将校为什么终日整戎以待，却原是剑南节度隔年归来。在合鸣的莺声里我本想辞别这边远的巴地，远下荆门的船只也频频将我相催。身体衰老时局艰危之际想与严公见上一面，可怜我这一生襟抱又能向谁敞开！

## 奉寄章十侍御

**【题解】**此诗当作于广德二年（764）春，时杜甫在阆州。题下原注："时初罢梓州刺史、东川留后，将赴朝廷。"梓州刺史、东川留后章彝罢职，北归之前，杜甫写此诗寄赠。诗中赞许章彝的才干，对其离任表示惋惜，皆属应酬之辞。新旧《唐书》皆称章彝未离巴蜀而为严武杖杀。

**【原诗】**淮海维扬一俊人①，金章紫绶照青春②。指挥能事回天地，训练强兵动鬼神。湘西不得归关羽③，河内犹宜借寇恂④。朝觐从容问幽仄，勿云江汉有垂纶。

**【注释】**①淮海维扬：记章彝籍贯。维扬，即扬州。 ②金章紫绶：用紫色绶带系黄金印章。此处指高官显爵。 ③《三国志·蜀书·关羽传》载，刘备西定益州，拜关羽董荆州事。此借指镇守梓州的章彝，谓章不该内调回朝。 ④《后汉书·寇恂传》载，光武帝收河内，拜寇恂为太守，后移颍川，又移汝南。颍川盗贼群起，寇恂从驾南征，百姓请复借寇君一年。此处借以表示挽留章彝继续任梓州刺史之意。

**【译文】**您是淮海维扬诞生的一位英俊，青春岁月便掌有系着紫绶的金印。您的指挥能力可以回转天地，训练强兵之术能够震惊鬼神。您不该内调回朝，如同湘西之须留关羽，您应该在梓州留任，正如河内之宜借寇恂。朝见君王时当会问您这里有无隐居之士，千万不要提起我这江汉边上的垂钓人。

韩成武　张志民　著

# 杜诗全译精注

天津出版传媒集团
天津教育出版社

## 别房太尉墓

**【题解】** 此诗当作于广德二年（764）二月，时杜甫得知严武已到成都，遂准备携家属返回成都草堂。行前，专程往房琯的墓地作别。《旧唐书·房琯传》载，房琯于乾元元年（758）六月贬为邠州刺史；上元元年（760）四月改礼部尚书，寻即出为晋州刺史，八月改汉州刺史；宝应二年（763）四月拜特进、刑部尚书，赴京途中患病，于广德元年（763）八月死于阆州僧舍。追赠太尉。杜甫与房琯政治关系密切，房琯死后，他曾来阆州写文祭于墓前，对房琯做出极高的评价。

**【原诗】** 他乡复行役，驻马别孤坟。近泪无干土，低空有断云。对棋陪谢傅①，把剑觅徐君②。惟见林花落，莺啼送客闻。

**【注释】** ①《晋书·谢安传》载，谢玄等破苻坚，有驿书至，谢安正与客下围棋，见之了无喜色。谢安死后，赠太傅。此借比房琯。 ②《说苑》载，春秋时吴国季札出使，路过徐国，知徐君爱他宝剑，心许回来时赠送。及归，徐君已死，季札把剑挂于徐君墓旁树上。杜甫以季札自比，表示对房琯的深情。

**【译文】** 流落他乡还要苦于行役，我骑马前来告别您的孤坟。如泉的泪水洒湿了坟前的干土，凄惶的哭声惊断了低空的浮云。回想当年我曾陪您这位当代的谢傅下过棋，到如今我却像吴季札手持宝剑寻觅徐君。眼前惟见林花伤心地飘落，声声莺啼送来凄切的歌吟。

# （五）返 回 成 都

## 渡　　江

**【题解】** 此诗当作于广德二年（764）春，时杜甫自阆州起程赴成都。诗写渡江情景。

**【原诗】** 春江不可渡，二月已风涛。舟楫欹斜疾，鱼龙偃卧高①。渚花张素锦，汀草乱青袍。戏问垂纶客，悠悠见汝曹。

【注释】①鱼龙偃卧：时当二月，刚刚起蛰，故想象鱼龙仍有偃卧之态。

【译文】实在担心这春江渡不过去，二月里就已生起这么大的风涛。船儿被风吹得极度倾斜，偃卧的鱼龙被江浪卷得高高。渚上的春花有如铺开的素锦，江边的绿草有如散乱的青袍。我向岸上的渔父说句玩笑：真羡慕你们悠然自得地垂钓！

## 自阆州领妻子却赴蜀山行三首

【题解】这组诗当作于广德二年（764）二月，时杜甫在赴蜀途中。诗写山间赶路的所见所感。

### 其　一

【原诗】汩汩避群盗，悠悠经十年①。不成向南国②，复作游西川③。物役水虚照，魂伤山寂然。我生无倚著，尽室畏途边④。

【注释】①十年：自 755 年安史乱起至此时已历十年。　②南国：指荆楚。③西川：指成都。成都为西川节度使驻地。　④畏途边：畏途之中。边，中。

【译文】动荡不安地躲避着群盗，岁月悠悠已过了十年。前往荆楚未能如愿，又要重新返回西川。身被物役，春水徒然照眼；魂被情伤，春山亦显寂然。我的一生无所依附，全家人总在可怕的路上辗转。

### 其　二

【原诗】长林偃风色，回复意犹迷。衫裛翠微润，马衔青草嘶。栈悬斜避石①，桥断却寻溪。何日干戈尽？飘飘愧老妻。

【注释】①“栈悬”句：自阆州至成都无栈道，这里指陡壁间临时架起的木路，以供通行。

【译文】高大的林木偃伏于狂风里，山路迂回我的心意凄迷。衣裳被青翠的山气浸湿了，马儿叼着青草嘶鸣不已。斜身避石走过悬空的栈道，遇到断桥便退回寻找可涉的浅溪。到哪一天这战争才能结束？漂泊的生涯使我愧对老妻。

## 其　三

**【原诗】**行色递隐见，人烟时有无。仆夫穿竹语，稚子入云呼。转石惊魑魅①，抨弓落狖鼯②。真供一笑乐，似欲慰穷途。

**【注释】**①魑魅：古代传说山泽中的鬼怪。　②狖：猿类动物。　鼯：又称大飞鼠，能在树间滑翔。

**【译文】**一路上走走停停，行色时隐时出；山谷里荒凉偏僻，人烟乍有乍无。仆夫们穿过竹林在那边交谈，孩子们登上山顶在云里高呼。推落石头惊散了山中鬼怪，虚拉弓弦惊坠了猿狖飞鼠。这真可让人开心一笑，他们像是以此来宽慰我这日暮穷途的老头。

## 将赴成都草堂途中有作先寄严郑公五首

**【题解】**这组诗当作于广德二年（764）二月。严郑公，严武，以广德元年封郑国公，故称。此时严武已到成都，几次写信邀杜甫前往。杜甫于返蜀途中写出这组七律以致意。

## 其　一

**【原诗】**得归茅屋赴成都，直为文翁再剖符①。但使闾阎还揖让，敢论松竹久荒芜？鱼知丙穴由来美②，酒忆郫筒不用酤③。五马旧曾谙小径，几回书札待潜夫。

**【注释】**①文翁：汉景帝时任蜀郡太守，曾兴办学校，教育人才，改变蜀地陋俗。此借指严武。符：古代朝廷征调兵将的凭证，双方各执一半。②丙穴：在汉中沔阳县北，产嘉鱼。　③郫筒：《华阳风俗录》载，郫县有郫筒池，池旁有大竹，郫人刳其节，倾春酿于筒，苞以藕丝，蔽以蕉叶，信宿香达于林外，然后断之以献，俗号郫筒酒。

【译文】我这次得归草堂赶赴成都，只因您这当代的文翁重来镇蜀。只要那里的民风归于淳朴，我哪敢去计较草堂松竹已经荒芜？我知道丙穴的嘉鱼从来就很鲜美，也总在思念那不用花钱就能喝到的郫筒酒。您曾熟知那条通往草堂的小径，如今刚一到任就连写几封书信邀请我这归隐的老头。

## 其　二

【原诗】处处清江带白蘋，故园犹得见残春。雪山斥候无兵马①，锦里逢迎有主人。休怪儿童延俗客，不教鹅鸭恼比邻。习池未觉风流尽②，况复荆州赏更新③。

【注释】①斥候：侦察，候望。 ②习池：习家池，为襄阳游览胜地，晋朝征南将军山简镇守襄阳时，常醉饮于此。此借指成都草堂。 ③荆州：指晋代征南将军山简，他曾都领荆、湘、交、广四州。此借指严武。

【译文】沿途上见到处处清江都长满了白蘋，料想回到草堂还能赶上残春。您来镇蜀，雪山一带就不会有吐蕃入侵；我归草堂，邻居父老们都会出门相迎。不能责怪孩子们邀请俗客入门，要管好鹅鸭不让它们再去烦扰近邻。我的草堂如同襄阳的习家池风流不尽，何况还有您这位征南将军重来驾临！

## 其　三

【原诗】竹寒沙碧浣花溪，橘刺藤梢咫尺迷。过客径须愁出入，居人不自解东西。书签药裹封蛛网，野店山桥送马蹄。肯藉荒庭春草色，先拼一饮醉如泥。

【译文】浣花溪畔竹林阴凉沙岸碧绿，橘刺和藤梢绕在一起让人咫尺路迷。来往的行客简直要为找不到入口出口而犯愁，即便住在这里的人也分不清哪是东来哪是西。一别几年，屋里的书签和药囊大概已缠满蜘蛛网；亲友来访，也只有野店山桥送走他们的马蹄。要是您肯在这荒庭中藉草而坐，那就让我们先来尽情一饮喝个醉如泥。

## 其　四

**【原诗】**常苦沙崩损药栏，也从江槛落风湍。新松恨不高千尺，恶竹应须斩万竿。生理只凭黄阁老①，衰颜欲付紫金丹。三年奔走空皮骨②，信有人间行路难。

**【注释】**①黄阁老：指严武。严武此时以黄门侍郎为成都尹。唐时中书省和门下省官员相互称呼“阁老”，黄门侍郎属门下省。　②三年：从762年7月杜甫与严武在绵州分手到此时，约为三年。

**【译文】**经常苦恼于沙岸崩塌损坏药栏，因此我也曾在江边树起木栅以抵御风浪的摧残。新栽的小松树恨不得它们能长高千尺，那些到处疯长的丑竹子应该砍掉一万竿。今后一家人的生活可就全靠您这黄阁老了，至于我这衰颜则想托付给那返老还童的紫金丹。三年来辗转奔走空剩下这副皮包骨，方才真正相信人间行路之艰难。

## 其　五

**【原诗】**锦官城西生事微，乌皮几在还思归。昔去为忧乱兵入，今来已恐邻人非。侧身天地更怀古，回首风尘甘息机。共说总戎云鸟阵①，不妨游子芰荷衣②。

**【注释】**①云鸟阵：《握奇经》：“八阵，天、地、风、云为四正，飞龙、翼虎、鸟翔、蛇蟠为四奇。”　②《离骚》：“制芰荷以为衣兮，集芙蓉以为裳。”

**【译文】**锦官城西的草堂家当微不足道，为了那个可爱的乌皮几我仍想回归。当年离去是因为担心乱兵闯入，如今归来又在害怕邻居们屋在人非。戒惧不安地活在世上更使我怀念古代，回顾动荡的岁月我则心甘情愿终身隐居。众人都在赞评您善于布阵韬略精深，作为游子的我不妨留下来穿起隐士的芰荷衣。

## 归　来

**【题解】** 此诗当作于广德二年（764）春，时杜甫回到成都草堂。诗写归来之后的见闻和感受。

**【原诗】** 客里有所适，归来知路难。开门野鼠走，散帙壁鱼干①。洗杓斟新酝，低头拭小盘。凭谁给曲糵②，细酌老江干？

**【注释】** ①壁鱼：衣服和书籍中的蠹虫。　②曲糵：酒母。这里指酒。

**【译文】** 客居成都还要去他乡作客，归来深知生路的艰难。推开房门，野鼠满地乱跑；打开书套，里边的壁鱼已干。洗净勺子斟取新酿的酒，低下头来精心擦拭小盘。今后靠谁供给我美酒，使我在细酌之中身老江边？

## 春　归

**【题解】** 此诗与前诗作于同时，写成都草堂景物及归后感怀。

**【原诗】** 苔径临江竹，茅檐覆地花。别来频甲子①，归到忽春华。倚杖看孤石，倾壶就浅沙。远鸥浮水静，轻燕受风斜。世路虽多梗，吾生亦有涯。此身醒复醉，乘兴即为家。

**【注释】** ①甲子：泛指岁月。

**【译文】** 长满青苔的小径啊临近江边的竹林，茅草苫成的屋檐啊覆盖地面的野花，我离开你们已有多年了，今日归来忽又是满眼芳华。拄着手杖闲看孤石，倾壶饮酒来到浅沙。远处的水鸥静浮水面，轻盈的飞燕被风吹斜。世间的道路虽多梗阻，而我的生命也会有涯。我不妨醉而复醒醒而复醉，乘兴之处即可为家。

## 四　松

**【题解】** 此诗当作于广德二年（764）春，杜甫归草堂后。杜甫经营草堂时，曾在院中栽四棵松树。流离巴、阆期间亦常惦念，此次归来见它们已经长高，喜而作诗记感。

**【原诗】**四松初移时，大抵三尺强。别来忽三载，离立如人长[①]。会看根不拔，莫计枝凋伤。幽色幸秀发，疏柯亦昂藏。所插小藩篱，本亦有堤防。终然枨拨损[②]，得愧千叶黄！敢为故林主？黎庶犹未康。避贼今始归，春草满空堂。览物叹衰谢，及兹慰凄凉。清风为我起，洒面若微霜。足为送老资，聊待偃盖张。我生无根蒂，配尔亦茫茫。有情且赋诗，事迹可两忘[③]。勿矜千载后，惨淡蟠穹苍。

**【注释】**①离：并。　②枨（chēng）：碰撞。　③事迹：指松树有根而自己飘泊等等诸事。

**【译文】**四棵小松刚刚移栽的时候，大约只有三尺稍强。分别之后一晃三年过去，如今它们相并而立已如成人身长。原只希望它们不被连根拔掉，并未奢求连树枝都不受损伤。没想到会长出如此青幽的叶子，稀疏的树枝也显得气度轩昂。当初离开时曾为它们插上小小的篱笆，那是为了加以护防；如果它们被人畜折损而死去，我岂不是要面对重重黄叶而愧疚心伤！唉，我怎敢把心思专门放在松树上？在这动乱的年月百姓们尚且不得安康！为躲避乱兵至今才回来，春草长满了空寂的厅堂。满眼荒芜的景象使我发出衰年之叹，看到这四棵松树才宽慰了心境的凄凉。松间的清风为我吹起，吹拂到脸上像落下一层微霜。你们足可给我当作送老之资，姑且等待你们枝叶四布如伞盖高张。我的一生飘泊不定，和你们有根之物不能相配；但是我有感情且能作诗，这又稍强于你们，那就不必计较双方谁比谁强。请你们不要矜夸千年之后那翠盖蟠空的气象，而看不起现今的我这憔悴模样。

## 题　桃　树

**【题解】**此诗亦当作于返回草堂之后。杜甫经营草堂时曾在院中栽下五棵桃树，如今长势良好。诗写仁民爱物之意。

【原诗】小径升堂旧不斜，五株桃树亦从遮。高秋总馈贫人食，来岁还舒满眼花[①]。帘户每宜通乳燕，儿童莫信打慈鸦[②]。寡妻群盗非今日[③]，天下车书已一家。

【注释】①来岁：此时桃花期已过，故云。 ②慈鸦：传说乌鸦长成后能反哺其母，故称。 ③寡妻群盗：指徐知道作乱时的社会现实。

【译文】以前的庭前小路正对着堂门口，如今桃树枝叶遮住了通道也不忍剪伐。到了秋天它总能为穷人提供些吃食，来年春季还会开出满眼鲜花。卷起门帘让育雏的燕子顺利通行，告诫孩子不要随意扑打慈鸦。寡妇激增群盗横行的日子已经过去，如今已是“车同轨，书同文”的一统天下。

## 水　槛

【题解】此诗亦当作于回归草堂之后。水槛，是杜甫当年建造的水上凉亭，即诗中所说的“茅轩”，此时亭顶已垂，下面支柱已斜。诗写怀恋旧物之意。

【原诗】苍江多风飙，云雨昼夜飞。茅轩驾巨浪，焉得不低垂？游子久在外，门户无人持。高岸尚为谷，何伤浮柱欹？扶颠有戏诫[①]，恐贻识者嗤。既殊大厦倾，可以一木支。临川视万里，何必栏槛为？人生感故物，慷慨有余悲[②]。

【注释】①《论语·季氏》：“危而不持，颠而不扶，则将焉用彼相矣？” ②《韩诗外传》载，孔子出游少原之野，见一妇哭得很伤心，问其故，妇人说：“刚才割草时丢了簪子，所以悲哀。我不是心疼簪子，是不能忘怀故物。”

【译文】苍江上常刮飓风，云雨昼夜翻飞。凉亭凌驾在巨浪上面，哪能不歪斜下垂？我这游子长期飘泊在外，门户没人执掌。高大的堤岸尚且冲为深谷，又何须为支柱倾斜而悲伤？孔夫子曾劝诫人们要有扶颠之心，如果我坐视不救恐怕会受识者嗤笑。它既然不同于大厦倾斜，也就可以用一根木头支好。站在江边本可视通万里，又何必修复这个凉亭？只因人生常怜故物，便油然生出众多的悲慨之情。

## 破　　船

**【题解】**此诗亦当为回归草堂后作。杜甫有船泊于浣花溪边，此时船已破损，埋在泥里。诗写惆怅之怀。

**【原诗】**平生江海心，宿昔具扁舟。岂惟清溪上①，日傍柴门游？苍皇避乱兵，缅邈怀旧丘②。邻人亦已非③，野竹独修修。船舷不重扣，埋没已经秋。仰看西飞翼，下愧东逝流。故者或可掘，新者亦易求。所悲数奔窜，白屋难久留。

**【注释】**①清溪：指浣花溪。　②旧丘：指草堂。　③邻人：杜甫北邻是王明府，南邻有朱山人和斛斯融，此时斛斯融已死。

**【译文】**平生志在泛游江海，所以当初置办了这只小舟。岂只限于清溪之上，每日依傍柴门而游？为避乱兵而仓皇出走，身在远处怀念旧丘。如今邻人也已不在人世，只有野竹长得修长青秀。我不能再叩舷而歌游，它已在泥沙中埋没了很久。仰看西飞之鸟感叹身无羽翼，俯视东逝之水惭愧难与同流。这只旧船也许可以掘出，买只新船也不必犯愁。只是悲于频频奔窜逃难，要船何用？连这茅屋都难以长久居住！

## 草　　堂

**【题解】**此诗当作于返回成都草堂之后，以纪实的笔墨描写了徐知道等叛将在成都作乱的经过，以及自己颠沛流离的逃难生活。

**【原诗】**昔我去草堂，蛮夷塞成都①。今我归草堂，成都适无虞。请陈初乱时，反覆乃须臾。大将赴朝廷，群小起异图。中宵斩白马，盟歃气已粗。西取邛南兵②，北断剑阁隅。布衣数十人，亦拥专城居③。其势不两大，始闻蕃汉殊。西卒却倒戈，贼臣互相诛④。焉知肘腋祸，自及枭獍徒[5]？义士皆痛愤，纪纲乱相逾。一国实三公[6]，万人欲为鱼。唱和作威福，孰肯辨无辜？眼前列杻械，背后吹笙竽。谈笑行杀戮，溅血满长衢。到今用钺地[7]，风雨闻号呼。鬼妾与鬼马，色悲充尔娱。国家法令在，此又足惊吁。贱子且奔走，三年望东吴。弧矢暗江海，难为游五湖。不忍竟舍此，复来薙榛芜[8]。入门四松在，步屧万竹疏[9]。旧犬喜我归，低徊入衣裾。邻里喜我归，沽酒携胡芦。大官喜我来，遣骑问所须。城郭喜我来，宾客隘村墟。天下尚未宁，健儿胜腐儒。飘飖风尘际，何地置老夫？于时见疣赘，骨髓幸未枯。饮啄愧残生，食薇不敢余[10]。

**【注释】**①“蛮夷”句：宝应元年（762）夏，严武应诏离蜀赴京，七月，剑南兵马使徐知道反叛，纠集蛮夷，祸乱成都。 ②邛：邛州，今四川邛崃。 ③专城：指任主宰一城的州刺史等地方长官。 ④“西卒”二句：西卒，指蕃兵。因叛军中蕃汉两部互不相服，发生分裂，徐知道为其部下李忠厚所杀。 ⑤枭獍（jìng）：喻徐知道。传说枭是食母的恶鸟，獍是食父的恶兽。 ⑥《左传》：“一国三公，吾谁适从？”这里指李忠厚等叛将各行其是。 ⑦钺：行刑用的斧子。 ⑧薙（tì）：除草。 ⑨屧（xiè）：草鞋。 ⑩薇：野菜。形容饭食粗劣。

**【译文】**当年我离开草堂，成都塞满了蛮夷之兵。如今我回到草堂，成都刚刚归于安定。请让我从动乱之初讲起，这场叛乱来得十分迅猛。大将严公奉诏赴京刚一离去，徐知道这伙小人便图谋反叛朝廷。他们在半夜斩杀白马，歃血盟誓气势汹汹。西取邛南的羌夷士兵以壮声势，北断险要的剑门以拒阻官兵。几十个随从作乱的平头草寇，也都作了刺史，八面威风！由于争权夺利、互不服软，叛军中的蕃汉两部开始发生斗争。蕃兵们掉转矛头攻击汉兵，叛臣之间相互杀戮毫不留情。徐知道这条恶棍怎会料到祸起肘腋，竟被部下李忠厚夺了小命！国家的纲纪被粗暴践踏，蜀中的义士们悲愤填膺。李忠厚等叛臣各行其是，广大黎民几乎成了任凭宰割的鱼肉。他们一唱一和作威作福，谁肯分辨有罪还是无辜？眼前摆满了刑具，身后有乐队吹奏。谈笑之中把人杀死，鲜血迸溅满街涌流。直到如今那些行刑之处，风雨中还能听到冤魂号哭。那些屈死鬼的妻妾和马匹，面带悲容地供他们取乐享受。国家自有法令存在，这种暴行足以令人惊呼。我这卑贱之人姑且四处奔走，三年之间一直向往东吴。只因弓箭遮暗了江海，难于闲适地游历五湖，又不忍心舍弃此处，所以又来草堂铲除榛芜。进入家门看见四棵小松仍在，穿上草鞋踏看竹林已经稀疏。旧犬高兴我的归来，依恋地钻入我的衣服。邻居高兴我的归来，携着葫芦打来美酒。大官严公高兴我的归来，派来骑从问我所需之物。整个城郭高兴我的归来，村落里挤满了来访的宾客。如今天下尚未宁静，武士的作用胜过迂腐的儒生。我在战乱中飘来荡去，没有什么地方能用得上我这老翁。在时局面前我发现自己是多余之物，所幸的是骨髓尚未干枯。残年中能像鸟儿那样有口饭吃有口水喝已自感愧，吃糠咽菜也只求能够果腹。

## 奉寄高常侍

**【题解】**此诗当作于广德二年（764），杜甫回归草堂之后。高常侍，即高适，严武回朝后，他曾代严为成都尹、西川节度使，制吐蕃不力，于广德二年三月被朝廷召还，任刑部侍郎，转散骑常侍。杜甫归草堂后，高适已在京都。诗叙二人交谊深久，对其功过亦能中肯评价。

**【原诗】**汶上相逢年颇多①，飞腾无那故人何！总戎楚蜀应全未②，方驾曹刘不啻过③。今日朝廷须汲黯④，中原将帅忆廉颇。天涯春色催迟暮，别泪遥添锦水波。

**【注释】**①汶：水名，在今山东省。杜甫早年漫游齐赵时，曾与高适相识偕游。 ②总戎楚蜀：高适曾先后任淮南节度使、西川节度使。 ③曹刘：指曹植、刘桢，二人皆以文才称著，后人每将二人并举，称为“曹刘”。钟嵘《诗品》：“曹刘殆文章之圣。” ④汲黯：汉朝人，武帝时任主爵都尉，以直谏著称。高适此时任左散骑常侍（属门下省），其职亦在规讽过失。

**【译文】**我俩于汶水岸边相逢已成了多年的往事，您的飞黄腾达真使我无法企及。您先后两任节度使想来未能完全施展武略，而您的文才却完全能与曹植刘桢并驾齐驱。今日朝廷正需要您这位当今的汲黯，中原的将士也在思念您这位当代的廉颇。天涯的春光正在催促我日益衰老，我的惜别之泪已经增添了距您遥远的锦江之波。

## 赠王二十四侍御契四十韵

**【题解】** 此诗当作于广德二年（764），时杜甫居成都草堂。王契，事迹不详，当是罢官后回归蜀地的友人。诗叙二人交往情事，表现草堂生活及苦闷的心情。

**【原诗】** 往往虽相见，飘飘愧此身。不关轻绂冕，但是避风尘。一别星桥夜①，三移斗柄春②。败亡非赤壁③，奔走为黄巾④。子去何潇洒，余藏异隐沦。书成无过雁，衣故有悬鹑⑤。恐惧行装数，伶俜卧疾频。晓莺工迸泪，秋月解伤神。会面嗟黧黑，含凄话苦辛。接舆还入楚⑥，王粲不归秦⑦。锦里残丹灶，花溪得钓纶。消中只自惜⑧，晚起索谁亲？伏柱闻周史⑨，乘槎有汉臣⑩。鹓鸿不易狎，龙虎未宜驯。客即挂冠至，交非倾盖新。由来意气合，直取性情真。浪迹同生死，无心耻贱贫。偶然存蔗芋，幸各对松筠。粗饭依他日，穷愁怪此辰。女长裁褐稳，男大卷书匀。漰口江如练⑪，蚕崖雪似银⑫。名园当翠巘，野棹没青蘋。屡喜王侯宅，时邀江海人。追随不觉晚，款曲动弥旬。但使芝兰秀，何须栋宇邻？山阳无俗物⑬，郑驿正留宾⑭。出入并鞍马，光辉参席珍。重游先主庙，更历少城闉⑮。石镜通幽魄⑯，琴台隐绛唇⑰。送终惟粪土，结爱独荆榛。置酒高林下，观棋积水滨。区区甘累研，稍稍息劳筋。网聚粘圆鲫，丝繁煮细莼。长歌敲柳瘿⑱，小睡凭藤轮。农月须知课，田家敢忘勤？浮生难去食，良会惜清晨。列国兵戈暗，今王德教淳。要闻除貙貐⑲，休作画麒麟。洗眼看轻薄，虚怀任屈伸。莫令胶漆地，万古重雷陈⑳。

**【注释】** ①星桥：指七星桥，在成都市，相传秦时李冰沿水而造，上应七星，故称。 ②《公羊传注》："斗指东曰春。"古代以北斗星斗杓运转所指，以定四季。 ③赤壁：三国时周瑜破曹操处。在今湖北蒲圻县西一百二十里，北临长江。 ④黄巾：汉末张角领导的起义军，称黄巾军。这里借指徐知道反叛事。其实两者有本质不同。 ⑤悬鹑：比喻衣裳破烂短窄。鹑，鹌鹑，毛斑尾秃，似披敝衣。 ⑥接舆：春秋时楚国隐士，佯狂避世。后用以指佯狂不仕的隐者。 ⑦王粲：汉魏文学家，"建安七子"之一，原籍山阳，世居长安。为避战乱至荆州，依荆州刺史刘表共十五年。 ⑧消中：即糖尿病。《素问》：“多食数溲曰消中。” ⑨周史：周时官名，任职者立于殿柱下记四方文书。相当于唐代的御史。此指王侍御。⑩乘槎：张华《博物志》载，天河与海相通，有人从海上乘槎（木筏）到达天河，又返回人间。此处用以指王侍御辞官从京都返回蜀地。 ⑪湔口：堰坝的出水口。《寰宇记》载，李冰在导江县拥江作坝。王侍御当为导江人，故杜甫有此描写。 ⑫蚕崖：《寰宇记》载，蚕崖在导江县西北四十七里。 ⑬山阳：三国魏文学家嵇康，山阳人，与之交游者，皆当时名流，号“竹林七贤”。 ⑭郑驿：《史记·郑当时列传》载，西汉人郑当时，字庄，声闻梁楚间，喜交结宾客，在长安四郊设置驿马以迎客。 ⑮少城：在成都大城之西。闉（yīn）：古代城门外瓮城的重门。 ⑯石镜：《华阳国志》载，蜀都有一男子，化成美女，被蜀王纳为妃，不久死去，葬于成都西北的武担山，其墓门前立有一面石镜，厚五寸，径五尺。 ⑰琴台：在浣花溪北，相传为汉代大辞赋家司马相如和卓文君贳酒处。 ⑱柳瘿（yǐng）：当指用柳木疤节处做的酒杯，此处木质较坚硬。 ⑲猰貐（yà yǔ）：古代传说中的一种吃人凶兽。 ⑳雷陈：指东汉时的雷义和陈重。二人交谊深厚。太守举陈重为孝廉，陈重推让雷义，雷义推让陈重。后因以作为友谊深厚的典范。

**【译文】**我俩虽说常能相见，怎奈我飘泊不定实在感愧得很。我自秦入蜀与轻视官位毫无关系，只是为了躲避战乱的风尘。回想上次在星桥之夜一经分手，斗转星移已经过了三春。徐知道的败亡不同于曹操的赤壁之败，我的奔走他乡是为了躲避这伙叛军。你那时离蜀赴京多么潇洒，我到处藏身却不同于逍遥归隐。给你写了书信却无信使传递，披着破衣短衫简直像个秃尾巴鹌鹑。怀着恐惧之心屡次收拾行装转移，孤苦零丁地卧病床间也时有发生。晓莺婉转巧于逗发我的忧国之泪，秋月清冷理解我的思亲之情。回归成都后人们都惊叹我面色黧黑，含着凄苦讲述流离的苦辛。我虽如接舆入楚那样回到了蜀郡，却又像王粲滞留他乡不能归秦。幸而锦里草堂还留有锅灶，浣花溪畔还能闲钓垂纶。身患糖尿之疾只好自我珍惜，无力早起求谁对我关心。听说你这位朝中御史，辞掉官职退居故里。就像那鹓鸿不易被人戏弄，就像那龙虎不可被人驯顺。我也是挂冠辞职来到蜀地，我俩的交谊非同路遇新人。我们的意气天生相合，彼此间只取性情的率真。飘泊的生活使我把生死同等看待，无心为贫贱而感到羞惭。刚好还有些粗茶淡饭供你食用，所幸的是我们的兴趣都在于观赏松筠。饮食粗劣倒可以依循往日，只是如今有些新事让我为穷困而伤心：女儿已能稳裁衣服，儿子已能把书籍整匀，女大当嫁男大当婚，可我哪有资财完成此任？你的故乡景色真好，湔口泄出的江水澄如白练，蚕崖上的积雪洁白如银。优美的园林对着青翠的高山，农家的小船出没于青蘋之间。我屡次喜访你的住宅，你也时常邀我这放情江海之人。随你赏游每每觉不到天色已晚，你殷勤的招待常常使我居住经旬。只要交谊如同芝兰般的秀美，又何须房宅靠近相与为邻？你像山阳的嵇康从不结交俗辈，你像郑庄设置驿马以迎留贵宾。你与我并马而行返回成都，与我同饮使草堂生光。重新游览了先主刘备的祠庙，再次走过了少城的城门。武担山的石镜连接着美人的幽魂，相如的琴台消失了文君的绛唇；送终之处美人只留下一堆粪土，结爱之地如今只有一片荆榛。人生几何且于高林下设酒取乐，水边观棋以舒散胸襟。我尽力奔走甘愿脚起重茧，使你得以稍事休息疲劳的骨筋。鱼网合拢粘住了圆鲫，莼丝细切煮成了鱼羹。敲着柳瘿之杯大声歌唱，靠着藤轮于酒后小睡一番。时当农忙之季须知从事农务，身为田家岂敢忘了辛勤？人生于世难以舍去饭食，可惜美好的聚会就要结束于今日清晨。天下各地已被战争搞得一片昏暗，当今的君主奉行德教以使风俗变淳。我们要求听到铲除吃人的猛兽，希望诸公不作雕刻的假麒麟。洗亮眼睛以看轻薄的世态，放宽胸怀任凭仕途的退进。不要让友情胶漆的美誉，万古之后仍然独属雷与陈。

## 寄邛州崔录事

**【题解】**此诗当作于广德二年（764）杜甫归草堂后。邛州，今四川邛崃。录事，官名。诗写盼崔录事来草堂作客，笔甚诙谐。

**【原诗】**邛州崔录事，闻在果园坊①。久待无消息，终朝有底忙？应愁江树远，怯见野亭荒。浩荡风尘际，谁知酒熟香？

**【注释】**①果园坊：在成都市石笋街。当为崔录事故居。

**【译文】**听说邛州崔录事，现在居于果园坊。久待你来却无消息，一天到晚有什么可忙？大概是愁于这儿的江树路远，要么是怕见草堂的荒凉。奔波于浩荡风尘中的人啊，有谁知道酒熟的醇香？

## 王录事许修草堂赀不到聊小诘

【题解】此诗亦当作于回归草堂之后。王录事，不详。王曾应许为杜甫修复草堂提供资助，却迟迟不能到位，故戏作诗寄之，聊以催问。

【原诗】为嗔王录事，不寄草堂赀。昨属愁春雨①，能忘欲漏时？

【注释】①属：适逢。

【译文】我可生气啦王录事！怎么还不把修房的钱寄到？昨天适逢春雨令我忧愁，难道你忘了我这草堂将漏？

## 登　　楼

【题解】此诗亦当于广德二年（764）春，杜甫归草堂后所作。诗写登楼眺望，春色虽美而国事堪忧，但兴国之信念又坚定不移。

【原诗】花近高楼伤客心，万方多难此登临。锦江春色来天地，玉垒浮云变古今①。北极朝廷终不改②，西山寇盗莫相侵③。可怜后主还祠庙④，日暮聊为《梁父吟》⑤。

【注释】①玉垒：山名，在四川理县东南。唐贞观年间设关于其下，乃吐蕃往来之要道。浮云：喻动荡的时局，即唐与吐蕃的关系。　②北极：北极星。古人以北极星位置不动而喻朝廷的稳固。　③西山寇盗：指吐蕃。吐蕃于去年十月攻陷长安，随即败退。十二月，又陷松、维、保三州。④后主：指刘备之子刘禅。后主祠庙在先主祠庙旁。此句之意众说不一。愚以为其意紧接上联，是强调大汉民族人心凝聚，即便如昏庸可怜的后主，仍有祠庙受人祭祀，吐蕃兴兵则徒费其劳。　⑤《梁父吟》：又称《梁甫吟》，是诸葛亮出山前喜吟之曲。杜甫吟诵此曲，一是感叹今无诸葛贤相，二是以诸葛辅国之才自任。

**【译文】**鲜花簇拥着高楼，美好的春光却使我备感伤心；因为此次登高望远，正是万方多难的时辰。锦江携带着盎然春意铺天盖地而来，玉垒山头浮云变幻不定，自古延续到今。大唐的政权像北极星一样终究不会改变，西山的寇盗——吐蕃异族，你们就不要再来入侵。像后主刘禅那样昏庸可怜的君主，至今还享受着人们的祠祭，何况我大唐民心！可惜我空怀济世安邦的大志无由实现，只能在沉沉暮色中聊且唱几句诸葛亮喜爱的《梁父吟》。

## 归　雁

**【题解】**此诗当作于广德二年（764）春。诗写思归之情。

**【原诗】**东来千里客①，乱定几年归②？肠断江城雁③，高高向北飞！

**【注释】**①东来客：杜甫原籍河南巩县，在成都东北。　②乱定：指安史之乱已经平息。　③江城：指成都。城南有锦江流过，故称。

**【译文】**我这自东而来的远方游子，战乱已然平息几时才能回归？雁过江城使我心肠痛断，乡情随着征雁高高地向北急飞！

## 绝句二首

**【题解】**这组诗当作于广德二年（764）春。第一首写春景娱情，第二首写乡思情切。

### 其　一

**【原诗】**迟日江山丽①，春风花草香。泥融飞燕子，沙暖睡鸳鸯。

**【注释】**①迟日：春日。春日迟缓，故称。

【译文】春日之下江山秀丽，春风之中花草飘香。燕衔融泥往来筑巢，鸳鸯睡在暖沙滩上。

其　二

【原诗】江碧鸟逾白，山青花欲燃。今春看又过，何日是归年？

【译文】江水碧绿衬得鸟羽更白，山色青翠衬得花红欲燃。今春眼看又要过去，故乡何日才能归还？

## 寄司马山人十二韵

【题解】此诗当是广德二年（764）杜甫归成都后所作。司马山人，事迹不详，山人，此指道士。诗写二人聚散交情，赞山人道术，自叹衰老飘泊，望得其指教。

【原诗】关内昔分袂，天边今转蓬。驱驰不可说，谈笑偶然同。道术曾留意，先生早击蒙。家家迎蓟子①，处处识壶公②。长啸峨嵋北③，潜行玉垒东④。有时骑猛虎⑤，虚室使仙童。发少何劳白？颜衰肯更红？望云悲轗轲，毕景羡冲融。丧乱形仍役，凄凉信不通。悬旌要路口，倚剑短亭中⑥。永作殊方客，残生一老翁。相哀骨可换，亦遣驭清风⑦。

【注释】①蓟子：《后汉书·方术传》载，蓟子训，东汉末年人，有起死回生之仙术。此处借比司马山人。　②壶公：《神仙传》载，壶公，不知姓名，卖药于市，治病皆愈，常悬一壶于屋上，日晚即跳入壶中。　③峨嵋：山名，在今四川峨眉县，道教称为“灵虚洞天”。　④玉垒：山名，在今四川理县东南。　⑤《列仙传》载，葛仙公能乘虎使鬼。　⑥短亭：古时城外大道旁，建亭以供行人休息或饯行用，五里设一短亭，十里设一长亭。　⑦《庄子》云：列子御风而行。

【译文】当年在长安与您分手，如今我身在天涯如同飘蓬。奔波之苦不可胜述，谈笑之乐来自与您的偶然相逢。我也曾经留意于道术，请教先生早日获得启蒙。您的道术如同蓟子被世人尊仰，天下各地都知道您这当代的壶公。您放声长啸于峨嵋山北，秘密行走于玉垒之东。有时骑着猛虎逍遥奔驰，内心虚静而得以役使仙童。我这稀疏的头发哪里值得一白？衰老的容颜岂肯再红？仰望行云而自悲生涯的坎坷，身当晚年而羡慕您的淡泊恬静。遭逢丧乱心为形体所驱遣，处境凄凉书信也不能相通。要道路口都挂起了军旗，短亭里面站满了持剑的士兵。看来我将永作远方之客，天地间残存一个老翁。希望蒙您垂怜使我换去凡骨，也让我得道去乘驭清风。

## 黄河二首

**【题解】**这组诗当作于广德二年（764），写吐蕃寇边之忧患。

### 其一

**【原诗】**黄河北岸海西军[1]，椎鼓鸣钟天下闻。铁马长鸣不知数，胡人高鼻动成群。

**【注释】**①海西：古指西域一带或位于我国西方的国家。这里指吐蕃，时吐蕃侵扰正急。

**【译文】**黄河北岸驻扎着吐蕃侵略军，擂鼓敲钟声震四垠。战马长鸣不计其数，高鼻子胡人成帮成群。

### 其二

**【原诗】**黄河南岸是吾蜀，欲须供给家无粟。愿驱众庶戴君王，混一车书弃金玉[1]。

**【注释】**①混一车书：统一车书。即天下车同轨、书同文。

**【译文】**黄河南岸是我蜀地，须供军粮而民无粟米。我愿随百姓拥戴君王，为天下一统而舍弃金玉。

## 绝句六首

**【题解】**这组诗当作于广德二年（764）春，时杜甫居成都草堂。诗写草堂春色之美和闲居之恬适。

### 其　一

**【原诗】**日出篱东水，云生舍北泥。竹高鸣翡翠，沙僻舞鹍鸡[①]。

**【注释】**①鹍鸡：鸟名，形似鹤，黄白色，长颈赤嘴。

**【译文】**太阳从篱东水面涌出，白云从舍北泥中生起。高高的竹梢上鸣叫着翡翠，僻静的沙滩上舞动着鹍鸡。

### 其　二

**【原诗】**蔼蔼花蕊乱，飞飞蜂蝶多。幽栖身懒动，客至欲如何？

**【译文】**繁盛的花蕊令人眼乱，纷飞的蜂蝶何其众多！隐居身懒不愿走动，有客来访又该如何？

### 其　三

**【原诗】**凿井交棕叶，开渠断竹根。扁舟轻袅缆，小径曲通村。

**【译文】**打井时工具碰撞致使棕叶交错，开渠时不小心挖断了竹根。扁舟的缆绳在轻轻摆动，小径弯弯曲曲地通向邻村。

### 其　四

**【原诗】**急雨捎溪足[①]，斜晖转树腰。隔巢黄鸟并，翻藻白鱼跳。

**【注释】**①溪足：指浣花溪的下游。

**【译文】**急雨掠过溪水的下游，一抹斜晖转过树腰。两只黄莺隔巢并立，白色的鱼儿翻藻而跳。

### 其　五

**【原诗】**舍下笋穿壁，庭中藤刺檐。地晴丝冉冉，江白草纤纤。

【译文】竹笋穿透墙壁爬进屋里，庭前的藤蔓钻进屋檐。大地雨干游丝缓缓飘动，江水洁白水草又细又尖。

其　六

【原诗】江动月移石，溪虚云傍花。鸟栖知故道，帆过宿谁家？

【译文】江波荡漾，月亮从岩石上升起；溪流隐没，云朵依傍着岸花。投宿的归鸟知道旧路，过往的帆船停在谁家？

## 绝句四首

【题解】这组诗当作于广德二年（764）夏，时杜甫居成都草堂。诗写草堂夏景和隐居情趣。

其　一

【原诗】堂西长笋别开门，堑北行椒却背村。梅熟许同朱老吃，松高拟对阮生论①。

【注释】①朱老、阮生：皆为作者友人。朱老，或为南邻朱山人。

【译文】堂西面长出竹笋只好另开门径，沟北面栽成一行花椒却隔开了邻村。梅子熟了邀请朱老前来共享，松树高了想与阮生相对品论。

其　二

【原诗】欲作鱼梁云覆湍①，因惊四月雨声寒。青溪先有蛟龙窟，竹石如山不敢安。

【注释】①鱼梁：拦水捕鱼的堤埝。以土石筑堤横截溪流，留有水口，在水口处设网。

【译文】原想筑个鱼梁忽然乌云盖住了急流，随后又惊讶四月的雨声如此凄寒。也许这青溪里面早有蛟龙居住，筑堤用的竹石虽堆积如山也不敢再去冒险。

### 其　三

**【原诗】** 两个黄鹂鸣翠柳，一行白鹭上青天。窗含西岭千秋雪，门泊东吴万里船。

**【译文】** 两只黄莺在翠柳间鸣唱，一行白鹭飞入青天。窗间含容着西岭的千年积雪，门前停泊着东吴的万里航船。

### 其　四

**【原诗】** 药条药甲润青青①，色过棕亭入草亭②。苗满空山惭取誉，根居隙地怯成形③。

**【注释】** ①甲：初生的小叶。　②棕亭、草亭：言药圃之大。杜甫患多种疾病，故所到之处需种药以疗疾。　③隙地：干裂的土地。成形：指药材之根所成的形状，如人参成人形，茯苓成禽兽形，等等。

**【译文】** 药草的枝叶长得郁郁青青，青青的颜色越过棕亭蔓入草亭。“苗满空山”的美誉我愧不敢当，只怕它们根居干裂的土中成不了形。

## 扬　旗

**【题解】** 此诗当作于广德二年（764）六月，题下原注：“二年夏六月，成都尹严公置酒公堂，观骑士，试新旗帜。”据《新唐书·杜甫传》载，严武再次镇蜀，表荐杜甫为参谋、检校工部员外郎。据此诗原注，则此时杜甫已入成都幕府供职。诗写严武阅兵和启用新旗的壮观场面，坚信蜀地由此可得安宁。

**【原诗】** 江风飒长夏①，府中有余清。我公会宾客，肃肃有异声。初筵阅军装，罗列照广庭。庭空六马入，駊騀扬旗旌②。回回偃飞盖③，熠熠迸流星。来冲风飙急，去擘山岳倾。材归俯身尽，妙取略地平。虹蜺就掌握，舒卷随人轻。三州陷犬戎④，但见西岭青。公来练猛士，欲夺天边城。

此堂不易升⑤，庸蜀日已宁⑥。吾徒且加餐，休适蛮与荆⑦。

【注释】①长夏：农历六月。 ②驳騀（pǒ ě）：马头摇动貌。 ③飞盖：高高的车篷。 ④三州：指蜀西松、维、保三州，广德元年被吐蕃攻陷，高适不能救。 ⑤此堂：指西川节度使公堂。不易升：言任大责重。 ⑥庸蜀：泛指四川。庸、蜀，皆古国名。庸，在川东夔州一带。蜀，在成都一带。 ⑦“休适”句：反用王粲避乱赴荆蛮依刘表事。言蜀地可得安居。

【译文】江风吹走了六月的暑热，将军幕府中十分爽清。我们严公大会宾客，来宾都为他治军有名而肃然起敬。宴饮开始便检阅军容，将士们队列整齐新装照亮了广庭。队列撤出后有六名骑兵拥旗入场，战马摇首奋蹄意气风生。军旗回旋有如偃仰的飞盖，闪闪的旗光有如飞迸的流星。冲过来如同狂飙骤至，退回去如同山岳崩倾。旗手施尽其材从马背上俯身贴近地面，绝妙地让军旗掠过地平。手握军旗如握彩虹一道，轻舒漫卷何其从容！西岭三州已陷入吐蕃之手，如今只能遥望山色的葱茏。严公来蜀训练猛士，誓欲夺回天边之城。西蜀的公堂是不易登上的，可喜的是蜀地已日见安宁。我辈将努力加餐为国效力，不学那王粲远赴蛮荆。

## 军中醉歌寄沈八刘叟

【题解】此诗当作于广德二年（764）夏，时杜甫在严武幕府供职。沈八、刘叟，应为杜甫居草堂时的酒友。诗写不乐于幕府生活。前四句忆与沈刘同饮之乐。

【原诗】酒渴爱江清，余酣漱晚汀。软沙欹坐稳，冷石醉眠醒。野膳随行帐，华音发从伶①。数杯君不见，都已遣沉冥。

【注释】①华音：中华之音乐，见与巴渝曲调不同。从伶：随军的乐师。

【译文】酒后口渴颇爱江水的清澄，酣醉之后洗漱于傍晚的沙汀。安稳地斜坐在细软的沙滩上，清凉的石块把我们从醉眠中唤醒。如今我跟随行营于野外用膳，听军中乐师演奏中华之音。君不见我略饮了几杯，就已经觉得昏昏沉沉。

## 丹青引赠曹将军霸

**【题解】**此诗当作于广德二年（764），时杜甫在严武幕府。曹霸，三国魏曹髦（曹操曾孙）的后代，官左武卫将军，玄宗末年得罪，削籍为平民。为当时著名画家，工于鞍马和人物肖像。此时曹霸亦当流落成都，与杜甫相见。此诗为曹霸写传，赞其画艺高超，哀其晚年沦落，亦借以自鸣不平。

**【原诗】**将军魏武之子孙，于今为庶为清门。英雄割据虽已矣，文采风流今尚存①。学书初学卫夫人②，但恨无过王右军③。丹青不知老将至，富贵于我如浮云。开元之中常引见，承恩数上南薰殿④。凌烟功臣少颜色⑤，将军下笔开生面。良相头上进贤冠，猛将腰间大羽箭。褒公鄂公毛发动⑥，英姿飒爽来酣战。先帝御马玉花骢⑦，画工如山貌不同。是日牵来赤墀下，迥立阊阖生长风⑧。诏谓将军拂素绢，意匠惨淡经营中。须臾九重真龙出，一洗万古凡马空。玉花却在御榻上，榻上庭前屹相向。至尊含笑催赐金，圉人太仆皆惆怅。弟子韩干早入室⑨，亦能画马穷殊相。干惟画肉不画骨，忍使骅骝气凋丧。将军善画盖有神，偶逢佳士亦写真。即今漂泊干戈际，屡貌寻常行路人。途穷反遭俗眼白，世上未有如公贫。但看古来盛名下，终日坎壈缠其身⑩！

**【注释】**①文采风流：曹操为三国时著名诗人，曹霸工于书画。 ②卫夫人：名铄，晋时书法家，李矩之妻，王羲之曾向她学习书法。 ③王右军：王羲之，官右军将军，故称。王羲之书法为古今之冠。 ④南薰殿：殿名，在南内兴庆宫中。 ⑤凌烟阁：在西内三清殿侧。《资治通鉴》载，太宗贞观十七年（643）二月，命阎立本画功臣二十四人像，置于凌烟阁。⑥褒公：褒国公段志玄。鄂公：鄂国公尉迟敬德。二人皆为猛将。 ⑦先帝：指玄宗。玉花骢：马名，玄宗有御马玉花骢、照夜白。 ⑧阊阖：天子宫门。 ⑨韩干：唐代画家，善画人物，工于鞍马，曾拜曹霸为师。⑩坎壈（kǎn lǎn）：困苦，失意。

【译文】曹霸将军你本是魏武帝曹操的后人，如今成了普通百姓，家境也变得清贫。先辈们割据中原的霸业虽说已成过去，而他们的文采风流却一直传到今。你起初是学习卫夫人的书法，只恨技艺未能超过王右军，于是潜心学习作画，以至忘记了老境将至，把富贵看得轻如浮云。开元年间你常被天子召见，多次承受恩宠走上南薰殿。凌烟阁里的功臣画像因年久而颜色暗淡，经你下笔重画而别开生面：那些良相头上戴着进贤冠；那些猛将腰间佩着大羽箭；褒国公和鄂国公毛发飞扬，英姿勃勃，威风凛凛，似乎是要和谁来酣战。玄宗皇帝有一匹“玉花骢”，众多画家都画不出它的神情。这一天把它牵到殿前台阶下，它昂头卓立，顾视雄雄，门外似乎就要卷起长风！皇帝诏令你展开素绢来画它，你经过一番精心构思苦心运筹，便提笔挥洒，不一会儿，一匹真龙般的神马出现在皇宫，把那自古以来的凡俗画马一扫而空！呵，“玉花骢”竟然站在了御榻上，与庭前的那匹真马如两山相望。皇帝面带微笑催促左右赏赐黄金，那些马夫和马官们都十分惆怅。弟子韩干早已得到你的嫡传，也能把各种马的不同相貌画出来。但是韩干只画马的肉身却不画马的筋骨，竟忍心让骏马丧失气概。将军你善于绘画大概是有神相助，除了画马也能画人，但必须是遇到佳士才动心。如今你飘泊在战乱中，生活无着不得已，只好屡次为那些俗物们画像以求生存。英才末路反遭到世俗的白眼，当今世上再也没有像你这样贫穷的人。唉，请看自古以来享有盛名的人，哪个不是整天被穷困缠着身！

## 韦讽录事宅观曹将军画马图歌

【题解】此诗亦当作于广德二年（764），时杜甫在成都，于韦讽（时为阆州录事）故居观看曹霸所画的《九马图》，感而作歌。先赞曹霸的画艺和蒙宠，次写《九马图》所画骏马的雄姿，又由马之盛衰想国之盛衰，以哀痛之笔作结。杜甫咏物，每能联及时事。

【原诗】国初已来画鞍马，神妙独数江都王①。将军得名三十载，人间又见真乘黄②。曾貌先帝照夜白③，龙池十日飞霹雳④。内府殷红玛瑙盘，婕妤传诏才人索⑤。盘赐将军拜舞归，轻纨细绮相追飞。贵戚权门得笔迹，始觉屏障生光辉。昔日太宗拳毛䯄⑥，近时郭家狮子花⑦。今之新图有二马，复令识者久叹嗟。此皆战骑一敌万，缟素漠漠开风沙。其余七匹亦殊绝，迥若寒空动烟雪。霜蹄蹴踏长楸间⑧，马官厮养森成列。可怜九马争神骏，顾视清高气深稳。借问苦心爱者谁？后有韦讽前支遁⑨。忆昔巡幸新丰宫⑩，翠华拂天来向东。腾骧磊落三万匹，皆与此图筋骨同。自从献宝朝河宗⑪，无复射蛟江水中⑫。君不见金粟堆前松柏里⑬，龙媒去尽鸟呼风⑭。

**【注释】**①江都王：《历代名画记》载，江都王李绪，霍王李元轨之子，太宗之侄，善书画，工鞍马。 ②乘黄：古代传说中的神马。 ③照夜白：玄宗有两匹御马，一名照夜白，一名玉花骢。 ④龙池：《长安志》载，龙池在南内南薰殿北、跃龙门南，深数丈，常有云气，或见黄龙出其中。⑤《新唐书·百官志》：内官有婕妤九人，正三品；才人七人，正四品。⑥拳毛䯄：太宗六骏之一。 ⑦狮子花：骏马名，即“九花虬”。《杜阳杂编》载，代宗自陕返京，以御马“九花虬”并紫玉鞭辔赐郭子仪。 ⑧长楸间：即大道上。古人种楸于大道两侧，故云。 ⑨支遁：东晋僧人，喜养马。 ⑩新丰宫：指华清宫，在骊山西北麓。玄宗每年十月来此过冬。⑪《穆天子传》载，穆天子西征，河宗曾朝见并献宝。此处借指安史乱时玄宗西行入蜀。 ⑫《汉武帝纪》载，元封五年，武帝自浔阳浮江，亲射蛟江中。 ⑬金粟：山名，在今陕西省蒲城县东北三十里，玄宗墓地所在，名泰陵。 ⑭龙媒：指骏马。《汉书·礼乐志》：“天马徕，龙之媒。”

**【译文】**开国以来画鞍马的众高手，只有江都王李绪画艺最突出。自从曹霸将军获得画家名，三十年后，人间又出现了真正的神马图。他曾画过玄宗皇帝骑乘的“照夜白”，使得龙池霹雳飞腾了十天之久。皇帝要把内宫的殷红玛瑙盘赏赐给他，派宫中的女官传达诏命、求索此物。他领了赏赐拜谢而归，皇帝又追加赏赐了精细的丝织物。从此后，那些贵戚权门挂上他的画，才觉得屏障之间生光华。当年太宗皇帝的名马“拳毛䯄”，近时郭家的名马“狮子花”，都画在新作《九马图》上，使得认识它们的人久久叹息声声夸。这两匹都是战马能以一敌万，那雄健的跃势使人觉得洁白的画绢上卷起漠漠的风沙。其余七匹也非常绝妙，像远远的寒空中飘动的烟雪。强劲的蹄子踢踏在长楸间，管马的官员和养马的士卒排成列。九匹可爱的马争现神骏之姿，顾视清高，神气沉雄。请问苦心爱马的人是谁？前有支遁，后有韦讽。回想当年玄宗皇帝巡幸新丰宫，仪仗翠旗擦着青天向东行，那奔腾滚滚的三万匹，都与这张图上的骏马筋骨同。自从玄宗皇帝避乱向西行，就不再有江中射蛟的威风。君不见那金粟山前——玄宗陵墓的松柏中，骏马已走空，只剩下几只野鸟吱吱喳喳风中鸣。

## 送韦讽上阆州录事参军

**【题解】**此诗当作于广德二年（764），时杜甫在成都。宝应元年（762），杜甫在绵州曾作《东津送韦讽摄阆州录事》，“摄”，代理，当时韦讽是代理阆州录事参军；此诗曰“上”，当为已经转正。录事参军，为操持纲纪、纠弹贪污之职。诗嘱韦讽勇于除暴安良，其中亦深刻揭示国政弊端。

**【原诗】**国步犹艰难，兵革未衰息。万方尚嗷嗷，十年供军食①。庶官务割剥，不暇忧反侧。诛求何多门，贤者贵为德。韦生富春秋，洞澈有清识。操持纲纪地，喜见朱丝直②。当令豪夺吏，自此无颜色。必若救疮痍，先应去蟊贼。挥泪临大江③，高天意凄恻。行行树佳政，慰我深相忆。

**【注释】**①十年：指安史之乱爆发（755）至此时。 ②朱丝：用熟丝制成的琴弦。韧性强，可绷得很直。故用以比品性的正直。 ③临大江：站在江边送行。可知韦讽赴任是走水路。

**【译文】**国家现在仍然举步维艰，战争还没有停息。天下百姓在悲哀地哭号，十年间他们一直艰难地为军队提供粮食。下级地方官致力于剥削百姓，从来没有想过这会导致民众暴乱。各种苛捐杂税真是五花八门啊！贤能的官吏应以行善为贵。韦先生你正当年富力强，通达事理且有高见卓识。如今你处于操持纲纪的位置，我高兴地看到你为官能像朱丝那样正直。应当让那些强夺民脂的官吏，从此以后没脸作人。如果决心搭救苦难的百姓，就应首先罢掉这伙贪官污吏。站在江边我挥泪向你告别，连老天也为离别而悲凄。韦先生你快快赶路吧快去为百姓做些好事，以此来宽慰我对你的深深思忆。

## 太子张舍人遗织成褥段

**【题解】**此诗当作于广德二年（764），时杜甫在成都幕府供职。太子舍人

（官名）张某赠给杜甫一条大秦国（罗马帝国）生产的珍奇褥段，杜甫认为自己的身份与之不谐，没有接受，并由此告诫那些奢侈的达官宜自知敛，勿招杀身之祸。史称严武在成都穷极奢靡，赏赐无度。果若如此，则此诗亦有规劝友人的用意。

**【原诗】**客从西北来，遗我翠织成①。开缄风涛涌，中有掉尾鲸。逶迤罗水族，琐细不足名。客云“充君褥，承君终宴荣。空堂魑魅走，高枕形神清。”领客珍重意，顾我非公卿。留之惧不祥，施之混柴荆。服饰定尊卑，大哉万古程。今我一贱老，短褐更无营。煌煌珠宫物，寝处祸所婴②。叹息当路子，干戈尚纵横。掌握有权柄，衣马自肥轻。李鼎死岐阳③，实以骄贵盈。来瑱赐自尽④，气豪直阻兵。皆闻黄金多，坐见悔吝生。奈何田舍翁，受此厚贶情？锦鲸卷还客，始觉心和平。振我粗席尘，愧客茹藜羹。

**【注释】**①织成：古代名贵的丝织物。以彩丝和金缕交织出花纹图案，据说出自西域。汉以来一般为帝王公卿大臣使用。　②婴：缠绕。　③李鼎：《旧唐书》载，上元二年，以羽林大将军李鼎为凤翔尹、兴凤陇等州节度使。岐阳，即凤翔。李鼎之死，史书无载。　④来瑱：《旧唐书》载，宝应元年，来瑱为山南东道节度使，裴莪上表称来瑱倔强难制，皇上密令裴莪图之。六月，来瑱擒裴莪于申口，入朝谢罪。广德元年正月，来瑱贬为播州尉，赐死于鄠县。

**【译文】**客人从西北而来，赠给我一条翠绿的丝织褥段。打开封口，把它展开，眼前立刻风涛汹涌，图案中有一条甩着尾巴的长鲸。各种各样的水生动物，罗列其间，琐碎细小，叫不全它们的名称。客人说：“供给您一条床褥，希望能得到您陪宴到底的荣赏。这条褥段能使鬼怪见而惊走，睡在上面可以高枕无忧形神爽快。”领会客人的珍贵情意，但是我并非王公卿相，留下它来怕不吉祥；把它与粗糙家什混杂使用，又很不相称。服饰决定于尊卑地位，这是古今不变的大法。如今我是一个贫贱的老人，粗衣布衫之外再无别的营求。这条光彩鲜明的褥段一定是龙宫之物，睡在上面灾祸就要缠身。可叹那些当权的人，不顾当前战乱的局势，一旦手中掌握了权柄，就只顾个人轻裘肥马地享受。李鼎死在岐阳，实在是因为他骄贵满盈。来瑱被皇上赐以自尽，那是因为他粗豪无礼，竟敢阻挡钦命的士兵。听说他们都是因为贪得黄金，才迅速导致灾祸发生。既然如此，我一个田舍老翁，怎敢接受这种厚赠之情？卷起锦鲸褥段还给了客人，才觉得内心平静。掸了掸粗席上的灰尘，感愧地用一碗菜汤招待客人。

## 忆昔二首

**【题解】**这组诗当作于广德二年（764），时杜甫在严武幕府。诗为追论往事，第一首论肃宗信任宦官而导致战争失利，提醒代宗引为借鉴；第二首忆玄宗开元盛世，以鼓舞代宗振兴国家。

### 其　一

**【原诗】**忆昔先皇巡朔方①，千乘万骑入咸阳②。阴山骄子汗血马③，长驱东胡胡走藏。邺城反覆不足怪④，关中小儿坏纪纲⑤，张后不乐上为忙⑥。至令今上犹拨乱⑦，劳心焦思补四方。我昔近侍叨奉引⑧，出兵整肃不可当⑨。为留猛士守未央，致使岐雍防西羌⑩。犬戎直来坐御床⑪，百官跣足随天王⑫。愿见北地傅介子⑬，老儒不用尚书郎⑭。

**【注释】**①先皇：指肃宗。巡朔方：史载，肃宗于至德元载（756）七月，即位于灵武，组织力量抗击安史叛军。灵武，今宁夏灵武县。　②入咸阳：指复入长安。至德二载（757）九月，官军收复长安，十月末肃宗还京。　③阴山骄子：指回纥援军。汗血马：西域大宛国产的良马。此指回纥军的战马。　④邺城反覆：乾元元年（758）十月，唐军九个节度使合兵数十万包围安庆绪于邺城（今河南安阳），因肃宗未在军中设主帅，攻城不力。史思明降而复叛，于乾元二年（759）三月引河北叛军前来解邺城之围，唐军溃败。　⑤关中小儿：指宦官李辅国。李辅国原是“闲厩马家小儿”，后来依附高力士，肃宗即位后，深受宠信，判元帅府行军司马，势倾朝野。他与肃宗妃张良娣勾结，打击玄宗旧臣，损耗了抗敌力量。⑥张后：张良娣，原为肃宗妃，乾元元年（758）三月立为皇后。　⑦今上：指代宗，代宗于宝应元年（762）四月即位。号李辅国为“尚父”，事无大小皆咨之，并以李辅国为司空兼中书令。　⑧近侍：指作者当年在肃宗身边任左拾遗。叨奉引：忝列扈从。叨，谦词。　⑨“出兵”句：是说当时尚未称帝的代宗以广平王拜天下兵马元帅，先后收复两京。 ⑩“为留”二句：指代宗听信宦官程元振的谗言，解除郭子仪的兵权，让他留居长安，致使战争失利。猛士，指郭子仪。未央，汉朝宫名，此处代指长安。岐雍，二州名，皆在关内。西羌，指吐蕃。广德元年（763）秋，吐蕃进犯关中。 ⑪犬戎：吐蕃。坐御床：广德元年（763）十月，吐蕃攻陷长安。代宗仓皇逃奔陕州。 ⑫天王：指代宗。 ⑬傅介子：西汉北地人，曾斩楼兰国王的首级而还。 ⑭尚书郎：此时杜甫任检校工部员外郎。

**【译文】**回想当年肃宗皇帝巡狩朔方，其后率领浩浩荡荡的车马进入长安。回纥的健儿骑着骏马来助战，把叛军追得屁滚尿流向东逃窜。邺城之战局势逆转并不足怪，可怕的是关中小儿败坏了国家的纪纲；还有那位张皇后也来干预政事，一不高兴就会让天子手乱脚也忙。致使当今皇上仍然在拨乱，劳心焦虑去补救四方。我当年在肃宗身边忝为扈从，广平王统率天下兵马出兵整肃势不可当。只因为留下猛士守未央，致使关内岐、雍二州成了抗击吐蕃的前方。吐蕃攻陷长安竟然坐在天子的床榻上，百官打着赤脚跟随天子远逃亡。多希望能见到一位傅介子那样的猛将，洗雪国耻，天下太平，则我这老儒可以不作这个尚书郎。

## 其　二

**【原诗】**忆昔开元全盛日①，小邑犹藏万家室。稻米流脂粟米白，公私仓廪俱丰实。九州道路无豺虎，远行不劳吉日出。齐纨鲁缟车班班，男耕女桑不相失。宫中圣人奏《云门》②，天下朋友皆胶漆。百余年间未灾变，叔孙礼乐萧何律③。岂闻一绢值万钱？有田种谷今流血！洛阳宫殿烧焚尽，宗庙新除狐兔穴。伤心不忍问耆旧，复恐初从离乱说。小臣鲁钝无所能，朝廷记识蒙禄秩④。周宣中兴望我皇⑤，洒泪江汉身衰疾⑥。

**【注释】**①开元：玄宗年号，共历二十九年。开元盛世，为中国历史上三大治世之一。 ②圣人：天子。《云门》：敬天神的乐曲。 ③史载，西汉初期，高祖命叔孙通制定礼乐，命萧何制定律令。此句谓唐依汉朝的典章制度。 ④蒙禄秩：指受检校工部员外郎。禄秩，俸禄。 ⑤周宣中兴：周宣王，厉王之子，即位后，整理厉王乱政，复修文武成康之业，使周朝中兴。 ⑥江汉：指巴蜀。

【译文】回想开元年间国家处于全盛时期，一个小小的县城也有上万户人家定居。稻米肥得流油粟米白如玉粒，无论是公家还是私人的仓库都装满了粮食。全国交通畅达社会秩序安定，出门远行用不着选择良辰吉日。装载着齐纨鲁缟的商车一辆接着一辆，男子耕田种地，女子养蚕织布，夫妻不相分离。宫中天子演奏着《云门》乐曲，普天下的朋友都亲密得如胶似漆。百余年间没有发生灾荒和动乱，遵循着叔孙通制定的礼乐萧何制定的法律。哪曾听说有过一匹绢竟值万钱的事？那时所有的田地都种谷物而今天却在淌血！东都洛阳的宫殿全被烧毁，西京的宗庙才刚刚扫除了狐兔的洞穴。因怕伤心而不忍去过问那些饱经苦难的父老，害怕他们又把乱离之事从头说起。小臣我愚鲁迟钝一无所能，而朝廷还记着我赐给我官职。我盼望皇上能像周宣王那样使国家中兴，想到体衰多病不能为国出力而泪洒巴蜀之地。

## 寄董卿嘉荣十韵

【题解】此诗当作于广德二年（764）秋，时杜甫在严武幕府。董嘉荣，为受严武之命开赴西山边城的守将。此诗勉励其杀敌雪耻，建立功勋。

【原诗】闻道君牙帐①，防秋近赤霄②。下临千仞雪，却背五绳桥③。海内久戎服，京师今晏朝。犬羊曾烂漫④，宫阙尚萧条。猛将宜尝胆，龙泉必在腰。黄图遭污辱⑤，月窟可焚烧⑥。会取干戈利，无令斥候骄⑦。居然双捕虏⑧，自是一嫖姚⑨。落日思轻骑，高天忆射雕⑩。云台画形像⑪，皆为扫氛妖。

【注释】①牙帐：将帅所居的营帐，帐前挂有牙旗（旗杆上饰有象牙的大旗，为将军之旗），故称。 ②防秋：古时游牧部落，往往趁秋天马肥之际入侵，届时须调兵加强守边，称“防秋”。这里指严武发动的对吐蕃的反击战，意图收复失陷的松、维、保三城。 ③五绳桥：《元和郡县志》载，绳桥，在茂州西北，架大江上。绳用竹篾拧成，五绳悬空，上布木板。 ④犬羊：喻吐蕃。 ⑤黄图：《三辅黄图》的省称。此书记三辅宫观陵庙明堂辟雍郊畤等事。因以借指京都、畿辅。 ⑥月窟：月亮的归穴。古人用以指西极之地，此指吐蕃老巢。 ⑦斥候：侦察兵。 ⑧《后汉书·马武传》载，马武，字子张，以战功拜捕虏将军。此处谓董嘉荣可与马武齐名。 ⑨《史记》载，汉武帝时，霍去病多次击匈奴立战功，曾任嫖姚校尉、骠骑将军。 ⑩射雕：古时称善射者为“射雕手”。此指董卿。 ⑪云台：为东汉南宫中的高台。汉明帝曾把二十八位名将的图像置于云台。

**【译文】**听说您的防秋牙帐，高高地接近了云霄。下临千仞的积雪，后背险要的五绳桥。海内久经战乱，京都君臣很晚才退朝。吐蕃曾在京都肆行无忌，宫阙至今还很萧条。身为猛将则应卧薪尝胆，龙泉宝剑时刻悬挂在腰。既然京都遭到吐蕃的污辱，则吐蕃的老巢亦可焚烧。您将获取战争的胜利，不能再让侦察兵逞能作骄。您显然能与捕虏将军马武齐名，自会成为当代的霍嫖姚。当此落日之际我思念您那轻捷的马队，仰望高天回忆您那射雕武艺的高超。云台上绘画出诸位名将，都因为他们能够扫寇除妖。

## 立秋雨院中有作

**【题解】**此诗当作于广德二年（764）立秋，时杜甫在严武幕府。院，节度使府署。诗写对雨感怀，叹不能为军谋献力。

**【原诗】**山云行绝塞，大火复西流①。飞雨动华屋，萧萧梁栋秋。穷途愧知己，暮齿借前筹②。已费清晨谒③，那成长者谋④？解衣开北户，高枕对南楼。树湿风凉进，江喧水气浮。礼宽心有适，节爽病微瘳。主将归调鼎⑤，吾还访旧丘。

**【注释】**①大火：星宿名，即心宿。七月，此星西流。 ②前筹：犹“前箸”。座前的筷子。《史记·留侯世家》载，张良曾向汉王刘邦借其座前的筷子为其指画军谋。此句“借前筹”，指杜甫时任严武幕府参谋。 ③清晨谒：幕府官员每日清晨须参谒主将。 ④长者：指严武。 ⑤调鼎：烹调食物。比喻担任宰相，治理朝政。

【译文】山云在绝塞上奔行，大火星又开始向西驰流。急雨敲击着华丽的房舍，梁栋间已然凄凉生秋。穷途之际愧对知己，暮齿之年得任参谋。虽说每日清晨都花费功夫入幕参谒，却未能为府主想出良筹。解开衣襟敞开北户，垫高枕头卧对南楼。树木淋湿，凉风吹进屋内；江浪喧腾，水气到处飘浮。在府中受到礼遇心情倒也舒畅，季节凉爽病情也有了好转的势头。倘若主将归京担任宰相，我仍要回归草堂旧丘。

## 奉和严郑公军城早秋

【题解】此诗当作于广德二年（764）七月，时杜甫在严武幕府。严郑公，即郑国公严武。这年七月，严武来到西山前沿军城，作《军城早秋》，诗云："昨夜秋风入汉关，朔云边月满西山。更催飞将追骄虏，莫遣沙场匹马还。"立誓将入侵的吐蕃杀个片甲不留。杜甫读罢心情振奋，写此诗以唱和，赞严公为国靖边的雄心壮志。

【原诗】秋风袅袅动高旌，玉帐分弓射虏营①。已收滴博云间戍②，欲夺蓬婆雪外城③。

【注释】①玉帐：大将军之营帐。此指严武营帐。 ②滴博：即"的博岭"，在维州。 ③蓬婆：山名，即"大雪山"。

【译文】秋风吹拂着高大的军旗，主将在玉帐里分兵遣将去攻击顽敌。已然收复了滴博岭的云间城堡，即将夺取蓬婆山的雪外城池！

## 院中晚晴怀西郭茅舍

【题解】此诗当作于广德二年（764）秋，时杜甫在严武幕府。诗写怀念西郊草堂，不乐居于幕府。

【原诗】幕府秋风日夜清，淡云疏雨过高城。叶心朱实看时落，阶面青苔老更生。复有楼台衔暮景，不劳钟鼓报新晴①。浣花溪里花饶笑，肯信吾兼吏隐名②？

【注释】①钟鼓报晴：俗以钟鼓声音响亮为天晴之兆。 ②吏隐：谓不以利禄萦心，虽有官职却如同隐士。

【译文】秋风吹起后幕府中日夜都很清爽，淡淡的云稀疏的雨时而掠过高城。树叶间的红果不时地在眼前坠落，石阶上的青苔已老雨后又有新生。已经见到楼台罩上了斜晖，用不着钟鼓来报新晴。恐怕浣花溪边的菊花正在大笑我热衷于仕进吧，肯否相信我身兼吏隐之名？

## 宿　　府

【题解】此诗当作于广德二年（764）秋，时杜甫在严武幕府。诗写夜宿幕府的感怀，主旨在于思乡。

【原诗】清秋幕府井梧寒，独宿江城蜡炬残。永夜角声悲自语，中天月色好谁看①？风尘荏苒音书绝，关塞萧条行路难。已忍伶俜十年事②，强移栖息一枝安③。

【注释】①谁看：意谓自己不忍去看，因为月光最撩乡思。 ②伶俜（líng pīng）：困苦貌。十年：指安史之乱爆发（755）至此时。 ③《庄子・逍遥游》：“鹪鹩巢于深林，不过一枝。”这里借指在严武幕府作参谋事。

【译文】清秋时节的幕府中，井边的梧桐凄凄寒寒。独自一人夜宿江城，眼前的蜡烛已快燃完。长夜里角声悲咽，像在自言自语；中天的月色虽好，又怎能去赏玩？战乱连绵不绝，家乡的音信已断；关塞萧条险阻，归乡之路何其艰难！十年来忍受了无穷的困苦，如今不过像一只小鸟，勉强栖息一枝求安。

## 到　　村

【题解】此诗当作于广德二年秋，杜甫请假暂归草堂。诗写草堂秋景，及终老于草堂的心思。

【原诗】碧涧虽多雨[1]，秋沙亦少泥。蛟龙引子过，荷芰逐花低。老去参戎幕，归来散马蹄。稻粱须就列，榛草即相迷。蓄积思江汉[2]，疏顽惑町畦。暂酬知己分[3]，还入故林栖。

【注释】①碧涧：当指浣花溪。 ②江汉：此处指荆楚。杜甫曾拟东游此地。 ③知己：指严武。严武表荐杜甫为节度使署中参谋、检校工部员外郎。

【译文】碧涧虽因多雨而涨水，沙岸却也因此变得干净许多。荷菱的花儿一朵接一朵地低垂倒伏，大概是蛟龙带着儿子从溪上经过。上了年纪还要去幕府供职，今日骑马归来暂求一乐。庄稼已熟须要加入农民的行列去收割，可惜田间野草太多与庄稼混成一个。多年来一直想远游荆楚，却又固执地被这块田园所诱惑。我想暂且在幕府以酬谢严公的知遇之恩，然后还要来草堂过隐居生活。

## 村　雨

【题解】此诗当为告假回草堂后作，写雨中感怀，深忧世情国事。

【原诗】雨声传两夜，寒事飒高秋。揽带看朱绂[1]，开箱睹黑裘。世情只益睡[2]，盗贼敢忘忧？松菊新沾洗，茅斋慰远游。

【注释】①朱绂：红色官服。杜甫为检校工部员外郎，官阶服红。 ②“世情”句：透露出幕府中人事复杂，有厌倦官场之意。

【译文】接连两夜雨声不止，深秋骤冷急须检备过冬的衣服。撩起衣带看了看红色的官袍，打开箱子瞧了瞧黑色的皮裘。想到复杂的世情只有付之一睡，而吐蕃尚未平息岂敢忘了为主将分忧？松树菊花经雨洗涤颜色新美，草堂的景色略可宽慰远游客子之愁。

## 独　坐

【题解】此诗亦当作于告假归草堂时，写悲秋伤老、厌倦官场的心情。

【原诗】悲秋回白首，倚杖背孤城。江敛洲渚出，天虚风物清。沧溟恨衰谢①，朱绂负平生。仰羡黄昏鸟，投林羽翮轻。

【注释】①沧溟：大海。指所思念的吴越之地。

【译文】面对秋景我悲哀地摇着白头，拄着手杖背对着孤城。江水浅落洲渚显露出来，天空高旷景物变得凄清。欲赴沧溟遗憾身已衰老，身着朱绂实在有负于平生。我真羡慕那黄昏之鸟，看它们投林归宿翅膀是多么轻盈。

## 倦　　夜

【题解】此诗当与前诗同时作，写秋夜不眠，为忧时伤乱所致。

【原诗】竹凉侵卧内，野月满庭隅。重露成涓滴，稀星乍有无。暗飞萤自照，水宿鸟相呼。万事干戈里，空悲清夜徂①。

【注释】①徂（cú）：消逝。

【译文】竹间的凉气侵入卧室，乡野的月光洒满庭院。浓重的露珠形成水点，稀疏的星星时隐时现。暗中的飞萤提灯自照，水边的宿鸟相互呼唤。睡不着啊，战乱中的万事纷涌心头，整整一夜空自悲叹。

## 过故斛斯校书庄二首

【题解】这组诗亦当为此次回草堂作。题下原注："老儒艰难，病于庸蜀，叹其殁后，方授一官。"老儒，即斛斯融。庸蜀，泛称四川。斛斯融，是杜甫的邻人，也是酒友，穷困潦倒，死后才得"校书"官职。杜甫前去吊访故居，作诗叹其身世。

### 其　　一

【原诗】此老已云殁，邻人嗟未休。竟无宣室召①，徒有茂陵求②。妻子寄他食，园林非昔游。空余繐帷在，淅淅野风秋。

【注释】①《汉书》载，贾谊贬长沙后，汉文帝思念他，把他召回，在宣室（殿名，文帝斋戒的地方）接见了他。后多用作君主召见贤才的典故。②《史记》载，汉武帝派人往茂陵司马相如家中取所著书籍，相如已死，只遗书一卷。此处用以借叹斛斯融死后才蒙朝廷授官。

【译文】这位老先生已经故去，邻人都为他而感叹不休。如此贤才竟未获朝廷召见，直到死后才徒然作了一名“校书”。妻儿们已经到他乡去谋生，园林已无复昔日的面目。只剩有灵帐悬在室内，在淅淅的秋风中荡晃飘悠。

### 其　二

【原诗】燕入非傍舍，鸥归只故池。断桥无复板，卧柳自生枝。遂有山阳作①，多惭鲍叔知②。素交零落尽，白首泪双垂。

【注释】①《晋书》载，名士向秀与好友嵇康共居山阳，交往密切。嵇康死后，向秀重经山阳旧居，追思昔日之好，作《思旧赋》。此借指本诗。②《史记》载，春秋时，管仲与鲍叔牙交往，深得鲍叔牙的理解，曾叹道：“生我者父母，知我者鲍叔也。”此以鲍叔比斛斯融。

【译文】燕子依旧飞入你的屋舍，鸥鸟依旧回归旧池。断裂的桥面没人再给搭板，卧地的柳树自顾生出新枝。不料相隔一年我就来写悼亡之诗，深深惭愧于你生前对我的相知。平素的好友如今零落殆尽，使我这白头之人苦泪双垂。

## 送舍弟颖赴齐州三首

【题解】这组诗当作于广德二年（764）秋。杜甫之弟杜颖曾任临邑（今山东临邑）主簿，安史乱中逃到平阴（今山东平阴）避难，曾与杜甫有书信往来。这年秋天，他跋山涉水来到成都探望兄嫂，小住数日便辞归山东。杜甫写诗以叙手足之情。

## 其　一

**【原诗】**岷岭南蛮北①，徐关东海西②。此行何日到？送汝万行啼。绝域惟高枕，清风独杖藜。时危暂相见，衰白意都迷。

**【注释】**①岷岭：在成都西北。此代指杜甫所居之地。南蛮：即南诏国。②徐关：在山东。代指杜颖所归之地。

**【译文】**岷岭地处南诏国北，徐关远在东海之西。此番行程何日能到？送你上路我不禁泪涌悲啼。此后在这偏远之地我只有高枕闷睡，或者独自在秋风中拄杖呆立。时局艰危啊相聚又如此短暂，体衰发白的我想到后会难期而心意全迷。

## 其　二

**【原诗】**风尘暗不开，汝去几时来？兄弟分离苦，形容老病催。江通一柱观①，日落望乡台②。客意长东北，齐州安在哉？

**【注释】**①一柱观（guàn）：南朝宋临川王刘义庆镇江陵，在罗公洲建立此观，观宇甚大而只有一柱，故名。　②望乡台：《成都记》载，望乡台为隋蜀王秀所建。

**【译文】**战乱的风尘昏暗难开，你去之后几时再来？兄弟分离令人心痛，年老多病催促容颜变衰。你乘江船经过一柱观时，我于日落之际站在望乡台。我的思绪长向东北，望穿双眼也寻不到齐州的所在。

## 其　三

**【原诗】**诸姑今海畔①，两弟亦山东②。去傍干戈觅，来看道路通。短衣防战地，匹马逐秋风。莫作俱流客，长瞻碣石鸿③。

**【注释】**①据杜甫《范阳卢氏墓志》所言，杜甫有五姑，薛氏所生三姑已死去，卢氏所生二姑，一个嫁给京兆王佑，一个嫁给会稽贺扐。此处当指后者。会稽临近大海，故称“海畔”。　②两弟：指杜丰、杜观。　③碣石：山名，在河北境内。此借指山东一带。鸿：古人常以比兄弟。

【译文】姑姑如今远居海畔，两个弟弟也遥居山东。你此去得从刀兵之中寻找可行之路，重来相会要待天下太平道路畅通。你须穿上平民的短衣避开战地，单人匹马追逐秋风而疾行。莫让我们兄弟都作流落他乡之客啊，莫让我长期盼望碣石的飞鸿。

## 陪郑公秋晚北池临眺

【题解】此诗当于假满回成都严武幕府后作。诗写陪严武游宴情事。这年九月，严武击吐蕃，取得大捷。这次游宴当在大捷之后。

【原诗】北池云水阔，华馆辟秋风。独鹤元依渚，衰荷且映空。采菱寒刺上，踏藕野泥中①。素楫分曹往，金盘小径通。萋萋露草碧，片片晚旗红。杯酒沾津吏②，衣裳与钓翁。异方初艳菊，故里亦高桐。摇落关山思，淹留战伐功。严城殊未掩，清宴已知终。何补参军乏，欢娱到薄躬③。

【注释】①踏藕：即采藕。藕在泥中，采藕之人入水中，用脚踩掉藕旁烂泥，把它挑出，故称“踏藕”。 ②津吏：古时管理渡口、桥梁的官。③薄躬：自身。谦辞。

【译文】北池之上云水空阔，华美的亭馆宽敞豁亮秋风送爽。一只白鹤仍在依渚闲步，无边的衰荷掩映远空。采菱的人挥手于寒冷的茎刺上，踏藕的人蹬脚于野泥之中；他们划着船分队去池中采踏，厨师把这些新鲜的菱藕做成佳肴，用金盘装盛，沿小径送上宴厅。萋萋的秋草在露珠中凝碧，片片的旌旗在晚霞中泛红。府主严公把美酒赏给津吏，还把衣裳赐给钓鱼的老翁。异乡的菊花刚刚吐艳，故里的桐树亦因叶落而高挺。草木摇落触动了关山之思，滞留此地是为了取得战伐之功。戒备森严的城池还远未到关闭的时候，清雅的宴会却因乐而有节已告终。没料到我这不称职的军事参谋，今日承蒙府主关照获得如此欢情。

## 严郑公阶下新松得沾字

【题解】此诗当作于广德二年（764）秋，时杜甫在严武幕府。诗取阶下新松以自喻，表示愿尽职守，望得栽培。

【原诗】弱质岂自负？移根方尔瞻①。细声侵玉帐②，疏翠近珠帘。未见紫烟集，虚蒙清露沾。何当一百丈，欹盖拥高檐？

【注释】①移根：喻指来幕府供职。 ②玉帐：指严武幕府。古时称主将营帐为“玉帐”。

【译文】柔弱的枝干岂敢自负？只因移植阶下方蒙如此重看。细碎的声音侵入玉帐，稀疏的翠叶临近珠帘。尚未看到紫烟汇聚，徒然蒙受清露沾点。何时才能身高百丈，斜盖簇拥幕府的高檐？

## 严郑公宅同咏竹得香字

【题解】此诗亦当回归幕府后作。诗中借竹自喻，意旨与前诗相同。

【原诗】绿竹半含箨①，新梢才出墙。色侵书帙晚，阴过酒樽凉。雨洗娟娟净，风吹细细香。但令无剪伐，会见拂云长。

【注释】①箨（tuò）：笋壳。包在笋上的外皮。

【译文】翠绿的嫩竹尚被笋壳半裹，新抽的梢尖刚刚出墙。幽色侵映书卷虽说为时较晚，阴影沐浴酒樽犹能使酒清凉。秋雨把它洗得明媚洁净，微风吹送来细细的清香。假使不把它剪伐除掉，将会见它长到云天上。

## 晚秋陪严郑公摩诃池泛舟得溪字

【题解】此诗当作于广德二年（764）晚秋，时杜甫在严武幕府。《成都记》载，摩诃池在张仪子城内，隋蜀王秀取土筑广子城，形成此池。诗写陪游观感。

**【原诗】**湍驶风醒酒，船回雾起堤。高城秋自落，杂树晚相迷。坐触鸳鸯起①，巢倾翡翠低。莫须惊白鹭，为伴宿青溪②。

**【注释】**①坐：同“座”，指游船上的座席。 ②青溪：指浣花溪。此前杜甫居草堂时，曾见有白鹭宿于溪畔，作《遣意》诗曰“宿鹭起圆沙”。

**【译文】**急流奔涌，凉风吹散了酒意。游船回行，堤岸生起雾气。高城难越，秋若从空而落。树木丛杂，晚来令人心迷。座席撞触，鸳鸯惊起；窝巢倾覆，翡翠低飞。切莫惊吓那些白鹭啊，它们曾伴我夜宿青溪。

## 奉观严郑公厅事岷山沱江画图十韵得忘字

**【题解】**此诗当作于广德二年（764）秋，时杜甫在严武幕府。严武请人画了一幅《岷山沱江图》，挂在厅堂墙壁上（厅事，官署的厅堂），邀客观赏，杜甫作此诗叙写图中景物逼真，并以放情于丘壑的谢安赞美严武。

**【原诗】**沱水临中座①，岷山到北堂②。白波吹粉壁，青嶂插雕梁。直讶松杉冷，兼疑菱荇香。雪云虚点缀，沙草得微茫。岭雁随毫末，川蜺饮练光③。霏红洲蕊乱，拂黛石萝长。谷暗非关雨，枫丹不为霜。秋城玄圃外④，景物洞庭旁。绘事功殊绝，幽襟兴激昂。从来谢太傅⑤，丘壑道难忘。

**【注释】**①沱水：沱江，长江上游支流，在四川中部。 ②岷山：在四川北部。岷江、嘉陵江的发源地。 ③川蜺：河上的彩虹。传说虹下吸水。王胄诗：“残虹低饮涧。”练光：指画绢。 ④玄圃：传说在昆仑山顶，为神仙居住之处。 ⑤谢太傅：东晋宰相谢安，史传说他虽居要位，仍放情丘壑，东山之志不渝。

**【译文】**沱水临近座位中，岷山来到北堂上。白浪在粉壁上涌动，青嶂插入彩绘的屋梁。竟然让人惊觉到松杉的寒意，又似乎闻到菱荇的清香。虚点云雪以见群山的高耸，微描沙草显出江水的渺茫。岭上的飞雁被笔尖轻轻逗出，江天的虹蜺饮于素练之上。洲上的繁花零落如飞红雨，石上的藤萝颜色青黑枝蔓悠长。山谷幽暗非关阴雨，枫叶丹红不因霜降。秋城坐落在玄圃之外，景物一如洞庭湖旁。绘画的功力真是超凡绝俗，幽栖的兴致由此变得激昂。想那东晋名相谢太傅，从来未把隐居丘壑的志向遗忘。

## 遣闷奉呈严公二十韵

**【题解】**此诗当作于广德二年（764）秋，时杜甫在严武幕府。诗叙幕中劳瘁之状，写草堂景物之美，请求严武许其辞职以适性情。

**【原诗】**白水鱼竿客，清秋鹤发翁。胡为来幕下？只合在舟中。黄卷真如律①，青袍也自公②。老妻忧坐痺③，幼女问头风④。平地专欹倒，分曹失异同。礼甘衰力就，义忝上官通。畴昔论诗早，光辉仗钺雄。宽容存性拙，剪拂念途穷。露裛思藤架，烟霏想桂丛。信然龟触网⑤，直作鸟窥笼。西岭纡村北，南江绕舍东。竹皮寒旧翠，椒实雨新红。浪簸船应坼，杯干瓮即空。藩篱生野径，斤斧任樵童。束缚酬知己，蹉跎效小忠。周防期稍稍，太简遂匆匆。晓入朱扉启，昏归画角终。不成寻别业，未敢息微躬。乌鹊愁银汉，驽骀怕锦幪。会希全物色，时放倚梧桐。

**【注释】**①黄卷：指记录官吏功过，考核是否称职的文书。　②青袍：杜甫当时已赐红袍，但平时在幕府办公仍穿青袍。　③坐痺：下肢麻痹症。④头风：头痛症。　⑤《史记·龟策列传》载有神龟出使被渔者网获的故事。

**【译文】**以前我本是白水边上的钓鱼客，今年清秋我已变成了鹤发翁。为啥要来幕府供职呢？我只该呆在野船中。这些黄卷要限期办完真如法律一样的严格，我穿着青袍趋身幕府尽心奉公。老伴担心我的下肢麻痹症，幼女问我犯没犯过头风病。在平地上行走竟也歪歪斜斜，与同僚们论事又常常见解不同。您的礼遇使我甘心以衰弱之躯前来就职，在道义问题上幸能与您看法相通。很早以前就同您共论诗文，如今您仗钺镇蜀可谓光辉豪雄。由于您的宽容使我得以保存拙性，您顾念我的穷途末路而对我加以荐举、推崇。可我总是思念草堂那被露水打湿的藤架，思念那烟雾霏霏的桂丛。我果真像只乌龟触到网上，简直像只野鸟窥于笼中。西岭遥遥地蟠曲村北，南江弯弯地绕过舍东。竹皮在天寒时依旧翠绿，椒果经雨后新近变红。浪涛颠簸，我那条船大概又破裂了；我不在家，杯中酒干瓮中也空。篱笆倒了被来往的行人踩出小径，那些林木也只好任凭乱砍乱伐的樵童。我束缚自己的身心是为了报答知己，任凭岁月蹉跎以对您效尽小忠。虽说也在谨密防患希望把事做细，终因生性太简而导致行事匆匆。每天清晨朱门开启我便入府工作，直到黄昏画角吹过才归回舍中。既然想归草堂而不能如愿，就不敢偷懒耍滑养息自身。我就像那乌鹊愁于去银河架桥，就像那劣马怕鞴锦鞍走向遥程。只望您能成全我的体面，不时放我回归草堂闲倚梧桐。

## 怀　旧

【题解】此诗当作于广德二年（764）秋，时杜甫在严武幕府。史载，广德二年，苏源明死于长安。杜甫闻讯，悲伤不已，作此诗以哀悼之。作者原注：“公前名预，避御讳，改名源明。”

【原诗】地下苏司业①，情亲独有君。那因丧乱后，更作死生分！老罢知明镜，归来望白云。自从失辞伯，不复更论文。

【注释】①苏司业：苏源明曾任国子司业，后为秘书少监。

【译文】九泉之下的苏司业啊，我一生中与你最为情亲。哪能紧接着国家的丧乱，你我又作死生之分！对着明镜我已知容颜衰老，望着白云而想念故人。自从失去了这位文学巨匠，我也就不再评论诗文。

## 哭台州郑司户苏少监

【题解】此诗亦当作于广德二年（764）秋。郑司户，指郑虔，台州（今浙江临海县）司户参军，乾元二年（759）死于贬所。苏少监，即秘书少监苏源明，广德二年卒。作为平生至交，杜甫对他们的去世深感痛心，这种哀痛又与国家丧乱，友人飘流相联，显得异常沉重。

**【原诗】**故旧谁怜我？平生郑与苏。存亡不重见，丧乱独前途。豪俊何人在①？文章扫地无。羁游万里阔，凶问一年俱②。白首中原上，清秋大海隅。夜台当北斗，泉路窅东吴。得罪台州去，时危弃硕儒。移官蓬阁后③，谷贵殁潜夫④。流恸嗟何及，衔冤有是夫。道消诗发兴，心息酒为徒。许与才虽薄，追随迹未拘。班扬名甚盛⑤，嵇阮逸相须⑥。会取君臣合，宁诠品命殊？贤良不必展，廊庙偶然趋。胜决风尘际，功安造化炉。从容询旧学⑦，惨淡閟《阴符》⑧。摆落嫌疑久，哀伤志力输。俗依绵谷异⑨，客对雪山孤⑩。童稚思诸子，交朋列友于。情乖清酒送，望绝抚坟呼。疟病餐巴水，疮痍老蜀都。飘零迷哭处，天地日榛芜。

**【注释】**①此前，王维、李白、房琯皆去世。　②凶问：死讯。　③蓬阁：旧时称秘书省为蓬莱阁，时苏源明任秘书少监。　④谷贵：《资治通鉴》载，广德二年九月，关中虫蝗、霖雨，斗米千余钱。潜夫：有志节的人。⑤班扬：班固、扬雄，皆汉时文学家。　⑥嵇阮：嵇康、阮籍，皆三国魏文学家，因与当权的司马氏集团有矛盾，常用醉酒的办法以消苦闷。　⑦询旧学：指苏源明昔为太子谕德，后又任秘书少监。旧学，指古时学者所钻研的义理、考据、词章等学。　⑧閟《阴符》：当指郑虔于洛阳贼中密写敌军情报，托人递交肃宗临时政府之事。《阴符》，古代兵书名。此借称郑虔所写的军事机密。　⑨绵谷：在成都北。此代指杜甫漂泊巴蜀之地。　⑩雪山：在成都西，即杜诗中常称的“西山”、“西岭”。

**【译文】**故人当中谁最怜惜我？平生也只有郑与苏。由生到死未能重见，皆因遭逢丧乱各奔前途。文坛俊杰如今还有谁在？文章已然扫地全无。羁旅他乡遥隔万里，不料凶讯一年同出。一个披散着白发死在中原，坟墓对着北斗；一个面迎清秋死在海边，泉路远在东吴。一个获罪贬到台州，国危之际朝廷遗弃了硕儒；一个移官进入蓬阁，荒年米贵饿死了有志的潜夫。我想前往恸哭又哪里来得及？他们就这样的心怀冤情走上冥途。君子道消便以诗来抒发意兴，心灰意冷便以酒作为朋友。我才虽浅却得到二公的称许，追随交游亦不拘形迹。二公在文坛上享有班固、扬雄一样的盛名，纵情饮酒有如嵇康、阮籍那样相互依需。恰好取得君臣遇合的机会，岂论官阶品位的低微？贤良之才不一定都得到施展，二公于玄宗朝廷仅是偶然一趋。肃宗于战乱中取得胜利，使天下归于安定统一。苏公升任秘书少监，从容地钻研起旧学；郑公却被惨贬台州，枉费了密写《阴符》的那一番心意。我为摆脱朝廷的嫌疑而辞职已久，哀伤的是心志与体力日益见亏。依随巴蜀的异俗而生活，面对着凄冷的雪山心情很孤寂。想我在童稚时期便思念二公的才名，后来结为友人亲如手足兄弟。我未能按着情理酹酒相送，也绝望于去你们的墓地抚坟悲啼。我身患疟疾奔波于巴地，艰难困苦垂老于蜀都。飘零之际不知去何处哭悼你们，人间的道路日益梗阻。

## 别唐十五诫，因寄礼部贾侍郎

**【题解】**此诗当作于广德二年（764）秋，时杜甫在严武幕府。据《旧唐书·贾至传》，贾至宝应二年为尚书右丞，广德二年转礼部侍郎，九月，主持东都试举。则唐诫必往东都赴举。行前，杜甫写此诗寄贾至。诗叙与唐诫的惜别之情，以及与贾至的旧日交谊，并向他推荐唐诫。

**【原诗】**九载一相见，百年能几何？复为万里别，送子山之阿。白鹤久同林，潜鱼本同河。未知栖集期，衰老强高歌。歌罢两凄恻，六龙忽蹉跎①。相视发皓白，况难驻羲和。胡星坠燕地②，汉将仍横戈③。萧条四海内，人少豺虎多。少人慎莫投，多虎信所过。饥有易子食，兽犹畏虞罗。子负经济才，天门郁嵯峨。飘飘适东周，来往若崩波。南宫吾故人④，白马金盘陀。雄笔映千古，见贤心靡他⑤。念子善师事，岁寒守旧柯。为我谢贾公，病肺卧江沱⑥。

**【注释】**①六龙：古代神话传说，羲和驾驭六龙之车载日神运行。后以六龙喻太阳，此处转指岁月。 ②胡星：指史朝义。广德元年（763）正月，叛军灭亡，史朝义缢死。 ③《唐书》载，广德二年正月，仆固怀恩反叛，攻太原，败走，复夺灵州。八月，引回纥、吐蕃十万众欲犯奉天，京都震骇。汉将，指讨伐仆固怀恩的唐将，如郭子仪等。 ④南宫：汉朝建尚书百官府称南宫。后因用南宫作为尚书省的代称。故人：指贾至，时贾至为礼部侍郎，属尚书省。 ⑤见贤：选拔贤才。见（xiàn），现，举拔。

⑥沱：江水的支流。江沱，指成都附近的锦江。

**【译文】** 相隔九载才见到一次，百岁人生又能有几次相聚？如今又要作万里之别，在这山坳里我来送别你。长久同林的白鹤也有分离之日，同河中的潜鱼时散时聚。不知你我后会当在何时，衰老的我勉强高歌一曲。歌曲唱罢两人心情凄恻，忽然感到美好的时光已经错过。相对而视头发都已皓白，何况难以留住驾驭日车的羲和！胡星虽已坠落在燕地，而汉将仍在为平息叛乱而操戈。普天之下境况萧条，人烟稀少豺虎颇多。人少之处你慎莫投宿，虎多之处则可信步经过：因为饥者敢把儿子卖掉又怎能放过你，兽多之处人可捕兽充饥就不会加害于你。你身怀经国济世之才，高大的天子之门向你敞开。你一路急行前往东都洛阳，往返如同奔腾的波浪。尚书省里有我的故人，他如今白马金鞍作着礼部侍郎。他文笔雄健光照千古，一心选贤别无杂念。我想你应好好拜他为师，还须像松柏那样经得起岁寒。请你代我向他致意，就说我身患肺病卧倒在锦江岸边。

## 初　冬

**【题解】** 此诗当作于广德二年（764）初冬，时杜甫在严武幕府，暂归草堂休假。诗写初冬景物，忧怀国事。

**【原诗】** 垂老戎衣窄①，归休寒色深。渔舟上急水，猎火著高林。日有习池醉②，愁来梁父吟③。干戈未偃息④，出处遂何心！

**【注释】** ①戎衣：军服。时杜甫在军幕中供职，故穿戎服。　②习池：习家池，为襄阳游宴胜地，晋征南将军山简镇襄阳时常在此饮宴。此代称草堂。　③梁父：山名，在泰山下，为死人聚葬之处。相传诸葛亮作《梁父吟》，内容为咏齐相晏婴以二桃杀三士。此处作者吟咏《梁父吟》是在缅怀诸葛亮。　④史载，这年十月，叛将仆固怀恩引回纥、吐蕃攻邠州。严武攻吐蕃盐川城。

**【译文】** 垂老之身穿着紧窄的军服，回村休假正值寒色渐深。渔舟上溯着湍急的河水，猎火点着了高高的树林。每日都有习家池那样的醉饮，愁时且来梁父山一作行吟。战乱连绵尚未停息，出仕与归隐皆未遂心。

## 观李固请司马弟山水图三首

**【题解】**此诗当作于广德二年（764）冬，时杜甫去成都李固家中观看其弟（曾作过司马）所画的山水画，题诗三首，叙画中山水人物之幽闲，叹不能身入其间以出凡尘。

### 其　一

**【原诗】**简易高人意，匡床竹火炉。寒天留远客，碧海挂新图。虽对连山好，贪看绝岛孤。群仙不愁思，冉冉下蓬壶①。

**【注释】**①蓬壶：传说中海上三仙山之一，又称蓬莱。

**【译文】**简朴平易是高人的本色，方正的床边燃着竹火炉。寒冬之际您留下我这远方之客，为我挂起一幅碧海新图。我虽欣赏那连绵的山脉，但特别爱看那孤立的岛屿。那些仙人们没有愁思，轻轻缓缓地落向蓬壶。

### 其　二

**【原诗】**方丈浑连水①，天台总映云②。人间常见画，老去恨空闻。范蠡舟偏小③，王乔鹤不群④。此生随万物，何处出尘氛？

**【注释】**①方丈：传说中海上三仙山之一。　②天台：山名，在浙江东部，山多名胜古寺，为佛教天台宗之发源地。　③范蠡：春秋时越国大夫，辅佐勾践灭吴后，易名隐遁，乘舟入五湖。此处因画中有舟而想及。　④王乔：传说为古代仙人，能驾鹤而行。此亦因画中有鹤而想及。

**【译文】**方丈仙岛被海水环抱，天台仙山普罩着白云。平生见到许多美妙的山水图画，老来方恨未能身临。那只小舟当是范蠡泛江归隐吧，王乔的仙鹤果然仪态不群。此生只是追随世间俗物，何时才能脱离凡尘？

### 其　三

**【原诗】**高浪垂翻屋，崩崖欲压床。野桥分子细①，沙岸绕微茫。红浸珊瑚短，青悬薜荔长。浮查并坐得[2]，仙老暂相将。

【注释】①子细：清晰。　②浮查：浮槎，木筏。《拾遗记》：尧时有巨查浮于西海，其上有光若星月，羽人栖息其上。

【译文】画上的高浪几乎要打翻房屋，崩裂的山崖势欲压到床上。野桥清晰地分开水陆，沙岸模糊地绕向远方。红的是浸在水中的短珊瑚，青的是悬在绝壁的长薜荔。水上的浮槎可容二人并坐，渴求仙翁暂且把我携去。

## 至　后

【题解】此诗当作于广德二年（764）冬至以后，时杜甫在严武幕府。诗写思乡忆弟。

【原诗】冬至至后日初长，远在剑南思洛阳。青袍白马有何意？金谷铜驼非故乡[1]。梅花欲开不自觉，棣萼一别永相望[2]。愁极本凭诗遣兴，诗成吟咏转凄凉。

【注释】①金谷、铜驼：代指洛阳。据《水经注》，金谷水出太白原，东南流经金谷（在今洛阳市东北）。晋人石崇筑园于此，称金谷园。据《洛阳记》，汉时于洛阳宫前南街铸两只铜驼，东西相对，高九尺。《晋书·索靖传》载，索靖知天下将乱，指洛阳宫门铜驼，叹道："会见汝在荆棘中耳！"　②棣萼：《诗经·常棣》篇以棠梨树的花和萼相互依托，比喻兄弟间的亲密关系。后因以"棣华（花）"或"棣萼"比喻兄弟。

【译文】冬至以后白昼开始变长，远在剑南的客子思念洛阳。青袍白马的幕府生活又有什么意思？金谷铜驼的洛阳已非故乡的原样。梅花即将开放却未曾挂在心上，兄弟一经分手竟成了永久相望。愁到极点本来要凭诗歌遣兴，谁知诗歌写成吟咏之际心情反更凄凉。

## 寄贺兰铦

【题解】此诗当作于广德二年（764）冬末，时杜甫在严武幕府。贺兰

（复姓）铦，为杜甫的旧友，二人同经开元盛世，同经乱离，又同在巴蜀流寓。这年春季，杜甫曾在阆州送贺兰铦赴湘吴，作《赠别贺兰铦》，叹其怀才不遇、失意远游。此次复寄，写乱后相逢之感，及远方惜别之情。

【原诗】朝野欢娱后，乾坤震荡中①。相随万里日，总作白头翁。岁晚仍分袂，江边更转蓬。勿云俱异域，饮啄几回同？

【注释】①乾坤震荡：指安史之乱爆发。

【译文】朝野上下尽情欢乐之后，天地山河处于震荡之中。你我相随于万里之外的蜀地，都已变成了白头老翁。不料年纪已老还有分手之事，像根蓬草沿江飘转不停。莫道我俩曾共同旅居异域，点算起共同进餐的情事却寥寥无几。

## 送王侍御往东川放生池祖席

【题解】此诗当作于广德二年（764）冬末，时杜甫在严武幕府。王侍御（当为王抡或者王契）欲往东川（治在梓州），朋辈于成都城外的放生池边举行饯别宴会，杜甫即兴作诗，向东川的旧交们表示敬意，并望王侍御早日归来。

【原诗】东川诗友合，此赠怯轻为。况复传宗匠①，空然惜别离。梅花交近野，草色向平池。倘忆江边卧，归期愿早知。

【注释】①宗匠：是说王侍御精于诗道，是为众人所推崇的人。

【译文】东川是诗友们荟萃之地，此番赠诗真担心笔墨轻微。何况王侍御又是为人传颂的诗之宗匠，徒然写些惜别常语又有什么意思。眼下梅花已经开到近野，春天的草色已呈现于平池的周围。倘若忆念我这卧于江边的老者，就请早日告知你的归期。

## 正月三日归溪上有作，简院内诸公

【题解】此诗当作于永泰元年（765）正月初三。经杜甫一再请求，严武终于允许他辞去幕府参谋之职。正月三日这天，他正式解职退归草堂，作诗代简，呈给幕府诸位同僚，表达对田园生活的兴趣和立朝佐政之志未遂的惆怅之情。

【原诗】野外堂依竹，篱边水向城。蚁浮仍腊味①，鸥泛已春声。药许邻人斸②，书从稚子擎。白头趋幕府，深觉负平生③。

【注释】①蚁浮：浮蚁，酒面上漂浮的细沫。指未经过滤的浊酒。腊味：酒于腊月里酿造，故称。 ②斸（zhú）：大锄。这里引申为掘。 ③负平生：杜甫平生之志在于立朝佐政，即所称“窃比稷与契”。

【译文】野外的草堂依附着竹林，篱边的池水对着蜀城。酒蚁漂浮仍具腊酒的香味，沙鸥泛水已唱出春天的歌声。圃中的草药允许邻人采掘，架上的书籍任随稚子翻动。以白发之年去投身幕府，深深感到有负于平生。

## 敝庐遣兴奉寄严公

【题解】此诗当作于永泰元年（765）春，杜甫退居草堂之后。诗写草堂春景宜人，邀严武重访。

【原诗】野水平桥路，春沙映竹村。风轻粉蝶喜，花暖蜜蜂喧。把酒宜深酌，题诗好细论。府中瞻暇日，江上忆词源。迹忝朝廷旧①，情依节制尊②。还思长者辙，恐避席为门③。

【注释】①迹忝朝廷：指杜甫于肃宗朝为左拾遗。忝，谦词。 ②节制：节度使。指严武。严武为东西两川节度使。 ③《史记·陈丞相世家》载，汉丞相陈平，早年家贫，负郭穷巷，以破席为门，但门外多有长者车辙。

【译文】野水上涨与桥面相平，春沙映带着竹林小村。风儿轻缓粉蝶喜舞，花蕊温暖蜜蜂欢吟。对此美景应该深杯畅饮，题写诗篇正好可以细心品论。我盼望府中主将能有闲暇，须知江边老翁正在想念您这位大诗人。回忆当年我曾与您同列朝廷，如今我对您这尊严的府主依旧贴心。汉朝的陈平穷得以席为门，但门外多有长者的车辙；我希望您能再度光临寒舍，唯恐您的车驾从此避开柴门。

## 营　屋

【题解】此诗当作于永泰元年（765）春，杜甫辞去幕府职务归回草堂。诗写修建房屋之事。看来他是想在草堂长期住下去，尚不知几个月后便不得不离开此地。

【原诗】我有阴江竹，能令朱夏寒。阴通积水内，高入浮云端①。甚疑鬼物凭，不顾剪伐残。东偏若面势②，户牖永可安。爱惜已六载，兹晨去千竿。萧萧见白日，汹汹开奔湍。度堂匪华丽，养拙异考槃③。草茅虽薙葺，衰疾方少宽。洗然顺所适，此足代加餐。寂无斤斧响，庶遂憩息欢。

【注释】①杜甫上元元年（760）春开始营建草堂，栽竹植树，至此时已有六载，故竹树阴森高大。　②东偏：东边。若：顺。面势：指房屋的位置。　③《诗经·考槃》篇，咏贤者隐居山林的乐趣。

【译文】我有一大片竹林，它的浓阴从溪边一直笼罩到屋后的水塘。高大的竹梢耸入浮云里，即便在炎夏也能使人感到清凉。我很怀疑这片竹林有鬼物依凭，一直不想剪伐使它凋残。如今要营建茅屋，让门窗朝向东边，以使宅院永久平安，所以便将这爱惜了六载的竹树，一个早上便砍掉了上千竿。阳光从稀疏的竹林间洒落下来，汹汹的溪流也出现在眼前。我筹建的草堂并不华丽，只是为了贻养拙性，不同于《考槃》中那类隐居的先贤。虽说只是用割来的茅草苫的屋顶，却使我的衰疾能够稍得松缓。能使心情得到安适，这就足以顶替加餐。工匠们的斧锯沉寂无声，扩建的草堂已经竣工，我大概可以得到憩息之欢了。

## 除　草

【题解】此诗当作于永泰元年（765）春。题下原注：“去荨草也。荨音潜，山韭。”荨（qián），即荨麻，茎和叶上长有细毛，能蜇人。诗写自己带领孩子们在草堂附近铲除毒草，一直干到天黑，表现出疾恶如仇的思想性格。

【原诗】草有害于人，曾何生阻修①！其毒甚蜂虿②，其多弥道周。清晨步前林，江色未散忧。芒刺在我眼，焉能待高秋！霜露一沾凝，蕙叶亦难留③。荷锄先童稚，日入仍讨求。转致水中央，岂无双钓舟？顽根易滋蔓，敢使依旧丘？自兹藩篱旷，更觉松竹幽。芟夷不可阙，疾恶信如仇！

【注释】①曾：则，表示相承。阻修：指道路阻隔而遥远。这里泛指道路。②虿（chài）：蝎子一类的毒虫。　③蕙：香草名。

【译文】荨草既然对人有害，那为什么还让它长在道上？它的毒性超过蜂蝎，它的群伙布满了路旁。清晨我去前林散步，美丽的江景未解心忧。简直就像芒刺在眼啊，必须立即除掉怎能等到深秋！须知到了深秋霜露降临，连香草都会干枯。于是我扛起锄头率领着孩子们前去杀伐，直到太阳落山仍在到处搜求。然后再把锄掉的荨草运到水中堆压起来沤烂，我虽贫穷又岂能没有一两只钓舟？这些顽固的孽根很容易滋生蔓延，怎敢让它们留在原生之处？从此以后篱边显得空阔敞豁，也更加觉得松树竹林的清幽。如此看来铲锄毒草是不可缺少的，老夫的心性的确是疾恶如仇！

## 春日江村五首

【题解】这组诗当作于永泰元年（765）春，时杜甫居成都草堂。诗写春日江村景色和草堂生活感受，回顾了入蜀以来六年的经历，末章以王粲、贾谊自况，写怀才失意之慨。

### 其　一

【原诗】农务村村急，春流岸岸深。乾坤万里眼，时序百年心。茅屋还堪赋，桃源自可寻[①]。艰难昧生理，飘泊到如今。

**【注释】**①桃源：陶渊明在《桃花源记》中描写的田园胜境。此指浣花溪附近的美好风物及人情。

**【译文】**村村的百姓都在忙于农务，条条的春水都已上涨变深。万里乾坤吸引着我的望眼，变换的时序总是牵动着我的心。我的草堂还值得赋诗赞美，桃源胜境也自可求寻。备历艰难皆因昧于生计，辗转漂泊直到如今。

## 其　二

**【原诗】**迢递来三蜀[①]，蹉跎有六年。客身逢故旧，发兴自林泉。过懒从衣结，频游任履穿。藩篱颇无限，恣意向江天。

**【注释】**①三蜀：古时称蜀郡、广汉郡、犍为郡为三蜀。此泛指蜀地。

**【译文】**万里迢迢来到三蜀，蹉跎岁月已有六年。客居之身幸逢故人旧友，抒发兴致全赖幽美的林泉。生性太懒任凭衣破打结，频繁旅游任凭鞋底磨穿。草堂的篱笆圈得很大，放纵性情面向江天。

## 其　三

**【原诗】**种竹交加翠，栽桃烂熳红。经心石镜月[①]，到面雪山风[②]。赤管随王命[③]，银章付老翁[④]。岂知牙齿落，名玷荐贤中[⑤]！

**【注释】**①石镜：见前杜甫《石镜》诗注。　②雪山：即西岭。　③赤管：据《汉官仪》载，汉代尚书台的令、仆、丞、郎，月给赤管大笔一双。此指自己身为检校工部员外郎。　④银章：据《汉·百官表》载，凡吏秩比二千石以上，皆银印青绶。唐时无赐印者，杜甫用以指所赐随身鱼袋而言。鱼袋，唐代官吏所佩盛放鱼符的袋。鱼符，铜铸的鱼形信符，颁赐给五品以上官员。　⑤《唐书·杜甫传》载，杜甫为检校工部员外郎，是严武的表荐结果。

【译文】种出的竹林翠叶错杂，栽成的桃树红花烂漫。如月的石镜常上心头，雪山的寒风吹拂脸面。依随王命接受赤管，朝廷把银章付与老残。岂知牙齿摇落之际，我的名字上了荐贤的名单！

其　　四

【原诗】扶病垂朱绂[①]，归休步紫苔。郊扉存晚计，幕府愧群材[②]。燕外晴丝卷，鸥边水叶开。邻家送鱼鳖，问我数能来。

【注释】①朱绂：杜甫辞去幕府参谋之职，但仍为检校工部员外郎。此职官服为红色。　②愧群材：这可能是杜甫辞职的主要原因，即不愿与幕府群材们争长斗胜。

【译文】抱病脱下了红色官服，解职回归漫步于紫苔。身居草堂是为了终老于此，供职幕府未免愧对群材。燕影之外游丝轻卷，沙鸥身边水叶微开。邻家送来鱼鳖虾蟹，屡次上门慰我心怀。

其　　五

【原诗】群盗哀王粲[①]，中年召贾生[②]。登楼初有作，前席竟为荣。宅入先贤传[③]，才高处士名。异时怀二子，春日复含情。

【注释】①王粲：汉末文学家，十七岁时因中原战乱而南往荆州，依附刘表多年，曾作有《登楼赋》，为世所传。　②贾生：贾谊，西汉文学家。年轻时以文才立身朝廷，为太中大夫，后遭排挤，贬为长沙王太傅，四年后，文帝思念他，把他召回长安，询以鬼神之事，一直谈到半夜，文帝听得入神，不由得向贾谊跟前挪挪席位，即下文所谓“前席”。　③《郡国志》载：长沙南寺贾谊宅，亦陶侃宅在焉。《襄沔记》载：繁钦宅、王粲宅，并在襄阳，井台尚存。

【译文】群盗作乱使得王粲哀叹，贾谊中年被召入宫廷。王粲登楼写出了早期的名赋，贾谊能使文帝前席终竟可引为荣。他们的宅第已写入先贤的传记，才名远远高出于处士之名。早在往时我就怀念着他们，当此春日又对他们动起思情。

## 长　吟

【题解】此诗当于永泰元年（765）春，杜甫居成都草堂。长吟，反复吟咏所作之诗。诗写春日佳景及辞官后的怡情。

【原诗】江渚翻鸥戏，官桥带柳阴。花飞竞渡日，草见踏青心①。已拨形骸累②，真为烂漫深。赋诗新句稳，不觉自长吟。

【注释】①踏青：古时于清明节前后郊游的习俗。《壶中赘录》载：蜀中风俗，旧以二月二日为踏青节。　②指辞去幕府参谋职务事。杜甫于正月三日正式辞职归草堂，故曰“已拨”。

【译文】江渚上群鸥翻飞戏耍，官桥上笼罩着柳树的绿阴。在花絮纷飞之日我与家人划舟竞渡，从倒伏的野草上足以看出我的踏青赏游之心。已然拨弃了形骸的牵累，真正是恣情游玩烂漫至深！赋诗觅得稳妥的新句，情不自禁地反复歌吟。

## 莫相疑行

【题解】此诗当于永泰元年（765）春，杜甫退归草堂后作。诗为对幕府少年同事开诚相告，说自己无意与其争长。

【原诗】男儿生无所成头皓白，牙齿欲落真可惜。忆献三赋蓬莱宫①，自怪一日声炫赫。集贤学士如堵墙，观我落笔中书堂。往时文采动人主，此日饥寒趋路旁。晚将末契托年少②，当面输心背面笑。寄谢悠悠世上儿③，不争好恶莫相疑！

【注释】①《唐书·杜甫传》载，天宝十载，杜甫作三大礼赋（《朝献太清宫赋》、《朝享太庙赋》、《有事于南郊赋》），投延恩匦以献，得到玄宗重视，命宰相在中书堂考其文章。集贤院的学士都来监考。　②末契：指长辈对晚辈的交谊。 ③寄谢：告知。悠悠：世俗。

**【译文】**身为男儿却无所成就，空落个满头白发，连牙齿都要掉了，这真值得惋惜！回想当年我向蓬莱宫投献三大礼赋，自己也奇怪一日之中便名声炫赫。集贤院的学士们站成了一堵墙，在中书堂里看我写文章。往时曾以文采惊动君主，今日却饥寒交迫趋奔路旁。晚年时把交谊托付给年轻人，不料这些人当面表示真心背后却把我嗤笑。告知你们这些世俗的儿郎们，我无心与你们争长且莫猜疑！

## 赤 霄 行

**【题解】**此诗当与前诗作于同时，内容也是写身居幕府时遭受小人的排挤，并申述“犯而不较”的立身之道。孔雀、飞燕是自喻。赤霄，极高的天空，这里比拟立身之道。葛洪《抱朴子》：“鵾鹏戾赤霄以高翔，鹡鸰傲蓬林以鼓翼。”

**【原诗】**孔雀未知牛有角，渴饮寒泉逢牴触。赤霄玄圃须往来①，翠尾金花不辞辱。江中淘河吓飞燕②，衔泥却落羞华屋。皇孙犹曾莲勺困③，鲍庄见贬伤其足④。老翁慎莫怪少年，葛亮《贵和》书有篇⑤。丈夫垂名动万年，记忆细故非高贤。

**【注释】**①玄圃：传说中昆仑山巅名，仙人所居。 ②淘河：鸟名，即鹈鹕，体形很大，栖息于湖沼河川，以鱼为食。吓：喝斥之声。燕子来河边是为衔泥筑巢，鹈鹕则以为是抢鱼来了，故发此声以示愤怒和拒绝。 ③《汉书·宣帝记》载，帝初为皇孙，喜游侠，尝困于莲勺县（故城在今陕西渭南县东北）。 ④《左传》载，齐国庆克与声孟子通奸，被鲍牵（即鲍庄子）发现，鲍牵将此事告诉了国武子，国武子责备庆克。后来，声孟子借机诬陷鲍牵谋反，鲍牵被砍掉了双脚。孔子叹道：“鲍牵的智慧还不如葵菜，葵菜还能保护自己的脚。”《花镜》云：葵，倾叶向阳，不令照其根也。 ⑤《三国志·诸葛亮传》载，陈寿所上《诸葛亮集》目录，凡二十四篇，《贵和》为第十一。

【译文】孔雀不知道牛有犄角，口渴来寒泉饮水遭到牴触。因为它须来往于赤霄玄圃间，所以虽有翠尾金花之丽姿也甘愿受辱。江中的淘河鸟喝斥飞燕，燕子给吓掉了口衔之泥羞于回到华屋。连皇孙也曾在莲勺县遭过困辱，鲍庄子智不如葵竟失去了双足。老年人千万别责怪小青年，诸葛亮也曾写过《贵和》篇。大丈夫垂名后世每每千秋万载，要是对一些小事耿耿于怀就成不了高贤。

## 三韵三篇

【题解】这组诗当作于永泰元年（765）春，时杜甫居成都草堂。诗为回忆幕府中所受屈辱而发。第一篇以高马遭唾而毛焦喻所受污辱，以长鱼有神而不损其鳞喻脱身幕府而保持心志。第二篇以万斛大船自喻材大，不肯屈身于幕府之中。第三篇讽刺幕府中趋炎附势之徒，慨叹官曹污浊。

### 其　一

【原诗】高马勿唾面，长鱼无损鳞。辱马马毛焦，困鱼鱼有神①。君看磊落士，不肯易其身。

【注释】①鱼有神：古代有鲤鱼乘雷雨飞入空中之说。

【译文】高马请勿唾它的脸，大鱼则无人能损它的鳞。污辱高马马会生病而毛焦，围困大鱼鱼则能够通神。诸君请看那光明磊落的人士，从来不肯改变自己的人品。

### 其　二

【原诗】荡荡万斛船①，影若摇白虹。起樯必椎牛，挂席集众功。自非风动天，莫置大水中。

【注释】①万斛：形容容量之多。古代以十斗为一斛。

【译文】规模巨大的万斛之船，它的形影如同摇动的白虹。竖立桅樯前必要杀牛以享众，扬挂帆席时要聚集众人之功。若非刮起动天的巨风，就没法把它置于大水之中。

## 其　三

**【原诗】**烈士恶多门①，小人自同调②。名利苟可取，杀身傍权要。何当官曹清③？尔辈堪一笑。

**【注释】**①多门：谓颁政令之处很多。　②同调：主张相同。　③《新唐书·严武传》载："武在蜀颇放肆，用度无艺，或一言之悦，赏至百万。蜀虽号富饶，而峻掊亟敛，闾里为空。"则当时幕府之污浊，可以想象。官曹：官吏办事机关。

**【译文】**刚烈之士厌恶政出多门，而小人们自然拍手叫好。如果能够取得名利，他们敢冒杀身之祸去依附权要。何时官府才能清廉整肃？尔辈之行径只能付之一笑！

# 春　远

**【题解】**此诗当作于永泰元年（765）暮春，时杜甫居成都草堂。春远，犹言春将远去。诗写暮春残景和家国忧思。

**【原诗】**肃肃花絮晚，菲菲红素轻。日长惟鸟雀，春远独柴荆。数有关中乱①，何曾剑外清②？故乡归不得，地入亚夫营③。

**【注释】**①史载，自安史之乱以来，关中屡经战乱，到此年二月，又有党项人进攻富平（今陕西富平县），焚烧了中宗陵墓。　②剑外：指蜀地。蜀地受吐蕃侵扰，内部又有徐知道等人的叛乱。此后没有几个月，又发生了崔旰与郭英乂的相互攻伐。　③亚夫营：汉代名将周亚夫的营地，在细柳（今陕西咸阳西南渭河北岸），故称细柳营。这年三月，吐蕃遣使请和，郭子仪为防备不测，相继派遣河中兵戍守奉天（今陕西乾县），奉天与细柳邻近，故用"亚夫营"以指此事。

**【译文】**暮色中飘落的花絮发出肃肃的声响，红的花白的絮轻轻地飘零。

漫长的白昼里只有鸟雀光临草舍，面对即将远去的春天我独自立于门庭。关中的战乱已有多次，偏远的剑南又何曾清平？故乡看来回不去了，那里已经划入了亚夫的兵营。

## 绝句三首

**【题解】**这组诗当作于永泰元年（765）暮春，时杜甫居成都草堂。诗记春日游览及感怀。

### 其　一

**【原诗】**闻道巴山里[①]，春船正好行。都将百年兴，一望九江城[②]。

**【注释】**①巴山：位于四川、陕西、湖北三省边境，三峡位于其南。杜甫欲往荆楚，须经三峡故想到巴山。　②九江城：指荆州。《尚书·禹贡》“过九江至于东陵。”注云：“江分为九道，在荆州。”

**【译文】**听说在大巴山里，春季船只正好航行。我想携着平生的游兴，前往一瞻九江城。

### 其　二

**【原诗】**水槛温江口[①]，茅堂石笋西[②]。移船先主庙，洗药浣花溪。

**【注释】**①温江：岷江支流，在成都西。　②石笋：石笋街，在成都西门外，因街旁有两根石笋而得名。

**【译文】**我的水槛对着温江河口，我的草堂位于石笋街西。有时划着船去游览先主庙，有时在浣花溪上清洗药材上的尘泥。

### 其　三

**【原诗】**谩道春来好，狂风太放颠。吹花随水去，翻却钓鱼船。

**【译文】**休说春天到来好，你看这狂风多么疯颠！它不仅吹掉花儿随水而去，还打翻了我的钓鱼船。

## 天 边 行

**【题解】**此诗当作于永泰元年（765）夏，时杜甫居成都草堂。诗写思乡忧国，而感情极为沉痛，当有其特殊原因。这年四月，严武病死于成都，这使杜甫失去了依靠，而且对蜀地也失去了安全感，“公来雪山重，公去雪山轻。”严武之死，当为这首诗的感情背景。

**【原诗】**天边老人归未得，日暮东临大江哭。陇右河源不种田，胡骑羌兵入巴蜀①。洪涛滔天风拔木，前飞秃鹙后鸿鹄②。九度附书向洛阳，十年骨肉无消息③。

**【注释】**①陇右：陇右道，唐代十道之一。辖地为今甘肃陇山以西，乌鲁木齐以东。河源：在青海省境内。广德元年（763）七月，吐蕃入侵，攻略河西、陇右之地，十月，陷长安，十二月，陷松、维、保三州（三州均在蜀地西部）。 ②秃鹙：又称“坐山雕”，一种大型猛禽。此句意为自叹不能如禽飞离。 ③十年：指安史之乱爆发（755）至今。

**【译文】**流落天涯的老人回不了家了，傍晚时东临江水失声痛哭。陇右河源再也不能耕种，吐蕃的骑兵侵入了巴蜀。洪涛高入天宇啊狂风拔掉了树木，前边飞着秃鹙啊后边飞着鸿鹄。多次托人捎信探问故乡洛阳，十年间弟妹失散消息全无。

## 闻高常侍亡

**【题解】**此诗当作于永泰元年（765），时杜甫居成都草堂。《唐书》载，广德元年（763），高适被召还京都为刑部侍郎，转左散骑常侍，永泰元年正月去世。诗写对故友的深情悼念。

**【原诗】**归朝不相见①，蜀使忽传亡。虚历金华省②，何殊地下郎③？致君丹槛折④，哭友白云长⑤。独步诗名在，只令故旧伤。

**【注释】**①不相见：高适离开成都时，杜甫尚在阆州、梓州一带漂泊，故未得相见。 ②《汉书》载，汉未央宫中有金华殿，中常侍班伯，曾于此殿听讲经书。后因以金华省代指宫中官署，并用作咏常侍的典故。高适为左散骑常侍（属门下省），任期较短，未展其才，故称"虚历"。 ③《晋书》载，晋人苏节梦见已死的堂兄弟苏韶对他说，颜渊、卜商（二人系孔子学生）在地下任修文郎，修文郎共有八人，为鬼之圣者。这里以"地下郎"称誉高适的文才。 ④《汉书》载，槐里县令朱云面谏成帝，请诛佞臣张禹，触怒成帝，在被拉下治罪时，攀折了殿槛。这里用以称美高适敢于直谏。唐史亦称高适负气敢言，权贵侧目。高适任左散骑常侍，掌讽谏之职。 ⑤陶潜曾作《停云》诗（停云，迟留不动的云），以思念友人。

**【译文】**你离蜀归朝时我未能与你面别，今日入蜀的使者忽然传报你已故亡。你身历金华可惜雄才未能尽展，今归地下自当作起修文郎。你辅佐君王愿效朱云之举，我哭悼故友深感《停云》情长。你那独步诗坛的名声留在人世，只能让亲朋故旧思而心伤。

## （六）自成都沿岷江南下入长江东进

### 去　蜀

**【题解】**此诗当作于永泰元年（765）五月。严武死后，蜀地安危即成问题，杜甫失去故交，遂决计离开蜀地，东下荆楚。此诗为行前之作，写离蜀的原因。

**【原诗】**五载客蜀郡①，一年居梓州②。如何关塞阻，转作潇湘游。万事已黄发，残生随白鸥。安危大臣在③，何必泪长流？

**【注释】**①蜀郡：指成都。杜甫寓居成都草堂时间为五载，即上元元年、上元二年、宝应元年、广德二年、永泰元年。 ②一年居梓：专指广德元年。两句都为概举整数。 ③大臣：指新任成都尹郭英乂。史载，命郭英乂为西川节度使、成都尹。此人心胸狭隘，到任几个月后，便导致了蜀地战乱。杜甫素能识人，郭英乂的到任，亦应是他决计离蜀的一个原因。

【译文】五载客居成都草堂，一年漂泊流寓于梓州。无奈关塞险阻难以北归故土，只好转而东下去作潇湘之游。万事揪心我已愁黄了头发，残年无几只应去追随白鸥。蜀地的安危自有大臣考虑，我又何必泪水长流？

## 喜　雨

【题解】此诗当作于杜甫离蜀启程前后，诗写久旱而雨的佳景佳情。

【原诗】南国旱无雨，今朝江出云①。入空才漠漠，洒迥已纷纷。巢燕高飞尽，林花润色分。晚来声不绝，应得夜深闻。

【注释】①《礼记》：“天降时雨，山川出云。”

【译文】成都一带久旱不雨，今晨江上腾起了云气。升入空中刚一变得浓密，雨点便纷纷然洒下辽远的大地。觅食的燕子都已高飞还巢，林花经雨显得色润而清晰。到了晚上雨声仍然不息，最好是一直下到深夜里。

## 狂歌行赠四兄

【题解】此诗为永泰元年（765）夏杜甫携家到达嘉州（今四川乐山市）时作。杜甫告别草堂后，乘船入岷江南行。岷江南流至宜宾汇入长江，杜甫东下荆楚走的是这条水路。嘉州在岷江沿岸，杜甫停船小住，遇到一位行四的堂兄，欢喜异常，遂作诗以记怀。诗写四兄的疏放自适，自嘲求仕的迂腐。语甚诙谐。

【原诗】与兄行年较一岁①，贤者是兄愚者弟。兄将富贵等浮云，弟窃功名好权势。长安秋雨十日泥，我曹鞴马听晨鸡②。公卿朱门未开锁，我曹已到肩相齐。吾兄睡稳方舒膝，不袜不巾踏晓日。男啼女哭莫我知，身上须缯腹中实。今年思我来嘉州，嘉州酒香花绕楼。楼头吃酒楼下卧，长歌短咏迭相酬。四时八节还拘礼③，女拜弟妻男拜弟。幅巾鞶带不挂身④，头脂足垢何曾洗？吾兄吾兄巢许伦⑤，一生喜怒长任真。日斜枕肘寝已熟，啾啾唧唧为何人？

【注释】①行年：经历的年岁。较：相差。 ②鞴（bèi）马：把鞍辔等套在马上。 ③四时八节：此处泛指过节日。按杜甫启程的时间推测，当是指端午节，即农历五月五日。 ④幅巾：古时男子以全幅细绢裹头的头巾。鞶（pán）带：皮制的大带，古代官员的服饰。 ⑤巢许：巢父、许由，上古时代的高士，终身以隐居为乐。

【译文】我与四兄的年龄相差仅一岁，贤者是兄长您愚者是小弟。兄将富贵看同变幻不定的浮云，愚弟窥视功名喜好权势。长安连降十日秋雨满街都是泥，我们这些参谒权贵的人，早早起身鞴马等候鸡啼。公卿大人的朱门尚未开锁，求见的我辈已到门前并肩候立。而贤兄您此时美睡方醒正在舒膝，光头露脚踏着晨光遛弯儿哩！儿女饥啼的苦情您没对我讲，似乎忘记了人生在世需要吃饭和穿衣。今年您因想我而来嘉州，嘉州酒味香醇花拥楼。我俩楼上吃酒楼下醉卧，长歌短咏反复相酬。到过节时您还依循旧礼，让儿女们给我们两口来作揖。贤兄您幅巾鞶带不曾挂身，浑身的油泥也不曾洗一洗。您是巢父许由一类的人，一生中喜怒之情长率真。太阳西斜便枕肘而熟睡，相比之下我辈如此啾啾唧唧算作什么人！

## 宿青溪驿奉怀张员外十五兄之绪

【题解】此诗作于前诗稍后。杜甫在嘉州住了几天，继续乘船南行，到犍为县（今四川犍为）青溪驿停船休息。《高力士外传》载：李辅国弄权，但经推按，不死则流，黔中道尤多。员外则有张谓、张之绪、李宜。诗中怀念的张之绪员外，在荆楚间，杜甫欲前往与之相会。

【原诗】漾舟千山内，日入泊荒渚①。我生本飘飘，今复在何许？石根青枫林，猿鸟聚俦侣。月明游子静，畏虎不得语。中夜怀友朋，乾坤此深阻。浩荡前后间，佳期赴荆楚。

【注释】①荒渚：指青溪驿前的荒凉洲渚。

【译文】白天泛舟于群山之内，傍晚停泊于荒凉的洲渚。我的一生本自漂泊不定，今日不知又身在何处。山脚有一片青枫林，猿鸟在那里结伴而居。在明朗的月光下我们默然静坐，因怕虎狼而不敢言语。时当半夜怀念起友朋，深感乾坤之大路途是如此的遥远险阻。我迟早要渡过这浩荡的江流，为那美好的会晤而奔赴荆楚。

## 宴戎州杨使君东楼

**【题解】**此诗当作于永泰元年（765）六月，杜甫乘船来到岷江的尽头戎州（今四川宜宾市），受到州刺史杨某的接待。诗写东楼宴会之盛。

**【原诗】**胜绝惊身老，情忘发兴奇。座从歌妓密，乐任主人为。重碧拈春酒①，轻红擘荔枝②。楼高欲愁思，横笛未休吹。

**【注释】**①重碧：酒名。《艺海洄酌》云：叙州官酝名“重碧”。戎州即叙州。　②《寰宇记》载，戎州僰道县有荔枝园。黄庭坚在戎州时有食荔枝诗云：“六月连山柘枝红”，可知荔枝熟于六月。

**【译文】**如此盛大的宴会使我忽惊身老，感情难以控制故而发兴新奇。在座的年轻人喜任歌妓靠近，歌妓献媚取乐听任主人所为。她们拿起酒杯向人献上重碧春酒，又用纤细的手指剥开粉红的荔枝。登此高楼我的愁绪欲起，横笛却不停地在耳边频吹。

## 渝州候严六侍御不到先下峡

**【题解】**杜甫在戎州逗留数日，便乘船进入长江，抵达渝州（今四川重庆市），原与严六侍御约好一同下峡，在渝州等候许久，严未能到，故写此诗留待，自己先行一步。

**【原诗】**闻道乘骢发，沙边待至今。不知云雨散，虚费短长吟。山带乌蛮阔①，江连白帝深②。船经一柱观③，留眼共登临。

**【注释】**①乌蛮：古代西南少数民族。《新唐书·南蛮传上·南诏上》：“南诏……本哀牢夷后，乌蛮别种也。”　②白帝：白帝城，在今四川奉节县城东白帝山上，下临瞿塘峡。 ③一柱观：在荆州（即江陵），南朝宋刘义庆镇江陵时所建。为游览名胜。

【译文】得知您欲乘骢马赶来与我同行，我在渝州的沙岸边一直等候至今。不料您竟像云飞雨散般地渺无踪影，倒让我空费一番短叹长吟。这里的山毗连着辽阔的乌蛮国，江水连接着遥远的白帝城。当船经过江陵的一柱观时我会停船相待，留住一双望眼与您一同登临。

## 宴忠州使君侄宅

【题解】此诗为杜甫东下至忠州（今四川忠县）时作。忠州刺史是杜甫的族侄，设宴招待时，杜甫作诗以示谢意。

【原诗】出守吾家侄[①]，殊方此日欢。自须游阮舍[②]，不是怕湖滩[③]。乐助长歌逸，杯饶旅思宽。昔曾如意舞[④]，牵率强为看。

【注释】①出守：由京官出为太守。唐时刺史相当于汉时太守。 ②阮舍：《晋书》载，晋人阮咸与叔父阮籍同居道南，诸阮居道北，北阮富而南阮贫。后世每以“阮舍”代指叔宅或侄宅。这里指侄宅。 ③湖滩：《一统志》载，湖滩在夔州万县西六十里，其水甚险，春夏水泛，江面如湖。杜甫此时在忠州，再往前走便是湖滩。 ④如意舞：《世说新语》载，晋人王戎为王导之侄，喜持铁如意（器物名）起舞。

【译文】忠州刺史是我的家侄，身在远方今日方得一欢。我这次泊船忠州是特意来访侄宅，不是害怕前面湖滩的艰险。有音乐助兴，我的歌声唱得十分奔放；美酒充足，我的羁旅愁思得以松缓。你跳起当年喜作的如意舞，拉着为叔我前来观看。

## 禹　庙

【题解】此诗亦为暂留忠州时作，时为永泰元年（765）秋。《方舆胜览》载，禹祠在临江县（即今忠县，唐时忠州治此），过江二里处，是后人为纪念大禹而建的祠庙。杜甫前往观游而作，诗写秋季禹庙的景象，缅怀大禹的功绩。

**【原诗】**禹庙空山里，秋风落日斜。荒庭垂橘柚①，古屋画龙蛇②。云气嘘青壁，江声走白沙。早知乘四载③，疏凿控三巴④。

**【注释】**①垂橘柚：相传大禹治水时，曾在四川一带广植橘柚。 ②画龙蛇：相传大禹治水时，驱除了作孽的龙蛇猛兽，故后人画之墙壁以记其功。 ③乘四载：指大禹治水时所乘坐的四种交通工具。《史记·夏本纪》载：陆行乘车，水行乘船，泥行乘橇，山行乘檋（jú，一种有钉齿的登山用具）。 ④三巴：巴郡、巴西郡、巴东郡，合称三巴。相当于今四川嘉陵江和綦江流域以东的大部。

**【译文】**大禹的祠庙坐落在空山里，我来瞻仰正值秋风落日之际。荒凉的庭院内垂挂着橘柚的果实，古屋的墙壁上画有龙蛇的彩绘。庙外青翠的山壁上缭绕着磅礴的云气，江边白净的沙滩上荡激着喧腾的江水。大禹很早就懂得乘坐四种工具，他疏江凿山控制了三巴水域。

## 题忠州龙兴寺所居院壁

**【题解】**此诗亦当作于寓居忠州时。杜甫在忠州时，族侄仅将其全家安置在龙兴寺住下，可见人情浇薄。杜甫的生活亦可想而知。这首题壁诗倾诉了客居的苦况。

**【原诗】**忠州三峡内①，井邑聚云根②。小市常争米，孤城早闭门。空看过客泪，莫觅主人恩③。淹泊仍愁虎，深居赖独园④。

**【注释】**①三峡：此处并非指常称的长江三峡（瞿塘峡、巫峡、西陵峡），忠州距瞿塘峡尚有一段路程；而是泛称长江江峡。宋代蜀人赵次公说："三峡，以明月峡（在今重庆附近的巴县境）为首，巴峡、巫峡之类为中，东突峡为尽。" ②云根：深山云起之处。 ③主人：指其任州刺史的族侄。 ④独园："给孤独园"的省称。泛指寺院。

【译文】忠州地处三峡之内，城镇聚在云气之根。小小的集市常有居民抢购粮米，孤独的城镇早早地关闭了城门。空来观看我这过客之泪，未能求得主人的恩典。滞留期间仍愁猛虎的袭击，一天到晚很少走出寺院。

## 拨　闷

【题解】此诗当作于离开忠州赴云安（今四川云阳）途中。诗写旅途郁闷，欲速抵云安以饮美酒销愁。

【原诗】闻道云安麯米春①，才倾一盏即醺人。乘舟取醉非难事，下峡销愁定几巡②。长年三老遥怜汝③，捩舵开头捷有神④。已办青钱防雇直，当令美味入吾唇。

【注释】①麯米春：酒名。唐时多以“春”为酒名。　②巡：遍。　③长（zhǎng）年：篙师，撑船的人。三老：掌舵的人。汝：指称“麯米春”酒。　④开头：原指撑头篙。此泛指撑船。

【译文】听说云安酿造的麯米春，才饮一杯就能醉倒人。我此番乘船前往取醉并非难事，但要消解下峡之愁定须喝上几巡。那撑船的篙师和掌舵的三老也远远地爱上你了，看他们摆舵撑篙多么迅捷有精神！我已办好了青铜钱准备付酬，你们得加把劲让那美酒早日入唇。

## 旅夜书怀

【题解】此诗当作于赴云安途中。诗写夜泊江岸所见的乾坤开阔景象，从而生发身世孤微的感慨。

【原诗】细草微风岸，危樯独夜舟。星垂平野阔，月涌大江流。名岂文章著①？官应老病休②。飘飘何所似？天地一沙鸥。

【注释】①此为愤慨之语，谓文章不能使人著名。杜诗在当时是颇受冷遇的，在他活着的几十年间，社会上相继出了几本诗选，却连一首杜诗都未选。 ②官：当指严武幕府参谋之职，此时杜甫仍有检校工部员外郎的官职，称说因“老病”而休，乃是对幕府青年同僚的委婉抗辞。以上二句诉说身世之微：文坛无名，仕途无闻，故有尾联“沙鸥”之喻。

【译文】细草微风的江边夜晚，泊着一只竖有高桅的孤独小舟。星儿垂挂在远天，显出平野的辽阔；月光涌动在水面，使人感到大江在汹涌奔流。文章再好又岂能使人成名？官职只应说是因为年老多病而罢休。如此飘飘荡荡地像个什么？就像那天地之间一只小小的沙鸥。

## 放　船

【题解】此诗当作于抵临云安时，写傍晚行船之快和江边风物之荒寒。

【原诗】收帆下急水，卷幔逐回滩。江市戎戎暗①，山云淰淰寒②。荒林无径入，独鸟怪人看。已泊城楼底，何曾夜色阑？

【注释】①戎戎：形容市中晚烟之盛。 ②淰淰（shěn）：散乱不定貌。

【译文】船入急水故将风帆落下，卷起帘幔看船疾行于曲折湍急的水滩。江边的市镇在晚烟中隐隐出现，山中的云雾散乱不定令人生寒。江边的荒林无径可入，独居的野鸟嗔人观看。船已停泊在城楼底下，看这天时还不算晚。

# （七）滞留云安

## 云安九日郑十八携酒陪诸公宴

【题解】此诗当作于永泰元年（765）重阳节，杜甫居云安（今四川云阳）。郑十八，名贲（杜甫后有《赠郑十八贲》），也是流寓于云安的外乡人，重阳节这天携酒邀请当地人物登高赏菊，杜甫参加了宴会并赋此诗。诗写身世飘泊和国家动乱之慨。

【原诗】寒花开已尽，菊蕊独盈枝。旧摘人频异，轻香酒暂随。地偏初衣袂，山拥更登危。万国皆戎马①，酣歌泪欲垂。

【注释】①史载，这年九月，叛将仆固怀恩引诱回纥、吐蕃、吐谷浑、党项、奴剌数十万人同时入寇奉天、同州、盩厔。京师告急。

【译文】秋天的群花已经落尽，唯独菊蕊开满花枝。摘花之人已非旧友，轻香之酒暂且相随。此地偏僻气暖，刚刚穿上夹袄；群山簇拥重叠，登高更显艰危。放眼天下到处都是兵马，耳闻诸公酒酣高歌我不禁凄泪欲垂。

## 答郑十七郎一绝

【题解】此诗当作于前诗之后。郑十七，当为前诗郑十八之兄，写诗赠杜甫，杜甫以此诗酬答。诗赞郑氏文才与好客。

【原诗】雨后过畦润，花残步屐迟①。把文惊小陆②，好客见当时③。

【注释】①屐（jī）：木制的鞋，底上有二齿，以便在泥地行走。 ②文：指郑十七写给杜甫的赠诗。小陆：晋代文学家陆云与其兄陆机并称“二陆”，世称陆云为“小陆”。这里以“小陆”明喻郑十八，而暗以陆机比郑十七。 ③当时：郑当时，西汉人，以好结宾客著名。

【译文】雨后我穿着木鞋走过湿润的田畦，处处菊花凋残令我脚步变迟。捧读你的诗文我惊讶陆机再世，而你如此的好客又使我见到了汉代的郑当时。

## 别常征君

【题解】此诗当作于永泰元年（765）初冬，杜甫因病仍居云安。常征君欲离云安，行前来探视杜甫，杜甫写此诗痛诉别情。

【原诗】儿扶犹杖策①，卧病一秋强。白发少新洗，寒衣宽总长。故人忧见及，此别泪相望。各逐萍流转，来书细作行。

【注释】①杖策：拄着手杖，以迎接常征君。

【译文】有孩子们搀扶还得拄着手杖，我已三个多月卧病在床。白发本来稀疏，新洗之后就更显少了，身体越来越瘦寒衣总在变宽加长。故人担心我的病前来探视，当此离别之际彼此泪眼相望。此后各随浮萍到处飘流，希望您把书信写得细密周详。

## 长江二首

【题解】这组诗当作于永泰元年（765）冬，时杜甫病居云安。这年九月，叛将仆固怀恩诱使吐蕃、回纥、党项等举大兵入寇，至十月，战争仍在激烈进行中。怀恩死后，郭子仪冒生命之危，前往回纥营中责备其忘恩负义，回纥乃与唐军共击吐蕃，获胜。而唐政府倾尽国库所藏赏赐回纥。怀恩之乱方告罢休，闰十月，剑南节度使郭英义与汉州刺史崔旰之间又动干戈。郭英义居成都尹时，骄奢严暴，不恤士卒，杀害将领以泄私愤。崔旰攻入成都，杀了英义全家，英义败走，逃至简州，被普州刺史韩澄杀死。邛州牙将柏茂林、泸州牙将杨子琳等各举兵讨伐崔旰，蜀中大乱。动乱的时局使杜甫痛心而又无奈，只能借万水归海之理以阐述众臣须顺天子的一般道理。

### 其　一

【原诗】众水会涪万①，瞿塘争一门②。朝宗人共挹③，盗贼尔谁尊！孤石隐如马④，高萝垂饮猿。归心异波浪，何事即飞翻？

【注释】①涪万：涪州（今四川涪陵市）和万州（今四川万县市），两地皆在云安西面。　②瞿塘：瞿塘峡，长江三峡的第一峡，西口在夔州（今四川奉节县），峡窄江急，两崖对峙密近，有如门扇，称为“夔门”。　③朝宗：诸侯朝见天子。《周礼》：“春见曰朝，夏见曰宗。”　④孤石：指滟滪堆，位于瞿塘峡口江心，为突出水面的礁石，极险恶，多沉船。

【译文】众水在涪州万州汇入长江，竞相奔赴那夔州一门。这如同诸侯朝向天子使人们得沾其泽，而你们这些叛贼却不知道谁者为尊！滟滪孤石隐约于江中像匹马，绝壁长藤垂吊着饮水的猿。我的归心不同于波浪，为什么此刻也在飞腾滚翻?

其　二

【原诗】浩浩终不息，乃知东极临[①]。众流归海意，万国奉君心[②]。色借潇湘阔，声驱滟滪沉。未辞添雾雨，接上过衣襟。

【注释】①东极：东海。　②万国：万方。天下各地。

【译文】江水浩浩始终不停地奔流，尚且懂得向东海靠近。这众流归海的理义，当启示万方奉君之心。碧绿的江色将借付给辽远的潇湘，雷鸣般的吼声似要把滟滪驱沉。江流之大却仍不辞雾雨滴入，接天之浪已飞过我的衣襟。

## 将晓二首

【题解】这组诗当为永泰元年（765）冬在云安作。诗写拂晓乘船去附近友人家中作客途中的见闻感受。

其　一

【原诗】石城除击柝[①]，铁锁欲开关。鼓角愁荒塞，星河落曙山。巴人常小梗[②]，蜀使动无还。垂老孤帆色，飘飘犯百蛮[③]。

【注释】①石城：指云安县城。　②小梗：指当地少数民族的小规模骚乱。③百蛮：云安地处蛮夷。

【译文】石城里巡夜的梆声已经停息，城门的铁锁即将打开。鼓角的悲音愁浸荒塞，星河落入拂晓的山间。巴人常常闹起小股骚乱，蜀使往往不能归还。垂老之身伴着孤帆一片，飘飘摇摇地置身于百蛮。

### 其　二

【原诗】军吏回官烛[1]，舟人自楚歌。寒沙萦薄雾，落月去清波。壮惜身名晚，衰惭应接多。归朝日簪笏，筋力定如何？

【注释】①军吏：指云安县令派遣护送杜甫上路的士兵。

【译文】送行的军吏提着灯笼回城了，艄公开船唱起了楚歌。寒冷的沙岸缭绕着薄雾，西斜的残月沉入清波。心怀壮志可惜身名已晚，年老体衰惭于应酬日多。试想归朝以后每日戴簪持笏，我这份筋力到底能否适合？

## 怀锦水居止二首

【题解】这组诗当作于永泰元年（765）冬，时杜甫居云安。锦水居止，指成都草堂。诗写怀念草堂的心情。

### 其　一

【原诗】军旅西征僻，风尘战伐多[1]。犹闻蜀父老，不忘舜讴歌[2]。天险终难立[3]，柴门岂重过？朝朝巫峡水，远逗锦江波。

【注释】①《唐书》载，永泰元年冬十月，剑南节度使郭英乂与汉州刺史崔旰相攻伐，邛州牙将柏茂琳、泸州牙将杨子琳等起兵讨伐崔旰。　②舜讴歌：《礼记·乐记》："昔者舜作五弦之琴以歌《南风》。"南朝宋裴骃《史记集解》："王肃曰：'《南风》，育养民之诗也。其词曰：南风之薰兮，可以解吾民之愠兮。'"　③天险：指云安。云安地形险要。

【译文】军队向西开赴讨伐邪恶，风尘滚滚战争实在太多！我似乎听到了成都一带的父老，正在吟诵着舜帝的《南风》之歌。云安天险终究难以立身，而浣花溪边的柴门又岂可重过？朝朝暮暮的巫峡水啊，引我远思那锦江之波。

### 其　二

【原诗】万里桥西宅，百花潭北庄。层轩皆面水，老树饱经霜。雪岭界天白，锦城曛日黄。惜哉形胜地，回首一茫茫。

【译文】万里桥西，百花潭北，那里啊有我亲手经营的草堂。高敞的轩廊都对着流水，苍老的树木饱经风霜。西部的雪岭呈现出接天的白色，夕阳中的锦城一片金黄。可惜那山川壮美的地方，回首遥望已然模糊渺茫。

## 青　丝

【题解】此诗当作于永泰元年（765）冬，时杜甫在云安。诗劝叛将仆固怀恩及早投降归顺以求朝廷赦免。这年九月仆固怀恩已在战争中病死，杜甫尚未得知。

【原诗】青丝白马谁家子①？粗豪且逐风尘起。不闻汉主放妃嫔②？近静潼关扫蜂蚁③！殿前兵马破汝时，十月即为齑粉期。不如面缚归金阙④，万一皇恩下玉墀。

【注释】①《隋书》载，南朝梁时，河南王侯景反叛，乘白马，以青丝为羁勒。此前，有童谣唱道："青丝白马寿阳来。"后因以"青丝白马"代指侯景。这里借称叛将仆固怀恩。　②《旧唐书》载，永泰元年二月，内出宫女千人，品官六百人，守洛阳宫。古时称此举为天子之盛德。　③《唐书》载，吐蕃攻长安，泾州刺史高晖投敌，并为向导。吐蕃败退后，高晖逃往潼关，被潼关守将李日越擒杀。　④面缚：双手反绑于背而面向前，用以表示投降。

【译文】那个青丝白马的叛将是谁家的小子？粗豪无德苟且乘着战乱发起事端。难道你没听说皇上盛德放出了妃嫔？难道你没听说叛将高晖已死于潼关？殿前兵马把你击败的日子不会久，我预料十月就是你粉身碎骨的时候。你不如反绑了双手归到金阙，或许万一皇上开恩能把你饶恕。

## 遣　愤

【题解】此诗当作于永泰元年（765）冬，时杜甫居云安。诗写回纥骄横，国家蒙耻，宦官总戎。愤怒之情溢于言表。

【原诗】闻道花门将，论功未尽归①。自从收帝里，谁复总戎机②？蜂虿终怀毒，雷霆可震威。莫令鞭血地，再湿汉臣衣③！

【注释】①《通鉴》载，永泰元年十月，郭子仪入回纥营，与主将药葛罗盟誓，共击吐蕃，药葛罗遂与唐军联合出兵，大败吐蕃。其后，回纥将官二百多人入京论功求赏，唐政府前后赏赐缯帛十万匹，府藏为之空竭，乃至税百官俸以给之。 ②收帝里：指广德元年（763）十月，郭子仪驱逐吐蕃收复长安。十二月，代宗以宦官鱼朝恩为天下观军容宣慰处置使，总领神策军（禁军）。代宗重用宦官以军机之任，与其父如出一辙。故诗中用“谁复”二字以慨叹之。 ③《唐书》载，宝应元年（762）十月，雍王李适任天下兵马元帅，会诸道节度使及回纥援军于陕州，进讨史朝义。李适与僚属前往回纥营中见可汗，可汗责备李适不对他拜舞，僚属晓之以理，回纥将军车鼻遂将药子昂、魏琚、韦少华、李进等僚属各打一百鞭，以李适年少不懂事，遣归营。魏琚、韦少华当晚死去。

【译文】听说回纥的将官们，还在论功求赏未能尽归。自从驱除吐蕃收复长安，是什么人又在把持军机？马蜂蝎子这类东西终究怀着毒水，朝廷应对它们震以雷霆之威。不能再让回纥的鞭子，把汉臣抽得鲜血湿衣！

## 三 绝 句

【题解】这组诗当作于永泰元年（765）冬，时杜甫居云安。三首诗均记动乱事实，可补史书之缺。

### 其 一

【原诗】前年渝州杀刺史，今年开州杀刺史①。群盗相随剧虎狼，食人更肯留妻子！

【注释】①渝州：今四川重庆市。开州：今四川开县，距云安仅百余里。杀二州刺史事，史书无载，发难者当为地方军阀。

【译文】前年渝州刺史被杀，今年开州刺史被杀。群盗相随比虎狼还凶，吃人岂肯放过全家！

其　二

【原诗】二十一家同入蜀，惟残一人出骆谷。自说二女啮臂时，回头却向秦云哭①。

【注释】①这首诗记一位幸存者的诉述。骆谷：在今陕西周至县西南，为由秦入蜀所经之道。啮臂：咬胳膊。表示毅然诀别。这位幸存者当年离家时，忍痛把两女儿留下，至今生死不明，故“向秦云哭”。

【译文】二十一家结伴前往蜀地避难，只剩下一人走出骆谷。当他说起当初与两女啮臂而别时，不禁回过头对着秦云放声痛哭。

其　三

【原诗】殿前兵马虽骁雄，纵暴略与羌浑同①。闻道杀人汉水上，妇女多在官军中②。

【注释】①羌浑：党项羌、吐谷浑。　②“妇女”句：谓掠民女充军妓。

【译文】禁军兵马虽说很骁勇，但是纵暴肆虐则几乎与羌浑相同。听说他们在汉水杀害无辜百姓，又抢掠许多妇女关入军营。

## 哭严仆射归榇

【题解】此诗当作于永泰元年（765），杜甫飘泊渝、忠、云安时期内。严仆射，严武，此年四月死于成都，追赠尚书左仆射。榇（chèn），棺材。严武的灵柩沿水路运回故乡华阴县，过境时，杜甫写诗哭悼。

【原诗】素幔随流水①，归舟返旧京。老亲如宿昔②，部曲异平生。风送蛟龙匣③，天长骠骑营④。一哀三峡暮，遗后见君情。

【注释】①素幔：丧家所用的白色帷幕。 ②老亲：指严武的老母亲。严武镇蜀时，其母亦在成都。 ③蛟龙匣：即“蛟龙玉匣”，古代殡殓帝王之具。后亦指贵官的棺材。严武死后追赠尚书左仆射，故有此称。 ④骠骑：汉代霍去病为骠骑将军，曾大破匈奴。此处代指严武。

【译文】白色的帷幕依随着流水，船运灵柩返回旧京。你的老母还如同以往，部下之稀少却异于平生。江风护送着你的蛟龙玉匣，天地将长留你的骠骑营名。我放声一哀致使三峡入暮，默默回想着你生前对我的深情。

## 承闻故房相公灵榇自阆州启殡归葬东都，有作二首

【题解】这组诗亦当作于永泰元年（765），杜甫漂泊渝、忠、云安时期内。房相公，房琯，广德元年病死于阆州而丧于其地，今启殡归丧东都（房琯为河南人），杜甫闻知其灵柩亦经水路，遂作诗以候江边一哭。

### 其　一

【原诗】远闻房太尉①，归葬陆浑山②。一德兴王后，孤魂久客间。孔明多故事③，安石竟崇班④。他日嘉陵泪⑤，仍沾楚水还。

【注释】①房太尉：房琯死后追赠太尉。 ②陆浑山：在洛阳附近。《唐书》本传载，房琯年少好学，与东平吕向偕隐陆浑山十年。 ③故事：旧时的业绩。 ④《晋书·谢安传》载，谢安死后，帝赠太傅，以殊礼丧之。此用以比房琯，房琯死后，追赠太尉。 ⑤嘉陵泪：指广德二年（764）春天杜甫在返回成都之前，前往阆州房琯墓作别之事，曾作诗云“近泪无干土”。阆州在嘉陵江边。

【译文】遥传房太尉的灵柩，要归葬于故乡的陆浑山。可怜啊，你在一心一德地兴复王室之后，孤魂却在他乡飘泊了好几年。你像孔明一样建有众多业绩，又像谢安那样死后蒙赠高官。昔日在嘉陵江边为你洒下的眼泪，还将重洒于楚水，一路送你归还。

### 其　二

**【原诗】**丹旐飞飞日①，初传发阆州。风尘终不解，江汉忽同流②。剑动亲身匣，书归故国楼。尽哀知有处③，为客恐长休。

**【注释】**①丹旐（zhào）：古时出丧所用的红色魂幡。 ②江汉：指嘉陵江。嘉陵江上游为西汉水，故称。 ③知有处：房琯归葬陆浑山，故云。

**【译文】**传闻灵柩已从阆州出发，想来此刻正是丹旐飘飘的时候。一生中风尘颠簸死后依旧，今日偶与江汉之水一同飘流。你的贴身宝剑在匣中跃动，所著之书回存故国之楼。我已得知尽哀之处，又恐客死不还此愿永休。

## 十二月一日三首

**【题解】**这组诗当作于永泰元年（765）腊月初一，时杜甫居云安。诗写云安春意，渴望早日出峡，回京立朝。

### 其　一

**【原诗】**今朝腊月春意动，云安县前江可怜。一声何处送书雁？百丈谁家上濑船①？未将梅蕊惊愁眼，要取椒花媚远天②。明光起草人所羡③，肺病几时朝日边④？

**【注释】**①百丈：牵船的篾缆。濑（lài）：从沙石上流过的急水。 ②《晋书·列女传》载，刘臻妻陈氏于正月初一献《椒花颂》说："标美灵葩，爰采爰献。圣容映之，永寿于万。"后用以指新年祝词。 ③明光起草：明光，汉宫殿名。后世用以泛指宫殿。《汉官仪》：尚书郎主作文章起草。杜甫此时为检校工部员外郎，故自叙其职如此。 ④日边：喻指京都。

**【译文】**今天是腊月初一而春意已然萌动，云安城南的江水令人眼明。从何处传来一声送书大雁的鸣叫？那是谁家的船正在牵缆逆着急水而行？梅蕊未吐，我的愁眼尚未为之惊动；椒花欲颂，我要取以娱乐远方作客的心情。身为郎官在明光殿起草文章那是令人羡慕的，却不知患有肺病的我几时才能回到京城。

## 其　二

**【原诗】**寒轻市上山烟碧，日满楼前江雾黄。负盐出井此溪女①，打鼓发船何郡郎②？新亭举目风景切③，茂陵著书消渴长④。春花不愁不烂熳，楚客惟听棹相将。

**【注释】**①“负盐”句：云安人家有盐井，其俗为女子背盐贩卖以自给。②打鼓发船：因江峡曲窄，行船时须打鼓以相警示。③《世说新语》载，西晋末年，中原沦丧，南渡的部分官员曾在新亭聚会，周颉叹道：“风景不殊，正自有山河之异！”此处借用以感慨中原未平。④《史记》载，司马相如患消渴病，家居茂陵著书。此处借指卧病云安。

**【译文】**寒气轻笼市上，山岚呈现碧色；阳光照满楼前，江雾变得橙黄。背盐出井的是此处山溪的女子，打鼓开船的是哪个郡县的儿郎？我像周颉站在新亭那样翘首北方但见风景凄切，我像司马相如那样卧病著书为时已长。这里的春花一定会开得很烂漫，只是我无意欣赏，耳边只有船棹的声响。

## 其　三

**【原诗】**即看燕子入山扉，岂有黄鹂历翠微？短短桃花临水岸，轻轻柳絮点人衣①。春来准拟开怀久，老去亲知见面稀。他日一杯难强进，重嗟筋力故山违。

**【注释】**①以上四句均为对“春来”的想象之语。想象故乡春色之美。

**【译文】**即将看见燕子归入山扉，也当会有黄鹂飞临翠微。矮小的桃花会临水开放，轻轻的柳絮会粘点人衣。春来开怀一乐的计划已酝酿良久，年老之后深知与故人见面的时日已经不多。倘若到那时我仍是杯酒难进，将会重叹筋力不济致使故乡又违。

## 又　雪

【题解】此诗当作于永泰元年（765）冬，时杜甫居云安。诗写迫切思归长安的心情。

【原诗】南雪不到地，青崖沾未消。微微向日薄，脉脉去人遥。冬热鸳鸯病①，峡深豺虎骄。愁边有江水，焉得北之朝？

【注释】①鸳鸯病：鸳鸯为文禽，因冬暖而患病，见此地不可居。述离去之由。

【译文】南方的雪落不到地面就化了，只是在高高的青崖上仍有沾存。那崖上的残雪在阳光下也是微薄隐约，默默无言地远离人群。此地冬季暖热致使鸳鸯患病，峡谷深险致使豺虎骄横。愁心之侧尚有不冻的江水，安能乘此江水而北返朝廷？

## 雨

【题解】此诗当作于大历元年（766）正月初八，杜甫与家人在云安过了春节，此时仍居云安。诗写雨中感怀。

【原诗】冥冥甲子雨①，已度立春时。轻箑烦相向②，纤絺恐自疑。烟添才有色，风引更如丝。直觉巫山暮，兼催宋玉悲③。

【注释】①甲子：大历元年正月初八日为甲子。　②箑（shà）：扇子。③宋玉悲：战国时宋玉怀才不遇，自伤生不逢时，每对凄景生发幽怨。

【译文】正月初八下起了冥冥细雨，论季节刚过了立春节气。天气闷热，却烦于过早地摇动扇子；想换上葛衣，却又因季节未到而惶恐迟疑。炊烟升起方为雨幕添些颜色，轻风斜吹细雨散乱如丝。昏暗的雨境使人觉得巫山已暮，加倍产生了宋玉那样的身世之悲。

## 南　楚

**【题解】**此诗当作于大历元年（766）春，时杜甫居云安。云安地处楚之西南，故称南楚。诗写云安春早，并叙客居索寞之情。

**【原诗】**南楚青春异，暄寒早早分。无名江上草，随意岭头云。正月蜂相见，非时鸟共闻。杖藜妨跃马，不是故离群①。

**【注释】**①离群："离群索居"的略语。

**【译文】**南楚的春天自与内地不同，温暖与严寒过早地离分。江边上长满了无名的野草，岭头上飘浮着悠闲的暖云。刚进正月就已见到了蜜蜂飞舞，来非其时的鸟儿一起欢鸣。老翁我杖藜行步恐怕妨碍跃马游春的人，躲在家中可不是故意要离开人群。

## 水阁朝霁奉简云安严明府

**【题解】**此诗当作于大历元年（766）春，时杜甫居云安。严明府，云安县令严某。水阁，是严县令为杜甫一家安置的住处。

**【原诗】**东城抱春岑，江阁邻石面。崔嵬晨云白，朝旭射芳甸。雨槛卧花丛，风床展书卷。钩帘宿鹭起，丸药流莺啭。呼婢取酒壶，续儿诵《文选》①。晚交严明府，矧此数相见。

**【注释】**①《文选》：即《昭明文选》，南朝梁昭明太子萧统编。选录自先秦至梁的诗文辞赋，包括许多具有代表性的作家作品，是研究梁以前文学的重要参考资料。此书为杜甫所重，曾告诫其子宗武"熟精文选理"（《宗武生日》）。

**【译文】**水阁位于东城，下临长江而为春山所环。清晨雨霁群山白云缭绕，朝阳照射着芳菲的郊原。雨后的栏杆中花丛偃卧，风中的床几上书卷翻展。钩起帘子惊飞了门外过夜的白鹭，团制药丸时黄莺亦随之轻啭。呼唤婢女取来酒壶，协助儿子背诵《文选》。晚年有幸结交严明府，何况还能在这里多次与您相见。

## 杜　鹃

**【题解】**此诗当作于大历元年（766）春末，时杜甫居云安。诗刺世间不修臣节者，连禽鸟都不如。盖为当时乱臣贼子而发。

**【原诗】**西川有杜鹃，东川无杜鹃。涪万无杜鹃，云安有杜鹃①。我昔游锦城，结庐锦水边。有竹一顷余，乔木上参天。杜鹃暮春至，哀哀叫其间。我见常再拜，重是古帝魂②。生子百鸟巢，百鸟不敢嗔。仍为喂其子③，礼若奉至尊。鸿雁及羔羊，有礼太古前。行飞与跪乳④，识序又知恩⑤。圣贤古法则，付与后世传。君看禽鸟情，犹解事杜鹃。今忽暮春间，值我病经年。身病不能拜，泪下如迸泉。

**【注释】**①西川，指成都。东川，指阆州，梓州。涪万，涪州、万州。四句历数蜀地游踪，而言杜鹃之有无，可见杜甫对它的关注。　②古帝魂：古代传说杜鹃是战国时蜀王杜宇死后灵魂所化。　③世传杜鹃生子于百鸟之巢，百鸟共养其子。　④跪乳：羊羔吃奶时，双腿跪地。　⑤识序：群雁飞翔时，前后位置不乱。

**【译文】**西川有杜鹃，东川无杜鹃。涪州万州无杜鹃，云安有杜鹃。我当年游历成都，建造草堂于锦水边。栽有竹林一顷余，乔木高入云天。暮春之际杜鹃飞来，哀哀鸣叫于树间。我每次见到它都要拜了又拜，十分尊重这古代帝王的魂灵。杜鹃在百鸟巢中生下后代，百鸟不敢嗔怪。还要替它喂养孩子，就像臣子侍奉君主。至于那鸿雁和羔羊，早在太古之前就懂得礼度。鸿雁行飞而不越序，羔羊知恩必要跪下而吃乳。古代圣贤立下法则，交给后世去相传。君看这些禽鸟的心意，尚且懂得侍奉杜鹃。如今忽又到了暮春，正值我卧病已历一年。有病在身不能再拜你，悲伤的泪水有如迸泉。

## 子　规

【题解】此诗当与前诗同时作。子规，即杜鹃，其鸣声似说“不如归去”，故令客居者闻而生愁。

【原诗】峡里云安县，江楼翼瓦齐①。两边山木合，终日子规啼。眇眇春风见，萧萧夜色凄。客愁那听此？故作傍人低。

【注释】①江楼：即杜甫所居之“水阁”。翼瓦：谓屋瓦整齐铺列，如鸟翼相覆。

【译文】我在峡中的云安县寓居，江楼的屋瓦齐如鸟翼。江楼两旁山林拥簇，终日得闻子规悲啼。它那细微的形体时或在春风中出现，它那凄凉的啼声常常延续到林木萧萧的夜里。愁苦思归的我哪堪去听这种声音？它却故意贴近我低啼不息。

## 客　居

【题解】此诗当作于大历元年（766）春末，时杜甫居云安。诗写客居情况、蜀中时事及思乡之情。

【原诗】客居所居堂，前江后山根。下堑万寻岸，苍涛郁飞翻。葱青众木梢，邪竖杂石痕。子规昼夜啼，壮士敛精魂。峡开四千里，水合数百源。人虎相半居，相伤终两存。蜀麻久不来，吴盐拥荆门。西南失大将①，商旅自星奔。今又降元戎②，已闻动行轩。舟子候利涉，亦凭节制尊。我在路中央，生理不得论。卧愁病脚废，徐步视小园。短畦带碧草，怅望思王孙③。凤随其凰去④，篱雀暮喧繁。览物想故国，十年别荒村。日暮归几翼？北林空自昏。安得覆八溟？为君洗乾坤！稷契易为力⑤，犬戎何足吞！儒生老无成，臣子忧四藩。箧中有旧笔，情至时复援。

【注释】①大将：指剑南节度使郭英乂。永泰元年闰十月，为韩澄所杀。

②元戎：指杜鸿渐。大历元年二月，以杜鸿渐为山南西道、剑南东西川副元帅。 ③刘安《招隐士》："王孙游兮不归，春草生兮萋萋。"此处"王孙"当指汉中王李瑀。李瑀早年就与杜甫有交，杜甫飘泊阆、梓等地时，李瑀贬蓬州（今四川仪陇县南）刺史，二人亦有亲密交往。后来杜甫寓居夔州时，二人亦有书信往来。 ④凤随凰去：当指贵妃与玄宗先后离世。⑤稷契：稷是周代的祖先，教民播种五谷；契是商代的祖先，推行文化教育。二人均为古代贤臣。杜甫素怀稷契之志，《咏怀五百字》曾说"窃比稷与契"。

**【译文】**我所寓居的水阁，前临大江后靠山根。脚下是万丈深渊，碧绿的江涛汹涌翻滚。阁后的山坡上林梢一片青翠，中间夹杂着横七竖八的石头痕。子规鸟昼夜不停地悲啼，壮士听了也会收敛精魂。江峡远开四千里，江水汇合数百源。人和老虎各居其半，相互杀伤终能并存。吴麻很久运不过来，吴盐也都堆积在荆门。这是因为西南之地失掉了大将，蜀中大乱致使行商各自逃命如同流星之飞奔。如今又委任了新元帅，听说已经命驾启程。船家们在等待着水路畅通以便承运，这也须凭借新任节度之尊严。我现在处于半路途中，生活问题没法去论。总是躺着又担心这双病脚残废，就慢步走走去看小园。看见短畦里长满青草，不禁怅望远方思念王孙。听见篱笆上暮鸟喧噪，不禁感慨凤随凰去盛世沉沦。观览景物使我想起故园，想起那阔别十年的荒村。时当日暮能有几只远鸟归还？故园的树林空自黄昏！安能倾覆八溟之水，为君王洗净这污秽的乾坤！朝廷若能使用稷契那样得力的人士，区区外寇又何难扫净？我这儒生老而无成，但身为臣子难免要忧及边境。箱子里有支陈年旧笔，每有感受便用它舒散郁情。

## 石　砚

**【题解】**此诗亦当作于大历元年（766）春末。题下原注："平侍御者。"诗写平侍御的一方石砚极为精美，希望它随平侍御入朝，起草时能任人顾眄而尽所欲言。表达了杜甫积极的参政意识。

**【原诗】**平公今诗伯，秀发吾所羡。奉使三峡中，长啸得石砚。巨璞禹凿馀，异状君独见。其滑乃波涛，其光或雷电。联坳各尽墨，多水递隐见。

挥洒容数人，十手可对面。比公头上冠，贞质未为贱。当公赋佳句，况得终清宴。公含起草姿[①]，不远明光殿[②]。致于丹青地[③]，知汝随顾眄[④]。

【注释】①“公含”句：《汉官仪》：尚书郎，主作文章起草。这里是说平公具有郎官的才干。 ②明光殿：汉宫殿名，汉王商借明光殿起草作制诰。这里当用以指尚书省。 ③丹青地：即丹墀、青琐之地，指朝廷。④汝：指称石砚。顾眄：斜视。

【译文】平公您是当今大诗人，诗文之俊秀为我所羡。奉使出行于三峡中，长啸一声喜得宝贵的石砚。这当是大禹凿山留下的一块巨璞，奇异的形状为您慧眼独见。石体滑润竟如波涛，熠熠的光泽有如闪电。相并的砚穴都能达到盛墨的最大限度，砚润出水的奇观也时常出现。能供几个人同时挥洒，可以面对十支笔管。同平公头上的乌纱相比，坚贞的姿质毫不低贱。幸能当面看着平公赋写佳句，况能陪伴平公终了清宴。平公身怀起草文章的才能，不久即可升为郎官身居明光殿。当你置身于高官济济的朝廷，定能任人斜视而尽所欲言。

## 赠郑十八贲

【题解】此诗当作于大历元年（766）春末，时杜甫居云安。郑贲，见前《云安九日》诗。

【原诗】温温士君子，令我怀抱尽。灵芝冠众芳，安得阙亲近？遭乱意不归，窜身迹非隐。细人尚姑息，吾子色愈谨。高怀见物理，识者安肯哂？卑飞欲何待？捷径应未忍。示我百篇文，诗家一标准。羁离交屈宋，牢落值颜闵[①]。水陆迷畏途，药饵驻修轸[②]。古人日已远，青史字不泯。步趾咏唐虞，追随饭葵堇[③]。数杯资好事[④]，异味烦县尹[⑤]。心虽在朝谒，力与愿矛盾。抱病排金门[⑥]，衰容岂为敏？

【注释】①颜闵：指孔子学生颜回和闵损，二人以品德优秀受人称赞。此以代称郑贲。 ②修轸：大车。 ③葵堇：葵菜和堇菜。指饭食粗劣。④《扬雄传赞》：“家素贫，嗜酒，人稀至其门，时有好事者载酒肴从游学。”此借指向他求教的郑贲。 ⑤县尹：指严明府。 ⑥金门：汉代宫门“金马门”的省称。后用以代指朝廷。

**【译文】**你是一位谦和而博学的君子，使我乐于向你把心怀倾尽。你是冠于众芳的灵芝，我怎能不与你亲近？你遭逢战乱不愿回乡，逃难到此并非归隐。你受到他人的宽容和怜悯，仍旧严于律己待人更加恭谨。你怀藏大志明于事理，有识之士怎肯嘲笑你？不知你屈身低飞是在等待什么，大概是不忍心走那种升官的捷径。你把所著百篇诗文交我览阅，我看这些作品可为诗家写作的标准。我于羁旅之中交结上当代的屈原宋玉，寂寞之中遇到了当代的颜回闵损。艰险的水陆之途使我心神迷乱，饮药治病只好中途辍行。古代贤人虽日益远去，而青史字迹却不曾泯灭。我们相互往来共咏唐虞，彼此追随同吃葵堇。几杯浊酒靠你来筹办，美味佳肴则烦劳县令提供。我的心思虽想进京赴任，只是体力与愿望相互矛盾。带着疾病入朝供职，如此衰容岂能胜任？

## 别蔡十四著作

**【题解】**此诗当作于大历元年春末，时杜甫居云安。蔡十四著作（著作郎，官职名），早在凤翔时，杜甫与之初遇，其后使蜀，再晤于成都，此次护送郭英乂灵柩由水路归京，又相遇于云安。诗叙蔡著作忠义之心，望其入京后陈述民困。

**【原诗】**贾生恸哭后①，寥落无其人。安知蔡夫子，高义迈等伦！献书谒皇帝，志已清风尘。流涕洒丹极，万乘为酸辛。天地则疮痍，朝廷多正臣。异才复间出，周道日惟新。使蜀见知己，别颜始一伸。主人薨城府②，扶榇归咸秦。巴道此相逢，会我病江滨。忆念凤翔都，聚散俄十春。我衰不足道，但愿子意陈。稍令社稷安，自契鱼水亲③。我虽消渴甚，敢忘帝力勤？尚思未朽骨，复睹耕桑民。积水驾三峡，浮龙倚长津④。扬舲洪涛间⑤，仗子济物身。鞍马下秦塞，王城通北辰⑥。玄甲聚不散⑦，兵久食恐贫。穷谷无粟帛，使者来相因⑧。若凭南辕吏，书札到天垠。

**【注释】**①贾生恸哭：《汉书·贾谊传》载，贾谊屡次上疏陈述政事，曾说当今天下，有可为痛哭者一，有可为流涕者二，有可为长太息者六，其他背理而伤道者，难遍以疏举。后世因以借指有识之士的忧国之举。 ②主人：指剑南节度使郭英乂。英乂逃到简州，被普州刺史韩澄所杀。英乂死后必殡于成都，此云“薨城府”，是为隐说。杜甫与英乂有旧交。 ③《蜀志》载，刘备曾说：“孤之有孔明，犹鱼之有水也。”这里以“鱼水亲”喻指君臣契合。 ④《晋书》载，王濬造战船，时谣曰：“不畏岸上虎，只畏水中龙。”龙，指船。 ⑤舲：有窗户的船。 ⑥王城：在河南。北辰：指长安。 ⑦玄甲：铁甲。代指士兵。《唐书》载，崔旰反，柏茂琳等举兵讨之。大历元年三月，山南西道节度使张献诚，与崔旰战于梓州，大败。 ⑧使者：指京都来的索饷之官。

**【译文】**自从贾谊为国事恸哭之后，千载寂寞再无这样的人。岂知当今的蔡夫子，高尚的义气超越同伦！当年你曾上书谒见皇帝，立志扫清战乱风尘。你的泪水洒在朝堂，天子也为此感到酸辛。天地已是满目疮痍，朝廷多有正直之臣。奇异的人才又间或出现，周代的治国之道日益更新。你出使成都使我得见知己，离别的愁颜才得以消尽。府主英乂死于成都，你护送灵柩回归京城。此番在巴地路上相逢，正赶上我卧病于大江之滨。回想当年我俩同在凤翔，转眼间聚散已有十春。我身体衰弱不值一提，只希望你能把自己恤民的心意向朝廷详陈。只要能使国家得到安定，自然会君臣契合如鱼水相亲。我虽说糖尿病重，又岂敢忘记报答皇恩？我还想能在有生之年，再次看到安居乐业的人民。你将沿着江水越过三峡，浮龙般的船只在江上行进。扬帆于洪涛险浪之间，全仗着你有一颗济民之心。然后骑着马前往秦塞，经由王城抵达西京。眼下官军会聚共讨叛逆，战争持久恐要缺乏军粮。荒山穷谷中的百姓已无粟帛，索饷的使者仍然相继不断。还望你凭借南来官吏之便，把平安书信寄到天边。

## 寄常征君

**【题解】**此诗当作于大历元年（766）春末，时杜甫居云安。常征君于去年初冬，曾与杜甫告别，离开云安前往开州（今四川开县）。诗伤征君晚出。

**【原诗】**白水青山空复春，征君晚节傍风尘。楚妃堂上色殊众，海鹤阶前鸣向人。万事纠纷犹绝粒，一官羁绊实藏身。开州入夏知凉冷，不似云安毒热新。

【译文】白水青山徒然呈现春色，征君晚年犹然奔走于风尘。得宠的朝廷新贵像绝色的楚妃身居堂上，您却如阶前的海鹤向人悲鸣。每日里公务纷繁还时常无米可炊，羁绊于卑微的官职只不过是为了藏身。听说开州一带到了夏天气候仍旧凉爽，不像云安这里春天未去就已热得让人难忍。

## 寄岑嘉州

【题解】此诗当作于大历元年（766）春末，时杜甫居云安。岑参于永泰元年（765）十一月，出为嘉州（今四川乐山）刺史，因蜀中兵乱，行至梁州而还。到大历二年（767）六月，始赴嘉州刺史任。此诗题下原注："州据蜀江外。"杜甫作此诗时只是闻知岑参刺嘉之讯，其实岑参并未到任。诗写友朋思念之情。

【原诗】不见故人十年余，不道故人无素书。愿逢颜色关塞远，岂意出守江城居[①]？外江三峡且相接，斗酒新诗终自疏。谢朓每篇堪讽诵[②]，冯唐已老听吹嘘[③]。泊船秋夜经春草，伏枕青枫限玉除。眼前所寄选何物？赠子云安双鲤鱼。

【注释】①江城：指嘉州。嘉州在岷江岸边，故称。 ②谢朓：南朝齐诗人，曾任宣城太守。此借称岑参。 ③冯唐：汉朝人，历汉文、景、武三帝，直言不知忌讳，年老仍为郎官。后用作咏叹年老官卑的典故。

【译文】不见故人已有十余年，不料故人竟无一书相传。我常愿与你相见又愁关塞远隔，岂料你如今出任嘉州长官！外江与三峡尚且相连，而斗酒新诗的佳会却难得实现。你是当代的谢朓每篇作品都堪背诵，我则如汉代的冯唐人老官卑冷暖由人。自从去年秋夜泊船云安至今已过春季，我卧病于青枫江畔未能身列朝班。眼前之物又能有什么值得寄给你，唯一可赠的也就是这首诗篇。

## 船下夔州郭宿雨湿不得上岸，别王十二判官

**【题解】**此诗当作于大历元年（766）春末，时杜甫欲乘船前往夔州（今四川奉节县），待将家属和器物移到船上，天色已晚，遂宿于云安郭外。夜间下了雨，第二天早上，因江岸湿滑不能回城与王十二判官作别，便写此诗向王致意。

**【原诗】**依沙宿舸船①，石濑月娟娟。风起春灯乱，江鸣夜雨悬。晨钟云岸湿②，胜地石堂烟③。柔橹轻鸥外，含凄觉汝贤④。

**【注释】**①舸：大船。 ②“云岸”一作“云外”。考查题目中的“岸”字，及对句中的“石堂”二字，当以“云岸”为确。 ③石堂：当为云安的一处胜景。 ④王十二判官当为杜甫此行提供了资助，故深念惜之。

**【译文】**夜晚宿在沙岸下面的大船上，石上的急流闪动着美好的月光。忽而江风吹起桅灯乱晃，夜雨倾泻江上一片喧响。待到晨钟报晓云中的江岸已经湿透，心怀恋恋地瞻望雾中的胜地石堂。柔橹轻鸥皆在我的关注之外，此刻只怀有一腔凄情感念你的贤良。

## 漫成一首

**【题解】**此诗当作于大历元年（766）春末，杜甫离开云安，乘船东下夔州途中作。诗写舟中夜景之幽静。

**【原诗】**江月去人只数尺，风灯照夜欲三更①。沙头宿鹭联拳静②，船尾跳鱼拨剌鸣③。

**【注释】**①风灯：装有防风罩的灯。 ②联拳：群聚貌。 ③拨剌：跳跃声。

**【译文】**江月离人似乎仅有几尺，桅灯照破夜幕天时将近三更。沙滩上成群的鹭鸶静静地睡去，船尾处不时有鱼儿跃起发出啪啦的响声。

# （八）寓居夔州

## 移居夔州作

**【题解】**此诗当作于大历元年（766）春末，时杜甫抵达夔州。诗记由云安到夔州的行踪、一路上快乐的心情以及寓居夔州的理由。

**【原诗】**伏枕云安县①，迁居白帝城②。春知催柳别，江与放船清。农事闻人说，山光见鸟情。禹功饶断石，且就土微平③。

**【注释】**①伏枕云安：杜甫于永泰元年（765）秋到大历元年（766）春，因病在云安县留滞半年多。 ②白帝城：在奉节县城东白帝山上，东汉初年公孙述建筑，公孙述自号“白帝”，故以为名。这里指夔州，唐代的夔州城就是以白帝城为基础，向西北山坡扩展而成的。 ③土微平：指夔州地势稍平。

**【译文】**卧病云安为时已久，如今迁居到白帝城。一路上春催柳绿以表送别之意，江水也给我一脉清波以增添行船之兴。到处都听人们在谈论着农事，从鸟儿的欢鸣中可以看出山色的清明。沿岸多有大禹凿山留下的断石，只有夔州这里土地稍平。

## 晴二首

**【题解】**此诗当作于大历元年（766）春末，时杜甫初至夔州。诗写久雨初晴之景态，伤羁旅不归。

### 其一

**【原诗】**久雨巫山暗，新晴锦绣文。碧知湖外草，红见海东云。竟日莺相和，摩霄鹤数群。野花干更落，风处急纷纷。

**【译文】**连日下雨巫山一片昏暗，初晴之后山川如同锦绣一新。碧色的是那湖外的春草，红色的是那海东的晴云。终日莺歌相互唱和，几群鹤影高摩苍旻。野花干枯又复坠落，在迎风之处乱飞纷纷。

### 其　二

**【原诗】**啼乌争引子，鸣鹤不归林。下食遭泥去，高飞恨久阴。雨声冲塞尽，日气射江深。回首周南客①，驱驰魏阙心②。

**【注释】**①周南客：指太史公司马谈。《史记》载，汉武帝元封元年首封泰山，司马谈滞留周南（古地名，今河南洛阳以南），未能参与此事。后因用作咏叹羁旅他乡而毫无建树的典故。　②魏阙心：魏阙为古代宫门上的楼观，常用以代指朝廷。春秋时魏中山公子牟有“心存魏阙”之语，后世遂用以表示思念朝廷。

**【译文】**乌鸦欢叫着争相带领幼雏飞翔，白鹤高鸣着不愿飞回潮湿的林间。终于摆脱了雨水的纠缠，乌鸦得以下地觅食；仿佛因为怨恨持久的阴云，白鹤展翅一飞冲天。冲塞的雨声终于消尽，太阳的热气射入深江。客居他乡的我回首北望，恋阙之心在日夜驰奔。

## 客　堂

**【题解】**此诗当为杜甫寓居夔州初期之作。客堂，即“西阁”，是杜甫在夔州的初时寓所。诗写新居环境，叹息诸病缠身不能赴朝供职。

**【原诗】**忆昨离少城①，而今异楚蜀②。舍舟复深山，窅窕一林麓。栖泊云安县，消中内相毒。旧疾廿载来，衰年得无足？死为殊方鬼，头白免短促。老马终望云③，南雁意在北。别家长儿女，欲起惭筋力。客堂节序改，具物对羁束。石暄蕨芽紫④，渚秀芦笋绿。巴莺纷未稀，徼麦早向熟⑤。悠悠日动江，漠漠春辞木。台郎选才俊⑥，自顾亦已极。前辈声名人，埋没何所得？居然绾章绂⑦，受性本幽独。平生憩息地，必种数竿竹。事业只浊醪，营葺但草屋。上公有记者，累奏资薄禄。主忧岂济时？身远弥旷职。修文庙算正，献可天衢直。尚想趋朝廷，毫发裨社稷。形骸今若是，进退委行色⑧。

【注释】①少城：成都大城西边的小城，杜甫的草堂与少城相近。 ②楚：杜甫认为云安、夔州属楚地，故自到云安以后，常以“楚人”自称。 ③古诗：“代马思朔云。”代，代州，今山西代县。杜甫是北方人，故以老马望云喻故乡之思。 ④蕨：山中的野菜，可食。 ⑤徼（jiào）：边塞。指夔州。 ⑥台郎：尚书郎。杜甫为检校工部员外郎。 ⑦章绂：谓所佩绯鱼。杜甫为检校工部员外郎，朝廷赐绯鱼袋。 ⑧行色：行旅。

【译文】回想去年离开少城附近的草堂，如今眼前的山川已有楚蜀之异。舍弃了飘荡经年的船只而进入深山，居住在幽静的山林之麓。滞留在云安县的时候，我深为糖尿病所苦。我患此病已有二十来年，能够活到老年怎能不心意满足？即便死在这里成了他乡之鬼，对于我这满头白发的人来说也不能算作寿命短促。只是如同老马那样终究在缅望故乡之云，又像南方的大雁它的心总在怀念北土。自从离开家乡以来儿女们都长大了，可是我已衰老，每想起身归乡总感缺乏筋力。住进客堂后季节在悄悄地改变，眼前的万物可以聊解我的羁旅之忧。暄暖的石土间长出了紫色的蕨芽，秀丽的洲渚上芦笋一片碧绿。此时的黄莺叫声仍未见稀，此地的小麦却早接近成熟。慢悠悠的太阳照耀着碧波动荡的长江，无边无际的春天芳华已然辞别了草木。尚书省选拔的郎官都是英俊之才，我能当选已感到十分荣耀。想想前辈那些享有声名的人，他们有许多人终身埋没而一无所得。而我却居然佩上了绯鱼袋，无奈我的本性不愿为官只喜欢幽居独处。在我平生所居之处，必定要种上几竿青竹。说起事业也仅是喝酒而已，凡所经营也仅是自己的茅屋。感谢严公记挂着旧日交情，累次奏请终于为我求得一份薄禄。我虽以主忧为念却未能进献济时之策，身在远方久久旷于职守。当今朝廷以加强文治作为取得战争胜利的策略是很英明的，臣子向君王进行规谏的大道畅通无阻。因此我仍想趋赴朝廷，为国家尽一份微薄之力。可是如今身体衰弱到这种地步，是进是退只得听凭行旅状况而已。

## 引　水

【题解】此诗当作于大历元年（766）杜甫初到夔州时。夔州无井，民俗以竹筒相连引山泉入宅，长长的竹筒蟠于山间，长者有几百丈。此诗记载这一风俗特点，且表达欣喜之意。

【原诗】月峡瞿唐云作顶①，乱石峥嵘俗无井。云安沽水奴仆悲，鱼复移居心力省②。白帝城西万竹蟠，接筒引水喉不干。人生流滞生理难，斗水何直百忧宽③！

【注释】①月峡：明月峡，在重庆附近的巴县境内。瞿唐：瞿唐（又作"塘"）峡，夔州南面的江峡。②鱼复：古县名。秦置。治所在今奉节白帝城。三国时蜀主刘备临此，改名永安。晋复旧名。唐贞观间改称奉节，为夔州治所。③何直：岂只。

【译文】从明月峡到瞿唐峡地高接云，乱石高耸，民间饮水不靠凿井。在云安时花钱买水常令奴仆也为此发愁，迁居夔州后用水方便心力都得节省。白帝城西的山间蟠曲着万条竹筒，用竹筒接引山泉可使喉咙不干。人生留滞他乡生活必定艰难，有斗水可饮岂只能使百忧得到宽缓!

## 示獠奴阿段

【题解】此诗作于前诗前后。獠奴，杜甫雇用的当地少数民族的仆人，名叫阿段。杜甫家的引水竹筒断了，水流不过来，阿段不声不响地前去查巡、修理，半夜时分，终于修好，杜甫十分高兴，作诗对阿段大加赞扬。

【原诗】山木苍苍落日曛，竹竿袅袅细泉分。郡人入夜争馀沥，竖子寻源独不闻。病渴三更回白首，传声一注湿青云。曾惊陶侃胡奴异①，怪尔常穿虎豹群。

【注释】①陶侃：疑为"陶岘"之误。陶岘，与孟云卿、焦遂相友善，为杜甫同时代人。陶岘有昆仑奴名摩诃，善泅水，岘投剑于西塞江水，命奴入水取之，过了许久，只见其肢体磔裂浮于水上。杜甫当是用同代事，后人误"岘"为"侃"。陶侃有子名胡奴，但不宜以比獠奴。

【译文】山林苍苍落日昏黄，竹竿引来的细泉发出悠扬的声响。入夜以后当地人家为了争水卡断了我的竹筒，獠奴阿段不声不响地爬上山冈去寻找水源。时当半夜患病的我口渴难忍频摇白首，忽听泉声复响，一股清流自云中注入水缸。我曾惊讶陶岘的胡奴行为异勇，今日更为惊异你出入虎豹群中的胆量。

## 上白帝城

【题解】此诗当作于大历元年（766）初至夔州时。白帝城，见前面诗注。诗写登城怀古和感念时局。盖为当时巴蜀军阀而发。

【原诗】城峻随天壁，楼高望女墙①。江流思夏后②，风至忆襄王③。老去闻悲角，人扶报夕阳。公孙初恃险，跃马意何长④！

【注释】①女墙：城墙上呈凹凸形的小墙。 ②夏后：指大禹，夏后氏部落领袖，故称。大禹以疏导江河功著千秋。 ③宋玉《风赋》："楚襄王游于兰台之宫，宋玉、景差侍。有风飒然而至，王乃披襟而当之，曰："快哉此风！寡人所与庶人共者邪?"兰台宫，旧址在今湖北钟祥县境。 ④公孙：指公孙述，东汉更始时起兵讨伐宗成、王岑之乱，破之，遂占据蜀地，自立为王。建都成都，又修建白帝城，以凭险固守，终为光武帝刘秀所灭。左思《蜀都赋》："一人守隘，万夫莫开；公孙跃马而称帝，刘宗下辇而自王。"

【译文】险峻的城墙依随绝壁而建，站在高楼上眺望女墙。江水畅流眼底使我怀念大禹，清风迎面吹来使我想起襄王。我已年迈却身逢战乱耳闻悲角，病体衰残由人搀扶且趁夕阳。当年公孙述筑此高城以恃天险，其跃马称帝的心气多么高强！

## 上白帝城二首

【题解】这组诗当作于前诗之后，为再次登城之作。第一首感伤战乱不息、民生凋敝，自叹未能献力于国家。第二首咏白帝庙宇荒废，借公孙述之败以警当世军阀。

### 其 一

【原诗】江城含变化①，一上一回新。天欲今朝雨，山归万古春。英雄余事业[②]，衰迈久风尘。取醉他乡客，相逢故国人。兵戈犹拥蜀[③]，赋敛强输秦。不是烦形胜，深愁畏损神。

**【注释】**①江城：指白帝城，因下临长江，故称。 ②英雄：指刘备。刘备起兵伐吴，兵败，死于此地，故称“余事业”。当时国乱未靖，故想及之。 ③兵戈拥蜀：此时崔旰之乱未平。

**【译文】**江城的气象富于变化，每次登临都会感觉一新。天空欲降今晨之雨，山色归去了万古之春。英雄刘备曾在此处留下大业未竟的遗恨，年迈体衰的我久历风尘未能为国建立功勋。寄身他乡唯以醉酒度日，今日方得一见故国来人。如今兵戈仍旧聚集蜀地，困乏的黎民勉强把租税交入朝廷。我并非厌烦此间形胜，只是深愁于国难民瘼而唯恐登临伤神。

其　二

**【原诗】**白帝空祠庙[①]，孤云自往来。江山城宛转，栋宇客徘徊。勇略今何在？当年亦壮哉！后人将酒肉，虚殿日尘埃。谷鸟鸣还过，林花落又开。多惭病无力，骑马入青苔。

**【注释】**①白帝庙：在白帝山上。据传，公孙述被光武帝诛灭，后人建此庙以供奉之。公孙述曾自号“白帝”。

**【译文】**称雄一时的白帝空余一座祠庙，每日里仅有孤云自行往来。江山之间城墙依旧盘曲，栋宇之下我在徘徊。公孙述的勇略如今何在？想当年他那称霸的雄心可谓壮哉！偶尔有人拿些酒肉前来祭祀，却无奈殿宇空空日积尘埃。山谷中的鸟儿前来鸣叫一番又飞走了，林中的花儿凋落之后又复重开。只是我日渐衰老深惭病弱无力，只能骑着马来踏这里的青苔。

## 陪诸公上白帝城头宴越公堂之作

**【题解】**此诗当作于大历元年（766）春末。题下原注：“越公，杨素也。有堂在城上，画像尚存。”李贻孙《夔州都督府记》载，白帝城东南斗上二百七十步，得白帝庙。又有越公堂，在庙南而少西，隋越公杨素所建。

杜甫此诗写越公堂景及陪宴情事。

【原诗】此堂存古制，城上俯江郊。落构垂云雨，荒阶蔓草茅。柱穿蜂溜蜜，栈缺燕添巢。坐接春杯气，心伤艳蕊梢。英灵如过隙[1]，宴衎愿投胶[2]。莫问东流水，生涯未即抛。

【注释】①《庄子·知北游》："人生天地之间，若白驹之过郤，忽然而已。"郤，同"隙"。 ②宴衎（kàn）：宴饮作乐。《古诗十九首》："以胶投漆中，谁能别离此。"后因以胶漆比喻牢不可破的友谊。

【译文】此堂保留着古代的建筑模式，高居城上俯视江郊。颓落的屋檐上云雨低垂，荒芜的台阶上蔓生着茅草。廊柱上的洞穴流淌着蜂蜜，残缺的阁木上新添了燕巢。座席上的我饮着春酒，望着树梢上的艳蕊而内心悲凄。想到一时英杰已如过隙之驹，当此宴乐之际愿与诸公结下深固的友谊。我不想随江水东流而下，夔州的生涯不忍就此抛弃。

## 白帝城最高楼

【题解】此诗当作于前诗前后。诗写江峡形势之险要，发忧世之伤悲。

【原诗】城尖径仄旌旆愁，独立缥缈之飞楼。峡坼云霾龙虎卧，江清日抱鼋鼍游[1]。扶桑西枝对断石[2]，弱水东影随长流[3]。杖藜叹世者谁子[4]？泣血迸空回白头。

【注释】①鼋鼍（yuán tuó）：大鳖和鳄鱼。 ②扶桑：传说中的神树，太阳升起的地方。断石：指瞿塘峡。 ③弱水：指西部地区的细小河流，因不能负载船只，故称。 ④谁子：作者自诘。

【译文】城角尖峭，蹬道狭窄，楼上的旌旗似在发愁，此刻我独自站在这虚无缥缈如飞之高楼。云雾掩埋下的峡谷群山有如龙虎在沉睡，日光照射下的湍急江水好像鼋鼍在浮游。向东望去可以见到扶桑的西枝指向这里的峡谷，向西望去可以见到弱水的影子东来汇入江流。唉，那个拄着藜杖忧时叹世的人是谁呀？他把点点血泪抛落空中不停地摇着白头。

## 晓望白帝城盐山

**【题解】**此诗当于大历元年（766）春末，杜甫寓居西阁时晨望白帝城和盐山感兴而作。盐山，即白盐山，在夔州城东十七里，长江南岸，山色灰白。

**【原诗】**徐步携斑杖，看山仰白头。翠深开断壁，红远结飞楼①。日出清江望，暄和散旅愁。春城见松雪②，始拟进归舟③。

**【注释】**①飞楼：指白帝城楼。杜甫从西阁望盐山，视线经过白帝城。②松雪：指白盐山的景色。 ③进归舟：意谓进舟以亲临此山。

**【译文】**携着斑竹拐杖徐步而行，仰起白头瞻望盐山。断壁开处呈现深翠的颜色，飞楼耸处远映红光数点。太阳从清江边上升起，和煦的光辉使旅愁消散。时当春季竟能见到松雪之景，我开始考虑向那里进船。

## 武侯庙

**【题解】**此诗亦当作于初居西阁时。武侯庙，在城西郊，与杜甫所居的西阁邻近。诗写庙宇凋残，追怀诸葛亮上表于后主、率兵北伐之功德。

**【原诗】**遗庙丹青落，空山草木长。犹闻辞后主①，不复卧南阳②。

**【注释】**①辞后主：建兴五年（227），诸葛亮率师北伐，行前作《出师表》向后主辞行。 ②南阳：郡名，治所在宛县（今河南南阳市）。诸葛亮出山前，曾隐居于南阳垅亩。建兴十二年（234），与北魏司马懿在渭南相拒，病死于五丈原军中。

**【译文】**古庙的彩绘已经剥落，寂静的山间草木荒莽。我仿佛见到他辞别后主慨然出征，尽瘁于军中不能再归卧南阳。

## 八 阵 图

【题解】此诗亦当为初至夔州作。八阵图，指诸葛亮在奉节县西南江滩上所设的阵图。八阵，天、地、风、云、龙、虎、鸟、蛇八种阵势。诗颂诸葛亮卓绝的军事才能。

【原诗】功盖三分国，名成八阵图。江流石不转，遗恨失吞吴①。

【注释】①吞吴：章武元年（221），孙权破荆州，杀关羽。刘备大怒，不听诸葛亮的谏阻，率兵伐吴，造成军事上的惨败，破坏了联吴抗曹的大策。

【译文】你在确立三国鼎立的过程中为蜀国立下盖世之功，你的军事威名成就于八阵图形。江涛日夜冲卷而你用石头垒起的阵形却岿然不动，这似乎是你的英灵在为刘备的吞吴失策而永持遗恨。

## 峡中览物

【题解】此诗当作于初至夔州后。诗写在峡而思乡。

【原诗】曾为掾吏趋三辅①，忆在潼关诗兴多②。巫峡忽如瞻华岳，蜀江犹似见黄河。舟中得病移衾枕，洞口经春长薜萝③。形胜有馀风土恶④，几时回首一高歌。

【注释】①三辅：汉时京兆、扶风、冯翊，称为三辅。唐代沿称。杜甫曾任华州司功参军（掾吏），华州在三辅内。 ②潼关诗兴多：从今存杜诗看，当指乾元二年（759）春自洛阳返回华州，途经潼关时所写的《潼关吏》等“三吏”“三别”诸作。 ③洞口：指西阁门口。 ④风土：指风俗、气候。

【译文】我曾作为一名小吏趋奔于三辅，回想在潼关时诗兴最多。眼前的巫峡使我忽如见到了华山，脚下的长江使我似乎见到了黄河。水路长途得了湿病只好舍舟上岸居住，西阁的门口经春已长满了薜萝。这里的江山虽说十分壮美但风土恶劣，何时才能回归故乡再唱高歌？

## 负 薪 行

**【题解】**此诗当为大历元年（766）初至夔州时作。诗中对夔州劳动妇女的悲惨命运寄予深厚的同情。负薪，背着柴草，指从事砍柴。

**【原诗】**夔州处女发半华，四十五十无夫家。更遭丧乱嫁不售①，一生抱恨长咨嗟。土风坐男使女立，男当门户女出入。十有八九负薪归，卖薪得钱应供给。至老双鬟只垂颈②，野花山叶银钗并。筋力登危集市门，死生射利兼盐井③。面妆首饰杂啼痕，地褊衣寒困石根④。若道巫山女粗丑，何得此有昭君村⑤？

**【注释】**①丧乱：时局动乱。男子多去当兵或已战死，故无夫可嫁。 ②双鬟垂颈：是处女的标志。 ③射利：取利。 ④地褊（biǎn）：处境狭窄。石根：山脚。 ⑤二句为夔州妇女作辩。意谓她们并非天生粗丑，而是由于生活的艰难、繁重的劳动造成的。昭君：中国古代四大美人之一，汉元帝宫女，后嫁给匈奴。其村在归州（今湖北秭归）东北，属三峡境内。

**【译文】**夔州的处女头发已经斑白，四五十岁还没有婆家。遭逢乱世无夫可嫁，一生抱恨悲叹长发。此地的风俗是男坐而女立，男子操持家务女子出门劳动。她们十有八九都是背柴而归，卖柴得钱以支应生活所需和交纳赋税。多数人一直到老依然是双鬟垂颈，野花山叶与银钗并插于发髻。她们用尽全身力气登上高山去砍柴再入市把柴卖掉，又不顾死活地背贩井盐以获取财利。她们那化了妆的脸上带着泪痕，穿着单薄的衣裳蜷缩在狭窄的山旮旯里。如果说巫山的女子天生粗丑，那为什么这一带还生有昭君那样的美女？

## 最 能 行

**【题解】**此诗当与前诗同时作。诗中讽刺峡中男子轻生逐利、气量狭窄，蔑视文化教育。“最能”，意谓最习于水性。

**【原诗】**峡中丈夫绝轻死，少在公门多在水。富豪有钱驾大舸，贫穷取给行艓子①。小儿学问止《论语》，大儿结束随商旅②。欹帆侧舵入波涛，撇漩捎濆无险阻③。朝发白帝暮江陵④，顷来目击信有征。瞿唐漫天虎须怒⑤，归州长年行最能⑥。此乡之人气量窄，误竞南风疏北客⑦。若道士无英俊才，何得山有屈原宅⑧？

**【注释】**①取给：赚钱以谋求生活。艓（dié）子：小船。　②结束：着衣打扮。　③捎濆（pēn）：掠过浪涌。　④《水经注》：“至于夏水襄陵，沿溯阻绝。或王命急宣，有时朝发白帝，暮到江陵。其间千二百里，虽乘奔御风，不以疾也。”　⑤虎须：虎须滩，在夔州西。滩水广大，夏断行旅。　⑥归州：今湖北秭归县。长（zhǎng）年：篙师，撑船的人。　⑦南风：指南方人轻生逐利的风俗。　⑧屈原宅：在今湖北秭归县北，属三峡境内。作者是说，屈原也是三峡中人，只因为接受了文化教育，才成为一代英才。

**【译文】**峡中的男子把生命看得最轻贱，他们不重视读书作官而乐于驾船。富裕的人家驾着大舸去牟利，贫穷的汉子操着小船去赚钱。儿童时期的学问仅止于《论语》，一旦成年便着装打扮为商旅驾船。他们斜帆侧舵把船驶入急流，绕过漩涡掠过浪涌从无险阻可言。古书上所说的“朝发白帝暮到江陵”，这话已被我近来亲眼看到的事实所验证。瞿塘峡水漫天翻滚虎须滩上风涛怒吼，却敌不住归州篙师的好水性。此乡之人气量狭窄，错误地追随南方人轻生逐利的习俗，而疏远北方的文物冠裳之客。如果说这一带的男人没有英俊的人才，那为什么山中却有伟大诗人屈原的住宅？

## 忆郑南

**【题解】**此诗亦当作于初至夔州后。郑南，华州郑县之南。诗忆当年作华州司功参军时的郑南寺院之游，伤旧游之难再。

**【原诗】**郑南伏毒寺①，潇洒到江心。石影衔珠阁，泉声带玉琴。风杉曾曙倚，云峤忆春临②。万里苍茫外，龙蛇只自深。

【注释】①伏毒寺：在华州郑县（今陕西华县）南面的江中，建筑精美。②云峤（jiào）：高而尖的山。

【译文】郑县之南的伏毒寺，气象潇洒地立于江心。山影笼罩着华美的楼阁，泉声有似鸣奏的玉琴。我曾于清晨倚着那里的风杉，看尖耸的山峰春色来临。如今远在万里之外的苍茫峡谷，幽深的江水只供龙蛇藏身。

## 近　闻

【题解】此诗当作于大历元年（766）春末。《唐书》载，永泰元年（765）十月，郭子仪与回纥定约，共击吐蕃，大破之。大历元年三月，吐蕃请和，遣使前来求亲。杜甫闻之而作此诗，言与吐蕃的友好关系应予维持。

【原诗】近闻犬戎远遁逃，牧马不敢侵临洮①。渭水逶迤白日静，陇山萧瑟秋云高②。崆峒五原亦无事③，北庭数有关中使④。似闻赞普更求亲⑤，舅甥和好应难弃⑥。

【注释】①临洮：在甘肃东部、洮河沿岸，唐时属陇右道。宝应元年曾一度被吐蕃攻占。　②陇山：六盘山南段，古称陇坂，渭河平原与陇西高原的分界。曾一度为吐蕃占领。　③崆峒：山名，在甘肃省平凉县西，属六盘山。五原：郡名，属关内道，治所在九原（今包头市西北）。　④北庭：都护府名。统瀚海、天山、伊吾三军，屯伊西二州境。　⑤赞普：吐蕃君长的称号。　⑥《唐书》载，贞观十五年，文成公主嫁吐蕃。景龙二年，金城公主嫁吐蕃。吐蕃赞普曾自称外甥。

【译文】近闻吐蕃侵略军已经远逃，他们放牧马群不敢再侵入临洮。蜿蜒的渭水在朗日下静静流淌，清寂的陇山上空秋云高飘。崆峒和五原也平安无事，北庭都护府屡有朝廷派去的使者。仿佛听到赞普又向朝廷求亲，这种甥舅和好的关系应予保持。

# 雷

【题解】此诗当作于大历元年（766）夏，时杜甫寓居夔州西阁。诗写夔州旱情严重，百姓求雨不成。作者认为，当此灾年，方镇应止息干戈，减轻赋税，使百姓能各务其业。

【原诗】大旱山岳焦，密云复无雨。南方瘴疠地，罹此农事苦。封内必舞雩①，峡中喧击鼓。真龙竟寂寞，土梗空偻俯②。吁嗟公私病，税敛缺不补。故老仰面啼，疮痍向谁数？暴尪或前闻③，鞭石非稽古④。请先偃甲兵，处分听人主。万邦但各业，一物休尽取。水旱其数然，尧汤免亲睹⑤？上天铄金石，群盗乱豺虎。二者存一端，愆阳不犹愈？昨宵殷其雷，风过齐万弩。复吹霾翳散，虚觉神灵聚。气暍肠胃融⑥，汗湿衣裳污。吾衰犹计拙，失望筑场圃。

【注释】①封内：辖境之内。指夔州。舞雩：古代求雨时举行的伴有乐舞的祭祀。 ②土梗：泥塑的偶像。 ③《左传·僖公二十一年》载：“夏大旱，公欲焚巫尪。”被劝阻。杜预注：“巫尪，女巫也，主祈祷请雨者。”尪音 wāng。 ④《初学杂记》载，宜都郡有两块大石，鞭阳石则晴，鞭阴石则雨。庾信诗：“鞭石未成雨。” ⑤《史记》载，尧之时，用鲧治水，九年而水不息。《说苑》载，汤之时，大旱七年，雒圻川竭。 ⑥气暍（yē）：中暑。

【译文】大旱致使山岳枯焦，乌云密布却仍不下雨。南方是滋生瘴疠的地方，遭此旱灾农家非常痛苦。夔州一带照例举行祭祀活动，峡谷中喧喧然敲响了大鼓。然而兴雨的真龙竟然无声无息，人们徒然向泥塑的神像弯腰叩首。无论公私都苦不堪言，税敛之缺不能弥补。父老们仰面悲啼，灾祸之苦向谁诉述？僖公欲杀巫尪以求降雨被人劝阻，鞭打石头以求雨的古事也难以考察。我请求方镇先把刀兵放下，处理是非听命于君主。让天下百姓都能各务其业，给百姓留下生活所需之物。水旱灾害这本是上天的安排，即便是唐尧、商汤又岂能免于亲睹？天降大旱熔化了金石，群盗作乱猛如豺虎；倘若这二者必存其一，则酷日之苦不是还稍好一些吗？昨夜里响起了隆隆的雷声，狂风劲吹有如万箭呼啸而过，又一次把满天的雨云吹散，让我白盼了一场雨神的降临。由于中暑而导致腹泻，淋淋的汗水弄脏了衣服。我身体衰弱又拙于生计，无心再去修筑打谷的场圃。

## 火

**【题解】**此诗当作于前诗之后。题下原注："楚俗，大旱则焚山击鼓，有合神农书。"《神农求雨书》载：祈雨，不雨则暴巫，暴巫而不雨，则积薪击鼓而焚山。诗写夔州百姓求雨不成而放火烧山，以惊蛟龙，满山烈焰熊熊，青林化为灰烬，野兽奔窜狂吼，然而仍不能使雨降下，反倒增添了炎热。意旨在于抨击陋俗，揭露官吏薄于忧民。

**【原诗】**楚山经月火①，大旱则斯举。旧俗烧蛟龙，惊惶致雷雨。爆嵌魑魅泣②，崩冻岚阴昈③。罗落沸百泓④，根源皆太古。青林一灰烬，云气无所处。入夜殊赫然，新秋照牛女。风吹巨焰作，河汉腾烟柱。势欲焚昆仑，光弥焮洲渚。腥至焦长蛇，声吼缠猛虎。神物已高飞，只见石与土。尔宁要谤讟⑤，凭此近荧侮⑥。薄关长吏忧，甚昧至精主。远迁谁扑灭？将恐及环堵。流汗卧江亭，更深气如缕。

**【注释】**①《水经注》载：广溪峡乃三峡之首，山上有神渊，天旱，燃木岸上，推其灰烬，下秽渊中，寻即降雨。 ②爆：燃烧。嵌：险峻的山。③冻：指背阴积冻之处。昈（hù）：文彩斑斓貌。 ④罗落：绵延。 ⑤谤讟（dú）：诽谤。 ⑥荧侮：迷惑侮狎。

**【译文】**夔州山上燃了一个月大火，据说每逢大旱便有此举。旧俗以为这样可以烧起蛟龙，蛟龙惊惶可致雷雨。大火烧着险峻的高山，烧得魑魅哭哭啼啼；背阴的冻崖也被烧崩，阴湿的雾气中火光闪烁。带火的树干连绵不断地掉进山下的水中，众水被烧得扬扬沸沸，这些林木和山泓，都生自遥远的古代。青翠的山林化成一片灰烬，致使浩漫的云气无处存身。入夜之后火光尤为显赫，照耀着初秋的牛女二星。山风劲吹巨焰冲腾，烟柱直入遥远的银汉。那火势似乎要烧向昆仑，火光照遍了江上的洲渚。烧焦的长蛇散发着阵阵腥气，困在火中的猛虎发出声声怒吼。那降雨的神物已然高飞，唯见满山的焦土和石头。你们岂不是在要挟诽谤蛟龙？这种做法近于迷惑和狎侮。这主要是由于长官薄于忧民，不知道以精诚之心去祈救。看那火势正在蔓延谁去把它扑灭？恐怕就要烧到居民的房屋。我流着热汗躺在江亭上，直到深夜仍然气息微微。

## 热三首

**【题解】**这组诗与前诗作于同时，写酷热难耐，寻凉而不可得，并由此念及征夫之苦。

### 其一

**【原诗】**雷霆空霹雳，云雨竟虚无。炎赫衣流汗，低垂气不苏。乞为寒水玉，愿作冷秋菰①。何似儿童岁，风凉出舞雩②。

**【注释】**①菰：多年生水生宿根草本植物，秋季抽生花茎。 ②舞雩：此处指求雨的坛。

**【译文】**雷声白白响了一阵，云雨终归化作虚无。天气酷热啊，衣服上流着汗水，低着头连气也喘不够。我乞求化作寒水之玉，我希望变成冷秋之菰。哪里比得上我的儿童时代，那时的我啊常在舞雩坛上冲风凉快。

### 其二

**【原诗】**瘴云终不灭①，泸水复西来②。闭户人高卧，归林鸟却回。峡中都是火，江上只空雷。想见阴宫雪③，风门飒沓开。

**【注释】**①瘴云：瘴气。山林间湿热蒸发能致病的气。 ②泸水：古水名。一名泸江水。今雅砻江下游和金沙江会合雅砻江以后一段。《益州记》载：泸水两峰有杀气，暑月不可行，故武侯以五月渡泸为艰。杀气，即瘴气。③阴宫：阴凉的宫室。

**【译文】**瘴气始终不见消减，含毒的泸水又从西面流来。关闭房门安心静卧，归林的鸟儿不安地翔飞。峡中滚动的都是火啊，江面上只是打着空雷。我想象着阴宫中凉爽的积雪，盼望着凉风把门急剧吹开。

### 其　三

**【原诗】**朱李沉不冷，雕胡炊屡新①。将衰骨尽病，被暍味空频。歘翕炎蒸景②，飘飖征戍人。十年可解甲？为尔一沾巾！

**【注释】**①雕胡：菰米。菰的子实。可食。　②歘翕（xū xī）：迅疾貌。

**【译文】**红李子泡在水中还是不能变凉，菰米饭剩了就馊只好饨饨新炊。垂老的我连骨头都有病，中暑之后没有食欲徒然频添许多美味。值此骤然酷热的天气，我不禁想起赴远征戍的战士。漫漫十年何曾解过甲胄？我为你们痛洒忧伤之泪。

## 毒热寄简崔评事十六弟

**【题解】**此诗当作于前诗前后，时为初秋。崔评事，为杜甫舅父之子；评事，官职名。崔当奉命出使来夔州办事。诗写夔州酷热难以忍受，思念崔十六弟却不能前访。

**【原诗】**大火运金气①，荆扬不知秋②。林下有塌翼，水中无行舟。千室但扫地，闭关人事休。老夫转不乐，旅次兼百忧。蝮蛇暮偃蹇，空床难暗投。炎宵恶明烛，况乃怀旧丘。开襟仰内弟，执热露白头。束带负芒刺，接居成阻修③。何当清霜飞？会子临江楼。载闻大《易》义④，讽咏诗家流。蕴藉异时辈，检身非苟求。皇皇使臣体⑤，信是德业优。楚材择杞梓⑥，汉苑归骅骝⑦。短章达我心，理为识者筹。

**【注释】**①大火：星宿名，即心星。农历七月，此星向西移动。金气：秋气。五行学说以秋天为金。　②荆扬：泛称楚地。杜甫认为夔州亦属楚地。　③接居：谓与崔十六弟相距较近。阻修：险阻而漫长的道路。　④大《易》：《易经》。其义难解，而崔能解之。　⑤使臣：《唐书》载，评事，掌出使推按。故称崔为使臣。　⑥楚材：春秋时，公孙归生谈到楚国人材外流，有“楚材晋用”之语。后因以“楚材”来称美人才。杞梓：两种优良木材。公孙归生曾用以比喻优秀人才。　⑦汉苑：代指京都。

【译文】“大火”星向西运行，时已入秋，而楚地仍不见秋天的迹象。树林下有热得塌翅的鸟，江水中看不见船只来往。家家户户只是扫地而卧，关闭房门停止了人事交往。老夫心情不再欢乐，旅居生活百忧兼具。一到傍晚蝮蛇蜿蜒爬入室内，黑暗中不敢上床入睡，可是炎热的夜里又厌烦照明的烛光，何况这烛光又让我怀念起故乡！敞开衣襟仰望着你，苦于炎热而裸露着白头。系着衣带则有如芒刺在背，你我居处接近却如隔险阻漫长的道路。何时才能清霜飞起？我将与你会于临江之楼。听说你能通解《易经》的大义，长于讽咏亦属诗人之流。性情宽厚而有涵养不同于世俗之辈，能检点自身而不去无原则地取求。具有庄严肃穆的使臣仪表，品德与功业确实称优。朝廷选择你这样的良才出使入楚，你将如骅骝返回京都。写此短诗以表达我的心意，治理国事就应由有识之士去筹谋。

## 赠崔十三评事公辅

【题解】此诗亦当作于大历元年，杜甫居夔州。崔公辅，杜甫舅氏之子，原为评事，后出为外州幕僚，又因征荐，入朝为羽林军职，道经夔州，杜甫写此诗以赠。诗赞公辅才干，嘱其以百姓困苦、平息群寇为念。

【原诗】飘飖西极马①，来自渥洼池②。飒飁寒山桂③，低回风雨枝。我闻龙正直④，道屈尔何为？且有元戎命，悲歌识者知。官联辞冗长⑤，行路徙欹危。脱剑主人赠⑥，去帆春色随。阴沉铁凤阙，教练羽林儿。天子朝侵早，云台仗数移⑦。分军应供给，百姓日支离。黠吏因封己⑧，公才或守雌。燕王买骏骨⑨，渭老得熊罴。活国名公在，拜坛群寇疑。冰壶动瑶碧，野水失蛟螭。入幕诸彦集，渴贤高选宜。骞腾坐可致，九万起于斯⑩。复进出矛戟⑪，昭然开鼎彝⑫。会看之子贵，叹及老夫衰。岂但江曾决，还思雾一披。暗尘生古镜，拂匣照西施。舅氏多人物，无惭困翮垂。

【注释】①《汉·礼乐志》：“天马来，从西极。”西极，指西部极远之地。②《史记》载，汉武帝时，有人从渥洼池边得良马献上。渥洼，水名，在今甘肃西部安西县境内。 ③飒飁（xí）：大风。 ④龙正直：龙性正直。龙，喻崔公辅。古时常以龙喻有才之士。 ⑤冗长（zhàng）：多余的，无用的。指崔所任的幕府闲散官职。⑥脱剑：解下佩剑。⑦云台仗：指天子的亲兵甲仗。数移：指天子频频逃出京都。⑧封己：厚己，肥私。⑨《战国策》载，郭隗向燕昭王进言道：古代有人用五百金买千里马的头骨，因而在一年之内就得到三匹千里马。劝燕王以重金招贤。后因以"骏骨"喻杰出的人才。⑩《庄子》故事：大鹏翼拍旋风而上九万里的高空。后因以指仕途远大。⑪矛戟：《世说新语》载，钟会曾任镇西将军，与邓艾分兵灭蜀。裴楷说：见到他"如观武库，但睹矛戟。"这里用裴楷语，以钟会比崔公辅。⑫鼎彝：古代祭器，上面刻着功臣的文字。

**【译文】**你就像一匹遥远的西极良马，来自那诞生神骏的渥洼水池。你又像一棵立身于寒山巨风中的桂树，在凄风苦雨中难伸其枝。我听说那龙性正直不苟，可惜世道不正你还能有何作为？如今有了元戎对你的任命，可见你的忧世悲歌还能被识者所知。你辞去了闲散无为的官职，沿着艰危的水路出峡回归。佩着主人解赠的宝剑，一路征帆有春色相随。在阴暗深邃的凤阙之下，你将教练羽林健儿。当今世乱多事天子拂晓就去临朝，亲兵甲仗曾屡次随天子迁移。为了供给军队之需，百姓日益穷困衰疲。而那些狡吏又从中肥私，某些大臣对此则软弱无力。你见用于元戎有如俊才为燕昭王所重，有如周文王得到吕尚那样熊罴之士。国家有这样的元戎必能复兴，拜此人为将必能使群寇惊惧。将令之清肃有如冰壶中的碧水，余孽将如蛟螭从野水中消失。你进入羽林军幕才算贤才毕集，元戎思贤如渴当会重用你。飞腾之志就此可以实现，像大鹏扶摇直上九万里。你还会继续高升成为当代的钟会，你的勋业将昭然刻入鼎彝。我为你即将取得富贵而庆贺，你则为我的衰年而叹息。我平素岂只思念你那口若悬河的谈论，还想一披云雾以见青天那样得见你的丰姿。世态有如古镜蒙尘美丑莫辨，然而一经拂拭便能照出你的美质。舅氏门庭多生英俊人物，想到这里就无须为自己的困抑而惭愧。

## 奉寄李十五秘书文嶷二首

**【题解】**这组诗当作于大历元年（766），时杜甫寓居夔州西阁。李文嶷，系唐宗室子弟，与杜甫有旧交。此时李在云安避暑，欲往江西洪州。杜甫写此诗约其秋天前来夔州，而后一同出峡。

## 其　一

**【原诗】**避暑云安县，秋风早下来。暂留鱼复浦[1]，同过楚王台[2]。猿鸟千崖窄，江湖万里开。竹枝歌未好[3]，画舸莫迟回。

**【注释】**①鱼复：古县名。即夔州。　②楚王台：在四川巫山县境，又称阳台，相传为楚王梦遇神女处。　③竹枝歌：巴渝（四川东部）一带的民歌。

**【译文】**你如今在云安县避暑，待到秋风吹起时要及早沿江开下来。我暂居鱼复县等着你，然后一同去游览楚王台。三峡这里猿鸟嘈杂群崖狭窄，荆门那儿江湖敞豁令人心胸大开。再说巴渝的竹枝歌也不怎么好听，希望你的画船别在那里徘徊。

## 其　二

**【原诗】**行李千金赠[1]，衣冠八尺身。飞腾知有策，意度不无神。班秩兼通贵[2]，公侯出异人。玄成负文彩，世业岂沉沦[3]？

**【注释】**①行李：行旅之人。指李秘书。　②班秩：官员的品级。唐制：秘书郎，从六品上，故曰“通贵”。　③《汉书》载，韦玄成，韦贤之少子，为相七年，守正持重不及于父，而文彩过之。此用其典，可知李秘书之父，曾显达于朝廷。

**【译文】**你作为行旅之人得到友人的千金馈赠，衣冠楚楚身长八尺气概超群。你具有飞黄腾达的才略，预料世事可谓如神。论官阶品位也说得上通达显贵，出身于公侯门第果然颖异绝伦。你就像汉代的韦玄成身负文彩，先人的事业岂能沉沦？

# 寄韦有夏郎中

**【题解】**此诗当作于大历元年（766），时杜甫寓居夔州西阁。郎中，尚书省官员，是尚书、侍郎之下的高级官员。杜甫此时身为检校工部员外郎，与韦有夏同属尚书省官员。韦氏给杜甫寄来柴胡（中草药，主治疟疾等病），杜甫写此诗致谢。

**【原诗】**省郎忧病士，书信有柴胡。饮子频通汗①，怀君想报珠②。亲知天畔少，药饵峡中无③。归楫生衣卧，春鸥洗翅呼。犹闻上急水，早作取平涂。万里皇华使④，为僚记腐儒。

**【注释】**①饮子：指不规定时间、剂量饮服的中药汤剂。通汗：柴胡性能发汗。 ②报珠：汉代张衡《四愁诗》："美人赠我貂襜褕，何以报之明月珠。"此用其语以表报答之意。 ③峡中民俗信祷祠而不服药，故药味缺乏。 ④皇华使：指韦有夏。《诗经·皇皇者华》咏使臣出使。"皇皇者华"意为灿烂的花，意谓使臣出使，远而有光华。

**【译文】**省郎担心我的病情，寄来书信和柴胡。服饮汤剂之后频频发汗，感怀君恩常想报珠。我身在天边亲友稀少，峡中的药饵很难寻找。我的归舟久卧江边已生了苔藓，洗翅的春鸥也在呼唤我上路。我似乎听到了你的船逆着急水而上，祝福你早日踏上坦途。万里征行的皇华使者啊，作为同僚你还如此挂记着我这腐儒。

## 夔州歌十绝句

**【题解】**这组诗当作于大历元年（766）夏，时杜甫寓居夔州西阁。诗记夔州形胜，江峡之险，历史人物，及当地风土人情之特征。

### 其　一

**【原诗】**中巴之东巴东山①，江水开辟流其间。白帝高为三峡镇②，瞿塘险过百牢关③。

**【注释】**①中巴：古时巴地分为西巴、中巴、东巴。夔州属巴东郡。 ②三峡：指瞿塘峡、巫峡、西陵峡。瞿塘峡为三峡第一峡，白帝城雄居于峡口北岸山上。 ③百牢关：古关名，在今陕西勉县西南，地形险阻。

【译文】中巴之东群山连绵，江水自天地开辟以来就奔流其间。高高的白帝城可为三峡之镇守，瞿塘峡之险阻超过了百牢关。

其　二

【原诗】白帝夔州各异城①，蜀江楚峡混殊名②。英雄割据非天意③，霸王并吞在物情④。

【注释】①各异域：古时白帝城在夔州城东，各为一城。　②混殊名：瞿塘峡旧称西陵峡，与荆州西陵峡相混。　③英雄割据：指汉代公孙述据蜀称帝。　④霸王并吞：指汉光武帝灭公孙述收回巴蜀。

【译文】白帝城与夔州本非一城，蜀江的瞿塘峡也混淆了名称。英雄们割据一方自非天意，称王者能统一天下全在于顺应民情。

其　三

【原诗】群雄竞起问前朝，王者无外见今朝①。比讶渔阳结怨恨②，元听舜日旧箫韶③。

【注释】①王者无外：谓帝王以天下为一家。　②渔阳结怨：指安史叛唐。③箫韶：传说舜作乐曲《箫韶》，体现施行教化之治的完成。此借指玄宗开创盛世之后迷恋声色而欣赏的《霓裳羽衣曲》。

【译文】前代群雄竞起相互攻伐，当今的君主则使天下成为一家。近些年竟然发生安史叛唐之事，其源盖因君主喜听那支《霓裳羽衣曲》。

其　四

【原诗】赤甲白盐俱刺天①，闾阎缭绕接山巅②。枫林橘树丹青合，复道重楼锦绣悬。

【注释】①赤甲白盐：二山名。在夔州东面，夹江对峙，高插云霄。赤甲山呈暗红色，白盐山呈灰白色。　②闾阎：百姓的房屋。

【译文】赤甲山、白盐山相并插入青天，百姓的房屋盘山而上直达顶巅。枫林和橘树颜色青红错杂交汇，栈道与层楼相互映衬有如锦绣高悬。

## 其　五

【原诗】瀼东瀼西一万家①，江北江南春冬花。背飞鹤子遗琼蕊，相趁凫雏入蒋牙②。

【注释】①瀼：夔州人称“山间之流通江者”为瀼。杜甫此指夔州城东门外的“西瀼水”，即今奉节东门外半里处的梅溪河。　②蒋：菰，水生草本植物。

【译文】瀼东瀼西居住着万户人家，江北江南四季都在开花。背飞的鹤子遗弃了白色花蕊，相逐的凫雏游入丛生的菰芽。

## 其　六

【原诗】东屯稻畦一百顷①，北有涧水通青苗②。晴浴狎鸥分处处，雨随神女下朝朝③。

【注释】①东屯：在白帝城东北十余里。　②涧水：指白帝城北之“东瀼水”，今称草堂河。　③神女：即宋玉《高唐赋》中所写与楚王欢会的女子。

【译文】东屯的稻田有上百顷，城北有条涧水灌溉着青苗。晴日下的水面处处都有驯顺的鸥鸟在洗浴，每天清早都有甘雨随着神女降自云霄。

## 其　七

【原诗】蜀麻吴盐自古通，万斛之舟行若风。长年三老长歌里①，白昼摊钱高浪中。

【注释】①长（zhǎng）年：篙师。三老：舵工。

【译文】蜀麻与吴盐自古以来都从此峡流通，万斛容量的大船走起来快如疾风。篙师和舵工迎着高浪放声歌唱，船上的商贾在太阳底下赌着输赢。

## 其　八

【原诗】忆昔咸阳都市合，山水之图张卖时。巫峡曾经宝屏见，楚宫犹对碧峰疑①。

【注释】①楚宫：即楚王台。在四川巫山县境。

【译文】回想当年长安都市上商贾云集，曾有人张挂山水图画以售技艺。眼前这巫峡我曾在画屏上见过，至于画上的楚宫则不知今在何处碧峰里。

## 其　九

【原诗】武侯祠堂不可忘①，中有松柏参天长。干戈满地客愁破，云日如火炎天凉。

【注释】①武侯祠：在夔州附近。

【译文】诸葛武侯的祠堂不可遗忘，那里的松柏高入云天上。在这干戈遍地的年代它使我的愁怀得到消解，在这云日如火的炎夏它使我的内心感到清凉。

## 其　十

【原诗】阆风玄圃与蓬壶①，中有高唐天下无②。借问夔州压何处，峡门江腹拥城隅。

【注释】①阆风玄圃：阆风巅、玄圃堂。传说为仙人所居之处，皆在昆仑山巅。蓬壶：即蓬莱，传说中东海三仙山之一。　②高唐：当指巫山县楚王台，即梦遇神女处。

【译文】西有阆风、玄圃东有蓬壶，中间这高唐神台天下独出。试问夔州高压何处，它镇压着瞿塘峡口长江腹部。

# 古 柏 行

**【题解】**此诗当作于寓居夔州时期，详年难以考订。诗写诸葛庙前参天老柏的阴森气象，缅怀君臣际会的盛况，并抒发怀才不遇的苦闷心情。

**【原诗】**孔明庙前有老柏，柯如青铜根如石。霜皮溜雨四十围①，黛色参天二千尺。君臣已与时际会，树木犹为人爱惜。云来气接巫峡长，月出寒通雪山白。忆昨路绕锦亭东②，先主武侯同閟宫③。崔嵬枝干郊原古，窈窕丹青户牖空。落落盘踞虽得地④，冥冥孤高多烈风⑤。扶持自是神明力，正直元因造化功。大厦如倾要梁栋，万牛回首丘山重。不露文章世已惊，未辞剪伐谁能送？苦心岂免容蝼蚁⑥，香叶终经宿鸾凤。志士幽人莫怨嗟，古来材大难为用！

**【注释】**①围：两手合拱的长度。“四十围”及下句“二千尺”均为夸张。②锦亭：指杜甫寓居成都西郊草堂时的江边水亭。 ③同閟宫：《成都记》载，先主庙西院即武侯祠。閟宫，祠庙。 ④落落：出群貌。此言夔州武侯祠古柏。得地：得居处之利。指古柏生于孔明庙前，因而得到人们的爱惜。 ⑤冥冥：高远貌。多烈风：夔州武侯祠坐落于山上，故多烈风撼树。 ⑥苦心：柏心味苦。亦兼写人。

**【译文】**孔明庙前有棵古老的柏树，枝柯宛如青铜，根基如石头般的坚固。苍白的树皮光滑润泽，树干粗达四十围；暗绿的树冠插入云天，树高可达两千尺。君臣应时而遇合的事情虽然已成过去，但这棵象征着孔明人格的大树仍为世人所爱惜。古柏上方的云气连接着长长的巫峡，月光下寒冷的树色辉映着远山的白雪。回想以前我曾绕过锦亭取路东行，那里的先主庙和武侯庙处所相同。柏树的高大枝干突兀于古老的郊原上，庙内的彩绘深邃户牖间肃穆宁静。而夔州的这棵出群的柏树虽得地利，但它那孤高的形体却常披烈风。这自是有神明之力在暗中扶持，它的正直品格本是出于造化之功。大厦如倾则需栋梁支撑，可惜这古柏重如山丘万头牛也难以拉动。它不炫耀文采已然令世人惊异，它不辞砍伐可又有谁能够运送？它苦心自励却仍不免于蝼蚁侵扰，叶子馨香毕竟曾栖居过鸾凤。由此我劝那些志士隐者莫要悲叹，须知自古以来的大材都难为世用！

## 信行远修水筒

**【题解】**此诗当作于大历元年（766）夏，时杜甫寓居夔州西阁。正当酷暑，杜甫的引泉竹筒坏了（题下原注：水筒，即“引泉筒”），仆人信行涉远整修，使杜甫深为感激，作此诗以赞其贤能。由此可见杜甫与劳动人民感情之贴近。

**【原诗】**汝性不茹荤，清净仆夫内。秉心识本源，于事少凝滞。云端水筒坼，林表山石碎。触热藉子修，通流与厨会。往来四十里，荒险崖谷大。日曛惊未餐，貌赤愧相对。浮瓜供老病①，裂饼尝所爱②。于斯答恭谨，足以殊殿最③。讵要方士符④？何假将军佩⑤？行诸直如笔⑥，用意崎岖外。

**【注释】**①浮瓜：指浸泡在凉水中供消暑用的瓜。 ②裂饼：把大饼十字切分。 ③殿最：古代考核政绩或军功，下等的称为“殿”，上等的称为“最”。 ④《汝南先贤传》载，方士葛玄与吴大帝坐楼上，见作请雨土人，即书符著庙社中，须臾大雨淹注，平地水尺余。 ⑤《东观汉记》载，李贰师将军拔佩刀刺山而泉飞出。 ⑥行诸：犹云“行乎”，行，呼信行之名。

**【译文】**你的食性不吃荤腥，在仆人之中最为清净。头脑聪明能知事物的根本，办事麻利很少拖泥带水。山顶的石头碎裂，压断了云端的引水竹筒。你冒着暑热前去修理，才使得泉水流进厨房。你翻越荒崖险谷，来往走了四十里山路。直到黄昏才得回归，腹饥面赤让我又惊又愧。取出供我消暑去病用的水中凉瓜给你解渴，再拿出我所爱吃的裂饼给你充饥。以此来报答你对职事的恭谨，这也足以区分出功劳的高低。何须那方士的降雨之符？何须那将军的开泉之刀？信行啊你的品性正直如同我手中的笔管，对人从来没有歪心眼儿。

# 催宗文树鸡栅

**【题解】**此诗亦当作于大历元年（766）夏，时杜甫寓居西阁。听说乌肉母鸡能治风湿麻痹之病，杜甫便养了许多只。然而鸡多生乱，急需管理，故催长子宗文带领仆人修建鸡栅。诗写小事，亦能见作者日常生活之仔细和心地之仁慈。

**【原诗】**吾衰怯行迈，旅次展崩迫。愈风传乌鸡，秋卵方漫吃。自春生成者，随母向百翮。驱趁制不禁，喧呼山腰宅①。踏藉盘案翻，终日憎赤帻②。课奴杀青竹③，塞蹊使之隔。墙东有隙地，可以树高栅。织笼曹其内，令入不得掷。稀间可突过，觜距还污席④。避热时来归，问儿所为迹。我宽蝼蚁遭，彼免狐貉厄。应宜各长幼，自此均勍敌⑤。笼栅念有修，近身见损益。明明领处分，一一当剖析。不昧风雨晨，乱离减忧戚。其流则凡鸟，其气心匪石。倚赖穷岁晏，拨烦及冰释⑥。未似尸乡翁⑦，拘留盖阡陌。

**【注释】**①山腰宅：即杜甫所寓居的“西阁”。 ②赤帻：《搜神集》载，安阳城南亭西舍，有一只老雄鸡化为人，头戴赤帻（红色头巾）。后因以借指雄鸡。 ③杀青竹：楚地人用火烤竹，去其水分，可使坚固耐久。 ④觜：鸡嘴。距：鸡爪。 ⑤勍（qíng）敌：强敌。 ⑥及冰释：意谓来年冰消时，即将离开夔州，沿江东下。 ⑦尸乡翁：《列仙传》载，祝鸡翁，居尸乡北山下，养鸡百余年，鸡至千头，皆立名字，欲引呼名，皆依呼而至。后升吴山，莫知所在。

**【译文】**我因身体衰弱而不敢继续赶路，旅居夔州也是每日奔忙难得休息。传闻乌鸡肉能够治愈风痹，到了秋天还有很多的鸡蛋可吃。为此在春季孵出了一大群，到现在连母带雏将近五十只。不料它们满院乱跑禁止不住，喧叫之声填满了山腰的宅室，踏上了桌子蹬翻了盘子，使我终日对它们憎恨不已。你要督促仆人炙烤青竹，截出一段小路把鸡隔离，东墙根那里有一片空地，可以立起个高高的鸡栅。编织竹笼让鸡群处于其内，使它们不能腾跳而出。如果栅栏编得稀疏它们可能会钻出来，肮脏的嘴爪还会玷污座席。等我从别处避热归来，我要检查你的工作成绩。我们这样做可以免除蝼蚁被鸡啄食，群鸡也可免于狐貉的侵袭。应该让它们都能由小长到大，从此以后不再受敌。你要把修建笼栅之事挂在心上，干得好坏立马就能见到损益。你应清楚地领悟我的吩咐，对此中道理要一一加以剖析。有鸡报晓可使我们不昧于风雨之晨，可以减少乱离岁月的忧戚。它们固然属于凡鸟之流，但气性坚定司晨守期。倚赖它们则可使我们度过冬季，可以解除烦闷直到来年冰消启程时。我虽养鸡却不如尸乡翁那样驯鸡有术，只能把它们拘禁在田园笼栅里。

## 贻华阳柳少府

**【题解】**此诗当作于大历元年（766）夏末。《唐书》载：华阳县，属成都府，贞观十七年析成都县置。华阳县尉柳某客居夔州，住在野寺，与杜甫所住的西阁相距四五里。诗写清晨访柳情事，抒发家国、身世之慨。

**【原诗】**系马乔木间，问人野寺门。柳侯披衣笑①，见我颜色温。并坐石堂下，俯视大江奔。火云洗月露，绝壁上朝暾。自非晓相访，触热生病根。南方六七月，出入异中原。老少多暍死②，汗逾水浆翻。俊才得之子，筋力不辞烦。指挥当世事，语及戎马存。涕泪溅衣裳，悲风排帝阍。郁陶抱长策，义仗知者论。吾衰卧江汉，但愧识玙璠。文章一小技，于道未为尊③。起予幸斑白，因是托子孙。俱客古信州④，结庐依毁垣。相去四五里，径微山叶繁。时危挹佳士，况免军旅喧⑤。醉从赵女舞，歌鼓秦人盆⑥。子壮顾我伤，我欢兼泪痕。余生如过鸟，故里今空村。

**【注释】**①侯：古时对人的尊称。 ②暍（yē）：中暑。 ③“文章”二句，为感慨之辞，意谓当此兵戈战乱之际，文章则无补于时。 ④古信州：夔州在南朝梁时称信州，唐武德二年（619）改称夔州。 ⑤军旅喧：此时成都有崔旰之乱，而夔州则无战事。 ⑥秦人盆：秦地人有击盆而歌的习俗。此借以表示欢乐。

**【译文】**我在乔木间系好马缰，来到野寺门前打听您的住所。您面带笑容披衣出迎，和颜悦色地接待了我。我们并肩坐在石堂下，俯视眼底奔流的大江。月下的露水洗出朵朵火云，绝壁上升起一轮炙热的朝阳。若非一早就来相访，冒此炎热定会复发老病。南方的六七月间出门走路，与中原地区大不相同。有不少老人孩子中暑而死，人的汗水超过了翻滚的水浆。不过为了能见到您这样的俊才之士，我还是不辞辛苦前来走访。您指点当今国家大事，论及如何止息战争，激动的泪水溅湿了衣裳，慷慨之情有如悲风欲推天子之门。您怀抱良策而抑郁不展，忠义之心只好靠智者去评论。我身体衰弱病卧江边，结识您这美玉般的才士令我感愧万端。我虽能写文章但这不过是雕虫小技，与治国之道不相关联。我在头发花白之际幸蒙您的启发，并由此想把子孙托您照看。如今我俩都客居在古地信州，依着残垣建造草庐。两家相距仅四五里，中间连着一条山叶繁密的小路。在艰危的时局中能结拜佳士已值得庆幸，何况夔州这里又无军旅的喧争！酒醉之后且从赵女起舞，高歌之际敲击秦人的瓦盆。您值壮年犹能为我的衰老而伤心，我虽欢乐眼角上也还垂着泪痕。晚年岁月如疾飞的鸟儿，故乡今日已成了空村。

## 七月三日，亭午已后校热退，晚加小凉，稳睡有诗，因论壮年乐事，戏呈元二十一曹长

**【题解】**此诗当作于大历元年（766）秋，杜甫寓居夔州西阁。一场由春末发生的旱灾所带来的酷热，于此日午后方得消减，杜甫心情稍爽，回忆百日来酷热的煎熬，并追忆壮年的乐事，写诗呈元曹长。曹长，唐时尚书丞郎、郎中相呼为“曹长”。七月三日，仇注“盖立秋之日”，误，此年立秋为六月二十三日。

**【原诗】**今兹商用事①，馀热亦已末。衰年旅炎方，生意从此活。亭午减汗流，比邻耐人聒。晚风爽乌匼②，筋力苏摧折。闭目逾十旬，大江不止渴。退藏恨雨师③，健步闻旱魃④。园蔬抱金玉，无以供采掇。密云虽聚散，徂暑终衰歇。前圣眘焚巫⑤，武王亲救暍⑥。阴阳相主客，时序递回斡。洒落惟清秋，昏霾一空阔。萧萧紫塞雁⑦，南向欲行列。欻思红颜日，霜露冻阶闼。胡马挟雕弓，鸣弦不虚发。长铩逐狡兔⑧，突羽当满月。惆怅白头吟⑨，萧条游侠窟⑩。临轩望山阁，缥缈安可越？高人炼丹砂，未

念将朽骨。少壮迹颇疏，欢乐曾倏忽。杖藜风尘际，老丑难剪拂。吾子得神仙，本是池中物⑪。贱夫美一睡，烦促婴词笔。

【注释】①商：古人以五音配四季，商音配秋，因以商指秋季。 ②乌㡊（qià）：黑头巾。 ③雨师：神话中的司雨之神。 ④旱魃（bá）：神话中的旱神。 ⑤《左传》载，僖公二十一年夏旱，公欲焚巫尪。臧文仲谏阻。臧文仲当时有圣人之名，故称之“前圣”。昚，慎。 ⑥《帝王世纪》载，武王自孟津还，及于周，见暍（中暑）人，王自左拥而右扇之。 ⑦紫塞：《古今注》：秦筑长城，土色皆紫。 ⑧铍（pī）：箭镞较薄而阔、箭杆较长的一种箭。 ⑨“白头吟”，据传始于西汉卓文君，南北朝时诗人如鲍照等曾借此乐府古题抒写个人怀才莫展、处境艰难的哀怨，杜甫此处亦是此意。 ⑩游侠窟：游侠聚会之处。郭璞诗：“京华游侠窟。” ⑪池中物：《三国志》载，周瑜曾说刘备终将如蛟龙得云雨，非池中之物。这里借用其语，意谓元曹长得道之前与一般人没什么两样。

【译文】如今已经进入秋季，余热也随之到了末期。暮年的我旅居在炎热的南方，生命从此有了活力。虽当中午却较少流汗，对邻人的喧闹也能忍受。晚风送爽需要戴上头巾，摧折的身体开始复苏。整整一个夏天热得不愿睁眼，滚滚的长江也不能止渴。恼恨雨神不知藏到何处，只听旱魃在焦土上高视阔步。蔬菜贵得如抱金玉，因为天气干旱园蔬多已晒枯。虽有密云聚于天空，整个夏季却滴雨皆无。前代圣贤也曾慎于焚巫，周武王亲自把中暑者搭救。因为他们知道阴阳之气互为主客，四季时序相递更替，只有清秋之际方有落叶飘零，昏昏的暑气才会一扫而空。想那萧萧的紫塞之雁，正要排列队形向南飞行。我忽然想起自己的青年时代，曾在繁霜浓露的秋天出门打猎。骑着胡马挟着雕弓，弓弦崩鸣箭不虚发。搭起长箭追逐狡兔，弓如圆月羽箭如飞。如今盛事已去徒吟白头之曲，那游侠聚会的京华也已衰微。我站在窗前眺望您的山阁，相隔高远怎可前去拜谒？您正在精心炼治丹砂，未能念及我这老朽。我年轻时也曾想炼丹砂却未能专心以行，宝贵的时光在欢乐中倏忽而过。如今在风尘中杖藜行步，身已老丑难以接受您的点拨。您可是快要成为神仙了，当初也不过就是池中之物。贱夫我只好以一睡为美，趁着今夜凉爽急促捉笔写诗呈寄。

# 牵牛织女

**【题解】**此诗当作于大历元年（766）七夕，时杜甫寓居夔州西阁。七月初七夜，相传为天河两岸牵牛织女相会之期。诗中否定此种传说，却归结到男女应有所谓正当结合的封建说教，甚不可取。

**【原诗】**牵牛出河西，织女处其东。万古永相望，七夕谁见同？神光竟难候①，此事终蒙胧。飒然精灵合，何必秋遂逢？亭亭新妆立，龙驾具层空②。世人亦为尔，祈请走儿童。称家随丰俭，白屋达公宫。膳夫翊堂殿，鸣玉凄房栊。曝衣遍天下③，曳月扬微风。蛛丝小人态，曲缀瓜果中④。初筵裛重露，日出甘所终。嗟汝未嫁女，秉心郁忡忡。防身动如律，竭力机杼中。虽无舅姑事⑤，敢昧织作功？明明君臣契，咫尺或未容。义无弃礼法，恩始夫妇恭。小大有佳期，戒之在至公。方圆苟龃龉⑥，丈夫多英雄。

**【注释】**①神光：《荆楚岁时记》载，七夕，河汉间奕奕有光影，以此为候，是牛女相过。 ②龙驾：泛指神仙的车驾。 ③曝衣：旧时有七月七日晒衣之俗。 ④《荆楚岁时记》载：七夕，人家妇女结彩楼，穿七孔针，陈瓜果于庭中以乞巧。有蟢子（蜘蛛）网于瓜上者，则以为得巧。 ⑤舅姑：指公婆。 ⑥方圆龃龉（jǔ yǔ）：宋玉《九辩》："圜凿而方枘兮，吾固知其鉏铻而难入。"圜，同"圆"；鉏铻同"龃龉"，意见不合。宋玉此处以方榫头不能插入圆孔比喻贤者与小人不能相容。杜甫借指夫妇关系不可以苟合。

**【译文】**牵牛星出现在银河之西，织女星居处于银河之东。万年以来永相眺望，谁曾见过他们在七夕会同？所谓银河间的"神光"终究难以候现，女牛相会之事毕竟朦胧不清。他们既为精灵便会迅疾遇合，又何必等到秋天才如愿相逢？传说今夜织女新妆之后亭亭玉立，渡河的车驾已备于高高的天空。世间之人也为此而忙碌不已，为了乞巧而役使童仆奔走不停。无论贫富都根据自家财力摆上礼品，从乡野茅屋直到君王宫廷。掌管宫廷饮食的小吏前来助劳，在朝的官员也纷纷出门致使室内一空。普天之下都在今夜晾晒衣裳，群衣摇着月色在微风中飘动。浅识的妇人们根据瓜果上蛛丝盘绕的情况，来判断乞巧是否成功。从露水浓重的夜晚开始摆筵乞巧，一直虔诚地守到天明。可叹这些未嫁的女子，持心真是忧郁忡忡。防卫自身往往如循律令，竭尽力气于织布机中。虽然没有公婆可侍，又岂敢不明于织作之功？夫妇之道显然如同君臣之契，即便是亲臣一旦失节也不会被君主所容。为人妇者义在不弃礼法，恩宠始于夫妇肃敬。无论门第高低女子都会有佳期，惟当以至公至正作为戒警。如果苟合失节背弃妇道，定会被英雄丈夫所不容。

## 雨

**【题解】**此诗当作于大历元年（766）秋，时杜甫居夔州西阁。诗写久旱得雨之喜。

**【原诗】**峡云行清晓，烟雾相徘徊。风吹苍江树，雨洒石壁来。凄凉生余寒，殷殷兼出雷①。白谷变气候②，朱炎安在哉！高鸟湿不下，居人门未开。楚宫久已灭，幽佩为谁哀？侍臣书王梦，赋有冠古才③。冥冥翠龙驾，多自巫山台④。

**【注释】**①殷殷（yǐn yǐn）：雷声。　②白谷：指遭旱之后空无所有的山谷。　③宋玉《高唐赋序》：“昔者先王（指楚怀王）尝游高唐，怠而昼寝。梦见一妇人，曰：‘妾巫山之女也，为高唐之客。闻君游高唐，愿荐枕席。’王因幸之。去而辞曰：‘妾在巫山之阳，高丘之阻，旦为朝云，暮为行雨，朝朝暮暮，阳台之下。’”侍臣，指宋玉，时为楚襄王侍臣。　④巫山台：巫山神女所居之地。《巫山县志》载：“城西北半里许，山名高都，为阳台故址，旧有古高唐观。”巫山县在夔州东，距离不远。

**【译文】**清晓峡云密布，雾气也凝聚不开。凉风吹着江边的树木，急雨从石壁间洒过来。凄凉的雨境生出浓重的寒意，殷殷的雷声响个不止。穷白的山谷改变了气候，骄阳酷暑躲到了何处？鸟儿因雨湿而高飞不落，居民因天凉而关门闭户。楚王的宫殿早已泯灭，那位巫山神女在为谁而降此甘霖？侍臣宋玉书录楚怀王的梦境而创作了《高唐赋》，他的文才可谓冠绝古代。此后在广漠的天空中乘着龙驾行雨的，大都来自巫山的阳台。

## 雨

**【题解】**此诗当作于前诗之后，为第二场雨而作，写雨泽苍生之功德。

**【原诗】**行云递崇高，飞雨霭而至。潺潺石间溜，汩汩松上驶。亢阳乘秋热，百谷皆已弃。皇天德泽降，焦卷有生意。前雨伤卒暴①，今雨喜容易②。不可无雷霆，间作鼓增气。佳声达中宵，所望时一致。清霜九月天，仿佛见滞穗。郊扉及我私，我圃日苍翠。恨无抱瓮力③，庶减临江费。

**【注释】**①前雨：指上一首诗所写之雨。 ②容易：从容而平易，谓雨势不急不暴。 ③《庄子》载，汉阴老人抱瓮取水灌田，力费而功寡。后因以“抱瓮”指灌田。

**【译文】**乌云在高山上环绕翻滚，细雨迷蒙飘然而至。山石间的积水潺潺地流，松干上的水流汩汩下淌。前些天秋阳仍很毒烈，各种谷物都没有收获的希望。承蒙皇天降下德泽，使得焦卷的作物有了生意。上次那场雨下得太骤太暴，这场雨则下得从容平易令人心喜。不能没有雷霆啊，间或鸣雷可以鼓动万物增加生气。美妙的雨声一直响到半夜，美好的愿望将会应时全部实现。我仿佛看见九月丰收的田野，到处都有拾捡不净的谷穗。住在城郊的我也蒙受到老天的恩赐，园中的蔬菜一天比一天青翠。我自恨没有抱瓮灌田的能力，有了这场雨差不多可以免去雇人去江边取水的花费。

## 雨　二　首

**【题解】**这组诗当作于大历元年（766）秋，写对雨感怀。第一首写雨中念及行人，第二首写雨中感伤戍卒。

### 其　一

**【原诗】**青山淡无姿，白露谁能数？片片水上云，萧萧沙中雨。殊俗状巢居①，层台俯风渚。佳客适万里②，沉思情延伫。挂帆远色外，惊浪满吴楚。久阴蛟螭出，寇盗复几许。

【注释】①巢居：元稹《酬乐天得微之诗知通州事因成四首》其二：“平地才应一顷馀，阁栏都大似巢居。”自注：“巴人多在山坡架木为居，自号阁栏头也。” ②佳客：当为杜甫之友，时乘船冒雨出峡，故忧虑之。

【译文】雨中的青山暗淡无姿，晶莹的白露也无法辨数。水上的乌云一片连着一片，沙滩上响着潇潇的秋雨。入乡随俗在山坡上架木为居，此刻我站在高台上俯视风中的江渚。佳客在雨中乘船前往万里远处，令我沉思伫望良久。一片风帆移向远景之外，一路惊涛铺向遥远的吴楚。真担心长久阴雨会有蛟螭出来为害，更不知路上会遇到多少贼寇。

## 其　二

【原诗】空山中宵阴，微冷先枕席。回风起清曙，万象萋已碧。落落出岫云，浑浑倚天石。日假何道行？雨含长江白。连樯荆州船，有士荷戈戟。南防草镇惨[①]，沾湿赴远役。群盗下辟山[②]，总戎备强敌。水深云光廓，鸣橹各有适。渔艇自悠悠，夷歌负樵客。留滞一老翁，书时记朝夕。

【注释】①草镇：地名，当指黄草峡，在涪州（今四川涪陵）上游四十里。当时峡西有乱，总戎调荆州兵前往防御。 ②辟山：《唐书》载，唐渝州（今重庆）有壁山县（今重庆西有璧山县）。《宋史》载，辟山县，隶重庆府。诗中“辟山”当指此地。又按，辟山在黄草峡之西，两地相距不远，则总戎所调荆州之兵前往黄草峡防御，应是防御辟山之寇。旧注疑误。

【译文】空寂的秋山进入半夜仍然阴雨不止，枕席间已先透出轻微的寒意。到了清早又刮起了猛烈的旋风，天地万象都已凄然凝碧。连绵的乌云从山中涌出，迷蒙的山岩耸入天宇。不知太阳循行于黄道还是赤道，但见雨幕笼罩着白茫茫的江水。江面上行驶着自荆州而来的船队，船上的士兵手持戈戟。他们心情凄惨地前往西南去防御草镇，身上的军装已被雨水淋湿。此时有群寇攻下辟山，总戎调荆州之兵去抵御强敌。在深广的江水云光里，兵船响着橹声一齐向西驶去。江上的渔艇悠悠荡荡，山上的樵夫唱着夷曲。而我这个老翁却困居此地，朝朝夕夕用笔记录着时景和时局。

## 江　上

**【题解】** 此诗当作于大历元年（766）秋，时杜甫寓居夔州西阁。诗写客居悲秋及旧臣忧国之怀。

**【原诗】** 江上日多雨，萧萧荆楚秋①。高风下木叶，永夜揽貂裘。勋业频看镜，行藏独倚楼②。时危思报主，衰谢不能休。

**【注释】** ①荆楚：指夔州。杜甫以夔州为荆楚地。　②行藏：出仕与归隐。出自《论语·述而》："用之则行，舍之则藏。"

**【译文】** 江峡一带每日多雨，潇潇风雨送来了夔州之秋。凛烈的秋风吹落了树叶，漫长的寒夜里我紧揽貂裘。想到勋业未成而频频对镜叹息，行藏之事无人可与计议只好独倚山楼。时局艰危使我常思报效君主，虽身体衰弱也不能就此罢休。

## 雨　晴

**【题解】** 此诗亦当作于大历元年（766）秋，时杜甫寓居夔州西阁。诗写久雨初晴之喜，申思乡之意。

**【原诗】** 雨时山不改，晴罢峡如新。天路看殊俗①，秋江思杀人②。有猿挥泪尽③，无犬附书频④。故国愁眉外，长歌欲损神。

**【注释】** ①天路：犹云天边，指夔州。　②思（sì）：思绪。　③《水经注》引渔者歌谣："巴东三峡巫峡长，猿鸣三声泪沾裳。"瞿塘峡盖亦有猿，故用此。　④《述异记》载，晋代陆机有黄耳犬，曾为陆机长途传递家书。

**【译文】** 雨中的山色日日依旧，晴后的江峡焕然一新。身在天边面对异俗深感不惯，何况秋江萧瑟引动乡思愁杀旅人！虽有悲凄的猿鸣怎奈我的泪已挥尽，惜无传书的黄犬而我的家书却频待远传。故乡洛阳远在我的愁眼之外，反复歌吟只怕要损伤心神。

## 雨不绝

**【题解】**此诗亦当为大历元年秋季作。诗写细雨连绵之景态。

**【原诗】**鸣雨既过渐细微，映空摇飏如丝飞。阶前短草泥不乱，院里长条风乍稀。舞石旋应将乳子①，行云莫自湿仙衣②。眼边江舸何匆促，未待安流逆浪归。

**【注释】**①舞石：《水经注》载，石燕山中有石似燕，其石或大或小，若燕之母子，遇风雨则飞起，雨过仍落而为石。后借以咏雨。　②行云：指巫山神女。

**【译文】**骤雨已过雨点渐渐细微，漫空里摇曳有如轻丝在飞。阶前的小草没有溅上泥水，院里的柳树长条也不再急剧摇摆。石燕即将带领乳燕飞舞了吧，神女且莫弄湿了自己的仙衣。眼底的江船何必如此匆促，没等雨停浪稳便逆流而归。

## 晚晴

**【题解】**此诗当作于大历元年（766）秋分，时杜甫寓居夔州西阁。诗写晚晴之景及久客未归之慨。

**【原诗】**返照斜初彻，浮云薄未归。江虹明远饮①，峡雨落馀飞。凫雁终高去，熊罴觉自肥。秋分客尚在，竹露夕微微。

**【注释】**①虹饮：古时传说虹下吸水。语出《汉书·燕刺王刘旦传》："是时天雨，虹下属宫中饮井水，井水竭。"

**【译文】**傍晚的阳光穿过雨气照亮山川，稀薄的浮云尚未归还。东天的彩虹跨江垂饮，峡中仍洒着稀疏的雨点。凫雁终究高飞远去，熊罴落得个膘肥肚圆。客居的我秋分时节仍旧留滞，夕听竹间冷露轻滴，增加了凄凉之感。

## 返　照

**【题解】** 此诗当与前诗同时作，写雨后晚晴之景及衰病乱离之感。

**【原诗】** 楚王宫北正黄昏①，白帝城西过雨痕。返照入江翻石壁，归云拥树失山村。衰年病肺惟高枕，绝塞愁时早闭门②。不可久留豺虎乱③，南方实有未招魂。

**【注释】** ①楚王宫：在今四川巫山县西北，距夔州不远。这里的“楚王宫北”与下句“白帝城西”皆指所寓居的夔州西阁一带。　②绝塞：指夔州。　③豺虎乱：指地方军阀作乱。此时杜鸿渐镇蜀，对各地军阀采取放任态度。夔州乱象已萌，至大历三年，杨子琳果杀夔州别驾张忠，据其城。

**【译文】** 楚王宫北正值黄昏，白帝城西初过雨痕。斜阳照着江水，光影摇动于石壁上面；归山的云气簇拥着林木淹没了山村。衰老而患有肺病的我惟有高枕而卧，心忧夔州的时局而早早闭了房门。我不能久留在这豺虎作乱的险地，一旦遭遇动乱恐怕难以招回惊散的旅魂。

## 雨

**【题解】** 此诗当作于大历元年（766）秋，这年春夏大旱而秋季多雨，故多写雨之诗。

**【原诗】** 万木云深隐，连山雨未开。风扉掩不定①，水鸟过仍回。鲛馆如鸣杼②，樵舟岂伐枚③？清凉破炎毒，衰意欲登台。

**【注释】** ①风扉：在房门外加设的用以挡风的门。　②鲛馆：鲛人的水中居室。鲛人，传说中水中的人鱼，终日流泪，能以泪线织绡。 ③枚：树干。《诗经》："伐其条枚。"注：枝曰条，干曰枚。

【译文】万木深隐于云层里，连山之雨久久不停。风门被吹得关掩不定，水鸟往来嬉戏于雨中。雨声札札有如鲛人在不停地织绡，樵夫的船只好停泊在江边。雨送清凉解除了炎酷的暑气，我想登上楼台一舒衰颓之心。

## 雨

【题解】此诗当作于大历元年（766）秋，时杜甫寓居夔州西阁。诗叹雷雨频繁盖因战乱所致。

【原诗】始贺天休雨，还嗟地出雷。骤看浮峡过，密作渡江来。牛马行无色，蛟龙斗不开。干戈盛阴气，未必自阳台①。

【注释】①阳台：用巫山神女事。

【译文】方才贺罢老天停止降雨，又复感叹大地滚出沉雷。眼看骤雨浮峡而过，岂知又密集地渡江而来。路上的牛马已难辨形影，恶斗的蛟龙仍未散开。战争致使阴气太盛，如此大雨未必来自阳台。

## 滟　滪　堆

【题解】此诗当作于大历元年（766）秋。《寰宇记》载，滟滪堆在夔州之西，蜀江中心，夏水涨，半没，冬水浅，出二十余丈。这是说的大滟滪堆，新中国成立后已炸平。现存瞿塘峡口者为小滟滪堆，仍很险恶。此诗写大滟滪堆之险状，并由此而慨叹艰险的生活道路。

【原诗】巨石水中央，江寒出水长。沉牛答云雨①，如马戒舟航②。天意存倾覆，神功接混茫。干戈连解缆③，行止忆垂堂④。

【注释】①沉牛：船家把牛沉入水中以祭神灵，使保佑平安渡过滟滪堆。

云雨：比喻恩泽。《后汉书·邓骘传》："托日月之末光，被云雨之渥泽。" ②如马：世说"滟滪如象，瞿唐莫上；滟滪如马，瞿唐莫下。"盖峡中船公以滟滪堆为行船之候。 ③连解缆：指由成都一路行止而至夔州。 ④垂堂：靠近堂屋檐下，因瓦坠能伤人，故以喻危险境地。

**【译文】**巨大的礁石岿立在江心，秋寒之际高高露出水面。船家沉牛入水以答谢神灵的恩泽，看到其状如马的时候则戒止行船。上苍之意是为了提醒船家警惕倾覆，故而立此礁石接于混茫的水中。我在战乱之中连续解缆行船，回忆一路行止总是处于险境。

## 种莴苣并序

**【题解】**此诗当作于大历元年（766）秋，杜甫寓居夔州西阁。下了秋雨，杜甫于堂前开了两席菜畦，种上了莴苣籽儿，过了二十来天，莴苣竟没发芽，而野苋却长得很茂盛。由此而引出一番小人压抑君子的议论。盖为平生遭际而发。

**【原序】**既雨已秋，堂下理小畦，隔种一两席许莴苣，向二旬矣，而苣不甲拆，独野苋青青。伤时君子，或晚得微禄，轗轲不进，因作此诗。

**【原诗】**阴阳一错乱，骄蹇不复理①。枯旱于其中，炎方惨如燬。植物半蹉跎，嘉生将已矣。云雷欻奔命，师伯集所使②。指挥赤白日，澒洞青光起。雨声先以风，散足尽西靡。山泉落沧江，霹雳犹在耳。终朝纡飒沓，信宿罢潇洒。堂下可以畦，呼童对经使。苣兮蔬之常，随事蓺其子。破块数席间，荷锄功易止。两旬不甲拆，空惜埋泥滓。野苋迷汝来，宗生实于此③。此辈岂无秋？亦蒙寒露委。翻然出地速，滋蔓户庭毁。因知邪干正，掩抑至没齿。贤良虽得禄，守道不封己④。拥塞败芝兰，众多盛荆杞。中园陷萧艾⑤，老圃永为耻。登于白玉盘，藉以如霞绮。苋也无所施，胡颜入筐篚⑥？

**【注释】**①骄蹇：骄，谓日光毒烈；蹇，谓雨水贫乏。 ②师伯：雨师和风伯。古代传说司雨和司风的神。 ③宗生：丛生。同类植物密集地生在一起。 ④封：肥，厚。 ⑤萧艾：艾蒿，臭草。 ⑥筐筐：盛物竹器。方者曰筐，圆者曰筐。

【译文】阴阳之气一经错乱，晴雨之序便不循常理。由此产生严重的旱灾，炎热的南方惨如火海。植物大多失去生长的时机，美好的谷物奄奄一息。突然间云婆雷公应命而至，雨师风伯也集合听从役使。喝令太阳隐起形影，无边的黑云布满天宇。雨声以风声为先导，纷纷的雨脚随风向西倾斜。山泉暴涨跌入沧江，耳边犹然响着霹雳。哗哗大雨终日未停，连下了两夜方才止息。雨后的堂前可以开畦，招呼两个童仆对面把菜畦整治。莴苣只是平常的蔬菜，可以随时随地撒下种子。垦土面积不过数席之间，没有花费多大力气。谁知过了两旬也没长出芽来，空惜种子埋在泥里。而那些野苋却密密麻麻地长了出来，真不知它们是从哪儿来的！这些东西难道就不受秋风的威胁？寒露一降也会枯萎；反倒一个劲儿地钻出地面，生满庭院，几乎把门径搞毁。我因此知道小人侵害君子，是一定要侵害到底的。君子即便得到微禄，也会守道而不肥己。君子如同被排挤而致残的芝兰，小人之势盛超过了荆杞。菜园被蒿艾所埋没，使老圃我永远引为羞耻。然而嘉美的蔬菜终将登上白玉盘，盘下垫着美如云霞的纨绮。你们这些野苋却一无所用，有何脸面装入菜筐里？

## 白盐山

【题解】此诗当作于大历元年（766）秋。白盐山，在夔州城东，山色灰白，故称白盐。诗写游山所见，自信此诗足可流传。

【原诗】卓立群峰外，蟠根积水边①。他皆任厚地，尔独近高天。白榜千家邑②，清秋万估船。词人取佳句，刻画竟谁传？

【注释】①《荆州记》载，白盐崖下有黄龙滩，水最急，沿泝所忌。此句“积水”盖指此滩。 ②白榜：指门上匾额。千家邑：谓山上居民众多，俨然成邑。

【译文】白盐山卓立于群峰之外，根基蟠在积水之边。其他的山都凭借地基的雄厚，只有你孤峰一柱接近高天。山上匾额闪闪千家成邑，山下过往着清秋时节的万只商船。诗人选取佳句来刻画你的壮美，不知此诗终将有谁去相传。

## 谒先主庙

**【题解】**此诗当作于大历元年（766）秋。《方舆胜览》载，先主庙在奉节（即夔州）县东六里。黄初三年（222）二月，先主刘备率兵伐吴，败归白帝城，次年四月卒于永安宫（在奉节县城北部）。诗叙先主始末，写庙中景事及忧患时局的心情。

**【原诗】**惨淡风云会，乘时各有人。力侔分社稷，志屈偃经纶。复汉留长策，中原仗老臣①。杂耕心未已②，欧血事酸辛③。霸气西南歇，雄图历数屯。锦江元过楚，剑阁复通秦。旧俗存祠庙，空山立鬼神。虚檐交鸟道，枯木半龙鳞。竹送清溪月，苔移玉座春④。闾阎儿女换，歌舞岁时新。绝域归舟远，荒城系马频。如何对摇落？况乃久风尘。孰与关张并，功临耿邓亲⑤？应天才不小，得士契无邻⑥。迟暮堪帷幄，飘零且钓缗⑦。向来忧国泪，寂寞洒衣巾。

**【注释】**①老臣：指诸葛亮。刘备临终前，把复汉大业托付诸葛亮，说："君才十倍曹丕，必能定大事。" ②《三国志》载，诸葛亮与司马懿对峙于渭南，每患粮不继，分兵屯田为久驻之基，耕者杂于渭滨居民之间。③欧血：呕血。《三国志》载，诸葛亮粮尽势穷，忧恚呕血，一夕烧营遁走，入谷道，发病而卒。 ④玉座：对先皇神床的敬称。 ⑤耿邓：耿弇、邓禹，皆东汉时人。耿弇，从光武帝，拜建威大将军，封好畤侯，战功卓著。邓禹，拜前将军，迁大司徒。 ⑥无邻：无与伦比。 ⑦钓缗：钓竿上的线。这里指垂钓。

**【译文】**风云惨淡君臣际会，魏蜀吴各有乘时而起的异人。先主与曹操、孙权力量均等构成鼎足之势，可惜伐吴事败偃息了满腹经纶。临终前留下了恢复汉室的良策，把统一中原的大业托付给老臣。诸葛亮分兵屯田壮心未已，不料病死军中事颇酸辛。西南的王霸之气已然衰落，一统天下的汉室运数已经告终。锦江过楚剑阁通秦，蜀地终被晋朝并吞。至今这里仍依旧俗保留着先主祠庙，空寂的山中设立着他的神像。凌空的屋檐连接着险峻狭窄的山路，古老的松树多半已长出龙鳞。清溪边的竹林送走夜复一夜的明月，神床上的苍苔迎来年复一年的青春。里巷的儿女不知换了多少代，前来祭祀的歌舞岁岁常新。我从边远地区乘船归京，因病滞留荒城常常骑马来到庙中。面对萧条的秋景每每悲情难抑，何况当此战乱不息的时辰！有谁能像关羽、张飞那样忠义保主？有谁能像耿弇、邓禹那样建树高勋？必有明主应天之才，方能成君臣契合的机缘。可惜我年齿迟暮不堪参与帷幄，飘泊他乡苟且垂钓藏身。一向垂流的忧国之泪，清冷地洒满我的衣巾。

## 白　帝

**【题解】** 此诗当作于大历元年（766）秋，以风雨云雷、高江急峡为兴象，发世乱民困之慨叹。

**【原诗】** 白帝城中云出门①，白帝城下雨翻盆。高江急峡雷霆斗，古木苍藤日月昏②。戎马不如归马逸，千家今有百家存。哀哀寡妇诛求尽③，恸哭秋原何处村？

**【注释】** ①白帝城在白帝山上，地势很高，故有云出城门之象。 ②日月：偏义复词，指日光。 ③诛求：强制征收赋税。

**【译文】** 白帝城中的乌云涌出城门，白帝城下的暴雨势如翻盆。暴涨的江水为峡口所束，发出的巨响与雷霆滚成一团；古木苍藤遮蔽群山，雨中的江峡日色昏昏。出征的马远不如归田的马走得轻快，千户的城邑如今只有百家尚存。因为战乱而丧夫失儿的寡妇被搜刮得一贫如洗，那哀哀的哭声来自秋原的何处荒村？

## 黄　草

**【题解】** 此诗当作于大历元年（766）秋，为蜀中兵乱而作，希望巴蜀方镇各自罢兵，一致对付外寇。

**【原诗】** 黄草峡西船不归[①]，赤甲山下人行稀[②]。秦中驿使无消息，蜀道兵戈有是非[③]。万里秋风吹锦水，谁家别泪湿罗衣[④]？莫愁剑阁终堪据，闻道松州已被围[⑤]。

**【注释】** ①黄草峡：在涪州（今四川涪陵）西四十里。杜甫在前《雨二首》其二中写道元戎调荆州兵溯江去草镇防御之事，草镇即黄草峡。此句“船不归”言兵船尚未凯旋。 ②赤甲山：在夔州城东北七里。“行人稀”，见战乱频仍，交通阻滞。 ③据唐史，杜鸿渐至蜀治理崔旰之乱，将崔旰及讨伐崔旰的杨子琳、柏茂琳等各授刺史、防御之职，并未处罚崔旰。杜甫对此不满，故提及“是非”问题。然而，崔旰之杀成都尹郭英乂，实因郭泄私忿所致，其罪亦不可不论。杜甫对此事的持论亦有偏颇。 ④二句言崔旰攻打成都，造成黎民生离死别。 ⑤此句泛言吐蕃之威胁边境，诸将应息兵，一致对付外患。

**【译文】** 前往黄草峡的兵船尚未罢归，赤甲山下的行人寥寥无几。朝廷的使臣尚无消息，蜀中的兵乱应辨是非。万里秋风吹拂着锦水，不知成都的旧友有谁遭受了乱离。且莫忧虑剑阁为方镇所据，听说松州已被吐蕃包围。

## 奉汉中王手札

**【题解】** 此诗当作于大历元年（766）秋，时杜甫寓居夔州西阁。汉中王，李瑀，贬蓬州刺史，被召还，途中暂留归州避暑，如今将出峡归京，写信报知杜甫，杜甫写此诗回复。

**【原诗】** 国有乾坤大，王今叔父尊[①]。剖符来蜀道[②]，归盖取荆门[③]。峡险通舟峻，江长注海奔。主人留上客[④]，避暑得名园。前后缄书报，分明馔玉恩。天云浮绝壁，风竹在华轩。已觉良宵永[⑤]，何看骇浪翻？入期朱邸雪[⑥]，朝傍紫微垣[⑦]。枚乘文章老[⑧]，河间礼乐存[⑨]。悲秋宋玉宅[⑩]，失路武陵源[⑪]。淹泊俱崖口，东西异石根[⑫]。夷音迷咫尺，鬼物倚朝昏[⑬]。犬马诚为恋，狐狸不足论。从容草奏罢，宿昔奉清樽。

【注释】①王：指汉中王李瑀。李瑀是玄宗兄、让皇帝李宪之子，代宗之叔父。 ②剖符：古代帝王分封诸侯时，以竹符为信证，剖分为二，君臣各执其一。此指汉中王受命任蓬州刺史。蓬州治所在今四川仪陇县南，故称“来蜀道”。 ③归盖：谓王归还。盖，车盖。荆门：山名，在湖北宜都县西北，长江南岸，与虎牙山隔江对峙。古代为巴蜀、荆吴之间的要塞。④主人：指归州（今湖北秭归）刺史。 ⑤良宵永：秋夜漫长。可知此诗写于秋季。 ⑥朱邸：诸侯王第宅，以朱红漆门，故称。此指汉中王在京都的宅第。 ⑦紫微：比喻帝宫。 ⑧枚乘：西汉辞赋家，在梁孝王的门客中年龄最高。此处作者自比。 ⑨《汉书·河间献王传》载，汉景帝之子河间献王刘德，修学好古，立博士，修礼乐。此处用以比汉中王。⑩宋玉宅：在归州。宋玉有悲秋之叹。这里暗指汉中王所在之地。 ⑪武陵源：即陶潜所描写的桃花源。失路，写自己游楚未果。 ⑫石根：山脚。⑬夷音、鬼物：自伤独居夔州丑俗恶地中。

【译文】大唐帝国广如乾坤，您是当今天子的叔父，地位颇尊。曾受命为刺史前来蜀地，如今应召归京取道荆门。您的归舟穿越险峻的山峡，沿着注海的江流向东急奔。归州主人留下了您这贵客，暂居名园以避暑气高温。您曾先后来信告知行迹，又寄赠美食对我实属恩深。您的寓所下临云气缭绕的绝壁，华美的轩堂四周生长着竹林。既然觉得秋夜适意，何须忙于触浪前行？预期于降雪之际可入京都府第，靠近紫微垣畔去上朝参政。我就像汉朝的枚乘在梁孝王的文士中年龄最老，您如同汉朝的河间献王将礼乐修存。您如今身临悲秋文士宋玉之宅，我欲前往武陵胜地却未能如愿。我们的留滞之地同是谷口，却一东一西不在一个山根。夔州的方音令人难懂，晨昏之时常有怪物凭临。我对您的依恋诚如犬马之恋主，至于那些狡猾的狐狸又何足一论！请您在草拟奏章之余，常忆我们一起饮酒交欢的情分。

## 殿中杨监见示张旭草书图

【题解】此诗当作于大历元年（766）秋。殿中监（官职名，掌天子服御之事）杨某前往成都见杜鸿渐，路过夔州，与杜甫相会，出示箧中珍藏的张旭草书图。杜甫看罢大为赞赏，因作此诗以记观感。

**【原诗】**斯人已云亡，草圣秘难得①。及兹烦见示，满目一凄恻。悲风生微绡②，万里起古色。锵锵鸣玉动，落落群松直。连山蟠其间③，溟涨与笔力。有练实先书，临池真尽墨④。俊拔为之主，暮年思转极。未知张王后⑤，谁并百代则。呜呼东吴精⑥，逸气感清识。杨公拂箧笥，舒卷忘寝食。念昔挥毫端，不独观酒德⑦。

**【注释】**①草圣：张旭以草书见长，世有“草圣”之称。杜甫在《饮中八仙歌》中曾赞道：“张旭三杯草圣传，脱帽露顶王公前，挥毫落纸如云烟。”二人当为旧识，故见其遗墨而感到凄凉。　②微绡：用于写字的薄绢。　③《法书要录》：索靖章草书，若雪岭松，冰河危石。萧思话行草，如连冈尽望，势不断绝。　④卫恒《书势》：“弘农张伯英，凡家之衣帛，必先书而后染练之。临池学书，池水尽黑，韦仲将谓之草圣。”张伯英，即东汉草书家张芝。　⑤张王：指张芝、王羲之。　⑥东吴精：美称张旭。张旭，东吴苏州人。李颀《赠张旭》：“皓首穷草隶，时称太湖精。”⑦酒德：刘伶有《酒德颂》，极言饮酒之乐，后世遂以“酒德”指饮酒的旨趣与品德。据《新唐书》载，张旭嗜酒，每大醉，呼叫狂走乃下笔，或以头濡墨而书。

**【译文】**这位书法大师已然故去，草圣的珍品实在难得一见。今日烦您出示其草书，展卷之后不禁满目凄然。只觉薄绢之上悲风飒飒，古雅的意趣弥漫万里。似闻玉石在锵锵地鸣动，似见群松挺拔而立。连绵的山峦蟠曲其间，浩瀚的大海借给笔力。料想他一定像张芝那样写遍了衣料，临池学书致使池水皆黑。卓异出众是其书法的主体风格，到了晚年技艺臻于极境。不知在张芝、王羲之之后，有谁的草书造诣能与他相并。张旭啊果然不愧东吴精灵的美称，超俗的气概感动了高见卓识的杨公。杨公经常拂拭珍藏此品的书箱，不时取出舒卷把玩乃至寝食都忘。又常忆念其挥毫落笔的神姿，而不只是赞许他饮酒的海量。

## 杨监又出画鹰十二扇

**【题解】**此诗当与前诗同时作。杨监出示的十二扇鹰图，是临摹开元时人冯绍正的作品。杜甫由此而忆及开元盛世，抒发盛世已去、壮志难酬的感慨。

**【原诗】**近时冯绍正，能画鸷鸟样①。明公出此图，无乃传其状？殊姿各独立，清绝心有向。疾禁千里马，气敌万人将。忆昔骊山宫，冬移含元仗②。天寒大羽猎，此物神俱王③。当时无凡材，百中皆用壮。粉墨形似间，识者一惆怅。干戈少暇日，真骨老崖嶂④。为君除狡兔，会是翻韝上⑤。

**【注释】**①《历代名画记》载：冯绍正，开元八年为户部侍郎，善画鹰鹘鸡雉，尽其形态，嘴眼脚爪毛彩俱妙。曾于禁中画五龙堂，有降云蓄雨之感。 ②含元仗：含元殿的仪仗。大明宫的正殿曰含元殿。玄宗太平时，每年十月幸骊山温泉宫，校羽猎。 ③大羽猎：古时帝王出猎，士卒负羽箭随从，称“羽猎”。大羽，一种四羽大笴长箭。晚唐诗人郑嵎曾作《津阳门诗》以咏玄宗骊山冬猎盛况，自注中说：“申王有高丽赤鹰，岐王有北山黄鹘，逸翮奇姿，特异他等。上爱之，每弋猎，必置于驾前，目为‘决胜儿’。”冯绍正乃开元间人，故观画而想出骊山校猎之盛。此物：指鹰。神俱王（wàng）：精神皆旺盛。王：通“旺”。 ④真骨：真鹰。作者自喻。 ⑤韝（gōu）：皮制的臂套，以便于射箭、架鹰。

**【译文】**近时有位冯绍正先生，擅长画猛禽的形状。明公所出示的这些画鹰图，莫不是对其绘画的摹仿？看它们一个个英姿飒爽卓立出群，神色清绝心有所向。飞行之迅疾可以比得上千里马，气概之雄杰能敌统率万人的大将。由此我想起当年的骊山行宫，每年孟冬先皇都要移仗前往。天寒之际举行大羽猎，所用的雄鹰都是这样的精神旺盛。当时没有平庸之材，皆为勇武，故能百发百中。今日所见的这些画鹰与当年的猎鹰状貌相似，致使识者不禁满怀惆怅。由于战乱连绵君主无暇游猎，空令真鹰身老于荒崖野嶂。然而它尚能为君王除去狡兔，一旦起用当会翻飞于韝上。

## 送殿中杨监赴蜀见相公

**【题解】**此诗当作于大历元年（766）秋。大历元年二月，杜鸿渐以黄门侍郎平章事帅蜀。题中“相公”，指杜鸿渐。杨监前往成都去见杜鸿渐，杜甫写此诗为其送行。诗写别情及慰语，并嘱对方爱民以尽职。

**【原诗】**去水绝还波，泄云无定姿。人生在世间，聚散亦暂时。离别重相逢，偶然岂足期？送子清秋暮，风物长年悲。豪俊贵勋业，邦家频出师。相公镇梁益①，军事无孑遗②。解榻再见今③，用才复择谁？况子已高位④，为郡得固辞？难拒供给费，慎哀渔夺私。干戈未甚息，纲纪正所持。泛舟巨石横，登陆草露滋。山门日易夕，当念居者思。

**【注释】**①梁益：梁州、益州。大历元年二月，杜鸿渐以山南西道、剑南东西川副元帅、剑南西川节度使入蜀平乱，山南西道采访使治梁州（今陕西汉中），故此“梁益”当指山南西道和剑南道而言。 ②孑遗：遗留。③《后汉书·徐稚传》载，太守陈蕃以殊礼接待名士徐稚等，为他们设有专用的榻，当他们离去后就把榻悬挂起来。 ④高位：殿中监，官阶从三品，故称。

**【译文】**流走的水不会回返，飘浮的云没有定姿。人活在这动荡的世上，聚散离合不过是暂时的事。我们昔日离别今又重逢，这种偶然之事又岂可再次期遇？在这清秋的傍晚我送你上路，悲凉的风物将长留在我的记忆里。英雄俊杰看重建功立业，恰逢国家频频用兵之际。相公鸿渐出镇山南、剑南，统筹军事可谓巨细无遗。您此行定会受到像陈蕃解榻那样的礼遇，渴求人才的相公除了您还会选用谁？何况您已经获得了从三品的高位，这次出为郡守又岂能坚决推辞？既为地方长官便难以拒绝供给军国费用，要紧的是能哀怜百姓杜绝渔夺民利。现在战争尚未完全平息，正须努力维持纲纪。您一路行船要小心江中的礁石，登上陆地难避露水沾衣。夔门这里山高天也黑得早——落日思故人啊，您该记住每天此时我都在把您思忆。

## 赠李十五丈别

【题解】此诗当作于大历元年（766）秋。李十五丈，即李文嶷秘书。这年夏季，杜甫曾写诗给在云安避暑的李文嶷，约他于秋季来夔州，以便结伴出峡。至秋，李文嶷来夔州看他，而后回船西上，南入黔阳（今四川彭水县），走访汧国公李勉。杜甫作此诗赠别。

【原诗】峡人鸟兽居，其室附层巅。下临不测江，中有万里船。多病纷倚薄①，少留改岁年。绝域谁慰怀？开颜喜名贤。孤陋忝末亲，等级敢比肩②？人生意气合，相与襟袂连。一日两遣仆，三日一共筵。扬论展寸心，壮笔过飞泉。玄成美价存③，子山旧业传④。不闻八尺躯⑤，常受众目怜。且为辛苦行，盖被生事牵。北回白帝棹，南入黔阳天⑥。汧公制方隅⑦，迥出诸侯先。封内如太古，时危独萧然。清高金掌露，正直朱丝弦⑧。昔在尧四岳⑨，今之黄颍川⑩。于迈恨不同，所思无由宣。山深水增波，解榻秋露悬⑪。客游虽云久，主要月再圆⑫。晨集风渚亭，醉操云峤篇⑬。丈夫贵知己，欢罢念归旋。

【注释】①倚薄：交迫。　②忝末亲：杜甫的外公家与唐王室是姻亲，而李文嶷又是宗室子弟（前《奉寄李十五秘书文嶷》有“公侯出异人”句，可知），故称“末亲”，末亲，远亲。忝，谦辞。等级：辈份。比肩：同辈。敢：岂敢。谦辞。　③玄成：见前《奉寄李十五秘书文嶷》注。　④子山：《周书·庾信传》载，庾信，字子山，南北朝时著名文学家，官居显位，其父庾肩吾，官至中书令，也有文名。这里用以比李十五，谓李氏父子两代通显。　⑤八尺躯：《庾信传》载，庾信身长八尺。前《奉寄李十五秘书文嶷》亦称“衣冠八尺身”，可见文嶷身材确实不低。　⑥黔阳：黔州。《唐地理志》：黔州属江南道，本黔安县，天宝元年更名。按：黔州治所在今四川彭水县，在涪陵东南。李十五入黔州，不必出峡，当由夔州溯江西上，至涪陵改溯乌江即到。　⑦汧公：汧国公李勉，宗室郑惠王曾孙。从本句“制方隅（边地）”和下文“诸侯”、“封内”之称看，李勉当时应为黔州刺史。　⑧《旧唐书》本传，称李勉“坦率素淡，好古尚奇，清廉简易，为宗臣之表。”　⑨四岳：相传为唐尧的四个大臣，分管四方诸侯。这里指李勉旧曾官居高位。 ⑩黄颍川：《汉书·黄霸传》载，汉朝黄霸，初为河南太守丞，迁廷尉正，以过失入狱，出狱后擢为颍川太守，力行教化，治称天下第一。后以“黄颍川”代称有政绩的州郡长官。此代指李勉，由此亦可证李勉时为黔州刺史。 ⑪解榻：出典见前诗注。这里指受李十五的款待。 ⑫主：作者自谓。要（yāo）：同“邀”。月再圆：喻重逢团聚。 ⑬云峤篇：云峤，古代神话中海中的仙山。南朝王融《游仙》诗有“结赏自云峤，移谳乃方壶”句，后因以“云峤篇”借指游仙诗。

**【译文】**峡中的百姓像鸟兽一样巢居穴处，他们的屋舍依附于高耸而重叠的山峦。下临深不可测的江水，江中有远行万里的航船。我因诸病缠身不能继续赶路，原想小留数日却不料岁月迁延。身处绝域有谁能慰我心怀？今日开颜一笑喜见您这位当代名贤。孤陋的我说起来还与您沾点远亲，若论辈份又岂敢同您比肩？人生能遇到意气相投的人，亲密的交往有如襟袂相连。您一天内就两次派仆人来请我，每隔三天便举办一次酒筵。明快的言论揭示内心所想，豪壮的诗笔胜过飞泻的山泉。您像汉朝的韦玄成存留着美好的声价，又像南北朝时的庾信将先人的业绩接传。我未曾听说有如此八尺之躯，会常居下僚为众人哀怜。如今姑且辛苦上路，盖因被生计问题所累牵。即将从白帝城回船西进，再向南驶入黔阳之天。汧国公治理边城黔州，功绩远出他州刺史之先。辖境之内民风朴厚有如太古时代，在危难的时局中唯独那里清静安然。汧公品格清高有如金茎盘中的露水，心性正直有如熟丝制成的琴弦。过去他身居高位犹如唐尧之四岳，如今居官刺史政绩可比汉朝的黄颍川。我自恨不能随您同行，无法表示我对汧公的思念。此时峡中秋水增波正利船行，您结束了对我的盛情款待即将涉远。此去远游虽说必定时久，而我仍邀请您再度前来团圆。设想您到了黔阳会与汧公晨集风渚亭上，酣醉之后会写出云峤诗篇。大丈夫最看重知己朋友，请您在欢尽之后想到归还。

## 八 哀 诗并序

**【总题解】**这组诗当作于大历元年（766）秋，时杜甫客居夔州。诗为哀悼王思礼、李光弼、严武、李琎、李邕、苏源明、郑虔、张九龄八人，故称

“八哀诗”，实为用诗为上述八人所写的评传。序中说道，八人的次序未按存殁顺序排列，盖因当时战乱未止，故先及王思礼、李光弼二位名将，接下来是“叹旧”，指的是严武、李琎、李邕、苏源明、郑虔五位素交，而以张九龄作结，是为“怀贤”。杜甫在这组诗中为国失名将贤相和己失好友而致哀，笔墨严谨，感情真挚。

**【原序】** 伤时盗贼未息，兴起王公、李公，叹旧怀贤，终于张相国。八公前后存殁，遂不铨次焉。

## 赠司空王公思礼

**【题解】** 王思礼，高丽人，从军多立战功，曾在陇右节度使哥舒翰麾下，以功授右卫将军、关西兵马使。在平息安史乱中建立大功，迁兵部尚书，封霍国公。上元元年（760）加司空。上元二年病死军中，赠太尉。

**【原诗】** 司空出东夷①，童稚刷劲翮。追随幽蓟儿②，颖锐物不隔。服事哥舒翰③，意无流沙碛④。未甚拔行间，犬戎大充斥⑤。短小精悍姿，屹然强寇敌。贯穿百万众，出入由咫尺⑥。马鞍悬将首，甲外控鸣镝。洗剑青海水⑦，刻铭天山石⑧。九曲非外蕃⑨，其王转深壁⑩。飞兔不近驾⑪，鸷鸟资远击。晓达兵家流，饱闻《春秋》癖⑫。胸襟日沉静，肃肃自有适。潼关初溃散⑬，万乘犹辟易。偏裨无所施⑭，元帅见手格⑮。太子入朔方⑯，至尊狩梁益⑰。胡马缠伊洛⑱，中原气甚逆。肃宗登宝位，塞望势敦迫⑲。公时徒步至，请罪将厚责。际会清河公，间道传玉册⑳。天王拜跪毕，说论果冰释㉑。翠华卷飞雪㉒，熊虎亘阡陌㉓。屯兵凤凰山㉔，帐殿泾渭辟㉕。金城贼咽喉㉖，诏镇雄所搤㉗。禁暴靖无双，爽气春淅沥。巷有从公歌，野多青青麦。及夫哭庙后㉘，复领太原役㉙。恐惧禄位高，怅望王土窄。不得见清时，呜呼就窀穸㉚。永系五湖舟㉛，悲甚田横客㉜。千秋汾晋间，事与云水白。昔观文苑传，岂述廉颇绩？嗟嗟邓大夫㉝，士卒终倒戟。

**【注释】** ①东夷：指高丽。　②《唐书》载，王思礼父为朔方军将，思礼少时即习戎旅，入居营州。　③《唐书》载，哥舒翰为陇右节度使，思礼与中郎将周泌为翰押衙。　④流沙：本指沙漠地区，此借指居于西部的少数民族，主要指吐蕃，时为唐朝西部边患。 ⑤犬戎：指吐蕃。 ⑥由：通“犹”。 ⑦青海：即青海湖，在今青海省北部。 ⑧天山：唐时称伊州（今新疆哈密）、西州（今吐鲁番盆地）一带的山脉为天山。 ⑨九曲：地名，在今青海化隆回族自治县。天宝十二载，哥舒翰收吐蕃所控九曲之地。 ⑩深壁：加高防御工事。 ⑪飞兔：骏马名。此喻思礼有大将之才。 ⑫《晋书·杜预传》载，晋征南将军杜预自称有《春秋左传》癖。⑬潼关溃散：天宝十五载（756），潼关失守。时哥舒翰守潼关，因杨国忠逼迫开关出战，致使军败。 ⑭偏裨：将佐的通称。哥舒翰守潼关时，王思礼为元帅府马军都将，曾密语哥舒翰杀杨国忠，哥舒翰不听，故云“无所施”。 ⑮元帅：指哥舒翰。潼关兵败后，哥舒翰被部将火拔归仁擒缚，出关降敌。手格，徒手格击。 ⑯太子：指李亨，即后来的肃宗。朔方：指灵武，灵武为朔方节度使治所。 ⑰梁益：指巴、蜀。潼关失守后，叛军逼近长安，玄宗仓皇入蜀。 ⑱伊洛：伊水与洛水，在洛阳一带。 ⑲史载，太子李亨初至灵武，群臣劝进，太子不许，后为臣言所迫，方才勉从以塞众望。 ⑳《唐书》载，潼关失守后，思礼投奔灵武，肃宗责其不能坚守，将斩之，恰值房琯奉玄宗传位命册至灵武，因谏得免。清河公，指房琯，清河郡人。 ㉑谠论：正直的议论。指房琯谏免思礼死罪事。㉒翠华：天子之仪仗。《唐书》载，至德二载（757）二月，肃宗将临时政府迁至凤翔，天气尚冷，故云“卷飞雪”。 ㉓熊虎：将士之旗。史载，肃宗至凤翔，旬日间，陇右、河西、安西、西域之兵皆会，故军旗“亘阡陌”。㉔凤凰山：在凤翔府岐山县。 ㉕帐殿：指肃宗在凤翔用帷帐搭起的行宫。 ㉖金城：县名，至德二载改称兴平。 ㉗诏镇：指思礼奉诏以镇武功。武功与兴平接壤。 ㉘哭庙：《唐书》载，至德二载九月，长安光复，十月，肃宗入长安，飨太庙，哭三日。 ㉙《旧唐书》载，乾元二年（759），思礼为太原尹、北京留守、河东节度使，寻加司空。 ㉚窀穸（zhūn xī）：指墓穴。 ㉛五湖舟：用范蠡助越王勾践灭吴后乘舟归隐事。此句意为伤悼思礼未能功成身退而先死。 ㉜《史记·田儋传》载，齐王田横自杀，其门客五百余人闻之皆自刭。此以“田横客”借指思礼之部下。 ㉝邓大夫：邓景山。思礼死后，他继任太原尹，因统御失所，为属下军将所杀。邓景山曾以文吏见称。

**【译文】**司空王公出生于高丽，童年时期便练就一身勇力。追随着豪迈的幽蓟健儿，显露出难抑的英风锐气。其后在哥舒翰麾下担任公职，根本不把吐蕃等异族放在眼里。还未容从行伍间得到提拔重用，吐蕃便大举进犯疆域。王公身材短小而精明强干，屹然如山抵御强敌。在战斗中联络起百万兵马，冲击敌营迅如咫尺之内。马鞍上挂着敌将的头颅，铠甲上垂着敌人的箭羽。收复青海蘸着湖水洗剑，远征天山在石壁上刻下功绩。九曲之地尽归大唐版图，吐蕃王由进攻转入防御。他是一匹骏马不屑于近役，他是一只猛禽不惮于远击。通晓古代兵家之术，精览《春秋》有如晋代名将杜预。胸襟日益沉稳闲静，恭谨谦和对自己有所节制。当年潼关兵败之初，玄宗皇帝离京躲避。王公身为偏将计不可施，哥舒翰元帅终被部下徒手格击，遭缚降敌。太子进入朔方灵武，玄宗远行巴蜀之地。胡兵控制了伊洛河水，逆气充斥着中原地区。肃宗皇帝登上宝位，是迫于群臣所望势不可已。王公当时徒步奔至行在，天子将要对他从重治罪。恰逢清河公房琯从成都赶来，取偏僻小路来传传国玉册。等到肃宗接旨跪拜已毕，房公直言进谏免除了王公的死罪。其后天子的仪仗卷着飞雪进驻凤翔，各路官军会集，熊虎军旗连绵于阡陌。大军屯集于凤凰山下，天子的帐殿面对京畿。金城乃是叛军的咽喉，王公奉诏镇守与其相邻的武功，以扼敌要冲。王公禁暴御敌才智无双，对其部下又能宽猛相济。里巷中唱起从公之歌，田野上又长起青青的麦子。及至肃宗还京哭庙之后，王公又领命镇守太原。他为自身禄位之高而恐惧，为国家疆土变窄而怅望不已。尚未见到清平之世，便含恨埋身于墓穴里。未能启动功成隐退之舟，悲煞平生之宾客部曲。我想那汾晋之地的千秋万代，他的事迹都会与云水同在。我曾观览文苑传记，其中无述廉颇的文章业绩。可惜那以文吏著称的邓大夫，却因统御失当而导致士卒倒戟。

## 故司徒李公光弼

**【题解】**李光弼，营州柳城人，属契丹族。少年从军，有战功。曾任河西节度使、朔方节度副使。安史乱发，任河东节度使，与郭子仪共讨叛军，收复十余郡。乾元二年（759）升天下兵马副元帅，封临淮郡王。后因受宦官牵制，在洛阳北邙山兵败。宝应元年（762）出镇徐州，进封临淮王。宦官程元振、鱼朝恩当权时，光弼十分恐惧，以至广德元年（763）十月吐蕃寇京师时，代宗诏诸道兵入援，光弼因怕宦官构害，不敢前行。因此愧恨成疾，于广德二年（764）七月卒，年仅五十七岁。光弼曾为司徒，死后追赠太保。

【原诗】司徒天宝末，北收晋阳甲①。胡骑攻吾城，愁寂意不惬②。人安若泰山，蓟北断右胁③。朔方气乃苏④，黎首见帝业。二宫泣西郊⑤，九庙起颓压⑥。未散河阳卒，思明伪臣妾⑦。复自碣石来⑧，火焚乾坤猎。高视笑禄山，公又大献捷。⑨。异王册崇勋⑩，小敌信所怯⑪。拥兵镇汴河⑫，千里初妥贴。青蝇纷营营⑬，风雨秋一叶。内省未入朝，死泪终映睫⑭。大屋去高栋，长城扫遗堞。平生白羽扇，零落蛟龙匣⑮。雅望与英姿，凄怆槐里接⑯。三军晦光彩，烈士痛稠叠。直笔在史臣，将来洗箧箧⑰。吾思哭孤冢，南纪阻归楫⑱。扶颠永萧条，未济失利涉⑲。疲苶竟何人⑳？洒泪巴东峡。

【注释】①晋阳：即太原，汉时为晋阳县，故称。《旧唐书》载，肃宗于灵武授光弼户部尚书，兼太原尹、北京留守、同中书门下平章事，以泉城、河间卒五千赴太原。　②史载，至德二载（757）贼将史思明、高秀岩以十万之众攻太原，光弼拒守五十余日，乘敌怠之机，率敢死队出击，大破贼军，斩首七万。　③蓟北：为安禄山巢穴。右胁：指太原。太原在蓟北之西，故称。太原稳固，则叛贼右胁断。　④朔方：指灵武。太原在灵武之东，为左胁。太原稳固，则灵武得以为龙兴之地，可起帝业。　⑤二宫泣：谓玄宗、肃宗还京。　⑥九庙起：史载，禄山入长安，毁唐室宗庙。乾元元年（758）四月，新庙成。　⑦史载，至德二载（757）十二月，史思明率部投降。第二年（乾元元年）四月，复反。　⑧史载，乾元元年（758）十月，官军九节度使兵围安庆绪于邺城。乾元二年春，史思明率河北叛军来解邺城之围，官军溃败，叛军大举西进。碣石：山名，在今河北昌黎。此代称叛军巢穴。　⑨史载，乾元二年九月，李光弼移军河阳（今河南孟县），史思明复陷洛阳。十月，史思明攻河阳，李光弼率兵苦战，大破叛军，斩首一万余级，生擒贼大将徐璜玉等以下八千人。又乘胜收复怀州，生擒贼将安太清、杨希文等。　⑩异王：异姓封王。乾元二年（759），光弼因破敌有功，封临淮郡王。　⑪《后汉书·光武纪》载，昆阳大战，刘秀奋勇，诸将喜曰："刘将军生平见小敌怯，今见大敌勇。"此以光武比光弼。史载，上元二年（761）二月李光弼与贼战于洛阳东北之北邙山，败绩。　⑫史载，上元二年（761）五月李光弼为河南副元帅、太尉兼侍中，统八道行营节度，出镇临淮。 ⑬青蝇：《诗经·青蝇》："营营青蝇，止于樊。岂弟君子，无信谗言。"后因以"青蝇"指宦官之谗。 ⑭史载，广德元年（763）十月，吐蕃寇京都，代宗诏诸道入援，时宦官鱼朝恩弄权，陷害武臣，光弼恐其中有诈，未敢率部入京。其后，愧耻成疾，临死泪犹在睫。广德二年七月，死于徐州。 ⑮蛟龙匣：古代殡殓帝王之具，后亦指贵官之棺。 ⑯槐里接：汉武帝葬槐里之茂陵，大将卫青、霍去病之墓距茂陵不到三里。唐中宗定陵在富平，光弼亦葬于富平，故用卫霍之荣以比况。 ⑰洗箧簏：《史记·甘茂列传》载，战国时乐羊攻取中山，返而论功，魏文侯示之以谤书一箧。此以"箧簏"借指横加于光弼身上的种种谗谤。 ⑱南纪：指夔州。 ⑲利涉：指舟船。 ⑳疲苶（nié）：疲惫劳顿貌。

**【译文】**司徒李公在天宝末年的战乱中，奉命领兵拒守太原城。叛军前来攻打城池，久攻不克心情愁戚。城中人心安定稳如泰山，使叛军的巢穴蓟北断了右胁。朔方灵武得以气息复苏，黎民百姓觉得帝业有望。玄宗和肃宗得以含泪归还京都，毁坏的宗庙也得以修复。李公聚兵守卫河阳，史思明率部向朝廷投降。复又从河北调兵反叛，有如纵火大猎气焰嚣张。他高视阔步笑禄山无能，却被李公给以重创。李公以卓绝的功勋被册封郡王，失利于小敌无损于勇克大敌的荣光。其后又拥兵镇守临淮，使千里之域开始获得安定。宦官们纷纷对他进行毁谤，他像飘摇于风雨中的一片秋叶。内心反省自己未能应诏入朝救援，临死时愧恨之泪犹然映在眼睫。国家的大厦失去了栋梁，御敌的长城倒塌了箭垛。他那平生指挥三军的白羽扇，如今闲置在棺内自行零落。他那美好的声望与英雄之姿，如今归于墓穴令人心情凄恻。三军因之而失去光彩，志士亦因之伤痛稠叠。将来必有正直的史官秉笔直书，将其冤屈和耻辱加以洗雪。我想前往他的孤坟放声一哭，却因身在夔州而阻于归舟。他的扶颠之功永无人继，国家尚未渡过苦海而失去了舟楫。我这疲惫的老翁究竟算个怎样的人？身在巴东峡谷为国失良将而痛洒泪滴。

## 赠左仆射郑国公严公武

**【题解】**严武，字季鹰，华阴（今陕西华阴）人。中书侍郎严挺之之子。天宝末年随玄宗入蜀，奉旨赴肃宗朝佐政，官拜给事中、京兆少尹、京兆尹、成都尹、剑南节度使等职。镇蜀功高。广德二年（764）秋，破吐蕃七万余众，拔当狗城，复取盐川城，吐蕃为之敛迹。曾封郑国公。永泰元年（765）四月病逝，年仅四十。死后赠尚书左仆射。严武与杜甫为世交，对杜甫生活颇为关照。

【原诗】郑公瑚琏器①，华岳金天晶②。昔在童子日，已闻老成名③。嶷然大贤后④，复见秀骨清⑤。开口取将相，小心事友生⑥。阅书百氏尽，落笔四座惊。历职匪父任⑦，嫉邪尝力争。汉仪尚整肃⑧，胡骑忽纵横。飞传自河陇⑨，逢人问公卿。不知万乘出⑩，雪涕风悲鸣。受辞剑阁道⑪，谒帝萧关城⑫。寂寞云台仗⑬，飘飖沙塞旌⑭。江山少使者，笳鼓凝皇情。壮士血相视，忠臣气不平。密论贞观体，挥发岐阳征⑮。感激动四极，联翩收二京⑯。西郊牛酒再⑰，原庙丹青明⑱。匡汲俄宠辱⑲，卫霍竟哀荣⑳。四登会府地㉑，三掌华阳兵㉒。京兆空柳色㉓，尚书无履声㉔。群乌自朝夕㉕，白马休横行㉖。诸葛蜀人爱㉗，文翁儒化成㉘。公来雪山重，公去雪山轻㉙。记室得何逊㉚，韬钤延子荆㉛。四郊失壁垒㉜，虚馆开逢迎。堂上指图画，军中吹玉笙㉝。岂无成都酒？忧国只细倾。时观锦水钓，问俗终相并。意待犬戎灭，人藏红粟盈㉞。以兹报主愿，庶获裨世程㉟。炯炯一心在，沉沉二竖婴㊱。颜回竟短折㊲，贾谊徒忠贞㊳。飞旐出江汉㊴，孤舟转荆衡。虚无马融笛㊵，怅望龙骧茔㊶。空余老宾客，身上愧簪缨㊷。

【注释】①瑚琏器：瑚、琏，上古宗庙祭器，后因以喻才堪大任者。　②金天晶：《旧唐书》载，玄宗先天二年（712），封华山神为金天王。严武，华阴人，华阴在华山附近，“金天晶”是说严武钟华山之精秀。　③老成：《旧唐书》本传称严武“幼有成人之风”。　④嶷然：形容年幼聪明。大贤：指其父严挺之。史称严挺之“姿质轩秀”。　⑤秀骨清：《旧唐书》本传称严武“神气隽爽”。　⑥友生：友人。　⑦匪父任：谓严武不以父荫而任官职。史载，严武初任哥舒翰军中判官，后以才干迁殿中侍御史。侍御史掌伺察不法，故下句称其“嫉邪尝力争”。　⑧汉仪：汉官威仪。此以汉代唐。　⑨飞传：指传驿的车马。当时河西、陇右之地无恙，故军情多由河、陇传到蜀中。时严武随玄宗入蜀，玄宗擢其为谏议大夫。　⑩万乘：指肃宗。　⑪剑阁道：古栈道名，在今四川剑阁县北、大小剑山之间，古时由陕入蜀必经之路，玄宗入蜀亦经此道。　⑫萧关城：在今宁夏回族自治区东南。唐时属平凉郡高平县。严武随玄宗入蜀至剑阁，受玄宗派遣，回马趋赴肃宗，于萧关谒见肃宗，官拜给事中。 ⑬云台仗：指玄宗仪仗。云台，称天子之所居。 ⑭沙塞旌：指肃宗旌旗。初时肃宗临时政府远在灵武，故称沙塞。 ⑮岐阳：即凤翔。凤翔在岐山之南，故称。至德二载（757）二月，肃宗政府迁至凤翔。 ⑯收二京：至德二载九月官军收西京长安，十月收东京洛阳。 ⑰牛酒再：肃宗、玄宗相继还京，故人为具牛酒于西郊迎驾。 ⑱原庙：重建宗庙。唐室宗庙曾为叛军焚毁。 ⑲匡汲：匡衡、汲黯，皆汉代名臣，以直谏见称于世。此喻严武。长安收复后，严武拜京兆少尹，兼御史中丞。其后，肃宗排挤玄宗旧臣，贬严武为巴州刺史。不久，迁东川节度使。又擢为成都尹、剑南节度使。代宗即位后召还，为京兆尹，二圣山陵桥道使，封郑国公，迁黄门侍郎。求宰相不遂，再镇剑南，加检校吏部尚书。 ⑳卫霍：卫青、霍去病，皆汉武帝时名将。此借比严武。 ㉑四登会府地：严武初为京兆少尹，再为京兆尹，两为成都尹，故云。 ㉒三掌华阳兵：华阳，古国名，在蜀地。此指蜀地。严武初为东川节度使，后两任剑南节度使。节度使掌兵权。故称。 ㉓“京兆”句：谓严武两为京兆尹，不久即调离，故云“空柳色”。㉔“尚书”句：谓严武虽任检校吏部尚书，而身在成都，未能行其职。《汉书》载，哀帝时，尚书郑崇，常曳履进谏，以致皇帝闻履声而知其来。㉕《汉书》载，成帝时，御史府中列柏树，常有野乌数千集其上。严武曾任御史中丞，但不久即离任，故云只有群乌朝夕于其间。 ㉖《汉书》载，后汉张湛为光禄大夫，常乘白马。光武每有异政，辄曰：“白马生且复谏矣。”严武曾任谏议大夫，故以张湛作比。因其不久即改任他职，故云“休横行”。以上六句，历数严武官职，皆有褒扬之意。 ㉗《蜀志·诸葛亮传》：梁益之民，咨述亮者。此以诸葛比严武镇蜀之功。 ㉘《汉书》载：景帝时，文翁为蜀郡太守，倡导儒学，注重教化。此借比严武在蜀的文治之功。 ㉙言严武身系蜀地安危。严武三镇蜀地，吐蕃不敢入寇。雪山，又称西山，在成都西部，为御寇之重地。 ㉚何逊：南朝梁文学家，为中卫建安王水曹行参军兼记室。 ㉛韬钤：古代兵书《六韬》与《玉钤篇》的合称。此借指兵法韬略。子荆：晋代孙楚，字子荆，才华卓异，年四十始参镇东军事。 ㉜壁垒：军队御敌工事。《礼记·曲礼》：“四郊多垒，此卿大夫之辱也。” ㉝指图画、吹玉笙：称美严武从容对敌。 ㉞红粟：因储藏过久而变为红色的陈米。指粮食丰足。 ㉟世程：世人之轨范或法式。 ㊱二竖：指不治之症。 ㊲颜回：孔子弟子，以贤著称，三十二岁病逝。 ㊳贾谊：汉文帝的名臣，三十三岁身亡。严武享年四十，故以颜回、贾谊比之。 ㊴飞旐：魂幡。严武死于成都，其灵柩经由长江运回故乡华阴。 ㊵马融：后汉人，性爱音乐，喜吹笛，作《长笛赋》。虚无：叹知音已亡。由此可知杜甫亦喜吹笛。 ㊶龙骧茔：晋大将王濬拜龙骧将军，伐吴。太康六年卒，葬柏谷山。此代指严武墓。 ㊷簪缨：古代官吏的冠饰。严武推荐杜甫为检校工部员外郎，杜甫感愧无以报答。

**【译文】**郑国公严公是瑚琏一样的重器，是华山的精气所凝成。早在他的儿童时代，就以老成持重而闻名。他作为大贤的后代，幼年就十分聪颖，再现出其父的骨秀神清。他胸怀大志开口便是出将入相，对待朋友却又格外谦恭。他阅尽了百家的著作，落笔每使四座震惊。历任官职并非依凭父亲的荫庇，疾恶如仇也曾奋力抗争。身为御史致力于肃清官仪，不料胡兵忽然大举进攻。曾随玄宗入蜀，每当从河陇传来军情消息，他必向来者打听离散的公卿。不知肃宗皇帝身在何处，抹着眼泪临风悲鸣。他在剑阁栈道接受玄宗的遣命，回马北入萧关谒见肃宗。玄宗的仪仗已然寂寞，肃宗的旌旗卷着沙塞狂风。两地江山远隔绝少往来的使者，笳鼓之声凝聚着肃宗收复失地的豪情。身为壮士不惜洒血格斗，身为忠臣敌忾难平。他向天子细论贞观的政体，充分地论述宜发凤翔之兵前去东征。他的慨言感动了四方将士，连续收复了东西二京。长安西郊相继摆设牛肉美酒以迎二帝，宗庙得以重建丹青分外鲜明。他像谏臣匡衡、汲黯一样宠辱无常，又像名将卫青、霍去病一样存殁可慨。四次登上府尹之位，三次统领华阳之兵。他离任京兆尹致使京兆府空余柳色，他虽任吏部尚书却因身在剑南而失去了进谏的履声。他离任御史中丞致使御史台朝夕只有群乌会聚，他罢去谏议大夫官职便无复白马冲行。他像诸葛孔明一样被蜀人敬爱，像文翁一样将教化推行。他来镇蜀使雪山变得凝重，他离开蜀地雪山随即变轻。为充实幕府而招揽何逊那样的才子，为谋划军略而邀请当代的子荆。四郊无须设置御敌的壁垒，空着馆舍开门将英才礼迎。他在堂上与宾客共赏图画，他在军中与将士听吹玉笙。成都岂是没有美酒？只因忧国而稍加饮用。有时也去锦水观看垂钓，却总是不忘过问民生。他的心志是要把吐蕃彻底消灭，使百姓的仓库储粮丰盈。以此来报答皇上的心愿，也许能为臣子作个样板。他怀着一颗炯炯丹心，却不料被病魔死死纠缠。竟像颜回一样短命夭折，竟像贾谊一样徒具忠贞。他的魂幡起自江汉，运棺的孤舟飘转于荆衡。我的笛声失去了知音，身居夔州怅望他的坟茔。天地间徒然存留下他的年老的宾客，身上的簪缨使我愧疚万分。

## 赠太子太师汝阳郡王琎

**【题解】** 李琎，让皇帝李宪之子，眉宇清整，性谨洁，善射，帝爱之，封汝阳郡王，官太仆卿。与贺知章等为诗酒之交。天宝初，加特进。天宝九载（750）去世，赠太子太师。杜甫初到长安时，与他有交游，曾作《赠特进汝阳王二十韵》，赞美他多才而忠诚，对朋友热情而讲信用。

**【原诗】** 汝阳让帝子①，眉宇真天人。虬髯似太宗②，色映塞外春。往者开元中，主恩视遇频③。出入独非时，礼异见群臣。爱其谨洁极，倍此骨肉亲。从容听朝后，或在风雪晨。忽思格猛兽，苑囿腾清尘④。羽旗动若一⑤，万马肃骁骁⑥。诏王来射雁，拜命已挺身。箭出飞鞚内，上又回翠麟⑦。翻然紫塞翮⑧，下拂明月轮⑨。从人虽获多，天笑不为新。王每中一物，手自与金银。袖中谏猎书⑩，扣马久上陈。竟无衔橛虞⑪，圣聪矧多仁。官免供给费，水有在藻鳞。匪唯帝老大，皆是王忠勤。晚年务置醴⑫，门引申白宾⑬。道大容无能，永怀侍芳茵⑭。好学尚贞烈，义形必沾巾⑮。挥翰绮绣扬，篇什若有神。川广不可泝⑯，墓久狐兔邻。宛彼汉中郡⑰，文雅见天伦⑱。何以慰我悲？泛舟俱远津⑲。温温昔风味，少壮已书绅⑳。旧游易磨灭，衰谢增酸辛。

**【注释】** ①让帝：《旧唐书》载，李宪为睿宗长子，初封永平郡王，议立为太子。在平息韦后之乱中，李隆基（即后玄宗）有功，李宪坚持将太子的位置让给了他，李隆基十分感激，即位后对他极尊崇。开元二十九年（741），李宪去世，追封为让皇帝。 ②虬髯：拳曲的连鬓胡须。《酉阳杂俎》载：太宗虬髯。 ③唐南卓《羯鼓录》："汝南王琎，宁王子也。姿容妍审，秀出藩邸，玄宗特钟爱焉。自传授之。又以其聪悟敏慧，妙达音旨，每随游幸，顷刻不舍。" ④苑囿：古时畜养禽兽以供帝王游玩射猎的园林。 ⑤羽旗：用羽毛装饰的旗子。 ⑥骁骁（shēn）：众多疾行貌。 ⑦翠麟：良马名。 ⑧紫塞：指长城。崔豹《古今注》："秦所筑长城，土色皆紫，汉亦然，故云紫塞焉。" ⑨明月轮：喻指弯曲的弓。 ⑩谏猎书：规劝君王射猎的谏书。 ⑪衔橜（jué）虞：衔，马嚼子；橜，车的钩心。衔橜虞，指车马倾覆的危险。此喻因谏而发生的不测之祸。 ⑫置醴：醴，甜酒。《汉书》载，楚元王礼遇诸生，以穆生、白生、申公为中大夫。穆生不嗜酒，每设宴，特为穆生设醴。此借指汝阳王礼待宾客。 ⑬申白宾：申公、白生。楚元王的宾客，皆贤者。 ⑭侍芳茵：指自己曾侍汝阳王游。 ⑮义形：同“仪型”，典范。 ⑯“川广”句：喻彼此生死间隔。 ⑰汉中郡：汝阳王弟李瑀，天宝十五载（756）随玄宗入蜀，至汉中，封汉中王。杜甫于广德初与汉中王相会于梓州。 ⑱天伦：指兄弟。 ⑲俱远津：杜甫此时在夔州，李瑀奉召入朝途中暂住归州（今湖北秭归），故云“俱远津”。 ⑳书绅：把事情记在衣带上以备忘。引申为印象深刻、难忘。

**【译文】**汝阳郡王是让皇帝之子，眉宇之清秀真乃仙人。一部虬髯有似太宗皇帝，温和的神情辉映出塞外之春。早在玄宗开元时代，就频获君主的视遇之恩。独能随时出入宫掖，超常的礼遇有别于群臣。君主爱他能谨身洁己，对待他比骨肉还加倍亲近。每当从容临朝听政之后，或是在风雪交加的早晨，忽然想去击杀猛兽，苑囿内便腾起狩猎的清尘。众多的羽旗挥动如一，万马整肃急速驰奔。天子下诏让汝阳王前来射雁，他拜命之后立即挺身。飞马弯弓仰头射出一箭，天子拨回马头检看他的技能。只见那紫塞之雁翻然而落，下落时正好擦过他的硬弓。他在袖中装着谏猎的奏疏，拦住御马向天子久久诉陈。竟然没有遭到不测之祸，是因为天子聪慧又多仁爱之心。从此以后官免供给之费，连水中的游鱼也得到安生。这不仅是天子年老倦于打猎，主要是由于汝阳王能忠勤事君。他在晚年致力于款待宾客，将众多的贤者请进家门。持道博大能接纳无能的我辈，使我永远怀念与我交游的情分。他虚心好学崇尚刚正的节操，提起典范人物总是热泪沾巾。他挥毫落墨书法美如锦绣，诗篇精粹仿佛相助有神。生死之隔犹如广川不可越涉，他那年久的坟茔该会有狐兔为邻。由此我想到汉中王李瑀，他的文雅一如他的长兄。如何才能宽慰我的悲怀啊？欲乘舟来往却又隔着远津。他当年那温文尔雅的风度，早已铭记于我青年时代的心。想起旧时的朋友匆匆消失，衰老的我增添了许多酸辛。

## 赠秘书监江夏李公邕

**【题解】**李邕，字泰和，扬州江都人。武后朝，特进李峤与监察御史张廷珪荐邕词高行贞，才堪谏诤，诏拜左拾遗，素负文名，屡遭贬斥。曾出为北海太守。天宝六载（747）惨遭李林甫谋杀。时年七十。代宗时，赠秘书少监。李邕祖籍江夏，祖父元哲始徙居广陵，故题曰“江夏李公邕”。杜甫和李邕是旧交，对于他的死深感悲痛，故发此哀音。

**【原诗】**长啸宇宙间，高才日陵替①。古人不可见，前辈复谁继②？忆昔李公存，词林有根柢。声华当健笔，洒落富清制③。风流散金石，追琢山岳锐④。情穷造化理，学贯天人际。干谒走其门，碑版照四裔⑤。各满深望还，森然起凡例⑥。萧萧白杨路⑦，洞彻宝珠惠⑧。龙宫塔庙涌⑨，浩劫浮云卫⑩。宗儒俎豆事⑪，故吏去思计⑫。眄睐已皆虚，跋涉曾不泥。向来映当时，岂独劝后世。丰屋珊瑚钩⑬，骐麟织成罽⑭。紫骝随剑几，义取无虚岁。分宅脱骖间⑮，感激怀未济。众归赒给美，摆落多藏秽。独步四十年，风听九皋唳⑯。呜呼江夏姿⑰，竟掩宣尼袂⑱。往者武后朝，引用多宠嬖⑲。否臧太常议⑳，面折二张势㉑。衰俗凛生风，排荡秋旻霁。忠正负冤恨，宫阙深旒缀㉒。放逐早联翩，低垂困炎疠。日斜鹏鸟入㉓，魂断苍梧帝㉔。荣枯走不暇，星驾无安税㉕。几分汉庭竹㉖，夙拥文侯篲㉗。终悲洛阳狱㉘，事近小臣毙㉙。祸阶初负谤，易力何深哜㉚。伊昔临淄亭㉛，酒酣托末契㉜。重叙东都别㉝，朝阴改轩砌。论文到崔苏㉞，指尽流水逝。近伏盈川雄㉟，未甘特进丽㊱。是非张相国㊲，相扼一危脆㊳。争名古岂然，关楗欻不闭㊴。例及吾家诗㊵，旷怀扫氛翳。慷慨嗣真作㊶，咨嗟玉山桂㊷。钟律俨高悬㊸，鲲鲸喷迢递。坡陀青州血㊹，芜没汶阳瘗㊺。哀赠竟萧条㊻，恩波延揭厉㊼。子孙存如线，旧客舟凝滞㊽。君臣尚论兵，将帅接燕蓟㊾。朗咏六公篇㊿，忧来豁蒙蔽。

**【注释】**①陵替：衰颓。此指死。 ②前辈：谓李邕。 ③清制：指风格清丽的文章。 ④追（duī）琢：雕琢，雕刻。追，同“雕”。金曰雕，玉曰琢。 ⑤四裔：四方。李邕早擅文名，尤长碑颂。虽贬职在外，中朝衣冠及天下寺观，多赍持金帛，往求其文。 ⑥凡例：通例。此指碑文体制。 ⑦白杨路：此谓坟墓。古时坟墓间多种白杨。 ⑧洞彻宝珠：即宝珠洞彻。传说古有宝珠，置浊水中，能使泠然洞察。这里称美李邕写的碑文灿若珠玑。 ⑨龙宫塔庙：指道观佛寺。 ⑩“浩劫”句：是说道观佛寺得李邕之文，历经浩劫，得白云之卫护。 ⑪俎豆事：指礼仪之事。此指李邕为学官撰写碑文。 ⑫故吏去思：此指府县地方官离任而当地士民立碑以致怀念之情。 ⑬珊瑚钩：富贵之家用珊瑚制成的帐钩。 ⑭织成罽（jì）：古代名贵的毛毡。织成：毛毡名。 ⑮分宅：春秋郈成子与穀臣友善，曾分割家宅安置穀臣的遗属。又，周瑜与孙策交厚，曾分宅舍供孙策居住。脱骖：春秋时，晏婴相齐，曾解左骖（驾车的边马）赎出被囚的越石父，载还家，而延之为上客。这里用分宅、脱骖两个典故，称美李邕乐于济人急难。 ⑯九皋唳：《诗经·小雅·鹤鸣》：“鹤鸣于九皋，声闻于天。”汉·毛氏传：“皋，泽也。言身隐而名著也。”此以九皋鹤唳喻指李邕的文才受到唐玄宗的赏识。 ⑰江夏姿：指李邕。李邕，祖籍江夏。 ⑱宣尼袂：孔子见到麒麟而掩袖哭泣，感伤它来的不是时候而遭害。这里用获麟典，感叹李邕生不逢时，有道穷之悲。 ⑲宠嬖：受到宠幸的小人。如张昌宗兄弟之流。 ⑳否（pǐ）臧：品评，褒贬。《旧唐书·韦巨源传》：太常博士李处直，议巨源谥曰“昭”，户部员外郎李邕驳之。时虽不从邕议，而论者是之。 ㉑面折：当面批评人的过失。《旧唐书》本传：“御史中丞宋璟奏侍臣张昌宗兄弟有不顺之言，请付法推断。则天初不应，邕在阶下进曰：“臣观宋璟之言，事关社稷，望陛下可其奏。”则天色稍解，始允宋璟所请。二张：指张昌宗兄弟。 ㉒“宫阙”句：婉言天子端居深宫，为小人蒙蔽，以致使李邕蒙冤受屈。旒缀：天子所戴冠冕前后所垂的玉串，前后共有十二串。此借指皇帝。 ㉓鵩鸟入：贾谊自太中大夫贬为长沙王太傅，有鵩鸟入宅。鵩鸟像猫头鹰，古人认为是不祥之鸟，贾谊遂作《鵩鸟赋》以自伤。这里用贾谊被贬见鵩鸟入室一事喻指李邕被贬。 ㉔苍梧帝：指舜。舜南巡，死于苍梧之野。这里引用这个故事，点出李邕被贬南方的悲哀。㉕星驾：犹星车。喻指出行的使臣。此借指李邕。无安税：没有解驾停歇的时候。 ㉖“几分”句：指言李邕前后几次任职。李邕前后曾任陈州刺史、括州刺史、淄、滑二州刺史及汲郡、北海太守。分竹，即分竹使符。亦即授权。 ㉗文侯篲：篲，扫帚。阮籍以“文侯拥篲”指魏文侯师事子夏，恭谨以待。事见《文选·阮籍〈诣蒋公〉》。这里称美李邕有魏文侯礼贤下士之风。 ㉘洛阳狱：东汉蔡邕因被诬而被打入洛阳监狱。此以蔡邕下狱指说李邕受诬下狱。㉙小臣毙：晋献公夫人骊姬，想让自己的儿子奚齐继承王位，便加害于太子和晋献公。骊姬把毒酒献给晋献公，献公将酒“与犬，犬毙；与小臣，小臣亦毙”。事见《左传·僖公四年》。这里是说身为北海太守的李邕，其死竟如小臣。㉚“祸阶”二句：言谗人诽谤，诚易为力，然何伤害而至此地步！祸阶：致祸之由。哜（jì）：咬。引申为伤害。㉛临淄亭：指济南历下亭。杜甫有《陪李北海宴历下亭》诗。㉜末契：指长者对晚辈的交谊，犹言下交。杜甫是晚辈，故云“末契”。㉝“重叙”句：杜甫在东都（洛阳）与李邕相识，后又相遇于临淄亭，故曰“重叙”。㉞崔苏：指诗人崔融、苏味道。㉟盈川：指杨炯。杨炯为盈川令，故称。㊱特进：指李峤。李峤官至修文馆大学士，封赵国公，以特进同中书门下三品。㊲张相国：指宰相张说。张说亦当时诗人。㊳“相扼”句：意谓李邕受张说陷害而身陷危难境地。扼：用手掐。引申为陷害。危脆：危险、脆弱。㊴关楗不闭：《老子》：“善闭，无关楗而不可开。”这里喻指李邕善于行事而无所用力，亦不着痕迹，如同善于关门的人不用门闩一样。关楗，关门的木闩。横的叫关，竖的叫楗。㊵吾家诗：指杜甫之祖杜审言诗。㊶嗣真作：指杜审言《和李大夫嗣真奉使存抚河东》诗。㊷玉山桂：郄诜举贤良对策第一，自言“犹桂林之一枝，昆山之片玉”。事见《晋书·郄诜传》。这里是说杜审言诗歌如玉山之桂。㊸钟律：原指编钟十二律，后泛指音律。这里称美杜审言诗歌如音律之和雅。㊹青州：北海郡治所，即今山东省青州。李邕在此惨遭杖杀。㊺汶阳瘗（yì）：汶阳，县名。唐武德二年，于北海郡置汶阳县。瘗，指坟墓。李邕死后葬于汶阳。㊻哀赠：指大臣死后，朝廷所给予的赠赐恩典。李邕以冤屈死，竟肃宗朝犹无恩赠，故伤其萧条。㊼恩波：帝王的恩泽。揭厉：谓高举而扬厉之。㊽旧客：杜甫自谓。㊾将帅：指河北安史旧部。㊿六公篇：指李邕《六公》诗。

**【译文】**李公当年曾长啸于宇宙之内，竟没料到这旷士奇才一朝凋萎。古人啊也已不复再见，有谁能继他而卓立于茫茫天地？忆往昔李公在世的时候，他是颇负盛名的诗坛前辈。他的健笔与他的美名足以匹配，多少洒脱不拘的清文奔出笔底。字迹风流，刊布于金石之上；那雕刻而成的石碑犹如山岳巍然矗立。李文见解精深，穷尽自然之理；李文大气包举，学贯天人之际。多少求文索字的人奔走于李公府上，煌煌碑版啊辉映四极。来者各自满足地载喜而去，看那碑文体制庄严无比。萧萧墓地上石碑矗立；灿若明珠的碑文洞彻墓地；寺观里的石碑拔地而起，历尽浩劫常有浮云护卫；学堂里的石碑是这般壮丽，那一座座遗爱碑辉耀后世。刚才来观赏碑文的人转眼一去无迹，又有后继者接踵而来，毫不迟滞。李公撰写的碑文立时光照当时，难道仅仅是劝戒后世。高大的房屋里悬挂着珊瑚钩，名贵的毛毡上绣着麒麟图案。剑几和宝马应有尽有，靠文字得财啊连年不断。分宅脱骖，效法古人以济困恤穷，又每每因未能普济亲朋而于心不安。对众人，则常常称道其馈赠之美；对自己，虽多家藏而能抛却污秽，济人急难。李公独步文坛已经整整四十个年头，文名达于帝廷，犹如九皋鹤鸣，声闻于天。呜呼！可叹他生不逢时，有才难展，一如孔子见到麒麟而反袂拭面，涕泣涟涟。我不禁又想起武则天时代，那时得宠的小人充斥朝廷。李公力排太常博士李处直的议论，面折廷诤，威慑张昌宗弟兄。他那堂堂正气足以振拔颓俗，他那英风劲气激荡九秋晴空。不幸这忠贞之士竟含冤负屈，只因为皇上深居宫阙，堵塞了视听。我曾为李公屡遭放逐而感叹唏嘘，可怜他几度困居南方瘟疫之地！他俨然如被贬长沙的汉人贾谊，苍茫的九嶷山上残魂飘飞。荣枯不常啊奔走不暇，哪里是他的解驾安息之地？朝廷曾几次授予他刺史之职，他就像魏文侯一样礼贤下士。不幸他居然含冤入狱；呜呼！李公之死简直与小臣无异。致祸之因委实是小人谗毁；谗人排毁，诚易为力，然而何至于置李公于死地！昔日我曾陪李公在临淄亭举杯痛饮，酒兴酣畅的他呀把交谊托付给我这晚辈后生。重叙早年在东都洛阳与他作别的情景，阔别日久，宫阶上流走了多少日影。李公也曾论及崔融、苏味道的诗文创作，屈指已故诗人如流水去之匆匆。杨炯的雄壮的诗歌令他叹服不已，他却不称道李峤的纤丽诗风。李公独与宰相张说有是非之隙，所以屡受伤害，濒于危境。这虽然是由于张说忌刻所致，但最终是因为李公善于行事而又不能忘名。李公也曾论及我的祖父的遗诗，说我的祖父胸怀高旷，阴翳扫却一空。例如我祖题为《和李大夫嗣真奉使存抚河东》一诗，他曾叹为玉山之桂，郁郁葱葱。说它音律和雅，如同编钟；说它气势雄壮，犹如激水千里的长鲸。呜呼，李公！他的鲜血浸渍了起伏的青州山地，汶阳有他荒草掩没的坟茔。肃宗时他并没有受到朝廷的恩典，但愿有朝一日皇恩浩荡，扬厉他的美名。可怜他的子孙微弱如线，可怜我这天涯客子滞留孤城。眼下君臣上下依旧谈兵论武，安史降将依然在河北一带往来逢迎。放声吟咏李公的《六公诗》，当忧愁袭来之时我的堵塞的心啊豁然开通。

## 故秘书少监武功苏公源明

**【题解】**苏源明，京兆武功人。少孤，曾寓居徐兖。工于文辞，名闻天宝年间。他做过京官，放过外任。安禄山陷京师，苏称病不受伪职；两京收复后，擢考功郎中知制诰，官至秘书少监。因饥疫而死。在这首诗里，杜甫详叙其生平事迹，其中对他的抗贼大节备极称扬。

**【原诗】**武功少也孤①，徒步客徐兖②。读书东岳中，十载考坟典③。时下莱芜郭④，忍饥浮云巘。负米晚为身，每食脸必泫⑤。夜字照爇薪⑥，垢衣生碧藓。庶以勤苦志，报兹劬劳愿⑦。学蔚醇儒姿⑧，文包旧史善。洒落辞幽人，归来潜京辇⑨。射君东堂策⑩，宗匠集精选⑪。制可题未乾⑫，乙科已大阐⑬。文章日自负，吏禄已累践⑭。晨趋阊阖内⑮，足踏夙昔趼⑯。一麾出守还⑰，黄屋朔风卷⑱。不暇陪八骏⑲，虏廷悲所遣⑳。平生满樽酒，断此朋知展㉑。忧愤病二秋，有恨石可转㉒。肃宗复社稷，得无顺逆辨㉓。范晔顾其儿㉔，李斯忆黄犬㉕。秘书茂松色，再扈祠坛墠㉖。前后百卷文，枕藉皆禁脔㉗。篆刻扬雄流㉘，溟涨本末浅㉙。青荧芙蓉剑，犀兕岂独刌㉚。反为后辈亵，予实苦怀缅。煌煌斋房芝㉛，事绝万手搴。垂之俟来者，正始征劝勉㉜。不要悬黄金，胡为投乳赞㉝。结交三十载，吾与谁游衍㉞？荥阳复冥寞㉟，罪罟已横罥㊱。呜呼子逝日，始泰则终蹇㊲。长安米万钱，凋丧尽余喘。战伐何当解，归帆阻清沔㊳。尚缠漳水疾㊴，永负蒿里饯㊵。

**【注释】**①武功：指苏源明。此称其郡望。　②徐兖：徐，指徐州。古齐邑名。兖，指兖州。在今山东境内。　③坟典：即《三坟》、《五典》。相传为上古经典著作。此泛指古代经典。　④莱芜：县名，属兖州，在泰山东。　⑤“负米”二句：孔子弟子子路，事亲尽力，自己吃野菜，而到百里外为父母背米食用，受到孔子称赞。事见《孔子家语》卷二《致思》。此以负米为喻，谓苏因父母早死而未能孝养，故每进食则淌伤亲之泪。⑥爇（ruò）薪：燃柴。东汉侯瑾、东晋范汪燃薪夜读，传为美谈。这里以燃薪夜读故事称美苏源明贫而好学。　⑦劬（qú）劳：劳苦。此指父母。 ⑧醇儒：学识精纯的儒者。 ⑨京辇：指京都。因京都在天子辇下，故称。 ⑩射策：即策试。汉代取士方法之一。将试题写在策（竹简）上，应试者抽取回答。此泛指科举考试。东堂：本为晋宫正殿，郄诜在东堂殿试及第，遂以为科举试院的代称。 ⑪宗匠：巨匠。此指评卷的试官。 ⑫制可：天子的命令曰“制”，天子表示同意曰“可”。 ⑬乙科：古代考试科目的名称。 ⑭“吏禄”句：意谓苏源明自卑官累迁至太子谕德。 ⑮阊阖：宫之正门。 ⑯趼（jiǎn）：手上和脚上磨出的硬皮。⑰“一麾”句：指苏由京官出为外任而还。《新唐书》本传：“出为东平太守”，既而“召源明为国子司业”。此即隐括这一段史实。 ⑱“黄屋”句：指玄宗在安禄山反叛时逃往四川一事。黄屋，帝王的车盖，亦代指帝王。 ⑲八骏：指周穆王的八匹骏马。相传周穆王驾着八匹骏马远赴瑶池西王母宴会。此喻指皇帝行踪。 ⑳虏廷：指长安、洛阳陷落后安禄山所建立的伪政权。 ㉑“平生”二句：言苏源明陷贼之后，无酒可饮，无朋友存问。 ㉒石可转：《诗经·邶风·柏舟》：“我心匪石，不可转也。”言“石可转”而心不可转。这里喻指苏源明之抗贼高节不可转移。 ㉓顺逆辨：指肃宗复位后，能明辨顺逆，如受伪官者悉加刑戮，如不受伪官的苏源明擢为考功郎中等等，皆所谓“顺逆辨”。 ㉔“范晔”句：典出《宋书》卷六十九《范晔传》：南朝宋人范晔与徐湛之、谢综、孔熙先谋反，事败，父子同时押赴刑场。临刑前，范晔曾问其子：“你恨我吧?”后用作临刑之悲的典故。这里以范晔顾儿喻指受伪官者受到刑戮。 ㉕“李斯”句：典出《史记》卷八十七《李斯列传》：秦丞相李斯遭人诬陷，临刑前，悲叹再也不能手牵黄犬出上蔡东门游猎。后用作重臣遭戮的典故。这里借喻受安史伪命的官员受到刑戮。 ㉖墠（shàn）：祭祀的场地。 ㉗禁脔（luán）：原指晋文帝司马睿所享受的豚项上肉。这里比喻苏源明文章之美。 ㉘“篆刻”句：言苏源明诗赋撰述，堪比扬雄之流。篆刻，雕虫篆刻的略语。扬雄曾把自己写作辞赋比作学童练习“虫书”、“刻符”（秦书中之二体）。这里指诗赋。 ㉙溟涨：大海。 ㉚“青荧”二句：形容苏源明文章之锋颖独出，如宝剑可断犀兕之皮。钊（tuán）：斩断。 ㉛斋房芝：汉武帝时，甘泉宫斋房生芝，被视为上天所赐。后用作咏瑞应之典。这里用来比拟唐肃宗朝宫中生芝子，借以表现苏源明谏阻不合礼仪的祭祀。 ㉜正始：正其始。《诗·大序》：“《周南》、《召南》，正始之道，王化之基。” ㉝獶（xuàn）：兽名，似狗，多力，犷恶。乳獶：指育子的母赞，较他赞更为凶恶。 ㉞游衍：纵情游览。 ㉟荥阳：指郑虔。郑虔，荥阳人。此称其郡望。 ㊱罪罟：法网。罥（juàn）：缠绕。 ㊲始泰终蹇：泰、蹇皆《周易》卦名。始泰，指苏源明遭遇肃宗中兴，升擢考功郎中，知制诰。终蹇，指苏源明饥疫而死。 ㊳沔（miǎn）：汉水的上流，为杜甫北归长安所经之地。 ㊴漳水疾：刘桢，建安七子之一，与太子曹丕友善，曾作诗自叹卧病漳滨。此谓杜甫在夔州患病。 ㊵蒿里饯：指对亡友苏源明的祭奠。《蒿里》，古挽歌名。

【译文】可怜苏公小时候就失去了父母，尔后曾徒步而行，客居徐兖。在巍峨的东岳泰山发愤读书，十年间潜心于古代经典。当时他也曾到过莱芜县城，忍饥挨饿越过陡峭的山巅。因未能孝养父母而深以为憾，每当进食时眼泪泫然。他也曾效法古人燃薪夜读，衣服因长久不洗而霉痕斑斑。从小就立志勤学苦读，但愿以此来报答父母的恩典。不久他便成为学识精纯的儒者，为文博大，蔚为可观。潇洒地告别了隐士的居所，为应试而来到了京都长安。在试院参加了科举考试，精选人才的是名高资深的试官。皇帝的诏书刚刚下达，他的乙科考绩就广为流传。他对自己的文章一天比一天自负，他的官职屡屡升迁。每天一大早便匆匆忙忙到朝中做事，久而久之，脚掌上磨出了层层硬茧。他由东平太守被召还回朝之后，玄宗因安史叛乱而逃奔蜀川。当时他来不及陪从皇上的车驾，遂被贼驱遣而悲愤冲天。再也喝不到平生所喜欢喝的美酒，再也没有朋友同他往还。积忧成病整整两个年头，心中的仇恨啊堆积如山。山可移啊石可转，而他抗贼的高节坚贞不变。尔后肃宗光复了大唐社稷，能不把忠良奸逆一一分辨？接受安史伪职的官员统统加以刑戮，那些人一个个像范晔、李斯临刑前一样悲痛万端。唯独苏公像碧色青青的参天松树，依旧挺立在故国长安。他的一颗向阙之心耀如日月，得以再度陪同皇上参与郊祀盛典。他前后共写了百卷美文，重重叠叠，堪成大观。诗赋撰述直追扬雄之流，那浩瀚的文势令大海为之窄浅。词锋锐利，如同青光闪闪的芙蓉宝剑，即使像坚硬的犀兕之皮也可斩断。恨只恨他的赫赫大名反被区区后生所亵渎，而我甚为缅怀他这一代名贤。他也曾在万人丛中苦口直谏，终于令不合礼仪的祭祀为之中断。这千古美谈有待来者流布后世，也足以成为正始之道勉励后贤。他心性淡泊，不求功名富贵，究竟为何冒着生死之忧犯上直谏？我和他结交已有三十载，如今我同谁人一起纵情游览？荥阳人郑虔也已因罪亡故，那可怕的法网仿佛还张挂在故友面前。想起他逝世的日子我禁不住放声大哭，他曾遭遇中兴，不幸最后死于荒年。那时的长安米价昂贵，凋丧不堪的人们一个个苟延残喘。何日才能结束天下的战乱？清清的沔水啊阻隔着我的归船。至今我还像刘桢一样卧病水畔，因不能归祭亡友而遗恨千年。

## 故著作郎贬台州司户荥阳郑公虔

**【题解】**郑虔，郑州荥阳人。天宝初，为协律郎，集掇当世事，为文八十篇。后被人以私撰国史告发，坐谪十年。后还京师，为广文馆博士。迁著作郎。安史之乱，郑虔陷叛军中，伪授水部郎中，称病，求摄市令，暗中与灵武临时政府通消息。贼平后，陷叛军中官六等定罪，虔在三等，故贬台州司户，卒于贬所。在这首诗里，杜甫对他的才学备加赞许，对他蒙冤屈死深表同情。

**【原诗】**鹓居至鲁门①，不识钟鼓飨。孔翠望赤霄②，愁思雕笼养。荥阳冠众儒③，早闻名公赏④。地崇士大夫⑤，况乃气精爽。天然生知姿⑥，学立游夏上⑦。神农或阙漏，黄石愧师长⑧。药纂西极名⑨，兵流指诸掌⑩。贯穿无遗恨，荟蕞何技痒⑪。圭臬星经奥⑫，虫篆丹青广⑬。子云窥未遍⑭，方朔谐太枉⑮。神翰顾不一⑯，体变钟兼两⑰。文传天下口，大字犹在牓。昔献书画图，新诗亦俱往。沧洲动玉陛⑱，寡鹤误一响⑲。三绝自御题⑳，四方尤所仰。嗜酒益疏放，弹琴视天壤。形骸实土木，亲近唯几杖。未曾寄官曹，突兀倚书幌。晚就芸香阁㉑，胡尘昏坱莽㉒。反覆归圣朝，点染无涤荡㉓。老蒙台州掾㉔，遐泛浙江桨。履穿四明雪㉕，饥食楢溪橡㉖。空闻紫芝歌㉗，不见杏坛丈㉘。天长眺东南㉙，秋色余魍魉。别离惨至今，斑白徒怀曩。春深秦山秀，叶坠清渭朗。剧谈王侯门，野税林下鞅㉚。操纸终夕酣，时物集遐想。词场竟疏阔，平昔滥推奖。百年见存殁，牢落吾安放㉛？萧条阮咸在㉜，出处同世网。他日访江楼，含凄述飘荡。

**【注释】**①鹓居：海鸟名。《国语·鲁语上》载：海鸟鹓居为躲避海上大风曾止于鲁国城东门之外，它因为受不了被当作神来祭祀，三日即死。这里以鹓居比况郑虔人品清高。 ②孔翠：孔雀、翠鸟。 ③荥阳：指郑虔。郑虔，荥阳人。此称其郡望。 ④名公：指苏颋。原注：“公在疾，苏公颋位尊望重，素未相识，早爱才名，躬自抚问，临以忘年之契，远迩嘉之。” ⑤地崇：郑虔迁著作郎，故言“地崇”。 ⑥生知：谓生而知之者。《论语·季氏》：“孔子曰：‘生而知之者上也。’” ⑦游夏：指孔子门徒子游、子夏。 ⑧“神农”二句：称美郑虔所著之书，远超神农、黄石。神农，古帝名。《本草》一书，相传为神农所著。黄石，传说中的神人，授张良《兵法》，张良奉为师长。 ⑨“药纂”句：郑虔著有《胡本草》一书，其中详载胡地草药名。 ⑩兵流：兵家者流的省语，即兵家。⑪荟蕞（zuì）：聚集细小之物。此指郑虔杂撰甚多。技痒：指具有某种技艺的人急欲表现自己的才能。 ⑫圭臬：土圭、水臬，为古代测日影、正四时和测量土地的仪器。星经：天文。 ⑬虫篆：古代书体之一，即虫书。 ⑭子云：扬雄。扬雄，字子云。 ⑮“方朔”句：是说如果以郑虔之言比之东方朔的诙谐，那就太枉屈郑虔了。言外之意是称道郑虔的言论比东方朔的言论高雅。 ⑯“神翰”句：是说精通虫篆艺术的人，自从有了郑虔，那就不能再说只有顾野王一人了。顾，指顾野王。《陈书》：虫篆奇字，无所不通。 ⑰“体变”句：言郑虔工书，可兼钟繇、钟会父子两人之善。体变，指书体变化。钟，指晋朝书法家钟繇，其子钟会，亦工书法，颇有父风。 ⑱沧洲：借指郑虔。郑虔志在山水，故以“沧洲”称之。玉陛：借指天子。 ⑲“寡鹤”句：指郑虔所献沧洲图画，形象逼真，展于玉陛之上，而寡鹤误为发响。 ⑳“三绝”句：意谓郑虔画作受到皇帝的激赏。《唐书》：虔善图山水，尝自写其诗并画以献，帝大署其尾曰：“郑虔三绝。” ㉑芸香阁：藏书台的别称。亦借指管图书的官署。郑虔自广文博士迁著作郎。 ㉒坱（yǎng）莽：弥漫貌。 ㉓点染：污点。㉔台州掾（yuàn）：唐复两都后，因郑虔受伪职，贬台州司户参军。台州在今浙江临海一带。 ㉕四明：山名。在今浙江宁波西南。 ㉖楢（yóu）溪：水名。在今浙江天台县东。 ㉗紫芝歌：古歌名。相传是四皓为避秦暴政而隐居蓝田山时所作，其首句曰：“晔晔紫芝，可以疗饥。”此以四皓埋迹深山比况郑虔在台州的生活。 ㉘杏坛丈：杏坛，相传为孔子讲学处，亦泛指聚徒授业之所。丈，即“函丈”，讲学用的坐席。此以“杏坛丈”指代广文馆里的坐席。 ㉙东南：此指台州。 ㉚税：脱。 ㉛牢落：落寞孤寂貌。放：依。 ㉜阮咸：阮籍的侄子，竹林七贤之一。后常以阮咸作为对他人侄子的美称。此代指郑虔的侄子郑审。郑审，官秘书少监，谪居江陵。

**【译文】**郑公为人孤高，不慕荣华富贵，就像飞至鲁国城门外的鶢居一样；他又像急待展翅云霄的孔雀和翠鸟，然而终不免囿于樊笼，忧愁难当。他学养甚高，远在群儒之上，我很早就听说他为名人苏颋所激赏。他的名位远超士大夫之流，更何况他高雅不俗，神清气爽。郑公天资聪颖，世所罕见，论学识他远在子游、子夏之上。神农所著《本草》一书间或亦有缺漏之处，授张良《兵法》的黄石呀愧为师长。郑公所编纂的《胡草本》一书中的药名应有尽有，谈起兵家来他也了如指掌。他学贯古今，了无遗恨；他杂著甚多，时时想一展所长。他的天文地理知识无比渊博，他的书画知识是如此深广。名冠汉代的扬雄哪能比得上他；如果拿他的言论去比东方朔的诙谐，岂不使他受到冤枉？顾野王再也不能独擅神妙的书法艺术，而他足以兼具钟繇、钟会父子两人之长。普天下人都在传扬他的妙文，他书写的大字依旧赫然在榜。当年他曾献出自己的画作，他创作的新诗也一并送致皇上。隐迹林泉的他呀立时耸动了九重天子，画面上的孤鹤呀无意间发出了声响。自从皇上为他题字之后，号称“三绝”的他呀格外为四面八方的人所敬仰。郑公嗜酒成性，越来越潇洒奔放，俨然如弹琴咏歌、雄视天地的阮籍一样。他不加藻饰，形同土木，一副自然本相；所亲近的只是小几、手杖。在他没有任广文馆博士以前，他整天兀坐在书房里涉猎文章。后来他才到芸香阁任职，胡马的烟尘啊弥漫了天地四方。郑公本是一心向阙的忠良臣子，无奈迫受伪职，致使终生留下了洗刷不掉的污点。到晚年幸蒙皇恩做了台州司户，凄凉地泛舟于遥远的浙江。白雪皑皑的四明山上有他的足迹，楢溪河边的橡子充填饥肠。他多像隐迹深山的商山四皓，他再也回不到广文馆的坐席上。此时，我向东南一带的长天纵目远望，依稀可见残留在秋色中的魍魉。悲惨的离别至今令我痛苦万状，头发斑白的我呀徒然把往事怀想：晚春里的长安多么秀丽，满是落叶的渭河两岸无比清朗；我们俩曾在达官贵人的家里高谈阔论，也曾脱马于草木林莽；操纸赋诗，终日酣饮，时节景物赋与我们多少遐想。当年郑公远在台州，我与他这文坛高手竟远隔千里；当年我们在长安时我曾承蒙他过分推奖。呜呼！他已长埋于九泉之下，孤独寂寞的我呀无所依傍。他的侄子——郑审远在江陵，是何等的萧条；出仕者和隐退者无不束缚于人世的罗网。有朝一日我要到江陵去访问郑审，凄然地向他倾诉漂泊的悲伤。

## 故右仆射相国曲江张公九龄

**【题解】**张九龄，字子寿，韶州曲江（今广东韶关市）人。擢进士，以“道侔伊吕科”策高第，为左拾遗。开元二十一年（723）任中书侍郎同平章事。开元二十二年为中书令。他要求任用贤能，反对朋比阿私，反对名器假人，因此为奸相李林甫所忌，于开元二十四年罢相，贬荆州长史。开元二十八年病卒。唐以尚书左右丞相为左右仆射，张九龄以尚书右丞相罢知政事，故诗题称右仆射。在这首诗里，杜甫称其人品，叙其履历，美其诗才，哀其亡殁，寄托了诗人对一代贤相的缅怀之情。

**【原诗】**相国生南纪①，金璞无留矿②。仙鹤下人间③，独立霜毛整。矫然江海思，复与云路永。寂寞想土阶④，未遑等箕颍⑤。上君白玉堂⑥，倚君金华省。碣石岁峥嵘⑦，天池日蛙黾⑧。退食吟大庭⑨，何心记榛梗⑩。骨惊畏曩哲，鬒变负人境⑪。虽蒙换蝉冠⑫，右地恧多幸⑬。敢忘二疏归⑭，痛迫苏耽井⑮。紫绶映暮年⑯，荆州谢所领。庾公兴不浅⑰，黄霸镇每静⑱。宾客引调同，讽咏在务屏⑲。诗罢地有余，篇终语清省。一阳发阴管⑳，淑气含公鼎㉑。乃知君子心，用才文章境。散帙起翠螭，倚薄巫庐并㉒。绮丽玄晖拥㉓，笺诔任昉骋㉔。自我一家则，未阙只字警。千秋沧海南，名系朱鸟影㉕。归老守故林，恋阙悄延颈。波涛良史笔，芜绝大庾岭㉖。向时礼数隔，制作难上请。再读徐孺碑㉗，犹思理烟艇。

**【注释】**①相国：即丞相。指张九龄。南纪：南方。 ②“金璞”句：谓张九龄资质过人，堪为世用，而不被埋没。《旧唐书·魏征传》：太宗曰：“公独不见金之在矿也，何足贵哉？良冶锻而为器，便为人所宝。” ③仙鹤：喻指张九龄。《九龄家传》：九龄母梦九鹤自天而下，飞集于庭，遂生九龄。 ④想土阶：是说张九龄有致君尧舜之志。《司马迁传》：墨者亦上尧舜，言其堂高三尺，土阶三等。 ⑤箕颍：箕山、颍水。巢父、许由曾在此隐居。 ⑥白玉堂：汉宫名。此比唐宫。下句中的“金华省”，义同此。 ⑦碣石：山名。在河北昌黎西北，唐属范阳。安禄山盘据于此。 ⑧天池：喻指朝廷。蛙黾（měng）：即蛙。黾是蛙的一种。此比李林甫。 ⑨大庭：大庭氏为远古时代的氏族首领。庄子认为那时是至德至治的时代。此言张九龄向往至治之世。 ⑩榛梗：喻指隔阂、嫌隙。据《本事诗》载：曲江（九龄）与李林甫同列，林甫疾之若仇。曲江为《海燕》诗以致意，曰："无心与物竞，鹰隼莫相猜。" ⑪鬒（zhěn）变：黑发变白。 ⑫换蝉冠：唐制：侍中、中书令加貂蝉，佩紫绶。开元二十四年，张九龄由中书令迁尚书右丞相，罢政事。此即所谓"换貂蝉"。 ⑬"右地"句：言因罢政而惭愧，又以远害为幸事。右地，指任右丞相。恧（nǜ），惭愧。 ⑭二疏：指汉人疏广及其侄疏受。汉宣帝时，疏广为太傅，疏受为少傅。后同时告老，为人称道，后因用以咏功成身退。这里喻指张九龄曾经乞归养母。 ⑮苏耽井：传说汉末郴县郡民苏耽，牧牛孝养母亲，忽辞母仙去，预言将有灾疫，嘱母挖一井以防疫病。其母既终，葬于牛脾山，有号哭声，知为苏君之神。这里以苏耽井为喻，言张九龄丧母之痛。 ⑯"紫绶"句：言张九龄贬为荆州长史。唐制：大都督府长史，从三品，应紫绶。荆州为上都督，故时服紫绶。 ⑰庾公：即庾亮。《世说新语·容止》："庾太尉（亮）在武昌，秋夜气佳景清，使吏殷浩、王胡之之徒登南楼吟咏。音调始遒，闻函道中有屐声甚厉，定是庾公。俄而率左右十许人步来，诸贤欲起避之。公徐曰：'诸君少住，老子于此处兴复不浅。'"这里以庾亮比况张九龄，称其胸怀旷达。 ⑱黄霸：汉人，曾历任廷尉正、颍川太守、丞相等职，以宽和、法平、力行教化著称。后因以用作称美郡长之典。此以黄霸比张九龄，赞其政绩卓著。 ⑲"宾客"二句：叙述张九龄邀客咏诗情事。《旧唐书·孟浩然传》：孟浩然还襄阳，九龄时镇荆州，署为从事，与之唱和。 ⑳阳发阴管：古人以十二律配十二月，把葭莩灰塞在律管里，某个月份到了，与之相应的律管中的葭灰也飞动起来。此为候气之法。《史记·律书》："十一月也，律中黄钟，黄钟者阳气踵黄泉而出也。"这里以乐喻诗，言张九龄诗歌，如黄钟之律，和而可听。 ㉑"淑气"句：言张九龄的诗歌如同太羹，堪可品味。 ㉒倚薄：迫近。巫庐：巫山、庐山。 ㉓玄晖：即谢朓。南朝文学家。此比张九龄，言其精于诗道。 ㉔任昉：南朝作家。历仕宋、齐、梁三朝，以擅长表、奏、书、启著称。这里以任昉比况张九龄，称美他长于写作。 ㉕朱鸟：即朱雀。南方七宿之总名。此借指南方。这里以朱鸟为喻，谓张九龄名闻南方。 ㉖大庾岭：山名。在今江西大余和广东南雄交界处。 ㉗徐孺碑：徐稚，字孺子，东汉高士，受到南昌太守陈蕃的礼遇。张九龄为洪州都督时，仰其为人，曾作《后汉征君徐君碣铭并序》。

【译文】张相国出生于地处南方的韶州曲江，他就像不被埋没于矿层的金璞一样堪为世用。俨然如仙鹤似的降临人世，超然独立，雪白的羽毛齐齐整整。怀着江海之志乘风高举，展翅飞腾于漫漫云程。苦思冥想，一心想实现致君尧舜的宏伟志向，无暇像巢父、许由一样隐居箕颍。他登上了辉煌壮丽的宫殿，紧紧地依傍着巍巍皇宫。多年来安禄山的气焰是何等嚣张，朝廷中天天有声声蛙鸣。张公在公休时也在苦苦思虑致治之道，而从不把个人恩怨记在心中。他唯恐比不上古代的圣哲，他唯恐老死无功而有负苍生。他虽然以罢政为莫大惭愧，但又以全身远害为大幸。岂敢忘记告老还乡以奉养父母，他丧母的悲痛有似苏耽的悲痛。张公晚年也曾出为荆州长史，他常常感谢他的统领。他就像庾亮一样胸怀高旷，他就像黄霸一样享有盛名。同他来往的都是志同道合的好友，屏弃俗务，陶醉于歌吟讽咏。张公有很深的诗歌功底，他的诗歌语言清新而省净。音韵和雅，有如黄钟奏出的美妙的韵律；诗味醇美，如同不调盐菜的肉汁一样余味无穷。张公堪称有志济世的堂堂君子，到后来竟退而施才于文章之境。一打开他的遗著便有蛟龙飞起，高才大器的张公呀堪与巫庐争雄。诗如谢朓之绮丽，文如任昉之纵横。自成一家文章之法度，字字句句无不精警。浩瀚的南海永不枯竭，辽阔的南方传颂他的美名。张公晚年回到了自己的故土，延颈翘首，默默地默默地思恋朝廷。他那波澜壮阔的文章好像出自良史的笔下，不幸他身死岭外，令我伤情。以前我同张公并没有多少来往，因此我的诗作在他生前未能向他面请。如今我再次读到他为徐孺撰写的那篇有名的碑文，尚想乘坐一叶钓舟去祭拜他的坟茔。

## 诸将五首

【题解】这组诗当作于大历元年（766）秋，时杜甫客居夔州。在这五首诗中，杜甫针对当时武将之失，予以揭露讽刺，表现出他对处于边患未解中的祖国的深切关怀，同时也见出他的若干政治见解。

### 其　一

【原诗】汉朝陵墓对南山①，胡虏千秋尚入关②。昨日玉鱼蒙葬地，早时金碗出人间③。见愁汗马西戎逼④，曾闪朱旗北斗殷。多少材官守泾渭⑤，将军且莫破愁颜。

【注释】①汉朝陵墓：借指唐朝诸帝王陵墓。南山：终南山。②胡虏：指吐蕃。关：指萧关（在今宁夏固原东南）。《史记·匈奴列传》载："汉孝文皇帝十四年，匈奴单于十四万骑入朝那、萧关……虏人民畜产甚多，遂至彭阳。"《通鉴》载：广德元年："吐蕃入长安……剽掠府库市里，焚闾舍，长安萧然一空。……太常博士柳伉上疏，以为犬戎犯关度陇，不血刃而入京师，劫宫闱，焚陵寝，武士无一人力战者，此将帅叛陛下也。"自汉文帝十四年（前116）匈奴入萧关，焚烧汉朝宫殿，至唐代宗广德元年（763）吐蕃自萧关入侵长安，中经九百余年，此言"千秋"，盖取其成数而言。③"昨日"二句：言武将不能灭寇，致使唐朝帝王陵墓被吐蕃挖掘。二句互文。玉鱼、金碗，均为帝王殉葬品。④见愁：指呈现于眼前的愁事。见，同"现"。西戎逼：765年九月，吐蕃与回纥连兵入寇，兵临奉天，京师震恐。"西戎逼"，即指此事。⑤材官：即武将。泾渭：二水名，即泾河、渭河。皆在京畿之内。765年9月，郭子仪屯兵泾阳（在长安北），李忠臣屯兵东渭桥（在长安东北），李光进屯兵云阳（在今陕西泾阳县北），马璘、郝庭玉屯兵便桥（在今陕西咸阳西南），李抱玉屯兵凤翔，李日越屯兵盩厔，以防吐蕃。长安附近，大兵云集，可见军情吃紧。

【译文】唐朝帝王陵墓正好面对险要的终南山，哪料到继汉之后又有吐蕃突破萧关，侵犯长安！玉鱼金碗之类的皇帝殉葬品仿佛昨天才埋入地下，不幸今天一早即被蕃兵挖出了人间。吐蕃、回纥的汗血马直逼京都，愁现眼前；那闪着凶光的敌军的红旗曾经映红了星天。并没有多少将官屯兵京畿，扼守防线；诸将啊，值此边患深重之际且莫要一味寻欢！

## 其　二

【原诗】韩公本意筑三城①，拟绝天骄拔汉旌②。岂谓尽烦回纥马，翻然远救朔方兵③。胡来不觉潼关隘④，龙起犹闻晋水清⑤。独使至尊忧社稷⑥，诸君何以答升平？

【注释】①韩公：指张仁愿。三城：即三受降城。神龙三年（707），张仁愿曾在今内蒙境内筑三受降城以拒突厥。②天骄：借指突厥。拔汉旌：拔掉汉家旗帜。此指入侵唐土。③"岂谓"二句：唐置朔方军，原是防御突厥的。其后突厥衰亡，回纥崛起。安禄山叛乱，肃宗在灵武（今宁夏灵武）即位，朔方军兵力不足，反而请回纥救援以收复两京。杜甫认为将帅无能，故予以讽刺。朔方兵，即朔方军，郭子仪所统领的部队。 ④胡来：指胡人安禄山破潼关陷长安事。潼关本险固难攻，而安禄山却长驱直入，致使潼关失去了它的险要。这里讽刺潼关守将哥舒翰之怯懦无能。⑤“龙起”句：以唐高祖李渊起兵太原一事比拟广平王（即后来的代宗）收复两京。当年高祖李渊起兵晋阳，晋水变清；广平王于至德二载九月收复西京，同年七月岚州合关河清三十里，故云“犹闻晋水清”。 ⑥至尊：指代宗（李豫）。

【译文】当年韩国公在河北修筑了三座受降城，他的本意是想以此来阻止突厥的侵陵。哪料到如今却反而多次烦劳回纥的兵马，求他们远道而来援救郭子仪部队以收复两京。胡兵一来，潼关守将哥舒翰便不觉得潼关地形险要；真龙般的广平王奋起平叛，我才又一次听说晋水变得澄清。如今独自让皇帝一人忧虑社稷，诸将啊，你们该用什么来报答一代圣明?

## 其　三

【原诗】洛阳宫殿化为烽①，休道秦关百二重②。沧海未全归禹贡③，蓟门何处尽尧封④？朝廷衮职虽多预⑤，天下军储不自供⑥。稍喜临边王相国⑦，肯销金甲事春农⑧。

【注释】①“洛阳”句：回忆洛阳两次被兵火所毁，一次是天宝十四载（755）毁于安禄山，一次是乾元二年（759）毁于史朝义。 ②秦关：指潼关。百二重：极言城池险固。百二，是说关中兵二万足以当敌百万。③沧海：指唐河北、河南两道东部地区，即今河北、山东东部。禹贡：《尚书》篇名，叙大禹定九州及职贡制度事。后世常以“禹贡”用作国境的代称。 ④蓟门：指河北北部卢龙等地。尧封：唐尧之封疆。周封帝尧之后人于蓟，故云“尧封”。 ⑤衮职：指三公大臣。预：参与。当时朝廷大臣多兼军事重任，而诸节度使则多加中书令、平章事等内职高衔，将相不分。 ⑥“天下”句：唐初行府兵制，士兵开垦营田，军粮自给。安史乱后，府兵制败坏，军粮皆需农民供应，故云“军储不自供”。 ⑦王相国：指王缙。广德二年（764），王缙以同平章事都统河南、淮西等节度行营事，兼领东京留守，后又迁河南副元帅，防止河北诸降将反覆。 ⑧事春农：指实行屯田制。王缙休养士卒，使他们从事春耕，以减少兵费。杜甫在这里劝诸将效法王缙之举。

**【译文】**东京洛阳曾两度成为战场，化而为烽，那就不要夸说潼关是如何如何地险固可凭。河北、河南两道东部地区还没有完全成为大唐国境，河北北部卢龙等地何时才能全部统一于唐廷？朝廷虽然让诸节度使身兼三公大臣的高衔要职，但各地所需要的军粮还不能自给自供。令我稍微感到欣喜的是那位出任河南副元帅的王缙宰相，他为了减少军费，休养士卒，鼓励战士从事农耕。

## 其　四

**【原诗】**回首扶桑铜柱标，冥冥氛祲未全销①。越裳翡翠无消息②，南海明珠久寂寥③。殊锡曾为大司马④，总戎皆插侍中貂⑤。炎风朔雪天王地⑥，只在忠良翊圣朝⑦。

**【注释】**①“回首”二句：言南疆不靖，战乱时有。扶桑，原指东海以外之地，这里借指南海以外。铜柱，为后汉马援征交趾（今越南北部）时所立，为汉极南界之标志。氛祲（jìn），妖氛。此指战乱。时南诏与吐蕃一同进扰，南疆不安。 ②越裳：南方古国名。唐为越裳县，其地约在越南的南境。翡翠：代指贡品。 ③南海：指南方边郡。广德元年（763），宦官市舶使吕太一逐广南节度使张休，拥兵作乱。当地因宦官杀戮掠夺，拒不贡赋。 ④殊锡：特殊赏赐。大司马：掌军政的大官。此指军政要职。⑤总戎：总兵，即元帅。这里泛指统兵将领。侍中：侍奉皇帝左右的官。据《汉官仪》载，侍中以蝉及貂尾饰冠。 ⑥炎风朔雪：指极南极北地区。 ⑦忠良：指诸将。翊（yì）：辅佐。

**【译文】**回头再说当年曾建有马援铜柱的南海一带，那里由南诏掀起的惨淡的妖氛至今尚未全销。那地处南疆的越裳县也不再向朝廷进献翡翠，因宦官骚扰致使南海边郡的明珠也久不贡朝。朝廷已把军政要职作为特殊的赏赐封赏给诸多将帅，统兵将领的头上都戴着以貂尾作为装饰的冠帽。极南极北地区同样都是我泱泱大唐的疆土，诸位将军啊，只有靠你们才能辅佐一代圣朝。

## 其　五

**【原诗】** 锦江春色逐人来[1]，巫峡清秋万壑哀[2]。正忆往时严仆射[3]，共迎中使望乡台[4]。主恩前后三持节[5]，军令分明数举杯。西蜀地形天下险，安危须仗出群材。

**【注释】** ①锦江：借指成都。　②巫峡：借指夔州。因夔州邻近巫峡，故称。　③严仆射：指严武。严武死后追封尚书左仆射。　④中使：皇帝左右的使人，如宦官之类。望乡台：在成都北。杜甫任严武幕僚时曾同严武在望乡台一道迎接中使。　⑤主恩：皇恩。严武曾幸蒙皇恩而受到重用。三持节：谓严武三次持节出镇蜀地。节，符节，官员出使时，持以为信。严武初以御史中丞出为绵州刺史，迁东川节度使，再拜成都尹，后又以黄门侍郎任剑南节度使，故云“三持节”。

**【译文】** 离蜀赴夔，一路上锦江春色追着我迤逦而来，清秋中的夔州啊万壑生哀。此刻我正缅怀已作千古的严仆射，我们曾在成都望乡台一同迎接皇帝的使臣。严仆射啊，你承蒙皇恩曾先后三次持节坐镇蜀地；你军令严明，我们曾多少次举杯祝捷，豪情满怀！这天设地造、险甲天下的西蜀重地，要想固若金汤，必须仰仗一大批足以扶倾定危的不凡将才。

## 夔府书怀四十韵

**【题解】** 此诗当是大历元年（766）秋作于夔州（今四川奉节）。在这首五言长篇排律里，诗人以沉稳的笔势，倾诉了自己偃蹇沦落的人生遭际，追忆了两朝（肃宗、代宗）祸乱的始末，并针对朝廷弊政和当时夔州民困民穷的紧迫情势，陈述了自己匡时救世的政治谋略。或由己而国，或由国而己，交错成文，表现了浓重的主忧臣辱之思。

**【原诗】** 昔罢河西尉[1]，初兴蓟北师[2]。不才名位晚，敢恨省郎迟[3]？扈圣崆峒日[4]，端居滟滪时[5]。萍流仍汲引，樗散尚恩慈[6]。遂阻云台宿[7]，常怀《湛露》诗[8]。翠华森远矣[9]，白首飒凄其。拙被林泉滞，生逢酒赋欺⑩。文园终寂寞⑪，汉阁自磷缁⑫。病隔君臣议，惭纡德泽私。扬镳惊主辱⑬，拔剑拨年衰⑭。社稷经纶地，风云际会期⑮。血流纷在眼，涕洒乱交颐。四渎楼船泛⑯，中原鼓角悲。贼壕连白翟⑰，战瓦落丹墀。先帝严灵寝⑱，宗臣切受遗⑲。恒山犹突骑⑳，辽海竞张旗㉑。田父嗟胶漆㉒，行人避蒺藜㉓。总戎存大体，降将饰卑词㉔。楚贡何年绝㉕？尧封旧俗疑㉖。长吁翻北寇㉗，一望卷西夷㉘。不必陪玄圃，超然待具茨㉙。凶兵铸农器，讲殿辟书帷㉚。庙算高难测㉛，天忧实在兹㉜。形容真潦倒，答效莫支持。使者分王命㉝，群公各典司㉞。恐乖均赋敛，不似问疮痍。万里烦供给，孤城最怨思㉟。绿林宁小患㊱？云梦欲难追㊲。即事须尝胆㊳，苍生可察眉㊴。议堂犹集凤，贞观是元龟㊵。处处喧飞檄，家家急竞锥。萧车安不定㊶，蜀使下何之㊷？钓濑疏坟籍㊸，耕岩进弈棋㊹。地蒸余破扇，冬暖更纤絺㊺。豺遘哀登棨㊻，麟伤泣象尼㊼。衣冠迷适越㊽，藻绘忆游睢㊾。赏月延秋桂，倾阳逐露葵。大庭终反朴㊿，京观且僵尸[51]。高枕虚眠昼，哀歌欲和谁？南宫载勋业[52]，凡百慎交绥[53]。

**【注释】**①“昔罢”句：指天宝十四载（755）杜甫不就任河西县尉一事。②蓟北师：指安禄山叛军。天宝十四载十一月，安禄山反于范阳，陷河北诸州。十二月，陷东京。 ③省郎：皇帝的侍从官。杜甫曾任左拾遗，则居省（门下省）；严武表请杜甫为检校工部员外郎，则为郎。 ④“扈圣”句：指至德二载（757）五月受官凤翔行在、扈从肃宗一事。仇注：“公未尝至崆峒，而云扈圣崆峒者，以肃宗自平凉而至，崆峒在其地也。”崆峒，山名，在甘肃平凉西。 ⑤“端居”句：言今闲居夔州。滟滪：即滟滪堆，系长江三峡瞿塘峡中的险滩。此指代夔州。 ⑥“萍流”二句：总言在飘泊、闲散之中仍系虚衔，不忘严武汲引和朝廷授官之恩。樗（chū）散：樗木（臭椿）材劣，多被闲置。此谓投闲置散，不为世用。⑦阻云台：悲飘泊流散，不得还朝。云台：汉宫中高台名。此借指唐朝宫殿。⑧《湛露》：《诗·小雅》篇名。《诗序》：“《湛露》，天子燕诸侯也。”后因喻君主恩泽。 ⑨翠华：天子仪仗。 ⑩酒赋：指饮酒、赋诗二事。杜甫曾作赋为玄宗所激赏，但生性疏放，狂饮不羁，以致仕途蹭蹬，好像被作赋、饮酒所欺。 ⑪文园：即孝文园。汉文帝的陵园。司马相如曾为文园令，后因患消渴病（糖尿病），闲居茂陵。此杜甫以司马相如自方。⑫“汉阁”句：此用扬雄投阁之典比喻自己因疏救房琯而获罪。汉阁，指天禄阁。此以阁名代人名（扬雄）。自磷缁：自取污损。犹言倒霉。“磷缁”语本《论语·阳货》：“不曰坚乎？磨而不磷；不曰白乎？涅而不缁。”磷因磨而薄，缁因染而黑，后因以比喻污损。杜甫因救房琯而几乎被捕坐牢（付三司推问），所以借古人古事发泄牢骚。⑬“扬镳”句：谓代宗于广德元年（765）十月吐蕃进逼长安时出走陕州。⑭拨：奋起。⑮“社稷”二句：谓肃宗于天宝十五载（756）在灵武（今宁夏灵武）起事。⑯四渎（dú）：长江、黄河、淮河、济水的合称。⑰白翟：我国古代少数民族地区。唐时鄜州、延州属春秋白翟地。⑱先帝：指肃宗。严灵寝：谓收京后先修寝庙。灵寝：帝王墓地的宫殿建筑。⑲“宗臣”句：仇引《唐书》：宝应元年（762）建卯月，上（肃宗）不豫，召子仪入卧内曰：“河东之事，一以委卿。”所谓“切受遗”即指此。宗臣，指郭子仪。⑳恒山：山名。五岳中北岳。唐时属河北地。㉑辽海：辽河流域以东至东海一带。唐时属河北地。㉒胶漆：胶和漆古时用以制弓。此借指弓。《孙武子》：“胶漆之材，车甲之奉，日费千金。”㉓蒺藜：指用以御马的铁蒺藜。㉔“总戎”二句。朱注：《通鉴》：史朝义死，贼将田承嗣、薛嵩等降，副元帅仆固怀恩恐贼平宠衰，奏留田承嗣等分帅河北，自为党援，由是诸镇桀骜不可制。杜甫这两句诗，正纪其事。总戎，元帅。唐人谓节度使为“总戎”。此指雍王适。代宗讨史朝义，以雍王适为天下兵马元帅。㉕楚贡：指青茅。亦泛指贡物。《左传》：管仲责楚曰：“尔贡包茅不入。”当时岭南一带尚有小梗。㉖尧封：注见《诸将五首》其三。㉗北寇：指回纥。㉘西夷：指吐蕃。广德元年（763）十月，吐蕃寇奉先，入长安，代宗出走陕州（今河南陕县）。㉙“玄圃”二句：刺代宗之求仙。意谓不必求仙于仙境、仙山。玄圃，传说中昆仑山顶的神仙居处。具茨，仙山，在今河南省密县。㉚“讲殿”句：意谓注意节俭。汉文帝曾集（臣下）上书囊为殿帷，是为节俭一例。事见《东方朔传》。㉛庙算：由朝廷制定的克敌谋略。此指朝廷。㉜天忧：即杞人忧天之意。此指杜甫对国事的殷忧。㉝使者：谓索饷之官。㉞群公：谓治民之官。㉟孤城：指夔州。㊱绿林：在荆州当阳东北。此泛指盗贼聚集之地。㊲云梦：古代二大泽名，即云泽、梦泽。《左传》：楚昭王涉睢济江，入云中（云梦泽中），盗攻之。代宗幸陕，有似昭王出国。㊳尝胆：即卧薪尝胆。春秋时越王勾践自吴释归后，以柴草为床褥，悬苦胆于户庭，出入尝之，立志灭吴，报仇雪耻。㊴察眉：原谓察看人的表情便知实情。此谓深察民苦。 ㊵贞观（guàn）：即贞观之治。元龟：大龟，此喻可资借鉴的往事。 ㊶萧车：指汉人萧育坐的车。此指代萧育。《后汉书·萧育传》："南郡江中多盗贼，拜育为太守，上以育耆旧名臣，乃以三公使车（三公奉使之车）载育入殿中受策。" ㊷蜀使：指司马相如。相如曾为郎使蜀，谕巴蜀父老。此泛指使者。 ㊸钓濑：水边垂钓处。此用后汉严子陵事。《后汉书·严光》："三反而后至……乃耕于富春山，后人名其钓处为严陵滩焉。"此以严光垂钓处指代隐士。坟籍：古代典籍。 ㊹耕岩：用汉朝名士郑子真事。郑子真（名朴）隐居不仕，耕于岩石之下。此亦指隐士。弈棋：《西京杂记》："杜陵杜夫子，善弈棋，为天下第一。"此指隐而游艺之乐。 ㊺纤絺（chī）：细葛布。此指细葛布衣服。 ㊻登粲：用王粲登荆州城楼作赋一事。 ㊼"麟伤"句：用西狩获麟事哀叹悲泣世衰道穷。《公羊传》哀公十四年："春，西狩获麟……孔子曰：'孰为来哉！孰为来哉！'反袂拭面，涕沾袍。"象尼，指孔子。传载孔子之首像尼山。 ㊽"衣冠"句：言意欲他适而又不知所往。《庄子》："宋人资章甫而适越，越人断发文身，无所用之。"此用其事。 ㊾睢（suī）：古州县名，春秋时宋、陈二国地，在今河南省睢县。杜甫少年时曾游历宋州。 ㊿大庭：古之治世。 51"京观（guàn）"句：意谓目前仍需用兵，平乱靖边，以振国威。京观，古代战争中，胜者收集敌人尸首封土而成的高冢。 52南宫：指南宫云台。《后汉书》：永平中，图画中兴二十八将于南宫云台。 53"凡百"句：意思是希望诸将以交绥为慎，积极参战，勿使志之不坚。当时吐蕃陷京，官吏奔散，诸镇不赴援，故以此勉之。凡百，"凡百君子"之歇后语，意谓诸君。此借指诸将。交绥（suí），刚交战即退却。绥，退军。

**【译文】**当年我没有就任河西县尉，那时安禄山叛军正起于幽燕。我这不才之人啊名位甚晚，但又怎敢怨恨晚年才忝列郎官！也曾在凤翔行在所扈从圣驾，如今却像一个隐士端居在夔州山川。在漂泊中仍然不忘严武的汲引之恩，在被闲置的日子里尚把皇恩铭记心间。再也不得回门下省供职，每每怀着感念之情吟诵《湛露》诗篇。天子的威严的仪仗远在千里之外，我这白发老人却凄然地卧病在这地尾天边。仕途蹭蹬，真好像是被酒、赋所误；生性愚拙，终被滞留在荒僻的林泉。我就像身为文园令的司马相如一样终归寂寞，又像跳阁的扬雄似的活该倒霉——为疏救房琯。因年老体病再也不得参与朝政，每每念及过去曾承蒙皇恩便不胜羞惭。当年国家蒙尘，车驾幸陕，令我的灵魂惊颤；拔剑而起，哪顾惜风烛残年！尔后肃宗为挽救国运而起兵灵武，正当风云际会之期光复河山。战乱中普天下的百姓泪流满面，将士的战血啊纷纷地涌入我的眼帘。长江、黄河、淮河、济水的水面上战船往返，凄厉的鼓角声浮起了辽阔的中原。安史叛军的战壕一直伸向鄜州、延州，偌大的皇宫里到处是断瓦残垣。收京后肃宗首先修复了寝庙；肃宗临终时，郭子仪接受了遗诏。那时恒山一带依然有胡骑奔突，辽海一带敌军的旗帜遮蔽了蓝天。农民因苦于制造弓箭而屡屡嗟叹，行人为躲避铁蒺藜而畏惧不前。因仆固怀恩奏留分帅之失，致使诸镇降将巧饰卑词而各拥劲兵。哪年哪月能斩除岭南小梗？燕蓟降将至今对朝廷存有二心。令我长吁短叹的是回纥的南侵，又有满眼奔突、卷地西来的纷乱的胡兵。不必求仙访道于缥缈的昆仑山、具茨山，那虚妄的仙境渺不可凭。何不把兵器销毁改制成农具，还要效法汉文帝崇尚俭德，力戒侈靡。朝廷的旨意实在是高不可测，对此我常常怀着杞人之忧。可惜我已年老体衰，潦倒不堪，不能报效我心中的朝廷。纷纷来夔索饷的使者各禀王命，当地长官也各司其职，紧密呼应。我唯恐军赋一天比一天繁重，在位者却毫不关心民困民穷。万里迢迢地输送军需军饷，致使怨恨充满了这夔州孤城。荆楚一带的百姓将起而为盗，皇上啊，到那时追悔莫及，遗恨无穷。就目前情事看来，朝廷务须卧薪尝胆，还要观察百姓，洞悉民情。朝廷中人才济济，有如集凤；何不借鉴贞观之治，继承太宗遗风？眼下到处飞驰着官府文书，竞相诛求锥刀之利，居然及于千家万户。即使有汉朝萧育那样的名臣来安抚天下，恐怕也无补于事；即使派遣司马相如一类的使臣出使蜀地，恐怕也不能稳定时局。困居夔州，我就像临流垂钓的严子陵，又像依岩耕作的郑子真：远离书籍，耽于游艺。大地蒸热，剩有一把破扇在手；冬天暖和，只需穿一身葛布衣服。我想起汉朝王粲身逢乱世曾登楼作赋，我想起春秋时孔子因哀叹道穷而泣下沾衣。心想重游越地而又迷茫不知所往，还想如少年时身怀才藻畅游宋地。眼下我虽然清闲地面对秋桂欣赏这异地的月色，但一心向阙，就像带露的向日葵。瞻望来日，终归会回归到民风淳朴的太平盛世；但目前还得暂时兴兵伐叛，杀敌成堆。我徒然卧病伏枕在这夔州一隅，独自唱着哀歌，应和我的不知是谁？南宫云台二十八将立下了千古功勋，诸将啊，望你们积极参战，平息叛贼。

# 往　在

**【题解】** 此诗当是大历元年（766）在夔州所作。时杜甫思归故里，于是触及三朝治乱、九庙兴废的往事。诗人因感于致治无具、祸乱相因，故在诗中详细地陈述了图治保安之道，如省躬罪己、销兵务农、节俭裕民、听言纳谏等等，见出杜甫对国事的殷切关注。

**【原诗】** 往在西京日，胡来满彤宫。中宵焚九庙，云汉为之红。解瓦飞十里，繐帷纷曾空①。疚心惜木主②，一一灰悲风。合昏排铁骑，清晓散锦幪③。贼臣表逆节，相贺以成功。是时妃嫔戮④，连为粪土丛。当宁陷玉座⑤，白间剥画虫⑥。不知二圣处⑦，私泣百岁翁。车驾既云还⑧，楹桷欻穹崇⑨。故老复涕泗，祠官树椅桐。宏壮不如初，已见帝力雄。前春礼郊庙，祀事亲圣躬。微躯忝近臣，景从陪群公。登阶捧玉册⑩，峨冕聆金钟⑪。侍祠恧先露⑫，掖垣迩濯龙⑬。天子唯孝孙⑭，五云起九重。镜奁换粉黛，翠羽犹葱胧。前者厌羯胡⑮，后来遭犬戎⑯。俎豆腐膻肉⑰，罘罳行角弓⑱。安得自西极，申命空山东。尽驱诣阙下，士庶塞关中。主将晓逆顺，元元归始终⑲。一朝自罪己，万里车书通。锋镝供锄犁，征戍听所从。冗官各复业，土著还力农。君臣节俭足，朝野欢呼同。中兴似国初，继体如太宗。端拱纳谏诤，和风日冲融。赤墀樱桃枝⑳，隐映银丝笼。千春荐灵寝，永永垂无穷。京都不再火，泾渭开愁容。归号故松柏，老去苦飘蓬。

**【注释】** ①繐（suì）帷：用细而稀疏的麻布制成的灵帐。　②木主：木制的神位。上书死者姓名以供祭祀。又称神主。俗称牌位。　③锦幪（méng）：覆于驴背上的锦制鞍帕。此代指驴子。　④“是时”句：指天宝十五年七月，安禄山害霍国公主、永王妃、侯莫陈氏、驸马杨朏等八十余人，又害皇孙、郡县主、诸妃等三十六人一事。　⑤当宁（zhù）：处在门屏之间。宁，古代宫室门内屏外之地。玉座：御座。　⑥白间：窗。　⑦二圣：指玄宗、肃宗。　⑧“车驾”句：指肃宗于至德二年十月还京事。　⑨楹桷（jué）：柱与椽。此指祠庙。　⑩玉册：古代册书的一种。用玉简制成。帝王祭祀时用之。　⑪峨冕：法服。　⑫恧（nǜ）：惭愧。

⑬掖垣：宫殿围墙。此指门下省。濯龙：汉代园林名。在洛阳。此借指长安禁宫。 ⑭天子：此指肃宗。 ⑮羯胡：匈奴的别部，晋时入居羯室之地，因号为羯，在今山西省路城附近各县。此指安史叛军。 ⑯犬戎：古族名。此指吐蕃。 ⑰俎（zǔ）豆：俎，置肉的几；豆，盛干肉一类的器皿。古代常用作祭祀的礼器。 ⑱罘罳（fú sī）：宫门外之屏。形似网，用以守望。 ⑲元元：平民百姓。 ⑳赤墀（chí）：饰以丹漆的皇宫台阶。

**【译文】**当年我困在沦陷的长安城，胡兵乱烘烘地挤满了皇宫。半夜里他们焚烧了先帝们的九座祠庙，冲腾的火焰竟把天河映红。烧裂的瓦片崩出十里远，庙内的灵帐乱纷纷带着火光飞向高空。可惜先帝们的牌位，都一一化作灰烬，扬散于悲风之中。叛军在黄昏时排列马队，大肆抢掠，天一亮就用驴子把宫中珍宝运往洛城。贼臣上表给他们的头子，夸耀自己的叛逆行动，贼帅下书祝贺他们取得成功。当时有许多妃嫔遭到杀戮，美妙的人儿接连化作一堆堆粪土。天子的金殿上，御座被捣毁，窗户也剥落了虫形彩绘。不知道玄宗、肃宗此时身在何处，城中的老人都在偷偷抹泪。皇帝的车驾终于返回京城，祠庙迅速得到修复，重新高耸。老臣们悲喜交加，眼泪纵横，祠官在庙旁栽上椅桐。祠庙的规模虽不如以前壮大，但也已经表现出帝力的雄宏。那年春天去郊庙敬神，肃宗皇帝亲自主祭，十分恭敬。我这微贱之人当时也在近臣行列，如影随形似的陪着群公。登上台阶捧起册文，穿着法服聆听金钟。陪侍皇帝祭祀，使我感愧先沾恩露；身在门下省供职，得以靠近皇帝的禁宫。因为皇上是孝敬祖先的贤孙，所以九重宫门瑞气升腾。后庙的镜奁新换了粉黛，供神的翠羽也都郁郁青青。原先先帝的祠庙刚刚从胡兵的手中解救出来，紧接着又遭到吐蕃人的暴行。神圣的祭器被膻腥的臭气所污染，庙宇帷屏之间行走着身带角弓的蕃兵。唉，怎样才能从西到东传遍皇上的命令？好让全国军民统统集结到关中，保卫皇城！如果主将通晓顺逆的道理，那么天下百姓便能归附，而且从始到终。天子一旦能归罪于己，那就能车同轨，书同文，天下一统。让手持刀箭的士兵再拿起犁锄来，征伐和防守听从主将的命令。让那些没事可干的官员各自复业，让那些土著士兵回乡务农。只要君臣厉行节俭，戒除奢侈，那么朝野上下就能一同响起欢呼声。大唐的中兴要像开国初期那样，应该继承太宗皇帝的体统。君主应该端坐拱手，虚心听取臣子的批评，要像和风吹遍大地，阳光充满天空。殿前台阶两侧的樱桃树，果实成熟后要装入银丝笼。每年春祭时供献到祠庙里，让先帝的英灵去享用。这件事可要永远永远传下去，万代千秋不能忘了祖宗。衷心祝愿京都不再遭受战火！热切希望泾渭二水解开愁容！我真想回到先帝陵前大哭一场，怎奈我这年老之人苦于像根蓬草随风飘零。

## 壮　游

**【题解】**此诗当是大历三年（766）秋天在夔州所作。在这首自传性的五言古风里，诗人历叙少年之游、吴越之游、齐赵之游、长安之游，以及身历安史之乱和滞留巴蜀的生活遭遇，为我们提供了研究杜甫历史的重要资料。题曰“壮游”，当谓心怀壮志而出游。

**【原诗】**往昔十四五，出游翰墨场①。斯文崔魏徒②，以我似班扬③。七龄思即壮，开口咏凤凰。九龄书大字，有作成一囊。性豪业嗜酒，嫉恶怀刚肠。脱略小时辈④，结交皆老苍。饮酣视八极，俗物多茫茫。东下姑苏台⑤，已具浮海航⑥。到今有遗恨，不得穷扶桑⑦。王谢风流远⑧，阖闾丘墓荒⑨。剑池石壁仄⑩，长洲芰荷香⑪。嵯峨阊门北⑫，清庙映回塘⑬。每趋吴太伯⑭，抚事泪浪浪。蒸鱼闻匕首⑮，除道哂要章⑯。枕戈忆勾践⑰，渡浙想秦皇⑱。越女天下白，鉴湖五月凉⑲。剡溪蕴秀异⑳，欲罢不能忘。归帆拂天姥㉑，中岁贡旧乡㉒。气劘屈贾垒㉓，目短曹刘墙㉔。忤下考功第㉕，独辞京尹堂㉖。放荡齐赵间，裘马颇清狂。春歌丛台上㉗，冬猎青丘旁㉘。呼鹰皂枥林㉙，逐兽云雪冈㉚。射飞曾纵鞚㉛，引臂落鹙鸧㉜。苏侯据鞍喜㉝，忽如携葛强㉞。快意八九年，西归到咸阳㉟。许与必词伯㊱，赏游实贤王㊲。曳裾置醴地㊳，奏赋入明光㊴。天子废食召㊵，群公会轩裳㊶。脱身无所爱㊷，痛饮信行藏㊸。黑貂宁免敝㊹？斑鬓兀称觞㊺。杜曲换耆旧㊻，四郊多白杨。坐深乡党敬㊼，日觉死生忙。朱门任倾夺，赤族迭罹殃㊽。国马竭粟豆㊾，官鸡输稻粱㊿。举隅见烦费[51]，引古惜兴亡。河朔风尘起[52]，岷山行幸长[53]。两宫各警跸[54]，万里遥相望[55]。崆峒杀气黑[56]，少海旌旗黄[57]。禹功亦命子[58]，涿鹿亲戎行[59]。翠华拥吴岳[60]，螭虎啖豺狼[61]。爪牙一不中[62]，胡兵更陆梁[63]。大军载草草[64]，凋瘵满膏肓[65]。备员窃补衮[66]，忧愤心飞扬。上感九庙焚[67]，下悯万民疮。斯时伏青蒲[68]，廷诤守御床[69]。君辱敢爱死，赫怒幸无伤[70]。圣哲体仁恕，宇县复小康[71]。哭庙灰烬中，鼻酸朝未央[72]。小臣议论绝[73]，老病客殊方[74]。郁郁苦不展，羽翮困低昂[75]。秋风动哀壑，碧蕙捐微芳。之推避赏从[76]，渔父濯沧浪[77]。荣华敌勋业，岁暮有严霜[78]。吾观鸱夷子[79]，才格出寻常。群凶逆未定[80]，侧伫英俊翔。

【注释】①翰墨场：犹言文坛。 ②斯文：犹言文学名流。崔魏：原注："崔郑州尚，魏豫州启心。"崔尚、魏启心都是当时名进士。 ③班扬：汉代作家班固、扬雄。 ④脱略：超脱而不拘束，忽略而不在意。 ⑤姑苏台：遗址在今苏州姑苏山上，相传是春秋时吴王阖闾所建。 ⑥航：两船并成的方舟。此指大船。 ⑦扶桑：神话传说中的木名，相传为日出之所。 ⑧王谢：东晋两大士族。著名的人物是王导、谢安。 ⑨阖闾：吴王阖闾，其墓在苏州虎丘。 ⑩剑池：在苏州虎丘山上，相传是吴王阖闾铸剑处。 ⑪长洲：苑名。遗址在今苏州西南。 ⑫阊门：苏州城门名。⑬清庙：指吴太伯庙，在阊门外。 ⑭吴太伯：周文王的伯父。他为了让王位给弟弟季历（文王父），于是逃到南方（即吴越地区）。其墓在今苏州梅里聚。 ⑮"蒸鱼"句：用专诸刺吴王僚事。《史记·刺客列传》："伍子胥知公子光欲杀吴王僚，乃进专诸于公子光。光具酒请王僚，使专诸置匕首鱼炙之腹中而进之。既至王前，专诸擘鱼，因以匕首刺王僚。王僚立死。公子光遂自立为王，是为阖闾。" ⑯除道：修路。这句用汉朱买臣事。朱买臣贫而苦读，妻子嫌他穷，硬要离婚。后来朱买臣做了会稽太守，还乡时故意穿旧衣怀官印去拜访朋友，还故意把官印的绶带露出一点，让朋友发现他是太守。正式上任时，会稽郡治（今江苏吴县）命令百姓除道迎接，朱买臣的前妻和新夫都在除道，朱买臣又故意请他们到太守花园里居住。一个月后前妻就自杀了。要章：腰章，即系在腰间的太守印章。 ⑰勾践：越王勾践。越为吴所破，勾践卧薪尝胆，后来灭掉吴国。⑱秦皇：秦始皇。他曾经游会稽，到浙江。 ⑲鉴湖：镜湖。在浙江绍兴。 ⑳剡溪：曹娥江的上游，在浙江嵊县城南。 ㉑天姥：山名。在今浙江剡县。 ㉒"中岁"句：杜甫二十四岁时回到巩县故乡，得县府保送，到东京参加进士考试。贡，贡举。古时被县府保送参加考试叫"贡举"。 ㉓"气劘（mó）"句：意谓自己的才气接近屈原和贾谊。劘，迫近。垒，营垒。此以武事比文事。 ㉔"目短"句：意思是说没有把曹植、刘桢放在眼里。 ㉕忤：逆。这里指违反自己的心愿。考功：即考功员外郎。唐初贡举，由考功员外郎主试。第：等第。即考进士榜上的名次。落选叫下第。 ㉖京尹：京兆尹，掌京都方千里以内政事的官。 ㉗丛台：战国时赵王故台，在今河北邯郸市。 ㉘青丘：地名。在今山东广饶县附近。相传是春秋时齐景公畋猎场所。 ㉙皂枥林：地名，当在山东。 ㉚云雪冈：地名，当在山东。 ㉛纵鞚：放马飞驰。鞚，勒住马缰。 ㉜鹜鸧：鹜是秃鹜，一种猛禽；鸧是黄鹂。此泛指飞鸟。 ㉝苏侯：原注："监门胄曹苏预。"是杜甫的朋友苏源明。"侯"是当时对男子的尊称。当时苏源明在徐州、兖州一带作客，常与杜甫一起出游打猎。 ㉞葛强：晋人山简的爱将，常与山简同游。这里以山简比苏源明，以葛强自比。 ㉟咸阳：秦时都城。此代指长安。 ㊱许与：自己认为可以与之交游的。词伯：擅长词章的文坛长者，犹言文豪。这里指郑虔、韦济、高适、岑参。 ㊲贤王：指汝阳王李琎。此泛指贤德之王。 ㊳"曳裾"句：是说自己曾参与过贵人们的宴会，并受到他们的敬重。曳裾，行走时拖着衣襟。置醴，用醴酒（甜酒）宴客。《汉书·楚元王传》载：元王接待鲁穆王、申生、申公等很有礼貌，穆生不喜欢喝酒，元王特为他设置醴酒，以示敬意。 ㊴奏赋：献赋。杜甫在天宝十年为求官曾献三大礼赋。明光：汉殿名。此借指唐朝宫殿。 ㊵"天子"句：是说玄宗顾不得吃饭，急于召见杜甫。 ㊶轩裳：车马服饰。杜甫献赋后，玄宗见而奇之，命他待制集贤院，由宰相考他。杜甫《莫相疑行》："忆献三赋蓬莱宫，自怪一日声辉赫。集贤学士如堵墙，观我落笔中书堂。"即记此事。 ㊷脱身：独身脱离。指未被录取。一说，指天宝十四载（755）被任为河西尉而没有就职一事。 ㊸行藏：指出处。出而用世叫"行"，退而隐居叫"藏"。语本《论语·述而》："用之则行，舍之则藏。" ㊹"黑貂"句：战国时苏秦到秦国去求官，黑貂皮衣都穿破了，还求不到官。这里杜甫用来比喻自己生活困难。㊺兀称觞：仍举杯痛饮。兀，兀自；仍旧。 ㊻杜曲：地名，即杜陵。在长安南，杜甫故居所在。换耆旧：老人死了，新人接替。 ㊼"坐深"二句：是说在长安日久，老人多已死去，因而自己竟被人视为长者而深受乡里的敬重。坐，因为。 ㊽赤族：灭族。玄宗晚年，权贵争相倾轧，灭族之祸时有发生。 ㊾国马：指玄宗为赏乐而畜养的舞马。这些马多以粟豆为饲料。 ㊿官鸡：指玄宗喂养的专供游戏的斗鸡。当时专门在两宫间设立鸡坊，使六军小儿五百人驯养。 51举隅：举一角为例。 52河朔：河北。

七五五年十一月，安禄山在范阳（河北）起兵反叛。 ㊾岷山：山名。在四川。行幸：古代认为皇帝出游是当地有幸，故把皇帝出游叫做“行幸”。此指玄宗逃往四川。 ㊿两宫：指玄宗、肃宗父子。玄宗于天宝十五年七月十二日逃出长安，太子李亨十三日就在灵武自行即位，称肃宗，尊玄宗为太上皇。警跸（bì）：皇帝所到之处，即行戒严，遮断行人，叫做“警跸”。 ㊽“万里”句：言玄宗、肃宗父子，一在成都，一在灵武，相距甚远。 ㊿崆峒：山名。在甘肃省平凉县西。肃宗到平凉招兵，以武力讨伐叛军。 ㊿少海：指太子。古代以皇帝比大海，以太子比少海。旌旗黄：指肃宗自行即位，使用天子仪仗。古时只有天子旌旗可用黄色。 ㊿“禹功”句：夏禹把帝位传给他的儿子启。此用来比喻玄宗传位给太子肃宗。禹功，夏禹的功业。命子：传子。 ㊿涿鹿：山名，在今河北省涿鹿县东南。相传黄帝与蚩尤战于涿鹿之野。这句借指肃宗亲征。 ⑥⓪翠华：即华盖，天子仪仗。吴岳：吴山，在凤翔附近。这句是说肃宗自灵武移驻凤翔。 ⑥①螭虎：喻唐朝军队。豺狼：喻安禄山军队。 ⑥②爪牙：重臣。此指房琯。一不中：一击不中。肃宗派房琯率兵收复两京，至德元年（756）十月，房琯在陈陶斜（咸阳东）与安守忠交战，一日之间全军覆没。 ⑥③陆梁：猖狂。 ⑥④载草草：载，同“再”。草草：轻率。此指郭子仪又败于青渠一事。 ⑥⑤凋瘵（zhài）：凋伤、疾病。膏肓：不治之症。此言民力疲困，国家病根已深。 ⑥⑥备员：忝列官员之列，犹言充数。补衮：补救皇帝的过失。衮，龙袍。代指帝王。至德二载（757），杜甫任左拾遗，其职务是对皇帝提出意见，弥补过失。 ⑥⑦九庙焚：喻朝廷倾危。九庙，王朝的代称。皇室宗庙祀九祖，故云。 ⑥⑧伏青蒲：借用汉人史丹伏青蒲泣谏元帝的典故，比喻自己敢于直谏。青蒲，汉元帝卧室内用以铺地的蒲席。 ⑥⑨廷诤：面折廷诤，即当廷劝谏皇帝。御床：皇帝宝座。此指至德二载（757）为谏房琯罢相一事 ⑦⓪“赫怒”句：指救房琯获罪下狱事。七五七年，房琯被贬官，杜甫上疏救他，肃宗大怒，令三司审问杜甫，赖宰相张镐营救，方得免罪。 ⑦①“宇县”句：言长安、洛阳于七五七年相继收复，国家暂时太平。宇县，犹言宇内，即天下。 ⑦②“哭庙”二句：言两京收复之后，在灰烬之中，哭祭宗庙，在长安旧宫朝见君王。肃宗在至德二载（757）十月还长安，杜甫受命到鄜州探亲，约在这年年底还朝供职。庙，即九庙。未央：汉宫名。此借指唐朝宫殿。 ⑦③小臣：杜甫自称。议论绝：乾元元年（758）五月房琯被贬，六月出为邠州刺史，杜甫也罢去左拾遗职，贬为华州司功参军，从此终止了议论。 ⑭客殊方：乾元二年（759）杜甫自华州弃官，经秦州入蜀，是为“客殊方”。 ⑮困低昂：犹言不能奋飞。 ⑯之推：介之推，春秋时人，曾随晋文公流亡十九年，晋文公回国即位，他避不受赏，与母亲一起隐居绵山。此以之推自比。 ⑰渔父：屈原《渔父》中所写之渔人。篇末有渔父之歌：“沧浪之水清兮，可以濯我缨；沧浪之水浊兮，可以濯我足。”此以古代隐者自喻。⑱“荣华”二句：意谓荣华超过功业，必有危机。也就是说，即使荣华与功业相当，也不要贪图富贵。严霜，喻危机。 ⑲鸱夷子：指春秋时越吴大夫范蠡。范蠡佐越王勾践灭吴后，知勾践可与共患难，不可与共安乐，遂弃官泛游五湖，自号“鸱夷子”。此以范蠡慰藉自己，亦暗寓政治失意之感。 ⑳群凶：指藩镇。

**【译文】**从前当我十四五岁的时候，我就出入于当时的诗坛文场。那时斐声海内的文人学士如魏启心、崔尚前辈，认为我的文才有似班固、扬雄一样。七岁时我的诗思便如潮水一般浩浩荡荡，一开口就能歌咏空界中的凤凰。九岁时就能挥笔书写大字，诗作满满地装成一囊。我性格豪放，已开始嗜酒；我疾恶如仇，自有折不断的铮铮刚肠。我从来不把同辈少年放在眼里，结交的全都是白发苍苍的文坛巨匠。酒兴正浓时放眼四面八方，这宇宙间的俗人俗物是何等微茫。我曾东游吴越，登临姑苏台上；还准备好了行船，打算浮海远航。至今我心里还有无尽的遗憾，没有尽情地畅游到太阳升起的地方。王谢两家的风流人物已成遥远的过去，吴王阖闾之墓触目荒凉。剑池的石壁依然陡峭如剑，长洲苑里的荷花菱叶散发着芳香。在巍峨的阊门以北不远的地方，太伯庙的倒影荡漾在曲折的池塘。每次去瞻仰吴太伯庙宇的时候，一想起他逃让天下的事迹就眼泪汪汪。吴越一带还流传着专诸鱼腹藏剑行刺王僚的故事；清扫道路迎接朱买臣，又耻笑他的腰章。我想起卧薪尝胆、枕戈雪耻的越王勾践，我想起游会稽、渡浙江的一代秦皇。天下要数越地女子的皮肤最为白净，五月的镜湖啊气爽风凉。剡溪的流水啊蕴藏着秀丽奇异的景色，想要忘掉它却又终生难忘。一叶归帆载着我从天姥山脚轻轻擦过，中年时为参加进士考试回到了故乡。自负才高，简直可以迫近屈原、贾谊的营垒；雄盖一世，看低了曹植、刘桢的门墙。哪料到因不合主考官的脾胃而居然落榜，怅然地独自辞别了京兆尹的厅堂。离开东都，到齐赵间纵情游荡，穿轻裘乘肥马何等清狂！春天时引吭高歌在丛台上，冬天时纵马游猎在青丘旁。刚才还在皂枥林一带呼鹰捕鸟，转眼间又飞马逐兽到云雪山冈。曾纵马仰射空中的飞鸟，曾奋臂射落高飞的鹙鸧。马背上欣喜如狂的苏侯真像山简，我正是他携带的爱将葛强。在快意的浪游中度过了八九个年头，复又西归到古都咸阳。相互来往的必都是文坛泰斗，相与游赏的尽是李琎一类的贤王。我曾拖着衣襟潇洒地出入于侯门王府，受到像楚元王置醴酒以敬穆生一般的礼遇；后来为求官而进献《三大礼赋》，满怀信心地步入巍峨的殿堂。玄宗召见我竟然顾不得吃饭，乘车马穿官服的诸公聚而围观我的文章。未被录取也并不感到怎样的惋惜，只管痛饮终日，一任出处行藏。困居长安，黑貂裘哪能不越穿越破；白了双鬓，只管兀自举杯飞觞。杜陵老人交替地相继去世，四郊的墓地上又多了白杨。我因年长而受到老乡们的尊敬，也一天比一天敏感地察觉到死生匆忙。豪门贵族一个劲儿地倾轧争夺，这家获罪那家灭族接连不断地遭受祸殃。用来寻欢作乐的国家的舞马耗尽了粟豆，向用作斗鸡戏的官鸡源源不断地输送稻粱。举此一二事例便可想见朝廷是何等地奢侈靡费，引古证今，不由得深深地惋惜国家衰亡。河北叛乱的风尘骤然而起，玄宗沿着绵绵蜀道仓惶逃亡。即位灵武的肃宗和逃亡蜀地的玄宗各有各的警戒，可悲啊！远隔万里的两位君主遥遥相望。借兵回纥，崆峒山一带腾起了黑色的杀气；太子登基，黄色的旌旗高高飘扬。玄宗传位，就像大禹禅让一样；肃宗亲征，犹如黄帝与蚩尤交战于涿鹿战场。委蛇不断的华盖拥裹了地处凤翔的吴岳，扫除叛军，势如龙虎啖食豺狼。哪料到房琯未能克敌，反而全军覆没，于是胡兵更加猖狂。继陈陶之败，郭子仪又草率出兵，结果兵败青渠，致使民生凋敝，国家病入膏肓。我这个滥竽充数的小小拾遗，因忧愤国事而心情飞扬。对上痛感九庙毁于敌人的兵火，对下哀怜天下万民百孔千疮。那时为营救房琯也曾像汉人史丹苦谏皇上；面折廷诤——也曾跪守在御座之旁。君主受辱，我岂敢吝惜生命？谁料到龙颜大怒，竟拿我治罪，幸亏张镐营救才没有受伤。圣哲天子终于躬行仁恕之道，收复了两都，于是四海之内复归小康。回到长安后皇上在灰烬中哭悼宗庙，满怀酸楚朝见天子在残破的庙堂。被贬华州以后我便终止了对朝政的议论，如今年老多病依旧客居异地他乡。很久不得舒展沉郁的怀抱，就像受伤的雄鹰不能凌空飞翔。秋风吹拂悲哀的山谷，碧蕙消失了它的幽香。我就像拒不受赏、偕母共隐的介之推似的，又像屈原笔下那位隐居沧浪的渔父一样。即使荣华匹配所建的功业，势必潜伏着危机，这就像十冬腊月里的花草必定遭受凛凛风霜。我看那功成身退的越国范蠡，他的才能和品格真是不同寻常。眼下那反叛朝廷的群凶还没有完全平息，我在这夔州一隅，侧身伫盼有英俊之士展翅高翔。

## 昔　游

**【题解】** 这首诗作于大历元年（766）秋天。时杜甫卧病夔州。诗专写早年与高适、李白游历宋、齐事。其中对朝廷宠任边将而致使民疲兵横有所讽刺，并且抒发了沉重的今昔之感。

**【原文】** 昔者与高李①，晚登单父台②。寒芜际碣石③，万里风云来。桑柘叶如雨，飞藿共徘徊。清霜大泽冻④，禽兽有余哀。是时仓廪实⑤，洞达寰区开。猛士思灭胡，将帅望三台⑥。君王无所惜，驾御英雄材⑦。幽燕盛用武⑧，供给亦劳哉！吴门转粟帛，泛海陵蓬莱⑨。肉食三十万⑩，猎射起黄埃。隔河忆长眺⑪，青岁已摧颓。不及少年日，无复故人杯⑫。赋诗独流涕，乱世想贤才。有能市骏骨⑬，莫恨少龙媒⑭。商山议得失⑮，蜀主脱嫌猜⑯。吕尚封国邑⑰，傅说已盐梅⑱。景晏楚山深⑲，水鹤去低回⑳。庞公任本性㉑，携子卧苍苔。

**【注释】** ①高李：此指高适、李白。　②单父台：即宓子贱琴台，在今山东省单县。子贱是孔子的学生，曾作单父宰，鸣琴而治此台。　③碣石：此碣石山当为今山东省无棣之马谷山。　④大泽：即孟诸泽，系宋州（今河南商丘市）东北至单父（今山东省单县）之间的大泽，古为游猎之地。⑤是时：指天宝三载（744）与高、李同游宋、齐之时。　⑥望三台：希望建功以取相位。三台，尚书省、中书省（西台）、门下省（东台）三省长官，即尚书令、中书令、侍中，实即宰辅之职。蔡梦弼云："禄山领范阳节度，求平章事也。"平章事是唐代宰相的另一称号。　⑦"君王"二句：指玄宗滥赏诸将官爵以驾御之。如天宝六载赐安禄山铁券，九载封东平郡王等事。　⑧"幽燕"句：指安禄山任范阳节度使征讨契丹事。幽燕，代借安禄山。　⑨"吴门"二句：申上"供给"句意。吴门，苏州，泛指江南。蓬莱，今山东省蓬莱。　⑩肉食：指安禄山所部。其人以牛羊肉为主食，故称。　⑪河：指唐时流经宋州、单父之间的黄河，即今废黄河。　⑫故人：指高适、李白。此时高、李已故。　⑬市骏骨：用燕昭王购骏马骨事比喻渴求贤才。　⑭龙媒：良马。喻贤才。　⑮"商山"句：

据《史记·留侯世家》载：汉高祖欲废太子盈，立赵王如意，四皓调护太子，使不能废。此即所谓“议得失”。商山，指商山四皓（东园公、绮里季、夏黄公、甪里先生）。 ⑯“蜀主”句：据《三国志·诸葛亮传》载：“（先主）与亮情好日密，关羽、张飞等不悦。先主解之曰：‘孤之有孔明，犹鱼之有水也，愿诸君无复言。’羽、飞乃止。”此即所谓“脱嫌猜”。蜀主：指刘备。 ⑰吕尚：即姜尚（姜太公）。因辅佐周武王灭殷而封于齐。 ⑱傅说：殷高宗贤相。盐、梅：调味之料。《尚书·说命》：“若作和羹，尔为盐梅。”盐咸梅酸，可以调羹。后世因以“盐梅”喻指辅佐君主之重臣。 ⑲楚山：指夔州。 ⑳水鹤：杜甫自喻。 ㉑庞公：即庞德公，东汉人，隐居不仕，晚年携妻子隐于鹿门山。

**【译文】**在天宝三载晚秋的一个日子里，我和高适、李白一起登上宓子贱琴台。放眼望去，只见寒秋中的草地连接着碣石，万里风云铺天盖地滚滚而来。桑叶和豆叶一齐迎风飞舞，简直像漫天大雨泼入胸怀。严霜冻结了辽阔的大泽，飞禽走兽有不尽的悲哀。当时公家和私人的粮仓都很充实，全国四通八达的道路一齐铺开。猛士一心想消灭边境上的胡虏，将帅希望通过建功立业以位居三台。玄宗毫不吝惜封官加爵，滥赏诸将，以便驾御豪雄俊才。当时安禄山正提携大军征讨契丹，向前线提供军备，何其劳哉！从江南向幽燕源源不断地转送粮食、布匹，要渡过苍茫的大海，要越过迢递的蓬莱。当时安禄山拥兵三十余万，游猎时卷起了漫天黄埃。那时隔河远望，不禁想起历历往事；如今我已经年老，青春岁月一去不来。再也回不到快意浪游的少年时代，再也不能同老朋友一起飞觞举杯。写这首诗的时候独自流下痛苦的眼泪，当此乱世之际更加想念已故的高适和李白。只要有像燕昭王一样求贤若渴的君主，就不愁缺少千里马似的人才。商山四皓曾力劝汉高祖不要废黜太子，蜀主刘备曾消除了关、张二人对孔明的疑猜。姜太公因功在社稷而被武王封于齐地，殷代贤相傅说真堪成一代辅国奇才。眼下正是深秋，地处深山的夔州的日色是多么暗淡，我就像一只孤独无偶的水鹤低回徘徊。我要像汉朝高士庞德公一样任情适性，携妻带子隐居在这水泽苍苔。

## 遣　怀

**【题解】**这首诗亦是杜甫于大历元年（766）客居夔州时的作品。诗中写了乱前游历宋中所见繁华景象和风俗人情，追忆同高适、李白同游宋中的情景，感慨唐玄宗轻开边衅而终致天下大乱，痛悼朋友凋零，哀叹一己漂泊，表达了唯恐不能抚养高、李遗孤的沉重心情。

**【原文】**昔我游宋中[1]，唯梁孝王都[2]。名今陈留亚[3]，剧则贝魏俱[4]。邑中九万家，高栋照通衢。舟车半天下，主客多欢娱。白刃雠不义，黄金倾有无。杀人红尘里，报答在斯须。忆与高李辈[5]，论交入酒垆。两公壮藻思，得我色敷腴[6]。气酣登吹台[7]，怀古视平芜。芒砀云一去[8]，雁鹜空相呼。先帝正好武[9]，寰海未凋枯。猛将收西域[10]，长戟破林胡[11]。百万攻一城，献捷不云输。组练去如泥[12]，尺土负百夫。拓境功未已，元和辞大炉[13]。乱离朋友尽[14]，合沓岁月徂。吾衰将焉托？存殁再呜呼[15]！萧条病益甚，独在天一隅。乘黄已去矣[16]，凡马徒区区[17]。不复见颜鲍[18]，系舟卧荆巫[19]。临餐吐更食[20]，常恐违抚孤[21]。

**【注释】**①宋中：河南东部，古宋国地。天宝三载（744）秋，杜甫和高适、李白曾历游梁（汴州，即今河南开封）、宋（宋州，即今河南商丘）等地。 ②梁孝王都：宋中为汉梁孝王所都。梁孝王自大梁（开封）迁都睢阳（今商丘市南）。睢阳，春秋时属宋地，唐代为宋州。 ③陈留：汉时所置郡，是汉唐以来的商业都市，在今河南省陈留县。 ④剧：烦剧，嘈杂。贝魏：指贝州（今河北清河）和魏州（今河北大名） ⑤高李：高适、李白。 ⑥敷腴：喜悦。 ⑦吹台：即繁台，梁孝王所筑。在今河南省开封市东南。 ⑧芒砀：二山名，即芒山和砀山。在江苏徐州以西。汉高祖微贱时，曾隐于芒、砀山泽间。当时传说，高祖所居之地，其上常有云气。 ⑨先帝：此指玄宗。 ⑩收西域：当指天宝五载（746）至八载（749）王忠嗣、高仙芝、哥舒翰先后征讨吐蕃事。 ⑪破林胡：指开元二十二年（734）安禄山、张守珪攻打契丹一事。林胡，战国时地名，唐时为契丹所在。 ⑫组练：组甲、练袍。谓军装。 ⑬大炉：指天地。《庄子》："以天地为大炉。" ⑭朋友尽：指李白、高适先后死去。李白死于广德元年（762），高适死于永泰元年（765）。 ⑮"存殁"句：谓李白、高适相继亡故，杜甫先后哭之。存殁：偏义复词，偏于"殁"。 ⑯乘黄：骏马名。此借喻高适、李白。 ⑰凡马：杜甫自比。 ⑱颜鲍：指南北朝诗人颜延之和鲍照。此亦借比高适、李白。 ⑲荆巫：荆州、巫峡。此指位于巫峡一带的夔州。 ⑳吐更食：因悲痛而不能下食，但仍勉强吞咽。㉑抚孤：指抚养高适、李白的子女。

【译文】过去我曾同高适、李白一起游历宋中，想起了汉梁孝王曾在此建立都城。宋中的名气虽然仅次于陈留，但人事烦杂，正与贝州、魏州相同。城里有居民九万多户，高大的房屋与四通八达的道路相互辉映。舟车之多几乎占了天下之半，主客相见，整个城市浮动在笑语欢声之中。宋中人一个个都任侠使性，在闹市手持白刃杀死不义之辈，为报恩片刻间便倾尽所有黄金。那时我还同高适、李白一起到酒店论诗叙旧，酒杯里充溢着逸兴豪情。高、李二公的诗思是何等旺盛，我脸上的喜色啊为之冲腾。酒后意气扬扬地登上吹台，雄视着平远的草地，触发了怀古幽情：当年曾寓居芒、砀山间的汉高祖已作千古，空留下大雁和野鸭遥相和鸣。那时玄宗正崇尚武力，大一统的天下尚未颓倾。猛将哥舒翰等人曾先后出击入侵的蕃寇，安禄山、张守珪也曾率军持戟大破胡兵。以百万之众攻打一城一地，诸将只报胜而不报败，以致蒙蔽了朝廷。战士的衣甲弃如泥土，一小块的边地上竟负载着上百个阵亡的士兵。开边战争无穷无尽，以致天宝末年整个天下失去太平。在战乱的年代里我的朋友高适和李白已先后谢世，岁月也接连不断地消失得无影无踪。将到哪里去托附我这迟暮的老者？为悼念亡友我曾两度大放悲声。萧条中我的病一天比一天严重，至今我还在这天之一角独自飘零。骏马似的高、李二公已先我而去，凡马般的我呀徒然哭吐寸心之忠。再也看不见才如颜、鲍一样的高适和李白，泊舟江岸，我独自凄然地卧病在夔州孤城。面对饮食我几次强咽又几次吐出，常恐因早死而不能抚养高、李二公的子女而遗恨终生。

## 奉汉中王手札，报韦侍御、萧尊师亡

**【题解】**此诗当是大历元年（766）在夔州作。时杜甫收到汉中王的亲笔信，从中获知故友韦、萧二人逝世的噩耗，遂作此诗以痛悼之。篇末则隐寓着诗人暮年自危、大限将至之感。汉中王，此指李瑀（代宗之叔父），前贬蓬州（今四川仪陇南）。韦侍御、萧尊师，其名不详。

**【原文】**秋日萧韦逝，淮王报峡中①。少年疑柱史②，多术怪仙公③。不但时人惜，只应吾道穷④。一哀侵疾病，相识自儿童。处处邻家笛⑤，飘飘客子蓬。强吟《怀旧赋》⑥，已作白头翁。

**【注释】**①淮王：即淮南王刘安。此借指汉中王李瑀。 ②柱史：周秦官名，柱下史的简称。任职者侍立于殿柱下以证四方文书。老子曾任此职，相当于唐代的御史。此言老子得以长寿，而韦侍御不幸早亡，故疑之。 ③仙公：此指传说中的仙人萧史。萧史善吹箫，秦穆公以女弄玉妻之，日教以凤鸣。数年后，吹似凤声，凤凰来止其屋。后皆随凤飞去。此言萧史得以成仙，而多术之萧史却一旦亡故，故怪之。 ④吾道穷：鲁哀公西狩获麟，孔子认为是自己将死的预兆，因而伤叹"吾道穷矣"。后因用作伤叹他人死亡或自伤困顿的典故。这里用孔子语，对韦、萧二人之死表示沉痛哀悼。 ⑤邻家笛：嵇康、吕安被杀后，其好友向秀过其旧居，闻邻人笛声悲切，遂作《思旧赋》以致哀思。这里借以抒发作者对亡友韦、萧的怀念之情。 ⑥《怀旧赋》：赋篇名。晋人潘岳为杨暨、杨潭而作。

**【译文】**时当秋日，故友萧、韦不幸逝世，这噩耗从汉中王那里传到峡中。呜呼！韦侍御啊，你怎么未能如柱下史老子那样延年益寿？萧尊师啊，你怎么未能如得道仙人萧史那样乘凤升空？这不只为时人所深深惋惜，还强烈地触动了我的伤逝之情。为患病而亡的韦、萧二人而放声一哭，我们从小就相识，宛如弟兄。此刻，仿佛到处有凄凉的笛声向耳边传送，我呀简直像随风飘转的九秋飞蓬。勉强吟诵晋人潘岳的《怀旧赋》，我已经成了行将就木的白发老翁。

## 存殁口号二首

**【题解】**这两首诗当是大历元年（766）在夔州所作。每首诗所咏人物，一生一死，故题为"存殁"。其一写席谦、毕耀；其二写郑虔、曹霸。

### 其　一

**【原诗】**席谦不见近弹棋①，毕耀仍传旧小诗②。玉局他年无限事③，白杨今日几人悲？

**【注释】**①席谦：吴人，当时道士，善弹棋。弹棋：古代棋类游戏。 ②毕耀：肃宗时人，工诗。乾元间为监察御史，尔后以酷毒流贬黔中（今四川彭水），其殁当在此时。 ③玉局：棋局的美称。这里指代善于弹棋的道士席谦。

**【译文】**近来不见以弹棋闻名的道士席谦，想他念他啊多少往事如在眼前。毕耀已殁，人间仍旧流传着他过去写的小诗；今天有几人面对他那长满白杨的墓地不胜凄然。

## 其　二

**【原诗】**郑公粉绘随长夜①，曹霸丹青已白头②。天下何曾有山水③，人间不解重骅骝④。

**【注释】**①郑公：指郑虔，以善画山水名世。长夜：喻死。人死后长埋地下，如归于长夜之中，故以之为比。郑虔是杜甫好友，因罪被贬台州（今浙江临海），广德二年（764）死于贬所。 ②曹霸：当时著名画家，以画马名闻开元天宝年间。官至左武卫将军。天宝末以罪削职，战乱中流落巴蜀，生活潦倒。 ③“天下”句：意谓郑虔已死，天下山水因无人能传其神韵而淡然失色。极赞郑虔笔墨之神妙。 ④“人间”句：语意双关，既感慨世人不识曹霸所画骏马之价值，又慨叹曹霸其人以及世间奇才之困顿潦倒，无人爱重。骅骝：千里马。

**【译文】**郑虔的山水彩绘随着郑虔之死而成为千秋绝笔，从此普天下再也不会有真正的山水呈现眼前；曹霸的鞍马丹青也随着曹霸年老发白而无人爱重，有谁识得千里马——在这俗物充斥的人间！

## 赠李八秘书别三十韵

**【题解】**此诗当是大历元年（766）七月在夔州作。李秘书先自凤翔扈从肃宗复国，杜甫与之同朝。及杜甫移居夔州时，李秘书为剑南节度使杜鸿渐参谋。后曾访杜甫于夔州，今从杜鸿渐还朝，杜甫赋诗送别。首忆李秘书扈从之事；中叙夔州相遇而述蜀乱，喜其随幕主北上，嘱以入告时艰；末自叙而致送别之情。

【原诗】往时中补右，扈跸上元初①。反气凌行在②，妖星下直庐③。六龙瞻汉殿④，万骑略姚墟⑤。玄朔回天步⑥，神都忆帝车⑦。一戎才汗马，百姓免为鱼。通籍蟠螭印⑧，差肩列凤舆⑨。事殊迎代邸⑩，喜异赏朱虚⑪。寇盗方归顺，乾坤欲宴如。不才同补衮⑫，奉诏许牵裾⑬。鸳鹭叨云阁⑭，骐骥滞石渠⑮。文园多病后⑯，中散旧交疏⑰。飘泊哀相见，平生意有余。风烟巫峡远，台榭楚宫虚。触目非论故，新文尚起予⑱。清秋凋碧柳，别浦落红蕖。消息多旗帜，经过叹里闾。战连唇齿国，军急羽毛书⑲。幕府筹频问，山家药正锄。台星入朝谒⑳，使节有吹嘘㉑。西蜀灾长弭，南翁愤始摅㉒。对敭抏士卒㉓，干没费仓储㉔。势藉兵须用，功无礼忽诸㉕。御鞍金騕裛㉖，宫砚玉蟾蜍。拜舞银钩落，恩波锦帕舒㉗。此行非不济，良友昔相于㉘。去棹依颜色，沿流想疾徐。沉绵疲井臼㉙，倚薄似樵渔㉚。乞米烦佳客，钞诗听小胥。杜陵斜晚照㉛，潏水带寒淤㉜。莫话清溪发，萧萧白映梳。

【注释】①“往时”二句：钱谦益注：“公于肃宗初拜左拾遗。所谓‘中补右’者，必李秘书于是时官右补阙也。‘中’者，右补阙属中书省也。‘上元初’，谓（皇）上之（纪）元（之）初，非若《寄题草堂》诗‘经营上元始也。’”往时，指在凤翔时。扈跸（bì），谓随从帝王车驾。 ②行在：即行在所。此指凤翔（今陕西凤翔）。 ③妖星：指吐蕃。时凤翔寇警迭报。直庐：侍臣值宿之处。 ④六龙：天子车驾。 ⑤姚墟：《帝王世纪》：“安原谓之妫墟，或谓之姚墟。”《汉书·注》：“妫墟在汉中郡西城县，舜之居。”肃宗驻跸凤翔，凤翔与汉中接境。 ⑥玄朔：北方。此指朔方。肃宗先即位灵武，灵武为朔方节度使治所。 ⑦忆帝车：言都人皆忆乘舆所在。《史记·天官书》：“斗为帝车，运于中央，临制四方。”⑧通籍：原谓记名于门籍，可以出入宫门。此谓李秘书得以出入行宫。蟠螭（chī）印：刻有蟠螭纹的天子印玺。蔡邕《独断》：“天子玺，以玉螭虎纽。” ⑨差（cī）肩：并肩。凤舆：天子之辇。 ⑩代邸（dǐ）：汉高祖刘邦之子刘恒封代王，所居曰“代邸”。陈平、周勃等诛诸吕，废少帝，迎立代王于未央宫，是为文帝。后因以“代邸”指入嗣帝位的藩王的旧邸。《汉书·文帝纪》：“群臣奉天子法驾，迎代王于代邸。入未央宫，即天子位。益封朱虚侯二千石，赐金千斤。”这里反用“迎代邸”事，喻指李秘书扈从肃宗恢复入京。 ⑪朱虚：古县名。故城在今山东临朐县东南。汉初吕后封刘章为朱虚侯。朱虚侯是齐悼惠王之子，李秘书必宗室，故以比之，说李秘书类似朱虚，但未受到封赏。 ⑫补衮（gǔn）：唐代对补阙的别称。宋人洪迈《容斋四笔·官称别名》："唐人好以它名标榜官称……补阙（今司谏）为中谏，又曰补衮。" ⑬牵裾：犹言牵衣。三国魏文帝曹丕要从冀州迁十万户到河南去，群臣上谏，不听。辛毗再去谏，曹丕不答而入内，辛毗拉住他的衣裾，后来终于减去五万户。此以"牵裾"指直言极谏。 ⑭叨（tāo）云阁：犹谓忝居拾遗之职。杜甫曾授拾遗，故作此谦词。云阁，高耸入云的楼阁。此代指宫阙。 ⑮骐骥：此喻李八。滞石渠：谓李迁秘书。石渠，即石渠阁，西汉皇室藏书阁，在长安未央宫殿北。 ⑯文园：西汉辞赋家司马相如曾为文园令。此杜甫自谓。 ⑰中散：即中散大夫，嵇康曾任此职，作《绝交书》。此以嵇康修书与山涛绝交事，自述弃官后与旧交疏于往来。 ⑱起予：《论语·八佾》："子曰：'起予者，商也，始可与言《诗》已矣。'"《何晏集解》引包咸曰："孔子言子夏能发明我意，可与共言《诗》。"后因用为启发自己的典故。这里称美李秘书的作品对自己颇有教益。 ⑲"战连"二句：时崔旰与杨柏及张献诚相攻，蜀乱不断，故有"战连"、"军急"之叹。 ⑳台星：三台星。《晋书·天文志上》："三台六星，两两而居，起文昌，列抵太微。一曰天柱，三台之位也。在人曰三公，在天曰三台，主开德宣符也。"后以喻指宰辅重臣。此指杜鸿渐。 ㉑使节：谓杜鸿渐。吹嘘：原指言谈中有所抑扬。后指因荐人而美言之为"吹嘘"。这里是奏对的意思。 ㉒南翁：南方的老人。此杜甫自谓。摅（shū）：发泄。 ㉓对敭（yáng）：对答称扬。敭，同"扬"。这里指臣子在皇上面前进对。抏（wán）：摧挫；消耗。 ㉔干没：侥幸取利。此指侥幸、竭力。 ㉕忽诸：语出《左传》文公五年："皋陶、庭坚不祀忽诸。"又见《史记·曹世家》：太史公曰："如公孙强不修厥政，叔铎之祀忽诸。"忽诸，意谓绝之。 ㉖騕褭（yǎo niǎo）：古骏马名。 ㉗锦帕：指披覆在马背上的锦制之巾。 ㉘相于：相亲相近。㉙井臼：水井和石臼。借指屋舍。 ㉚倚薄：生活困迫。 ㉛杜陵：地名。在今陕西省西安市东南。杜甫故居在此。 ㉜潏（yù）水：水名。发源于秦岭，流经关中。杜甫故居所在。

【译文】还是在凤翔时，李秘书曾在中书省任右补阙，也曾在肃宗纪元之初扈从乘舆归返京都。那时行在所所在的凤翔呀妖氛弥漫，妖星般的蕃寇正侵逼直庐。乘坐御驾返都的肃宗遥瞻唐宫而志在兴复，数以万计的骑兵驶过姚墟。在灵武即位的肃宗终于挽回了国运，都人都在眼巴巴地盼望皇上返回京城。出兵讨贼，战功卓著，天下百姓才免于成为被宰之鱼。那时李秘书得以出入行宫，和朝士肩并肩地追随着皇舆。可惜肃宗并非由继统嗣位，所以与迎立代王刘恒于代邸毕竟有别；可惜李秘书也未能得到特殊的封赏，所以与被封为朱虚侯的刘章不大相同。盗寇正开始归顺朝廷，天下也开始出现承平景象。我这不才之人和你这位谏官同朝任职，为奉行朝命也曾以直言谏诤的魏人辛毗相期许。我忝居拾遗之职，厕身鸳行；你这骐骥似的一代文士被擢为秘书。我因病去官之后便辗转远徙，因此而日渐疏远了往日的旧交。如今我带着漂泊者的悲哀和你凄然相见，平生情意啊绵绵无尽。我寓居在这风烟迷离的遥远的夔州，眼前这古楚地的台阁水榭一片空虚。触目所见，并非都是能开怀叙旧的人，只有你的大作对我颇有教益。萧瑟清秋凋谢了岸边的碧柳，红荷零落于离别的水边。到处多是飘拂着战争气息的旗帜，所历所见，凋敝的乡村令我感叹唏嘘。连绵不断的战争起于蜀地，处处有告急的羽书在飞驰。杜相公曾频频筹划于幕府之中，李秘书近来也曾在青城山里挥锄种植药材。如今杜相公携李秘书入朝谒见皇上，应当把西蜀形势禀报一番。只有永远结束西蜀一带的战乱，老夫我心中的愤慨才能得以舒泄。目前，蜀地的士兵伤亡惨重，蜀地的仓库耗费殆尽。李秘书啊，你入朝以后应当以师老财匮奏对君前。为形势所迫虽然不得不用兵，但对那些冒功而无礼于君的诸将，岂可忽而不问？李秘书你入朝后，定当承恩赐马，有锦帕之舒；入直侍书，看大笔起落。李秘书啊，你此次赴朝，并非不足以拯时救世，只是你这昔日相亲相近的良朋好友远离了我。我想象你那乘舟远去的容貌会是什么样子，我想象你那沿江漂流的忽快忽慢的一叶行舟。我呀，依旧抱病困顿在这异乡的茅舍，生计艰难，有似当地的渔民樵夫。只好为乞食而屡屡烦劳亲朋好友，听任小吏传抄我的诗歌。此刻，故乡杜陵的那一轮落日已偏斜到远天的上方了吧？流经故乡的潏水啊映带着泥沙冲积而成的寒冷的沙洲。李秘书你到了长安，请不要向故人提起我呀，我已经老了，满头盈梳的白发倒映在清清的溪流里。

## 中　夜

**【题解】**此诗是杜甫于大历元年（766）寓居夔州西阁时所作。在夔州的一个深夜，诗人因感伤离乱而夜不成寐，发而为词质情悲的短歌。

**【原诗】**中夜江山静，危楼望北辰①。长为万里客，有愧百年身。故国风云气，高堂战伐尘②。胡雏负恩泽③，嗟尔太平人④。

**【注释】**①北辰：北斗星。此喻长安。 ②高堂：指杜陵屋庐。 ③胡雏：此指安禄山。 ④“嗟尔”句：意谓自天宝初年安史叛乱以来，战乱频仍，这虽然是安禄山负恩作乱所致，但朝廷习于太平而不知预防叛乱，亦应负责。

**【译文】**半夜，夔州一带的山川一片寂静，在地势高旷的西阁上痴痴地遥望京城。我永远是一个客子漂泊万里之外，为此常常感恨万端，有愧终生。多年来长安局势反复不定，战乱的风尘笼罩杜陵。这固然是禄山小儿负恩作乱所致，但归根到底是因为君臣上下耽于太平。

## 垂　白

**【题解】**此诗亦作于夔州西阁，时当大历元年（766）秋天。诗人以冯唐、宋玉自比，抒发了浓重的忧国伤家情绪。诗中多作愤语、苦语。垂白，白发下垂。

**【原诗】**垂白冯唐老①，清秋宋玉悲②。江喧长少睡，楼迥独移时。多难身何补？无家病不辞。甘从千日醉③，未许《七哀》诗④。

**【注释】**①冯唐：汉朝人，以孝著，为郎中署长。杜甫年老为郎，有似冯唐。 ②宋玉：战国时楚人，楚辞作家，著有《九辨》，开头说：“悲哉，秋之为气也！萧瑟兮草木摇落而变衰。”杜甫当秋而悲，有如宋玉。 ③千日醉：古时中山一带酿制的酒能使人一醉千日。此状忧愁之深。 ④《七哀》：诗篇名。曹植、王粲均有所作。

**【译文】**晚景中的冯唐，白发皤然，垂而至肩；当年的宋玉也曾吟过悲秋的辞章赋篇。旅居西阁，我夜夜难以入睡，无赖的江声彻夜喧喧。独自出去，时移序转，夜色中高高的西阁濒临江边。当此多难之秋，我于国何补？疾病缠身，失去了家园。甘心一醉千日，将忧愁散淡，我心中的哀伤啊远甚《七哀》诗篇。

## 中　　宵

**【题解】** 此诗当是杜甫于大历元年（766）羁旅夔州、寄居西阁时所作。诗以比兴手法写诗人中宵独步时所见所感，反映了诗人在战乱中孤身漂泊、不如物情之自适的苦状。

**【原诗】** 西阁百寻余，中宵步绮疏①。飞星过水白，落月动沙虚。择木知幽鸟，潜波想巨鱼。亲朋满天地，兵甲少来书。

**【注释】** ①绮疏：镂窗而成绮纹之状叫绮疏。此指雕花窗户。

**【译文】** 位于高处的西阁百寻有余，半夜我独自在雕刻着绮纹的窗前往来徘徊。流星掠过水面划出一道转瞬即逝的白色的光痕，移动在沙滩上的残月的余辉仿佛若有若无。料想宿鸟择木栖息在幽深的树林，巨鱼也深深地潜藏在黝黑的水底。亲朋流落，遍布全国各地，当此战乱之际很少有书信寄来。

## 不　　寐

**【题解】** 此诗亦作于夔州西阁，时当大历元年（766）。当时崔旰之乱尚未平息，营垒遍地，诗人卜居夔州西阁，通宵不寐，百感交集，成此短制。

**【原诗】** 瞿唐夜水黑①，城内改更筹②。翳翳月沉雾，辉辉星近楼。气衰甘少寐，心弱恨容愁。多垒满山谷，桃源何处求③？

**【注释】** ①瞿唐：即瞿塘峡，三峡之一，在夔州（今四川奉节）。②更筹：旧时报更所用之物，如鼓、刁斗一类。③桃源：即桃花源。典出晋陶渊明《桃花源记》。

【译文】夜幕下的瞿塘峡一片浓黑，报时的更声不断传自夔州。一轮残月沉没在蒙蒙的雾气里，几点闪烁的亮星傍近高楼。我年老体衰，甘心少睡；气虚心弱，只恨容纳不了无边的忧愁。重重营垒遍布千山万谷，究竟到哪里去把桃源寻求？

## 送十五弟侍御使蜀

【题解】此当是大历元年（766）在夔州所作。当时有一位辈份比杜甫小的排行十五的人将从夔州起身，往赴内江，诗人设酒饯别，赋诗相送。其中既有身世之慨，又有对十五弟侍御归朝讨贼寄以厚望，足见诗人晚年之爱国热忱。十五弟侍御，其名不详。

【原诗】喜弟文章进，添余别兴牵。数杯巫峡酒，百丈内江船①。未息豺狼斗②，空催犬马年③。归朝多便道，搏击望秋天。

【注释】①内江：水名，在涪州（今四川涪陵）。 ②豺狼：喻崔旰之辈。③犬马：诗人谦称。

【译文】爱弟你文章大进，委实令我喜欢；当此分手之际，牵连不断的别情在我心头充添。离筵上摆着几杯当地酿制的巫峡酒，江边停泊着即将通往内江的高大楼船。豺狼争斗至今还没有平息，我也徒然被岁月催得白发斑斑。爱弟你回朝有很多便道可走，希望你像雄鹰搏击在风云惨淡的秋天！

## 江　　月

【题解】此诗当是大历元年（766）秋天在夔州西阁所作。诗人久客天边，倚楼对月，倍觉形只影单，故生思乡怀土之情。一说，假男女之情，以喻君臣之义。诗极哀怨美丽，凄惋动人。

【原诗】江月光于水，高楼思杀人。天边长作客，老去一沾巾。玉露溥清影①，银河没半轮。谁家挑锦字②？烛灭翠眉颦。

【注释】①漙（tuán）：露多。 ②挑锦字：挑锦线刺字。苏蕙是十六国前秦女诗人，字若兰。其夫窦滔，苻坚时为秦州刺史，后因罪迁徙流沙。苏蕙因思念其夫，于是织锦为《回文旋图诗》以赠滔。词甚凄婉，可宛转循环读之。事见晋《烈女传》。

【译文】江月在水波上漾动着清光，独倚高楼啊愁思难当。经年作客在遥远的天边，到老年禁不住老泪沾裳。远方凄清的月影下玉露浓重，半轮月渐隐渐没于银河之旁。谁家的思妇在挑锦刺字？蜡烛熄灭了，千重结聚结在眉梢上。

## 月　圆

【题解】此诗亦作于夔州西阁，时在大历元年（766）秋天。全诗通过对月景的描绘，含蓄有致地抒发了诗人的万里怀乡之情。

【原诗】孤月当楼满，寒江动夜扉。委波金不定，照席绮逾依①。未缺空山静，高悬列宿稀。故园松桂发②，万里共清辉。

【注释】①依：紧贴。 ②故园：指杜陵屋庐。

【译文】一轮孤独的圆月遥对楼顶，从寒江上反射过来的月光在柴门上晃动。月注江上，金波明灭不定，映照在绮席上的月色与绮纹紧紧依贴而愈加分明。天上疏星闪烁，山里万籁俱静；圆而未缺的满月高悬夜空。遥想故乡的桂花已经开放，万里天涯同在清辉朗月之中。

## 夜

【题解】此诗作于大历元年（766）九月初，时杜甫寄居夔州西阁。通过言景，抒写了诗人抱病江峡而心系故乡的情感。

【原诗】露下天高秋水清，空山独夜旅魂惊。疏灯自照孤帆宿，新月犹悬双杵鸣①。南菊再逢人卧病②，北书不至雁无情。步檐倚杖看牛斗，银汉遥应接凤城[3]。

【注释】①双杵：古人捣衣，两女子对立，各执一杵，状如舂米。②南菊再逢：杜甫来夔，合云安为两秋，故曰“南菊再逢”。③凤城：秦穆公之女吹箫，凤降其城，因号丹凤城。其后，即称京城为凤城。此指长安。

【译文】白露降了，秋空高远，江水澄清，独自在空山的深夜里旅魂震惊。岸边眠宿着孤帆的暗影，空自映照水上的是散落的疏灯。一弯新月犹自高悬天上，山上不时传来捣衣双杵的鸣声。从客居云安算起，至今已两度与秋菊重逢，可叹我依旧卧病在山城。北方故乡的书信至今没有捎来，南飞的大雁啊怎么这般无情！我拄着拐杖独自徘徊在屋檐下面，久久地久久地遥望牛斗二星。迢递的银河默默地从楼阁上空流过，它的末端该不是通到了长安京城？

## 草　阁

【题解】此诗当作于大历元年（766）秋。通过对草阁月夜秋景的逼真描绘，见出诗人羁旅异方的感伤情怀。草阁，即江边阁。

【原诗】草阁临无地[1]，柴扉永不关。鱼龙回夜水，星月动秋山。夕露晴初湿，高云薄未还。泛舟惭小妇，飘泊损红颜。

【注释】①“草阁”句：意谓草阁临江，看不见地面，故下临无地。

【译文】草阁下临奔腾的波澜，因此，柴门总是不闭不关。鱼龙已蛰伏在秋夜的江水里，星月之光在秋山的上空一闪一闪。晴天的晚上，露水刚刚沾湿地面，高空的薄云一去不还。见泛舟的少妇而备感惭愧，因常年漂泊而摧损了红颜。

## 宿江边阁

【题解】此诗是杜甫于大历元年（766）在夔州所作。当时杜甫住在夔州草阁。诗写作者夜不成寐时所见之景，赋中含比，表现了杜甫对国事的深切忧虑，传出了杜甫无力整顿乾坤的冲天浩叹。江边阁，即草阁，一说就是西阁。

**【原诗】**暝色延山径，高斋次水门。薄云岩际宿，孤月浪中翻。鹳鹤追飞静①，豺狼得食喧②。不眠忧战伐，无力正乾坤。

**【注释】**①鹳鹤：喻军士。　②豺狼：喻盗贼。时蜀有崔旰之乱。

**【译文】**暮色沿着山路徐徐铺开，地势高旷的草阁濒临江滨。薄云停宿在危岩峭壁，孤月在江涛中上下翻滚。鹳鹤在肃静的夜里追飞不定，争夺食物的豺狼的喧闹之声彻夜可闻。因忧虑战事我通宵不寐，自恨无力扭转乾坤。

## 吹　笛

**【题解】**此诗当是大历元年（766）在夔州所作。诗人旅居夔州，夜闻笛声而动乡关之思。句句凄远，堪称咏物绝调。

**【原诗】**吹笛秋山风月清，谁家巧作断肠声？风飘律吕相和切①，月傍关山几处明。胡骑中宵堪北走②，武陵一曲想南征③。故园杨柳今摇落④，何得愁中却尽生？

**【注释】**①律吕：音律。此指笛声。　②“胡骑”句：《世说新语》载：刘琨为并州刺史，胡骑围之数重。琨乘月登楼……奏胡笳，贼皆流涕……弃围奔走。此用其典，借笳喻笛，以状笛声之巧而感人至深。　③武陵一曲：即《武溪深》。此曲乃马援南征时所作。马援门生爰寄生吹笛作歌以和，名曰《武溪深》。这里引用这个典故，以切咏笛，并借以寄托漂泊之感。　④故园：此指杜陵。

**【译文】**在这风清月明的夜晚，是谁吹笛于月下的秋山？这笛声流淌着思乡的哀怨，这笛声令我这天涯客子肝肠寸断。风飘乐曲啊声声悲切，相互应和在空旷的夜间。处处明月啊明月处处，没有一处明月不傍临关山。笛声就像当年刘琨吹奏的笳声，胡兵闻声北逃，泣涕涟涟；笛声又像一曲《武溪深》，令人想起挥马南征的马援。如今故乡的杨柳怕不是已经凋落殆尽，忧愁中何时才能抽出新绿一片？

## 西阁雨望

【题解】此诗是杜甫于大历元年（766）在夔州所作。通章写阁中所见到的雨中山水景色，寄寓了诗人的万虑千忧。

【原诗】楼雨沾云幔，山寒著水城①。径添沙面出，湍减石稜生②。菊蕊凄疏放，松林驻远情。滂沱朱槛湿，万虑倚檐楹。

【注释】①水城：此指夔州。　②“径添”二句：意谓径添沙出，水落石生，可通往来。

【译文】洒向楼头的潇潇雨声沾湿了云似的帷幔，依傍着寒山的是夔州孤城。裸露出来的沙面延长了路径，水落下去了，点点石头生自水中。经雨洗刷的菊花凄然开放，山上的松林永驻深情。大雨滂沱，打湿了朱红的栏槛；我倚着楹柱，禁不住万虑顿生。

## 西阁三度期大昌严明府同宿不到

【题解】此诗亦当大历元年（766）在夔州作。诗写因明府三度爽约、候而不至而产生的失望心理，表现了杜甫盼望友人对床夜语的迫切心情。大昌，县名，属夔州。严明府，其名不详。

【原诗】问子能来宿，今疑索故要①。匣琴虚夜夜，手板自朝朝。金吼霜钟彻②，花催蜡炬销。早凫江槛底，双影漫飘飘。

【注释】①故要：《南齐书·褚伯玉传》载，王僧达曾恳请隐士褚伯玉下山暂留，在信中说：“故要其来此。”意为执意邀请。在这里杜甫用此事以戏友人。故，通“固”；要，通“邀”。 ②霜钟：知霜钟。霜降则钟鸣，故名霜钟。

**【译文】**我曾问你能否来我这儿对床夜语，你也曾答应到西阁留宿，可是到现在你还没有来到。我痴痴地疑想：你是不是要我执意相邀？匣琴夜夜空放在这里，等待你弹奏；你是不是手持手板，忙于迎谒，暮暮朝朝？此刻，知霜钟像金石的吼声传出了清晓，蜡烛在烛花的滴落中也已经燃尽了。江边栏干下面的水鸭已经醒来，成双成对的影子在江面上飘啊飘……

## 西阁二首

**【题解】**这两首诗当作于大历元年（766）秋，时杜甫寓居夔州西阁。首章写阁前之景，并由客居之况结出乡关之思。次章则自道其不愿久留西阁而欲入海求仙的旨趣。

### 其　一

**【原诗】**巫山小摇落①，碧色见松林。百鸟各相命②，孤云无自心。层轩俯江壁③，要路亦高深④。朱绂犹纱帽⑤，新诗近玉琴。功名不早立，衰疾谢知音。哀世非王粲⑥，终朝学越吟⑦。

**【注释】**①小摇落：秋天将尽之日。 ②相命：相鸣。 ③层轩：指地处高处的西阁。 ④要路：指登阁之山路。 ⑤朱绂（fú）：官服。此借指做官。时杜甫挂着工部员外郎的虚衔。纱帽：唐时隐者之冠。 ⑥王粲：三国时魏国诗人，离长安到荆州避难，曾作《七哀》诗。 ⑦越吟：据《史记》卷七十《张仪列传》附《陈轸传》所载，战国时越人庄舄仕楚，富贵不忘故国，在病中作越吟，流露出对越国的思念。后因以“越吟”喻指思念故国或故乡。这里以“学越吟”暗逗乡关之思。

**【译文】**秋天将尽，万木凋零，只见巫山上的松林依旧碧青。百鸟和鸣呀呼群引伴，孤云无心无意地飘泊在空中。凭倚着西阁的轩窗俯视夹江耸峙的岸壁，只见岸壁上颤游着高深的路径。我寓居西阁，虽仕犹隐；吟咏新诗，发出近似玉琴的凄凉的清声。回首以往，没有及早建立功名；如今年老多病，断绝了知音。我的哀痛虽非王粲的哀痛，但从早到晚像越人庄舄一样吟咏乡情。

## 其　二

**【原诗】**懒心似江水，日夜向沧洲①。不道含香贱②，其如镊白休③。经过凋碧柳，萧瑟倚朱楼④。毕娶何时竟⑤？消中得自由⑥。豪华看古往，服食寄冥搜⑦。诗尽人间兴，兼须入海求⑧。

**【注释】**①沧洲：水滨之地，古代隐士居住的地方。此指东海。　②“不道”句：意谓不以郎官卑贱而不为。含香，据《汉官仪》载，尚书郎握兰含鸡舌香奏事，以使气味芬芳，后因用作咏郎官的典故。时杜甫为检校工部员外郎，故以“含香”喻之。　③镊白：即镊白发。据《南史·齐本纪下》载，齐高帝为相王，镇东府，其曾孙郁林王年方五岁，戏于床前，高帝令左右拔白发。后因用作咏年老的典故。　④朱楼：此指西阁。　⑤毕娶：指摆脱家中俗事，离俗隐遁。典出《后汉书》：尚子平男女嫁娶毕，敕断家事，勿复相关。此用其典，指完成儿女婚事而遁迹海上。　⑥消中：即今糖尿病。当时杜甫患有此症。　⑦冥搜：探幽求隐。此指隐遁海上仙山。　⑧入海求：《史记·秦始皇本纪》载，齐人徐市上书，言海上三神山有仙人居住，于是派童男童女数千人入海求之。这里引用这个典故，以寄托遁世之意。

**【译文】**懒心就像阁前的江水，日夜不停地向东海奔流。我并不以为郎官地位卑贱，无奈因年老，白发无须拔除。我简直像经秋凋谢的一株枯柳，萧瑟地依傍着江边的朱楼。儿女婚事何时完就？到那时以便在病中消闲自由。看那豪华富贵已成往古，何不服食求仙，延年益寿！人间的诗兴已经写尽，还须乘舟入海把仙山寻求。

## 西　阁　夜

**【题解】**此诗当是大历元年（766）在夔州西阁所作。通过对江景山景的描写，寄托了杜甫对战乱中无衣无褐的人民的同情和对艰危时局的忧虑。

【原诗】恍惚寒江暮，逶迤白雾昏。山虚风落石，楼静月侵门。击柝可怜子①，无衣何处村。时危关百虑，盗贼尔犹存②。

【注释】①柝（tuò）：木梆，晚间用来报更。 ②盗贼：指崔旰。

【译文】暮色中的寒江恍恍惚惚，随江逶迤的白雾昏昏沉沉。空旷的山间传来风吹落石的声响，寂静的楼阁上月色侵门。可怜的戍卒啊击柝阵阵，无衣无褐的人群遍布千村万村。时局艰危，牵扯着我的百虑千忧之心，你这无赖的盗贼啊至今犹存！

## 月

【题解】此诗当是大历元年（766）在西阁所作。诗写将尽之月和月下衰老凄凉的诗人形象，历历如画；结尾以寡妇以喻孤臣，自有深意。其中“四更山吐月，残夜水明楼”二句被推为咏月绝唱。

【原诗】四更山吐月，残夜水明楼。尘匣元开镜①，风帘自上钩。兔应疑鹤发②，蟾亦恋貂裘③。斟酌姮娥寡，天寒耐九秋。

【注释】①元：同“原”。 ②兔：指月中玉兔。此喻月。 ③蟾：月中蟾蜍。此喻月。

【译文】四更时山口吐出银月一弯，从江面上反射过来的月光照亮了楼阁，秋夜将残。月痕傍山，就像匣边露出了明镜；月痕当门，就像银钩挂上了风帘。那月中玉兔该惊疑我满头白发，那月中蟾蜍也仿佛依恋着我身上的暖裘，感觉不到风寒。料想月中嫦娥孤寡无伴，忍耐着奇寒啊在九秋高天。

## 宗武生日

【题解】此诗当作于大历元年（766）。诗中杜甫以面命之语，殷切勉励儿子远绍家学，也写出了诗人在家宴上强打精神、带病饮酒的情状。宗武，杜甫次子。

【原诗】小子何时见？高秋此日生。自从都邑语[①]，已伴老夫名。诗是吾家事，人传世上情。熟精《文选》理[②]，休觅彩衣轻[③]。凋瘵筵初秩[④]，欹斜坐不成。流霞分片片，涓滴就徐倾。

【注释】①都邑：当指成都。 ②《文选》：昭明太子萧统集古人文词诗赋凡三十卷，名曰《文选》。 ③"休觅"句：言不必像老莱子身穿彩衣在双亲身边嬉戏。《烈女传》载：老莱子行年七十，着五色彩衣，以娱双亲。④凋瘵（zhài）：疾病。筵初秩：《诗经》："宾之初筵，左右秩秩。"古代举行大射礼时，宾客初进门，登堂入席，叫初筵。后泛指宴饮。

【译文】孩子你何时降生到人世？当此深秋之时便是你的坠地之日。自从你受到成都人的夸许，你的诗名便同我的诗名紧紧伴随。诗学是我家千古不朽的盛事，世代承传，代代不已。你要精通《文选》，继承家学，不必学老莱子身穿彩衣在双亲身边嬉戏。我歪斜着身子带病饮酒，流霞似的仙浆倒进杯里，一滴一滴的慢慢地饮……

## 第五弟丰独在江左，近三四载寂无消息，觅使寄此二首

【题解】这组诗当作于大历元年（766），时杜甫在夔州。杜甫自天宝十五载（756）避乱与诸弟相别，至大历元年（766）已历十年，他的五弟杜丰独在江左，近三四年杳无音讯，诗人于心不安，托人寻访，遂赋此二章，以致相思之情和欲访之意。

### 其　一

【原诗】乱后嗟吾在，羁栖见汝难[①]。草黄骐骥病[②]，沙晚鹡鸰寒[③]。楚设关城险[④]，吴吞水府宽[⑤]。十年朝夕泪，衣袖不曾干。

【注释】①汝：指杜甫五弟杜丰。 ②骐骥：骏马名。杜甫自喻。 ③鹡鸰：水鸟名。喻指五弟杜丰。 ④关城：指扞城。《史记》载：蜀伐楚，

楚为扞关以拒之。《后汉·郡国志》载：巴郡鱼复县，有扞关。此指杜甫所在之夔峡。 ⑤水府：此指杜甫五弟杜丰所在江左一带的水域。

**【译文】**战乱后的我呀还幸存人间，孤旅江南的你呀相见真难。我就像一匹老马病倒在枯黄的草里，你就像一只鹡鸰瑟纮在夜的沙滩。我所在的夔峡啊风惊浪险，如楚设雄关；你所在的江南啊水域浩渺，似吞吐吴天。十年来相思泪日夜不断，打湿的衣袖啊泪痕不干。

### 其　二

**【原诗】**闻汝依山寺，杭州定越州[①]。风尘淹别日，江汉失清秋[②]。影著啼猿树，魂飘结蜃楼[③]。明年下春水，东尽白云求。

**【注释】**①杭州：今浙江省杭州。越州：今浙江省绍兴。 ②江汉：此指夔州。 ③结蜃楼：海边多蜃气，结象以为楼台，故名。此指杜甫五弟所在之江左。

**【译文】**五弟啊，听说你寓居深山古寺，但不知你究竟是身在杭州还是身在越州。在兵戈纷扰、久滞异地的岁月里，我在夔州又蹉过一度清秋。身影依附着响着猿声的江边的树木，心啊却飞向那缥缈的海市蜃楼。等到明春我将乘舟东下，寻找你——直到白云尽头。

## 听杨氏歌

**【题解】**此诗当于大历元年（766）在夔州所作。在夔州城举行的盛宴上，诗人听了杨氏的演唱，有感于其歌声美妙，凄恻动人，发而为这首充满赞美之情的诗歌。

**【原诗】**佳人绝代歌，独立发皓齿。满堂惨不乐，响下清虚里。江城带素月，况乃清夜起。老夫悲暮年，壮士泪如水。玉杯久寂寞，金管迷宫徵[①]。勿云听者疲，愚智心尽死。古来杰出士，岂特一知己？吾闻昔秦青[②]，倾侧天下耳。

【注释】①宫徵（zhǐ）：音调名称。我国古代音谱以宫、商、角、徵、羽为五音。 ②秦青：古代有名的歌者。《列子》：薛谭学讴于秦青，未穷青之技，遂辞归。青饯之于郊衢，抚节悲歌，声震林木，响遏行云。后因用作称美歌声的典故。

【译文】独立于世的是旷世之佳人，朱唇皓齿发出绝代之歌音。满堂人听歌惨然不乐，那凄切的歌声直下青云。夔州城上空映带着一轮明月，歌声飞扬，正当清夜时分。老夫我顿生迟暮的悲哀，壮士也禁不住泪水涔涔。一个个停杯辍饮，久久地沉入寂寞；恍惚中那箫管之声也失去了和谐的五音。不要说与宴的听者身心疲倦，就是愚者和智者也全都尽销神魂。自古以来有多少杰出之士，难道只有一知己弥足珍贵？我听说古代有一位歌唱家名叫秦青，他的歌令普天下的人侧耳倾听。

## 秋风二首

【题解】这两首诗当是大历元年（766）在夔州作。广德、永泰年间，吐蕃与党项羌、浑、奴剌入寇，致使兵连祸结，天下不宁。杜甫流寓夔州，对秋风而兴伤世之感和思归之情，因有此作。

### 其　一

【原诗】秋风淅淅吹巫山，上牢下牢修水关[①]。吴樯楚舵牵百丈，暖向成都寒未还。要路何时罢长戟[②]？战自青羌连百蛮[③]。中巴不得消息好[④]，暝传戍鼓长云间。

【注释】①上牢：指巫峡。下牢：指夷陵（今湖北宜昌）。 ②要路：指拒扼羌蛮的险要的三峡。 ③“战自”句：言战乱连绵不断。广德、永泰年间，吐蕃与党项羌、浑、奴剌入寇。 ④中巴：三国时刘璋据蜀，分蜀地为西巴、中巴和东巴三个地区。夔州属东巴。此泛指巴蜀。

【译文】淅淅秋风吹拂着纷扰的巫山，巫峡至夷陵一段的江面上修筑水关。春暖时驶向成都的是长的舟船，到秋寒时因兵阻而尚未回还。羌蛮相继入寇，战事不断，拒扼敌寇的要冲何时才能止息烽烟？巴蜀得不到平叛的喜讯，日暮时传来的戍鼓声落自万重云间。

## 其　二

**【原诗】**秋风淅淅吹我衣，东流之外西日微①。天清小城捣练急②，石古细路行人稀。不知明月为谁好？早晚孤帆他夜归。会将白发倚庭树，故园池台今是非③。

**【注释】**①“东流”句：谓江水东流，落日西坠。兼喻年华易逝。　②小城：此指夔州。捣练：捶捣布练，以备征衣。传战乱气息。　③故园：指洛阳。

**【译文】**淅淅秋风吹拂着我身上的衣裳，江水东流啊沉落了斜阳。清澈的天光下从夔州城传来急骤的捣练的音响，细如游丝的古道上行人渺茫。不知今晚天上的明月为谁美好？迟早我要驾一叶扁舟返回故乡？终有一天我这白发老人靠着自家院子里的树木而怡然自乐，故乡洛阳的风物啊如今怕是已残破得不成模样。

## 九日诸人集于林

**【题解】**此诗依旧次编在大历元年（766），时杜甫客居夔州西阁。当时，当地诸人相约重阳节在林中集会，诗人因年老多病，不复有往日雅兴，故作诗预道其迟暮之悲。

**【原诗】**九日明朝是，相要旧俗非①。老翁难早出，贤客幸知归。旧采黄花賸②，新梳白发微。漫看年少乐，忍泪已沾衣。

**【注释】**①要：同“邀”。　②賸：同“剩”。此有“多”义。

**【译文】**明天是九九重阳，诸位邀我登高，正逢菊花初黄。可是我已减却了往日的雅兴，不复像在故乡樊川那样。因年老多病难以早出，幸有贤客雅集林下，意兴洋洋。过去在家过重阳时兴致勃勃地采集了很多菊花，如今我已白发稀疏，两鬓苍苍。徒然看着年轻人在一起欢乐，虽强忍泪水，泪水还是沾湿了衣裳。

## 秋兴八首

**【题解】** 这组诗当作于大历元年（766）秋，时杜甫在夔州。这是杜诗中命意连属而又各首自别、沉实高华的艺术精品。当时，安史之乱虽然已经结束，而吐蕃、回纥相继入寇，国难边愁仍未解除。诗人流寓夔州，因秋兴感，渲泄了强烈的向阙念家、伤逝怀旧、悲秋叹老的思想感情。格调悲壮，意境深闳，堪称杜甫七律的裘领。

### 其　一

**【原诗】** 玉露凋伤枫树林，巫山巫峡气萧森。江间波浪兼天涌①，塞上风云接地阴②。丛菊两开他日泪③，孤舟一系故园心。寒衣处处催刀尺④，白帝城高急暮砧⑤。

**【注释】** ①江间：指巫峡。　②塞上：指巫山。　③丛菊两开：杜甫自永泰元年（765）五月离开成都，原打算循水路出峡东去，却先后淹留于云安和夔州，至今已见丛菊两度开放，故云“丛菊两开”。他日泪：往日泪。指往日流了不少的泪水。　④催刀尺：是说催动刀尺，忙着赶制寒衣。⑤白帝城：旧址在今四川省奉节县东的白帝山上。此借指夔州。砧：捣衣石。

**【译文】** 白露凋伤了漫山遍野的枫林，巫山巫峡一带的秋景萧条阴森。巫峡中的波浪翻腾着连天的雪阵，巫山上空倒挂着垂天接地的阴沉的风云。两度逢秋，丛菊依旧流淌着往日的泪水；停在江边的孤舟拴着我的一颗思归之心。为了赶制寒衣，处处都在催动刀尺，暮色中从高高的白帝城上传来急骤的捣衣的声音。

### 其　二

**【原诗】** 夔府孤城落日斜①，每依北斗望京华。听猿实下三声泪②，奉使虚随八月槎③。画省香炉违伏枕④，山楼粉堞隐悲笳⑤。请看石上藤萝月，已映洲前芦荻花。

【注释】①夔府：即夔州。贞观十四年（640）在夔州设都督府，所以夔州又称夔府。 ②“听猿”句：言今身历其境，始觉古代民谣“猿鸣三声泪沾裳”情景俱真。实下，果真洒下。拘于声律，这里将“听猿三声实下泪”倒装为“听猿实下三声泪”。 ③“奉使”句：古代传说海通天河，海边年年八月有浮槎（木筏）来去，从不失期，有人乘槎而到达天河。又据《荆楚岁时记》载，汉武帝命张骞探寻河源，张骞乘槎而至牵牛、织女处，随后返回朝廷。这里融合上述两个典故，说自己虽然奉命任检校工部员外郎，但因严武之死而终未能随他回朝供职。 ④“画省”句：是说因生病而违背了到画省（尚书省）供职的心愿。画省，即尚书省。时杜甫名义上仍任检校工部员外郎，属尚书省。香炉，尚书省中焚香用具，供值夜用。 ⑤山楼：此指夔州城楼。粉堞（dié）：涂白粉的女墙。借指城墙。

【译文】当夔州城的夕阳没入天涯，我便常常在这时顺着北斗星的方位翘望京华。听猿猴三声哀鸣果真令人流下眼泪，虽奉命任职但未能还朝——空随通往天河的八月的木筏。因病而违背了回尚书省供职的耿耿心愿，夔州城的城墙上隐伏着声声悲笳。看那缠绕在山石藤萝上的缕缕月光，这时已经照亮沙洲前凄清的芦花。

## 其　三

【原诗】千家山郭静朝晖，日日江楼坐翠微。信宿渔人还泛泛①，清秋燕子故飞飞。匡衡抗疏功名薄②，刘向传经心事违③。同学少年多不贱，五陵衣马自轻肥④。

【注释】①信宿：再宿，隔夜。这里有一天又一天的意思。 ②匡衡：西汉经学家，曾上疏指陈时政得失而升官。杜甫反用其事，说自己亦如匡衡一样上疏言事（指上疏营救房琯），结果反遭贬斥，功名不及匡衡。抗疏，上疏直言。 ③刘向：西汉经学家，宣帝时曾讲授六经，后来成帝又授其官职。此亦反用其事，自谓即使有刘向之学识，恐怕也难偿夙愿。 ④五陵：汉代长安、咸阳之间的五座帝王陵墓。五陵为豪门贵族集居之地。此代指长安。轻肥：即轻裘肥马。此喻指富贵。

【译文】拥有千户人家的夔州城沐浴在静谧的朝晖之中，我每天清早坐在青山环抱的江楼上触景生情。渔民们接连几天几夜在江面上飘浮不定，清秋中尚未南归的燕子啊仍然飞个不停。我曾像匡衡那样上书直言，而功名未就；我即使如汉人刘向那样饱有学识，恐怕心愿也难免落空。我的少年时代的同学大多已位居高官要职，他们只管自己享荣华受富贵——在长安京城！

## 其　　四

**【原诗】**闻道长安似弈棋，百年世事不胜悲。王侯第宅皆新主，文武衣冠异昔时①。直北关山金鼓震②，征西车马羽书驰③。鱼龙寂寞秋江冷，故国平居有所思④。

**【注释】**①衣冠：指官员。异昔时：指用人制度非同从前。玄宗晚年至肃宗、代宗时滥用官员，如肃宗之提拔宦官李辅国、鱼朝恩，即是明证。②直北：正北。此指长安正北方，亦即陇右、关辅地区。金鼓震：指抗击回纥。　③征西：指征讨西方之吐蕃。羽书：插着羽毛的紧急公文。　④故国：指长安。平居：平素。引申为往事。有所思：指回忆长安。杜甫在长安生活了十多年。

**【译文】**听说长安政局翻覆不定，如同下棋，回想自己一生所经历的事变便不胜伤悲。如今，王侯的高门大宅都换了主人，朝中文武官员也不同于昔时。响在长安正北一带的战鼓声震天动地，征讨吐蕃的战车上有紧急文书日夜飞驰。此时，我就像潜伏在清冷的秋江里的鱼龙一样寂寞难耐，我所经历的长安往事啊令我怀思。

## 其　　五

**【原诗】**蓬莱宫阙对南山①，承露金茎霄汉间②。西望瑶池降王母③，东来紫气满函关④。云移雉尾开宫扇⑤，日绕龙鳞识圣颜⑥。一卧沧江惊岁晚⑦，几回青琐点朝班⑧？

**【注释】**①蓬莱宫阙：指大明宫。　②承露金茎：指仙人承露盘下的铜柱。汉武帝在建章宫西（在长安城外西北）曾建铜柱，作仙人捧盘承露之状。传说饮所承露水可以成仙。唐代无承露盘，此以汉喻唐。　③瑶池：传说为西王母所居之地。 ④“东来”句：用老子自洛阳入函谷关事：关令尹喜登城楼，见东极有紫气西迈，知有圣人过函谷关。后来果然见老子乘青牛车经过。函关，即函谷关。 ⑤雉尾：此指雉尾扇。雉尾扇用雉尾编成，是帝王仪仗之一种。 ⑥龙鳞：指皇帝衮袍上的锦绣龙纹。此借指龙袍。 ⑦沧江：江水呈青苍色，故称沧江。这里指巫峡。 ⑧青琐：汉未央宫宫门名，门窗饰以青色，镂以连环花纹。后亦借指宫门。点朝班：上朝时，传点诸官依官职排列班次就位。此指上朝。

【译文】壮丽的蓬莱宫正对着雄伟的终南山，想象中汉朝的承露铜柱撑起了万古霄汉。向西望去，仿佛见到王母从瑶池翩然而降；从东方飘来的紫气充满函关。当年皇帝临朝时用雉尾编成的宫扇像游云一样徐徐移散，朝日映照下的衮袍闪烁着龙纹，我终于见到了皇帝的容颜。唉！如今我一经卧病巫峡便惊心于年华已晚；过去我也曾几次入宫，列座就班。

## 其　六

【原诗】瞿塘峡口曲江头①，万里风烟接素秋。花萼夹城通御气②，芙蓉小院入边愁③。珠帘绣柱围黄鹄④，锦缆牙樯起白鸥⑤。回首可怜歌舞地⑥，秦中自古帝王州⑦。

【注释】①瞿塘峡：长江三峡之第一峡。在夔州城东。曲江：又名曲江池，在今陕西长安县东南十里处。唐时为游览胜地。 ②花萼：即花萼相辉之楼，简称花萼楼。在长安南内兴庆宫西南。夹城：指兴庆宫至曲江芙蓉园依城修筑的复道。 ③边愁：指安禄山在边疆作乱而引起的忧愁。 ④珠帘绣柱：指曲江行宫别院之楼亭建筑。黄鹄：传说中仙人所乘大鸟。《汉书·昭帝纪》：“始元元年春二月，黄鹄下建章宫太液池中。” ⑤锦缆牙樯：指曲江中装饰华美的贵族游船。 ⑥歌舞地：指曲江。 ⑦秦中：即关中。此借指长安。

【译文】身在瞿塘峡，心驰曲江头，万里风烟连接着两地清秋。当年皇上曾沿着复道来往于花萼楼和曲江之间，尔后芙蓉苑里侵入了深重的国难边愁。曾经绕着珠帘绣柱翩然起舞的是千里黄鹄，曾经从装饰一新的游船间凌波飞起的是点点白鸥。一想起曲江由盛而衰便甚为怜惜，须知长安自古以来毕竟是帝王之州！

## 其　七

【原诗】昆明池水汉时功①，武帝旌旗在眼中②。织女机丝虚夜月③，石鲸鳞甲动秋风④。波漂菰米沉云黑⑤，露冷莲房坠粉红。关塞极天唯鸟道⑥，江湖满地一渔翁⑦。

【注释】①昆明池：在长安西南二十里处。方圆四十里。汉武帝为了征讨西南夷，仿云南滇池开凿而成，以习水战。唐玄宗也曾在昆明池演习水兵，以攻打南诏。 ②武帝：指汉武帝。此喻玄宗。玄宗尊号为“神武皇帝”。 ③织女：指昆明池织女石像。 ④石鲸：指昆明池中用玉石雕成的鲸鱼。《西京杂记》载：昆明池刻玉石为鲸鱼，每至雷雨，鱼常鸣吼，鬐尾皆动。 ⑤菰（gū）米：雕胡米，禾本科植物，生浅水中，结实如米，可做饭食。 ⑥关塞：此指夔州山川。 ⑦渔翁：杜甫自比。

【译文】开凿昆明池毕竟是汉人旷代之功，玄宗的旌旗仿佛还飘扬在我的眼中。池边的石雕织女停止了劳作，若隐若现在月夜里；池中石鲸的鳞甲闪动在秋风中。随波漂浮的菰米像一片黑云落到水面，凝着冷露的满池荷花像为池水敷上一层粉红。夔州山川连绵于天的尽头，只有一条鸟道可通秦地，茫茫江湖上漂泊着我这一介老翁。

## 其　八

【原诗】昆吾御宿自逶迤①，紫阁峰阴入渼陂②。香稻啄余鹦鹉粒，碧梧栖老凤凰枝。佳人拾翠春相问③，仙侣同舟晚更移。彩笔昔曾干气象④，白头吟望苦低垂。

【注释】①昆吾：长安地名。其地有亭。御宿：即御宿川，因武帝宿此而得名。昆吾、御宿是自长安去渼陂必经之地。 ②紫阁峰：终南山峰峦名，在陕西省鄠县东南三十里。渼陂：湖水名，在紫阁峰下。杜甫曾游赏其地。 ③拾翠：采拾花草。 ④彩笔：五彩笔，亦指卓越的文笔。《南史·江淹传》载，江淹梦见郭璞送他一支五色笔，醒后诗才大进。

**【译文】**当年，我曾取道昆吾、御宿，一路上迤逦而行；紫阁峰的巨大阴影倒映在渼陂湖中。那里有鹦鹉啄食剩下的香稻粒，那里有凤凰终身栖息的古老的梧桐。春天里美人一起结伴来此踏青采花，互相赠送；神仙般的游伴一起同舟游湖，傍晚时更向远处划行。当年我也曾手持彩笔，气凌山水，谁知如今却成了个低头苦吟的白发老翁！

## 咏怀古迹五首

**【题解】**这组诗当是大历元年（766）秋天在夔州所作。杜甫客夔，分咏古迹，缅怀历史人物，盖借以抒发作者的身世之悲，并非专为古迹而发。卢世漼云：子美既竭心血，以一身之全力，为古人写照；一腔血悃，万遍水磨，不唯不可轻议，抑且不可轻读，养气涤肠，方能领略。所论深得诗人之心。古迹，指夔州和三峡一带的庾信故居、宋玉宅、昭君村、永安宫（刘备庙）、武侯祠（诸葛亮庙）。

### 其　一

**【原诗】**支离东北风尘际①，漂泊西南天地间②。三峡楼台淹日月③，五溪衣服共云山④。羯胡事主终无赖⑤，词客哀时且未还⑥。庾信平生最萧瑟⑦，暮年诗赋动江关⑧。

**【注释】**①东北风尘际：指安史叛乱时期。其时杜甫自长安逃鄜州，奔行在，中途被俘，复回长安，又自长安逃往凤翔，后因疏救房琯获罪，至鄜州探亲，复又贬官华州，尔后弃官至秦州，客同谷，然后入蜀，多年来漂泊于黄河南北和潼关东西。　②西南天地间：谓东西两川。杜甫入蜀后，先后流寓成都、梓州、阆州、云安、夔州等地。　③三峡：指夔州。因其地在三峡中，故称。楼台：指西阁。时杜甫寓此。　④五溪：古代五溪民族居住地区，在湖南、贵州交界处，与夔州同属西南偏僻地区。这里借指三峡一带。　⑤羯胡：古代北方民族。此暗喻胡人安禄山、史思明。事主：事奉君主。指在玄宗朝做官。　⑥词客：作者自谓。亦兼指庾信。梁人庾信困于北周不得南返与杜甫滞留夔州不得北归有相似之处，故以之为比。　⑦庾信：字子山，南北朝梁代诗人，梁亡后入北周，不得还乡，达二十七年之久，心境萧瑟。　⑧暮年诗赋：指庾信在北周时所作《哀江南赋》等作品。

【译文】安史之乱时期，我流离在黄河南北和潼关东西一带的山川之间，如今又漂泊到东西两川——这遥远的天边。客居夔州西阁，耽搁了不少时日，与五溪一带的人们同居茫茫云山。臣事君主的安史小儿到底不足信赖，我就像哀时伤世、被困北周的庾信不得回还。庾信的一生最是萧条落寞，他晚年创作的《哀江南赋》等作品轰动了四海山川。

## 其　二

【原诗】摇落深知宋玉悲①，风流儒雅亦吾师。怅望千秋一洒泪，萧条异代不同时。江山故宅空文藻②，云雨荒台岂梦思③？最是楚宫俱泯灭，舟人指点到今疑④。

【注释】①宋玉：战国时楚国辞赋家。他曾在《九辩》中借秋天草木凋落写自己的身世，其辞曰："悲哉！秋之为气也，萧瑟兮草木摇落而变衰。" ②江山故宅：指位于三峡中的归州（今湖北秭归）宋玉故宅。 ③云雨荒台：指楚怀王梦见与巫山神女欢会的高唐台。典出宋玉《高唐赋》：楚怀王游高唐观，梦一妇人，自称巫山神女，前来求爱，说："妾在巫山之阳，高丘之阻，旦为朝云，暮为行雨，朝朝暮暮，阳台之下。"岂梦思：难道是说梦吗？意思是说宋玉所作《高唐赋》并非梦话，而是对楚王之好色有所讽谏。 ④"最是"二句：是说楚宫及高唐观俱已荡然不存，船夫仍在指点其遗址所在，而对宋玉所作《高唐赋》之深意疑而不解。这里极力赞扬宋玉。

【译文】我深知宋玉吟咏"草木摇落"时心头的悲戚，风流儒雅的赋家啊也足以成为我的百代之师。千秋之后怅然相望一洒同情之泪，我和他同样萧条，深憾生不同时。位于三峡间的他的故居空有美文留传后世，他创作的《高唐赋》自含深意，并非一场梦思。楚宫和高唐观俱已毁灭，船夫只管指点遗址所在，而对宋玉作赋的深意却至今生疑。

## 其　三

【原诗】群山万壑赴荆门①，生长明妃尚有村②。一去紫台连朔漠③，独留青冢向黄昏④。画图省识春风面⑤，环佩空归月夜魂。千载琵琶作胡语，分明怨恨曲中论⑥。

【注释】①荆门：山名，在今湖北宜都西北之长江边上。 ②明妃：即王昭君，湖北秭归人，汉元帝时宫女。景宁元年（前33年），昭君被遣嫁给匈奴呼韩邪单于，后死于匈奴。村：指昭君村，在湖北秭归东北之南妃台山下。 ③紫台：指汉宫。 ④青冢：王昭君墓，在今内蒙古呼和浩特市南。传说当地多生白草，独王昭君墓地多生青草，故称“青冢”。 ⑤“画图”句：《西京杂记》载：汉元帝时宫女甚多，不得常见，于是让画工为宫女画像，元帝凭画像召幸宫女。宫女们争相贿赂画工，而昭君自恃貌美，不肯行贿，画工故意把她画丑，遂不见召。后元帝实行和亲政策，匈奴入朝，求美人，元帝凭画像派昭君去匈奴，临行时才发现她的容貌为后宫第一。省识：辨别。这里讽刺汉元帝只凭画像辨认宫女容貌，致使昭君远嫁匈奴，死于异乡。 ⑥“千载”二句：是说昭君虽死，但她的怨恨却通过乐曲得以流传。胡语：胡乐，即北方少数民族的乐曲。曲中论：通过乐曲表达出来。

【译文】夔州一带的千山万壑一齐奔赴遥远的荆门，那里至今还有生养昭君的美丽的山村。当年昭君一离开汉宫便远嫁北方大漠，结果只留下一座青冢空对昏黄的风尘。元帝凭画像辨认美貌是何等荒谬！夜月下带着环佩空自归来的是昭君的幽魂。千百年来琵琶声翻作胡乐，声声乐曲分明倾诉着亘古怨恨。

## 其　四

【原诗】蜀主窥吴幸三峡①，崩年亦在永安宫②。翠华想像空山里③，玉殿虚无野寺中④。古庙杉松巢水鹤，岁时伏腊走村翁⑤。武侯祠屋长邻近⑥，一体君臣祭祀同。

【注释】①蜀主：指刘备。幸：皇帝临驾。 ②永安宫：故址在今四川省奉节县城，是刘备在白帝城的行宫。章武二年（222），刘备攻吴，败归白帝城（夔州），次年四月，死在永安宫。 ③翠华：以翠羽为饰的帝王旗帜。 ④玉殿：指刘备在永安建造的宫殿。原注：“殿今为卧龙寺，庙在宫东。”野寺：指卧龙寺。 ⑤伏腊：伏日和腊日，是古代祭祀之日。伏日在夏六月，腊日在腊月初八。 ⑥武侯祠屋：诸葛亮庙，在先主庙西，二庙相邻。

【译文】刘备当年率军伐吴，临驾三峡之境，兵败后不幸身死在永安行宫。眼下夔州的空山里仿佛还飘扬着先主的旗帜，荒郊野寺间依稀还有先主的宫殿巍然凌空。先主庙中的杉松上依旧巢居着千年水鹤，当地村民每逢伏日和腊日便前往庙中祭奠先主之灵。武侯祠与先主庙永远并排在一起，这生死一体的君臣啊同享千秋供奉。

## 其　五

【原诗】诸葛大名垂宇宙，宗臣遗像肃清高①。三分割据纡筹策②，万古云霄一羽毛。伯仲之间见伊吕③，指挥若定失萧曹④。运移汉祚终难复，志决身歼军务劳。

【注释】①宗臣：为世所重的大臣。此指诸葛亮。 ②纡筹策：曲尽心思筹划谋略。 ③伯仲：本意指老大、老二两兄弟，这里犹言不相上下。伊吕：伊尹、吕尚之合称。伊尹辅佐商汤王，吕尚辅佐周文王和周武王，成就了大业。此句说诸葛亮堪与伊尹、吕尚相比而不相上下。 ④萧曹：萧何、曹参之合称。两人均为汉高祖刘邦之谋臣。

【译文】诸葛亮的赫赫大名永垂宇宙，瞻仰这蜀国重臣的遗像而敬仰他的肃穆与清高。他曲尽心思筹划谋略才得以三分天下，他简直像一只鸾凤独翥万古云霄。他可与功高盖世的伊尹、吕尚相比，他指挥若定，令萧何、曹参声名俱销。可叹蜀汉的命运因变移而终难恢复，诸葛亮心怀坚志，以身殉职——为军务操劳。

# 寄韩谏议注

【题解】此诗当作于大历元年（766）秋。时杜甫客居夔州。这首七古，其大旨是劝勉曾因直言忤时而退隐衡山的韩注，应以国事为念，东山再起，治国安邦。从一个侧面，反映了杜甫虽处绝域而心系唐室的炽热情怀。首尾飘逸之至，深得太白风韵。韩谏议注，即韩注，生平不可考。谏议，官名，掌侍从规谏之职。

**【原诗】** 今我不乐思岳阳①，身欲奋飞病在床。美人娟娟隔秋水，濯足洞庭望八荒②。鸿飞冥冥日月白③，青枫叶赤天雨霜。玉京群帝集北斗④，或骑骐驎翳凤凰⑤。芙蓉旌旗烟雾落，影动倒景摇潇湘。星宫之君醉琼浆⑥，羽人稀少不在旁⑦。似闻昨者赤松子⑧，恐是汉代韩张良⑨。昔随刘氏定长安⑩，帷幄未改神惨伤。国家成败吾岂敢？色难腥腐餐枫香⑪。周南留滞古所惜⑫，南极老人应寿昌⑬。美人胡为隔秋水，焉得置之贡玉堂⑭？

**【注释】** ①岳阳：今湖南省岳阳市。　②濯（zhuó）足：洗脚。典出《沧浪歌》："沧浪之水浊兮，可以濯我足。"洞庭：洞庭湖，在今湖南省北部。③鸿飞冥冥：语本扬雄《法言》："鸿飞冥冥，弋人何篡焉？"此以飞鸿比遁世之韩注。　④玉京：道家称元始天尊住在天之中心，名玉京山。此借指京城。群帝：众仙人。此喻王公。北斗：星名，此喻君主。　⑤翳（yì）：遮蔽。此有"乘"义。　⑥星宫之君：天宫中的仙人。此比近侍之臣。　⑦羽人：穿着羽衣的仙人，即飞仙。这里比去国之远臣韩注。　⑧赤松子：传说中的仙人。　⑨韩张良：即张良，汉人，汉高祖之谋臣。曾被封为留侯，不久弃官随赤松子远游。他本是战国时韩国的公子，故称韩张良。这正好切韩注的姓，用张良比韩注，谓其有功。　⑩刘氏：指汉高祖刘邦。　⑪色难腥腐：典出《神仙传》：壶公数试费长房，继令啖溷，臭恶非常，房色难之。引用此典，言韩注厌弃浊世而思隐居山村以自洁其身。餐枫香：指道家服用丹药，意即隐居山林。《尔雅》注："枫仙白杨，叶圆而岐，有脂而香，今之枫香是也。"　⑫周南留滞：用司马迁的父亲司马谈困居洛阳事。汉武帝元封元年，首封泰山，太史公司马谈滞留周南（洛阳），未能参与此事而深以为憾。后因用作伤叹羁旅他乡的典故。此比拟韩注退老衡山。　⑬南极老人：星名，即南极老人，在南极。相传南极老人星出现，天下太平。这里以老人星比韩注，希望他出而用世，使天下大治。应寿昌：希望太平。　⑭玉堂：玉殿。此指朝廷。

**【译文】** 值此深秋，心绪惆怅，当我思念起你所在的辽远的岳阳。想飞越关山把你寻访，可叹我长期地卧病在床。你这娟娟美人远隔秋水，濯足洞庭湖，放眼四野八荒。云端的飞鸿已渺然无迹，只有亘古日月照临上苍。夔州一带的枫林红透了秋山，寥廓的天空降下肃肃秋霜。京城里的王公仙官像众星拱卫北斗群集在君王周围，他们有的乘着麒骥，有的骑着凤凰。烟雾般的芙蓉旗飘然起落，翻天旗影摇动了南国潇湘。沾恩近臣一个个沉醉于玉液琼浆，你这超世绝尘的飞仙却远离了庙堂。好像听说当年张良曾随赤松子远游，韩注啊你就是安邦定国的当代张良。你曾有功于国，一如张良跟随汉高祖平定长安；壮志犹存，但因朝政腐败而神色惨伤。国家成败岂敢坐视不管，又岂可避世而居，遁迹仙乡！当年太史公滞留洛阳而为古今所惋惜；你要是能出而用世，天下就会出现太平景象。一代佳士啊你为什么远隔洞庭秋水？怎样才能把你进献到巍巍庙堂？

## 解闷十二首

**【题解】**这组绝句当作于大历元年（766），时杜甫客居夔州。虽系组诗，但各章独立。内容或写风景，或怀念旧友，或谈论诗歌，或感慨时事，或委婉托讽等等，均随意所至，发为吟咏，以排愁解闷。

### 其　一

**【原诗】**草阁柴扉星散居，浪翻江黑雨初飞。山禽引子哺红果，溪女得钱留白鱼①。

**【注释】**①留：留下，即卖出。

**【译文】**茅屋草舍像几点疏星散落天边，山雨初飞，波浪翻滚于昏黑的江间。山鸟领着幼子哺食红果，溪女卖鱼得钱在雨中江边。

### 其　二

**【原诗】**胡商离别下扬州①，忆上西陵故驿楼②。为问淮南米贵贱③，老夫乘兴欲东游。

**【注释】**①胡商：胡地（西域）之经商者。唐代胡商多集扬州，沿长江上下贩运。 ②西陵：渡名，旧为驿，有驿站置于渡口，在今浙江省杭州市钱塘江对岸，唐属萧山县。杜甫于开元十九年（731）至开元二十二年（734）漫游吴越时，曾至此。 ③淮南：今湖北东北部及江苏、安徽一带，唐时皆属淮南道，治所在扬州。

**【译文】**胡商离别夔州就要东下扬州，这不禁令我想起早年登临过的西陵驿楼。胡商呀替我打听一下淮南的米价，老夫我还想到吴越一游。

### 其　三

**【原诗】**一辞故园十经秋①，每见秋瓜忆故丘。今日南湖采薇蕨②，何人为觅郑瓜州③？

**【注释】**①"一辞"句：汉长安霸城门，又名青门，门外旧出佳瓜，其南有下杜城。天宝十三载（754）杜甫曾移居下杜，至766年已十二年，"十经秋"，盖举其成数而言。 ②南湖：郑审（郑虔的侄儿）谪居之地，亦即瓜州村。采薇蕨：伯夷、叔齐反对周王灭殷，逃入山中，采薇为生，以示不食周粟，终于饿死。此代指隐居。 ③郑瓜州：指郑审。瓜州，村名，郑审故居所在。此以村名代郑审。

**【译文】**离别下杜城已历十秋，每每见到秋瓜便想起故国山丘。如今你隐居在偏远的南湖，何人替我寻访你呀郑氏瓜州？

### 其　四

**【原诗】**沈范早知何水部①，曹刘不待薛郎中②。独当省署开文苑③，兼泛沧浪学钓舟④。

**【注释】**①沈范：沈约、范云，北朝梁代诗人。两人均激赏何逊文才。何水部：即何逊，北朝梁代诗人，曾为尚书水部郎，故称何水部。这里以何逊比水部郎中薛据，并以何逊受到激赏反衬薛据缺少知音。 ②曹刘：曹植、刘桢，建安诗人，能奖掖名士。薛郎中：指薛据（一作"璩"），是杜甫旅食京华时结识的好友，曾为尚书省工部水部郎中。这时他因水部公务到荆州出差，故有末句调侃之词。 ③省署：指尚书省。 ④沧浪；古水名，汉水支流，在荆州。

【译文】当年何逊早已被沈约和范云引为知音，可惜薛据你未能遇合善推贤士的曹植和刘桢。薛据啊，你曾在尚书省独开文苑，如今却泛舟沧浪，兼当一介渔翁！

其　五

【原诗】李陵苏武是吾师①，孟子论文更不疑②。一饭未曾留俗客，数篇今见古人诗③。

【注释】①李陵、苏武：汉武帝时人，五言诗祖。此转述孟氏论诗之语。②孟子：指孟云卿，系杜甫知交。孟曾为校书郎。 ③古人诗：此指《文选》所载李陵、苏武诗七篇。

【译文】“李陵、苏武是我的老师。”孟云卿啊，你的论诗之言真令我确信不疑。你没有留凡夫俗子吃过一顿饭，我见到你的诗就像见到苏武、李陵的几首诗。

其　六

【原诗】复忆襄阳孟浩然①，清诗句句尽堪传。即今耆旧无新语②，漫钓槎头缩颈鳊③。

【注释】①孟浩然：唐代诗人，以山水诗著称。 ②耆（qí）旧：老年人。③槎头缩颈鳊：岘山下汉水中产鳊鱼，味美肉肥，渔人捕劳，遂以槎（木筏）截断水流，故云“槎头缩颈鳊”。

【译文】我又想起襄阳诗人孟浩然，他的诗清新可赏，句句足以永世流传。如今的诗坛老将再也写不出新奇的诗句，只好用木筏随意捕取鳊鱼在汉水之边。

## 其　七

【原诗】陶冶性灵存底物①？新诗改罢自长吟。熟知二谢将能事②，颇学阴何苦用心③。

【注释】①存底物：凭何物。　②熟知：此有“久慕”之意。二谢：指南朝诗人谢灵运和谢朓。将：近，庶几。能事：擅长某一本领。此指工诗。③阴何：指南朝诗人阴铿和何逊。

【译文】凭借什么来陶冶我的性灵？是诗。新诗改好了还要曼声吟咏。我久慕二谢作诗能尽其所能，我还要努力学习刻苦作诗的阴、何二公。

## 其　八

【原诗】不见高人王右丞①，蓝田丘壑蔓寒藤②。最传秀句寰区满，未绝风流相国能③。

【注释】①王右丞：唐代诗人王维，曾为尚书右丞，故称。　②蓝田：今陕西省蓝田县。王维晚年寓此。　③相国：指王维弟弟王缙。王缙是代宗朝宰相。其文名与王维同冠当时。

【译文】可惜我再也见不到一代高士王右丞，蓝田山谷空自蔓延着寒藤。清词秀句传遍整个天下，风流不绝，更有王缙旷代诗名。

## 其　九

【原诗】先帝贵妃今寂寞①，荔枝还复入长安②。炎方每续朱樱献③，玉座应悲白露团④。

【注释】①先帝：指唐玄宗。贵妃：指杨贵妃。杨氏爱吃荔枝。　②“荔枝”句：是说代宗借祭祖的名义，仍然命地方向长安进贡荔枝。　③炎方：南方。这里指蜀地。朱樱：樱桃，宫中荐庙（祭祖）之物。　④玉座：御座。此代指唐玄宗。

【译文】先帝和贵妃都已经死去，可是从民间进贡的荔枝依旧运抵京城。在用樱桃荐庙之后接着又从蜀地进献荔枝，先帝也许在白露瀼瀼的墓地悲不自胜。

## 其　十

【原诗】忆过泸戎摘荔枝[①]，青枫隐映石逶迤。京华旧见无颜色，红颗酸甜只自知。

【注释】①泸戎：泸州（今四川泸州）、戎州（今四川宜宾），两地盛产荔枝。杜甫在765年离成都东下时曾经过戎州，并作《宴戎州杨使君东楼》一诗，内有“轻红擘荔枝”的句子。

【译文】去年经过泸、戎两地时曾亲手摘过荔枝，那里青枫隐映，群山逶迤。荔枝远贡京城后已失去原有的色味，红粒颗颗，是酸是甜只有亲尝者自知。

## 其十一

【原诗】翠瓜碧李沉玉甃[①]，赤梨葡萄寒露成。可怜先不异枝蔓，此物娟娟长远生[②]。

【注释】①玉甃（zhòu）：井。　②此物：指荔枝。娟娟：谓荔枝质弱而色鲜。

【译文】翠瓜碧李沉于清凉的井里，赤梨葡萄成熟于清寒的露中。可惜它们枝蔓寻常，不为世重，致使生在远方的质弱色鲜的荔枝独负盛名。

## 其十二

【原诗】侧生野岸及江浦[①]，不熟丹宫满玉壶[②]。云壑布衣鲐背死[③]，劳人害马翠眉须[④]。

【注释】①侧生：指荔枝。　②丹宫：指皇宫。玉壶：泛指玉制器皿。

③云壑布衣：山中平民。此指种荔枝者。鲐背死：指老死。鲐，河豚。老人背皮粗黑如鲐皮，故云。 ④翠眉：美人眉。此指杨贵妃。

**【译文】**荔枝本来生自野岸和江浦，并不成熟于皇宫却装满皇宫中的玉壶。种植荔枝的山中百姓不免老死，劳民伤马只不过为了满足美人口腹。

## 洞　房

**【题解】**此诗当是大历元年（766）在夔州作。杜甫寓夔，因秋月触发而生故国旧君之思。前四句虚拟长安秋夜之景，感贵妃之亡；后四句实写夔州秋夜之景，感明皇之殁。此下八首，皆同时所作。《杜臆》："八章，皆追忆长安往事，语兼讽刺，以警当时君臣，图善后之策也。"所见极是。

**【原诗】**洞房环珮冷，玉殿起秋风。秦地应新月，龙池满旧宫[①]。系舟今夜远，清漏往时同。万里黄山北[②]，园陵白露中[③]。

**【注释】**①龙池：池名，在兴庆宫。兴庆宫遗址在今西安市兴庆公园。②黄山：宫名。汉武茂陵在黄山宫北。 ③园陵：汉武茂陵。此借指玄宗泰陵。广德二年三月，明皇葬泰陵。

**【译文】**贵妃已殁，剩有洞房里的环珮冷凝无声，凄凉的玉殿里拂起萧瑟秋风。此时秦地上空也许正悬挂着一弯新月，兴庆宫里的龙池想已秋水满盈。今夜我系舟于遥远的夔州，清夜里的漏声与当年寓直左省时的漏声相同。在万里之外的黄山宫的北面，玄宗陵墓掩覆在秋草白露之中。

## 宿　昔

**【题解】**此诗上承首章末句，追叙唐玄宗生前逸豫之事。前四句写游幸，后四句写女宠。字里行间，自有讽意。

**【原诗】**宿昔青门里[①]，蓬莱仗数移[②]。花娇迎杂树，龙喜出平池[③]。落日留王母[④]，微风倚少儿[⑤]。宫中行乐秘，少有外人知。

【注释】①青门：汉代长安城东面南头的第一门叫霸城门，饰以青色，俗称“青门”。此代指长安。 ②蓬莱：唐宫名。 ③“龙喜”句：天宝中，兴庆池小龙常出游宫垣水沟中……銮舆西幸，龙一夕乘云雨望西南而去。平池，即兴庆池。 ④王母：西王母的省称，为古代神话中的女仙。《汉武内传》：“王母言语粗毕，啸命灵官驾龙，严车欲去。帝下席叩头，请留殷勤，王母乃出。”杨贵妃曾度为道士，故唐人比之王母。 ⑤少儿：指西汉平阳侯婢女卫媪之次女，她曾与霍仲孺私通，生霍去病，又嫁与陈掌为妻。后因用来比喻作风放荡的女子。这里暗指同唐玄宗有不正当关系的秦国夫人和虢国夫人。

【译文】过去我曾供职京城长安，屡屡看见仙仗迤逦于蓬莱宫和曲江之间。一路上娇花杂树连连逢迎，喜出平池的小龙一路随御驾飞往西南。日暮时，皇上和杨妃流连忘返，微风中同秦虢诸姨凭倚风前。在深宫中恣意行乐很少有人知道，千古秘戏深藏在楼阁里边。

## 能　画

【题解】此诗以风人温厚之笔记玄宗时乐舞杂技之乐，虽快意目前，但因政化威断不如当年，故终不免风尘澒洞，遂成安史之乱。托讽委婉，深得三百篇之遗意。

【原诗】能画毛延寿[①]，投壶郭舍人[②]。每蒙天一笑，复似物皆春。政化平如水，皇明断若神。时时用抵戏[③]，亦未杂风尘[④]。

【注释】①毛延寿：汉代画工，写人好丑老少，必得其真。 ②郭舍人：汉人，善投壶（古代游戏），以竹为矢，每投壶，武帝辄赐金帛。 ③抵戏：颜师古注引应劭曰：“抵者，相抵触也。”此指乐舞杂技。 ④杂风尘：以风尘杂起喻安史之乱。

【译文】以画名世的是汉朝毛延寿，以投壶著称的是汉朝郭舍人。郭舍人每次投壶便博得龙颜一笑，毛延寿的一只画笔能令万物皆春。如果政治教化平正如水，明断如神，那么即使经常演出乐舞杂技，也不致风尘乱起，扰我乾坤。

## 斗 鸡

**【题解】**这是一首感慨兴衰治乱的诗歌。前半通过描写斗鸡舞马之乐以概括盛世承平景象；后半写仙游女乐俱归寂寞以见乱后荒凉。诗中寄寓着诗人弥足遥深的兴亡之感。

**【原诗】**斗鸡初赐锦①，舞马既登床②。帘下宫人出，楼前御曲长③。仙游终一闷④，女乐久无香⑤。寂寞骊山道⑥，清秋草木黄。

**【注释】**①“斗鸡”句：玄宗喜看民间斗鸡戏，遂立鸡坊，索长安雄鸡，金毫铁距高冠昂尾数千，养于鸡坊，选六军小儿五百驯饲。帝出游，见贾昌弄木鸡于云龙门道旁，召入，为五百小儿长。天子甚爱幸之，金帛之赐，日至其家。元会与清明节，率皆在骊山。每至是日，万乐具举，六宫毕从。贾昌冠鹏翠金华冠，锦袖绣襦裤，执铎拂道。群鸡叙立于广场，顾眄如神，指挥风生。树毛振翼，砺吻磨距，抑怒待胜，进退有期，随鞭指低昂不失。 ②“舞马”句：《明皇杂录》：上尝令教舞马四百匹，各分左右部，衣以文绣，络以金铃，饰其鬃鬣，间以珠玉。其曲谓之《倾杯乐》，马闻之，即奋首鼓尾，纵横应节。又施三层板床，乘马于上，抃转如飞。或命壮士举榻，马舞于榻上。乐工数十人环立，皆衣淡黄衫、文玉带，必年少姿美者。每千秋节，命舞于勤政楼下。 ③“帘下”二句：《明皇杂录》：上每宴赐酺，则御勤政楼，太常陈乐，教坊大陈寻橦、走索、丸剑、角觝、斗鸡，令宫人数百，饰以珠翠，衣以锦绣，自帏中击雷鼓，为《破阵乐》。又载：玄宗新制曲四十余，又新制乐谱，每初年望夜，御勤政楼观灯作乐。 ④“仙游”句：明皇梦游月宫，诸仙子娱以上清之乐，其曲凄楚动人。明皇以玉笛寻得之，曲名《紫云回》。《异闻录》载：开元六年八月望，上与申天师、洪都客作术，夜游月宫，见素娥十余人，笑舞于广庭桂树之下，音乐清丽，遂归制《霓裳羽衣之曲》。闷（bì）：关闭。 ⑤女乐：梨园弟子。 ⑥骊山：在今陕西省临潼县东南，为玄宗行宫。

【译文】当年皇上喜欢观看斗鸡表演，为此赏赐给贾昌绫罗绸缎；当年皇上也颇喜舞马场面，看那马群舞于板床，应和着管弦。每次宴饮，令宫人从帏中走出击鼓作乐；每逢元宵，御制的新曲彻夜缭绕在勤政楼前。往日的仙游终告结束，梨园弟子的芳迹久已渺然。寂寞荒凉的骊山路上，枯黄的草木遍布秋天。

## 历　　历

【题解】此亦怀旧伤今之什。前半由追寻开元盛世而忆及风尘澒洞的天宝之乱，后半写病滞夔州而永怀长安的耿耿心志。

【原诗】历历开元事①，分明在眼前，无端盗贼起②，忽已岁时迁。巫峡西江外③，秦城北斗边④。为郎从白首⑤，卧病数秋天。

【注释】①开元：玄宗年号。　②盗贼：指安史。　③西江：指锦江。锦江因自西而来，故称“西江”。　④秦城：指长安。　⑤“为郎”句：广德二年，严武表荐杜甫为检校工部员外郎，故以郎自称。荀悦《汉记》：“冯唐白首，屈于郎署。”此自叹任检校工部员外郎时已年老。

【译文】开元年间的太平景象历历如见，一切还分明地呈现在我的眼前。哪料到盗贼无端起于北方的边地，从那时到现在不知不觉岁月变迁。孤旅巫峡——在遥远的锦江之外，离别已久的长安啊你远在北斗之边。任凭自己一天比一天衰老，而今卧病夔州，又几度秋天！

## 洛　　阳

【题解】天宝十四载（755）十二月，安禄山攻陷洛阳，次年六月七日，灵宝败绩，贼入潼关。是夕，明皇惧而谋幸蜀，十三日，帝出延秋门，至咸阳驿，而从官骇散。至德二年（757）九月，郭子仪收复西京，贼众夜遁。十月，肃宗入长安，上皇发蜀郡。十二月，上皇自蜀至，百姓舞抃路侧，流涕而龙髯再扳。此诗即记此诸多史实。

【原诗】洛阳昔陷没，胡马犯潼关。天子初愁思，都人惨别颜。清笳去宫阙①，翠盖出关山②。故老仍流涕，龙髯幸再攀③。

【注释】①清笳：贼营之号。 ②翠盖：以翠羽为饰的车盖。此代指御驾。③“龙髯”句：《前汉·郊祀志》：黄帝采首山铜，铸鼎于荆山下。鼎既成，有龙垂髯下迎。黄帝上骑，群臣后宫七十余人以上，龙乃去。余小臣不得上，乃悉持龙髯。龙髯拔堕，堕黄帝之弓，百姓乃抱其弓与龙髯号。后世因名其处曰鼎湖。这里是说，玄宗和肃宗重返长安，百姓得以重睹二帝。

【译文】天宝十四年，东京洛阳不幸沦陷；次年，胡儿的铁蹄凌犯潼关。于是天子愁思重重，图谋幸蜀，跟随御驾出逃的都城从官脸色愁惨。长安收复后，城里再也听不到贼营的号声，返京的御驾迤逦于千里关山。百姓见到二帝返国一再流泪不止，幸喜再次重睹龙颜。

## 骊　山

【题解】这是一首重伤泰陵（玄宗陵墓）、痛悼先皇的挽诗。诗中交织着升遐之感和陵寝之悲。意绪则与首章《洞房》末句“园陵白露中”所抒发的凄凉情感一脉相承，而深沉过之。

【原诗】骊山绝望幸，花萼罢登临①。地下无朝烛②，人间有赐金③。鼎湖龙去远④，银海雁飞深⑤。万岁蓬莱日⑥，长悬旧羽林⑦。

【注释】①花萼：即花萼相辉之楼。皇上在世时常与兄弟诸王登楼宴乐。②朝烛：朝见时高烧的蜡烛。凡朝在早，则秉烛而受朝，故称“朝烛”。③赐金：明皇所赐之金，如千秋节赐百官之珠囊金镜之类。 ④鼎湖：传说黄帝铸鼎于荆山之下，鼎成后，有龙迎黄帝升天，其地遂名为鼎湖。后因以“鼎湖”咏皇帝陵墓。这里以“鼎湖龙去”喻指玄宗之死。 ⑤“银海”句：《汉书·刘向传》：“秦始皇葬于骊山之阿，下固三泉，上崇三坟，石椁为游馆，人膏为灯烛，水银为江海，黄金为凫雁。”此以秦始皇陵墓比唐玄宗陵墓。 ⑥蓬莱：即蓬莱宫，唐宫名，先帝生前所居。 ⑦羽林：

即护陵军。此指园陵。园陵所树羽葆（仪仗），其盛如林，故称。

【译文】皇上再也不会幸临骊山，皇上再也不会登临花萼相辉之楼与诸王欢宴。可怜黄泉下没有早朝时高烧的蜡烛，只有生前的赐金还留在人间。悲只悲皇上已作千古，空留下墓穴被深深埋掩。蓬莱宫上空那万古不落的太阳，永远照耀着羽葆如林的陵园。

## 提　封

【题解】此诗指出安史之乱实由明皇好边功而尚奢侈和不用贤人所致，并提出了治国兴邦之策。为国谋划，堂堂正正，一如孟子告齐、梁之君。提封：提举四封之内，亦指国内、四境之内。此含“一统”之义。

【原诗】提封汉天下，万国尚同心。借问悬车守①，何如俭德临？时征俊乂入②，莫虑犬羊侵。愿戒兵犹火，恩加四海深。

【注释】①悬车：形容险阻。《左传》：“悬车束马以逾太行。”　②俊乂（yì）：德高望重的老人。此泛指杰出人才。

【译文】要像汉朝那样一统天下，万国千邦啊同德同心。请问：与其恃险守土，何如崇尚俭德，争取民心？时时提拔杰出人才入朝当政，就不必忧虑入侵的胡人！但愿像戒火那样戒兵，在四海之内普施浩荡皇恩。

## 鹦　鹉

【题解】此诗当是杜甫在大历元年（766）客居夔州时所作。全诗以鹦鹉自况，表达了志士失路、苦于拘束、不能自展其奇的苦闷心情。

【原诗】鹦鹉含愁思，聪明忆别离。翠衿浑短尽①，红嘴漫多知。未有开笼日，空残旧宿枝。世人怜复损，何用羽毛奇？

【注释】①翠衿：喻翠绿色的羽毛。浑：简直。

【译文】鹦鹉满怀深重的愁思，因生性聪明而时时勾起离情别绪。它那翠绿色的羽毛简直被剪除殆尽，徒有红嘴善传言词。永远没有开笼之日，只剩下旧时栖息过的空枝。世人爱它却又伤害它，何必生就这出奇的毛羽？

## 孤　雁

【题解】此诗作时、作地同前首。诗托孤雁以伤兄弟睽隔，表达了诗人于丧乱之际流落天涯的悲哀。“孤”字乃全篇精神所在。

【原诗】孤雁不啄饮，飞鸣声念群。谁怜一片影？相失万重云。望尽似犹见，哀多如更闻。野鸦无意绪，鸣噪自纷纷。

【译文】一只孤独的大雁不吃也不喝，紧追群雁的飞鸣声传自空中。有谁哀怜它那一片微渺的孤影？与同伴分别在万重云层。望啊望啊，依稀还看见群雁的游踪；叫啊叫啊，仿佛还听见群雁的呼声。可笑那无心无意的野鸦，枉自在空中鸣噪纷纷！

## 鸥

【题解】此诗作时、作地同前首。诗感叹觅食于风雪中的江鸥不如海鸥之旷逸，其中寄寓着贤士当高举远引、归洁其身、不当追逐于名利之场以自取贱辱的深意。

【原诗】江浦寒鸥戏①，无他亦自饶。却思翻玉羽，随意点青苗。雪暗还须浴，风生一任飘。几群沧海上②，清影日萧萧。

【注释】①江浦：此指夔江鱼复浦。　②几群：指海鸥。

【译文】寒鸥闲戏在水边江畔，若无他事，也颇为自足自闲。为谋生还想翻转白色的毛羽，随意啄食在青苗之间。在昏暗的雪天仍入水洗浴，一任飘飞在凌厉的风前。哪像沧海上那成群的海鸥，每天清影飘飘，旷逸超然。

## 猿

**【题解】** 此诗作时、作地同前首。诗咏猿，称其有见机之智。王嗣奭《杜臆》："人于乱世，往往父子不保。公尝携子避乱，而恐其不能两全。兴言及此，见其苦情矣。"斯解得之。

**【原诗】** 袅袅啼虚壁，萧萧挂冷枝。艰难人不免，隐见尔如知①。惯习元从众②，全生或用奇。前林腾每及，父子莫相离。

**【注释】** ①见：同"现"。 ②元：同"原"。

**【译文】** 悠长的猿啼声传自虚缈的山壁，潇洒的猿猴悬挂于寒冷的树枝。当此乱世，人都不免有艰难险阻，猿猴若隐若现在枝叶间，如有见机之智。原习惯于跟随群猿挂枝悬树，全身远祸间或用其一技之奇。腾踔跳跃每每及于前面的树林，终生终世父子永不分离。

## 麂

**【题解】** 此诗作时、作地同前首。诗代麂写意，自悔不能全身远害，揭露了那些兼作盗贼的衣冠人物鱼肉人民的丑恶本性。麂（jǐ），鹿类，无角。

**【原诗】** 永与清溪别，蒙将玉馔俱。无才逐仙隐①，不敢恨庖厨。乱世轻全物，微声及祸枢②。衣冠兼盗贼，饕餮用斯须③。

**【注释】** ①"无才"句：古代传说，仙人多乘鹿车或骑鹿。麂自言才不及鹿，不能随仙隐去，致为贪味之衣冠盗贼所食。 ②微声：微小的名声。此指因美味而得名。祸枢：祸机，祸根。 ③饕餮（tāotiè）：贪财为饕，贪食为餮。这里指狼吞虎咽。

**【译文】** 永别了我朝夕游息的清溪绿水，承蒙不弃，把我同美味佳肴摆在一起。我呀，才不及鹿，不能随仙一道隐去；心中有恨，又怎敢恨及厨师！乱世重杀而轻全物，只因微小的声音而遭祸机。你们这帮兼作盗贼的王公大人，片刻之间便狼吞虎咽似的把我一口吞食！

## 鸡

**【题解】**此诗作时、作地同前首。时杜甫寓夔，有感于当地人无德无信和世情浇薄，故借打鸣失时的荒鸡予以讽刺。言近旨远，蕴藉有味。

**【原诗】**纪德名标五①，初鸣度必三②。殊方听有异，失次晓无惭。问俗人情似，充庖尔辈堪。气交亭育际③，巫峡漏司南④。

**【注释】**①“纪德”句：言鸡以五种美德即文、武、勇、义、信而名标于世。《韩诗外传》：“头戴冠，文也；足傅距，武也；见敌而斗，勇也；得食相呼，义也；鸣不失时，信也。” ②“初鸣”句：意谓黑夜将尽，鸡叫三遍。 ③“气交”句：自昏而晓。亭育，化育。 ④司南：司候之官。《韩非子》：“先王立司南以端朝夕。”一说，“司南”即“司晨”。

**【译文】**雄鸡一向以五种美德而名标于世，报晓时必定准时啼叫三遍。如今在夔州听到的却有些异样，乱叫一气，早上起来也毫不羞惭。不讲信用跟这里的人情有点相似，失职的鸡啊仅可充当庖厨之餐。当此昼夜交替的时候，只好听巫峡的更漏报告时间。

## 黄　鱼

**【题解】**此诗作时、作地同前首。诗为黄鱼长大后终不免于祸难而发，寄托了诗人的哀怜之意和欲救不能的憾恨。黄鱼，鳣鱼，体大肉黄，有甲无鳞，形似龙，产于夔上水四十里之黄草峡。

**【原诗】**日见巴东峡，黄鱼出浪新。脂膏兼饲犬，长大不容身。筒桶相沿久①，风雷肯为伸？泥沙卷涎沫，回首怪龙鳞②。

【注释】①筒桶：捕鱼器具。 ②龙鳞：此指黄鱼。《诗义疏》："鳣身形似龙。"

【译文】每天看见巴东江峡，鲜活的黄鱼出自浪涛。它的脂膏兼可喂狗，长大了却自身难保。当地用筒桶捕鱼的习俗由来已久，纵有风雷义气岂可挽救？喘息的泡沫卷着泥沙，面对遭难的黄鱼黯然回首。

## 白　小

【题解】此诗作时、作地同前首。诗叹白小罹难，讽刺了当地不仁不义的民风民俗，表现了诗人万物一体、生灵莫伤的人道主义情感。白小，面条鱼，色白体小。

【原诗】白小群分命①，天然二寸鱼。细微沾水族，风俗当园蔬。入肆银花乱，倾筐雪片虚。生成犹拾卵，尽取义何如②？

【注释】①群分命：各分一命。犹言各有各的生命。 ②"生成"二句：意谓白小实乃大自然生成之物，今拾卵而尽取之，则有伤于义。

【译文】长仅二寸的面条鱼各有各的生命，这极微弱的生物委实是天然所形成。物虽细微却同属于水族，不幸却被世俗当作菜肴食用。进入店铺像银花一样狼藉纷纭，从筐里倒出像雪片似的飘忽轻灵。连同鱼卵一起被捕捞殆尽，哪有一丝仁爱之情？

## 哭王彭州抡

【题解】此诗当是大历元年（766）杜甫客居夔州时所作。杜甫初到成都时，有《王侍御抡许携酒至草堂》诗。王先以御史罢官，后入严武幕府，又迁彭州（今四川彭县）刺史而卒。杜甫惊闻噩耗，而作此诗。诗中追叙了王彭州抡生前死后诸多情事，流露了诗人滞留夔州的感伤心情。诗系五言排律，以赋行之，而含比兴，见风人之流风遗韵。王彭州抡，即王抡。曾迁彭州刺史，故称王彭州。

**【原诗】**执友惊沦没，斯人已寂寥。新文生沈谢①，异骨降松乔②。北部初高选③，东床早见招④。蛟龙缠倚剑，鸾凤夹吹箫⑤。历职汉庭久，中年胡马骄。兵戈阖两观，宠辱自三朝⑥。蜀路江干窄，彭门地里遥⑦。解龟生碧草⑧，谏猎阻青霄⑨。顷壮戎麾出，叨陪幕府要⑩。将军临气候⑪，猛士塞风飚。井渫泉谁汲⑫？烽疏火不烧。前筹自多暇⑬，隐几接终朝。翠石俄双表⑭，寒松竟后凋。赠诗焉敢坠，染翰欲无聊。再哭经过罢，离魂去住销。之官方玉折，寄葬与萍漂。旷望渥洼道⑮，霏微河汉桥。夫人先即世⑯，令子各清标。巫峡长云雨，秦城近斗杓⑰。冯唐毛发白⑱，归兴日萧萧。

**【注释】**①沈谢：南朝诗人沈约、谢灵运。 ②松乔：传说中的仙人赤松子、王子乔。 ③“北部”句：意谓王抡初授官得京畿尉。 ④东床：指女婿。用王少逸（王羲之）事：晋太傅郄鉴派人赴王门择婿，王羲之独不矜持，坦腹东床，反被选中。此用其事，称美王抡有羲之遗风。 ⑤“鸾凤”句：用萧史教秦穆公之女弄玉吹箫而凤凰降一事，将王抡比作萧史，谓他结亲于宗室。 ⑥三朝：指玄宗、肃宗、代宗三朝。 ⑦彭门：山名，在今四川省彭门县西北。两山相对，其形如阙，故谓之天彭门。王抡迁彭州刺史，卒于此地。 ⑧解龟：解去所佩龟印。谓罢官。 ⑨谏猎：指对天子迷于游猎、不务政事，予以规讽。典出《汉书·司马相如传》：“（相如）尝从上至长杨猎，是时天子方好自击熊豕，驰逐壄兽，相如因上疏谏。”后因用指谏诤。这里用谏猎受阻追述王抡被贬出朝廷。 ⑩叨陪：陪接。 ⑪临气候：指监临用兵之气候。盖风角、鸟占、孤虚之事。 ⑫井渫（xiè）：井水洁净不污。古时军旅所在之地，必先瀹井泉。井泉不汲，则边境无事。 ⑬前筹：典出《史记·留侯世家》：张良曾在汉王吃饭时向汉王借箸（筷子），为汉王指画军谋。这里以“前筹”喻指王抡曾为幕府谋划战略。 ⑭俄：同“峨”。高耸貌。双表：华表。华表往往成对，故称“双表”。此指墓碑。 ⑮渥（wò）洼：水名，在今甘肃安西县境。传说是产神马之处。此谓王抡之子资质超群，有如神马。 ⑯即世：去世。 ⑰秦城：指长安。 ⑱冯唐：汉人，曾身历三朝，至武帝时举为贤良，但冯唐这时已九十岁，不能再做官了。此以冯唐比自己年已老迈。

**【译文】**我的执友——王抡，你的亡故震惊了我的旅魂。同辈也早已寂寞无闻，四顾苍茫啊无限悲哀。你写的清新的诗文如同出自沈约、谢灵运之手，你那一身仙骨仿佛是赤松子、王子乔所赐予。你初受官职即以令尉起家，一把剑如蛟龙舞动了浩荡乾坤。你像当年坦腹东床、待招为婿的王羲之，如吹箫引凤的萧史与宗室结为婚姻。你曾在朝廷里供职很久很久，到中年骄纵的胡马扬起了烟尘。烟尘遮暗了辉煌的宫阙，你仕历三朝，宠辱交织于一身。蜀道艰难啊蜀江狭窄，彭门遥隔迢递的风尘。你罢官后龟印也随之弃于草野，只因为谏诤才屈居幕府，远隔君门。严武镇蜀，提兵而出，召你为幕客，当时我也曾忝列参谋，陪接王君。将军监临用兵之气候，猛士纷纷阻击势如风飚的敌军。由于你的筹划，从此熄灭了战乱的烽火，从此澄清了滚滚边尘。这样自然就多了一些闲暇的日子，于是从早到晚同我凭几欢聚，款洽殷殷。王抡啊，你死后墓地上将有美玉雕成的石碑巍然矗立，你就像松柏经寒而后凋。你赠给我的诗歌我怎敢遗失？我为你写的这首挽诗又有多少意义？我再次哭述你的平生经历，已故的你和暂存于世的我呀魂魄俱销。你上任即身死异地，寄葬秦中，随着水上的浮萍。我远望出产千里马的渥洼水，幸有你的遗孤风神俊爽。贵夫人已先你而去世，她将在烟水迷濛的天河的鹊桥上和你相会。可叹我至今还滞留在这多云多雨的巫峡，长安城傍临北斗七星。我就像白发苍苍的冯唐，心中的归兴呀日渐萧疏。

## 偶　题

**【题解】**此诗系杜甫于大历元年（766）秋天在夔州所作。诗以五言排律的形式谈诗学渊流和对诗歌的见解及创作经验，兼叙平生经历。明人王嗣奭在《杜臆》中说：“少陵一生精力，用之文章，始成一部《杜诗》，而此篇乃其自序也。”所言极是。

**【原诗】**文章千古事，得失寸心知。作者皆殊列①，名声岂浪垂②。骚人嗟不见③，汉道盛于斯④。前辈飞腾入⑤，余波绮丽为⑥。后贤兼旧制⑦，历代各清规⑧。法自儒家有⑨，心从弱岁疲⑩。永怀江左逸⑪，多病邺中奇⑫。騄骥皆良马⑬，麒麟带好儿⑭。车轮徒已斫⑮，堂构惜仍亏⑯。漫作《潜夫论》，虚传幼妇碑⑰。缘情慰漂荡⑱，抱疾屡迁移。经济惭长策，飞栖假一枝⑲。尘沙傍蜂虿⑳，江峡绕蛟螭㉑。萧瑟唐虞远㉒，联翩楚汉危。

圣朝兼盗贼㉓，异俗更喧卑。郁郁星辰剑㉔，苍苍云雨池㉕。两都开幕府㉖，万寓插军麾㉗。南海残铜柱㉘，东风避月支㉙。音书恨乌鹊，号怒怪熊罴。稼穑分诗兴㉚，柴荆学土宜㉛。故山迷白阁㉜，秋水忆皇陂㉝。不敢要佳句，愁来赋别离。

**【注释】**①殊列：各有独到之处。 ②浪垂：轻易流传后世。 ③骚人：骚体诗的作者。 ④汉道：此指汉代文学创作。盛于斯：于斯（五言诗）为盛。 ⑤前辈：指汉末魏初建安、黄初诗人。 ⑥余波：指齐梁诗人的诗歌创作不及汉魏，已成末流。陈子昂说：“齐梁间诗，采丽竞繁而兴寄都绝。”李白亦云：“自从建安来，绮丽不足珍。” ⑦兼旧制：兼有前代诗歌的体制。 ⑧清规：犹言新的风貌。 ⑨法：指作诗法度，亦即《毛诗序》所论述的风、雅、颂、赋、比、兴。 ⑩弱岁：弱冠之年，亦即成年以前。杜甫早年就开始了诗歌创作。 ⑪江左：江东，指长江下游江南一带。江左逸，指晋以后飘逸之诗风。 ⑫邺中奇：指建安七子瑰奇磊落的诗歌风格。邺，三国时地名，在今河北省临漳县西，三国时曹魏初封于此。 ⑬騄（lù）骥：千里马。此喻邺中诗人。 ⑭麒麟：传说中的神奇动物。带好儿：喻曹操之有曹丕、曹植，犹如麒麟之带好儿。 ⑮斫（zhuó）：刀斧砍削。指制作车轮。典出《庄子》：轮扁对齐桓公说，他砍削车轮，不快不慢，得心应手，可是却无法把自己的技艺传授给儿子。 ⑯堂构：建房。《尚书·大诰》里曾以父子相继建造房屋比喻治国也要子承父业。后来遂以“堂构”二字指代父业。斫轮、堂构，在这里均指作诗而言。杜甫的长子宗文，大约不好念书，杜甫极少提到他；次子宗武，颇为杜甫宠爱，但那时才十四岁，还不精于诗道，所以这里说“徒已斫”、“惜仍亏”，惋惜儿子不能承父业，绍诗学。 ⑰“漫作”二句：以谦词自许，谓自己写了些好诗，赞为绝妙，也只是虚誉。漫作：乱作。《潜夫论》：东汉王符所著论文集。集中多讥时弊。杜甫在政治上不得意，便作诗以刺时政，故以王符自比。幼妇碑：即汉末邯郸淳所写曹娥碑。此喻绝妙作品。《三国志》注引《魏略》：蔡邕见到邯郸淳写的曹娥碑，便在碑后题了“黄绢幼妇，外孙齑臼”八个字。后来曹操和杨修领悟到，黄绢是色丝，寓一“绝”字；幼妇是少女，寓一“妙”字；外孙是女儿之子，寓一“好”字；齑臼是“受辛”（盛有辛辣味食物）之器，寓一“辞”字，联系起来就构成“绝妙好辞”四个字的赞语。这里用以比喻自己的诗受到赞扬。 ⑱缘情：循情所至而作诗。陆机《文赋》：“诗缘情而绮靡。” ⑲假一枝：用《庄子·逍遥游》“鹪鹩巢于深林，不过一枝”句意。 ⑳蜂虿(chài)：蝎子一类的毒虫。 ㉑蛟螭：传说中的龙一类动物。 ㉒唐虞：尧舜。 ㉓兼盗贼：盗贼交并而来。当时远有全国兵乱，近有蜀中军阀崔旰之乱，故云“兼盗贼”。 ㉔星辰剑：文采如星辰的宝剑。《初学记》卷二十二“武部”引《吴越春秋》载，薛烛赞美越王之纯钩剑云：“观其文如列星而行，观其光如水溢于塘。”（今本《吴越春秋》不载。）此以宝剑沉埋地下而文采不显比喻自己志不得伸。 ㉕云雨池：三国时吴国周瑜曾说，蛟龙得云雨而上天，“终非池中物也。”此以困池之蛟自况。 ㉖两都：指东都洛阳和西都长安。幕府：将帅指挥部。 ㉗万寓（yǔ）：即万方。寓，同“宇”。 ㉘南海：指今广西和广东地区。此泛指南方边地。铜柱：东汉马援打败了交趾（今越南北部），曾立铜柱记功。时岭南有战乱，南诏亦不安宁。 ㉙东风：喻皇上。月支：古西域国名，故址在今甘肃省西部及青海省一带。此比吐蕃。 ㉚“稼穑”句：言农事之余写诗。杜甫寓夔时曾经营种植。 ㉛土宜：原意为因土性不同，其所生物产各有所宜。此指当地（夔州）风俗习惯。 ㉜白阁：白阁峰，终南山峰名。 ㉝皇陂：即渼陂，在长安城南。

**【译文】** 诗歌创作是千古不朽的盛事，但是其成败得失只有我心自知。纵观历代诗歌作者，他们都是以自己的创作成就而取得独特的地位，没有谁的名声是轻易地流传后世的。可惜以屈原为代表的骚体诗的作者已作千古，代之而起的是汉朝五言诗，其创作之盛，堪称一代文学大观。汉末魏初，建安、黄初诗人以飞腾之姿跃居诗坛，致使五言腾涌；尔后，六朝诗歌则入于绮丽一途，而成为波澜壮阔的汉魏诗潮的余波了。后起的杰出作家总是熔铸前人的文章体制于一炉，而各个时代也总是各具独特的创作风貌的。写诗的法度，诸如赋、比、兴、风、雅、颂等等，早已见于儒家经典著作。我在年轻的时候就开始诗歌创作，以致于为写诗而殚尽了心思。我永远怀念犹如骏马一样风流盖世的江左诗人，也自愧不如带着幼骥驰骋于邺下的麒麟似的曹操；我徒然擅长作诗，就像轮扁得心应手地砍削车轮那样，可惜不能如曹操使子孙继承父业，犹如父子相继构建房屋似的。尽管我能随便地写出像《潜夫论》那样的好文章，尽管我有《曹娥碑》式的绝妙文笔，也只是虚誉而已。这些年来我屡屡流转于天地之间，无可奈何，只有缘情作诗以自慰四处漂泊之苦。说起来也真惭愧，胸无经邦济世的宏谋良策，只好流寓到这偏僻的夔州，多像借寒树的一枝一叶或飞或栖的鷦鹩！如今国家板荡，盗贼蜂起，环境之险恶，如同蛇蝎遍布尘沙、水怪纠缠江峡一样。唉！尧舜之太平盛世已成遥远的过去，眼前只有这萧瑟荒凉、触目兴悲的景象；藩镇割据，联翩而起，活像当年楚汉之争，弄得时局岌岌可危。呜呼！圣明天下，偏多盗贼；喧嚣卑下的夔州风俗，更令我戚戚多悲！我郁郁不展的心啊，就像一把沉埋地下的宝剑，耀如星辰般的文采隐而不显；我又像困于暗黑的池水里的一条蛟龙，永远不得乘云雨而飞腾。东西两都，幕府开列，武人当政；普天之下，烽火不熄，战旗蔽空。马援在南海交趾树立的铜柱已被摧毁，皇上惊惶地回避吐蕃的刀锋。音讯不通啊恨及喜鹊，熊罴的吼叫怎么这般怪异非常！住在茅屋里，学当地的风俗习惯；自耕自种，抽空借诗歌吟咏农桑。临江远眺，故园迷失在终南山的云霭里；遥忆渼陂秋水，令我想起长安城美丽的风光。我哪敢希望写出美好的诗句，只是愁苦袭来的时候，借诗歌抒写离别的忧伤。

## 赠高式颜

**【题解】**此诗当于大历元年（766）在夔州所作。其时高适已殁。诗是寄赠高适的族侄高式颜的。先伤彼此沦落，后感旧交风流云散，而触及对早年梁宋之游的回忆。

**【原诗】**昔别是何处？相逢皆老夫。故人还寂寞①，削迹共艰虞②。自失论文友③，空知卖酒垆④。平生飞动意，见尔不能无⑤。

**【注释】**①故人：指高式颜。　②削迹：削除车迹。谓不被任用。《庄子·让王》："夫子再逐于鲁，削迹于卫，伐树于宋。"　③论文友：谓高适。高适卒于永泰元年（765），故有失友之叹。　④"空知"句：追忆游梁宋事。天宝三载（744）秋，杜甫曾与高适、李白同游梁宋。时高式颜亦在。杜甫《遣怀》诗："昔与高李辈，论文入酒垆。"杜甫写这首诗时，高适已殁，故慨叹之。　⑤"平生"二句：言当年游梁宋时雄盖一世，今见高氏仍意兴遄飞。

【译文】昔日作别，因睽隔日久而忘记了是在何处；如今相逢，彼此都成了迟暮老夫。老友啊，你依旧是这般地萧条寂寞，被闲置的你和我呀同经艰苦。自从失去了高适——我的文友，徒然令我怀想梁宋酒垆。当年一道畅游梁宋时激起的豪情逸兴，当此和你重逢之际依然冲腾飞舞。

## 君不见简苏徯

【题解】此诗于大历元年（766）在夔州作。诗以废池尚藏蛟龙、枯桐犹可制作琴瑟为引端，劝苏徯出而用世，不可遁迹山林；寄托了杜甫对后生的殷切期望。苏徯，杜甫故友之子。

【原诗】君不见道旁废弃池，君不见前者摧折桐。百年死树中琴瑟①，一斛旧水藏蛟龙②。丈夫盖棺事始定，君今幸未成老翁，何恨憔悴在山中？深山穷谷不可处，霹雳魍魉兼狂风。

【注释】①“百年”句：《异苑》：吴平在勾章，门外忽生一株青桐，上有歌谣之声，平恶之砍之。其后树自迁，立于故根，又闻歌声曰：“死树今更青。”平以为琴瑟，事始定。 ②“一斛”句：用周瑜语：“蛟龙得云雨，终非池中物。”意谓苏徯如同水中蛟龙，飞腾有日。

【译文】君不见路边那废弃已久的池塘，宛如一斛旧水，深深地潜藏着蛟龙；君不见从前那棵被摧折的百年死桐树，复活后发出的歌吟合于琴瑟之声。大丈夫死后万事才定，苏君啊如今你年纪未老，何苦憔悴枯槁在山中？深山穷谷不可久居，那里有妖魔鬼怪，还有霹雳狂风。

## 赠 苏 四 徯

【题解】此诗当是大历元年（766）在夔州所作。杜甫与苏徯在夔州相逢以后，不久，苏徯将有荆扬之游，杜甫遂作此诗相送。诗中交织着诗人一己和苏徯的客中之苦，并一再对苏徯致叮咛劝戒之词。苏四徯，即苏徯。

【原诗】异县昔同游，各云厌转蓬。别离已五年，尚在行李中。戎马日衰息，乘舆安九重①。有才何栖栖，将老委所穷。为郎未为贱，其奈疾病攻。子何面黧黑，焉得豁心胸。巴蜀倦剽劫②，下愚成土风。幽蓟已削平，荒徼尚弯弓③。斯人脱身来，岂非吾道东④。乾坤虽宽大，所适装囊空。肉食哂菜色，少壮欺老翁。况乃主客间，古来偪侧同⑤。君今下荆扬，独帆如飞鸿。二州豪侠场，人马皆自雄。一请甘饥寒，再请甘养蒙⑥。

【注释】①“戎马”二句：永泰元年，郭子仪与回纥再次定约，吐蕃引兵夜逃，从此戎马始息，乘舆得安。 ②剽劫：指蜀中段子璋、徐知道、崔旰之徒相继叛乱事。 ③荒徼（jiào）：荒凉的边塞。 ④吾道东：谓师长以学业相传，流播四方。事见《后汉书·郑玄列传》。 ⑤偪（bī）侧：同“逼仄”，狭窄的意思。此指人情浇薄。 ⑥养蒙：犹言韬光养晦。

【译文】过去我和你曾在一道作客异地他乡，彼此都说对飘蓬似的生涯感到厌倦。从那时到现在，离别已经五年，至今我还在四处漂泊，八方流转。吐蕃的气焰日渐衰微，九重天子得以平安。多才多艺的你啊何以如此栖遑不定？衰老的我呀安于贫穷。身为郎官并不算卑微低贱，无奈禁不住疾病相攻。苏子呀，你的脸色怎么这般憔悴？怎样才能开释你的心胸？你屡屡经历了巴蜀的战乱，我也混迹于当地民俗民风。幽蓟一带虽然已经荡平，可是荒塞上依旧搭箭弯弓。苏子啊你脱身来到这遥远的夔州，这岂不是将学术也带到峡中？天地虽然如此广大，可是我出门的行囊依旧空空。达官贵人讥笑我脸色青黄，少壮之流也常常欺负我这多病老翁。况且主客之间人情浇薄，从古至今相沿成风。如今你就要东下荆扬，孤独的风帆去如飞鸿。荆扬二州本是豪侠聚集之地，那里的人一个个顾盼自雄。一请你甘于忍受饥寒之苦，再请你甘于韬光养晦，修身守正。

## 别苏徯

【题解】此诗亦是大历元年（766）在夔州所作。题下原注：“赴湖南幕。”据此可知苏徯此行最后决定到湖南谋事。先惋惜苏徯沦落，次喜苏徯将逢知己，末勉励苏徯及时有为。

【原诗】故人有游子①，弃掷傍天隅。他日怜才命，居然屈壮图。十年犹塌翼，绝倒为惊呼②。消渴今如此，提携愧老夫。岂知台阁旧③，先拂凤凰雏。得实翻苍竹，栖枝把翠梧。北辰当宇宙，南岳据江湖。国带烟尘色，兵张虎豹符。数论封内事④，挥发府中趋。赠尔秦人策⑤，莫鞭辕下驹⑥。

**【注释】**①故人：指苏徯之父。 ②绝倒：潦倒。 ③台阁旧：指湖南幕主，即苏徯之父旧交，亦杜甫之同朝者。 ④封内：疆域。此指湖南境内。 ⑤秦人策：春秋时，自晋出奔到秦国的士会假借为秦办事的机会，密谋回国。临行时，秦大夫绕朝赠策（马鞭）送行，并暗示已发觉了士会的意图。此用其事，以切送别。 ⑥辕下驹：典出《史记·魏其武安侯列传》：汉武帝刘彻对不敢大胆评议魏其、武安侯是非的朝臣颇为不满，斥之为“辕下驹”。这里以此为喻，劝诫苏徯在幕府里不要畏缩不前，要有远大抱负。

**【译文】**我的老友有一个游子，竟被弃置在天之一隅。过去我就爱慕你的才华，如今你竟然难展宏图。垂翅塌翼已经整整十载，不禁为你的潦倒而冲天一呼。目前我正患着消渴病，因不能照顾后生而深感惭愧。幸有湖南幕府里的台阁旧人，先为拂拭你这幼小的凤凰。得实便翻飞于青苍的竹林，栖身——凭倚着高大的梧桐。北极星当空辉映着寥廓的宇宙，巍巍南岳雄据南国江湖。京都依旧笼罩着战尘，将士依旧手持兵符。你曾多次讨论湖南形势，你即将意气扬扬地趋步于幕府。值此临别之际，我像秦大夫送别士会一样为你送行，苏徯啊，切莫效法驽骀之才——那俯首辕下的局促的马驹。

## 李潮八分小篆歌

**【题解】**此诗当是大历元年（766）初在夔州所作。杜甫在夔州遇到外甥李潮，相处月余。有一天，李潮求杜甫题诗，遂有此作。诗中叙述了书法自大篆至八分体的演变过程，高度赞扬了李潮的书法风格，提出了“书贵瘦硬”的美学标准。李潮，杜甫外甥，书法家。八分，书体名，相传为王次仲所创。其势左右分布如八字之二画互分相背，故名。

**【原诗】**苍颉鸟迹既茫昧[1]，字体变化如浮云。陈仓石鼓又已讹[2]，大小二篆生八分。秦有李斯汉蔡邕[3]，中间作者绝不闻。峄山之碑野火焚[4]，枣木传刻肥失真。苦县光和尚骨立[5]，书贵瘦硬方通神。惜哉李蔡不复得，吾甥李潮下笔亲。尚书韩择木[6]，骑曹蔡有邻[7]。开元已来数八分，潮也奄有二子成三人。况潮小篆逼秦相，快剑长戟森相向。八分一字值百金，蛟龙盘拿肉屈强[8]。吴郡张颠夸草书[9]，草书非古空雄壮。岂如吾甥不流宕，丞相中郎丈人行[10]。巴东逢李潮[11]，逾月求吾歌。我今衰老才力薄，潮手潮乎奈汝何？

**【注释】**①苍颉（jié）：传说黄帝时代之始造字者。卫衡《书势》："苍颉，眺彼鸟迹，始作书契。" ②陈仓：县名，即今宝鸡县。石鼓：石鼓文，即秦时在凿成的鼓状石上所刻写的文字。唐初在天兴县（今陕西凤翔）南三原出土十块鼓形石，上刻文字，体为篆书。 ③李斯：秦丞相，书法家，曾作《苍颉篇》，取法籀书，为当时的小篆范本。蔡邕：东汉人，善书。 ④峄（yì）山之碑：传为李斯所书。《史记》：始皇二十八年，东行郡国，上邹峄山（在山东邹县东南），刻石以颂秦德。 ⑤苦县：即安徽省真县。真县有《老子碑》。光和：后汉年号。光和二年曾立《西岳碑》。此言苦县、光和，系指《老子碑》和《西岳碑》。 ⑥韩择木：昌黎人，工八分书。肃宗上元元年，韩曾为礼部尚书。 ⑦蔡有邻：蔡邕十八代孙，官至右卫率府兵曹参军，以八分书见称当时。 ⑧盘拿：盘柔蜿蜒。屈强：倔强。 ⑨张颠：即张旭，吴郡（今江苏苏州）人，唐代草书名家。相传他醉酒后，呼叫狂走，然后下笔疾书，世称"张颠"。 ⑩丞相：此指李斯。中郎：蔡中郎蔡邕。 ⑪巴东：此指夔州。

**【译文】**传说苍颉从飞鸟的行迹中悟得书法之道，于是便创造了文字。这事已茫然而难以考其真伪了。尔后，历代字体经历了一个不断演变的过程，其势如变幻的浮云一样。遗留于陈仓县的石鼓文，多错讹漫灭之处；从此继大小二篆之后，便产生了一种新书体——八分书。秦朝李斯和汉朝蔡邕，皆工此体，并各以其独到的成就见重于当时书坛。除此两人之外，秦汉书家，无可闻者。相传为李斯所书的《峄山碑》早已付之野火，后人因惜其不传，便以枣木传刻；但因点画太肥而失去了原碑的真实风貌。苦县的《老子碑》和后汉光武年间立的《西岳碑》则崇尚骨力，险劲瘦硬，绝无流滑之弊。字以瘦硬为贵，唯其如此，才能达到出神入化的境界。当今像李斯和蔡邕这样的书法家可惜再也见不到了，幸有我的外甥李潮崛起于其后。观其下笔，酷似李、蔡。礼部尚书韩择木和右卫率府兵曹参军蔡有邻，是从开元年间至今屈指可数的八分体书法高手，李潮遂与之并驾齐驱而成为有唐以来三大书家之一。李潮的小篆直逼秦相李斯，其字风神俊利，骏骨铮然，宛如森然相对的利剑长戟，真可谓一字千金。点画瘦硬，骨肉倔强，大有蛟龙盘空、轩然远飞之势。吴郡张旭常以草书自夸于世，但依我看来，其字了无瘦硬劲健之气，只不过一味雄肆狂放而已，哪比得上我的外甥李潮那风骨劲挺、深得古法的字体呢！由此观之，李潮足以列于丞相李斯和中郎蔡邕一辈书家之林。如今我在夔州遇到了李潮，一个月后，他向我索诗。如今我已经老了，才力亦日渐浅薄，李潮啊李潮，我的这首诗怎能配得上你的八分书呢！

## 峡口二首

**【题解】**这组诗当是大历元年（766）秋在夔州所作。首章咏叹瞿塘峡形胜地险，寄托了诗人伤时叹乱的感慨。次章则追溯往事，兼陈客夔景况。峡口，指瞿塘峡口。

### 其　一

**【原诗】**峡口大江间，西南控百蛮①。城欹连粉堞，岸断更青山。开辟当天险，防隅一水关②。乱离闻鼓角③，秋气动衰颜。

**【注释】**①百蛮：泛指西南少数民族。此指全蜀。　②水关：似指牢关。③鼓角：时有崔旰之乱。

**【译文】**瞿塘峡峡口雄峙于大江之间，形如天门啊控扼地处西南的蜀川。随山倾斜的城堞接连不断，江岸的断裂处依然可见连绵的青山。峡口开劈，堪称西南天险，设防山塞自有这水上雄关。当此乱离之际有鼓角声传到耳畔，飒飒秋气摧损我衰老的容颜。

### 其　二

**【原诗】**时清关失险，世乱戟如林。去矣英雄事①，荒哉割据心②。芦花留客晚，枫树坐猿深。疲苶烦亲故③，诸侯数赐金④。

【注释】①“去矣”句：承首句，追怀平蜀之光武、昭烈。 ②“荒哉”句：承次句，直斥僭蜀之公孙述、李特之。 ③疲苶（nié）：困极。此指穷困不堪的作者自己。 ④诸侯：指夔州都督柏茂林。赐金：原注：“柏中丞频分月俸。”可知柏氏频分月俸以待杜甫。

【译文】太平时代不觉得雄关险要，世乱之际刀枪剑戟遍布如林。一代英雄汉光武已成过去；何等荒唐啊——公孙述的野心！可叹我滞留在夔州的芦花丛里，猿猴蹲坐在幽深的枫林。穷困的我呀常常烦劳亲朋故旧，柏都督曾多次赐我俸金。

## 南　　极

【题解】此诗当是大历元年（766）冬在夔州所作。杜甫久居南方，有感于南方山水、风景、人物、时事而作此诗，流露出不愿久居南土的情绪。南极，南方之星名。夔州在长安之极南，故比之南极。

【原诗】南极青山众，西江白谷分①。古城疏落木，荒戍密寒云。岁月蛇常见，风飚虎忽闻。近身皆鸟道，殊俗自人群。睥睨登哀柝②，蝥弧照夕曛③。乱离多醉尉④，愁杀李将军。

【注释】①西江：指自西而来流经夔州的长江。白谷：当是夔州地名，在蜀楚交界处。 ②睥睨：城上短墙。亦名城垛。 ③蝥（máo）弧：春秋时郑伯旗名。此泛指旌旗。 ④醉尉：典出《李广传》：李广被罢官后，一次夜经灞陵亭，曾受到灞陵校尉的羞辱而不得夜行，致使李广不得不夜宿灞陵亭下。这里以“醉尉”比况当时横行霸道的军士，亦传出城上兵警之像，故而须早些回寓，以免犯夜行之禁。

【译文】夔州一带的青山多如云屯，流至白谷的长江把蜀楚划分。古老的白帝城里落木稀疏，荒凉的戍楼上空弥漫着冬云。在久居夔州的岁月里常见蛇虫出没，飘风中忽然又听到老虎吼叫的声音。傍近我身的全是古老的鸟道，固守陋俗的自是当地人群。落日的余辉照着风中的旌旗，城垛上传来击柝的哀音。乱离中到处有军士横行，一个个都像当年的醉尉，愁煞李广将军。

## 瞿唐两崖

**【题解】**此诗当是大历元年（766）冬在夔州作。诗的主旨是咏叹瞿塘峡山高水深、奇险可怖的。前人评此诗说：大奇而不失为朴，且愈奇而愈见其清。瞿唐，即瞿塘峡，三峡之一。

**【原诗】**三峡传何处，双崖壮此门。入天犹石色，穿水忽云根①。猱玃须髯古②，蛟龙窟宅尊。羲和冬驭近③，愁畏日车翻。

**【注释】**①云根：传说云触石而生，故以云根为石。 ②猱玃（náojué）：猱，猿猴。玃，似猿而大，色黑，善攫人，故称“玃”。 ③羲和：神话传说中给太阳神赶车的人。《淮南子》：“日乘车，驾以六龙，羲和为之驭。”这里想象日车有触崖颠覆的危险，借以夸张山崖之高峻。

**【译文】**三峡的名字传自何时何地？状如天门的两崖雄壮绝伦。上耸云空，天色万古不变地呈现石色；下入江底，波涛恰似翻滚在崖脚的云根。猿猴的胡须很长很长，蛟龙在窟穴独自为尊。冬天，羲和赶着车临近瞿塘峡口，满面愁容，生怕车子落自九重青云。

## 瞿唐怀古

**【题解】**此诗亦大历元年（766）在夔州作。题曰“瞿唐怀古”，实乃怀大禹疏凿之功。前四句极力描写瞿塘峡水势山势的奇险豪壮，下四句结出怀古之意，兼赞大自然的伟力。

**【原诗】**西南万壑注，劲敌两崖开。地与山根裂，江从月窟来。削成当白帝①，空曲隐阳台②。疏凿功虽美，陶钧力大哉③。

【注释】①白帝：此指白帝山，在夔州东五里处。 ②阳台：注见前。③陶钧：古代制造陶器的转轮。这里比喻创造万物的大自然。

【译文】西南万壑流水注入长江，两岸对峙，像劲敌一样在两岸排开。大地和山根随即分裂为二，不尽的江水从月宫流来。势如刀削的峡门与白帝山同样高峻，空曲处隐藏着亘古阳台。大禹的开凿之功诚然传为美谈，可瞿塘峡毕竟得力于大自然的安排。

## 夜宿西阁，晓呈元二十一曹长

【题解】此诗当是大历元年（766）秋冬时作于夔州西阁。先写与元曹长同宿西阁时所见夜景，次写雨雪初霁时所见晓景，最后结出出峡之意。西阁，是杜甫自云安流徙夔州时之寓所。元二十一曹长，其名不详。“曹长”是对拾遗的称呼。过去杜甫曾与元同为拾遗，故称。

【原诗】城暗更筹急，楼高雨雪微。稍通绡幕霁①，远带玉绳稀②。门鹊晨光起，樯乌宿处飞。寒流江甚细，有意待人归。

【注释】①绡幕：用绡做成的帷幕。 ②玉绳：星名。

【译文】急骤的更筹声传自夔州的暗夜里，高高的西阁前落雪微微。雪后初霁，旭日的光芒开始映进帷幕，遥遥映带于夜空中的星辰渐渐疏稀。门前的喜鹊从晨光中飞起，樯桅上的宿乌从栖息处起飞。秋冬时的长江啊波平浪细，好像有意等着我出峡东归。

## 西阁口号，呈元二十一

【题解】此诗亦大历元年（766）秋冬间在夔州西阁所作。诗写杜甫和元曹长冬日共话国事的情景，表现了杜甫对国家命运的深切关注。

【原诗】山木抱云稠，寒空绕上头。雪崖才变石，风幔不依楼。社稷堪流涕，安危在运筹①。看君话王室，感动几销忧。

【注释】①“社稷”二句：叙述元二十一话中之意，是说虑及社稷颠危，堪可下泪；治蜀靖乱，亟待运筹之人。

【译文】浓密的冬云笼罩着山林，风中的寒空盘绕着山头。飞雪使山崖顿然改变了颜色，风中的帘幕飘离了小楼。“念及社稷颠危堪可下泪，治蜀靖乱有待贤士谋划运筹。”听了你这关乎国运朝政的话语，感动得叫我销尽了多少忧愁。

## 阁　夜

【题解】这首诗是杜甫于大历元年（766）冬寓居夔州西阁时所作。当时，蜀中发生了崔旰、郭英乂、杨子琳等辈混战，致使天下不宁，加之杜甫好友郑虔、李白、严武、高适等人相继亡故，所以杜甫深感寂寞、悲哀。这首诗就是杜甫在西阁之夜忧时伤乱心情的真实写照。阁夜，即西阁之夜。

【原诗】岁暮阴阳催短景①，天涯霜雪霁寒宵②。五更鼓角声悲壮，三峡星河影动摇。野哭千家闻战伐③，夷歌几处起渔樵④。卧龙跃马终黄土⑤，人事音书漫寂寥⑥。

【注释】①阴阳：日月。短景：冬天的日光。冬季日短，故云“短景”。景，同“影”。　②天涯：此指夔州。　③战伐：指战伐之地。当时蜀中自永泰元年开始，发生了崔旰、郭英乂、杨子琳等辈混战。　④夷歌几处：言生者甚少，夷歌绝响。　⑤卧龙：诸葛亮。跃马：指东汉公孙述。他自恃蜀地险要，时局动荡，自称白帝。左思《蜀都赋》：“公孙跃马而称帝。”因夔州有诸葛祠和公孙祠，故及之。　⑥人事：指交游。当时，杜甫的好友郑虔、李白、严武、高适都已死去，交游寥落。漫寂寥：任他寂寞寥落。此以旷达之语抒愤激之情。

【译文】年终岁末，日月催短了白天；夔州城里的皑皑霜雪映亮了寒冷的夜晚。五更时传来的鼓角声悲壮而凄厉，倒映在三峡里的星河随波颠连。我从成千上万人的嚎哭声中听到了战伐之音，哪里还有渔歌山歌起自这惨淡的山川？古来贤愚无不同归于尽，任他交游寥落，音书杳然！

## 瀼西寒望

**【题解】**这首诗当作于大历元年（766）冬，时杜甫寓居夔州西阁。时值年终岁末，诗人上下俯仰，将瀼西一带的近景、远景、大景、小景统统摄入诗内，最后结出卜居瀼西之意。瀼西，杜甫即将移居之处，故址在今四川省奉节县城内。

**【原诗】**水色含群动①，朝光切太虚②。年侵频怅望，兴远一萧疏③。猿挂时相学，鸥行炯自如。瞿唐春欲至，定卜瀼西居。

**【注释】**①群：万象。　②太虚：天空。　③“兴远”句：喜其地疏旷，较地势险阻的西阁大不相同。

**【译文】**瀼西溪的水色波光含着万象的倒影不住地漾动，早晨的阳光照亮了天空。当此冬去春来的年底我禁不住频频地向远处怅望，神游到悠悠远方时倍感清疏。挂在崖壁上的猿猴互相学习嬉戏，浮游在水面上的鸥鸟明洁而自如。眼看春天就要降临瞿塘峡口，我一定要到瀼西择地而居。

## 西阁曝日

**【题解】**这首诗当是大历元年（766）冬在夔州西阁所作。诗人栩栩如生地画出了自己在西阁墙根晒太阳的情景，并触景兴感，援古自慰。曝日，晒太阳。

**【原诗】**凛冽倦玄冬，负暄嗜飞阁。羲和流德泽①，颛顼愧倚薄②。毛发具自和，肌肤潜沃若。太阳信深仁，衰气欻有托。欹倾烦注眼，容易收病脚。流离木杪猿，翩跹山巅鹤。朋知苦聚散③，哀乐日已作。即事会赋诗，人生忽如昨。古来遭丧乱，贤圣尽萧索。胡为将暮年，忧世心力弱。

**【注释】**①羲和：注见前。　②颛顼（zhuān xū）：古帝名，五帝之一，冬季的主宰者。此指冬季。《月令》：“孟冬之月，其帝颛顼。”　③苦：

频，屡。

【译文】凛冽的寒冬令我厌倦，我在墙根晒太阳，贪婪地倚着如飞的西阁。羲和驾着日车向我流注不尽的恩泽，颛顼自愧力薄而收敛了严冬的威力。毛发都晒得热乎乎的，肌肤里像有温汤潜流不息。伟大的太阳啊您真是仁爱无边，使我这衰弱的老头儿忽然有了依托。我斜着身子烦劳您向我倾注温暖的目光，于是我的病脚便非常容易地自由伸缩。瞧那树梢上有欢蹦乱跳的猴子，瞧那山顶上有翩翩起舞的白鹤。亲朋旧交频频聚散，与日俱兴的是人生的哀乐。即事触景就应该写诗，人生无常，转眼如昨。古时候曾遭遇过多少丧乱，多少贤人圣人俱归寂寞。我又何必在这行将迟暮之年伤时忧世，使我身体劳损，心力衰弱？

## 不离西阁二首

【题解】这组诗当作于大历元年（766）冬，时杜甫寓居夔州西阁。首章对江景而向西阁发问，流露出厌居西阁的情绪。次章代西阁作答，见出诗人因耽爱美景故愿暂留西阁的心理，亦写出诗人欲离不离之苦境。题曰“不离”，有厌居西阁而将离去之意。

### 其　一

【原诗】江柳非时发，江花冷色频。地偏应有瘴，腊近已含春。失学从儿子，无家任老身。不知西阁意，肯别定留人①？

【注释】①定：究竟，还是。

【译文】还没到春天，江柳已经发绿，江边的野花冒着冬寒频频绽开。这偏僻的西阁已经有了暖瘴，将近年底，万物已孕含春意。任凭失学的儿子荒废学业，没有了家，一任我随处安身。西阁啊不知你意下如何，是让我别你而去还是让我留在这里？

### 其　二

【原诗】西阁从人别，人今亦故亭①。江云飘素练，石壁断空青。沧海先迎日，银河倒列星。平生耽胜事，吁骇始初经[②]。

【注释】①“人今”句：意谓此地佳胜而愿留在西阁。人，作者自指。亭：通“停”。 ②“吁骇”句：言初来西阁，见此佳境，而为之嗟叹、惊骇。

【译文】西阁任凭我离它而去，但因此地景美而欲去又停。江天上的白云多像临空飘飞的白练，切断高空的石壁啊一色青青。早晨登上西阁最先迎来升腾于大海的一轮朝日，夜晚临窗可以看到银河倒泻灿烂的群星。我一向最喜爱人间胜境，如今初经此地怎不叫我发出惊叹之声？

## 缚 鸡 行

【题解】此诗当于大历元年（766）冬在夔州西阁作。结句“鸡虫得失无了时，注目寒江倚山阁”是此诗主旨所在。世间得失、是非一类的事是很多的，也是两难选择的，与其穷究不已，毋宁以冷漠的态度视之。杜甫当是基于这一认识，于是设鸡虫得失之喻，发而为此议论文字。此诗情景如画，饶有理趣。

【原诗】小奴缚鸡向市卖，鸡被缚急相喧争。家中厌鸡食虫蚁，不知鸡卖还遭烹。虫鸡于人何厚薄，吾叱奴人解其缚。鸡虫得失无了时，注目寒江倚山阁[①]。

【注释】①山阁：即西阁。

【译文】童仆把鸡绑得紧紧的，要到市上去卖，被绑的鸡急得喧叫着挣扎不停。家里人对鸡吃虫蚁非常厌恶，殊不知鸡被卖掉就要遭到烹杀的厄运。虫也好，鸡也好，对人哪有厚薄之分？于是我喝斥童仆为鸡解去绳索。得虫失鸡，得鸡失虫，世间像这类事太多了，永远没有了结的时候。想到这里，我于是身倚西阁，冷漠地注视着寒江……

## 小 至

【题解】此诗当是大历元年（766）冬在夔州西阁所作。诗中描写了冬至时夔州的景事，抒发了羁旅他乡、思念故土的情感。小至，冬至后一日。一说冬至前一日。

【原诗】天时人事日相催，冬至阳生春又来[①]。刺绣五纹添弱线[②]，吹葭六琯动飞灰[③]。岸容待腊将舒柳，山意冲寒欲放梅。云物不殊乡国异，教儿且覆掌中杯。

【注释】①冬至：二十四节气之一，在阳历十二月二十一、二十二或二十三日。太阳经过冬至点，北半球白天最短，夜间最长。过了冬至，白天渐长。 ②“刺绣”句：《唐杂录》：唐宫中以女工揆日之长短。冬至后，日晷渐长，比常日增一线之功。 ③“吹葭”句：古代为了预测节气，将葭莩（苇膜）烧成灰，放在律管内，到某一节气，相应律管内的灰就会自行飞出。冬至之律管为黄钟。

【译文】天时和人事一天紧似一天地交相催促，冬至后阳气渐生，又将是一度春天。天长了，刺彩绣的女工又多用了一根丝线，苇膜灰也开始相应地飞出黄钟律管。已近年底，江岸将要舒展出遍地绿柳；冲风冒寒的山意就要叫梅花开遍江关。夔州的景物与中原虽然并无不同，但毕竟不是我的故土；权且教儿子斟满手中的酒杯，将旅愁排遣。

## 寄柏学士林居

【题解】此诗亦当大历元年（766）在夔州作。安史之乱以后，有一个姓柏的学士携书从京城逃到夔州，依林而居。此诗赞其于乱离之世，居闲散之地，犹能博览群书，观古今之变，并期望他待时而出，一展宏图。柏学士，其名不详。

【原诗】自胡之反持干戈[①]，天下学士亦奔波。叹彼幽栖载典籍，萧然暴露依山阿。青山万重静散地，白雨一洗空垂萝。乱代飘零予到此，古人成败子如何。荆扬冬春异风土，巫峡日夜多云雨。赤叶枫林百舌鸣[②]，黄花野岸天鸡舞。盗贼纵横甚密迩[③]，形神寂寞甘辛苦。几时高议排金门[④]，各使苍生有环堵[⑤]。

【注释】①胡：谓安史叛军。 ②百舌：春鸟名。啼于枫林，见其非时。③盗贼：指崔旰。 ④金门：金马门之省称。后世多用作官署的代称。⑤环堵：四围土墙。此指居所。

【译文】自从安史叛军持戈叛乱以来，天下学士无不四海奔波，流离失所。柏学士啊，可叹你从京城携书逃到这里，依林而居，萧索地暴露在荒僻的山野。这里青山万重，自是一片闲散之地，暴雨洗刷后的山野空有藤萝低垂。值此乱世，我也飘零到这荒山僻野；观古人成败，今日你当如何？荆扬一带的风土一年四季自与中原不同，巫山巫峡日日夜夜多云多雨。红色的枫林里怎么有百舌鸟在啼叫？满是黄花的江岸上飞舞着天鸡。纵横遍地的盗贼就在身边，你形神寂寞，自甘辛苦。什么时候你能供职官署发表高论？经国治邦，使天下百姓安居乐业。

## 折 槛 行

【题解】此诗当是大历元年（766）在夔州作。时闻鱼朝恩在朝恣横，且判国子监事，而集贤待制诸臣钳口不言，因作此诗以讥之。全诗表现了杜甫虽身处绝域但终不忘除弊匡时的耿耿心志。折槛，典出《汉·朱云传》：朱云请赐尚方斩马剑诛安昌侯张禹，以厉其余。成帝怒，欲斩朱云。朱云手攀殿槛，槛折。

【原诗】呜呼房魏不复见①，秦王学士时难羡②。青衿胄子困泥涂③，白马将军若雷电④。千载少似朱云人，至今折槛空嶙峋。娄公不语宋公语⑤，尚忆先皇容直臣⑥。

【注释】①房魏：此指房玄龄和魏征。唐太宗时直臣。 ②秦王学士：唐太宗时的十八位学士。秦王，指唐太宗。唐太宗曾封为秦王。 ③青衿胄（zhòu）子：此指一般士族子弟。 ④白马将军：当指宦官鱼朝恩。 ⑤娄公：娄师德，武则天时的宰相，以退逊闻名。宋公：宋璟，唐玄宗时的宰相，以忠谠著称。 ⑥先皇：指唐玄宗。

【译文】呜呼！当今像房玄龄、魏征那样的谏臣不复再见，太宗时代令人敬美的十八学士也长逝不返。身着青衣的一般文士困厄于泥途之中，而宦官鱼朝恩却飞黄腾达，势如雷电。像汉朝朱云那样的直臣千载少见，至今空留下被折断的高大的殿槛。满朝文武钳口饱食，效娄师德之退逊，而不效法宋璟之刚直敢言。当年明皇以能容直臣而享誉天下，这至今还令我深深怀念。

## 览柏中丞兼子侄数人除官制词，因述父子兄弟四美，载歌丝纶

**【题解】**此诗当作于大历元年（766）冬，杜甫寓居夔州。柏中丞父子兄弟在平叛戡乱中，曾为国立下了赫赫战功，对此，诗人以高唱入云的热情笔调予以歌颂，表现了诗人千秋不泯的爱国之忱。柏中丞，指柏茂琳，时为夔州都督，“中丞”是他的兼职。除官制词：免去旧官授以新官的诏命。载歌丝纶：作诗颂扬皇帝诏命。

**【原诗】**纷然丧乱际①，见此忠孝门。蜀中寇亦甚，柏氏功弥存。深诚补王室，戮力自元昆②。三止锦江沸③，独清玉垒昏④。高名入竹帛，新渥照乾坤⑤。子弟先卒伍，芝兰叠玙璠⑥。同心注师律⑦，洒血在戎轩。丝纶实具载⑧，绂冕已殊恩⑨。奉公举骨肉，诛叛经寒温⑩。金甲雪犹冻，朱旗尘不翻。每闻战场说，欻激懦气奔。圣主国多盗，贤臣官则尊。方当节钺用⑪，必绝祲沴根⑫。吾病日回首，云台谁再论⑬。作歌挹盛事，推毂期孤骞⑭。

**【注释】**①丧乱：指蜀中崔旰之乱。 ②元昆：长兄。 ③锦江沸：喻寇乱如汤之沸。 ④玉垒：即玉垒山，在彭州（今四川彭县）。 ⑤渥（wò）：恩泽。 ⑥玙璠：美玉。 ⑦师律：军队的纪律。此指军队。 ⑧丝纶：谓制词。亦即诏书。 ⑨绂（fú）冕：谓升官。 ⑩“诛叛”句：崔旰反，永泰元年十月，柏氏起兵讨旰，至大历元年三月方休兵，故云“诛叛经寒温”。 ⑪节钺：旌节铁钺。 ⑫祲沴（jīnlì）：灾祸。 ⑬云台：汉宫中高台名。明帝曾图画二十八人于云台，以彰其功。 ⑭推毂（gǔ）：原为推车前进。引申为推荐。《史记·冯唐传》：“唐对曰：‘臣闻上古王者之遣将也，跪而推毂（推车），曰阃（郭门门限）以内者，寡人制之；阃

以外者，将军制之。'”这里希望柏中丞有朝一日受人倚重而飞黄腾达。骞（qiān）：高飞的样子。

**【译文】**当崔旰发难、丧乱纷起的紧急关头，柏氏一门显示的忠烈标炳千秋。蜀中盗寇为祸日烈，作孽日久，柏氏的平叛之功弥足长留。诚然是为了匡正王室，平息盗寇，戮力同心啊兄弟赴仇。讨伐崔旰，英气多次斩断锦江沸腾的水流，玉垒山的妖氛为之一收。鼎鼎大名载入千秋史册，恩泽如日啊普照宇宙。柏氏子弟争相前驱，身先士卒，一个个如芝兰辉映美玉，壮哉风流。同心同德啊情系行伍，血洒战车啊血染山丘。诏书上详细记载着赫赫战功，升官晋爵，得到皇上特殊的恩顾。中丞献出了同胞骨肉，兴兵诛叛，经历了一春一秋。战场上，狂风吹不动蒙尘的红旗，大雪冻结了士卒的甲胄。每每听到战地传闻，连懦夫也顿生猛气，势如奔流。值此圣代，国家偏多盗寇，柏中丞啊堪称群贤之首。若能授之以旌节铁钺，必当斩绝祸根，剪灭祸首。如今你仅仅身为都督，云台之功何日建树？多病的我啊日日回首。只好借这首诗称美盛事，将来有朝一日受人举荐，柏中丞必当孤飞远翥。

## 览镜呈柏中丞

**【题解】**此亦大历元年（766）冬在夔州所作。时柏茂琳有罗致杜甫之意，杜甫以衰谢辞之，故作此诗。先追忆长安情事，次自伤衰老，并希望柏中丞垂怜。柏中丞，注见前。

**【原诗】**渭水流关内①，终南在日边②。胆销豺虎窟③，泪入犬羊天。起晚堪从事，行迟更学仙。镜中衰谢色，万一故人怜④。

**【注释】**①渭水：黄河支流，在长安北五十里。 ②终南：终南山，即秦岭，在长安南五十里。日：喻指长安。 ③豺虎：喻吐蕃。下面的“犬羊”，喻意同此。 ④故人：指柏中丞。

**【译文】**渭水奔流于辽阔的秦地，终南山依傍着帝都长安。当年，因豺狼满穴而魂飞魄散，伤时的泪水流入了蕃天。如今，我每天起得很晚，这岂能做事？多病的我行步迟迟，又怎能学仙人步履翩翩？镜中映出了我衰老的脸色，中丞啊，多么希望能得到你的垂怜。

## 陪柏中丞观宴将士二首

**【题解】**写作年代同前诗。时柏中丞宴请将士，邀请杜甫与宴作陪，于是杜甫作此组诗二首。第一首记宴会之盛；第二首称美柏中丞，并望其将来有所升迁。

### 其　一

**【原诗】**极乐三军士，谁知百战场。无私齐绮馔①，久坐密金章。醉客沾鹦鹉②，佳人指凤凰③。几时来翠节④，特地引红妆⑤。

**【注释】**①绮馔：华宴。因以锦蒙之，故云。　②鹦鹉：指鹦鹉杯。　③佳人：谓乐妓。凤凰；指琴。据晋·葛洪《西京杂记》载，孝成赵皇后有琴名凤凰。　④“几时”句：预祝柏中丞升为节度使。翠节，节度使所建符节。此指节度使。　⑤红妆：谓官妓。

**【译文】**三军将士尽情作乐，谁知他们久经血战的沙场。华宴上无偏无私，不分厚薄；久坐在一起，金章挨着金章。醉客一个个举杯痛饮，豪情奔放；乐妓一个个弹琴助兴，声乐沸扬。柏中丞啊你何时升为节度使？霎时间引来联翩红妆。

### 其　二

**【原诗】**绣段装檐额，金花帖鼓腰。一夫先舞剑，百戏后歌樵。江树城孤远①，云台使寂寥②。汉朝频选将，应拜霍嫖姚③。

**【注释】**①江树城：指夔州。　②云台使：记功的使臣。　③霍嫖姚：汉将霍去病。霍去病曾为嫖姚校尉，后拜嫖姚大将军。这里预期柏中丞像霍去病一样有所升迁。

**【译文】**绫罗绸缎装饰着屋檐，闪烁的金花贴在鼓腰。一人争先上场拔剑起舞，山歌停歇之后紧接着表演各种杂技，其乐淘淘。江树掩映的夔州城位于偏远之地，记功的使臣啊踪影寂寥。汉朝曾屡屡选拔将士，中丞啊你必将有所迁升，就像当年的霍嫖姚。

## 奉送蜀州柏二别驾将中丞命赴江陵，起居卫尚书太夫人，因示从弟行军司马位

**【题解】**此诗当是大历元年（766）冬作于夔州。当时，柏中丞的弟弟柏二奉柏中丞之命，将往赴江陵问候卫伯玉的母亲，杜甫遂作此诗送别。先叙情事，次写别时物候、景色，最后结出寄语从弟之意。柏二别驾，柏中丞（柏茂琳）之弟。“别驾”是知州的副职，因其随州长官出巡时得另驾一车，故称“别驾”。卫尚书太夫人，荆南节度使卫伯玉之母。行军司马位，指杜甫从弟杜位。杜位是李林甫的女婿。李林甫败后，杜位被贬江陵，任荆南节度使之行军司马。

**【原诗】**中丞问俗画熊频①，爱弟传书彩鹢新②。迁转五州防御使③，起居八座太夫人④。楚宫腊送荆门水，白帝云偷碧海春。与报惠连诗不惜⑤，知吾斑鬓总如银。

**【注释】**①画熊：当指画有熊罴的车。　②彩鹢：船头画鹢，以压水神。③五州防御使：唐广德二年，置防御使，领夔州、峡州、忠州、归州、万州五州，隶荆南节度。柏中丞为夔州都督，时自都督迁防御使。　④八座太夫人：指卫伯玉的母亲。唐以六尚书和左、右仆射合为八座。　⑤惠连：刘宋时人，善文，甚为其族兄谢灵运所赏识。后人常用作称美弟弟的典故。这里以谢惠连喻指杜甫的从弟杜位。

**【译文】**柏中丞曾多次乘车出访民俗民情，他的爱弟柏二乘着崭新的彩船携书东下江陵。柏中丞已由都督升为统领五州的防御使，柏二奉命去问候卫母，即将东行。时近腊月，我在楚宫故址为柏二送别，浩浩荡荡的江水直下荆门。那带着从碧海偷来的春意的云彩，冉冉浮游在夔州的上空。柏二啊，请你转告我的从弟杜位，不吝以诗相赠，应知我斑白的头发已全然

似银。

## 送鲜于万州迁巴州

【题解】此诗是杜甫寓居夔州时所作，年次难考。今附在大历元年（766）之后、二年（767）之前。当时李叔明由万州（今四川万县）调任巴州（今四川巴中县），杜甫写了这首送别诗，称美其政绩，并祝他来日施恩于民。鲜于万州，即李叔明，本姓鲜于氏。

【原诗】京兆先时杰，琳琅照一门①。朝廷偏注意，接近与名藩②。祖帐排舟数③，寒江触石喧。看君妙为政，他日有殊恩。

【注释】①“京兆”两句：言鲜于氏三世冠冕，为海内盛门。 ②藩：藩国。此指巴州 ③祖帐：为出行者饯别所设的帐幕。数：密。

【译文】曾经三世作官在长安京城，政绩卓著，玉似的光彩照耀门庭。因此受到朝廷特殊的倚重，得以到地近万州的巴州任职。帐幕林立，似有排舟之势；寒江拍岸啊激荡有声。你此去巴州定能躬行美政，来日必将得到朝庭的特殊恩宠。

## 奉送十七舅下邵桂

【题解】此诗亦当大历间在夔州所作。当时，崔家的十七舅奉母去邵桂一带赴任，杜甫赋诗以致客中送别之情和别后相思之意。邵桂，二地名，即今湖南省邵平市、广西桂林市。

【原诗】绝域三冬薄①，浮生一病身。感深辞舅氏，别后见何人。缥缈苍梧帝②，推迁孟母邻③。昏昏阻云水，侧望苦伤神④。

【注释】①绝域：此指夔州。 ②苍梧：苍梧山。在今湖南省宁远县境，相传为舜之葬地。因与邵州为邻，故及之。 ③孟母邻：用孟母三迁事。时十七舅必奉母同往，迁居邵桂，故用此典。 ④苦：很，非常。

【译文】在夔州的深冬季节里，我客居遥远的天边。抱病为您送行，送您远下邵桂——那迷离的南天。辞别舅氏时深有所感：分别后不知您与何人相见？您奉母迁居邵桂，那里傍临缥缈的苍梧山。我和您之间阻隔着迷蒙的云水，侧身远望，禁不住痛彻心肝。

## 荆南兵马使太常卿赵公大食刀歌

【题解】此诗当于大历元年（766）冬在夔州所作。永泰元年崔旰反时，荆南节度使、太常卿赵某刮寇至蜀，大历元年冬，杜甫与赵相遇于夔州，赵出示大食国刀，杜甫遂作此诗。这首诗极状赵公宝刀之莹利，塑造了刮寇至夔、勘乱靖边、威镇一方的赵公形象。炼词特异，满纸光怪，足以见出杜诗的奇险处。太常卿，荆南兵马使赵公的兼官。大食，原系一波斯部族名称的译音。唐代以来，称阿拉伯为大食。

【原诗】太常楼船声嗷嘈，问兵刮寇趋下牢①。牧出令奔飞百艘②，猛蛟突兽纷腾逃。白帝寒城驻锦袍，玄冬示我胡国刀。壮士短衣头虎毛，凭轩拔鞘天为高。翻风转日木怒号，冰翼雪澹伤哀猱③。镌错碧罂鹈鹕膏④，芒锷已莹虚秋涛。鬼物撇捩辞坑壕⑤，苍水使者扪赤绦⑥。龙伯国人罢钓鳌⑦。芮公回首颜色劳⑧，分阃救世用贤豪⑨。赵公玉立高歌起，揽环结佩相终始。万岁持之护天子，得君乱丝与君理。蜀江如线针如水，荆岑弹丸心未已。贼臣恶子休干纪，魑魅魍魉徒为耳，妖腰乱领敢欣喜。用之不高亦不庳⑩，不似长剑须天倚。吁嗟光禄英雄弭⑪，大食宝刀聊可比。丹青宛转麒麟里⑫，光芒六合无泥滓。

【注释】①下牢：地名，在夷陵县（今湖北宜昌市）西北二十八里处。原为下牢戍。 ②牧出令奔：犹言州牧出而县令奔。意谓当地官吏出而迎候。 ③冰翼雪澹：状剑光飘忽，如冰飞雪动。 ④镌（juān）错碧罂（yīng）：雕刻着金花的小口大肚长颈瓶。鹈鹕（pìtí）膏：脂膏名，至毒，可以用来涂刀。 ⑤撇捩（piě liè）：撇开，扭转。犹言掉头就跑。 ⑥苍水使者：神人名。仇注引《搜神记》：秦时有人夜渡河，见一人丈余，手横刀而立，叱之，乃曰："吾苍水使者也。"（今本无）赤绦（tāo）：用赤色丝线编成的窄带，可作刀头饰物。 ⑦龙伯国人：神话传说中的巨人。

《列子·汤问》："龙伯之国，有大人，举足不盈数步，而暨五山之所，一钓而连六鳌。" ⑧芮公：当指荆南节度使卫伯玉。 ⑨分阃（kǔn）：即阃（门限）外。意谓任将帅在外统兵。 ⑩庳（bì）：低。 ⑪光禄：官名。赵公或先曾为此官。英雄弭（mǐ）：言其雄略足以平乱。 ⑫麒麟：神兽名。此指麒麟阁。汉宣帝曾绘诸功臣像于麒麟阁，以彰其功。这里期望赵公建功立业，名垂后世。

**【译文】**太常楼船激起的江声嗷嗷嘈嘈，兴师刮寇啊兵发下牢。当地官吏乘着上百只飞似的舟船争相迎候，如蛟似兽的盗寇纷纷而逃。夔州城里驻满了锦绣战袍，深冬时示我以大食国的宝刀。舞刀的壮士身穿短衣头蒙虎皮，凭倚着战车，拔刀起舞，刀光上闪，天亦为之增高。刀影翻飞，势如冰雪展翅舞狂飚；翻风回日，万木震动，猿猴齐哀嚎。用雕花瓶里的鹈鹕膏涂抹刀刃，闪闪的锋芒啊澄如秋涛。妖魔鬼怪窜出壕坑纷纷逃遁，苍水使者惶恐得收起了大刀，龙伯国的巨人吓得停止了垂钓。当初卫伯玉面临蜀乱神色忧劳，于是授权赵公出而救世，力挽狂涛。赵公亭亭玉立，高歌而起；揽环结佩，不离大食刀。持刀护卫万岁天子；为国靖乱，犹如抽刀斩断纷乱的丝条。狭窄的蜀江如针头线脑，区区荆山如弹丸之渺小。乱世贼子休犯我大唐纲纪，魑魅魍魉作乱天下也是徒劳，叛乱的头子且莫高兴得头脚颠倒！靖边平乱自有赵公手中刀，手持此刀，力斩贼寇，高下不差，又何须耿耿长剑倚天高！赵公啊，你堪称戡乱平叛之英豪，锋芒莹利犹如手中大食刀。希望你再建奇功，名垂后世，万丈光芒澄清四方八表。

## 王兵马使二角鹰

**【题解】**此诗当于大历元年（766）在夔州所作。赵太常卿刮寇至夔，王兵马使亦奉命同时来夔治兵。王有两只头顶长着角毛的鹰，勇猛异常，请杜甫赋之，于是杜甫作此歌行一首。"通篇将王兵马配角鹰发挥，而穿插巧妙，忽出忽入，莫知端倪，而各极形容，充之直欲为朝廷讨叛逆、诛逸贼而后已。"（王嗣奭《杜臆》）

**【原诗】**悲台萧瑟石宠炭①，哀壑杈枒浩呼汹②。中有万里之长江，回风滔日孤光动。角鹰倒翻壮士臂，将军玉帐轩翠气。二鹰猛脑绦徐坠，目如愁胡视天地[3]。杉鸡竹兔不自惜，溪虎野羊俱辟易[4]。鞲上锋棱十二翮[5]，将军勇锐与之敌。将军树勋起安西，昆仑虞泉入马蹄[6]。白羽曾肉三狻猊[7]，敢决岂不与之齐。荆南芮公得将军[8]，亦如角鹰下朔云。恶鸟飞飞啄金屋[9]，安得尔辈开其群，驱出六合枭鸾分。

**【注释】**①宠岱（lóng zōng）：山高貌。 ②杈枒：旁逸光秃的枝木。 ③愁胡：注见《画鹰》。 ④辟（bì）易：惊退。 ⑤鞲（gōu）：革制臂衣，打猎时用以停立猎鹰。 ⑥昆仑虞泉：即昆仑虞渊，西极之地，神话传说中的日入之处。唐讳渊，故改用“泉”。 ⑦白羽：羽箭。狻猊（suān ní）：狮子。 ⑧芮公：注见前章。 ⑨恶鸟：喻指崔旰之流。

**【译文】**悲台上陡然生出一股肃杀之气，两岸的石壁高耸天际；哀壑里光秃的树木，枝杈斜逸，夹树流泉汹涌着高呼不已。峡间有万里长江流贯天地，波浪滔天，日光浮动，回风四起。看呀，角鹰倒翻于壮士的手臂；鹰气轩昂，翻腾在将军的帐幕里。猛头猛脑的二角鹰脚上的绳索徐徐飘坠，目如愁胡呀雄视天地。杉鸡竹兔呀不能保其性命，溪虎野羊呀一齐逃避。袖套上的角鹰有十二根锋利的健翮，唯有将军的勇锐可与之匹敌。想当年将军曾树勋立功，势如角鹰起安西；昆仑山、虞渊水，奔腾澎湃入马蹄。将军也曾弯弓搭箭飞白羽，多次射杀狮子，勇锐堪与角鹰比。荆南芮公得到王将军，犹如角鹰展翅下朔云。飞飞不息的恶鸟正啄食天子的金屋，怎能求得角鹰把它们驱除净尽？把它们逐出寰宇，把它们与鸾凤区分开来。

## 见王监兵马使说近山有白黑二鹰，罗者久取竟未能得。王以为毛骨有异他鹰，恐腊后春生，骞飞避暖，劲翮思秋之甚，眇不可见，请余赋诗二首

**【题解】**这组诗当是大历元年（766）秋在夔州所作。有一天，听王兵马使说，附近山上有白黑二鹰，毛骨殊众，捕罗的人逮了很久也没逮住，怕腊后春生，避暖飞走，就请杜甫赋诗以纪其事，于是杜甫写了这两首诗。其一咏白鹰，状其英决机智；其二咏黑鹰，写其飞来之远和飞去之速。诗风苍劲，不落尖巧。

## 其　一

**【原诗】**雪飞玉立尽清秋，不惜奇毛恣远游。在野只教心力破①，于人何事网罗求？一生自猎知无敌，百中争能耻下鞲②。鹏碍九天须却避，兔藏三窟莫深忧③。

**【注释】**①心力破：指虞人（掌田腊之官）用尽心力。　②耻下鞲：耻于从养鹰人的臂上飞下。不受人役。鞲：注见前诗。　③兔藏三窟：《战国策》："狡兔有三窟，仅得免其死。"

**【译文】**晚秋时有一只白鹰动如飞雪，静如玉立，它毫不顾惜自己出奇的羽毛而纵情翱翔在天宇。在野时任凭虞人心力用破也无法把它捕取，遍设罗网的猎人又怎能捕捉它的踪迹！一生攫取凡鸟，自知天下无敌；百击百中，却耻于为人所役。有碍九天的大鹏须远远回避，至于藏身三窟的狡兔却不必有太多的忧虑。

## 其　二

**【原诗】**黑鹰不省人间有，度海疑从北极来。正翮抟风超紫塞①，玄冬几夜宿阳台②。虞罗自觉虚施巧③，春雁同归必见猜。万里寒空只一日，金眸玉爪不凡材。

**【注释】**①抟（tuán）风：聚集大风。紫塞：雁门。　②玄冬：深冬。阳台：即楚王阳台，在巫山。　③虞罗：虞人的罗网。

**【译文】**竟然不知人间有如此矫健的黑鹰，它掠过云海仿佛是从北极飞来。它那聚集着九天狂飚的端正的两翼越过紫塞，深冬时暂时停宿在巫山阳台。张设罗网的虞人徒然巧设机关，与鹰同归的春雁呀必定心有疑猜。黑鹰只需一天便可超越万里寒空飞抵北地，看呀，金眼玉爪，好个空界中的不凡之材！

# 玉腕骝

**【题解】**此诗当作于大历元年（766），时杜甫客居夔州。题下原注："江陵节度卫公马也。”据此可知，这是一首咏歌江陵节度卫公马的咏物诗。前半写骝马神骏之姿，后半代申其功成身退之意。此虽咏马，但含有礼赞卫公的意思。玉腕骝，良马名。因其前足腕肉洁白如玉，故称“玉腕骝”。

**【原诗】**闻说荆南马，尚书玉腕骝①。骖驔飘赤汗②，跼蹐顾长楸③。胡虏三年入，乾坤一战收。举鞭如有问，欲伴习池游④。

**【注释】**①尚书：此指荆南节度卫伯玉。 ②骖驔（cān diàn）：相随驱奔。 ③跼蹐（jú jí）：小心戒惧。长楸：梓树，落叶乔木。古人以古老高大的梓树为故国、故乡的象征。 ④习池：即习家池。古迹名。在今湖北省襄阳。晋征南将军山简镇守襄阳，常在习家池醉饮。卫公系荆南节度，地近习家池，故用其事，代马作答，以切咏马。

**【译文】**听说荆南节度卫公有一匹骏马，它的名字叫玉腕骝。一马奔驰如联翩万马飞洒血汗，时时警惕地顾视着故国长楸。三年来胡马不断侵我中土，茫茫乾坤啊一战即收。如果举鞭问马，功成后又当如何？“想伴随卫公在习池悠游。”

## 醉为马坠，诸公携酒相看

**【题解】**此诗当作于大历初，时杜甫客居夔州。有一次，杜甫在柏中丞（柏茂琳）的宴会上喝醉了酒，豪兴顿起，便纵身上马，在城门陡坡上驰骋，不慎马失前足，被摔下马来。受伤后，当地官绅携酒探视。这首诗写的就是这样一件事。

**【原诗】**甫也诸侯老宾客①，罢酒酣歌拓金戟。骑马忽忆少年时，散蹄迸落瞿唐石。白帝城门水云外，低身直下八千尺②。粉堞电转紫游缰，东得平冈出天壁。江村野堂争入眼，垂鞭亸鞚凌紫陌③。向来皓首惊万人，自倚红颜能骑射。安知决臆追风足④，朱汗骖驔犹喷玉⑤。不虞一蹶终损伤，人生快意多所辱。职当忧戚伏衾枕⑥，况乃迟暮加烦促。朋知来问腆我颜，杖藜强起依僮仆。语尽还成开口笑，提携别扫清溪曲。酒肉如山又一时，初筵哀丝动豪竹。共指西日不相贷，喧呼且覆杯中渌。何必走马来为客，君不见嵇康养生被杀戮⑦。

**【注释】**①诸侯：指柏中丞。 ②八千尺：自城门驰下瞿塘峡，约计八千尺，并非是说从如此高处坠落。 ③辨（duǒ）鞚：马勒下垂。 ④决臆：恣意。 ⑤喷玉：言马雄猛。踏岸则喷沙，激水则喷玉。 ⑥职当：理应。 ⑦嵇康：魏晋时诗人，曾著《养生论》，后遭司马氏杀害。这里引嵇康被害一事，说人生祸患，亦有以安居养生而得者，故不必以骑马摔伤为意。

**【译文】**我是夔州都督柏中丞的老朋友。一次，我在柏府举行的宴会上多喝了点酒，一时兴起，便一边引吭高歌，一边手持金戟，纵身上马，在白帝城门外的陡坡上纵情驰骋。正当我骑马陶醉于少年时代裘马生活的回忆中的时候，一块瞿塘石从飞奔的马蹄下迸落到深深的峡谷里。白帝城雄踞于云水之外；我沿山驱马，俯冲而下，眼前是八千尺深的峡谷，越短墙，出天壁，东经平冈，一路上游缰飘忽，快如闪电。沿路的江村野堂争入眼帘，下垂的马缰和马勒迅速地掠过紫陌。我这白发老翁正仗凭着少年时练就的骑术纵马驰骋时，顷刻间令成千上万的人为之震惊。哪料到我这纵意奔驰、追风喷玉的汗血马一失足我就被摔了下来。看来，生活中过分纵情作乐一定要招灾惹祸的。既然受了伤就该卧床休养，可总觉得憋气，何况迟暮之年更加令我烦促不安。朋友们闻讯前来探视，真叫我不好意思。在僮仆的扶持下，我勉强拄着拐杖去迎候。经过好言宽慰之后，我终于喜笑颜开，于是带着酒跟大伙儿到河边的幽曲处打扫出一块空地，摆酒设宴。一时酒肉如山，侑觞的丝竹管弦之声真是动人。不知不觉天色已晚，大伙儿一齐指着偏西的太阳，豪饮如初，互不逊让，在喧呼喊叫声中干了一杯又一杯。酒后跑马，不慎摔伤，也算不了什么，又何必劳驾诸公走马探问？人生祸患，亦有以安居养生而得者；君不见那位写《养生论》的嵇康不也是惨遭杀戮了吗？

## 覆舟二首

**【题解】**这两首诗当是大历元年（766）在夔州所作。唐朝君主多好神仙之道，故借覆舟予以嘲讽。前章记覆舟之事，次章讽求仙之妄。

## 其　一

【原诗】巫峡盘涡晓[①]，黔阳贡物秋[②]。丹砂同陨石[③]，翠羽共沉舟[④]。羁使空斜影[⑤]，龙宫闷积流[⑥]。篙工幸不溺，俄顷逐轻鸥。

【注释】①盘涡：漩涡。　②黔阳：今四川黔江、彭水一带。《唐志》：“黔阳岁贡丹砂等物。”　③丹砂：入贡之物。　④翠羽：亦入贡之物。　⑤羁使：羁旅船上的使者，即方士。　⑥“龙宫”句：谓使者同贡物一起没入深渊。闷（bì），关闭。此有“储存”之义。

【译文】巫峡里的水涨得老高老高，漩涡翻卷着云涛浪涛。从黔阳驶来的小船载着贡物，途经三峡时正是秋天的一个清早。丹砂同陨石一样沉进江底，翠羽和行船一起葬入惊涛。羁旅船上的方士侧身入水，积水的龙宫里储满丹药。深幸船夫没有溺水而死，不一会儿他又随着水鸥在江面上飘啊飘……

## 其　二

【原诗】竹宫时望拜，桂馆或求仙[①]。姹女凌波日[②]，神光照夜年。徒闻斩蛟剑[③]，无复爨犀船[④]。使者随秋色，迢迢独上天。

【注释】①“竹宫”二句：汉武帝刘彻曾在竹宫（汉宫名）向甘泉宫圜丘祠坛上的所谓“神光”下拜，也曾为求仙在长安建造桂馆，令方士迎候神仙。这里用汉武帝事，讽刺世人迷信神仙。　②姹女：道家炼丹所用水银称为姹女。此代指丹砂。　③斩蛟：典出《吕氏春秋》：“荆人佽飞，得宝剑，渡江中流，两蛟绕舟几没，佽飞拔剑斩蛟，乃得济。”这里感叹无复有斩蛟勇士来解除覆舟之灾。　④爨（cuàn）犀：典出《晋水》：“温峤宿牛渚矶，水深不可测。世云其下多怪物，峤遂燃犀角而照之，须臾见水族覆灭，奇形怪状。”这里用温峤燃犀照水的故事，谓当今无人驱除邪恶，以保证行船安全。

【译文】汉武帝时时在竹宫拜望神光，也间或在桂馆访道求仙。神光照临皇宫之夜的时候，也正是丹砂沉江的那一天。哪里还有勇士手持斩蛟之剑？不复再有燃犀驱怪的行船。方士随着秋色飘然而逝，他的灵魂呀独自飞上迢迢青天。

## 送李功曹之荆州充郑侍御判官重赠

**【题解】**此诗当是大历元年（766）秋冬时在夔州作。诗中流露出强烈的厌滞夔州、急欲东下荆州的情绪。“悲”、“愁”二字实乃全诗关纽，统摄两地情怀。李功曹，名不详。

**【原诗】**曾闻宋玉宅①，每欲到荆州。此地生涯晚②，遥悲水国秋③。孤城一柱观④，落日九江流⑤。使者虽光采⑥，青枫远自愁。

**【注释】**①宋玉宅：注见《咏怀古迹》（其二）。 ②此地：指夔州。 ③水国：指荆州。 ④一柱观：古迹名，在荆州。宋临川王刘义庆镇江陵，于罗公洲立观甚大而唯一柱。 ⑤九江流：长江流至荆州分而为九，故称。⑥使者：指李功曹。

**【译文】**曾听说荆州还留有宋玉故宅，于是我每每想沿江东下卜居荆州。身在夔州，生涯艰难，时当日暮；遥对荆州的晚秋不胜悲愁。荆州城一带还留有一柱观遗迹，落日下的长江水流经彼地分而为九。李君您此去荆州纵然光采，可是在那遥远的青枫林里亦自凝愁。

## 送王十六判官

**【题解】**此诗当是大历元年（766）冬在夔州作。当时有一位姓王的判官要到荆南去，杜甫赋诗相送。先写送王判官往赴荆南一事，后叙诗人急欲游历荆湘之意。

**【原诗】**客下荆南尽①，君今复入舟。买薪犹白帝，鸣橹已沙头②。衡霍生春早③，潇湘共海浮④。荒林庾信宅⑤，为仗主人留⑥。

【注释】①“客下”句：言蜀人为避崔旰之乱，全都逃往荆南去了。荆南，荆州以南一带。 ②沙头：沙头市，在江陵十五里处。 ③衡霍：衡山。衡山又名霍山。在今湖南省衡阳境内。 ④潇湘：二水名，长江支流，流经今湖南岳阳境内。 ⑤庾信宅：《渚宫故事》载，庾信因侯景之乱，自建康遁归江陵，居宋玉故宅。宅在城北三里。 ⑥主人：指王判官。

【译文】为避崔旰之乱，蜀人全都逃到荆南去了，而今你又沿江东下，身在行舟。刚才还买薪在白帝城里，转眼间伴着橹声已到了水国沙头。料想衡山一带早已生出一片春色，鼓涨的潇湘水同大海一起浮游。荒村中庾信故宅依然如旧，你到了那里，请尽地主之谊让我居留。

## 别崔潩，因寄薛据、孟云卿

【题解】此诗当作于大历元年（766）秋冬间，时杜甫寓居夔州。题下原注：“内弟潩，赴湖南幕职。”据此可知，杜甫的好友薛据、孟云卿时在荆州，崔潩将赴湖南幕职，诗人殷殷致语，勉励他飞腾以入，汲汲有为，并晓谕他不必硁硁独善其身。崔潩，杜甫内弟。

【原诗】志士惜妄动，知深难固辞。如何久磨砺？但取不磷缁①。夙夜听忧主，飞腾急济时。荆州遇薛孟②，为报欲论诗。

【注释】①磷缁（zī）：语出《论语·阳货》：“不曰坚乎？磨而不磷；不曰白乎？涅而不缁。”意谓不因磨、染而损污。 ②薛孟：薛据、孟云卿。杜甫至交。

【译文】仁人志士一向深居简出，从不轻举妄动；但是，湖南幕主与你相知甚切，召你入幕，难于坚辞。你怎么总是为洁身而自我磨砺？只要不污损自己就不必执意独善其身。日夜听到的是你那忧国的话语，此去湖南正是你飞腾以入、匡时济世之时。你到了荆州要是遇见薛据和孟云卿，替我转告他们，我想和他们二位一起谈诗。

## 寄杜位

**【题解】**此诗当是大历元年（766）冬在夔州所作。题下原注："顷者与位同在故严尚书幕。"诗人久客峡中，触景伤怀，表现了身逢乱世、浪迹天涯的悲怆之感和思亲之情。杜位，杜甫从弟。

**【原诗】**寒日经檐短，穷猿失木悲。峡中为客久，江上忆君时。天地身何在，风尘病敢辞。封书两行泪，沾洒裛新诗①。

**【注释】**①裛（yì）：湿。

**【译文】**飘忽在屋檐上的冬天的日光一瞬即逝，无枝可栖的山上的猿猴戚戚含悲。我作客江峡已经很久很久，值此冬日，我深深地深深地想念你。茫茫天地啊我究竟身在何处？岂敢奢望不生疾病，值此风尘扰攘之时。封书时禁不住流下两行泪水，泪水啊打湿了这首新诗。

## 立　春

**【题解】**此诗是杜甫于大历二年（767）春在夔州所作。通过对比，抒发了节气依旧而盛时难再的深沉感慨。神情流动，一往情深。立春，二十四节气之一，在阳历二月四日或五日。

**【原诗】**春日春盘细生菜①，忽忆两京全盛时②。盘出高门行白玉③，菜传纤手送青丝。巫峡寒江那对眼④，杜陵远客不胜悲。此身未知归定处⑤，呼儿觅纸一题诗。

**【注释】**①春盘：唐人在立春这一天，食春饼生菜，号曰"春盘"。生菜：即韭黄。立春时吃春饼韭黄是唐人习俗。　②两京：指东京洛阳和西京长安。杜甫家在洛阳附近的陆浑庄，又曾寓居长安杜陵，所以吃过两京的春饼、生菜。　③高门：大户人家。　④那：奈。唐人方言。对眼：面对。⑤归定处：归宿安身之处。

【译文】今日立春，我忽然想起开元、天宝年间那一段太平岁月。那时，东京洛阳和西京长安正是鼎盛之时。每当立春，高门大户把青丝韮黄盛在白玉盘里，经纤手互相馈送，以尽节日之兴。如今我流落异地，真不堪面对这眼前的巫峡寒江！昔日之盛和今日之衰，令我这杜陵远客悲不自胜。天哪！究竟哪里是我的归宿安身之处？为了散淡旅愁，姑且叫儿子找纸来写了这首诗。

## 江　梅

【题解】此诗当作于大历二年（767）春，时杜甫寓居夔州。诗人旅居江峡，见腊梅乍开，顿生故园之思，遂作此诗。“客愁”二字乃全诗诗眼。

【原诗】梅蕊腊前破，梅花年后多。绝知春意好①，最奈客愁何！雪树元同色②，江风亦自波。故园不可见，巫岫郁嵯峨。

【注释】①绝知：明知。　②元：同“原”。

【译文】腊日前梅蕊已破，新年后梅花正多。明知此地啊春光美好，可心怀客愁而又无可奈何！江梅和白雪原来同此一色，春风也徒自令江水漾动清波。故乡的春色渺不可见，苍郁的巫山空自巍峨。

## 老　病

【题解】此诗当作于大历二年（767）春，时杜甫客居夔州。全诗抒发了久滞异地的感慨，并透露出希望回朝供职、重蒙皇恩的心愿。

【原诗】老病巫山里①，稽留楚客中。药残他日裹，花发去年丛。夜足沾沙雨，春多逆水风。合分双赐笔②，犹作一飘蓬。

【注释】①巫山：今四川巫山。因夔州地近巫山，故这里以巫山代指夔州。②赐笔：汉应劭《汉官仪》卷上：“尚书令仆丞郎，月给赤管大笔一双。”后因以“赐笔”指受到君王宠爱、恩赐。这里是说希望回朝供职，以履行郎官之职。

【译文】暮年抱病客居在夔州一角，可叹至今还滞留在这茫茫天涯。往日随身携带的药袋已经破旧，去年我所见到的丛枝又一度绽出春花。这里夜夜飘洒的都是沾湿沙岸的细雨，这里逆流吹来的浩荡东风时时卷过江峡。我本应分到御赐的两支毛笔，无奈依旧像一根飘蓬似的漂泊天涯。

## 庭　草

【题解】此诗当是大历二年（767）在夔州所作。通过对庭院小草的描绘，表现了诗人的惜物之情以及小草不肯为取悦于人而强以为容的德操。

【原诗】楚草经寒碧①，庭春入眼浓。旧低收叶举，新掩卷牙重。步履宜轻过，开筵得屡供。看花随节序，不敢强为容。

【注释】①楚草：蜀草。夔州，古属楚地，故云楚草。

【译文】经冬的蜀草依旧碧青，满院秾丽的春色涌入眼中。低垂在地的旧叶复又轻轻上举，互相掩映的新芽争相萌生。让草儿常常在宴前掩映，走过时脚步要放轻。人们随着季节竞相观花，草儿呀却不肯为取悦世人而强以为容。

## 愁

【题解】此诗当是大历二年（767）在夔州所作。题下原注：“强戏为吴体。”“吴体”，可能是采用江东吴歌俗曲中的声调而变化成的一种拗体律诗。杜甫之抑郁不平之气，多以拗体发之。此诗通过描写夔州景物和回忆长安时事，表达了诗人难以排遣的愁情。

【原诗】江草日日唤愁生，巫峡泠泠非世情①。盘涡鹭浴底心性②，独树花发自分明。十年戎马暗万国③，异域宾客老孤城④。渭水秦山得见否⑤？人今罢病虎纵横。

【注释】①非世情：犹言不近人情。 ②底心性：有何心性，即有啥意思。底，什么。 ③万国：犹言普天下。 ④孤城：此指夔州。 ⑤渭水秦山：此代指长安。

【译文】江草天天叫我愁绪萌生，巫峡的流水声怎么这般不近人情！沐浴在漩涡中的白鹭啊是何心性？开放在孤树上的花儿徒自鲜明。十年来战尘遮暗了全国各地，作客异地的我呀将老死孤城。不知能不能见到故国长安？如今我正疲病不堪，军士有如虎狼纵横。

## 王十五前阁会

【题解】此诗当于大历二年（767）春在夔州所作。诗记王君招饮之事及其款洽之情。

【原诗】楚岸收新雨①，春台引细风。情人来石上②，鲜鲙出江中。邻舍烦书札，肩舆强老翁③。病身虚俊味，何幸饫儿童④。

【注释】①楚岸：夔州古属楚地，故云。 ②情人：指王十五。 ③肩舆：古时代步工具，即今之轿类。 ④儿童：此指杜甫之子宗文、宗武。

【译文】夔江岸边，新雨刚停，台阁前引带出湿润的春风。多情的主人来到岸边的石阶上，鲜美的鲙鱼便出自江中。烦劳王君托邻人捎信相请，烦劳王君派肩舆执意相迎。我因病而空对佳肴美味，幸喜我的儿子宗文、宗武饱餐了一顿。

## 崔评事弟许相迎不到，应虑老夫见泥雨怯出，必愆佳期，走笔戏简

【题解】此诗当是大历二年（767）春在夔州西阁作。有一次，一位做评事的崔家表弟约杜甫去他的住处白帝城喝酒，结果届期不到，于是杜甫戏作此诗以简之，表现了诗人兴致之高和一时失望的心理。

【原诗】江阁邀宾许马迎①，午时起坐自天明。浮云不负青春色，细雨何孤白帝城②。身过花间沾湿好，醉于马上往来轻。虚疑皓首冲泥怯，实少银鞍傍险行。

【注释】①江阁：西阁。 ②孤：同“辜”。

【译文】你说邀我出阁喝酒，派马来迎，于是我从天明一直等到红日当空。浮云不辜负我眼前青青的春色，细雨又何曾辜负你所居住的白帝古城。身过花丛，雨露沾衣，反倒很好；醉后跑马倒也觉得轻如飘风。你徒然担心我这白发老翁不敢冲泥而出，实在是没有装饰一新的鞍马载我傍险而行。

## 遣闷戏赠路十九曹长

【题解】此诗当于大历二年（767）春在夔州所作。诗人在雨天独处无聊，戏作小诗向友人索酒，借以遣闷，表现了杜甫幽默风趣的性格特征及其旅夔生活的一个侧面。路十九曹长，名不详。曹长是官名，亦即尚书丞郎、郎中之别称。杜甫与之过从甚密，故如此相得。

【原诗】江浦雷声喧昨夜①，春城雨色动微寒②。黄鹂并坐交愁湿，白鹭群飞太剧干③。晚节渐于诗律细，谁家数去酒杯宽④？唯君最爱清狂客，百遍相过意未阑⑤。

【注释】①江浦：此指夔江岸边。 ②春城：此指夔州。 ③太剧干：甚难干。意思是为羽毛不容易晾干而愁苦。 ④数去：多次前往。酒杯宽：指酒多。 ⑤阑：尽。

【译文】昨夜，一夜雷声喧响在夔江岸边；今天一早，雨色浮起了满城轻寒。树枝上两个黄鹂交颈并坐，似乎为沾湿羽毛而同愁共怨；成群的白鹭飞翔在雨里，也仿佛因羽毛不易晾干而忧愁不堪。愈到晚年，我对诗律的要求愈加精细，谁家多次前往而仍然有酒如泉？路曹长啊，只有你最爱我这放逸不羁的客人，即使我上百次到你府上喝酒，你也不会意兴索然。

## 昼　梦

【题解】此诗当是大历二年（767）二月在夔州作。通过对梦境的描绘，表现了诗人心系故乡、忧念君主的感情和渴望止戈息武、安定苍生的强烈愿望。

【原诗】二月饶睡昏昏然，不独夜短昼分眠①。桃花气暖眼自醉，春渚日落梦相牵。故乡门巷荆棘底，中原君臣豺虎边②。安得务农息战斗？普天无吏横索钱。

【注释】①昼分：二月是昼夜平分之时，故称二月为昼分。一说，昼分指中午。　②豺虎：喻贼寇。

【译文】二月里我整天贪睡，心神昏然，这不仅仅是正当昼夜平分的春天。温暖的桃花气叫我睁不开双眼，一直到日落沙洲依旧梦境相连。梦中的故乡掩没在荒凉的草里，梦中的中原君臣困扰在虎狼身边。怎能早日结束战争，从事生产？普天下再没有贪官污吏横征暴敛。

## 暮　春

【题解】此诗当是大历二年（767）春在夔州所作。通过描写江峡暮春之景，见出诗人厌居异地、不得东归的心绪。

【原诗】卧病拥塞在峡中①，潇湘洞庭虚映空。楚天不断四时雨②，巫峡常吹万里风。沙上草阁柳新暗③，城边野池莲欲红，暮春鸳鸯立洲渚，挟子翻飞还一丛。

【注释】①拥塞：阻塞。　②楚天：即蜀天。夔州古属楚地。　③草阁：杜甫所居之西阁。

【译文】因卧病而被阻隔在巫峡之中，潇湘、洞庭的水色徒自掩映天空。

夔州一年四季山雨不断，巫峡常年有奔腾不息的万里长风。长在沙滩西阁四周的柳树刚刚发绿，傍临城边的野池里的莲花就要吐红。暮春里的鸳鸯立在沙洲上，转眼间带着幼子又飞过一处草丛。

## 即　事

**【题解】** 此诗于大历二年（767）春在夔州西阁所作。前面铺写夔州一带的暮春景色，后面结出不能往赴潇湘的惆怅情怀。

**【原诗】** 暮春三月巫峡长，皛皛行云浮日光①。雷声忽送千峰雨，花气浑如百和香②。黄莺过水翻回去，燕子衔泥湿不妨。飞阁卷帘图画里，虚无只少对潇湘③。

**【注释】** ①皛皛（xiǎo xiǎo）：明亮貌。　②百和香：香名。　③虚无：空旷平远。

**【译文】** 暮春三月，百里巫峡长又长，皛亮的浮云浮动着皛亮的日光。忽然，雷声送来千山春雨，扑人的花气简直如百和一样芳香。黄莺掠过水面又翻然返回，燕子衔泥纵然淋湿羽毛又有何妨。我倚着凌空欲飞的西阁卷帘望去，一切都好像在画中一样。可心里顿生逆旅异地的惆怅：身在夔州，不能面对空旷平远的南国潇湘。

## 怀灞上游

**【题解】** 此诗系大历二年（767）在夔州所作。诗人逆旅夔州，忆及往昔灞上之游，感慨同游寂寞，而动思归之情，遂作此诗。灞上，长安城东灞水一带。

**【原诗】** 怅望东陵道①，平生灞上游。春浓停野骑，夜敞宿云楼。离别人谁在，经过老自休。眼前今古意，江汉一归舟。

**【注释】** ①东陵道：此指长安。长安城东门是秦东陵侯邵平隐居、种瓜之处，故称。

【译文】身在夔州，怅望长安京城，不禁想起过去畅游灞上的情景：当那春色秾丽的阳春季节，歇马在郊野美丽的林丛；夜里留宿在高耸入云的楼上，楼上敞开了辽阔的夜空。别后到哪里去寻同游者的踪影？别后只剩下我这万念俱休的迟暮老翁。抚今追昔，眼前之景引起多少古今之慨；何时泛舟江汉，飘然而东？

## 入宅三首

【题解】这组诗当是大历二年（767）春自西阁迁居赤甲所作。第一首写新居胜概和迁入情事，流露出些微喜色。第二首转写思乡之情和对时局的关注。第三首写不得归乡而只好任浮生飘转的惆怅情怀。

### 其一

【原诗】奔峭背赤甲[1]，断崖当白盐[2]。客居愧迁次[3]，春色渐多添。花亚欲移竹，鸟窥新卷帘。衰年不敢恨，胜概欲相兼[4]。

【注释】①赤甲：山名，在夔州（今四川省奉节）北三十里。大历二年（767）春，杜甫由西阁迁居于此。②白盐：山名，与赤甲隔江对峙。③迁次：迁居。④胜概：胜地之气概。犹言胜致。

【译文】新居背靠山势奔涌的赤甲，新居面对断崖嶙峋的白盐。客居异地为多次搬家而倍感惭愧，幸喜春色日渐增添。爱花就要移走压花的竹子，我还常常为新来窥户的小鸟打开门帘。只想兼得此地美景，又岂敢怨恨屡屡搬迁！

### 其二

【原诗】乱后居难定，春归客未还。水生鱼复浦[1]，云暖麝香山[2]。半顶梳头白，过眉拄杖斑。相看多使者，一一问函关[3]。

【注释】①鱼复浦：沙洲名，在今四川省奉节县东二里处，与瞿塘峡接近，即梅溪河东八阵图下面的沙洲。 ②麝香山：山名，在今湖北省秭归县东南一百里处。山上多出麝香，故名。时秭归属夔州。 ③函关：注见《秋兴八首》其五。问函关事，是指周智光据华州反一事。

**【译文】**世乱之后，居无定所；春天过去了，我还没有向故乡归还。江水涨平了鱼复岸，春云暖透了麝香山。半秃的头顶上白发缕缕，高过眼眉的拐杖呀点痕斑斑。眼巴巴看着往来的使者，挨个儿向他们打听风尘扰攘的故国中原。

### 其　三

**【原诗】**宋玉归州宅[1]，云通白帝城[2]。吾人淹老病，旅食岂才名。峡口风常急，江流气不平。只应与儿子，飘转任浮生。

**【注释】**①宋玉宅：注见《咏怀古迹》其二。 ②白帝城：指夔州。

**【译文】**归州至今还留有宋玉故宅，归州上空的浮云连接着夔州古城。因年老多病而淹留异地，旅食在外的我呀岂有宋玉的才名！瞿塘峡常年吹着急骤的山风，长江的水流啊怒气不平。我只好带着儿子四处飘转，一任度着如浮的人生。

## 赤　甲

**【题解】**此诗亦当大历二年（767）春在赤甲所作。在这首诗中，诗人自道其山间野趣和对故交的思念之情，也隐隐透露出朝野隔绝的感恨。

**【原诗】**卜居赤甲迁居新，两见巫山楚水春[1]。炙背可以献天子，美芹由来知野人[2]。荆州郑薛寄诗近[3]，蜀客郄岑非我邻[4]。笑接郎中评事饮[5]，病从深酌道吾真。

**【注释】**①楚水：即蜀水。夔州古属楚。 ②“炙背”二句：《列子》：宋国有田夫，东作曝于日，不知有绵纩狐貉，谓其妻曰：“负日之暄，人莫知之，以献吾君，将有重赏。”里之富室告之曰：“昔人有美戎菽甘枲茎芹萍子，对乡豪称之，乡豪取尝之，蜇于口，惨于腹，众哂而怒之，子此类也。”此用其事，自道山间野趣，并表输忠之心。 ③郑薛：郑审、薛据。杜甫故交。 ④郄（xì）岑：郄昂、岑参。 ⑤郎中评事：郎中，似指吴郎；评事，指崔评事。

**【译文】**我刚从西阁迁到赤甲，便在这儿择地居住下来。从去春来到夔州至今已经过了两个春天了。在这朝野隔绝的地方，我以晒太阳为难得的快乐，以芹菽作为可口的美味；我以为这种野趣是可以献之于天子的。赤甲离荆州很近，可以经常同郑审、薛据以诗唱和；郄昂和岑参虽然客居蜀地，但却离赤甲很远，不得比邻而居。抽空笑迎吴郎和崔评事到我这里饮酒，我虽多病，倒还可以多喝点，借以款叙真情。

## 卜　居

**【题解】**此诗当是大历二年（767）春杜甫即将由赤甲迁居瀼西时所作。诗的前四句以丁令威、庄舄自比，暗暗透出思乡之情；诗的后四句写东游未能成行而欲赴瀼西，重寻寓舍，并隐隐透出避世之意。

**【原诗】**归羡辽东鹤①，吟同楚执珪②。未成游碧海，著处觅丹梯③。云嶂宽江北④，春耕破瀼西⑤。桃红客若至，定似昔人迷⑥。

**【注释】**①辽东鹤：用丁令威事。丁令威，汉辽东人，曾离家学仙，千年后化鹤归乡。后常用以指重返故乡的人。此杜甫自述乡情。 ②楚执珪：指庄舄。战国时越人，家贫，曾仕于楚，爵为执珪。虽富贵，但不忘故国，病中思越而吟越声。这里引用这个典故，自道故乡之思。 ③丹梯：指山。 ④江北：此指位于江北岸的瀼西。其地宽平，便于耕作。 ⑤破：破土。 ⑥昔人：指刘晨、阮肇。刘阮均为浙江剡县人，曾于东汉永平年间至天台山采药，迷失道路。此杜甫自比。

**【译文】**我羡慕丁令威化鹤飞归故乡，我同越人庄舄一样常在病中思念家乡。可叹不能泛舟于碧海似的江上，只好寻山而栖，卜居遐荒。位于江北云山下面的瀼西，地势宽平；农民正破土春耕，在那瀼西一带地方。如果我能在桃红时迁居瀼西，定然和入山迷路的古人刘晨、阮肇一样。

## 暮春题瀼西新赁草屋五首

【题解】这组诗是杜甫于大历二年（767）三月由夔州赤甲迁居瀼西时题于屋壁的组诗。内容各有侧重。其一从暮春景物写起，为组诗裘领。其二题瀼西赁居，申明迁瀼之故。其三写草屋景色和生活感受。其四自慨身世，兼忧国家分裂。其五则发而为世乱年衰之叹。

### 其　一

【原诗】久嗟三峡客，再与暮春期。百舌欲无语①，繁花能几时。谷虚云气薄，波乱日华迟。战伐何由定？哀伤不在兹。

【注释】①百舌：鸟名，亦即反舌，因其鸣声反复百鸟之音，故名。立春后鸣啭不已，夏至后即哑然无声。此言暮春临近。

【译文】因久居三峡而常常叹息，如今客中又与暮春相遇。百舌鸟就要停止啼叫，三春繁花没多久也将凋谢无余。空旷的山谷里云淡气薄，纷乱的波流上春日迟迟。怎能平定人间的战乱？我并不是为春光易逝而戚戚多悲。

### 其　二

【原诗】此邦千树橘①，不见比封君②。养拙干戈际，全生麋鹿群。畏人江北草，旅食瀼西云。万里巴渝曲③，三年实饱闻。

【注释】①此邦：指瀼西。　②“不见”句：《史记·货殖列传》：“封者食租税，千户之君岁率二十万，蜀汉江陵千树橘，其人皆与千户侯等。”这里是说，在瀼西虽有一片柑林，只不过借以糊口而已，并非靠种橘以致富，故实难与封君相比。　③巴渝：夔州（今四川奉节）和渝州（今重庆）一带。此指夔州。

【译文】在瀼西我纵然拥有千株橘树，也不见得能与封君相比。我所以托居在这物产贫乏的瀼西，只不过为了糊口而已。抱病养拙——在这干戈纷扰之际；苟全性命——在这麋鹿成群的水湄。因怕见人而苟活在地处江北的夔州的野草里；旅食瀼西，傍着天上的云霓。自永泰元年秋来云安至今已经三年，三年来我实在听厌了响彻远方的巴渝歌曲。

## 其　三

**【原诗】**彩云阴复白，锦树晓来青。身世双蓬鬓，乾坤一草亭①。哀歌时自惜②，醉舞为谁醒③？细雨荷锄立，江猿吟翠屏。

**【注释】**①草亭：指瀼西新赁草屋。　②“哀歌”句：是说常常借悲歌以自怜。　③“醉舞”句：意谓乐于乘醉起舞，而不愿清醒。

**【译文】**瀼西上空的云彩由黑变白——雨后初晴，一早起来只见繁茂似锦的春树一色碧青。我一事无成，只有蓬草似的白发挂在双鬓，偌大的天地间我只有聊可栖身的区区草亭。时时借悲歌自怜自惜，但愿醉中起舞，永不清醒。扛着锄头立在濛濛细雨里，美如画屏的春山里有猿猴长鸣。

## 其　四

**【原诗】**壮年学书剑，他日委泥沙。事主非无禄①，浮生即有涯②。高斋依药饵③，绝域改春华④。丧乱丹心破，王臣未一家⑤。

**【注释】**①非无禄：杜甫前曾授官朝廷，享有俸禄，故言“非无禄”。②“浮生”句：此言生命将尽，后望无多。　③高斋：指新赁草屋。④绝域：指瀼西。　⑤“王臣”句：言藩镇多存反叛之心，与朝廷不和。

**【译文】**壮年时也曾学书学剑，到后来竟然沉沦泥沙。事奉君主也曾享有俸禄，如今却勉强度着有限的生涯。住在草屋里靠药物维持生命，客居瀼西又一度谢了春花。值此丧乱之际丹心已经破碎，藩镇同朝廷并非一家。

## 其　五

**【原诗】**欲陈济世策，已老尚书郎①。不息豺狼斗，空惭鸳鹭行②。时危人事急，风逆羽毛伤。落日悲江汉③，中宵泪满床。

【注释】①尚书郎：作者自谓。广德二年六月，杜甫因严武表荐，授检校尚书工部员外郎。当时杜甫还挂着这个虚衔。 ②鸳鹭：鸳，同“鹓”。鹓、鹭飞行有序，故比之朝官行列。 ③江汉：此指夔州。

【译文】本想一陈匡时济世的谋略，可是朝廷已把我视为老朽，好不悲伤。豺狼般的逆贼争斗不息，徒然惭愧呀，我也曾身列朝中班行。时局危急，死期将近，我就像逆风中的病鸟难以飞翔。面对落日下的夔州禁不住悲从中来，深更半夜泪流满床。

## 寄从孙崇简

【题解】此诗当是大历二年（767）在瀼西所作。有一次，杜甫居然发现他的族孙杜崇简也在瀼西附近隐居，遂寄诗以表喜情。诗中记述了崇简幽居景况，希望能与他偕隐山林，并勉其有终。从（zòng）孙：族孙。此指杜甫弟弟的孙子。

【原诗】嵯峨白帝城东西，南有龙湫北虎溪。吾孙骑曹不记马①，业学尸乡多养鸡②。庞公隐时尽室去③，武陵春树他人迷④。与汝林居未相失，近身药裹酒常携⑤，牧竖樵童亦无赖⑥，莫令斩断青云梯⑦。

【注释】①骑（jì）曹不记马：《世说新语》：王子猷为桓冲骑曹参军，桓问曰：“卿署何曹？”曰：“不知何曹？时见骑马来，似是马曹。”又问：“所管几马？”曰：“不知马，何由知数？”崇简官卫仓曹，故以为比，以赞其名士之风。骑曹，指骑曹参军一类的小官。 ②尸乡：古地名。在今河南偃师西南之新蔡镇。借指隐士居所。汉刘向《列仙传》载：“祝鸡翁者，洛人也，居尸乡北山下，养鸡百余年，鸡有千余头，皆立名字……欲引呼名，即依呼而至。”这里将杜崇简比作祝鸡翁。 ③庞公：庞德公，汉末襄阳人，居岘山之南，未尝入城府。荆州刺史刘表数延请，不能屈。后携其妻子登鹿门山采药不返。这里借庞公隐居事表达阖家偕隐的喜悦心情。④武陵：武陵源。又称桃花源。此借指杜崇简清净幽美、避世隐居之地。

⑤药裹：药袋。 ⑥牧竖：牧童。 ⑦青云梯：喻升天成仙之路。

【译文】你隐居在东西皆山的白帝城的旁边，这里南有龙潭啊北有虎溪。我孙崇简就像身为骑曹参军的晋朝名士王子猷，又像在尸乡隐居以养鸡为业的神仙——祝鸡翁。汉人庞德公也曾携妻子在鹿门山隐居，那与世隔绝的桃花源似的胜地令他人迷了路津。如今我和你共隐林中，永不相离；携药带酒，超然而忘记了人世。这里的牧童、樵童亦多无赖之辈，切莫让他们斩断直上仙路的云梯。

## 江雨有怀郑典设

【题解】此诗当是大历二年（767）在瀼西所作。诗中描写了江上雨景，抒发了对郑典设的怀念之情。郑典设，名不详。其人尝为东宫典设郎，是时居瀼东，与杜甫隔溪相对。

【原诗】春雨暗暗塞峡中，早晚来自楚王宫①。乱波纷披已打岸，弱云狼藉不禁风。宠光蕙叶与多碧②，点注桃花舒小红③。谷口子真正忆汝④，岸高瀼滑限西东。

【注释】①“春雨”二句：暗用楚王梦遇巫山神女情事。早晚：何时。楚王宫：在巫山西北。 ②宠光：恩宠。 ③点注：滴注。 ④谷口子真：郑朴，字子真，汉成帝时耕隐于谷口，不应征聘，以清高著称。这里以隐士郑子真比郑典设。

【译文】迷濛的春雨充塞峡中，你何时来到呀？从那地处巫山西北的楚王宫。江涛拍岸，披纷纵横，散乱的弱云禁不住狂风。受雨滋润的蕙叶又平添了一分青碧，受雨滴注的桃花舒绽轻红。此时我正在怀念你这位郑子真式的人物，无奈把你限隔在岸高路滑的瀼溪以东。

## 熟食日示宗文、宗武

【题解】此诗当是大历二年（767）春在夔州瀼西作。时值寒食，清明在即，流寓夔州的诗人不能回洛阳祭扫祖坟，又想到自己年老多病，行将成为松柏中人，所以禁不住感恨伤悲。这首诗就是此种心情的真实反映。熟食日，即寒食节。因不动烟火，预备熟食过节，故称。宗文、宗武，杜甫之子。

**【原诗】**消渴游江汉①，羁栖尚甲兵。几年逢熟食，万里逼清明。松柏邙山路②，风花白帝城③。汝曹催我老，回首泪纵横。

**【注释】**①消渴：糖尿病。江汉：指夔州。 ②邙山：山名，在今河南省偃师县北。杜甫祖坟在此。 ③白帝城：即夔州。

**【译文】**我带着消渴病辗转于夔州山川，值此战乱之际依旧栖居天边。屡逢寒食呀年年岁岁，又一度清明临近，在此万里关山。长满松柏的邙山祖坟久未祭扫，面对夔州城里的风花不胜惘然。孩子呀你们一天天催老了我，我禁不住回首北望，老泪涟涟。

## 又示两儿

**【题解】**年次同前首。此诗补足前首未尽之意，并兼怀流离在长葛、江州的弟妹，亦自伤一己之将殁。

**【原诗】**令节成吾老①，他时见汝心②。浮生看物变，为恨与年深。长葛书难得③。江州涕不禁④。团圆思弟妹，行坐白头吟⑤。

**【注释】**①令节：此指寒食节。 ②“他时”句：意谓殁后见汝寒食思亲之心。 ③长葛：县名，属许州，在齐地，杜甫之弟寓此。 ④江州：今江西九江市。杜甫之妹寓此。 ⑤白头吟：乐府古题，多为哀怨之词。这里指怀思弟妹的悲吟。

**【译文】**寒食节催得我一天比一天衰老，我死后要看见你们一片思亲之心。我这暂浮于世的人眼看着物候屡屡变迁，心头之恨啊与年俱深。很难得到流离长葛的弟弟的书信，一想到远在江州的妹妹啊泪流涔涔。一想到弟妹不得阖家团聚，我这白头老翁或行或坐，止不住时时哀吟。

## 得舍弟观书，自中都已达江陵。今兹暮春月末，行李合到夔州。悲喜相兼，团圆可待，赋诗即事，情见乎词

**【题解】**此诗当是大历二年（767）春在夔州瀼西作。杜甫得知其弟杜观即将来夔的音讯，喜而赋此，表现了诗人至深弥笃的兄弟之情。舍弟观，杜甫之弟杜观。中都，至德二载十二月，以西京为中都。江陵，今湖北省江陵。诗题中自中都至夔州十九字，系杜观书中之语。

**【原诗】**尔过江陵府，何时到峡州①。乱离生有别，聚集病应瘳②。飒飒开啼眼③，朝朝上水楼。老身须付托，白骨更何忧。

**【注释】**①峡州：似指地处峡中的夔州。一说指夷陵（今湖北宜昌市）。②瘳（chōu）：痊愈。　③飒飒：迅速貌。

**【译文】**你来信说，你已经过了江陵府，但不知什么时候才能到达夔州。乱离中常常有生离死别，一想到团聚有望便百病消除。忽然睁开了我的泪眼，登江楼日日翘首。我这把老骨头终于有了托付，从此以后无虑无忧。

## 喜观即到，复题短篇二首

**【题解】**这组诗与前一首诗同时稍后而作。首章写杜观即将到夔时引发出来的悲喜之情以及急欲归秦的心理。次章则承首章悲喜之意再作延宕。

### 其　一

**【原诗】**巫峡千山暗，终南万里春。病中吾见弟，书到汝为人。意答儿童问①，来经战伐新②。泊船悲喜后，款款话归秦③。

**【注释】**①儿童：指杜甫之子。　②战伐新：指大历二年（767）正月密诏郭子仪讨周智光和命大将浑瑊及李怀光陈兵渭水一事。　③秦：指长安。

【译文】巫峡一带千山迷暗，遥想终南山万里皆春。我在病中见到弟弟的来信，不禁惊怪你还是世间之人。边读信边随口回答儿子的询问，弟弟远道来夔正冒着战争的烟尘。等到弟弟高兴地乘船来到巫峡口岸，哥俩要款叙乡情，话说归秦。

其　二

【原诗】待尔嗔乌鹊，抛书示鹡鸰①。枝间喜不去，原上急曾经。江阁嫌津柳，风帆数驿亭。应论十年事，愁绝始惺惺②。

【注释】①鹡鸰：鸟名，即脊令。《诗经·小雅·常棣》："脊令在原，兄弟急难。"言脊令失所，飞鸣求其同类。后因以脊令比喻兄弟。　②"愁绝"句：是说一会儿愁得要死，一会儿又苏醒过来。愁绝，愁极。惺惺，苏醒。

【译文】久久地久久地等待你的到来，等不到你急得我禁不住把喜鹊嗔怪。我还把你的信扔给鹡鸰看，这时树上的喜鹊还是兴奋得不愿离开。从原野飞来的鹡鸰显出急难之意，我想弟弟你也像鹡鸰似的飞鸣，求其同怀。我老是凭倚着江阁翘首引颈，恨只恨江柳遮住了我的眼睛。过去了不少船只竟不见弟弟来到，我屈指数算着水上驿程。等弟弟来了之后该好好聊聊十年往事，准会一会儿愁得要死，一会儿又死而复生。

## 晚登瀼上堂

【题解】这首诗是杜甫于大历二年（767）三月自赤甲移居瀼西草屋时所作。一天傍晚，诗人骑马到瀼上野堂一带散心，对春景而兴不得归欤之叹和不能救世之慨，表现了诗人远居江湖而犹思故乡、不忘国事的沉郁情怀。瀼上堂，瀼溪（今奉节县城东门的梅溪河）岸边的野堂。当是庙宇或祠堂之类。

【原诗】故跻瀼岸高①，颇免崖石拥。开襟野堂豁，系马林花动。雉堞粉如云，山田麦无陇。春气晚更生，江流静流涌。四序婴我怀，群盗久相踵②。黎民困逆节，天子渴垂拱。所思注东北③，深峡转修耸。衰老自成病，郎官未为冗④。凄其望吕葛⑤，不复梦周孔⑥。济世数向时，斯人各枯冢⑦。楚星南天黑，蜀月西雾重。安得随鸟翎，迫此惧将恐。

**【注释】**①跻（jī）：登。 ②群盗：指崔旰、周智光之流。时蜀有崔旰之乱，京辅有周智光之乱。 ③东北：指位于夔州东北的洛阳。 ④郎官：杜甫自谓。杜甫时任检校工部员外郎。 ⑤凄其：凄然。谢灵运："怀贤亦凄其。"（《初发石首城》）吕葛：吕望（姜太公）、诸葛亮。这里喻指当代名臣。 ⑥周孔：周公（周文王）、孔子。后因用作咏圣贤的典故。这里借比明主。 ⑦斯人：指张镐、房琯、严武等人，皆昔时相期济世之友。

**【译文】**位于夔州城东门外的瀼溪河岸高流急。暮春的一个傍晚，我要到瀼溪野堂去散心。为了避免走崖石拥塞的崎岖小路，于是我骑马沿岸而行。野堂地势高敞，到了那里，胸襟豁然大开。我把马拴在林子里，瞧那树上的花儿一动一动的。朝远处望去，夔州城的粉墙就像一缕缭绕的轻云，那里的青青麦田零星地散布在山间，分不出田陇。暮春的傍晚又生出了淡淡的山岚，看似平静的瀼溪河却汹涌地奔腾不息。我来到夔州已经一年了，春夏秋冬在我的怀抱里轮回。长久以来，群盗接踵而至，黎民百姓为战乱所困，天子渴望垂衣拱手而治。多年来我的思乡之情就像江流一样注入远在东北的洛阳，无奈三峡幽深，更有高山阻隔，道路曲折，欲归不能啊！我这个检校工部员外郎倒也不是一个冗官，只是因为年老多病才辞去了官职。我好久没有梦见周公、孔子，唯一希望吕望、诸葛亮这样的一代名臣出而用世。心中数算着过去的济世英才，诸如张镐、房琯、严武等辈，可惜他们早已埋骨坟墓了。这时，楚星蜀月暗淡无光，南楚西蜀的上空雾气重重。怎能随着暮色中的归鸟飞离此地？在这里，总有一种国事殆危、死期将至的恐惧感重重地压在我的心头。

## 寄薛三郎中璩

**【题解】**此诗当是大历二年（767）春在夔州所作。当时杜甫老友薛据旅居荆州，将北归京师，杜甫闻讯而赠此诗。诗中叙述了彼此飘零之状和一己衰老苦况，并对薛据之才力过人表示了由衷的赞赏；篇末则流露出思念荆州、欲离夔州、与薛据共商出处的心情。薛三郎中璩，即薛据。郎中，即尚书郎中。

**【原诗】**人生无贤愚，飘飖若埃尘。自非得神仙，谁克免其身。与子俱白头，役役常苦辛。虽为尚书郎，不及村野人。忆昔村野人，其乐难具陈。蔼蔼桑麻交，公侯为等伦。天未厌戎马，我辈本常贫。子尚客荆州，我亦滞江滨。峡中一卧病，疟疠终冬春①。春复加肺气，此病盖有因。早岁与苏郑②，痛饮情相亲。二公化为土，嗜酒不失真。余今委修短③，岂得恨命屯④。闻子心甚壮，所过信席珍⑤。上马不用扶，每扶必怒嗔。赋诗宾客间，挥洒动八垠。乃知盖代手，才力老益神。青草洞庭湖⑥，东浮沧海溽。君山可避暑⑦，况足采白蘋。子岂无扁舟，往复江汉津。我未下瞿唐，空念禹功勤⑧。听说松门峡⑨，吐药揽衣巾。高秋却束滞，鼓枻视青旻⑩。凤池日澄碧⑪，济济多士新。余病不能起，健者勿逡巡。上有明哲君，下有行化臣。

**【注释】**①疟疠（lì）：疟疾。 ②苏郑：苏源明、郑虔。 ③委修短：寿夭委之于天命。 ④命屯（zhūn）：命运艰难。 ⑤席珍：“席上之珍”的缩语。席，坐席。珍，宝玉。此喻才德特出。 ⑥青草：青草棚。在今湖南省岳阳境内，与洞庭湖相连。 ⑦君山：在洞庭湖中。 ⑧禹功：大禹疏凿三峡之功。传说巴东三峡乃夏禹疏凿而成。 ⑨“听说”二句：言松门峡吐水甚急，飞沫沾衣。松门峡，在夔州东。“吐药”疑是“吐水”之误。 ⑩枻（yì）：船桨。 ⑪凤池：借指京城。

**【译文】**世上不分贤人还是愚人，都像随风飘逝的轻尘。自非超凡脱世的神仙，又有谁能免于死亡的命运？我和你都已经白了发鬓，可依旧经受漂泊的艰辛。过去咱俩虽然都当过郎官，可是倒不如一介野人。想当年身为野人，那快乐劲儿真是难以一一详陈。和丰茂的桑麻交朋友，简直可以列于衮衮公侯之林。如今身在天之西南，早已厌弃了战乱的风尘，我辈依旧忍受着人间的苦贫。你至今还作客于遥远的荆州，我依旧滞留在大江之滨。卧病在荒寂少人的峡中，从春到冬常年有疟疾相侵。当此春天我又患了肺病，这实在是病发有因。想当年和苏源明、郑虔一起举杯痛饮，那是何等地相近相亲。如今嗜酒如狂的苏、郑早已化为泥土，虽然已经物化，但终不失其性情之真。生命任凭天命的安排，或寿或夭，岂可怨恨人生之命运？薛据啊，听说你依旧心旺神壮，确实堪称杰出之人。不用人扶便跃然上马，每每扶助总要遭到你的怒嗔。即席赋诗于宾客之间，奋笔挥洒，撼动了四极八垠。才知道凡是旷世绝代的文章高手，愈老而才力愈加有神。青草湖、洞庭湖牵系着我的心魂，何时乘舟东浮，飘然于大湖之滨？洞庭湖里的君山可以避暑，在洞庭湖岸上正可采集白蘋。你难道没有一叶扁舟，往来浮游于江汉之津？至今我还没有东下瞿塘，大禹的凿峡之功徒然留存。听说春天的松门峡吐水甚急，以致飞溅的水沫沾湿衣巾。等到秋高水落便整顿行装，乘舟东下，放眼高天青云。如今京城里的妖氛已荡然一空，济济满朝啊全是新的武将文臣。可叹我整天卧病不起，你这健者切勿徘徊逡巡。上有英明伟大的一代君主，下有教化天下的辅弼之臣。

## 送惠二归故居

**【题解】**此诗当是大历二年（767）春在夔州所作。诗人对惠子沉滞空谷表示了深沉的惋惜之情，并勉慰他自适山溪，不失黄绮高风。惠二，当地隐士，名不详。其故居在瀼溪之东。

**【原诗】**惠子白驹瘦，归溪唯病身。皇天无老眼，空谷滞斯人。崖蜜松花熟①，山杯竹叶新②。柴门了无事，黄绮未称臣③。

**【注释】**①崖蜜：即蜂蜜。蜜蜂酿崖上松花而成，故称“崖蜜”。 ②竹叶：酒名。 ③黄绮：汉初商山四皓中夏黄公和绮里季的合称。常用作咏隐士的典故。此比惠子。

**【译文】**惠子骑着一匹瘦弱的白马，抱病朝瀼东故居缓缓而归。皇天呀你真是瞎了老眼，怎不见此人被困居在空谷山溪！山中有蜜蜂采集松花酿成的崖蜜，山中也有新酿的竹叶酒盛满酒杯。惠子呀你身在柴门草舍了然无事，高风可仰，真堪称汉初隐迹商山而未做官的黄绮。

## 承闻河北诸道节度入朝，欢喜口号绝句十二首

**【题解】**这组诗是杜甫于大历二年（767）三月在夔州所作。大历元年

(766) 十月，代宗生日，诸道节度使献金帛祝寿。大历二年春，淮南、汴宋、凤翔诸道节度使曾先后入朝，至于河北诸道节度使则始终未来朝觐，杜甫远在夔州，可能是根据一时传闻，误认为河北诸道节度亦曾入朝。不管河北诸道节度入朝是真是假，杜甫一旦闻知此事即情不自禁，喜而赋诗，表现了他的爱国热忱和忧乐系于国家和人民的崇高精神境界。

## 其　一

**【原诗】** 禄山作逆降天诛①，更有思明亦已无②。汹汹人寰犹不定，时时战斗欲何须。

**【注释】** ①“禄山”句：指757年正月安禄山为其子安庆绪所杀一事。②“更有”句：指761年3月史思明为其子史朝义所杀一事。

**【译文】** 反叛作乱的禄山小儿终于遭到天诛，逆贼史思明也早已一命呜呼。可是人间至今还喧嚣不定，时时争斗啊究竟意欲何求?

## 其　二

**【原诗】** 社稷苍生计必安，蛮夷杂种错相干①。周宣汉武今王是②，孝子忠臣后代看。

**【注释】** ①蛮夷杂种：指戎狄吐蕃、回纥、党羌。　②周宣汉武：周宣王、汉光武。

**【译文】** 料想有朝一日必定国泰民安，蛮夷杂种侵边寇境，错莫大焉。当今皇上好比是周宣王、汉光武，诸道节度要做忠臣孝子令后人仰目相看。

## 其　三

**【原诗】** 喧喧道路好歌谣，河北将军尽入朝①。自是乾坤王室正，却教江汉客魂销。

**【注释】** ①河北将军：指河北诸道节度使。大历二年（767）春，河北诸道节度使并未入朝，当时杜甫远在夔州，据道路传闻，误认为河北诸道节度使亦曾入朝。

**【译文】**路上纷纷传来美好的歌谣，河北诸道节度使都来朝拜一代圣朝。从此乾坤反正，王室巩固，可是我因未能回朝而神魂俱销。

其　四

**【原诗】**不道诸公无表来，茫茫庶事遣人猜①。拥兵相学干戈锐，使者徒劳万里回。

**【注释】**①庶事：众多的事。此指心迹。

**【译文】**不料以往衮衮诸公竟然不奉表而来，茫茫心迹啊令人颇费疑猜。一个个拥兵割据，争比干戈之锐，徒劳使者往来于万里尘埃。

其　五

**【原诗】**鸣玉锵金皆正臣①，修文偃武不无人。兴王会静妖氛气，圣寿宜过一万春②。

**【注释】**①正臣：谓河北诸道节度使。因其舍逆归顺，故称“正臣”。②圣寿；代宗生日。此指代宗。

**【译文】**金玉齐鸣，铿锵有声，舍逆归顺的河北诸节度使都是堂堂正臣。从此修治文德，干戈不动，看我大唐王朝不无豪英。君王堪称一代中兴之主，定能澄清天下，妖氛一空。我在这天末地尾，遥祝皇上万寿无疆。

其　六

**【原诗】**英雄见事若通神①，圣哲为心小一身。燕赵休矜出佳丽，宫闱不拟选才人②。

**【注释】**①英雄：此指常衮。大历元年（766）十月，代宗生日，诸道节度使献金帛、器服、珍玩、骏马等，常衮曾力劝皇上勿纳，以防逸欲。②才人：宫中女官名。

**【译文】**常衮料事如神，堪称英雄；皇上应崇尚俭德，以一己为轻。燕赵休夸美人云涌，朝廷不拟从中选择女官来充斥皇宫。

其　七

**【原诗】**抱病江天白首郎①，空山楼阁暮春光。衣冠是日朝天子②，草奏何时入帝乡③？

**【注释】**①白首郎：作者自谓。　②衣冠：指朝臣。是日：指代宗生日那一天。　③帝乡：谓长安。

**【译文】**卧病江天已成白发老翁，眼前只有空山残春、茅屋草亭。遥想代宗生日那一天满朝大臣一齐朝圣，我何时返回故国京城，起草奏章？

其　八

**【原诗】**澶漫山东一百州①，削成如案抱青丘②。包茅重入归关内③，王祭还供尽海头④。

**【注释】**①澶（dàn）漫：广远貌。山东：此指太行山以东，即河北道。②青丘：地名，在青州千乘县。齐景公曾在此游猎。　③包茅：指进献贡物。《左传》："尔贡包茅不入，王祭不供。"关内：指长安。　④海头：指位于渤海之滨的淄州、青州。此指二州之节度使。

**【译文】**辽阔广远的河北诸州，削平之后如同硕大的几案环抱青丘。那里的诸道节度使都重来长安朝贡，远在渤海之滨的淄青节度使也该为皇上的大祭进献贡物。

其　九

**【原诗】**东逾辽水北滹沱①，星象风云喜共和。紫气关临天地阔②，黄金台贮俊贤多③。

**【注释】**①辽水滹沱：皆为当时河北之地。一在今东北南部，一在今河北西部。 ②紫气关：即函谷关。相传函谷关令尹喜见东极有紫气西迈，其日果见老子乘青牛车而来。 ③黄金台：古台名，故址在河北省易水东南，燕昭王曾置千金于台上，以招天下贤士。杜甫借此以夸奖入朝的河北诸节度。

**【译文】**东过辽水，北过滹沱，星象风云一起喜庆普天共和。函谷关以西的天地是何等辽阔，大唐王朝收罗了多少河北贤达。

### 其　十

**【原诗】**渔阳突骑邯郸儿①，酒酣并辔金鞭垂。意气即归双阙舞②，雄豪复遣五陵知③。

**【注释】**①渔阳：蓟州（今河北蓟县）一带。邯郸：今河北省邯郸市，当时属河北道。昔为贼党，今日入朝，故称颂之。 ②双阙：指长安。 ③五陵：注见《秋兴八首》其三。

**【译文】**渔阳的骑兵邯郸的健儿，乘着酒兴扬鞭并马，垂鞭而行。意气扬扬地来长安纵马起舞，再让五陵一带的人们知道他们的骠悍豪雄。

### 其十一

**【原诗】**李相将军拥蓟门①，白头唯有赤心存。竟能尽说诸侯入②，知有从来天子尊。

**【注释】**①李相：此指李光弼。李殁于广德二年（764）。其在肃宗朝尝加范阳节度，又尝加幽州大都督府长史。蓟门：今河北省蓟县一带。 ②诸侯：谓河北诸道节度。

**【译文】**李光弼曾率领部队，拥兵蓟门，唯有这白发人赤心长存。竟能说服河北诸道节度统统归顺，须知自古以来天子为尊。

### 其十二

**【原诗】**十二年来多战场①，天威已息阵堂堂。神灵汉代中兴主②，功业汾阳异姓王③。

**【注释】**①十二年：自天宝十四载至大历二年，首尾共十二年。其间讨安史、却回纥、吐蕃，平仆固怀恩、周智光等，皆郭子仪之功勋。 ②汉代中兴主：指汉光武。此比代宗。 ③汾阳异姓王：指郭子仪。宝应元年二月，郭子仪进封汾阳郡王。此称扬郭子仪为诸节度之楷模。

**【译文】**十二年来处处都是讨贼伐叛的战场，罢兵停战实赖我天威远震的英雄戎行。当今皇上真好比神灵宛在的汉光武，论战功当首推汾阳郡王。

## 月三首

**【题解】**这组诗当是大历二年（767）六月在夔州所作。通过咏雨霁新月，表现了诗人羁栖天涯的客愁。

### 其一

**【原诗】**断续巫山雨，天河此夜新。若无青嶂月，愁杀白头人。魍魉移深树，虾蟆没半轮①。故园当北斗②，直想照西秦③。

**【注释】**①虾蟆：月中蟾蜍。此指月。 ②故园：指杜曲。杜甫故居所在。③西秦：指长安。

**【译文】**六月巫山，山雨时下时停；今夜崭新崭新的天河横亘夜空。如果没有这青山上的明月，那简直就要愁煞我这白发老翁。魑魅魍魉向树林的深处悄然隐去，半轮明月高高地悬在空中。正对故乡的北斗星啊，但愿你只是照临故国京城！

### 其二

**【原诗】**并照巫山出，新窥楚水清①。羁栖愁里见，二十四回明②。必验升沉体③，如知进退情④。不违银汉落，亦伴玉绳横⑤。

【注释】①楚水：指流经巫山的那一段长江。 ②二十四回：杜甫客夔两年，故曰“二十四回”。 ③升沉：谓出没。 ④进退：谓盈缺。 ⑤玉绳：星名。此指晨星。

【译文】两年来屡见明月普照巫山，刚刚升起的今宵月在把清清的楚水窥探。羁栖在外，客愁中屡见月出月没；整整二十四回了，月明关山。月儿呀有出有没，月儿呀有缺有圆。银河消失了，月儿还没降落，天亮时依旧伴着晨星横在晓天。

### 其　三

【原诗】万里瞿塘月，春来六上弦。时时开暗室，故故满青天。爽合风襟静，高当泪脸悬。南飞有乌鹊①，夜久落江边。

【注释】①乌鹊：曹操《短歌行》：“月明星稀，乌鹊南飞。”此用其意以寄托羁旅漂泊之感。

【译文】普照万里的上弦月高临瞿塘峡，从今春到现在已六次俯照天涯。时时照亮我居住的暗室，老是为青天洒满光华。月色爽静啊似有迎风开襟之感，正对泪脸的半轮明月高悬江峡。这时有栖遑不定的乌鹊朝南飞去，深夜里飘落到江畔水涯。

## 晨　雨

【题解】此诗当是大历二年（767）在夔州所作。通篇以赋体正面描写了晨雨的特征，见出诗人一时情致。

【原诗】小雨晨光闪，初来叶上闻。雾交才洒地，风折旋随云。暂起柴荆色①，轻沾鸟兽群。麝香山一半②，亭午未全分。

【注释】①柴荆：小树。 ②麝香山：在夔州东南一百二十里处，以产麝香而得名。

【译文】小雨带着晨光一闪一闪，初来时的雨声响在叶片。融和着雾气刚刚洒落到地上，经风一折又旋即飘向云烟。轻轻沾湿了飞禽走兽，马上让小树换了新颜。那远处的麝香山只剩下一半，到中午还没有完全露出容颜。

## 过客相寻

【题解】仇注："诗云江山定居，当从黄鹤编在瀼西诗中。"这是一首写生活情趣的小诗，见出杜甫在安定的村居生活中殷殷待客的情景。

【原诗】穷老真无事，江山已定居①。地幽忘盥栉②，客至罢琴书。挂壁移筐果，呼儿间煮鱼。时闻系舟楫，及此问吾庐。

【注释】①江山：此指夔州瀼西山川。 ②盥栉（guàn zhì）：梳洗。

【译文】我这个穷老头倒真是逍遥闲暇，定居瀼西山川，聊且为家。这儿幽僻少人，我常常忘记了梳洗；今天有客寻访便停止弹琴读书，表示迎迓。高声吩咐儿子摘下挂在墙上的筐果，和熟鱼摆在一起就算一席佳肴。这时隐隐传来维系舟船的响声，又有客人到这里来访问我的家。

## 竖子至

【题解】此诗当是大历二年（767）在夔州所作。一天小厮阿段从果园里送来一大筐熟了的柰子，杜甫作诗以记其事。竖子，犹言小厮。此指杜甫的仆人。

【原诗】楂梨才缀碧①，梅杏半传黄。小子幽园至，轻笼熟柰香②。山风犹满把，野露及新尝。欹枕江湖客③，提携日月长。

【注释】①楂梨：果名，如山楂之类。 ②柰：俗名花红，北方叫沙果。

③江湖客：诗人自谓。

【译文】果园里的楂梨才约略有了一些碧色，果园里的梅杏多半已经发黄。阿段从幽深的果园送来一大筐熟柰，筐子里轻轻笼罩着淡淡的清香。山风依旧满手满把，带露的鲜柰啊趁新品尝。我是一个伏枕卧病的江湖客子，阿段啊，希望你多加照顾，直到日久天长。

## 园

【题解】此诗当是大历二年（767）夏在夔州瀼西所作。五月的一天早上，杜甫乘小艇渡过碧溪，来到园中，见枝头挂满累累红果，喜而赋此。诗中表现了杜甫厌居闹世、希求静境的心情。园，指杜甫在瀼西买下的果园。园内别有茅舍，杜甫常来此歇息。

【原诗】仲夏流多水，清晨向小园。碧溪摇艇阔，朱果烂枝繁。始为江山静，终防市井喧。畦蔬绕茅屋，自足媚盘飧[①]。

【注释】①盘飧（sūn)：盘中熟食。此特指菜肴。

【译文】仲夏，瀼溪的流水涨平了河岸，一大早乘小艇驶向果园。小艇飘荡在宽阔碧绿的水上，不一会儿便到了枝叶繁茂、红果累累的园田。当初是为了追求静境才购置了这块园地，如今终于躲避了尘世的喧阗。看成畦成行的蔬菜围绕着茅屋，足以使饭菜味美色鲜。

## 归

【题解】此诗与前一首同时稍后而作。诗中表现了诗人对果园静穆之境的怀恋之情和对喧卑世俗的厌恶之感。

【原诗】束带还骑马，东西却渡船。林中才有地，峡外绝无天。虚白高人静[①]，喧卑俗累牵。他乡阅迟暮，不敢废诗篇。

【注释】①虚白：《庄子》："虚室生白。"室，喻心。心能虚空，则纯白独生。后常用于形容心静。

【译文】不得不束好衣带骑马而还，中途又改乘东去的舟船。林中全是平阔的土地，峡外绝不露一线长天。身在园中确实能领会高人的静穆，但是因受俗事牵累而不得不回到喧卑的人间。我在此异地他乡正经历着人生的迟暮，为娱情遣兴而不敢废弃诗篇。

## 园官送菜

【题解】此诗系大历二年（767）在夔州所作。这一年夏天，夔州都督柏茂琳命园官给杜甫送菜，可是这个园官送来的却是些没法吃的苦苣和马齿菜，于是杜甫借题以推论世道，伤小人妒害君子。园官，管理菜园的小吏。

【原诗】清晨送菜把，常荷地主恩[①]。守者愆实数，略有其名存。苦苣刺如针[②]，马齿叶亦繁[③]。青青嘉蔬色，埋没在中园。园吏未足怪，世事固堪论。呜呼战伐久，荆棘暗长原。乃知苦苣辈，倾夺蕙草根。小人塞道路[④]，为态何喧喧。又如马齿盛，气拥葵荏昏[⑤]。点染不易虞，丝麻杂萝纨。一经器物内，永挂粗刺痕。志士采紫芝[⑥]，放歌避戎轩[⑦]。畦丁负笼至，感动百虑端。

【注释】①地主：指柏都督（柏茂琳）。 ②苦苣（jù）：菜名。 ③马齿：菜名。 ④小人：指当时侥功得官、凌侮志士幽人的武夫健卒。 ⑤葵荏：二嘉蔬名。 ⑥志士：指商山四皓，即隐而不仕的汉初四个隐士。 ⑦放歌：指四皓隐于商山时所唱之歌："莫莫高山，深谷逶迤。晔晔紫芝，可以疗饥。唐虞世远，吾将何归？驷马华盖，其忧甚大。富贵之畏人兮，不若贫贱之肆志。"

【译文】一大早园官就派园丁给我送来蔬菜，为此我将永远感念柏都督的深恩。园官可真坏，未如数送菜尽送些没法吃的野菜来充数，徒有虚名，真叫我黯然不快。苦苣上的芒刺有如尖针，马齿菜的叶子杂乱纷纷。可惜园中青青的嘉蔬，竟被荆棘埋得深深。说起来园官固然可恶，但倒也不足为怪，这世上的怪事诚然值得评论：唉！普天下经历了多年的战伐，遍地荆棘遮暗了辽阔的中原。方悟得苦苣之类的野菜，居然倾夺了蕙草之根。这就像充斥道路的芸芸小人，看他们一个个作态万端，嚣然生尘。他们又像马齿菜一样狼藉纷纭，盛气掩没了满园葵荏；美恶杂糅，真是出人意外，就像丝麻混杂于绮丽的罗锦。苦苣、马齿一旦接触到器物，器物上就永远留下了粗糙的刺痕。遥想当年商山四皓为避战乱而遁世隐迹，一边采集紫芝一边放声歌吟。如今我也隐居避俗，没想到园官派园丁背来了这筐野菜，禁不住令我生出万千感慨。

## 园人送瓜

**【题解】**此诗当是大历二年（767）夏在夔州所作。在这首诗里，诗人对柏都督命园丁送瓜的盛情表示了由衷的感激，并真切地写出了自己爱瓜吃瓜的感受。

**【原诗】**江间虽炎瘴，瓜熟亦不早。柏公镇夔国①，滞物兹一扫②。食新先战士，共少及溪老。倾筐蒲鸽青③，满眼颜色好。竹竿接嵌窦④，引注来鸟道。浮沉乱水玉，爱惜如芝草。落刃嚼冰霜，开怀慰枯槁。许以秋蒂除，仍看小童抱。东陵迹芜绝⑤，楚汉休征讨。园人非故侯⑥，种此何草草。

**【注释】**①柏公：指柏茂琳。柏时为夔州都督。　②滞物：此指积弊。③蒲鸽：瓜名。色青。　④嵌窦：泉眼。　⑤东陵：邵平为故秦东陵侯，秦亡后为布衣，在长安城东种瓜，其瓜色美味甘。这里用邵平种瓜事，写瓜农之辛苦。　⑥故侯：指邵平。

**【译文】**江峡一带的气候虽然温暖，但因此地土质贫瘠，瓜果很晚才成熟。自从柏都督镇守夔州以来，这里政通令行，积弊为之一扫。每逢瓜果成熟的时候，柏氏总是先让战士尝个新鲜，并把一些稀有瓜果送给我品尝。今天他又派园丁送来一筐瓜果，味道佳美，宛如蒲鸽，瞧那颜色有多好啊！于是我用竹筒从鸟道上的泉眼引来一注泉水，把瓜浸泡在澄如碧玉的水里，瓜随水而上下浮沉，仿佛像纷乱的水精，顿时令我有爱之如芝草的感觉。用刀把瓜切开，入口便觉爽如冰霜；坐在院子里，开怀敞襟，聊且以此慰藉枯槁的晚年。园丁还说到了秋天瓜熟蒂落的时候，再叫小童抱瓜来慰劳我呢！故秦东陵侯邵平在长安城东的瓜地早已荒芜，遗迹也早已不复存在，楚汉联军讨秦的争战也已成为历史的陈迹。园丁你也不是故秦东陵侯邵平，竟然能种出这样的好瓜，想必是何等地劳苦啊！

## 课伐木

**【题解】**此诗当是大历二年（767）夏天寓居夔州瀼西时所作。诗中记叙了课隶伐木、结篱防虎情事，表达了作者感激隶人的心情和民吾同胞之思。

**【原诗】**长夏无所为，客居课童仆①。清晨饭其腹，持斧入白谷②。青冥曾巅后，十里斩阴木③。人肩四根已，亭午下山麓。尚闻丁丁声，功课日各足。苍皮成委积④，素节相照烛⑤。藉汝跨小篱，当仗苦虚竹⑥。空荒抱熊罴，乳兽待人肉⑦。不示知禁情，岂唯干戈哭。城中贤府主⑧，处贵如白屋⑨。萧萧理体净⑩，蜂虿不敢毒⑪。虎穴连里闾，堤防旧风俗。泊舟沧江岸，久客慎所触⑫。舍西崖峤壮，雷雨蔚含蓄⑬。墙宇资屡修，衰年怯幽独。尔曹轻执热⑭，为我忍烦促。秋光近青岑，季月当泛菊⑮。报之以微寒，共给酒一斛。

**【注释】**①童仆：指杜甫的仆人伯夷、辛秀、信行等人。 ②白谷：夔州地名。 ③阴木：秋冬时的树木。 ④苍皮：指木。 ⑤素节：指竹。 ⑥苦虚竹：空心苦竹。 ⑦乳兽：乳虎，虎之有力者。 ⑧府主：指柏都督。 ⑨白屋：贫屋。此指平民。 ⑩理体净：治体净。因讳高宗，故改“治”为“理”。意谓柏都督镇夔以来，经过治理，夔州政体一新。 ⑪虿(chài)：蝎子一类的毒虫。此喻盗贼。 ⑫所触：指虎触藩篱。 ⑬含蓄：谓虎藏山崖。 ⑭执热：酷热。 ⑮泛菊：此指重阳节登高饮菊花酒。

**【译文】**客居瀼西，长夏无事，于是督促童仆上山砍伐木竹。清晨，他们填饱了肚子，便手持斧头进入白谷。白谷位于高耸天空的山峰后面，离家十里，他们就去那儿砍伐山上的阴木。每人肩扛四根，中午就回到了山麓。我在草阁，仿佛还隐隐听见回荡在山谷里的丁当作响的伐木之声，原来有的正在努力赶完规定的功课。他们回到家里，青苍色的树条便堆满了庭院，素洁的竹竿泛起锃亮的光泽，就像烛光交相辉映。于是用木条树起一个跨过一个的桩子，然后就用空心苦竹编结篱笆。这里地处荒山僻野，时有熊罴咆哮，更有凶猛的乳虎正在等着吃人的肉。要是不加固篱笆来防野兽侵袭，那么这里的人就不独因战争而痛哭。柏都督真堪称夔府贤主，身处权贵之位却一如住在贫屋里的平民百姓。自从他镇夔以来，夔州被治理得面貌一新，使那些蜂蝎般的盗贼不敢荼毒生灵。只是这里虎穴傍门，必须依照当地风俗修筑篱笆，加以提防。自从我在这长江岸边泊舟居留以来，我对虎触藩篱是慎之又慎的。草屋两边耸立着雄伟的山崖，每当雷雨交加的时候，在那茂密的草木中说不定就藏着猛兽。为了防止虎患，院墙就得靠你们经常修补。如今我已年老体衰，越来越怕孤独。你们不怕烈日酷暑，为我忍受了多少劳苦！秋天很快就要降临到青翠的山峰，到了重阳节定当登高饮酒。为了报答你们，到那时我要献上九秋爽气，一斛玉液。

## 柴　门

**【题解】**此诗当是大历二年（767）夏杜甫出游江峡、乘船回瀼西后所作。全诗出色地描写了登岸回望时所见到的奇险壮美的江峡景观，叙述了柴门客居情事。

**【原诗】**泛舟登瀼西，回首望两崖①。东城干旱天②，其气如焚柴。长影没窈窕，余光散谽谺③。大江蟠嵌根，归海成一家。下冲割坤轴，竦壁攒镆铘④。萧飒洒秋色，氛昏霾日车。峡门自此始，最窄容浮查。禹功翊造化，疏凿就欹斜。巴渠决太石，众水为长蛇。风烟渺吴蜀，舟楫通盐麻。我今远游子，飘转混泥沙。万物附本性，约身不愿奢。茅栋盖一床，清池有余花。浊醪与脱粟⑤，在眼无咨嗟。山荒人民少，地僻日夕佳。贫贱固其常，富贵任生涯。老于干戈际，宅幸蓬荜遮。石乱上云气，杉清延日华。赏妍又分外，理惬夫何夸。足了垂白年⑥，敢居高士差⑦。书此豁平昔，回首犹暮霞。

【注释】①两崖：指瞿塘两崖。 ②东城：指原来的白帝城。因在夔州东，故名东城。 ③谽谺（hān xiā）：光彩闪烁。 ④镆铘：古剑名，即莫邪。传说是古代名工干将所铸。 ⑤脱粟：粗食。 ⑥垂白：注见《垂白》诗。 ⑦高士差（cī）：意谓可与高士并肩而立。差，差肩，并肩。

【译文】乘船到瀼西，弃舟登岸，回头眺望瞿塘两崖。白帝城上空干旱的云气，简直像柴堆在熊熊燃烧。长拖在水面上的崖影一直沉没到幽深的峡中，太阳的余辉泼向江间，光彩闪烁。大江咬着山脚崖根蟠曲蜿蜒，万水一家同归于浩瀚的大海。看那飞流直下的气势，简直要割断支撑大地的柱轴；再看那裹夹大江、高耸云空的两岸铁崖，真像纷纷攒聚的莫邪宝剑支叉于浩浩长空。萧飒的秋色泼向江峡，沉沉暮霭埋没了六龙骖驾的太阳。瞿塘峡为三峡之首，峡门就是从这里打开的，那最狭窄的江面仅能容纳一叶木筏。大禹的神功助自然之伟力，顺着倾斜的山势开山凿峡，为大江东去开辟了一条通道。由众流汇集而成的巴渠水从远古冲决而来，像无数条长蛇蜿蜒疾走。风烟涵盖着吴蜀的交界，渺然看不见它的边际；江面上舟船相接，往来流通吴盐蜀麻。我这个远居天涯的游子，至今还漂泊在江流之上，混迹于泥沙之中。世间万物无不附着于它的本性，那就应该随性所适；寓夔以来，我约身守道，不尚奢侈，只求有一个栖身之所。茅屋里有一张床，清水池里有不尽的落花，喝的是浊酒，吃的是脱皮的粟米，这一切都是无足嗟叹的。这里山荒人少，居处偏僻，但暮景却是美丽的。贫贱者固守其贫，富贵者任其富贵，一切顺其自然而已。值此暮年，我又置身于干戈四起之际，有茅屋草舍聊且遮身亦足深以为幸。乱石上云蒸霞蔚，清幽的杉树上有月华恋枝。能欣赏到这样的美景也真是出人意料，只要惬合自己的心意又何必向别人夸耀！住在这里，足以了此晚年就好，岂敢与高士名流并肩而立？写了这首诗，平素郁结的胸怀便豁然开朗；回头一望，美丽的晚霞依然镶在天边。

## 槐叶冷淘

【题解】此诗当是大历二年（767）在夔州瀼西所作。先述制作冷淘之法，并称其佳美，后致献芹荐藻之诚，表现了杜甫每食不忘君的忠爱思想。冷淘，用槐叶汁和面做成的过水凉面食，类今之凉粉。

【原诗】青青高槐叶，采掇付中厨。新面来近市，汁滓宛相俱。入鼎资过熟，加餐愁欲无。碧鲜俱照箸，香饭兼苞芦。经齿冷于雪，劝人投比珠。愿随金騕褭①，走置锦屠苏②。路远思恐泥，兴深终不渝。献芹则小小③，荐藻明区区④。万里露寒殿，开冰清玉壶。君王纳凉晚，此味亦时须。

【注释】①騕褭（yǎo niǎo）：古骏马名。 ②锦屠苏：华屋。此指天子居处。 ③献芹：据《列子·杨朱传》载，农民把水芹当作美味向富豪夸耀；又据嵇康《与山巨源绝交书》所载，有野人欲向皇帝进献水芹者。后常用作物微心诚的典故。这里是说进献槐叶冷陶有如献芹之微不足道。④荐藻：《左传·隐公三年》：如有诚心，藻类水草可荐鬼神，可羞王公。此喻指进献槐叶冷淘可表忠心。

【译文】从高高的槐树上摘下青青的槐叶，交付给厨子，又从附近的市上买来面粉，连同槐叶渣一并掺和在一起，便做成了清凉的熟面食。要是入鼎久煮，加餐时恐怕要失去它原有的色味。这种冷食，其色鲜碧，简直可以照亮筷子。佐以香饭、芦芽之类，便是可口的消暑小吃，入口比冰雪还要清凉。或请客，或馈人，那简直可与投珠相比了。我愿随着装饰一新、日行千里的骏马，把这种冷食送到朝廷，好让君王品尝。无奈路途遥远，泥泞滞蹄，欲送不能，但我这种至诚至笃的忠爱之心，终此一生也是不会改变的。献芹荐藻之意，虽然微不足道，但也可以略表寸心。露寒殿远在万里之外，想必殿上玉壶罗列，有如铺开的冰块一般。君王乘凉于朦胧的夜色里，这种冷食野味也是时时需要的。

## 上后园山脚

【题解】此诗亦大历二年（767）夏写于夔州瀼西。诗以蹇涩沉滞的笔调记叙盛夏清晨登后园山脚所见所感，真实地再现了诗人日暮途穷时的萧瑟情怀。

【原诗】朱夏热所婴，清旭步北林。小园背高冈，挽葛上崎崟①。旷望延驻目，飘飖散疏襟。潜鳞恨水壮，去翼依云深，勿谓地无疆②，劣于山有阴。石榞遍天下③，水陆兼浮沉④。自我登陇首⑤，十年经碧岑。剑门来巫峡，薄倚浩至今⑥。故园暗戎马⑦，骨肉失追寻⑧。时危无消息，老去多归心。志士惜白日，久客藉黄金。敢为苏门啸⑨，庶作《梁父吟》⑩。

【注释】①崎崟（yín）：高山。 ②勿谓：无谓。没有意义。 ③石榡：树名。其皮可食。此代指饥民。 ④“水陆”句：言水浮陆沉，接连不断。兼，又。 ⑤陇首：秦州。 ⑥薄倚：迫近，附着。 ⑦“故园”句：指周智光犯京一事。 ⑧骨肉：指杜甫弟妹。 ⑨苏门啸：《阮籍传》：籍尝于苏门山遇孙登（隐士），与商略终古及栖神道气之术，登皆不应，籍因长啸而退。至半岭，闻有声若鸾凤之音，响于岩谷，乃登之啸也。”后因用作咏隐士情趣的典故。这里指作者心情难以闲逸。苏门，山名。 ⑩《梁父吟》：乐府楚调曲名，诸葛亮躬耕时喜吟此曲。后因喻指意绪悲凉的诗歌。这里指感叹岁月流逝的诗歌。

【译文】盛夏，我被四周的热气所环绕，于是我向北林走去，在一个晨光澄明的清早。北林有一个背靠高山的小园，我手挽葛蔓，攀越崎岖的山道。时而眺望，时而凝目，疏散的衣襟随风飘飘。潜藏在波澜壮阔的江中的游鱼满怀怨恨，浪迹天涯的飞鸟依傍着九重云霄。九州博大又有什么意义？倒不如这里的山阴聊可逍遥。悲只悲饥饿的百姓遍及天下，水浮又陆沉，相继无终了。从作客秦州至今已经整整十年，十年来我屡屡跋涉在青山之间；从剑门来到这巫峡天险，至今还依附浩渺的江关。周智光煽起的战尘遮暗了京城，弟妹失散，各自飘零在地北天南。乱世中彼此没有一点儿消息，晚年我更多地思念久违的故园。自古以来志士仁人无不爱惜光阴，我这野老靠人资助客居天边，可惜我不能像晋人孙登那样长啸苏门，聊且效法诸葛亮吟咏意绪悲凉的诗篇。

## 季夏送乡弟韶陪黄门从叔朝谒

【题解】此诗当作于大历二年（767）六月，时杜甫寓居夔州。杜鸿渐以黄门侍郎同平章事镇蜀，大历二年六月，自蜀还朝，杜甫故乡同姓之弟杜韶陪同前往，杜甫赋诗相送。诗中虽弟叔双关，但多及杜鸿渐，望其离蜀赴朝后讲武论兵，讨伐崔旰，立功报主。乡弟韶，杜甫故乡同姓之弟杜韶。黄门从叔，指杜鸿渐。杜鸿渐当时以黄门侍郎同平章事镇蜀。

【原诗】令弟尚为苍水使①，名家莫出杜陵人。比来相国兼安蜀，归赴朝廷已入秦。舍舟策马论兵地②，拖玉腰金报主身③。莫度清秋吟蟋蟀④，早闻黄阁画麒麟⑤。

【注释】①苍水使：《吴越春秋》载：禹登衡岳，梦见赤绣衣男子，自称苍水（水名）使者，前来候命，并告以取得山神金简书之法。时杜韶兼开江使，通成都外江下峡舟船，故借苍水使者比杜韶。 ②舍舟策马：杜韶乘舟出峡之后，从荆州策马取道旱路陪杜鸿渐归赴长安，故曰“舍舟策马”。论兵地：指长安。崔旰杀郭英乂，窃据成都，罪在必讨。鸿渐初赴镇时，权为姑息偷安。今当离蜀入朝，自宜对崔用兵。“论兵”即指此。 ③拖玉腰金：想像杜鸿渐上朝时之服饰。 ④“莫度”句：嘱告杜韶勿在蟋蟀声中逗留中途。 ⑤黄阁：官署名。唐时门下省也称黄阁。麒麟：指麒麟阁。汉宣帝为了表彰佐汉名臣，于甘露年间将霍光、张安世、韩增、赵充国、魏相、丙吉、杜延年、刘德、梁丘贺、萧望之、苏武等十一人的肖像画在麒麟阁上。后因用作表彰名臣的典故。此用其事，表示期待杜鸿渐入朝讨贼，建功立业。

【译文】贤弟杜韶还仅仅是个身兼开江使的小小官员，论家族，名家名人没有谁超过杜陵——我的故园。近来鸿渐以黄门侍郎同平章事身份相国安蜀，如今远赴朝廷，已进入故国中原。杜韶乘舟出峡之后策马北上，将陪同鸿渐一道直抵京都长安。鸿渐啊你这立志报主的一代重臣，归朝后必当官服一新，荣耀朝班。韶弟你切莫在蟋蟀声中滞留中途；鸿渐啊，希望你讨贼立功，远绍前贤。

## 滟　滪

【题解】此诗当是大历二年（767）夏在夔州所作。这首诗的主旨是：“见滟滪水势，而戒人冒险。”（仇兆鳌注）诗人用拗体七律的形式，成功地描写了风雨中的滟滪一带的阴森景象，以及人们的不安情绪，劝告无赖少年勿逐利轻生。滟滪，即滟滪堆，瞿塘峡口江心中之巨礁。

【原诗】滟滪既没孤根深，西来水多愁太阴①。江天漠漠鸟双去，风雨时时龙一吟。舟人渔子歌回首，估客胡商泪满襟。寄语舟航恶年少，休翻盐井掷黄金②。

【注释】①太阴：极盛的阴气。　②翻：翻飞。极言船行迅速。掷：换取。

【译文】陡涨的江水深深吞没了滟滪堆的孤根，众水西来，愁惨的峡谷中水涨天阴。江天迷濛，只有成双的鸟儿飞来飞去；风雨无常，只有潜藏在江底的蛟龙凄然长吟。船夫渔人见险知止，掉头悲歌，估客胡商因被大水所阻而泪满衣襟。寄语逐利轻生的船上恶少，切莫为卖盐换钱而随波浮沉。

## 七月一日题终明府水楼二首

【题解】这两首诗是杜甫于大历二年（767）立秋之日在夔州所作。这年七月一日立秋，杜甫在奉节（今四川奉节）县令终某水楼宴饮，作诗赞其楼而美其人，并记述了水楼宴客情景，其中隐含着诗人无限悲凉之感。终明府，终县令，名不详。

### 其　一

【原诗】高栋曾轩已自凉，秋风此日洒衣裳。翛然欲下阴山雪①，不去非无汉署香②。绝壁过云开锦绣，疏松夹水奏笙簧。看君宜著王乔履③，真赐还疑出尚方④。

【注释】①翛（xiāo）然：清凉貌。　②汉署：汉代官署。尚书郎，汉置四人，口衔鸡舌香，以奏事答对，欲使气味芬芳。此谓终县令水楼如同汉代官署，自有芬芳气息，故不愿离去。　③王乔：汉人，曾任叶县令，有道术，传说上朝所乘之凫，原为南方署所赐尚书官属之履所化，后入玉棺仙去。后因用作咏县令的典故。这里是说终明府就任县令，犹如仙人王乔一样。　④尚方：即上方，道家所谓之仙界。

【译文】依山傍水的高楼贮一片清凉，值此立秋之日，秋风泼洒衣裳。爽气清肃，简直像清凉的阴山雪即将而降；我流连忘返，因为这里如同汉代官署一样充满薰香。云过绝壁俨然如硕大的锦绣徐徐展开，泉过疏松一似乐工奏笙簧。终县令啊，看你脚穿王乔木屐，飘飘然多像仙人出自仙界天上。

### 其　二

**【原诗】**虙子弹琴邑宰日①，终军弃繻英妙时②。承家节操尚不泯，为政风流今在兹。可怜宾客尽倾盖，何处老翁来赋诗？楚江巫峡半云雨③，清簟疏帘看弈棋。

**【注释】**①虙（fú）子：名不齐，春秋时鲁人，孔子弟子。为单父宰，“身不下堂，弹鸣琴而治之。”（见《吕氏春秋》）邑宰：县令。此以虙子比终明府。　②终军弃繻：汉人终军，年十八，入长安言事，经潼关时，抛弃返关的证件（繻），表示志在通显。后因用以比喻抱负远大的典故。（见《汉书·终军传》）这里同姓相切，以终军比况终明府。繻，彩帛，汉时用以出入关隘的帛制凭证。　③楚江巫峡：此借指夔州。半：多半。

**【译文】**终明府啊，你就像春秋时身为邑宰、弹琴以治单父的虙子，为政风流，名闻当时；你就像汉朝抱负远大、年纪轻轻的终军，远绍终氏一门的高风亮节。满座宾客都是倾盖如故的旧识，我这羁旅异地的老翁怎么也前来与宴赋诗？夔州一带长年多是云雨天气，我坐着竹席，在疏帘里看着主客一道下棋。

## 行官张望补稻畦水归

**【题解】**此诗当是杜甫于大历二年（767）秋迁居东屯前寓居瀼西所作。东屯是汉朝公孙述屯田之所，那里有一百顷公田，夔州都督柏茂琳委托杜甫代管。诗中描写了行官（主管稻田的官府小吏）张望检查引水浇田一事和稻畦美景，并由此想到不专利己而须分惠于人，表现了杜甫于穷途老病之中犹思泽被苍生的殷殷情怀。补稻畦水，补足稻田里的水。

**【原诗】**东屯大江北，百顷平若案。六月青稻多，千畦碧泉乱。插秧适云已，引溜加溉灌。更仆往方塘，决渠当断岸。公私各地著①，浸润无天旱。

主守问家臣②，分明见溪畔。芊芊炯翠羽，剡剡生银汉③。鸥鸟镜里来，关山雪边看。秋菰成黑米④，精凿传白粲⑤。玉粒足晨炊，红鲜任霞散⑥。终然添旅食，作苦期壮观⑦。遗穗及众多，我仓戒滋漫。

**【注释】**①地著：安土。此指稻田安置已毕。 ②主守：行官张望自称。③剡剡（yǎn yǎn）：蓬勃挺秀。 ④秋菰（gū）：秋天的菰蒲，籽黑，可食。 ⑤"精凿"句：言稻米经过舂捣之后，其色灿白光亮。 ⑥红鲜：稻米之一种，色红，质轻。 ⑦壮观：此言收成可观。

**【译文】**东屯地处大江以北，百顷稻田啊平如几案。六月里青青的秧苗到处插遍，千畦稻田里的碧水披纷散乱。刚刚插罢青青的秧苗，就从山上引来泉水加以浇灌。仆夫轮流到池塘去，当着断崖决开了池塘口岸。行官张望回来对我说："公田私田都已浇灌。受水浸润的秧苗青青一片，从此再也不怕老天干旱。我问家僮们浇灌得怎样，他们都说情景分明摆在瀼西之畔。"于是稻畦美景突然在眼前浮现：茂密的秧苗就像翠绿的羽毛亮闪闪。稻田里的水就像天上的银汉，挺秀的稻秧生出水面。亮如明镜的稻田里有成群的鸥鸟飞来飞去，恍如雪海的稻田里倒映着连绵起伏的瀼西之山。等到秋菰的黑米成熟时稻谷也就成熟了，到那时舂出的精米亮灿灿。那玉粒似的白米足供早饭，那珍珠似的红米任它像云霞散落地面。我始终不忘增加行旅的口粮，劳苦的农家盼望丰年。秋收时多掉些稻穗让众人去拣，不要让我自家仓库里的稻米四处流漫。

## 秋行官张望督促东渚耗稻向毕，清晨遣女奴阿稽、竖子阿段往问

**【题解】**此诗当是大历二年（767）夏末秋初自瀼西迁居东屯时所作。时当最后一次薅田即将结束之际，杜甫对作为监工的张望很不放心，于是派女仆阿稽和小厮阿段到东屯向他传话并察看农田情况，遂作此诗，以记其事。通篇详叙全年农功，表现了杜甫对农事的关心，以及在艰难困顿之中先人后己、大道为公的崇高精神境界。东渚，即东屯。耗稻，除去杂草，使稻生长。"耗"，借作"薅"字。

【原诗】东渚雨今足，伫闻粳稻香。上天无偏颇，蒲稗各自长①。人情见非类②，田家戒其荒。功夫竞搰搰③，除草置岸旁。谷者命之本，客居安可忘。青春具所务，勤垦免乱常。吴牛力容易④，并驱纷游场⑤。丰苗亦已穊⑥，云水照方塘。有生固蔓延，静一资提防。督领不无人，提携颇在纲。荆扬风土暖⑦，肃肃候微霜，尚恐主守疏⑧，用心未甚臧。清朝遣婢仆，寄语愈崇冈。西成聚必散⑨，不独陵我仓。岂要仁里誉，感此乱世忙。北风吹蒹葭，蟋蟀近中堂。荏苒百工休，郁纡迟暮伤。

【注释】①蒲稗：杂草名。 ②“人情”句：言为害禾苗的杂草（非类）当除而去之，这本是人之常情。 ③搰搰（kūkū）：用力甚多。 ④吴牛：水牛。《世说新语》：满奋曰：“臣犹吴牛，见月而喘。” ⑤场：此指稻田。 ⑥穊：密植。 ⑦荆扬：此指长江中游一带。 ⑧主守：注见前诗。 ⑨西成：秋季收成。《尚书·尧典》：“平秩西成。”

【译文】东屯下了一场透雨，停足伫立，仿佛闻到粳稻的芳香。老天真是没有一点儿偏心眼，连青蒲、稗子也一同生长。见杂草当除而去之，这本是人之常情，农家最戒忌的是田芜地荒。田夫们争着下大力气，把除掉的杂草放在地边岸旁。粮食是百姓的命根子，我这个客子啊怎能不牢记心上？开春便从事农务，辛勤垦植以免乱了谋生之常。见月而喘的吴牛拉起犁耙毫不费力，并套齐驱在稻田中央。秧苗已经长得非常稠密，田里荡漾着云影水光。只是杂草一个劲儿蔓延，所以必须谨慎提防。并不是没有人监管农事，行官张望的责任主要在于挈领提纲。荆扬一带风和土暖，稻谷成熟需要等到老天降下肃肃微霜。我还担心行官张望疏忽大意，他办事不一定非常妥当。于是一大早便派阿稽和阿段给他捎话，婢仆领命而去——越过高峻的山冈。秋收时粮食有聚也有散，不独指望堆高我自家的粮仓。这难道是为了邀取一个仁爱的美誉？实在是有感于世乱民荒。北风就要吹拂凄凉的芦苇，蟋蟀就要渐渐接近我的中堂。光阴荏苒，百工就要停止作业；我心情郁纡，因人生迟暮而不胜忧伤。

## 阻雨不得归瀼西甘林

【题解】此诗当是大历二年（767）七月在夔州所作。有一次，杜甫在白帝城里遇到大雨，暂时回不了瀼西草堂，作诗以记其事。先写城中阻雨欲归不得的感叹，接着追忆柑林情景，最后预想归柑林情事。归瀼西柑林，即归位于柑林中的瀼西草堂。

**【原诗】**三伏适已过，骄阳化为霖。欲归瀼西宅①，阻此江浦深。坏舟百板坼，峻岸复万寻。篙工初一弃，恐泥劳寸心。伫立东城隅②，怅望高飞禽。草堂乱玄圃③，不隔昆仑岑。昏浑衣裳外，旷绝同曾阴。园甘长成时，三寸如黄金。诸侯旧上计，厥贡倾千林。邦人不足重，所迫豪吏侵。客居暂封殖，日夜偶瑶琴。虚徐五株态④，侧塞烦胸襟。安得辍雨足，杖藜出岖嵚。条流数翠实，偃息归碧浔。拂拭乌皮几⑤，喜闻樵牧音。令儿快搔背，脱我头上簪。

**【注释】**①瀼西宅：即瀼西草堂，在柑林中。时杜甫寓居于此。 ②东城：指白帝城，在夔州的东面。 ③玄圃：仙界名。在昆仑山顶，为神仙居所。后因用作咏仙境的典故。 ④虚徐：怀疑。 ⑤乌皮几：杜甫家中几案。

**【译文】**刚刚过了三伏，骄阳便化为秋雨霖霖。想从白帝城返回瀼西草堂，无奈被大雨阻隔在江滨。船身很不结实，险峻的崖岸高达万寻。篙工不敢开船，又怕我老是缠着他，所以就一口回绝了我。我只好伫立在白帝城的角落里，怅然望着远去的飞禽。我的草堂简直可以同玄圃相比，不过回到那里并没有隔着巍巍昆仑。无奈身外就是茫茫水气，如同重重阴霾把我阻隔在江滨。草堂周围的柑林突然在我的眼前浮现，成熟后大到三寸的柑橘贵如黄金。可作为贡物向朝廷进献，每年都倾尽万树千林。而当地乡民反不重视种植柑橘，是因为苦于豪吏的侵吞。我客居瀼西暂时栽种一些橘树，日夜可以听见玉琴似的清音。我怀疑宅边那五棵树的幽姿此时正遭受风雨摧残，因此烦闷堵塞了我的胸襟。怎能叫雨脚突然停止？好让我拄着拐杖越过高山返回柑林。数着流动在枝条上成串的青柑，卧倒在碧绿的瀼水之滨。擦干净屋里的乌皮小几，靠着它喜听樵夫牧童悦耳的歌音。叫孩子快给我挠挠痒痒，叫孩子替我摘下头上的发簪。

## 又上后园山脚

**【题解】** 此诗当是大历二年（767）秋作于夔州。诗写杜甫重上后园山脚，追忆当年登临泰山之所见所感，从而引发出因穷兵黩武以致国乱民殃、故乡难归的沉重哀叹。

**【原诗】** 昔我游山东，忆戏东岳阳。穷秋立日观，矫首望八荒。朱崖著毫发，碧海吹衣裳。蓐收困用事①，玄冥蔚强梁。逝水自朝宗，镇石各其方②。平原独憔悴③，农力废耕桑。非关风露凋，曾是戍役伤。于时国用富，足以守边疆。朝廷任猛将，远夺戎马场。到今事反覆，故老泪万行。龟蒙不可见④，况乃怀故乡⑤。肺萎属久战，骨出热中肠。忧来杖匣剑，更上林北冈。瘴毒猿鸟落，峡干南日黄。秋风亦已起，江汉始如汤。登高欲有往，荡析川无梁。哀彼远征人，去家死路旁，不及祖父茔，累累冢相当。

**【注释】** ①蓐（rǔ）收：西方之神，司秋。此指西方。 ②镇石：即《周礼》所谓九州之镇山。隋制：祀四镇：东镇沂山，西镇吴山，南镇会稽山，北镇医无闾山。 ③平原：指中原。时河北（黄河以北）皆为戍役所苦。 ④龟蒙：二山名，在泰山附近。 ⑤况乃：正当。

**【译文】** 早年我曾到山东观览游赏，至今还时时回想泰山之阳。深秋时立在日观峰上，昂首览尽四极八荒。南面的朱崖恍如毛发，一片苍茫，东来的海风翻卷着我的衣裳；西方的司秋之神收敛了淫威，北方的司冬之神有如强梁。逝水流入浩瀚的海洋，镇山各自雄峙于地之四方。战乱的中原一片憔悴，广袤的农田触目荒凉。这倒不是由于风露摧残，委实是由于连年杀伤。那时国力诚然是雄厚强大，足以卫护大唐边疆；但是朝廷连年用兵契丹，动不动就远夺戎马之场。到如今国事依然翻覆不定，为此我常常泪流万行。龟山和蒙山啊不复再见，此时我正怀念久违的家乡。因肺病而全身颤抖，瘦骨露出体外，病苦煎煮中肠。当此怀忧之际，我拄剑登上屋后的北冈。山上瘴气毒热，猿鸟起落；峡中天气干燥，日头昏黄。秋风也渐渐地起于峡中，被风激起的江水沸腾如汤。登山便生归欤之想，可叹动荡的江上没有桥梁。那些离家在外的远方游子，多少人客死在道边路旁。至今我不得回家去祭扫先人之墓，空留下累累坟冢彼此相望。

## 奉送王信州崟北归

**【题解】**此诗当是大历二年（767）在夔州所作。王崟（yín）以郎官出守夔州，今罢郡归朝，杜甫赋诗相送。诗中称美王崟治夔政绩，叙写交情和惜别之意，并希望王崟归朝后乘时致治。王信州崟，即王崟。王崟官夔，故以王信州称之。信州，夔州旧名。

**【原诗】**朝廷防盗贼，供给愍诛求。下诏迁郎署①，传声典信州。苍生今日困，天子向时忧。井屋有烟起，疮痍无血流。壤歌唯海甸②，画角自山楼。白发寐常早，荒榛农复秋。解龟逾卧辙③，遣骑觅扁舟④。徐榻不知倦⑤，颍川何以酬⑥。尘生彤管笔，寒腻黑貂裘。高义终焉在，斯文去矣休。别离同雨散，行止各云浮。林热鸟开口，江浑鱼掉头。尉佗虽北拜⑦，太史尚南留⑧。军旅应都息，寰区要尽收。九重思谏诤，八极念怀柔。徙倚瞻王室，从容仰庙谋。故人持雅论，绝塞豁穷愁。复见陶唐理⑨，甘为汗漫游⑩。

**【注释】**①郎署：官署名。此指郎中，即唐之郎中员外。　②壤歌：即《击壤歌》。相传尧时有老人击壤而歌。后成为歌颂太平盛世之典。这里是说，当时除淮海之外，全国各地普遭战乱。　③卧辙：《后汉书》：侯霸为临淮太守，被征，百姓相携号哭，遮使者车，或当道而卧。此用其事，言夔州百姓挽留王崟。　④"遣骑"句：用刘真长遣骑觅张孝廉船一事。事见《世说新语》。这里喻指王崟派人来向杜甫辞行。　⑤"徐榻"句：用徐孺下陈蕃之榻一事。在这里，杜甫以徐孺自比，而以王崟比陈蕃，言王崟相待有如陈蕃之礼遇徐孺。　⑥颍川：地名。属陈蕃郡号。此借指陈蕃。　⑦尉佗：秦末，南海尉佗自立为南越王，于汉高帝十一年得到汉廷承认。后因用作叛镇臣服中央之典。这里以尉佗北拜喻指崔旰入朝。崔旰为严武旧部，他杀死了西川节度使，引起了蜀中战乱。经调停，被任命为成都尹、西川行军司马。（见《史记·南越列传》）　⑧太史南留：汉武帝元封元年首封泰山，太史公司马谈滞留周南（洛阳），未能参与此事，深以为憾。这里以太史公自喻，感叹滞留夔州。 ⑨陶唐：帝尧。尧初居于陶，后封于唐，故称陶唐。 ⑩汗漫游：秦时，卢敖见一道士，自称“与汗漫期于九垓之外”。后因用作咏叹远游的典故。汗漫，无边貌。

**【译文】**朝廷严防盗贼骚扰民间，对苦于诛求、亟待赈济的百姓倍加哀怜。于是下诏迁升王崟为郎中员外，又授命他任职夔州——到这遥远的天边。今日之百姓颠踬困顿，天子一向为此而忧虑万端。世上疮痍不再流血，井邑间升起了缕缕炊烟。唯有滨海一带太平无事，夔州尚有凄厉的角声响在山楼之间。夜不闻警，我这白发人便可常常安然早睡，野无骚扰，荒芜的山野又化作农田。王崟你离职回朝，行将北返，又遣骑辞行，寻觅我的小小的舟船。你待我犹如陈蕃之待徐孺，加礼不倦，我用什么来报答你的一片深情，我已罢了郎官之职，尘生笔管；久客夔州，身上的黑貂裘破敝不堪。你的深情高义与世长存，我这一介愚儒将客死关山。从此一别啊如同雨散，行止不定啊各如浮云在天。鸟儿啼叫在炎热的树林里，鱼儿掉头翔游在浑浊的江间。作乱西川的崔旰已入朝称臣，可我却像当年滞留洛阳的太史公一样依旧客居夔州山川。应平息战乱以使百姓免于诛求之苦，要统一天下，澄清四海风烟。王崟啊，九重天子多么想得到你这谏诤之姿，天下百姓亟待你以怀柔之策靖国安边。当此离别之际，瞻顾王室，徙倚盘桓；从容仰视，望你入朝建言。倘若老友能持正论以乘时而起，我这身处绝塞的老翁则忧愁消散。如果此生能再逢太平盛世，我即使作无边的漂泊也心甘情愿。

## 驱竖子摘卷耳

**【题解】**此诗当是大历二年（767）秋在夔州所作。当时，夔州久旱无雨，蔬菜短缺，于是杜甫差派童仆到泉石间采摘卷耳，以为下饭之需。全诗抒发了世乱民饥、膏粱饱腹的深沉感慨。竖子，小厮，即童仆。卷耳，一种叶如鼠耳、色如橘皮、丛生如盘、嫩叶可食的野菜。

**【原诗】**江上秋已分①，林中瘴犹剧。畦丁告劳苦，无以供日夕②。蓬莠独不焦，野蔬暗泉石。卷耳况疗风③，童儿且时摘。侵星驱之去，烂熳任远适④。放筐亭午际，洗剥相蒙幂⑤。登床半生熟⑥，下箸还小益。加点瓜薤间⑦，依稀橘奴迹⑧。乱世诛求急，黎民糠籺窄⑨。饱食亦何心，荒哉膏粱客！富家厨肉臭，战地骸骨白。寄语恶少年，黄金且休掷。

**【注释】**①秋已分：过了秋分。 ②日夕：指日常生活所需。 ③疗风：治疗风疾（神经性头疼）、风湿病。杜甫患有此症。 ④“烂熳”句：任凭童仆到旷远无边的地方去。烂熳，茫无边际。 ⑤蒙幂（mì）：用巾覆盖。 ⑥登床：盛进食盘。床，指放置器物的工具。 ⑦瓜薤（xiè）：草本植物，其地下茎可食。 ⑧橘奴迹：橘味。 ⑨糠籺（hé）：糠食。窄，不足。

**【译文】**已经过了秋分，可是林中的瘴气依然十分毒热。园丁向我诉苦，说因为久旱无雨，蔬菜不足以满足日常生活。唯独杂草和野菜没有枯焦，依然在泉石间长得非常茂密。卷耳不但可以下饭，还可以治疗风疾。于是差派童仆到山里去，为我及时摘取卷耳。天刚亮就派他们去，任他们到茫无边际的旷野。中午时他们就从地里回来了，放下手中的筐篮，把卷耳洗剥干净，用巾盖好。半生半熟的卷耳盛在盘子里，下筷就对身体小有补益。加一点儿卷耳在瓜薤里面，那就好像用橘皮调过味似的。当此乱世，官府加紧诛求盘剥，致使百姓连粗糠也不够吃。而那些富人是何等荒唐，饱食终日，是何居心？富家厨房里的肉食已经腐臭，战地却横陈着征夫的白骨。寄语峡中那帮恶少：你们切莫挥金如土。

## 甘　林

**【题解】**此诗当是大历二年（767）在夔州瀼西作。当时杜甫刚从城里回到瀼西甘林，有感于城野之别，而作此诗。先述归林景事，后感慨时事，表现了诗人对不堪赋税重压的贫苦百姓的深切同情。甘林，指杜甫在瀼西的橘林。

**【原诗】**舍舟越西冈，入林解我衣。青刍适马性，好鸟知人归。晨光映远岫，夕露见日稀。迟暮少寝食，清旷喜荆扉。经过倦俗态，在野无所违。试问甘藜藿①，未肯羡轻肥②。喧静不同科，出处各天机③。勿矜朱门是，陋此白屋非。明朝步邻里，长老可以依。时危赋敛数，脱粟为尔挥④。相携行豆田，秋花霭菲菲。子实不得吃，货市送王畿。尽添军旅用，迫此公家威。主人长跪问，戎马何时稀？我衰易悲伤，屈指数贼国。劝其死王命，慎莫远奋飞。

**【注释】**①藜藿：野菜名。　②轻肥：轻裘肥马的省称。此指富贵生活。③出处：出为世用和独处泉林。天机：禀命于天。　④尔：指官府之索赋税者。

**【译文】**弃舟登岸，越过西冈，进入甘林便解开了衣裳。林中的青草适合马的性情，枝头上的好鸟知道我回来了便热情歌唱。晨光映照着远处的山峰，夜露消融于初升的太阳。我这个迟暮的老头儿少睡少食，唯独喜欢柴门的清旷。所见所历的世情俗态令我厌倦，身在乡野反倒与心无违，乐哉洋洋。毫不羡慕穿轻裘骑肥马的富贵生活，甘心靠吃野菜食糟糠度此时光。喧闹和清静本不同类，出为世用和独处泉林各自禀命于天常。不要看不起身居茅屋的平民百姓，也不要夸耀朱门雕梁。第二天早晨我走访一个邻居，和一位长老一起徜徉。长老说："兵荒马乱，赋税越来越频繁，连旧粮糙米都被收税的人勒索一光。"他和我又一同到豆田里去，茂密的豆花像云霭一样。长老说："这么好的豆子吃不到嘴里，无奈到市上出卖以充官粮。送到京城全都充作了军饷，迫于官威谁也不敢把话讲。"长老说着说着便跪在地上，问我哪年哪月才没有马乱兵荒？我因年老体衰而极易引发悲伤，听了长老的哭诉更叫我痛断肝肠。我一边屈指数算着平息蕃寇的日期，一边宽慰长老的凄怆。在这京师戒严的非常时期还得为国不惜一死，千万不要高飞远走，逃往他乡。

## 暇日小园散病，将种秋菜，督勒耕牛，兼书触目

**【题解】**此诗当是大历二年（767）秋作于夔州瀼西。一天，杜甫在自家小园散心养病，见秋雨喜人，就督促仆人套牛耕地种菜，见园中一双白鹤飞来，雄鹤受伤哀号，于是引以自况，抒发了诗人流寓天涯的悲哀。

**【原诗】**不爱入州府①，畏人嫌我真。及乎归茅宇，旁舍未曾嗔②。老病忌

拘束，应接费精神。江村意自放，林木心所欣。秋耕属地湿，山雨近甚匀。冬菁饭之半③，牛力晓来新。深耕种数亩，未甚后四邻。嘉蔬既不一，名数颇具陈。荆巫非苦寒，彩撷接青春。飞来双白鹤，暮啄泥中芹。雄者左翮垂，损伤已露筋。一步再流血，尚惊矰缴勤④。三步六号叫，志屈悲哀频。鸾凰不相待，侧颈诉高旻⑤。杖藜俯沙渚，为汝鼻酸辛。

**【注释】**①州府：此指官府。　②旁舍：邻居。此指农民。　③“冬菁”句：意谓蔬菜可当饭之一半。冬菁，秋菜名。蔓菁之类。　④矰缴（zēng zhuó）：带绳的箭镞。　⑤高旻（mín）：高天。

**【译文】**我一向不愿到官府去，是怕达官贵人嫌我性情率真。如今我已回到了乡下茅屋，村民并不嗔怪我这野朴之人。年老多病的我最怕拘束，应酬交往最耗精神。身在江村，心胸顿觉开阔，一见林木就格外欢欣。趁土地湿润加紧秋耕，这场山雨下得非常均匀。常言说：“糠菜半年粮。”加紧秋耕，趁耕牛早上力气强劲。深耕细作，种上几亩秋菜；抓紧时机，不要太落后于左右四邻。满地都是各种各样名贵的秋菜，名目繁多，纷然毕陈。夔州一带气候温暖，蔬菜一直可以采摘到来年之春。从天上飞下两只白鹤，暮色中正在啄食泥中的香芹。雄鹤的左翅垂落下来，受伤后已露出带血的筋。一步一号叫啊一步一流血，还要为来自四面八方的箭镞而惊心。三步三流血啊三步六号叫，压抑着心志，频频发出痛苦的呻吟。那漠然无情的凤凰对它一点儿也不可怜，它只好侧着脖颈哭诉高天青云。我拄着拐杖俯视沙洲，为受伤的白鹤而两鼻酸辛。

## 雨

**【题解】**此诗当是大历二年（767）在夔州所作。当时吐蕃寇境，京师戒严，杜甫对雨舒闷而作此诗。诗集中反映了诗人流落天涯和感于人情浮薄而产生的苦闷心情，表达了诗人急欲出峡以豁拘闷的强烈愿望。

**【原诗】**山雨不作泥，江云薄为雾。晴飞半岭鹤，风乱平沙树。明灭洲景微，隐见岩姿露。拘闷出门游，旷绝经目趣。消中日伏枕①，卧久尘及屦。岂无平肩舆，莫辨望乡路。兵戈浩未息②，蛇虺反相顾。悠悠边月破，郁郁流年度。针灸阻朋曹，糠籺对童孺。一命须屈色③，新知渐成故。穷荒益自卑，飘泊欲谁诉。尪羸愁应接④，俄顷恐违迕。浮俗何万端，幽人有高步。庞公竟独往⑤，尚子终罕遇⑥。宿留洞庭秋，天寒潇湘素。杖策可入舟，送此齿发暮。

【注释】①消中：即中消，亦即消渴病（糖尿病）。 ②“兵戈”句：大历二年（767），吐蕃寇邠州、灵州，京师戒严，故云“兵戈浩未息”。③一命：此指有一官半职的人。 ④尪羸（wāng léi）：瘦弱。 ⑤庞公：此指东汉庞德公。庞曾携妻登鹿门山采药不返。此借以寄托出世之想。⑥尚子：指东汉高士尚子平。尚子平隐而不仕，待儿女婚嫁已毕，便出游五岳名山，不知所终。这里用这个典故，表达作者希求隐遁的愿望。

【译文】山雨初停，道路不很泥泞，江云化作薄雾飘在峡中。雨后初晴的半山腰上有白鹤在飞翔，平沙上的树木因风吹而纷纷摇动。小岛上微弱的日光或明或灭，依稀可见露珠的幽姿闪现在岩丛。心里烦闷，出门散淡心胸，清旷多趣的景物映入眼中。我因为天天卧病而很少下床，连鞋子也积满了尘土。难道不可以坐轿出门去走走？只是辨不清回乡的道路。蕃寇入侵，致使战乱浩荡不息，毒蛇也不时地来茅舍相顾。多少回残月悬在边鄙，抑郁中流年虚度。近来因接受针灸治疗而断绝了朋友间的来往，常常待在家里和孩子们一起吞食糟糠。对有一官半职的人须卑躬屈膝，否则新知会渐渐变得翻覆无常。身在穷乡僻壤越来越感到卑贱，我向谁去诉说飘泊的苦况？身体虚弱最怕应酬交往，又唯恐俄顷之间有背于友道之常。世俗浮薄，情伪万端，唯有遗世高蹈的幽人令我追攀。东汉的庞德公归隐鹿门一去不返，和他同时代的高士尚子平终难相见。秋天的洞庭湖待我留宿，清秋中的潇湘素水待我盘桓。我还可以拄杖登上东去的船只，到荆湘去打发风烛残年。

## 溪　上

【题解】此诗当是大历二年（767）在夔州瀼西所作。通过对溪上景物和民风民俗的描绘，透露出诗人急欲乘船北归的心情。

【原诗】峡内淹留客，溪边四五家。古苔生迮地①，秋竹隐疏花。塞俗人无井，山田饭有沙。西江使船至②，时复问京华。

【注释】①迮（zé）：偏窄。 ②西江：长江自西而来，故称长江为西江。

【译文】我滞留江峡历时已久，溪水边只有四五户人家。古苔遍布偏僻的乡野，秋竹中隐藏着零星的野花。当地居民习惯到江边挑水，从来都不打井，用山田产的稻米煮饭总免不了有粒粒尘沙。西江上的使者乘船经过这里，我常常向他们打听故国京华。

## 树　　间

【题解】此诗当是大历二年（767）秋杜甫客居夔州时所作。诗中出色地描写了瀼西草堂里的柑树，以及诗人坐在树下赏月的情景。意境幽美，饶有情趣。

【原诗】岑寂双柑树，婆娑一院香。交柯低几杖，垂实碍衣裳。满岁如松碧，同时待菊黄。几回沾叶露，乘月坐胡床①。

【注释】①胡床：一种可以折叠的轻便坐具，犹今之马扎。

【译文】院子里有两棵高大的柑树，幽寂得没有一丝声响。婆娑起舞的枝叶遮蔽了院落，满院贮满了荡荡的清香。交错扶疏的枝柯低于几案手杖，累累下垂的柑果直碰我的衣裳。终年像松树一样青翠碧绿，特意等待着同菊花一起泛出金黄。夜里我常常乘着月色坐在胡床上，直到柑树的枝叶上的露水沾湿了衣裳。

## 白　　露

【题解】此诗当是大历二年（767）秋在夔州瀼西所作。一天清早，杜甫骑马出门，又改乘渡船到瀼溪对岸察看果园，傍晚才回来。这首诗写的就是诗人早出晚归时所见到的园林内外景色，见出诗人日常生活的一个侧面。

**【原诗】**白露团甘子，清晨散马蹄。圃开连石树，船渡入江溪。凭几看鱼乐，回鞭急鸟栖。渐知秋实美，幽径恐多蹊[①]。

**【注释】**①蹊：小道。古语："桃李无言，下自成蹊。"

**【译文】**柑橘上面凝结着点点白露，一大早我便放马去察看果园。果园远远展开在我的视野里，沿路山崖上的树木随马徙移。下马上船，驶入直通大江的溪流，不一会儿就到了对岸。进入园林，凭倚着几案看鱼儿欣然自乐；鞭马返回时归巢的鸟儿匆匆而飞。秋天的柑果日渐甘美，唯恐偷果子的人沿着幽径踏出条条小路。

## 诸葛庙

**【题解】**此诗当是大历二年（767）在夔州时作。诗以五言排律的形式写诗人对诸葛亮的景仰之情，并叹其赍志而没，结尾则借诸葛亮以自况，希望有朝一日实现风云际会之志。诸葛庙，当指夔州的孔明庙，其庙与刘备庙分立。

**【原诗】**久游巴子国[①]，屡入武侯祠。竹日斜虚寝，溪风满薄帏。君臣当共济，贤圣亦同时。翊戴归先主[②]，并吞更出师。虫蛇穿画壁，巫觋缀蛛丝[③]。欻忆吟《梁父》，躬耕也未迟[④]。

**【注释】**①巴子国：周朝古国名，位于今四川省东部。其地东至鱼复，西至僰道，北接汉中，南极牂牁。此指代夔州。　②翊（yì）戴：拥戴。③巫觋（xí）：古代称能以舞降神的人，男曰觋，女曰巫。此当指庙内塑像。　④"欻（xū）忆"二句：因经营柑林而忆及躬耕陇亩而好为《梁父吟》的诸葛亮。此有以诸葛亮自况之意。欻，忽然。

**【译文】**在久客蜀地的日子里，我曾屡屡瞻仰诸葛亮庙宇。映照竹林的日光斜入空荡荡的庙里，从河面上吹来的晚风鼓满薄帏。想当年君臣一体，同舟共济；圣贤同时，共扶颠危。拥戴先主，鞠躬尽瘁，为吞并中原又奖帅三军屡屡出师。如今人去庙空，只留下虫蛇穿壁的痕迹，巫觋神像上结满了缕缕蛛丝。忽然忆及诸葛孔明生前所喜爱的《梁父吟》，我虽年老而躬耕陇亩亦不为迟。

## 见　萤　火

**【题解】** 此诗当是大历二年（767）秋在夔州作。诗人多角度地描写了秋夜萤火虫的特征，借以抒发思归之情。

**【原诗】** 巫山秋夜萤火飞，疏帘巧入坐人衣。忽惊屋里琴书冷，复乱檐前星宿稀。却绕井栏添个个①，偶经花蕊弄辉辉。沧江白发愁看汝②，来岁如今归未归。

**【注释】** ①添个个：添了一只又一只。写萤火虫由少而多。　②沧江白发：杜甫自谓。汝：此指萤火虫。

**【译文】** 巫山的秋夜里萤火虫在飞翔，不一会儿轻巧地钻过疏帘坐在我的衣服上。它忽然惊异于屋里琴书清冷而飞了出去，复又搅乱了房前稀疏的星光。绕井而飞的是新添的一只又一只萤火，偶然经过花蕊时争相戏弄点点幽光。我正满怀忧愁地看着屋外的萤火虫，心想不知明年的此时能不能返回久违的家乡。

## 夜　　雨

**【题解】** 此诗当是大历二年（767）秋在夔州作，表现了诗人在夜雨中产生的思归之情。

**【原诗】** 小雨夜复密，回风吹早秋。野凉侵闭户，江满带维舟。通籍恨多病①，为郎忝薄游。天寒出巫峡，醉别仲宣楼②。

**【注释】** ①通籍：记名于门籍称通籍。汉制，将记有姓名、年龄、身份的竹片挂在宫门外，经核对，合者乃许入宫。杜甫曾任左拾遗，得以出入宫门，故有“通籍”云云。　②仲宣楼：汉末文学家王粲，字仲宣，曾避居荆州，作《登楼赋》，以抒思乡之情。此以仲宣楼代指荆州，自述欲往荆州并继续北上的心愿。

【译文】秋天的一个夜晚，细雨越下越密，回风吹拂着夔州的早秋。野外的凉气侵入了紧闭的门户，饱涨的江水环绕着系在岸边的小舟。恨只恨因年老多病而不得回朝，忝列郎官，为薄禄而四处浮游。打算天寒水落时乘舟出峡，东下荆州，尔后再乘醉告别荆州而北归故都。

## 更　题

【题解】此诗与前一首同时稍后而作。杜甫滞夔，一想到今冬将从荆州骑马北归，便心驰神往君臣朝会的情景，表现了杜甫不欲驻足、急思北返的强烈愿望。

【原诗】只应踏初雪，骑马发荆州。直怕巫山雨，真伤白帝秋①。群公苍玉佩，天子翠云裘。同舍晨趋侍②，胡为淹此留？

【注释】①白帝：此指白帝城。其旧址在今四川省奉节县东十里处的瞿塘峡口北岸的白帝山山腰上。唐代的夔州城是以白帝城为基础扩建而成的，故唐人称夔州城为白帝城。　②“同舍”句：言诸公朝会。

【译文】打算初冬从荆州出发，骑马踏雪，北归京都。此时真是畏惧巫山的苦雨，真是感伤夔州的清秋。遥想朝中诸公带着苍玉之佩，天子此时身着翠云之裘。想必今晨群公趋廷侍奉，为什么唯独我滞留在这遥远的夔州？

## 舍弟观归蓝田迎新妇，送示二首

【题解】这两首诗当是大历二年（767）夏在夔州所作。这年春天，杜甫得知其弟杜观自中都（至德二载十二月，以西京为中京）已达江陵，预计暮春即可到达夔州，曾赋诗志喜。杜观来夔之后，在这年夏天要回蓝田去接妻子，于是杜甫写了这两首小诗，以记其事。诗中着重表现了杜甫盼弟早回江陵的兄弟之情。观，杜甫之弟杜观。蓝田，今陕西省蓝田县。

其　一

**【原诗】**汝去迎妻子①，高秋念却回。即今萤已乱，好与雁同来。东望西江永②，南游北户开③。卜居期静处，会有故人杯。

**【注释】**①汝：指杜甫之弟杜观。　②西江：长江自西而来，故称长江为西江。　③“南游”句：时杜甫将卜居江陵（今湖北省荆州）。江陵在蓝田（今陕西省蓝田）之南，故言待弟弟杜观南来，而面北迎候。

**【译文】**弟弟啊，你要到蓝田去接妻子南下，盼望你在深秋时能返回江陵。眼下已是萤火乱飞的夏季，到秋天你要同南归的大雁结伴回来。凝视着亘古不尽的长江送你东去，等你南下，我将在江陵开门以待。我就要到清静的江陵卜地而居，那里有故人可依，有美酒盈杯。

其　二

**【原诗】**楚塞难为路①，蓝田莫滞留。衣裳判白露②，鞍马信清秋③。满峡重江水，开帆八月舟。此时同一醉，应在仲宣楼④。

**【注释】**①楚塞：指夔州。　②判：毫不顾惜。　③信：任凭。　④仲宣楼：注见《夜雨》。

**【译文】**夔州一带道路险阻，弟弟啊你去蓝田切莫久留。归途中不惜衣裳沾满点点白露，归途中任凭马儿奔驰在千里清秋。眼下满峡都是重重江水，我将在八月东下江陵，驾一叶扁舟。待到重逢在南国江陵，好与你共醉于仲宣楼头。

## 别李秘书始兴寺所居

**【题解】**此诗当是大历二年（767）在夔州所作。李秘书有二：一是李十五，一是李八，此当指前者。诗中叙写了自己听李十五在始兴寺讲《止观经》的感受，亦表现出因内心苦闷而欲借佛法以求解脱的消极倾向。李秘书，即李文嶷，杜甫亲戚。

【原诗】不见秘书心若失，及见秘书失心疾。安为动主理信然，我独觉子神充实。重闻西方止观经①，老身古寺风泠泠。妻儿待米且归去，他日杖藜来细听。

【注释】①止观经：仇注引黄希说：《摩诃止观》，陈、隋间国师天台智者所说，凡十卷。又引杨慎说：佛经云：止能舍乐，观能离苦。又云：止能修心，能断贪爱；观能修慧，能断无明。

【译文】不见李秘书，如有所失；见到李秘书，心病顿消。静是动的根本，此理千真万确，唯独我觉得你精神充实。今天又听你讲《止观经》，顿有老身泠然、古寺风清之感。无奈妻小在家等米下锅，所以不得不暂且告辞。至于拄杖再来听你讲经，只好等待来日了。

## 送李八秘书赴杜相公幕

【题解】此诗当于大历二年（767）九月在夔州作。题下原注："相公朝谒，今赴后期也。"这年六月，剑南节度使杜鸿渐入朝，辟李秘书入幕，鸿渐先走，李秘书追赴于后，杜甫遂赋诗送李赴京入杜鸿渐幕府。诗中艺术地再现了舟行之景和赴幕情事，歌颂了时君、时相，亦隐隐见出诗人的向阙之情。杜相公幕，即杜鸿渐幕。杜鸿渐还朝后仍以平章事领山剑副元帅，故称杜相公幕。

【原诗】青帘白舫益州来①，巫峡秋涛天地回。石出倒听枫叶下，橹摇背指菊花开。贪趋相府今晨发②，恐失佳期后命催。南极一星朝北斗③，五云多处是三台④。

【注释】①益州：今四川省成都。　②相府：指杜相公（杜鸿渐）幕府。③南极一星：即南极星。《汉书·天文志》：南极星，在益州分野，觜参之旁。北斗：借喻京师。　④五云：谓京师瑞气。古人认为，太平之时，云则五色而为庆。三台：星名。计上台、中台、下台为三星。古人认为它是象征入世的三公。此喻杜相公。

【译文】从益州飞下一叶装饰一新的彩色官船，天地回旋在秋水激荡的江间。从云崖上逸出的枫叶声泼向耳畔，飞橹抛却开满菊花的两岸的连山。唯恐耽误了赴朝的佳期而被后命催促，直驶相府，驾着早晨的波澜。李秘书啊，你就是朝向北斗的南极星，杜相公就在瑞气缭绕的北斗之边。

## 巫峡敝庐奉赠侍御四舅别之澧朗

【题解】此诗当是大历二年（767）秋在夔州瀼西草堂所作。一天傍晚，杜甫的四舅枉驾来访，随即又要去澧州（今湖南澧县）、朗州（今湖南常德市），杜甫作诗送别。诗中抒发了羁旅穷愁之慨和欲往桃源避居的思想感情。

【原诗】江城秋日落，山鬼闭门中①。行李淹吾舅，诛茅问老翁。赤眉犹世乱②，青眼只途穷③。传语桃源客④，人今出处同⑤。

【注释】①山鬼：屈原《九歌·山鬼》："余处幽篁兮终不见天，路险难兮独后来。"杜甫离群索居于瀼西高山之下和幽篁密林之中，有似山鬼，故引以自比。　②赤眉：西汉末，王莽篡权，樊崇等举兵起义，将眉染赤，以别于王莽军，号称赤眉。这里以"赤眉"喻指崔旰叛乱。　③青眼：典出《晋书·阮籍传》："阮籍能为青白眼，见礼俗之士，以白眼对之；嵇康来，乃见青眼。"后因以"青眼"比喻对人有情感。这里反用阮籍事，自叹以青眼对人仍遭困厄。　④桃源：即桃花源。在朗州（今湖南常德）境内。此指代朗州。　⑤出处：偏义复词，偏于"处"。

【译文】夔州秋天的太阳落下去了，我就像山鬼一样幽闭在茅舍柴门之中。羁旅天涯的四舅滞留在他乡异地，枉驾相访我这诛茅而居的迟暮老翁。当今犹有崔旰之乱，即使青眼待人也难免日暮途穷。四舅啊，请你转告朗州境内的村民，就说我要和他们一同避居在那仙境之中。

## 孟　氏

**【题解】**这首诗当于大历二年（767）在夔州作。据《九月一日过孟十二仓曹十四主簿兄弟》一诗，可知孟氏兄弟一个排行十二，曾为仓曹；一个排行十四，曾为主簿。他俩是杜甫的邻居。此诗赞美了孟氏兄弟二人交友孝亲的优良品德。

**【原诗】**孟氏好兄弟，养亲唯小园。承颜胼手足，坐客强盘飧。负米夕葵外①，读书秋树根。卜邻惭近舍②，训子学谁门？

**【注释】**①负米：《孔子家语·致思》载，孔子弟子子路，自己吃野菜，而到百里外为父母背米。此借以称美孟氏能躬行孝道。　②卜邻：孟母考虑到邻居对未成年的孟轲的影响，几次迁居，最后选择学官为邻，使孟轲受到文化熏陶。这里称颂孟氏之母教子有方。

**【译文】**孟氏兄弟俩风范长存，仅靠一片小小的菜园养活双亲。只要能讨双亲高兴不惜胼手胝足，他们还尽力备办饭食款待我这个客人。你瞧，他们哥俩正从夕光照耀下的葵菜丛那边像子路一样负米而来；你瞧，他们哥俩一有空就在秋树下读书习文。选择孟氏兄弟作邻居真有点惭愧，教育子女除了学孟氏之母又当学习谁人？

## 吾　宗

**【题解】**此诗当作于大历二年（767），时杜甫寓居夔州。题下原注："卫仓曹崇简。"有一次，杜甫发现他的族孙杜崇简在瀼西附近隐居，遂作此诗，盛赞其人。

**【原诗】**吾宗老孙子①，质朴古人风。耕凿安时论，衣冠与世同。在家常早起，忧国愿年丰。语及君臣际，经书满腹中。

**【注释】**①老孙子：指杜甫从孙（兄弟之孙）杜崇简。

【译文】从孙崇简与我同宗，他质朴淳厚，大有古人遗风。耕田而食，凿井而饮；不计较别人议论，衣冠穿戴与时俗相同。在家总是早早起床，忧国忧民，盼望年丰。话题常及于君臣际会，文籍经书充满腹中。

## 奉酬薛十二丈判官见赠

【题解】此诗当是大历二年（767）秋在夔州东屯所作。当时，一位薛先生带着新娘子，从西边乘船从夔州经过，访问杜甫，并赋诗相赠，于是杜甫写了这首和诗。诗的主旨是劝勉薛十二乘时奋起，平乱立功，也表现了诗人自己忧国忧民、壮志未酬的抑郁心情和离群索居的孤寂境况。薛十二丈判官，名不详，当系杜甫亲戚。他年纪比杜甫小，辈分比杜甫大。

【原诗】忽忽峡中睡，悲风方一醒。西来有好鸟，为我下青冥。羽毛净白雪，惨澹飞云汀。既蒙主人顾，举翮唳孤亭。持以比佳士，及此慰扬舲。清文动哀玉，见道发新硎①。欲学鸱夷子②，待勒燕山铭③。谁重斩邪剑，致君君未听。志在麒麟阁④，无心云母屏。卓氏近新寡⑤，豪家朱门扃。相如才调逸⑥，银汉会双星。客来洗粉黛⑦，日暮拾流萤⑧。不是无膏火，劝郎勤六经。老夫自汲涧，野水日泠泠。我叹黑头白，君看银印青。卧病识山鬼，为农知地形⑨。谁矜坐锦帐⑩，苦厌食鱼腥。东西两岸坼，横水注沧溟。碧色忽惆怅，风雷搜百灵。空中右白虎，赤节引娉婷⑪。自云帝季女，喂雨凤凰翎⑫。襄王薄行迹，莫学令威丁⑬。千秋一拭泪，梦觉有微馨。人生相感动，金石两青荧。丈人但安坐，休辩渭与泾。龙蛇尚格斗⑭，洒血暗郊坰。吾闻聪明主，治国用轻刑。销兵铸农器，今古岁方宁。天王日俭德，俊乂始盈庭⑮。荣华贵少壮，岂食楚江萍。

【注释】①硎（xíng）：磨刀石。《庄子·养生主》："今臣（庖丁对文惠君自称）之刀十九年矣，所解数千牛矣，而刀刃若新发于硎。" ②鸱夷子：春秋时越国范蠡功成身退，载西施泛五湖，自称鸱夷子皮。 ③"待勒"句：用东汉窦宪大破北单于命班固写作纪功的《燕然山铭》一事。 ④麒麟阁：汉宣帝时，把功臣的像画在麒麟阁上。 ⑤卓氏：指卓文君。她是西汉临邛（今四川省邛崃）人，善鼓琴，丧夫后家居，与司马相如相恋，一同逃往成都，不久又同返临邛，自己当垆卖酒。 ⑥相如：司马相如，西汉著名辞赋家。 ⑦"客来"句：用孟光事。孟光，东汉人，梁鸿妻。夫妻隐居，以耕织为生。孟光初施粉黛，后更为椎髻，著布衣，操作而前。每食时，她举案齐眉，以示对梁鸿的敬爱。 ⑧拾流萤：《晋书·车胤传》："（胤）博学多通，家贫不常得油，夏月则练囊盛数十萤火以照书，以夜继日焉。"后人因用作勤学苦读的典故。 ⑨为农：夔州都督柏茂琳曾委托杜甫代管东屯的百顷公田，故言"为农"。 ⑩"谁矜"句：谁自矜尚书郎入直能在宫廷供给的锦帷中坐卧？意谓不再做工部员外郎。⑪"赤节"句：言赤色旌旗引来美丽的巫山神女。宋玉《神女赋序》：楚襄王与宋玉游于云梦之浦，使玉赋高唐之事，其夜王寝，果梦"与神女遇"。又宋玉《高唐赋》："（神女）去而辞曰：'妾在巫山之阳，高丘之阻，旦为朝云，暮为行雨，朝朝暮暮，阳台之下。'"传说她是"天帝之季女"。 ⑫噀（xùn）雨：犹言行雨。 ⑬令威丁：即丁令威。传说中的仙人。 ⑭"龙蛇"句：时吐蕃寇邠州，京师戒严。此言战争仍在继续。⑮俊乂（yì）：才俊之士。

**【译文】**我在峡中的茅屋里睡得朦朦胧胧，一阵悲风正好把我惊醒。原来是从西方飞来一只好鸟，为我降自寥廓的青冥。它的羽毛像白雪一样晶莹洁净，飘然飞到云烟惨淡的沙汀。它得到了主人的热情照顾，便热情地歌唱在孤亭。我拿这只热情为我歌唱的好鸟比喻你这绝代佳士，感谢你到这里来慰问我这即将乘舟东下的垂暮老翁。你的清丽的赠诗如同美玉发出动人的清声，你的见解就像刚刚从磨刀石上磨出的锐利的刀锋。你在诗中表示要学那功成身退的范蠡，你又希望自己像后汉窦宪刻石记功。可惜又有谁看重你那宝剑般的才具？可惜你那进献给君主的要言妙道，君主不肯倾听！你本有志于画像麒麟阁上，却无心眷恋云母屏风。你的新嫁娘好似新寡的卓文君，她身处高第深闺、富贵门庭。你的才调如司马相如一样风流俊逸，终于和贵夫人如牛女双星在天河相逢。贵夫人如同东汉的孟光一般贤惠，一有来客便洗掉脂粉下厨操作；天一黑就为你捕捉点点流萤。倒不是因为没有明灯蜡烛，是为了勉励你学习车胤苦读六经。此地无井，我只好到涧边挑水，野水一天比一天变得清冷。可叹我满头黑发啊已成白发，堪羡你的银印啊光色晶莹。我卧病江峡结识了山鬼，因代管农田而熟悉了地形。谁还以坐在朝廷供给的锦帐竟相矜夸？我在夔州吃厌了江城鱼腥。东岸和西岸被分割开来，奔流其中的瀼溪直注沧溟。这碧绿的水色正令我惆怅，更有风雷疾走，搜寻百灵。空中忽然幻现出白虎，赤红的旌旗领着美丽的巫山神女来自云中。她说她是天帝的小女儿，暮为行雨，附着凤凰的羽翎。楚襄王的行迹已沓然不见，更不要学那去家离乡的丁公。千百年来，梦中也为神女一洒同情之泪，醒后仿佛还有微馨残香在微微浮动。人有精诚啊自相感应，金也荧荧啊石也荧荧。先生啊先生请你安坐，不要去辩说什么泾浊渭清。龙蛇之战仍在继续，战血暗淡了郊野荒城。我听说凡是英明的君主，治国安邦不用重刑。只有把兵器销毁铸成农器，古今天下才能太平。如今大唐天子一天比一天崇尚俭德，致使才俊之士充满朝廷。贵在少壮之年建功立业，岂肯在这夔江岸边采食野萍？

## 寄狄明府博济

**【题解】**此诗当是大历二年（767）在夔州所作。杜甫的姨表弟狄博济是狄仁杰的曾孙，杜甫作诗寄赠，称其兄弟多才，追叙其祖狄仁杰有功于社稷，并劝其以宜贵为慰，以历抵为非。此诗表现了杜甫在政治上忠于太宗社稷的正统思想，并从称美狄仁杰一段文字中见出杜甫的人格和他所渴望实现的理想。

**【原诗】**梁公曾孙我姨弟①，不见十年官济济。大贤之后竟陵迟②，浩荡古今同一体。比看伯叔四十人③，有才无命百僚底。今者兄弟一百人④，几人卓绝秉周礼⑤？在汝更有文章为，长兄白眉复天启⑥。汝门请从曾翁说⑦，太后当朝多巧诋⑧。狄公执政在末年⑨，浊河终不污清济⑩。国嗣初将付诸武⑪，公独廷诤守丹陛。禁中决策请房陵⑫，前朝长老皆流涕。太宗社稷一朝正，汉官威仪重昭洗⑬。时危始识不世才，谁谓荼苦甘如荠。汝曹又宜列鼎食，身使门户多旌棨⑭。胡为飘泊岷汉间，干谒侯王颇历抵⑮。况乃山高水有波，秋风萧萧露泥泥⑯。虎之饥，下巉岩；蛟之横，出清泚⑰。早归来，黄土污衣眼易眯。

**【注释】**①梁公：指狄仁杰。狄仁杰，并州（今山西太原）人。唐高宗初为大理丞，后为豫州刺史、洛州司马。武则天天授二年（691）地官侍郎同凤阁鸾台平章事，为酷吏来俊诬害下狱，贬彭泽令。至神功元年（697）复相，力劝武后立唐嗣。圣历三年（700）卒。仁杰所荐，如张柬之、姚崇等，皆为中兴名臣。睿宗时追封为梁国公。杜甫的姨表弟狄博济是梁公的曾孙。 ②陵迟：衰微。 ③伯叔四十人：当指博济父辈。 ④兄弟一百人：谓博济同族兄弟多至百人。此称其族盛。 ⑤周礼：周朝的礼仪、制度。 ⑥长兄：指博济之兄。天启：天的启示。 ⑦曾翁：这里是对狄博济的曾祖父（狄仁杰）的称呼。 ⑧太后：此指武则天。 ⑨狄公：指狄仁杰。 ⑩浊河、清济：齐地二水名。 ⑪国嗣：皇位继承人。武：指武三思。 ⑫房陵：古地名。在今湖北房县境。唐武则天曾徙中宗于此。《唐书》：武后革唐为周，废中宗为庐陵王，迁于房州（今湖北房县）。欲以武三思为太子。仁杰数谏，曰："……且太子，天下本，本一摇，天下危矣。（太宗）父皇帝身蹈锋镝，勤劳而有天下，传之子孙。先帝寝疾，诏陛下监国。陛下掩神器而取之，十有余年，又欲以三思为后。且姑侄与母子孰亲？陛下立庐陵王，则千秋万岁后常享宗庙；三思立，庙不祔姑。"则天感悟，即日遣徐彦伯迎庐陵王于房州。王至，则天匿王于帐中，召见仁杰于语庐陵事。仁杰言辞恳切，涕下不能止。则天乃使王出，说："还尔天下！"仁杰降拜顿首。……终复唐嗣。 ⑬汉官威仪：指汉朝官吏的服饰、典礼制度。此借指唐朝的礼仪。 ⑭旌棨（qí）：旌旗与棨戟。用作官员出行的仪仗。此借指贵官。 ⑮历抵：谓一一登门拜访。此指遍干藩镇。 ⑯泥泥（nǐnǐ）：沾湿貌。 ⑰清泚（cǐ）：清澈的水。

【译文】狄明府啊，你是梁公的曾孙，也是我的姨表弟，可惜十年来不见你飞黄腾达，这委实令我惋叹唏嘘。你这名贤后裔居然如此衰落，天哪，浩荡古今本是一体！你有伯叔四十人，可惜都有才无命，终不免屈居百官之下；你有兄弟一百人，究竟有几人继承周制，卓然而起？狄明府啊你徒有文才，但不为世用；你的曾蒙上天启示的兄长啊徒然白了须眉。你们家里的人从狄公那里听说过，太后当朝时朝廷里有很多工谗巧诋的小人。狄公执政是在神功元年，滚滚浊河终究没有污染清清济水。武后起初是想立武三思为皇位继承人，幸蒙狄公力谏，终于恢复了唐嗣。经朝廷决策，到房陵诏回了被废为庐陵王的中宗，前朝长老无不流下激动的泪水。朝夕之间匡正了太宗社稷，朝夕之间又恢复了大唐威仪。只有在时局艰危的紧急关头才能识别旷世奇才，狄公犯颜苦节而独甘之如荠。你们本当列鼎而食，你们理应身据要位。为什么你却飘泊在岷汉之间？遍干藩镇，历尽辗转依人的凄凉况味。更何况这里有高山，有恶水；更何况这里秋风萧瑟，冷露遍地。从山上狂奔而下的是饿虎，从清清的江水里窜出的是凶横的蛟螭。狄明府啊早归来，黄土容易眯你的眼睛，黄土容易弄脏你的征衣。

## 同元使君春陵行并序

**【题解】** 此诗当作于大历二年（767），时杜甫在夔州。广德元年（763）冬，道州（今湖南道县）被少数民族统治者占领五十余日，这年元结授道州刺史，次年到任，有感而作《春陵行》。两三年后，客居夔州的杜甫见到元诗，写了这首和诗。全诗通过赞美元结其人其诗，可以看出杜甫热爱人民的伟大精神和现实主义文学主张。同，和。元使君，指元结。

**【原序】** 览道州元使君结《春陵行》兼《贼退后示官吏作》二首，志之曰：当天子分忧之地，效汉官良吏之目。今盗贼未息，知民疾苦，得结辈十数公，落落然参错天下为邦伯，万物吐气，天下小安可待矣！不意复见比兴体制，微婉顿挫之词，感而有诗，增诸卷轴，简知我者，不必寄元。

**【原诗】** 遭乱发尽白，转衰病相婴。沉绵盗贼际①，狼狈江汉行。叹时药力薄，为客羸瘵成②。吾人诗家秀，博采世上名。粲粲元道州，前圣畏后生。观乎春陵作，欻见俊哲情。复览贼退篇③，结也实国桢。贾谊昔流恸④，匡衡尝引经⑤。道州忧黎庶，词气浩纵横。两章对秋月，一字偕华星。致君唐虞际，淳朴忆大庭⑥。何时降玺书，用尔为丹青⑦。狱讼永衰息，岂唯偃甲兵。凄恻念诛求，薄敛近休明。乃知正人意，不苟飞长缨⑧。凉飚振南岳，之子宠若惊。色沮金印大，兴含沧浪清。我多长卿病⑨，日夕思朝廷。肺枯渴太甚，漂泊公孙城⑩。呼儿具纸笔，隐几临轩楹。作诗呻吟内，墨淡字欹倾。感彼危苦词，庶几知音听。

**【注释】** ①沉绵：以病之性状代指久病。 ②羸瘵（léi zhài）：体弱多病。 ③贼退篇：指元结《贼退后示官吏作》一诗。 ④贾谊：汉朝文学家，政论家。他在《陈政事疏》中说："臣窃唯时势，可为痛哭者一，可为流涕者二，可为长太息者六。"此以贾谊比元结。 ⑤匡衡：汉朝人。《汉书·匡衡传》："衡上疏陈便宜，乃朝廷有政议，傅经以对，言多法义。"此以匡衡比元结。 ⑥"致君"二句：言元结之志乃欲实现尧舜太平盛世，使民安乐。这与“致君尧舜上，再使风俗淳”的意思完全相同。大庭：传说中的古代帝王神农氏的别称。 ⑦“何时”二句：意谓希望皇帝下诏征辟元结这样的州郡长官为公卿大臣。丹青，以绘画为喻。《盐铁论》：“公卿者，神化之丹青。” ⑧“不苟”句：意谓不要随便牺牲人命来保住自己的官位。缨，帽带，此以长缨代指高官。 ⑨长卿：司马相如，字长卿，其人患有消渴症（糖尿病）。 ⑩公孙城：即白帝城。西汉末年公孙述曾据此城，故称白帝城为公孙城。

**【译文】**因身遭离乱之苦而头发全都白了，如今疾病又缠绕着我这日渐衰弱的老翁。久病于盗贼蜂起、国家板荡之际，不得不多年来在江汉间狼狈而行。因感叹时局而积忧成病，纵使吃药也不见任何效应；因作客天涯而忧患沉重，晚景中却成了残疾老翁。我本是诗家之秀，喜欢广罗世上的才名。光采粲然的元道州啊，你堪称前圣敬畏的佼佼后生。今天我见了你的大作《舂陵行》，就像见到伟大的哲人的才情；又拜读了你的《贼退》诗，元结啊你的确是支撑国家大厦的巨栋。你好比挥泪陈事的汉代贾谊，又好比引经议政的汉代匡衡。正因为你有一颗忧国忧民的心，所以你的大作有如奔流，浩荡纵横。《舂陵行》和《贼退》诗，堪对朗朗秋月，每一个字都如同美丽的星星。你有志于使君主恢复尧舜时代的政治，你时时忆及神农时的古朴淳良的民俗民风。哪年哪月君主下一道诏书？征辟你这宛如丹青的一代公卿。永远止息民间的诉讼，不只是四海内偃武息兵。你一想起百姓身受盘剥之苦便凄然哀痛，力请减免赋税使政治清明。从诗中我了解了你这正人君子的德性；不肯为保住官位而苟且牺牲生灵。你就像九秋清风浩荡于巍巍南岳，你一听到赞誉之言就受宠若惊。官做大了，而脸上反而有沮丧之色，你的心里常常怀着归隐之情。我正患着同司马相如一样的消渴病，可是无日无夜不在思念久违的朝廷。肺叶枯萎，干渴太甚，可是不得不抱病漂泊在这夔州孤城。叫儿子快快准备好纸和笔，临窗伏案抒写性情。在痛苦的呻吟中颤颤抖抖写了这首诗，墨迹清淡啊字体斜倾。因为我被你那凝结着苦情的诗句所感动，所以以诗相和，希望我的知音仔细倾听。

## 秋日夔府咏怀，奉寄郑监、李宾客一百韵

**【题解】**此诗依诸本编在大历二年（767）。时杜甫客居夔州。这是杜诗中

最长的一首五言排律，也是中国诗歌史上被诗家叹为观止的长排绝唱。元稹所说的“铺陈始终，排比声律，大或千言”，指的就是这首长诗。诗是寄给好友郑审和李之芳的。当时郑、李二人，一在江陵，一在夷陵（今湖北省宜昌）。由于他们多次问候杜甫，所以杜甫写了这首酬赠诗，向他们尽情倾吐了自己的一腔血悃。全诗重点是感慨漂泊流寓的遭遇，而记事写景、忆旧勉人、忧时伤乱、思家怀乡等诸多情事错杂其间，最后以皈依佛教作结。全诗感情沉郁，辞气豪迈，结构自然，属对精工，是一篇让李白不能历其藩翰的汪洋恣肆之作。郑监，即郑审，任秘书少监。李宾客，指李之芳。李曾于代宗广德元年（763）四月以御史大夫的身份出使吐蕃，被羁留两年；放还后，诏拜礼部尚书、太子宾客。

**【原诗】**绝塞乌蛮北①，孤城白帝边②。飘零仍百里，消渴已三年③。雄剑鸣开匣，群书满系船。乱离心不展，衰谢日萧然。筋力妻孥问，菁华岁月迁。登临多物色，陶冶赖诗篇。峡束沧江起，岩排古树园。拂云霾楚气，朝海蹴吴天。煮井为盐速，烧畬度地偏④。有时惊叠嶂，何处觅平川。鸂鶒双双舞⑤，猕猴垒垒悬。碧萝长似带，锦石小如钱。春草何曾歇，寒花亦可怜。猎人吹戍火，野店引山泉。唤起搔头急⑥，扶行几屐穿⑦。两京犹薄产⑧，四海绝随肩。幕府初交辟，朗官幸备员⑨。瓜时犹旅寓⑩，萍泛苦夤缘⑪。药饵虚狼藉，秋风洒静便⑫。开襟驱瘴疠，明目扫云烟。高宴诸侯礼⑬，佳人上客前。哀筝伤老大，华屋艳神仙。南内开元曲⑭，当时弟子传⑮。法歌声变转⑯，满座涕潺湲。吊影夔州僻，回肠杜曲煎⑰。即今龙厩水⑱，莫带犬戎膻⑲。耿贾扶王室⑳，萧曹拱御筵㉑。乘威灭蜂虿㉒，戮力效鹰鹯。旧物森犹在，凶徒恶未悛㉓。国须行战伐㉔，人忆止戈铤。奴仆何知礼㉕，恩荣错与权。胡星一彗孛㉖，黔首遂拘挛。哀痛丝纶切㉗，烦苛法令蠲㉘。业成陈始王㉙，兆喜出于畋㉚。宫禁经纶密㉛，台阶翊戴全㉜。熊罴载吕望㉝，鸿雁美周宣㉞。侧听中兴主㉟，长吟不世贤。音徽一柱数㊱，道里下牢千㊲。郑李光时论㊳，文章并我先。阴何尚清省㊴，沈宋欻联翩㊵。律比昆仑竹，音知燥湿弦。风流俱善价㊶，惬当久忘筌㊷。置驿常如此㊸，登龙盖有焉㊹。虽云隔礼数，不敢坠周旋㊺。高视收人表，虚心味道玄㊻。马来皆汗血，鹤唳必青田㊼。羽翼商山起㊽，蓬莱汉阁连㊾。管宁纱帽净㊿，江令锦袍鲜(51)。东郡时题壁(52)，南湖日扣舷[53]。远游凌绝境，佳句染华笺。每欲孤飞去，徒为百虑牵。生涯已寥落，国步尚迍邅[54]。衾枕成芜没，池塘作弃捐。别离忧怛怛[55]，伏腊涕涟涟。露菊斑丰镐[56]，秋蔬影涧瀍[57]。共谁论昔事，几处有新阡[58]。富贵空回首，喧争懒著鞭。兵戈尘漠漠，江汉月娟娟。局促看秋燕，萧疏听晚蝉。雕虫蒙记忆[59]，烹鲤问沉绵[60]。卜羡君平杖[61]，偷存子敬毡[62]。囊虚把钗钏，米尽拆花钿。甘子阴凉叶，茅斋八九椽。阵图沙北岸，市暨瀼西巅[63]。羁绊心常折，栖迟病即痊。紫收岷岭芋，白种陆池莲。色好梨胜颊，穰多栗过拳。敕厨唯一味，求饱或三鳣。俗异邻鲛室[64]，朋来坐马鞯。缚柴门窄窄，通竹溜涓涓。堑抵公畦棱，村依野庙壖[65]。缺篱将棘拒，倒石赖藤缠。借问频朝谒，何如稳醉眠。谁云行不逮，自觉坐能坚。雾雨银章涩[66]，馨香粉署妍[67]。紫鸾无近远，黄雀任翩翾[68]。困学违从众[69]，明公各勉旃[70]。声华夹宸极[71]，早晚到星躔[72]。恳谏留匡鼎[73]，诸儒引服虔[74]。不过输鲠直，会是正陶甄[75]。宵旰忧虞轸[76]，黎元疾苦骈。云台终日画，青简为谁编[77]。行路难何有，招寻兴已专。由来具飞楫，暂拟控鸣弦。身许双峰寺[78]，门求七祖禅[79]。落帆追宿昔，衣褐向真诠[80]。安石名高晋[81]，昭王客赴燕[82]。途中非阮籍，查上似张骞[83]。披拂云宁在，淹留景不延。风期终破浪，水怪莫飞涎。他日辞神女，伤春怯杜鹃。淡交随聚散，泽国绕回旋。本自依迦叶[84]，何曾藉偓佺[85]。炉峰生转眄[86]，橘井尚高褰[87]。东走穷归鹤[88]，南征尽跕鸢[89]。晚闻多妙教[90]，卒践塞前愆。顾恺丹青列[91]，头陀琬琰镌[92]。众香深黯黯[93]，几地肃芊芊。勇猛为心极，清羸任体孱。金篦空刮眼[94]，镜象未离铨[95]。

**【注释】**①乌蛮：《梁益记》："嶲州（在今四川西昌地区）嶲山，其地接诸蛮部，有乌蛮、白蛮。" ②白帝：即白帝城。在今四川奉节县城东瞿塘峡口。 ③消渴：糖尿病。 ④烧畲（shē）：烧山开荒。俗称火耕。度地偏：言不遗僻壤。 ⑤鸂鶒（xī chì）：水鸟名。形大于鸳鸯，而色多紫，水上偶游，故又谓之紫鸳鸯。 ⑥唤起：鸟名。即报春鸟。 ⑦扶行：竹杖。 ⑧两京：指长安、洛阳。洛阳偃师，长安杜陵，皆有故业。⑨"幕府"二句：言杜甫被严武辟为参谋、工部员外郎。 ⑩瓜时：语出《左传》：齐侯使连称、管至父戍葵丘，曰："瓜时而往，及瓜而代。"瓜时，犹言返归之时。 ⑪夤（yín）缘：连络。此指羁縻。 ⑫静便（pián）：清静；安适。 ⑬诸侯：指都督柏中丞。 ⑭南内：即兴庆宫。在皇城东南，开元初置，至十四年又有扩充。明皇每居之。开元曲：指开元年间明皇自度的法歌。 ⑮“当时”句：原注：都督柏中丞筵，闻梨园弟子李仙奴歌。 ⑯法歌：古代乐曲，因其用于佛教法令而得名。原为含有外来音乐成分的西域各族音乐，后与汉族清商乐相结合，成为隋唐的法曲。其乐器有铙钹、钟磬、箫、琵琶。 ⑰杜曲：地名。在今陕西西安东南。唐大姓杜氏世居于此。杜甫故居亦在此地。 ⑱龙厩（jiù）：西京龙厩门，即苑马门。渭水流入苑门内。苑内有飞龙、祥麟、凤苑等六厩。 ⑲莫：得毋。犬戎：谓吐蕃。《唐书》：广德元年，吐蕃入长安。永泰元年，寇奉天，京师戒严。大历初，寇邠州。 ⑳耿贾：谓耿弇、贾复。均为汉光武帝刘秀所倚重的大将。《后汉书》：“论耿贾之洪烈。”此泛指将帅。 ㉑萧曹：指萧何、曹参。二人均为辅佐刘邦称帝的开国功臣。此借比廷臣。 ㉒蜂虿（chài）：蝎子一类的毒虫。此比蕃寇。 ㉓凶徒：谓安史降将。 ㉔“国须”二句：意谓代宗不能往问河北之罪，而但慕止戈之名，铸成祸乱。 ㉕奴仆：指宦竖程元振。卢注：程元振以奴仆而错与大权，致将士懈心，外夷入寇，而生民困苦。一说，奴仆指安禄山。 ㉖胡星：指卯星。象征胡人。彗孛（bèi）：彗星和孛星。古人认为彗孛出现是灾难预兆。 ㉗丝纶：王言初出，细微如丝，行于外，渐大如纶。后指帝王诏书为丝纶。此指永泰元年正月代宗罪己之诏。 ㉘“烦苛”句：《旧记》：永泰元年正月，（代宗）下制罪己。二年十二月，大赦改元，停什亩税一法。蠲（juān），减免赋税。 ㉙始王（wàng）：指代宗初登位执政。《诗经》：《七月》，陈王业也。 ㉚于畋（tián）：打猎。此以文王出猎喻代宗幸陕。 ㉛经纶：筹划治国之大事或治世之才能为“经纶”。此指文臣武将。 ㉜翊（yì）戴：辅佐拥戴。此指贤士。 ㉝“熊罴”句：用周文王得姜太公之典。文王将出猎，卜之，曰：所获非虎非罴，所获霸王之辅。出猎后果遇姜太公。吕望，即姜太公。此以吕望喻指关内辅元帅郭子仪。 ㉞鸿雁：《诗经》篇目名。旧解以为《鸿雁》的主旨是赞美周宣王能安集众民。后因用作称美帝王的典故。此以周宣王比代宗李豫，称美他能靖乱安民。周宣：即周宣王。 ㉟中兴主：指代宗。 ㊱一柱：一柱观。在江陵。 ㊲下牢：下牢观。在夷陵（今湖北宜昌）。 ㊳郑李：指郑监、李之芳。 ㊴阴何：指阴铿、何逊。此以阴、何二人比况郑、李二公善诗。 ㊵沈宋：指沈佺期、宋之问。此以沈、宋二人比郑、李二公文思敏捷。 ㊶善价：高价。《论语·子罕》：“有美玉于斯，韫椟而藏诸？善价而沽诸？”这里以善价为喻，称美郑、李二公受人赏识。 ㊷忘筌：忘记了捕鱼的竹器。比喻目的达到后忘记了原来的凭借。《庄子》："筌者所以在鱼，得鱼而忘筌。"这里借以称颂郑、李二公的诗有不落言筌之妙。㊸"置驿"句：用汉人郑当时置驿马遍迎宾客之典，言郑监好客。 ㊹登龙：登龙门。汉人李膺，字元礼，独持风裁，以得其接见者为登龙门。此以李膺比李之芳，谓自已受到李的接待。 ㊺周旋：本指古代行礼时进退揖让的动作，这里引申为交往。 ㊻味道玄：体味道之深意。此言好道。㊼青田：山名。在浙江省青田县西北。以产鹤闻名，谓之青田鹤。传为神仙所养。此比有才之士。㊽商山：山名。在今陕西省商县东，秦末东园公、绮里季、夏黄公、甪里先生，避秦乱，隐商山，年皆八十有余，须眉皓白，时称商山四皓。高祖召，不应。后高祖欲废太子，吕后用留侯计，迎四皓，辅太子，遂使高祖辍废太子之议。李之芳为太子宾客，故用四皓事。 ㊾"蓬莱"句：郑监系秘书少监，故近蓬莱汉阁。 ㊿管宁：三国魏人。少好学，曾聚徒讲学。文帝拜为大中大夫，明帝拜为光禄勋，皆辞不就，皂帽家居。这里以避世之管宁比况已经退居的郑审。 51江令：指江总，南朝时陈朝人。为陈后主所宠信，官至尚书令，也称江令。这里以曾任太子官员的江总比喻正在朝中当官的李之芳。 52东郡：夷陵郡（今湖北宜昌），在夔州之东，故曰东郡。时李之芳在此。 53南湖：指郑监湖亭。在江陵。时郑监寓此。 54迍邅（zhūn zhān）：难行貌。 55怛怛（dádá）：忧伤貌。56丰镐：周的旧都。文王邑丰，在今陕西西安西南丰水以西。武王迁镐，在丰水以东。此借指长安。 57涧瀍（chán）：二水名。均流经洛阳市注入洛水。此代指洛阳。 58新阡：新的墓道。此指坟墓。59雕虫：《扬子》："童子雕虫篆刻，壮夫不为。"后指写作诗文的人为"雕虫"。此杜甫自谓。60烹鲤：《乐府·饮马长城窟行》："客从远方来，遗我双鲤鱼。呼儿烹鲤鱼，中有尺素书。"后以烹鲤为收到亲友来信。沉绵：久病。 61君平：汉高士严遵，字君平。隐居不仕，曾卖卜于成都，得百钱以自养。这里说羡慕君平有卖卜之钱可资饮酒，反衬自己酒资常乏。 62子敬：晋人王献之，字子敬。有一天夜间，子敬发现家中被盗，要求小偷将先代遗物——青毡留下。此谓家无长物。 63市暨：市镇泊船处，亦即码头。 64鲛室：鲛人（喻捕鱼者）居室。 65野庙堧（ruán）：野庙旁边的空地。堧，同"壖"。 66银章：银印。隋唐以后官不佩印，只有随身鱼袋。金银鱼袋谓之章服，亦简称银章。 67粉署：即粉省。尚书省的别称。 68翩翾

(xuān)：轻轻地飞舞。 ⑲困学：有所不通才学习。《论语》："困而学之。"后用以指刻苦学习。从众：依从众人之见。《左传》："善钧从众。"⑳勉旃（zhān）：努力。旃，语助，"之焉"的合音字。 ㉑宸极：北极星。借指帝王、帝位。 ㉒星躔（chán）：日月星辰运行的度次。此指星座。㉓匡鼎：指汉人匡衡。这里勉励郑李二公效法匡衡勇于进谏。 ㉔服虔：东汉末经学家。此以服虔喻指才士，希望郑李二公引进贤才。 ㉕陶甄：陶冶成器。引申为陶冶，教化，培养造就。 ㉖宵旰（gàn）：宵衣旰食。用作帝王勤政之词。此指帝王。袗：盛多凑集貌。 ㉗"云台"二句：谓云台终日为谁画？青简终日为谁编？言外是说郑、李二公是云台功臣、青简垂名之人。云台，汉宫中高台名。明帝时因追念前世功臣，图画邓禹等二十八将于南宫云台，后用以泛指纪念功臣名将之所。 ㉘双峰寺：双峰寺有二：一是蕲州双峰山东山寺，一是曹溪宝林寺。此泛指寺院。 ㉙七祖：佛教称传法相承的七代。禅宗南宗以达摩、慧可、僧粲、道信、弘忍、慧能、神会为七祖。禅宗北宗以弘忍的另一位弟子神秀为六祖，普寂为七祖。此当指南宗。亦可泛指佛教传人。 ㉚真诠：犹真谛。意谓最真实的意义或道理。 ㉛安石：指晋人谢安。此比郑审。 ㉜昭王：战国时燕昭王。后代称其为渴于求贤之君。此称美李之芳有燕昭王之遗风。 ㉝张骞：汉朝人。张骞赴大宛归朝后，曾向汉武帝秉报他探知黄河源头所出。这里喻指自己乘舟东下，有似张骞乘槎而行。 ㉞迦（jiā）叶：大迦叶比丘，是释迦牟尼大弟子。中国禅宗说他是传承佛法的第一代祖师。此借指佛教禅宗。 ㉟偓佺（wò quán）：传说中的仙人名。这里自述不曾信仰神仙服食之术。 ㊱炉峰：庐山香炉峰。 ㊲橘井：相传苏耽修仙得道仙去之前对母亲说："明年天下疫疾，庭中井水，檐边橘树，可以代养。井水一升，橘叶一枚，可疗一人。"来年果有疫疾，远近悉求其母治疗。皆以得井水及橘叶而治愈。后因以橘井为良药之典。橘井在马岭山上。 ㊳归鹤：用辽东丁令威得仙化鹤归里事。 ㊴跕鸢（dié yuān）：言瘴气之盛，虽鸢鸟亦难以飞越而坠落。后用为艰难险阻之典。跕，坠落貌。《后汉书·马援传》：援击交趾，谓官属曰："我在浪泊西里间，下潦上雾，毒气薰蒸，仰视飞鸢，跕跕坠水中。"㊵妙教：佛教语。殊妙之教法。 ㊶顾恺：即顾恺之，晋人，工画，曾于瓦棺寺画维摩诘像。杜甫早年曾去观赏过。 ㊷头陀：指头陀寺碑。南朝齐王简栖为文，文词巧丽，为世所重。碑在鄂州。琬琰：美玉。此言如玉之贵。 ㊸众香：即众香国。《维摩诘经》："有国名众香，佛号香积。"后来比喻百花灿烂的世界。 ⑭金篦（bì）：治眼病用的手术刀，形似箭镞。⑮铨：即"秤"。引申为衡量、鉴别。

**【译文】**夔州地处乌蛮的北面，夔州位于古白帝城的旁边。我从云安漂泊百里来到这里，算起来从永泰元年到现在已整整患病三年。雄剑鸣叫着好像要从匣中飞出，群书堆满即将东下的舟船。战乱中我的心郁郁不展，衰颓中晚景日渐萧然。妻子常常关心我的病体，华年也随着岁月匆匆变迁。平日常登山临水借景遣闷，陶冶性情往往依赖词章诗篇。约束沧江的山峡迤逦而起，峭壁上的圆顶古树密作一团。排空拂云的古树啊暗淡了茫茫楚气，朝着大海腾掷跳跃的惊涛翻动了吴天。从地下涌出的泉水可以迅速熬盐，当地刀耕火种的居民不留一寸偏僻的荒田。重峦叠嶂不时引起我的屡屡惊叹，去哪里寻找广阔的川原？成双成对的鸂鶒在江面上飞舞，大群大群的猕猴悬挂树间。长长的碧萝宛如衣带，小小的锦石酷似铜钱。春草何曾有枯谢的时候，秋天里的寒花也惹人爱怜。猎人吹起屯戍的火焰，野店用竹筒接引山泉。鸟鸣声中我常常焦急地搔首踟蹰，拄杖而行，屐履洞穿。长安、洛阳的田园荒废已久，四海之内的故人断绝了往还。当年我也曾受聘严武的军幕，幸喜充当了一个小小的郎官。当返归之时仍不免羁旅异地，屡屡像浮萍似的漂泊流转。药物徒然狼藉满地，于身何补？聊可惬意的是秋风静静地洒下一片安闲。开襟便驱散了漫漫瘴气，放眼便扫除了霭霭云烟。寓居夔州也曾参加过柏中丞的盛宴，嘉宾贵客一个个位居座前。我这迟暮老翁为动人的筝声所感动，华屋里与宴的歌女艳如神仙。安史之乱以后流落此地的梨园弟子，演奏了开元年间明皇在南内自度的法曲。声声法曲啊声声变转，听曲兴感的满座宾客无不泪流涟涟。在这偏僻的夔州，形影相吊，一想起长安旧居啊回肠熬煎。流入长安苑马门内的渭水啊，至今或许还流淌着吐蕃的腥膻。当年灵武将帅争扶王室，当年灵武廷臣拱卫御筵。乘胜消灭毒虫般的蕃寇，戮力效法追捕鸟雀的勇猛的鹰鹯。我心中的帝京啊依然森严如昔，可祸国殃民的凶徒怙恶不悛。国家急须行战伐之事，而代宗但慕息武之名，致使天下兵结祸连。宦竖哪里懂得什么礼义，朝廷却过滥地授之以兵权。那时，灾星似的胡人一经反叛，天下百姓遂拘于军需征敛。代宗也曾下罪己之诏，情哀意切，于是烦法苛政为之弃捐。大臣献策，代宗即位，大唐的中兴已肇其端。满朝都是经邦济世的文臣武将，拥戴王室的全都是一代高贤。代宗之有郭帅，犹如文王之遇吕望，当代人主啊真像周宣王一样能使天下平安。我听说代宗是一代中兴之主，曼声长吟的郑、李二公的诗才绝后空前。郑公的惠书不断从一柱观寄来，我的居所至李公所在的下牢有千里之远。郑、李二公交辉于当时的舆论界，一并以文章高手名列我前。文词清简，足可与阴何媲美；诗思敏捷，真堪与沈宋比肩；诗律之细可比昆仑竹管，韵律之精可辨燥湿丝弦；文采风流，俱似高价美玉；词理惬当，不落言筌。郑公好客，就像常置驿马以迎宾客的汉朝郑当时；李公身价自高，我因受到李的接待而不胜荣显。虽然说我对二公缺少礼数，但岂敢同二公断绝往还？二公放眼高视，尽收天下贤士；虚心好道，体味道之义理玄而又玄。乐于来归的贤士一个个都像汗血马，又全都像产自青田的仙鹤，声闻九天。李公呀您曾身为太子宾客，犹如商山四皓振翼而起；郑公呀您曾身为秘书少监，身近宫阙犹似身近霄汉间。郑公好比退居乡野的三国管宁，李公好比在朝居官的江总，锦袍灿然。眼下身在东郡夷陵的李公时时题诗于壁，寓居江陵南湖的郑公啊日日泛舟波前。远游到那与世隔绝的境地，萧闲赋咏，清词佳句染迹锦绣华笺。我每每想飘然孤飞回归故里，但徒然为万虑千忧所拘牵。一己生涯早已萧条冷落，大唐王室依旧举步维艰。老家里的衾枕掩没在荒草丛里，故园的池塘啊空遭弃捐。因弟妹离散而忧心忡忡，每当伏腊遥祭祖坟止不住泣涕涟涟。西京长安的寒菊怕不是已沾上点点露水，东京洛阳的秋蔬倒影想必已经掩映在涧水、瀍水之边。有谁同我一起追忆往事？可怜处处新坟起荒原！徒然回首过眼即逝的太平盛世，到现在我也懒于在喧争场上先着一鞭。兵戈扬起的风尘啊迷蒙一片，美丽的月儿枉自悬挂在江天。我局促不安地仰看北归的秋雁，凄其地听着蝉声传自苍茫的夕烟。幸蒙郑、李二公时时把我惦念，感谢你们来信问候我这患病日久的老汉。我羡慕那以卖卜为生、杖头悬钱以自养的汉代高士严君平，眼下我穷得身无分文，生计日艰。囊中空空如也，只好变卖家里的钗钏；没米下锅，又不得不折变心爱的花钿。院子里那两棵结满果实的柑树已长出阴凉的绿叶，茅屋草舍简陋得只有八九根木椽。村子临近留有八阵图的鱼复浦的北岸，村子依傍着瀼西渡口西边的悬崖之巅。因羁留异地而心碎肠断，不过久住乡下倒也可以祛病延年。我刚刚收获了岷山的紫芋，又新近引种了陆家白莲。梨子的色泽胜过美人的脸颊，瓤儿饱满的板栗大过人拳。厨房里只有一味下饭的蔬菜，要想吃饱间或烹煮几条黄鳣。我和风俗殊异、傍江而居的渔民比邻而居，要是朋友来了只好委屈他们坐在马鞯上边。用树枝绑成的柴门窄又窄，用竹筒从山上引来的泉水流潺潺。屋边的壕沟连接着官园的畦岸，村子同野庙旁边的一大片空地紧紧相连。篱笆坏了就拿荆棘来遮护，石块掉下来幸赖屋后面网状的藤条保证安全。请问，与其频频地入朝觐见，何如稳稳地醉酒而眠？谁说我老得走不动路了，自觉还能坚稳地坐着，一如从前。金银鱼袋因久不佩戴再加上雾雨沾湿而失去了光泽，料想散发着馨香的尚书省依旧美丽壮观。郑、李二公犹如了无阻碍的紫凤凌空远举，我就像飞得不高的黄雀一样栖息江边。我唯知“困而学之”，只好不合时宜；但愿即将还朝辅弼人主的郑、李二公各自奋勉。预祝您们的美名光耀北极，随时飞越到群星荟萃的星汉之间。登公辅之业就要像汉人匡衡一样敢于直谏，要举荐像东汉服虔一类的诸多鸿儒以匡正皇天。为大唐中兴而献出铮铮鲠骨，正应当教化万民，陶钧大千。宵衣旰食的皇上正忧思百结，天下的百姓啊疾苦万端。郑、李二公应当像当年画像云台的功臣一样建功立业，郑、李二公应当名垂青简。世上哪有什么艰险难行的道路？我一心想访问二公，到江陵那边。早已备好了一瞬千里的轻舟，顺流东下一似响箭鸣弦。我早已许身佛门寺院，笃志皈依佛教，出峡求禅。泊舟江陵啊以偿宿愿，身穿布衣走向真理的明天。郑公有名冠晋朝的谢安一样的流风遗韵，李公有昭王之美，我急欲相访，犹如当年争赴燕国、归依昭王的客子一般。有地主之谊，可免阮籍途穷之哭；乘舟东下，一似乘槎寻黄河之源的张骞。沿江披拂水上的云雾，急赴江陵，一刻也不迟延。风信时终究要破浪前往，水中的怪物切莫要喷浪飞涎。来春我就要辞别巫山神女，因伤春而怕见悲啼的杜鹃。淡交如水的人，随聚随散；到江陵水乡来往于郑、李之间。本想皈依佛门，精参禅理，何曾打算凭借泠然飞行的偓佺飘然成仙？顾盼间便神游到佛光普照的香炉峰上，那仙气浮游的橘井尚在马岭山巅。我并不羡慕辽东丁令威成仙化鹤而归里，但愿辗转南行，管他毒瘴充满天地，水上落满死鸢。晚年多多领教释氏殊妙之教法，深信最终能够痛改前愆。瓦棺寺里有晋人顾恺之图绘的维摩诘画像，头陀寺里那南朝王简栖撰写的碑文如玉一样美妍。众香国里馥郁的香烟暗了天地，没有一处佛地不是草木茂盛，气象庄严。《楞严经》上说：“发大勇猛，行诸一切难行法事”，去志已决，管什么身瘦体孱。金篦徒然可以治疗病眼，而执镜象以为实有，不离铨衡之间。

## 寄刘峡州伯华使君四十韵

【题解】此诗当是大历二年（767）在夔州所作。时刘君在峡州（今湖北宜昌），杜甫作诗相赠。诗以夔、峡两地兴起思念刘君之情；继而追溯先世渊源，赞其近作风流，申欲往联吟之意；接着叙述彼此行藏和客夔近况；最后以规讽刘君当有功民社和感慨一己身世终篇。刘峡州伯华，即刘伯华，刘允济之孙。

【原诗】峡内多云雨，秋来尚郁蒸。远山朝白帝①，深水谒夷陵②。迟暮嗟为客，西南喜得朋。哀猿更起坐，落雁失飞腾。伏枕思琼树，临轩对玉绳③。青松寒不落，碧海阔逾澄。昔岁文为理，群公价尽增。家声同令闻④，时论以儒称。太后当朝肃⑤，多才接迹升⑥。翠虚捎魍魉⑦，丹极上鲲鹏⑧。宴引春壶酒，恩分夏簟冰⑨。雕章五色笔⑩，紫殿九华灯⑪。学并卢王敏⑫，书偕褚薛能⑬。老兄真不坠，小子独无承。近有风流作，聊从月窟征⑭。放蹄知赤骥，捩翅服苍鹰⑮。卷轴来何晚，襟怀庶可凭。会期吟讽数，益破旅愁凝。雕刻初谁料，纤毫欲自矜。神融蹑飞动，战胜洗侵陵。妙取筌蹄弃⑯，高宜百万层。白头遗恨在，青竹几人登。回首追谈笑，劳歌跼寝兴⑰。年华纷已矣，世故莽相仍。刺史诸侯贵⑱，郎官列宿应。潘生云阁远⑲，黄霸玺书增⑳。乳赞号攀石㉑，饥鼯诉落藤。药囊亲道士，灰劫问胡僧。凭久乌皮拆，簪稀白帽棱。林居看蚁穴，野食待鱼罾㉒。筋力交雕丧，飘零免战兢。皆为百里宰㉓，正似六安丞㉔。姹女萦新裹㉕，丹砂冷旧秤㉖。但求椿寿永㉗，莫虑杞天崩㉘。炼骨调情性，张兵挠棘矜㉙。养生终自惜，伐叛必全惩。政术甘疏诞㉚，词场愧服膺。展怀诗诵鲁，割爱酒如渑㉛。咄咄宁书字㉜，冥冥欲避矰㉝。江湖多白鸟，天地有青蝇。

【注释】①白帝：注见前诗。 ②夷陵：指峡州，即今湖北宜昌。 ③玉绳：星名。常泛指群星。 ④家声：家族世代相传的声名美誉。此借指杜甫祖父杜审言。令闻：美好的声誉。此借指刘使君祖父刘允济。刘允济系武后时人。 ⑤太后：指武则天。 ⑥接迹：足迹前后相接。形容人多。⑦翠虚：碧空。此喻朝廷。捎：击杀。 ⑧丹极：宫殿中的红色栋宇。此指朝廷宫殿。 ⑨簟（diàn）：供坐卧铺垫用的苇席或竹席。 ⑩雕章：美文。五色笔：南朝梁文学家江淹，晚年才思减退，有梦郭璞索还五色笔的传说。后因用五色笔比喻出色的文才。这里用这个典故，称美刘伯华文才出众。 ⑪紫殿：帝王宫殿。九华灯：灯名。《汉武内传》："七月七日西王母至，帝扫除宫内，燃九光之灯。"《西京杂记》："元日燃九华灯于终南山上，照见百里。" ⑫卢王：卢照邻、王勃之并称。 ⑬褚薛：褚遂良、薛稷之并称。 ⑭月窟（cuì）：月宫。窟，洞穴。 ⑮捩（liè）翅：翻转翅膀。 ⑯筌蹄：《庄子·外物》："筌者所以在鱼，得鱼而忘筌；蹄者所以在兔，得兔而忘蹄。"筌，捕鱼竹器。蹄，捕兔网。《庄子》以得鱼忘筌、得兔忘蹄比喻得意而忘言。后世因以"筌蹄"比喻诗歌语言形式。这里称美刘氏作诗有不落言筌之妙。 ⑰寝兴：睡下和起床。此借指日夜。 ⑱刺史：指刘使君。刘盖郎官而出为刺史者。 ⑲潘生：指西晋诗人潘岳。 ⑳黄霸：西汉淮阳阳夏人，武帝、宣帝时名吏，为政宽和。 ㉑乳獌（xuàn）：兽名，形似狗而有力者。 ㉒鱼罾（zēng）：鱼网。此借指鱼。 ㉓百里宰：县令的别称。 ㉔六安丞：指谭桓。谭桓因进言反对以谶决事，触怒刘秀而被贬为六安（在今安徽省寿县南）郡丞。杜甫曾以左拾遗出为华州司功，故以谭桓自比。 ㉕姹（chà）女：道家炼丹，称水银为姹女。 ㉖丹砂：道家炼制成的所谓长生不老之药。 ㉗椿寿：大椿树的寿命。《庄子·逍遥游》："上古有大椿者，以八千岁为春，以八千岁为秋。"后世因以"椿寿"指长寿。 ㉘杞天崩：《列子·天瑞》："杞国有人，忧天地崩坠，身亡所寄，废寝食者。"后用以比喻不必要的忧虑。 ㉙棘矜：戟柄。棘，通"戟"。 ㉚政术：政治方略。此指仕途。 ㉛渑（shéng）：古水名。在四川境内。 ㉜"咄咄"句：典出《世说新语》：殷浩虽被废在长安，口无怨言，但终日常书空作"咄咄怪事"四字。此形容失志、懊恨之态。 ㉝矰（zēng）：系有生丝绳以射飞鸟的箭。

**【译文】**峡内虽然多云多雨，但瀼西的秋天依然暑气蒸腾。夷陵一带的远山朝向白帝，流经白帝一带的江水拜谒夷陵。因晚年作客异乡而屡屡嗟叹，漂泊西南的我呀喜得高朋。我就像哀猿一样或起或坐，我就像落雁似的难以飞腾。病中我常常思念美如玉树般的刘使君，夜里每每凭倚着轩窗独对星空。刘使君啊您就像经寒不凋的参天松树，您就像广阔而澄澈的碧海无比宽宏。唐初以文治世，堪成一代之盛，当时的才士啊身价尽增。素有美名的我的祖父和颇负盛誉的您的祖父，以一代鸿儒的身份博得当时舆论界的美称。太后当朝时上下一片肃敬，众多的才士啊连连迁升。朝廷奋力击杀魑魅魍魉般的小人，登朝执政的贤士有如扶摇直上的九天鲲鹏。春天时宴席上排列的尽是金杯美酒，夏天时承恩受赐凉席和冰凌。用五彩妙笔写出的绮文丽句，犹如巍峨的皇宫里点燃着九光之灯。乃祖博学，同卢照邻、王勃一样聪敏；我祖工书，同褚遂良、薛稷一样颇负盛名。老兄您真是不坠家学家道，小子我却没有继承先祖遗风。刘使君近来有风流之作问世，姑且向您所在的恍如月宫的明月峡索征。大作奔放，料想如奋蹄驰驱的千里马；大作劲健，势必如转翅翻动长天的矫健的雄鹰。遗憾的是来诗甚晚，但这也庶可慰藉我这迟暮的老翁。大作在手，当必时时讽咏吟诵，借以开释我的旅愁百结的心胸。您那精雕细刻的文词乃是我始料未及的，用心甚细，虽纤毫之微也要悉心斟酌，足以自矜其能。大作文思勃发，气韵飞动；大作文词骏利，谁可争雄？自有不落言筌之妙，自能高出众人百万层。对于诗道，我至今尚有遗恨，古往今来究竟能有几人青史留名？我常常回忆我们以往相处的快乐情景，而现在我日夜局促不安地吟咏忧伤的诗文。年华久已消失得杳无踪影，而鲁莽的人事依旧相因相承。刘使君啊您身为刺史，显赫于衮衮诸侯之间；您也曾位居郎官，与天上的星座遥相匹应。您就像晋人潘岳一样身居巍峨的台阁，您就像汉人黄霸一样幸蒙皇上的擢升。岩石累累的山崖间有乳赟在吼叫，盘缠在地的枯藤上有饥鼯不时地悲鸣。我因病而亲近了当地道士，自怜落入劫火的余灰之中。长久地凭倚着破旧的乌皮几案，因性情疏懒而不出户庭。栖居在山林里无聊地看着蚂蚁的洞穴，风餐野食，等待着出水的鱼罾。我已衰弱得没有一点儿力气，飘零至此，依旧难免战战兢兢。我和你同为郎官，本来能出宰百里，无奈我因事见弃，正像谭桓之被贬为六安郡丞。弃旧丹炼新药但求长生不老，无须像杞人一样忧虑天塌天崩。一边锻炼身体，一边调节情性，终归要自爱自养寂寞残生。刘使君啊您身任民社，当以国事为重，当此蜀寇未靖的关头亟需兴兵奋戟，讨伐寇兵。我心甘情愿远离仕途，而您对我诗才的推服令我羞愧难容。唯有吟诵您那以鲁诗为正宗的诗歌才能大展我的心境；我因病戒酒，任他有酒如渑。我去官离职岂能像终日书空的殷浩，只好遗世遁迹，远害全生。茫茫江湖上飞舞着成群成群的白鸟，天地四方到处都是纷纷乱飞的苍蝇。

## 秋　清

**【题解】**此诗当是大历二年（767）在夔州打算出峡时所作。这年秋天，杜甫的身体有所好转，便决意到初冬十月离夔东下。此诗所写，正是这种情事。

**【原诗】**高秋苏肺气，白发自能梳。药饵憎加减①，门庭闷扫除。杖藜还客拜，爱竹遣儿书②。十月江平稳，轻舟进所如。

**【注释】**①“药饵”句：言药力无效，故厌憎吃药。　②儿：当指宗武。

**【译文】**高秋大气治好了我的肺病，从此能自己梳理白发斑斑。药力无效，所以对吃药非常厌憎；懒于应酬，所以从不打扫院落房间。拄着拐杖答拜来客，喜爱毛竹，就叫儿子在上面代笔题写诗篇。等到十月风平浪静，我好驾一叶风帆，去向往之地。

## 秋　峡

**【题解】**此诗当是大历二年（767）在夔州东屯所作。诗中描写了独处万古江峡的诗人的衰老形象，以及种种可畏的物性人情，表现了诗人寓夔生活的一个侧面。

**【原诗】**江涛万古峡，肺气久衰翁。不寐防巴虎，全生狎楚童。衣裳垂素发，门巷落丹枫。常怪商山老①，兼存翊赞功②。

**【注释】**①商山老：商山四皓。秦末汉初，四皓曾隐居商雒山，后曾下山辅佐太子。这里引四皓年高尚能辅佐太子一事，借以感叹一己之衰老。②翊（yì）赞：辅佐赞助。

**【译文】**江涛在万古千秋的峡中奔腾，这里寄居着我这患有肺病、衰谢日久的一介老翁。夜里为提防巴山虎我彻夜不敢入睡，白天为保全性命又不得不亲近楚地的儿童。衣服上垂挂着满头白发，柴门外陋巷里有红枫飘零。我常常惊叹屏迹而居的商山四皓，到晚年他们竟然多有辅佐赞助之功。

## 摇　落

**【题解】**这首诗当是大历二年（767）在夔州所作。这年九月，吐蕃寇邠州、灵州，京师戒严，诗人对巫山暮景而伤时兴感，抒发了因卧病秋山而难酬报国宿志的深沉感慨。

**【原诗】**摇落巫山暮，寒江东北流。烟尘多战鼓①，风浪少行舟。鹅费羲之墨②，貂余季子裘③。长怀报明主，卧病复高秋④。

**【注释】**①烟尘：喻战乱。大历二年（767）九月，吐蕃寇邠州、灵州，京师戒严。故有“烟尘”云云。　②羲之：王羲之，晋朝书法名家。这里用王羲之书写《道德经》换鹅一事，说自己徒善书法而无补于世。　③季子裘：《战国策》载，苏秦身穿黑貂之裘，带着百镒黄金，西入于秦，游说秦惠王，十次上书，裘敝财尽，未获知遇而归。这里以季子（苏秦）裘指自己身上穿的衣服。　④复高秋：时杜甫已在夔州过了两个秋天。

**【译文】**万木摇落，巫山顿成暮秋，秋天里的长江水向东北奔流。烟尘遍地，到处多是隆隆的战鼓；风浪滔天，很少有过往的行舟。纵有羲之笔法，于国何补？身上只剩有破旧的貂裘。终生总想报效英明的君主，无奈又一度卧病夔州高秋。

## 峡　隘

**【题解】**这首诗当是杜甫于大历二年（767）有意出峡赴江陵（荆州）时所作。杜甫因久滞夔州而恶其峡隘天窄，于是即生卜居江陵之想。诗通过描写江陵之胜，见出诗人欲往不能的憾恨。

**【原诗】**闻说江陵府①，云沙静眇然。白鱼如切玉，朱橘不论钱。水有远湖树，人今何处船②？青山各在眼，却望峡中天。

**【注释】**①江陵府：指荆州。 ②“人今”句：卢注：时公弟观，归蓝田迎妇，望其早至江陵，故曰“人今何处船”。

**【译文】**听说江陵一带地阔天远，静静的云沙啊渺然无边。那里的白鱼如切开的美玉，那里的丹橘质美价廉。辽阔的江湖边有云树映水，爱弟杜观啊如今你泊舟于哪一片水天？江陵一带的青山各入眼帘，可我只能局促地回望一线峡天。

## 秋日寄题郑监湖上亭三首

**【题解】**此诗当是大历二年（767）秋杜甫行将离夔、东下荆州时所作。时秘书监郑审贬官江陵，筑宅湖边以居，杜甫寄诗题其湖亭胜景，意在表露厌居夔府，向往江陵的情绪和意欲与郑为邻、携家卜居的心愿。郑监湖上亭，在江陵（今湖北荆州）。

### 其　一

**【原诗】**碧草违春意，沅湘万里秋①。池要山简马②，月净庾公楼③。磨灭余篇翰，平生一钓舟。高唐寒浪减④，仿佛识昭丘⑤。

**【注释】**①沅湘：二水名，即沅水、湘水。汇入洞庭。 ②要：同“邀”。山简：晋征南将军山简，镇襄阳，常骑马到高阳池宴饮，大醉而归。（事见《晋·山简传》）这里以高阳池比郑监湖。 ③庾公楼：晋人庾亮任江荆豫州刺史镇武昌时，曾出席部属南楼赏月之会。这里以庾亮楼比拟郑监亭。 ④高唐：即高唐观。《高唐赋·序》载：“楚襄王与宋玉游于云梦之台，望高唐之观。”高唐观本在云梦，后人因巫山神女事遂传说在巫峡。此诗中之“高唐”，当指在巫山者言之。这里以“高唐”代指巫峡。 ⑤昭丘：即楚昭王墓，在湖北当阳七十里处。

**【译文】**碧草凋落了春意，萧条满目，遥想广袤的沅湘一带万里皆秋。郑监湖多像邀山简骑马醉游的高阳池，郑监亭多像月光漂洗一新的庾亮楼。

岁月销磨，只剩下写诗的兴趣；将伴我东下江陵的是平生仅有的一叶扁舟。等到巫峡里的秋水稍为平缓，我就要乘舟东下，到江陵一睹依稀仿佛的楚昭王陵丘。

## 其　二

**【原诗】新作湖边宅，还闻宾客过。自须开竹径①，谁道避云萝？官序潘生拙②，才名贾傅多③。舍舟应卜地，邻接意如何？**

**【注释】**①开竹径：《文选·谢灵运〈田南树园〉》注引《三辅决录》："蒋诩，字元卿，隐于杜陵。舍中三径，唯羊仲、求仲从之游。"这里引用蒋诩竹下开三径的故事，称美郑监喜迎宾客。　②潘生：指西晋诗人潘岳。他曾在《闲居赋·序》中说自己拙于做官，淡于荣辱。此以潘岳比郑监。　③贾傅：指汉代政论家贾谊。贾谊曾出任为长沙王太傅，故称"贾傅"。此以贾谊比郑监。

**【译文】**郑审啊，你刚刚在湖边盖好了新宅，就听说有宾客过从甚多。你就像开竹径的蒋诩一样迎宾待客，谁说你为避俗而隐于层层云萝？你就像潘岳一样拙于做官，淡于荣辱；你就像贾谊一样才高名大，声誉远播。我多想到江陵后弃舟登岸，择地而居，共结芳邻，不知尊意如何？

## 其　三

**【原诗】暂阻蓬莱阁①，终为江海人。挥金应物理②，拖玉岂吾身③！羹煮秋莼滑，杯凝露菊新。赋诗分气象，佳句莫频频。**

**【注释】**①蓬莱阁：汉洛阳南宫内之东观，为宫中藏书、著书之处。当时学者称东观为道家蓬莱。唐人因以蓬莱阁喻指秘书省。这里追述郑审曾任秘书少监。　②挥金：汉宣帝时，太傅疏广告老还乡，将朝廷的赐金分与族人、故旧。后因用作咏归隐的典故。此承次句，言郑审归隐江海，颇具达识。　③拖玉：指富贵生活。

**【译文】**郑审啊，你先前曾在朝中任秘书少监，但终于遭贬而成为归隐江海的人。隐迹遁世——顺应自然之理，享荣华受富贵岂属我身！遥想郑监湖畔的蒪羹鲜美滑润，新酿的菊花露盛满酒樽。等我到了江陵后要和你分咏湖亭美景，挥笔赋诗，清词佳句莫不出之频频。

## 秋野五首

**【题解】**这组诗当是大历二年（767）在夔州瀼西所作。或记秋野景象，或抒秋野之兴，或写幽居之趣，或兴留滞之感等等，见出诗人瀼西生活和心情的各个侧面。

### 其　一

**【原诗】**秋野日疏芜，寒江动碧虚。系舟蛮井络①，卜宅楚村墟。枣熟从人打②，葵荒欲自锄。盘飧老夫食，分减及溪鱼③。

**【注释】**①蛮井络：谓荆蛮之地。此指夔州。夔州古属楚地。左思《蜀都赋》："岷山之精，上为井络。"言岷山之地，上为东井维络；岷山之精，上为天之井星。络，维。　②人：指无食无儿的西邻妇人。　③分（fèn）减：把自己份内的部分东西分给别人。

**【译文】**秋天的山野日见荒凉，寒秋中的长江水翻动着天光。我泊舟在这古楚地的水湄江畔，我寓居在这古楚地的一个小小村庄。院子里的枣儿熟了，任凭那贫苦的西邻妇人来打；地里的葵苗荒了，我便亲自去锄苗灭荒。我还把盘子里的饭食，分一份投到溪流，让鱼儿品尝。

### 其　二

**【原诗】**易识浮生理，难教一物违。水深鱼极乐，林茂鸟知归。衰老甘贫病，荣华有是非。秋风吹几杖，不厌北山薇①。

**【注释】**①北山薇：北山，此指北崦，即东屯北面的山。薇：野菜。《史记》：夷齐（伯夷、叔齐）隐于首阳山，采薇而食。此言托迹山林，固守其贫。

【译文】我也很懂得浮生之真谛，所以从不违背自然之常理。水深的地方，鱼儿格外快乐；茂密的树林里有成群的鸟儿争相归依。我这一介老翁安于贫病境地，追慕荣华往往多生是非。飒飒秋风吹拂着我的小几、拐杖，心甘情愿采食北山野薇。

## 其　三

【原诗】礼乐攻吾短，山林引兴长①。掉头纱帽侧，曝背竹书光②。风落收松子，天寒割蜜房。稀疏小红翠，驻屐近微香。

【注释】①“礼乐”二句：言不拘礼法而性爱山林。攻，治。　②竹书：竹简之书。此泛指书。

【译文】生来就不为礼法所拘束，山林时时引发我的清兴悠长。一掉头，纱帽随即歪于一侧；曝背看书，书页上亮着一片日光。随地捡拾被风吹落的松子，天寒时便去割取蜂房。满山都是红绿相间的零星山花儿，一驻足便染上缕缕微香。

## 其　四

【原诗】远岸秋沙白，连山晚照红。潜鳞输骇浪，归翼会高风。砧响家家发，樵声个个同。飞霜任青女①，赐被隔南宫②。

【注释】①青女：司霜女神。《淮南子·天文训》：“青女乃出，以降霜雪。”　②赐被：《汉官仪》载，尚书郎入直，朝廷赐被御寒。后因用作咏郎官的典故。南宫：尚书省的代称。此借指朝廷。这里自述虽身为郎官但因远离朝廷而不得承蒙赐被之恩。

【译文】秋天，随江迤逦的白沙遍布远岸，通红通红的夕阳烧红连绵的群山。惊涛骇浪送来了成群成群的鱼儿，归巢的鸟群相会于长风不息的峡天。到处都有山歌传来传去，家家户户砧声相传。一任司霜女神降下遍地白霜，可叹我因远离朝廷而不得受赐锦被以御风寒。

## 其　五

【原诗】身许麒麟画①，年衰鸳鹭群②。大江秋易盛，空峡夜多闻。径隐千重石③，帆留一片云。儿童解蛮语，不必作参军④。

【注释】①麒麟画：即画麒麟。汉宣帝刘洵为了表彰佐汉名臣，于甘露年间将霍光、张安世、韩增、赵充国、魏相、丙吉、杜延年、刘德、梁丘贺、萧望之、苏武等十一人的肖像画在麒麟阁上。后因以麒麟画比喻有功于国而得到特殊荣誉。杜甫在这里借以说自己过去曾胸怀大志。 ②鸳鹭：注见《暮春题瀼西新赁草屋五首》其五。 ③“径隐”句：谓避居江峡深处。 ④“儿童”二句：《世说新语》载，郝隆为蛮府参军，三月三日宴会，作诗一句：“娵隅跃清池。”桓温问道：“娵隅是何物？”郝隆回答说：“蛮名鱼娵隅。”桓温说：“作诗何以作蛮语？”郝隆答道：“千里投公，始得蛮府参军，哪得不作蛮语也？”杜甫在这里化用郝隆用蛮语作诗一事，意在以谑词自伤客夔日久。

【译文】当年我也曾怀抱为国立功的宏愿大志，可叹如今年老体衰，远离了朝中群臣。白天面对的是寒秋中盛涨的江水，夜里听到的尽是响彻空峡的风声涛音。千重山崖掩埋了幽径小路，眼中的归帆啊多像停在江峡的一片轻云。我客居夔州已经很久很久，孩子已经会说蛮语，但我未必如同用蛮语作诗的郝隆参军。

## 课小竖锄斫舍北果林枝蔓，荒秽净讫，移床三首

【题解】这组诗当作于大历二年（767）秋，时杜甫客居瀼西。通过描写舍北果林情事和舍北朝暮景色，见出诗人追慕静寂幽闲的情趣和绝人避世、随遇而安之意。小竖，杜甫家中童仆。床：藜床。

### 其　一

【原诗】病枕依茅栋，荒鉏净果林①。背堂资僻远②，在野兴清深。山雉防求敌，江猿应独吟。泄云高不去，隐几亦无心。

【注释】①荒鉏（chú）：荒废的农具。鉏，同“锄”。 ②背堂：北堂。

【译文】舍北果林里的荒秽被童仆用锄清除净尽，于是靠近茅屋，移床伏

枕——在幽静的果林。这北堂一带是一个偏远的所在，托身郊野自有清深的野兴悠然于心。山鸡警惕地提防对手出而挑战，性喜群居的江猿应和着同伴的独吟。高高的泄云停在山岫，我凭案而望，和云一样无意无心。

### 其　二

【原诗】众壑生寒早，长林卷雾齐。青虫悬就日，朱果落封泥。薄俗防人面，全身学《马蹄》①。吟诗重回首，随意葛巾低。

【注释】①《马蹄》：《庄子》中之篇目名。《庄子·马蹄篇》云："至德之世，同与禽兽居，族与万物并，恶乎知君子小人哉！"这里是说，薄俗之地，人心叵测，唯以浑同之道处之，庶可全身远害。

【译文】秋寒提前来到了千山万壑之间，晓晴时高高的果林一齐卷起晓雾轻烟。悬挂在果树枝上的青虫晒太阳，掉在地上的红果埋在泥土里边。处人情浇薄之地，须提防兽心人面；要想全身远害，当深谙《马蹄》遗篇。在这里我一边吟诗，一边频频瞻顾，一任葛巾随意偏低在耳畔鬓边。

### 其　三

【原诗】篱弱门何向，沙虚岸只摧。日斜鱼更食，客散鸟还来。寒水光难定，秋山响易哀①。天涯稍曛黑②，倚杖独徘徊。

【注释】①秋山响：指响在秋山中的风吹落叶的声音。　②天涯：指夔州。

【译文】篱笆不坚，篱门歪斜，说不清门朝何方；沙松土薄，江岸崩摧，以成此地之常。日头西斜时鱼儿又浮出水面觅食；游客散去，宿鸟归林，载着暮色的苍茫。映照在江面上的落日的余辉随波摇漾，响在秋山里的落叶的响声极易引发悲伤。当此夔州暮色初起、天色渐暗的时候，我独自一人拄着拐仗往来徜徉。

## 返　照

【题解】此诗当是大历二年（767）在夔州瀼西所作。此诗写巫山得夕光而景色半有半无之境，逼肖自然，自是诗中之画。

【原诗】返照开巫峡，寒空半有无。已低鱼复暗[1]，不尽白盐孤[2]。荻岸如秋水，松门似画图[3]。牛羊识童仆，既夕应传呼。

【注释】①鱼复：鱼复浦。 ②白盐：白盐山。 ③松门：松门峡。在夔州。

【译文】夕照重又打开了巫峡的奇景，寒天中的景物半明半暗，各呈异彩。位于低处的鱼复浦沉浸在黝黑的暮色里，只有孤零零的白盐山的峰尖还没完全没入暮霭。江岸上的芦荻恍如秋水随风漾动，松门峡暮景宛如画图在眼前展开。暮色中归村的牛羊各识童仆吆喝之音，一声传呼，便有应和之声在夕光里传去传来。

## 向　夕

【题解】此诗当是大历二年（767）在夔州瀼西所作。诗写向夕江村景物，寄寓了杜甫的衰疾之悲和离索之感。

【原诗】畎亩孤城外[1]，江村乱水中。深山催短景[2]，乔木易高风。鹤下云汀近，鸡栖草屋同。琴书散明烛，长夜始堪终。

【注释】①畎（quǎn）亩：田亩。 ②景：同“影”。

【译文】田地散布在孤零零的夔州城外，依江傍水的瀼西座落在乱水之中。深山催短了冬天的日影，乔木摇起了九天高风。白鹤落到附近缭绕着暮云的沙洲上，鸡儿一起栖息在草屋之中。屋里的烛光散射到琴书上，只有靠弹琴看书才能熬到天明。

## 天　池

【题解】这首诗当是大历二年（767）秋在夔州瀼西所作。诗记天池气象、景物，见出诗人久客夔州的感慨。天池，在夔州城东的山顶上。

【原诗】天池马不到，岚壁鸟才通。百顷青云杪，曾波白石中。郁纡腾秀气，萧瑟浸寒空。直对巫山峡，兼疑夏禹功。鱼龙开辟有，菱芡古今同①。闻道奔雷黑，初看浴日红。飘零神女雨，断续楚王风②。欲问支机石③，如临献宝宫。九秋惊雁序，万里狎渔翁。更是无人处，诛茅任薄躬④。

【注释】①菱芡（qiàn）：池中植物名。 ②神女：宋玉在《高唐赋》中虚构了巫山神女与楚王幽会的浪漫故事。这里作者想象夔州之雨是神女所下。楚王风：宋玉在《风赋》中把风分为“大王之风”和“庶人之风”。这里以“楚王风”喻指天池上的大风。 ③支机石：汉武帝令张骞使大夏寻河源，乘槎经月而至一处，见一女织，一丈夫牵牛饮河，织女取支机石与骞而还。这里以织女的支机石称颂天池如银河仙境。 ④诛茅：伐茅建屋。薄躬：犹言微不足道的我。

【译文】天池，连马都不能攀越而上；岚壁，只有鸟儿才能在此飞航。百顷天池哟宛在青云之上，四围白石中翻滚着层层白浪。晴天，天池蒸腾着勃勃秀气；阴天，天池浸泡着萧瑟上苍。它正对着巫山巫峡，我多次惊疑是大禹的开凿之功留在这人间天上。开辟伊始就有鱼龙在池中潜隐，自古至今菱芡蓄满池中。我常听说奔雷滚过时天地一片黑暗，如今我初次见到红日沐浴在碧波之中。一会儿神女降下点点山雨，一会儿断断续续吹来楚王雄风。想上前去探问遗留在天河边上织女的支机石，我身临天池犹如身临献宝宫。九秋雁阵惊动了我的旅魂，在此万里天涯徒然同渔翁相近相亲。这是一个了无人烟的所在，任我在这里筑舍而居，终了此生。

## 复愁十二首

【题解】这组诗当是大历二年（767）秋在夔州瀼西所作。杜甫久客天涯，有感于前愁未释而后愁复至，于是写了这一组对秋兴悲、聊以自遣的篇什，从中可以看出诗人当时的种种愁绪。

### 其　一

【原诗】人烟生处僻，虎迹过新蹄。野鹘翻窥草①，村船逆上溪。

**【注释】**①鹘：鸷鸟。

**【译文】**瀼西环境偏僻，人烟稀少，崖石上常有虎蹄叠加。野鹘翻飞着窥草觅食，逆流而上的村船颠簸风涛。

## 其　二

**【原诗】**钓艇收缗尽①，昏鸦接翅稀②。月生初学扇③，云细不成衣。

**【注释】**①缗（mín）：钓丝。　②接翅稀：谓孤飞。　③初学扇：未成扇。指上弦月。

**【译文】**打鱼船收起了钓丝，昏鸦孤独地在暮色中振翅而飞。上弦月刚刚从天边升起，天上纤细的云丝织不成衣。

## 其　三

**【原诗】**万国尚戎马①，故园今若何？昔归相识少②，早已战场多。

**【注释】**①戎马：战乱。时吐蕃寇邠州（今陕西省彬县）、灵州（今宁夏灵武），京师戒严。　②昔归：指乾元元年（758）冬，杜甫由华州回洛阳。

**【译文】**普天下依旧兵荒马乱，故乡洛阳啊如今是什么模样？当年回乡时已很少见到熟人，如今多已沦为战场。

## 其　四

**【原诗】**身觉省郎在①，家须农事归②。年深荒草径，老恐失柴扉。

**【注释】**①省郎：杜甫经严武表荐任尚书省工部员外郎，故称。　②家：指洛阳旧居。

**【译文】**我这个工部员外郎尚且在世，为务农当须归返东都洛阳。因年深日久而草径荒废，唯恐老死而失去家乡。

### 其　五

**【原诗】**金丝镂箭镞，皂尾制旗竿。一自风尘起[①]，犹嗟行路难。

**【注释】**①风尘：喻安史之乱。

**【译文】**胡虏曾用金丝雕饰利箭，胡虏曾用皂尾装饰旗竿。自从暴发了安史之乱，至今我还屡屡感叹归路艰难。

### 其　六

**【原诗】**胡虏何曾盛[①]？干戈不肯休[②]。闾阎听小子[③]，谈笑觅封侯。

**【注释】**①胡虏：指吐蕃。　②“干戈”句：是说安史之乱虽已平息，但诸将仍拥兵割据，战乱不休。　③闾阎：闾，里门；阎，里中门。此泛指乡里。小子：指乘战乱以邀取功名的年轻人。

**【译文】**胡虏何曾强盛一时？只是人心好战，致使战乱不休。听乡里小子声声谈笑，他们一个个直想乘乱封侯。

### 其　七

**【原诗】**贞观铜牙弩[①]，开元锦兽张[②]。花门小箭好[③]，此物弃沙场[④]。

**【注释】**①贞观：唐太宗年号。铜牙弩：铜牙弩弓。弩系用机械力量发箭的弓，牙是弩上发矢之机。　②开元：唐玄宗年号。锦兽张：锦制射侯。射侯即箭靶，上画熊罴等兽，故名。此亦指弩弓。　③花门：回纥的别称。自安史之乱以来，唐王朝依赖回纥收复失地，不再修备自己的武力。④此物：指铜牙弩、锦兽张。

**【译文】**贞观、开元年间重视自己的武器装备，那时有强弩劲弓守卫边疆。安史之乱时却借兵回纥以平息战乱，遂使自己的利器废弃沙场。

## 其　八

【原诗】今日翔麟马①，先宜驾鼓车②。无劳问河北③，诸将角荣华④。

【注释】①翔麟马：即翔麟紫。系唐太宗所乘良马。此喻郭子仪。　②鼓车：皇帝外出时用以运载乐队的车。为古代仪仗之一。以上两句是以翔麟马不用于战阵而驾鼓车比喻郭子仪被置于闲散之地。　③河北：指河北藩镇。　④角荣华：指角逐权势。

【译文】今日之良骥骏马，不用于战阵而先用来驾御鼓车；不须问罪河北诸镇，如兴兵问罪，势必诸将乘乱而角逐荣华。

## 其　九

【原诗】任转江淮粟①，休添苑囿兵②。由来貔虎士③，不满凤凰城④。

【注释】①转：漕运。江淮：长江、淮河流域。当时京师财用多取于江淮一带。　②苑囿兵：禁兵。宦官所统。代宗时宦官鱼朝恩统领禁兵，致使禁兵大增，大耗粮食。　③貔（pí）虎士：喻勇士。貔、虎皆为猛兽。④凤凰城：指京城长安。《列仙传》载，秦穆公女弄玉吹箫，有凤凰降落城上，故名丹凤城。

【译文】任凭朝廷从江淮一带转运军粮，但不应该用以增添禁兵。自古以来英勇善战的勇士，多不云集国都京城。

## 其　十

【原诗】江上亦秋色，火云终不移。巫山犹锦树①，南国且黄鹂②。

【注释】①锦树：谓树斑驳如锦。此指秋天中的树林。　②南国：指夔州。

【译文】江上早已呈现出一派秋色，可江天上空的火云依旧燃烧不息。巫山上的树林已斑驳如锦，可南国夔州尚且还有飞鸣不息的黄鹂。

## 其十一

【原诗】每恨陶彭泽[①]，无钱对菊花。如今九日至[②]，自觉酒须赊。

【注释】①陶彭泽：指东晋诗人陶渊明。陶渊明曾为彭泽令，故称。 ②九日：指九月九日重阳节。

【译文】陶渊明无钱买酒，只好空对菊花，为此我常常怅恨交加。如今九九重阳就要到了，我也只好赊酒独饮，在这地尾天涯。

## 其十二

【原诗】病减诗仍拙，吟多意有余。莫看江总老[①]，犹被赏时鱼[②]。

【注释】①江总：南北朝陈朝尚书令，陈亡入隋，归老江南。此杜甫自比。②赏时鱼：皇帝当时赏赐的鱼袋。鱼，指鱼袋，内盛鱼符，上刻官职、姓名，作为证明身份的符契。杜甫被严武表荐为尚书省检校工部员外郎，曾蒙赐绯鱼袋。

【译文】病情减轻了，而诗作仍觉笨拙；愁绪未尽，即使写了这十二首诗歌。莫看我这当今的江总已年老体弱，至今我还佩着鱼袋而时时吟哦。

# 自瀼西荆扉且移居东屯茅屋四首

【题解】这组诗当作于大历二年（767）秋天，时杜甫由瀼西移居东屯。首章写移居东屯情事，次章写移居东屯缘故，第三章写东屯邻居之胜，末章写东屯不可久居，流露出虽在野但终不忘立朝辅君的怅恨心情。

## 其一

【原诗】白盐危峤北[①]，赤甲古城东[②]。平地一川稳，高山四面同。烟霜凄野日，粳稻熟天风。人事伤蓬转[③]，吾将守桂丛[④]。

【注释】①白盐：注见《入宅三首》其一。 ②赤甲：注见《入宅三首》

其一。 ③“人事”句：大历二年春，杜甫一家从西阁迁至赤甲，随即移居瀼西，现在又迁到东屯，一年而三迁，故借飘蓬以自喻。 ④桂丛：《楚辞·招隐士》中有“桂树丛生兮山之幽”的句子，描写了令人留恋的山中景色。后因以“桂丛”喻指隐居之所。这里喻指东屯茅屋。

**【译文】**东屯位于高高的白盐山的北面，东屯地处赤甲山、白帝城的东边。这是一块平稳空阔的土地，四周同样是连绵起伏的高山。野日因烟霜而凄迷暗淡，粳稻因天风吹拂就要香满平川。一年来为飘蓬似的生涯而不胜伤感，我要效法古代的隐士隐居山间。

## 其　二

**【原诗】**东屯复瀼西，一种住清溪①。来往皆茅屋，淹留为稻畦。市喧宜近利②，林僻此无蹊③。若访衰翁语④，须令賸客迷⑤。

**【注释】**①一种：一样。 ②市喧：指瀼西嘈杂。 ③林僻：谓东屯僻静。 ④衰翁：杜甫自谓。 ⑤賸：多。

**【译文】**瀼西、东屯，东屯、瀼西，同样都傍临绿水清溪。两地都有我的茅屋草舍，为了监督收稻我才来东屯寓居。瀼西喧闹，容易膨胀利欲；东屯安静，隔断了路蹊。要是有人来找我这老头儿聊天，一定会让好多来客迷失在这里。

## 其　三

**【原诗】**道北冯都使①，高斋见一川。子能渠细石②，吾亦沼清泉③。枕带还相似，柴荆即有焉④。斫畬应费日⑤，解缆不知年。

**【注释】**①冯都使：杜甫的邻居。住在杜甫东屯草堂的北面，隔川可见。 ②渠细石：用细石砌渠。 ③沼清泉：把清泉引入池塘。 ④“枕带”二句：言两家同样枕带林泉，故柴门外之清景可兼而有之。 ⑤斫畬（shē）：砍树烧荒以种谷物。

【译文】冯都使就住在我家北面，整个东屯都可以看见他的高宅大院。他用细石砌渠，以便从溪中引水；我也给自家池塘引来了悠悠清泉。两家同样枕山带水，两家兼有柴门外的景观。在这里烧荒种地可要耗费时日，放舟东下却不知将在何年。

其　四

【原诗】牢落西江外①，参差北户间。久游巴子国②，卧病楚人山。幽独移佳境，清深隔远关。寒空见鸳鹭③，回首忆朝班。

【注释】①牢落：寥落。西江：即长江。因其自西而来，故称。 ②巴子国：指夔州。 ③鸳鹭：注见《暮春题瀼西新赁草屋五首》其五。

【译文】寂寞寥落——在这长江岸上，草堂北户正与冯氏高斋参差相向。我客居夔州已经很久很久，枯寂地卧病在这古楚地的山冈。我移居在这幽独少人的佳境胜地，山深景清，远隔瞿塘。忽然看见飞翔在寒空中的鸳鹭，禁不住让我回头北顾，想起了朝中班行。

## 社日两篇

【题解】这两首诗当作于大历二年（767）秋天，时杜甫客居夔州。诗人见江南（峡江之南）社祭情事而追论前贤，寄托了诗人思念家乡、想望朝赐的情感。社日，古代祭社神（土地神）之日。社分春秋二社，此指秋社。

其　一

【原诗】九农成德业，百祀发光辉①。报效神如在，馨香旧不违。南翁巴曲醉②，北雁塞声微。尚想东方朔，诙谐割肉归③。

【注释】①“九农”二句：言农事已毕，社祭皆举。九农：《左传》载：“少皞氏以九扈为九农。”扈，水鸟。扈有九种，各随其事，以教民事。百祀：即社祭。 ②南翁：指与祭之南国老人。 ③“尚想”二句：《汉书·东方朔传》：“伏日诏赐从官肉，朔拔剑割肉，谓同官曰：‘伏日当早归，请受赐。’即怀肉去。大官奏之，诏朔自责。朔曰：‘拔剑割肉，一何壮也；割之不多，又何廉也；归遗细君（妻子），又何仁也。’上（武帝）笑曰：‘使先生自责，乃反自誉！’复赐酒一石，肉百斤，归遗细君。”杜甫临社日而念及皇帝颁赐，故引用此典，以表现恋阙之情。

**【译文】**九农成就了德业——农事已毕，于是社祭皆举，灿烂有辉。致祭于社神之前，神灵宛在，年年岁岁啊祭不失时。与祭的南国老人乘醉而唱巴渝歌曲，来自北方边塞的大雁啊鸣声低微。至今我还怀念汉朝的东方朔，他风趣地从朝中割肉而归。

## 其　二

**【原诗】陈平亦分肉，太史竟论功①。今日江南老②，他时渭北童③。欢娱看绝塞④，涕泪落秋风。鸳鹭回金阙⑤，谁怜病峡中！**

**【注释】**①“陈平”二句：《史记·陈丞相世家》载，陈平寒微时曾任社宰，分肉平均，太史公（司马迁）对此评论道：“当割肉俎上时，意已宏远矣。”此用其典，以陈平反衬自己老而无功。　②江南：峡江以南。此指夔州。　③渭北：泛指渭河两岸。此特指杜甫昔日所在之长安。　④绝塞：指夔州。　⑤鸳鹭：注见《暮春题瀼西新赁草屋五首》其五。

**【译文】**陈平任社宰时分肉平均，后来以功名而位居贤相，对此司马迁曾盛赞陈平之功。如今我这个流落夔州、事业无成的白发游子，当年曾是旅食长安的一介小童。今天看着夔州娱神的欢乐场景，禁不住老泪滴落于秋风之中。遥想朝中群臣从朝廷受赐而去，又有谁可怜我这卧病江峡的迟暮老翁！

# 八月十五日夜月二首

**【题解】**这两首诗和下面的《十六夜玩月》、《十七夜对月》，当是大历二年（767）八月连续三晚在夔州瀼西所作。首章通过咏中秋之月，传万里客夔苦况和故国长安之思。次章咏将晓之月，情境凄其，传出了边地月夜的战乱气氛。

## 其　一

**【原诗】** 满目飞明镜，归心折大刀[①]。转蓬行地远，攀桂仰天高[②]。水路疑霜雪，林栖见羽毛。此时瞻白兔，直欲数秋毫。

**【注释】** ①折大刀：借指无还。古代大刀有环，“环”与“还”谐音，折大刀，就无环（还）了。　②攀桂：《楚辞·招隐士》描写山中景色，其中有“攀援桂枝兮聊淹留”的句子。后因用作游赏山林的典故。此指诗人独处瀼西山林之中。仰天高：喻指仰望长安。

**【译文】** 满眼飞舞着无数面明镜，徒有思归之心啊却不得回还。我就像随风飘转的蓬草流落到这遥远的夔地，独处山林，频频地北望九重云霄。霜雪铺成的江面在月光下涌动，分明可见栖息在幽林中的禽鸟。当此三五之夜我仰望月中玉兔，简直可以数清它身上的毫毛。

## 其　二

**【原诗】** 稍下巫山峡[①]，犹衔白帝城[②]。气沉全浦暗[③]，轮仄半楼明。刁斗皆催晓，蟾蜍且自倾。张弓倚残魄，不独汉家营[④]。

**【注释】** ①巫山峡：即巫峡。　②白帝城：即夔州城。　③浦：指鱼复浦。④汉家营：汉朝军营。这里因所见月下军士遍野，故联想到汉朝军营。

**【译文】** 一轮圆月刚刚沉进巫峡，地势高旷的夔州城却依然亮在月色之中。整个鱼复浦因月轮西沉而变得昏暗，偏斜的月轮下只见城楼半暗半明。四面八方的刁斗声都在催促拂晓，天边的明月也在徐徐坠下碧空。残月下到处都是弯弓搭箭的军士，彻夜防警的不仅仅是战气惨淡的汉朝军营。

# 十六夜玩月

**【题解】** 此诗通过月下所见所闻，隐隐透出诗人急欲乘舟出峡之念。其中“关山”二句，独造堂奥，自是咏月诗中的高唱。

【原诗】旧挹金波爽[1]，皆传玉露秋。关山随地阔，河汉近人流。谷口樵归唱，孤城笛起愁[2]。巴童浑不寐，半夜有行舟。

【注释】①旧：指昨夜。 ②孤城：指夔州。

【译文】昨夜也曾酌取月波满手，满手月波啊流出了夔州之秋。关山随着大地的展开而顿为开阔，银河紧贴着万家灯火滚滚奔流。樵夫唱着歌儿从山口归来，从夔州城传来的笛声令我生愁。值此月夜，巴童一个个乐而忘寝，半夜里江面上还有点点行舟。

## 十七夜对月

【题解】此诗通过描写月下之景，刻画了迟暮、孤独的诗人形象，折射出诗人彼时彼地凄其不宁的心境。

【原诗】秋月仍圆夜，江村独老身。卷帘还照客，倚仗更随人。光射潜虬动[1]，明翻宿鸟频。茅斋依橘柚[2]，清切露华新。

【注释】①潜虬：无角龙。 ②茅斋：此指瀼西草堂。

【译文】在秋月仍圆的十七日之夜，我这孤独的老翁栖居江村。卷帘处月儿依旧照着我这羁旅天涯的客子，拄杖徘徊时月儿更加贴近我这迟暮之人。潜虬在清光的照射下随波翻动，宿鸟在明辉朗照中翻飞频频。我久久地凭倚着院子里的橘树，新生的清露寒意袭人。

## 晓　望

【题解】此诗当是大历二年（767）在夔州东屯所作。诗写天色将晓时所见到的东屯一带的自然景色，见出诗人超然物外之意。

【原诗】白帝更声尽，阳台曙色分[1]。高峰寒上日，叠岭宿霾云。地坼江帆隐[2]，天清木叶闻。荆扉对麋鹿，应共尔为群。

【注释】①阳台：传说中台名，在四川省巫山县北。宋玉《高唐赋》："妾在巫山之阳，高丘之阻，旦为朝云，暮为行雨，朝朝暮暮，阳台之下。"②坼（chè）：裂。

【译文】白帝城里的报更声停止了，阳台最早分得了曙色一片。高峰上的寒气冷彻了一轮旭日，阴云还留宿在叠岭重山。大地开裂，江峡隐没了船只；高天清明，落叶声泼向耳边。面对柴门外成群结队的麋鹿，心想，我要和你们同群共处在这夔州山川。

## 日　　暮

【题解】此诗当是大历二年（767）在夔州瀼西所作。通过描写瀼西日暮景色，表现了诗人万里思乡、衰年客夔的凄惋心情。

【原诗】牛羊下来久①，各已闭柴门。风月自清夜，江山非故园。石泉流暗壁，草露滴秋根。头白灯明里，何须花烬繁②。

【注释】①牛羊下来：语本《诗经·君子于役》："日之夕矣，羊牛下来。"②花烬：灯花。民间谓有喜事则结灯花。

【译文】牛羊早已归来了，夜色渐深，各家也早已关闭了荆扉柴门。风月徒自点缀着瀼西清夜，因为夔州毕竟不是我的故园。泉水流经幽暗的石壁，点点秋露滴落草根。明灯映照着我头上的白发，归朝无望，何须灯花如此之繁。

## 暝

【题解】此诗当是大历二年（767）在夔州东屯所作。全诗描写了室外室内昏昧不明的景物特征，隐而不露地表现了诗人夜宿东屯时的寂寞情怀。

【原诗】日下四山阴，山庭岚气侵。牛羊归径险，鸟雀聚枝深。正枕当星剑①，收书动玉琴。半扉开烛影，欲掩见清砧②。

【注释】①星剑：状如星纹的宝剑。 ②清砧：捣衣石。

【译文】夕阳西下，四面山峰一片阴沉，岚气侵入山中的柴门。牛羊沿着险径飘忽而下，鸟雀聚集在幽深的山林。正枕而卧面对星纹状宝剑，收书时碰响了锦瑟玉琴。烛影映照着半开半闭的门户，依稀可见欲掩还露的清冷的石砧。

## 晚

【题解】此诗当是大历二年（767）在夔州东屯所作。诗记薄暮景事，见出诗人在野而优游自得、与物偕息之趣。

【原诗】杖藜寻巷晚，炙背近墙暄①。人见幽居僻，吾知拙养尊②。朝廷问府主③，耕稼学山村。归翼飞栖定，寒灯亦闭门。

【注释】①炙背：晒太阳。 ②拙养：犹言抱朴守拙。 ③府主：当地长官。

【译文】在暖和的墙根晒太阳，一直到傍晚日落山冈。沿着街巷，拄着拐杖，回到了我所居住的茅屋草堂。人们见我的住处清幽偏僻，我自知抱朴守拙能自得清尚。朝廷下诏向府主问事，我在山村中向老农学习农活，其乐洋洋。归鸟安然地飞栖树上，在寒灯的光影里我也关上了门窗。

## 夜

【题解】这首诗当是大历二年（767）杜甫客居夔州时所作。这年九月，吐蕃寇灵州、邠州，郭子仪屯兵泾阳，京师戒严。时杜甫客夔，有感于时事，于是即夜中景事而作此诗，抒发了壮志难伸的深沉感慨。

【原诗】绝岸风威动，寒房烛影微。岭猿霜外宿，江鸟夜深飞。独坐亲雄剑①，哀歌叹短衣。烟尘绕阊阖②，白首壮心违。

【注释】①雄剑：《列士传》：楚王命镆邪铸双剑，一雌一雄。 ②阊阖(chāng hé)：晋代洛阳城有阊阖门。此指长安。

【译文】陡峭的江岸上风威大振，寒舍里烛影昏沉。霜天下的山猴畏风而宿，深夜里还有水鸟在飞。怅然独坐，和宝剑相亲相近；悲歌声里长叹衣不蔽身。遥想长安京城战尘缭绕，可叹我这白头翁空负雄心。

## 九月一日过孟十二仓曹、十四主簿兄弟

【题解】这首诗当是杜甫于大历二年（767）寒露节所作。时杜甫客居江村，在这年秋天新结识了孟家兄弟，一个排行十二，曾为仓曹；一个排行十四，曾为主簿。九月一日这天，杜甫拄杖相访，写了这首诗。前半言过访之诚，后半写过访之故。前人评此诗说：“写老人景态极真，此等诗质而有味。”

【原诗】藜杖侵寒露，蓬门起曙烟。力稀经树歇，老困拨书眠。秋觉追随尽，来因孝友偏。清谈见滋味，尔辈可忘年。

【译文】拄着拐杖冒着露水拜访孟氏家园，茅屋间升起了早晨的炊烟。因为无力，每经一树不得不倚树歇息；就是在家看书也往往因老困而拨书安眠。今天相访正值秋天将尽的日子，拄杖而来实因为你们颇重孝道友道。你们的谈吐饶有趣味，你们真堪称我的忘年之交。

## 孟仓曹步趾领新酒酱，二物满器，见遗老夫

【题解】这首诗当是杜甫于大历二年（767）秋天所作。一天，孟十二亲自提着新酿成的酒和新制的酱各一瓮，徒步送到杜甫家中，杜甫感其诚而作此诗致谢。孟仓曹，即前诗之孟十二，杜甫新交。步趾，步行。

【原诗】楚岸通秋屐，胡床面夕畦。籍糟分汁滓①，瓮酱落提携。饭粝添

香味②，朋来有醉泥。理生那免俗，方法报山妻。

【注释】①“籍糟”句：用漉酒器（籍）分开糟和酒，把酒装满一瓮。②饭粝（lì）：糙米饭。

【译文】秋天的一个傍晚，孟十二穿着木鞋从江岸走来，这时我正坐在胡床上面对夕照下的田畦。他在家用漉酒器分开糟和酒，把酒装满一瓮，他用手提来的瓮酱溢出了瓮口。糙米饭顿时增添了色味；好友来饮时定让他烂醉如泥。过日子哪能够超凡脱俗？我要把酿酒制酱的方法告诉贱内。

## 送孟十二仓曹赴东京选

【题解】这首诗是杜甫于大历二年（767）在夔州所作。时孟十二已卸仓曹旧职，偕弟奉亲隐居瀼西。这年九月，孟将起程赴东京洛阳参加十月选官考试，杜甫赋诗送别。前半写孝子之心，后半叙慈亲之意，均关乎至情至性，读之令人悱恻。

【原诗】君行别老亲，此去苦家贫，藻镜留连客①，江山憔悴人。秋风楚竹冷，夜雪巩梅春②。朝夕高堂念，应宜彩服新。

【注释】①藻镜：品藻镜鉴，亦即品评鉴别之意。 ②巩梅：巩县一带的梅花。巩县，在洛阳附近，这里指代集试之地洛阳。

【译文】你所以告别老亲赴京参选，是因为孝敬老人而苦于家道之贫。你是滞留在外即将被考官品鉴的天涯客子，你是寄迹茫茫江山间的憔悴的人。启程时正当秋风萧瑟、楚竹渐冷的晚秋时节，到达东京时想必夜雪中的梅花正孕育早春。你走后，慈亲日日夜夜把你惦念，此去应试或许能官服一新。

## 凭孟仓曹将书觅土娄旧庄

【题解】此诗与前一首当是同时所作。时孟仓曹赴东京洛阳参加选官考试，杜甫托他捎书代访在偃师首阳山下的陆浑庄故居，遂作此诗，表达了白头游子的怀乡之情和首丘之思。土娄旧庄，指开元二十九年杜甫从齐鲁归洛后在偃师县北二十五里首阳山下建筑的陆浑庄。土娄，窑洞。

【原诗】平居丧乱后①，不到洛阳岑。为历云山问，无辞荆棘深。北风黄叶下，南浦白头吟②。十载江湖客③，茫茫迟暮心。

【注释】①平居：平日所居。此指偃师陆浑庄窑洞。 ②南浦：屈原《九歌·河伯》中有"送美人兮南浦"的句子。后因用以指送别之地。此指夔州之鱼复浦。 ③十载：杜甫于乾元元年（758）冬归东都，次年春复返华州，到今年（767）将近十载。

【译文】家乡自遭丧乱之后，我再也没有重返洛阳山庄。此行请你替我穿越云山探望家乡，要不辞辛苦地穿行于荆棘草莽。黄叶随北风纷纷飘落，我在鱼复浦为你沉吟诗章。我这流落江湖的一介游子，十年来一颗迟暮的心无日无夜不萦系茫茫家邦。

## 简吴郎司法

【题解】这首诗当是大历二年（767）秋在东屯所作。杜甫移居东屯后，他家一位在州府当司法参军的晚辈亲戚吴郎，携眷从忠州（今四川忠县）乘船而来，杜甫派遣坐骑让吴郎借住在瀼西古堂，遂以诗代简，寄示吴郎。诗写宾主之情和古堂环境，并以相谑之辞请求吴郎准许他来古堂散心。

【原诗】有客乘船自忠州，遣骑安置瀼西头，古堂本买藉疏豁，借汝迁居停宴游。云石荧荧高叶曙，风江飒飒乱帆秋。却为姻娅过逢地①，许坐曾轩数散愁②。

【注释】①姻娅：泛指有婚姻关系的亲戚。 ②曾：同"层"。数(shuò)：多次。

【译文】吴郎乘船从忠州来到夔州，我便派马把你安置在瀼西村头。当初我置买这座古堂是因为这里清疏豁亮，今天借给你居住，我倒可以不时地来此居停宴游。云山间光彩闪烁是因为曙色随树梢摇动，秋风飒飒的江面上乱帆拂秋。因为是亲戚关系这里才成为往来之地，请你准许我常常到这座高大的古堂散淡忧愁。

## 又呈吴郎

**【题解】**此诗和前一首诗同时所作。题曰“又呈”，是因为杜甫在不久前已经给吴郎写过一首诗。在这首诗里杜甫告诉吴郎一件事：在瀼西草堂的西邻住着一位寡妇，她常到草堂前打枣充饥，而从不加干涉。现在草堂借给吴郎居住，特写诗开导吴郎，不要禁止她打枣。全诗语淡意厚，纯为蔼然仁者之音。

**【原诗】**堂前扑枣任西邻，无食无儿一妇人。不为困穷宁有此①，只缘恐惧转须亲。即防远客虽多事②，便插疏篱却甚真。已诉征求贫到骨，正思戎马泪沾巾。

**【注释】**①此：指偷打枣子。 ②远客：指吴郎。吴郎乘船自忠州远道而来，故称。

**【译文】**吴郎啊，我是任凭西邻寡妇到堂前来打枣的，那是一位无食无儿的孤苦妇人。要不是家穷她哪能这样，只因为她怕你反倒该对她更加相近相亲。她来打枣时对你心存戒备虽然是多心多虑，但是你一来便插上篱笆也未免过于认真。她曾向我哭诉因官府盘剥而穷得只剩下一把瘦骨，一想到戎马干戈中的穷人便令我老泪沾巾。

## 晚晴，吴郎见过北舍

**【题解】**此诗当是大历二年（767）秋吴郎借居瀼西草堂时所作。诗以朴质自然的笔调直叙重阳前夕吴郎到东屯茅屋看望杜甫情事，见出诗人喜其见访、惜其归去、望其重来的种种心情。

【原诗】圃畦新雨润，愧子废锄来。竹杖交头拄，柴扉扫径开。欲栖群鸟乱，未去小童催。明日重阳酒，相迎自酦醅①。

【注释】①酦（pō）醅：漉酒。

【译文】一场新雨刚刚过后，菜园变得异常湿润。你放下锄头就来看我，这不禁令我感愧弥深。我拄着高到头顶的竹杖出来迎候，又连忙为你开门扫径，清除路尘。将要归巢的群鸟乱了一天暮色，随身小童一个劲儿催你早返家门。明天你可要来我这儿喝重阳酒，迎接你，我要亲自漉酒以表寸心。

## 九日四首

【题解】这组诗当是杜甫于大历二年（767）重阳节在夔州所作。重阳佳节，吴郎爽约不至，杜甫只好登台独酌，作《九日五首》。吴若本云缺一首，赵次公以《登高》一首足之（《登高》可能真的是《九日五首》中的一首，因远胜其余四首，故尔为编诗者独立出来），固未尝缺。五首皆一时之作，或思弟妹，或思朝事，或思故交，或思故里，或作总结，皆随兴所至，发为体各不同的抒情短制。九日，指农历九月九日，亦即重阳节。

### 其一

【原诗】重阳独酌杯中酒，抱病起登江上台①。竹叶于人既无分②，菊花从此不须开③。殊方日落玄猿哭④，旧国霜前白雁来⑤。弟妹萧条各何在？干戈衰谢两相催⑥。

【注释】①江上台：江边上的高台。 ②竹叶：酒名。无分（fèn）：没有缘分。因思弟妹而无心畅饮，故言“无分”。 ③“菊花”句：意思是说，因思弟妹而无心赏菊，故令菊花勿开。 ④殊方：远方。此指夔州。 ⑤白雁：犹今雪雁。《梦溪笔谈》卷二十四：“北方有白雁，似雁而小，色白，秋深则来。白雁至则霜降，河北人称之‘霜信’。” ⑥衰谢：指衰老。

【译文】独自强喝了一点儿酒，值此九九重阳；抱病而起，登上高台，面对随江涌流的惨淡秋光。竹叶酒对我已经没有什么缘分，菊花呀你从此也不要为我开放。黑猿啼落了夔州远空的一滴落日，霜降前成群的白雁来自北方的家乡。暌隔日久、萧条寂寞的弟弟妹妹啊今在何处？战乱和衰老交相催逼着我走向死亡。

### 其　二

**【原诗】**旧日重阳日，传杯不放杯①。即今蓬鬓改，但愧菊花开。北阙心长恋，西江首独回②。茱萸赐朝士③，难得一枝来。

**【注释】**①传杯：《杜臆》：“‘传杯不放杯’，见古人只用一杯，诸客传饮，非若今人各自一杯也。”西北一些地区饮酒尚复如此。　②西江：指长江。③茱萸：植物名，有香味。佩茱萸可除邪秽。唐制：九日赐朝臣宴及茱萸。

**【译文】**当年在朝时每逢重阳佳节，酒杯总是不停地传去传来。如今我已蓬草满鬓，愧对这遍地菊花冒寒开。我的心永远依恋着久违的故国，因此我时时独自回首凝望北方，在这西江之滨。遥想茱萸之赐遍及满朝臣子，可叹竟无一枝茱萸赐予我这白发老人。

### 其　三

**【原诗】**旧与苏司业①，兼随郑广文②。采花香泛泛，坐客醉纷纷③。野树欹还倚，秋砧醒却闻。欢娱两冥漠④，西北有孤云⑤。

**【注释】**①苏司业：即苏源明，杜甫故交。苏曾任国子司业。　②郑广文：即郑虔，杜甫故交。郑曾任广文馆博士。　③坐客：请客人就座饮酒。④冥漠：谓苏、郑俱亡。　⑤西北：指长安。长安在夔州西北。

**【译文】**过去我曾同好友苏源明一起对菊畅饮，还曾同好友郑广文一起登高长吟。采摘野菊，飘浮的花香满手满把；请客就座，一个个大醉醺醺。如今我只好独自抱病斜倚着天边野树，夜醒之后听到的却是响在秋天里的砧音。当年在长安曾同我一起欢乐的苏、郑二公今已亡故，朦胧中我仿佛看见停在长安上空的孤云。

## 其　四

【原诗】故里樊川菊[①]，登高素浐源[②]。他时一笑后，今日几人存？巫峡蟠江路，终南对国门。系舟身万里，伏枕泪双痕。为客裁乌帽[③]，从儿具绿樽。佳辰对群盗[④]，愁绝更堪论。

【注释】①樊川：潏水支流，在陕西长安县南。其地即杜陵之樊乡，汉高祖以赐樊哙，食邑于此，故名"樊川"。杜甫曾居住在离樊川不远的杜陵南面的少陵附近。　②素浐：即浐水，与少陵相对。水色发白，故曰"素浐"。　③裁乌帽：见独居况味。东汉末，管宁避乱至辽东，隐居多年。此暗用其事，以管宁自比，写独处乡野。　④群盗：指吐蕃。时蕃寇数万围灵州，京师戒严。

【译文】过去我曾同朋友一起赏菊——在故里樊川；过去我曾同朋友一起登高——到浐水之源。当年欢乐的情景已成陈迹，如今还有几个好友幸存人间？巫峡中盘曲着茫茫水路，终南山遥对着故国长安。我泊舟在万里以外的异地，卧病江峡啊泪痕斑斑。我就像三国管宁一样避居乡野，无人对饮，任凭儿子摆上杯盘。值此重阳，群盗满眼，忧愁之极啊不堪言传。

## 登　高

【题解】这首诗可能是《九日五首》中的一首，是千古传诵的七律名篇。诗写作者于重阳节抱病登高之所见，并借此对自己一生潦倒大发感慨。

【原诗】风急天高猿啸哀，渚清沙白鸟飞回[①]。无边落木萧萧下[②]，不尽长江滚滚来。万里悲秋常作客，百年抱病独登台。艰难苦恨繁霜鬓[③]，潦倒新亭浊酒杯[④]。

【注释】①渚（zhǔ）：水中小洲。　②落木：落叶。　③苦恨：甚恨。　④亭：同"停"。朱鹤龄说："时公以肺病断饮。"

【译文】秋风正紧，天空高远，猿声悲哀；沙洲凄清，沙滩雪白，鸥鸟不住地徘徊。渺无边际的落叶随着秋风萧萧而下，无穷无尽的长江水翻动着一线峡天滚滚而来。离家万里的我呀满怀悲秋之情屡屡作客天外，值此暮年又拖着百病之躯独登高台。因生计艰难致使白发增多，深为之恨；潦倒不堪，新近因病戒酒，又怎能开释忧思百结的胸怀！

## 覃山人隐居

**【题解】** 此诗当是大历二年（767）秋天在夔州所作。时杜甫过覃山人隐居之所，有感于覃山人之隐而不终而作此诗。有讥刺语，有规劝语，有醒省语。

**【原诗】** 南极老人自有星①，北山移文谁勒铭②？征君已去独松菊，哀壑无光留户庭。予见乱离不得已，子知出处必须经③。高车驷马带倾覆，怅望秋天虚翠屏。

**【注释】** ①南极老人：星名。即南极星。旧时以为此星主寿。 ②北山移文：文章篇目名。齐孔稚圭所作。周颙曾隐居北山（今南京市东之紫金山，又名钟山），后应诏出为海盐令，欲重过此山，孔生乃假山灵之意移之，使不得至，故曰“北山移文”。此反用其事，意谓覃山人如果隐居在山，则无从讥诮。 ③“予见”二句：意谓予见乱离不止，子知出处须常。出处，谓出仕和隐居。下句伤覃山人隐而不终。“知”实“不知”意。

**【译文】** 如果你像南极老人星一样永远亮在夔州的山中，那么又有谁铭刻《北山移文》讥诮你这位老翁？覃山人啊你被征之后，山川悲哀，江山失色，只留下寂寞的松菊和寂寞的门庭。我饱经了无休止的乱离的苦痛，覃山人你可知道隐而不仕当须善始善终。荣华富贵常常伴随着祸患，我怅然地望着秋天里形同虚设的青翠的山峰。

## 东屯月夜

**【题解】** 这首诗当是大历二年（767）秋在夔州东屯所作。诗写东屯月夜之景，并逗起向阙之情。

【原诗】抱病飘萍老，防边旧谷屯。春浓亲异俗，岁月在衡门①。青女霜枫重②，黄牛峡水喧③。泥留虎斗迹，月挂客愁村。乔木澄稀影，轻云倚细根④。数惊闻雀噪，暂睡想猿蹲。日转东方白，风来北斗昏⑤。天寒不成寐，无梦寄归魂。

【注释】①衡门：横木为门。指陋室茅屋。 ②青女：霜神。 ③黄牛峡：在夷陵。夔州亦有此峡。 ④“轻云”句：言云起石根。云根，石。此拆而用之。 ⑤北斗昏：喻京师尚有战乱。

【译文】东屯是汉朝公孙述屯垦戍边的地方，我像浮萍似的抱病滞留在这异地他乡。因代管屯田而亲眼见到这里的殊风异俗，从春到冬一年四季住在这偏僻的山庄。司霜女神给枫林披上一层沉重的霜衣，黄牛峡的水声在静夜里喧响朗朗。泥地上留着老虎争斗的痕迹，明月高挂在笼罩着客愁的山村的上方。高树的疏影长长地拖在地上，轻细的游云徙移在石根崖旁。夜里有好几次被鸟雀的叫声所惊醒，蜷身少睡简直像蹲着睡觉的猴子一样。星移日转，东方泛出一片光亮；山风忽来，吹灭了北斗星的亮光。在这寒冷的秋夜里我通宵不寐，思归的魂魄呀怎能托付梦乡?

## 东屯北崦

【题解】这首诗当作于大历二年（767）秋，时杜甫移居夔州东屯。诗中写他游东屯北崦情事，从村庄的荒凉，当地居民的贫困，联想到由于吐蕃寇边而造成的动荡不安的时局，表现了杜甫同情民瘼、忧念国事的炽热情怀。东屯北崦，东屯北面的山坡。

【原诗】盗贼浮生困①，诛求异俗贫②。空村唯见鸟，落日未逢人。步壑风吹面，看松露滴身。远山回白首，战地有黄尘③。

【注释】①盗贼：泛指一切叛唐作乱的人，如安禄山、史思明，以及四川的崔旰和侵扰内地的吐蕃。浮生：言人生在世，一切无定，如浮在水上一样。此指老百姓。 ②异俗：风俗特殊。此指少数民族地区。 ③“战地”句：言当时有战事。当时，北方有吐蕃侵扰，四川有军阀叛乱。

【译文】因盗贼作乱致使民生困顿，因官府盘剥致使百姓坠入穷贫。空荡荡的村子里只能看见飞鸟，惨淡的落日下空无一人。走在山谷中凄凉的风扑面而来，注目松林时冷露滴湿了衣襟。从这遥远的北山回头遥望，依稀可见弥漫战地的滚滚黄尘。

## 从驿次草堂复至东屯茅屋二首

【题解】这两首诗当是大历二年（767）冬在夔州所作。有一次杜甫从东屯进城去，回来时没坐船，从江边驿站借了一匹马，遂骑马先到瀼西草堂少作逗留，然后回到东屯，遂作此诗纪行志感。首章叙写从驿站骑马回东屯景事；次章写山居野趣，并就人情世态而发感慨，见出作者避世之意。

### 其　一

【原诗】峡内归田客，江边借马骑。非寻戴安道[1]，似向习家池[2]。山险风烟僻，天寒橘柚垂。筑场看敛积，一学楚人为。

【注释】①“非寻”句：因不坐船而骑马，所以并非如王子猷雪夜访戴安道（戴逵）。事见《世说新语·任诞》。　②习家池：古迹名，在今湖北襄阳。晋人山简在此优游卒岁，唯酒是耽。事见《世说新语·任诞》。

【译文】我这个归田务农的峡中田夫，从江边驿站借马返回东屯，途经瀼西。并非如王子猷乘船夜访戴安道，活像晋人山简骑马出游习家池。奇险的山里风烟僻静，草堂里经霜的橘柚累累下垂。看着当地农民在修筑禾场，敛积稻谷，我也该学他们准备收打稻子。

### 其　二

【原诗】短景难高卧[1]，衰年强此身。山家蒸栗暖[2]，野饭射麋新。世路知交薄，门庭畏客频。牧童斯在眼，田父实为邻。

【注释】①景：同“影”。　②蒸栗：食品名。

【译文】秋冬日短，难以高枕而眠；勉强支撑老身，值此残年。在这里可以尝到山家温馨的蒸栗，又有刚射杀的麋鹿作为野餐。我深知人生路上世情浇薄，所以常常害怕来客频繁。但愿与农民结为芳邻，但愿牧童常在我的眼前。

## 暂往白帝，复还东屯

**【题解】**这首诗当是大历二年（767）秋在东屯所作。时收稻在即，所以杜甫又一次进城后便马上赶回东屯，以督收稻之事。上言东屯收稻，下言可资旅食，可慰残年，也表现了杜甫仁民爱物的思想感情。

**【原诗】**复作归田去，犹残获稻功。筑场怜穴蚁，拾穗许村童。落杵光辉白①，除芒子粒红。加餐可扶老，仓廪慰飘蓬。

**【注释】**①杵（chǔ）：古代捣米之具。

**【译文】**进城后又马上返回东屯稻田，因为收割稻子的活儿还没有做完。整修稻场时因为毁了蚂蚁窝而于心不忍，准许村童拣拾稻穗在地里田间。落杵便除去上面的稻芒，只见舂出的白米、红米亮闪闪。吃饱了饭浑身是劲儿，似得人之助，满仓稻米足以安慰我这飘蓬似的残年。

## 茅堂检校收稻二首

**【题解】**这两首诗当是大历二年（767）在东屯所作。诗写收稻、尝稻情事，见出饱尝饥饿之苦的诗人一旦有饭可吃时的喜情。

### 其　一

**【原诗】**香稻三秋末，平田百顷间。喜无多屋宇，幸不碍云山。御袷侵寒气①，尝新破旅颜。红鲜终日有②，玉粒未吾悭③。

**【注释】**①御袷（jiá）：御寒之夹衣。　②红鲜：稻之一种，色红。现在四川省东部和湖北还出产红稻。　③玉粒：指白稻。

【译文】秋末冬初，稻香满川，这里约有百顷左右的稻田。幸喜没有多少人家在此居住，幸喜这里没有阻碍着万重云山。秋寒开始侵入御寒的夹衣，品尝新稻，舒展了客子的愁颜。整天有吃不完的红稻、白稻，这丰足的稻米对我毫不吝悭。

## 其　二

【原诗】稻米炊能白①，秋葵煮复新。谁云滑易饱，老藉软俱匀②。种幸房州熟③，苗同伊阙春④。无劳映渠碗⑤，自有色如银。

【注释】①能：唐人方言，犹今之“如此”、“这般”。　②“老藉”句：是说老人爱吃松软的新米饭。　③房州：今湖北省房县。　④伊阙：又名龙门，在今河南洛阳市南约二十五里处。此代指洛阳。　⑤渠碗：用渠石制成的通明透亮的碗。魏文帝《车渠碗赋序》：“车渠，玉属也。多纤理褥文，生于西国，其俗宝之。”陆倕《蠡杯铭》：“用迈羽杯，珍逾渠碗。”

【译文】新米做出的饭是如此雪白，刚刚生出的秋葵炒了吃又是何等新鲜。谁说这秋葵质性滑腻容易饱厌？我这白发老人就喜欢吃松软的大米饭。幸亏从房州换来这易熟的稻种，一栽上就如同家乡洛阳的春苗生机盎然。这新米饭不须用玉碗来映衬，它自身的光泽有如白银一般。

## 刈稻了咏怀

【题解】此诗作于大历二年（767）冬。通过描写收稻后旷野冬寒之景，抒发了伤乱思归的痛苦情怀。刈（yì）稻，收稻。

【原诗】稻获空云水，川平对石门①。寒风疏草木，旭日散鸡豚。野哭初闻战②，樵歌稍出村。无家问消息，作客信乾坤。

【注释】①石门：此指瞿塘峡门。　②“野哭”句：时吐蕃寇灵州，蜀兵远戍，死于战地，故哭声遍野。

【译文】稻收已毕，地里只剩下一片空旷的云水，了无遮蔽的平野遥对瞿塘峡门。寒风凋谢了漫山遍野的草木，旭日下的田野里游散着争食遗穗的鸡豚。从遍野哭声中我知道又有战事，农事已毕，樵夫的歌吟开始飘出山村。没有了家也就无法打听家里的消息，那就任凭我作客于茫茫乾坤。

## 季秋苏五弟缨江楼夜宴崔十三评事、韦少府侄三首

**【题解】**这组诗亦大历二年（767）在东屯所作。秋收已毕，杜甫偶尔进城赴亲友宴会，兴之所至，作此组诗，以纪其事。首章写异乡躬逢故人时的悲喜交集的心情；次章紧承首章叙席间情景；末章对月而专述诗人怀念故国之情。

### 其　一

**【原诗】**峡险江惊急，楼高月迥明。一时今夕会，万里故乡情。星落黄姑渚①，秋辞白帝城②。老人困酒病，坚坐看君倾。

**【注释】**①黄姑渚：即天河。黄姑：即河鼓，又名牵牛，俗称牵牛星。古乐府《东飞伯劳歌》："黄姑织女时相见。"　②白帝城：指夔州。

**【译文】**江峡奇险，惊涛奔涌，高挂楼头的秋月又远又明。躬逢千载一时的今宵宴会，乘兴共话万里乡情。漂浮在天河里的星星隐没了，秋天的脚步消失在白帝古城。我这个与宴的老人因病不能喝酒，却坚持陪坐看诸君举杯痛饮，直到天明。

### 其　二

**【原诗】**对月那无酒，登楼况有江。听歌惊白鬓，笑舞拓秋窗。樽蚁添相续①，沙鸥并一双。尽怜君醉倒，更觉片心降。

**【注释】**①樽蚁：指酒。

**【译文】**面对江月岂能没有美酒，登楼宴饮况且又有堪可发兴的滔滔大江。听歌赏乐，真令我这白发人惊喜万状；观舞而笑，开窗便见明月如霜。接

连不断地添酒续饮，不觉天晓，有一对沙鸥联翩飞翔。诸君一个个都喝得颓然倒地，我的一颗心啊欢喜非常。

### 其　三

【原诗】明月生长好，浮云薄渐遮。悠悠照远塞①，悄悄忆京华。清动杯中物②，高随海上槎③。不眠瞻白兔④，百过落乌鸦。

【注释】①远塞：指夔州。　②杯中物：陶潜嗜酒，其《责子》诗有“且尽杯中物”之句，以“杯中物”指酒。后因用作咏酒的典故。这里是说月光映照着杯中之酒。　③海上槎：古代传说海通天河，海边年年八月有浮槎（木筏）来去，有人乘槎到达天上。此用其事，写明月映照高天，并暗逗向阙之思。　④白兔：指月。

【译文】永远美丽的月亮生自江峡，薄薄的云彩渐渐遮蔽了它。刚才还映照着这辽远的关塞，月光下我默默地思念故国京华。月影轻轻地漾动着杯中的美酒，月影高高地追随着上天的木筏。我痴痴地仰望明月而通宵不寐，眼前多少次飞过起落不定的乌鸦。

## 戏寄崔评事表侄、苏五表弟、韦大少府诸侄

【题解】此诗与前三首同时稍后而作。诗以戏词发端，写诗人为雨所阻而不得往晤诸侄的心情以及怀思江楼之宴、待晴再往的心理。

【原诗】隐豹深愁雨①，潜龙故起云②。泥多仍径曲，心醉沮贤群。忍对江山丽，还披鲍谢文③。高楼忆疏豁，秋兴坐氤氲④。

【注释】①隐豹：《列女传》中曾以玄豹隐于雾雨之中比喻隐居修身。这里喻指杜甫为雨所阻。　②潜龙：喻崔、苏、韦三人。　③鲍谢文：南朝诗人鲍照、谢灵运诗文。此比三人所作诗文。④坐：徒然。

【译文】我就像隐豹一样正为秋雨而深深忧愁，你们就像潜龙一样依旧生出层层阴云。道途泥泞，山路曲折，我和你们这些群贤彼此阻隔在深山野

林。耐心等待着天气转晴，以续前夜之宴，好让我再度披阅你们的绝妙诗文。一想起清疏豁亮的江边高楼而不得前往，意兴徒然如秋气一样蓊郁氤氲。

## 季秋江村

【题解】这首诗当是大历二年（767）秋杜甫来瀼西收柑橘时所作。通过对晚秋江村景物的描绘，见出诗人虽处境贫寒但自得其乐的情趣。

【原诗】乔木村墟古，疏篱野蔓悬。素琴将暇日，白首望霜天。登俎黄甘重①，支床锦石圆②。远游虽寂寞，难见此山川。

【注释】①俎（zǔ）：切肉的砧板，木制。 ②锦石：有纹理的美石。

【译文】高树笼罩着这古老的村落，疏篱上悬挂着丝丝野蔓。琴声送走闲暇的日子，我这白发人俯仰寥廓的霜天。砧板上的金橘啊又大又重，支垫床脚的锦石啊晶莹浑圆。到此远游纵然形神寂寞，但在别处却难见到这样的山川。

## 小园

【题解】这首诗当是大历二年（767）秋杜甫来瀼西收柑橘时所作。这年暮春，杜甫迁居瀼西时置买了四十亩果园，一是为了种植药材，以便治病，一是为谋生计。今当秋末冬初，不知园中果木、药材、蔬菜应如何保护过冬，故须问俗而营。此诗所写，正是这种情事。

【原诗】由来巫峡水，本是楚人家①。客病留因药，春深买为花。秋庭风落果，瀼岸雨颓沙。问俗营寒事②，将诗待物华。

【注释】①楚人：此指夔州居民。 ②寒事：指园中果木、药材、蔬菜如何保护过冬之类的事。

【译文】巫峡自古以来就是楚人之家，我抱病客居在这地尾天涯。在春末我置买下这座小小的果园，为的是种药就医，培植美花。秋风吹落了园中的果实，秋雨冲毁了瀼岸上的泥沙。须向当地居民询问如何保护果树、药材过冬，携诗等待着小园来年遍被芳华。

## 寒雨朝行视园树

【题解】这首诗当作于大历二年（767）秋。时杜甫在东屯收完稻子，复又返回瀼西草堂收获柑橘，遂作此七言排律以纪其事。诗中描写了雨后果园的景色，抒发了不能如潘岳寓直于散骑之省而徒然流落天涯的深沉感慨。

【原诗】柴门拥树向千株，丹橘黄甘此地无①。江上今朝寒雨歇，篱中秀色画屏舒。桃蹊李径年虽古，栀子红椒艳复殊。锁石藤梢元自落，倚天松骨见来枯。林香出实垂将尽，叶蒂辞枝不重苏。爱日恩光蒙借贷，清霜杀气得忧虞。衰颜动觅藜床坐，缓步仍须竹杖扶。散骑未知云阁处②，啼猿僻在楚山隅。

【注释】①此地无：言柑橘独盛，在此地可以说是独一无二。　②“散骑”句：言不能如潘岳寓直于散骑之省（尚书省）而身登云阁。潘岳《秋兴赋序》：“（余）以太尉掾兼虎贲中郎将，寓直于散骑之省，高阁连云，阳景罕曜。”

【译文】近千棵树木簇拥着荆扉柴门，果树园里的金橘黄柑在此地真是绝无仅有。今早江上的寒雨停息了，篱间秀色简直像展开的画屏一样美丽动人。桃李下踩出的小路经历了古老的岁月，栀子和红椒互相掩映，美艳绝伦。那披拂在石上的藤梢原来已垂到了地面，高倚云天的松树不知怎地忽然枯死，空余傲骨嶙峋。喷香的枝头结出的果实行将摘尽，从果枝上飘落下来的叶蒂再也不会复生。果树承蒙恩爱日光的抚慰，却时时担心清霜杀气的侵凌。因衰老动不动就要找藜床歇息，即使缓步徐行仍须竹杖扶持。可叹不能像晋人潘岳那样寓直于散骑之省而身登云阁，无奈流落在这偏僻的楚山角落听江猿哀吟。

## 伤　秋

**【题解】**这首诗当作于大历二年（767）秋天。这年九月，吐蕃寇邠州、灵州，杜甫客夔对秋景而有感于此，遂作此诗，见出诗人处绝境而忧念国事的沉郁情怀。

**【原诗】**村僻来人少，山长去鸟微。高秋收画扇，久客掩柴扉。懒慢头时栉，艰难带解围。将军思汗马，天子尚戎衣。白蒋风飚脆①，殷柽晓夜稀②。何年灭豺虎③，似有故园归。

**【注释】**①白蒋：茭草。　②殷柽（chēng）：红柳。　③豺虎：喻蕃军。

**【译文】**偏僻的村落人迹罕至，绵延不断的高山飞鸟稀微。深秋时收起了手中的画扇，我这久客在外的游子常掩荆扉。因懒散怠慢而不常梳洗，因艰难困厄而松了腰围。将军仍然骑马转战，天子至今还身披戎衣。秋寒中的茭草随风凋谢，赤黑色的河柳日见枯萎。哪年哪月才能消灭豺狼虎豹？到那时也许能返回久违的故里。

## 即　事

**【题解】**这首诗当是大历二年（767）秋在瀼西收摘柑橘前所作。诗人客居草堂，即雨中之景，发此不得归欤之叹，见出离乱中的诗人的痛苦衷肠。

**【原诗】**天畔群山孤草亭①，江中风浪雨冥冥。一双白鱼不受钓②，三寸黄甘犹自青。多病马卿无日起③，穷途阮籍几时醒④？未闻细柳散金甲⑤，肠断秦川流浊泾⑥。

**【注释】**①草亭：指瀼西草堂。　②白鱼：鱼之一种，长身细鳞，肉白如玉，春社前出，秋社后归，时已九月，故云“不受钓”。　③马卿：西汉辞赋家司马长卿（司马相如）。此截用法。　④阮籍：三国魏朝人。籍每至穷途，辄恸哭。　⑤细柳：细柳营，汉朝名将周亚夫的营寨，在长安昆明池南。这里是说长安一带仍有战事。 ⑥浊泾：此喻吐蕃之乱。

【译文】天边的群山中有一座被闲置的孤零零的草堂，暗雨溅起了风浪中的滔滔长江。时已九月，成双的白鱼突然消隐，果园里三寸大的柑橘依然青黄。我就像穷途恸哭的阮籍长醉不醒，又像抱病不起的司马相如僵卧在床。还没听说长安一带收兵解甲，一想起战乱的秦川便痛断肝肠。

## 耳　聋

【题解】这首诗当是大历二年（767）秋在夔州所作。这年深秋，杜甫的耳朵聋了，痛苦异常，遂作此诗，以苦笑显其内心至痛。

【原诗】生年鹖冠子①，叹世鹿皮翁②。眼复几时暗？耳从前月聋。猿鸣秋泪缺，雀噪晚愁空。黄落惊山树，呼儿问朔风。

【注释】①鹖冠子：周代楚国隐士，常居深山，以鹖鸟羽为冠，故号鹖冠子。这里用以自比。 ②鹿皮翁：刘向《列仙传》：鹿皮翁，淄川人，衣鹿皮，居岑山上，食芝草，饮神泉。这里以遁世的鹿皮翁自喻。

【译文】我就像以鹖羽为冠、隐居深山的鹖冠子，又像感时叹世、幽居林泉的鹿皮翁。我本想付世间万事于不见，但不知眼睛何时昏瞎，耳朵倒是从前月起已经失灵。听不见猿鸣深秋，就不致于淌落悲秋之泪；听不见鸟雀噪晚，愁苦便为之一空。惊看那漫山遍野的枯黄的树叶，叫儿子过来，问他是不是起了北风。

## 独 坐 二 首

【题解】这两首诗当是大历二年（767）秋冬时在夔州东屯所作。通过描写江村寥落之景，见出杜甫客居东屯时的落寞情怀。

### 其　一

【原诗】竟日雨冥冥，双崖洗更青①。水花寒落岸，山鸟暮过庭。暖老思燕玉[2]，充饥忆楚萍[3]。胡笳在楼上，哀怨不堪听。

**【注释】**①双崖：指瞿塘两崖。 ②燕玉：当指杨伯雍种玉一事。《搜神记》载：雍伯葬父母于无终山，有人与石一斗，令种之，玉生其田。北平徐氏有女，雍伯求之，要以白璧一双。伯至玉田，求得五双，徐氏妻之。无终山在古燕地，故称其地之玉为燕玉。燕玉是人间不可得的东西。这里用这个典故，暗示衣不暖身而生燕玉之想。 ③楚萍：据《孔子家语·致思》载，楚昭王渡江时，获得斗大的萍实。后因用以比喻珍奇的食品。此用其典，感叹食不果腹。

**【译文】**东屯一带从早到晚总是秋雨濛濛，经雨洗刷的瞿塘两岸更加碧青。寒秋中的山花零落满岸，暮色中只有山鸟飞过山庭。多想求得燕玉来暖暖衰老的身体，充填饥肠每每想到珍奇的楚萍。胡笳声不断地传自楼上，那哀怨悲凉的曲调真叫我耳不忍听。

### 其　二

**【原诗】**白狗斜临北[1]，黄牛更在东[2]。峡云常照夜，江日会兼风。晒药安垂老，应门试小童。亦知行不逮，苦恨耳朵聋。

**【注释】**①白狗：即白狗峡，在归州（今湖北秭归）。 ②黄牛：指黄牛峡，在夷陵（今湖北宜昌），又在归州之东。

**【译文】**白狗峡横斜在归州的北面，黄牛峡又在归州的东边。夜里，峡云常常掩映在夜空里；白天，太阳迷失于成群的风烟。试着叫小童看守门院，靠药物来安养我的残年。我也知道自己老得走不动路了，甚恨耳朵聋得什么也听不见。

## 云

**【题解】**这首诗当是大历二年（767）在东屯所作。通章写水云之变为山云，并隐约透出彼时彼地诗人烦恼苦闷的心境。

【原诗】龙以瞿塘会，江依白帝深。终年常起峡，每夜必通林。收获辞霜渚，分明在夕岑①。高斋非一处，秀气豁烦襟。

【注释】①“收获”二句：言秋收已毕，龙蛰水落，水云辞别江渚而变为山云，独挂山崖。

【译文】瞿塘峡是云龙聚会的地方，流经白帝山脚的是渊深的长江。水云终年从峡间蒸腾而起，日日夜夜遍布草木林莽。待到秋收已毕，水落龙藏，水云便辞别沙洲独挂山冈。地处山上的茅屋不止一处，那秀淡的云气啊令我烦闷的胸襟豁然开朗。

## 大历二年九月三十日

【题解】此诗作于大历二年（767）三秋的最后一天。诗人客夔而有感于异地秋景之不同于内地，故作此诗，向即将消逝的大历二年秋天告别，并隐隐流露出天涯客子的思乡之情。

【原诗】为客无时了，悲秋向夕终。瘴余夔子国①，霜薄楚王宫②。草敌虚岚翠，花禁冷叶红。年年小摇落，不与故园同。

【注释】①夔子国：春秋时楚国的同姓国。夔州属古夔子国地，故代指夔州大地。　②楚王宫：楚宫名，在夔州。此代指夔州。

【译文】长期作客在外，永无终了；当此三秋的最后一天傍晚，令人生悲的秋天就要告终。暖瘴还残留在夔州的大地上，寒霜已降落到夔州孤城。草与虚缈的山岚同翠，花儿同经霜的秋叶争红。夔州一带的树木年年少有凋谢，这跟我北方家乡的景象并不相同。

## 十 月 一 日

【题解】此诗与前首系先后作。诗中记述了当地的风土人情。

【原诗】有瘴非全歇，为冬亦不难。夜郎溪日暖[1]，白帝峡风寒。蒸裹如千室[2]，焦塘幸一柈[3]。兹辰南国重，旧俗自相欢。

【注释】①夜郎：汉代西南地名，在夔州南。溪：指五溪。 ②蒸裹：食品名，类似今之粽子。 ③柈：同“盘”。

【译文】暖瘴还没有完全消歇，度过夔州的冬天亦不为难。照临夜郎、五溪上空的日头还很和暖，白帝城、瞿塘峡已有了些微风寒。千家万户都在忙着做蒸裹，我也有幸收到焦糖一盘。南方人很是看重这个节日，他们按照旧俗互致祝贺，也真是喜地欢天。

## 孟　冬

【题解】这首诗当作于大历二年（767）冬。诗写冬日闲暇无事、破柑尝稻之乐和当地风景，表现了杜甫彼时彼地悠然自得的心情。

【原诗】殊俗还多事[1]，方冬变所为[2]。破甘霜落爪，尝稻雪翻匙。巫峡寒都薄，黔溪瘴远随。终然减滩濑，暂喜息蛟螭。

【注释】①多事：指前一阵课督稻田之事。 ②“方冬”句：意谓一到冬天情况就变了，整天闲暇无事。

【译文】前一阵子在这风俗特殊的异乡竟还有这么多课督稻田的事，如今秋收已毕，进入初冬，一切都变得恬适安闲。手掰柑橘，上面的清霜便抖落在手里；品尝新稻，那晶亮的米粒像雪一样在匙里翻。巫峡一带仅仅有些微的轻寒，多瘴的黔溪依旧远远送来南国的温暖。滩口湍急的水势终于减弱了，且喜蛟螭潜隐在水国深渊。

## 雷

【题解】这首诗当是大历二年（767）冬作。这年十月，夔州竟然打起雷来，这不禁令诗人惊怪异常，遂作此诗，以记其异。中间两联，状电光雷声，最为佳妙。

【原诗】巫峡中宵动，沧江十月雷。龙蛇不成蛰，天地划争回①。却碾空山过，深蟠绝壁来。何须妒云雨，霹雳楚王台②。

【注释】①“天地”句：言电光从空中划过，瞬息间天地争着转回到了夏天。 ②“何须”二句：意谓当此冬天，雷不当鸣而鸣，似嫉妒神女，而以霹雳震之。宋玉《高唐赋》写神女“朝为行云，暮为行雨。朝朝暮暮，阳台之下”。

【译文】半夜里巫峡隆隆震动，苍茫的江面上竟然响起十月的雷声。受惊的龙蛇不能冬眠，电光一过，天地突然争着返回了夏令。雷声又从空山中碾压而过，像是在绝壁上盘旋不停。何须嫉妒巫山云雨？你这威慑神女的霹雳之声。

## 闷

【题解】姑依旧次，编在大历二年（767）。杜甫久滞夔州，百无聊赖，虽有美景但也排除不了因思乡而产生的苦闷情绪。

【原诗】瘴疠浮三蜀，风云暗百蛮①。卷帘唯白水，隐几亦青山。猿捷长难见，鸥轻故不还。无钱从滞客，有镜巧催颜。

【注释】①百蛮：泛指夔州以南少数民族地区。

【译文】瘴气浮起了三蜀之地，风云暗淡了四夷百蛮。卷帘自顾，只能看见寂寞的白水；凭倚几案，陪伴我的依然是冷冷的青山。江猿巧捷啊水鸥轻翻，我却永远回不了见不到久别的故园。身无分文一任滞留在外，无情的明镜又巧妙地催老了我的容颜。

## 夜　二　首

【题解】这两首诗当是大历二年（767）秋作。首章通过写秋夜不寐时所闻所思，抒发了诗人孤栖天涯的深沉感慨。次章写夜初之景和夜尽之景，见出诗人感伤夔人困境和急欲北归的心情。

### 其　一

**【原诗】**向夜月休弦，灯花半委眠①。号山无定鹿，落树有惊蝉。暂忆江东鲙②，兼怀雪下船③。蛮歌犯星起④，空觉在天边。

**【注释】**①半：多半。此有“尽”的意思。　②江东鲙：产于吴越一带的鲙鱼。晋人张翰每于秋风乍起之时则思江东鲈鲙。此用其事，以寄托思乡之情。　③雪下船：用晋人王子猷雪夜乘船访戴安道事，写自己恍然置身于吴越的雪夜里。此切咏夜。　④蛮歌：指夔州民歌。

**【译文】**入夜时分，上弦月不要张弦蓝天；灯花半落时，我就要卧床睡眠。这时忽然听到惊惶不定的野鹿在山中鸣叫，又不时有受惊的鸣蝉落到树间。此时我就像晋人张翰一样忽动故园之思，又恍然置身于王子猷雪夜访戴乘坐的舟船。冲犯晨星的蛮歌从耳边响起，我才知道自己徒然滞留天边。

### 其　二

**【原诗】**城郭悲笳暮①，村墟过翼稀。甲兵年数久，赋敛夜深归。暗树依岩落，明河绕塞微。斗斜人更望，月细鹊休飞②。

**【注释】**①城郭：指夔州。　②鹊休飞：曹操《短歌行》：“月明星稀，乌鹊南飞。”此翻用之。时杜甫急欲北归，故令乌鹊休要南飞。足见思归之情。

**【译文】**夜色中从夔州城传来的笳声不胜悲凄，荒凉的村子里飞鸟稀微。这里经历了多年的兵乱，深更半夜有纳税人负痛而归。山上黝黑的树林日渐凋落，盘绕夔州山川的银河没入边陲。天快亮了，我还在痴痴怅望，乌鹊啊不要在纤月的光影里鼓翼南飞。

## 朝 二 首

**【题解】**这两首诗当作于大历二年（767）秋末冬初。首章描写早晨自然景色，表现了羁旅异地、不得北归的悲哀。次章则叙朝景而叹气候反常，流露出厌居夔州的情绪。

### 其　一

**【原诗】**清旭楚宫南①，霜空万岭含②。野人时独往③，云木晓相参④。俊鹘无声过，饥乌下食贪。病身终不动⑤，摇落任江潭。

**【注释】**①楚宫：注见《咏怀古迹五首》其二。这里以“楚宫”代指楚地。夔州古属楚。　②“霜空”句：意思是说秋天万木凋落，千山万岭皆含日色。　③野人：作者自指。　④“云木”句：谓树梢上的朝云映入眼帘。　⑤终不动：谓因病滞夔而不得乘舟出峡。

**【译文】**旭日的清辉泛出楚宫，了无遮蔽的千山万岭含着日光日影。我独自一人不时地来到野外，树梢上的朝云映入眼中。俊鹘无声地从空中飞过，贪食的饥乌落进林丛。我因病而终究不得沿江东下，只好一任自己如江边草木随风飘零。

### 其　二

**【原诗】**浦帆晨初发，郊扉冷未开①。林疏黄叶坠，野静白鸥来。础润休全湿②，云晴欲半回。巫山终可怪，昨夜有奔雷。

**【注释】**①郊扉：指杜甫柴门。　②“础润”二句：写天气阴晴不定，尚带雨意。础，石础。

**【译文】**清晨，江边上的风帆一动一动地就要乘风涉远，位于夔州郊外的我的柴门关闭着满院风寒。稀疏的树林里有黄叶在飒飒飘落，宁静的野外有白鸥在轻轻飞翻。柱下的石礅还没有完全湿遍，尚含雨意的晴云多半还游移在山间。巫山的冬天也真是奇怪，昨夜竟还有奔雷碾过江边。

## 戏作俳谐体遣闷二首

**【题解】**这两首诗当作于大历二年（767）。诗记当地人情世俗，流露出诗人厌居夔州的情绪。俳（pái）谐体，诗之一体，内容多以游戏取笑为主。

### 其　一

【原诗】异俗吁可怪，斯人难并居。家家养乌鬼①，顿顿食黄鱼。旧识能为态，新知已暗疏。治生且耕凿②，只有不关渠③。

【注释】①乌鬼：鱼鹰。　②治生：谋生。　③渠：他们。

【译文】夔州风俗也真是怪异，夔州居民也真是难以共居。这里家家户户都供养乌鬼，这里没有一顿饭不吃黄鱼。故友是如此地虚与作态，新知也暗暗疏远我。靠耕田凿井来维持自家生计，自与他们毫不相涉。

### 其　二

【原诗】西历青羌坂①，南留白帝城②。於菟侵客恨③，粔籹作人情④。瓦卜传神语，畲田费火耕。是非何处定？高枕笑浮生。

【注释】①青羌坂：唐嘉州，本古青衣羌坂。　②白帝城：指夔州。原注："顷岁自秦涉陇，从同谷县去游蜀，留滞于巫山。"　③於菟（wū tù）：老虎。　④粔籹（jù nǔ）：油炸拌蜜糯米食品，犹今之馓子。

【译文】过去我曾西游到遥远的嘉州，如今又辗转南来，滞留夔州孤城。我常因虎触屋壁而生客居天涯之恨，也曾有感于以粔籹赠人之类的民俗民情。这里的人击瓦占卜，妄传神语，烧荒种田也颇费火耨刀耕。是耶非耶，何时论定？我姑且高枕而卧，笑此浮生。

## 昔　游

【题解】这首诗当是大历二年（767）秋天在夔州所作。在这首诗里，作者追忆了当年游梁宋、齐鲁时入山求仙访道的经过，流露出其愿不遂的遗憾心情，并期待将来乘荆楚之游再访庐霍（庐山、衡山）。

【原诗】昔谒华盖君①，深求洞宫脚②。玉棺已上天，白日亦寂寞。暮升艮岑顶③，巾几犹未却。弟子四五人，入来泪俱落。余时游名山，发轫在远壑。良觌违夙愿④，含凄向寥廓。林昏罢幽磬，竟夜伏石阁。王乔下天坛⑤，微月映皓鹤。晨溪响虚駃⑥，归径行已昨。岂辞青鞋胝，怅望金匕药。东蒙赴旧隐⑦，尚忆同志乐。伏事董先生⑧，于今独萧索。胡为客关塞？道意久衰薄。妻子亦何人，丹砂负前诺。虽悲发鬒变⑨，未忧筋力弱。杖藜望清秋，有兴入庐霍⑩。

**【注释】**①华盖君：《神仙传》：昔周王子乔养道于华盖山，后升仙，号华盖君。这里借古仙比道士之修真者。 ②洞官脚：此指王屋山山脚。古代名山皆有洞官。 ③艮岑（gèncén）：东北之山。 ④良觌（dí）：欢聚。⑤王乔：即仙人王子乔。天坛：此指王屋山绝顶。 ⑥虚駃（kuài）：水声急泻。 ⑦东蒙：即蒙山，在山东境内。因濒临东海，故称东蒙。 ⑧董先生：即衡阳董炼师。 ⑨鬒（zhěn）：黑发。 ⑩庐霍：庐山、衡山。汉武帝移南岳于霍山，故衡霍之称相乱。

**【译文】**当年，我游梁宋时曾去拜谒华盖君一样的神仙，一直深入到王屋山山脚下边。可惜仙人已入玉棺羽化而去，只剩下寂寞的白日映照山间。傍晚我登上王屋山东北的山顶，不见仙人，只见仙人生前的巾几空留眼前。陪同相访的四五个弟子，来这里一个个全都泪流涟涟。当时我也曾寻遍名山胜水，驱车往还于遥深的山间。不得欢聚，空违了平生心愿；含悲衔凄——面对寥廓的苍天。昏暗的林子里磬声已经停歇，我终夜眠宿在石阁。恍惚中仙人王子乔从天坛披云而下，一痕纤月映照着他乘坐的白鹤。晨光中的溪水急急地流泻，我沿着昨日的来路，归情急迫。不辞劳苦，哪怕脚底起了硬茧，一路上怅望灵丹妙药。于是把我的去路转向蒙山，至今还重温和同志结伴而行的快乐。当时曾服侍过董炼师先生，而今因阔别而倍感萧索。为什么我久久地客居夔州？可叹学道的我意念渐衰。我要学“弃妻子如脱屣”的汉武帝，可惜求仙访道，空负了前诺。黑发变白纵然可悲可哀，但我并不忧虑年老体弱。当此秋天，我拄杖向荆楚眺望，等到清兴袭来时再访庐霍。

## 雨四首

**【题解】**这组诗当是大历二年（767）秋冬之际在瀼西所作。或记晴雨不定之象，或状雨中候晴之景，或写雨中客况，或叙雨中忧绪，无不形神俱得，宛然如绘。

### 其　一

**【原诗】**微雨不滑道，断云疏复行。紫崖奔处黑，白鸟去边明。秋日新沾影，寒江旧落声。柴扉临野碓①，半湿捣香粳。

**【注释】**①野碓（duì）：利用水力来舂米的一种装置。

**【译文】**雨下得不大，路也不怎么滑溜难行；稀薄的片云还飘飞在江峡之中。云奔紫崖的地方一片暗黑，白鸟飞去的那边已经露出晴空。微雨沾湿了刚刚露出的太阳的光影，寒江依旧泻落万古奔腾的水声。我的家门正好临近野外的水碓，那里正在舂捣半湿半干的喷香的稻粳。

### 其　二

**【原诗】**江雨旧无时，天晴忽散丝。暮秋沾物冷，今日过云迟。上马回休出，看鸥坐不移。高轩当滟滪①，润色静书帷。

**【注释】**①滟滪：即滟滪堆，瞿塘峡口之巨礁。今已炸掉。

**【译文】**雨来雨停一向就没有定时，天刚转晴忽然又散下细雨丝丝。暮秋时被雨打湿的万物有些清冷，今天这带着雨意的江云还在缓缓游移。我骑马出门又折了回来，不再出去；面对江峡，一动不动地坐观鸥鸟翻飞。高高的茅屋正对着滟滪，被雨沾湿的光与影静了书帷。

### 其　三

**【原诗】**物色岁时晏，天隅人未归①。朔风鸣淅淅，寒雨下霏霏。多病久加饭，衰容新授衣。时危觉凋丧，故旧短书稀。

**【注释】**①天隅：指夔州。人：指杜甫。

**【译文】**时近年底，万物衰微，我这旅居夔州的天涯客子尚未北归。从北方刮来的冷风淅淅作响，霏霏而下的寒雨织一片迷离。所喜多病的我呀久已增加了饭量，所喜衰老的我呀新备了冬衣。一虑及艰危的时局便黯然不快，故人的信简也日渐稀少。

### 其　四

**【原诗】**楚雨石苔滋，京华消息迟。山寒青兕叫①，江晚白鸥饥。神女花钿落②，鲛人织杼悲③。繁忧不自整，终日洒如丝。

**【注释】**①青兕（sì）：青牛。　②神女：指巫山神女。巫山有神女庙。③鲛人：俗称美人鱼，半鱼半人状。传说鲛人织绡时泣泪成珠。

**【译文】**这古楚地的寒雨滋润了石上的青苔，故国京华的消息至今还没有传来。从寒山中不时传来青牛的叫声，傍晚的江面上有饥饿的白鸥往来徘徊。雨点儿就像巫山神女落下的花钿，雨声就像鲛人织机上发出的哀音。百忧千愁理不出一个头绪，如同整天飘洒如丝的寒雨乱我心怀。

## 大觉高僧兰若

**【题解】**此诗当作于大历二年（767）秋冬之际。时杜甫客居夔州。题下原注："和尚去冬往湖南。"大觉高僧已于去年冬天往彭蠡湖之南，今秋杜甫去寺中相访，未晤，于是题诗于寺。前半写巫山情事，后半写庐山情事，见出作者对宗教的虔诚和对高僧的崇敬。大觉，当是高僧名。兰若，梵语阿兰若之省称，寺院之小者。

**【原诗】**巫山不见庐山远，松林兰若秋风晚。一老犹鸣日暮钟，诸僧但乞斋时饭①。香庐峰色隐晴湖②，种杏仙家近白榆③。飞锡去年啼邑子④，献花何时许门徒？

**【注释】**①斋时：佛家语，午时。　②香炉：香炉峰，庐山著名峰名。游气笼其上，状如炉中香烟，故名。隐晴湖，即彭蠡湖。　③"种杏"句：用汉人董奉事。董奉建馆于庐山山岩之下，常为人治病，病愈者以种杏为酬。数年之间，蔚然成林。村民以谷易杏。董奉将所得之谷用以济贫。后升仙，遂绝迹于杏林。近白榆：言其高近天。白榆，星名。玉衡星散为榆。《古乐府·陇西行》："天上何所有？历历种白榆。" ④飞锡：佛家语。僧侣外行好持锡杖，故谓僧徒游方为飞锡。此指代大觉高僧。邑子：乡人，此指初皈弟子。

**【译文】**我身在巫山，看不见遥远的庐山；高僧已去，空留下松林、寺院，秋风送晚。一个老和尚照样在暮色里撞钟，那众僧只管乞食在午天。遥想香炉峰的秀色倒映彭蠡湖中，也仿佛看到董奉故居高近星天。大觉高僧去年临走时弟子们悲啼不止，也不知何时才准许门徒把花进献？

## 谒真谛寺禅师

**【题解】**此诗当作于大历二年（767）秋冬，时杜甫客居夔州。前半写到寺所见到的自然景色，后半申进谒之意。杜甫对宗教虽然十分虔诚，但终因不能割舍夫妻情爱，故卜宅前峰、皈依佛法之愿终不免落空。

**【原诗】**兰若山高处，烟霞嶂几重？冻泉依细石，晴雪落长松。问法看诗妄①，观身向酒慵②。未能割妻子，卜宅近前峰。

**【注释】**①问法：指问佛法。 ②观身：指自身修养。

**【译文】**真谛寺位于高山之最高处，烟霞几重啊峰峦几重？寒泉依贴着细石淙淙流过，晴空下覆压在高松上的积雪飘落无声。探问佛法，看诗是何等地虚妄；省察自身，对酒而毫无饮兴。但终于割不断夫妻情爱，这又怎能皈依佛门，到悠悠前峰？

## 上卿翁请修武侯庙，遗像缺落，时崔卿权夔州

**【题解】**此诗当作于大历二年（767），依旧编列入夔州诗内。有一次，杜甫拜谒武侯庙，见孔明塑像的头没有了，于是趁他的堂舅崔卿翁暂代夔州刺史之机，上诗请求修补武侯头像。从一个侧面表现了杜甫对孔明的崇敬之情和对孔明头像缺落的沉痛哀感。

【原诗】大贤为政即多闻①，刺史真符不必分②。尚有西郊诸葛庙，卧龙无首对江濆③。

【注释】①大贤：此指杜甫堂舅崔卿。 ②“刺史”句：言不必分符以为凭证，尽可行使刺史之职。 ③江濆（fén）：江滨。

【译文】您为政风流，颇多见闻；不必分符，尽可履行刺史责任。夔州西郊还留有武侯祠庙，可惜断头的卧龙空对江滨。

## 奉送卿二翁统节度镇军还江陵

【题解】这首诗当是大历二年（767）冬天在夔州所作。杜甫堂舅崔卿统军权摄夔州事毕，还江陵就其本职，杜甫遂赋此诗送别，表现了甥舅依依惜别的深情和诗人盼望偃武息兵的热切愿望。卿二翁，即前诗题中的“卿翁”“崔卿”。

【原诗】火旗还锦缆，白马出江城。嘹唳吟笳发，萧条别浦清。寒空巫峡曙，落日渭阳情①。留滞嗟衰疾，何时见息兵？

【注释】①渭阳：舅称渭阳。语本《诗经·秦风·渭阳》：“我送舅氏，曰至渭阳。何以赠之，路车乘黄。……”诗为秦康公送舅思母之作，后因以“渭阳”作为甥舅情谊的典故。

【译文】装饰一新的彩船上火旗飞红，卿翁骑着白马出了江城。悲凉的胡笳发出嘹亮凄厉的音响，依依惜别的水边一片凄清。寒空中的巫峡有曙色在缓缓流动，落日般依依不舍的是甥舅之情。可叹我因衰老多病而依旧滞留异地，哪年哪月才能偃武息兵？

## 久雨期王将军不至

【题解】这首诗当是大历二年（767）冬天在夔州所作。时杜甫约退居夔州的王将军枉驾瀼西，以慰寂寞情怀，惜因久雨阻隔而未至，遂作此诗。诗先写风雨天寒、期而不至的失望情怀，接着追述王将军昔日骑射生涯，末思猛士急起靖乱以解主忧，深慨王将军被弃置而未能立功报国，其中寄托着杜甫以天下为己任的精神。

**【原诗】**天雨萧萧滞茅屋，空山无以慰幽独，锐头将军来何迟①，令我心中苦不足。数看黄雾乱玄云，时听严风折乔木。泉源泠泠杂猿狖②，泥泞漠漠饥鸿鹄。岁暮穷阴耿未已，人生会面难再得。忆尔腰下铁丝箭，射杀林中雪色鹿。前者坐皮因问毛，知子历险人马劳③。异兽如飞星宿落，应弦不碍苍山高。安得突骑只五千，崒然眉骨皆尔曹④。走平乱世相催促，一豁明主正郁陶。恨昔范增崒玉斗⑤，未使吴兵著白袍⑥。昏昏阊阖闭氛祲，十月荆南雷怒号。

**【注释】**①锐头将军：指白起。其头小而锐，故称。此比王将军。 ②猿狖（yòu）：猿猴。 ③“前者”二句：《杜臆》解此二句说，坐皮问毛，见毛如雪色，异而问之，始知其善射所得。 ④崒（zú）然：高耸貌。 ⑤“恨昔”句：言王将军如范增老谋而未用，深为之惜。《汉书·高帝纪》：鸿门之会，张良以玉斗献范增，增怒撞其斗。 ⑥“未使”句：惜王将军未能如陈庆之得以建立军功。《南史·陈庆之传》：陈庆之麾下悉著白袍，所向披靡。先是洛中谣曰：“名军大将莫自牢，千兵万马避白袍。”

**【译文】**萧萧天雨把我阻隔在草舍茅宅，空山无以慰藉我的幽独的情怀。头如白起一样的王将军啊你为何迟迟不至？致使我心中无尽的苦情化解不开。多少回仰看腾腾黄雾乱乌云，多少回耳听萧萧寒风摧高林。泠泠泉声交织着凄厉的猿声，迷濛的泥地上有饿鸿徘徊。值此岁暮隆冬，思心摇曳不止；人生难得相见啊，在这茫茫关塞。忆往昔你也曾腰插铁丝箭，纵马射杀野鹿在草野林间；制成的鹿皮垫晶莹如雪，坐在上面曾引起我的惊异和赞叹。一问才知道这是你用捕获的猎物制成的坐垫，当初曾经历了多少劳苦和艰险！珍奇的野兽奔跑如飞，落如星点，高高的青山无碍于铮铮弓弦。怎能得到五千纵横驰突的劲旅？一个个都像你一样眉骨高耸，奇伟不凡。为国前驱，靖边平乱，好让明主忧郁的心为之一宽。遗憾的是你如范增一样老谋而未用，也未能如陈庆之那样战功赫然。眼下千家万户兵氛惨淡，怒号不息的十月的雷声正来自荆南。

## 虎 牙 行

**【题解】**此诗是杜甫于大历二年（767）在夔州所作。诗由天气的反常说到战争和人民的痛苦，与《久雨期王将军不至》、《锦树行》感愤同深，风格相似，堪称鼎足。虎牙，山名，在荆门山（在今湖北宜都县境）之北，不在夔州，因诗中有“虎牙”二字，故摘以为题，非正赋虎牙。

**【原诗】**秋风欻吸吹南国①，天地惨惨无颜色。洞庭扬波江汉回，虎牙铜柱皆倾侧②。巫峡阴岑朔漠气，峰峦窈窕溪谷黑。杜鹃不来猿狖寒，山鬼幽阴霜雪逼。楚老长嗟忆炎瘴，三尺角弓两斛力。壁立石城横塞起③，金错旌竿满云直④。渔阳突骑猎青丘⑤，犬戎锁甲围丹极⑥。八荒十年防盗贼，征戍诛求寡妻哭，远客中宵泪沾臆。

**【注释】**①欻（xū）吸：风声。 ②铜柱：滩名，在今四川涪陵江口。《太平寰宇记》：昔人于此维舟，见水底有铜柱。相传汉时马援所立。 ③石城：指白帝城，因在山上，故名。 ④金错：军旗上的装饰。满云直：竖立如云。 ⑤渔阳突骑。指安禄山的骑兵。青丘：泛指山东一带。 ⑥犬戎锁甲：指吐蕃的铁甲。丹极：皇帝所居。此代指长安。

**【译文】**飒飒秋风吹卷南国，致使天地惨淡，黯然无色。洞庭翻波，江汉倒流，虎牙山和铜柱亦为之倾斜。巫峡一带的山峰为阴沉的气氛所笼罩，惨烈的寒气仿佛来自北国漠野。峰峦变得更加幽深，淌着溪水的山谷一片浓黑。杜鹃绝迹啊猿猴凄寒，山鬼幽阴啊霜雪相逼。来此戍边的楚地老兵连连长叹，为严寒所逼反而怀想炎热潮湿的夏天。他们年轻力壮，臂力过人，竟用两斛臂力拉三尺弓弦。坚如壁立的白帝城横于塞上，到处是装饰一新、竖立如云的旗竿。当年安禄山的骑兵卷过青丘，而后吐蕃的铁甲又包围了长安。十年来普天下战事不断，致使兵乱中备受盘剥的寡妇哭声连天，半夜里我这个天涯客子啊泪洒胸前。

## 锦 树 行

**【题解】**这首诗当是大历二年（767）冬在东屯所作。由时光流逝写到客居苦况，叹善穷恶达、天道不公，最后感慨武夫恶少乘乱得官而骤贵。锦树，指颜色斑斓的经霜之树。因篇内有“锦树”二字，故摘以为题，并非题咏锦树。

**【原诗】**今日苦短昨日休，岁云暮矣增离忧。霜凋碧树作锦树，万壑东逝无停留。荒戍之城石色古①，东郭老人住青丘②。飞书白帝营斗粟，琴瑟几杖柴门幽。青草萋萋尽枯死，天马跛足随氂牛③。自古圣贤多薄命，奸雄恶少皆封侯。故国三年一消息，终南渭水寒悠悠。五陵豪贵反颠倒④，乡里小儿狐白裘。生男堕地要膂力，一生富贵倾邦国。莫愁父母少黄金，天下风尘儿亦得。

**【注释】**①荒戍之城：指白帝城。 ②东郭老人：时杜甫寓居夔州东郭之瀼西，故称。《史记》：有齐人东郭先生，贫困饥寒，衣敝，履不完，行雪中，足尽践地。青丘：恐是清溪。 ③天马：喻圣贤。氂（máo）牛：牦牛。喻恶人。 ④五陵：注见《秋兴八首》（其三）。

**【译文】**苦于今日时光短促，昨日也已罢休，年终岁暮徒增离愁。经霜的碧树转眼已成锦树，万壑流水不舍昼夜地滚滚东流。荒凉的白帝城啊石色古旧，我这个东郭老人栖身青丘。常常飞书求告白帝城里的亲友，为的是营取糊口的斗粟。或凭几弹琴，或拄杖游走，柴门茅屋寂寞清幽。茂密的青草全都枯死，可叹那跛足天马屈随牦牛。自古圣人贤人多薄命，唯有那奸雄恶少皆封侯。三年来故国绝少有消息传来，遥想寒冬里的终南、渭水两悠悠。五陵一带的豪族啊富贵不常，乡里小儿竟在朝夕之间身着狐裘。男儿一落地就靠膂力乘乱而起，一生富贵倾邦倾国。从此莫愁父母少黄金，当此战乱之际一朝可得。

## 自　平

**【题解】**此诗当作于大历二年（767），时杜甫客居夔州。《旧唐书·代宗纪》载：“广德元年，宦官市舶使（外贸官员）吕太一，逐广南（唐岭南道广州南海一带）节度使裴休，纵下大掠。”当地因宦官杀戮而拒不赋贡。事平后，朝廷不以为鉴，仍遣中使（宦官）攘利市舶。此诗所写，盖为此而发。前四句忧南海之乱，后四句申柔远之道。

**【原诗】**自平中官吕太一①，收珠南海千余日②。近贡生犀翡翠稀，复愁征戍干戈密。蛮溪豪族小动摇③，世封刺史非时朝④。蓬莱殿前诸主将⑤，才如伏波不得骄⑥。

**【注释】**①中官：宦官。　②千余日：吕太一反于广德元年，平之必在二年，至大历二年为三年，故曰“千余日”。　③小动摇：大历二年九月，桂州山獠陷州城，刺史李良遁去。“小动摇”即指此。　④世封刺史：太宗时，溪涧蛮酋归顺者，皆世授刺史之职。　⑤诸主将：指掌禁兵的宦官。　⑥伏波：此指马援。马援曾拜伏波将军，出征交趾，因用作咏将军南征的典故。此比殿前诸主将。

**【译文】**自从官军平定宦官吕太一以来，至今收珠南海已经三年了。动乱虽已平息，但朝廷不以为鉴，仍遣宦官攘利南海，致使当地进贡生犀、翡翠之类的贡物日渐稀少；非但如此，恐怕日后还会有滋扰激变、干戈征戍之忧。近来，蛮溪一带的豪族又有动乱迹象，桂州山獠陷州城即为一例。当年太宗为了安边靖乱，凡是蛮酋归顺朝廷的，皆世授刺史之职，以为怀柔之策；可惜今日已非昔时，柔远之道已废而不用。这样必然会导致蛮夷恃险作乱的后果。那时，即使朝廷诏令才如马援的殿前诸主将兴兵征讨，恐怕也不得逞其骄锐之气。

## 寄裴施州

**【题解】**此诗作于大历二年（767）冬，时杜甫移居夔州东屯。诗写往日逢裴和近年再遇情事，见出彼此交谊之深。裴施州，其名不详。施州在夔州南五百里，属黔中道。

**【原诗】**廊庙之具裴施州，宿昔一逢无比流。金钟大镛在东序①，冰壶玉衡悬清秋。自从相遇减多病，三岁为客宽边愁。尧有四岳明至理②，汉二千石真分忧③。几度寄书白盐北，苦寒赠我青羔裘。霜雪回光避锦袖，龙蛇动箧蟠银钩④。紫衣使者辞复命，再拜故人谢佳政。将老已失子孙忧，后来况接才华盛。

**【注释】**①大镛（yōng）：大钟。东序：相传夏代的大学。后泛指学校。②四岳：相传为尧时分管四方诸侯的四位大臣。（见《尚书·尧典》）此以四岳为喻，称美裴施州。 ③二千石：汉代内自九卿郎将，外至郡守尉的俸禄等级，都是二千石。后常用以咏郡尉等高级官员。这里以汉二千石切州刺史，称颂裴施州治郡颇有政绩。 ④箧（qiè）：竹制小箱。此指书箱。

**【译文】**堪称国家栋梁之材的裴施州，过去就结识了你这无与伦比的风流人物。你气宇恢宏，如同金钟大镛声震学堂；你襟怀清朗，犹似冰壶、北斗高悬清秋。自从相遇顿然减轻了我的病苦，顿然宽解了我郁积多年的客愁。尧时有雄镇四方的四位大臣深明大义，汉朝有享禄二千石的贵官为国纾忧。你曾多次从白盐山以北给我寄信，也曾在三九寒天赠我黑羊裘。霜雪的寒光远远回避温暖的锦袖，飞舞于书箱中的你的龙蛇般的字迹盘如银钩。致辞使者为我复命，又一次拜谢老友的风流美政。我虽然年老体衰但无子孙之忧，更有后继者才华旺盛。

## 郑典设自施州归

**【题解】**此诗当于大历二年（767）在夔州所作。诗中详细叙述了郑典设往赴施州和归自施州情事，并以对面商量之语自申欲往施州之意。郑典设，名不详。典设，官名，掌太子汤沐汛扫铺陈之事。施州，注见前诗。

**【原诗】**吾怜荥阳秀①，冒暑初有适。名贤慎出处，不肯妄行投。旅兹殊俗远，竟以屡空迫。南谒裴施州②，气合无险僻。攀援悬根木，登顿入天石③。青山自一川，城郭洗忧戚。听子话此邦，令我心悦怿。其俗则淳朴，不知有主客。温温诸侯门，礼亦如古昔。敕厨倍常羞，杯盘颇狼籍。时虽属丧乱，事贵当匹敌。中宵惬良会，裴郑非远戚。群书一万卷，博涉供务隙。他日辱银钩，森疏见矛戟。倒屣喜旋归，画地求所历。乃闻风土质，又重田畴辟。刺史似寇恂④，列郡宜竞借。北风吹瘴疠，羸老思散策。渚拂蒹葭寒，峤穿萝茑幂⑤。此身仗儿仆，高兴潜有激。孟冬方首路⑥，强饭取崖壁。叹尔疲驽骀，汗沟血不赤⑦。终然备外饰，驾驭何所益。我有平肩舆[8]，前途犹准的。翩翩入鸟道，庶脱蹉跌厄。

【注释】①荥（xíng）阳：郑氏郡名，即今河南郑州。此代指郑典设。②裴施州：注见前诗。③登顿：上下，行止。④寇恂：东汉上谷昌平人，光武帝时拜河内太守，后继任颍川汝南太守，封雍奴侯。后随光武出征，再到颍川，当地士绅对光武说："愿从陛下复借寇君一年。"后因以"借寇"为地方挽留官吏之典。这里称美郑氏有寇恂遗风。⑤萝茑（niǎo）：一名女萝，蔓生植物。⑥首路：出发。⑦汗沟：马腿部和胸腹相连的凹处，疾驰时为汗所流注，称为汗沟。此指马。⑧平肩舆：轿类。

【译文】我的最可爱怜的郑氏啊堪称一代之秀，你曾冒着酷暑往赴遥远的施州。自古名贤一向慎于出处，从不肯妄自行役，远离乡土。推原你远走风俗特殊的边地，终究是迫于屡受贫穷之故。你冒暑南行，往谒裴幕，因意气相投而不顾险路危途。手攀根生枝上的参天榕树，或上或下，或行或止，跋涉在山石参天的迢递的山路。渐近施州所见遍地都是重重青山，映入眼帘的城郭真是赏心悦目。听你介绍施州的风土人情，令我一颗迟暮的心欢欣鼓舞。"施州风俗是如此淳朴，简直不分主客，一皆亲厚。裴公真不愧为温良谦恭的一门诸侯，以礼相待，一如古代的遗风在此长留。他命厨子献上丰盛的美食，几案上杯盘狼藉，美味盈口。虽然时逢丧乱之际，但主客相当，不分彼此。中宵欢会是何等的惬意，裴郑两家并非远亲。裴幕里有群书万卷，一有空便游目其间。"于是我想起以前裴公曾辱赐书信，那盘如银钩似的字迹令我好像见到森然飞舞的刀枪剑戟。如今郑氏归来喜得我倒屣相迎，画地成图——寻求你途中经历的每一处关山。才听说施州一带的风俗是如此淳朴，更何况那里又有层层田畴遍布山川。裴刺史为政风流，名声远传，犹如东汉寇恂斐声政坛。北风吹散南国的瘴气，衰老多病的我呀多想拄杖而行。路过蒹葭披拂的寒渚，穿越女萝覆盖的高山。一路上依靠童仆扶持，情绪昂奋地走向施州。初冬时便打算从夔州出发，努力加餐，以便攀登险峻的崖壁。可叹那马并非汗血马，疲困驽钝不堪历险。纵然它具有外在的美，策之又有何益？幸喜有平肩舆可以代步，这样便可安全到达目的地。翩然飞翔在只有飞鸟可度的山路上，或许可以避免摔伤腿脚。

## 观公孙大娘弟子舞剑器行并序

【题解】这首诗当作于大历二年（767）秋天，时杜甫在夔州。据原序所知，这年十月十九日，杜甫在夔州别驾元持举办的歌舞晚会上，见公孙大娘弟子李十二娘跳剑器舞，壮其蔚跂，问清她的师承之后，抚今追昔，写了这首诗。通过描写公孙大娘及其弟子李十二娘的绝妙舞姿，感慨开元、天宝五十年间的治乱兴衰，表现了杜甫对国家命运的深切关注。公孙大娘弟子，指李十二娘。剑器，唐代盛行的一种武舞。

【原序】大历二年十月十九日，夔州府别驾元持宅见临颍李十二娘舞剑器，壮其蔚跂，问其所师，曰："余公孙大娘弟子也。"开元三载，余尚童稚，记于郾城观公孙氏舞剑器浑脱，浏漓顿挫，独出冠时。自高头宜春、梨园二伎坊内人，洎外供奉，晓是舞者，圣文神武皇帝初，公孙一人而已。玉貌锦衣，况余白首。今兹弟子，亦匪盛颜。既辨其由来，知波澜莫二。抚事慷慨，聊为《剑器行》。往者吴人张旭善草书书帖，数常于邺县见公孙大娘舞西河剑器，自此草书长进，豪荡感激，即公孙可知矣。

【原诗】昔有佳人公孙氏①，一舞剑器动四方。观者如山色沮丧，天地为之久低昂。㸌如羿射九日落②，矫如群帝骖龙翔。来如雷霆收震怒，罢如江海凝清光。绛唇珠袖两寂寞，晚有弟子传芬芳。临颍美人在白帝③，妙舞此曲神扬扬。与余问答既有以④，感时抚事增惋伤。先帝侍女八千人，公孙剑器初第一⑤。五十年间似反掌⑥，风尘澒洞昏王室⑦。梨园弟子散如烟，女乐余姿映寒日⑧。金粟堆南木已拱⑨，瞿唐石城草萧瑟⑩。玳筵急管曲复终，乐极哀来月东出。老夫不知其所往，足茧荒山转愁疾。

【注释】①公孙氏：指杜甫六岁时在偃城见到的跳剑器浑脱舞的女艺人。②羿：后羿，传说中的古代善射者。据说当时十日并出，禾稼草木尽枯，被后羿射落九个。 ③临颍：今河南临颍县。 ④既有以：既有根由。亦即有师承关系。 ⑤初：乃。 ⑥五十年间：自开元五年（717）至大历二年（767）凡五十一年。 ⑦风尘澒（hòng）洞：喻安史之乱。澒洞，弥漫貌。 ⑧女乐余姿：指李十二娘。余姿，见其姿色衰老。 ⑨金粟堆：山名，在今陕西蒲城县，玄宗墓泰陵所在地。 ⑩石城：指白帝城。

【译文】当年有一位绝代佳人名叫公孙大娘，她一跳剑器舞便立刻轰动了四面八方。观者如山，一个个莫不大惊失色，天地也为她的表演而久久地起伏低昂。剑光闪烁，犹如远古后羿射落九颗太阳；舞姿敏捷，好似成群的仙人驾龙飞翔。起舞时剑上就像聚集着雷霆般的力量，舞终时剑上仿佛凝结着江海之清光。可叹公孙大娘的容貌和舞姿俱归寂寞，幸喜以后有弟子李十二娘能传播她的芬芳。这位祖籍临颍的美人眼下正在白帝城里，她表演的剑器舞啊神韵飞扬。我同她答话时知道了她的师承关系，于是我不由得抚今追昔，徒增感伤。玄宗在世时有八千多侍女，跳剑器舞名列第一的乃是公孙大娘。唉！时间过得真快，五十年来一如反掌，当年安史之乱扬起的弥天风尘遮暗了庙堂。梨园弟子像云烟似的四处逃散，如今只剩下李十二娘的舞姿掩映冬天的太阳。金粟山南边的玄宗墓前的树木已可合握，位于瞿塘峡口的白帝城啊满目荒凉。盛宴上的急管繁弦奏出的曲调已经终了，乐极悲来，眼前只见半轮冷月出自东方。老夫我精神恍惚地出了府门，不知往哪里去，长满老茧的双脚走在荒山旷野更加忧愁难当。

## 写怀二首

【题解】这两首诗当是杜甫于大历二年（767）冬在夔州所作。其一以达观任适之辞直抒心中忧愤；其二写作者深夜独坐，因慨世而又大逞笔势，放言老庄之“绝圣弃智”，亦见其愤世嫉俗情绪。

### 其　一

【原诗】劳生共乾坤①，何处异风俗。冉冉自趋竞，行行见羁束。无贵贱不悲，无富贫亦足。万古一骸骨，邻家递歌哭。鄙夫到巫峡，三岁如转烛②。全命甘留滞，忘情任荣辱。朝班及暮齿③，日给还脱粟④。编蓬石城东⑤，采药山北谷。用心霜雪间，不必条蔓绿⑥。非关故安排，曾是顺幽独。达士如弦直，小人似钩曲。曲直吾不知，负暄候樵牧⑦。

【注释】①劳生：劳苦众生。语本《庄子·太宗师》：“夫大块载我以形，劳我以生。”这里泛指所有的人。 ②三岁：三年。杜甫于永泰元年到云安县（属夔州），大历元年来夔州，大历二年仍居夔州，前后共计三年。转烛：烛光随风飘转。比喻生活动荡。 ③“朝班”句：是说到了晚年还挂着工部员外郎的虚名。朝班，朝中百官行列。此指官位。 ④日给：犹日之所食。脱粟：脱去外壳的小米。 ⑤编蓬：营建茅屋。石城：指夔州。 ⑥“用心”二句：借采药说明自己的人生态度：即使忍受贫苦，也不去追求荣华富贵。 ⑦负暄：晒太阳。典出《列子·杨朱篇》：宋国有个农民，穿麻衣过冬，觉得晒太阳很暖和，于是对他的妻子说：“负日之暄，人莫知之，以献吾君，必有重赏。”

**【译文】**所有的人共处乾坤之内，普天下风俗全都一样。一个个为私利而竞相奔走，终不免束缚于世俗的罗网。如果没有富人，穷人自然也就感到满足；如果没有贵人，贱人也就不会为之悲伤。万古千秋无论贵贱无非同归一死，从左邻右舍传来的哭声交相飞扬。鄙夫我由云安而来到夔州，三年来的客子生涯就像随风飘转的烛光。为保全性命我才甘心在夔州留滞，忘情世事，从不把富贵贫贱记在心上。到晚年我徒然还挂着一个工部员外郎的虚衔，每天仅能吃些脱去外壳的粗粮。如今我在夔州城东筑屋而居，为了治病而经常采药——到北面的山冈。只要用心，即使在霜雪中也能采到药材，不必等到来年药材的枝条绿了春光。我也不是故意自讨苦吃，而是为了顺应药材的幽独本性。达士的心如弓弦一样正直，小人的心如钓钩一样弯曲。我一向拙于奔走钻营，我只知道一边晒太阳一边等着牧童、樵夫结伴归来。

### 其　二

**【原诗】**夜深坐南轩①，明月照我膝。惊风翻河汉，梁栋日已出。群生各一宿，飞动自俦匹。吾亦驱其儿，营营为私实。天寒行旅稀，岁暮日月疾。荣名忽中人，世乱如虮虱。古者三皇前②，满腹志愿毕③。胡为有结绳，陷此胶与漆④。祸首燧人氏⑤，厉阶董狐笔⑥。君看灯烛张，转使飞蛾密⑦。放神八极外，俯仰俱萧瑟⑧。终然契真如⑨，得匪金仙术⑩。

**【注释】**①南轩：指杜甫茅屋南窗。 ②三皇：天皇、地皇、人皇。 ③“满腹”句：言欲望很低。《庄子·逍遥游》：“偃鼠饮河，不过满腹。” ④“胡为”二句：言结绳记事以后，智巧日生，于是人间陷入重重矛盾之中，如胶漆之不可解。结绳，结绳记事。《帝王外纪》："始作结绳之政。" ⑤燧人氏：古帝名。传说发明钻木取火，教人熟食。 ⑥厉阶：祸端。厉，恶；阶，所由上下。董狐笔：称颂史官敢于秉笔直书，无所隐讳。董狐是春秋时晋国的史官，曾被孔子誉为忠于事实、直书不讳的良史。（事见《左传·宣公二年》）这里是说董狐治史（促使烈士殉名）为是非之源，借以感叹荣名之害。 ⑦密：接近。此以飞蛾近火喻指追名逐利。 ⑧萧瑟：谓清静无为，万事皆空。 ⑨真如：佛教语词，指永恒的实体、实性，如宇宙。真，即真实；如，即如常不变。 ⑩得匪：岂非。金仙：佛。

**【译文】**深更半夜我独自凭倚南窗，冷月的清辉敷洒膝上。忽然狂风大作，简直要吹翻天河，不知不觉旭日已跳上屋梁。所有的生物都休息了一夜，现在都各自呼朋引伴地活动在晨光里。我也驱使自己的儿子，为了生计去营些私利。奔走于寒天里的行人已经稀少，值此年终岁暮日月如飞。人们正受着名利的毒害，世道如虮虱一样纷乱不止。我想起在遥远的三皇以前，人们的欲望无非如"偃鼠饮河，不过满腹"而已。为什么在结绳记事以后，人世间的矛盾竟如不可化解的胶漆？教人熟食的燧人氏真是罪魁祸首，古代史官董狐已肇祸端。你看，灯烛点起来了，反使成群的飞蛾投火自焚。何如超然而神游八极之外，俯仰天地，一切皆空。这样最终能契合真如本性，这岂不是得到金仙佛陀的妙术？

## 冬　至

**【题解】**此诗作于大历二年（767）冬至，时杜甫客居夔州。自乾元二年（759）弃官客秦州以来，杜甫一直客居在外。今年冬至，又动客子伤老叹穷、恋阙忆旧之情，遂作此诗。冬至，二十四节气之一，在阳历十二月二十二日前后，在阴历十一月中旬。

**【原诗】**年年至日长为客[①]，忽忽穷愁泥杀人。江上形容吾独老，天涯风俗自相亲[②]。杖藜雪后临丹壑，鸣玉朝来散紫宸[③]。心折此时无一寸，路迷何处是三秦[④]？

**【注释】**①至日：冬至。 ②"天涯"句：是说夔州居民各自相亲，而不与我相亲。此即汉乐府“入门各自媚，谁肯相为言”之意。 ③鸣玉：“乘马鸣玉珂”的省文。此指百官散朝时身上的玉佩随马走而发出的响声。紫宸：大殿名。在大明宫。皇帝听政之处。此指朝廷。 ④三秦：项羽分秦地为三，故称“三秦”。其地都在今陕西省境内。此指长安。

**【译文】**年年冬至啊年年作客在外，失意和穷愁简直要缠煞我这天涯旅人。流落江上的我呀面容衰老，而夔州居民各自相近相亲。雪后我拄杖面对枫叶如丹的山谷，仿佛听见百官骑马散朝时玉佩发出的清音。我的一颗向阙之心已破碎得不成方寸，迷途中竟不知哪里是我心中的帝京！

## 柳司马至

**【题解】**此诗当作于大历二年（767）。这年九月、十月，吐蕃入寇，两京戒严。时柳司马至夔州，杜甫向他打听故国消息，见出杜甫在衰病之中仍心恋金阙的炽热情怀。柳司马，名不详。“司马”是官名。

**【原诗】**有客归三峡，相过问两京①。函关犹出将，渭水更屯兵。设备邯郸道，和亲逻逤城②。幽燕唯鸟去，商洛少人行。衰谢身何补？萧条病转婴。霜天到宫阙，恋主寸心明。

**【注释】**①两京：谓东京、西京。 ②逻逤（suò）城：吐蕃国都，即今西藏拉萨。

**【译文】**客人柳司马来到了三峡，于是我向他打听两京情形。他说：“函谷关依然在调兵遣将，渭水边又在扎营屯兵。邯郸道上布满了防御工事，出使逻逤城的使臣正与吐蕃和亲结盟。幽燕一带只有鸟儿飞来飞去，商洛一带绝少有人的行踪。”年老体弱的我呀于国何补？萧条冷落的我呀反而疾病缠身。万里霜天连接着长安宫阙，我的一颗恋主的心啊昭如日星。

## 别李义

**【题解】**此诗当是大历二年（767）冬作于夔州。时宗室之贤李炼之子李义前来巫峡，将入蜀干谒，杜甫作诗相送。先叙世系亲谊，次称其父之忠义文学和李义人品交情，继则叙述夔江饯别情事，末致谆谆劝勉之意。

【原诗】神尧十八子①，十七王其门②。道国洎舒国③，实维亲弟昆。中外贵贱殊④，余亦忝诸孙。丈人嗣三叶⑤，之子白玉温⑥。道国继德业，请从丈人论。丈人领宗卿⑦，肃睦古制敦。先朝纳谏诤⑧，直气横乾坤。子建文章壮，河间经术存⑨。尔克富诗礼⑩，骨清虑不喧。洗然遇知己⑪，谈论淮湖奔。忆昔初见时⑫，小襦绣芳荪。长成忽会面，慰我久疾魂。三峡春冬交，江山云雾昏。正宜且聚集，恨此当离樽。莫怪执杯迟，我衰涕唾烦。重问子何之？西上岷江源。愿子少干谒，蜀都足戎轩⑬。误失将帅意⑭，不如亲故恩。少年早归来，梅花已飞翻。努力慎风水，岂唯数盘餐？猛虎卧在岸，蛟螭出无痕。王子自爱惜，老夫困石根。生别古所嗟，发声为尔吞。

【注释】①神尧：指唐高祖李渊。天宝十三载二月，李渊谥曰神尧大圣光孝皇帝。高祖二十二子，卫怀王玄霸、楚哀王智云，已先薨；太子建成、巢王元吉以事诛，故此言“神尧十八子”。 ②“十七”句：仇注：“太宗有天下，止十七子封王。” ③道国：指道王元庆（高祖第十六子）。舒国：指舒王元名（高祖第十八子）。 ④中外：指中表亲。“中”指舅父子女，为内兄弟；“外”指姑母子女，为外兄弟。李义是道王李元庆的曾孙，杜甫是舒王李元名的外孙的外孙，他们是中表亲。 ⑤丈人：指李义之父李炼。李炼于开元二十五年袭封嗣道王。广德中，官至宗正卿。嗣三叶：谓道王元庆之子临淮王诱至李炼嗣道王者三世。 ⑥之子：指李义。 ⑦宗卿：官名。即宗正卿。掌皇帝族亲属籍，以辨昭穆。 ⑧先朝：谓玄宗。⑨河间：指汉河间献王刘德。经术：经学。 ⑩诗礼：指《诗经》和《三礼》。此泛指经典著作。 ⑪洗（xiǎn）然：肃敬貌。 ⑫“忆昔”句：指杜甫于天宝中在京师和李义相见一事。 ⑬足戎轩：言据蜀为官者多武夫之流。 ⑭将帅：指崔旰。时崔旰专制西川。

【译文】唐高祖李渊有十八个儿子，只有第十七子被封为王爵。第十六子道王元庆和第十八子舒王元名，他们两人是同胞弟兄。李义你是道王的曾孙，我是舒王外孙的外孙，虽然贵贱悬殊，但我也有幸忝列孙辈之林。自你的父亲上溯三代，封嗣道王；你本人才质俊异，有如白玉般的温润。道王继承了先世的德行和功业，这可从乃父那里得到证实。乃父任宗正卿的时候，奉行古代的法式制度，致使上下肃敬，一派和睦气氛。玄宗在世时能虚心纳谏，因此浩然正气纵横于茫茫乾坤。乃父为文雄壮，酷似曹植；其学问好像汉朝河间献王刘德一样博大精深。你能远绍家学，文籍满腹；你意念恬适，风骨清爽绝尘。如今我在夔州见到你这可敬可爱的知己，话头就像热情的河流汹涌狂奔。当年我在京师见到你的时候，你身着短衣，上面绣着美丽的芳荪；如今在这夔州忽然见到你这成年男子，一下子熨贴了我这患病日久的老人的心。眼下三峡一带正值春冬交替的季节，这里的山川因云遮雾罩而显得凄迷阴沉。本来应当欢聚在一起举杯痛饮，恨只恨离别在即，哪堪面对眼前的酒樽？李义啊，你不要怪我迟迟不肯举杯痛饮，因为我年老体弱，涕唾频繁。再一次问你，你将到哪里去？你说由夔西上，入蜀干人。但愿你不要去干谒王侯，蜀都尽都是武夫占据要津。一旦违背了将帅的意愿，他们哪能像亲朋故旧原谅你这一介旅人。你这涉世不深的少年还是早些回来吧，眼下纷纷乱飞的梅花正报告早春。路上千万要提防狂风恶水，此行岂只是为了小惠小恩？卧在江岸上的猛虎正眈眈而视，出水蛟螭啊不露痕迹。王子啊请你自我珍重，老夫我困在山脚下，爱莫能助。自古以来无不为生别而苦苦嗟叹，当此分别之际，禁不住为你放声一哭，又吞了回去……

## 送高司直寻封阆州

**【题解】**此诗当是大历二年（767）杜甫客居夔州时所作。当时高司直将西行入蜀寻访封阆州，杜甫遂赋此诗相送。先叙与高司直相见旋即相别情事，后称美封阆州有不世之才，惜其不得大用。其中寄托着诗人对高、封两人一劳于道路、一屈于外吏而不见重于朝廷的深沉感慨。高司直，名不详。司直是官名，属大理寺。封阆州，名不详。阆州是地名，即今四川阆中。

**【原诗】**丹雀衔书来①，暮栖何乡树？骅骝事天子②，辛苦在道路。司直非冗官，荒山甚无趣。借问泛舟人，胡为入云雾？与子姻娅间③，既亲亦有故。万里长江边，邂逅亦相遇。长卿消渴再④，公干沉绵屡⑤。清谈慰老夫，开卷得佳句。时见文章士，欣然谈情素。伏枕闻别离，畴能忍漂寓？良会苦短促，溪行水奔注。熊罴咆空林，游子慎驰骛。西谒巴中侯⑥，艰险如跬步。主人不世才⑦，先帝常特顾。拔为天军佐⑧，崇大王法度。淮海生清风，南翁尚思慕⑨。公宫造广厦，木石乃无数。初闻伐松柏，犹卧天一柱。我病书不成，成字读亦误。为我问故人，劳心练征戍。

**【注释】**①丹雀：神话传说中象征祥瑞的赤色雀。《吕氏春秋》："及文王之时，天先见火，赤雀衔丹书（瑞书）集于周社。"《周礼疏》："季秋甲子，赤雀衔丹书入丰，止于昌户。"这里以丹雀给周文王衔书的故事起兴，以引起对高司直的吟咏。 ②骅骝：周穆王八骏之一。 ③姻娅：有婚姻关系的亲戚。 ④长卿：汉辞赋家司马相如，字长卿，患消渴病。 ⑤公干：刘桢，字公干，建安七子之一，曾有诗自述卧病漳滨之苦。此自喻久病他乡。 ⑥巴中侯：指封阆州。 ⑦主人：指封阆州。 ⑧天军：帝王的军队。亦即禁军。 ⑨南翁：杜甫自谓。

**【译文】**丹雀曾给周文王衔过瑞书，暮色中不知栖息在哪一处村庄、哪一棵大树？高司直啊您就像周穆王的千里马一样服事人主，可惜不得大用，只好辛苦辗转于道路。您并非那只有官位而无固定职事的散官，但不幸作客干人，荒山是何等地无趣！借问即将泛舟江上、入蜀干人的高司直，您究竟为什么出入于茫茫云雾？我同您有着婚姻上的联系，既是亲戚也是交情深厚的故旧。在这万里长江之边，幸喜和你客中邂逅。我就像司马相如一样患有消渴病，我就像卧病漳滨的刘桢一样久病南土。您的清雅的谈吐足以慰藉我这一介老夫，开卷即有赏心悦目的清词佳句。眼下见到了您这一代文士，我便欣欣然向您倾诉了耿耿情愫。在病中听说您就要离夔入蜀，谁能忍受这人间的漂泊之苦？欢乐的聚会甚是短促而又短促，您取道水路时恐怕要为奔注的江水所阻。熊罴咆哮在空荡荡的树林里，您取道旱路时千万要小心驰骛！向西去干谒封阆州，半步之间就会遇到艰难险阻。远在巴中的封阆州真堪成绝世之材，过去他曾常蒙先帝特殊的恩顾。他曾被提拔为禁军副职，他曾一度尊崇、光大了大唐法度。他在淮海任职时生出了穆穆清风，至今还令我这南极老翁不胜思慕。眼下官府要建造巍峨的大厦，木石是如此地不计其数。起初听说砍伐松柏的时候，居然还躺卧着那参天一柱！我病得简直写不成字，即使写成了，读也有误。高司直啊，请您代为问候我的远在阆州的故友，他该是多么劳心啊，为守土而练兵习武！

## 可　叹

**【题解】**此诗当是大历二年（767）末李勉入朝后所作。丰城王季友家道贫穷，苦节厉志，为妻所弃，亦为世俗所丑。诗人有感于此，而作此诗，以破俗见。因为王季友曾为豫章太守李勉的僚属，并为李勉所赏识，所以在诗的后半部分，既称誉王季友，又兼美李勉，见出杜甫对王、李两人的赞许之情。

**【原诗】**天上浮云似白衣，斯须改变如苍狗。古往今来共一时，人生万事无不有。近者抉眼去其夫①，河东女儿身姓柳②。丈夫正色动引经，丰城客子王季友③。群书万卷常暗诵，《孝经》一通看在手。贫穷老瘦家卖屩④，好事就之为携酒。豫章太守高帝孙⑤，引为宾客敬颇久。闻道三年未曾语，小心恐惧闭其口。太守得之更不疑，人生反覆看已丑。明月无瑕岂容易，紫气郁郁犹冲斗。时危可仗真豪俊，二人得置君侧否⑥？太守顷者领山南，邦人思之比父母。王生早曾拜颜色，高山之外皆培塿⑦。用为羲和天为成⑧，用平水土地为厚。王也论道阻江湖，李也疑丞旷前后⑨。死为星辰终不灭，致君尧舜焉速朽？吾辈碌碌饱饭行，风后力牧常回首⑩。

**【注释】**①抉眼：犹言反目。　②河东：指山西境内黄河以东地区。此系柳氏郡名。　③丰城：地名。属洪都豫章郡。　④屩（juē）：草鞋。　⑤豫章太守：指李勉。《旧唐书》：勉历河南尹，徙洪都刺史、江南观察使。大历二年（767）四月入朝，拜京兆尹御史大夫。　⑥二人：指王季友和李勉。　⑦培塿（pǒulóu）：小土丘。　⑧羲和：羲仲、和仲的并称，均为尧时大臣。传说尧曾命羲仲、羲叔、和仲、和叔两对兄弟分驻四方，以观天象，并制历法。此以羲和二氏为喻，称颂王李二人可当大任。　⑨疑丞：古官名。供天子咨询的四辅中的二臣。后泛指辅佐大臣。　⑩风后力牧：相传为黄帝二臣。这里谓王李二人是风后、力牧一类人物，有治国之才。

【译文】状如白衣的天上的浮云，不一会儿就变幻为成群的黑狗。古往今来无非共处于一时，人生万事啊无所不有。近来河东有一位姓柳的女儿，反目为敌，抛弃了她的丈夫。她的丈夫面有正色，动不动引经据典，他就是作客丰城的客子王季友。万卷群书常常默诵，你看他手捧《孝经》，爱不释手。他家道贫穷，年老体瘦，以卖鞋糊口；乐道好学的人常常提壶携酒同他相处。豫章太守李勉是高帝的贤孙，把他招为幕僚，敬仰甚久。听说三年来王生语不外露，小心谨慎地紧闭其口。豫章太守李勉用之不疑，看那反覆无常的人何等丑陋！得到这样了无瑕疵的明月般的王生岂是易事，他的才具如同郁郁剑气自冲牛斗。时局危急时可以仰仗真正的有识之士，不知王、李二人能否置身朝廷，以佐人主？前些年李太守曾领山南西道观察使，乡人想他念他啊视若父母。早年我也曾见过王生的容貌，高山之外全都是小小山丘。王、李二人犹如尧舜时的羲仲、和仲，足以担当大任，为国梁柱。用之为天啊天乃成，用之为地啊地自厚。可惜谈经论道的王生流落江湖，堪称一代重臣的李勉啊空前绝后。死后化作星辰，长明不灭；这胸怀大志、致君尧舜的奇才啊焉能速朽？我这碌碌无为的野老徒然饱饭而行，才如风后、力牧的王、李二人时时令我肃然回首。

## 奉贺阳城郡王太夫人恩命加邓国太夫人

【题解】这首诗当是杜甫在大历二年（767）末作于夔州。题下原注："阳城郡王，卫伯玉也。"这年六月，荆南节度使卫伯玉封阳城郡王，其母亦进封邓国太夫人，于是杜甫写了这首应酬诗，祝贺卫母加封，并颂扬卫伯玉忠孝两全。恩命，皇帝颁发的诏书。

【原诗】卫幕衔恩重①，潘舆送喜频②。济时瞻上将③，锡号戴慈亲④。富贵当如此。尊荣迈等伦。郡依封土旧，国与大名新⑤。紫诰鸾回纸⑥，清朝燕贺人。远传冬笋味⑦，更觉彩衣春⑧。奕叶班姑史⑨，芬芳孟母邻⑩。义方兼有训，词翰两如神。委曲承颜体⑪，骞飞报主身⑫。可怜忠与孝，双美画麒麟⑬。

【注释】①"卫幕"句：言卫伯玉封阳城郡王，如卫青之承恩而擢为大将军。《汉书·卫青传》："卫青征匈奴，大克获，帝就拜大将军于幕中。"

②“潘舆”句：晋人潘岳《闲居赋》有“太夫人乃御板舆（轿）”之句，后因以潘舆代指母亲。这里借指卫伯玉之母被加封为邓国太夫人。 ③上将：指卫青。此比卫伯玉。 ④慈亲：指卫伯玉之母。 ⑤“郡依”二句：朱注：郡封仍是阳城，故曰“旧”；夫人加号邓国，故曰“新”。 ⑥紫诰：皇帝诏书。盛以锦囊，紫泥封口，加印章，故称。 ⑦冬笋味：晋·张方《楚国先贤传》：“孟宗字恭武，至孝。母好食以竹笋，宗入林中哀号，方冬，笋为之出，因以供养。时人以为孝感所至。”这里称扬卫伯玉孝养母亲。 ⑧彩衣：用老莱子事。汉·刘向《列女传》：“老莱子孝养二亲，行年七十，婴儿自娱，著五色彩衣。尝取浆上堂，跌仆，因卧地为小儿啼，或弄乌鸟于亲侧。”这里比况卫伯玉之孝。 ⑨奕（yì）叶：奕世。世世代代。班姑史：称颂女子有才学。东汉人班昭，博学高才，曾为其兄班固所著《汉书》补撰八表及《天文志》。这里称美卫伯玉之母颇具文才，可远绍班昭。 ⑩孟母邻：孟母考虑到邻居对未成年的孟轲的影响，几次迁居，最后选择学官为邻，使孟轲受到诗书礼乐的熏陶。后因以孟母邻指知书达礼的人家。这里称颂卫伯玉之母贤如孟母。 ⑪承颜：根据对方脸色、情绪而相应行事。此指卫伯玉孝敬母亲。 ⑫骞（xiān）飞：奋飞。 ⑬画麒麟：指臣子建功立业，名著史册。《汉书·苏武传》：“甘露三年，单于始入朝。上思股肱之美，乃图画其人于麒麟阁，法其形貌，署其官爵姓名，唯霍光不名，曰大司马大将军博陆侯姓霍氏……次曰典属国苏武，皆有功德，知名当世，是以表而扬之，明著中兴辅佐，列于方叔、召虎、仲山甫焉。凡十一人，皆有传。”

**【译文】**卫伯玉啊，你就像汉人卫青一样承蒙浩荡的皇恩；尊母被皇上加封为邓国太夫人，喜讯频频。仰看你这卫青一样的人物济时匡世，感戴皇上把邓国太夫人的封号赐予你的母亲。应当像你们母子那样大富大贵，满门尊荣远超同辈之人。卫伯玉啊，你被封为阳城郡王，尊母荣幸地加封为邓国太夫人。皇帝的诏书上有鸾凤在盘旋飞舞，晨光中的燕子啊唱着新歌祝贺你们。卫伯玉啊，你就像孟宗一样孝顺慈母，你就像老莱子一样具有孝心。尊母如同世代传扬的班昭富有文采，尊母如同孟母一样远播德馨。尊母恪守做人正道，堪成千古良训，尊母的诗文辞章生动传神。卫伯玉啊，你孝敬慈母是何等地周到而殷勤；你定能乘时奋飞，报效一代明君。你这忠孝两全的人物，简直如同画像麒麟阁上的汉代名臣。

## 送田四弟将军将夔州柏中丞命，起居江陵节度使阳城郡王卫公幕

**【题解】** 此诗当是大历二年（767）秋在夔州所作。时夔州柏都督（柏茂琳）派田将军到江陵去问候阳城郡王、荆南节度使卫伯玉，杜甫遂作此诗，以晋征南将军山简称美卫伯玉，对田将军必将受到卫伯玉的礼遇表示艳羡。

**【原诗】** 离筵罢多酒，起舵发寒塘。回首中丞座①，驰笺异姓王②。燕辞枫树日③，雁度麦城霜④。定醉山翁酒⑤，遥怜似葛强⑥。

**【注释】** ①中丞座：指柏茂琳。御史中丞，谓之独座。 ②异姓王：指阳城郡王卫伯玉。 ③枫树：此指青枫江。 ④麦城：地名。在今湖北当阳东南。此代指江陵。 ⑤山翁：指晋征南将军山简。此比卫伯玉。 ⑥葛强：晋征南将军山简的部将，在襄阳常陪山简宴饮。这里以葛强比况田将军。

**【译文】** 酒食丰盛的离别的宴筵散了，田将军从寒塘启程，乘舟远航。几次回头看着柏中丞，几多留恋，驰书到江陵去问候阳城郡王。眼前的秋燕告别青枫江的风浪，遥想江陵上空的鸿雁冒霜飞翔。田将军啊，你定然会幸蒙卫公礼遇而酩酊大醉，我在这遥远的夔州多么爱羡你呀——当今的葛强。

## 题柏学士茅屋

**【题解】** 此诗当是大历二年（767）秋天作于夔州。时杜甫过访柏学士茅屋，见其藏书之多，喜其子弟勤于读书，羡其居处景色优美，遂发此吟咏。

**【原诗】** 碧山学士焚银鱼，白马却走身岩居①。古人已用三冬足②，年少今开万卷余。晴云满户团倾盖③，秋水浮阶溜决渠④。富贵必从勤苦得，男

儿须读五车书⑤。

【注释】①“碧山”二句：言柏学士为避安史之乱而隐居于此。银鱼，指柏学士所佩银质鱼符。唐代五品以上官员佩带银鱼，以表示品级身分。白马，用张湛事。《东观汉记》：“张湛为光禄勋，帝临朝，或有惰容，湛辄谏其失，常乘白马，上每见湛，辄言：‘白马生且复谏矣。’”此以常乘白马、直言进谏的张湛比况柏学士。 ②三冬：冬季三个月，即冬季。《汉书·东方朔传》：“臣朔少失父母，长养兄嫂。年十二学书，三冬文史足用。”这里引用这个典故，称美柏学士勤奋读书，学业有成。 ③倾盖：车上的伞盖靠在一起。这里形容晴云之浓，有如车盖聚集。 ④决渠：犹言急流。 ⑤五车书：形容读书多，知识渊博。《庄子·天下》：“惠施多方，其书五车。”

【译文】因安史之乱的战火你弃官来至此地，隐居在岩石累累的碧山之中。你就像汉代的东方朔一样刻苦攻读，府上子侄读书万卷，学业有成。聚如车盖的浓密的晴云充满门户，漫上石阶的秋水啊湍急有声。自古以来荣华富贵必定从勤苦得来，男儿应当博览群书，以求功名。

## 题柏大兄弟山居屋壁二首

【题解】这两首诗当是杜甫于大历二年（767）在夔州所作。首章记柏大兄弟山居读书、弹琴咏歌情事；次章摹写山路景色，赞其兄弟多才。柏大兄弟，即前诗柏学士之子侄。

### 其　一

【原诗】叔父朱门贵①，郎君玉树高②。山居精典籍，文雅涉风骚③。江汉终吾老④，云林得尔曹⑤。哀弦绕白雪⑥，未与俗人操。

【注释】①叔父：即前诗中的柏学士。 ②郎君：谓柏大兄弟。 ③风骚：《国风》、《离骚》的合称。这里泛指诗文。 ④江汉：指夔州。吾老：杜甫自谓。 ⑤尔曹：谓柏大兄弟。 ⑥白雪：古琴曲名，相传为春秋时晋人师旷所作。其格调高雅，超凡脱俗。这里形容柏大兄弟弹奏的曲调如古代名曲《白雪》一样高雅。

**【译文】**尊叔像朱门大户里的人家一样富贵，柏氏兄弟宛如高高的玉树挺立在我的眼前。隐居山里，个个精通浩如烟海的典籍，因受诗文熏陶而绝俗超凡。我这漂泊的游子啊将终老江汉，今天有幸相遇——在这蔼蔼林间。优美动人、格调高雅的琴声缭绕不散，决不与凡夫俗子同操琴弦。

## 其　二

**【原诗】**野屋流寒水，山篱带薄云。静应连虎穴，喧已去人群。笔架沾窗雨，书签映隙曛①。萧萧千里足②，个个五花文③。

**【注释】**①隙曛：缝隙中的落日余光。　②千里足：千里马。比喻杰出人才。　③五花文：形容马的毛色五彩斑斓，状如王良星（星座名）纹。

**【译文】**野屋外流淌着清泠泠的泉水，山篱间缭绕着薄薄的浮云。居处幽僻，好像连接着虎穴，超然远离了喧闹的人群。从窗外飘进来的雨丝沾湿了笔架，书签上映照着缝隙中的落日余辉。柏氏兄弟就像鸣声萧萧的千里马，一个个都闪烁着美丽的星纹。

# 白　帝　楼

**【题解】**此诗作于大历二年（767）冬末。时杜甫外出散心，触城楼之景而生出峡之情，遂赋诗以见其年终岁暮时的心境。

**【原诗】**漠漠虚无里，连连睥睨侵①。楼光去日远，峡影入江深。腊破思端绮②，春归待一金③。去年梅柳意，还欲搅边心。

**【注释】**①睥睨（bìnì）：又名女墙，亦即城墙上的短墙。因用以睥睨人，故名。　②端绮：一端罗绮。　③一金：一个值万钱的金锭。

**【译文】**白帝城上的女墙连延不断，高高地上侵广漠辽远的云天。夕阳虽能照到城楼却即将坠落，峡壁的暗影映入渊深的江间。冬去春来，我多想有一端罗绮缝制春服，还想得到一笔可供出峡的金钱。梅柳枝上那纷扬的意绪，仍将搅乱我的思乡之心，犹似去年。

## 白帝城楼

**【题解】**此诗与前首同时而作。诗写重游白帝城楼时所见到的自然景观，寄托了诗人的出峡之思。

**【原诗】**江度寒山阁①，城高绝塞楼。翠屏宜晚对，白谷会深游。急急能鸣雁，轻轻不下鸥。夷陵春色起②，渐拟放扁舟。

**【注释】**①寒山阁：位于寒山脚下的西阁。 ②夷陵：即今湖北省宜昌。

**【译文】**大江流经寒山脚下我曾居住过的西阁，是地势高旷的白帝城加高了这绝塞上的城楼。最宜在晚晴时观赏这翠屏似的山嶂，也该在白帝山谷的最深处纵情畅游。天上有善于鸣叫、急急飞翔的大雁，江上有翩然而飞、欲下不下的水鸥。等到春色起于夷陵大地，我就打算放一叶小船出峡东游。

## 有叹

**【题解】**此诗当作于大历二年（767）冬。时有吐蕃之乱，杜甫有感于流离失所而发此浩叹，见出诗人伤乱思治的心理。

**【原诗】**壮心久零落，白首寄人间。天下兵常斗，江东客未还①。穷猿号雨雪，老马怯关山②。武德开元际③，苍生岂重攀！

**【注释】**①江东客：杜甫自称。 ②“老马”句：化用“胡马依北风”句意。 ③武德开元：均为盛唐年号。卢注：此言武德、开元，而不及贞观、永徽者，武德为唐治之始，开元为唐治之终，举高祖、明皇以该二宗也。

【译文】雄心壮志早已零落不堪，我这白头人暂时托身于夔州山川。因吐蕃入侵而致使天下战伐不断，流落天涯的我呀有家难还。我像穷猿一样啼号在雨里雪里，又像怀思北风的胡马畏怯关山。那盛极一时的大唐治世，天下苍生岂可重攀！

## 舍弟观赴蓝田取妻子到江陵，喜寄三首

【题解】这三首诗当是杜甫在大历二年（767）冬天所作。当时杜甫意欲携家卜居江陵，于是在他得到弟弟杜观从蓝田把家眷接至江陵的消息后，就更加坚定了他的去志。这三首诗即写闻讯之喜和即将东下相聚之意。蓝田，今陕西省蓝田县。

### 其　一

【原诗】汝迎妻子达荆州①，消息真传解我忧。鸿雁影来连峡内②，鹡鸰飞急到沙头③。峣关险路今虚远④，禹凿寒江正稳流。朱绂即当随彩鹢⑤，青春不假报黄牛⑥。

【注释】①汝：指杜甫弟弟杜观。荆州：今湖北省荆州。天宝初，荆州为江陵。　②鸿雁：《礼记》以鸿雁飞行时的行列比喻兄弟出行有序。这里以鸿雁为喻，谓弟弟杜观有消息传来。　③鹡鸰：《诗经·常棣》为宴兄弟之作，诗中以水鸟鹡鸰困于原野而互相呼救比喻兄弟患难相助。后因用作咏兄弟情谊的典故。这里以鹡鸰喻指弟弟杜观，点明他已抵达江陵。沙头：今湖北省沙市，在长江北岸，离江陵十五里。　④峣（yáo）关：即蓝田关。杜观接妻南下必经此地。　⑤彩鹢：鹢，水鸟名。古代常在船头上刻绘鸟形，故以“彩鹢”代指船只。　⑥黄牛：即黄牛滩，在西陵峡（在今湖北省宜昌市西北）附近。滩边峭壁上有石纹，像人背刀牵牛，人呈黑色，牛呈黄色。

【译文】你已把妻子从蓝田接到荆州，消息真的传来，顿然消解了我心中的忧愁。这喜讯是翩然而来的雁影传到峡内的，我就像鹡鸰似的急着要飞往沙头。我并不感到峣关的险路远不可度，眼前这大禹开凿的寒江啊正静静奔流。我就要乘小船顺流东下，不劳你明春从黄牛滩捎信约我

东游。

## 其　二

【原诗】马度秦山雪正深①，北来肌骨苦寒侵。他乡就我生春色②，故国移居见客心③。欢剧提携如意舞④，喜多行坐白头吟⑤。巡檐索共梅花笑，冷蕊疏枝半不禁。

【注释】①秦山：即秦岭。　②他乡：指江陵。　③故国：指蓝田。蓝田属京兆府，故称“故国”。　④如意舞：晋朝王戎系王导之侄，喜持铁如意起舞。后因用作欢乐起舞的典故。这里借喻与弟弟杜观欢聚的喜情。　⑤白头吟：古琴曲名。此代指歌吟。

【译文】弟弟你骑马翻越秦岭时积雪正深，北来的路上你经历了多少风寒和苦辛！你到达江陵以后，江陵将为我生出遍地春色；你把家从蓝田搬到江陵，可以想见客子之心。我将东下江陵同你欣然起舞，或行或坐，我禁不住时时歌吟。我绕着檐楹邀梅花同我一起欢笑，那疏枝上的冷蕊呀全都喜不自禁。

## 其　三

【原诗】庾信罗含俱有宅①，春来秋去作谁家？短墙若在从残草，乔木如存可假花。卜筑应同蒋诩径②，为园须似邵平瓜③。比年病酒开涓滴，弟劝兄酬何怨嗟！

【注释】①庾信：南朝时梁朝诗人，因侯景之乱，自建康（今南京市）逃往江陵，居宋玉故宅。罗含：东晋人，为桓温别驾，在江陵城西三里小洲上筑屋而居。　②蒋诩（xǔ）径：汉朝蒋诩隐居后，在屋前竹下开了三条小路，只与求仲、羊仲二人交往。此用其事，设想如在江陵卜居当效蒋诩开径以迎知己。　③邵平瓜：故秦东陵侯邵平，种瓜于长安城东，瓜美，时人称为“邵平瓜”。这里引用这个典故，设想卜居江陵之后将要经营瓜园。

【译文】庾信、罗含在江陵都有故宅，历经春秋不知如今归属何人。如果短墙尚在，赁居时就任凭它立在残草丛里；如果乔木犹存，花开时倒可以借花娱心。要是另行卜居盖房，我将效蒋诩开三径以迎知己；要是辟园种瓜，我将学东陵侯邵平勉力耕耘。近年来我因病戒酒，到江陵后说什么也要开戒和你对饮，弟劝一杯兄酬一杯又有何怨恨！

## 夜　归

【题解】此诗当于大历二年（767）在瀼西所作。诗写从白帝城夜归瀼西草堂的亲身经历，逼真地再现了当时情景，并对不如意又不便明言之事隐隐有所感慨。

【原诗】夜半归来冲虎过，山黑家中已眠卧。傍见北斗向江低，仰看明星当空大①。庭前把烛嗔两炬，峡口惊猿闻一个。白头老罢舞复歌②，杖藜不睡谁能那③？

【注释】①明星：金星，古称太白星。大（dúo）：特别，甚。此指亮度大。　②老罢：犹言“老去”，即“老了”之意。　③那：奈何。

【译文】半夜我冒着老虎吃人的危险返回瀼西草舍，这时家人已伴着黝黑的山影静静眠卧。平视野外，只见北斗星一滴一滴地滴向江面；仰望当空，太白星比平常亮了许多。责怪家人在庭前点了两支蜡烛，突然听见一只惊猿的哀鸣声从峡口传到院落。我这白头人且歌且舞，拄着拐杖，不能成眠，真是无可奈何！

## 前苦寒行二首

【题解】这两首诗当是杜甫于大历二年（767）冬在夔州所作。这年冬至，夔州大雪，天气奇寒，杜甫赋此二首以记所见所感。亦可视为夔州灾异的真实记录。

### 其　一

【原诗】汉时长安雪一丈，牛马毛寒缩如蝟①。楚江巫峡冰入怀，虎豹哀号又堪记。秦城老翁荆扬客，惯习炎蒸岁絺绤[②]。玄冥祝融气或交[③]，手持白羽未敢释。

【注释】①“汉时”二句：追记汉朝长安大雪奇寒情状。《西京杂记》载：元封二年大寒，雪深五尺，野中鸟兽皆死，牛马蜷跼如蝟，三辅人民冻死者十有二三。 ②絺绤（chī xì）：葛布衣。 ③玄冥：水神。祝融：火神。

【译文】当年汉代长安城积雪一丈，牛马冻缩得像刺猬一样。哪料到夔州今年竟也如此奇寒，怀里简直像抱着凛冽冰霜。山中的虎豹啼饥号寒，这灾异可与汉时长安大雪同载史章。我这长安老翁、荆扬客子习惯了潮热天气，一年到头都穿着葛布衣裳。水神玄冥和火神祝融或许很快就会交换冷热之气，我手中的白羽扇不敢丢弃一旁。

### 其　二

【原诗】去年白帝雪在山，今年白帝雪在地。冻埋蛟龙南浦缩，寒刮肌肤北风利。楚人四时皆麻衣，楚天万里无晶辉。三尺之乌足恐断[①]，羲和送之将安归[②]？

【注释】①三足之乌：古代神话传说有三足乌栖于日中，因以“三足乌”代指太阳。此谓太阳消失，天气寒冷。 ②羲和：传说中为太阳神赶车的驭手。

【译文】去年只是白帝山上有些积雪，今年白帝城里大雪封地。蛟龙竟被冻埋在万丈江底，南浦也仿佛因凝寒而萎缩。冷气刮割着肌肤，北风像刀子一样锋利。夔州气候一向炎热，人们一年四季都穿着麻衣；可今冬却如此奇寒，万里楚天失去日辉。恐怕日中的三足乌折断了腿脚，也不知羲和把它送到哪里。

## 晚　晴

【题解】这首诗当作于大历二年（767）冬天，时杜甫客居夔州。前后阴了一个月的天气，一天傍晚，突然转晴，但杜甫的心情并未因此而好转，反而对景而自伤飘零。

**【原诗】**高唐暮冬雪壮哉①，旧瘴无复似尘埃。崖沉谷没白皑皑，江石缺裂青枫摧。南天三旬苦雾开，赤日照耀从西来，六龙寒急光徘徊②。照我衰颜忽落地，口虽吟咏心中哀。未怪及时少年子。扬眉结义黄金台③，汩乎吾生何飘零④？支离委绝同死灰。

**【注释】**①高唐：即高唐观，在巫山。　②六龙：神话传说羲和御六龙之车载日神运行。后因以六龙喻指太阳。句意谓天气转晴，天上又出现了太阳。　③黄金台：战国时燕昭王曾在易水边建黄金台，置黄金于台上，以招贤纳士。后因用作礼贤的典故。此用其事，说少年受到赏识。　④汩(yù)：迅疾貌。

**【译文】**这巫山一带的冬雪下得好大啊！旧有的尘埃似的瘴气荡然不存。白皑皑的积雪掩没了崖谷，江石为之冻裂，青枫为之一摧。连续阴了一月之后终于云散雾开，西天上又出现了红日一轮，凝寒的太阳啊光影徘徊。夕光里我的衰容正好映照在地，口虽吟咏而心里却无比悲哀。毫不足怪那些及时有为的少年人，他们正备受赏识，意气壮哉！而我却为何像流水似的飘零？衰弱不堪的身体啊如同死灰。

## 复　阴

**【题解】**此诗与前首同时而作。诗中描写了冬阴惨淡之景，刻画了凄其可哀的诗人自我形象，颇饶悲剧气氛和震撼人心的艺术力量。

**【原诗】**方冬合沓玄阴塞，昨日晚晴今日黑。万里飞蓬映天过，孤城树羽扬风直。江涛簸岸黄沙走，云雪埋山苍兕吼。君不见夔子之国杜陵翁①，牙齿半落左耳聋②。

**【注释】**①夔子之国：此代指夔州。　②半：多半。

**【译文】**昨日晚晴，今日天又黑成这个模样，冬天的层层乌云充塞了四面八方。飘飞万里的蓬草映天而过，孤城上的军旗被风吹得很直。惊涛拍岸黄沙疾走，云雪封山啊牛吼山冈。君不见夔州城里我这个杜陵老翁，左耳失聋牙齿也多半掉光。

## 后苦寒行二首

**【题解】**这两首诗与前一首当是同时稍后而作。首章写雪寒之苦，流露出思春情绪；次章写风寒之苦，兼虑气候之变。

### 其　一

**【原诗】**南纪巫庐瘴不绝①，太古以来无尺雪。蛮夷长老畏苦寒，昆仑天关冻应折②。玄猿口噤不能啸，白鹄翅垂眼流血。安得春泥补地裂？

**【注释】**①巫庐：巫山、庐山。巫庐二山乃南国之纲纪。　②昆仑天关：当指支撑昆仑山的天柱。

**【译文】**堪称南国纲纪的巫山、庐山一带的炎瘴自古不绝，太古以来从没有下过一尺深的大雪。今冬大雪成灾，蛮夷长老畏惧这亘古未有的苦寒，昆仑山的天柱也许因奇寒而摧折。黑猴冻得不能啼叫，白鹄冻得垂翅敛翼，两眼流血。怎能用春泥填补这冻裂的南国？

### 其　二

**【原诗】**晓来江门失大木，猛风中夜吹白屋①。天兵斩断青海戎②，杀气南行动坤轴，不尔苦寒何太酷！巴东之峡生凌澌③，彼苍回斡人得知④？

**【注释】**①白屋：贫屋。此指杜甫茅屋。　②青海戎：西戎。此指蕃寇。大历二年（767），吐蕃寇邠州、灵州，京师戒严。　③巴东之峡：指巫峡。凌澌（sī）：冰。　④彼苍：谓天。《庄子·逍遥游》云：“彼苍者天，其正色邪？”回斡（wò）：回旋。

**【译文】**半夜里猛风摇撼着我的茅屋，一早起来就不见了门外江边的大树。莫不是天兵厌乱要力斩蕃寇，所以杀气南行，撼动了地轴，不然何致于苦寒到如此地步！巫峡里的江水已经凝结成片片冰凌；但是，气机旋转，必属天意，人岂可知？

## 元日示宗武

【题解】此诗作于大历三年（768）元旦。杜甫沿袭旧日元旦试笔之俗，写诗示长子宗武，抒发了衰年客居所引起的种种悲绪。

【原诗】汝啼吾手战，吾笑汝身长。处处逢正月，迢迢滞远方。飘零还柏酒①，衰病只藜床。训谕青衿子②，名惭白首郎③。赋诗犹落笔，献寿更称觞。不见江东弟④，高歌泪数行。

【注释】①柏酒：酒名，即椒柏酒。 ②青衿子：指宗武。青衿，古之学子所穿的青领之服。《诗经》：“青青子衿。” ③白首郎：杜甫自谓。 ④江东弟：指避乱江左十多年没有见过面的五弟杜丰。

【译文】儿子呀，你见我手发抖就眼泪汪汪，我为你长高而喜笑异常。年年岁岁喜逢元旦佳节，可怜至今还滞留在迢递的远方。飘零中且喜还有柏酒可饮，衰病中伴我的只有一张藜床。所喜儿子可堪训教，深惭自己白发苍苍。元旦赋诗，我犹可落笔而就；元旦祝寿，你高举酒觞。十多年不见远在江东的五弟杜丰，一声高歌，唱落了酸泪几行。

## 又示宗武

【题解】此诗与前一首系同时所作。通章专写训子之意，勉励宗武立志效法先贤之行孝文学，从中可以窥见杜甫的教育思想。

【原诗】觅句新知律，摊书解满床。试吟青玉案①，莫羡紫罗囊②。暇日从时饮，明年共我长。应须饱经术，已似爱文章。十五男儿志③，三千弟子行④。曾参与游夏⑤，达者得升堂⑥。

【注释】①青玉案：古时珍贵食器。张衡在《四愁诗》中曾以青玉案作为回报君子的赠品。后因以青玉案作为答诗的典故。此泛指古诗。 ②紫罗囊：古时玩具。东晋谢玄好佩紫罗香囊，被其叔谢安赌取烧掉。此以谢玄比宗武。 ③“十五”句：暗用孔子“吾十有五而志于学”的话，又切宗武年龄。 ④“三千”句：用孔子有弟子三千事。《史记》：“孔子以诗、书、礼、乐教弟子，盖三千焉。”这里引用这个典故，以引起下文，激励宗武求学。 ⑤曾参：曾子，孔子之入室弟子，以孝著称，相传《大学》一书为他所作。游夏：子游、子夏二人的合称，均系孔子的入室弟子。子游擅长文学，子夏曾说过“学而优则仕，仕而优则学”的话。相传《诗》《春秋》等儒家经典著作是由子夏传授下来的。 ⑥升堂：喻学问已入门径。孔子有弟子三千，入室升堂者七十余人。这里勉励宗武上进。

**【译文】**近来你已经粗知诗歌格律，开始寻字觅句，沉吟诗章。为了寻找字句出处，打开的书籍摊满了藜床。你已试着吟诵古人诗歌，而不要羡慕谢玄少时佩带紫罗囊。抽空可陪我喝一点儿酒，明年你就长得同我一样高。看来你似乎爱上了诗文，但务须谙熟经术之道。十五岁的男儿应当笃志求学，要立志跻身于孔门弟子之行。儿呀，你要效法曾参、子游、子夏诸多先贤，须知自古以来的贤达之士方可入室升堂。

## 远怀舍弟颖观等

**【题解】**此诗亦当大历三年（768）元旦所作。诗人以无限深情远怀阔别日久的弟弟，足见兄弟情深。颖观，杜颖、杜观。

**【原诗】**阳翟空知处①，荆南近得书②。积年仍远别，多难不安居。江汉春风起，冰霜昨夜除。云天犹错莫③，花萼尚萧疏，对酒都疑梦，吟诗正忆渠。旧时元日会，乡党羡吾庐。

**【注释】**①阳翟：今河南省禹县，杜颖之所在。 ②荆南：此指荆州（今湖北省荆州），杜观之所在。 ③错莫：纷乱阴沉之状。

**【译文】**颖弟啊只知道你远在阳翟，阔别多年至今仍然地限天隔。近来得到观弟从荆州寄来的书信，知道他在多难之际仍居无定所。春风已经来到了夔州，昨夜已消尽了一冬的冰雪。可万里云天依然纷乱阴沉，弟兄们像花萼似的依然孤独而萧索。此刻我对酒把盏仿佛是在梦境，怀念你们禁不住沉吟诗歌。想当年弟兄们在一起欢度元旦，乡里人都羡慕我们阖家欢乐。

## 续得观书，迎就当阳居止，正月中旬定出三峡

**【题解】**此诗亦当大历三年（768）年初所作。杜甫写了《远怀舍弟颖观等》诗以后的一两天，又接到杜观的信，说已经在荆州西北的当阳找到了住处，请他携家前往，于是他决定正月中旬乘舟出峡。此诗即申欲往当阳之意和重返皇都之思。当阳，即今湖北省当阳县，时杜观暂寓于此。

**【原诗】**自汝到荆府，书来数唤吾。颂椒添讽咏①，禁火卜欢娱②。舟楫因人动，形骸用杖扶。天旋夔子峡，春近岳阳湖③。发日排南喜，伤神散北吁。飞鸣还接翅，行序密衔芦。俗薄江山好，时危草木苏。冯唐虽晚达④，终觊在皇都⑤。

**【注释】**①颂椒：属正月。崔寔《四民月令》：元旦进椒柏酒。椒是玉树星精，服之令人却老。柏是仙药，能驻年祛病。尊卑次列，以年少者为先，各饮毕，遂献尊长寿。　②禁火：指寒食节。　③岳阳湖：即洞庭湖。④冯唐：注见《垂白》。　⑤觊（jì）：觊觎。

**【译文】**自从你从蓝田来到了荆州，你就多次来信约我前往当阳。这就增添了我新正饮酒吟诗的兴致，预计在寒食节便可与弟弟欢聚一堂。但需有待友人资助才能雇船动身，多病的我呀需靠拐杖扶持。阳气已转到了瞿塘峡口，春意也开始漫上洞庭湖的波光。一想到出发之日便禁不住放舟南行的喜悦，同时又因为更加远离北地而感伤。飞鸣不息的鸟儿终将与同类比翼齐飞，出门在外也得学那衔芦飞翔以避弓箭的雁行。此地人情浇薄而江山美好，时局艰危而草木照样萌发春光。西汉冯唐虽老仍能显达，我始终对重返长安抱有希望。

## 太 岁 日

【题解】此诗作于大历三年（768）正月初三。诗写思朝归京之念，抒发了滞留夔江的深沉感叹。太岁日，旧历纪年所用值岁干支的别名叫“太岁”，大历三年岁次戊申，戊申即是“太岁”。戊申乃初三日。太岁日，即是这年正月初三日。

【原诗】楚岸行将老，巫山坐复春。病多犹是客，谋拙竟何人。阊阖开黄道[1]，衣冠拜紫宸[2]。荣光悬日月，赐予出金银。愁寂鸳行断[3]，参差虎穴邻。西江元下蜀，北斗故临秦。散地逾高枕，生涯脱要津。天边梅柳树，相见几回新。

【注释】①黄道：地球上的人看太阳于一年内在恒星之间所走的视路径。古人多以“黄道”比喻殿前皇帝经行之道。　②紫宸（chén）：唐正殿名。　③鸳行：喻朝班。

【译文】滞留巫峡行将衰老，客中又一度迎来了早春。多病的我呀依旧是一个漂泊不定的游子，谋生计拙，自愧远逊他人。遥想此时殿堂前黄道大开，文武百官正临朝拜会圣君。荣光闪耀犹如高悬于天的昭昭日月，皇帝的恩赐啊有金有银。可叹我远离朝班，忧愁难耐，可怜我与纷乱的虎穴结为近邻。这长江上游原本是出蜀东下的水路，那北斗星万古不移地照临故国三秦。我长期高枕卧病在这闲散之地，漂泊的生涯脱离了要津。这生长在夔州的梅花、柳树，我已经有好几回见它们绽红吐绿。

## 人 日 二 首

【题解】这两首诗作于大历三年（768）正月初七。首章写阴惨天气，触景增忧；次章写逢人日而生出峡之意。人日，正月初七。

### 其　一

【原诗】元日到人日，未有不阴时。冰雪莺难至，春寒花较迟[1]。云随白水落②，风振紫山悲③。蓬鬓稀疏久，无劳比素丝。

【注释】①较：略，稍。 ②白水：蜀中水名。 ③紫山：蜀中山名，即紫岩山，绵水所出。

【译文】从正月初一到正月初七，没有一天不是阴寒天气。冰雪封地，莺儿难至；春寒料峭，花期较迟。飘浮在白水河水面上的阴云随波下落，声振紫山的寒风戚戚含悲。我头上的乱发早已脱落，无须拿银丝和它相比。

### 其　二

【原诗】此日此时人共得①，一谈一笑俗相看。樽前柏叶休随酒②，胜里金花巧耐寒③。佩剑冲星聊暂拔，匣琴流水自须弹④。早春重引江湖兴，直道无忧行路难⑤。

【注释】①此日此时：指人日（正月初七）。 ②“樽前”句：是说过了元日，就不再喝柏叶酒。柏叶，指柏叶酒。饮之可以延年益寿。 ③胜：古代妇女首饰，汉代谓之华胜，后代多以剪彩为之。金花：此指剪彩。《荆楚岁时记》：人日剪彩为人……以贴屏风，亦戴之头鬓。 ④流水：即高山流水，古琴曲名。此泛指弹琴。《吕氏春秋》：伯牙鼓琴，志在流水。⑤行路难：古乐府曲名。内容多写世路艰难。

【译文】普天下的人都在欢度人日，一个个随乡就俗以谈笑为欢。过了元日就不再喝柏叶酒，那妇女头上的彩胜金花依旧巧斗风寒。聊且拔剑起舞，气冲星斗；且自开匣弹琴，以尽节日之欢。早春重又引发了我泛舟江湖的豪兴，简直不再忧叹行路艰难。

## 喜闻盗贼总退，口号五首

【题解】这组诗当作于大历三年（768）春天，时杜甫仍居夔州。大历二年十月，朔方节度使路嗣恭破吐蕃于灵州城下，斩首二千余级。今年开春，杜甫听说蕃寇已全部撤退，于是写了这一组诗以记当时喜情。

## 其　一

**【原诗】**萧关陇水入官军①，青海黄河卷塞云②。北极转愁龙虎气③，西戎休纵犬羊群④。

**【注释】**①萧关：关塞名，在灵州（今宁夏灵武）附近。陇水：陇州（今陕西陇县）之水。大历二年（767）十月，路嗣恭在萧陇一带击破吐蕃。②青海黄河：指塞外。③北极：喻朝廷。龙虎气：指禁军。当时宦官鱼朝恩掌禁军，内忧方切。④西戎：谓吐蕃。

**【译文】**官军长驱直入，直抵陇水、萧关；青海、黄河一带廓清了战争的风烟。朝廷因宦官统兵而忧愁更甚；寇兵虽退，但切勿放纵犬羊似的吐蕃。

## 其　二

**【原诗】**赞普多教使入秦①，数通和好止烟尘。朝廷忽用哥舒将②，杀伐虚悲公主亲③。

**【注释】**①赞普：吐蕃君长。②哥舒将：即哥舒翰。③公主：谓金城公主。《唐书》载：开元末，金城公主薨。吐蕃遣使告哀，因请和，明皇不许。天宝七载，以哥舒翰节度陇右，攻拔石堡城，收九曲故地。从此边患不解。

**【译文】**当年吐蕃君长曾派使者来到京城，也曾几次请求和好，平息战争。不料朝廷忽然动用哥舒翰重开边衅，从此战端又启，吐蕃徒然致哀于金城公主的亡灵。

## 其　三

**【原诗】**崆峒西极过昆仑①，驼马由来拥国门。逆气数年吹路断②，蕃人闻道渐星奔。

【注释】①崆峒：山名。 ②“逆气”句：言不服朝命。

【译文】取道昆仑，越过崆峒，当年满载贡物的吐蕃的驼马拥入京城。尔后数年不服朝命；如今又听说蕃寇败退，一个个奔散如星。

## 其　四

【原诗】勃律天西采玉河[1]，坚昆碧碗最来多[2]。旧随汉使千堆宝，少答胡王万匹罗。

【注释】①勃律：西域地方政权名。唐有大小勃律。玉河：在于阗（今新疆于阗县）城外，其源出昆仑山。每年五六月间，大水暴涨，则玉随流至。至秋水退，乃可采，谓之捞玉。 ②坚昆：古代民族名，在西伯利亚叶尼塞河上游迤西一带。此指远夷。其地盛产琉璃碗。

【译文】远在天西的勃律为了向朝廷进贡曾采玉于玉河，西北远夷进献的琉璃碗也最多最多。当年随唐朝使者入贡的珍宝多达千堆万堆，朝廷报答胡王的少说也有万匹绫罗。

## 其　五

【原诗】今春喜气满乾坤，南北东西拱至尊。大历三年调玉烛[1]，玄元皇帝圣云孙[2]。

【注释】①玉烛：指四时运行，气候调和。常用于咏太平盛世。 ②玄元皇帝：唐以老君为圣祖，封玄元皇帝。云孙：远孙。因其轻软如云，故称。《尔雅》：玄孙之子为来孙，来孙之子为晜孙，晜孙之子为仍孙，仍孙之子为云孙。

【译文】今春喜气充满偌大的乾坤，东西南北一齐拱卫圣主明君。大历三年是时和气祥的一年，前有圣祖老子，后有大唐皇帝的圣明子孙。

## 送大理封主簿五郎，亲事不合，却赴通州。主簿前阆州贤子，余与主簿平章郑氏女子，垂欲纳采，郑氏伯父京书至，女子已许他族，亲事遂停

**【题解】** 这首诗是杜甫于大历三年（768）正月未出峡时所作。杜甫曾为封阆州之子五郎作媒，议婚于京师郑氏女子。五郎来夔，以纳采事见商，忽得郑氏伯父京书，女子已许他族，五郎亲事不成，遂赴通州探亲，杜甫赋诗送别。诗题前三句，题意已尽；后面几句，似是注语。大理封主簿五郎，封阆州之子。通州，今四川达县。阆州，指封阆州。

**【原诗】** 禁脔去东床①，趋庭赴北堂②。风波徒远涉，琴瑟几虚张。渥水出骐骥③，昆山生凤凰④。两家诚款款，中道许苍苍⑤。颇谓秦晋匹⑥，从来王谢郎⑦。青春动才调，白首缺辉光。玉润终孤立，珠明得暗藏。余寒折花卉，恨别满江乡。

**【注释】** ①禁脔（luán）：喻帝王女婿。孝武帝嘱王珣为晋陵公主求婿，珣举谢混，帝以为佳。不久，帝死，袁崧欲嫁女与混。珣曰："卿莫近禁脔。"混终于娶公主。事见《晋书·谢混传》。脔，原指块状鱼肉，常比喻帝王所爱重者。这里以"禁脔"喻指本拟成婚的封主簿五郎。东床：指女婿。《王羲之传》：郗太傅（鉴）在京口，使门生为与王丞相（王导）书，求女婿，子弟咸自矜持，唯有一郎在东床上坦腹卧，乃逸少（羲之）也，因嫁女与焉。此以"东床"为喻，谓封主簿五郎未能为婿。 ②趋庭：典出《论语·季氏》："（孔子）尝独立，鲤（孔子之子伯鱼）趋而过庭，曰：'学诗乎？'对曰：'未也。''不学诗，无以言。'鲤退而学诗。他日，又独立，鲤趋而过庭，曰：'学礼乎？'对曰：'未也。''不学礼，无以立。'鲤退而学礼。"后因以"趋庭"谓子承父教。此以"趋庭"喻指封主簿五郎婚事未成，返回家园。赴北堂：谓封主簿至通州省母。北堂，代指母亲。 ③渥（wò）水：水名。即渥洼水，在今甘肃省安西县境。传说中产神马之地。骐骥：骏马。此喻阆州之子。 ④昆山：昆仑山。凤凰：此喻郑氏之女。 ⑤苍苍：深青色。此指天。《庄子·逍遥游》："天之苍苍，其正色邪？" ⑥秦晋匹：原指秦晋两国地位相当，后人因秦晋两国世为婚姻，转以"秦晋匹"喻指婚姻般配。这里是说封郑两家婚姻般

配。 ⑦王谢：六朝望族王氏和谢氏的并称。后因以指高门士族。此以为喻，谓封郑两家婚事匹配。

**【译文】**封郎啊你的亲事未能如愿以偿，你就要起身回家探望爹娘。此处赴京求婚徒然远涉茫茫风浪，锦绣琴瑟啊形同虚张。渥水一向出产千里马，昆仑山生出了五彩凤凰。两家诚然衷情款洽，也曾在提亲时山盟海誓，手指上苍。人人都说封、郑两家非常匹配，就像历来并称的王谢儿郎。这一对青年刚刚萌发了青春才调，可惜婚事不成，致使我这白发人脸上无光。美玉似的封郎终究孤立无偶，明珠似的郑女黯然深藏。冒着早春余寒刚刚开放的两朵花儿凋谢了，离情别恨啊遍布这南国水乡。

## 将别巫峡，赠南卿兄瀼西果园四十亩

**【题解】**此诗当作于大历三年（768）正月，时杜甫将离夔州，出峡赴江陵，于是就赶紧将去年在瀼西置办的四十亩果园送给了一位称之为“南卿兄”的友人，并作此诗，以见其郑重爱惜之意和临别不胜低徊之情。

**【原诗】**苔竹素所好，萍蓬无定居。远游长儿子，几地别林庐①。杂蕊红相对，他时锦不如。具舟将出峡，巡圃念携锄。正月喧莺未，兹辰放鹢初②。雪篱梅可折，风榭柳微舒。托赠卿家有，因歌野兴疏。残生逗江汉③，何处狎樵渔？

**【注释】**①“几地”句：杜甫自秦而蜀，又自阆而夔，辗转流离，已经别离了好几处园林茅庐了。 ②鹢：指船。 ③逗：度。

**【译文】**我平生所爱的是青苔绿竹，可叹生涯像浮萍飘蓬一样居无定处。在长期的漂泊中儿子长大了，多年来已经别离了好几处园林茅庐。等到春来时红花满园，相映枝头，到那时连锦缎都自愧不如。我已雇好了行船即将出峡东游，还时时巡视果园，念及往日之荷锄。正月黄莺还没有啼叫，值此良辰我将放舟于漫漫水路。积雪的篱笆边梅枝可折，春风拂煦的台榭旁柳眼微舒。托赠这四十亩果园将归南卿兄所有，再借这首诗抒发心中的野兴逸趣。我的残生将在江汉间度过，但是又不知道到哪里去亲近渔人樵夫。

## （九）飘泊荆湘

### 巫山县汾州唐使君十八弟宴别，兼诸公携酒乐相送，率题小诗，留于屋壁

**【题解】**此诗亦作于大历三年（768）正月。时杜甫已乘舟出峡到达夔州城东七十二里处的巫山县（今四川巫山），又将放船东下，这时前汾州刺史时贬施州暂来巫山的杜甫老友唐十八为他设宴饯别，又有当地诸公携酒乐前来相送，杜甫有感故人情深，诸公意殷，遂即席赋诗，以致谢意。

**【原诗】**卧病巴东久，今年强作归。故人犹远谪①，兹日倍多违。接宴身兼杖，听歌泪满衣。诸公不相弃②，拥别借光辉。

**【注释】**①故人：指唐使君十八弟。 ②诸公：指携酒乐前来相送的巫山县官员。

**【译文】**我卧病巴东已经很久很久，今年新春定要放船东归。唐使君依旧远谪异地，当此饯别之日我备感远离之悲。我拄杖参加欢送我的宴会，听歌兴感，泪流满衣。诸公啊，承蒙不弃在这相拥而别的宴会上，借得诸公多少光辉。

### 敬寄族弟唐十八使君

**【题解】**此诗在前首诗稍后而作。前诗言下峡时与唐十八相别于巫山，此诗写别后唐十八寄书于杜甫，而杜甫赋诗以简之。诗极称唐十八的人品，并对其遭谗获罪流配施州的不幸遭遇表示深切的同情。

**【原诗】**与君陶唐后①，盛族多其人。圣贤冠史籍，枝派罗源津。在今气磊落，巧伪莫敢亲。介立实吾弟，济时肯杀身。物白讳受玷，行高无污

真。得罪永泰末[2]，放之五溪滨。鸾凤有铩翮，先儒曾抱麟[3]。雷霆劈青松，骨大却生筋。一失不足伤，念子孰自珍。泊舟楚宫岸，恋阙浩酸辛。除名配清江[4]，厥土巫峡邻。登舟将首途，笔札枉所申。归朝跼病肺，叙旧思重陈。春风洪涛壮，谷转颇弥旬。我能泛中流，唐突鼍獭嗔。长年已省舵[5]，慰此贞良臣。

**【注释】**①“与君”句：言唐十八使君与杜甫为枝派辽远的同族。《唐·宰相世系表》：杜氏出祁姓，帝尧裔孙刘累之后，在周为唐杜氏。成王灭唐，以封弟叔虞，改封唐氏子孙于杜城，京兆杜陵是也。 ②永泰末：当指永泰二年（766）。永泰二年十一月改元为大历。 ③先儒：指孔子。抱麟：犹言泣麟。《公羊传》：“（十四年）春，西狩获麟。……孔子曰：‘孰为来哉！孰为来哉！’反袂拭面，涕沾袍。”后用以世衰道穷的典故。这里用孔子伤麟事，感叹唐使君失意不遇。 ④清江：唐施州清江县即今湖北恩施县。时唐十八获罪贬施州。 ⑤长（zhǎng）年：船夫。省舵：视舵将行。

**【译文】**我和你都是远古唐尧的后裔，真堪称旺族大家，人材满门。多少圣者贤者名冠千秋史册，多少支派统归于浩荡的源津。传至现在，人人慷慨使气，襟怀磊落，致使巧伪邪辟之流不敢亲近。我弟你委实是耿介拔俗之士，当此乱世之际勇于拯时救世，杀身成仁。大凡洁白的东西最忌污点，你德性高迈，不染纤尘。哪料到你竟然在永泰二年得罪朝廷，不幸被流配到五溪之滨。凤凰也有羽毛摧落的时候，孔子也有泣麟之叹音。巨松纵然遭到雷霆的轰劈，可庞大的骨干又生出铮铮铁筋。贬官去职并不值得悲伤，当此穷途末路可要自爱自珍。现在你已泊舟于楚江江岸，恋阙之情饱和着无边的酸辛。你被流配到遥远的清江，那地方和巫峡相与为邻。弃舟登岸，你将要启程上路，此刻我只能展读你的书信以念旧恩。我在肺病的折磨中想着你，多想再次同你一起把旧情重温。无奈峡谷中的风涛汹涌澎湃，汹涌澎湃啊累月连旬。我将泛舟于滚滚中流，冒着水族的吼叫把你访寻。眼下船夫已整船待发，先寄此诗以慰藉你这忠良之臣。

## 春夜峡州田侍御长史津亭留宴得筵字

**【题解】**此诗当作于大历三年（768）正月。时杜甫沿江东下，不久抵达峡州（今湖北省宜昌市），当地田侍御在津亭设宴饯行，席间分韵赋诗，杜甫成此五律。前四句写留宴之事，后四句抒惜别之情。津亭，水驿宾馆。

**【原诗】**北斗三更席，西江万里船。杖藜登水榭，挥翰宿春天。白发烦多酒，明星惜此筵。始知云雨峡，忽尽下牢边①。

**【注释】**①下牢：在峡州（今湖北宜昌）。全长三百八十六里的三峡至此而尽。

**【译文】**北斗星映照着半夜里的别宴，门外长江边停泊着远行万里的舟船。我拄着藜杖登上这江边的水榭，挥笔赋诗，留宿在这水国春天。我这白发人烦劳好客的主人频频劝酒，见明星将落，倍加珍惜这离别的宴筵。方知这储藏着亘古云雨的长江三峡，恰好终尽于下牢之边。

## 大历三年春，白帝城放船出瞿唐峡。久居夔府，将适江陵，漂泊有诗凡四十韵

**【题解】**此诗是杜甫于大历三年（768）在宜都（今湖北宜都）所作。杜甫久居夔州，急于出峡，而一旦登舟，反而不乐长吁，感怀在于身世。通过大段写景，最后结出不乐长吁之故，一是生逢乱世而思救时，一是致治无人而忧叛将。全诗四十二韵，而题曰四十者，盖举其成数而言。

**【原诗】**老向巴人里①，今辞楚塞隅②。入舟翻不乐，解缆独长吁。窄转深啼狖③，虚随乱浴凫。石苔凌几杖，空翠扑肌肤。叠壁排霜剑，奔泉溅水珠。杳冥藤上下，浓淡树荣枯。神女峰娟妙④，昭君宅有无⑤？曲留明怨惜，梦尽失欢娱。摆阖盘涡沸⑥，欹斜激浪输。风雷缠地脉，冰雪曜天衢。鹿角真走险⑦，狼头如跋胡⑧。恶滩宁变色，高卧负微躯。书史全倾挠⑨，装囊半压濡。生涯临臬兀⑩，死地脱斯须。不有平川决，焉知众壑趋。乾坤霾涨海⑪，雨露洗春芜。鸥鸟牵丝飏，骊龙濯锦纡⑫。落霞沉绿绮，残月坏金枢⑬。泥笋苞初荻，沙茸出小蒲。雁儿争水马⑭，燕子逐樯乌⑮。绝岛容烟雾，环洲纳晓晡⑯。前闻辨陶牧⑰，转盼拂宜都⑱。县郭南畿好⑲，津亭北望孤⑳。劳心依憩息，朗咏划昭苏㉑。意遣乐还笑，衰迷贤

与愚。飘萧将素发，汩没听洪炉㉒。丘壑曾忘返，文章敢自诬？此生遭圣代，谁分哭穷途！卧疾淹为客，蒙恩早厕儒。廷争酬造化㉓，朴直乞江湖。滟滪险相逼，沧浪深可逾。浮名寻已已㉔，懒计却区区㉕。喜近天皇寺㉖，先披古画图。应经帝子渚㉗，同泣舜苍梧㉘。朝士兼戎服，君王按湛卢㉙。旄头初俶扰㉚，鹑首丽泥涂㉛。甲卒身虽贵，书生道固殊。出尘皆野鹤，历块匪辕驹㉜。伊吕终难降㉝，韩彭不易呼㉞。五云高太甲㉟，六月旷抟扶㊱。回首黎元病，争权将帅诛㊲。山林托疲苶㊳，未必免崎岖。

【注释】①巴人：古巴州人。巴，古国名，在今四川东部一带。夔州，属中巴。 ②楚塞隅：此指夔州。夔州古属楚地。 ③狖（yòu）：长尾猿。④神女峰：巫山峰名。相传巫山神女居此。 ⑤昭君宅：汉王昭君故宅。在今湖北省兴山县南昭君村。 ⑥摆阖：形容舟行颠簸。 ⑦鹿角：险滩名。 ⑧狼头：险滩名。跋胡：“跋胡疐尾”的省略。《诗经》：“狼跋其胡，载疐其尾。”是说狼进则踏胡（颔下垂肉），退则踩尾。比喻进退两难。此以咏狼的诗句切狼头滩，谓船经狼头确有进退两难之险。 ⑨书史：此指书。 ⑩臬（niè）兀：动摇不安貌。 ⑪涨海：南海的古称。⑫骊龙：黑龙。 ⑬金枢：传说中月落之处。 ⑭水马：水龟之一种。身为褐色，腹为白色，两鬓，四足，常逆流行走，轻快如飞。俗称水划虫，犹今之虾虫。 ⑮樯乌：船樯上刻为乌形，以识风向者。此指船。 ⑯晓晡（bū）：犹言朝夕。 ⑰陶牧：陶，乡名。牧，近郭之郊外。此指江陵郊野。 ⑱宜都：夷陵（今湖北宜昌）。在夔州东。 ⑲南畿：指江陵。肃宗以江陵府为南都，故曰南畿。自宜都东抵江陵，还有二百五十里。⑳津亭：似指江津之亭。 ㉑划昭苏：忽然开豁。 ㉒汩（gǔ）没：淹没。 ㉓廷争（zhèng）：在朝廷上向皇帝极力谏诤。此指杜甫疏救房琯一事。 ㉔“浮名”句：谓浮名随即消失，意即所谓“素业行已矣，浮名安在哉”。（《秋日荆南述怀三十韵》）寻，旋即。已，止，引申为消灭。已已，叠用以加强语气。 ㉕“懒计”句：意思是说，懒计本不善，但对浮名而言，反为得计。却，反。区区，本言小小，而在此却有得志之义。㉖天皇寺：寺名。在江陵。寺有晋王右军书、僧繇画孔子及颜子十哲像。 ㉗帝子：尧二女娥皇、女英。《九歌》：“帝子降兮北渚。” ㉘苍梧：舜之葬地。在今湖南宁远县境。 ㉙湛卢：古剑名。相传春秋时欧冶子所铸。此言君王正面临战乱。 ㉚旄头：即昴星。此象征吐蕃。俶（chù）

扰：开始骚扰。此泛指骚扰。 ㉛鹑首：星次名，指南方朱鸟七宿中之井、鬼二宿，古为秦之分野。此指长安。丽：附着；落入。 ㉜历块：《汉书·王褒传》："过都越国，蹶如历块。"谓越过都城，如超越土块一样迅速。此指骏马。辕驹：即辕下驹。指车驾下不习惯驾车的幼马。常比喻少见世面、器局不大之人。 ㉝伊吕：商伊尹和西周吕尚的并称。一辅佐商汤王，一辅佐周武王，皆有大功。后常泛指辅弼重臣。 ㉞韩彭：淮阴侯韩信和建成侯彭越的合称。此比乱蜀之崔旰。 ㉟太甲：星名，即太一。 ㊱抟扶：犹抟风。即"乘风直上"之义。《庄子·逍遥游》："抟扶摇而上者九万里。" ㊲将帅：指成都之郭英乂、崔旰和襄阳之来瑱、裴茙等辈。 ㊳疲苶（niè）：疲惫。

**【译文】**我老是在这古属中巴一带地区辗转流离，如今就要告别夔州乘舟到江陵寓居。一上船反而闷闷不乐，解缆东下仍不免连连长嘘。行船随着狭窄的江面百转千回，从沿江峭壁的深处不时传来猿猴的悲啼。轻舟随着奔腾不息的江水飘忽而下，每每惊乱了沐浴在江面上的野鸭。傍岸而行，崖壁上的苔藓高高地掠过几杖，远山间的空蒙之气直扑肌肤。重重叠叠的崖壁就像倚天排开、凛若寒霜的长剑，奔流直泻的山泉喷溅出纷乱的水珠。山崖上下全都是昏暗的古藤，浓淡不一的树木有荣有枯。美丽的神女峰飘然入目，当年神女幽会的好梦醒了，失去了欢娱。前路上的昭君宅遗址不知有否？曲子中的千古幽怨至今长留。一叶行舟在开合不定的沸腾的漩涡里颠簸不定，纠缠大地脉络的波涛声轰若风雷。船身随着输向远方的激浪左右倾斜，冰雪般的白浪映亮了天衢。船过鹿角滩时简直是趋向死亡之地，船过狼头滩时像是踩着狼颔下的垂肉。身经险滩岂能变色？但又怕高卧水上，身遭不测，负此残躯。书籍全都倾覆在船舱里，行囊也全都被水濡湿。置身在这波动不安的水域真是令人畏惧，幸喜转眼间便脱离了死地。要是没有豁然而出的千里平川，又怎能感知江峡两岸千山万壑竞相奔驰！茫茫乾坤好像在渺茫的大海上载浮载沉，经雨露洗刷一新的是岸上的春芜。鸥鸟像牵丝一样在空中飘来飘去，骊龙像在漂洗过的锦缎般的水面上逶迤。落霞沉到绿绮似的水里，沉落西天的残月令远景模糊。新生的荻笋含泥而出，小小的蒲花冒出了沙泥。雁儿争着追食水马，燕子依依不舍地追逐着我的行舟。绝岛上笼罩着苍茫的烟雾，环洲外是一片吞吐日夜的茫茫水域。听说江陵就在前面不远的地方，转瞬之间便掠过宜都。出县城再往东走即可抵达美丽的江陵，聊且登上江津亭，北望孤零零的长安，不胜依依。劳心的我呀暂住宜都而稍事休息，高声吟诗，心胸顿为开阔。借欢笑以排遣心中的苦闷，临老时混俗在贤愚群里。顶戴着满头飘飘的白发，一路上听着淹没天地的洪涛的响声。我何曾忘记返回故国的丘壑？写诗作文岂敢自欺？此生正逢太平盛世，哪料到尚不免穷途之哭！因卧病伏枕、久客异地而倍感苦痛，早年我也曾承蒙皇恩而身列儒官之林。为疏救房琯也曾直谏皇上，酬答上天，不幸愚拙的我呀终于乞食江湖。滟滪堆的险境仿佛还在眼前浮现，深不可测的松滋水域尚可逾越。一己浮名随即化为乌有，懒散疏放反自以为得意。将近天皇寺真叫我喜之不尽，到了那里我要先瞻仰古代圣哲的画像。途经娥皇、女英落脚过的北渚，当同她们到苍梧山为哀悼舜帝而同声一哭。当此乱世满朝官员多身着戎装，一代君王正面临战乱而集结部伍。旄头星似的吐蕃连年骚扰，致使我心中的长安啊沦于泥涂。武夫得志而身价倍增；斯文书生却永远约身守道，不偶流俗。超凡出尘的一个个都像冲天野鹤，“过都越国，蹶如历块”的决非辕下马驹。一代重臣伊尹和吕尚终究难于再世，致使割据为患的悍将终难驾御。朝廷远在星云灿烂的天际，故国难返，只好效法鲲鹏乘六月大风飘然远徙。回首巴蜀，民生凋敝，争权夺势的将帅正攻伐不已。聊且到江陵一带的山林去寄托我疲弱的身体，但未必能免于在崎岖的道路上再度辗转流离。

## 行次古城店泛江作，不揆鄙拙，奉呈江陵幕府诸公

**【题解】**此诗当是大历三年（768）春杜甫即将到达江陵时所作。诗写初春野景，隐隐透出诗人心境的孤寂、凄凉以及欲投诸公之意。古城店，当系陆抗故城，在宜都（今属湖北）和松滋江上游。江陵幕府，指卫伯玉幕府。原注：“卫伯玉为江陵节度，时封阳城郡王。”

**【原诗】**老年常道路，迟日复山川。白屋花开里①，孤城麦秀边②。济江元自阔，下水不劳牵。风蝶勤依桨，春鸥懒避船。王门高德业③，幕府盛才贤。行色兼多病，苍茫泛爱前④。

**【注释】**①白屋：此指江边旅店。　②孤城：此指古城店。　③王门：指

卫伯玉。时卫封阳城郡王，故云。 ④泛爱：博爱。此指幕府诸公。

**【译文】**年老了还时常颠沛流离在道路上，当此春天又泛舟于南国山川。古城店萧索在春花丛中，孤城失落在小麦扬花的田间。乘舟漂泊在波澜壮阔的江面，顺流而下不劳人牵。风中的蝴蝶老是紧紧地依贴着船桨，春天里的水鸥追逐着我的小船。江陵幕主德高业大，幕府诸公多是旷世之贤。多病的我呀一路上行色匆匆，怀着苍茫的心情将飘流到博爱天下的诸公面前。

## 泊松滋江亭

**【题解】**此诗当作于大历三年（768）三月。杜甫乘舟至松滋（在湖北境内），泊船城边，遂赋此诗以记脱险之喜。

**【原诗】**纱帽随鸥鸟，扁舟系此亭。江湖深更白，松竹远微青。一柱全应近①，高唐莫再经②。今宵南极外，甘作老人星③。

**【注释】**①一柱：一柱观。在松滋县东丘家湖。 ②高唐：楚台观名。此用作标志三峡的典故。 ③老人星：即南极星，主寿，常用以比喻老人。此杜甫自况。

**【译文】**一路上头戴纱帽随鸥鸟飘然而东，船夫把一叶扁舟泊在松滋江亭。只见亭前的丘家湖又深又亮，远处的松竹啊隐隐泛青。一柱观已近在眼前，抛在身后的高唐观已无影无踪。今夜置身远离夔州的松滋县境，心甘情愿做一个南方老翁。

## 乘雨入行军六弟宅

**【题解】**此诗作于大历三年（768）春，时杜甫已乘舟抵达荆南。当时卫伯玉为节度使，杜位任行军司马。诗的前四句写清晨冒雨入城之状，后四句抒久别重逢之情。行军六弟，指杜甫族弟杜位。行军，即行军司马，掌弼戎政。

【原诗】曙角凌云乱，春城带雨长①。水花分堑弱，巢燕得泥忙。令弟雄军佐，凡才污省郎②。萍飘忍流涕，衰飒近中堂③。

【注释】①春城：此指江陵（今湖北荆州）。 ②省郎：杜甫在长安曾任左拾遗，隶属门下省，故称省郎。此指官位。 ③中堂：指杜位宅第。

【译文】黎明时的角声乱了满天长云，笼罩江陵上空的春雨呀一片茫茫。柔弱的水花儿绽开在四处积水的濠沟里，衔泥筑巢的燕子往来匆忙。爱弟你雄视于英雄的军旅，可叹我这庸才有辱省郎。今天我忍泪含悲拖着衰老的身体，像浮萍似的进入你的厅堂。

## 上巳日徐司录林园宴集

【题解】此诗系杜甫于大历三年（768）三月三日在江陵所作。这一天当地官绅修禊于徐司录林园，杜甫与宴，感而赋诗，见悲喜交集情状。上巳日，指阴历三月三日。古时，这一天多到水边去祓除不祥，称“修禊”。后来演变为宴饮游春的节日。徐司录，名不详，司录是他的官称。

【原诗】鬓发垂领白，花蕊亚枝红。欹倒衰年废，招寻令节同。薄衣临积水，吹面受和风。有喜留攀桂①，无劳问转蓬。

【注释】①攀桂：典出刘安《招隐士》：“攀援桂枝兮聊淹留。”后因指游赏山林为“攀桂”。这里演化《招隐士》句意，说愿意在徐司录林园淹留以观赏美景。

【译文】稀疏的白发垂到衣领，压低枝头的花蕊初绽嫩红。我因年老戒酒而久已不曾醉倒，今天幸蒙招饮，共度佳节良辰。临水而水气侵衣，拂面而来的是习习和风。且喜在徐氏林园淹留以观赏美景，莫提起呀我这可悲的飘蓬似的浮生。

## 宴胡侍御书堂

**【题解】**此诗当作于大历三年（768）春，时杜甫客居江陵。诗写杜甫同他的旧雨新知宴饮于胡侍御书堂，聊记一时喜情。胡侍御，名不详。侍御是官称。

**【原诗】**江湖春欲暮，墙宇日犹微。闇闇书籍满，轻轻花絮飞。翰林名有素①，墨客兴无违②。今夜文星动③，吾侪醉不归。

**【注释】**①翰林：此指李之芳、郑审。原注："李尚书之芳、郑秘监审同集，得归字韵。"李之芳是杜甫于天宝四载（745）夏天游齐州（今山东济南市）时结识的朋友，郑审亦是杜甫旧识。去秋，杜甫得知郑审在江陵，李之芳在夷陵（今湖北宜昌市），曾赋诗以寄托相思。 ②墨客：杜甫自谓。 ③文星：兼指宾主。

**【译文】**江陵的春天就要消逝，映入屋檐的日色犹自稀微。屋子里的书籍堆得到处都是，暮春的花絮轻轻飘飞。李、郑等人素负诗名，我能与宴赋诗，于心无违。且喜今夜文星荟萃，我辈陶然一醉，乐而忘归。

## 书堂饮既，夜复邀李尚书下马，月下赋绝句

**【题解】**此诗与前首同时而作。酒宴散后，杜甫酒兴未尽，于是又邀李之芳下马同饮，表现了诗人不以老为意的旷达情怀。

**【原诗】**湖月林风相与清，残樽下马复同倾。久拚野鹤如双鬓①，遮莫邻鸡下五更②。

**【注释】**①拚（pān）：舍弃，不顾。 ②遮莫：尽教。

**【译文】**湖月清清啊林风清清，邀君下马再与我共饮残酒，以尽酒兴。早已不顾两鬓如野鹤的羽毛一样雪白，任凭邻居的雄鸡啼破五更。

## 奉送苏州李二十五长史丈之任

**【题解】**此诗当是大历三年（768）春末在江陵所作。时李丈将赴苏州任职，杜甫赋诗相送，赞其家世才华，并自道离情别绪。李二十五长史丈，当是李适之之子。

**【原诗】**星拆台衡地①，曾为人所怜。公侯终必复②，经术竟相传。食德见从事③，克家何妙年。一毛生凤穴，三尺献龙泉④。赤壁浮春暮⑤，姑苏落海边⑥。客间头最白，惆怅此离筵。

**【注释】**①星拆：犹言星陨，此喻死亡。台衡：喻宰辅大臣。台：三台星。衡：玉衡，北斗杓三星。皆位于紫微宫帝座前。此泛指星空。明皇时，李长史的父亲李适之以宰相获罪，罢相后服毒而死，故曰“星拆台衡”。②“公侯”句：言李长史必能恢复父业。公侯，此指李长史之父李适之。明皇时，李适之任左相，官大位显，故以公侯称之。《左传》：“公侯之子，必复其始。”　③食德：谓享受先人的德泽。语本《易·讼》：“六三，食旧德，贞厉终古，或从王事。”　④龙泉：剑名。即龙渊。相传为欧冶子所铸。　⑤赤壁：山名，在今湖北武昌西赤矶山。李长史由江陵往赴苏州，正经此地。　⑥姑苏：台名。即姑苏台。在江苏吴县西南之姑苏山上，相传为吴王夫差所建。

**【译文】**一颗明亮的巨星从星空陨落了，这曾一度为人们所深深哀惋。李长史啊，你这宰相之子终必恢复先父的绪业，祖传的经学一定会代代相传。享受先人的德泽，要尽力办事；相信你定能继承家业，当此英年。你就像凤穴中生出的一只雏凤，你就像欧冶子铸造出来的三尺龙泉。赤壁山浮现在暮春的烟花丛里，姑苏台坐落在东海之边。满座宾客数我的头发花白，面对离别的宴席不胜怅然。

## 暮春江陵送马大卿公恩命追赴阙下

**【题解】**此诗当于大历三年（768）三月在江陵所作。当时马氏应朝命由江陵往赴京师，杜甫写了这首诗送他。诗中称美马氏其人其才，并想象他入朝升迁情事；诗末则自道别情，流露出向阙之思。马大卿公，名不详。恩命，指皇帝颁发的升官的诏命。

**【原诗】**自古求忠孝，名家信有之。吾贤富才术，此道未磷缁①。玉府标孤映②，霜蹄去不疑③。激扬音韵彻，籍甚众多推④。潘陆应同调⑤，孙吴亦异时⑥。北辰征事业⑦，南纪赴恩私⑧。卿月升金掌⑨，王春度玉墀⑩。薰风行应律⑪，《湛露》即歌诗⑫。天意高难问，人情老易悲。樽前江汉阔，后会且深期。

**【注释】**①“此道”句：谓马氏行忠孝之道而无所污损。磷缁：磨损、污染。 ②玉府：指高洁的襟怀。 ③霜蹄：即马蹄。语本《庄子·马蹄》：“马蹄可以践霜雪。” ④籍甚：盛大，众多。 ⑤潘陆：西晋诗人潘岳和陆机的并称。此借指马大卿富有文才。 ⑥孙吴：春秋时孙武和战国时吴起的并称。皆古代兵家。此以孙、吴比况马大卿精通兵法。 ⑦事业：犹才能。 ⑧南纪：南方。此特指江陵。恩私：此指皇帝的恩宠。这里借指朝廷。 ⑨卿月：月亮的美称。此喻马氏。语出《书·洪范》：“卿士唯月。”金掌：喻帝王提拔。 ⑩王春：指阴历新春。《公羊传·隐公元年》：“元年春，王正月……春者何？岁之始也；王者孰谓？谓文王也。”玉墀(chí)：宫殿前的石阶。此借指朝廷。 ⑪薰风：指春末夏初时的东南风。⑫《湛露》：《诗·小雅》篇名。《左传·文公四年》：“昔诸侯朝正于王，王宴乐之，于是乎赋《湛露》，则天子当阳，诸侯用命也。”后因用作咏帝王宴饮的典故。这里设想马氏赴阙后的生活。

**【译文】**自古以来朝廷下诏征辟的都是孝子忠臣，您的确是忠孝两全的赫赫名人。马公啊您富有经邦济世的超人的才干，您能恪守忠孝之道而无所污损。您襟怀高洁，如同高霞孤映在辽阔的天上；您意气昂扬，如同千里马毫不迟疑地向前驰奔。您的言论好象响彻宇宙的琅琅诗韵，您的声名远播四面八方，为世所钦。论文韬，与潘岳、陆机同一旨趣；论武略，与孙武、吴起前后相符相称。如今朝廷下诏征辟您这一代才士，您就要从江陵启程，远赴宠光普照的君门。您将受到提拔，犹如一轮明月即将升起于庙堂之上；奉诏命，赴金阙，当此初春。到了朝廷应和着初夏和风的优美的旋律，口吟《湛露》之诗，沐浴浩荡皇恩。皇帝的高深的旨意难以过问，人越老，越容易悲从中来。酒席前横陈着茫茫江汉，我急切地期待着，日后相逢在京门。

## 和江陵宋大少府暮春雨后同诸公及舍弟宴书斋

**【题解】**此诗当是大历三年（768）暮春在江陵所作。春雨过后，江陵宋少府在自家书斋设宴招饮诸公及杜甫之弟杜位，席上各赋其诗，杜甫闻讯作此和章。诗称美诸公及弟，并流露出不得躬逢其宴的惆怅情怀。

**【原诗】**渥洼汗血种①，天上麒麟儿②。才士得神秀③，书斋闻尔为④。棣华晴雨好⑤，彩服暮春宜。朋酒日欢会⑥，老夫今始知。

**【注释】**①渥（wò）洼：水名。在今甘肃安西县，神马曾出其中。 ②麒麟儿：南朝诗人徐陵早慧，被时人誉为天上麒麟。此称美诸公及舍弟富有诗才，如徐陵之再世。 ③才士：指宋大少府。 ④尔为：言诸公饮酒赋诗。 ⑤棣华：《诗·小雅·常棣》："常棣之华，鄂不韡韡。凡今之人，莫如兄弟。"后因以"棣华"为兄弟。此指杜甫之弟杜位。 ⑥朋酒：两樽酒。《诗经·豳风·七月》："朋酒斯飨，曰杀羔羊。"后泛指亲友相聚欢饮。

**【译文】**诸公和爱弟真堪称渥洼的汗血马，又好比是来自天上的麒麟儿。宋大少府家里聚集了如此神秀之士，我听说诸位正在书斋里饮酒赋诗。值此暮春，雨后初霁的良辰佳日，爱弟和诸公一个个身着得体的彩衣。今天老夫我才知道，你们天天在一起飞觞举杯。

## 暮春陪李尚书、李中丞过郑监湖亭泛舟得过字

**【题解】**此诗当是大历三年（768）晚春在江陵所作。诗写杜甫陪同李尚书、李中丞过访郑审府上时泛舟湖上所见湖亭之胜和饮酒赋诗之乐。李尚书，即李之芳。李中丞，名不详。郑监，即郑审。

【原诗】海内文章伯[1]，湖边意绪多。玉樽移晚兴，桂楫带酣歌。春日繁鱼鸟，江天足芰荷。郑庄宾客地[2]，衰白远来过[3]。

【注释】①文章伯：犹言文坛霸主。 ②郑庄：指西汉常置驿马于长安诸郊以迎宾客的郑当时。此比郑审。 ③衰白：谓人年老体衰，头发疏落、花白。此杜甫自谓。

【译文】李尚书、李中丞堪称文坛霸主，同你们一起泛舟湖上，意绪悠悠。随船徙移的金杯玉樽增添了我暮春游赏的雅兴，缭绕在船桨上的酣歌追逐着水流。春日里到处可见鸟飞鱼跃，江天下掩映着数不清的荷藕。我这衰老多病的老翁远道而来，为的是访问热情好客的郑审老友。

## 宇文晁、崔彧重泛郑监前湖

【题解】此诗当是大历三年（768）初夏作。诗写杜甫和宇文晁、崔彧等三人重泛郑监前湖情事。先写湖亭幽寂，次写泛舟同饮，末则称美主人好客。宇文晁，尚书之子。崔彧，司业之孙。《唐书·宰相世系表》：崔彧官太子少詹事。

【原诗】郊扉俗远长幽寂，野水春来更接连。锦席淹留还出浦，葛巾欹侧未回船。樽当霞绮轻初散，棹拂荷珠碎却圆。不但习池归酩酊[1]，君看郑谷去夤缘[2]。

【注释】①习池：古迹名，即习家池，在今湖北襄阳。晋朝山简常临池上，饮酒辄醉。此因地近而用之。 ②郑谷：郑谷口，在云阳。汉郑子真隐居之地。此因姓同而用之。夤（yín）缘：连络。这里是杂沓的意思。

【译文】郑监湖亭总是幽寂少人，仿佛远离了人间，春天时漫漫野水连成一片。先酌酒湖亭，面对锦席华宴，又乘兴泛舟到悠悠波前。泛舟湖上啊流连忘返，头上的葛巾歪到一边。天上的彩霞像刚刚散开的轻柔的锦缎，遥遥地掩映在水上樽前。雨后荷叶上的雨滴如珍珠点点，船桨划过时碎而又圆。我们多像游习池而醉归的晋人山简，你看来郑监湖观光的游人杂沓纷然。

## 归　雁

**【题解】**此诗当作于大历三年（768）春。《唐会要》：大历二年（767），岭南节度使徐浩奏："十一月二十五日，当管怀集县阳雁来，乞编入史。"从之。先是五岭之外，朔雁不到，浩以为阳为君德，雁随阳者，臣归君之象。诗云："是物关兵气，何时免客愁？"盖浩以为祥，杜甫以为异。大雁飞往岭南过冬实属军事，但也无关祥瑞或灾异。钱谦益说："史称浩贪而佞，公诗盖深讥之。"此说近是。

**【原诗】**闻道今春雁，南归自广州。见花辞涨海①，避雪到罗浮②。是物关兵气③，何时免客愁？年年霜露隔，不过五湖秋④。

**【注释】**①涨海：南海之别名。　②罗浮：山名，在今惠州和广州境内。③是物：谓雁。关兵气：当时吐蕃之乱未息，西北用兵，杀气甚盛，雁避兵气而飞至岭南，故曰"关兵气"。　④五湖：当指洞庭湖。

**【译文】**听说今春的大雁，从广州飞回北土。今春一见花开便告别南海，去秋为躲避风雪飞至罗浮。北雁来岭南过冬委实同西北的战乱有关，何时才能消除我这天涯客子的忧愁？衡山一带年年无霜无露，秋天的大雁飞不过洞庭湖。

## 短歌行赠王郎司直

**【题解】**此诗作于大历三年（768）春天，时杜甫携家已至江陵。当时，少年王郎行将西游成都，干谒侯门，杜甫写诗送行。全诗充满激励振拔之音，表现了诗人在桑榆之年寄希望于后生的火热情怀。短歌行，汉乐府歌曲名。王郎，名不详。司直，官名，掌纠劾官吏之职。

**【原诗】**王郎酒酣拔剑斫地歌莫哀，我能拔尔抑塞磊落之奇才。豫章翻风白日动①，鲸鱼跋浪沧溟开。且脱佩剑休徘徊。西得诸侯棹锦水②，欲向何门趿珠履③？仲宣楼头春色深④，青眼高歌望吾子⑤，眼中之人吾老矣⑥！

【注释】①豫章：二乔木名。其质坚好，可作大材。 ②诸侯：此指镇守蜀中的大官。锦水：水名。即锦江。在四川成都。 ③趿（tā）珠履：穿着饰有明珠的鞋。战国时春申君有门客三千人，上客皆穿珠履。此借指王郎入蜀作幕僚。 ④仲宣楼：建安诗人王粲，字仲宣，曾流寓荆州，作《登楼赋》。后人因称其所登之楼为仲宣楼。后来荆州移居江陵，因而江陵亦有仲宣楼故迹。 ⑤青眼：对人表示深情的一种眼色。魏晋诗人阮籍能作青、白眼。吾子：对王郎的爱称。 ⑥眼中之人：当指王郎。

【译文】王郎啊王郎，请不要乘着酒兴拔剑砍地唱哀歌，我能擢拔你这壮志压抑、光明磊落的旷世奇才。你就像翻动于天风中的豫章树动摇了白日，你就像遨游于巨浪中的鲸鱼驱开了大海。王郎啊王郎，且放下手中佩剑，请莫要惆怅徘徊。你就要西行入蜀，泛舟锦水，此行定会博得当地大官的青睐。但不知你打算作谁家的座上客，脚上穿着饰有明珠的鞋。仲宣楼——这离别的所在，已是晚春；我用青眼望着你，为你高歌一曲《短歌行》。王郎啊王郎——我的眼中人，我老了，希望你此行能大展奇才！

## 忆昔行

【题解】此诗当是大历三年（768）出峡后所作。王嗣奭《杜臆》：“公泛舟潇湘时，董炼师在衡阳，欲乘便访之，因而追忆华盖君也。”先写初入山景事，次写入山后景事，末由华盖君而及董炼师。从中可以看出杜甫对寻仙访道还是虔诚的。

【原诗】忆昔北寻小有洞①，洪河怒涛过轻舸。辛勤不见华盖君②，艮岑青辉惨么麽③。千崖无人万壑静，三步回头五步坐。秋山眼冷魂未归，仙赏心违泪交堕。弟子谁依白茅屋，卢老独启青铜锁。巾拂香余捣药尘，阶除灰死烧丹火。玄圃沧洲莽空阔④，金节羽衣飘婀娜。落日初霞闪余映，倏忽东西无不可[5]。松风涧水声合时，青兕黄熊啼向我。徒然咨嗟抚遗迹，至今梦想仍犹左。秘诀隐文须内教，晚岁何功使愿果。更讨衡阳董炼师[6]，南浮早鼓潇湘舵。

**【注释】**①小有洞：王屋山洞名，又叫小有清虚之天。 ②华盖君：注见《昔游》。 ③艮（gèn）岑：注见《昔游》。惨么麽：山色无光。 ④玄圃：仙界名，在昆仑山。沧洲：水滨。此为仙人隐处。 ⑤“倏（shū）忽”句：言恍惚看见华盖君左右而至。 ⑥董炼师：董奉先。《舆地纪胜》载：董奉先，天宝中修九华丹法于衡阳。《六典》载：道士修行，其德高思精，谓之炼师。

**【译文】**忆往昔曾辗转北行，到王屋山小有清虚之天求仙访道，乘一叶小舟渡过了怒涛翻卷的黄河。历尽艰苦却不见仙人华盖君，青山顿时失去了它的光泽。千山万壑，了无人迹，显得异常寂静；一路上三步一回头五步一停歇。眼前的秋山像冷眼一样，去哪里寻求华盖君的魂魄？空违了求仙夙愿，泪水不住地交互坠落。华盖君已经仙逝，弟子也风流云散，只有少数几个人留在白茅盖成的道观里。卢老，这华盖君的大弟子，见我来了便出门迎候，还特意打开了门上的铜锁，让我去凭吊华盖君生前修行炼丹的静室。室内衣物上残留的药尘依旧散发着余香，阶前炼丹炉里只剩下一片死灰。日暮黄昏，这仙人居住的山水胜地，一片苍茫空阔；华盖君生前所持金节和随风飘摆的羽衣依稀在目。薄暮的西天上，夕阳西下，晚霞初映，余辉闪烁，一时间恍惚看见华盖君左右而至。道观外的松涛声和涧水声一时大作，交织成一片凄凉的和音；青牛和黄熊的啼叫声朝我传来。空山幽谷，几多凄凉！徘徊遗迹，徒增嗟叹。多少年过去了，但至今还神萦梦绕华盖君生前所居之地。须求秘诀真谛，但愿在晚年了此素志。我要及早乘舟南浮，直抵潇湘，去寻访隐迹衡阳的得道大师——董炼师。

## 惜别行送向卿进奉端午御衣之上都

**【题解】**此诗当是大历三年（768）在荆南作。杜甫来到江陵，当已见到了江陵节度使、阳城郡王卫伯玉。这年初夏，卫伯玉派遣向某入京进奉端午御衣，于是杜甫念及乾元元年（758）在朝曾叨端午赐衣情事，遂作此诗，为一己迟暮飘零发一浩叹。向卿，名不详。上都，此指京城长安。

**【原诗】**肃宗昔在灵武城①，指挥猛将收咸京②。向公泣血洒行殿③，佐佑卿相乾坤平。逆胡冥寞随烟尽，卿家兄弟功名震。麒麟图画鸿雁行④，紫极出入黄金印⑤。尚书勋业超千古⑥，雄镇荆州继吾祖⑦。裁缝云雾成御衣，拜跪题封贺端午。向卿将命寸心赤，青山落日江湖白。卿到朝廷说老翁，漂零已是沧浪客。

**【注释】**①玄宗天宝十四载（755）十一月，安史叛乱。玄宗逃难蜀郡（治今四川成都），肃宗李亨在灵武（今宁夏灵武）即位。 ②咸京：秦朝首都咸阳。此借指长安。 ③向公：指向卿之兄。 ④麒麟图画：指汉宣帝时在麒麟阁上所画十一个汉朝功臣的画像。这里比喻向卿官位显赫。鸿雁行：以鸿雁飞行有序喻指官吏班列。 ⑤紫极：帝王宫殿。 ⑥尚书：指派遣向卿入京进奉端午御衣者卫伯玉。广德元年，卫伯玉拜江陵尹、荆南节度使，寻加检校工部尚书。 ⑦吾祖：指杜甫远祖杜预。杜预于晋初曾任镇南大将军，都督荆南诸军事，镇襄阳，以功而名扬荆襄。

**【译文】**过去肃宗曾即位灵武，指挥猛将收复了长安城。尊兄泣泪成血洒遍了行殿，辅佐卿相平定了浩荡乾坤。安史叛军随着烟灰一去无迹，从此卿家兄弟功名远震。真可位列朝班，画像于麒麟阁上，身佩金印出入于帝王之宫。卫尚书的功业远超万代千古，雄镇荆州，堪继我的远祖。剪裁千山云雾做成御衣，题封后派遣向卿跪献皇上，祝贺端午。向卿奉命前往，寸心耀如赤日，一路上青山、落日、晶亮的江湖。向卿你到了朝廷，就说我已沦落为水滨的一介野夫。

## 夏日杨长宁宅送崔侍御、常正字入京

**【题解】**此诗当是大历三年（768）在江陵所作。时杨长宁设宴送崔、常二人入京，杜甫亦同饮其家，遂作此诗以道别情。杨长宁，名不详。长宁，县名。《唐书》：“长宁县，属镇北大都督府。”崔侍御，名不详。侍御，官名。常正字，名不详。正字，官名，掌校雠典籍和刊正文章。

【原诗】醉酒扬雄宅①，升堂子贱琴②。不堪垂老鬓，还对欲分襟。天地西江远，星辰北斗深。乌台俯麟阁③，长夏白头吟。

【注释】①扬雄：汉辞赋作家。此借指杨长宁。　②子贱：即宓子贱，春秋时孔子弟子，曾出为单父宰，弹鸣琴，身不垂堂而单父治，受到孔子称赞。此亦借指杨长宁。　③乌台：汉代御史府中，乌鸦群集柏树。后因以“乌台”作为御史府的代称。此以“乌台”切崔侍御。麟阁：即麒麟阁，汉宫中阁名，藏秘书之所。此切常正字。

【译文】醉酒饯别在杨长宁府上，升堂助兴的有杨长宁的鸣琴。可叹我这迟暮老翁已白了双鬓，还要面对即将到来的离分！江陵远在天地之外，长安遥临迢递的北辰。面对即将赴京的崔侍御、常正字，在这漫漫长夏我禁不住发此歌吟。

## 夏夜李尚书筵送宇文石首赴县联句

【题解】此诗当是大历三年（768）在江陵所作。当时宇文石首（即宇文晁）将赴石首县（在江陵东南二百里），其舅父李尚书（李之芳）设宴饯别。时杜甫、崔彧也在座。席间，杜、李、崔三人依次赋诗，成此联句。全诗浑然一体，不入于支离一途；起承转合，各极自然。联句，诗之一体。此体由两人或多人各成一句或几句，合而成篇。旧传始于汉武帝和诸臣合作的《柏梁》诗。

【原诗】爱客尚书重，之官宅相贤①。(甫)。酒香倾座侧，帆影驻江边。(之芳)。翟表郎官瑞②，凫看令宰仙③。(彧)。雨稀云叶断，夜久烛花偏。(甫)。数语欹纱帽，高文掷采笺。(之芳)。兴饶行处乐，离惜醉中眠。(彧)。单父长多暇④，河阳实少年⑤。(甫)。客居逢自出⑥，为别几凄然。(之芳)。

【注释】①之官：上任。宅相：对外甥的美称。典出《晋书·魏舒传》：“魏舒，字阳元，任城樊人也，少孤，为外家宁氏所养。宁氏起宅，相宅者云：‘当出贵甥。’外祖母以魏氏甥小而慧，意谓应之。舒曰：‘当为外氏成此宅相。’久乃别居。”这里以魏舒比况李之芳外甥宇文晁。　②翟

(dí)：长尾鸡。晋萧广济《孝心传》："萧芝至孝，除尚书郎，有雉数十头，饮啄宿止。当上直，送至岐路，下直入门，飞鸣车前。"这里用这个故事称颂由郎官外出任石首县长官的宇文晁。 ③"凫看"句：用王乔事点明宇文晁的县令身份。 ④单父（shànfǔ）：春秋鲁国邑名。故址在今山东省单县南。孔子弟子宓子贱为单父宰，弹鸣琴，身不下堂而单父治，孔子美之。后因以喻指有政绩的郡县或县令。此比宇文晁。 ⑤河阳：晋潘岳曾任河阳县令，遂以"河阳"指称潘岳。此以"河阳"比宇文晁。 ⑥出：姊妹出嫁之所生，指外甥。《尔雅》：男子谓姊妹之子为"出"。此指李之芳的外甥宇文晁。

**【译文】**好客的李尚书啊身份高贵，行将赴任的贵甥啊堪称时贤。（甫）。美酒醉倒了与宴的宾客，帆影停留在大江之边。（之芳）。晁啊，当你由郎官出任地方长官的时候，已有瑞兆显现，你就像叶令王乔一样脱俗超凡。（彧）。雨小了，云片逐渐地消散；夜深了，昏暗的烛花已经歪偏。（甫）。不拘形迹的诸位吟友啊密语款洽，同席联句，美好的诗句飞出了华笺。（之芳）。个个多诗兴啊处处有乐事，满怀惜别之情带醉而眠。（彧）。晁啊，你就像身不下堂而政绩卓著的宓子贱，你就像任河阳县令的潘岳正当英年。（甫）。客居中我见到了我的外甥，当此分别之际不胜凄然。（之芳）。

## 多病执热，奉怀李尚书

**【题解】**此诗当是大历三年（768）四月在江陵所作。通过对郁蒸天气的描绘，表达了诗人欲践友人之约而不得的惆怅情怀。李尚书，即李之芳。时李在夷陵（今湖北宜昌市）。执热，为热所囚困。执，囚。

**【原诗】**衰年正苦病侵凌，首夏何须气郁蒸[①]。大水淼茫炎海接，奇峰硉兀火云升[②]。思沾道暍黄梅雨[③]，敢望宫恩玉井冰[④]。不是尚书期不顾，山阴夜雪兴难乘[⑤]。

**【注释】**①首夏：农历四月。 ②硉（lù）兀：高峻。 ③暍（yē）：暑热。 ④玉井冰：陆翙《邺中记》载："石季龙于冰井台藏冰，三伏日赐大臣。”唐制：百官赐冰。杜甫曾为拾遗，当在受赐之列。 ⑤“山阴”句：晋朝王徽之雪夜访戴安道一事，发生在会稽山阴，此反用其事，说因天热而不能访问李尚书。

**【译文】**衰年正苦于疾病的侵凌，当此初夏四月不该有热气蒸腾。浩淼的江水连接着茫茫炎海，奇峰高耸火云上升。因道路蒸热，多想沾惹黄梅雨；岂敢奢望承蒙皇恩受赐玉井冰？李尚书啊，我不是不顾你的期约和邀请，实在是因为天气太热，不能像王徽之雪夜访戴安道那样有兴可乘。

## 水宿遣兴，奉呈群公

**【题解】**此诗是杜甫于大历三年（768）夏寓居江陵时所作。时杜甫妻子暂居当阳，家人频以困苦相告。为生活所迫，杜甫不得不暂离江陵，冒雨乘船到外县求援。此诗详细地写了诗人水宿景事和水宿情怀，见诗人之旅困和群公之浇薄。群公，指江陵卫伯玉幕府诸公。

**【原诗】**鲁钝仍多病，逢迎远复迷。耳聋须画字，发短不胜篦。泽国虽勤雨，炎天竟浅泥。小江还积浪，弱缆且长堤。归路非关北，行舟却向西。暮年漂泊恨，今夕乱离啼。童稚频书札，盘飧讵糁藜。我行何到此？物理直难齐①。高枕翻星月，严城叠鼓鼙。风号闻虎豹，水宿伴凫鹥。异县惊虚往，同人惜解携。蹉跎长泛鷁，展转屡鸣鸡。嶷嶷瑚琏器②，阴阴桃李蹊。余波期救涸③，费日苦轻赍④。杖策门阑邃，肩舆羽翮低。自伤甘贱役，谁愍强幽栖。巨海能无钓，浮云亦有梯。勋庸思树立，语默可端倪。赠粟囷应指⑤，登桥柱必题⑥。丹心老未折，时访武陵溪⑦。

**【注释】**①“物理”句：典出庄子《齐物论》。庄子认为只有齐物才能无闷，可是又不知道怎样才能达到齐物的高境。 ②瑚琏器：古代宗庙祭祀时盛粮食的贵重器皿。孔子曾比之以子贡，称其有立朝执政的才能。此借喻诸公人品不凡。 ③“余波”句：《庄子·外物》：车辙中有鲋曰：“吾得升水，可以活矣。”此用其事，谓自己身陷困境，急待援救。 ④轻赍(jī)：些微的赐予。 ⑤“赠粟”句：《吴志》：鲁肃家富于财，周瑜往求资粮。肃时有米二囷，各三千斛，直指一囷与瑜。这里用鲁肃助周瑜事，表示希望得到友人的接济。 ⑥“登桥”句：司马相如当初西去，题句于升仙桥柱：“不乘驷马车，不复过此桥。”后果乘传至其处。这里用这个典故，自述尚有用世之志。 ⑦武陵溪：即桃花源，在今湖南常德县。此以仙境比喻卫伯玉幕府。

**【译文】**我生性驽钝而又体弱多病，今日远行，有昧子逢迎群公。因为耳聋故须在地上画字，头发稀得禁不住篦子。水乡的雨水来得也真勤，小江里竟积满了层层波浪。在这大热天我的小船竟搁浅在泥滩，只好停船夜宿，暂且把细缆系在大堤边上。此行不是北归故乡，而是向西方随波飘荡。因暮年漂泊而生怨恨，因战乱而夜走异地，禁不住老泪汪汪。寓居当阳的孩子不断写信求告，说家里连糠菜糊糊也喝不上。为什么竟落到这步天地？庄子之所谓物理也真是难以平齐。今夜躺在船里只见星月随波翻动，只听鼓声相叠于戒严的城中。怒号的风声中传来虎豹的咆哮，我伴着野鸭水鸥独自夜宿在江滨。徒然到异乡求借告贷，那里的朋友因吝惜财物而不肯周济。经常泛舟求援结果一再蹉跎，经常深夜辗转，屡屡听见鸡啼。诸公的才干有如瑚琏祭器，诸公的品行有如众所归趋的阴阴桃李。如今我像急待升水来救的涸辙之鱼，有好些日子苦于得不到些微的救济。我也曾拄杖趋奔侯门，可叹侯门如海，难以接近。要是坐轿去拜会或许可以进入，无奈付不起轿钱，只好像鸟儿一样低垂羽翼。为此我常常自叹自悲，甘操贱业以维持生计。又有谁可怜我这勉强栖息的生涯！垂钓大海哪能一无所获？驾云直上也有登天之梯。我总想为国立功为民树勋，此情此志在不言中已微露端倪。倘有赠粮给周瑜的鲁肃一样的人接济我，我必如司马相如题诗桥柱以表心志。丹心至死犹在，壮志终难成灰，日后还不时地到卫公幕府拜访诸公。

## 寄李十四员外布十二韵

**【题解】**此诗当作于大历三年（768）夏，时杜甫在当阳（今湖北当阳）。这年正月，杜观从江陵寄来书信，说已在当阳县找好了住处，杜甫遂决定出峡，三月初抵达江陵。当阳距江陵不远，杜甫把家属安置妥善，自己则来往于两地之间。此诗即为杜甫居当阳时所作。题下原注：“新除司议郎兼万州别驾，虽尚伏枕，已闻理装。”闻知李布新任司议郎兼万州（今四川万县）别驾，将扶病启程，杜甫寄此诗劝他不可冒暑而行，宜待秋凉之后赴任。诗中写到的田园景物当为其寓所环境。

**【原诗】** 名参汉望苑①，职述景题舆②。巫峡将之郡③，荆门好附书④。远行无自苦，内热比何如⑤？正是炎天阔，那堪野馆疏？黄牛平驾浪⑥，画鹢上凌虚⑦。试待盘涡歇，方期解缆初。闷能过小径，自为摘嘉蔬。渚柳元幽僻，村花不扫除。宿阴繁素柰⑧，过雨乱红蕖。寂寂夏先晚，泠泠风有余。江清心可莹，竹冷发堪梳。直作移巾几，秋帆发敝庐。

**【注释】** ①望苑：即博望苑。《汉书·戾太子传》载，戾太子据，元狩元年立为皇太子，皇上为他设博望苑。后因用作咏太子宫苑。李布所任司议郎，即为东宫官员。 ②景题舆：《后汉书》载，周景为豫州刺史，请陈蕃为别驾，陈蕃不就，周景便在别驾舆上题写“陈仲举座也”几个字以示决心。陈蕃不得已而赴任。此处借指李布任万州别驾之职。 ③郡：万州南浦郡，属山南东道。 ④荆门：今湖北荆门市，距当阳较近。这里指杜甫所居的当阳。 ⑤内热：中医学名词。由阴虚或阳盛而导致的一种病理现象。 ⑥黄牛：指黄牛峡，在湖北宜昌县西，是李布西去万州所经之地。 ⑦画鹢：船头画有鹢鸟图形的船，用以惊水怪。 ⑧柰（nài）：果木名，果实有白、赤、青三色，白者为素柰，夏季成熟。

**【译文】** 你的名字列入了博望苑，官职表述在周景题字的轿上。你将穿过巫峡前往南浦郡，客居荆门的我正好可以托你捎去书信。长途远行不能自寻苦恼，内热之疾近来如何？此时正值炎天广阔，你哪能忍受一路上驿站的稀疏？黄牛峡的水浪几乎与山相平，你的鹢船将要凌空而行。不如且待秋来漩涡平息，方始择期解缆启程。你心情烦闷就来敝舍走一走，我自会为你摘取嘉蔬。这儿的渚柳十分幽僻，野生的花儿也不扫除。阴云久覆素柰的果实颇丰，雨过之后红荷开得很盛。寂静的夏天傍晚来得较早，清凉的晚风吹个不停。面对清澈的江水可使心神清爽，身置冷静的竹林可以梳发散病。你可直接把行装移到我这里来，等到秋天，再从敝舍扬起风帆。

## 遣　闷

【题解】此诗作于大历三年（768）夏乘舟外出途中。前半状舟中夜景，后半写忧时心绪，见出杜甫身处困境而心忧国事的情怀。

【原诗】地阔平沙岸，舟虚小洞房。使尘来驿道，城日避乌墙。暑雨留蒸湿，江风借夕凉。行云星隐见，叠浪月光芒。萤鉴缘帷彻，蛛丝罥鬓长①。哀筝犹凭几，鸣笛竟沾裳。倚著如秦赘②，过逢类楚狂③。气冲看剑匣，颖脱抚锥囊④，妖孽关东臭，兵戈陇右疮。时清疑武略，世乱跼文场。余力浮于海⑤，端忧问彼苍。百年从万事，故国耿难忘。

【注释】①罥（juàn）：结。　②秦赘：《汉书·贾谊传》载，秦人家贫者，其子出为妻家赘婿。因称赘婿为秦赘。此言随地漂泊，有如出赘。③楚狂：楚国狂人接舆。此自况。　④“颖脱”句：《史记·平原君列传》：夫贤者处世，譬如锥处囊中，其末立见。毛遂曰：“使遂早得处囊中，乃脱颖而出。”这里是说，希望能施展才能。　⑤“余力”句：典出《论语》：“道不行，乘桴浮于海。”此用其事，自述遁世之意。

【译文】大地空阔，沙岸平旷，小舟宛如小小的洞房。驿道上腾起驿马的烟尘，帆樯上落下城上的夕阳。暑雨过后船里还残留着潮热之气，浩浩江风借来薄暮的清凉。星星隐约闪现在游移不定的浮云里，月光的飞沫溅起于层层波浪。映照薄帷的萤火明又明，发鬓前结满船舱的蛛丝长又长。凭倚着几案听哀筝声响，被笛声催落的泪水沾湿了衣裳。随地漂泊身如秦赘，意多感愤迹若楚狂。看着手中的宝剑而气冲星斗，欲试才能而手抚锥囊。关东一带因安史之乱而尚有遗臭，陇右一带因吐蕃寇境而百孔千疮。太平时代难道用得上武略？世乱之际，文人派不上用场！尚有余力，何不乘筏浮海？满怀忧绪仰问上苍。一生中的万事可以付之不问，只有故国耿耿难忘！

## 江边星月二首

【题解】这组诗当是大历三年（768）在江陵所作。一写江边雨后星月，清新可赏；一写江边将晓星月，凄美动人。

## 其　一

**【原诗】**骤雨清秋夜，金波耿玉绳①，天河元自白②，江浦向来澄③。映物连珠断，缘空一镜升。余光隐更漏④，况乃露华凝。

**【注释】**①金波：喻月。玉绳：星名，即北斗第五星。此指北斗。　②元：同“原”。　③江浦：指江。　④更漏：古时用以报时的计时器。

**【译文】**骤雨把江陵的秋夜冲刷得清新透明，一轮圆月辉映着北斗七星。银河原来是如此明亮，江流立时被映照得这般澄清。星星像断线珍珠一样映亮万物，月亮像明镜似的缘空上升。星月的余辉在更漏声中渐渐隐退，星星一样的露珠正在凝成。

## 其　二

**【原诗】**江月辞风缆，江星别雾船。鸡鸣还曙色，鹭浴自晴川。历历竟谁种①？悠悠何处圆？客愁殊未已，他夕始相鲜。

**【注释】**①“历历”句：用古乐府“天上何所有？历历种白榆”句意，谓历历可数的星星究竟是谁栽种到天上。

**【译文】**江月告辞晨风中的船缆，江星作别晓雾里的舟船。鸡鸣声牵来东方的曙色，白鹭又各自沐浴在朗朗晴川。历历明星呀究竟是谁栽种到天上？悠悠圆月呀何时再映入眼帘？我心中的客愁真是无穷无尽，等待来日晚上星月相映而愈加明妍。

# 舟月对驿近寺

**【题解】**此诗当是大历三年（768）外出告贷途中所作。诗写对驿近寺之舟中月色及月下见闻，隐隐见出皓首白发、夜不成眠的诗人形象。对驿近寺，是说小船对着驿馆，靠近寺院。

【原诗】更深不假烛，月朗自明船。金刹青枫外[1]，朱楼白水边[2]。城乌啼眇眇，野鹭宿娟娟。皓首江湖客[3]，钩帘独未眠。

【注释】①金刹：指佛寺宝塔。此借指寺院。 ②朱楼：指江边驿馆。 ③江湖客：此指浪迹江湖的作者自己。

【译文】深更半夜不须借灯烛照明，自有皎皎明月照亮舟船。寺院坐落在青枫以外，驿馆红楼位于白水之边。从城上传来夜乌细微的叫声，野鹭抱着月色娟静地睡在舟前。可叹我这皓首白发的江湖客子，卷帘而望，独自夜不成眠。

## 舟　中

【题解】写作年代同前诗。诗写行舟途中夜宿早起情事，寄托了诗人漂泊流离之感。

【原诗】风餐江柳下，雨卧驿楼边。结缆排鱼网，连樯并米船。今朝云细薄，昨夜月清圆。飘泊南庭老[1]，衹应学水仙[2]。

【注释】①南庭老：杜甫自谓。南庭，南方。 ②水仙：水神冯夷。冯夷得为水仙，名河伯。《列仙传》：琴高入涿水中，取龙子。诸弟子皆洁斋待于水旁。果乘赤鲤来，留月余，复入水去。这里以“学水仙”感叹漂泊不定的水上生涯。

【译文】风餐雨宿在江柳之下，雨宿风餐在驿馆旁边。一早起来只见维系在岸的缆绳与鱼网并列在一起，依岸并排的还有接连不断的运米的小船。今早天上的云片稀疏细薄，昨夜照临江天的明月圆美清鲜。我这漂泊南方的迟暮老翁，只应该学做飘忽不定的凌波仙子。

## 江陵节度使阳城郡王新楼成，王请严侍御判官赋七字句，同作

【题解】此诗当是大历三年（768）夏杜甫至江陵所作。当时江陵节度使、

阳城郡王卫伯玉建成一座新楼，大宴宾客，命客赋诗，杜甫也参加了宴会，并赋此七言律诗以祝贺新楼落成。诗礼赞新楼与称美主人兼之。阳城郡王，即尚书卫伯玉。初，代宗幸陕，以卫有才略，拜荆南节度使。严侍御判官，名不详。七字句，即七言律诗。《杜臆》："题云赋七字句，知当时无律诗之名，王特请赋，亦以七言为难也。"

**【原诗】**楼上炎天冰雪生，高飞燕雀贺新成。碧窗宿雾濛濛湿，朱栱浮云细细轻①。仗钺褰帷瞻具美②，投壶散帙有余清③，自公多暇延参佐④，江汉风流万古情。

**【注释】**①朱栱（gǒng）：立柱和横梁之间成弓形的承重结构。此借指楼房。　②褰帷：《后汉书·贾琮传》载，清吏贾琮出任冀州刺史，一反常规，打开车帘赴任，以示要广视听，察美恶，使属县震动。后因以褰帷作为咏刺史美政的典故。这里用贾琮事称颂阳城郡王不仅能督兵，而且能勤恤民隐。　③投壶：古代游戏。设特制之壶，宾主依次投矢其中。中多者为胜，负者饮。散帙（zhì）：观书。帙，书套，此指书。　④参佐：僚属，部下。

**【译文】**烈日炎天，似有冰雪生自楼中，高飞的燕雀唱着歌祝贺新楼的落成。停宿在碧窗上的雾气湿漉漉的，浮游在楼顶上的云丝像细丝一样轻灵。阳城郡王既善督兵又多美政，投壶观书，宾主的高情雅趣无尽无终。今天卫公有空宴请宾客饮酒赋诗，江汉间流荡着万古不尽的风流豪情。

## 又作此奉卫王

**【题解】**这首诗与前一首同时所作。诗人以雄健的笔调咏叹登楼景事，兼赞主人，并作自谦之辞。

**【原诗】**西北楼成雄楚都①，远开山岳散江湖。二仪清浊还高下②，三伏炎蒸定有无？推毂几年唯镇静③，曳裾终日盛文儒④。白头授简焉能赋⑤？愧似相如为大夫。

【注释】①楚都：郢都。南郡江陵乃故楚郢都。 ②二仪：天地。清浊，亦指天地。《列子》："轻清者上为天，重浊者下为地。"全句是说，初为物所蔽，及登楼俯仰，始还出天地之高下。此言楼之高耸。 ③推毂（gǔ）：古代帝王遣将时，推毂（推车）而送。后因用作咏将军的典故。这里以"推毂"指卫伯玉在荆南节度使任上。 ④曳裾："曳裾王门"的省语。意即奔走王门。 ⑤授简：南朝宋人谢惠连在《雪赋》中虚构了梁王授简于司马相如并命他作赋的故事。后因用作咏文学侍从之臣的典故。这里比拟阳城郡王卫伯玉请杜甫作诗。

【译文】坐落在江陵西北的新楼雄盖楚都，远处有分峙的山岳和众多的江湖。登楼俯仰，方能还原天高地低之原貌；值此三伏炎天我简直不能断定炎蒸之气是有是无！几年来卫王你在节度使任上平静无事，终日奔走府上的是济济文儒。你叫我写诗，就像当年梁王命相如作赋；自愧诗才不如相如大夫。

## 秋日荆南述怀三十韵

【题解】此诗当是大历三年（768）秋天未移居公安前所作。全诗从获罪远废说起，历叙在蜀夔和江陵流寓漂泊的苦况，并针对当时政府弊端（如用人、和亲等等）予以规讽，希望政府革新政治，以致太平，表现了诗人身在江湖而心向金阙的耿耿情志。

【原诗】昔承推奖分，愧匪挺生材。迟暮宫臣忝，艰危衮职陪①。扬镳随日驭，折槛出云台②。罪戾宽犹活③，干戈塞未开。星霜玄鸟变④，身世白驹催⑤。伏枕因超忽⑥，扁舟任往来。九钻巴噀火⑦，三蛰楚祠雷。望帝传应实⑧。昭王问不回⑨。蛟螭深作横，豺虎乱雄猜。素业行已矣，浮名安在哉。琴乌曲怨愤⑩，庭鹤舞摧颓。秋水漫湘竹，阴风过岭梅⑪。苦摇求食尾，常曝报恩鳃。结舌防谗柄⑫，探肠有祸胎⑬。苍茫步兵哭，展转仲宣哀。饥藉家家米，愁征处处杯。休为贫士叹，任受众人咍⑭。得丧初难识，荣枯划易该⑮。差池分组冕，合沓起蒿莱⑯。不必伊周地⑰，皆登屈宋才⑱。汉庭和异域⑲，晋史坼中台⑳。霸业寻常体，宗臣忌讳灾㉑。群公纷戮力，圣虑窅徘徊。数见铭钟鼎，真宜法斗魁㉒。愿闻锋镝铸，莫使栋梁摧。磐石圭多剪㉓，凶门毂少推㉔。垂旒资穆穆㉕，祝网但恢恢㉖。赤雀翻然至，黄龙讵假媒㉗。贤非梦傅野㉘，隐类凿颜坏㉙。自古江湖客，冥心若死灰。

【注释】①衮职：王职。即帝王的职事。亦借指帝王。 ②折槛：注见《折槛行》。这里用朱云折槛一事，自述因疏救房琯而被贬华州。云台：汉宫中高台名。汉光武帝在此召集群臣议事。后借指朝廷。 ③罪戾（lì）：罪过。 ④星霜：星辰一年一周转，霜每年遇寒而降，因以“星霜”指年岁。 ⑤白驹：比喻时光飞逝。《庄子·知北游》：“人生天地之间，若白驹之过隙，忽然而已。” ⑥超忽：迅速。 ⑦九钻：九年钻燧。喻艰辛的经历。噀（xùn）：从口中喷出。此兼用栾巴噀酒为雨灭火一事。晋葛洪《神仙传·栾巴》载：“正旦大会，巴后到，有酒容，赐百官酒，又不饮，而西南向噀之。有司奏不敬。诏问巴，巴曰：‘臣适见成都市上火，臣故漱酒，为尔救之。’乃发驿书问成都，已奏言：‘正旦食后失火，须臾有大雨三阵，从东北来，火乃止，雨着人皆作酒气。’” ⑧望帝：即杜宇。相传战国末年杜宇在蜀称帝，号望帝。死后，其魂化为杜鹃，啼鸣不已。此喻上皇（玄宗）之死。 ⑨昭王：指春秋时楚昭王。此亦喻上皇（玄宗）之死。 ⑩琴乌曲：即琴曲《乌夜啼》。其声哀怨。此以“琴乌曲”入诗以起兴。 ⑪鹤舞：春秋时晋国乐师师旷，应晋平公之请，鼓琴奏清徵之词，有十六只玄鹤飞来，列队而舞。这里用这个典故为下文叙流离之苦起兴。 ⑫谗柄：被人用来制造谗言的把柄。 ⑬探肠：掏出肠子。喻开诚对人。 ⑭咍（hāi）：讥笑。 ⑮划易该：仇引《杜臆》：划易该，言忽然之间，荣枯易见。如组冕起自蒿莱，崛起者得官矣。 ⑯“差池”二句：言起自蒿莱、占据官位的全都是武夫。分：遍。组冕：组绶和官冕。此借指官位。合沓（tà），重叠貌。 ⑰伊周：商伊尹和西周周公旦的合称。两人都曾摄政，后常并称。亦指执掌朝政的大臣。此谓政府要津。 ⑱屈宋：战国时楚辞作家和宋玉的并称。 ⑲和异域：言回纥和亲。 ⑳晋史：指西晋诗人张华。坼中台：据《晋书·张华传》载，司空张华被杀前有中台星裂的征兆。后因用作咏宰相凶讯的典故。这里以张华被诛一事借指房琯病死。 ㉑“宗臣”句：言房琯建诸王分镇之议，触肃宗忌讳而得祸。 ㉒斗魁：指北斗七星之第一至第四星，即枢、璇、玑、权。 ㉓圭多剪：周成王年幼，与弟弟叔虞游戏，曾剪桐叶表示凭此圭封其弟。后因用作分封亲王的典故。此用其事，以陈述政见，认为应多分封宗室，借以巩固王朝的根基。 ㉔凶门：指悍将。 ㉕垂旒（liú）：冠冕前后垂挂的玉串。 ㉖祝网：据《吕氏春秋》卷十《孟冬记·异用》载，商朝国君成汤曾令设网捕猎者撤除三面之网而仅留一网，以示仁慈。后因用作称颂帝王施行仁德之典。这里用商汤事，合用老子“天网恢恢”语，喻指放宽法令。 ㉗黄龙：《瑞应图》载，王者有德，黄龙现身，以呈瑞应。后因用作咏明君的典故。这里用黄龙瑞应将至，表现对朝政更新抱有希望。 ㉘梦傅野：殷高宗武丁，由于梦兆，在傅岩之野得到贤相傅说。这里以“非梦傅野”自喻不被朝廷重用。 ㉙颜坏（péi）：鲁国高士颜阖听说鲁君要重金聘己为相，便凿坏（屋的后墙）而隐遁不仕。事见《淮南子·齐俗训》。后因以“颜坏”为隐遁不仕之典。

**【译文】**过去我曾承蒙房琯汲引，但自愧不是杰出人材。直到晚年才忝列为左拾遗，在那王室艰危之秋侍陪一代圣君。也曾驱马随肃宗奔赴行在，为疏救房琯也曾极力谏诤，因此得祸而被贬出朝廷。幸亏张镐营救而免于一死，干戈依旧充斥着茫茫乾坤。岁月随着鸿雁的来去而匆匆变迁，迅速流逝的时间催得我与日渐衰。伴着一瞬即逝的岁月长期地卧病伏枕，驾着一叶扁舟在江湖上自去自来。我流寓两川已经整整九载，其中客居夔州已历三度阳春。上皇玄宗为李辅国劫迁西内而抑郁致死，代宗不能治李辅国之罪，犹如昭王南征不回而周人不能问罪楚人。蛟螭般的悍将飞扬跋扈，貙虎般的群盗雄悍而多疑猜。祖传的家业行将殆尽，一己浮名啊早已沉埋。《乌夜啼》琴曲流淌着亘古怨愤，庭中振翅而舞的玄鹤已经衰颓。眼下江陵一带的秋水已经漫上了长满湘竹的江岸，萧瑟阴风拂过梅岭，带着漫天阴霾。我因生计艰难而常常乞食在外，为酬报知己之恩，我也常常想起报恩之鱼。为防人谗毁我经常闭口结舌，掏出真心待人往往会招惹祸灾。我就像心情怅惘的阮籍处穷途而恸哭，我就像身遭丧乱、辗转荆州的王粲不胜悲哀。因饥饿我常常挨家挨户去借米，为排遣旅愁我到处索酒求杯。且莫要为自己的处境引颈长吁，心甘情愿忍受众人之讥。国家之得失实乃难于辨识，而武夫之骤贵竟在转瞬之间。那胡乱充斥朝廷的武夫连连崛起于蓬蒿之野，那身据要津的也不全都是屈、宋一类的旷世奇才。当年朝廷的和亲之计亦非长策，不幸房琯病死，呜呼哀哉！和亲实乃汉道杂霸而非国体之正，一代宗臣房琯因触犯肃宗忌讳而招致祸灾。目前衮衮诸公同心协力振兴王室，一代圣主因忧虑国事而思心徘徊。虽然多次见到诸将勒名钟鼎，但当务之急应该效法斗魁四星以拱卫北辰。愿销毁兵器，使生民得以休养；愿举贤任能，切莫摧残栋梁之材。分封宗室以巩固国体，少推举凶门悍将以杜绝祸灾。皇上尽可垂旒端坐而法无为，要像成汤一样宽政仁民。如果这样，象征祥瑞的赤雀就会翩然而至，作为帝王瑞应的黄龙不假天马之媒而自来。我并不是出现在高宗梦中的商代贤士傅说，却像凿墙而出、隐遁不仕的鲁国人颜阖。哎！自古以来漂泊江湖的客子，无不壮志沉埋，冥心若灰。

## 秋日荆南送石首薛明府辞满告别，奉寄薛尚书，颂德叙怀，斐然之作三十韵

**【题解】**此诗当是大历三年（768）秋天至荆南（今湖北江陵）所作。当时石首薛明府任期届满向杜甫告别，杜甫遂作此诗相送。因杜甫与明府之兄（即薛景仙）友善，故借送别明府之际寄意尚书，颂其德，美其人，称其功业，勉其有为。“颂德叙怀”实为全诗重点所在。

**【原诗】**南征为客久，西候别君初①。岁满归凫舄②，秋来把雁书。荆门留美化③，姜被就离居④。闻道和亲入⑤，垂名报国余。连枝不日并⑥，八座几时除⑦。往者胡星孛⑧，恭惟汉纲疏⑨。风尘相澒洞⑩，天地一丘墟。殿瓦鸳鸯坼，宫帘翡翠虚。钩陈摧徼道⑪，枪櫐失储胥⑫。文物陪巡狩，亲贤病拮据⑬。公时呵猰貐⑭，首唱却鲸鱼⑮。势惬宗萧相⑯，材非一范雎⑰。尸填太行道，血走浚仪渠⑱。滏口师仍会⑲，函关愤已摅⑳。紫微临大角㉑，皇极正乘舆㉒。赏从频峨冕，殊恩再直庐㉓。岂唯高卫霍㉔，曾是接应徐㉕。降集翻翔凤，追攀绝众狙㉖。侍臣双宋玉㉗，战策两穰苴㉘。鉴彻劳悬镜㉙，荒芜已荷锄。向来披述作㉚，重此忆吹嘘㉛。白发甘凋丧，青云亦卷舒。经纶功不朽，跋涉体何如？应讶耽湖橘，常餐占野蔬。十年婴药饵，万里狎樵渔。扬子淹投阁㉜，邹生惜曳裾㉝。但惊飞熠燿㉞，不记改蟾蜍㉟。烟雨封巫峡，江淮略孟诸㊱。汤池虽险固㊲，辽海尚填淤㊳。努力输肝胆，休烦独起予㊴。

**【注释】**①西候：西边的亭站。为旧时送别之地。一说，谓秋日。君：指

薛明府。②凫舄（fú xì）：《后汉书·王乔》："王乔者，河东人也。显宗世，为叶令。乔有神术，每月朔望，常自县诣台朝。帝怪其来数，而不见车骑，密令太史伺望之。言其临至，辄有双凫从东南飞来。于是候凫至，举网张之，只得一只舄焉。"后因以凫舄指仙履。亦常用为县令的典实。这里以凫舄喻指薛明府。③荆门：地名。在湖北江陵北。美化：美好的教化。此指遗爱。④姜被：指兄弟或兄弟之情。汉人姜肱，与弟相友爱，常同被而眠。事见《后汉书·姜肱传》。就离居：谓归晤其兄薛尚书。⑤和亲入：大历二年（767）十一月，和蕃使检校户部尚书薛景仙自吐蕃使还，首领论泣陵随景仙入朝。⑥连枝：比喻兄弟聚首。⑦八座：封建时代中央政府八种高级官员。历朝所指不一。隋唐时以六尚书、左右仆射及令为"八座"。后世多以指称尚书之类的高官。这里是说，希望薛明府高升。⑧胡星：昴星，象征安禄山。孛（bó）：盛貌。⑨汉纲：汉代的法网。此指唐代法律。⑩澒洞（hòng tóng）：绵延；弥漫。⑪钩陈：指后宫。徼（jiào）道：巡逻警戒的道路。⑫枪櫐（lěi）：用尖竹木相累而成的藩篱、栅栏。储胥：储备待用之物。此指库藏。⑬拮（jié）据：艰难困顿。⑭猰貐（yà yǔ）：传说中的野兽。此喻恶人。仇引卢注："薛景仙为陈仓令，杀杨国忠妻子及虢国夫人，是呵猰貐也。"⑮鲸鱼：喻贼兵。⑯萧相：指萧何。此以萧何比薛明府。⑰范雎（jū）：战国时魏人，以功拜相。这里是说，薛尚书的功绩终非范雎所能比拟。⑱浚仪渠：河渠名。在汴州（今河南开封）境内。⑲滏口：即滏阳河。在今邯郸境内。⑳函关：关塞名。即函谷关。在今河南省新安县境。摅（shū）：舒泄。㉑紫微：即紫微垣。星官名，三垣之一，大帝之座。大角：星名。属亢宿，在摄提间。即牧夫座第一星。天王之座。㉒皇极：指皇帝。㉓直庐：旧时侍臣值宿之处。㉔卫霍：汉代名将卫青、霍去病的并称。㉕应徐：建安诗人应玚、徐干的并称。㉖众狙（jū）：众猕猴。这里比喻众人。㉗宋玉：战国时楚辞作家。㉘穰苴（jū）：即司马穰苴。春秋时齐国名将。㉙鉴彻：洞照。用作敬词。㉚述作：指撰写著作。㉛吹嘘：此指奖掖、汲引。㉜扬子投阁：汉扬雄校书天禄阁时，受刘棻株连，狱吏追捕他，扬雄从阁上跳下，几乎摔死。这里以扬雄投阁喻指自己漂泊之苦。㉝邹生：指战国齐人邹衍。此以邹衍自比。㉞熠燿（yì yào）：萤火虫。㉟蟾蜍（chú）：月亮的代称。㊱孟诸：古泽薮名。在今河南省商丘东北。㊲汤池：指难以逾越的护城河。形容城池防守严固。此指长安。 ㊳辽海：在河北。此指幽蓟一带。填淤：淤泥。亦指沉积。时幽州兵马使朱希彩不服朝命，故以“填淤”比之。 ㊴起予：起发我。指他人对自己有所启发。《论语·八佾》：“子夏问曰：‘巧笑倩兮，美目盼兮，素以为绚兮。何谓也？’子曰：‘绘事后素。’曰：‘礼后乎？’子曰：‘起予者商也！始可与言《诗》已矣。’”孔子认为，子夏对《诗》的理解深刻，称赞子夏对自己有所启发。这里以“起予”指薛尚书在述作中对作者的赞扬，谓薛氏不必以作者为念。

**【译文】**我漂泊南行、作客异地已经很久很久，值此离别之初，正是万物萧条的清秋时候。酷似王乔一样的薛明府啊您就要匆匆归去，当此秋天您手携兄长的来书。你在荆门留下了无尽的遗爱，今天您怀着同胞骨肉之情就要与兄长会晤。听说尊兄去年十一月已从吐蕃和亲归来，报国后留下的美名永垂千秋。你们俩很快就要欢聚在一起，也不知您何时才能擢为尚书？忆往昔强悍的胡兵陷落了京都，窃思朝廷过宠，致使唐法疏漏。茫茫战尘遍被辽阔的中土，偌大的天地简直成了一座废墟。于是天子出奔，妃嫔逃走，空留下断瓦残垣，宫帷空虚。宫中巡逻警戒的侍卫纷纷逃散，用竹木防护的库藏空无一物。文武官员扈从天子离京奔蜀，艰难困顿的宗室不胜忧苦。想当年薛尚书杀掉了杨国忠妻子及虢国夫人，又击退了贼兵，赫赫战功彪炳千古。丰功伟绩足与汉朝萧何相当，皇皇巨材决非范雎所能匹敌。平定河北时，太行山的路上填满了贼兵的尸首，浚仪渠里流淌着贼兵的血污。各路部队终于胜利会师在滏口，积郁已久的仇恨一泄无余。象征帝位的紫微星和大角星恢复了光亮，一代圣君肃宗乘着御驾返回了京都。薛尚书因扈从有功而频频加官晋爵，因克复两京而幸蒙皇上特殊的恩顾。薛尚书啊，论武功您岂但高于卫、霍？论文名您已接近应、徐。您就像翻飞千里、飘然而降的九天鸾凤，岂区区众人所能攀附？以文章而言，您乃当今之宋玉；以武略而言，您乃当今之司马穰苴。薛尚书啊您就像高悬的明镜把我洞照，您又像荷锄耕耘的人把我这荒芜已久的老者精心栽培。以前我曾在令弟那里披阅过您的大作，今天又重新忆及您对我的汲引之恩。我自甘衰谢在这江湖之畔，您就像那舒卷自如的悠悠青云。您戡乱平叛的战功千秋不朽，不知您久经跋涉之苦的身体近来何如？我流离江湖，耽延日久，多年来一直靠野菜糊口。十年间我不曾离开过药物，漂泊万里，亲近了渔民樵夫。我俨然像投阁的扬雄一样久客巴蜀，又像战国时代的邹衍不肯曳裾王门。时移序转，飞舞的萤火虫惊动了我的旅魂；月缺月圆，也记不得经过了多少时辰。此时此刻，濛濛烟雨怕不是已经封锁了巫山巫峡，我决计渡江淮，过孟诸，北归京门。故国长安虽然险固如昔，但是幽蓟一带依旧政令不通。薛尚书啊您要献身社稷，报效明主，不烦劳您偏独牵念我这白发老人。

## 暮　归

**【题解】**此诗当是大历三年（768）暮秋杜甫由江陵寓居公安（今湖北公安县）时所作。诗以律中带古的拗体七律形式表现了诗人客居公安时的落寞情怀。

**【原诗】**霜黄碧梧白鹤栖，城上击柝复乌啼①。客子入门月皎皎②，谁家捣练风凄凄。南渡桂水缺舟楫③，北归秦川多鼓鼙④。年过半百不称意，明日看云还杖藜。

**【注释】**①击柝（tuò）：打更。“柝”是打更用的木梆。　②客子：杜甫自谓。　③桂水：在湖南郴县西四十里，北流至永兴县界入耒江。　④秦川：长安正南有秦岭，山脚下的水流成秦川。秦川又名樊川。此泛指长安一带。鼓鼙：借指战争。这年秋天，吐蕃又侵入灵州（今宁夏灵武）、邠州（今陕西邠县），京师戒严。

**【译文】**被秋霜摧残而变得枯黄的梧桐树上有白鹤栖息，从城上传来的更声交织着夜乌的悲啼。薄暮时我看云归来，进门只见明月满地，谁家捣练在凄凉可悲的秋风里？想南渡桂水却无钱雇船，想北归长安又苦于战乱频起。我已年过半百，诸事多不如意，明天还是拄着藜杖到野外去看云起云飞。

## 哭李尚书

**【题解】**此诗当于大历三年（768）秋在公安所作。杜甫来公安不久，得知李之芳病死于江陵的噩耗，遂作此挽诗以悼亡友。李尚书，即李之芳，太宗子蒋王李恽之孙。安禄山奏为范阳司马。禄山反，自投归京师。广德元年（763）四月，兼御史大夫，奉命出使吐蕃，被扣留，次年放还。拜礼部尚书，改太子宾客。

**【原诗】**漳滨与蒿里①，逝水竟同年。欲挂留徐剑②，犹回忆戴船③。相知成白首，此别间黄泉。风雨嗟何及④，江湖涕泫然。修文将管辂⑤，奉使失张骞⑥。史阁行人在⑦，诗家秀句传。客亭鞍马绝，旅榇网虫悬。复魄昭丘远⑧，归魂素浐偏⑨。樵苏封葬地⑩，喉舌罢朝天⑪。秋色凋春草，王孙若个边⑫？

**【注释】**①漳滨：刘桢《赠五官中郎将》："余婴沉痼疾，窜身清漳滨。"魏文帝为太子时，刘桢与之友善。李之芳卒于太子宾客，故用"清漳"事，追忆他曾卧病他乡。蒿里：古人认为人死后魂魄归返之地。乐府《相和曲》中有《蒿里》诗，系挽歌。这里是说李之芳病后随即去世。 ②"欲挂"句：典出《史记·吴太伯世家》：季札之初使，北遇徐君。徐君好季札剑，口弗敢言。季札心知之，为使上国，未献。还至徐，徐君已死，于是乃解其宝剑，系之徐君冢树而去。后用"挂剑"比喻心许亡友。 ③"犹回"句：反用东晋王子猷夜雪乘船访戴安道兴尽而返一事，自道欲赴吊亡友而未成行的遗憾心情。 ④"风雨"句：《诗经·郑风·风雨》："风雨凄凄，鸡鸣喈喈。既见君子。云胡不喜。"序："《风雨》，思君子也。"这里取《风雨》诗"思君子"之意，表现对李之芳的怀念。 ⑤修文：王隐《晋书》：晋苏韶死后现形，对他的兄弟说：颜渊、卜商在地下任修文郎。管辂：三国时平原人，善卜筮。《魏书·方技传》：管辂举秀才，对弟弟管辰说："天与我才明，不与我年寿。"明年二月卒，年四十八。这里合用"修文"典，说李之芳死后精灵不灭，将修文于地下。 ⑥张骞（qiān）：汉人，曾出使西域。李之芳曾出使吐蕃，故以张骞为比。 ⑦行人：《周礼·秋官》有大行人、小行人。此言李之芳遗事当书之于史册。 ⑧昭丘：楚昭王墓。在荆州当阳东。 ⑨素浐：水名，在长安。李之芳是长安人。 ⑩樵苏：打柴割草。此指柴草。 ⑪喉舌：《诗经·大雅·烝民》："出纳王命，王之喉舌。"以"王之喉舌"称美周宣王的贤臣仲山甫，说他肩负着出纳王命的重任。后因以"喉舌"喻指出纳王命的重要官员——尚书。这里以"喉舌"代指李尚书。 ⑫王孙：《楚辞·招隐士》："王孙游兮不归，春草生兮萋萋。”李之芳是太宗子蒋王李恽之孙，故以王孙作比。若个：唐方言，犹今“哪个”“何处”。

【译文】你得病、去世竟在同年，我本想赴吊亡友而未果成行，以成千古恨憾。你我相知甚切，本期白头到老，哪料到从此一别竟永隔黄泉！悼念亡友啊徒然嗟叹，临江凭吊，禁不住涕泪泫然。你定如颜回、卜商修文于地下，可惜你像管辂一样死于英年。你也曾奉命出使辽远的蕃地，唐王朝永远失掉了你这当代的张骞。你的功绩足以彪炳千秋史册，你美丽的遗诗足以万古流传。即将上路的木棺挂满了网虫，你的故居永远不会再有鞍马往还。你的魂魄从这遥远的江陵出发，即将归返于偏远的长安。你永远掩埋在草木丛生的地下，你这一代重臣啊再也不能把天子朝见。无情秋色凋尽了遍地春草，李尚书啊不知你安息在哪一片蒿里草间?

## 重　题

【题解】此诗与前首同时作。李之芳亡故，诗人哀情未尽，复作此诗。哭友哭己于一篇兼之。

【原诗】涕泗不能收，哭君余白头。儿童相识尽①，宇宙此生浮。江雨铭旌湿②，湖风井径秋③。还瞻魏太子④，宾客减应刘⑤。

【注释】①儿童：此指少年时代。　②铭旌：灵柩前的旗幡。　③井径：似指隧道。风水先生称墓穴为金井。今湖南一带谓掘墓穴为“开金井”。④魏太子：指曹丕。　⑤应刘：魏诗人应玚、刘桢之合称。均系曹丕文友。曹丕《与吴质书》：“徐、陈、应、刘，一时俱逝。”后用“应刘”表示对亡友的哀悼。这里以“应刘”逝世比拟李之芳之死。

【译文】止不住的泪水扑簌簌地流，李尚书啊，我哭你想你，只剩下我这白发老头儿。少年时代的诸多友人全已亡故，我也只是在这宇宙间暂且浮游。江雨打湿了灵柩前的旗子，湖风中的墓穴独对寒秋。魏太子曹丕曾撰文痛悼亡友，失掉了应玚、刘桢之绝代风流。

## 哭李常侍峄二首

**【题解】**这两首诗当作于大历三年（768）冬天，时杜甫客居江陵。当时杜甫遇到自岭南归葬长安的李峄灵榇，遂作诗以悼之。李常侍峄，即李峄。常侍，官名，隶门下中书省，掌规讽过失、侍从顾问。

### 其　一

**【原诗】**一代风流尽，修文地下深①。斯人不重见②，将老失知音。短日行梅岭③，寒山落桂林④。长安若个伴⑤？犹想映貂金⑥。

**【注释】**①修文：注见《哭李尚书》。 ②斯人：指李峄。 ③梅岭：亦名大庾岭，绵延于江西和广东交界处。此指岭南。 ④落桂林：喻指李峄之死。 ⑤若个伴：哪个伙伴。 ⑥貂金：金蝉珥貂。唐制：侍中冠金蝉珥貂。

**【译文】**李峄啊，可惜你这一代风流人物朝夕顿尽，像颜回、卜商一样在地下修文。再也见不到你这旷代才士，行将老死的我呀失去了知音。棺榇带着冬天的日影从岭南而来，寒山上的桂林凋落纷纷。远在长安的哪个伙伴？想象你的冠帽上依旧辉映着貂金。

### 其　二

**【原诗】**青琐陪双入①，铜梁阻一辞②。风尘逢我地，江汉哭君时③。次第寻书札，呼儿检赠诗。发挥王子表④，不愧史臣词。

**【注释】**①青琐：注见《秋兴八首》其五。 ②铜梁：县名。唐铜梁县属渝州（今重庆）。 ③江汉：指江陵。 ④王子表：泛指书籍。《汉书》中有《王子侯表》。李峄系李唐宗室，故云。

**【译文】**当年我曾和你一道双双出入于长安宫门，可惜在你供职铜梁时我却未通一辞。如今在风尘中遇见你的灵榇，正是我面对江陵哭悼亡友之时。我一一寻找你生前寄给我的书信，还叫孩子到处翻检你的赠诗。你的美名真可在千秋史册上大书特书，你的生平事迹简直无愧于史官之词。

## 舟出江陵南浦，奉寄郑少尹审

**【题解】**此诗当是大历三年（768）秋杜甫携家登舟离江陵去公安（今湖北公安）时所作。时郑审为江陵少尹。当船出江陵南浦，杜甫赋诗寄赠郑氏。诗是留别老友的，万千感慨，几多哀诉，一古脑儿地倾泻出来了。

**【原诗】**更欲投何处，飘然去此都。形骸元土木，舟楫复江湖。社稷缠妖气，干戈送老儒。百年同弃物，万国尽穷途。雨洗平沙净，天衔阔岸纡。鸣螀随泛梗①，别燕起秋菰。栖托难高卧，饥寒迫向隅。寂寥相呴沫②，浩荡报恩珠③。溟涨鲸波动，衡阳雁影徂。南征问悬榻④，东逝想乘桴⑤。滥窃商歌听⑥，时忧卞泣诛⑦。经过忆郑驿⑧，斟酌旅情孤。

**【注释】**①螀（jiāng）：寒蜩，似蝉而小，其色青赤，常随泛梗而鸣。②呴（xǔ）沫：《庄子》："鱼相呴以湿，相濡以沫。"意谓吐沫以相济。后来用以比喻处困境而互相帮助。 ③报恩珠：传说汉武帝曾救鱼放生，鱼以明珠相报。因用作受恩报恩的典故。这里是说未能报答他人施予之恩。 ④悬榻：后汉太守陈蕃特意为徐稚所备之床榻。在徐稚离去之后就将床榻悬挂起来。后因以"悬榻"表示礼贤下士。这里是说自己有南征投友的想法。 ⑤乘桴：《论语·公冶长》载：孔子说，主张行不通，想乘木筏到海外去。后常用作避世隐居的典故。这里是说有东行避世之想。⑥商歌：春秋时卫人宁戚，修德不用，退而商贾，宿齐东门下，桓公夜出，宁戚方饭牛叩角而商歌（悲凉之歌），知其贤，举用为客卿，备辅佐。这里借宁戚商歌以叹知己难逢。 ⑦卞泣：春秋时楚人卞和得玉璞以献楚王，王刖其足，卞和乃抱璞而泣于荆山之下。这里用卞和泣璞的故事，自伤不遇，并暗寓对郑少尹的感激之情。 ⑧郑驿：西汉郑当时，声闻梁楚之间，喜结交，于长安四郊备置驿马，接待宾客。后因用作热情待客的典故。这里以郑当时比拟郑少尹。

**【译文】**不知道我还要漂泊到何处，飘然离开这江陵古都。我这土木之人怀着漂泊者的悲哀，又乘舟放浪于茫茫江湖。战气依旧笼罩着江山社稷，干戈断送了我这一介腐儒。我的一生如同弃物，普天下处处都是末路穷途。岸上经雨洗刷的平沙多么干净，与天相接的广阔江岸曲折徐纡。寒蜩随着飘浮在江上的木条哀鸣不已，大雁载着离情别绪飞起于茫茫秋菰。无处栖身的我呀难以安卧，为饥寒所驱不得不向天角流离。相濡以沫的人啊不复再见，我也未能报答他人的大恩大德。江间的巨浪像海潮一样起伏不定，飞向衡阳的大雁渐去渐隐于漫漫云路。我本想乘舟南行，投告亲友，又想避世而居，飘然东浮。眼下我就像口唱悲歌的宁戚一样难逢知己，又像饱受皮肉之苦、抱璞而泣的卞和似的不遇明主。郑少尹啊，我常常回忆我们的交往，唯有你才能设酒慰藉我这颠簸于旅途中的孤独的老夫。

## 移居公安山馆

**【题解】** 此诗当是杜甫于大历三年（768）冬从江陵乘船至公安途中住店时所作。从途次说到投宿，再从投宿处写景，结以凌晨赴馆情事。公安，今湖北公安，唐属江陵府，在江陵南九十里。

**【原诗】** 南国昼多雾，北风天正寒。路危行木杪，身迥宿云端。山鬼吹灯灭①，厨人语夜阑。鸡鸣问前馆，世乱敢求安！

**【注释】** ①山鬼：屈原《九歌·山鬼》诗中的女性山神。句意谓店中灯火熄灭，仿佛是山鬼口吹所致。

**【译文】** 江陵的白天多云多雾，萧萧北风吹得地冷天寒。水路艰险，船身从依山生长的树木的梢头一掠而过，留宿在地势高旷的旅店就像留宿在万古云端。仿佛是山鬼吹灭了店里的灯火，夜色将残时隐约有厨子的夜语声传到耳边。鸡叫了，向店主打听前路上的旅馆，当此乱世岂敢希求高枕而眠！

## 醉歌行赠公安颜十少府，请顾八题壁

**【题解】** 此诗当是杜甫于大历三年（768）客居公安时所作。时公安县尉颜十邀请杜甫和东吴善写八分书体的著名书法家顾戒奢饮酒。席间，杜甫乘兴赋诗，并请顾戒奢题诗于主人的墙壁上。先称美主人之才，次记题壁作歌，末写景与抒情兼之。颜十少府，名不详。顾八，即顾戒奢，东吴八分体书家。

**【原诗】**神仙中人不易得①，颜氏之子才孤标②。天马长鸣待驾驭，秋鹰整翮当云霄。君不见东吴顾文学③，君不见西汉杜陵老④？诗家笔势君不嫌，词翰升堂为君扫⑤。是日霜风冻七泽⑥，乌蛮落照衔赤壁⑦。酒酣耳热忘头白，感君意气无所惜，一为歌行歌主客。

**【注释】**①神仙中人：汉朝梅福任南昌县尉，后成仙，故世人谓之神仙尉。颜十为县尉，故以“神仙中人”称之。 ②颜氏之子：指颜十。 ③顾文学：指顾戒奢。 ④西汉杜陵老：杜甫自谓。仇注：杜陵在西京，故曰西汉。 ⑤扫：扫笔而题。 ⑥七泽：司马相如《子虚赋》：“楚有七泽，其小小者，名曰梦泽。”此指湖北公安一带的水泽之地。 ⑦乌蛮：地名，在西。赤壁：地名，在东。

**【译文】**颜少府啊，你就像不可多得的汉人梅福，论才情真堪称出世之孤标。你就像萧萧长鸣、待时而用的一匹骏马，又像整翅待飞的秋鹰注目云霄。颜少府啊，君不见东吴书家顾文学，又不见长安诗人杜陵老。你要是不厌弃我的诗和顾文学的字，就让顾文学扫笔为你题壁作歌。这一天，寒风冻结了辽阔的大泽，西边的落日映照着东边的赤壁。我忘乎所以地喝了个酒酣耳热，感君意气豪迈，无所顾惜，于是我就写了这首歌行体诗歌颂主客。

## 送顾八分文学适洪吉州

**【题解】**此诗当是大历三年（768）秋在公安所作。当时杜甫老友八分体书法名家顾戒奢离公安县到江西去，杜甫赋诗送别。诗赞其书法见重于朝廷，叙写诗人同顾戒奢始终无间的交情，见出诗人“爱民之真恳，规友之直谅”（王嗣奭评语）。顾八分文学，顾戒奢。适洪吉州，指去江西洪州，吉州一带。洪州，今江西南昌市。吉州，今江西吉安市。

**【原诗】**中郎石经后[①]，八分盖憔悴。顾侯运炉锤，笔力破馀地。昔在开元中，韩蔡同赑屃[②]。玄宗妙其书，是以数子至。御札早流传，揄扬非造次。三人并入直，恩泽各不二。顾于韩蔡内，辩眼工小字。分日侍诸王，钩深法更秘。文学与我游，萧疏外声利。追随二十载，浩荡长安醉。高歌卿相宅，文翰飞省寺。视我扬马间[③]，白首不相弃。骅骝入穷巷，必脱黄金辔。一论朋友难，迟暮敢失坠？古来事反覆，相见横涕泗。向者玉珂人，谁是青云器？才尽伤形骸，病渴污官位。故旧独依然，时危话颠跻。我甘多病老，子负忧世志。胡为困衣食？颜色少称遂。远作辛苦行，顺从众多意。舟楫无根蒂，蛟鼍好为祟。况兼水贼繁，特戒风飚驶。崩腾戎马际，往往杀长吏[④]。子干东诸侯[⑤]，劝勉防纵恣。邦以民为本，鱼饥费香饵。请哀疮痍深，告诉皇华使。使臣精所择，进德知历试。恻隐诛求情，固应贤愚异。烈士恶苟得，俊杰思自致。赠子《猛虎行》[⑥]，出郊载酸鼻。

**【注释】**①“中郎”句：指汉朝书法家蔡邕在熹平四年（175）奏求正定六经文字，并自书丹于碑一事。中郎，指蔡邕。 ②韩蔡：指韩择木、蔡有邻，均系当时书法名家。赑屃（bì xì）：海中蠵龟。今碑之石座常雕成赑屃形状，取其力大负重之义。 ③扬马：指扬雄、司马相如。 ④杀长吏：大历三年（768），商州兵马使刘洽杀刺史殷仲卿；幽州兵马使朱希彩杀节度使李怀仙。“杀长吏”即指此类事。 ⑤东诸侯：指洪州刺史兼江西观察使魏少游。因洪州、吉州在荆州以东，故以“东诸侯”称之。 ⑥《猛虎行》：诗篇名，陆机所作。其诗曰：“渴不饮盗泉水，热不息恶木阴。恶木岂无枝？志士多苦心。”

**【译文】**自从汉朝书法家蔡邕写了熹平石经以后，蔚为大观的汉隶就衰微不振了。时至现在，只有顾君你能独运炉锤，锤炼成一家之书。你的书法，笔力雄健而无所不到。过去，在开元年间，你和韩择木、蔡有邻写的八分书均有力之至，势如石碑下的龟形底座，力负千钧。玄宗认为你们三个人的书法已臻妙境，所以把你们召到京城长安。玄宗书札精工绝伦，早已流传于世，因此看来，皇上对你们三位的赞扬决非谬奖。你们三位曾一道入直待诏，承蒙皇恩并无厚薄之分。顾君在韩、蔡者流中间，又是独具慧眼、独工小字的。在朝廷中，你们三人分别侍奉诸王，按日程给他们讲解书法用笔的秘诀。顾君啊，你和我相与游处一向萧疏淡泊，名利也早已置之度外了。我们相互追随已有二十多年的历史，至今我还记得我们在长安浩荡痛饮、不惜一醉的快意情景。那时，我们常在卿相府慷慨高歌，也常有诗文墨迹在禁省或寺观飞传。你视我在扬雄、司马相如之列，并表示白头到老，决不相弃。如今在公安相遇，就像骏马误入穷巷，必然要脱下黄金辔头。当此之世，交友不易；迟暮之年，我哪敢失去这难得的友谊？自古以来，世事翻覆不定，这次相见禁不住令我流下泪水。你看过去那些骑肥马鸣玉珂的富贵者流，又有谁是干青云而直上的皇皇大器？我已年高才尽，自伤形骸污秽；又有消渴病，真有辱于官位！老朋友中只有你依然如昔，能在世乱之时同我共话颠危。我自甘年老多病，幸喜你怀抱忧世之志。你为什么也为衣食所累？从你的脸色看来你也很少称心如意。今天你即将辛苦远行，但愿你随乡入俗，顺从人意。舟楫可没有根蒂，水怪也好从中捣鬼作祟；更何况江湖上多有盗贼，千万注意安全，切勿乘风急驶。眼下正值天下大乱、戎马倥偬之际，下属往往诛杀长吏。这次你去干谒东方诸侯，要劝他自防纵肆恣睢。自古以来，国以民为本，要是官逼民反，国家就要付出巨大代价，设法赈贷，以招流亡，这就像费尽香饵以饲饥鱼。当官的应同情民间疾苦，你要代我向皇上派往洪州、吉州的观察使申明此意。观察使的职权是为民选拔官吏，录用有德之人而须历试。看见百姓因受诛求盘剥而困厄就要动恻隐之心，自古贤者和愚者各异其志。苟得富贵，这一向为有志之士所厌弃；俊杰要想青云直上还得靠政绩自致。陆机《猛虎行》说："渴不饮盗泉水，热不息恶木阴。恶木岂无枝？志士多苦心。"临别赠你这首《猛虎行》，忍受着酸痛送你出郊到洪州、吉州去。

## 官亭夕坐，戏简颜十少府

**【题解】**此诗写作时间同上。大概是公安县尉颜十邀请杜甫到官亭宴饮，杜甫先到，可是主人却迟迟不来，于是杜甫写了这首戏简索饮的小诗。从中可以窥见杜甫和当地官僚的关系。

**【原诗】**南国调寒杵，西江浸日车①。客愁连蟋蟀，亭古带蒹葭。不返青丝鞚，虚烧夜烛花。老翁须地主，细细酌流霞。

**【注释】**①西江：流经公安一带的长江。因其从西而来，故称西江。日车：

庄子在《徐无鬼》一文中以日车比喻太阳，遂用作咏日的典故。这里想象太阳落入长江。

**【译文】**南国响起有节奏的凄凉的木杵捣衣的音响，一轮落日沉入茫茫长江。蟋蟀声牵连着我这天涯客子的愁绪，古老的官亭映带着芦苇的苍凉。颜少府的坐骑迟迟不至，徒然燃烧着夜烛之光。老翁我等你来尽东道主之谊，慢慢地同我一起品味美酒琼浆。

## 移居公安，敬赠卫大郎钧

**【题解】**此诗是杜甫于大历三年（768）秋移居公安时所作。杜甫在江陵时，为阍者所轻，今来公安，承蒙卫大郎热情招待，于是作此诗以致谢意。诗先称美卫大郎，继写公安旅况，末以赠卫之意作结。卫大郎，是公安县一位可爱的后生。

**【原诗】**卫侯不易得，余病汝知之。雅量涵高远，清襟照等夷①。平生感意气，少小爱文词。江海由来合，风云若有期。形容劳宇宙②，质朴谢轩墀③。自古幽人泣，流年壮士悲。水烟通径草，秋露接园葵。入邑豺狼斗，伤弓鸟雀饥。白头供宴语，乌几伴栖迟④。交态遭轻薄，今朝豁所思。

**【注释】**①等夷：同辈。 ②“形容”句：化用陶渊明《归去来兮辞》中“寓形于内复几时”句意。 ③轩墀（chí）：高高的台阶。此指居高门大院的富贵者。 ④乌几：杜甫随船携带的乌皮几案。

**【译文】**卫大郎啊，你是一位颇不易得的佼佼后生，只有你知道我正处于贫病交加之中。你的雅量足以涵盖高远，你清朗的襟怀足以照鉴宾朋。你豪迈的意气令我感动，一如江海合流，众水奔腾；你小时候就喜爱文词，有朝一日必当乘风云而迁升。我暂时托身在这茫茫宇宙，谢绝交往而归于质朴之境。自古以来的幽人高士无不掩泣，壮士也为似水流年而伤情。水烟笼罩着路上的野草，被秋露打湿的园葵呀满目凄清。我一进公安县就看见豺狼在争斗，那被弓箭射伤的饥雀声声哀鸣。茫茫天地间谁同我说说话？多年来只有一张乌皮几案伴随着我这迟暮老翁。我遭受了世态的轻薄，有幸相识，忧思顿为一空。

## 公安送韦二少府匡赞

【题解】此诗当是大历三年（768）晚秋在公安作。前半写送韦之情，下半以叠递之语极尽离别时的凄惨之感。韦二少府匡赞，即韦匡赞。少府，县尉。

【原诗】逍遥公后世多贤①，送尔维舟惜此筵。念我能书数字至，将诗不必万人传。时危兵革黄尘里②，日短江湖白发前。古往今来皆涕泪，断肠分手各风烟。

【注释】①逍遥公：指韦匡赞的远祖韦夐。北周明帝时号韦夐为逍遥公。②“时危”句：大历三年（768）八月，吐蕃十万寇灵武、邠州，京师戒严，故有此感慨。

【译文】继你的先世之后，韦氏一门颇多后贤；今天系舟江岸送你远行，特别珍惜这离别的宴筵。如蒙相念，只要写封短信给我寄来那就感激不尽，至于我的伤时叹乱的诗歌倒不必处处流传。眼下战尘里干戈扰攘，时局维艰；我这白发人面对着茫茫江湖和一瞬即逝的秋天。古往今来无不为离别而黯然流泪，当此各奔风烟之际简直令我肠断舟前。

## 公安县怀古

【题解】写作时间、地点同上。杜甫寓居公安，根据此地与三国时吴、蜀有关的史实，发而为此怀古篇什，其中寄托着诗人不得遇合的感叹和惜无良将靖乱立功的憾恨。

【原诗】野旷吕蒙营①，江深刘备城②。寒天催日短，风浪与云平。洒落君臣契③，飞腾战伐名④。维舟倚前浦，长啸一含情。

【注释】①吕蒙营：指公安县北二十五里处的东吴名将吕蒙屯兵扎营之处。②刘备城：指公安县之孱陵城。吴大帝推刘备为左将军、荆州牧，镇油口，即居此城，时人号为左公，故名其城为公安。 ③洒落：融洽，不拘束。君臣：指刘备与关羽、张飞、孔明。 ④“飞腾”句：指吕蒙之破皖城，军士皆腾越而上一事。

【译文】大野空旷，吕蒙曾在此扎寨安营；江流渊深，刘备曾据以为城。眼下正值天寒日短的暮秋，滔天的风浪与云齐平。刘备和他的良将贤臣洒脱不拘，契合无间；吕蒙攻城时军士赢得了赫赫美名。泊舟于前面的江面，倚船长啸，心中自有悠悠不尽的怀古之情。

## 呀 鹘 行

【题解】此诗当于大历三年（768）秋冬在公安所作。通过对病鹘形象的逼真描绘，寄托了诗人晚年病泊江边、有志难骋的感慨。呀鹘，张口喘息的病鹘。

【原诗】病鹘孤飞俗眼丑①，每夜江边宿衰柳。清秋落日已侧身，过雁归鸦错回首。紧脑雄姿迷所向，疏翮稀毛不可状。强神非复皂雕前，俊才早在苍鹰上。风涛飒飒寒山阴，熊罴欲蛰龙蛇深。念尔此时有一掷②，失声溅血非其心。

【注释】①鹘（hú）：猛禽名。 ②尔：指病鹘。

【译文】这只张口喘息、离群孤飞的病鹘在世俗眼里显得特别丑陋，它每夜可怜巴巴地栖息于江边的衰柳。清秋日暮时它病得歪斜着身子，过往的大雁和归鸦知它余威尚在而害怕得交相回首。它的紧脑、它的雄姿已非过去英雄模样，翅骨和羽毛脱落得无可名状。即使强打精神也再也飞不到皂雕前面，可它的猛气原先却凌驾苍鹰之上。风涛怒号啊寒山阴沉，熊罴即将潜伏，龙蛇也藏得很深。眼下正是它凌空搏击的黄金时辰，它竟病得失声溅血——这决不是它的本心！

## 宴王使君宅，题二首

【题解】这两首诗当作于大历三年（768）秋天。时荆州籍王使君闲居公安，邀老杜宴饮，老杜遂赋诗答谢。首章写与宴之感，慨人与慨己兼之。次章记与宴之兴，见出老杜病泊江汉仍不改其清狂的性格特征。王使君，其名不详。

### 其　一

【原诗】汉主追韩信①，苍生起谢安②。吾徒自漂泊，世事各艰难。逆旅招邀近，他乡意绪宽。不才甘朽质，高卧岂泥蟠？

【注释】①“汉主”句：典出《史记》：“高帝入关，诸将多道亡者，萧何闻韩信亡，自追之。”这里以韩信反衬王使君，惜其不遇。　②“苍生”句：典出《晋书》：谢安高卧东山，当时皆曰：“安石不出，其如苍生何！”此以谢安反衬王使君，感叹他未获大用。

【译文】当年汉主曾追回一代重臣韩信，当年天下苍生亟待谢安起于东山。王使君啊，我辈不幸漂泊辗转于江湖之上，我们彼此都经历了世事的艰难。今天幸蒙你邀我到府上作客，客居旅店的我呀心境豁然。我这不才之人自甘速朽，王使君啊，你岂可如蟠龙委于泥潭？

### 其　二

【原诗】泛爱容霜鬓①，留欢卜夜闲。自吟诗送老，相对酒开颜。戎马今何地？乡园独在山②。江湖坠清月，酩酊任扶还。

【注释】①泛爱：普爱众生。此指普爱众生的王使君。霜鬓：指白了发鬓的杜甫自己。　②乡园：谓王使君家园。

【译文】王使君啊，你这普爱众生的人能涵容我这白发游子，特意选择了这闲暇的夜晚设酒为欢。多年来我一直借写诗打发老境，今夜我与你一起对酒举杯，绽开了笑颜。处于战乱中的我呀今在何地？在这茫茫山野里幸喜你有自己的家园。天上的秋月已经坠落到江湖上，一任我这酩酊大醉的人拄杖而还。

## 送覃二判官

【题解】此诗当是大历三年（768）在江陵所作。时覃二判官离江陵要到长安去，杜甫为他饯行，猛然感触，而动思归向阙之情，遂赋此诗。覃二判官，其名不详。“判官”是覃的官名。

【原诗】先帝弓剑远①，小臣余此生。蹉跎病江汉，不复谒承明②。饯尔白头日③，永怀丹凤城④。迟迟恋屈宋⑤，渺渺卧荆衡⑥。魂断航舸失，天寒沙水清。肺肝若稍愈，亦上赤霄行⑦。

【注释】①先帝：指肃宗。弓剑：传说黄帝仙去，只留下弓剑在人间，后因用作悼念亡帝的典故。这里追述肃宗逝世。 ②承明：即承明庐，宫殿名。这里代指朝廷。 ③白头：杜甫自谓。 ④丹凤城：即京城。 ⑤屈宋：屈原、宋玉，楚辞作家。杜甫滞留楚地，故及之。 ⑥荆衡：荆门、衡山。 ⑦赤霄：赤霄殿。此指长安。

【译文】先帝肃宗早已仙去，小臣我空余此寂寞残生。病滞江汉，空自消磨了多少岁月，可叹再也不能朝谒我心中的朝廷。今天我这白头人为你设酒饯别，令我念念不忘的是故国京城。我永远怀念享誉骚坛的一代屈宋，不幸我至今还卧病在茫茫荆衡。今天见你的行舟消失而黯然魂断，只剩下这寒天中的沙水如此冷清！倘若我的肺病稍有好转，我也要辗转北上，归返京城。

## 公安送李二十九弟晋肃入蜀，余下沔鄂

【题解】此诗当是大历三年（768）冬在公安所作。李晋肃行将由公安西航入蜀，杜甫亦将由公安东下柴桑（但未果成行）；分别在即，杜甫赋诗作别。诗中寄托着杜甫的离情别绪和身世之慨。李二十九弟肃，即李晋肃，

李贺之父。因杜甫与李晋肃有远亲关系，且为同辈，故称之为弟。沔，沔州（今汉阳）。鄂，鄂州（今武昌）。

**【原诗】**正解柴桑缆①，仍看蜀道行。樯乌相背发②，塞雁一行鸣。南纪连铜柱③，西江接锦城④。凭将百钱卜，漂泊问君平⑤。

**【注释】**①柴桑：在江州（今江西九江市）。杜甫之弟客居于此。 ②樯乌：指船。 ③南纪：南方大河。东下沔鄂所经之处。铜柱：衡阳城北一百二十里处有铜柱。吴黄武二年，程普与蜀关羽分界，立铜柱为誓。杜甫将下衡州，正指此铜柱。 ④锦城：今四川成都市。 ⑤君平：西汉人，曾在成都以卖卜为生。这里说，请李晋肃代向君平问卜，并借以点明李晋肃西行入蜀。

**【译文】**我正打算解缆放船东下柴桑，今天恰好遇到你行将入蜀乘舟西行。一东一西，两船将背道而驶，竟不如塞雁同列飞鸣。南纪遥连衡阳的铜柱，蜀江远接西边的锦城。求你以百钱向君平问卜，看我何时才能了此漂泊平生。

## 留别公安太易沙门

**【题解】**此诗当是杜甫在大历三年（768）冬离公安赴岳阳时所作。诗是留别公安县一个名叫太易的和尚的。先赞其诗词葩丽，继写离公安时物候特征，末则望其道成而轻举。太易，诗僧名。沙门，僧之通称。

**【原诗】**隐居欲就庐山远①，丽藻初逢休上人②。数问舟航留制作，长开箧笥拟心神。沙村白雪仍含冻，江县红梅已放春。先踏炉峰③置兰若，徐飞锡杖出风尘。

**【注释】**①庐山远：指惠远。东晋高僧惠远曾居庐山东林寺，人号庐山远。庐山在今江西省九江市南。 ②休上人：南朝刘宋和尚汤惠休，善属文，人号汤休。世祖命之还俗，位至扬州刺史。此以汤休比太易沙门。 ③炉峰：即庐山香炉峰。

【译文】打算追随东晋高僧惠远隐居庐山之中，如今有幸和你这位工诗善文的当代汤休初次相逢。你多次打听我的行期并留有赠诗，我经常打开竹箱观赏大作，揣度你的心情。眼下沙村白雪虽然依旧残存着冬天的寒气，可傍临江岸的公安县的红梅已经红了春风。太易啊，你先登上香炉峰，筑室于香草丛里，待修道成功，然后振裳挥锡，徐徐而飞出风尘。

## 久　客

【题解】此诗当是大历三年（768）冬在公安所作。杜甫于客途之中，虽为小吏所轻，犹可自解，天下遭乱，忧不能释，故发而为此感时伤乱的爱国诗章。

【原诗】羁旅知交态，淹留见俗情。衰颜聊自哂，小吏最相轻。去国哀王粲①，伤时哭贾生②。狐狸何足道③？豺狼正纵横④。

【注释】①王粲：三国魏诗人。汉末董卓作乱，王粲离长安到荆州依刘表，曾作《七哀》诗。此以王粲自比。　②贾生：指西汉辞赋家贾谊。贾谊曾上书指陈朝廷政治，“可为痛哭者一，可为流涕者二，可为长太息者六。”这里以伤时悯世的贾谊自比。　③狐狸：喻小吏。　④豺狼：比喻乱世贼子杨子琳、崔宁。

【译文】羁旅他乡方知世态浇薄，滞留异地才能洞察世俗人情。因衰老而聊且自嘲自笑，因衰老而为区区小吏所轻。我就像去国离乡的王粲满怀哀痛，又像伤时的贾谊恸哭声声。狐狸似的小吏何足挂齿？那豺狼般的杨、崔之流遍地纵横。

## 冬　深

【题解】此诗当是大历三年（768）冬发公安后所作。诗中描写了深冬景色，直抒行舟途中日暮途穷、投止无门的感慨。

【原诗】花叶唯天意，江溪共石根，早霞随类影，寒水各依痕。易下杨朱泪①，难招楚客魂②。风涛暮不稳，舍棹宿谁门？

【注释】①杨朱：战国时魏人。旧注：杨朱泣岐路，谓可南可北也。 ②楚客：杜甫自谓。

【译文】花叶随着深冬的到来而凋谢一空，水落石出，傍着山根驾舟启程。朝霞随着物类不断地变幻形影，寒水各各沿着往日残留的水痕缓缓而行。一路上我就像杨朱一样极易流泪，真难招回我这漂泊者的残魂。傍晚时江上的风涛起伏不定，弃舟登岸，谁肯留宿我这迟暮老翁？

## 晓发公安

【题解】此诗当是大历三年（768）冬杜甫离公安赴岳阳时所作。诗以拗体七律的形式写晓发公安时所见晨景，传出了一代大诗人漂泊江湖而不知所之的迷茫心情。

【原诗】北城击柝复欲罢，东方明星亦不迟①。邻鸡野哭如昨日，物色生态能几时？舟楫眇然自此去，江湖远适无前期。出门转眄已陈迹，药饵扶吾随所之。

【注释】①明星：指金星。早晨出自东方，称启明星；夜晚见于西方，称长庚星。

【译文】从北城传来的击柝声又要停止了，东方的启明星很快就出现在黎明的晨光里。邻鸡的报晓声和原野的哭泣声依然如同昨日，自然万物和人生充其量能有几时？今早就要离开公安乘舟辗转到渺远的异地，远走江湖，茫然而不知漂泊到何日。一出门，转眼之间人生万事已成陈迹，靠药物维持而随处漂泊流离。

## 发刘郎浦

【题解】此诗当是大历三年（768）冬作。时杜甫自公安县往赴岳州（今湖南岳阳)，经刘郎浦，住了一夜，次日晨复又启程。前半写景，见浦中不可复留；后半抒怀，叹飘流难归。刘郎浦，水浦名，在石首县（今湖北石首)，刘备纳吴女处。

**【原诗】**挂帆早发刘郎浦，疾风飒飒暗亭午。舟中无日不尘沙，岸上空村尽豺虎①。十日北风风未回，客行岁晚晚相催。白头厌伴渔人宿，黄帽青鞋归去来②。

**【注释】**①豺虎：喻乱贼杨子琳、崔宁之徒。 ②黄帽青鞋：野人鞋帽。黄帽，箨冠。青鞋，芒鞋。

**【译文】**一大早便升帆荡桨从刘郎浦发舟，飒飒疾风吹暗了中午。船上没有一天不是尘沙满舱，岸上空荡荡的村落里尽是豺虎。十天来大北风风向不转，漂泊水上，年终岁暮催逼着我这一介腐儒。我这白头人早已厌倦了同渔人共处，何日才能戴黄帽穿芒鞋归返旧庐?

## 别董颋

**【题解】**此诗当是大历三年（768）冬杜甫离公安赴岳阳途中所作。时董颋因家无甘旨，故将溯汉水而赴邓州（今河南邓县，与襄阳相近)，谒求于邓州守，杜甫作诗望他早归以侍奉双亲，并因董颋之行而触发归隐岘山(在襄阳）之思。

**【原诗】**穷冬急风水，逆浪开帆难。士子甘旨阙①，不知道里寒。有求彼乐土，南适小长安②。别我舟楫去，觉君衣裳单。素闻赵公节③，兼尽宾主欢。已结门闾望，无令霜雪残。老夫缆亦解，脱粟朝未餐。飘荡兵甲际，几时怀抱宽？汉阳颇宁静④，岘首试考槃⑤。当念著皂帽，采薇青云端⑥。

**【注释】**①甘旨：即旨甘。美食。《礼记》载，为人子者每日要向父母敬献美食。后因用作孝养父母的典故。 ②小长安：地名，在邓州（今河南邓县）南阳县南。 ③赵公：邓州守。 ④汉阳：今湖北汉阳。 ⑤岘

(xiàn)首：岘山，在湖北襄阳。考槃：《诗经》有《考槃》诗，咏贤者归隐之乐。此指归隐。 ⑥采薇：用伯夷、叔齐隐居首阳、采薇而食一事，表现归隐之思。

**【译文】**深冬，汉水的江面上风急浪湍，逆流而上啊行舟艰难。董生你为了供养双亲而远走异地，全然不顾水路严寒。将泛舟到那遥远的乐土，将辛苦南行到小长安。乘一叶小船离我而去，我总觉得你身上的衣裳不耐风寒。一向听说邓州赵公有高风亮节，每每能极尽宾主之欢。你的名望远闻乡里，你可要早些回来侍奉双亲，以免二老凋残于霜雪寒天。老夫我也即将放船而行，忍饥挨饿归返故园。飘荡于兵甲纷扰之际，郁郁不展的怀抱何时为之一宽？汉阳一带颇为宁静，打算效贤者隐居岘山。董生啊，你要经常念叨我这头戴皂帽的一介老人，即将经汉阳，到岘山，归隐青云之端。

## 夜闻觱篥

**【题解】**此诗当是大历三年（768）冬泊船岳州（今湖南岳阳）时所作。一天晚上，杜甫闻邻舟觱篥之声，顿起旅愁，遂发此凄绝惨绝的叹音。觱篥（bì lì），是以竹做管、以芦苇做嘴的管乐器，其声悲切，类似笳管。

**【原诗】**夜闻觱篥沧江上，衰年侧耳情所向①。邻舟一听多感伤，塞曲三更欻悲壮②。积雪飞霜此夜寒，孤灯急管复风湍。君知天地干戈满，不见江湖行路难。

**【注释】**①情所向：谓旅情顿起。 ②欻（xū）：忽然。

**【译文】**夜里在青苍色的江面上听见凄凉的觱篥声，我这年老体迈的人侧耳倾听，顿起旅情。原来这闻之兴悲的乐曲是从邻舟传来，忽然在三更半夜响起的悲壮的塞曲又传入耳中。积雪飞霜凝结着这冬夜的严寒，孤灯影里急管声中风急浪湍。你这吹觱篥的人啊只知干戈把天地充满，怎不见我这病泊江湖的野老行路艰难！

# 岁晏行

【题解】此诗当是大历三年（768）冬舟次岳州（今湖南岳阳）时所作。诗以写实手法描写民困民穷，感慨当时钱法大坏。揭露深刻，忧愤深广，是杜甫晚年反映民生疾苦的一篇力作。

【原诗】岁云暮矣多北风，潇湘洞庭白雪中①。渔父天寒网罟冻②，莫徭射雁鸣桑弓③。去年米贵缺军食，今年米贱太伤农。高马达官厌酒肉，此辈杼柚茅茨空④。楚人重鱼不重鸟，汝休枉杀南飞鸿。况闻处处鬻男女⑤，割慈忍爱还租庸⑥。往日用钱捉私铸⑦，今许铅铁和青铜⑧。刻泥为之最易得⑨，好恶不合长相蒙⑩。万国城头吹画角，此曲哀怨何时终？

【注释】①潇湘：潇水、湘水之合称。二水在今湖南零陵县西北合流，称“潇湘”。 ②网罟（gǔ）：鱼网。 ③莫徭：杂居于长沙一带的少数民族。因其祖先有功，常免徭役，故名“莫徭”。 ④杼柚（zhù zhú）：织布机。茅茨：茅草房。此句是说贫民织布机上的织物亦被搜刮一空，致使家中一无所有。 ⑤鬻（yù）：卖。 ⑥租庸：唐代赋税制度，纳粮为“租”，服役为“庸”。此指一切赋税。 ⑦捉私铸：捕捉私自铸钱者。唐代有严禁私人铸钱之令：“盗铸者论死，没其家属。” ⑧“今许”句：天宝后，土豪奸商私铸钱币，在青铜里掺入铅锡，以牟取暴利，统治者亦不加禁止。 ⑨刻泥为之：用泥刻制钱模，制作私钱。 ⑩好恶：指好钱和恶钱，即官钱和私钱。

【译文】年底时到处都是成群成群的北风，潇湘二水和洞庭一湖掩覆在皑皑白雪之中。天寒网冻，渔民难以撒网捕鱼；莫徭人仰射飞雁，桑弓发出阵阵鸣声。去年米价上涨，军粮严重不足；今年米价下跌，致使民困民穷。达官贵人厌足酒食，以耕织为生的贫民却四壁空空。楚人看重鱼类而不看重鸟类，莫徭人休要白白射杀南飞鸿。况且又听说这一带处处卖儿卖女，家家忍痛割爱交纳租庸。以前曾明令严禁私人制作钱币，现在却准许豪富奸商把铅锡掺入青铜。用泥模铸钱岂不唾手可得？官钱和私钱真不该永远相混相蒙。如今普天下到处战乱不止，我这支歌传出的哀怨啊何时方终？

## 泊岳阳城下

**【题解】** 此诗当是大历三年（768）深冬杜甫初抵岳阳时所作。前半写夜泊时所见暮景，后半见诗人处困境而壮志尚存。

**【原诗】** 江国逾千里①，山城近百层②。岸风翻夕浪，舟雪洒寒灯。留滞才难尽，艰危气益增。图南未可料，变化有鲲鹏③。

**【注释】** ①江国：犹言水国。此指洞庭湖。 ②山城：此指岳阳。岳阳近天岳山，故称山城。 ③“图南”二句：典出庄子《逍遥游》：鲲化为鹏，而后乃今将图南。此言杜甫有激于鲲鹏之变化，不甘废弃，而打算乘舟南行。

**【译文】** 千里而来，泊舟于浩渺的洞庭，傍临高达百层的巍巍山城。岸上的晚风翻动了暮色中的波浪，拥裹船舱的雪花扑打寒灯。留滞异地，我有才难尽；艰危之际，我意气倍增。打算乘风破浪，放舟南下，说不定就像能变化的九天鲲鹏。

## 缆船苦风，戏题四韵，奉简郑十三判官泛

**【题解】** 此诗当是大历三年（768）冬在岳阳所作。当时杜甫携家暂住船上，为风雪所苦，于是戏为此诗，奉简当地判官郑泛，请他邀饮。从诗中可以窥见杜甫船居时的可怜情状。郑十三判官，即郑泛。

**【原诗】** 楚岸朔风疾，天寒鸧鸹呼①。涨沙霾草树，舞雪渡江湖。吹帽时时落，维舟日日孤。因声置驿外②，为觅酒家垆。

**【注释】** ①鸧鸹（guā）：水鸟名。 ②置驿：据《汉书·郑当时传》所载，郑当时常在长安四郊置驿马，接待宾客。后因用作热情待客的典故。这里将郑十三判官比作郑当时，以索酒相戏。

【译文】洞庭湖边北风大作，寒天里的鸲鹆不住地哀呼。风吹沙涨，雾霾笼罩了草树，旋舞的雪片斜渡江湖。帽子时时被风吹落，几天来天天停泊着孤舟。寄语热情好客的郑判官，请你为我寻找一家酒垆。

## 登岳阳楼

【题解】此诗当是大历三年（768）冬在岳阳所作。时杜甫沿江漂泊到岳阳城下，登楼远眺，即景生情，写了这首诗，既见个人身世之悲，又见时局动乱之感。形神兼备，诗境浑成，是杜甫五律名篇。岳阳楼，即岳阳城西门楼，前临洞庭湖。

【原诗】昔闻洞庭水，今上岳阳楼①。吴楚东南坼②，乾坤日夜浮。亲朋无一字，老病有孤舟。戎马关山北③，凭轩涕泗流。

【注释】①岳阳楼：我国著名楼阁，在湘北洞庭湖畔，矗立在岳阳西门城楼上。 ②吴楚：吴国和楚国，周朝二国名。此指今江苏、浙江、安徽、江西、湖北、湖南等地。 ③戎马：军马。此借指战争。大历三年（768）秋，吐蕃寇灵武、邠州，京师戒严；朝廷又命郭子仪率兵五万屯奉天以备吐蕃。

【译文】过去就听说洞庭湖水势浩瀚，今天我登上岳阳楼俯仰江山。只见吴楚两地被广阔的湖水分成东南，湖面上日日夜夜浮荡着大地长天。亲朋故旧竟没有一个字给我寄来，衰老多病的我呀只有一只小小舟船。关山北面戎马倥偬，战事不断，我凭倚着轩窗禁不住涕泗泫然。

## 陪裴使君登岳阳楼

【题解】此诗当作于大历四年（769）春，时杜甫寓居岳阳。诗称美主人，兼记时景，并点出南行消息。裴使君，似指裴隐。时裴隐似已出牧岳州，故称“使君”。

【原诗】湖阔兼云雾，楼孤属晚晴。礼加徐孺子①，诗接谢宣城②。雪岸丛梅发，春泥百草生。敢违渔父问，从此更南征③。

【注释】①徐孺子：后汉徐稚，字孺子，南昌人。太守陈蕃在郡不接宾客，唯稚来，特设榻，去则悬之。此以陈蕃比裴使君，以徐稚自比，谓受到裴使君的礼遇。 ②谢宣城：南齐诗人谢朓，曾为宣城（今安徽宣城）太守，故名谢宣城，此以曾任太守的谢朓指代裴使君。 ③“敢违”二句：典出《楚辞·渔父》：屈原既放，游于江潭，渔父见而问之：“子非三闾大夫欤？何故至于斯！”屈原说：“世人皆浊我独清，众人皆醉我独醒。是以见放。”渔父说：“圣人不凝滞于物，而能与世推移。世皆浊，何不淈其泥而扬其波？众人皆醉，何不餔其糟而歠其醨？何故深思高举，自令放为？”这里以遭垂问的屈原自比，谓不敢有违渔父之意，从此继续南行，俾能与世浮沉。南征，南行，指到潭州（今湖南长沙市）去。

【译文】广阔的洞庭湖蒸云吐雾，直到傍晚孤零零的岳阳楼才正对晴空。裴使君啊，你待我如同陈蕃之礼遇徐稚，你的诗歌已直逼谢氏宣城。积雪的湖岸上丛梅初放，湿漉漉的春泥里百草萌生。我岂敢违背渔父之意？从此将乘舟继续南行。

## 南　征

【题解】此诗当是大历四年（769）春赴潭州（今长沙市）途中所作。诗中描写了南行景事，申述了怀乡思君、知音难觅的情绪。

【原诗】春岸桃花水，云帆枫树林。偷生长避地，适远更沾襟。老病南征日，君恩北望心①。百年歌自苦，未见有知音②。

【注释】①君恩：指代宗之恩。代宗曾对杜甫两次授官（补京兆功曹及检校工部员外郎）。 ②“百年”二句：意本《古诗十九首》：“不惜歌者苦，但伤知音稀。”这里是说，一生刻苦写诗，却没有一个知音。

【译文】桃花汛涨平了湘江两岸，飘忽如云的白帆驶过枫林。苟且活命我经常到异地去避难，如今又漂泊远方，一路上泪洒衣襟。当此年老多病乘舟南行的时候，一颗向北的心啊永念皇恩。我苦苦地写了一辈子诗歌，可叹至今还没有遇到一个知音。

## 归　梦

**【题解】**此诗当作于大历三、四年（768～769）间。诗写乡思萦怀、梦魂颠倒的心境和不得归乡的感恨。

**【原诗】**道路时通塞，江山日寂寥。偷生唯一老，伐叛已三朝①。雨急青枫暮，云深黑水遥②。梦魂归未得，不用楚辞招③。

**【注释】**①伐叛：指讨伐安史、仆固、吐蕃。三朝：指玄宗、肃宗、代宗三朝。　②黑水：水名，在秦地。　③“不用”句：言魂魄未得归返长安，仍在楚地飘流，故不用作楚辞以招魂魄。《楚辞·招魂》：“魂兮归来，反故居些。”

**【译文】**时当用兵之际，道路时通时堵，江山气象一天天冷落萧条。苟且偷生只有我这一介野老，兴兵伐叛已经历了整整三朝。归梦中雨急风骤，青枫昏暗；归梦中云路遥深，黑水迢遥。梦魂至今尚未归返长安，飘流的魂魄呀用不着楚辞来招。

## 过南岳入洞庭湖

**【题解】**此诗当是大历四年（769）正月自岳阳赴潭州时所作。诗中描写了舟过南岳和舟入洞庭时的自然景观，寄托了杜甫对时事的感慨。过南岳，前往南岳衡山（在湖南中部）。

**【原诗】**洪波忽争道，岸转异江湖。鄂渚分云树①，衡山引舳舻②。翠芽穿裛蒋③，碧节吐寒蒲。病渴身何去④？春生力更无。壤童犁雨雪，渔屋架泥涂。欹侧风帆满，微冥水驿孤⑤。悠悠回赤壁⑥，浩浩略苍梧⑦。帝子留遗恨⑧，曹公屈壮图。圣朝光御极⑨，残孽驻艰虞⑩。才淑随厮养⑪，名贤隐锻炉⑫。邵平元入汉⑬，张翰后归吴⑭。莫怪啼痕数，危樯逐夜乌⑮。

【注释】①鄂渚：今湖北武昌、汉口一带。在洞庭湖北。 ②衡山：今湖南衡山，在洞庭湖南。 ③薏（yì）蒋：菜名，又称菰蒋，与下句中的“寒蒲”都是湖滩上的景物。 ④病渴：消渴病，即今糖尿病。 ⑤水驿：设在水边供人止宿的驿馆。 ⑥赤壁：地名，在夏口（今湖北汉口市）之东和武昌之西，是三国时魏吴征战之地。 ⑦苍梧：山名，在洞庭湖西南。舜南巡时崩于苍梧之野。 ⑧帝子：舜长妃娥皇，次妃女英。从尧言之，皆为帝子。 ⑨圣朝：此代指代宗皇上。 ⑩残孽：此指吐蕃。 ⑪厮养：析薪为厮，炊烹为养。此指操贱业者。 ⑫“名贤”句：用嵇康打铁事，感叹贤才沦弃。 ⑬邵平：秦朝遗老。后入汉，为布衣，种瓜于长安城东。此以邵平自喻，自述还乡愿望。 ⑭张翰：晋人，为全身远害，每于秋风乍起之时，即思念故乡的鲈鱼而归吴。此以张翰自比，写思乡之情。 ⑮夜乌：暗用曹操“月明星稀，乌鹊南飞”句意，写羁旅之愁。

【译文】长江之水和汇入洞庭湖的水流正夺路奔走，岸转堤移，豁然而开的洞庭湖的景象自与江景悬殊。北边的云树当是与鄂渚的分界处，南面的衡山紧紧引带着我的行舟。抽出嫩芽的是湖滩上的菰蒋，吐出绿节的是湖滩上的寒蒲。今天我抱病远行将走向何处？当此新春之际，我病得力气全无。地里的年轻人正在雨雪里耕地，岸上尽是傍湖搭起的泥土渔屋。涨得鼓鼓的风帆偏斜地飘过湖面，徙移不定的孤驿依稀仿佛。遥想当年魏吴征战时的赤壁遗迹，深憾曹操未能一展宏图；神驰苍茫浩荡的苍梧山野，帝子的遗恨千古长留。当今皇上虽然光复了京城长安，可吐蕃给国家留下的灾难尚未消除。德才兼备的人已沦于贫贱之境，多少名贤像隐居铁炉的嵇康一样沦于泥涂。由秦入汉的秦朝遗老邵平曾种瓜于长安城东，晋人张翰因思乡而归返东吴。莫怪我这迟暮老人泪痕满面，只因为我伴着逐船而飞、无枝可依的乌鹊漂泊江湖。

## 宿青草湖

【题解】此诗当是大历四年（769）早春赴衡岳时所作。诗中描写了停舟夜泊青草湖时所见月下情景，逗起一己南征的感伤情绪。青草湖，北连洞庭，南接潇湘（指湘江），夏秋水涨，与洞庭合而为一。水多时为湖，水少时生草，故名青草湖。

**【原诗】**洞庭犹在目，青草续为名。宿桨依农事①，邮签报水程②。寒冰争倚薄，云月递微明。湖雁双双起，人来故北征。

**【注释】**①“宿桨”句：言相依停船夜泊者是忙于农事的当地农民。 ②邮签：邮驿在水边建立的一种标识，上面标有此驿距上下驿间水路里程，犹今之路标。《通俗文》：“记识曰签。”

**【译文】**辽阔的洞庭湖依然在目，行船已驶入与洞庭湖合而为一的青草湖中。停船夜宿，只见当地农民的小船也依次夜泊湖岸，岸边上的邮驿标示出驿站间的里程。湖面上的寒冰交相侵迫，掩映在云间的月儿时暗时明。凌晨，宿雁见人来而双双飞起，故意频频地向北飞行。

## 宿白沙驿

**【题解】**写作时间同上。时杜甫乘船出青草湖，入湘江，日暮宿白沙驿，遂作此诗。前半状驿边暮景，后半抒孤旅之感。白沙驿，驿站名。当在今湖南省湘阴县营田镇附近，临青草湖。原注：“初过湖五里。”

**【原诗】**水宿仍馀照，人烟复此亭。驿边沙旧白，湖外草新青。万象皆春气，孤槎自客星①。随波无限月，的的近南溟②。

**【注释】**①客星：据《汉书·严光传》载，东汉光武帝刘秀将客星（一种时隐时现的星）犯御座同严光与自己共卧联系在一起。后因用作咏隐士受知于帝王的典故。此以客星自比，自伤漂泊。 ②的的：明亮貌。南溟：南海。此指南方。

**【译文】**停舟水宿，所见依然是残照映水，驿亭四周又是人烟朦胧。白沙驿边，白沙依旧；青草湖外，草色泛青。自然万物无不春气漾动，一叶孤舟伴着我独自飘零。随波飘流的无边的月色呀，我乘着你的亮光简直就要驰近波光闪闪的南溟。

## 湘夫人祠

**【题解】**此诗当于大历四年（769）春入湘阴县界所作。通章描写了祠中祠外凄凉的自然景象，并借男女之情抒发了君臣不遇的千秋感慨。黄生评这首诗说：“此近体之《九歌》。”湘夫人祠，舜之二妃娥皇、女英的祠庙，在湘阴县境内的黄陵山附近，与白沙驿相距不远。

**【原诗】**肃肃湘妃庙，空墙碧水春。虫书玉佩藓①，燕舞翠帷尘。晚泊登汀树，微馨借渚蘋。苍梧恨不尽，染泪在丛筠②。

**【注释】**①虫书：书体名。其状如虫蚀之纹。卫恒《书势》：“四曰虫书。” ②“染泪”二句：典出《博物志》：“舜南巡，崩于苍梧，二妃泪下，染竹成斑。”丛筠，丛竹。

**【译文】**庄严肃穆的湘夫人祠庙，春来时只见空墙四立，碧水含春。小虫儿在满是苔藓的神像的玉佩上留下缕缕字迹，飞舞的燕子使翠幕扬起丝丝轻尘。傍晚登上沙洲，把小船停在树下，聊且借蘋草的微香祭奠湘神。苍梧山留下了无尽的遗恨，湘夫人的眼泪啊染遍竹林。

## 祠南夕望

**【题解】**此诗当作于大历四年（769）春。时杜甫自岳阳乘船赴潭州（今长沙市)，初入湘阴县界，谒湘夫人祠，曾作《湘夫人祠》一诗。次夕，船至祠南，登岸回望，写了这首极富想象的美丽诗篇。

**【原诗】**百丈牵江色①，孤舟泛日斜。兴来犹杖屦②，目断更云沙。山鬼迷春竹③，湘娥倚暮花④。湖南清绝地⑤，万古一长嗟。

**【注释】**①百丈：指用竹篾编成的长缆。 ②杖屦（jù）：拐杖和鞋。此言扶杖步行。 ③山鬼：此指屈原《九歌·山鬼》中所描写的山中女神。谓春竹迷离，如有山鬼出没。 ④湘娥：湘妃，即屈原《九歌》中《湘君》

和《湘夫人》两首诗中所描写的湘水女神。这里想象暮花丛中似有湘娥徙倚徬徨。 ⑤湖南：此指洞庭湖以南。

【译文】百丈长缆牵动了一江水色，孤舟远渡时正当夕阳西下。游兴袭来，犹自弃舟登岸，拄杖徐步；目断湘祠，那极远的地方依旧是漫漫云沙。山鬼仿佛掩映在迷离的竹林里，湘娥依稀凭倚着夕光里的野花。湖南，这屈子流放过的凄清至极的所在，万古千秋令人嗟叹无涯。

## 上水遣怀

【题解】此诗是杜甫在大历四年（769）自岳阳赴潭州（今湖南省长沙市）途中所作。先从老病飘流写起，次叹穷途末路而无人可依，继之以逆水行舟之事，最后以触景生愁作结。从这首诗可以看出杜甫晚年投荒异地、吉凶莫卜的惶惑心情。上水，杜甫乘船初过青草湖入湘江为逆流而上，故曰“上水”。

【原诗】我衰太平时①，身病戎马后②。蹭蹬多拙为，安得不皓首！驱驰四海内，童稚日糊口。但遇新少年，少逢旧亲友。低头下邑地，故人知善诱。后生血气豪，举动见老丑。穷迫挫曩怀，常如中风走。一纪出西蜀③，于今向南斗。孤舟乱春华，暮齿依蒲柳。冥冥九疑葬④，圣者骨已朽。蹉跎陶唐人⑤，鞭挞日月久。中间屈贾辈⑥，谗毁竟自取。郁悒二悲魂，萧条犹在否？嶜崒清湘石⑦，逆行杂林薮。篙工密逞巧，气若酣杯酒。歌讴互激越，回斡明受授⑧。善知应触类，各藉颖脱手⑨。古来经济才，何事独罕有？苍苍众色晚，熊挂玄蛇吼。黄罴在树颠，正为群虎守。羸怀将何适？履险颜益厚。庶与达者论，吞声混瑕垢。

【注释】①太平时：指天宝以前。 ②戎马后：指至德以后。 ③“一纪”句：杜甫自乾元元年入蜀，至大历三年出峡，凡十一年，将近一纪（十二年）。 ④九疑：九疑山，在长沙零陵一带，为舜丧葬之地。 ⑤陶唐：唐尧。尧先居唐，后居陶丘，故称陶唐。此追忆之。 ⑥屈贾：屈原、贾谊，俱因忠谏而流寓长沙者。 ⑦嶜崒（qíu zú）：高大的样子。 ⑧受授：行在前面的船夫和行在后面的船夫互相呼应，以求水脉，谓之受授。

⑨颖脱：典出《战国策》：毛遂曰："使遂早得处囊中，乃颖脱而出。"

【译文】无论是在天宝以前，还是在至德以后，我衰病不堪已经多年了。在这期间，拙于谋生，而多蹭蹬失意之感。因此，又怎能不白发满头呢！多年来，为了糊口，不得不携子远走，辗转飘流于四海之内；所到之处，遇到的尽是陌生的少年，而绝少见到亲朋故友。如今我又低头走向遥远的异乡，每每念及故人友善款洽之情。而那些少年后生，血气方盛，举动之间，足以见出他们视我为老丑的轻薄之态。我正身处穷途末路，无可凭依，往昔情怀，终于大为挫伤。今奔波南行，常常如中风之状。回想从乾元元年离京入蜀，至大历三年出峡，将近十二个年头。今天，又不得不向迢递的远方作无止境的飘流。一叶孤舟撩乱了江畔的春花，桑榆之年常常与寒蒲绿柳为伍。遥想长埋于九疑山野的大舜，这堪称一代圣哲的骸骨想必已枯朽于冥冥地下了。错过唐尧时代的后来人，他们受鞭挞的日子实在难以数计。中间虽有屈原、贾谊者流为民请命，其结果终遭谗毁，也怪他们不识时务，咎由自取。试问抑郁不展、萧条悲凉的屈原、贾谊的灵魂，是否还存在于冥冥九泉之下？逆流而上时，所见清澈的湘江中有巨礁裸露，丛莽林薮错杂于湘江两岸，迷路触礁的危险是可想而知的。船夫一个个暗施机巧，其壮盛之气犹如酒兴来潮。溅着飞沫的歌呼声互相激荡着，陷在险滩中的一叶小舟不停地斡转回旋于其间。前呼后应，以求水脉，终于渡过了急流险滩。如果能触类以推，机变如神，那么凡事就能如锋颖脱手。哎，从古至今的经邦济世之才，为什么偏独少有敏捷如船夫的人呢？诸多景物都已染上苍茫的暮色，野熊攀树而上，黑色的长蛇吼叫不停，攀缘树上的黄熊也正在眈眈窥伺着地上的虎群。我这瘦弱疲惫的身子不知将飘流到什么地方！为了糊口，历险涉远，也就顾不得脸面了。愿与达观者同其波流，含垢吞声混杂于尘俗之中。

## 遣　遇

【题解】此诗是杜甫于大历四年（769）春由岳阳至潭州途中所作。题曰"遣遇"，意思是说，虽遇风涛之险，尚能得以存活，与被凌虐之百姓相比，无死亡离散之悲，故以此自遣。全诗集中地表现了诗人对困于征求的贫苦百姓的强烈同情。

**【原诗】**磬折辞主人[1]，开帆驾洪涛。春水满南国，朱涯云日高。舟子废寝食，飘风争所操。我行匪利涉，谢尔从者劳。石间采蕨女，鬻市输官曹[2]。丈夫死百役，暮返空村号。闻见事略同，刻剥及锥刀[3]。贵人岂不仁，视汝如莠蒿。索钱多门户，丧乱纷嗷嗷。奈何黠吏徒，渔夺成逋逃[4]。自喜遂生理，花时甘缊袍[5]。

**【注释】**①磬（qìng）折：言弯腰作揖如磬之弯曲之状，以示恭敬。磬，用玉石制成的屈形打击乐器。主人：似指岳阳守裴隐。 ②鬻（yù）市：上市出卖。 ③锥刀：锥刀之末（亦作“锥刀之利”）之省略，比喻微小的利益。 ④渔夺：言官府侵吞掠夺如渔人之捕鱼，妄图一网打尽。 ⑤缊（yùn）袍：以旧绵和杂乱麻为絮做成的袍子。句意谓天暖了仍无春衣可换，而看到难以活命的百姓，也就心甘情愿了。

**【译文】**恭敬地辞别了岳阳守裴隐，扬帆开船，凌驾着湘江的滚滚洪涛。春水涨满辽阔的南国，红如朝霞的崖壁上空日头高高。船夫废寝忘食地与狂风恶浪争夺行舟，此行颇不顺利，多谢船夫为我一路操劳。途中我看见山里有一位采蕨的妇女，为交纳官税到市上出卖蕨草。她的丈夫被各种徭役折磨致死，日暮时她回到空荡荡的荒村中放声嚎啕。所见所闻大致相同，官府残酷的剥削已及于锥刀。那班达官贵人岂不仁爱？竟然视老百姓为野蒿。收税的名目真是多种多样，丧乱中黎民百姓哭声嗷嗷。奈何那些狡诈的官吏仍旧渔夺不止，致使穷苦的百姓纷纷外逃。当此乱世，我庆幸自己还能活命，春暖花开时甘心穿着一件破旧绵袍。

## 解　忧

**【题解】**此诗亦大历四年（769）自岳阳至潭州（今长沙市）所作。时杜甫乘船逆流而上，遇一漩涡，幸赖众人同舟共济，才得以脱险。事后，杜甫忆及此事，于是写了这首诗。

**【原诗】**减米散同舟，路难思共济。向来云涛盘，众力亦不细。呀坑瞥眼过[1]，飞橹本无蒂。得失瞬息间，致远宜恐泥[2]。百虑视安危，分明曩贤计。兹理庶可广，拳拳期无替。

【注释】①呀坑：漩涡中之深坑。其状如口之开张，故称“呀坑”。 ②“致远”句：本于《论语·子张》：“致远恐泥，是以君子不为也。”此言虽暂得脱险，但涉远恐怕还不顺利。

【译文】减餐分米给同船的人，为的是在渡越险滩时能够同舟共济。小船刚才还在云涛似的漩涡里打转儿，幸喜众人费了不小的力气才化险为夷。张着牙齿的滩口一瞥而过，飘然如飞的小舟啊没有根蒂。生死存亡仅在瞬息之间，乘舟远行恐怕还不顺利。千思百虑，视安若危，这分明是前贤谋事的大计。此理似乎可以推而广之，希望能拳拳铭记于心，永不废弃。

## 宿凿石浦

【题解】此诗当作于大历四年（769）二月初。前半写夜宿时所见早春暮景，后半就穷途乱世而生发感慨。凿石浦，又名凿石塘，在唐湘潭县（今属株州）东南七十里处，濒临湘江西岸。其地“奇崖如凿”，故名。

【原诗】早宿宾从劳，仲春江山丽。飘风过无时，舟楫不敢系。回塘澹暮色，日没众星嘒①。缺月殊未生，青灯死分翳。穷途多俊异，乱世少恩惠。鄙夫亦放荡，草草频年岁。斯文忧患余，圣哲垂彖系②。

【注释】①嘒（huì）：明亮。 ②彖（tuàn）系：彖是指卦辞，系是指《系辞传》，都是解释《易》的。相传文王蒙难而作彖，孔子莫容而赞《易》，皆从忧患得之。

【译文】多亏众人之劳才得以停船早宿，早春二月的江山是如此清新秀丽。飘风不时地从江面上卷过，不敢解缆停船，只好把船移入凿石浦的角落里。凿石浦水面上的暮色一漾一漾的，落日隐没而群星生辉。缺月还没有升上天空，灯灭了只分得一片夜的阴翳。当此穷途末路幸好遇到这么多俊异不凡的人，而在乱世却很少得到别人的恩惠。鄙人我依旧随波飘荡，在劳苦中经历了好多年岁。文人只有饱尝了种种忧患，才能像文王和孔子一类的圣哲那样有彖系永垂后世。

## 早　行

【题解】此诗当作于大历四年（769）春由长沙赴衡州（今湖南衡阳）途中。先从早行闻歌哭之声叙起，转而借鱼鸟之患而兴客子畏乱之意，反映了杜甫于干戈动乱之际的不安心理。

【原诗】歌哭俱在晓，行迈有期程。孤舟似昨日，闻见同一声。飞鸟数求食，潜鱼何独惊？前王作网罟①，设法害生成。碧藻非不茂，高帆终日征。干戈未揖让②，崩迫关其情③。

【注释】①网罟（gǔ）：鱼网。　②干戈：指大历三年（768）九月吐蕃入寇，白元光于灵武破之一事。　③崩迫：此指干戈扰攘。

【译文】每天早上听到的都是悲歌和哭声，乘船远涉每天都有一定的行程。一叶孤舟还像昨天一样飘流不定，所到之处听见的都是同样的哭声。频频求食的飞鸟飞来飞去，水里的潜鱼为何最为惊恐？前王制作了鱼网，想方设法捕杀水族生灵。碧绿的水藻长得多么茂盛，高高的风帆终日远行。值此乱世，干戈互不相让，这战乱的年代关合着我的心情。

## 过　津　口

【题解】此诗当是大历四年（769）春杜甫乘舟过津口时所作。先写舟行之景，次叙物情，最后以自述己怀作结。诗境平和，全是怡神之语，深得陶诗韵味。津口，在衡山附近，属江陵。

【原诗】南岳自兹近①，湘流东逝深②。和风引桂楫，春日涨云岑③。回道过津口，而多枫树林。白鱼困密网，黄鸟喧嘉音。物微限通塞，恻隐仁者心。瓮余不尽酒，膝有无声琴。圣贤两寂寞，眇眇独开襟。

【注释】①南岳：衡山。　②湘流：湘江。　③云岑：高耸入云的山峰。

【译文】从这里到衡山已经很近很近，滚滚东去的湘江之水渐去渐深。和暖的春风引带着我的行舟，春天的阳光浮涨在云岑。绕道驱舟过了津口，随船徙移的是茂密的枫林。白鱼被困在密网里，黄鸟却发出美妙的歌音。这些微小的生灵命运各异，可仁者应对白鱼抱有恻隐之心。酒瓮里还有没喝完的酒，膝上横着一张无声琴。自古以来的圣人贤人俱归寂寞，我只好独自面对滚滚湘江而大展胸襟。

## 次空灵岸

【题解】此诗于大历四年（769）春赴衡州（今湖南衡阳）途中所作。诗中描写了舟次空灵岸时所见到的自然美景，寄托了诗人欲营庐此地、吟啸自然的情趣。空灵岸，石崖名，在湘潭县南一百三十里处的湘江西岸。

【原诗】沄沄逆素浪①，落落展清眺。幸有舟楫迟，得尽所历妙。空灵霞石峻，枫栝隐奔峭。青春犹无私，白日已偏照。可使营吾居，终焉托长啸。毒瘴未足忧，兵戈满边徼②。向者留遗恨，耻为达人诮。回帆觊赏延③，佳处领其要。

【注释】①沄沄（yúnyún）：水流汹涌。　②边徼（jiào）：边界。就中原而言，湖南为边界之地。　③觊（jì）：希图。

【译文】行舟逆着汹涌的白浪缓缓向前，拓开我的视野的是空阔的江间。幸好小船在这里停留了许久许久，我才得以览尽这里的山水奇观。丹赤如霞的空灵岸巍然矗立，枫林和栝树遮蔽了奔腾的山峦。青青的春色无偏无私，亮晶晶的太阳普照人间。这里足可营造我的居所，终老于此，寄吟啸于自然。有毒的瘴气亦不足为虑，只是担心兵戈遍布这边地的江山。从前未能遍览名胜而常常引以为憾，以致被达人讥笑而倍感羞惭。愿在这岸转帆回的地方延长观赏时间，以便让我尽情领略这里最佳妙的山川。

## 宿花石戍

【题解】此诗作于大历四年（769）春往赴衡州（今湖南衡阳）途中。诗中描写了花石戍一带的景物和气候，并由此而兴起对民生困苦的深沉感慨。花石戍，地名，今名小花石，乃唐代屯兵之地，在湘潭县南一百五十里处，位于湘江西岸。

**【原诗】**午辞空灵岑①，夕得花石戍。岸疏开辟水，木杂古今树。地蒸南风盛，春热西日暮。四序本平分，气候何回互！茫茫天造间，理乱岂恒数？系舟盘藤轮②，杖策古樵路。罢人不在村，野圃泉自注。柴扉虽芜没，农器尚牢固。山东残逆气③，吴楚守王度。谁能叩君门，下令减征赋？

**【注释】**①空灵岑：即空灵岸。详见前诗。 ②盘藤轮：久废不用已被葛藤缠绕的田间灌水车轮。 ③山东：此谓河北诸降将。

**【译文】**中午，辞别了空灵岸，行舟半日，晚上便到了花石戍。这里，两岸疏朗、开阔，开天辟地以来生成的湘江水滚滚北去；古木新树错杂交互于悬崖峭壁上。强劲的南风吹不去大地上的蒸热，即使日暮黄昏依然是潮热难耐。四季轮回本来有一定的顺序，春暖、夏热、秋凉、冬寒也是均衡有度的；奈何时当春季，气候却如此反常，一如夏季似的炎热？岂不是春夏错乱颠倒了吗？自然气候尚且如此反常，由此观之，茫茫天地之间，治乱兴衰哪有什么定则？弃舟登岸，船夫把缆绳盘绕在久废不用、布满葛藤的灌水车轮上，于是我聊且拄杖徘徊在樵夫踏成的古老的路径。为征敛所苦的疲困百姓已逃亡一空；荒园久废，只有灌溉农田的泉水依旧自流不息。柴门茅屋掩没在野草丛里，只有农具依然牢固如昔。盘据在太行山以东的河北诸降将至今还有叛逆之心，未经兵火的吴楚一带的贫苦百姓恪守王法，负荷着沉重的赋税。谁能到朝廷去为民请命，让皇上下令减轻征役和赋税？

## 早　发

**【题解】**此诗当是杜甫于大历四年（769）晚春乘舟南行入衡山界时所作。诗记早发之故和早发情景，反映了杜甫漂泊远行的苦况。

**【原诗】**有求常百虑，斯文亦吾病。以兹朋故多，穷老驱驰并。早行篙师怠，席挂帆不正。昔人戒垂堂[①]，今则奚奔命？涛翻黑蛟跃，日出黄雾映。烦促瘴岂侵，颓倚睡未醒。仆夫问盥栉[②]，暮颜靦青镜。随意簪葛巾，仰惭林花盛。侧闻夜来寇，幸喜囊中净。艰危作远客，干请伤直性。薇蕨饿首阳[③]，粟马资历聘[④]。贱子欲适从，疑误此二柄[⑤]。

**【注释】**①“昔人”句：据《史记·司马相如传》所载，古谚语说，富贵子弟，不要坐在屋檐下，以防坠瓦砸伤。后因用作注意安全、不涉险境的典故。这里引用这个典故，借以表现行舟之险。 ②盥栉（guàn zhì）：洗脸梳头。 ③“薇蕨”句：是说伯夷、叔齐耻食周粟，隐于首阳山，终于饿死。此用其事，喻指不能如伯夷、叔齐抗节隐居。 ④“粟马”句：言苏秦、张仪历聘六国，诸侯皆以粟马相迎。此用其事，谓不屑屈己逢人。⑤二柄：两头。《韩非子》有《二柄篇》，此借用其字，谓进退两难。

**【译文】**我这个腐儒一向不愿屈己求人，因为一求人便百虑顿生，这样就难免因斯文而受病。因此，旧友虽多，终不免穷老和漂泊之苦。今天一早，倦怠不堪的船夫就要操舟匆匆而行，扬帆放船于斜风乱起的江上。《司马相如传》写道：“千金之子，坐不垂堂。”今天我为什么冒险而疲于奔命在这茫茫水路？青苍色的波涛翻涌着，那腾掷跳跃的浪头简直像无数条黑龙在跃动。过了一会儿，太阳出来了，日光和水气交织成一片昏黄的晓雾。心烦气促，焦躁不安，难道是瘴气侵袭所致？我颓然地靠着船舱，像是带着昏昏未醒的睡意。仆人把我唤醒，叫我梳洗；我揽镜自照，简直羞于见到青镜中衰老的容颜。于是我草草地戴上葛巾，抬头看见遍布江岸的茂盛的林花，又平添了一番羞惭。听说昨天夜里来了强盗，幸喜囊空如洗，无物可偷。当此艰危之秋，飘然作远行之客，总不免求助于人，但那又有伤于我耿直的本性。我既不能像采薇而食终至饿死于首阳山的一代高隐伯夷和叔齐，又不屑效法历聘六国、诸侯皆以粟马相迎的苏秦和张仪。真是进退两难，我这区区贱人简直无所适从了。

## 次晚洲

**【题解】**此诗是杜甫于大历四年（769）春乘舟途次湘江中的晚洲所作。内容是写次洲之景和次洲之情，见诗人忧虑深广。晚洲，沙洲名，在湘江中，南岸属衡山县，北岸属湘潭县（今属株州）。

【原诗】参差云石稠，坡陀风涛壮。晚洲适知名，秀色固异状。棹经垂猿把，身在度鸟上。摆浪散帙妨①，危沙折花当。羁离暂愉悦，羸老反惆怅②。中原未解兵，吾得终疏放？

【注释】①散帙（zhì）：开卷观书。 ②羸（léi）老：瘦弱衰老。

【译文】晚洲上参差交错的崖石高出云上，起伏不平的湘江啊波涛壮浪。刚才听说晚洲风景颇负盛名，其秀丽的景色果然无可名状。船过浪尖，低头垂饮的猿猴可以一把抓住船桨，人的身子简直高出飞鸟之上。颠簸不定的波浪有碍于在船上开卷看书，但伸手去折取盛开在沙洲高处的花儿最为便当。客途中对此美景虽然也可暂时娱情悦性，但一想到自己瘦弱多病反增惆怅。遥想中原一带至今还没有撤兵解甲，我怎能终止在江湖四处飘荡？

## 清明二首

【题解】这两首排律是杜甫于大历四年（769）三月初在潭州（今湖南长沙市）所作。时近清明，杜甫即清明景事，发而为怀古伤贫、思国向阙的深沉歌唱。

### 其　一

【原诗】朝来新火起新烟①，湖色春光净客船。绣羽衔花他自得，红颜骑竹我无缘。胡童结束还难有②，楚女腰肢亦可怜③。不见定王城旧处④，长怀贾傅井依然⑤。虚沾周举为寒食⑥，实藉君平卖卜钱⑦。钟鼎山林各天性⑧，浊醪粗饭任吾年。

【注释】①新火：旧说清明节前两天为寒食节，家家禁火，到清明节才起火，故称“新火”。据说禁火寒食是为了纪念春秋时抱木烧死在绵山的介之推的。 ②胡童：时湖南一带有胡人杂居，故称“胡童”。结束：装束。难：厌。 ③楚女：指潭州（今湖南长沙市）女子。 ④定王：汉景帝儿子刘发封长沙王，死后称“定王”。 ⑤贾傅：指贾谊，汉代著名政论家，曾被贬为长沙王太傅，后客死长沙。今湖南省长沙市西区福胜街三条巷有贾谊故宅，宅中有井，相传为贾谊所凿。 ⑥周举：东汉人，他任并州（今山西太原市）刺史时，以为禁火寒食，有损民命，于是革除当地寒食一月的旧俗，令复温食。 ⑦君平：汉人严君平，隐居成都，以卖卜得钱为生计。此自喻手头拮据。 ⑧钟鼎：古代食具。富贵人家撞钟列鼎而食。

【译文】清明早晨重新起火，家家又冒出了新烟，湖光山色漂净了我这客子的小船。羽毛丰美的小鸟衔着花儿，看它们多么悠然自得，我却无缘像以竹为马、自由嬉戏的红颜少年。杂居在这里的胡儿的装束触目生厌，而这古楚地女儿的细腰惹人爱怜。汉朝长沙定王刘发的旧居已杳然不见，永远让我怀念的贾谊宅中的那口水井一如从前。没有熟食可吃，真是白白沾了周举开火禁的光，穷得我实在想向汉人君平乞讨卖卜所得的银钱。追慕荣华和向往自然亦各随天性，任浊酒淡饭打发我这风烛残年。

## 其　二

【原诗】此身飘泊苦西东，右臂偏枯半耳聋①。寂寂舟系双下泪，悠悠伏枕左书空②。十年蹴鞠将雏远③，万里秋千习俗同。旅雁上云归紫塞，家人钻火用青枫④。秦城楼阁烟花里⑤，汉主山河锦绣中⑥。春水春来洞庭阔，白蘋愁杀白头翁⑦。

【注释】①半耳：指左耳。杜甫在《复阴》诗中说：“牙齿半落左耳聋。” ②书空：典出《晋书·殷浩传》：殷浩原为中军将军，因北伐失利，被黜放，甚为忧闷，终日用手指在空中虚写“咄咄怪事”四个字。杜甫右臂瘫痪，便用左手写字，故称“左书空”。 ③蹴鞠（jū）：古代一种踢球游戏。蹴，踢；鞠，皮球。 ④钻火：古代相传燧人氏教人钻木取火。此泛指取火。唐时清明前连续三天禁火寒食，到清明节重新起火温食。 ⑤秦城：指长安。 ⑥汉主：借指唐皇。 ⑦白头翁：杜甫自谓。

【译文】我常常苦于东西南北四处飘零，右臂已经瘫痪，左耳已经失灵。尚未昏瞎的双眼流着泪水，泪水呀流入寂寞的舟中；在长期的患病中漂泊不定，右臂瘫痪，我还要用左手书写字形。十年来带着子女漂泊万里之外，每年在清明节看到的踢球、打秋千一类的游戏正与故乡相同。凌空北去的大雁啊正飞向苍茫的北国，家人又重新取火，燃起了火星。遥想京都的楼台殿阁矗立在烟花丛里，一代唐皇的万里江山掩映于锦绣之中。值此春天，我还滞留在这春水浩渺的洞庭湖上，眼前这遍布湖面的白蘋简直要愁死我这白发老翁。

## 发 潭 州

**【题解】** 此诗是杜甫在大历四年（769）春初到长沙后不久溯湘江赴衡山途中所作，写诗人从长沙出发时的孤寂情怀和思古幽情。潭州，今湖南长沙。

**【原诗】** 夜醉长沙酒，晓行湘水春。岸花飞送客，樯燕语留人。贾傅才未有①，褚公书绝伦②。名高前后事，回首一伤神。

**【注释】** ①贾傅：注见前诗。　②褚公：褚遂良，初唐书法家，曾任尚书右仆射，后因反对高宗立武则天为后，被贬潭州都督而死。其人有鲠亮之节，故离潭时及之。

**【译文】** 昨夜，长沙酒醉倒了我这天涯孤旅，今天一大早便乘着春色发舟湘江之滨。只有两岸的飞花在紧紧地追送我，只有逐樯呢喃的燕子声声挽留我这一介旅人。可叹我没有贾谊的旷世之才，褚遂良的书法啊千古绝伦。贾褚二公名冠一时，一想到他们因事而先后被贬便黯然伤神。

## 发白马潭

**【题解】** 此诗当是大历四年（769）春行至白马潭旋复离去时所作。先写发舟时所见景物，后写离白马潭时情事。白马潭，地名，在潭州（今湖南长沙），一说在岳州巴陵县（今湖南岳阳）东北长江东岸，亦即长江流经今临湘县那一段的中间。江中有巨石，曰“白马矶”，白马潭即在其下。

【原诗】水生春缆没，日出野船开。宿鸟行犹去，丛花笑不来。人人伤白首，处处接金杯。莫道新知要①，南征且未回。

【注释】①新知：似指出牧岳州的裴使君，即裴隐。要：通“邀”。

【译文】新涨的春水淹没了船缆，日出时泊在野渡的船儿逆流而开。岸上的宿鸟绕船飞了一段犹自离我而去，前路上微笑着的丛花迟迟不到我的身边来。即使人人怜我而处处以美酒相待，我也不在白马潭流连徘徊；莫要说新朋友如何执意邀请，姑且逆流南行，决不掉头而回。

## 野　　望

【题解】此诗当作于大历四年（769）春乘船南行途中。诗写水上所见远景和近景，为徒自老大、无补王朝发一浩叹。

【原诗】纳纳乾坤大，行行郡国遥①。云山兼五岭②，风壤带三苗③。野树侵江阔，春蒲长雪消。扁舟空老去，无补圣明朝。

【注释】①郡国：指湘中一带。　②五岭：大庾岭、骑田岭、萌渚岭、都庞岭、越城岭之合称，绵亘于江西、湖南、广东、广西四省交界处。　③三苗：三苗之国，地处洞庭湖和鄱阳湖之间。潭州（今长沙市）为三苗国之南境。

【译文】容载万象的乾坤是如此博大无涯，在遥远的湘中一带永无止境地随波飘摇。高耸入云的山峰呀南连五岭，风中的旷野呀北接三苗。广阔的江水直侵岸上的野树，春蒲因冰雪消融而长出了新苗。徒然终老于一只小船上，哎，可怜无补于一代圣朝。

## 入　乔　口

【题解】此诗当作于大历四年（769）春。从诗中可以看出杜甫晚年离国涉远、流落异地的悲哀。“凄恻”二字乃全诗眼目。乔口，唐时重镇名，在长沙西北九十里，其地为乔江入湘江之处。今属湖南省望城县，在湘江西岸。

**【原诗】**漠漠旧京远，迟迟归路赊。残年傍水国，落日对春华。树蜜早蜂乱[1]，江泥轻燕斜。贾生骨已朽[2]，凄恻近长沙。

**【注释】**①树蜜：树名，即木蜜，嫩枝及叶皆可食，其味如蜜。 ②贾生：指贾谊。详见《清明》二首注。

**【译文】**渺茫的长安离我越来越远，背我北向的归路迢递无涯。值此残年依旧傍临茫茫水国，时当落日怅然面对这异地的春花。纷纷扬扬的蜜蜂正在木蜜树上采蜜，轻轻斜飞的燕子衔着江岸上的春泥掠过水涯。长埋地下的贾谊的骸骨早已腐朽，当我渐近长沙时缅怀这一代前贤便不胜悲嗟。

## 铜官渚守风

**【题解】**此诗亦当作大历四年（769）春天。时杜甫从乔口溯江而南，至铜官渚暂避风浪，写了这首诗。先从避风说起，次及沙洲前的景事，后半述其感怀。铜官渚，在长沙北六十里的湘江东岸，其地有铜官山，相传为楚铸钱处。

**【原诗】**不夜楚帆落，避风湘渚间。水耕先浸草[1]，春火更烧山[2]。早泊云物晦，逆行波浪悭[3]。飞来双白鹤，过去杳难攀。

**【注释】**①水耕：湖南一带蓄水浸田，开春后耕耙，谓之水耕。 ②"春火"句：言湖南一带放火烧山，以草木灰作肥料，种植杂粮，这是一种原始的耕作方法，旧称火耕。 ③悭：阻滞。

**【译文】**为了避风，天不黑就降下风帆，泊舟于风小浪缓的沙洲之间。湘中农民先蓄水浸草以便水耕，更有春天里的野火烧遍荒山。早泊时所见景物一片昏暗，风截浪阻，逆水行舟多么艰难。翩然飞来一对白鹤，一会儿便消失得杳然难攀。

## 北　风

**【题解】**此诗当是大历四年（769）春杜甫从铜官渚南行至新康江口（今属望城县）所作。诗中描写风势之大，记述了避风情事以及风缓舟行的情景。

**【原诗】**春生南国瘴，气待北风苏。向晚霾残日，初宵鼓大垆①。爽携卑湿地②，声拔洞庭湖。万里鱼龙伏，三更鸟兽呼。涤除贪破浪，愁绝付摧枯。执热沉沉在，凌寒往往须。且知宽病肺，不敢恨危途。再宿烦舟子③，衰容问仆夫。今晨非盛怒，便道却长驱。隐几看帆席，云山涌坐隅。

**【注释】**①大垆：语本《庄子》："以天地为大垆。"　②卑湿地：此指长沙。　③再宿：连宿两夜。

**【译文】**春天来了，南国到处都是瘴气；待风势稍减再乘船南行。傍晚，阴霾遮蔽了西天的残日；入夜，风声大作，仿佛鼓动天地这座偌大的烘炉。从北风携来的这股冷气，霎时席卷了低凹潮湿的长沙；呼呼作响的风声，简直要把洞庭湖拔向空中。万里江湖中的鱼龙纷纷潜隐，三更半夜里的鸟兽吓得狂吼乱叫。炎瘴已被涤除一空，于是我便想破浪启程。无奈风急浪大，不敢开船，只好坐对这摧枯拉朽的北风，为之忧愁至极。不过，天气热的时候，正需要北风驱热降温，况且我的肺病也因此减轻，所以不敢加恨于这风急浪险的水路。连宿了两夜，幸喜今天早晨北风的怒气消除了，我便催促仆夫动身，烦劳船夫放舟长驱。一路上，我坐在船里，凭倚着伴我多年的乌皮几案，看风帆逐浪而行，两岸徙移不定的云山悠悠地涌上我的座位的一角了。

## 双　枫　浦

**【题解】**此诗写作时间同前章。通篇托物寓意，言诗人未衰之先，材堪栋梁；摧朽之后，犹可见用于世。双枫浦，似是当时长沙、湘潭一带湘江岸边的一个地名。具体所在，已不可考。

**【原诗】**辍棹青枫浦，双枫旧已摧。自惊衰谢力，不道栋梁材。浪足浮纱帽①，皮须截锦苔。池边地有主，暂借上天回②。

**【注释】**①纱帽：隐者之冠。　②“暂借”句：言略似槎形的枯枫可暂借作上天木筏，终不弃于无用之地。

**【译文】**泊船于青枫浦口，映入我的眼中的是两棵早已枯死的枫树。哎，我惊怪它何以枯朽无力成这般模样，又有谁知道它原本是栋梁之材！树头浮在汹涌的浪尖，好像飘浮着一顶纱帽；半隐半露在水面上的树皮，裸露出斑驳如锦的苔藓。我想从江边主人那里把它暂时借来，作为上天的木筏，去一去就回来。

## 咏怀二首

**【题解】**这两首诗当是杜甫于大历四年（769）春自潭州（今长沙市）逆水行舟、途中阻病而将到衡阳时所作。其一历记世事，而重在追述世乱，感慨壮志难酬；其二专叙行踪，犹思访道衡山。

### 其　一

**【原诗】**人生贵是男，丈夫重天机。未达善一身，得志行所为。嗟余竟轗轲①，将老逢艰危。胡雏逼神器②，逆节同所归。河洛化为血，公侯草间啼。西京复陷没，翠盖蒙尘飞。万姓悲赤子，两宫弃紫微。倏忽向二纪，奸雄多是非。本朝再树立，未及贞观时。日给在军储，上官督有司。高贤迫形势，岂暇相扶持？疲苶苟怀策，栖屑无所施③。先王实罪己，愁痛正为兹。岁月不我与，蹉跎病于斯。夜看丰城气，回首蛟龙池④。齿发已自料，意深陈苦词。

**【注释】**①轗轲（kǎn kē）：困顿，不得志。　②胡雏：犹言胡儿，指安禄山。　③栖屑：奔波无依。　④“夜看”二句：晋人张华听说斗牛间紫气，系豫章丰城宝剑之精上彻于天，即命人于丰城狱屋基下挖出龙泉、太阿双剑。其夕，斗牛间紫气不复再见。后双剑会合于延平津，俱化为龙。杜甫借此传说，言壮志犹存。

【译文】天地之间，男儿为贵；大丈夫立身处世，贵在乘时得势。不得志时独善其身，得志后就要做应该做的事。可叹我一生坎坷，将老又身逢乱世，未能行孟子之道，不得展平生之志。当年，胡儿安禄山反叛大唐，威逼神器，酿成一代祸乱，变节归附之徒同其波流。黄河、洛水化而为民族的鲜血，王侯将相的哭声遍布荒野。尔后，长安复又陷没，致使御驾蒙尘，社稷遭难；天下百姓无不像小孩子一样放声大哭，玄宗、肃宗亦弃京而逃。从那时到现在，不知不觉将近十二个年头，其间，奸雄蜂起，是非滔滔。如今已复国收京，皇皇大唐得以再立，但国势却大不如贞观治世了。上级每天忙于军需，只管督促下级征收赋税，当事（似指江陵府郑审等人）亦无暇扶持我这天涯困厄之人，此亦形势所迫。但我这疲困老头尚怀经邦济世之策，而一无所为，多年来一直栖惶奔波于无休止的行旅之中。先王也委实勇于自责，时至现在，我还常常为自己无补于国而痛心疾首。时不我待，岁月蹉跎，卧病舟中，何敢有望？当年我也曾夜看上彻于天的丰城剑气，回首之间，二剑便化为水中蛟龙。可叹如今我已齿落发秃，自料不能有所作为，只能借这首诗表达我的苦情深意。

## 其　二

【原诗】邦危坏法则，圣远益愁慕。飘飖桂水游[①]，怅望苍梧暮[②]。潜鱼不衔钩，走鹿无反顾。皦皦幽旷心，拳拳异平素。衣食相拘阂，朋知限流寓。风涛上春沙，千里侵江树。逆行值吉日，时节空复度。井灶任尘埃，舟航烦数具。牵缠加老病，琐细隘俗务。万古一生死，胡为足名数[③]？多忧污桃源，拙计泥铜柱[④]。未辞炎瘴毒，摆落跋涉惧。虎狼窥中原，焉得所历住？葛洪及许靖[⑤]，避世常此路。贤愚诚等差，自合受驰骛。羸瘠且如何？魄夺针灸屡。拥滞僮仆慵，稽留篙师怒。终当挂帆席，天意难告诉。南为祝融客[⑥]，勉强亲杖屦。结托老人星[⑦]，罗浮展衰步[⑧]。

【注释】①桂水：漓江，在广西省东北部，流经临桂县东。漓江和湘江同出于桂林兴安县海洋山，漓江南流而湘江北去。湘江自临桂而来，亦可称桂水。　②苍梧：指今湖南宁远县南之苍梧山，又名九疑山，相传为舜之葬地。 ③名数：名位礼数。 ④铜柱：在衡阳。此代指衡阳。 ⑤葛洪：东晋道教理论家，医学家，炼丹术家。自号抱朴子，丹阳句容（今江苏句容）人。葛玄从孙。少好神仙导养之法，从葛玄的弟子郑隐受炼丹术。闻交趾（在五岭以南）出丹沙，求为勾漏令，携子侄至广州，隐于罗浮山炼丹。著有《抱朴子》、《金匮药方》、《神仙传》等。许靖：三国时蜀人，曾避难走交州。 ⑥祝融：衡山峰峦名。董炼师炼丹之地。 ⑦老人星：南方天空中的一颗亮星，古人认为它象征长寿，故又名寿星。 ⑧罗浮：山名，在广东博罗县境内。道教胜地。东晋咸丰年间（326—334），葛洪曾在此山修道炼丹。

**【译文】**法制破坏，邦国危殆，贞观之治已不复存在了，一代盛世也已成为遥远的过去，这就越发令我永怀愁慕之情。今天沿桂水向着迢递的南国浮游，怅然遥望暮色苍茫中的苍梧山——那掩埋着一代圣哲的墓地，心中涌起无尽的思念。潜藏在水里的鱼儿不会去吞食钓钩，全身远祸、奔走旷野的野鹿无暇掉头回顾。我素有耀如日月的幽旷的心，如今居然屈己下人，而有违于拳拳夙愿，实乃因衣食所累、朋友限隔之故。风涛汹涌地漫上春江中的沙洲，侵袭着千里江岸上的树木。逆水行舟，正值清明时节，可惜虚度了这良辰佳日。今当远涉，屡烦舟楫；离京日远，井灶蒙尘。衰老和疾病纠缠我，琐细的俗务牵累我，这就难免穷途末路之忧。万古千秋，人莫不同归一死，死不复生，又为什么留名后世！以往我也曾打算去游武陵，而未果成行；这倒也好，以免多忧多虑的我弄脏了那世处桃源。我一向拙于谋生，所以不得不向衡州漂流，并打算滞留在那里。于是我才不辞炎瘴之苦，不惮跋涉之劳，放舟远行。中原一带正有虎狼眈眈窥视，岂有可以久居之地？晋人葛洪和三国许靖，避世南下，也曾循此路而行。我与他们二位诚然贤愚悬殊，故活该受此驰骛奔波之苦。我怎么瘦弱成这个样子？经过多次针灸治疗才夺回了离身的魂魄。因每每因病滞留，所以惹得童仆厌烦，船夫恼怒。终当扬帆前行，但高深莫测的天意又有谁告诉我呢！将近衡州，顿生作客祝融、亲近董炼师杖屦之念。如能托福老人星而长寿不死，我必当继续乘舟南渡，再访罗浮山——迈着蹒跚的脚步。

## 酬郭十五判官受

【题解】此诗是杜甫在大历四年（769）春南行渐近衡州时酬赠郭受的和章。诗的前半作自谦之词，诗的后半道其怀郭之情。郭十五判官，即郭受，大历间为衡阳判官。

【原诗】才微岁晚尚虚名，卧病江湖春复生。药裹关心诗总废，花枝照眼句还成。只同燕石能星陨①，自得隋珠觉夜明②。乔口橘洲风浪足，惊帆何惜片时程。

【注释】①燕石：喻指没有价值的物品。《韩非子》：宋之愚人得燕石于梧台之侧，藏之以为大宝。周容闻而观焉，掩口笑曰："此燕石也，与瓦甓等。"《左传》僖公十六年："陨石于宋五，陨星也。"此二典合而用之，言己诗如燕石、陨星之不足珍贵。 ②隋珠：隋侯之珠。《搜神记》载：隋侯（汉东之国，姬姓诸侯）出行，见大蛇受伤中断，遂使人以药封之。岁余，蛇衔明珠以报。珠盈径寸，夜有光明，可以烛室。此以隋珠比郭诗。

【译文】才浅年迈，徒有虚名流传，卧病江湖又是一度春天。我关心的是药物，连作诗都荒废了；但是在这花枝照眼的时节还能勉强凑成诗篇。我的诗如同燕石、陨星一样不足珍贵，自从看到你的大作，顿觉隋侯之珠照亮了夜天。我已乘船过了风大浪急的乔口和橘子洲，片刻便可抵达衡州，不惜风惊船帆！

## 衡州送李大夫七丈勉赴广州

【题解】此诗当作于大历四年（769），杜甫初抵衡州。时岭南番帅冯崇道与桂州朱济时反叛，朝廷派遣新任广州刺史、岭南节度使李勉兴兵讨伐。李勉由长沙道出衡州赴广州任时，杜甫与之相遇，并赋诗相送。诗中描写了李勉赴广时的烜赫声势，并向李自道飘零苦况，其中自含希望援手之意。李大夫七丈勉，即李勉。

**【原诗】**斧钺下青冥，楼船过洞庭①。北风随爽气，南斗避文星②。日月笼中鸟，乾坤水上萍。王孙丈人行③，垂老见飘零。

**【注释】**①洞庭：洞庭湖，在今湖南岳阳。 ②文星：此指李勉。李勉好古尚奇，故曰文星。 ③王孙：此指李勉。

**【译文】**持斧挥钺，仿佛降自青冥，高大的楼船驶过辽阔的洞庭。北风随着爽气强劲地吹来，南斗远远回避你这赫赫文星。我羁旅异地，看日月好像笼中的禽鸟；浪迹四方，视天地好像水上的浮萍。李大夫啊您本是我的长辈亲属，可见我这行将老死的人四处飘零？

## 望　岳

**【题解】**此诗是杜甫在大历四年（769）春天乘船入衡山县境所作。先叙祭祀南岳之典由来已久，因思虞舜南巡至此之事；次写湘水行舟所见南岳之景和有关传说；末致祭岳之诚。

**【原诗】**南岳配朱鸟①，秩礼自百王②。歘吸领地灵③，鸿洞半炎方④。邦家用祀典，在德非馨香。巡狩何寂寥⑤！有虞今则亡⑥。洎吾隘世网，行迈越潇湘。渴日绝壁出⑦，漾舟清光旁。祝融五峰尊，峰峰次低昂。紫盖独不朝⑧，争长业相望⑨。恭闻魏夫人⑩，群仙夹翱翔。有时五峰气⑪，散风如飞霜。牵迫限修途，未暇杖崇冈。归来觊命驾，沐浴休玉堂⑫。三叹问府主⑬，曷以赞我皇？牲璧忍衰俗⑭，神其思降祥。

**【注释】**①朱鸟：又名朱雀，南方七宿（井、鬼、柳、星、张、翼、轸）之总称。 ②秩礼：古代辨上下、贵贱之礼。 ③歘（xū）吸：呼吸之间。形容迅速。 ④鸿洞：广大无边。 ⑤巡狩（shòu）：指舜五月南巡至衡山一事。 ⑥有虞：虞舜。 ⑦渴日：旱日。日倒映水中，如旱日之就水而饮。 ⑧紫盖：衡山著名山峰。衡山七十二峰，而以芙蓉、紫盖、石廪、天柱、祝融为最。 ⑨业（yè）：高峻。 ⑩魏夫人：晋魏舒之女，名华存，幼时慕道好仙，后托剑化形而去，被封为南岳夫人。 ⑪五峰：芙蓉峰、紫盖峰、石廪峰、天柱峰、祝融峰。 ⑫玉堂：指南岳神庙。

⑬府主：似指衡州刺史韦之晋。一说指洞府之主，即南岳山神。 ⑭牲璧：供祭祀用的牺牲和玉器。

【译文】南岳衡山与南方上空的七宿遥相匹配，受帝王祭祀的大典啊由来久长。我行舟至此，瞬息之间便领略了山川的灵秀，绵延无际的衡山啊充塞了大半个南方。国家杀牲以祭祀南岳山神，在于心意至诚而不在于祭品的馨香。帝舜南巡之事已归沉寂，帝舜其人也早已身亡。自从我贬官窜身、陷于尘网以来便一直四处辗转，如今又乘舟渡过了迢递的潇湘。出自衡山峭壁上的日影倒映水里就像旱日垂首而饮，一叶小船在映入水中的红日旁边轻轻滑翔。祝融峰堪称五岳之首，其余诸峰依次起伏低昂。只有紫盖峰不向祝融朝拜，掉头东去，争雄比高似的遥遥相望。我听说被封为神灵的南岳夫人，此刻她正在群仙的簇拥中翩然翱翔。弥漫于五峰中的蓬蓬勃勃的仙气，飘散在风中有如飒飒飞霜。迫于行期有限，道路遥远，我无暇拄杖攀登南岳高冈。北归时重经此地愿命驾前往岳庙致祭，虔诚地沐浴山神的灵光。我连连不断地仰问南岳神灵，您怎样赞助我心中的唐皇？牲玉之荐仍沿旧俗，南岳神灵啊但愿您普降吉祥。

## 岳麓山道林二寺行

【题解】此诗是杜甫在大历四年（769）春乘舟去衡州（今衡阳）依托旧友韦之晋途经潭州（今长沙市）时所作。诗中描写了岳麓寺和道林寺优美的自然景色和淳朴的风俗人情，见出杜甫思欲诛茅卜居、终老麓山之想。岳麓山，在长沙湘江西岸。二寺，指岳麓寺和道林寺，一在山腰，一在山脚。

【原诗】玉泉之南麓山殊①，道林林壑争盘纡。寺门高开洞庭野，殿脚插入赤沙湖②。五月寒风冷佛骨，六时天乐朝香炉③。地灵步步雪山草，僧宝人人沧海珠④。塔劫宫墙壮丽敌，香厨松道清凉俱⑤。莲花交响共命鸟⑥，金牓双回三足乌⑦。方丈涉海费时节⑧，玄圃寻河知有无⑨？暮年且喜经行近，春日兼蒙暄暖扶。飘然斑白身奚适？傍此烟霞茅可诛。桃源人家易制度⑩，橘洲田土仍膏腴⑪。潭府邑中甚淳古⑫，太守庭内不喧呼⑬。昔遭衰世皆晦迹，今幸乐国养微躯⑭。依止老宿亦未晚⑮，富贵功名焉足图！久为谢客寻幽惯⑯，细学周颙免兴孤⑰。一重一掩吾肺腑，山鸟山花吾友于。宋公放逐曾题壁⑱，物色分留待老夫。

**【注释】**①玉泉：玉泉寺，在湖北当阳县。 ②赤沙湖：在湖南华容县南，夏秋水涨，与洞庭湖相通。 ③天乐：佛教称极乐国音乐（即梵音）为天乐。 ④僧宝：佛家语。僧人一切之佛陀，佛宝也；佛陀所说之教法，法宝也；随其教法而修业者，僧宝也。 ⑤香厨：佛家的食厨。如来以钵盛香饭，恒饱众生。 ⑥莲池：极乐国土有七宝池，池中有莲花，大如车轮。共命鸟：鹧鸪之类，其鸣声如梵语"耆婆"，意为"命"或"生"，故称共命鸟。佛经谓其一身二首，识神各异。 ⑦金牓：寺庙悬挂的牌匾。三足乌；古代传说太阳中有三足乌，名踆乌。此代指太阳。 ⑧方丈：传说中海上三神山之一，仙人所居。 ⑨玄圃：昆仑山巅名。汉武帝派使者探寻黄河之源，按图书定为昆仑。 ⑩桃源：晋陶渊明曾作《桃花源记》，此以桃源比二寺所在之山水胜地。 ⑪橘洲：橘子洲。在长沙西南不远的湘江中。 ⑫潭府邑：潭州城（今长沙市）。 ⑬太守庭：太守衙门。 ⑭乐国：极乐国土。此指潭州。 ⑮老宿：此指高僧。 ⑯谢客：指谢灵运。其小名叫"客儿"，故称"谢客"。 ⑰周颙：南齐人，好佛，虽有妻子，但在钟山精舍独处。此以好佛之周颙自比。 ⑱宋公：指宋之问。睿宗时曾被放逐岭南钦州，途经长沙，曾题诗于寺壁。

**【译文】**地处玉泉寺以南的岳麓寺的景色最为奇异，位于岳麓山山脚的道林寺争着和它比赛林壑的曲折盘纡。寺门大开——面对辽阔的洞庭之野；殿脚简直伸进远处的赤沙湖里。即使是炎天五月，这里也刮着冷透佛骨的阵阵寒风；昼夜六时，悠悠不绝的梵音缭绕着香炉。山川灵秀，步步踩的简直都是雪山上的香草；僧人一个个心性圆明，有如沧海之珠。层层寺塔可与壮丽的宫墙相比，香积厨同松林中的道路一样清凉浴人。莲池里有共命鸟在交相和鸣，岳麓寺和道林寺门上的金匾闪烁着太阳的光辉。渡沧海寻方丈颇费时日，越昆仑寻河源也不知有无其事。晚年我且喜来到这岳麓寺和道林寺，值此春天又承蒙和暖的春气扶持。我这白发飘飘的老者要到哪里去？何不在这烟霞相映的岳麓山结庐而居！在这桃花源似的胜地建造房屋亦不甚难，橘子洲的沃土啊依旧肥美得如膏脂一般。潭州城的民风民俗啊甚是古朴，太守衙门啊了无声喧。古人每逢衰世都要避世隐迹，如今我幸喜来到潭州这极乐国土保养微躯。即使现在依傍高僧也为时不晚，富贵功名又何足贪图！我就像谢灵运一样早已习惯于寻幽访胜，还要细心学习周颙以免兴致孤寂。相互掩叠的山峦是我的肺腑，山鸟山花都是我亲爱的兄弟。宋之问流放岭南时途经此地曾题诗于寺壁，他把部分景色留给了我，待我吟哦。

## 奉送韦中丞之晋赴湖南

**【题解】** 大历四年（769）二月，韦之晋以湖南都团练观察使由衡州刺史调任潭州刺史，湖南军亦随之迁往潭州。此诗当是杜甫初来衡州时寄韦之作。诗中寄托着杜甫对友人的殷殷深情和谆谆劝勉之意。韦中丞之晋，即韦之晋。中丞是韦的官职。

**【原诗】** 宠渥征黄渐①，权宜借寇频②。湖南安背水，峡内忆行春。王室仍多故，苍生倚大臣。还将徐孺榻③，处处待高人。

**【注释】** ①宠渥：皇帝的宠爱和恩泽。征黄：汉宣帝时颍川太守黄霸，理郡八年，治行为天下第一。宣帝下诏称其政绩，封关内侯，征为太子太傅，迁御史大夫。后因用作征调贤明太守升迁朝官的典故。此用其事，以黄霸比况韦之晋。 ②借寇：后汉寇恂为颍川太守，盗平，又拜为汝南太守。颍川寇贼复群起，恂从帝至颍川，百姓遮道，说："愿从陛下复借寇一年。"韦之晋由衡州刺史调任潭州刺史，所以以寇恂被借相比。 ③徐孺：注见《陪裴使君登岳阳楼》。

**【译文】** 你就像承蒙皇恩、渐将内召的汉朝黄霸，你就像享誉颍川、频任刺史的汉朝寇恂。湖南因临流背水而形势安稳，峡内百姓至今还感念你留下的大德大恩。大唐王室依旧多灾多难，天下百姓亟待倚重你这辅弼大臣。你要像陈蕃设榻礼遇徐稚那样，时时处处接纳贤人。

## 湘江宴饯裴二端公赴道州

**【题解】** 此诗当是大历四年（769）夏杜甫复归潭州（今长沙市）所作。

时值裴虬出任道州刺史，道出潭州，群公饯以盛筵，杜甫在座，遂作此诗。先叙湘江设宴，次述平日交情，然后感慨聚散不常，最后以殷殷叮咛作结，从中亦可看出杜甫和当时官僚之交往情况。裴二端公，即裴虬。“端公”是御史的尊称。裴虬，大历四年为著作郎，兼侍御史、道州（今湖南道县）刺史。

**【原诗】**白日照舟师，朱旗散广川。群公饯南伯①，肃肃秩初筵②。鄙人奉末眷③，佩服自早年。义均骨肉地，怀抱罄所宣。盛名富事业，无取愧高贤。不以丧乱婴，保爱金石坚。计拙百寮下④，气苏君子前⑤。会合苦不久，哀乐本相缠。交游飒向尽，宿昔浩茫然。促觞激百虑，掩抑泪潺湲。热云初集黑，缺月未生天。白团为我破，华烛蟠长烟。鸹鹖催明星，解袂从此旋。上请减兵甲，下请安井田。永念病渴老⑥，附书远山颠。

**【注释】**①南伯：州长。道州在南，故曰“南伯”。此指裴虬。　②初筵：古代举行大射礼，宾客初进门，登堂入席，叫初筵。　③鄙人：杜甫自谓。奉末眷：承蒙眷顾。　④百寮：指送裴之群公。　⑤君子：指裴虬。⑥病渴老：杜甫自谓。时杜甫患消渴病（糖尿病）。

**【译文】**一轮白日照耀着湘江水军的楼船，鲜艳的红旗飘散在宽阔的江间。潭州诸公设宴饯别道州刺史，盛筵初开时气氛肃穆，秩序井然。我这个区区鄙人承蒙您的眷顾，早年我就非常佩服你这一代高贤。我和您的情义如同骨肉，毕生怀抱向您展露无余。您事业有成，盛名远震；我却一无所取，愧对高贤。您不因我身遭丧乱而改变对我的厚爱，金石般的情义一如从前。我生计拙劣，位在与宴的百官之下，只有在您面前才能将抑郁之气消散。苦于聚会的时间太短太短，悲喜哀乐总是在心头纠缠。旧日的朋友顿时凋零殆尽，回想过去，心境苍茫不着边。一连喝了几杯酒便激起千愁百虑，压抑在心底的泪水止不住流泻涟涟。天上黑压压的热云开始聚集，东方上空的缺月呀还没有生自江天。童仆为我们扇破了白色的团扇，华烛蟠曲着一缕缕长烟。鸹鹖的啼叫声催出了启明星，从此分手，您就要旋归道州——那遥远的天南。希望您到了道州以后裁减军备，希望您能叫老百姓安于农田。您要是经常想念我这个患有消渴病的老人，那就请您经常给我捎信——从那远山之巅。

## 哭韦大夫之晋

【题解】此诗当是大历四年（769）夏杜甫初到衡州（今衡阳市）所作。时韦之晋以湖南都团练观察使由衡州刺史调潭州（今长沙市）刺史，不久病卒于潭州，杜甫闻噩耗而作此悼诗。诗中寄托着杜甫沉重的哀思。韦大夫之晋，韦之晋。时韦在湖南加御史大夫。

【原诗】凄怆郇瑕邑①，差池弱冠年。丈人叨礼数，文律早周旋。台阁黄图里②，簪裾紫盖边③。尊荣真不忝，端雅独翛然④。贡喜音容间⑤，冯招疾病缠⑥。南过骇仓卒，北思悄联绵。鹏鸟长沙讳⑦，犀牛蜀郡怜⑧。素车犹恸哭⑨，宝剑欲高悬⑩。汉道中兴盛，韦经亚相传⑪。冲融标世业，磊落映时贤。城府深朱夏⑫，江湖渺霁天。绮楼关树顶，飞旐泛堂前⑬。帟幕旋风燕⑭，笳箫咽暮蝉。兴残虚白室⑮，迹断孝廉船⑯。童孺交游尽，喧卑俗事牵。老来多涕泪，情在强诗篇⑰。谁继方隅理⑱？朝难将帅权⑲。《春秋》褒贬例⑳，名器重双全㉑。

【注释】①郇（xún）瑕：地名，春秋时为晋地，在今山西省临猗县西南。②黄图：帝都。③紫盖：紫盖峰，衡山七十二峰之一。雄峙衡、潭之间。④翛（xiāo）然：自然超脱。⑤“贡喜”句：西汉王吉与贡禹友善，王吉在位，贡禹就准备去做官。这里引用这个典，意谓喜韦之晋飞黄腾达而恨音容睽隔。⑥“冯招”句：左思《咏史八首》其二：“冯公岂不伟，白首不见招。”冯公，即西汉冯唐。此言己为郎官而身旋病废。⑦“鹏鸟”句：西汉贾谊被贬为长沙王太傅，志不得申，作《鹏鸟赋》以自况。此比韦之晋刺潭。⑧“犀牛”句：李冰曾任蜀郡太守，作五犀牛以压水精。此比韦之晋守蜀。⑨“素车”句：用范式哭张劭一事。东汉山阳人范式与汝南张劭甚善。劭亡，丧葬之日，范式“素车白马，号哭而来”。此用其事，寄托哀思。⑩“宝剑”句：用季札挂剑徐君之墓一事。季札聘晋过徐，心知徐君爱其宝剑，及还，徐君已死，季札于是解剑系冢树而去。后为悼念亡友之典。⑪亚相：西汉丞相韦贤少子玄成，复以明经为相，故称“亚相”。此比韦之晋之子。⑫城府：此指潭州。⑬旐（zhào）：铭旌，即魂幡，出丧时为棺柩引路的旗子。⑭帟（yì）幕：小帐幕。此指灵帐。 ⑮虚白室：贫寒而空无所有的房屋。此代指作者自己。《愤赋》："弃虚白之室，归长夜之台。" ⑯孝廉船：晋人张凭举孝廉，自负其才，乘船访丹阳令刘惔。惔延之上座，清谈终日。凭既还船，惔又遣人觅张孝廉船，与凭共谒简文帝。后遂用"孝廉船"为赞美才士的典故。此代指韦之晋，伤其负才长逝。 ⑰强：此有"多"义。 ⑱方隅：四方和四隅。 ⑲将帅权：杨伦注：韦时充湖南都团练守捉观察处置等使，故曰"将帅权"。 ⑳《春秋》：此指编年体史书《春秋》。相传为孔子据鲁史修订而成，叙事简约、婉曲，经学家认为每用一字必寓褒贬。㉑名器：名号与车服仪制。

**【译文】**你的亡故令我好不凄惨，我不禁想起二十岁左右那一段时间。那时我和你相识在郇瑕城里，相互伴随着，肩并着肩。承蒙丈人你以礼相待，也早有诗文往来周旋。当年在高阁连云的京师互来互往，近年你身着显贵者的服饰，供职衡潭。你真不愧为尊贵的御史大夫，你的风度是何等的端雅庄重、洒脱自然！我为你的腾达而感到由衷的喜悦，又不禁因音容睽隔而憾恨万端。可叹我身为郎官而旋即废弃，只因为有疾病死死纠缠。你的亡故震惊了我的旅魂，自南思北啊忧思联绵。你任职潭州，就像写作《鹏鸟赋》的汉代长沙王贾谊；你镇守蜀郡，就像制伏水怪的秦朝李冰一样惹人爱怜。为你的逝世而禁不住放声大哭，悲悼亡友啊哀思长牵。你的丰采有如泱泱大唐的丰采，你的德业自有令子代为承传。冲融地标举着煌煌世业，磊落的襟怀啊辉映时贤。你所在的深广的潭州城正值盛夏，我所在的茫茫江湖浮动着雨后晴天。你生前所在的华屋高出树顶，飘飞的魂幡呀泛出堂前。灵帐四周不住回旋的是风中的飞燕，如泣如诉的哀乐啊咽住了暮蝉。清贫如洗的我呀心情黯淡，再也见不到你这当今的张凭孝廉。我青年时代的好友啊不幸逝世，被俗事牵累的我呀还苟活在这喧卑的人间。我这迟暮老翁流下多少伤心的泪水，友情长在，自会有滔滔不绝的诗篇。有谁能继承你的安邦定边的大业？你真是当朝难得的军权在握的武官。《春秋》一书自有它的褒贬，韦公呀，你真不愧为名位相符的一代高贤。

## 江阁卧病，走笔寄呈崔、卢两侍御

**【题解】**此诗是杜甫于大历四年（769）初秋在潭州（今长沙市）呈寄友

人之作。时杜甫卧病临江楼，因为饮食不丰，故见菰熟莼鲜便想向崔、卢二侍御索酒，于是以诗代简，表现了诗人幽默风趣的性格特征。崔，指崔涣。卢，指卢十四弟，杜甫祖母卢氏娘家人。

**【原诗】**客子庖厨薄，江楼枕席清。衰年病只瘦，长夏想为情。滑忆雕胡饭①，香闻锦带羹②。溜匙兼暖腹，谁欲致杯罂③？

**【注释】**①雕胡：菰米。可食，做饭香而软。 ②锦带：莼菜。可做羹汤。③杯罂（yīng）：盛酒的陶制容器。此代指酒。

**【译文】**客居在外，饮食不丰；卧病江楼，倍感枕席凄清。衰老多病的我呀依然消瘦，值此长夏之际料想崔、卢多情。多想饱餐一顿香软可口的菰米饭，扑鼻而来的莼菜汤的味道又香又浓。羹汤溜匙，酒可暖腹，有谁打算给我送酒？以慰旅情。

## 潭州送韦员外迢牧韶州

**【题解】**此诗当是大历四年（769）立秋次日所作。时韦迢赴韶州（韶州治在今广东韶关市西南）刺史任，途经潭州（今长沙市），特来看望杜甫，并有诗相赠。此诗是杜甫的和章。前半称美韦迢，后半望其来书。韦员外迢，即韦迢。

**【原诗】**炎海韶州牧，风流汉署郎。分符先令望①，同舍有辉光②。白首多年疾，秋天昨夜凉。洞庭无过雁，书疏莫相忘③。

**【注释】**①分符：汉代朝廷委派郡守，为符各分其半，一半留京城，一半给郡守，以为凭证。此言韦迢赴任。 ②同舍：杜甫自谓。杜甫亦曾为郎官。 ③书疏：书信，奏疏。此指书信。

**【译文】**您这即将居官南海的韶州牧，原先曾身任郎官，风流倜傥。赴任韶州是因为您素负名望，过去我能与您同为郎官而倍感荣光。可叹我这白发老人多年患病，幸喜立秋，天气从昨夜开始转凉。洞庭湖和岭南之间纵然没有传书的大雁，但仍希望您常寄书信，切莫相忘。

## 酬韦韶州见寄

**【题解】**此诗当作于大历四年（769）秋。时韦迢赴韶州途中舟次湘潭，复又寄诗给寓居潭州（今长沙市）的杜甫，杜甫遂作此和诗以酬韦。通篇见感激之情。韦韶州，即韦迢。时韦将赴韶州刺史任，故称。

**【原诗】**养拙江湖外，朝廷记忆疏。深惭长者辙，重得故人书。白发丝难理，新诗锦不如①。虽无南过雁，看取北来鱼②。

**【注释】**①新诗：指韦迢的来诗。 ②“看取”句：典出古乐府《饮马长城窟行》：“客从远方来，遗我双鲤鱼。呼儿烹鲤鱼，中有尺素书。”此言杜甫收到韦迢自南而北寄来的书信。

**【译文】**多年来我抱病养拙在江湖上，朝廷已经忘记了我这天涯旅人。韦公啊您枉驾来访委实令我深感惭愧，幸喜又收到您这位老友的书信。我头上的白发像乱丝一样难以梳理，您写的新诗远超锦绣。虽然没有南去的大雁为我传递书信，我却看到了您自南而北寄来的惠书。

## 楼　上

**【题解】**此诗当是大历四年（769）初秋在潭州（今长沙市）临江楼上所作。诗人以淡而雄、雄而悲的语言抒写了登楼远望所引发出来的家国之恋和身世之感。

**【原诗】**天地空搔首，频抽白玉簪①。皇舆三极北②，身事五湖南③。恋阙劳肝肺，论材愧杞楠④。乱离难自救，终是老湘潭。

**【注释】**①白玉簪：连发于冠的玉石制成的针。古人有以簪搔头的习惯。《西京杂记》载：汉武帝取李夫人玉簪搔头。 ②皇舆：皇帝的车驾。此借指朝廷。三极北：地有四极，皇舆（指朝廷）在东、南、西之北，故云

“三极北”。 ③五湖：具区、洮滆、彭蠡、青草、洞庭之合称。此专指洞庭湖。 ④杞楠：两种大木，可作栋梁之材。

【译文】徒然搔首——面对大地苍天，频频地从头上抽下发簪。朝廷远在三极的北面，而我正漂泊在洞庭以南。恋阙之情使我身心劳苦，论材质我愧对杞楠。当此乱离之际难以自救，终究难免于老死湘潭。

## 远　游

【题解】写作时间、地点与《楼上》一诗相同。通篇以赋、比二体写景言情，传出了一代大诗人的浩叹。

【原诗】江阔浮高栋，云长出断山。尘沙连越嶲①，风雨暗荆蛮②。雁矫衔芦内，猿啼失木间。敝裘苏季子③，历国未知还。

【注释】①越嶲（xī）：郡名，西汉元鼎六年（前111）置，治所在邛都（今四川西昌东南）。 ②荆蛮：指荆州（今湖北荆州）。 ③苏季子：战国时纵横家苏秦入秦，游说秦惠王，十次上书，裘敝财尽，未获知遇而归。后因用作困顿失意的典故。这里以苏秦敝裘为喻，自叹落魄他乡，远游未还。

【译文】濒临大江的高阁仿佛浮在水光里，出自断山的长云拖向地尾天头。漫漫尘沙连接着遥远的越嶲，潇潇风雨暗淡了近处的荆州。芦苇丛中有振翅衔芦的大雁，无树可攀的猿猴声声啼愁。我就像裘敝财尽的苏秦一样困顿失意，因兵阻而至今在各地漂泊淹留。

## 千秋节有感二首

【题解】这组诗当是大历四年（769）八月在潭州（今湖南长沙）所作。阴历八月初五是唐玄宗诞辰。开元十七年八月癸亥，上以降诞日宴百僚于花萼楼下，百僚表请以每年八月五日为千秋节。当时流寓潭州的杜甫念及玄宗崩后，千秋节罢，遂作此二诗，一感盛衰之异，一感昔年之乐招后日之悲。

## 其　一

**【原诗】**自罢千秋节，频伤八月来。先朝常宴会，壮观已尘埃。凤纪编生日①，龙池堑劫灰②。湘川新涕泪，秦树远楼台。宝镜群臣得，金吾万国回③。衢尊不重饮④，白首独余哀。

**【注释】**①凤纪：犹凤历，亦即岁历的代称。　②龙池：池名，在兴庆宫内。　③金吾：官名，负责皇帝大臣警卫、仪仗以及徼循京师、掌管治安的武官。　④衢尊：谓设酒通衢，任人自饮。此指宴饮。

**【译文】**自从千秋节废除之后，我每每伤叹八月的来临。当年先帝在世时常常招群臣宴饮，可叹昔日的壮观景象已化作尘埃。赐宴之事虽然已编入帝纪，但龙池早已成为填满劫灰的壕沟。洒落在这湘江之畔的是我新流下的眼泪，掩映在秦中树丛里的是故国楼台。昔日得宝镜的群臣已凋零殆尽，散归各地的皇帝警卫也不复再来。当年长安大道上的宴饮之乐已成过去，唯独我这白头书生尚有余哀。

## 其　二

**【原诗】**御气云楼敞，含风彩仗高。仙人张内乐①，王母献宫桃②。罗袜红蕖艳③，金羁白雪毛。舞阶衔寿酒，走索背秋毫④。圣主他年贵，边心此日劳。桂江流向北⑤，满眼送波涛。

**【注释】**①仙人：指梨园弟子。　②王母：喻指杨贵妃。　③红蕖：指宫鞋。　④“走索”句：言两艺妓背走相舞于绳索之上，秋毫不爽。　⑤桂江：流经潭州（今湖南长沙）的湘江。

**【译文】**当年皇家气派充斥着高耸入云的宽敞的楼上，迎风飘扬的彩仗啊高又高。梨园弟子演奏宫廷乐曲，贵妃款步而来捧献宫桃。对舞于绳索上的宫女露出了鲜艳的宫鞋、宫袜，装饰一新、毛色如雪的舞马衔酒上寿，意气多骄。那背对背翩然起舞的艺妓啊，走在绳索上不爽秋毫。当年皇上是何等地尊贵，但从此贼臣反叛，边愁煎熬。我怅然面对滔滔北去的湘江之水，目送着起伏不定的滚滚波涛。

## 奉赠卢五丈参谋琚

**【题解】** 此诗系大历四年（769）秋在潭州（今长沙市）所作。题下原注："时丈人使自江陵，在长沙待恩旨，先支率钱米。"时必有长沙钱米应输江陵者，而潭州当道则以本地民食之需，不能多拨于邻郡，卢因为之请旨，并留长沙待旨，故与杜甫往还，杜甫遂赠之以诗。先从卢叙起，中记支率钱米一事和长沙相遇情景，末慨时勉卢，兼叙己怀。卢五丈参谋琚，即卢琚。其母与杜甫之母同出于崔氏。

**【原诗】** 恭唯同自出，妙选异高标。入幕知孙楚①，披襟得郑侨②。丈人藉才地，门阀冠云霄。老矣逢迎拙，相于契托饶。赐钱倾府待，争米驻船遥。邻好艰难薄，氓心杼柚焦。客星空伴使，寒水不成潮。素发干垂领，银章破在腰。说诗能累夜，醉酒或连朝。藻翰唯牵率，湖山合动摇。时清非造次，兴尽却萧条。天子多恩泽，苍生转寂寥。休传鹿是马③，莫信鹏如鸮④。未解依依袂，还斟泛泛瓢。流年疲蟋蟀，体物幸鹪鹩⑤。孤负沧洲趣，谁云晚见招⑥？

**【注释】** ①孙楚：晋人，为石苞参军，恃才自负。常用作称美参军的典故。此比卢琚。　②郑侨：即公孙侨，春秋郑国相，名侨，字子产。这里以郑侨比拟卢琚。　③鹿是马：典出《史记》："赵高持鹿献于二世曰：'此马也。'"此以指鹿为马暗讽鱼朝恩。　④鹏如鸮：典出《鹏鸟赋序》："鹏似鸮，不祥鸟也。"此以不祥之鹏鸟（俗名猫头鹰）暗比臧玠。　⑤鹪鹩：典出《庄子·逍遥游》。此以鹪鹩自比，言暂得栖身之所。　⑥"谁云"句：用冯唐晚年被朝廷征聘一事，感叹自己不复用世。

**【译文】** 我的母亲和您的母亲同出于崔氏，您真不愧为朝廷精选出来的出类拔萃的人才。自从您入幕充任行军参谋，我便有幸遇到您这出使长沙的披肝露胆的人。您凭借着自己特异的才质，积日累月建功立业以致门第高出重云。我已经老了，拙于逢迎，可彼此间的嘱托足见情深。潭州百姓倾城而出等待恩赐钱米，沿江停泊着接连不断的船只。潭州正濒临艰难之境，老百姓穷得一无所有。我在客中徒然奉陪着你；民困财枯，犹如寒水掀不起浪潮。干枯的白发垂至衣领，破旧的鱼袋挂在腰间。可是我还能累日连夜地谈论诗歌，论喝酒一醉几天几夜也醒不过来。奋笔赋诗却能率意为之，湖山也兴奋得不住地起舞。太平盛世殊为难得，为此我的心境冷落萧条。天子虽多施恩于民，而天下苍生反而更为穷困。之所以如此，是因为朝廷中有性如鹏鸟的奸佞，指鹿为马，内多蒙蔽而外竞诛求，您切莫轻信此辈为是。当此依依惜别之前，还是把杯饮酒，以慰离情。如今我行年已晚，时值岁暮，幸喜如鷦鹩之栖于一枝。既不能如愿以偿归隐之志，又不复见用于世，出处两难，可悲也夫！

## 惜别行送刘仆射判官

**【题解】**此诗当是大历四年（769）秋作于潭州（今长沙市）。时山南东道节度使梁崇义从襄阳派其下属刘判官来长沙买马，以备军用。刘将归之时，杜甫赋诗相送。先叙刘至潭之由，次言南行买马之难，再其次称美襄阳主将，最后结以惜别之意。刘仆射判官，即刘判官，其名不详，判官是其官称。仆射，是其主将即山南东道节度使梁崇义的加衔，刘判官是其下属。

**【原诗】**闻道南行市骏马，不限匹数军中须。襄阳幕府天下异①，主将俭省忧艰虞②。只收壮健胜铁甲，岂因格斗求龙驹？而今西北自反胡③，骐驎荡尽一匹无。龙媒真种在帝都，子孙未落东南隅④。向非戎事备征伐，君肯辛苦越江湖？江湖凡马多憔悴，衣冠往往乘蹇驴。梁公富贵于身疏⑤，号令明白人安居。俸钱时散士子尽，府库不为骄豪虚。以兹报主寸心赤，气却西戎回北狄。罗网群马籍马多，意在驱除出金帛。刘侯奉使光推择⑥，滔滔才略沧溟窄。杜陵老翁秋系船，扶病相识长沙驿。强梳白发提胡卢，手把菊花路旁摘。九州兵革浩茫茫，三叹聚散临重阳。当杯对客忍流涕，不觉老夫神内伤。

**【注释】**①襄阳幕府：指梁崇义幕府。襄阳，今湖北襄阳，山南东道节度使治所。　②主将：指梁崇义。　③西北：西指吐蕃，北指安史余孽。　④子孙：喻马驹。　⑤梁公：梁崇义。　⑥刘侯：刘判官。光推择：言不负使命。推择，推举选拔。

【译文】听说你奉命南行来长沙买马，不限匹数以作充军之用。襄阳幕府标异于整个天下，主将梁崇义亦堪称崇行俭德、忧困悯难之人。你今买马至此，只买能胜任铁甲之健足以捍患，难道是求龙驹以用之于格斗吗？自从吐蕃入侵、安史叛乱以来，征战旷日持久，骏马已荡然一空；龙媒真种多在京都，而其子孙并未传于襄阳、长沙一带。如果不是为了备战之用，你岂肯历尽辛苦远涉江湖来此买马呢？可惜这里多是憔悴不堪的凡马，官员往往多骑蹇驴，你来此买马恐怕一无所得。梁公行俭德而远富贵，法令甚严，因而百姓得以安居乐业。他把所得俸钱统统分给士子，府库亦并未被豪富者流侵吞一空。以此如丹寸心报效一代明主，其凛凛正气足以使西戎、北狄远远退避。如今梁公又派你来长沙搜罗骏马，料想是为了驱除贼寇才不惜以金帛为代价的。刘判官奉命买马，光其推举，你那宏韬大略令苍茫大海为之窄小。时值秋天，我泊舟江岸，抱病和你相识在长沙驿楼。勉强梳理好白发之后，便手提酒壶，手持刚刚从路边摘下的菊花，设宴为你饯行。当此茫茫兵革遍布九州之际，当此九九重阳来临的时候，我禁不住因聚散不定的人生而屡屡兴叹。面对离筵和即将离我而去的刘判官，老夫我不觉悲从中来，强忍着满眶的泪水。

## 重送刘十弟判官

【题解】此诗与前一首诗同时稍后而作。作者从敦族谊的角度叙事言情，从中亦可窥见当时社会习俗之一斑。刘十弟判官，即前诗之刘判官。

【原诗】分源豕韦派①，别浦雁宾秋②。年事推兄忝，人才觉弟优。经过辨丰剑③，意气逐吴钩④。垂翅徒衰老，先鞭不滞留⑤。本支凌岁晚⑥，高义豁穷愁。他日临江待，长沙旧驿楼。

【注释】①豕（shǐ）韦：上古部落名，彭姓，为商所灭。故址在今河南滑县境内。《左传》：范宣子曰：“昔匄之祖，自虞以上为陶唐氏，在夏为御龙氏，在商为豕韦氏，在周为唐杜氏。”此言与刘判官有远古时代的亲戚关系。 ②别浦：此指流经潭州（今长沙市）的那一段湘江。 ③丰剑：

注见《咏怀二首》。 ④吴钩：吴地产的一种利器。此喻刘才气英利。 ⑤先鞭：《刘琨书》："常恐祖生先我着鞭。"后以"先鞭"指先立一功，或指奋勉不懈。 ⑥本支：树干和树叶。也用以比嫡子和庶出子孙。

**【译文】**我和你同出陶唐之后，今天在江边为你送行，正值北雁客居南方的晚秋。论年纪我真有愧于兄长之称，而刘弟啊才质优异，俊才风流。和你相遇，如识丰城宝剑，又像见到意气扬扬的吴钩。可叹我如垂翅之鸟徒然衰朽，真羡慕你先鞭用世，不肯停留。我在晚年遇到你这样高义薄天的贤弟，豁然散淡了郁积多年的旅愁。来日我将临江以待，让我们再度重逢在长沙驿楼。

## 湖中送敬十使君适广陵

**【题解】**此诗当是大历四年（769）秋在潭州所作。当时，杜甫的老友敬超先从昭州（今广西平乐）去广陵（今江苏扬州），途经长沙，杜甫写了这首送别诗。先叙别情，次述彼此心绪，末言送别景事。敬十使君，即敬超先。

**【原诗】**相见各头白，其如离别何！几年一会面，今日复悲歌。少壮乐难得，岁寒心匪他。气缠霜匣满，冰置玉壶多。遭乱实漂泊，济时曾琢磨。形容吾较老，胆力尔谁过。秋晚岳增翠，风高湖涌波。骞腾访知己①，淮海莫蹉跎②。

**【注释】**①骞（xiān）腾：飞腾。此二字属下。 ②淮海：此指广陵（扬州）。广陵属淮南道。此二字属上。

**【译文】**相见时彼此都已白发满头，无可奈何，值此离别时候。多年来才得以匆匆聚首，今日离别，禁不住又悲歌悠悠。少壮时的欢乐不复再有，晚景中兄弟间的交谊依旧长留。你意气豪爽，好像寒光凛凛的匣中宝剑；你襟怀剔透，如清冰之在玉壶。我身遭丧乱，饱受漂泊之苦，不知不觉已成老朽；而你正怀抱利器而思欲济世，又有谁能超过你的胆力？晚秋时南岳衡山又平添了几分翠色，长风过处，洞庭湖涌起层层洪波。来日我将到广陵访问老友，愿你高飞远翥，切莫蹉跎！

## 晚秋长沙蔡五侍御饮筵送殷六参军归澧觐省

**【题解】**此诗当是大历四年（769）晚秋在潭州（今长沙市）作。时长沙蔡五侍御设宴饯送殷六参军回澧州（今湖南澧县）省亲，杜甫在座，遂赋诗赠别。觐（jìn）省，探亲。

**【原诗】**佳士欣相识①，慈颜望远游。甘从投辖饮②，肯作致书邮③。高鸟黄云暮，寒蝉碧树秋。湖南冬不雪，吾病得淹留。

**【注释】**①佳士：指殷六。 ②投辖：辖，车厢两端的键。去辖则车不能行。后以“投辖”为主人留客的典故。 ③致书邮：代传书信的人。杜甫前有《送侍御四舅之澧朗》诗，疑即致书于此人。

**【译文】**宴席间能与你这一代佳士相识而倍感欣慰，远在澧州的亲人正盼望你回乡探亲。殷六啊甘愿在主人的酒宴上开怀畅饮，还慨然答应为我充当代传书信的人。暮色中黄云里有高鸟飞舞，晚秋时碧树上有寒蝉长吟。长沙的冬天无霜无雪，我且抱病滞留在这湘江之滨。

## 别张十三建封

**【题解】**此诗当是大历四年（769）冬在潭州（今长沙市）所作。《旧唐书·张建封传》载：“大历初，道州刺史裴虬荐建封于湖南观察使韦之晋，辟为参谋，奏授左清道兵曹，不乐吏役而去。”建封今离湘进京，杜甫写诗送别。诗从开国功臣和张氏渊源叙起，说到往日交情和知己可凭，最后以辞幕归京、勉其忧国济时作结。张十三建封，即张建封，系杜甫老友张玠之子。

**【原诗】**尝读唐实录，国家草昧初①。刘裴首建议②，龙见尚踌躇。秦王拨乱姿，一剑总兵符。汾晋为丰沛③，暴隋竟涤除。宗臣则庙食，后祀何疏芜！彭城英雄种④，宜应将相图。尔唯外曾孙，倜傥汗血驹。眼中万少年，用意尽崎岖。相逢长沙亭，乍问绪业余。乃吾故人子⑤，童丱联居诸⑥。挥手洒衰泪，仰看八尺躯。内外名家流⑦，风神荡江湖。范云堪结友⑧，嵇绍自不孤⑨。择材征南幕，潮落回鲸鱼。载感贾生恸⑩，复闻乐毅书⑪。主忧急盗贼，师老荒京都。旧丘岂税驾，大厦倾宜扶。君臣各有分，管葛本时须⑫。虽当霰雪严，未觉栝柏枯。高义在云台，嘶鸣望天衢。羽人扫碧海⑬，功业竟何如？

**【注释】**①草昧：创始；草创。　②刘裴：刘，指刘文静。张建封系其外曾孙。裴，指裴寂。大业中，高祖镇太原，时刘文静为晋阳令，裴寂为晋阳宫监，见天下盗起，知隋必亡，首建议举大事，帝犹未允，赖秦王（李世民）赞之，遂起兵汾晋。　③“汾晋”句：汾晋为唐公故乡，犹汉之丰沛。　④“彭城”句：《刘文静传》：文静自言系出彭城（今江苏省徐州市），世居京兆武功，父韶仕隋战死，赠仪同三司。　⑤故人：指杜甫老友张玠。　⑥童丱（guàn）：童年。丱，儿童束发成两角的样子。居诸：代指日月。此虚字实用。　⑦“内外”句：内家，为玠之子；外家，为刘文静外曾孙，皆为名流。　⑧范云：南朝梁人，好节尚奇，专趋人之急，少时与领军长史王畡友善，王畡亡于官舍，贫无居宅，范云于是迎丧还家，亲自以玉贝含于其口，埋葬了王畡。此以范云比张建封，谓张堪可结交。　⑨嵇绍：晋人，嵇康之子。嵇康与山涛结为神交，其受诛临终之时，对他的儿子嵇绍说：“巨源（山涛字巨源）在，汝不孤矣。”此以嵇康托孤言刘建封堪可托杜甫之子。　⑩贾生：指贾谊。贾谊曾上疏文帝，文中有“可为痛哭者一，可为流涕者二”的话。此以贾谊比张建封有忧时悯世之心。　⑪乐毅：据《史记》载，乐毅遭疑降赵，燕惠王写信责难他，他于是回信表白心迹。这里比拟张建封脱离韦之晋幕府，又不忘旧帅。⑫管葛：管，指管仲，春秋时著名政治家，曾佐齐桓公以成霸业。葛，指诸葛亮。　⑬扫：当作“归”。仇说近是。

**【译文】**我曾经读过唐人纪实性的文字，如《高祖实录》《太宗实录》之类，因而每每想起大唐王朝草创时的情形。那时候，晋阳令刘文静和晋阳宫监裴寂首倡兴兵讨隋，高祖尚踌躇不决。幸赖唐公子以拨乱反正、澄清天下的英雄气概，一剑而提携起正义之师，暴隋遂告灭亡。从此唐公的故乡——汾晋，犹如汉之丰沛一样名垂千秋。宗臣死后本应立庙祭祀，可惜后世的祭祀久已荒废了。建封你本是彭城英雄之种，理应有出则为将、入则为相的远谋。你身为刘文静的外曾孙，犹如汗血马一样风流倜傥，奇矫无前。目前成千上万的少年，其用心叵测，犹似崎岖不平的险路，远不如旧交之款洽。如今和你相逢于南国长沙，刚刚问及你的世绪遗业。你本是我的老友张玠之子，在我早年东游兖州时就认识了你，那时你正度着你的童年岁月。今当挥手分别之际，仰看你那堂堂八尺之躯，禁不住老泪洒落。你，内是张玠之子，外是文静外孙，皆一世名流，风神摇曳于江湖之间；你好节重义，有如范云再世；你堪寄厚望如同山涛，可了我托孤之愿。昔日韦之晋量材征聘你入幕，如今韦已亡故，你也行将北归。怀着贾谊一样忧时悯世的心辞别韦幕，但又不忘旧帅，犹如乐毅写信回报燕惠王似的。目前，吐蕃寇境，皇上深忧；士气低落，京都荒凉，你岂可息驾旧丘，隐迹山林？当此国之大厦行将倾覆之际，你当乘时而出，定倾扶危。君臣各有各的职分，管仲、诸葛之才本时代所需。眼下虽然正当冰雪凝寒的季节，但松柏尚未凋枯，依旧青翠一色。你的高见将永留朝庭，你就像千里马仰天嘶鸣。如果效仙人之归隐碧海，志在神仙，那么又谈何功业！

## 送卢十四弟侍御护韦尚书灵榇归上都二十四韵

**【题解】**此诗当是大历四年（769）冬在潭州（今长沙市）作。这年冬天，韦之晋卒，其灵柩由卢十四弟侍御护送回京，杜甫写诗送行。诗写卢护灵北归的心情和规卢之意以及杜甫对时事的感慨，具有激奋人心的艺术力量。卢十四弟侍御，杜甫祖母卢氏娘家人，系杜甫表弟，从韦之晋甚久。韦尚书，即韦之晋，时为湖南观察使，卒于大历四年冬。

**【原诗】**素幕渡江远，朱幡登陆微①。悲鸣驷马顾，失涕万人挥。参佐哭辞毕②，门阑谁送归？从公伏事久③，之子俊才稀④。长路更执绋⑤，此心犹倒衣。感恩义不小，怀旧礼无违。墓待龙骧诏⑥，台迎獬豸威⑦。深衷见士则，雅论在兵机。戎狄乘妖气⑧，尘沙落禁闱。往年朝谒断，他日扫除非。但促铜壶箭⑨，休添玉帐旂。动询黄阁老⑩，肯虑白登围⑪。万姓疮痍合，群凶嗜欲肥⑫。刺规多谏诤，端拱自光辉⑬。俭约前王体，风流后代稀。对敭期特达⑭，衰朽再芳菲。空里愁书字⑮，山中疾采薇⑯。拨杯要忽罢⑰，抱被宿何依？眼冷看征盖，儿扶立钓矶。清霜洞庭叶，故就别时飞。

**【注释】**①朱幡：部曲（古代军队编制单位）候送之旗幡。 ②参佐：佐吏参军。 ③公：指韦。 ④之子：指卢十四弟侍御。 ⑤绋（fú）：牵引棺材的大绳。 ⑥“墓待”句：言殁后赠典。龙骧（xiāng），即龙骧将军王濬。《王濬传》：濬为龙骧将军，卒，葬柏谷中，大营茔域，葬垣周四十五里。此以龙骧死后得到厚葬这一典故说韦之晋死后得到哀荣。 ⑦獬豸（xièzhì）：兽名。此指獬豸冠。獬豸冠是古代执法官吏侍御史所戴之冠。此借指卢侍御。 ⑧戎狄：指吐蕃。 ⑨铜壶箭：古代用铜制成的计时器。 ⑩黄阁：唐时门下省之别称。此代指朝廷重臣。 ⑪白登：山名。在山西省大同市东。西汉初年匈奴冒顿曾纵精兵三十万围汉高祖于白登山，七日乃解。后因用作咏边地战争的典故。此谓当朝重臣不以代宗受辱为忧。 ⑫群凶：指河北诸降将。 ⑬端拱：端身拱手。比喻无为而治。 ⑭对敭（yáng）：旧时臣子在帝王面前对答、称扬。此指入朝进谏。特达：腾达。 ⑮“空里”句：晋人殷浩因事被除名为民，于是他终日用手在空中书写“咄咄怪事”四字。这里以“空里书字”写内心愁苦之情。⑯采薇：伯夷、叔齐隐居首阳，以采薇为生，终于饿死。此用其事，比况自己的客居生活。 ⑰拨杯：抛杯不饮。

**【译文】**渡江而去的灵柩渐去渐远，登陆散去的朱幡啊踪影渺然。部曲送行者的驷马不住地悲鸣相顾，成千上万送葬的人们挥泪江边。身为参佐的卢侍御号哭而去，家里有谁送你北归长安？你服侍韦公已经很久很久，你这一代俊才真是绝后空前。你挽着引棺的绳索走向漫漫长路，一颗慌乱的心啊破碎不堪。因感恩怀旧而道义匪浅，护灵北归啊礼节周全。韦公死后将有隆重的葬典，卢侍御啊，你这素负威望的人即将被迎入长安。你一腔血悃，堪称士大夫的典范；你谈兵论武，不乏高论卓见。前些年蕃寇乘着妖风陷落了京城，滚滚尘沙翻落到长安宫前。那时代宗幸陕，朝谒中断；那时御戎无策，难以靖边。皇上啊，但愿早朝勤政，万勿把禁兵增添。凡事都委诸执政大臣，他们岂肯以主辱国忧为念？普天下百姓的疮伤合成一片，而诸降将却欲壑难填。卢侍御啊，你归朝后当克尽谏诤之职，以使皇上端拱无为而国泰民安。力劝皇上要效法先王之俭约爱民；美政风流，垂法后贤。卢侍御呀，希望你以飞腾之姿入朝进谏；承蒙恩泽，以使我这衰朽之人重返生命的春天。我的愁苦一似晋人殷浩的愁苦，客中只好像靠采薇为生的伯夷、叔齐苟延残年。往日邀饮欢聚的场面不复再有，日后我将同谁一起抱被同眠？孩子扶着我伫立在江边的钓矶上，凄冷地目送卢君的车骑没入远烟。清霜凋残了洞庭湖畔的树木，落叶呀好像故意在这惨别的时候飞坠眼前。

## 苏大侍御访江浦，赋八韵记异

**【题解】**此诗当是大历四年（769）在潭州（今长沙市）所作。苏大侍御，即苏涣，蜀人，弓弩手，绰号人称“弩跖”，是杜甫在长沙新结识的朋友。广德二年（764），苏涣考中进士，充任侍御使，大历四年秋后应新上任的湖南观察使崔瓘之召来潭州。一天，苏涣坐轿来访杜甫于江浦舟楫之中，并诵其近作，杜甫听了倾倒之至，于是写了这首诗，热情赞扬苏涣诗歌的艺术成就。此诗七韵，而题云八韵，当是佚失了两句。杜甫认为苏涣异于常人，所以说“记异”。

**【原诗】**庞公不浪出①，苏氏今有之。再闻诵新作，突破黄初诗②。乾坤几反覆，扬马宜同时③。今晨清镜中，白间生黑丝。余发喜却变，胜食斋房芝④。昨夜舟火灭，湘娥帘外悲⑤。百灵未敢散，风波寒江迟。

**【注释】**①庞公：庞德公，东汉末年人，隐居襄阳岘山，不入州府。这里比拟苏涣闭门不出。 ②黄初诗：指魏文帝时曹丕、曹植和邺下七子的诗歌。黄初，三国时魏文帝曹丕的年号。 ③扬马：西汉著名辞赋家扬雄、司马相如。 ④斋房芝：相传汉武帝元封二年（前109），甘泉宫的斋房长出了灵芝。据说，吃了这种灵芝可以延年益寿。这里夸说吟咏苏诗有使白发变黑的奇效。 ⑤湘娥：湘水女神。传说是舜妃娥皇、女英姊妹二人的灵魂所化。这里夸张苏涣的诗具有感动神灵的艺术魅力。

**【译文】**东汉庞德公隐迹岘山，深居简出；如今又有苏氏这样的高人屏绝人事，不入州府。我再次聆听了你诵读自己的新作，使我感到你的诗歌成就远超黄初。浩荡乾坤，几经反覆，你的才名简直可敌汉朝扬马之徒。今天早晨我揽镜自照，看见白发间生出了缕缕青丝。我为自己返老还童而倍感喜悦，远胜吃了斋房中生出的灵芝。昨天夜里船上的灯火熄灭了，帘外湘水女神呀悲不自胜。成群成群的神灵不忍离去，深秋中的湘江啊风平浪静……

## 暮秋枉裴道州手札，率尔遣兴，寄递，呈苏涣侍御

**【题解】**此诗与前一首同时稍后而作。当时，任道州（今湖南道县）刺史的裴虬致书杜甫，杜甫作此诗寄递，并自呈当时在潭州（今长沙市）的苏涣。在这首诗里，见出作者对裴、苏两人的钦佩和对时局的关心，希望他们能实现致君尧舜的政治理想。

**【原诗】**久客多枉友朋书，素书一月凡一束①。虚名但蒙寒暄问，泛爱不救沟壑辱②。齿落未是无心人，舌存耻作穷途哭③。道州手札适复至，纸长要自三过读。盈把那须沧海珠，入怀本倚昆山玉。拨弃潭州百斛酒④，芜没潇岸千株菊。使我昼立烦儿孙，令我夜坐费灯烛。忆子初尉永嘉去⑤，红颜白面花映肉。军符侯印取岂迟⑥，紫燕騄耳行甚速⑦。圣朝尚飞战斗尘，济世宜引英俊人。黎元愁痛会苏息，戎狄跋扈徒逡巡。授钺筑坛闻意旨⑧，颓纲漏网期弥纶⑨。郭钦上书见大计⑩，刘毅答诏惊群臣⑪。他日更仆语不浅⑫，明公论兵气益振⑬。倾壶箫管黑白发，舞剑霜雪吹青春。宴筵曾语苏季子⑭，后来杰出云孙比⑮。茅斋定王城郭门⑯，药物楚老渔商市⑰。市北肩舆每联袂，郭南抱瓮亦隐几。无数将军西第成⑱，早作丞相东山起⑲。鸟雀苦肥秋粟菽⑳，蛟龙欲蛰寒沙水㉑。天下鼓角何时休？阵前部曲终日死㉒。附书与裴因示苏，此生已愧须人扶。致君尧舜付公等，早据要路思捐躯。

**【注释】**①素书：尺素书，即书信。古时书信常写在一尺见方的绢帛上，故称尺素书。 ②泛爱：普爱众人。《论语》："泛爱众，而亲仁。"这里指用空话表示问候。 ③穷途哭：用晋朝阮籍事："时率意独驾，不由路径，

车辙所穷，辄恸哭而反。”这里反用其事，谓耻于穷途之哭。 ④拨弃：撇弃。 ⑤子：指裴虬。初尉永嘉：初任永嘉县尉。杜甫居长安时曾作《送裴二虬尉永嘉》诗，时在天宝十三载（754）。永嘉，今浙江温州。⑥军符侯印：指刺史之职。从汉至六朝，刺史掌一州军政大权，并加将军衔，权位相当于侯王。此以古刺史指代裴虬现职。 ⑦紫燕：指紫骝，汉文帝九逸马之一。騄（lù）耳：骏马名，周穆王八骏之一。 ⑧授钺筑坛：指担任方面大吏。钺：大斧。古时大将出征及方面官出使，朝廷筑坛授以节钺。节为符节，是出使之信物；钺表示可专刑杀。这里指裴虬受命道州刺史。 ⑨颓纲漏网：喻法制败坏。弥纶：弥缝，修补。 ⑩郭钦：晋武帝时侍御史，曾上书献计。此以郭钦期望裴虬。 ⑪刘毅：晋武帝时官至司吏校尉、尚书左仆射，以直言谏诤著于当世。此以刘毅期望裴虬。⑫他日：前日，即裴虬赴道州任时路经潭州当地官员为他饯行的那一天。是日，杜甫曾即席赋《湘江宴饯裴二端公赴道州》诗。更仆：意谓谈话时间甚久，仆侍已倦，又更仆轮侍。 ⑬明公：指裴虬。 ⑭苏季子：苏秦，字季子，战国时纵横家，颇富才干。此喻苏涣。 ⑮云孙：远代子孙。 ⑯定王城：长沙城。西汉景帝之子刘发，封长沙王，死后，谥号“定”，故称。 ⑰药物：指卖药。楚老：楚地的穷苦老人。 ⑱“无数”句：用东汉外戚大将军梁冀在城西大兴土木、营建宅第事，讽刺当时武将竞求奢华。 ⑲“早作”句：用东晋高崧讽谢安事。《晋书·谢安传》：“征西大将军请为司马，将发新亭，朝士咸送。中丞高崧戏之曰：‘卿累违朝旨，高卧东山，诸人每相与言：安石不肯出，将如苍生何？苍生今亦将如卿何？’安甚有愧色。”意谓谢安对朝廷任命尚矜持推让，而今日文臣谋取高位竟急不可待。 ⑳鸟雀：喻庸官。 ㉑蛟龙：喻贤士。 ㉒部曲：古时军队编制单位。此指士兵及下级军官。

**【译文】**久客他乡，辱荷朋友赐书相问，一个月来总共收到一捆书信。这些书信里尽是一些客套话，徒有泛爱的虚名，终无补实际；我照旧蒙受辗转沟壑的屈辱。虽然牙齿已经掉了一半，但我还不是无意于时政的人；舌头尚存，耻于效阮籍穷途之哭。今天又刚刚收到道州刺史裴虬的手札，虽然很长，我还是一连看了三遍，竟然爱不释手。只觉得满手都是盈盈珍珠，又何必到沧海去探胜寻宝？把信揣在怀里，简直怀抱着昆仑山上的美玉。此时此刻，我已无心去饮潭州美酒，也无心去欣赏湘江两岸的菊花，一任它掩没在荒草丛中。白天站着读信，时间长了须儿子扶持；夜晚读信，不知费了多少灯烛！裴虬啊，看到你的来信，我想起了一件往事：天宝十三载，你赴任永嘉县尉时，我曾赋诗相送，那时你正当“红颜白面花映肉”的盛年。如今你又荣任道州刺史，掌握军符侯印，升迁甚速，犹如汉文帝和周穆王的骏马一样飞腾于道途之上。当此王朝蒙尘之秋，济世扶危，戡乱靖边，正宜任用你这一代英俊之士。你当权执政，天下百姓的苦难定能解除；即使吐蕃飞扬跋扈，也将畏缩不前。你亲领皇帝旨意，担当了一方面重任，希望你能够裨补朝纲的缺漏，像晋人郭钦上书献策和晋人刘毅陈词惊动群臣那样。今年春末夏初的一天，你赴道州任，途经长沙，当地官员曾为你饯行；席间，我们谈得很投机，侍仆已倦，又更仆轮侍。那时你乘兴谈兵论武，酒兴愈浓，精神亦愈加奋扬。宴会上，斟酒呼饮声，箫管声，一时大作，我顿时感到白发里又长出黑发；那亮如霜雪、翩然翔舞的道道剑光，闪烁在潭州的春天里。那一天，苏涣也在座。你谈到他的时候，说他是战国纵横家苏秦的远孙，其才质差可与他的先祖相比。可是，苏涣虽有才干，但难酬素志，只好来到长沙城门诛茅而居，和当地的贫苦老人一道谋生于药摊鱼市。有时苏涣坐轿访我于市北，携手同行；有时我访苏涣于城南，一同抱瓮浇园，伏案谈心。如今无数将军都像东汉梁冀一样只知大造府第，而文臣谋士亦急不可待地谋取高位；庸官一个个像鸟雀争食似的利己肥私，贤士竟如蛟龙蛰伏于寒冷的沙水里。何时才能终结天下的战乱？士卒整日惨死在阵前。承蒙裴君来信问候，我写了这首诗作答，并呈苏涣一阅。我老了，行走须人扶持，自愧不如你们二位，只好把实现致君尧舜的政治理想寄托在你们身上，希望你们早据要津，为国献身。

## 奉赠李八丈曛判官

**【题解】**此诗当是大历四年（769）秋在潭州（今长沙市）所作。当时，在潭州幕府充任判官的宗室李曛来看望杜甫，且有资助之举，于是杜甫赋诗相赠。先称美李曛，后自伤淹泊苦况。李八丈曛判官，即李曛，杜甫母系瓜葛远亲，辈分居长，故以丈称之。

**【原诗】**我丈特英特，宗枝神尧后①。珊瑚市则无，騄骥人得有②。早年见标格，秀气冲星斗。事业富清机[3]，官曹贞独守[4]。顷来树佳政，皆已传众口。艰难体贵安，冗长吾敢取[5]。区区犹历试，炯炯更持久[6]。讨论实解颐[7]，操割纷应手[8]。箧书积讽谏，宫阙限奔走[9]。入幕未展材，秉钧孰为偶[10]？所亲问淹泊[11]，泛爱惜衰朽[12]。垂白辞南翁，委身希北叟[13]。真成穷辙鲋[14]，或似丧家狗。秋枯洞庭石，风飒长沙柳。高兴激荆衡，知音为回首。

【注释】①宗枝：同宗子孙。神尧：此指唐高祖李渊。 ②騄骥：騄耳、骐骥。穆天子骏马。 ③清机：清净的心机。 ④“官曹”句：言不妄干进官署。官曹，官吏办事机关。 ⑤“艰难”二句：谓艰难之际，以安静为政治法度，而不取冗长繁杂之务。 ⑥“区区”二句：意谓屈居小官，如屡经诸多困苦，但能克尽职守而不懈怠。历试，屡试。 ⑦解颐：西汉学者匡衡解说《诗经》，可使人喜笑颜开。时人有“解人颐”之语。这里用匡衡事，称美李曛博通典故。 ⑧操割：典出《左传·襄公三十一年》：“子皮欲使尹何为邑……子产曰：‘不可。人之爱人，求利之也。今吾子爱人则以政，犹未能操刀而使割也，其伤实多。’”这是说让不会用刀的人操刀割物，这人很可能割伤自己。子产以此为喻，劝阻子皮任命尹何为邑大夫。后因用作居官力不胜任之典。这里反用其意，谓李曛堪当重任。 ⑨“宫阙”句：言李曛身在宫阙之外，屈居幕府而不得入朝做事。 ⑩秉钧：喻执政。钧，制作陶器所用的转轮。 ⑪所亲：谓所亲近之人。此指李曛。 ⑫泛爱：朋友的代称。 ⑬“垂白”二句：言杜甫将告别潭州而北归故里。南翁，杜甫自谓。希，仰慕。北叟，指塞翁。借指北地。 ⑭穷辙鲋：比喻落难待救之人。此以“穷辙鲋”为喻，自伤落魄。事见《庄子·外物》。

【译文】李公啊，您真是才智杰出的优秀人物；您真不愧为唐高祖的远孙，风范千秋。你好比世所罕见的珍贵的珊瑚，您俨然如穆天子的骏马，绝无仅有。早年我曾一睹您那超凡绝俗的风采，您那蓬勃的秀气上冲星斗。您颇富清净的心机——功绩卓著；您不妄加干进——坚持操守。近来您美政风流，多所建树，美好的声誉布在众人之口。艰难之际，能以安静为政治法度，而不取冗长繁杂之务。您屈居小官，如同屡经艰难困苦，但能持久不懈，克尽职守。您就像匡衡说《诗》那样博通典故，您为官练达，得心应手。旨在讽谏的书信堆满箱子，可惜身在宫阙之外，不得入朝奔走。您具有无可匹敌的治国才能，却竟然屈居幕僚而未能一展宏图。李公啊，承蒙您关心我这滞留已久的愚儒，朋友们也深深怜惜我这衰朽不堪的老叟。我这白发下垂的人即将辞别水国潭州，向着迢递的北方故里脱身而走。眼下我真的成了涸辙之鱼，急待援救，有时简直像摇尾乞怜的丧家之狗。秋天的洞庭湖啊水落石出，秋风中的长沙柳啊衰飒枯朽。此时我心中的意兴激荡着茫茫荆衡，李公啊，想您念您，禁不住为您时时回首。

## 奉送魏六丈佑少府之交广

**【题解】**此诗当是大历四年（769）冬在潭州（今长沙市）所作。时魏征第四代孙魏佑南游交广（今广州）一带，途经长沙，杜甫写了这首送别诗。先从魏氏先世叙起，继伤其怀才落魄，怜其冒险出游，再虚拟广南宴会之盛和魏佑意气之豪，末以叮咛致戒、殷殷惜别之情作结。魏六丈佑少府，即魏佑。

**【原诗】**贤豪赞经纶，功成空名垂。子孙不振耀，历代皆有之。郑公四叶孙①，长大常苦饥。众中见毛骨，犹是麒麟儿②。磊落贞观事③，致君朴直词。家声盖六合，行色何其微。遇我苍梧阴④，忽惊会面稀。议论有余地，公侯来未迟⑤。虚思黄金遗⑥，自笑青云期。长卿久病渴⑦，武帝元同时⑧。季子黑貂敝，得无妻嫂欺⑨？尚为诸侯客⑩，独屈州县卑。南游炎海甸⑪，浩荡从此辞。穷途仗神道⑫，世乱轻土宜⑬。解帆岁云暮，可与春风归⑭。出入朱门家，华屋刻蛟螭。玉食亚王者⑮，乐张游子悲。侍婢艳倾城，绡绮轻雾霏。掌中琥珀锺，行酒双逶迤。新欢继明烛，梁栋星辰飞⑯。两情顾盼合，珠碧赠于斯。上贵见肝胆，下贵不相疑⑰。心事披写间⑱，气酣达所为⑲。错挥铁如意，莫避珊瑚枝⑳。始兼逸迈兴，终慎宾主仪㉑。戎马阇天宇，呜呼生别离。

**【注释】**①郑公：指魏征。《魏征传》：贞观七年，进左光禄大夫、郑国公。②麒麟儿：颖异的小孩儿。此以陈朝徐陵比况魏佑。 ③贞观：唐太宗年号。公元627—649年。 ④苍梧阴：苍梧山在道州（今湖南道县），苍梧阴则指潭岳。 ⑤“公侯”句：言魏佑可以身致公侯，重振家声。 ⑥黄金遗：典出《长门赋序》：武帝陈皇后，闻司马相如天下工为文，奉黄金百斤，为相如、文君取酒。这里是说魏佑此行想望甚高。 ⑦长卿：即司马相如。司马相如，字长卿，患消渴病。此言魏佑患病日久。 ⑧“武帝”句：《司马相如传》：武帝读《子虚赋》，善之，曰：“朕独不得与此人同时哉!”此慨叹魏佑落魄不遇。 ⑨“季子”二句：典出《战国策》：苏秦外出游说诸侯，黑貂之裘敝，大困而归。至家，受到妻嫂嘲笑。后用作求仕碰壁之典。杜甫引用这个故事，对魏佑失意落魄表示同情。 ⑩“尚为”句：似指魏佑此行入幕就职而言。 ⑪炎海甸：南海一带。此指交广(今广州)。 ⑫神道：犹言神灵。 ⑬土宜：指故乡。句意谓世乱之际远离乡土。 ⑭归：此作“至”解。 ⑮亚：匹敌。 ⑯星辰：喻灯盏。 ⑰“上贵”二句：仇解：“见肝胆，则衷情尽露。不相疑，乃形迹无间。两者微有深浅，故分上下。” ⑱披写：披露，倾吐。 ⑲“气酣”句：谓意气之盛而一吐之。 ⑳“错挥”二句：典出《晋·石崇传》：武帝尝以珊瑚树赠王恺，高二尺许，世所罕比。恺示崇，崇便以铁如意（铁制爪杖）击之，应手而碎。恺既惋惜，崇曰：“不足恨。”乃命左右悉取珊瑚树高三四尺者六七株。此借言两情投合，不知避嫌。 ㉑“始兼”二句：规劝魏佑于气酣意迈之际要注意宾主威仪。

**【译文】**自古以来辅佐君主筹划治国大事的贤人豪杰，成就功业之后徒然有美名流传后世。其子孙后代不能显耀于世甚至家道中衰的，历代不乏其人。魏少府啊，您本是一代名臣魏征的第四代孙，可惜长大成人之后常有饥寒交迫之苦。您长相不凡，自是人中奇杰；您少年早慧，犹如被称为麒麟儿的陈朝的徐陵。乃祖在贞观年间，曾以磊落不凡之才，朴实率直之言，犯颜上谏，辅佐太宗，使之成为有唐以来的圣明之主。因此，魏氏一门世代相传的美誉冠于天地四方；可惜您这名门后裔如今竟然衰微如此，带着凄凉的行色远走交广，真令人有盛衰无常之悲。如今您和我相逢在这苍梧之阴，这真是千载难逢的人生聚会。您议论风发，从容而有余地，看来您重振家声，致身公侯，亦不为迟。您想望如司马相如一样承蒙黄金之赠，您含笑仰望高天，希望一酬青云之志。可惜您像患消渴病的司马相如似的落魄不遇，这样就难免像备受妻嫂嘲笑的苏秦一样困顿失意。您此次南行入幕，以客子身份屈居小小的州县，是何等的可怜可悲！乘舟南游遥远的交广，从此一别，随着江流没入无边的远方。但愿神灵保佑您行驶在穷途末路，乱世之际却背井离乡。在这年终岁暮的时候，您放舟南下，预计您在明年春天便可到达交广。您即将出入于富贵之门，那豪华的宫室雕刻着美丽的龙纹。饮食甘美，简直可与王侯相比；乐声大作，令您这天涯游子感慨唏嘘。侍女们一个个都是倾城倾国的美女，宛如云雾的是飘然轻举的罗衣。纤细的手上捧着华美的酒杯，成双成对的行酒的佳人往来逶迤。夜以继日地同新朋友欢聚，屋梁上宛如星辰的明灯恍然如飞。顾盼间宾主间的情谊契合无间，你将得到各种各样的珍玩宝器。宾主之间肝胆相见，宾主之间不拘形迹。彼此披露心中的情事，豪迈的意气一吐无余。您就像晋朝石崇之于王恺，两情投合，不避嫌疑。魏少府啊，您虽然意兴豪迈，但勿失宾主威仪。眼下戎马倥偬，战尘遮暗了天宇；呜呼！当此生别之际，真令我戚戚多悲。

## 北　　风

**【题解】**此诗当是大历四年（769）秋冬间在潭州（今长沙市）所作。作者以朱凤和鸿雁自喻，见流离失所境况，寄托了对清平时代的思慕之情。

**【原诗】**北风破南极，朱凤日威垂。洞庭秋欲雪，鸿雁将安归？十年杀气盛①，六合人烟稀。吾慕汉初老②，时清犹茹芝。

**【注释】**①十年：自天宝十五年至此已经十二年，此云十年，盖举其成数而言。　②汉初老：指汉初商山四皓。

**【译文】**北风吹裂了南方的大地，一只火红的凤凰日渐失去威仪。晚秋中的洞庭湖一带就要下雪，那流离失所的鸿雁啊何所依归？十年来到处都弥漫着腾腾杀气，天地四方啊人烟稀微。我真羡慕汉初商山四皓，在那清平时代犹可采食灵芝。

## 幽　　人

**【题解】**此诗是杜甫流寓潭州（今长沙市）时所作，属游仙一类。诗中除了表现杜甫晚年流离失所的痛苦心情，亦见其结情世外、企慕幽人之想。

幽人，此指世外仙侣。

【原诗】孤云亦群游，神物有所归①。灵凤在赤霄，何当一来仪？往与惠询辈②，中年沧洲期。天高无消息，弃我忽若遗。内惧非道流，幽人见瑕疵。洪涛隐笑语，鼓枻蓬莱池③。崔嵬扶桑日④，照曜珊瑚枝。风帆倚翠盖，暮把东皇衣⑤。嗽漱元和津⑥，所思烟霞微。知名未足称，局趣商山芝⑦。五湖复浩荡⑧，岁暮有余悲。

【注释】①神物：此指龙。 ②惠询：旧指惠远、许询。恐非。杜甫有《送惠二过东溪》一诗，询或其人之名。 ③鼓枻（yì）：荡桨。 ④扶桑：神话传说中的海上神树。《山海经》载："大荒之中，暘谷上有扶桑，十日所浴，九日居下枝，一日居上枝，皆载乌。" ⑤东皇：东方青帝，亦即司春之神。此泛指神灵。 ⑥元和：口中津液。 ⑦商山：山名，汉初四皓隐居之地，在今河南境内。此泛指幽人隐居之所。 ⑧五湖：此特指洞庭湖。

【译文】《易经》上说："云从龙。"孤云得龙亦将成群而游，终必有所归依；翱翔于赤霄之上的凤凰不知何时飞来而一展容仪？忆往昔我也曾同惠询之辈相约归隐而未成行，他们已得道升天，一去而无消息。仙人高举于昊天之上，遗弃我像遗弃一件东西。恐怕自己并非道流，难免被仙人指摘瑕疵。此时此刻，我仿佛听到从洪涛中传来隐隐笑语，仙人们正荡桨划船向蓬莱游去。高大的扶桑树上挂着十个太阳，十个太阳一齐照耀着海中的珊瑚枝。风帆倚着船上翠绿色的帏盖，黄昏时仙人手牵五彩缤纷的仙衣。我也想学习嗽嗽玉液之法，我也想到烟霞迷离的仙境隐居。可惜为知名所误，致使我局促不安地望着仙人隐居之地。眼前的洞庭湖水浩浩荡荡，年底因不得与仙人为侣而心有余悲。

## 江　汉

【题解】此诗编次有分歧：旧编在夔州，浦编在江陵，仇从蔡氏编入湖南诗内。当以后者近是。"江汉"系泛指，不必拘看。写作时间大约在大历四年（769）秋。诗融情于景，表现了杜甫晚年漂泊流徙、孤独无依的境况和身虽老病但壮心犹存的情怀。

【原诗】江汉思归客，乾坤一腐儒①。片云天共远，永夜月同孤。落日心犹壮，秋风病欲苏。古来存老马，不必取长途②。

【注释】①腐儒：杜甫自指。 ②“古来”二句：用老马识途的故事暗寓身虽老迈但犹可有所作为之意。《韩非子》载：春秋时管仲随齐桓公伐孤竹，春往冬返，迷失道路。管仲于是用老马引路，才得以回来。杜甫在这里以老马自比，说自己虽老但智慧可用。

【译文】我是漂泊江汉、思归故乡的天涯游子，我是茫茫天地间一个迂腐的老儒。多年来我与片云一道漂泊天外，漫漫长夜里我同孤月一样无伴无偶。虽然年老体迈，但壮心犹在；肺病日渐好转，多谢秋风的吹拂。自古以来存养老马是因为其智可用，而不必取其体力，跋涉长途。

## 地　隅

【题解】此诗与《江汉》一诗系同时所作。见浪迹地隅、羁留江汉的悲凉心绪。

【原诗】江汉山重阻，风云地一隅。年年非故物，处处是穷途。丧乱秦公子①，悲凉楚大夫②。平生心已折，行路日荒芜。

【注释】①秦公子：指建安诗人王粲。王粲，家本秦川，为贵公子孙，故称。此杜甫自比。 ②楚大夫：指战国诗人屈原。屈原，楚国的同姓，曾仕于怀王，为三闾大夫，爱国直谏，受谗被逐。这里以屈原自比，写悲凉心绪。

【译文】滞留江汉，重山阻隔，家国难还；当此风云动乱之秋客居地角天边。年年所见到的已非昔日旧物，处处是穷途末路，举目茫然。我就像身遭丧乱、迁徙流转的汉末诗人王粲，又像去国投荒、心绪悲凉的战国诗人屈原。多年来我的一颗心早已支离破碎，瞻顾前路，一天比一天荒凉不堪。

## 舟中夜雪，有怀卢十四侍御弟

【题解】此诗当是大历四年（769）冬在潭州（今长沙市）所作。当时，卢护送韦之晋灵榇离湘北归，稍后不久，杜甫在一个大雪纷飞的夜里，忽起相思，写了这首诗，见出诗人在幽境中对卢弟的一往情深。卢十四侍御弟，见《送卢十四弟侍御护韦尚书灵榇归上都》一诗题解。

【原诗】朔风吹桂水①，大雪夜纷纷。暗度南楼月，寒深北渚云。烛斜初近见，舟重竟无闻。不识山阴道②，听鸡更忆君。

【注释】①桂水：湘江。湘江由广西桂林流来，注入洞庭湖，故称湘江为桂水。 ②山阴道：晋人王徽之访戴安道一事发生在会稽之山阴，也称“山阴访”，因用作访友的典故。这里反用王徽之事，切雪夜行舟，以表现思友之情。

【译文】北风吹乱了湘江的波涛，潭州之夜啊大雪纷纷。雪花从映照着月色的南楼一带悄然飘过，冷透了北渚上空的冬云。借着歪斜的烛光才看见近处的飞雪，因船篷积雪深厚竟听不见雪打船篷的声音。我不能雪夜乘舟去拜访老友，听着鸡叫声，又想起你啊——卢君。

## 对　雪

【题解】此诗与前首诗同时稍后而作。诗中描写了南雪特征，表现了诗人孤独无偶的凄凉情怀。

【原诗】北雪犯长沙，胡云冷万家。随风且间叶，带雨不成花。金错囊垂罄①，银壶酒易赊②。无人竭浮蚁，有待至昏鸦。

【注释】①金错囊：犹言钱包。金错，即金错刀，王莽所铸钱名，以黄金错其文曰：一刀值万千。垂罄：将空。 ②酒易赊：言不易赊。

【译文】北国风雪侵入了南国长沙，来自北方上空的阴云冷透了万户千家。雪粒随着寒风又夹杂着树叶纷纷飘洒，雪粒因受雨而没有形成朵朵雪花。行将一空的钱包里没有买酒钱，银壶里的酒呀颇不易赊。没有人和我一起干杯痛饮，等啊等啊，一直等到暮色中归来点点昏鸦……

## 冬晚送长孙渐舍人归州

【题解】此诗当作于大历四年（769）冬，时杜甫在长沙。当时长孙渐舍人行将北归，杜甫赋诗相送。先自叙客况，后及送别情事。按：疑归字下脱一字。是长孙渐舍人北归，非峡外之归州，故知归字下有脱文。

【原诗】参卿休坐幄①，荡子不归乡。南客潇湘外，西戎鄠杜旁②。衰年倾盖晚，费日系舟长。会面思来札，销魂逐去樯。云晴鸥更舞，风逆雁无行。匣里雌雄剑，吹毛任选将③。

【注释】①参卿：《晋书》载：孙楚为石苞骠骑参军，赴任时，自称“天子命我参卿军事”。杜甫初为参谋，故自称“参卿”。 ②西戎：指吐蕃。鄠（hù）杜：京都一带。鄠属扶风（今陕西户县），杜属京兆，系长孙渐舍人归路所向之地。 ③吹毛：是说剑锋锐利，吹毛可断。将：语助词，无义。

【译文】我已罢了参谋之职，飘飘然作了个游子不得还乡。孑然客居于潇湘之外，蕃寇正眈眈虎视于京都之旁。值此衰年，倾盖恨晚；孤舟漂泊，花费了多少时光。一见面就盼望你日后多多来信，此刻我破碎的灵魂紧紧追随你那即将远去的帆樯。江鸥孤飞于晴云之下，逆风中的归雁孤独无行。雌雄二剑鸣叫着就要从匣中飞出，任你择其锐者以试锋芒。

## 暮冬送苏四郎徯兵曹适桂州

【题解】此诗当是大历四年（769）十二月在潭州（今长沙市）作。当时，桂州（今广西桂林）人朱济时挟广西少数民族反叛，苏四郎徯（杜甫老友之子苏徯）自湖南幕为桂州兵曹，前往桂州平乱，杜甫赋诗送别，望其乘时建立功业。

【原诗】飘飘苏季子①，六印佩何迟②。早作诸侯客，兼工古体诗。尔贤埋照久③，余病长年悲④。卢绾须征日⑤，楼兰要斩时⑥。岁阳初盛动⑦，王化久磷缁⑧。为入苍梧庙，看云哭九疑⑨。

【注释】①苏季子：战国纵横家苏秦，字季子，曾历说诸侯，合纵伐秦，佩六国相印。此用苏秦事，暗示苏徯要联兵讨贼，平定桂州（今广西桂林）朱济时叛乱。 ②六印："六国相印"之略语。苏秦为纵约长，并相六国，佩六国相印。后因以六印比喻致身显达。这里反衬苏徯沉滞下僚。③埋照：犹言韬光。埋没而不显露。 ④长（zhàng）年：晚年。长，剩余。 ⑤卢绾：汉人。《汉书》："高祖使使召卢绾，绾称病不行。上怒曰：'绾果反。'使樊哙击之。"后因用作征讨叛逆的典故。此以卢绾比叛将朱济时。 ⑥楼兰：古国名。此比诸蛮。 ⑦岁阳：冬末春初，阳气回升，故曰"岁阳"。 ⑧王化：王者的教化。此谓朝令。磷缁：污损。《论语》："不曰坚乎？磨而不磷；不曰白乎？涅而不缁。"磷，因磨而薄；缁，因染而黑。后世以此比喻事物受外界条件的影响而起变化。这里指朝令不行。⑨"为入"二句：意谓苏徯南赴桂州，取道苍梧，入庙而哭祭舜帝。这里寄托着杜甫对盛世的向望之情。苍梧，又名九疑山，相传为舜之葬地，在今湖南宁远县境。苏徯远赴桂州，正好取道苍梧。

【译文】当年，苏秦为合纵伐秦而游说不定，到后来才身佩六国相印，成就功名。早年曾作客于诸侯之间，兼工古体诗，颇富才能。苏徯啊，可惜你沉埋已久，我也因晚年病废而悲不自胜。叛将朱济时就像汉代的卢绾不奉朝命，诸蛮就像楼兰一样亟待斩除干净。眼下正是阴气渐衰、阳气渐盛的暮冬，可叹大唐王朝的政令久已滞塞不通。苏徯啊，请你到苍梧庙为大舜而放声一哭——望着绵亘无尽的九疑山上空的云层。

## 客　从

【题解】此诗当是大历四年（769）在潭州（今长沙市）所作。这年三月，唐王朝派御史向商人征税，加剧了人民的痛苦。杜甫有感于此，遂即以寓言形式，对民困民瘼寄予了深切同情，对统治者横征暴敛进行了强烈谴责。此诗情酸味厚，歌短泣长，蕴藉优柔，与诗三百篇、古诗十九首上下同流。

**【原诗】**客从南溟来[1]，遗我泉客珠[2]。珠中有隐字，欲辨不成书。缄之箧笥久[3]，以俟公家须。开视化为血，哀今征敛无！

**【注释】**①客：泛指。下句中的“我”也是泛指。 ②泉客：鲛人，半人半鱼状，生活在南海中。传说鲛人一边织丝，一边流泪，泪水化作珍珠。这里用“泉客”象征劳动人民。 ③箧笥（qiè sì）：竹箱。此泛指藏物的箱子。

**【译文】**从南海来了一个客人，他把鲛人泪水化成的珍珠送给了我。这珍珠上隐隐约约好像有文字，要辨识但又辨认不出字迹。我把它藏在箱子里已经很久很久，以便应付官府的勒索。今天我打开一看，这珍珠已化作鲛人的血泪，可怜再也没有什么东西可供官府征敛搜刮。

## 蚕 谷 行

**【题解】**此诗当大历四年（769）在潭州（今长沙市）所作。从大历三年到大历四年，商州兵马使刘洽、幽州兵马使朱希彩、广州冯崇道、桂州朱济时相继反叛，吐蕃又连年入寇京畿，兵甲遍于天下，农田荒废，蚕谷不收，故杜甫赋诗寄慨，表现了诗人对承平生活的强烈渴望。

**【原诗】**天下郡国向万城，无有一城无甲兵。焉得铸甲作农器？一寸荒田牛得耕。牛尽耕，蚕亦成，不劳烈士泪滂沱[1]，男谷女丝行复歌[2]。

**【注释】**①烈士：有志之士。此指士兵。当时士兵由农民充当。 ②男谷女丝：犹言男耕女织。

**【译文】**天下郡国州县将近有上万座城，没有一座城里没有兵氛惨淡的战争。怎能把兵器销毁制成农具？这样，一寸荒田都可用耕牛耕种。耕牛遍地走呀蚕丝也缫成，普天下的士兵再也没有泪水纵横。男耕女织，一边劳作，一边唱歌，天下乐融融。

## 白凫行

**【题解】** 此诗当是大历四年（769）冬在潭州（今长沙市）作。诗以昔日黄鹄之化为今日白凫的寓言形式，写诗人晚年泛泛若凫的漂泊生涯，表现了诗人虽生计日艰但素志不移的倔强性格。白凫（fú），即野鸭。

**【原诗】** 君不见黄鹄高于五尺童，化为白凫似老翁。故畦遗穗已荡尽，天寒岁暮波涛中。鳞介腥膻素不食①，终日忍饥西复东。鲁门鹓鶋亦蹭蹬②，闻道于今犹避风。

**【注释】** ①鳞介：水中鳞甲之类的动物。 ②鲁门鹓鶋（yuán jū）：《国语·鲁语上》：海鸟曰爰居（鹓鶋），止于鲁东门之外，展禽（春秋鲁国大夫，即柳下惠）曰："今兹海其有灾乎？夫广川之鸟兽恒知而避其灾也。"是岁海多大风。这里借鹓鶋避风一事，寄托自伤流落的感慨。

**【译文】** 君不见昔日千里摩空、高于五尺童的黄鹄，如今竟化作白凫，活像我这白发老翁。陆上的遗穗已经荡然而尽，不得不在这严寒的年底漂泊在波涛之中。水上又一向没有可以充饥的鳞甲腥膻，只好整日忍饥挨饿，四处飘零。当年为避风而栖息鲁国城门的鹓鶋亦颇蹭蹬，听说至今还在躲避海上大风。

## 朱凤行

**【题解】** 此诗亦作于大历四年（769）冬，时杜甫寓居潭州（今长沙市）。朱凤，是古代传说中的一种象征祥瑞的神鸟，杜甫径以之自喻，表现了诗人对身罹祸难的百姓的怜悯之情和爱物之意，同时也见出诗人困于荆衡、不得其志的感恨。

**【原诗】** 君不见潇湘之山衡山高①，山巅朱凤声嗷嗷。侧身长顾求其曹，翅垂口噤心劳劳。下愍百鸟在罗网，黄雀最小犹难逃。愿分竹实及蝼蚁②，尽使鸱枭相怒号③。

【注释】①衡山：山名，在今湖南省衡山县境内，是湖南湘江流域最高的山。 ②竹实：凤凰的食物。传说凤凰非竹实不食。 ③鸱枭（chī xiāo）：猫头鹰，旧时被认为是恶禽。此喻权贵。

【译文】君不见潇湘之间的群山数衡山最高，山顶上有一只火红的凤凰，鸣声嗷嗷。它正侧身远顾把同伴寻找，低垂着翅膀，吞咽着叫声，神色忧劳。它怜念那身陷罗网的山下的百鸟，更可怜那最小的黄雀在劫难逃。但愿把竹食分给百鸟和蚂蚁，管他猫头鹰们声声怒号！

## 追酬故高蜀州人日见寄并序

【题解】此诗当作于大历五年（770）正月，时杜甫在长沙。高适任蜀州刺史时，曾于761年正月初七（人日）寄诗给杜甫，后于765年死去。到770年正月二十一日，杜甫在长沙舟中翻出了高适的赠诗，有感于亡友情深，于是写了这首诗，呈寄当时尚在人世的忘形故人李瑀（汉中王）和任职昭州的敬超先。诗中见出杜甫对高适的深厚友情和对动荡时局的忧虑。时距高适赠诗已十年，距高适之死亦已五六年，故云“追酬”。故高蜀州，指已故的高适。高适曾任蜀州刺史，故以高蜀州称之。人日，正月初七。

【原序】开文书帙中，检所遗忘，因得故常侍适——往居在成都时，高任蜀州刺史——《人日相忆》见寄诗，泪洒行间，读终篇末。自枉诗，已十余年；莫记存没，又六七年矣！老病怀旧，生意可知。今海内忘形故人，独汉中王瑀与昭州敬超先在。爱而不见，情见乎辞。大历五年正月二十一日却追酬高公此作，因寄王及敬弟。

【原诗】自蒙蜀州人日作①，不意清诗久寥落。今晨散帙眼复开，迸泪幽吟事如昨。呜呼壮士多慷慨，合沓高名动寥廓②。叹我凄凄求友篇③，感君郁郁匡时略。锦里春光空烂熳④，瑶墀侍臣已冥寞⑤。潇湘水国傍鼋鼍⑥，鄠杜秋天失雕鹗⑦。东西南北更谁论⑧？白首扁舟病独存。遥拱北辰缠寇盗⑨，欲倾东海洗乾坤。边塞西羌最充斥⑩，衣冠南渡多崩奔⑪。鼓瑟至今悲帝子⑫，曳裾何处觅王门⑬。文章曹植波澜阔⑭，服食刘安德业尊⑮。长笛邻家乱愁思⑯，昭州词翰与招魂⑰。

【注释】①人日作：指高适在蜀州寄赠杜甫的《人日寄杜二拾遗》诗。②合沓（tà）：积聚。指高适的名声因积久而传扬。　③求友篇：指杜甫过去在蜀时寄赠高适的诗，如《送高三十五书记十五韵》、《酬高使君相赠》等。求友，语出《诗经·鹿鸣》："相彼鸟兮，犹求友声。"　④锦里：成都。　⑤瑶墀（chí）：玉阶。此指宫廷。侍臣：指高适。高适官终左散骑常侍。　⑥鼋鼍（yuán tuó）：水中爬虫类动物。鼋，似龟而大。鼍，鼍龙。　⑦鄠（hù）杜：指长安鄠县（今陕西户县）和杜曲（在今陕西长安县境）。此借指长安。高适死在长安。雕鹗：二猛禽名。此喻高适。　⑧东西南北：用高适《人日寄杜二拾遗》结句"愧尔东西南北人"。今杜甫取之以写一己之漂泊。　⑨北辰：北极。比方帝王所居。寇盗：指吐蕃和叛乱的军阀。　⑩西羌：指吐蕃。　⑪衣冠南渡：五胡乱华，晋元帝渡江，士族亦皆南迁，史称南渡。此借指吐蕃入寇，唐代宗逃往陕州及贵族官僚之避乱南奔。衣冠，指贵族官僚。　⑫"鼓瑟"句：《楚辞·远游》："使湘灵鼓瑟兮。"传说帝舜南巡，死于苍梧之野，他的两个妻子娥皇和女英（帝尧的女儿）哀之，投湘水而死，化为湘水女神。在风雨晦冥中，她们时常出游水面，鼓瑟悲歌，以悼舜帝。帝子，即娥皇、女英。这里杜甫引用神话故事，意在写自己对王室多难的感伤之情。　⑬曳裾（jū）：穿着长襟拖地的衣服。后来指寄食王侯之门为"曳裾"。此言思念汉中王李瑀，但因两地相隔，不得曳裾其门。王门：指汉中王李瑀府邸。⑭曹植：三国魏诗人，系魏之宗室，封陈思王。此比李瑀。　⑮服食：指服食丹药，是道家服食派的一种长生术。刘安：汉高祖之孙，封淮南王，礼贤，喜方士。此亦比况李瑀。　⑯长笛邻家：用晋人向秀思念嵇康一事：嵇康被杀后，向秀过其旧居，闻邻家笛声，忽动思旧之情，遂作《思旧赋》。这里比况自己对已故高适的追思。　⑰昭州：今广西平乐县。此指代任职昭州的敬超先。招魂：宋玉哀悼屈原曾作《招魂》赋，这里是希望敬超先代作辞赋以招高适亡魂。

【译文】我在成都草堂时，幸蒙高公从蜀州寄给我那篇题为《人日寄杜二拾遗》的大作，竟没料到你的这首清绝高华的诗歌零落很久了。今晨翻检书箱时又见到了这首诗，我的眼睛顿时为之一亮，一边流泪，一边低声吟哦，事情恍如发生在昨天似的。呜呼！高公多慷慨悲壮之气，因日积月累而成就的鼎鼎大名震天动地。你曾为我寄给你的那首凄凉的诗篇而引颈长叹，我也为你博大精深的匡世之策而感叹唏嘘。可叹你这一代朝廷直臣已经仙去，成都的春光啊徒然美丽！如今我漂泊在这潇湘水国徒与鱼鳖为伍，怅望秋天的长安上空再也没有勇猛的雕鹗展翅搏击。呜呼高公！天下还有谁关心我这四处漂泊的腐儒？只有一叶扁舟伴着我这年老多病、独存世上的人。遥拱战气弥漫、风云惨淡的故国京城，真想倾尽东海之水涤荡乾坤！京城里充斥着吐蕃的兵马，多少官僚临难而纷纷逃奔。我的悲哀是鼓瑟帝子的悲哀，思念汉中王啊不得曳裾其门。汉中王啊您的文章如同曹植的文章一样波澜壮阔，您的德业好像好道服食的刘安一样千古绝伦。此刻我思念高公如同向秀之思念嵇康，无边的愁思呀乱纷纷。远在昭州的敬使君啊，请您代为赋诗，以招高公的亡魂。

## 送重表侄王砅评事使南海

**【题解】**此诗当是大历五年（770）在潭州（今长沙市）所作。天宝十五载（756）夏，杜甫和王砅两家都住在白水，为避安史之乱，遂由白水一同北逃。途中曾蒙王砅救护。十四年后，即770年，他们又在潭州重逢。这时王砅已作了评事，正奉命去岭南节度府出差（时李勉为岭南节度观察使），临别，杜甫作诗送行。先叙君臣遇合之缘和王珪夫人先见之明，次述朝廷恩眷之隆，接着回忆当年逃难时承蒙王砅救护的经过，复又折回王砅出使南海本事，最后写诗人欲游南海学仙之愿。王砅（lì）评事，杜甫第四代表侄。

**【原诗】**我之曾老姑，尔之高祖母。尔祖未显时[①]，归为尚书妇。隋朝大业末[②]，房杜俱交友[③]。长者来在门，荒年自糊口。家贫无供给，客位但箕箒。俄顷羞颇珍，寂寥人散后。入怪鬓发空，吁嗟为之久。自陈剪髻鬟，市鬻充杯酒[④]。上云天下乱，宜与英俊厚。向窃窥数公，经纶亦俱有。次问最少年，虬髯十八九。子等成大名，皆因此人手。下云风云合，龙虎一吟吼。愿展丈夫雄，得辞儿女丑。秦王时在坐[⑤]，真气惊户牖。及乎贞观初⑥，尚书践台斗⑦。夫人常肩舆⑧，上殿称万寿。六宫师柔顺⑨，法则化妃后⑩。至尊均嫂叔，盛事垂不朽。凤雏无凡毛⑪，五色非尔曹。往者胡作逆⑫，乾坤沸嗷嗷。吾客左冯翊⑬，尔家同遁逃。争夺至徒步，块独委蓬蒿⑭。逗留热尔肠，十里却呼号。自下所骑马，右持腰间刀。左牵紫游韁，飞走使我高。苟活到今日，寸心铭佩牢。乱离又聚散，宿昔恨滔滔⑮。水花笑白首，春草随青袍⑯。廷评近要津⑰，节制收英髦⑱。北驱汉阳传⑲，南泛上泷舠⑳。家声肯坠地，利器当秋毫。番禺亲贤领㉑，筹运神功操。大夫出卢宋㉒，宝贝休脂膏㉓。洞主降接武㉔，海胡舶千艘㉕。我欲就丹砂，跋涉觉身劳。安能陷粪土，有志乘鲸鳌。或骖鸾腾天，聊作鹤鸣皋㉖。

**【注释】**①尔祖：指王砅的高祖王珪。王珪曾为礼部尚书，兼魏王泰师。②大业：隋炀帝（杨广）年号。公元605—618年。　③房杜：指房玄龄、杜如晦。王珪隐居时，与房、杜友善。《新唐书·王珪传》：珪始隐居时，与房玄龄、杜如晦善。母李尝曰："而必贵，然未知所与游者何如人，而试与偕来。"会玄龄等过其家，李窥大惊，敕具酒食，欢尽日，喜曰："二客公辅才，汝贵不疑。"《复斋漫录》云：房、杜旧不与太宗相识。太宗起兵，玄龄杖策谒军门，乃荐如晦。珪则建成诛后始见召，以史传参考，诗为误也。《西清诗话》说：以《新唐书》所载，质之子美是诗，则珪之妇杜，非其母李。且一妇人识真主于侧微，其事甚伟。史阙而不录，是诗载之为悉。世号"诗史"，信不诬也。《容斋随笔》考之颇详：高祖时，太子建成与秦王相倾，珪为太子中允，说建成收刘黑闼以立功名。其后杨文干事起，高祖以兄弟不睦，归罪珪等而流之。太宗即位，乃召用。然则珪与太宗非素交明矣。而杜公称其祖母事，不应不实，且太宗时宰相别无王姓者，真不可晓也。　④"自陈"二句：用晋陶侃之母断发易酒事：侃早孤贫，为县吏，鄱阳孝廉范逵尝过侃，侃时仓卒无以待宾，其母乃截发，得双发以易酒肴，乐饮极欢，虽仆从亦过所望。（事见《晋书·陶侃传》）这里以陶侃之母比拟表侄王砅之高祖母。　⑤秦王：指李世民。公元618年5月，李渊在长安即位，建立唐朝，封李世民为"秦王"，任掌管全国政务的"尚书令"。　⑥贞观：唐太宗年号。公元627—649年。　⑦台斗：台，三台星；斗，北斗星。比喻宰辅重臣。贞观四年（631）二月，王珪以黄门侍郎迁侍中，参预朝政，故以"台斗"比之。　⑧"夫人"句：谓王珪夫人以命妇身份坐轿参预朝会。 ⑨六宫：古代皇后的寝宫，正寝一，燕寝五，合为六宫。此借指后妃。 ⑩妃后：妃，后妃；后，皇后。⑪凤雏：喻王砅。 ⑫胡作逆：谓安史陷京。 ⑬左冯翊：地名。即同州（奉先）。天宝末，杜甫避寇至同州。 ⑭块独：孤独。 ⑮宿昔：年老。此杜甫自谓。 ⑯青袍：谓王砅。 ⑰廷评：官名。即廷尉评。此指代王砅。 ⑱节制：此指岭南节度使李勉。英髦（máo）：俊杰。此指王砅。⑲传（zhuàn）：传车。古代驿站的专用车辆。 ⑳上泷（shuāng）：水名。即今武溪水，又名武溪，源出湖南省临武县境。舠（dāo）：小船。㉑番（fān）禺：地名。秦置番禺县，在广州市南部。此指岭南。 ㉒卢宋：指卢奂和宋璟。《旧唐书》："自开元四十年，广府节度使清白者四：裴伷先、李朝隐、宋璟及卢奂。"限于字数，此举二以概四。 ㉓宝贝：贵重少见的贝壳。此泛指宝物。语本《海赋》："积太颠之宝贝，与随侯之明珠。"李善注引《弹操》："纣徙文王于羑里，择日欲杀之。于是太颠、散宜生、南宫属之属，得水中大宝以献，纣立出西伯。"休脂膏：犹言"脂膏不润"。《东观汉记·孔奋传》："奋在姑臧四年，财物不增，唯老母极膳，妻子但菜食。或嘲奋曰：'直脂膏中，亦不能自润。'而奋不改其操。"这里引用这个典故，称美李勉为官清廉。 ㉔"洞主"句：意谓以阻洞为乱的番禺贼帅冯崇道、桂州叛将朱济时纷纷投降。洞主，广南有溪蛮洞，其长曰"洞主"。此指冯、朱叛将。接武，步履相接。形容人多。语本《礼记·曲礼上》："堂上接武，堂下布武。" ㉕海胡：指海上胡商。时多有西域船只泛海而至者。 ㉖鹤鸣：喻赠诗。

**【译文】**我的曾老姑就是你的高祖母，在你的高祖父还没有出任尚书时，你的高祖母就嫁给了你的高祖父，成为他的夫人了。远在隋朝大业末年，房玄龄、杜如晦等人便都是你的高祖父的知己好友。那时，你的高祖父家道贫穷，又值荒年，生活上仅仅只能勉强糊口；长者来访，也只是把客座打扫干净而已，哪有什么佳肴美酒？过了不大一会儿，王夫人便献上颇为珍贵的酒肴，一看王夫人的头发已经光秃。客人为此而大吃一惊，王夫人说为了待客，剪发到市上去卖，以换取美酒。人去客散，一片寂寥，为王夫人剪发换酒而感叹良久。王夫人真有识鉴英雄的先见之明。席间，她首先说道，值此天下大乱的时候，当与天下俊杰相亲相厚。试看房、杜诸公，一个个都是经纶满腹的人中泰斗。然后又说到来客中那位十八九岁的少年，龙须低垂，恐是日后一代真主。王家将来成就鼎鼎大名，全是凭借此人之手。王夫人又说道，当此风云聚会之日，正是龙吟虎吼、英雄奋起之时。但愿施展大丈夫的雄才大略，摆脱儿女等辈的束缚。当时秦王李世民在座，他崭露出来的泱泱帝王之气震动了门户。到了贞观初年，亦即贞观四年的时候，你的高祖父擢为侍中，犹如光耀天上的台斗。王夫人也常常以命妇身份坐轿上殿，敬祝太宗皇帝千秋万寿。皇宫中所有的后妃莫不效法王夫人的柔顺之态，其一代风范感化了后妃和皇后。太宗皇帝和王夫人简直亲如嫂叔，这千古美事永垂不朽。王砅啊，我的表侄，你就像羽毛不凡的雏凤，生就的五色彩羽不同凡鸟。当年安禄山陷京的时候，普天下掀起了动乱的狂潮。当时我客居奉先，为避寇乱和你家一道远逃。一路上徒步夺路而走，不慎我独自跌倒在茫茫蓬蒿。你驻马而回，心肠是何等的火热，返回十里地呼唤着把我寻找。你从马背上一跃而下，扶我上马；我便策马而行，凌空若飘。你一路上护送着我，左手牵着紫色的马缰，右手持着腰间的宝刀。我这个四世表叔能苟活到现在，你的活命之恩我永生永世忘记不了。当此乱离之际乍见又别，我这迟暮老翁心头的离情别恨有如大水滔滔。江上的水花似乎在对我声声浪笑，沿途的春草将追随着你走向海角。你这个评事即将立登要津，岭南节度使将要收留你这绝代英豪。你曾乘传车往来于汉阳一带，今日又将南渡泷水，驾一叶小舟逐浪而飘。切莫让家族世传的美名委弃于地，你的才具有如利器可断秋毫。宗室李勉正在岭南节度府任职，运筹帷幄，神功独操。他为政风流，堪超卢宋；他为官清廉，名高德高。番禺一带据洞作乱的贼子纷纷投降，数以千计的高大的外国商船压低了南海波涛。我急想乘兴到交广一游，尚未成行便预感到旅途跋涉的辛劳。大丈夫怎能委弃于粪土之中，心存壮志，骑鲸跋涉于骇浪惊涛。或者骑着凤凰翱翔于九天之上，聊以此诗作为鹤鸣之声，与你应和在水泽江皋。

## 清　　明

**【题解】**此诗当是大历五年（770）清明节在潭州（今长沙市）所作。前半写出游，后半记晚归。全诗通过描写游人之盛，暗暗讽刺了出征在即而不以国君为念却一味佚游的诸将，也透出了诗人值此繁华令节而倍感孤独的凄凉情怀。

**【原诗】** 著处繁华矜是日①，长沙千人万人出。渡头翠柳艳明眉，争道朱蹄骄啮膝②。此都好游湘西寺③，诸将亦自军中至。马援征行在眼前④，葛强亲近同心事⑤。金镫下山红日晚，牙樯捩舵青楼远⑥。古时丧乱皆可知，人世悲欢暂相遣。弟侄虽存不得书，干戈未息苦离居。逢迎少壮非吾道，况乃今朝更祓除⑦。

**【注释】** ①是日：指大历五年（770）三月三日清明。这年清明、上巳同在一天。 ②朱蹄：良马。啮膝：马怒有余气，常啮膝而行。此亦指良马。 ③湘西寺：指岳麓、道林二寺。二寺在长沙岳麓山上。 ④马援：汉代名将。此比军中主帅。 ⑤葛强：晋征南将军山简部将，常陪山简在襄阳宴饮。后常用作咏部将参与游宴的典故。这里喻指参与游乐的部将。 ⑥捩（liè）舵：转舵。 ⑦祓（fú）除：祓除不祥。古代习俗，每逢三月三日上巳，人们要到水边祓除不祥。大历五年三月三日上巳，恰好和清明节同在一天，故有"况乃今朝更祓除"之句。

**【译文】** 时逢清明，到处都看重这繁华的日子，长沙城里成千上万的人出来踏青郊游。从渡口乘船而来的美人在翠柳的掩映下更为艳丽，她们弃舟登岸之后，一个个夺路争道，各骄其啮膝良马。长沙城里的游人一向喜欢到岳麓寺和道林寺游览，竟没料到诸将也居然从军营骑马而来。军情吃紧，大将出征就在眼前，如山简所亲近的部将理应同心协力，助其破敌。万万没有想到当此兵凶战危的紧急关头，诸将竟如此耽玩山水！一直到太阳落山他们才骑马从岳麓山上下来，然后放舟转舵，悠悠然又向远处的青楼飘去。哎！诸将佚游如此，古来丧乱的原由，人皆可知。借欢乐以排遣悲愁，一时而已；繁华一过，凄凉如故。弟侄虽幸存人世，但因干戈丧乱，音讯久已不通，为此我倍感离居的苦痛，哪有心思同那些少壮者一起驰逐游戏！更何况今天是祓除不祥的日子，岂宜行乐？

## 风雨看舟前落花，戏为新句

**【题解】** 此诗是大历五年（770）在潭州（今长沙市）所作，时杜甫住在船上。诗中细致而又生动活泼地描写了风雨舟前的落花情态。诗风纤秾绮丽，遂为后来词曲之祖。

【原诗】江上人家桃树枝，春寒细雨出疏篱。影遭碧水潜勾引，风妒红花却倒吹。吹花困懒傍舟楫，水光风力俱相怯。赤憎轻薄遮人怀①，珍重分明不来接。湿久飞迟半欲高，萦沙惹草细于毛。蜜蜂蝴蝶生情性，偷眼蜻蜓避伯劳②。

【注释】①赤憎：方言，犹言生憎。厌恶之意。 ②伯劳：鸟名，即鹈鴂，性独而恶，故众鸟畏之。

【译文】江岸上有人家傍水而居，春寒细雨中桃枝伸出了疏篱。倒映在碧水中的树影仿佛被水悄悄勾引住了，那嫉妒红花的春风却一个劲儿地倒吹。舟前的落花呀虽然慵懒无力，但碧水春风都不敢妄加相欺。它似乎是厌恶平日之轻薄入怀，所以为珍重起见不肯与人相接。缓缓飘落的湿花呀飞得不高，飘落到沙草上细于毫毛。恋花逐香的蜂蝶顿起生疏之感，那偷眼旁观的蜻蜓一遇伯劳鸟就匆忙地飞走了。

## 奉赠萧十二使君

【题解】这首排律当是大历五年（770）春在潭州（今长沙市）作。萧十二使君，其名不详。他与杜甫曾先后入严武幕府任郎官。严武及其母相继逝世，萧君经纪两丧，保家抚孤，高义可嘉。现在萧君正在湖南任刺史，杜甫因赠此诗求助。先从幕府往事忆起，叙写萧君履历，次写萧君古道热肠和彼此出处，再其次记彼此交情，最后自道贫病，愿萧君援手以助。

【原诗】昔在严公幕①，俱为蜀使臣②。艰危参大府③，前后间清尘④。起草鸣先路⑤，乘槎动要津⑥。王凫聊暂出⑦，萧雉只相驯⑧。终始任安义⑨，荒芜孟母邻⑩。联翩匍匐礼⑪，意气死生亲。张老存家事⑫，嵇康有故人⑬。食恩惭卤莽，镂骨抱酸辛。巢许山林志⑭，夔龙廊庙珍⑮。鹏图仍矫翼⑯，熊轼且移轮⑰。磊落衣冠地，苍茫土木身。埙篪鸣自合⑱，金石莹逾新。重忆罗江外⑲，同游锦水滨⑳，结欢随过隙，怀旧益沾巾。旷绝含香舍㉑，稽留伏枕辰。停骖双阙早，回雁五湖春㉒。不达长卿病㉓，从来原宪贫㉔。监河受贷粟㉕，一起辙中鳞㉖。

【注释】①严公：指严武。 ②使臣：谓郎官。 ③大府：公府。此指严武幕府。 ④“前后”句：原注：“严再领成都，余复参幕府。”据此可知：严武两次镇蜀，萧先在幕而杜后入，前后相间。清尘，喻尊者。此借指萧使君。 ⑤“起草”句：谓萧使君先于杜甫入严武幕。朱注：次公引《唐志》，凡诏令皆舍人起草。然则此诗所云，则以郎官言之。 ⑥乘槎：用汉张骞乘木筏出使西域至河源遇牛女一事，切萧为蜀使君。 ⑦“王凫”句：用汉叶县令王乔事指萧曾被贬为县令。王，指王乔。 ⑧“萧雉”句：晋萧广济《孝子传》：“萧芝至孝，除尚书郎，有雉数十头，饮啄宿止。当上直，送至岐路，下直入门，飞鸣车侧。”此用尚书郎萧芝事喻指萧使君曾为郎官。萧，指萧芝。 ⑨任安义：此以讲信义而不趋炎附势的汉人任安比况萧使君。典出《史记·卫将军骠骑列传》：“乃益置大司马位，大将军、骠骑将军皆为大司马。定令，令骠骑将军秩禄与大将军等。自是之后，大将军青日退，而骠骑日益贵。举大将军故人门下多去事骠骑，辄得官爵，唯任安不去。” ⑩孟母邻：用孟母三迁事指母亲贤德，教子有方，也用以指好邻居。事见刘向《烈女传》（卷一）。此以孟母比严武之母。 ⑪“联翩”句：谓萧使君竭尽全力经纪两丧。《诗经》：“凡民有丧，匍匐救之。” ⑫张老：春秋时晋大夫张孟之别称。此以“张老”比萧使君能存恤严武之家。 ⑬“嵇康”句：用晋人嵇康被杀前托子于山涛比拟严武遗属得到萧使君的照料。《晋书》卷四十三《山涛传》：“山涛字巨源，河内怀人也……与嵇康、吕安善……康后坐事，临诛，谓子绍曰：‘巨源在，尔不孤矣。’” ⑭巢许：指巢父、许由，唐尧时高隐。此以巢父、许由自比。 ⑮夔龙：舜时二臣名。一为乐官，一为纳言。皆辅弼重臣。典出《尚书·虞书·舜典》：“伯拜稽首，让于夔、龙。”“帝曰：‘夔，命汝典乐，教胄子。……神人以和。’……帝曰：‘龙，朕堲谗说殄行，震惊朕师，命汝作纳言，夙夜出纳朕命，唯允。’”此以夔、龙二臣喻指萧使君有济世之才。 ⑯“鹏图”句：用《庄子·逍遥游》中大鹏鸟由北溟迁往南海的寓言故事，比喻萧使君任职湖南，仕途通显。 ⑰“熊轼”句：汉制，公与列侯之车以伏熊为轼（车前横木）。此喻指萧使君居官湖南刺史。 ⑱埙篪（xūn chí）：典出《诗经·小雅·何人斯》：“伯氏吹埙，仲氏吹篪。”埙为古代陶制吹奏乐器；篪为古代竹制吹奏乐器。以埙、篪和鸣比兄弟般和谐。这里比喻自己与萧使君交谊深厚，如同兄弟。 ⑲罗江：县名。唐属绵州（今四川绵阳市东）。杜甫曾送严武至绵州，萧使君当亦在此。 ⑳锦水：锦江。流经成都。 ㉑旷绝：断绝。含香：指在朝中任郎官。汉应劭《汉官仪》："尚书郎含鸡舌香，伏奏事，黄门郎对揖跪受，故称尚书郎怀香握兰，趋走丹墀。"句意谓罢去郎官之职。 ㉒五湖：此特指洞庭湖。 ㉓长卿：汉司马相如，字长卿。患消渴病（糖尿病）。此以司马相如自谓。 ㉔原宪：即子思。为孔子弟子。其人贫穷而不改其操。事见《庄子·让王》。这里以原宪自比。 ㉕监河：即监河侯。《庄子·外物》："庄周家贫，故往贷粟于监河侯。"后泛指出贷钱物的人。此比萧使君。 ㉖辙中鳞：比喻落难待援的人。典出《庄子·外物》："庄周往代粟于监河侯，曰：周昨来，有中道而呼者，周顾视车辙，中有鲋鱼（鲫鱼）焉。周问之，曰：'我，东海之波臣也。君岂有斗升之水而活我哉？'"杜甫在这里以"辙中鳞"自比，希望得到萧使君的接济。

**【译文】**当年在严公幕府的时候，我们都是客居蜀地的使臣。那时正值时局艰危之际，我和你相继入幕，供职在锦江之滨。你先以郎官之职名闻于前，又以蜀使君的身份倾动了要津。尔后你被贬为县令，旋即又还京为郎，就像萧芝一样名声远闻。你始终像任安一样讲究义气，萧条的严母啊如孟母一样为世所钦。你曾先后两次尽力料理严公、严母的丧事，对死者和遗属一样相恤相亲。保家抚孤之情不减骨肉，你对严家遗属颇多抚养之恩。我承蒙严公的恩泽而无以相报，为此我常常惭愧万分。心中自有刻骨的遗恨，心中怀着无边的酸辛。我的志向是隐遁山林的巢父、许由的志向，萧使君啊，你就像舜帝时的夔、龙一样堪称朝廷重臣。如今你任湖南刺史之职，即将像展翅高飞的鲲鹏直上青云。你是身据要津、衣冠磊落的显贵，我是心情惆怅、形同土木的野人。我们相互应和着，犹如埙、篪奏出的和谐的乐调，我们彼此间坚如金石般的友谊更美更新。我屡屡想起当年送严公一直送到罗江时的情景，过去我也曾同你一道愉快地畅游锦水之滨。欢乐的往事随着一瞬即逝的日光消逝净尽，想你念你啊越发叫我老泪沾襟。我已罢去郎官之职，如今无奈抱病滞留于潭州之春。我久已不复朝谒巍峨的宫阙，徒然仰望载着洞庭春色的北归的大雁没入青云。我病得像司马相如一样再也不能出而用世，我一向穷得像原宪一样徒存四壁。萧使君啊，亟待你出贷钱物，好救助我这辙中鳞似的落难之人。

## 奉送二十三舅录事之摄郴州

**【题解】**此诗当是大历五年（770）春在潭州（今长沙市）所作。当时杜甫二十三舅崔伟以录事参军出摄郴州（今湖南郴州市）刺史，杜甫写诗相送。诗中多称美、慰藉、勗勉之词。二十三舅，指杜甫舅舅崔伟。录事，即录事参军，掌正违失、莅符印。

**【原诗】**贤良归盛族，吾舅尽知名。徐庶高交友①，刘牢出外甥②。泥涂岂珠玉③，环堵但柴荆。衰老悲人世，驱驰厌甲兵。气春江上别④，泪血渭阳情⑤。丹鹢排风影⑥，林乌反哺声⑦。永嘉多北至⑧，勾漏且南征⑨。必见公侯复⑩，终闻盗贼平⑪。郴州颇凉冷，橘井尚凄清⑫。从事何蛮貊⑬，居官志在行。

**【注释】**①“徐庶”句：此以徐庶之友崔州平切杜甫之舅崔氏，言有识之士愿同其舅结交。徐庶，三国时颍川人，东汉末客居荆州，与崔州平友善。 ②“刘牢”句：言杜甫之舅崔氏，泽及外甥。《晋书》：桓玄曰：“何无忌，刘牢之外甥，酷似其舅。” ③珠玉：晋人王武子（济）曾以珠玉在侧称美其外甥卫阶。后因用作咏外甥的典故。这里反用王武子称美其外甥事，切甥舅关系，自伤困顿。 ④江上：此指湘江。 ⑤渭阳：典出《诗经·渭阳》：“我送舅氏，曰至渭阳。”这里以“渭阳”指代甥舅情谊。⑥丹鹢：指船。因古代船头上画有彩色鹢鸟图像，故以“丹鹢”作为船的代称。 ⑦反哺：乌雏长成，衔食喂养其母。比喻报答母恩。这里暗暗点逗崔舅奉母南行。 ⑧永嘉：晋怀帝司马炽年号。公元301—312年。《晋书》载：永嘉之乱，元帝渡江，衣冠多自北至。此言崔舅自北而南，往赴郴州。 ⑨勾漏：山名。在今广西北流县东北，为道家炼丹之地。此代指葛洪。葛洪，晋句容人，号抱朴子，好神仙导养之法。晚年，欲炼丹以求长寿，闻交趾出产丹砂，遂求为勾漏令。句意谓崔舅赴郴较之葛洪远走勾漏，道路并不算远。 ⑩公侯复：据《左传·闵公元年》载，晋大夫辛廖为毕万占卜，有“公侯之子孙，必复其始”之语，谓公侯的后代必能光大其祖业。此谓舅氏必将显达。 ⑪盗贼：指岭南之寇。时广州冯崇道、桂州朱济时反。 ⑫橘井：传说苏耽仙去时，嘱母用庭中井水和檐边橘树医治来年的疫疾，后果灵验。这里用这个典故以切郴州，兼切崔舅奉母同往任所。 ⑬蛮貊（mò）：原指古代落后部族。此特指郴州。

**【译文】**自古以来的贤良荟萃名门盛族，我舅舅家里的人一个个颇负盛名。

有识之士都愿意同我的舅舅交朋友，我曾承蒙舅舅无尽的恩情。但我这沦于泥涂的人怎能同珠玉相比？我所在的居室只有荆棘之蓬蓬。因年老体衰而常常悲叹不幸的人世，漂泊不定的我呀厌憎甲兵。当此春天依依惜别在这湘江之畔，江面上流淌着血泪凝成的甥舅之情。迎风行驶的是一叶帆影，依稀可闻乌鸦反哺时发出的鸣声。舅舅你由北而南，往赴郴州，道路并不遥远；当年葛洪南行曾跋涉几多路程！你定能光大祖传的家业，平叛的喜讯终究要传到我的耳中。郴州气候是何等的凉爽，苏仙公院子里的井水依旧澄清。舅舅啊，你到郴州去任职，要恪尽职守；须知当官的人志在躬行。

## 送魏二十四司直充岭南掌选崔郎中判官，兼寄韦韶州

**【题解】** 此诗当是大历五年（770）春作。当时魏司直同崔郎中一道往赴岭南，道出潭州，杜甫赋诗相送。诗的前八句，称美、勖勉崔、魏两人，见忠告之意；诗的最后四句寄语韦迢，见怀友之情。

**【原诗】** 选曹分五岭①，使者历三湘②。才美膺推荐，君行佐纪纲③。佳声期共远，雅节在周防④。明白山涛鉴⑤，嫌疑陆贾装⑥。故人湖外少⑦，春日岭南长。凭报韶州牧⑧，新诗昨寄将⑨。

**【注释】** ①选曹：官名。主铨选官吏事。此谓崔郎中。五岭：大庾岭、越城岭、骑田岭、萌渚岭、都庞岭的总称，位于江西、湖南、广东、广西四省之间。此指岭南。 ②使者：谓魏司直：三湘：湖南湘乡、湘潭、湘阴（或湘源），合称三湘。此泛指湘江流域及洞庭湖地区。 ③纪纲：起重要作用的人。此指崔郎中。 ④雅节：谓高风亮节。周防：四周防护，以免污损。 ⑤山涛鉴：谓有知人之明，善荐贤才。山涛，晋河内怀县人，字巨源，竹林七贤之一。入晋为吏部尚书十余年，甄拔人物，各为品题，人称山公启事。这里称颂崔郎中善于选拔人才。 ⑥陆贾（gǔ）装：即橐中装（内多珠宝）。据《史记·陆贾列传》载，陆贾出使南越，南越王尉佗赠其千金珠宝装于行囊。陆贾，汉初楚人，以客从刘邦建立汉朝，曾两度出使南越，招谕尉佗，完成使命。这里以陆贾获囊金一事，提醒往赴岭南的魏司直要注意防嫌。 ⑦湖外：指洞庭湖。

⑧韶州牧：指韦迢。韶州，在今广东省韶关西南，属岭南道。 ⑨新诗：当指大历四年（769）秋韦迢所作《早发湘潭寄杜员外院长》一诗。将，语助词。

**【译文】**崔郎中在岭南主铨选官，如今魏司直同他一起道出三湘，往赴岭南。崔郎中荣膺选拔官吏之权，魏司直此行将助他甄选官员。希望你们两人的美誉永垂久远，要四周防护，不失为官风范。崔郎中像山涛一样有知人之鉴，魏司直啊你此行要小心避嫌。羁旅洞庭湖畔的我呀少亲无故，岭南一带此时正值夜短昼长的春天。魏司直啊请你转告韶州牧韦迢，就说我在去年秋天收到了他寄赠的诗篇。

## 送赵十七明府之县

**【题解】**此诗当是大历五年（770）杜甫客居湖南时所作。时赵明府在衡潭一带任职，行将赴县，杜甫赋诗作别。前四句送赵赴县，后四句叙写交情。赵十七明府，名不详。“明府”系官名，即县令。

**【原诗】**连城为宝重①，茂宰得才新②。山雉迎舟楫③，江花报邑人④。论交翻恨晚，卧病却愁春。惠爱南翁悦⑤，余波及老身。

**【注释】**①连城：此指连城璧。谓价值连城的玉璧。此借喻赵十七明府。《史记·廉颇蔺相如列传》：“赵惠文王时，得楚和氏璧。秦昭王闻之，使人遗赵王书，愿以十五城请易璧。” ②茂宰：贤能的县官。此指赵十七明府。 ③“山雉”句：东汉人鲁恭任中牟令以德化治县，不任刑罚，惠及雉鸟，致使雉鸟近人而不惊。这里化用其意，点明赵十七明府身为县令。 ④“江花”句：晋人河阳令潘岳，于县内遍种桃李，时有“河阳一县花”之称。此以潘岳比况赵十七明府。 ⑤“惠爱”二句：言赵明府在衡潭任职期间，曾于对杜甫有所馈赠，故追及之。南翁，杜甫自谓。

**【译文】**赵明府你好比价值连城的赵璧，你真不愧为县官中颇具才能的新人。山雉扑打着翅膀迎接你乘舟赴任，江花争着向乡民报告你的光临。恨只恨我同你相识甚晚，卧病伏枕的我呀反而忧愁这南国之春。我曾得到你的惠爱，你浩荡的恩波曾及于我这迟暮之人。

## 同豆卢峰贻主客李员外贤子棐知字韵

**【题解】**此诗当是大历五年（770）作于潭州（今长沙市）。豆卢峰写诗给李员外之子，索杜甫同和，故杜甫有感而作此和诗。先称美李员外父子，后结出和诗。同，和。棐（fěi），李员外之子。

**【原诗】**炼金欧冶子，喷玉大宛儿①。符彩高无敌②，聪明达所为。梦兰他日应③，折桂早年知④。烂熳通经术，光芒刷羽仪⑤。谢庭瞻不远⑥，潘省会于斯⑦。唱和将雏曲⑧，田翁号鹿皮⑨。

**【注释】**①“炼金”二句：此以欧冶子铸成的利剑和产于大宛的矫健的骏马驹比拟李员外之子李棐。欧冶子，古代铸剑名师。《吴越春秋》载：干将与欧冶子采五山之精，合六金之英，炼而为剑。喷玉，咏马势矫健。《穆天子传》中有“其马喷玉”之语，言马之激水。大宛儿，产于大宛的骏马驹。 ②符彩：美玉之花纹。此比李棐才智。 ③梦兰：典出《左传·宣公三年》：“初，郑文公有贱妾曰燕姞，梦天使与己兰，曰：‘余为伯鯈。余，而祖也，以是为而子。以兰有国香，人服媚之如是。’既而文公见之，与之兰而御之。辞曰：‘妾不才，幸而有子。将不信，敢征兰乎?’公曰：‘诺。’生穆公，名之曰兰。”这里称美李员外之子李棐为其母应异兆而生，姿质超凡。 ④折桂：《晋书·郤诜传》：“武帝于东堂会送，问诜曰：‘卿自以为何如?’诜对曰：‘臣举贤良对策，为天下第一，犹桂林之一枝，昆山之片玉。’”后因以用郤诜对策第一自比桂枝一事谓科举及第。此喻李棐才质不凡。 ⑤刷羽仪：犹言刷羽。禽鸟以喙整刷羽毛，以便奋飞。羽仪，翅膀。这里比喻李棐才堪用世。 ⑥谢庭：谢安的侄子谢玄有“譬如芝兰玉树，欲使其生于庭阶”之语，因以“谢庭”指称东晋谢安家，兼美谢家子弟。这里引用这个典故，称颂李员外父子有谢家风范。 ⑦潘省：晋人潘岳以太尉掾兼虎贲中郎将寓直于散骑省。后因以“潘省”

喻指寓直官署。这里以潘岳喻指豆卢氏，而以潘省喻指豆卢氏寓居之所。⑧将雏曲：指古曲《凤将雏》。后用作父子相携之典。这里以“将雏曲”切合李员外携子而来。 ⑨鹿皮：即鹿皮翁。传说中避世于山间木阁的神奇人物。此杜甫自比。

**【译文】**李员外啊，令郎李棐好比欧冶子铸成的利剑，又好像是矫健的千里马驹产自大宛。光彩耀如美玉，无与伦比；才智足堪用世，堪成一代之贤。李棐啊，你是当年应异兆而出生的旷世贤才，你就像晋人郄诜一样才质超凡。你精通浩如烟海的经典著作，你正整刷亮晶晶的羽毛，以便一举冲天。瞻观李员外父子，仿佛东晋谢家子弟离我不远，今天有幸相会在豆卢峰家园。我谨以此诗奉和豆卢峰，兼呈相携而来的李员外父子，我这个老农呀俨然像鹿皮翁一样遁迹林泉。

## 归雁二首

**【题解】**这两首诗当是大历五年（770）春杜甫寓潭州（今长沙市）时所作。第一首写见大雁北归而动乡关之思，次章则伤归雁而为一己之漂泊兴叹。

### 其　一

**【原诗】**万里衡阳雁①，今年又北归。双双瞻客上，一一背人飞。云里相呼疾，沙边自宿稀。系书元浪语②，愁寂故山薇③。

**【注释】**①衡阳：今湖南衡阳。衡阳有回雁峰，传说雁至此不再南飞，遇春而回。 ②系书：用雁足传书事。《汉书·苏武传》：匈奴诡言武死，常惠教使者谓单于曰：“天子射上林中得雁，足有系帛书，言武等在某泽中。”使者大喜，如惠语以让单于，单于视左右而惊，谢汉使曰：“武等实在。”这里用苏武事，感叹归雁无法系书于故乡。 ③故山薇：家乡的野菜。此借指家乡。故山，指杜甫故庐首阳山。薇，野菜名，即巢菜，又名野豌豆。

**【译文】**去秋从万里以外的北国飞至衡阳的大雁啊，今年开春又一度匆匆北归。双双的看着我而凌空远上，一只只背着我而展翅高飞。相互呼叫着急速地飞翔在云里雾里，有时便稀稀落落地栖息在沙边水湄。鸿雁传书原本是一句空话，遥望故乡首阳山啊戚戚多悲。

### 其　二

**【原诗】**欲雪违胡地①，先花别楚云②。却过清渭影，高起洞庭群。塞北春阴暮，江南日色曛。伤弓流落羽，行断不堪闻。

**【注释】**①胡地：泛指北方。　②楚云：借指湖南。

**【译文】**去秋快要下雪的时候便飞离北地，今春在春暖花开前又告别了楚云。曾经掠过渭河上空的那一行雁影啊，正是高高飞起于洞庭湖畔的雁群。遥想塞北的春阴一片暗淡，此刻江南的日色凄迷阴沉。那被弓箭所伤而羽毛凋落的孤雁啊，哀鸣声真令我耳不忍闻。

## 江南逢李龟年

**【题解】**此诗当是大历五年（770）晚春在潭州（今长沙市）所作。李龟年是开元天宝年间的著名音乐家，杜甫少年时曾在洛阳岐王、崔九宅听过他的歌声。安史之乱发生后，李龟年流落江湘。大历五年（770）春，杜甫在潭州同他相遇。两人都是天涯沦落之人，故诗中叙旧而暗寓今昔盛衰、人情聚散之感。此诗脍炙人口，堪称杜甫创作生涯中殿后的绝唱。江南，此指湖南长沙一带。

**【原诗】**岐王宅里寻常见①，崔九堂前几度闻②。正是江南好风景，落花时节又逢君。

**【注释】**①岐王：唐玄宗的弟弟、唐睿宗（李旦）的儿子李范，雅爱文学艺术，封岐王。　②崔九：崔涤，是唐玄宗宠臣，曾任秘书监。他在弟兄辈中排行第九，故称崔九。

**【译文】**早年曾在岐王府上经常见到你的面影，早年曾在崔九家里几度聆听过你的歌声。如今长沙一带的风景真是美好，在这落花飘零的暮春又和你天涯相逢。

## 小寒食舟中作

**【题解】**此诗当是大历五年（770）春天在潭州（今长沙市）作。小寒食，即寒食后一天。诗写杜甫在小寒食这一天依船闲酌，凭几流览江上景物，抒发了万里思归之情。

**【原诗】**佳辰强饮食犹寒①，隐几萧条戴鹖冠②。春水船如天上坐，老年花似雾中看。娟娟戏蝶过闲幔，片片轻鸥下急湍。云白山青万馀里，愁看直北是长安③。

**【注释】**①食犹寒：古时寒食节禁火三天，小寒食（寒食节次日）还没有生火，还得吃冷食，故云“食犹寒”。 ②鹖（hé）冠：用鹖鸟羽毛作装饰的帽子，传说是隐士冠帽。此指自己落泊江湖，与隐士无异。 ③直北：正北。

**【译文】**寒食节这一天，我勉强喝了点酒，仍然吃了点冷食，便头戴鹖冠，凭几伏案，好不凄然！坐在春水负载着的船上好像坐在漂泊不定的天上，只因为年老眼花，所以看花时感到像是置身在云雾里边。美丽的自由嬉戏的蝴蝶掠过寂静的船幔，片片羽毛似的轻盈的水鸥飞下汹涌的波澜。我满怀忧愁地朝正北方向远远望去，那远隔万里的白云青山的尽头便是故国长安。

## 燕子来舟中作

**【题解】**此诗当作于大历五年（770）春社（立春后的第五个戊日）后不久，时杜甫漂泊长沙。当时杜甫在长沙已经度过了两个春天，孤舟漂泊，无与相亲，唯有燕来，感其多情而作此诗。全诗通过咏舟中来燕，写出了物我无间的境界和诗人茫茫身世之感。诗味蕴藉，情思动人。

【原诗】湖南为客动经春①，燕子衔泥两度新。旧入故园尝识主，如今社日远看人②。可怜处处巢居室，何异飘飘托此身？暂语船樯还起去，穿花贴水益沾巾。

【注释】①湖南：此指长沙。长沙地处洞庭湖以南，故称。 ②社日：祭祀土地神的节日。立春后的第五个戊日，是为社日。

【译文】作客长沙不知不觉已经过了两度阳春，衔泥筑巢的燕子啊两次飞来与我相近相亲。这燕子仿佛过去在我的洛阳旧居就与我熟识，如今又在社日飞上船桅远远看着我这天涯沦落之人。燕子啊可怜你处处衔泥营造自己的巢窝，这同飘然托身、四处栖居的我又有何区分？燕子停在船桅上刚刚同我说了几句话就飞走了，我看着它那穿花贴水的身影越发老泪沾巾。

## 赠韦七赞善

【题解】此诗当是大历五年（770）在潭州（今长沙市）所作。时韦七赞善北归长安，杜甫赋诗相赠。诗的前半叙韦杜家世，后半送韦北归而自伤羁旅。韦七赞善，韦见素（位至宰相）之后，其名不详。赞善是东宫官名。

【原诗】乡里衣冠不乏贤，杜陵韦曲未央前①。尔家最近魁三象②，时论同归尺五天③。北走关山开雨雪，南游花柳塞云烟。洞庭春色悲公子④，虾菜忘归范蠡船⑤。

【注释】①“乡里”二句：言韦、杜两家皆居京兆，贤才辈出。《唐·宰相世系表》：“杜氏宰相十一人，韦氏宰相十四人。”可见其盛。未央：汉官名。此借指唐官。 ②魁三象：言韦家世为三公（高官）。三象：日、月、星。 ③尺五天：辛氏《三秦记》：“城南韦杜，去天五尺。”谓长安城郊韦曲、杜鄠为汉代贵族所居之地，与帝京极为接近。后遂用作接近天子的典故。这里叙韦、杜家世，谓杜家与韦家同处帝京近天之处。 ④公子：指韦赞善。 ⑤虾菜：野菜名。范蠡（lǐ）船：范蠡，春秋时仕越，为大夫，佐勾践灭吴后，易名隐遁，乘舟游于五湖。此以范蠡船为喻，自谓漂泊江南，不得还乡。

【译文】韦杜两家世代居官，不乏名贤，韦杜两家同住长安宫前。你家世居高官，如日月星辰照耀天上，世人都说韦杜两家同在帝京如同在高天。今天你就要北走关山，一路上雨雪消散；可叹我依旧被云烟封闭在这南国花柳之间。面对洞庭春色为你的离去而不胜伤感，无奈我这以野菜为生的人像范蠡一样随船漂泊，不得北还。

## 奉酬寇十侍御锡见寄四韵，复寄寇

【题解】此诗当是大历五年（770）春在潭州（今长沙市）所作。寇十侍御锡，即寇锡，系杜甫十九岁时在郇瑕结识的友人。四十年后，寇锡奉使巡按岭南，杜甫在潭州同他相遇，寇到百越后有诗寄杜，杜赋此诗作答。诗写人生聚散，悲喜之情兼之。

【原诗】往别郇瑕地①，于今四十年。来簪御府笔②，故泊洞庭船。诗忆伤心处，春深把臂前。南瞻按百越③，黄帽待君偏④。

【注释】①郇瑕（xún xiá）：今山西临猗县。　②御府笔：侍御史插白笔于首，此指寇锡。御府，官署名，即御史府，御史所居。　③百越：今广东、广西一带，汉时谓之百越。此指岭南。　④黄帽：《隋书·礼仪志四》："都下及外州人年七十以上，赐鸠杖黄帽。"可见黄帽是老年人戴的帽子。此杜甫自谓。偏：夸说等待寇锡按毕百越后返驾北还心情之迫切，以致头上帽子偏到一边。

【译文】自从在郇瑕和你分别以来，至今已过了整整四十年。幸喜在潭州与你重逢，重逢在漂泊日久的洞庭的舟船。每当伤心时我便想起你的赠诗，想起在晚春我和你手携着手，肩并着肩。此刻我朝着巡行岭南的你远远望去，等你北归啊，我头上的帽子已偏到一边。

## 入　衡　州

【题解】此诗作于大历五年（770），时杜甫流寓潭州（今长沙市）。这年四月，湖南兵马使臧玠杀观察使崔瓘，据潭为乱。杜甫携家出潭州避乱，于是又入衡州，并打算由衡州往赴郴州，去依舅氏崔伟，遂作此诗。在这首史诗般的似排似律的诗里，写了安史乱后连续不断的叛变事实和素行清谨的刺史崔瓘，叙述了诗人仓卒避乱再入衡州的经过，接着记衡州刺史，并兼及苏涣其人，末思郴州舅氏崔伟，申欲往投靠之意。王嗣奭评此诗云："此亦五言排律，总叙目前情景，而一气流走，绝无滞碍。"

**【原诗】**兵革自久远，兴衰看帝王。汉仪甚照耀①，胡马何猖狂②！老将一失律③，清边生战场④。君臣忍瑕垢，河岳空金汤。重镇如割据⑤，轻权绝纪纲。军州体不一，宽猛性所将。嗟彼苦节士⑥，素于圆凿方⑦。寡妻从为郡⑧，兀者安堵墙⑨。凋弊惜邦本，哀矜存事常。旌麾非其任，府库实过防。恕己独在此，多忧增内伤。偏裨限酒肉，卒伍单衣裳。元恶迷是似⑩，聚谋泄康庄。竟流帐下血，大降湖南殃。烈火发中夜，高烟焦上苍。至今分粟帛，杀气吹沅湘。福善理颠倒⑪，明征天莽茫⑫。销魂避飞镝，累足穿豺狼。隐忍枳棘刺⑬，迁延胝趼疮⑭。远归儿侍侧，犹乳女在旁。久客幸脱免，暮年惭激昂。萧条向水陆，汩没随渔商⑮。报主身已老，入朝病见妨。悠悠委薄俗，郁郁回刚肠。参错走洲渚，春容转林篁⑯。片帆左郴岸⑰，通郭前衡阳。华表云鸟阵⑱，名园花草香。旗亭壮邑屋，烽橹蟠城隍⑲。中有古刺史⑳，盛才冠岩廊。扶颠待柱石，独坐飞风霜㉑。昨者间琼树，高谈随羽觞。无论再缱绻，已是安苍黄。剧孟七国畏㉒，马卿四赋良㉓。门阑苏生在㉔，勇锐白起强㉕。问罪富形势㉖，凯歌悬否臧㉗。氛埃期必扫，蚊蚋焉能当？橘井旧地宅㉘，仙山引舟航㉙。此行怨暑雨，厥土闻清凉。诸舅剖符近㉚，开缄书札光。频繁命屡及，磊落字百行。江总外家养㉛，谢安乘兴长㉜。下流匪珠玉，择木羞鸾凰㉝。我师嵇叔夜㉞，世贤张子房㉟。柴荆寄乐土㊱，鹏路观翱翔。

**【注释】**①汉仪：汉官威仪。此喻唐法。　②胡马：指安史。　③失律：战事失利。此谓潼关失守。　④清边：谓四方俱扰。　⑤重镇：指河北叛将。　⑥苦节士：指崔瓘。时崔为潭州刺史，兼御史中丞，充湖南都团练观察使。大历五年（770）四月，被湖南兵马使臧玠所杀。　⑦圆凿方：即圆凿方枘。圆凿，圆的卯眼；方枘，方的榫头。圆孔不能纳方榫，喻彼此不能相容。此谓崔瓘正直而不能应变。　⑧"寡妻"句：谓崔瓘无妻妾之好。 ⑨兀者：残疾人。兀，砍足。 ⑩元恶：指湖南兵马使臧玠。迷是似：借缺饷以惑众听。 ⑪颠倒：谓崔不应死。 ⑫莽茫：谓臧不应存。 ⑬枳（zhì）棘：枸橘，有刺。 ⑭胝趼（zhī jiǎn）疮：脚上打泡。⑮汩（gǔ）没：没入急流。 ⑯舂（chōng）容：撞击。本指钟声回荡相应，引申为从容。 ⑰左郴岸：郴州（今湖南郴县）西北至衡州（今湖南衡阳）界一百三十七里，则郴在衡之东南。地理上以东为左，故云“左郴岸”。 ⑱华表：桥梁、宫殿、城垣或陵墓前之标志和装饰。多为石柱，柱身往往雕有蟠龙等纹饰，上为云板和蹲兽。 ⑲烽橹：城上望楼所设置的用以备战的烽燧。城隍：城壕。此指城。 ⑳古刺史：指有古人遗风的衡州刺史杨济。臧玠据潭为乱，杨济协同澧州刺史杨子琳、道州刺史裴虬联兵讨之。 ㉑独坐：东汉光武帝改御史长史为中丞，与尚书令、司隶校尉，朝位皆专席而坐，京师号“三独坐”。风霜：指御史之职。时杨济兼御史中丞。 ㉒剧孟：西汉洛阳（今河南洛阳东）人，以任侠闻名，在河南势力很大，吴楚七国之乱时，汉将周亚父将至河南，闻吴楚等叛乱势力未与他勾结，认为“吴楚举大事而不求剧孟，吾知其无能为已”。此以剧孟比苏涣。 ㉓马卿：司马长卿（司马相如）。此截用法。四赋：指《司马相如传》所载《子虚》、《上林》、《哀二世》及《大人》四赋。此以马卿四赋比苏涣诗作。 ㉔苏生：指苏涣。 ㉕白起：一名公孙起，战国时秦国名将。因功封武安君。此比苏涣。 ㉖问罪：指澧、道、衡三州刺史联兵讨伐臧玠。 ㉗悬否（pǐ）臧：指敌我臧否悬殊。 ㉘橘井：注见《奉送二十三舅录事之摄郴州》。此以郴州古迹寄托对舅父的思念之情。㉙仙山：今湖南郴州市东五里有苏仙岭，相传西汉文帝时苏耽在此成仙，故称仙山。 ㉚诸舅：犹诸侯、诸生，虽一人亦可称“诸”。此指杜甫二十三舅郴州录事崔伟。剖符近：指崔摄郴州事。 ㉛江总：南朝陈朝人，七岁而孤，依于外氏。幼聪敏，有至性。舅吴平侯萧励名重当时，尤所钟爱。此以江总自况。 ㉜谢安：东晋人，寓居会稽，出则渔弋山水，入则言咏属文，无处世意。此以谢安称誉舅氏崔伟。 ㉝“下流”二句：意谓凤凰非梧桐不栖，而避地有同择木，但自愧非同凤凰。 ㉞嵇叔夜：嵇康，西晋正始诗人。他在《与山巨源绝交书》中说：“又人伦有礼，朝廷有法，自惟至熟，有必不堪者七，甚不可者二。”杜甫借以喻己性懒疏放而不能偶俗。 ㉟张子房：张良。《资治通鉴》载：建中四年（783）十一月，德宗在奉天，陕虢观察使姚明扬，以军事委都防御副使张劝，去诣行在。劝募兵得数万人。甲申，以劝为陕虢节度使。此以张子房比张劝，称其才干。 ㊱乐土：指郴州。

【译文】自古以来战乱无常，国运兴盛衰微主要取决于帝王。大唐法令甚是彰明，昭如日月，安史叛将是何等地猖狂！那年哥舒翰不幸兵败灵宝，损兵折将，从此纷扰的战尘生自四面战场。君臣强忍着莫大的耻辱，可怜都城残破啊山河荒凉。恨只恨拥兵割据的河北叛将，削弱了国家权力，断绝了国家纪纲。军州体统不一，各自为政；诸藩不奉朝命，乱了纲常。近来潭州刺史崔瓘也死于兵乱，他刚正不阿，就像方榫与圆的卯眼不能相容一样。他恭守礼法，无姬妾之好；他能使残疾人安居乐业，无灾无殃。他哀怜凋敝日甚、为国之本的贫苦百姓，他能克己仁民，体恤民困民荒。可惜领军非其所长，对府库的过分防范也未必尽当。虽然能扩充一己之仁爱之心，但终因不善治人，致使将士不满，所以终不免过多忧伤。他吝惜赐予将士的酒肉，他过分克扣将士的衣粮。于是元凶臧玠借缺饷以惑众听，聚众密谋，泄愤于大路上。结果崔瓘终至被杀，血洒营帐，洞庭湖以南的广大地区普降祸殃。半夜里叛军燃起了冲天烈火，高耸的烟柱烧焦了辽阔的上苍。被糟蹋的衣服和粮食至今狼藉满地，腾腾杀气依旧弥漫着水国沅湘。老天爷啊你真是瞎了双眼，崔瓘不该死啊臧玠该灭亡！那天夜里我丧魂落魄地躲避扑面飞来的响箭，穿过豺狼般的叛军，不顾两腿劳累而拼命逃亡。一路上默默忍受着荆棘的刺痛，哪管脚上起了血泡，拼命东躲西藏。绕道远来的儿子侍陪在身侧，还没断奶的小女儿依偎在身旁。久客他乡的我呀幸免于难，只是恨自己年老体衰，无力讨贼，宿愿难偿。向着萧条冷落的水边陆地狼狈逃窜，躲到船上随着渔商一路飘荡。可叹我这报效君主的身子已经衰老，想入朝又因病不得前往。只好随俗而悠悠地漂泊，郁郁不乐，一路上回转着九曲刚肠。驶过错落分布的沙洲小岛，便傍着竹林从容地辗转远航。一小片帆影向着地处东南的郴州悠悠飘去，不一会儿便提前来到了南国衡阳。华表旁排列的都是云鸟之阵，名园里的花草散发着芳香。高耸的酒楼平添了城镇的壮观景象，望楼上用以备战的烽燧布满城墙。衡州有一位饶有古人遗风的刺史名叫杨济，他才干出众，名冠庙堂。定倾扶危亟待这参天一柱，他朝班独坐有如凛然飞舞的九秋风霜。昨天我刚刚拜访了这位美如玉树似的衡州刺史，听他高谈阔论，陪他举杯飞觞。且不要说他对我一再表示绵绵情意，他已经熨贴了我的惊恐不安的心房。在座的苏涣真像令吴楚七国畏惧的侠客剧孟；文采风流，堪可与写作四赋的司马相如一争短长。其勇锐足以远胜白起——那屡战屡胜的秦国名将。澧、道、衡三州刺史联兵讨贼，形势大好；敌我臧否悬殊，必当凯歌飞扬。妖氛定当扫除净尽，蚊蚋般的叛军怎能抵挡？郴州至今还有苏耽故居遗迹，那里的苏仙岭吸引着我乘舟远航。此行在即，恨只恨暑雨隔断了去路，我听说郴州大地气爽风凉。舅氏崔伟新摄郴州，展读他的来信啊赫赫生光。舅氏曾多次寄信约我前往，那上百行的手札啊落落大方。七岁而孤的江总承蒙舅氏抚养，我的舅舅崔伟就像东晋高士谢安一样清兴悠长。自愧我这卑贱的人并非珠玉，惭愧自己也不是非梧桐不栖的空界中的凤凰。我将效法嵇康之懒散疏放，张劝啊您就像为世推重的一代张良。我决意到郴州那块乐土择地而居，仰看崔、张二氏有如九天鲲鹏展翅翱翔。

## 逃　难

**【题解】**此诗当作于大历五年（770）四月避臧玠之乱时，时杜甫正携家乘舟逃往衡州。先从以前逃难写起，再说到目前避难情事，结以无路可归、泪尽湘江情状。

**【原诗】**五十白头翁①，南北逃世难②。疏布缠枯骨，奔走苦不暖。已衰病方入，四海一涂炭。乾坤万里内，莫见容身畔。妻孥复随我，回首共悲叹。故国莽丘墟，邻里各分散。归路从此迷，涕尽湘江岸。

**【注释】**①五十：杜甫于至德元年（756）开始逃难，时年四十五，言“五十”，当举其成数而言。　②“南北”句：在北方时逃安史之乱，由奉先逃往白水、鄜州，又由沦陷了的长安逃到凤翔，复由华州经秦州、同谷逃到四川；在南方逃段子璋、徐知道和崔旰之乱，如今在湖南又逃臧玠之乱，所以说“南北逃世难”。

**【译文】**我这白头老翁从四十五岁起就开始南北逃难了。粗布衣缠裹着一把枯朽的瘦骨，仓惶奔走，不暇暖席，为此常常苦痛不堪。可悲啊，如今又百病缠身，天下百姓正处于水深火热之中。在这无不覆载的万里乾坤之内，竟找不到一块安身之地。妻室儿女也跟着我吃了不少苦头，回想起来，一家老小不禁仰天同悲。那地处中原的我的久违的故乡洛阳啊，你已沦为一片废墟，凄然地失落在草木丛里；乡里乡亲也都各自离开了世代居住的热土，逃到了苍茫的远方。现在我正在这漂浮的南国土地上逃难，茫茫然而不知归乡的道路在哪里。望着徙移不定的湘江两岸，流尽了思乡的泪水。

## 白　马

**【题解】**此诗亦当大历五年（770）四月避臧玠之乱时所作。杜甫在出城逃往衡州的途中，见一匹白马带箭而来，于是想到因潭州兵变而死于战乱者甚多，遂作此诗哀之。

**【原诗】**白马东北来，空鞍贯双箭。可怜马上郎①，意气今谁见？近时主将戮②，中夜伤于战。丧乱死多门，呜呼泪如霰。

**【注释】**①马上郎：指骑马的战士。　②主将：指潭州刺史崔瓘。

**【译文】**一匹白马带着双箭从东北方向急驰而来，马背上只剩下一副空鞍。可怜啊，骑马转战的战士！如今有谁能重睹你往日的英雄气概？主将崔瓘刚刚被乱军杀死，骑马的战士定然是在半夜里死于兵战之中。这次因臧玠之乱而死的门路太多啦，呜呼一声，催落了雪粒般的眼泪。

## 舟中苦热遣怀，奉呈阳中丞，通简台省诸公

**【题解】**此诗是杜甫于大历五年（770）避臧玠之乱逃往衡州时所作。杨（阳）中丞，即衡州刺史兼御史中丞杨济。台省诸公，指裴虬、李勉、杨子琳。时正筹划前赴长沙联兵讨臧玠之事。杜甫以嗟叹之笔写了这首诗，热情赞颂了诸军奋起讨贼平叛的义举。

**【原诗】**愧为湖外客①，看此戎马乱②。中夜混黎甿，脱身亦奔窜。平生方寸心，反当帐下难③。呜呼杀贤良④，不叱白刃散。吾非丈夫特，没齿埋冰炭。耻以风病辞，胡然泊湘岸。入舟虽苦热，垢腻可溉灌。痛彼道边

人，形骸改昏旦。中丞连帅职⑤，封内权得按。身当问罪先，县实诸侯半。士卒既辑睦⑥，启行促精悍。似闻上游兵⑦，稍逼长沙馆。邻好彼克修⑧，天机自明断。南图卷云水，北拱戴霄汉。美名光史臣，长策何壮观！驱驰数公子⑨，咸愿同伐叛。声节哀有余，夫何激衰懦？偏裨表三上⑩，卤莽同一贯。始谋谁其间？回首增愤惋。宗英李端公⑪，守职甚昭焕。变通迫胁地，谋画焉得算？王室不肯微，凶徒略无惮。此流须卒斩，神器资强干。扣寂豁烦襟⑫，皇天照嗟叹。

**【注释】**①湖外客：杜甫自谓。 ②戎马乱；指臧玠兵变。 ③帐下难：言兵乱起于部将。 ④贤良：指崔瓘。 ⑤连帅：《礼记》：十国为连，连有帅。此言杨中丞身居连帅之职。 ⑥辑睦：集结。 ⑦上游兵：指裴道州（裴虬）部队。道州在潭州西南，地处湘江上游，故称。 ⑧邻好：指裴道州。 ⑨数公子：指裴虬、李勉、杨子琳。 ⑩“偏裨”句：杨子琳征讨臧玠，取赂而还。诗言上表，当是杨子琳曲护臧玠之罪，则隐讳其词，而归罪于偏裨将。 ⑪李端公：《通典》：唐侍御史凡四员，内供二员号为台端，他人称“端公”。“李端公”，指李勉，系宗室，时在广州。 ⑫扣寂：指赋诗。《文赋》：“扣寂寞而求音。”

**【译文】**我作客洞庭湖外实在惭愧，又亲眼看到了这次兵变。半夜里我混杂在难民群里，这样才得以脱身逃窜。崔公平生的心啊耀如赤日，却反为部将所忌而遭杀身之难。呜呼！当此一代贤良被杀的紧急关头，竟没人挺身而出将手持白刃的乱兵叱散。我自恨不是人中的伟丈夫，为此至死愤恨不平，有如水火交迫于胸间。我时常以老病辞官为莫大耻辱，为什么至今还泊舟在湘江之岸？住在船上虽然感到非常闷热，倒可以就近把污垢洗涮。可悲的是路边的那些死者，他们的形体竟在旦夕之间完全改变。杨中丞啊您身居连帅要职，四境之内有了事理应恃权巡按。兴兵问罪，您身当联军之先，因为您委实管辖着南中军州之大半。各路士兵已经云集成阵，精锐的部队马上就要启程伐叛。好像听说湘江上游裴道州的部队，近日已惭惭逼行长沙驿馆。邻州刺史配合主力兴兵伐敌，中丞您可要当机立断。且看各路大军南靖湖湘如云飞浪卷，且看衮衮诸公北拱王室如拱戴万古霄汉。闪光的美名将照亮史官之笔，讨贼的长策是何等壮观！中丞您派人联络各位公子，他们都愿和您一道讨贼平叛。风声节概，有不尽的哀痛，竟教我这一介衰儒激动不安。偏裨们曾多次上表，假众议而胁制朝廷，实则卤莽相同，上下一贯。开始时本来同谋讨贼之策，后来又是谁从中挑拨离间？回想起这件事，顿教我增添愤惋。任职广州的李勉本是宗室英贤，奉公守职，政绩卓著，如日昭天。能在贼徒胁迫之地随机应变，其筹策谋划岂同凡算？断断不肯让王室衰微不振，怎能任凭凶徒肆无忌惮。这股逆流必须马上斩断，支撑国之大厦急须一代强干。即事赋诗令烦闷的胸襟为之一展，天哪，当照临我这充满唏嘘嗟叹的诗篇。

## 江阁对雨，有怀行营裴二端公

【题解】此诗当是大历五年（770）初夏在衡州（今湖南衡阳）所作。裴虬时为道州刺史，前来平臧玠之乱，住在行营里。一天，杜甫在江阁对雨，即景生情，写了这首怀思裴虬的诗歌。裴二端公，即裴虬，是杜甫的前辈旧识；端公是他人对他的称呼。

【原诗】南纪风涛壮①，阴晴屡不分。野流行地日，江入度山云。层阁凭雷殷，长空面水文。雨来铜柱北②，应洗伏波军③。

【注释】①南纪：南方的大河。此指湘江。 ②铜柱：古迹名，在衡阳。非指交趾之铜柱。此以铜柱代指衡阳。 ③伏波：汉将军名号。汉武帝时路博德和后汉光武时马援皆号伏波将军。二人曾先后出征交趾。后因用作咏将军南征的典故。这里以伏波军比喻裴虬部队，借以表现对裴氏的关切思念之情。

【译文】流贯南方大地的湘江啊波澜壮阔，变化不定的天气时晴时阴。刚才还是日光溢满大地的晴好天气，转眼便是度山而来、飘入江中的层层阴云。我凭倚着高阁听雷声滚滚，面对长空又看见漫天水文。不一会儿倾盆大雨便泼向衡阳大地，此时此刻怕不是正在泼洗裴虬大军。

## 题衡山县文宣王庙新学堂，呈陆宰

【题解】此诗当是大历五年（770）杜甫去衡山参观孔庙时所作。这首诗先慨叹世乱、学校荒废、文教不修之状，记述了衡山孔庙新学堂而归功于衡山陆县令，描状了新建学堂的幽境和诸生学习情况，最后以感慨赋诗作结。此诗从一个侧面表现了杜甫对文教事业的重视。文宣王庙，即孔庙。陆宰，姓陆的衡山县县令，名不详。

**【原诗】**旄头彗紫微①，无复俎豆事②。金甲相排荡，青衿一憔悴。呜呼已十年，儒服敝于地。征夫不遑息，学者沦素志。我行洞庭野，欻得文翁肆③。侁侁胄子行④，若舞风雩至⑤。周室宜中兴⑥，孔门未应弃。是以资雅才，焕然立新意。衡山虽小邑，首唱恢大义⑦。因见县尹心⑧，根源旧宫閟⑨。讲堂非曩构⑩，大屋加涂塈⑪。下可容万人，墙隅亦深邃。何必三千徒，始压戎马气？林木在庭户，密干叠苍翠。有井朱夏时，辘轳冻阶戺⑫。耳闻读书声，杀伐灾仿佛。故国延归望，衰颜减愁思。南纪改波澜⑬，西河共风味⑭。采诗倦跋涉，载笔尚可记。高歌激宇宙，凡百慎失坠⑮！

**【注释】**①旄头：妖星名，即昴宿。古人认为旄头星特别亮的时候，将有战争发生。此喻安史之乱。彗（huì）：扫。紫微，星官名，即紫微垣，在北斗以北。古人认为紫微星象征朝廷或京城。　②俎（zǔ）豆：俎和豆都是古代祭祀用的器具。此引申为祭祀、崇奉一类礼仪。　③欻（xū）：忽然。文翁肆：文翁是汉景帝时蜀郡太守，曾兴办学校，培育人材；肆，是学堂。此以文翁比陆县令。　④侁侁（shēn shēn）：众多。胄（zhòu）子：天子元子以下至卿大夫子。此比县学生员。　⑤“若舞”句：典出《论语·先进》：“（点）曰：‘莫春者，春服既成，冠者五六人，童子六七人，浴乎沂，风乎舞雩，咏而归。夫子喟然叹曰：‘吾与点也。’”此用其典，含有教化人才之意。舞雩（yú），鲁国祭天求雨的场所。　⑥周室：比唐室。　⑦恢大义：谓恢廓文庙。　⑧县尹：指陆县令。　⑨“根源”句：意谓宰从宫墙而出，能追念本源。　⑩曩（nǎng）构：旧时规模。　⑪涂塈（jì）：泥饰。　⑫阶戺（shì）：台阶。　⑬南纪：南方。此特指衡阳。　⑭西河：济水、黄河之间，谓之西河。孔子学生子夏居西河教授，为魏文侯师。南朝宋王球因称办学为西河之风。　⑮凡百：“凡百君子”的歇后语，意谓君子。此借指文德教化。

【译文】自从灾星安史乱我唐室以来，就不复再有崇尚礼义一类的盛事了。这些年来，武夫恣肆，兵甲相击，学校荡废，文士憔悴。唉，自天宝至今，儒服破敝于地，文德不兴，斯文扫地，已经十年了。战乱中，征夫惶惶不安，学者沉沦素志！今天我有幸来到这洞庭之野，衡山之麓，忽然见到陆县令亲手兴办起来的学堂。学堂里有众多的县学生员在接受文德礼乐的教化，多像孔门高足曾点言志时所虚拟的高境。唐室应当中兴，文德教化不应沦弃。兴办学堂，重振教育，这是关乎国运的千秋大计，因此须靠一代雅才出而相助，为重光文教而标立新意。衡山县城虽说是一座小县城，可陆县令首倡办学，恢廓文庙，圣朝重道的光荣传统便得以光大；陆县令追念本源之心，于此可见一斑。衡山学堂规模之大已非昔日可比，高大宽敞的校舍已泥饰一新。这里最少能容纳万名生员，校舍四周环绕着高大的围墙。又何必以三千生徒去阻止战伐，振兴文德亦足以销乱弭兵。葱茏的林木掩映着校舍，茂密的枝干叠绿耸翠。盛夏，在辘轳摇动井绳的清凉的阶石旁边，那琅琅的读书声，仿佛让杀伐之音变得模糊不清。正当我为归乡无期而延伫怅望的时候，忽逢此县学盛事，我这垂暮的老人顿时消释了往日的愁思。在这叛乱的南方，衡山县却远离战乱，而弦歌不绝，简直与西河是同一风味！我已倦于为采诗而四处跋涉，但是如今遇到衡山县文教界这样的盛事，我还是欣然援笔为之赋诗。豪迈激越的歌声震溢宇宙，世人啊千万不要让文教荒废！

## 聂耒阳以仆阻水，书致酒肉，疗饥荒江，诗得代怀，兴尽本韵，至县呈聂令。陆路去方田驿四十里，舟行一日，时属江涨，泊于方田

【题解】此诗作于大历五年（770）四月，时杜甫漂泊耒阳（今湖南耒阳）。杜甫参观了衡山县孔庙，便携家乘船离衡溯耒水而上，打算到郴州去投奔舅氏崔伟。船至耒阳境内的方田驿，为大水所阻，遂停泊五日，饥不得食。耒阳聂县令闻讯便火速派人送信慰问，并送来牛炙白酒。尔后杜甫从陆路去离方田驿四十里的县城拜访聂县令，并面呈此诗谢馈。诗得代怀，作诗以表心情。兴尽本韵，言全诗限用本韵，不及其他韵部。按诗中所押，皆《广韵》三十“小”部韵。

【原诗】耒阳驰尺素，见访荒江渺。义士烈女家①，风流吾贤绍。昨见狄相孙②，许公人伦表。前朝翰林后，屈迹县邑小。知我碍湍涛，半旬获浩溔。麾下杀元戎，湖边有飞旐。孤舟增郁郁，僻路殊悄悄。侧惊猿猱捷，仰羡鹳鹤矫。礼过宰肥羊，愁当置清醥。人非西喻蜀③，兴在北坑赵④。方行郴岸静⑤，未话长沙扰。崔师乞已至⑥，澧卒用矜少。问罪消息真，开颜憩亭沼⑦。

【注释】①义士烈女：义士，指聂政；烈女，指聂嫈（聂政之姊）。聂政为严仲子报仇，杀死韩相侠累，毁容自杀，以求不连累亲属。其姊聂嫈，伏尸痛哭，死于聂政尸体之旁以扬其弟义侠之名。因为耒阳县令姓聂，故及于聂姓之古代贤人。 ②狄相孙：狄相，指狄仁杰，武则天时任鸾台侍郎同平章事，即宰相，封梁国公。狄相孙，指狄仁杰之孙狄博济。杜甫在夔州时有《寄狄明府博济》诗，诗云："梁公曾孙我姨弟"，当指此人。 ③人：杜甫自谓。西喻蜀：用司马相如出使西蜀作《喻巴蜀檄》一事。汉武帝时，唐蒙奉命通夜郎，征发巴蜀吏卒，并诛杀当地官民，巴蜀大为惊恐。于是汉武帝派司马相如作檄以谴责唐蒙，并告喻巴蜀，说唐蒙所作所为，并非朝廷本意。句意谓己非相如，无传檄宣喻之责。 ④北坑赵：用秦将白起破赵后坑其降卒四十万一事。赵国在北，故云"北坑赵"。句意谓对臧玠兵变，不容姑息。 ⑤郴岸：指赴郴州途中的耒水河岸，即方田驿。⑥"崔师"二句：原注："闻崔侍御潩乞师于洪府，师已至袁州北；杨中丞琳（应作子琳，时任澧州刺史）问罪将士，自澧上达长沙。"句意谓平叛大军已到达潭州。用矜少：言自矜恃其兵精。 ⑦亭沼：指水边驿亭，即方田驿。

【译文】耒阳县聂县令火速派人驰书把我慰问，一直来到大水渺茫的荒凉的江滨。聂令啊，您真不愧为聂政、聂嫈的后裔，您继承了远祖的流风余韵。前些时我曾见到狄相的曾孙——狄博济，他极力推许您这人中的表率。您本是前朝翰林的后代，却竟然屈就小小的县官，好不悲哀！您得知我被洪水围困便派人慰问，我已有五天五夜遭受水灾。前不久潭州叛乱时部将杀死了崔瓘元帅，途中我看见牵引崔公灵柩的魂幡飞过湖滨。这就更增加了我孤舟漂泊的苦闷，眼下这静得可怕的偏僻的方田驿压迫着我的胸怀。一侧身便有敏捷的猿猴惊动我的旅魂，那凌空高飞的鹳鹤啊真是自由自在。聂令啊，幸喜你派人送来了比宰头肥羊还重的牛肉和清酒，我这愁苦至极的人面对这份厚礼，不忘你的活命之恩。此行我虽然没有司马相如传檄宣谕的责任，但志在讨贼伐叛，澄清风尘。现在我正被洪水围困在荒寂的耒水河岸，未能向聂令面陈长沙叛乱的后果前因。听说崔侍御率部已抵达袁州以北，自矜澧州兵精的杨中丞业已屯兵长沙，势如风云。讨伐叛军的消息千真万确，我即使被困在方田驿也不以为意，反而笑逐颜开。

## 回　棹

**【题解】**此诗当是杜甫于大历五年（770）夏南赴郴州（今湖南郴县）依舅氏崔伟未果，阻于耒阳，回船北返时所作。前半写因厌耒阳溽暑而欲回棹，后半写欲托迹襄阳以终余生之念。

**【原诗】**宿昔试安命，自私犹畏天。劳生系一物，为客费多年。衡岳江湖大，蒸池疫疠偏①。散才婴薄俗，有迹负前贤。巾拂那关眼，瓶罍易满船。火云滋垢腻，冻雨裛沉绵。强饭蓴添滑，端居茗续煎。清思汉水上，凉忆岘山巅②。顺浪翻堪倚，回帆又省牵。吾家碑不昧③，王氏井依然④。几杖将衰齿，茅茨寄短椽。灌园曾取适，游寺可终焉⑤。遂性同渔父⑥，成名异鲁连⑦。篙师烦尔送，朱夏及寒泉。

**【注释】**①蒸池：水名，即蒸水，在衡阳。此指湖湘一带。疫疠（lì）：瘟疫。　②岘（xiàn）山：山名，在杜甫祖籍湖北襄阳。　③吾家碑：杜甫十三世祖、晋代名将当阳侯杜预平吴后，曾刻二石碑记功，一立万山之上，一沉万山下潭中。　④王氏井：即王粲井。王粲宅在湖北襄阳岘山下，宅前有井，时人呼为王粲井。此用其事，暗逗乡关之思。　⑤终焉：南朝梁人刘慧斐游匡山，居东林寺，遂终安其身。这里暗使故事，寄托归隐之思。　⑥渔父：屈原于流放途中遇到渔父，渔父得知他因“独醒”而遭放逐，劝他与世推移，隐退自全。此以渔父自比，自述归隐之情。　⑦鲁连：即鲁仲连，战国时齐之高士。鲁仲连却秦军，下燕城，虽不受封，但犹自取名。这里以鲁仲连作为反衬，说自己有别于鲁仲连。

**【译文】**平素我曾一向安于命运，虽专己自私犹知畏天。我这个穷人为谋生所牵累，又不得不年复一年作客天边。遍布衡山一带的江湖是如此辽阔，湖湘大地上到处有瘟疫蔓延。这人情浇薄、前贤绝迹不至的所在，我这个庸才居然托迹于此，真有愧于前贤。用于拂拭几案的巾拂已废而不用，只管喝酒，酒瓶倒很容易堆满舟船。火云烤得我出了一身臭汗，久病的身子忽然又遭到暴雨的摧残。勉强用饭，喝的是滑溜的蓴菜汤，闲坐时连续饮茶，以便抵御酷暑炎天。我永远思念清爽宜人的汉水之畔，我时时忆及气爽风凉的岘山之巅。顺水行舟，倒可凭倚悠悠江波，掉船北归呀不须拉牵。家乡襄阳的祖碑至今尚在，岘山下王粲宅前的那口水井千古依然。重返故乡，拄杖以打发老境；重返故乡，寄身于简陋的房间。抱瓮浇园倒可娱悦我的情性，决意像梁人刘慧斐那样终老林泉。我要像屈原赋中的渔父一样任情适性，却有别于取名一时的战国高人鲁氏仲连。烦劳船工快快地送我乘舟北返，到盛夏便可回到清泉泠泠的襄阳山川。

## 过洞庭湖

**【题解】**此诗当是大历五年（770）夏自衡州回棹，沿湘江向洞庭湖时所作。诗中描写了沿江而行所见到的洞庭湖的自然景色，表现了杜甫急欲北返的心情。过，此作“往”解。

**【原诗】**蛟室围青草①，龙堆隐白沙②。护堤盘古木，迎櫂舞神鸦。破浪南风正，回樯畏日斜③。湖光与天远，直欲泛仙槎④。

**【注释】**①蛟室：当指洞庭湖中的射蛟浦。相传汉武帝曾在此射蛟。青草：青草湖。此指洞庭湖。因青草湖与洞庭湖相连为一。 ②龙堆：地名，即金沙洲。 ③南风：喻伐叛之气。 畏日：即夏日。古人认为夏日炎热可畏，故称。此喻叛贼。 ④仙槎：用古人乘木筏从海上到达天河的传说，比喻乘舟远渡和心旷神怡之境。

**【译文】**射蛟浦四周是苍茫的洞庭湖水，广袤的金沙洲隐没于一片白沙。遮护堤岸的是盘结纡曲的千年古木，迎船飞舞的是点点乌鸦。破浪而行，端正的南风吹送着行舟；回船北返，夏天的太阳正斜向天涯。无边的湖光与天共远，真想乘着古人的木筏直抵天河。

## 登舟将适汉阳

**【题解】**此诗当作于大历五年（770）秋。时杜甫将从潭州（今长沙市）携家乘船去汉阳（今湖北武汉市武昌西）、襄阳，遂作此诗，以记登舟景事和不得北归而思汉阳的情感。

**【原诗】**春宅弃汝去①，秋帆催客归。庭蔬犹在眼，浦浪已吹衣。生理飘荡拙，有心迟暮违。中原戎马盛，远道素书稀。塞雁与时集，樯乌终岁飞。鹿门自此往②，永息汉阴机③。

**【注释】**①春宅：杜甫于769年冬末春初寓居潭州，故称其宅为“春宅”。②鹿门：即鹿门山，在湖北襄阳，汉庞德公归隐处。杜甫祖籍亦在鹿门山。 ③汉阴：地名，在汉阳附近。《庄子》载汉阴丈人说：“有机械者必有机事，有机事者必有机心。”这里以汉阴老人自比，谓归隐鹿门，忘却机心，归于真朴之境。

**【译文】**去春我曾寓居过的宅院啊，我就要离你而去，一叶秋帆正催促我携家北归。院子里的蔬菜依旧满眼青翠，湘江的风浪已经吹拂我的征衣。四处飘荡而拙于生计，有心济世但老而无为。故国中原依旧戎马倥偬，远方的乡书日渐稀微。雁来雁去尚有一定的日期，而我却一年到头在船上漂泊无依。从此我将效法庞德公归隐鹿门，在那里将人世的机诈之心永远抛弃。

## 暮秋将归秦，留别湖南幕府亲友

**【题解】**此诗当作于大历五年（770）秋，时杜甫已重返长沙。这年四月八日，长沙发生了臧玠叛乱。时至六月，大概由新任潭州刺史、湖南观察使的辛京杲平息了这场叛乱，于是杜甫改变原来南下郴县依舅氏崔伟的计划，由耒阳折回长沙，再取道北归长安。诗中流露了资费乏绝而无人赈济的悲哀，以及希求湖南幕府亲友抬手资助的心情，属辞委婉，不涉寒乞之相。湖南幕府，指湖南地方官府。

【原诗】水阔苍梧野①，天高白帝秋②。途穷那免哭，身老不禁愁。大府才能会③，诸公德业优。北归冲雨雪，谁悯敝貂裘④？

【注释】①苍梧：山名。相传帝舜死于苍梧之野。在今湖南省宁远县西南。②白帝：司秋之神。此借指秋天。非指白帝城。 ③大府：唐朝时称节度使府为“大府”。此指湖南幕府。 ④敝貂裘：战国时苏秦游说秦王，裘敝财尽，大困而归。这里用苏秦事自伤漂泊无依。

【译文】广阔的湘江水流经湖南大地，眼下正是天高地远、万物萧条的晚秋时候。我身处穷途末路哪能不仰天恸哭？值此桑榆之年更是禁不住羁旅之愁。湖南幕府里聚集着才能出众的诸多亲友，你们一个个风流俊异，德业兼优。我即将冲风冒雪乘舟北去，有谁可怜我这困顿的老夫一路飘流？

## 长沙送李十一衔

【题解】此诗和前一首当是同时之作。李十一，此指李衔。乾元二年（759）冬，杜甫和李衔一道避居同谷（今甘肃成县），十二年后又在长沙重逢，旋即分别，杜甫赋诗送之。诗中追叙了前次别后情事，见出彼此相知甚切和离别时的忧伤。

【原诗】与子避地西康州①，洞庭相逢十二秋。远愧尚方曾赐履②，竟非吾土倦登楼③。久存胶漆应难并，一辱泥涂遂晚收④。李杜齐名真忝窃⑤，朔云寒菊倍离忧。

【注释】①西康州：同谷县。 ②尚方赐履：用东汉王乔事。《后汉书》卷一百十二《王乔传》载：“乔有神术，每月朔望常自县诣台朝，帝（明帝）怪其来数，而不见车骑，密令太史伺望之。言其临至，辄有双凫从东南飞来。于是候凫至，举罗张之，但得一只舄（鞋）焉。乃诏上方诊视，则四年中所赐尚书官属履也。”尚方，又作“上方”，是主管制作皇帝所用器物的官，764 年，严武表荐杜甫为检校工部员外郎，赐绯鱼袋，故借“尚方赐履”来比为郎赐绯，但这郎官是遥授的，一直挂名，未能登朝，故云“远愧”。 ③登楼：用三国魏时王粲避乱荆州事。王粲到荆州依刘表，曾作《登楼赋》，其中有“虽信美而非吾土兮，曾何足以少留”的句子。长沙地属荆州，故用王粲避乱荆州比况自己留滞长沙。 ④一辱泥涂：用辱没于泥涂之中比左拾遗贬官一事。晚收：收获不及时。引申为老而无获。 ⑤李杜：东汉李固和杜乔、李云以及杜众、李膺和杜密齐名而并称“李杜”，此喻李衔和自己。

**【译文】**当年曾和你一道避难到遥远的同谷，十二年后又和你相逢在长沙街头。因郎官遥授而未能入朝而倍感惭愧，我就像避乱荆州的王粲一样满怀乡愁。李衔啊，我们之间坚如胶漆般的友谊谁人可比？可叹我辱没于泥土老而无收。和你齐名真是令我羞愧不已，面对朔云寒菊而倍增别情离愁。

## 风疾舟中，伏枕书怀三十六韵，奉呈湖南亲友

**【题解】**此诗是杜甫于大历五年（770）冬卧病湘江船上时所作。当时杜甫由长沙往汉阳经洞庭湖，途中，风痹病加重，约在这年冬天，赍志而没于潭岳途中。这首五言排律是杜甫的绝笔，“玩其气味，酷似将死之言。”（浦起龙语）诗中描写了光照千秋的伟大诗人杜甫临终前的窘迫境况，表现了他对战乱的祖国和苦难的人民至死不渝的动人情感。诗以长篇排律的形式写成，在受平仄、对仗、韵律等重重束缚中自由驰骋，势如长江出蜀，浩荡无碍，足以见出杜甫至深至厚的艺术功力。风疾，即风痹病。时杜甫已半身偏枯。湖南亲友，当指潭州（今长沙市）幕府中的亲友。

**【原诗】**轩辕休制律①，虞舜罢弹琴②。尚错雄鸣管，犹伤半死心③。圣贤名古邈④，羁旅病年侵。舟泊常依震⑤，湖平三见参⑥。如闻马融笛⑦，若倚仲宣襟⑧。故国悲寒望，群云惨岁阴。水乡霾白屋，枫岸叠青岑。郁郁冬炎瘴，濛濛雨滞淫。鼓迎方祭鬼，弹落似鸮禽⑨。兴尽才无闷，愁来遽不禁。生涯相汩没，时物正萧森。疑惑樽中弩⑩，淹留冠上簪⑪。牵裾惊魏帝⑫，投阁为刘歆⑬。狂走终奚适？微才谢所钦。吾安藜不糁⑭，汝贵玉为琛。乌几重重缚⑮，鹑衣寸寸针⑯。哀伤同庾信⑰，述作异陈琳⑱。十

暑岷山葛，三霜楚户砧。叨陪锦帐坐[19]，久放白头吟[20]。反朴时难遇，忘机陆易沉[21]。应过数粒食[22]，得近四知金[23]。春草封归恨，源花费独寻[24]。转蓬犹悄悄，行药病涔涔。瘗夭追潘岳[25]，持危觅邓林[26]。蹉跎翻学步[27]，感激在知音。却假苏张舌[28]，高夸周宋镡[29]。纳流迷浩汗，峻址得嵚崟[30]。城府开清旭[31]，松筠起碧浔。披颜争倩倩，逸足竞骎骎[32]。朗鉴存愚直，皇天实照临。公孙仍恃险[33]，侯景未生擒[34]。书信中原阔，干戈北斗深。畏人千里井[35]，问俗九州箴[36]。战血流依旧，军声动至今。葛洪尸定解[37]，许靖力难任[38]。家事丹砂诀，无成涕作霖。

**【注释】**①轩辕：黄帝，传说中的古代帝王。制律：制作律吕。《汉书·律历志》：黄帝使伶伦取竹于嶰谷，断两节间而吹之，以为黄钟之宫。制十二筩（竹管）以听凤鸣，其雄鸣六，雌鸣亦六，比黄钟之宫，而皆可以生之，是为律本。至治之世，天地之气合以生风，天地之风气正，十二律定。　②虞舜：古帝名。相传虞舜弹五弦之琴，歌南风之诗。　③半死心：据说古琴用龙门半死的桐树制成最佳。枚乘《七发》："龙门之桐，高百尺而无枝，其根半死半生，使琴挚斫斩以为琴。"这里的"半死心"，既指琴心，亦兼以自喻。　④圣贤：指轩辕、虞舜。　⑤震：卦名，代表东方。　⑥参（shēn）：星名，西方七宿之一，又称晓星，是冬天夜空中最明亮的星座。　⑦马融：东汉文人，善吹笛，曾作《长笛赋》。此以马融去京师闻笛而悲事，自抒羁旅悲怀。　⑧仲宣：三国魏国诗人王粲。其避乱荆州时曾作《登楼赋》，中有"凭轩槛以遥望兮，向北风而开襟"的句子。此以王粲登楼望乡比况自己心怀故国之思。　⑨鸮（xiāo）禽：恶鸟，猫头鹰之类。　⑩樽中弩：用杯中蛇影一事。《风俗通》载：应彬请主簿杜宣饮酒，杜宣看见酒杯中的弓影似蛇，疑惑成病。此借喻自己因病而多疑多忧。　⑪冠上簪：朝簪。古时当官的，冠帽用簪装饰。杜甫这时还是一个挂名的工部员外郎，不能入朝任职。　⑫牵裾：用三国时魏国辛毗故事。辛毗谏魏文帝，文帝不从，起而入内，就挽住他的衣襟。后因用作咏谏臣的典故。此自喻任左拾遗时，因直谏肃宗，营救房琯，为肃宗所不喜。　⑬投阁：用扬雄故事。汉朝扬雄博学而多识奇字，曾在天禄阁校书，他的弟子刘棻被王莽治罪，株连及他，使者收捕，扬雄便从阁上跳下来，几乎摔死。刘歆，刘棻之父。杨雄投阁本因刘歆之子刘棻事，此因趁韵，故改"棻"为"歆"。这里用扬雄事，暗指自己因疏救房琯而遭贬。

⑭藜不糁（sǎn）：是说藜汤里没有米粒，极言其穷。藜，野菜。糁，用米粒和羹叫“糁”。《庄子·让王》：“孔子穷于陈蔡之间，七日不火食，藜羹不糁。” ⑮乌几：乌皮几，用乌羊皮蒙覆的小桌。 ⑯鹑（chún）衣：破衣。鹑，鸟名，形似小鸡，秃尾，故用以形容衣服破烂。 ⑰庾信：南北朝时梁朝诗人。他自梁使魏，后在北周作官，被留不得回国，曾作《哀江南赋》，以寄托故国之思。此自伤遭乱有似庾信。 ⑱陈琳：建安七子之一，以善作章表名世。这里以陈琳为衬托，自谓述作不同于陈琳。 ⑲“叨陪”句：是说自己曾被任命为检校工部员外郎。叨陪，忝陪，自谦之词。锦帐：锦制幕帐。古时郎官有锦帐。 ⑳白头吟：古乐府篇名。南北朝以来多借此乐府古题抒写哀怨。 ㉑陆沉：《庄子》载，孔子曾用陆沉者比喻楚国隐士市南宜僚。后因用作咏隐居的典故。这里用“陆沉”说自己隐遁于世，与时不谐。 ㉒数粒食：张华《鹪鹩赋》：“巢林不过一枝，每食不过数粒。”此言所需极微。 ㉓四知金：后汉王密为昌邑令时，曾怀金十斤贿赂杨震，对杨震说：“暮夜无知者。”杨震说：“天知，地知，子知，我知，何谓无知?”这里化用杨震事，以四知金喻指亲友赠金，谓其出于廉洁之手。 ㉔源花：即桃花源。传说在湖南。 ㉕瘗（yì）：葬。潘岳，晋代文人，曾作《西征赋》，其中有追悼他夭亡的儿子的辞句。杜甫当有小女在湖南病死，故用潘岳事。 ㉖邓林：桃林。此指手杖。《山海经》载：夸父与太阳竞走，途中渴死，他所遗弃的手杖，化为邓林。 ㉗学步：典出《庄子·秋水篇》：“独不闻乎寿陵馀子之学行邯郸与？未得国能，又失其故行矣，直匍匐而归来。”此系慨词，言备极人生坎坷，反欲学时人之行径，岂不可笑。实谓不愿趋时随俗。 ㉘苏张：苏秦、张仪。战国时有名的舌辩之士。此比湖南亲友。 ㉙周宋镡（xín）：镡，剑鼻，又指剑口或剑首。《庄子·说剑篇》：“天子之剑，以燕谿石城为锋，齐岱为锷，晋卫为背，周宋为镡，韩魏为铗。”这里用庄子夸张天子之剑的故事为喻，说诸亲友对自己的夸奖实属谬奖。 ㉚嵚崟（qīn yín）：山高貌。 ㉛城府：指潭州（今长沙市）。湖南幕府所在地。 ㉜骎骎（qīn qīn）：奔驰的样子。 ㉝公孙：即公孙述。东汉初，公孙述曾割据四川。此借指当时的藩镇。 ㉞侯景：南北朝时梁叛将。此借指当时作乱湖南的军阀臧玠。 ㉟千里井：此系歇后语，歇“不泻剉”。相传南北朝时，有一计吏投宿驿舍，临去时把马吃的草料（剉）泻入井里，以为自己不再回来了。后因事重过驿舍，汲饮井水，竟被草料刺喉而死。故

后人相戒："千里井，不泻剉。"此喻坏人害人。杜甫流寓各地，故有此忧惧。 ㊱九州箴（zhēn）：此亦歇后语，歇"阙"（同缺）。《左传》襄公四年："昔周辛甲之为太史也，命百官箴王阙。"扬雄曾作《十二州箴》。这里因字数限制，所以作"九州箴"。箴，是一种用来砭阙（规戒缺点）的文体。言"箴"就知道有"缺"。"九州箴"就是九州多有缺点，当处处小心谨慎，以免触犯忌讳。 ㊲葛洪：晋朝人，曾入罗浮山（在今广东增城县东）修炼丹药。相传他死后，颜色如生，举尸入棺，轻如空衣，人们认为他是尸解成仙。此以葛洪自比，言因病而即将死去。 ㊳许靖：三国时蜀人。他曾携带亲属辗转逃难。此以许靖自比，言四处奔走。

**【译文】**不要吹奏轩辕氏制作的律管，不要弹奏虞舜大帝的五弦之琴。我身患风疾，错将雄管当作雌管，一听琴声简直要伤透我这半死的心。轩辕、虞舜的名声何其邈远，我因羁旅在外而日渐年老体衰。北行经常泊舟于湘江的东岸，平远的湖面上最早见到报晓的星辰。如同听到马融的笛声而生乡关之思，如同去国怀乡的王粲，向北风而开襟。远望寒天中的故国不禁悲从中来，年终的天空上涌流着惨淡的群云。白茅盖成的草屋迷蒙在水乡的雾气里，重重青山掩映着两岸枫林。冬天的南国的暖瘴还是这般郁闷，濛濛细雨啊连接着多少晨昏。迎神祭鬼的歌舞在鼓声中刚刚开始，弓响弹落，打下了猫头鹰似的恶禽。尽兴观赏，刚刚化解了心中的郁闷，忽然间愁从中来令我难禁。沉沦的生涯啊生涯沉沦，眼前的景物还是这般萧瑟阴森。疑虑多病，杯弓蛇影；空挂着官衔，淹留在道途之中。为营救房琯，我曾像牵裾惊动魏帝的辛毗犯颜直谏，又像是受刘歆之子刘棻株连而跳楼的扬雄。我这样狂奔乱窜终究向哪里去？鄙人不才，多谢我所钦佩的湖南亲朋。我倒安于喝没有一粒米的野菜汤，你们真是弥足珍贵的国之玉琛。伴我多年的乌皮几案捆了又捆，状如鹑尾的破衣上满是补丁。我的哀伤如同庾信的哀伤，不善表章却有别于陈琳。我身穿岷山产的葛衣在蜀地度过了十个寒暑，流寓楚地听砧声起落已历三度霜风。我也曾以郎官身份忝陪锦帐，我也曾多年放歌，叹老嗟穷。返朴归真的时代难以遇到，丢掉机心便成了遁世老翁。不过应有超过鷦鹩所需要的几粒粮食来维持生计，于是便接受了你们的赠金。本想去年春天出峡北去，哪料到居然有违思归之心。春草中封埋着我这客子的离愁别恨，世外桃源啊也毕竟渺然难寻。只好暗自忧伤，像蓬草一样飘零不定；一路上宣导药力，止不住大汗淋淋。远追潘岳，掩埋了夭亡的幼女，真想寻找夸父扔掉的拐杖来支撑病身。趋时随俗，反遭“邯郸学步”之讥，令我铭感不忘的是你们这些知音。你们借来雄辩家苏秦、张仪的口舌，夸奖我的才具有如周宋之镡。湖南幕府真像众流兼纳的浩瀚的江海，又像高地上耸起的大山直逼青云。城府的大门迎着旭日的光辉豁然敞开，苍松翠竹挺立于碧绿的水滨。人人脸上绽开美丽的笑容，投奔诸公，一如骏马争奔。独具慧眼的诸公体恤我这愚直的老者，皇天在上，实可照临我感激诸公的一片赤心。当今的公孙述仍在恃险割据，当今的侯景犹未生擒。好久没有收到来自中原的书信，灵州一带的战火烧向北辰。“千里井，不泻㓲”要深以为训；世风可畏，九州大地上的忌讳当须小心。郊原上依旧流淌着人民的战血，杀伐声至今震动着偌大的乾坤。我料定自己如解体的葛洪一样生命将尽，要我像许靖一样远走交州已力不胜任。安排家事，空有炼丹之法亦无补实际，一想到这里便泪如雨淋。

# 附录：杜诗注本序跋选录

## 一、杜工部小集序……………………（唐）樊晃

工部员外郎杜甫，字子美，膳部员外郎审言之孙。至德初，拜左拾遗，直谏忤旨，左转，薄游陇蜀，殆十年矣。黄门侍郎严武总戎全蜀，君为幕宾，白首为郎，待之客礼。属契阔湮阨，东归江陵，缘沅湘而不返，痛矣夫！文集六十卷，行于江汉之南。常蓄东游之志，竟不就。属时方用武，斯文将坠，故不为东人之所知。江左词人所传诵者，皆公之戏题剧论耳，曾不知君有大雅之作，当今一人而已。今采其遗文，凡二百九十篇，各以志类，分为六卷，且行于江左。君有子宗文、宗武，近知所在，漂寓江陵。冀求其正集，续当论次云。

## 二、杜工部集记……………………（宋）王洙

杜甫，字子美，襄阳人，徙河南巩县。曾祖依艺，巩令。祖审言，膳部员外郎。父闲，奉天令。甫少不羁，天宝十三年献《三赋》，召试文章，授河西尉，辞不行，改右卫率府胄曹。天宝末，以家避乱鄜州，独转，陷贼中。至德二载，窜归凤翔，谒肃宗，授左拾遗，诏许至鄜迎家。明年收京，扈从还长安。房琯罢相，甫上疏论琯有才，不宜废免。肃宗怒，贬琯邠州刺史，出甫为华州司功。属关辅饥乱，弃官之秦州，又居成州、同谷，自负薪采梠，餔糒不给。遂入蜀，卜居成都浣花里，复适东川。久之，召补京兆府功曹，以道阻不赴，欲如荆楚。上元二年，闻严武镇成都，自阆州挈家往依焉。武归朝廷，甫浮游左蜀诸郡，往来非一。武再镇两川，奏为节度参谋、检校工部员外郎，赐绯。永泰元年夏，武卒。郭英乂代武，崔旰杀英乂，杨子琳、柏正节举兵攻旰，蜀中大乱。甫逃至梓州，乱定，归成都，无所依，乃泛江游嘉、戎，次云安，移居夔州。大历三年春，下峡，至荆南。又次公安，入

湖南，溯沿湘流，游衡山，寓居耒阳。尝至岳庙，阻暴水，旬日不得食。耒阳聂令知之，自具舟迎还。五月夏，一夕醉饱卒，年五十九。观甫诗与唐实录，犹概见事迹，比《新书》列传，彼为踳驳。传云“召试京兆兵曹”，而集有《官定后戏赠》诗，注云：“初授河西尉，辞，改右卫率府胄曹”。传云“遁赴河西，谒肃宗于彭原”，而集有《喜达行在》诗，注云：“自京窜至凤翔”。传云“严武卒，乃游东蜀，依高适，既至而适卒”，据适自东川入朝，拜散骑常侍乃卒，又集有《忠州闻高常侍亡》诗。传云“扁舟下峡，未维舟而江陵乱，乃游湘衡”，而集有居江陵及公安诗至多。传云甫“永泰二年卒”，而集有《大历五年正月追酬高蜀州》诗，及别题大历年者数篇。甫集初六十卷，今秘府旧藏、通人家所有称大小集者，皆亡逸之馀，人自编摭，非当时第叙矣。搜裒中外书，凡九十九卷。古本二卷，蜀本二十卷，集略十五卷，樊晃序小集六卷，孙光宪序二十卷，郑文宝序少陵集二十卷，别题小集二卷，孙仅一卷，杂编三卷。除其重复，定取千四百有五篇。凡古诗三百九十有九，近体千有六。起太平时，终湖南所作，视居行之次若岁时为先后，分十八卷。又别录赋、笔、杂著二十九篇为二卷，合二十卷。意兹未可谓尽，他日有得，尚副益诸。宝元二年十月，王原叔记。

## 三、后记……………………………（宋）王琪

近世学者争言杜诗，爱之深者，至剽掠句语，迨所用险字而模画之，沛然自以绝洪流而穷深源矣。又人人购其亡逸，多或百馀篇，少数十句，藏去矜大，复自以为有得。翰林王君原叔尤嗜其诗，家素蓄先唐旧集，及采秘府名公之室，天下士人所有得者，悉编次之，事具于《记》，于是杜诗无遗矣。子美博闻稽古，其用事非老儒博士罕知其自出。然讹缺久矣，后人妄改而补之者众，莫之遏也。非原叔多得其真，为害大矣。子美之诗，词有近质者，如“麻鞋见天子”、“垢腻脚不袜”之句，所谓转石于千仞之山，势也。学者尤效之而过甚，岂远大者难窥乎？然夫子之删《诗》也，至于桧曹小国、寺人女子之诗，苟中法度，咸取而弦歌。善言诗者，岂拘于人哉？原叔虽自编次，余病其卷帙之多而未甚布。暇日与苏州进士何君瑑、丁君脩，得原叔家藏及古今诸集，聚于郡斋而参考之，三月而后已。义有兼通者，亦存而不敢削，阅之者固有浅深也。而又吴江邑宰河东裴君煜取以覆视，乃益精密，遂镂于版，庶广其传。或俾余序于篇者，曰：“如原叔之能文称于世，止作记于后，余窃慕之，且余安知子美哉?”但本末不可阙书，故概举以附于卷终。原

叔之文，今迁于卷首云。嘉佑四年四月望日，姑苏郡守太原王琪后记。

## 四、成都新刻草堂先生诗碑序………（宋）胡宗愈

草堂先生，谓子美也。草堂，子美之故居，因其所居而号之曰草堂先生。先生自同谷入蜀，遂卜成都浣花江上，万里桥之西，为草堂以居焉。唐之史记，前后牴牾，先生至成都之年月不可考。其后，先生《寄题草堂》云：“经营上元始，断手宝应年。”然则先生之来成都，殆上元之初乎？严武入朝，先生送武之巴西，遂如梓州。蜀乱，乃之阆州，将赴荆楚。会武再镇两川，先生乃自阆州挈妻子归草堂。武辟先生为参谋。武卒，蜀又乱。先生去，之东川，移居夔州，遂下荆渚，溯沅湘，上衡山，卒于耒阳。先生以诗鸣于唐，凡出处去就，动息劳佚，悲欢忧乐，忠愤感激，好贤恶恶，一见于诗。读之可以知其世，学士大夫谓之“诗史”。其所游历，好事者随处刻其诗于石，至成都则阙然。先生之故居，松竹荒凉，略不可记。今丞相吕公镇成都，复作草堂于先生之旧址，绘先生之像于其上。宗愈假符于此，乃录先生之诗，刻石置于草堂之壁间。先生虽去此，而其诗之意有在于是者，亦附于后，庶几好事者于以考先生去来之迹云。元祐庚午，资政殿学士、中大夫、知成都军府事胡宗愈序。

## 五、杜工部集后记……………………（宋）吴若

右杜集，建康府学所刻板也。初，教授刘亘常今，当兵火瓦砾之馀，便欲刻印文籍，得府帅端明李公行其言，继而枢密赵公不废其说。未几，赵公移帅江西，常今亦以病丐罢。属府倅吴公才德充、察推王闾伯言嗣成之，德充、伯言为求工外邑，付学正张巽、学录李鼎，要以必成。逾半年，教授钱寿朋耆朋来，乃克成焉。盖方督府宣司鼎来，百工奔走，趋命不暇。刀板在手，夺去者屡矣。一集之微，更岁历十馀君子始就。呜呼！儒业之难兴如此。常今初得李端明本，以为善。又得抚属姚宽令威所传故吏部鲍钦止本校足之。末得若本，以为无恨焉。凡称樊者，樊晃《小集》也。称晋者，开运二年官书也。称荆者，王介甫《四选》也。称宋者，宋景文也。称陈者，陈无己也。称刊及一作者，黄鲁直、晁以道诸本也。虽然，子美诗如五谷六牲，人皆知味，而鲜不为异馔所移者，故世之出异意、为异说，以乱杜诗之真者甚多。此本虽未必皆得其真，然求不为异者也。他日有加是正者重刻之，此学者之所望也。绍兴三年六月，荆溪吴若季海书。

## 六、校定集注杜诗序……………………（宋）郭知达

杜少陵诗，世号诗史。自笺注杂出，是非异同，多所牴牾。致有好事者掇其章句，穿凿附会，设为事实，托名东坡，刊镂以行，欺世售伪，有识之士，所为深叹。因辑善本，得王文公、宋景文公、豫章先生、王原叔、薛梦符、杜时可、鲍文虎、师民瞻、赵彦材凡九家。属二三士友，各随是非而去取之。如假托名氏，撰造事实，皆删削不载。精其雠校，正其讹舛，大书锓版，置之郡斋，以公其传。庶几便于观览，绝去疑误。若少陵出处大节，史有本传，及互见诸家之叙，兹不复云。淳熙八年八月，成都郭知达谨序。

## 七、辑注杜工部集序……………………（清）朱鹤龄

客有谯于余曰："子何易言注杜也？书破万卷，途行万里，乃许读杜。子足不逾丘里，目不出兔园，日取诗史而排纂之，穿穴之，冀以自鸣于世，吾恐觚棱刓而揶揄者随其后也！"余曰："是固然已。抑子之所言者学也，子美之诗非徒学也。夫诗以传声，节族成焉；声以命气，底滞通焉；气以发志，思理函焉，体变极焉。故曰'诗言志'。志者，性情之统会也。性情正矣，然后因质以纬思，役才以适分，随感以赴节。虽有时悲愁愤激、怨诽刺讥，仍不戾温厚和平之旨。不然，则靡丽而失之淫，流漓而失之宕，雕镂而失之琐，繁音促节而失之噍杀。缀辞逾工，离本逾远矣。子美之诗，惟得性情之至正而出之，故其发于君父、友朋、家人、妇子之际者，莫不有敦笃伦理、缠绵菀结之意。极之，履荆棘，漂江湖，困顿颠踬，而拳拳忠爱不少衰。自古诗人，变不失贞，穷不陨节，未有如子美者，非徒学为之，其性情为之也。子美没已千年，而其精诚之照古今、殷金石者，时与天地之噫气、山水之清音，噌吰响答于溟涬澒洞、太虚寥廓之间。学者诚能澄心祓虑，正己之性情，以求遇子美之性情，则崆峒仙仗之思、茂陵玉碗之感，与夫杖藜丹壑、倚棹荒江之态，犹可俨然晤其生面而揖之同堂，不必以一二隐语僻事、耳目所不接者为疑也。且子亦知诗有可解、有不可解乎？指事陈情，意含风喻，此可解者也；托物假像，兴会适然，此不可解者也。不可解而强解之，日星动成比拟，草木亦涉瑕疵，譬如图罔象而刻空虚也；可解而不善解之，前后贸时，浅深乖分，欣忭之语，反作诮讥，忠剀之词，几邻怼怨，譬诸玉题珉而乌转舄也。二者之失，注家多有。兼之伪撰假托，疑误后人，瞽说支离，袭沿日久，万丈光焰化作百重云雾矣。今为剪其繁芜，正其谬乱，疏其晦塞，谘诹

博闻，网罗秘卷，斯亦古人实事求是之指，学者所当津逮其中也。余虽固陋，何敢多让焉？”客曰：“子言诚辨，然当代巨公有先之者矣，子之书无乃以爝火附太阳？”余曰：“才有区分，见有畛域，以求其是则一也。今夫视日者，登中天之台，则千里廓然；窥之于户牖，所见不过寻丈。光之大小诚有间，然不可谓户牖之光非日也。贤者识其大，不贤识其小，总以求遇子美之性情于句钩字索之外。即说偶异同，亦博考群言，折衷愚臆，岂有所抵牾龃龉于其间哉？”客退，遂撰次其语，以书之卷端。

## 八、杜诗详注原序……………………（清）仇兆鳌

臣观昔之论杜者备矣，其最称知杜者莫如元稹、韩愈。稹之言曰：“上薄风骚，下该沈宋，铺陈终始，排比声韵，词气豪迈而风调清深，属对律切而脱弃凡近。”愈之言曰：屈指诗人，工部全美，笔追清风，心夺造化，“天光晴射洞庭秋，寒玉万顷清光流”。二子之论诗，可谓当矣。然此犹未为深知杜者。论他人诗，可较诸词句之工拙，独至杜诗，不当以词句求之。盖其为诗也，有诗之实焉，有诗之本焉。孟子之论诗曰：“颂其诗，读其书，不知其人，可乎？是以论其世也。”诗有关于世运，非作诗之实乎？孔子之论诗曰：“温柔敦厚，诗之教也。”又曰：“可以兴观群怨，迩事父而远事君。”诗有关于性情伦纪，非作诗之本乎？故宋人之论诗者，称杜为诗史，谓得其诗可以论世知人也。明人之论诗者，推杜为诗圣，谓其立言忠厚，可以垂教万世也。使舍是二者而谈杜，如稹、愈所云，究亦无异于词人矣。甫当开元全盛时，南游吴越，北抵齐赵，浩然有跨八荒、凌九宵之志。既而遭逢天宝，奔走流离，自华州谢官以后，度陇客秦，结草庐于成都、瀼西，扁舟出峡，泛荆渚，过洞庭，涉湘潭。凡登临游历，酬知遣怀之作，有一念不系属朝廷，有一时不痌瘝斯世斯民者乎？读其诗者，一一以此求之，则知悲欢愉戚，纵笔所至，无在非至情激发，可兴可观，可群可怨。岂必辗转附会，而后谓之每饭不忘君哉。若其比物托类，尤非泛然。如宫桃秦树，则悽怆于金粟堆前也；风花松柏，则感伤于邙山路上也。他如杜鹃之怜南内，萤火之刺中官，野苋之讽小人，苦竹之美君子，即一鸟兽草木之微，动皆切于忠孝大义，非他人之争工字句者所可同日语矣。是故注杜者必反覆沉潜，求其归宿所在。又从而句栉字比之，庶几得作者苦心于千百年之上，恍然如身历其世，面接其人，而慨乎有馀悲，悄乎有馀思也。臣于是集，矻矻穷年，挈领提纲，以疏其脉络，复广搜博征，以讨其典故。汰旧注之楦酿丛脞，辨新说之穿凿支离。夫亦据

孔孟之论诗者以解杜，而非敢凭臆见为揣测也。第思颛蒙固陋，纰漏良多，幸奉盛世作人、文教诞兴之日，从此益广扩见闻，以补斯编之阙略，是又臣区区之愿尔。

时康熙三十二年癸酉岁长至日，翰林院编修臣仇兆鳌谨序。

# 后　　记

我与同窗志民是杜甫的虔诚崇拜者。早在大学时代，年轻的心就已被杜甫伟大的思想和高尚的人格深深感动，“感时花溅泪，恨别鸟惊心”“吴楚东南坼，乾坤日夜浮”这类思想深宏、感情凝重、艺术精湛的诗句，成为我们交心探艺的日常话题，并为身处动乱年代能有这一方独特的天地作为精神寄托而沾沾自喜。通读杜诗的心愿十分强烈，但在当时的社会环境中是绝对实现不了的。幸运的是，大学毕业后，我俩都在高校任教，并都担任古代文学的教学工作，这使我们有条件实现夙愿。在通读杜诗的过程中，深切感受到这部巨著在培养国民的爱国思想和人道精神上所具有的重大意义，于是产生通译杜诗以向国人全面介绍杜甫的愿望。这项工作是前人未曾做过的，其艰巨性原在预料之中。伏案六载，初稿完成，我已感体力不支，偏头巨痛，心律失常，志民亦急剧衰老，且患眼疾；但同诸病缠身、飘泊动荡的杜甫相比，境况仍要好得很多。当此之际，最为我们牵怀的是每句译文是否都符合杜甫的原意。回想杜甫晚年漂泊湘江时所发的“百年歌自苦，未见有知音”的浩叹，便愈加惶恐不安。倘若因为时代远隔或学识浅薄而曲解了诗人的大意，岂不是唐突了这位伟大的先哲？然而，当我们看到由于语言的障碍致使普通读者无法全面了解杜甫的这一现实，当我们看到历代注家对杜诗明显曲解的这一历史，还是横下一条心把书稿拿了出来公诸于世，倘或有十之八九内容贴近，诗圣杜甫亦能于九泉之下感到欣慰的。何况，尚有众多研究杜诗的专家在世，他们定会以赤诚之心提出商榷意见，经过讨论，渐趋共识，这也是一件大好事。既能引玉，何惜抛砖？爱杜之心，诚望察之。

本书由我与志民分头撰写，我从首篇写到大历元年（766）秋，志民从《八哀诗》写到末篇。竣稿后，收到北京大学中文系教授、杜甫研究专家陈贻焮先生的赠诗：“百万余言译杜功，少陵精粹在其中。要知二子多辛苦，字句之间见血红。”如今陈先生虽已作古，勉励之音犹在耳畔。天津教育出版社李军先生致力于弘扬中华传统文化，介绍古典诗歌用心尤勤，积极促成本书出版，值此付梓之际，谨向李军先生及出版社同仁致以衷心谢意。

韩成武

2015 年 12 月于河北大学